扫码享限量特惠

听侯会老师给孩子讲《三国演义》

看图书＋听音频，灵活学习效果好

侯会给孩子讲古典文学名著

侯会给孩子讲

三国演义

侯会 著

生活·讀書·新知 三联书店

图书在版编目（CIP）数据

侯会给孩子讲古典文学名著 . 4, 三国演义 / 侯会著 .
北京 : 生活·读书·新知三联书店 , 2024. 9. -- ISBN
978-7-108-07907-7

Ⅰ . I207.41-49

中国国家版本馆 CIP 数据核字第 2024YD8965 号

责任编辑　王海燕
特约编辑　刘红霞　贺　天
封扉设计　赵　欣
责任印制　卢　岳
出版发行　生活·讀書·新知 三联书店
　　　　　（北京市东城区美术馆东街 22 号　100010）
网　　址　www.sdxjpc.com
经　　销　新华书店
印　　刷　河北品睿印刷有限公司
版　　次　2024 年 9 月北京第 1 版
　　　　　2024 年 9 月北京第 1 次印刷
开　　本　880 毫米 × 1230 毫米　1/32　印张 10.25
字　　数　170 千字　图 30 幅
印　　数　0,001 — 6,000 册
定　　价　268.00 元（全五册）
（印装查询：01064002715；邮购查询：01084010542）

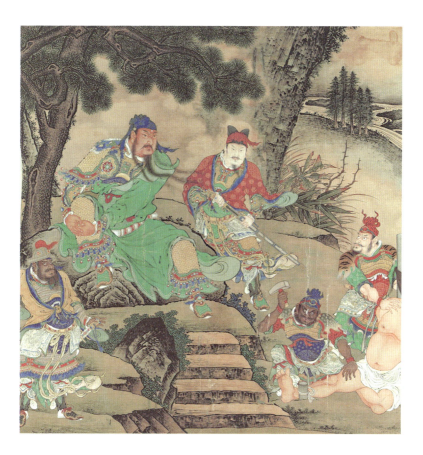

关羽身为蜀汉大将，是三国故事中最富传奇性的人物，也成为历代画家所钟爱的绘画题材之一。本图展示了关羽擒拿敌将后的场景。随侍关羽左右的，是周仓和关平。

关羽擒将图 /［明］商喜 绘

**邮票里的三国故事：
桃园三结义**

刘备、关羽、张飞三位豪杰相逢于
汉末乱世，在桃园中结为异姓兄弟，
发誓要"上报国家，下安黎庶"。

诸葛亮/张旺 绘

三顾茅庐 / 王叔晖 绘 刘备率关羽、张飞亲往隆中敦请诸葛亮
出山，前后三次才见到诸葛亮。

诸葛亮被刘备三顾茅庐的诚心打动，决计出山相助。他当面向刘备陈说天下三分的未来大势，令刘备茅塞顿开。

隆中对 / 张旺 绘

鞠躬尽瘁 / 张旺 绘　为报答刘备的知遇之恩，匡扶汉室，诸葛亮兢兢业业，事无巨细亲力亲为，最终以一死实践了"鞠躬尽瘁，死而后已"的誓言。

《三国演义》还被编绘成"小人书"，广受读者欢迎，六十余年畅销不衰。

山西运城关帝庙

目录

前言　　1

第一编　话说《三国演义》

1. 百年三国入小说　　003

2. 罗贯中的两大优势　　007

3. "合久必分""分久必合"　　011

4. "拥刘贬曹"与皇权思想　　014

5. 一部人才比拼史　　016

6. "六起六结"　　020

7. 一场大战写了十五回　　022

8. 那杯尚有余温的酒　　025

9. 义重如山"美髯公"　029

10. 关羽与《义勇军进行曲》　033

11. "功勋演员"曹孟德　036

12. 曹操还有另一面　039

13.《三国演义》是"孔明传"吗　041

14. 刘备的"长厚"与暴躁　045

15. 战争史诗中的文人故事　048

第二编 《三国演义》速读

1. "苍天已死，黄天当立"　　053

2. 三兄弟引出三兄弟　　054

3. 十常侍之乱　　056

4. 讨董联盟的聚与散　　058

5. 董卓覆灭　　061

6. 挟天子以令诸侯　　063

7. 三让徐州　　064

8. 辕门射戟　　066

9. 兵败宛城　　067

10. 吕布的下场　　067

11. 煮酒论英雄　　070

12. 刘备投袁绍　　071

13. 千里走单骑　　072

14. 官渡之战　　075

15. 三顾茅庐　　076

16. 火烧新野，转战长坂　　078

17. 赤壁大战（上）　　079

18. 赤壁大战（下）　　081

19. 巧夺荆州　　083

20. 刘备招亲　　084

21. 周瑜之死　　085

22. 马超与张鲁　　086

23. 刘备取西川（上）　　089

24. 刘备取西川（下）　　090

25. 张鲁降曹，东吴纳贡　　092

26. 取汉中　　093

27. 水淹七军　　094

28. 败走麦城　　095

29. 曹丕篡汉　　098

30. 白帝托孤　　099

31. 安居平五路　　102

32. 七擒孟获　　103

33. 六出祁山（上）　　104

34. 六出祁山（中）　　107

35. 六出祁山（下）　　108

36. 九伐中原（上）　　111

37. 九伐中原（下）　　113

38. 三国归晋　　115

第三编 《三国演义》选粹

1. 节选一 宴桃园豪杰三结义   119

2. 节选二 张翼德怒鞭督邮   126

3. 节选三 "宁教我负天下人"   132

4. 节选四 曹操煮酒论英雄   142

5. 节选五 祢正平裸衣骂曹   149

6. 节选六 "降汉不降曹"   156

7. 节选七 关云长挂印封金   166

8. 节选八 刘玄德三顾茅庐   173

9. 节选九 赵子龙单骑救主   195

10. 节选一〇 诸葛亮舌战群儒   213

11. 节选一一　诸葛亮智激孙权　225

12. 节选一二　群英会蒋干中计　231

13. 节选一三　诸葛亮草船借箭　240

14. 节选一四　火烧赤壁　246

15. 节选一五　张松献地图　260

16. 节选一六　杨修之死　272

17. 节选一七　关云长刮骨疗毒　279

18. 节选一八　诸葛亮施空城计　284

附录　各方赞誉　299

前　言

　　不止一位家长抱怨说:"老师让孩子读名著,还要'整本读'。孩子死活读不进去,愁死了!"我听了总要反问:"您说的'名著',是指哪个领域的?是自然科学的,还是社会科学的?是戏剧的,还是小说的?"

　　我当然是明知故问。我想强调的是,把《三国演义》《红楼梦》等称为"名著",前面至少应加上"古典小说"或"小说"的限制语,不要给孩子留下错觉,以为只有古典小说才可称为"名著"。

　　这些家长知道我在高校中文系教古代文学,对古典小说有一点研究,想听听我的意见和建议。——我当然赞同老师的安排,因为明清小说与楚辞汉赋、唐诗宋词,同属中华文学遗产中的瑰

宝，让孩子从小就接触，无疑是十分有益的。

然而，这些作品虽说是白话小说，语言上跟今天的书面语仍有较大差异；加上书中的文化背景、审美情趣跟今天相去甚远，孩子们一时难以接受，又是正常的。何况这些作品动辄几十万言，要成年人"整本读"也不轻松，何况是课业负担沉重的孩子们！

那么，"跳"着读行不行呢？譬如孩子们读了语文课本中的"武松打虎"片段，也就了解了武松的勇猛与大胆，难道还不够吗？显然还不够。武松的故事在《水浒传》中贯穿数十回，这位好汉不但勇力过人、艺高胆大，而且头脑清醒、敢做敢当、不畏强暴、见义勇为……要完整了解这个人物，你就必须通读全书，至少要读与他相关的章节。同样，你想完整了解《红楼梦》中的林黛玉，只读课本中的"林黛玉进贾府"是远远不够的，必须对《红楼梦》做"整本"阅读才行。

自然，"整本读"有整本读的难处，孩子们没有时间和精力，只是一个方面。一些章回小说结构松散，文学水准前后参差，如《水浒传》的精彩情节全都集中在前四五十回；而《三国演义》写到诸葛亮死后，也便味同嚼蜡……若一味强调"整本读"，不但空耗小读者的时间和精力，更会败坏他们的阅读口味。

至于一些"少儿不宜"的情节，像《水浒传》中的滥杀场面和情色描写，更是"整本读"之大忌。

总结起来，孩子们在阅读小说名著时，所遇难点有三：一是不感兴趣，读不进去；二是没时间读，尤其是没时间"整本读"；三是缺乏引导，即使读了，也很难做到"取其精华，去其糟粕"，弄不好，还可能"略其精华，专取糟粕"，那还不如不读。

面对孩子和家长们的苦恼，我觉得有义务为孩子们提供一点帮助，那就是整理出一套适合中小学生阅读的古典小说名著读本。初步选取《三国演义》《水浒传》《西游记》《红楼梦》和《儒林外史》这五部章回小说名著，编纂成《侯会给孩子讲〈三国演义〉》《侯会给孩子讲〈水浒传〉》《侯会给孩子讲〈西游记〉》《侯会给孩子讲〈红楼梦〉》和《侯会给孩子讲〈儒林外史〉》五册读本，组成套装《侯会给孩子讲古典文学名著》。

每册读本分为三编，以本册《侯会给孩子讲〈三国演义〉》为例，第一编为"话说《三国演义》"，即由笔者充当"导游"，在进入小说"景区"之前，语调亲切地跟小"游客"们聊聊这部名著的作者、主题、艺术、人物、版本……引领他们走近作品，激发他们的兴趣，让他们先对作品有个整体把握，并产生强烈的"游览"欲望。

第二编为"《三国演义》速读"，笔者用最简练的语言，将小说的主要情节加以复述。小读者在了解作品内容的同时，还可学习如何迅速抓住关键词语，准确把握内容主线，提升自己复述、总结的能力。——经此一番"速读"，等于跟着笔者将小说名著"整本"通读一遍。全局在胸，也便于圈定"精读"的目标和范围。

第三编为"《三国演义》选粹"，笔者精心遴选小说原著的精彩片段，原汁原味地呈现在小读者面前，让他们亲身感受经典的魅力。所选内容的篇幅，约占原著的十分之一到五分之一。这样做，既保证了足够的阅读量，使精彩内容不致遗漏，同时又节省了小读者的时间和精力。而剔除糟粕、避开消极内容，也不再是难题。

考虑到古今语言及文化上的隔膜，"选粹"部分还对原文中的生疏字词及古代文化知识做出注释，因为是面对小读者，注释尽量做到详尽而通俗。

此外，笔者还把自己的研究心得和阅读体会总结成"阅读提示"，置于每段节选内容的开头，引导小读者更好地欣赏文字之美，更深刻地理解作者的文心，借此提升自身的美学修养及写作能力。

总之，这套读本的编纂初心，就是帮助孩子们（包括家长、老师）解决古典小说名著的阅读难题，使他们能在较短时间内，高效率地读完、读懂、读透古典小说名著。孩子们如能因此产生浓厚的阅读兴趣，从而主动地去通读、精读小说原著，那是再好不过的事!

本册为《侯会给孩子讲〈三国演义〉》，所参用的小说底本为清代初年文学批评家毛宗岗整理的《三国志演义》（一百二十回），略去毛氏的批点文字，只保留小说原文。第三编"《三国演义》选粹"的词语注释，是由吴喆同志承担的。

这套读本的插图，获准使用著名画家王叔晖、程十发、赵宏本、钱笑呆、张光宇、吴光宇、墨浪、卜孝怀、张旺、孙文然、叮当等先生的画作，深感荣幸。在此过程中，得到张旺、王维澄、程多多、赵秀鸿、李劭南、付建邦、丛日宏诸先生的慷慨允诺和热情支持，在此表示衷心感谢!

三联书店的王海燕女士是这套书的责任编辑，从策划到成书，都得到她的热情鼓励和帮助，感激之情，尽在不言中!

第一编

话说《三国演义》

1. 百年三国入小说

《三国演义》最早叫《三国志通俗演义》，简称《三国志演义》。——书名里的"三国志"，即史书《三国志》，是"二十四史"之一。

在古代，史学地位极高，在"经、史、子、集"的排列中仅次于儒家经书。至于小说，则是不入流的"小道"。——这下你该明白了，《三国志通俗演义》这样的书名，是小说家自抬身价呢！说是谁也别小瞧我，我是"通俗化的正史""故事版的《三国志》"，一般小说哪里比得上！

从小说署名也能看出作者的心态——"晋平阳侯陈寿史传，后学罗本贯中编次"；陈寿是《三国志》的作者，出版者把他老人家的大名写在封面上，置于罗贯中之前，那"拉大旗做虎皮"的心态，竟是毫不掩饰！

不错，《三国演义》正是一部与史书有着紧密联系的文学作品，古人说它"七分事实，三分虚构"，可能有点夸张；不过书中

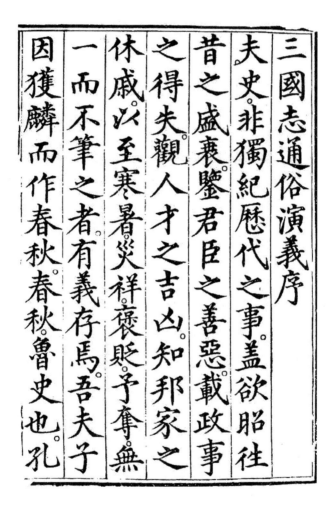

三國志通俗演義序

夫史。非獨紀歷代之事。蓋欲昭往
昔之盛衰鑒君臣之善惡載政事
之得失觀人才之吉凶知邦家之
休戚以至寒暑災祥褒貶予奪無
一而不筆之者有義存焉吾夫子
因獲麟而作春秋春秋魯史也孔

《〈三国志通俗演义〉序》

的主要人物和事件都能在史书中找到根据，却是事实。

说是"三国"，哪三国呢？是由东汉王朝分裂而成的魏、蜀、吴三个政治军事集团。公元 220 年，曹丕篡汉称帝，改国号为魏。随后蜀、吴两方也相继称帝，大一统的汉王朝至此分裂成三个割据政权：曹魏占据中原，蜀汉占据西南，东吴凭借长江天险，占有江东。这形势如同鼎的三只足，人称"鼎足三分"。

四十三年后（263），曹魏灭掉蜀汉。两年后（265），曹魏自身政局变化，司马炎取代曹氏政权，建立了晋朝。又过了十五年（280），晋灭掉吴，天下重归一统。——自曹丕称帝始，这个分裂格局整整持续了六十年，史称"三国时期"。

不过《三国演义》的故事却是从黄巾军起事的公元 184 年讲起，那时灵帝刘宏在位，离曹丕称帝，还有三十多年呢。可分裂的种子，却是在那时播下的。

正因如此，一提"三国"，便有两种概念：狭义的概念是指公元 220 年到 280 年这段彻底分裂的六十年；广义的呢，则从汉末黄巾起义算起，至三国归晋，前后差不多有百来年——《三国演义》所讲，正是广义的三国故事。

翻开小说目录，全书共一百二十回；前八十回中净是耳熟能详的故事："桃园三结义""鞭打督邮""十八路诸侯讨董卓""三英战吕布""连环计""凤仪亭""煮酒论英雄""千里走单骑""三顾茅庐""草船借箭""借东风""三气周瑜""单刀赴会""水淹七军""刮骨疗毒"……这些故事，全都发生在汉末的三十几年里。

待到"曹丕废帝篡炎刘"，已是第八十回；那以后，历史才真正进入"三国时期"。不过作者仿佛已经兴奋不起来，六十年的历史，只用四十回就草草打发了！

小说家这样写，显然是把重点放在分裂原因的探索上，要人们看看，一个政权是如何由统一的整体变得四分五裂，又如何经历痛苦的战争洗礼而复归统一的。

2. 罗贯中的两大优势

《三国演义》的作者是罗贯中。从小说署名的"后学罗本贯中编次"可知，他大号叫"罗本"，"贯中"是他的表字。

在古代，写小说的被人看不起，没人为他们树碑立传。关于罗贯中的生平，我们知之甚少。例如他是哪里人，就有不同说法。或说钱塘（杭州），或说太原，还有说东原（古地名，一说为山东东平，一说在陕西）、东平（今属山东）、庐陵（今江西吉安）的。一般认为，太原是他的祖籍，杭州是他长期活动的地方。

罗贯中的生卒年，大约在1320年到1400年之间，那时正值元末明初。据说他这个人有点孤僻，不爱跟人交往。但雄心不小，"有志图王"，想干一番大事业。可是朱元璋统一天下，建立明朝，英雄无用武之地，他只好坐下来写写小说，把满腹文韬武略寄托在小说人物身上。

罗贯中最擅长写历史小说，相传他写过"十七史演义"，但大多失传，只留下三部，《三国演义》之外，另有《隋唐两朝志传》

罗贯中 / 孙文然 绘

和《残唐五代史演义传》。此外，他还参与了《水浒传》的整理编撰，并独立撰写了《三遂平妖传》，那是一部半历史、半神话的小说。另外，他还写过几本杂剧，也都是历史题材的。

《三国演义》的内容涵盖百年，写来谈何容易？不过罗贯中胸有成竹，因为在他之前，三国故事已在民间流传千年，有无数可以借鉴的现成故事；何况在他案头，还摆着《三国志》等史书，史料丰富而翔实。

没错，《三国志》作者"晋平阳侯陈寿"的大名，就写在《三国演义》的封面上。——陈寿（233—297）是三国时蜀国人，入晋后任著作郎，曾独力整理创作《魏书》《吴书》和《蜀书》，合称《三国志》。这部书在陈寿活着时已声名远播。据说陈寿一死，晋惠帝立刻派人到他家抄写《三国志》，生怕书稿散佚。人们都盛赞陈寿的史才和文笔，说是可以跟《史记》作者司马迁媲美，比《汉书》作者班固还要高明！

读陈寿的《三国志》，一定要读带"裴注"的。原来，陈寿死后百多年，南朝学者裴松之喜读《三国志》，却又感到书中的叙述有些疏简，于是动手替《三国志》作注，征引了二百五十多种书籍，补充了大量史料细节。加了裴注的《三国志》也因此变得更加生动丰满，许多段落甚至可以当小说来读。

在民间，三国故事也以老百姓喜闻乐见的形式广为流传。相传隋炀帝曾举行游园会招待群臣，在彩船的木偶戏中，已有"刘备乘马渡檀溪""曹瞒浴谯水击蛟"等节目。

三国故事还被唐人写进诗歌，如杜甫吟咏三国史迹的诗歌，就有《八阵图》《蜀相》《咏怀古迹五首》等。而杜牧的《赤壁》、李商隐的《骄儿诗》，也都是吟咏三国故事的名篇。

宋代的市井中，说书人已能讲说成本大套的三国故事，叫"说三分"。苏轼就说过：家里孩子淘气，家长塞几个铜钱，打发他们去听三国故事。听到刘备吃了败仗，孩子都急得掉眼泪；听说曹操败了，又都破涕为笑、手舞足蹈！

元代已有刻印成书的《三国志平话》，应该就是根据"说三分"之类的平话录写的，有七八万字，故事框架已基本完备，这要算最早的三国题材案头读物了。此外，元代舞台上还出现大量三国戏，像《赤壁鏖兵》《单刀赴会》《骂吕布》《西蜀梦》等，多达四五十本。

也就是说，至元末明初，三国故事已在民间流传一千多年。无数作者参与了创作，作品形式有话本小说、戏曲、曲艺以及民间故事等。

如此，罗贯中在撰写《三国志通俗演义》时，至少具备两大优势：一是有资料翔实的史书《三国志》做依据；二是有丰富生动的三国题材民间作品做参考，其中还包括《三国志平话》那样的案头读物，已经大致奠定了小说的框架。

当然，作者本身的创作力也是不可低估的，在他的笔下，纷繁复杂的历史事件被交代得有条不紊，一个个历史人物被塑造得神采飞扬，这才有了《三国演义》这部不朽之作。

学者们把这种创作模式定义为"世代累积，大家写定"——这里的"大家"，可不是"大伙儿"的意思，而是指罗贯中这样的"大作家""大手笔"。

顺带说到，章回名著《水浒传》和《西游记》，也都是这种模式结出的硕果。《儒林外史》《红楼梦》则不同，那已是作家个人的独立创作了。

3. "合久必分""分久必合"

古人创作小说，写成后并不能马上拿去出版。多数情况是先以抄本的形式在民间传阅，直到有书坊主人（书商）看准它的价值，才会被投资刊印。

像《三国演义》这样一部大书，需要预备几千块优质的木板，由工匠按一定行款格式把文字反刻在上面，然后涂墨印刷，装订售卖。由于前期投入巨大，书商的选择也就格外谨慎。

《三国演义》最早是啥时刊刻的？今天已无法确知。人们能读到的最早刊本，是嘉靖元年（1522）刊刻的，书名即《三国志通俗演义》（下称《通俗》本），那时罗贯中已过世百多年。

这个《通俗》本的内容，分为二百四十节，每节有个单句题目，这跟我们今天读到的《三国演义》不同——今天的通行本是一百二十回，也就是将《通俗》本两节并为一回，回目也变成双句的。

到了清康熙年间，有个叫毛宗岗的文人，对《三国演义》的原文做了润色加工，并对书中内容做了评点——评点也叫"批点"，是中国文学批评的一种独特形式，大概还是受书塾先生批改文章的启发呢。评点者把自己的读书心得写在正文每一页的天头地脚或字里行间，这些批语又有"眉批""侧批""夹批"之分，目的是指导读者理解小说内容，赏析文字妙处。而经过毛宗岗整理、批点的本子，就叫"毛批三国"。

跟《通俗》本相对照，毛批本的主旨更鲜明，故事更生动，文字也更流畅。就说两书的开篇吧，《通俗》本上来就说："后汉桓帝崩，灵帝即位，时年十二岁。朝廷有大将军窦武、太傅陈蕃、司徒胡广共相辅佐……"多少有点突兀。

毛批本开篇却是一首《临江仙》词："滚滚长江东逝水，浪花淘尽英雄。是非成败转头空，青山依旧在，几度夕阳红。……"这首词本是明初大才子杨升庵创作的，被毛宗岗借来放在书首，倒也符合小说感叹兴亡的主旨。

在《临江仙》之后，毛批本加了这样一段话：

话说天下大势，分久必合，合久必分。周末七国分争，并入于秦；及秦灭之后，楚、汉分争，又并入于汉；汉朝自高祖斩白蛇而起义，一统天下，后来光武中兴，传至献帝，遂分为三国。推其致乱之由，殆始于桓、灵二帝。……

有意思的是，在小说结尾，毛批本同样添加了一句话："此所谓'天下大势，合久必分，分久必合'者也。"与开篇相呼应。

细心的读者已经发现，开篇讲的是"分久必合，合久必分"，落在一个"分"字上；结尾讲的是"合久必分，分久必合"，却是落在"合"字上。——这应是毛宗岗对小说主题的理解吧：中华民族有着强大的向心力和凝聚力，历史上尽管也有分裂的时期，但最终则是分久必合、重归一统。

毛宗岗对作品首尾的处理，让小说的主旨顿时变得明朗显豁起来。而这部毛批本也格外受欢迎，成为三百年来最流行的本子。

4. "拥刘贬曹"与皇权思想

罗贯中在写小说之前，心中未必有啥"主题思想"；可是读者最爱较真儿，总要问：这部小说的主题是什么？意义何在？

《三国演义》可不是一首小诗、一篇小文，它体量庞大，内涵丰富，像一座大山，"横看成岭侧成峰，远近高低各不同"。读者因年龄、性别、修养、阅历的不同，所认定的主题也各不相同。——其他章回巨著也不例外。

说到《三国演义》的主题，除了前面提到的"歌颂统一"之外，其实还反映了百姓对仁君仁政的拥护和渴求。你看，在三国历史上，居于正统地位的明明是曹操，可小说作者偏偏喜欢蜀汉，表现出鲜明的"拥刘贬曹"倾向。究其原因，正因刘备是"仁君"，对百姓最仁慈。

刘备从荆州撤军时，新野、樊城的百姓都情愿背井离乡，跟着他一起逃难。由于人多拖累，行军缓慢，眼看追兵将至，有人建议把百姓甩掉。刘备不肯，说："举大事者必以人为本。今人归我，奈何弃之？"（参看"《三国演义》选粹·赵子龙单骑救主"）

当时曹操占据中原，控制天子，可谓得"天时"；孙权凭借长江天堑独据江东，可谓得"地利"；刘备明白，自己只有获取百姓的信任和拥护，才能与曹、孙抗衡。他的优势，在于"人和"。

其实这里还有"皇权思想"在作怪：曹操虽然挟持天子，但当时人就不客气地指出，曹操"名为汉相，实为汉贼"！老百姓祖祖辈辈受皇权思想的灌输，只认汉朝是刘家的，对姓曹的不买账。而蜀汉政权虽然偏居益州，势力最弱，但刘备姓"刘"，是正牌"皇叔"，因此怀抱正统思想的百姓，更乐意拥护他。

5. 一部人才比拼史

另有一种看法，认为《三国演义》就是一部"人才学"教科书，魏、蜀、吴三家的争斗，说到底是人才的争夺和比拼。

我们通常认为，刘备最爱惜人才。例如关羽、张飞都是一流的战将，刘备待他们情同手足，胜过骨肉同胞。关羽遇害后，刘备、张飞急于为他报仇，结果一同搭上了性命，践行了桃园结义"不求同年同月同日生，只愿同年同月同日死"的誓言。

为了敦请诸葛亮出山，刘备放低身段，三顾茅庐，他的诚恳最终打动了诸葛亮。在诸葛亮的辅助下，刘备白手起家，硬是打出一片天地来。因此，说到识才、爱才、惜才、用才，书中没有哪位能比得上刘备的。（参看"《三国演义》选粹·刘玄德三顾茅庐"）

然而摘下小说家架在读者鼻子上的"有色眼镜"，人们不难发现，三家中聚拢人才最多的，其实是曹操。曹魏阵营"猛将如云，谋臣如雨"，单说武将吧，最早来投奔的有夏侯惇、夏侯渊，其实是曹操的堂兄弟；随后而来的曹仁、曹洪，也跟曹操挂着亲。"打虎亲兄弟，上阵父子兵"，比起刘备的结义兄弟，这几位与曹操的关系显然更"铁"！此外，于禁、典韦、许褚、徐晃、张辽、张郃、李典、乐进、文聘、臧霸、毛玠、吕虔、庞德、高览……也都是曹操先后延揽的猛将。

曹操帐下的谋士，则有荀彧（yù）、荀攸（yōu）、程昱（yù）、郭嘉、刘晔（yè）、满宠、贾诩（xǔ）、许攸、蒋济、辛毗、司马懿……这里还不包括陈琳、王粲、孔融等一班文学之士，他们与曹氏父子在汉末共同掀起诗文创作高潮，一时形成新文风，号称"建安风骨"。

其实东吴人才也不少，经孙坚和孙策、孙权父子三人的延揽选拔，江南人才尽会于此。单是帅才，就先后有周瑜、鲁肃、吕蒙、陆逊、陆抗。武将则有程普、黄盖、太史慈、韩当、甘宁、凌统、周泰、徐盛、蒋钦、潘璋、丁奉、陈武……谋士又有张昭、诸葛瑾、张纮、虞翻、顾雍、阚泽、薛综、张温、陆绩……堪称人才济济。

回头再看蜀汉集团，大概因为起步晚、底子薄，人才数量无法跟另两家相比。早期谋士只有徐庶，还被曹操"挖"走。诸葛亮确实属"超一流"人才，但也只此一位，后继乏人。诸葛亮一度倚重马谡，却忽视了他缺乏实战经验的弱点，结果关键时刻误

《新全相三国志平话》扉页，插图为"三顾茅庐"

了大事。魏延有一定军事才能，但对他的建议，诸葛亮却不能择善而从。直到六出祁山时，诸葛亮才注意到人才储备问题，重点栽培姜维，但为时已晚。

武将方面，"五虎大将"关、张、赵、马、黄确实威风八面，可惜只有这五位，而且中间已暗藏危机，如黄忠受封时已六十开外，相当于今天"退休返聘"的年纪。蜀中另一位将军严颜，同样是老将。而赵云年过七十还要上阵拼杀。——有句谚语说"蜀中无大将，廖化作先锋"，讲的正是蜀汉人才匮乏的窘境。

说三国历史就是一部人才比拼史，的确不错：三家中最早灭亡的，恰恰是人才最匮乏的蜀汉；而笑到最后的，则是人才济济的曹魏集团。

6. "六起六结"

三国比拼人才的观点，最早是毛宗岗提出来的。毛宗岗评点《三国演义》，除了散见于原文中的批语，还包括每一回的"回评"及书前的长文《读三国志法》——那是一篇面面俱到的导读。

正是在《读三国志法》中，毛宗岗提出"才与才敌"的观点，也就是人才与人才比拼。他说：看贤才胜蠢才没意思，看贤才胜贤才也不新鲜，看"众才尤让一才之胜"才最爽——他说的这"一才"，显然是指诸葛亮。

而讲到小说的结构，毛宗岗又说全书有"六起六结"。哪"六起六结"？

其叙献帝，则以董卓废立为一起，以曹丕篡夺为一结。[1]

---

1 董卓废立：指董卓废掉少帝，立刘协为献帝，事在第四回。曹丕篡夺：指曹丕篡汉立魏，事在第八〇回。

其叙西蜀，则以成都称帝为一起，而以绵竹出降为一结。[1]其叙刘、关、张三人，则以桃园结义为一起，而以白帝托孤为一结。[2]其叙诸葛亮，则以三顾草庐为一起，而以六出祁山为一结。[3]其叙魏国，则以黄初改元为一起，而以司马受禅为一结。[4]其叙东吴，则以孙坚匿玺为一起，而以孙皓衔璧为一结。[5]

这是毛宗岗帮助读者了解小说脉络呢。这六段"起结"，包括汉献帝、魏、蜀、吴、刘关张及诸葛亮的起落兴衰。六段文字相互联络交错，"或此方起而彼已结，或此未结而彼又起"。一旦弄清这六段故事的首尾，就如登高望远，又如纲举目张，纷乱如麻的三国争斗格局，也因此变得脉络清晰。

毛宗岗分析小说人物，也见解独到、发人深省，后面讲人物时，还会提到。

1　成都称帝：指刘备称帝，在第八〇回。绵竹出降：指邓艾兵至绵竹，刘禅出降，在第一一八回。

2　桃园结义：在第一回。白帝托孤：在第八五回。

3　三顾草庐：在第三七、第三八回。六出祁山：在第一〇四回。

4　黄初改元：曹丕篡汉立魏，改元黄初，见第八〇回。司马受禅：见第一一九回"再受禅依样画葫芦"。

5　孙坚匿玺：指孙坚入洛阳得传国玉玺，见第六回。孙皓衔璧：指孙皓降晋。衔璧即口衔玉璧，是投降时的一种仪式。见第一二〇回。

7. 一场大战写了十五回

除了人才学教科书,《三国演义》还是一部战争史——自从董卓迁都失落了那块传国玉玺,象征着国家威权的丧失,军阀混战的闸门便由此开启。

《三国演义》所记述的战争,大大小小,不下百场。遭遇战、攻坚战、运动战、伏击战、奔袭战……单是参战人数近百万的大战役就有三场,分别是官渡之战、赤壁之战和夷陵之战。

三大战役中,又以赤壁之战规模最大。作者挥毫泼墨,连写八回。单看回目,已能让人感受到战争的规模与气势:

第四十三回　诸葛亮舌战群儒,鲁子敬力排众议

第四十四回　孔明用智激周瑜,孙权决计破曹操

第四十五回　三江口曹操折兵,群英会蒋干中计

第四十六回　用奇谋孔明借箭,献密计黄盖受刑

第四十七回　阚泽密献诈降书,庞统巧授连环计

第四十八回　宴长江曹操赋诗，锁战船北军用武

第四十九回　七星坛诸葛祭风，三江口周瑜纵火

第五十回　诸葛亮智算华容，关云长义释曹操

其实还不止这八回呢，接下来的六七回，写孙、刘两家为争夺荆州斗心眼儿，最终刘备夺得荆州，东吴不得不吞下苦果——因涉及胜利果实的分配，仍可看作是这场大战的延续。

一场大战，在一部一百二十回的小说中竟占了十五回的篇幅，作者的重视，还用说吗？不错，这跟作者的"拥刘"立场有关，因为这场战役的最大赢家，正是刘备。

此前刘备是个名副其实的"北漂"，先后依附于北方军阀公孙瓒、袁绍、吕布、曹操、刘表……寄人篱下，日子难过。如今借助东吴的力量，绝地反击，竟然取得荆州做立足点，为日后称霸一方打下基础。这场大战的意义，对刘备而言无论怎样强调都不过分。

有意思的是，小说家似乎对战斗的过程兴趣不大，而把描述的重点放在战争的起因、战前的动员、战术的制定以及战后的结果和影响上……至于交战的过程，只用了半回（"三江口周瑜纵火"）就"打发"了——这还是《左传》《史记》写战争的一贯手法呢。

写战争，其实又是塑造人物的好机会。诸葛亮的足智多谋、指挥若定，周瑜的心胸狭窄、嫉贤妒能，鲁肃的忠厚迂直，黄盖的慷慨忠勇，曹操的傲慢轻敌、败而不馁……便都是通过这场大战展露出来的。（参看"《三国演义》选粹·火烧赤壁"）

8. 那杯尚有余温的酒

大的战役如此，小的战斗场面又如何？让我们看看"温酒斩华雄"吧。——书中第五回，讲述十八路诸侯结成联盟讨伐董卓。盟军来到汜水关，被董卓大将华雄挡住去路。华雄连败盟军数员大将，又来关前挑战。盟军两员上将俞涉、潘凤迎战，均被华雄斩于马下。座上诸侯无不大惊失色。

就在此刻，有人挺身而出：

……阶下一人大呼出曰："小将愿往斩华雄头，献于帐下！"众视之，见其人身长九尺，髯长二尺，丹凤眼，卧蚕眉，面如重枣，声如巨钟，立于帐前。（袁）绍问何人。公孙瓒曰："此刘玄德之弟关羽也。"绍问现居何职，瓒曰："跟随刘玄德充马弓手。"帐上袁术大喝曰："汝欺吾众诸侯无大将耶？量一弓手，安敢乱言！与我打出！"

曹操急止之曰："公路（袁术的表字）息怒。此人既出大言，必有勇略；试教出马，如其不胜，责之未迟。"袁绍曰：
"使一弓手出战，必被华雄所笑。"操曰："此人仪表不俗，华
雄安知他是弓手？"关公曰："如不胜，请斩某头。"操教酾热
酒一杯，与关公饮了上马。关公曰："酒且斟下，某去便来。"
出帐提刀，飞身上马。众诸侯听得关外鼓声大振，喊声大举，
如天摧地塌，岳撼山崩，众皆失惊。正欲探听，鸾铃响处，
马到中军，云长提华雄之头，掷于地上。——其酒尚温。后
人有诗赞之曰：

> 威镇乾坤第一功，辕门画鼓响冬冬。

> 云长停盏施英勇，酒尚温时斩华雄！

（《三国演义》第五回"发矫诏诸镇应曹公，破关兵三英
战吕布"）

这段记述只有几百字，大半篇幅还是用在战前的铺垫上。从
关羽提刀上马，到华雄人头落地，还不足六十个字！作者用的是
最经济的笔法——侧笔。两个武艺悬殊的人对决，还用正面落墨
吗？一杯酒还没凉，华雄的人头已被掷于地上！这杯酒在这里意
味深长：见证了关羽的神勇自信、武艺超群及曹操对人才的爱惜。
关羽在诸侯面前的头一次亮相，真是漂亮极了！

从这段文字里，我们还能领略《三国演义》的语言风格。小

说用的是浅近文言，简明干净，通俗明了。有人称赞《三国演义》"文不甚深，言不甚俗"，真是说到点子上了。

赤壁之战像是一幅巨大的油画，色彩逼真，笔触雄健，有着震撼人心的力量。"温酒斩华雄"则像一幅速写，虽是寥寥几笔，却给人留下深刻印象。在描画战争上，罗贯中称得上多面手。他不愧是军事文学的大师，后人写战争，没有能超越他的。

关羽擒将图（局部）/ [明] 商喜 绘

9.义重如山"美髯公"

《三国演义》重在讲历史故事，但如果没有生动的人物形象引领，你攻我伐的战争记录肯定既枯燥又乏味。好在罗贯中是塑造人物的好手，全书有名有姓的人物有八百多，令人印象深刻的，至少也有几十位。作者信手调动，写来栩栩如生。

毛宗岗对此怎么看呢？他认为书中写得最妙的有三位，堪称"三奇""三绝"，那便是诸葛亮、关羽和曹操。

关羽本来是蜀汉大将，史书称他为"虎臣"，说他是"万人之敌"。不错，关羽骁勇善战，曾先后斩杀徐州刺史车胄、河北名将颜良，他还水淹七军，擒获曹操大将于禁，曹军另一悍将庞德也死于他的帐前。关羽坐镇荆州时，曹操为了躲避他的锋芒，差一点迁都！

不过关羽也并非战无不胜，早年他曾兵败降曹，留下"污点"。最终则败走麦城，落得身首异处的下场。——不知为啥，关羽死后却大走"鸿运"，形象变得无比高大，甚至被奉为神明！

三国英雄人物无数，在后世留下庙宇受到祭祀的却不多。四川成都有昭烈庙和武侯祠，奉祀刘备、诸葛亮，因为那里曾是蜀汉都城。不过关羽庙却特别多，遍及全国，差不多村村镇镇都有关帝庙。清末单是北京城，就有关帝庙三十多座！中国的台湾省据说有关帝庙七百座——关羽崇拜成为一种独特的文化现象。

单看仪表，关羽便与众不同。据史书记载，关羽留有长而美的胡须，诸葛亮给他写信，便称他为"髯"，犹如说"胡子先生"，这令关羽十分得意。到了《三国演义》中，他的形象被定型为"身长九尺，髯长二尺；面如重枣，唇若涂脂；丹凤眼，卧蚕眉；相貌堂堂，威风凛凛"；又因胡须漂亮，献帝接见他时，称他"美髯公"。

好汉还要骑好马，关羽胯下骑日行千里的赤兔马，手提八十二斤重的青龙偃月刀，威风劲儿就别提啦！

人们敬重、崇拜关羽，多半因为他义重如山。关羽自从与刘备、张飞结为异姓兄弟，便把"兄弟之义"放到了第一位。徐州之役，三兄弟兵败失散，关羽被曹兵包围在一座土山上。曹操派张辽劝他投降，关羽勉强答应——他自己突围倒不难，可刘备的两位夫人还困在下邳城里呢。不过他跟张辽约法三章：一是"降汉不降曹"，二是要曹操好生看待刘备的两位夫人，三是一旦得知刘备消息，他会马上辞去。——曹操爱才心切，满口答应。

曹操对关羽百般优待: 三日一小宴, 五日一大宴; 上马一提金, 下马一提银。又是赠金帛, 又是送美女。可关羽毫不动心, 把金帛放在一边, 美女送去服侍嫂子。

一次, 曹操赠他一件崭新的战袍, 他却穿在了里面, 外面依旧罩着旧袍。曹操笑问: 这未免太节俭了吧? 关羽回答: 旧袍是刘皇叔所赠, 穿着它, 就像见到了哥哥。我不敢因丞相的新赐, 就忘掉哥哥的旧情啊!

另一回, 曹操把一匹赤兔宝马赠给关羽, 关羽再三拜谢。曹操感到奇怪: 送你美女、金帛, 你从不下拜, 今天这是怎么啦? 这不是"贱人而贵畜"吗? 关羽说: 我知此马日行千里, 一旦得到哥哥的消息, 骑上它, 千里之遥一天就能见面啦! ——曹操听了, 后悔不迭!

日后关羽得着刘备的消息, 真的"挂印封金", 不辞而别。过五关, 斩六将, 千里走单骑, 冲破曹操的阻挠, 护送嫂子回到结义兄弟身旁。而他那"义重如山"的高风亮节, 也被人千年传颂, 赞不绝口。(参看《三国演义》选粹·'降汉不降曹'、关云长挂印封金")

山西运城关帝庙

10. 关羽与《义勇军进行曲》

　　除了"义"，关羽的"勇"也是无人能比。"温酒斩华雄"的威风，咱们已经领略过了。在曹营时，他还斩杀过袁绍的大将颜良、文丑。在关羽眼中，袁绍的河北兵马不过是一群"土鸡瓦犬"；而颜良、文丑这一班大将，"如插标卖首耳"！——古代集市贸易，售卖的货物插草秆为标志。而关羽眼中的颜良等人，不过是插草标、卖脑袋的送死之徒！

　　此外，像"单刀赴会""刮骨疗毒"等情节，也都显示着关羽的勇气。——攻打樊城时，关羽右臂中了毒箭，请来名医华佗诊治。华佗介绍的治疗方法，十分复杂。关羽笑着说：哪用得着这么烦琐？——他喝着酒，下着棋，伸出臂膀任华佗割治。华佗的手术刀刮得骨头"悉悉有声"，帐上帐下的人，没有不掩面失色的。再看关羽，一边饮酒食肉，一边谈笑下棋，全无痛苦之色！（参看"《三国演义》选粹·关云长刮骨疗毒"）

　　关羽有这么多传奇事迹，难怪百姓对他佩服得五体投地。统治者也来捧场。在宋代，为关羽加封了"壮缪义勇武安英济王"的头衔；到了明代，又升格为"协天护国忠义帝""三界伏魔大帝神威远镇天尊关圣帝君"。关羽由"王"升级为"帝"。在清代顺治年间，被加封为"忠义神武关圣大帝"。后历朝又屡有加封。

佛、道两教也来请关羽做护法神，奉其为"伽蓝菩萨""伏魔大帝"。如此一来，一般人也就没有资格直呼其名了，如在小说中，关羽自称时只说"关某"；别人提到他，则要称他"关公"。

在民间戏曲中，逐渐出现一批以关羽为主角的剧目，剧中的关羽满面涂红，并由专门的角色"红净"来扮演，这样的戏就叫"红净戏"。对了，舞台上还专为关羽设计了四十八种独特的亮相姿势呢！

由关羽"义勇武安王"的封号演化而来的"义勇"二字，也成了中华民族对忠义勇武行为的最高奖誉。在民族危亡的关头，便出现了号称"义勇"的武装力量，诞生了以"义勇"为号召的激昂歌曲——我们的国歌《义勇军进行曲》，便跟这位大英雄有关呢！

不过关羽的形象并不完美，由于他重感情、讲义气，有时竟丧失原则。譬如他虽然离开曹操，但对曹操的恩德感念不忘。赤壁之战时，曹操从华容道逃跑，与关羽狭路相逢。关羽念及旧恩，竟不顾集团的利益，放了曹操一条生路！（参看《三国演义》选粹·火烧赤壁"）

此外，这位大英雄还有骄傲自大、意气用事的缺点。如他听说刘备新收的马超功夫了得，便要擅离荆州，入川与马超比武。他得知黄忠也被封为"五虎大将"，便发怨言说："大丈夫终不与老卒为伍！"孙权派人向他提亲，想聘他的女儿做儿媳，这本来是巩固孙刘联盟的好事，他却勃然大怒说："吾虎女安肯嫁犬子乎？"结果大大伤害了孙权的感情，导致吴、蜀失和，关羽自己兵败身死；刘备、张飞也都死于吴蜀之战。

话又说回来，作为一位英雄，没有几分傲气又怎么行？正是这份自尊自重的大丈夫气度，使关羽成为中国古代文学中具有阳刚之美的大英雄形象。遍观传统小说，还真找不出第二位来能跟他相提并论！

11. "功勋演员" 曹孟德

曹操也是毛宗岗极力夸赞的文学人物，被列为"三奇""三绝"之一。拿现代文学理论衡量，这个人物最难写，因为他内心复杂、性格多样。

当然，由于小说家预设了"拥刘贬曹"的立场，因此曹操形象的底色基本是负面的，作者不忘抓住各种机会来抹黑他。如第一回曹操一出场，作者就写了这样一件事：曹操自幼"游荡无度"，他的叔叔看着不顺眼，常向他爹曹嵩告状。曹操心生一计，一次见叔叔来到，突然倒地做中风状。叔叔忙去通知曹嵩，等曹嵩赶来，却见曹操安然无恙。曹操反咬一口，说我本来没病，因叔叔不喜欢我，所以常常诬陷我。——自此曹嵩再也不信弟弟的话，曹操的行为也愈发"出圈儿"了。

俗话讲："三岁看大，七岁看老。"小说家正是用这样一件小事，印证曹操的诡诈是娘胎里带来的！

这类抹黑的事在书中还有不少。如曹操怕被人暗杀，便谎称自己能梦中杀人。有一回还真把给他盖被子的侍从杀了，又痛哭流涕，假惺惺地表示悔恨。此外，在讨伐袁术时，军中乏粮，曹操指使仓官王垕（hòu）克扣士兵的口粮，事后又"借"王垕的人头来平息士兵的怨怒。——如此描写，无非是要揭示曹操的奸诈与虚伪。

杀吕伯奢一事，最能显露曹操猜忌多疑、极端利己的本性。曹操因行刺董卓而遭追捕，跟陈宫一起逃到世交老伯吕伯奢的庄上。吕伯奢热情款待，亲自到邻村去打酒。曹操隐约听见堂后有磨刀声，误以为人家要害自己，不问青红皂白，冲出去一气儿杀了吕家八口人！等杀完才发现，厨房里绑着一头猪，人家是要杀猪款待他呢。

误杀了好人，只好赶快逃走。可是在村口，恰与打酒归来的吕伯奢碰了个正着。一不做二不休，曹操索性把吕伯奢也杀掉了！陈宫责备他不义，他却说："宁教我负天下人，休教天下人负我！"——你看，这就是曹操的处世哲学和为人之道！（参看《三国演义》选粹·'宁教我负天下人'"）

猜忌多疑，深深植根于曹操的本性中，即便对"自己人"，他也很少坦诚相待。与袁绍作战时，曹营的粮食吃光了，正打算退兵，忽有袁绍手下谋士许攸前来投奔。曹操听说，不禁大喜，"不及穿履，跣足（光着脚）出迎。遥见许攸，抚掌欢笑，携手共入，操先拜于地"，热情有加！——可是一谈到军事，曹操的"疑心病"又发作了：

> 攸（许攸，下同）曰："公今军粮尚有几何？"操（曹操，下同）曰："可支一年。"攸笑曰："恐未必。"操曰："有半年耳。"攸拂袖而起，趋步出帐曰："吾以诚相投，而公见欺如是，岂吾所望哉！"操挽留曰："子远（许攸的表字）勿嗔，尚容实诉：军中粮实可支三月耳。"攸笑曰："世人皆言孟德奸雄，今果然也。"操亦笑曰："岂不闻'兵不厌诈'！"遂附耳低言曰："军中止有此月之粮。"攸大声曰："休瞒我！粮已尽矣！"操愕然曰："何以知之？"

看看曹操的表现，简直就是"功勋演员"！又是"笑曰"，又是"附耳低言"，何等真诚，可说了半天，嘴里一句实话都没有！他那奸诈多疑又虚伪矫饰的嘴脸，让罗贯中写活了。

书中还特别举出几件曹操害才的事例，如孔融、杨修都是公认的文学人才，却被曹操杀害了。曹操还借刀杀人，除掉了对他不敬的祢衡。荀彧、荀攸叔侄俩是最早投奔曹操的谋士，屡建功勋。曹操却因他们反对自己加九锡、封魏王，先后将两人逼死……

12. 曹操还有另一面

不过小说家在"妖魔化"曹操的同时，不能不承认他还有雄韬伟略的一面。——历史上的曹操，是位了不起的军事家、政治家、文学家，是他收拾了汉末三国的残破局面，为天下重归统一奠定了基础。而"老骥伏枥，志在千里；烈士暮年，壮心不已"（《步出夏门行》）的著名诗句，便是出自曹操之口。

小说第五十六回，写曹操平定北方后，在邺都建铜雀台，大会文武，当众演讲，说：我本来是学文出身，后来朝廷征我做典军校尉，从此投笔从戎，一心替国家"讨贼立功"。我死后没别的奢望，能在墓碑题上"汉故征西将军曹侯之墓"，也就满足了。

曹操又说：国家如果没有我，"正不知几人称帝、几人称王"。又说：有人猜忌我手握兵权，有野心，其实我是怕一旦放弃兵权，为人所害。我死不足惜，国家也会随之倾覆。——听听这番话，读者对曹操的了解，也会更加全面深刻。

前面说过，曹魏阵营人才最广，这从侧面说明曹操对人才的重视。赤壁之战时，他在船上横槊赋诗，吟咏"山不厌高，海不厌深。周公吐哺，天下归心"（《短歌行》），诗的主题便是招贤。

曹操也有宽宏大量的一面。官渡之战后，曹军打扫战场，在袁军中发现一捆书信，全是曹营将士暗地写给袁绍的投敌书信！有人主张把写信人查清姓名，统统杀掉。曹操却说："当绍之强，孤亦不能自保，况他人乎！"（当袁绍强大时，连我心里也没底，何况别人！）于是命令把信烧掉，一概不问。

陈琳曾替袁绍草写檄文痛骂曹操。当陈琳来降时，曹操质问他：你作檄文骂我也就罢了，为啥还要"辱及祖父"？陈琳答道："箭在弦上，不得不发耳。"（我是一支箭，被人搭在弓上，身不由己啊。）曹操"怜其才，乃赦之"，还把他留在身边做文书工作。

至于张绣，在宛城发动叛乱时曾杀死曹操的儿子、侄儿和爱将。以后张绣再度来降，曹操竟能宽恕他，还让儿子曹均娶了张绣的女儿，两家结为亲家——说曹操"宰相肚里能撑船"，也不为过。

13.《三国演义》是"孔明传"吗

再来看看诸葛亮吧。——"三个臭皮匠,顶个诸葛亮",在老百姓的心目中,诸葛亮是智慧的化身、聪明人的代称。你看小说中的诸葛亮,身长八尺,面如冠玉,头戴纶巾,身披鹤氅,"飘飘然有神仙之概"。他坐在四轮车里,手摇羽毛扇指挥战斗,那份从容镇定,令人不能不佩服。

他上知天文下识地理,深通兵法,广有谋略,甚至能掐会算、通晓阴阳,能预知风自何方来、雾从何时起……在早期"三国"故事中,诸葛亮还有"呼风唤雨、撒豆成兵"的本领呢。到了罗贯中笔下,这些荒诞无稽的描写,大多被剔除了。

小说家对诸葛亮的偏爱是显而易见的。诸葛亮从第三十七回露面,到第一百零四回"归天",书中最精彩的内容几乎全以他为主角。你瞧,"三顾茅庐""隆中决策""火烧新野""舌战群儒""草船借箭""借东风""三气周瑜""安居平五路""七擒孟获""六出祁山""空城计""木牛流马""五丈原祈禳"……即便在他死后，也有"死诸葛吓走生仲达"和"遗计斩魏延"等情节。有人就把《三国演义》看成一部"诸葛亮传"。

诸葛亮料事如神，总能未卜先知。刘备到江东招亲，诸葛亮派赵云当保镖，事先交给他三个锦囊。每逢危难时刻，赵云便打开锦囊，对策早就被诸葛亮预备好了。靠着诸葛亮的妙算，赵云顺顺当当保着刘备回到蜀中，东吴的诡计没能得逞，刘备反带回一位年轻美貌的夫人。——直到今天，人们还把藏而不露的高明计策称为"锦囊妙计"。

小说除了强调诸葛亮智慧超人，还极力描摹他作为忠臣贤相鞠躬尽瘁的一面。他与刘备名为君臣，实为挚友，相互信任，鱼水相谐，这大概是小说家心目中最理想的君臣关系吧！

刘备死后，诸葛亮忠心扶保平庸的"阿斗"刘禅，安内攘外，七擒孟获，六出祁山……最终以一死实践了"鞠躬尽瘁，死而后已"的誓言。

曹魏统帅司马懿最了解这位敌手。诸葛亮派使者到魏营下战表，司马懿仔细询问了诸葛亮的饮食起居，说是"食少事烦，岂能久乎"（吃得少又要操劳各种琐事，哪能长久呢）。诸葛亮的属下也委婉劝谏说：您身为三公，"坐而论道"就是了，"作（起）而行之"是士大夫的事。诸葛亮怎么回答的呢？他说：我怎么会不知道呢？只是我受先帝的托孤重任，唯恐别人不像我这样尽心呀！

　　诸葛亮是作者精心塑造的小说人物，然而从文学刻画的角度来看，总觉得比关羽、曹操的形象略逊一筹。或许是作者用力太过的缘故吧！鲁迅先生在《中国小说史略》中评价《三国演义》说："至于写人，亦颇有失，以致欲显刘备之长厚而似伪，状诸葛之多智而近妖；惟于关羽，特多好语，义勇之概，时时如见矣。"可谓一语中的。（参看"《三国演义》选粹·诸葛亮舌战群儒、诸葛亮智激孙权、诸葛亮草船借箭、诸葛亮施空城计"）

諸葛亮

王佐奇才傅者氣象
伊呂之間管樂之工

诸葛亮 / 古代版画

14. 刘备的"长厚"与暴躁

《三国演义》对刘备的刻画，也有类似毛病——"欲显刘备之长厚而似伪"，可谓一针见血。

不错，刘备是小说中的仁君典范，生就一副帝王相，"身长七尺五寸，两耳垂肩，双手过膝，目能自顾其耳，面如冠玉，唇若涂脂"。他自称是"中山靖王刘胜之后，汉景帝阁下玄孙"，并充分利用"皇叔"的身份，以恢复汉室天下为号召，与曹操、孙权争正统。

他白手起家，历尽磨难，终于从"织席贩屦之夫"，一跃而为雄踞一方的霸主。可以说，刘备是三国人物中最具励志价值的一位。他与关、张的生死交情，以及"三顾茅庐"时的恭谨诚恳，都给人留下爱才惜才的深刻印象。

不过不知为啥，刘备的言行中，总透着一股虚伪劲儿。例如他曾对关、张说："兄弟如手足，妻子如衣服。衣服破，尚可缝；手足断，安可续？"——这话就有点言不由衷；话里对妇女的轻贱歧视，也让人听着不舒服。

说起来，刘备的"家庭观念"的确很差，危险一来，他总是自顾自逃命，不管妻儿的死活。那次关羽被围下邳，不得已投降了曹操，就因受两位嫂子的"牵累"。长坂坡一战，刘备再度把妻儿扔下，还是赵云四处寻觅，在万马丛中先后救出甘夫人和阿斗。可刘备接过阿斗又怎样？他把孩子往地上一摔，说："为汝这孺子，几损我一员大将！"

老百姓早看出他的伪善，民间于是有"刘备摔孩子——刁买人心"的歇后语。话说回来，一个对妻儿没有责任感的人，能真心爱他的部下吗？

刘备的虚伪，在他事业发展的每一步都有体现。例如人们劝他夺取荆州、益州，他总是犹豫不定；因为荆州的刘表、益州的刘璋，全都是汉室宗亲，与他同姓同族，"砸断骨头连着筋"呢。——可是扭捏半天，最后夺取荆、益的，恰恰是他"刘皇叔"。在无情的史实面前，作者的"粉扑儿"也失去了效力，遮了这里，盖不住那里，够难看的。

历史上的刘备，并没有小说夸说的那么优秀。史传说他年轻时"不甚乐读书，喜狗马、音乐、美衣服"，也是俗人一个，身上毛病不少。不过他也有性格优势："少语言，善下人（待人谦虚），喜怒不形于色（喜怒情绪不显露于外），好交结豪侠，年少争附之

（年轻人争着依附他）"，所谓刘备得"人和"之助，指的就是这些吧？

　　其实刘备也有"喜怒形于色"的时候，据史书记载，朝廷曾派督邮巡视四方，专门整治靠军功做官的人。刘备当时在安喜县当县尉，正在被淘汰之列。刘备向督邮求情，督邮闭门不见。刘备大怒，带着几个兵卒闯进"传舍"（相当于招待所），把督邮从床上拎起来，绑在树上用马杖痛打百余下，然后把官印往督邮脖子上一挂，就那么弃官而去。——小说家为了粉饰刘备，把这段故事安在张飞身上（"张翼德怒鞭督邮"）。读者哪里知道，刘皇叔发起威来，比豹头环眼的张三爷厉害多了！（参看《三国演义》选粹·张翼德怒鞭督邮"）

15. 战争史诗中的文人故事

《三国演义》里的出色人物还有不少，如张飞、赵云、黄忠、马超、孙权、黄盖、甘宁、凌统、典韦、于禁、许褚、夏侯惇……

作者写张飞，笔带夸张。这位脾气暴躁的将军，生性鲁莽、疾恶如仇。他认为是错的，不管是上司老爷，还是结义兄弟，他都扬鞭就打、挺矛就刺！他的勇猛也无人能及，长坂坡前，他立马桥头大喝三声，竟把曹军大将吓得倒撞下马来！

然而他又勇于认错、从善如流。三顾茅庐时，张飞对刘备的所作所为不理解，口出怨言。诸葛亮做了军师，他见面不肯下拜。等亲眼见到诸葛亮坐镇部署，打败曹兵，他又不吝赞美之词，说"孔明真英杰也"，见孔明来到，立刻与关羽"下马拜伏于车前"。此外，他粗中有细，善用计谋。"义释严颜""智取瓦口隘"，便都是佐证。

张飞形象在后世小说中影响深远。《水浒传》中的李逵、《说岳全传》中的牛皋、《说唐全传》里的程咬金、《杨家将》中的焦赞，在这些莽汉身上，多少都能看到张飞的身影。

此外，赵云的武艺超群，黄盖的老当益壮，马超的英勇善战……也都各具典型。有时候，作者寥寥几笔，便能把一个人的精气神儿写出来。如曹操麾下的大将典韦，忠诚勇猛，是曹操的贴身保镖。宛城之战，张绣偷袭曹操，事先派人盗走典韦双戟。典韦从梦中惊醒，仓促应战，竟抢起两个人来当武器！最终身中数十枪，战死在营门前；"死了半晌，还无一人敢从前门而入者！"（第十六回）——只这一句，便把典韦活着时的八面威风写尽了。

小说中的文人形象，也个性鲜明。如第二十三回那位恃才傲物的祢衡，在曹操面前口出大言，把曹营的武将、谋士贬得一钱不值。曹操要羞辱他，命他充当鼓吏，他当堂更换衣服，在众客面前裸身而立，并把曹操骂了个痛快！（参看"《三国演义》选粹·祢正平裸衣骂曹"）

自古文人有着一种不畏权贵、敢骂敢恨的传统，这传统在祢衡身上，体现得可谓淋漓尽致。当然，那结局也是可想而知的，曹操当时不好报复他，后来到底借了别人的手，把他杀掉了。

脱离袁绍、投奔曹操的许攸，也很有个性。曹操最终灭掉袁绍，全靠他献计献策。打下冀州后，大军入城，许攸当着众人，用马鞭指着城门大叫："阿瞒（曹操的小名），汝不得我，安得入此门？"曹操心中不快，却以哈哈大笑来掩饰。——在曹操的纵容默许下，许攸到底被曹操的部下杀害了！（第三十三回）

杨修也是位才高见嫉的文人。相府中建了座花园，曹操游览后，在门上写了个"活"字。众人都不解其意，杨修说："门"内添个"活"，是个"阔"字。丞相是嫌园门太宽啦。——曹操得知谜底是杨修猜破的，表面称赞了几句，心里却忌恨他的才能。以后曹军跟蜀军作战，杨修听说当晚口令是"鸡肋"，便让人打点行装，说鸡肋这种东西食之无味，弃之可惜，就像咱们今天的处境：进不能取胜，退又怕人笑话！我估计一两天丞相就要下令撤军了。——曹操这下子算是抓住了他的"小辫子"，硬说他扰乱军心，把他杀害了。（参看"《三国演义》选粹·杨修之死"）

这里所举的几个文人故事，都与曹操有关。曹操还曾杀死孔融，逼死荀彧、荀攸。不过曹操从未主动杀过一员战将——对于研究封建统治术的学者，这似乎是个有意思的课题。

第二编

《三国演义》速读

1.“苍天已死，黄天当立”

天下大势，分久必合，合久必分。

东汉末年，桓帝刘志和灵帝刘宏相继在位，两人贪婪、荒淫，如出一辙。又不约而同宠信宦官（即太监），打击正直之士，屡兴大狱，搞得天怒人怨。

那阵子，京城内外怪事连连，如宫殿大梁上突然飞下一条大青蛇来，接着是洛阳地震、东海泛滥、黑气飞入宫殿、有虹现于朝堂。此外，还有山崩地裂等种种不祥之兆。照当时人的看法，这都是女人、宦官干预朝政导致的异象。

“上天示警”毕竟是虚幻的，百姓造反却是真刀真枪。小说便是从黄巾起义讲起的。——巨鹿人张角自称采药遇仙，独得天书，自号“太平道人”。他四处传道治病，发展信徒。张角把天下信徒分为三十六方，大方有一万多人，小方也有几千人，各有头领，称为“将军”。

张角的口号简单而有蛊惑力:"苍天已死,黄天当立。岁在甲子,天下大吉! "——"苍天"指汉王朝,"黄天"指他自己,"甲子"是干支纪年法,即汉灵帝光和七年(184)。

就在这一年,张角自封"天公将军",揭竿而起。他的弟弟张宝、张梁分别自封"地公将军""人公将军"。哥儿仨振臂一呼,四五十万穷苦百姓同时响应。义军人人头裹黄巾,因称"黄巾军"。

2. 三兄弟引出三兄弟

张角三位同姓兄弟造反,只是小说的引子,由此引出三位异姓兄弟,才是小说的重头人物。

且说黄巾军打到幽州,幽州太守刘焉发榜招兵。前来应征的人里有三位好汉:一位是涿县人刘备,字玄德。他本是汉室宗亲,"中山靖王刘胜之后,汉景帝阁下玄孙";不过到他这一代,家世早已败落。刘备父亲早亡,他与母亲相依为命,靠着编席子卖草鞋为生。另一位是涿郡人张飞,字翼德。家中颇有田产,以卖酒杀猪为业。第三位是河东解良人关羽,字云长。因在家乡杀了土

桃园三结义 / 古代版画

豪，逃亡至此。

三人一见如故，就在张飞家的桃园中杀马宰牛，结为兄弟，立誓要"同心协力，救困扶危；上报国家，下安黎庶；不求同年同月同日生，只愿同年同月同日死"。——小说第一回"宴桃园豪杰三结义，斩黄巾英雄首立功"，讲的便是三人结拜投军、镇压黄巾军的故事。

在这一回中，另一位重要人物曹操也登场亮相。曹操字孟德，是沛国谯郡人。其父曹嵩本姓夏侯，因认了大宦官曹腾做干爹，改姓曹。有了宦官做靠山，曹嵩当上了太尉，那是很高的官位。

不过曹操做官靠的却是自己的能力。他先在洛阳当了个治安官，严格执法，不避权贵，宦官都怕他。此后他又出任县令。镇压黄巾军时，他的身份是骑都尉，不久又当上典军校尉。（1：以上内容为《三国演义》第一回，下同，不再一一注明）

3. 十常侍之乱

眼看黄巾军的势头被打下去，朝廷又出了大事。

灵帝病重，众人张罗着安排后事。灵帝有两位皇子，长子刘辩是何皇后所生，次子刘协是王美人所生。为了争宠，何皇后毒死了王美人。没了娘的刘协由灵帝之母董太后收养。

灵帝偏疼刘协，想立他做太子，又怕大将军何进不答应。何进是何皇后的哥哥，兵权在握，跟宦官水火不容。

当时掌权的大宦官有十个：张让、段珪、曹节、侯览、蹇（Jiǎn）硕……号称"十常侍"。蹇硕给灵帝出主意说：何不把何进骗进宫来杀死，以绝后患？——何进闻讯，召集众人商量对策。在这当口，消息传来：灵帝已驾崩（君王之死称驾崩）。何进立刻与司隶校尉袁绍进宫，拥立太子刘辩登基，是为少帝。而刘协被封为陈留王。

蹇硕因与何进作对，被逼自杀。其他几名宦官则受到何太后的庇护——何太后即何皇后，儿子当了皇帝，她也升格为太后。

宦官一天不除，何进一天不能安睡。袁绍替他出主意说：何不征召各地军阀进京对付宦官？——这真是个"馊主意"，在座的陈琳、曹操等都表示反对。曹操说：宦官得势，历代都有。对付为首的宦官并不难，有一名狱吏就足够了，何必招来外兵呢？要想把宦官都杀掉，就一定会走漏消息。因而必败无疑！

何进哪里肯听！他暗中传令各镇出兵。宦官得知消息，先下手为强，怂恿何太后召何进入宫。何进一踏进宫门，立刻被砍了头，人头抛出宫墙外！袁绍、曹操大怒，率兵杀进宫去，见宦官

就杀。宦官张让等劫持少帝及陈留王出逃，半路遇上奉诏进京的西凉刺史董卓，救下少帝和陈留王。（2～3）

4. 讨董联盟的聚与散

西凉刺史董卓是个残忍诡诈、野心勃勃的家伙。他控制了朝廷，提出要废掉少帝，改立陈留王为帝。荆州刺史丁原表示反对，董卓就暗中收买了丁原的部将吕布，将丁原杀害。袁绍也不同意废立皇帝，结果被董卓逼走。尚书丁管大骂董卓，当场被杀。

九岁的陈留王刘协登基做了皇帝，改元初平（190），是为汉献帝，也是东汉最后一位皇帝。董卓自封相国，大权在握，胡作非为，把朝廷搞得不成样子。

曹操决意为天下除害。他借来一把宝刀，要行刺董卓，却被董卓察觉；曹操灵机一动，假称献刀，骗过董卓，家也不回地逃走了。

曹操逃到中牟县，县令陈宫钦佩曹操的见识和胆量，甘愿弃官随他逃亡。两人逃到曹家世交吕伯奢庄上。曹操疑心过重，误杀了吕家全家，又将错就错，杀死了打酒归来的吕伯奢，并声称："宁教我负天下人，休教天下人负我！"陈宫看清了曹操的面目，弃他而去，后来投奔了吕布。

曹操逃回陈留，抛散家财，招募义兵；又假借皇帝名义发一道诏书（这叫"矫诏"，即假托皇帝诏命），号召各路军阀联合反抗董卓。

各镇军阀纷纷响应，他们是南阳太守袁术、冀州刺史韩馥（fù）、兖州刺史刘岱、东郡太守乔瑁、北海太守孔融、徐州刺史陶谦、西凉太守马腾、北平太守公孙瓒、长沙太守孙坚、渤海太守袁绍……连同曹操，共十八路"诸侯"，杀来洛阳。

众人公推袁绍为盟主，以孙坚为先锋。——袁绍字本初，父亲袁逢官至司徒，伯父袁隗（wěi）是太傅。他还有个同父异母的弟弟，即南阳太守袁术（字公路）。袁家"四世三公，门生故吏遍天下"。孙坚字文台，是长沙太守。后来割据江东的孙策、孙权，是他的两个儿子。

盟军与董卓兵马先后在汜水关、虎牢关对峙，几经厮杀，董卓一方渐渐显出颓势。——刘备也在诸侯军中。此前他因镇压黄巾军有功，授职安喜县尉。适逢朝廷派督邮前来视察，对刘备百般刁难。张飞一怒之下，将督邮绑起来鞭打一顿。刘备偕关羽、张飞弃官而去。之后刘备再度因军功当上平原县令，追随北平太守公孙瓒同来讨伐董卓。

此番征战，给了三兄弟崭露头角的机会：先是关羽斩杀董卓大将华雄（关云长温酒斩华雄），接着三人又在虎牢关大战董卓悍将吕布（虎牢关三英战吕布），三兄弟从此名闻诸侯。

迫于军事压力，董卓放火焚烧都城洛阳，挟持汉献帝迁都长安。董卓走后，孙坚头一个率部冲进洛阳救火。在宫内一口废井中，士兵捞起一块玉玺，上刻"受命于天，既寿永昌"八个字——这枚传国玉玺是国家政权的象征。

袁绍有野心，向孙坚索要玉玺，孙坚不给，双方撕破面皮，孙坚率部回长沙而去。袁绍写信给荆州刺史刘表，要他在半路拦截孙坚。结果玉玺没抢到手，孙坚、刘表自此结怨。

曹操呢，他主张追击董卓，却没人响应。他独自率军去追，吃了败仗，引军投扬州而去。刘备则随公孙瓒撤回北平。盟军内部发生内讧，兖州刺史刘岱杀死了东郡太守乔瑁。盟主袁绍也领兵回了关东。联盟自此瓦解。——以上故事，发生在汉献帝初平二年（191）。（4～6）

5. 董卓覆灭

　　朝廷失去权威，军阀们蠢蠢欲动。袁绍看上了钱多粮广的冀州，撺掇公孙瓒攻打冀州，答应得手后两家平分好处。冀州太守韩馥惊慌失措，反把袁绍当好人，请他来掌管冀州。袁绍不费吹灰之力得了冀州，当然不肯分肥给公孙瓒。公孙瓒与袁绍反目成仇，相互攻伐。董卓出面当"和事佬"，以汉献帝的名义劝两家罢兵——这真是天大的讽刺！

　　南阳太守袁术见哥哥得了冀州，十分眼红，一张口就要战马千匹。袁绍不给，兄弟俩反目成仇。

　　袁术又向荆州刘表借粮，也遭拒绝。于是写信给孙坚，要他讨伐刘表。孙坚、刘表本因传国玉玺结仇，此番得到袁术支持，孙坚立即率军攻打荆州，围了襄阳城。刘表派人向袁绍求救，孙坚得知消息，亲自堵截信使，结果中了埋伏，死于岘山，年仅三十七岁。

　　长安这边，董卓日益骄横，自号"尚父"；出入用天子仪仗。他家连吃奶的孩子都封了侯。董卓还大兴土木，修建"郿坞"城堡，里面有宫殿府库，储藏着二十年的粮食，还有金钱、美女无数。董卓生性残忍，常以杀人为乐。朝臣稍不如意，说杀就杀，搞得人人自危!

董卓仗着有义子吕布做保镖,有恃无恐。司徒王允为此忧心忡忡。王允府中有个歌女叫貂蝉,挺身而出,情愿为国献身。王允与她订下"连环计",要离间董卓、吕布。

吕布字奉先,本是丁原的义子,被董卓用赤兔马及金银收买,杀丁投董,又拜董卓为干爹。王允先把吕布请到家中,让"女儿"貂蝉出来陪酒,并答应把貂蝉许他做妾。几天后,王允又请董卓到家中赴宴,仍让貂蝉把盏,说是府中歌伎,并把她献给董卓。吕布闻知,敢怒而不敢言。

一次趁董卓不在,吕布到董府凤仪亭与貂蝉私会。董卓发现后大怒,抄起画戟掷向吕布,这一掷,彻底断了两人的"父子之情"。王允又私下游说吕布,制订了铲除董卓的计划。

一日董卓接到天子诏命,说要把帝位让给他。董卓兴冲冲来到宫门,却见王允持剑而立,指挥武士对他发起攻击。董卓跌落车下,高喊:"吾儿奉先(即吕布)何在?"吕布从后面赶上,高呼:"有诏讨贼!"将他一戟刺死!(7~9)

6. 挟天子以令诸侯

　　董卓一死，举国称庆。然而王允接连犯了几个错误。一是杀死学者蔡邕，只因他在董卓死后掉了几滴眼泪。蔡邕在士大夫中威望极高，王允的做法大失人心。——顺带说到，蔡邕的女儿叫蔡琰，字文姬，有文才，撰有《悲愤诗》《胡笳十八拍》等。后被匈奴人掳去，曹操用重金将她赎回。曹操西征时，还曾去看望她。这段佳话，记录在小说第七十一回中。

　　王允的另一个错误，是违背了"穷寇勿追"的原则，不肯宽恕董卓余党李傕（jué）、郭汜（sì）、张济、樊稠等人。这四人走投无路，索性重整旗鼓，杀来长安，跟董卓的女婿牛辅合兵一处。最终逼走吕布，逼死王允，劫持了汉献帝。

　　不过这伙人很快发生了内讧，樊稠被杀，李、郭反目。献帝及百官成了人质，被囚禁在宫中，连饭都吃不上。——已经离开长安的张济，此刻回来居中调停，让李、郭放了献帝及群臣。君臣艰苦跋涉，终于回到了洛阳。洛阳的宫室遭到破坏，群臣只能在荆棘中朝见天子。

　　曹操此刻乘虚而入，将献帝掌握在手中。又因洛阳残破，于是迁都许昌（也称许都），这里成了曹操的大本营之一。曹操自封

大将军、武平侯，大权独揽，"挟天子以令诸侯"。这年改元建安（196），是东汉最后一个年号。（9 ~ 10）

7. 三让徐州

此前曹操一直在经营山东。原来，讨董联盟瓦解后，青州黄巾军残部死灰复燃。曹操前往镇压，获黄巾军降卒三十万，择其精要编为劲旅，号称"青州兵"，成为曹军精锐。曹操先占兖州，再攻徐州。

曹操打徐州，是以报父仇为借口。原来，曹操占据兖州后，派人回琅玡接老父及家眷。途经徐州时，太守陶谦特意派人护送过境。不料护送军官见财起意，杀了曹父全家四十口，劫走财物。曹操迁怒于陶谦，率大军来攻徐州。

陶谦字恭祖，此时已六十多岁，面对飞来横祸，只好四处求援。北海孔融、青州田楷都发兵来救。刘备此时仍在公孙瓒麾下，他自有兵马三千，又向公孙瓒借兵两千，还借得战将赵云，同来救援。——赵云是常山真定人，字子龙，能征惯战，与刘备关系最好。

陶谦三番两次要把徐州刺史之位让给刘备，刘备不肯乘人之危，没有答应。曹操久攻不下，撤军而去。刘备率军驻扎在徐州旁边的小沛。赵云辞去，刘备依依不舍。不久陶谦染病身亡，临终将徐州托付给刘备。

曹操撤军的原因，是吕布自李、郭之乱后逃离长安，此刻乘虚袭取了曹操的兖州和濮阳。曹操回军打败吕布，收回失地，山东一境尽归曹操所有。吕布走投无路，来徐州投刘备，刘备安排他驻扎在小沛，自己镇守徐州。

曹操见刘备与吕布联手，唯恐两家势大难敌，于是假借天子之命，令刘备去讨伐袁术。徐州空虚，一向不讲信义的吕布乘机占了徐州。待刘备兵败归来，只好屈居小沛。——诡诈的曹操轻而易举在袁术、刘备、吕布之间埋下了不和的种子。

自孙坚死后，长子孙策（字伯符）只有十七岁，一度投靠袁术。后听了高人建议，拿父亲留下的传国玉玺做抵押，向袁术借了兵三千、马五百匹，自回江东，得到父亲旧部的拥戴，又获周瑜、张昭相助。他先后打败扬州刺史刘繇（yóu）、吴郡严白虎及会稽太守王朗，得猛将太史慈、陈武等。最终平定江南。——牛渚之役，孙策挟死一将，喝（大叫）死一将，人称"小霸王"！

（11～15）

8. 辕门射戟

　　袁术要报刘备攻伐之仇，又忌惮吕布，于是先送了二十万斛粮食给吕布，然后派大将纪灵率军向刘备兴师问罪。刘备向吕布求救，吕布权衡利弊，决定做和事佬。他把刘备、纪灵请到营中赴宴，把一杆画戟立在一百五十步之外，说我若能射中画戟的小枝，你两家就罢兵；若射不中，任凭你两家厮杀，这叫听天由命。——不用说，当然是一箭射中，纪灵只好撤军。

　　纪灵向袁术献策，让他与吕布结为儿女亲家，以孤立刘备。袁术向吕布提亲，吕布满心欢喜，为女儿准备了丰厚的妆奁，锣鼓喧天送出城外。徐州名士陈珪来见吕布，向他陈说唇亡齿寒的道理。吕布恍然大悟，立刻将女儿追回。

　　刘备、吕布依旧摩擦不断。张飞抢了吕布买的战马，吕布率军包围了小沛。刘备突围逃出，转投曹操。曹操大喜，表奏刘备为豫州牧，还资助他粮草兵马。刘备由此又有"刘豫州"之称。（16）

9. 兵败宛城

  曹操正待征讨吕布,忽报张绣进犯。曹操于是改变策略,对吕布封官许愿,要他与刘备和解。吕布欣然从命。

  曹操亲率大军迎战张绣,张绣是董卓部将张济的侄子。张济已死,张绣联络荆州刘表,要来许都劫驾。不过他见曹兵势大,没等交手就投降了。曹操兵不血刃进驻宛城,十分得意。

  不料张绣突然发动叛乱,变起仓促,曹操毫无防备。黑夜混战,曹操最信任的猛将典韦以及曹操的长子曹昂、侄子曹安民,都死于乱军之中,曹操自己也差一点送命!动乱的起因,是曹操好酒贪色,把一个美丽的妇人占为己有,而这妇人正是张济之妻、张绣的婶娘。(16)

10. 吕布的下场

  袁术占据淮南,地广粮多,不久前又得了传国玉玺,不免野心膨胀,头脑发昏,公然称帝,建号"仲氏"。称帝后的第一件事，就是兵发七路，攻打徐州，却被吕布战败。

袁术称帝，给了众军阀讨伐他的口实。曹操以天子名义出兵讨伐袁术，又命孙策、吕布、刘备一同出兵。不过曹操攻下寿春后，就不得不撤军，因为张绣抄他的后路，正攻打南阳和江陵。

曹操转攻张绣，未分胜负，又传来袁绍要攻许都的消息，曹操只好撤回许都。为了安抚袁绍，曹操封他为大将军、太尉，都督冀、青、幽、并四州。腾出手来，曹操又来对付吕布——在曹操眼里，吕布始终是个危险人物。

在此之前，吕布和刘备协同曹操讨伐袁术，事后同回徐州，刘备仍居小沛。吕布得知刘备替曹操监视自己，大怒，派兵攻打小沛。曹操派大将夏侯惇驰援刘备，夏侯惇在阵前被射中左眼，从此成了独眼将军。曹军大败，刘备弃了家小，再投曹操。曹操亲率大军来攻吕布。

徐州幕僚陈登足智多谋，其父陈珪更是老谋深算。陈登早与曹操有联络，此番大兵压境，他故意给吕布出"瞎招"，分散他的兵力。并假传消息，让吕布手下自相掩杀。等吕布明白过来，徐州、小沛已被刘备和曹操占领。

吕布兵屯下邳，被曹军包围。吕布向袁术求救，袁术再提儿女亲事。吕布把女儿用锦缎、铠甲包裹，绑在背上，要亲自送女突围，结果失败而回。

曹操掘沂水、泗水以灌下邳。吕布困守孤城，只是一味与妻妾饮酒，又虐待部下。部下偷了他的赤兔马和画戟，将他捆起，开城投降。

曹操和刘备在下邳白门楼发落俘虏。吕布的搭档陈宫本是曹操的老相识，如今故人相见，曹操尚有留恋之意，陈宫却大义凛然，誓死不降，引颈就戮。

吕布见刘备在座，要他求情，刘备点头答应。等曹操到来，吕布叫道：你所担心的，只有我吕布。如今我已臣服，未来你当主帅，我做副手，天下哪有不平之理？曹操回头征求刘备的意见。刘备说：你不记得丁原和董卓的事了？——刘备是在提醒曹操：吕布最不讲信义，曾拜丁原和董卓为干爹，又先后将二人杀死。

吕布听了，瞪着刘备说："是儿最无信者！"又说："大耳儿，不记辕门射戟时耶？"（大耳儿：刘备两耳垂肩，故称）——贪生怕死的吕布还心存一线希望，却已被人牵下城楼，当众绞杀。（17～19）

11. 煮酒论英雄

刘备到许都朝见献帝，献帝尊称他"皇叔"，官拜左将军。曹操把刘备留在许都，以便监视。

曹操随献帝打猎，与献帝并马而行，并接受群臣的欢呼，表现得十分傲慢。献帝对曹操又怨又怕，趁国舅董承入宫之机，赐他新袍、玉带，暗藏血书密诏，要董承"纠合忠义两全之烈士，殄（tiǎn）灭奸党，复安社稷"。董承暗中联络马腾等人，设立"义状"，结盟反曹。刘备也在义状上签字画押。

刘备明白自己的处境，每日种菜浇园，行"韬晦"之计（韬晦：把自己的才能、志向隐藏起来，不以真面目示人）。

一日曹操请刘备到相府后花园煮酒赏梅，向刘备发问：当今天下谁可称为英雄？刘备先后举出袁术、袁绍、刘表、孙策、刘璋、张绣、张鲁、韩遂等，曹操都摇头。曹操指着自己和刘备说："今天下英雄，惟使君与操耳！"（使君：是对刺史的尊称，这里指刘备）刘备闻言一惊，手中筷子落地。刚好天上打雷，刘备借口害怕雷声，遮掩过去。

局势随时变化。袁绍大破公孙瓒，公孙瓒自缢身亡。袁术还没过足皇帝瘾，却早已众叛亲离。他要把帝号归于袁绍，并亲自护送传国玉玺到河北。刘备见机会难得，向曹操申请率军截击袁术。曹操派将军朱灵、路昭与刘备同率五万兵马，前往徐州。（20～22）

12.刘备投袁绍

刘备在徐州截住袁术厮杀，袁术兵败，逃至江亭，只剩残兵一千，箭尽粮绝。袁术吃不下粗茶饭，让厨师取蜜水解渴，厨师答道：军中只有血水，哪有蜜水！袁术大叫一声，吐血而亡！传国玉玺也被人抢去，献给了曹操。

刘备终于摆脱了曹操的控制，哪里还肯回去？他让朱灵、路昭自回许都，自己与关、张留守徐州。徐州刺史车胄原是曹操的部下，想要暗算刘备，被关羽斩了。

为了集中力量对付劲敌袁绍，曹操派使者去招安张绣、刘表。张绣再度降曹，曹操不念旧恶，坦然接受。据史书记载，曹操还与张绣结为儿女亲家。张绣日后屡立战功，加官进爵，死后封侯。

孔融推荐名士祢衡去招安刘表。祢衡为人高傲，当众击鼓辱骂曹操。曹操怕担害贤之名，不肯杀他，派他前往荆州，后为刘表部下黄祖所杀。

徐州谋士陈登给刘备出主意，要他联合袁绍，共同抗曹。袁绍发兵三十万讨伐曹操，命书记官陈琳起草檄文。檄文痛骂曹操，连带骂他父祖三代。曹操卧病在床，读了檄文，出了一身冷汗，头风病竟好了。

曹操亲自率军迎战袁绍，在黎阳对峙两月，不分胜负。曹操分兵屯扎，自回许都。另一支曹兵攻打徐州，被刘备打败。

在许都，国舅董承联络太医吉平，要趁诊病之机给曹操下毒，被人告发。吉平、董承及在义状上签名的五人都被满门抄斩，牵连七百人被杀，连同有孕在身的董贵妃也不能幸免！

因义状上有刘备、马腾的名字，曹操发兵二十万，分五路来攻徐州。刘备兵败，丢下家眷，只身投奔袁绍。（22～24）

13. 千里走单骑

关、张与刘备失散。关羽被围在下邳土山上，刘备的家眷尚在城中。曹操派张辽劝降，关羽与曹操约法三章，声称"只降汉帝，不降曹操"。曹操满口答应。

曹操善待关羽，"小宴三日，大宴五日"，赠送金银、美女、锦袍、骏马。关羽为报答曹操的知遇之恩，在与袁绍作战时，斩杀了河北名将颜良、文丑。

　　不过关羽一旦得知刘备在袁绍处，立刻向曹操告辞。曹操闭门不见，关羽于是"挂印封金"，护送两位嫂子起身。曹操敬重关羽，特意追上去，赠送锦袍盘缠，却没有给他最需要的东西——文凭路引（官方颁发的通行证）。因而关羽一路处处受阻，不得不斩杀守关将领。东岭关的孔秀，洛阳的孟坦、韩福，汜水关的卞喜，荥阳太守王植，黄河渡口的秦琪，全都成了他的刀下之鬼。——"过五关斩六将""千里走单骑"也被传为佳话。

　　关羽半路听说刘备已离开袁绍，于是转往汝南与刘备相会。途中收了周仓，又得知张飞在古城，于是转往古城。不料张飞误解关羽，认为他背叛了刘备，不肯让他进城。关羽在城下杀了前来追赶的曹军老将蔡阳，这才解除误会。关、张同至汝南与刘备会合。赵云也在此时来投刘备。（25～28）

古城会/墨浪 绘

14. 官渡之战

曹操见孙策气候已成，顺水推舟，表奏他为讨逆将军，封吴侯。可是好景不长，孙策遭人暗杀，死时只有二十六岁。临死前把印绶交给弟弟孙权，嘱咐他"内事不决问张昭，外事不决问周瑜"。

孙权字仲谋，接印时只有十八岁。好在有周瑜、张昭等辅佐，周瑜还推荐了鲁肃（字子敬）。孙权的雄心，只是做一方诸侯，鲁肃却为他规划了建号称帝的宏图。

袁绍起兵七十万来攻许昌，曹操以七万迎敌。双方在官渡对峙两个月，曹军乏粮，准备撤兵。关键时刻，袁绍部下许攸来投曹操——许攸字子远，是曹操的旧相识，因不受袁绍重用，改投老友。他教曹操偷袭袁绍的乌巢屯粮之所。曹操孤注一掷，亲率五千人前往。袁军粮草被烧，不战自乱，袁将张郃等顺势降曹。官渡一战，曹军以少胜多，大败袁绍。

袁绍有三子，袁谭守青州，袁熙守幽州，袁尚是继室刘氏所生，留在袁绍身边。另有外甥高干守并州。诸子聚兵与曹操再战，又败于仓亭。刘备从汝南出兵讨曹，兵败后转投荆州刘表。

袁绍吐血而死，临死废长立幼，由袁尚主持冀州。诸子不和，自相攻伐，袁谭投降曹操，曹操把女儿嫁给他。曹操攻打冀州治所邺城，许攸献计，掘漳河水以灌邺。城破后，曹操亲祭袁绍——毕竟两人同朝为官，当年曾并肩诛杀宦官、讨伐董卓。

袁谭降而复叛，在南皮被杀。袁尚、袁熙奔辽西投靠乌桓。乌桓是北方游牧民族，属东胡部落。曹操乘势北征，大破乌桓。

二袁又逃往辽东，被辽东太守公孙康所杀。至此，青、幽、并、冀四州平定。曹操收编袁氏兵马五六十万，实力大增。事在建安十二年（207）。

曹军在邺城挖到一只铜雀，于是在漳水边建起高台，称铜雀台。日后，曹操将幕府迁于此，邺城成为曹操的政治军事中心，称邺都。此地属魏，曹操后来封魏王，儿子曹丕建立魏朝，也都源于此。（29～33）

15. 三顾茅庐

荆州刘表字景升，也是汉室宗亲，他对前来投靠的刘备格外信任。刘表有二子，长子刘琦是前妻所生，次子刘琮是继室蔡氏所生。刘表打算废长立幼，征询刘备的意见，刘备认为不妥。这话被蔡氏偷听到，怀恨在心，与弟弟蔡瑁商量，要加害刘备。

蔡瑁是领兵的将军，他骗刘备到襄阳参加群僚聚会，要在席间动手。刘备得到消息，从酒席上只身逃出。他所骑的骏马名"的卢"，曾有人说此马不利于主人，刘备相信"死生有命"，不肯换马。此刻后有追兵，前临阔溪，刘备几乎绝望，那马突然跃起，跳过三丈宽的溪流——这就是有名的"马跃檀溪"故事。

刘表派刘备去守新野，有谋士单福辅佐刘备，屡败曹兵，夺了樊城。单福真名徐庶，字元直。曹操闻知，命人将徐庶的老母拘禁，逼迫徐庶投降。徐庶被迫离开刘备，临行发誓："纵使曹操相逼，庶亦终身不设一谋。"

徐庶临走，又勒马回来，向刘备推荐了诸葛亮。诸葛亮字孔明，原是琅玡阳都人，后移家襄阳，与兄弟"躬耕于南阳"。他隐居的隆中有卧龙冈，因号"卧龙先生"。

为了表示对诸葛亮的尊重，刘备带着关羽、张飞亲自去请。去了两回都没见到。直到第三回，孔明才露面。他被刘备的诚心打动，决计出山。他为刘备分析了天下大势，指出曹操和孙权各占"天时""地利"，给刘备留下的选项只有"人和"。他建议刘备以荆州为根据地，未来向西南的益州（西川）发展。——此节即"三顾茅庐"。（34～38）

16. 火烧新野，转战长坂

孙权与刘表有杀父之仇。刘表部下黄祖镇守江夏，孙权两伐黄祖。黄祖部将甘宁降吴，并射死黄祖。

刘备庆幸得了孔明，说："吾得孔明，犹鱼之得水也！"关羽、张飞却不买账。曹操派独眼将军夏侯惇率十万大军来攻新野，屯兵于博望坡。孔明运筹帷幄，一一做了部署。两军相遇，赵云先败，刘备再败，把曹兵引入博望坡狭窄处，四边火发，曹军粮草尽烧，人马自相践踏，大败而回。关、张心服口服，拜倒在诸葛亮的车前。

刘表要把荆州让给刘备，刘备不肯接受。公子刘琦受继母迫害，向孔明问计，因怕走漏消息，把孔明请上小楼，撤去梯子。孔明教他出守江夏以避祸。

建安十三年（208）七月，曹操兴兵五十万伐江南。刘表病危，托孤于刘备，遗命刘琦为荆州主。刘表病死，蔡夫人与蔡瑁秘不发表，并假造遗嘱，让十四岁的刘琮当上荆州主。曹兵一到，刘琮就开城投降了。

曹仁率兵来攻新野，只得到一座空城。入夜三面火起，逃出的曹兵又遭关羽水淹，大败。——此刻刘备率军民转移到樊城，站不住脚，又一路向襄阳进发。新野、樊城的百姓都追随他。襄阳刘琮不肯接纳，刘备又转往江陵，追随的百姓更多了。然而刘备不肯抛弃他们。

曹将文聘追击刘备，刘备两位夫人也走失了。赵云一路寻觅，先救了甘夫人，又找到糜夫人。糜夫人身受重伤，将小儿阿斗交给赵云，自己投井身亡。赵云怀抱阿斗，杀出一条血路，直杀到当阳县长坂桥。张飞接应断后，立马桥头，大喝一声，曹将夏侯杰被吓死。

幸有关羽、刘琦、孔明从水路来接应，众人一同到江夏暂歇。（38～42）

17. 赤壁大战（上）

曹操点马步水军八十三万，诈称百万，致书孙权，要与他"会猎江夏，共擒刘备"。——曹操其实是奔东吴而来的。鲁肃前往江夏探听虚实，劝刘备与东吴结盟抗曹。刘备、孔明也有此意，于是孔明随鲁肃过江来见孙权。

东吴高层聚议，谋士张昭等主张降曹，孙权沉吟不语。鲁肃私下对孙权说：我等降曹，还可当个州郡之官；将军若降曹，顶多封个侯爵，一辆单车，几个随从，哪里还有"南面称孤"的威风？孙权听了，为鲁肃的忠心所感动，却又担心曹操势大难敌。

鲁肃引孔明来见孙权，见面之前，孔明先"舌战群儒"，把东吴主降的一派驳得哑口无言。孔明见了孙权，故意夸说曹操的军势，反劝孙权降曹。孙权问：刘备为何不降？诸葛亮说，刘豫州是"帝室之胄，英才盖世"，怎么能屈居人下呢？——孙权受了刺激，在鲁肃和孔明的劝说下，下定联刘抗曹的决心。孔明清楚周瑜的"分量"，又智激周瑜，坚定了他的抗曹意志。

孙权拜周瑜为大都督，整军迎敌。刘备驻军樊口，亲到东吴营中犒军。周瑜本想乘机除掉刘备，因见刘备身后站着威风凛凛的关羽，大吃一惊，没敢动手。

两军在赤壁隔江对峙。曹营谋士蒋干是周瑜的旧相识，借口看望老友，实为劝降而来。周瑜将计就计，在军中大摆筵席，号称"群英会"，让蒋干见识了江东豪杰，还带他检阅军容。

入夜，蒋干在周瑜帐中发现曹营水军头领蔡瑁、张允私通东吴的书信，连夜赶回去向曹操报告。曹操一怒杀了蔡、张二人，但立刻醒悟：这是中了周瑜的反间计！——蔡、张是荆州降将，曹操训练水军，全仗着他俩呢。

对于孔明的聪明才智，周瑜既佩服又忌妒，几次找机会害他。

他当众责成孔明在十天内监造十万支箭，孔明说有三天就够了。孔明私下向鲁肃求助，要他预备二十只船，每船扎了上千个草把。第三天凌晨，大雾垂江，对面不见人。孔明邀鲁肃乘船驶向曹营，并擂鼓呐喊。曹军雾中不明情况，不敢出战，只是放箭。待草把子扎满箭支，孔明下令返航。经清点，十万还有余！（42～46）

18.赤壁大战（下）

周瑜召集诸将议事，老将黄盖当众主张投降，周瑜大怒，打得黄盖皮开肉绽！孔明冷眼旁观，知道是"苦肉计"。接下来，黄盖托阚（Kàn）泽到曹营下书，表达投降意愿。曹操在东吴安插的"内线"，也传来黄盖与周瑜不和的消息。曹操深信不疑。

蒋干为了将功折罪，二次过江打探虚实。周瑜送他到山后小庵安歇。半夜，蒋干外出散步，遇一高人庞统，并偷偷带他回曹营。庞统字士元，号凤雏先生。他向曹操献连环计，说北方士兵不习水战，可用铁环锁住战船，几十只连成一排，人马往来驰骋，如履平地。曹操大喜照办。

当年十一月十五日，曹操在船上大会诸将，志得意满，并横槊赋诗。东吴这边，周瑜、孔明早已制订了火攻计划。这日，周瑜在山头观望，忽然风吹旗角，打在脸上。周瑜大叫一声，旧病复发，吐血倒地。

孔明来探病，猜出周瑜的病因，写下十六字："欲破曹公，宜用火攻；万事俱备，只欠东风。"——原来，冬季多西北风，如用火攻，只会烧到吴军自己，这是周瑜事前没考虑到的。不过孔明给出了"药方"，说自己可以作法，借来三日三夜东南风！

于是在南屏山建起七星坛，孔明"身披道衣，跣足散发"，日夜作法。这天三更时分，果然东南风大作。黄盖驾小船二十只，内装芦苇干柴、油脂硫黄等物，驶向江北。一声令下，众船火发，直撞入曹军水寨。曹军战船被铁环锁住，无法分离。一时火借风势，顷刻弥天！若非张辽一箭将黄盖射落水中，曹操差点儿被擒！

孔明早已派赵云来接应。东南风一起，孔明便乘小船回了夏口，并部署诸将截杀曹军。这边曹操登岸后，身边只剩百余骑，一路败走，多次遭孙刘兵马截杀。来到华容道时，与关羽狭路相逢。曹操上前求情，关羽想起当初曹操对自己的恩义，放走了曹操。

曹操留曹仁、夏侯惇、张辽、曹洪等分别把守襄阳、合肥、夷陵、南郡，自回许都。赤壁一战，曹操南进的野心受到阻遏。（47～50）

19. 巧夺荆州

　　大战过后，刘备屯兵油江口。周瑜亲来拜谢，实为警告：南郡是东吴的胜利果实，不容他人染指！——此刻南郡还在曹操的控制之下，孔明于是与周瑜约定：让东吴先攻南郡，拿不下来，则听任刘备攻取。

　　周瑜分兵攻打南郡、夷陵，自己亲临战阵，中箭负伤。好不容易夺得夷陵，杀败曹仁、曹洪，正准备收取南郡，却见城头布满旌旗——原来赵云乘虚而入，占了南郡。孔明得了南郡兵符，又让张飞、关羽诈取荆州和襄阳。周瑜为人作嫁、白费力气，气得箭伤复发，昏倒在地。

　　周瑜派鲁肃讨要南郡，孔明辩解说：荆州原是刘表的地盘，刘备是刘琦的叔父，有责任辅佐侄儿，并答应鲁肃：刘琦病重，等他死后，再作商议。周瑜无法，只得回柴桑养伤。

　　刘备派关羽镇守荆州，自与张飞、赵云攻取零陵。赵云又独取桂阳，关羽也独取长沙——长沙守将黄忠字汉升，已六十开外，他出战关羽，因马失前蹄，被掀落马下。关羽不杀他，要他换马再战。再战时，黄忠也手下留情，只射落关羽盔缨。长沙太守韩玄认为黄忠通敌，要将他斩首。黄忠的部将魏延杀死韩玄，救了黄忠，开城投降。荆襄九郡，刘备得了六郡。

听说刘琦病死，鲁肃又来讨要荆州。孔明立下文书，说暂借荆州落脚，将来打下西川，便归还荆州。鲁肃只好画押同意。周瑜得知，也无可奈何。（51～53）

20. 刘备招亲

周瑜听说刘备妻子甘夫人已死，心生一计，让孙权将妹妹嫁给刘备，以招亲名义将刘备扣押在东吴，逼他退还荆州。——孔明自有对策，他让刘备放心前去，派赵云一路护送，临行交给赵云三个锦囊，内藏妙计。

刘备一到东吴，便大肆张扬，把孙、刘联姻的事搞得人尽皆知。吴国太闻听大怒：女儿的婚姻大事，居然事前不跟她商量！她大骂孙权、周瑜。乔国老是孙策和周瑜的岳父，他劝国太息怒，建议将错就错，索性将女儿嫁给刘备。吴国太在甘露寺相亲，对刘备这个女婿十分满意。

刘备成亲后，迷恋于锦衣玉食的生活，乐不思归。赵云用军师的锦囊妙计，假称曹操进犯荆州，让刘备携孙夫人偷偷逃回荆州。周瑜派人追杀，被孙夫人斥退。周瑜亲自来追，正遇关羽、黄忠等来接应，杀退了吴兵。刘备登岸后，军士齐喊："周郎妙计安天下，赔了夫人又折兵！"周瑜旧伤复发，昏倒在船中。（54～55）

21. 周瑜之死

建安十五年（210），邺都铜雀台建成。曹操大会文武，表明心志，说自己并没有野心。

为了离间孙、刘两家，曹操分别表奏刘备、周瑜、程普为荆州牧、南郡太守和江夏太守。有了朝廷的任命，周瑜让鲁肃再来讨要荆州郡县，孔明仍不给。周瑜又生一计，说要亲自率军替刘备取西川，但路过荆州时，要刘备出城犒师。孔明满口答应。

待周瑜大军来到荆州城下，却不见人影。突然，城上刀枪林立，赵云在城头大声嘲笑周瑜，揭穿他的诡计。周瑜又听说关羽、张飞正分路杀来，气得大叫一声，旧伤复发，跌下马来——周瑜前后三次被孔明气昏，因称"三气周瑜"。

周瑜卧病不起，临终推荐鲁肃代替自己领军，并慨叹："既生瑜，何生亮！"死时三十六岁。

东吴为周瑜发丧，孔明亲自前往致祭。东吴将士个个摩拳擦掌，要替都督报仇。孔明到灵前奠酒，跪读长篇祭文，情真意切。读罢，孔明伏地大哭。众人受到了感动。鲁肃暗想："孔明自是多情，乃公瑾量窄，自取死耳。"

鲁肃向孙权推荐庞统，孙权嫌他貌丑狂傲，不肯任用。庞统又投刘备，刘备也不喜欢他，让他到耒（lěi）阳县当县令。庞统到任，每日饮酒，不理政事。张飞奉命巡视，见状大怒。庞统带酒处理公事，"手中批判，口中发落，耳中听词"，不到半天，就把积存百日的公事全部处理完毕。张飞大惊。庞统这才先后分两次拿出鲁肃和孔明的荐书。刘备见了，感叹不已。（56～57）

22. 马超与张鲁

曹操本想再次南征，又担心西凉马腾造反，于是召马腾来许都。马腾带二子马休、马铁及侄子马岱前来，本想趁阅兵之机暗杀曹操，结果事情败露。马腾及二子被杀，只有马岱逃回西凉。

马腾长子马超，字孟起，留镇西凉，得知父兄被杀，兴兵报仇。曹操致信西凉太守韩遂，要他生擒马超。韩遂与马腾是结义兄弟，他杀掉曹操的信使，与马超共起兵二十万，杀向长安。马超打破潼关，曹军屡败，曹操差点儿被擒。

曹操改用反间计对付韩遂、马超。他故意把一封涂抹过的信送到韩遂处。马超听说曹营来信，向韩遂索要，见信被涂抹，怀疑韩遂暗通曹操，由此与韩遂产生裂隙。

次日，曹操又故意让曹洪在阵前向韩遂说些莫名其妙的话，马超疑心更重。韩遂不能自白，只好暗投曹操，请马超来赴"鸿门宴"。席上动起手来，韩遂反被马超砍断左手。曹兵趁乱杀来，马超、马岱、庞德逃往临洮。

汉宁太守张鲁同时又是宗教领袖。他的祖父张陵自造道书，创五斗米道，并将位子传给儿子张衡，张衡又传给其子张鲁。百姓出五斗米即可入道，因称"五斗米道"，官府则诬称"米贼"。

张鲁雄踞汉中三十年。曹操破西凉后，张鲁收取西凉溃卒，打算攻取益州。益州刘璋字季玉，也是汉室宗亲，曾杀死张鲁的母亲和弟弟，双方结下仇怨。（57～59）

许褚裸衣战马超 / 墨浪 绘

23. 刘备取西川（上）

面对张鲁的威胁，刘璋与手下商量对策。别驾张松自告奋勇，要联络曹操以抗击张鲁。张松出使许都，等了多日才见到曹操。曹操见张松面貌丑陋，言辞尖刻，对自己多有讥讽，很不高兴，把他赶了出去。

张松于是转往荆州见刘备。刘备对他热情款待，张松很受感动，临别时，把一张详细的西川地图献给刘备，建议他攻取西川——这张图张松原打算献给曹操的。他已看出，刘璋是个庸主，守不住西川。

回到西川后，张松向刘璋建议联合刘备以拒曹操和张鲁，刘璋深表赞同，并派法正、孟达迎接刘备入川。于是刘备留孔明、关羽、张飞、赵云守荆州，自带军师庞统及黄忠、魏延等向西川进发。

在益州，反对迎接刘备的官员不少。益州从事王累还把自己吊在城门上，以死相谏。刘璋不听，王累就割断绳索，摔死在刘璋面前。

刘璋亲往三百六十里外的涪（Fú）城迎接刘备，双方聚会欢宴。法正也有心投靠刘备，他与庞统劝刘备在席间杀掉刘璋，刘备不肯。不过刘璋没让刘备入成都，请他直接前往葭（jiā）萌关去抵御张鲁。

孙权仍惦着荆州，谎称吴国太病危，骗孙夫人带了阿斗回东吴探病。赵云闻讯乘船追赶，将阿斗夺回，放孙夫人独自还吴。

曹操自封魏公，加九锡（九锡：王者才能享用的九种礼仪待遇）。曹操兴兵伐吴，至濡须，隔岸见吴军旗甲鲜明，赞叹说："生子当如孙仲谋，若刘景升（刘表）儿子，豚犬（猪狗）耳！"双方交战月余，互有胜负。春雨连绵，无法用兵，曹操于是撤军。（60 ~ 61）

24. 刘备取西川（下）

谋士庞统提出三条计策供刘备选择：上策是直取成都；中策是先取涪城，再取成都；下策是回荆州。刘备取中策，扬言要回荆州，请涪城两位守将赴宴，乘机将二人杀掉，夺了涪关。又派魏延、黄忠进军雒城。魏延争功，偷袭敌军，中了埋伏，被黄忠救出。

庞统行至落凤坡遇伏，中箭身亡。——庞统号凤雏，死于落凤坡，也算巧合。刘备失了军师，退守涪关。孔明留关羽守荆州，率众将前往西川增援。张飞攻打巴郡，用计收服老将严颜，一路攻破雒城，兵临绵竹。

形势逆转，刘璋反向张鲁求救，答应打败刘备后，以二十州相酬谢。此刻马超为曹兵所迫，与马岱、庞德转投张鲁，并自告奋勇来葭萌关战刘备。马超武艺高强，与张飞大战，不分胜负，双方挑灯夜战。

孔明见马超英勇，于是采用"釜底抽薪"之计，派人贿赂张鲁的谋士，劝张鲁令马超撤军。马超不肯听从，张鲁生疑，勒令马超一个月内攻取西川；又派人把守关隘，不准马超回汉中。马超走投无路，只好投降刘备。

刘备兵临成都，刘璋开城投降。刘备自领益州牧，以法正为蜀郡太守。封赏功臣，制定法条。荆州仍由关羽镇守。

孔明的哥哥诸葛瑾在东吴做官，孙权派他催讨荆州，刘备一味搪塞，最后答应将长沙、桂阳、零陵三郡交还东吴。但镇守荆州的关羽却拒不交割。

鲁肃屯兵陆口，请关羽赴宴，事先埋伏了刀斧手。关羽只带周仓等十几人，单刀赴会。酒席间，双方唇枪舌剑，互不相让。关羽诈称酒醉，提刀挽着鲁肃直到江边，登舟而去。这段"单刀赴会"的故事，被编为戏曲，是最受欢迎的三国剧目之一。

（62～66）

25. 张鲁降曹，东吴纳贡

曹操西征张鲁，战事旷日持久。马超降刘备后，庞德仍留在张鲁帐下。曹操用反间计，使张鲁与庞德不和，迫使庞德降曹。

张鲁兵败，撤离南郑。临走时，有人主张烧毁仓廪府库，张鲁不肯，说：我本意要归顺国家，只是时机未到。这些都是国家财富，不可损毁。——曹操入南郑，见库府封存完好，感念张鲁的善意。后张鲁再败投降，曹操封他做了镇南将军。

扫平张鲁，刘备成了曹操下一个征伐的目标。情势紧急，为了换取东吴合作，孔明主动将江夏、桂阳、长沙三郡交还东吴。东吴出兵攻打合肥，以牵制曹操，并夺得和州、皖城。不过攻打合肥时，吴军在逍遥津遭张辽、李典伏击，大败。小说此回题为"张辽威震逍遥津"，据说江南闻听张辽大名，小儿不敢夜啼。

曹操留夏侯渊、张郃把守汉中险要之地，自率四十万大军来救合肥。双方在濡须口大战，吴军将领甘宁、凌统、周泰等作战英勇。无奈曹军势大，孙权只得求和，答应年年纳贡。

建安二十一年（216），朝廷册封曹操为魏王，曹操立长子曹丕为世子。（66～69）

26. 取汉中

汉中今属陕西，是益州的屏障，乃兵家必争之地。其地南有南郑，西有定军山。本由夏侯渊、张郃在此镇守，曹操又派曹洪来增援。

张飞守巴西，屡败张郃。曹洪驻扎南郑，要张郃取葭萌关。刘备方面，老将黄忠、严颜主动请战。黄、严二老将有勇有谋，越战越勇，连败张郃、夏侯尚等。

张郃失了天荡山，又来定军山投奔夏侯渊。刘备派遣黄忠打先锋，占据了定军山对面的高山。在法正的协助下，黄忠斩杀曹军大将夏侯渊。

曹操大怒，率大军来为夏侯渊报仇。黄忠与赵云搭档，再度迎敌。曹兵被赶过汉水。曹操派徐晃、王平兵出斜谷小路，来取汉水。徐晃不听劝谏而致兵败，反责王平不救，王平投奔赵云。曹操亲至汉水结寨，孔明夜夜放炮惊扰。曹操生疑撤军。此刻南郑已被魏延、张飞偷袭。曹操只好退守阳平关。

曹操驻扎斜谷界口，进退两难，夜间以"鸡肋"为口令。谋士杨修听了，对众人说："鸡肋"食之无味，弃之可惜，我们可以收拾行装回家了。曹操闻听大怒，以扰乱军心为名将杨修斩首。

曹操与魏延、马超再战，被魏延射掉两颗门牙，只好退兵。自此汉中归刘备所有。（69～72）

27. 水淹七军

建安二十四年（219）秋七月，刘备拥有荆襄、两川、汉中等地，自封汉中王，立儿子刘禅为世子。以许靖为太傅，法正为尚书令，军师孔明总理军国大事；封关羽、张飞、赵云、马超、黄忠为五虎大将，派魏延镇守汉中。

司马懿向曹操献策，要他一面派人联络东吴，令孙权取荆州；一面由曹兵取汉川，令刘备首尾不能相顾。曹操于是派满宠出使东吴。——司马懿字仲达，是曹营主簿。

此前三年，鲁肃已经身故。东吴军事由吕蒙主持。孙权对满宠的建议心存疑虑，便派诸葛瑾出使荆州，以联姻为名，试探关羽的口风。不料关羽说："吾虎女安肯嫁犬子乎！"拒绝将女儿嫁给孙权之子。关羽此举，违背了诸葛亮临行时"北拒曹操、东和孙权"的嘱托。东吴于是彻底倒向曹操一边。

孔明命关羽先取樊城，以牵制曹兵。关羽一举取了襄阳，曹仁退守樊城。关羽来攻，曹军大败。曹操派于禁提七支重兵前往，以庞德为先锋。——庞德为了表明心迹，抬棺出征，说此棺不是盛自己的遗体，就是盛关羽的人头！

临阵，庞德与关羽大战百合，不分胜负。次日再战，关羽左臂中箭，闭门不出。于禁在樊城外罾川口下寨。关羽伤愈，登高察看，命人预备船只。时值八月，大雨连绵，关羽堵塞上游水口，一夜之间襄水暴涨，曹方七军皆被水淹没。关羽乘船进攻，于禁束手被擒，庞德也被周仓擒获。——关羽升帐，于禁磕头求饶，被关羽囚禁。庞德则挺立不跪，被关羽斩了。

曹仁、满宠坚守樊城。关羽拼力攻城，右臂又中毒箭。为治箭伤，关羽请来名医华佗。关羽一面让华佗刮骨疗毒，一面与部下下棋，饮酒食肉，谈笑自若。华佗叹为"天神"。（73～75）

28. 败走麦城

关羽势不可挡，曹操胆寒，正商议迁都以避其锋芒，司马懿认为催东吴出兵才是上策。孙权派吕蒙取荆州。小将陆逊为吕蒙出谋划策，要他诈病，由陆逊守陆口。陆逊送礼给关羽，言辞谦

关羽画像 / 张旺 绘

卑。关羽因沿江建有烽火台，可以速传消息，又看轻陆逊"小字辈"，于是放心调荆州兵马去攻樊城。

吕蒙用快船八十只，摇橹者扮作客商，船内藏精兵三万，一路破坏烽火台，使消息不能传递，轻松拿下荆州，将于禁放出，送还曹操。把守公安及南郡的蜀将傅士仁和糜芳，因平日与关羽不和，也都降吴。

樊城久攻不下，关羽无计可施，又听说公安、南郡也都陷落，不由得怒火攻心，疮口迸裂，昏倒在地。他回兵来夺荆州，被吴军围困，手下的荆州籍士兵纷纷降吴。关平、廖化将关羽救出，投奔麦城。刘封、孟达守上庸，也因对关羽不满，不肯发兵相救。诸葛瑾入麦城劝降，关羽不从。

入夜，关羽带残卒二百人从小路突围，遇伏被擒。关羽大骂孙权"碧眼小儿，紫髯鼠辈"，誓死不降，与儿子关平一同被害，终年五十八岁。时在建安二十四年（220）十二月，所乘赤兔马不食草料而死。周仓在麦城闻讯，也自刎身死。

吕蒙不久病死。张昭献策，将关羽头颅转送曹操以嫁祸，曹操见关羽之头说："云长已死，吾夜眠贴席矣！"将关羽头颅配上香木身躯，依礼安葬于洛阳南门外，并赠"荆王"。（75～77）

29. 曹丕篡汉

曹操头风病加重，召华佗诊治。因疑华佗要害自己，将他下狱。华佗死于狱中，所著医书《青囊书》被狱吏之妻所烧，只剩"牛马方"数页。

孙权上书，要曹操"早正大位"。曹操大笑说："是儿欲使吾居炉火上耶？"（这小子是要把我放在炉火上烤吧）——曹操病重，临终遗命：王位传给长子曹丕。又把平日收藏的名香分赐诸侍妾，要她们"勤习女工，多造丝履，卖之可得钱自给"。又在彰德府武城外设疑冢七十二座。曹操死，终年六十六岁。

曹丕嗣位为魏王，改号延康（220）。为曹操上谥号为武王。又派于禁去监修曹操陵墓，故意让人画了于禁磕头乞降的壁画来羞辱他，于禁郁闷而死。

曹丕压迫同胞兄弟，命曹彰出守鄢陵，又因曹熊、曹植不来奔丧，遣使问罪。曹熊自缢。曹植来见，七步成诗，责备曹丕"本是同根生，相煎何太急"，被贬为安乡侯。

华歆等人逼献帝退位，并杀死护玺官员。献帝只得草诏让位。曹丕虚让几回，于是建坛"受禅"，改元魏黄初（220）。——东汉始于公元25年，至此完结。汉献帝被封为山阳公，非宣召不许入朝。曹丕封华歆为司徒，王朗为司空。迁都洛阳，大建宫室。

消息传到益州，孔明等祈请刘备称帝。刘备筑坛致祭，自称继承汉统，改元章武（221），史称"蜀汉"。立长子刘禅为太子——刘禅的母亲是甘夫人。另封吴氏所生刘永、刘理二子为鲁王、梁王。以孔明为丞相，许靖为司徒。

此前，刘备因刘封、孟达不救关羽，将两人调开，准备一一对付。孟达畏罪降魏。刘封攻孟达不胜，回成都后被刘备所杀。——刘封本姓寇，是刘备义子。（78～80）

30. 白帝托孤

刘备不听孔明、赵云劝谏，执意伐吴，要为关羽报仇。张飞另从阆中起兵。孔明保太子守川。

张飞下令，要三日内置办白旗白甲，三军挂孝出征。部下二将因无法完成张飞的指令，索性将张飞刺死，把头颅送至东吴。刘备得知三弟死讯，痛彻心脾！此时张飞之子张苞、关羽之子关兴均已长大成人，两人结拜为兄弟，随刘备出征伐吴。

刘备兵屯白帝城，东吴派诸葛瑾来求和，情愿送还孙夫人，交还荆州。刘备报仇心切，一口回绝！

孙权于是遣使向魏廷称臣。曹丕封孙权为吴王，加九锡。——曹丕此举，实欲"坐山观虎斗"，并不准备发兵救吴。

蜀兵势盛，东吴遣孙桓迎敌，屡战不胜。蜀汉小将关兴、张苞越战越勇，刘备欣喜后继有人。黄忠不服老，在夷陵与吴军作战，负伤身亡，年七十五。——至此，"五虎大将"只剩赵云、马超。

东吴也损失惨重。吴将甘宁带兵出征，中箭身亡。吴将潘璋也死于关兴刀下。傅士仁、糜芳先前降吴，此时杀了吴将马忠来归。刘备恨两人背叛，亲自刀剐二人，以祭关羽。东吴求和，送还张飞首级及杀害张飞的凶手，刘备仍不肯罢休。

阚泽向吴主推荐陆逊，此前吕蒙取荆州，用的便是陆逊的计策。于是孙权筑坛拜将，以陆逊为大都督，赐宝剑印绶，令他掌管六郡八十一州兼荆楚诸路兵马。

孙桓此时被困夷陵，陆逊令他坚守，并不救援，众人不服。刘备自猇亭（Xiāotíng）至川口布四十营，接连七百里。又因天气炎热，取水不便，移营到山间林木茂密处，只待秋后进兵。

陆逊见时机成熟，派吴将韩当、周泰携带茅草硫黄焰硝等，分头攻击江两岸蜀军，顺风放火。蜀营大火延烧，吴将徐盛、丁奉率兵杀到。蜀军大败，关兴、张苞保护刘备逃走。

东吴大破蜀军七十万，刘备入白帝城时，身边只剩百余人。此为吴、蜀夷陵之战，发生在蜀汉章武二年（222）。孙夫人听到讹传，以为刘备已死，于是投水自尽。

陆逊追至夔关，见江边杀气冲天。令人探视，并无兵马，只有乱石八九十堆。原来是孔明入川时摆下的"八阵图"石阵。陆逊唯恐魏国来袭，于是退兵。——曹丕不听谋臣劝阻，发兵伐吴，大败而归。

刘备在白帝城病危，召丞相孔明、尚书令李严前来。刘备流泪对孔明说："君才十倍于曹丕，必能安邦定国，终定大事。若嗣子可辅则辅之，如其不才，君可自为成都之主。"（嗣子：这里指刘禅。不才：不贤）孔明汗流浃背，泣拜于地，说："臣安敢不竭股肱之力，尽忠贞之节，继之以死乎？"言讫，叩头流血。

刘备呼唤刘永、刘理二子，嘱咐他们和刘禅要"以父事丞相，不可怠慢"。章武三年（223）四月，刘备死，年六十三。

刘禅即皇帝位，改元建兴，加封孔明武乡侯，领益州牧。安葬先主刘备，谥"昭烈皇帝"。（81~85）

31. 安居平五路

曹丕听从司马懿的建议，趁蜀汉新败，起五路大军伐蜀。五路分别是辽东鲜卑国番王轲比能、南蛮王孟获、东吴孙权、上庸孟达和魏国大都督曹真，总共五十万人马，分头杀来。

消息传来，孔明称病，一连三日不上朝。后主急得如热锅上的蚂蚁，亲往相府探视。孔明正在后园水池观鱼。他劝后主安心，说五路大军，有四路已不足为虑：马超在羌人中有威望，我令他紧守西平关，以拒羌兵；孟获由魏延抵御；孟达与李严交厚，已用李严名义写信要他缓进；我又派赵云把守阳平关，曹真不能前进，日久自退。此外，我还派关兴、张苞居中策应。只有孙权一路，需一人前去游说，我正在考虑。——后主闻言大喜。

不久，孔明派邓芝出使，游说吴主孙权。孙权派张温随邓芝入蜀回报。自此双方弥合裂痕，往来不断。这一节，就叫"诸葛亮安居平五路"。

曹丕见吴、蜀和好，决计打造大船，亲征东吴。东吴遣徐盛迎敌，火烧魏兵。曹丕兵败弃舟，张辽中箭身亡。（85～86）

32. 七擒孟获

孔明治蜀有方，连年丰收，府库充盈，百姓安居，夜不闭户。

蜀汉建兴三年（225），南方蛮族首领孟获犯境，南部州郡不稳。孔明亲率五十万大军征讨孟获。

马谡奉命劳军，他向孔明提议说，对待蛮族应"攻心为上，攻城为下。心战为上，兵战为下"。孔明赞同他的说法，随后对孟获七擒七纵。

第一次，孔明设谋，将孟获诱至狭窄处生擒。孟获不服，被孔明释放。

第二次，孟获凭借泸水，坚守不出。孔明命马岱于水浅处渡河，劫了对方粮草。又暗使前回释放的洞主将孟获擒来。孟获不服，又被放回。

第三次，孟获之弟孟优带了金珠、象牙、犀角来投孔明。至夜，孟获亲率三万蛮兵偷袭，发现孟优等人已被灌醉，无法做内应。孟获再次被擒，自然又被释放。

以后蜀军又克服瘴气毒泉、路途艰险等困难，多次擒捉孟获。至第七次，孟获请来乌戈国主，率三万藤甲兵抗拒蜀兵。孔明将藤甲兵引入盘蛇谷，谷内预先布有地雷，以药线相连，顷刻火发，铁炮乱飞，三万藤甲兵尽被烧死！

孟获杀出重围，被马岱擒获。孔明再要释放孟获，孟获自感羞愧，谢罪说："南人不复反矣！"——孔明设宴，令孟获永为洞主。蜀汉在此不设官，不留兵，也不用输粮，令其自治。蛮方为孔明立生祠，呼为"慈父"。（87～91）

33. 六出祁山（上）

曹丕在位七年，病死，终年四十岁，谥为"文皇帝"。临终将儿子曹睿（ruì）托付给曹真、陈群和司马懿三位大将军。

曹睿是甄后所生，甄后死于后宫暗斗。曹睿由郭后养育，至此即皇帝位，是为魏明帝，改元太和（227）。以钟繇为太傅，曹真为大将军，曹休为大司马，司马懿为骠骑大将军。司马懿自请镇守西凉，提督雍凉兵马。

孔明接受马谡建议，派人到洛阳、邺郡散布流言，离间司马懿与曹氏。曹睿果然将司马懿削职，改由曹休总领雍凉兵马。

孔明上《出师表》，表示要继承先帝遗志，"北定中原""兴复汉室"。他自任平北大都督，于蜀汉建兴五年（227）三月出师伐魏。此时马超已死，老将赵云争做先锋。

魏延建议自带五千人出子午谷向北，十日可达长安。孔明认为太冒险，只从陇右平坦大路前进，直出祁山。魏延怏怏不乐。祁山位于今甘肃礼县东，是陇蜀咽喉。按小说叙述，孔明六次伐魏，都经此地，故称"六出祁山"。——实则与史实有出入。

魏主派驸马夏侯楙（mào）迎战。老将赵云威风不减当年，力斩羌将数人。夏侯楙大败，被围于南安郡。孔明用计取了安定、南安二郡，生擒夏侯楙。

天水郡由马遵把守，部将姜维字伯约，智勇双全。孔明用计逼降姜维，天水守将也开城投降。

孔明兵临渭水。曹真奉旨迎敌，选郭淮为副帅，司徒王朗愿同往。王朗出阵劝孔明退兵，孔明当众骂他"狼心狗肺之辈，奴颜婢膝之徒""皓首匹夫，苍髯老贼"。王朗又羞又气，大叫一声，落马而死。

至夜，曹真等劫寨扑空，大败。与曹真协同作战的羌人也被蜀汉打败。曹真向朝廷求援，钟繇鼓动曹睿亲征，并推荐司马懿领兵。司马懿听说新城孟达欲反，不待奏禀朝廷，便以徐晃为先锋，攻杀孟达。

司马懿西来，孔明派马谡把守街亭。马谡自恃熟读兵书，不听劝告，执意在山上安营。结果被魏军截断水道，不战自乱。

街亭失守，魏军直取西城。孔明身在西城，只有两千老弱残兵。他索性命令大开四门，教人洒扫街道，自己引二小童在城楼焚香操琴，做安闲之状。司马懿知孔明用兵谨慎，认定城内必有伏兵，于是撤军而去。孔明退保汉中。

　　因马谡立有军令状，孔明挥泪将他斩首。这才想起刘备临终的嘱咐："马谡言过其实，不可大用。"（91～96）

"空城计"故事被搬上戏曲舞台／张光宇　绘

34. 六出祁山（中）

　　曹休攻东吴，至皖城，陆逊领兵七十万拒敌。东吴鄱阳太守周鲂诈降曹休，曹休轻信，进兵石亭，大败而归。

　　孔明闻曹休败，再度上表（《后出师表》），内有"鞠躬尽瘁，死而后已"等语。此刻赵云已死。孔明以魏延为先锋，起兵三十万，二出祁山。

　　蜀军攻打陈仓，久攻不下。另一路出斜谷，姜维用计斩杀魏将费耀。司马懿命魏兵坚守不出。蜀军运粮困难，只好退回汉中。王双追击，被魏延杀死。

　　孙权称帝，改元黄龙（229）。以诸葛恪、张休辅佐太子，顾雍为丞相，陆逊为上将军，辅太子守武昌。

　　孔明闻听把守陈仓的魏将郝昭病重，一面明令魏延、姜维做攻打陈仓的准备；一面自带关兴、张苞连夜奔袭，乘人不备，拿下陈仓。转命魏、姜袭取散关。

　　曹真卧病，司马懿拜帅前来祁山，几番出兵不利，于是坚守不出，孔明也无计可施。张苞负伤而死，孔明大哭吐血，撤军于汉中，自己回成都养病。此为三出祁山。

　　曹真病愈，任大司马，与司马懿起兵四十万来取汉中。孔明派张嶷、王平把守陈仓隘口，只给一千人。——孔明早已算定有连月大雨。魏军到陈仓，果遇大雨，粮草缺乏，只得撤军。

孔明分遣军马自斜谷、箕谷出，来取祁山，与魏军互有胜负。曹真发病，又因孔明写信耻笑他，怒气难平，病死于军中。

司马懿见军事上不能取胜，便派人到成都散布流言，离间孔明与后主。后主将孔明召回，此为四出祁山。

孔明第五次北伐，正值陇西麦熟。蜀军割麦以充军粮，又怕魏兵来袭，便由姜维、马岱、魏延分别扮作孔明模样，连同孔明本人，共有四位丞相、四辆车子，由士卒簇拥着，神出鬼没。魏军畏惧，闭门不出。三万蜀军连夜将麦子收尽。蜀军在卤城打晒麦子，魏军来抢，中了埋伏，大败而回。

李严输送军粮不力，于是谎称东吴来犯。孔明急忙撤兵。魏将张郃尾随追击，至木门道遇伏，死于乱箭。孔明回朝，戳穿李严谎言，念他是托孤老臣，废为庶人。（97 ～ 101）

35. 六出祁山（下）

经三年休整，孔明于建兴十二年（234）春二月再度兴兵，这已是六出祁山。这一年，魏国为青龙二年。魏主以司马懿为大都督，调集人马四十万，于渭滨下寨。孔明遣魏延、吴班等分头进攻，但出师不利，吴班阵亡。

孔明派费祎去东吴催促起兵。孙权兴三路大军伐魏，无功而返。

魏将郑文诈降，孔明反用其计，命郑文写信引魏军来劫寨。魏将秦朗中计，战死。孔明在葫芦谷制造木牛流马，不用人畜，可以自行运载粮草。魏军也仿造木牛流马用来运粮，因不明诀窍机理，反被蜀军连粮带车俘获。

孔明令蜀军在汉中屯田，做长驻打算。司马懿知蜀军屯粮于上方谷，亲率大军来袭，被堵在谷中，火箭、地雷齐发，眼看无路可逃，忽然天降大雨，将大火浇灭。司马懿侥幸逃生，但失了渭南大寨。

孔明屯兵五丈原，司马懿坚守不出。孔明派人送去女人衣服以激怒司马懿，司马懿并不动怒，反问使者孔明的起居情况，叹息说："食少事烦，其能久乎？"

孔明积劳成疾，在帐中燃七星灯祈禳。魏延闯入帐中报告军情，将灯扑灭。孔明只好叹命。孔明临终将所著兵书传给姜维，又向马岱、杨仪各有嘱托，并向后主推荐姜维。孔明死于建兴十二年（234）八月，享寿五十四岁。

死诸葛吓走生仲达 / 墨浪 绘

蜀军退兵，司马懿率大军追赶。忽见孔明乘四轮车出现，司马懿大惊急退，不知车上原是木头人！

魏延谋反，烧绝栈道，阻拦蜀军撤退。孔明早已料定一切，在魏延身边预先安排了马岱。危急时刻，马岱将魏延杀死。在姜维、杨仪主导下，蜀军平安撤回。

孔明归葬定军山，谥号忠武侯。依照孔明建议，后主任命蒋琬为丞相、大将军，费祎为尚书令，吴懿、姜维领兵屯于汉中。杨仪遭排挤，自刎而死。（102 ~ 104）

36. 九伐中原（上）

孔明死后，三国暂时各不兴兵。魏主曹睿大兴土木，耽于享乐。魏景初三年（239），曹睿死，临终将养子曹芳托孤于曹爽、司马懿。曹睿在位十三年，终年三十六岁。曹芳即位时只有八岁，改元正始（240）。

大将军曹爽专权，忌惮司马懿，司马懿托病不出。曹爽到司马府上探视，见司马懿已病入膏肓，于是大为放心。

其实司马懿是装病。他韬光养晦，坐等时机。若干年后，他抓住曹芳、曹爽出城狩猎的机会，占据兵营，关闭城门，逼曹爽交出兵权。事后又捏造罪名，将曹爽兄弟三人斩于市曹，灭三族。司马懿任丞相，加九锡。——这是魏嘉平元年（249）的事，曹芳在位已经十年。

夏侯霸守雍州，受到司马氏的威胁，于是投降蜀汉。姜维继承孔明遗志，起兵伐魏，不久兵败归汉中。这是姜维第一次北伐。

嘉平三年（251）发生两件大事，先是司马懿病死，曹芳封司马懿长子司马师为大将军，总领尚书机密大事。接着是东吴孙权病死，其子孙亮立。此时陆逊、诸葛瑾已死。诸葛瑾之子诸葛恪掌权。

司马懿次子司马昭兵分三路伐吴，大败而返。诸葛恪乘势反攻，在阵前中箭受伤。吴兵多病，于是退兵。诸葛恪专权，被宗室孙峻所杀。孙峻拜相，同样专横跋扈。

蜀汉延熙十六年（253），姜维联合陇上羌人，再度伐魏，将司马昭围困在铁笼山。魏将陈泰、郭淮杀败羌兵，掩袭姜维。姜维射死郭淮，退兵汉中。

司马师、司马昭专权，废掉曹芳，立曹髦为帝，史称高贵乡公，改元正元（254）。魏与吴屡有战事。正元二年（255），司马师带病出征，终于病死。司马昭大权独揽。（105～109）

37. 九伐中原（下）

姜维第三次伐魏，背洮水而战，大捷。魏兵被围于狄道城，魏将邓艾来救。姜维兵败，退入剑阁。

姜维第四次伐魏，袭击南安失败，将军张嶷战死。姜维退回汉中，上表自贬。

吴国孙峻已死，其弟孙綝（chēn）专权，废孙亮，立孙休为帝，改元永安（258），孙綝自为丞相、荆州牧。老将丁奉设计，召孙綝进宫赴宴，将他在酒席间拿下，灭三族。

此前姜维第五次出兵伐魏，与邓艾、邓忠父子对峙。后闻司马昭引兵来援，于是退兵。蜀汉景耀元年（258）冬，姜维第六次伐魏，至祁山谷口下寨。邓艾暗挖地道劫寨，姜维先输一阵。姜维与邓艾赌斗阵法，邓艾不能胜。于是派人潜入成都，收买宦官黄皓，向后主进谗言，召姜维撤兵。

魏主曹髦不堪司马昭专权压制，聚集宫中三百人武装反抗，被杀。司马昭立曹璜为帝，改名曹奂。曹奂封司马昭为相国、晋公。

姜维借口司马昭"弑君"，七度伐魏。魏将王瓘（guàn）诈降，姜维将计就计，将前来接应的邓艾杀败。王瓘见事不妙，不回洛阳，反逃往汉中，一路烧毁栈道，最终投水自尽。姜维引兵而回，连夜修复栈道。

景耀五年（262），姜维第八次北伐，邓艾不能胜，于是重施故技，收买蜀汉宦官黄皓，将姜维召回。姜维见不受信任，自请到陇西沓中屯田以避祸。

司马昭遣钟会增援邓艾。邓艾在沓中缠住姜维，使其不能分兵；这边钟会先夺南郑，又夺阳平关，直取汉中。姜维兵败，退守剑阁。

邓艾不服钟会，自带一军偷袭成都。自阴平出发，在崇山峻岭中行七百里，身裹毛毡从摩天岭滚下，率二千人连取江油、涪城。诸葛瞻是诸葛亮之子，他与儿子诸葛尚率军至绵竹拒敌，兵败，诸葛瞻自刎，诸葛尚战死。

蜀后主刘禅开城降魏。后主第五子刘谌（chén）不肯降，与妻儿一同赴死。这一年是蜀汉炎兴元年（263）。后主自建兴元年（223）登基，至此已四十年，是三国时期在位时间最长的君主。（110～118）

38. 三国归晋

司马昭重赏邓艾，却对他怀有戒心，暗中令钟会牵制，自己亲率重兵从洛阳到长安，就近监视。

姜维受后主之命，降于钟会。他见魏国君臣不和，便从中挑拨。钟会入成都，擒拿邓艾。姜维又劝说钟会据蜀地谋反。钟会本来就有野心，于是劫持诸将一同谋反。事发，外兵至，钟会被杀，姜维自尽，邓艾父子也被仇人所杀。此为魏景元五年，改元咸熙（264）。——严格地讲，至此"三国"格局已成"两国"。

后主至洛阳，被司马昭封为安乐公，日日宴饮。人问："颇思蜀否？"后主答："此间乐，不思蜀也。"——留下"乐不思蜀"的成语典故。

司马昭受封晋王，立长子司马炎为世子。司马昭中风不能讲话，手指司马炎而逝。曹奂被逼禅位给司马炎，改国号大晋，改元泰始（265），大赦天下。——曹魏立国四十五年，至此终结。

吴主孙休见蜀汉已亡，自知不免，忧惧而死。众人拥立乌程侯孙皓为帝。孙皓沉溺酒色，奢侈凶暴，在武昌大兴土木。又命陆抗屯兵江口，准备攻襄阳。陆抗是陆逊之子，也是将才。

晋用羊祜守襄阳。羊祜屯田积粮，谨守边界，与东吴陆抗以礼相待。孙皓闻讯大怒，罢了陆抗兵权。孙皓滥杀大臣，群臣恐惧。

羊祜请命攻吴，司马炎不听。咸宁四年（278），羊祜病危，推荐杜预守荆州，备战伐吴。此时东吴丁奉、陆抗都已辞世。

两年后，司马炎发七路大军征吴。吴国起兵迎敌，于江上设铁链、铁锥，拦阻晋国水军。

晋都督杜预从江陵渡江，势如破竹，吴国守令望风而降。晋益州刺史王浚造大木筏，旁边缚草为人，带走铁锥，又在木筏上载大火炬，烧断拦江铁链，率水兵顺流而下，直杀入石头城。"王浚楼船下益州，金陵王气黯然收"（唐人刘禹锡诗），孙皓自行捆绑，抬棺投降，后被掳至洛阳，受封归命侯。

天下重归一统。小说结尾总结道："此所谓'天下大势，合久必分，分久必合'者也。"（118～120）

第三编

《三国演义》选粹

1. 节选一　宴桃园豪杰三结义

阅读提示

一、本段选自《三国演义》第一回"宴桃园豪杰三结义，斩黄巾英雄首立功"。东汉末年爆发了黄巾起义，各路军阀纷纷起兵镇压。刘备、关羽、张飞三位豪杰就是在这样的背景下走到一起，结为"兄弟"的。

二、章回小说受史书传记的影响，在人物出场时，往往先介绍此人的姓字、籍贯、相貌特征、脾气秉性乃至家世、经历等；如果是武将，还要对他的本领、兵器交代几句。本段中登场的刘备、关羽、张飞，都是蜀汉政权的核心人物，是作者着力刻画的形象。试找出三人各自的"小传"，尤应注意相貌描写。此外还应看到，三则"小传"有繁有简，作者并不是平均用力的。

三、书中涉及人物名字，有三种常用的表达方式。一是直呼姓名。二是只称名，不称姓，如董卓只称"卓"、曹操只称"操"（当然，首次称呼时，还是要称全名）。三是称呼表字，以示敬重，如本段说到刘备时，多称"玄德"，讲到关羽有时也称"云长"。

另外，书中对关羽格外尊崇，多数时候称他为"关公"，这与民间盛行的关羽崇拜有关，读时应留意。

四、小说家站在封建王朝的立场上，对农民起义抱着敌视态度，称黄巾军为"贼""寇"，读时应注意。

且说张角一军[1]，前犯幽州界分[2]。幽州太守刘焉[3]，乃江夏竟陵人氏[4]，汉鲁恭王之后也[5]。当时闻得贼兵将至，召校尉邹靖计议[6]。靖曰："贼兵众，我兵寡，明公宜作速招军应敌[7]。"刘焉然其说[8]，随即出榜招募义兵。

榜文行到涿县[9]，引出涿县中一个英雄。那人不甚好读书，性宽和，寡言语，喜怒不形于色[10]。素有大志，专好结交天下豪杰。生得身长七尺五寸，两耳垂肩，双手过膝，目能自顾其耳，面如

---

1 张角：东汉末黄巾军领袖。

2 幽州：今北京一带。界分：地界。

3 太守：州郡最高行政长官。

4 江夏竟陵：在今湖北潜江西北。

5 鲁恭王：汉景帝刘启之子刘余，封鲁王，谥号"恭"。

6 校尉：武官官职名。

7 明公：古时对有名位者的尊称。作速：快速，赶快。

8 然其说：赞同他的说法。

9 涿（Zhuō）县：今河北涿州。

10 喜怒不形于色：喜怒不表现在脸色上，指情感不轻易外露。

冠玉，唇若涂脂，¹中山靖王刘胜之后，汉景帝阁下玄孙，姓刘名备，字玄德。昔刘胜之子刘贞，汉武时封涿鹿亭侯²，后坐酎金失侯³，因此遗这一枝在涿县。玄德祖刘雄，父刘弘。弘曾举孝廉⁴，亦尝作吏，早丧。玄德幼孤⁵，事母至孝⁶。家贫，贩屦织席为业⁷。家住本县楼桑村。其家之东南，有一大桑树，高五丈余，遥望之，童童如车盖⁸。相者云⁹："此家必出贵人。"玄德幼时，与乡中小儿戏于树下，曰："我为天子，当乘此车盖。"叔父刘元起奇其言¹⁰，曰："此儿非常人也¹¹！"因见玄德家贫，常资给之¹²。年十五岁，母使游学，尝师事郑玄、卢植¹³，与公孙瓒等为友。及刘焉发榜招军时，玄德年已二十八岁矣。

---

1 "两耳垂肩"五句：这里描述刘备的特殊相貌身姿，耳大臂长，面白唇红。冠玉，古人帽子上的玉饰，多为莹白色的玉石，这里用来比喻面白而光润。脂，胭脂，一种红色颜料，多用作化妆品。

2 亭侯：爵位名，食禄于亭（汉时基层行政单位）的侯爵。

3 坐酎（zhòu）金失侯：因没有按规定献出酎金而被削去了侯爵。坐，犯法。酎金，汉代法律，诸侯在宗庙祭祀时献金助祭，叫"酎金"。

4 举孝廉：汉时选拔孝悌或清廉之士做官叫举孝廉。

5 幼孤：年幼时死了父亲。

6 事母至孝：奉养母亲极为孝顺。

7 贩屦（jù）织席：编织、贩卖麻鞋、草席。屦，用麻、葛等制成的鞋。

8 童童：树枝树叶茂密下垂的样子。

9 相者：旧时观察人的形貌以卜测吉凶的人。

10 奇其言：对他的话感到惊奇。

11 非常人：不是一般人。

12 资给（jǐ）：资助。

13 师事：以师礼相待。

当日见了榜文，慨然长叹。随后一人厉声言曰："大丈夫不与国家出力，何故长叹？"玄德回视其人，身长八尺，豹头环眼，燕颔虎须，[1]声若巨雷，势如奔马。玄德见他形貌异常，问其姓名。其人曰："某姓张，名飞，字翼德。世居涿郡，颇有庄田[2]，卖酒屠猪，专好结交天下豪杰。恰才见公看榜而叹，故此相问。"玄德曰："我本汉室宗亲[3]，姓刘，名备。今闻黄巾倡乱[4]，有志欲破贼安民[5]，恨力不能，故长叹耳。"飞曰："吾颇有资财，当招募乡勇[6]，与公同举大事[7]，如何？"玄德甚喜，遂与同入村店中饮酒。正饮间，见一大汉，推着一辆车子，到店门首歇了，入店坐下，便唤酒保[8]："快斟酒来吃，我待赶入城去投军[9]。"玄德看其人：身长九尺，髯长二尺；面如重枣，唇若涂脂；丹凤眼，卧蚕眉；相貌堂堂，

1　"豹头环眼"二句：这里描述张飞的相貌神态，头颈似豹，二目圆睁，胡须挺如虎须，形容威严勇武之貌。颔（hàn），下巴。按，关于"燕颔"，历来解释都含糊其词。该词出自《后汉书·班超传》，相面的人说班超"燕颔虎颈，飞而食肉，此万里侯相也"；后人多将"燕颔"解释为"形容相貌威武"。

2　颇有：有不少。

3　宗亲：同祖的亲属。

4　倡乱：带头造反。

5　贼：这是站在汉朝统治者立场上对黄巾军的蔑称。

6　乡勇：乡兵。

7　公：对人的敬称。

8　酒保：旧时酒楼、饭馆中招待客人的伙计。

9　投军：从军，参军。

威风凛凛。[1]玄德就邀他同坐，叩其姓名[2]。其人曰："吾姓关，名羽，字长生，后改云长，河东解良人也[3]。因本处势豪倚势凌人，被吾杀了，逃难江湖，五六年矣。今闻此处招军破贼，特来应募。"玄德遂以己志告之，云长大喜。同到张飞庄上，共议大事。飞曰："吾庄后有一桃园，花开正盛。明日当于园中祭告天地，我三人结为兄弟，协力同心，然后可图大事。"玄德、云长齐声应曰："如此甚好。"

次日，于桃园中，备下乌牛白马祭礼等项[4]。三人焚香再拜而说誓曰[5]："念刘备、关羽、张飞，虽然异姓[6]，既结为兄弟，则同心协力，救困扶危；上报国家，下安黎庶[7]；不求同年同月同日生，只愿同年同月同日死。皇天后土，实鉴此心；[8]背义忘恩，天人共戮[9]！"誓毕，拜玄德为兄，关羽次之，张飞为弟。祭罢天地，复

1　"身长九尺"八句：这里描述关羽的相貌神态，身高髯长，面红唇朱，目美眉浓。九尺，汉代一尺约合今天二十三厘米，九尺等于今天两米多。二尺，合今天四十多厘米。丹凤眼，外眼角微微上翘的美目。卧蚕眉，尾端上扬、色泽黑重的眉毛。堂堂，盛大、有气魄的样子。凛凛，严肃、可敬畏的样子。

2　叩：问。

3　河东解（Xiè，当地方言音 Hài）良：解县古称"解梁"，今山西运城。

4　乌牛白马：古人结盟立誓时，以乌牛白马祭祀天地，以示庄重。

5　再拜：拜两次。旧时表示隆重的礼节。

6　异姓：不同姓。

7　黎庶：百姓。

8　"皇天后土"句：高天大地也都明察我们的心意。鉴，明察。

9　戮（lù）：杀。

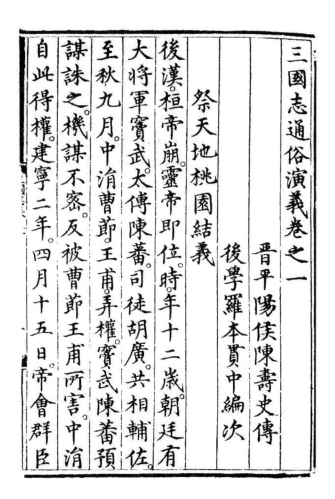

三國志通俗演義卷之一

晉平陽侯陳壽史傳

後學羅本貫中編次

祭天地桃園結義

後漢桓帝崩靈帝即位時年十二歲朝廷有大將軍竇武太傅陳蕃司徒胡廣共相輔佐至秋九月中涓曹節王甫弄權竇武陳蕃預謀誅之機謀不密反被曹節王甫所害中涓自此得權建寧二年四月十五日帝會群臣

《三国志通俗演义》卷之一

宰牛设酒，聚乡中勇士，得三百余人，就桃园中痛饮一醉。来日收拾军器，但恨无马匹可乘。正思虑间，人报有两个客人，引一伙伴当[1]，赶一群马，投庄上来。玄德曰："此天佑我也！"三人出庄迎接。原来二客乃中山大商[2]：一名张世平，一名苏双，每年往北贩马，近因寇发而回[3]。玄德请二人到庄，置酒管待[4]，诉说欲讨贼安民之意。二客大喜，愿将良马五十匹相送；又赠金银五百两，镔铁一千斤[5]，以资器用[6]。玄德谢别二客，便命良匠打造双股剑[7]。云长造青龙偃月刀[8]，又名"冷艳锯"，重八十二斤。张飞造丈八点钢矛[9]。各置全身铠甲。共聚乡勇五百余人，来见邹靖。邹靖引见太守刘焉。三人参见毕，各通姓名。玄德说起宗派，刘焉大喜，遂认玄德为侄。

1　伴当：随从的仆人。

2　中山：今河北定州。

3　寇：这里指黄巾军。

4　管待：款待。

5　镔（bīn）铁：精炼的铁。

6　以资器用：用来打造兵器、战具等。

7　双股剑：成对的宝剑，也称"雌雄剑""鸳鸯剑"。

8　青龙偃（yǎn）月刀：一种长柄的刀，刀身为半月形，又称"掩月刀"，饰以青龙图案。历史上的关羽上阵用矛，不用刀。据考，偃月刀是宋代才有的兵器。

9　点钢矛：一种长柄击刺兵器，书中还称之为"蛇矛"，盖因矛头做游蛇状的缘故。柄长一丈八尺，约合今天四米以上，或有夸张。

2. 节选二　张翼德怒鞭督邮

阅读提示

一、本段选自《三国演义》第二回"张翼德怒鞭督邮，何国舅谋诛宦竖"。此前，刘、关、张镇压黄巾"有功"，却因朝中无人，无官可做。本段写刘备因中郎将张钧的推荐，终于当上安喜县尉。但位子还没坐热，就面临丢官的危机。

二、东汉朝廷利用民间武装镇压黄巾起义，同时又对民间武装怀有戒心。因此一旦农民起义威胁减弱，跟着便是"沙汰"（淘汰）刘备这样因镇压有功而得官的人。

三、督邮是官名，并非"邮政局长"，相当于"纪检"官员，由郡守委派，负责巡视郡内属县、评判地方官优劣。刘备等知道督邮此来的目的，再加上此人傲慢无礼，终于激怒脾气暴躁的张飞，将他当众鞭打。刘备随后弃官，与关、张扬长而去。

四、小说家的创作手法之一，是"张冠李戴"，即把别人的故事移植到小说人物头上。据史书记载，刘备当安喜县尉时，确实与前来视察的督邮发生了纠葛。不过鞭打督邮的不是张飞，而是刘备本人！大概小说家有意把刘备塑造成仁慈宽厚的人，因而让张飞"背了锅"。

　　三人郁郁不乐，上街闲行，正值郎中张钧车到[1]。玄德见之，自陈功绩[2]。钧大惊，随入朝见帝曰："昔黄巾造反，其原皆由十常侍卖官鬻爵[3]，非亲不用，非仇不诛[4]，以致天下大乱。今宜斩十常侍，悬首南郊[5]，遣使者布告天下，有功者重加赏赐，则四海自清平也。"十常侍奏帝曰："张钧欺主。"帝令武士逐出张钧[6]。十常侍共议："此必破黄巾有功者，不得除授[7]，故生怨言。权且教省家铨注微名，待后却再理会未晚。[8]"因此玄德除授定州中山府安喜县

　　1　郎中：官名，掌管门户、车骑等事。

　　2　自陈：自己陈说。

　　3　原：起因。十常侍：小说中指张让、赵忠、封谞（xū）、段珪（guī）、曹节、侯览、蹇（Jiǎn）硕、程旷、夏恽（yùn）、郭胜十人，他们朋比为奸，把持朝政，号为"十常侍"。卖官鬻（yù）爵：指当权者出卖官职、爵位，以聚敛财富。鬻，卖。

　　4　诛：杀。

　　5　悬首：悬挂首级，指杀人后挂头示众。

　　6　逐出：赶出，驱逐。

　　7　除授：拜官授职。

　　8　"权且"句：暂且让官府量才登记他们的微贱之名，等以后再做处理也不晚。权且，暂且，姑且。省家，官府。铨注，对官吏的考选登记。

尉[1]，克日赴任[2]。玄德将兵散回乡里，止带亲随二十余人[3]，与关、张来安喜县中到任。署县事一月[4]，与民秋毫无犯，民皆感化。到任之后，与关、张食则同桌，寝则同床。如玄德在稠人广坐[5]，关、张侍立，终日不倦。

到县未及四月，朝廷降诏，凡有军功为长吏者当沙汰[6]。玄德疑在遣中[7]。适督邮行部至县[8]，玄德出郭迎接[9]，见督邮施礼。督邮坐于马上，惟微以鞭指回答[10]。关、张二公俱怒。及到馆驿[11]，督邮南面高坐[12]，玄德侍立阶下。良久，督邮问曰："刘县尉是何出身？"玄德曰："备乃中山靖王之后；自涿郡剿戮黄巾[13]，大小三十余战，颇有微功，因得除今职[14]。"督邮大喝曰："汝诈称皇亲[15]，虚报功

---

1 定州中山府安喜县：在今河北定州东南。县尉，官名，掌一县治安。

2 克日：限定日期。

3 止：只，仅。

4 署县事：接管一县治安事务。

5 稠人广坐：人数众多的地方，即公共场合。

6 长吏：地位较高的官员。沙汰：淘汰。

7 遣中：指被淘汰的行列。

8 督邮：官名，郡太守的下属官，代表太守督察县乡，宣达政令，同时也负责狱讼捕亡等。行部：巡行所属县乡，考核政绩。

9 郭：外城。在城外加筑的一道城墙。

10 微以鞭指回答：用马鞭微微指了一下刘备，表示回礼，这是很傲慢的表现。

11 馆驿：古时官府在驿站上设的旅舍。

12 南面：面向南而坐。古时以南面为尊，这里督邮"南面高坐"，有居高临下、自高自大之意。

13 剿戮：剿灭，杀戮。

14 除：被任命。

15 汝：你。

绩！目今朝廷降诏，正要沙汰这等滥官污吏！"玄德喏喏连声而退[1]。归到县中，与县吏商议。吏曰："督邮作威[2]，无非要贿赂耳。"玄德曰："我与民秋毫无犯，那得财物与他？"次日，督邮先提县吏去[3]，勒令指称县尉害民。玄德几番自往求免，俱被门役阻住，不肯放参[4]。

却说张飞饮了数杯闷酒，乘马从馆驿前过，见五六十个老人，皆在门前痛哭。飞问其故，众老人答曰："督邮逼勒县吏，欲害刘公；我等皆来苦告，不得放入，反遭把门人赶打！"张飞大怒，睁圆环眼，咬碎钢牙，滚鞍下马，径入馆驿，把门人那里阻挡得住[5]，直奔后堂，见督邮正坐厅上，将县吏绑倒在地。飞大喝："害民贼！认得我么？"督邮未及开言，早被张飞揪住头发，扯出馆驿，直到县前马桩上缚住。攀下柳条[6]，去督邮两腿上着力鞭打，一连打折柳条十数枝。玄德正纳闷间[7]，听得县前喧闹，问左右，答曰："张将军绑一人在县前痛打。"玄德忙去观之，见绑缚者乃督邮也。玄德惊问其故。飞曰："此等害民贼，不打死等甚！"督

1　喏（nuò）喏连声：恭敬地连连应答。喏，同"诺"，应答声。

2　作威：发威。

3　提：带走。

4　放参：放人进衙参见。

5　那里：哪里。那，同"哪"。

6　攀：牵，拉，这里是拉下并折断的意思。

7　纳闷：因怀疑而发闷。

怒鞭督邮 / 古代版画

邮告曰:"玄德公救我性命!"玄德终是仁慈的人,急喝张飞住手。傍边转过关公来,曰:"兄长建许多大功,仅得县尉,今反被督邮侮辱。吾思枳棘丛中,非栖鸾凤之所;[1]不如杀督邮,弃官归乡,别图远大之计[2]。"玄德乃取印绶[3],挂于督邮之颈,责之曰:"据汝害民,本当杀却;今姑饶汝命[4]。吾缴还印绶,从此去矣。"督邮归告定州太守,太守申文省府[5],差人捕捉。玄德、关、张三人往代州投刘恢[6]。恢见玄德乃汉室宗亲,留匿在家不题[7]。

---

1 "吾思"二句:比喻险恶的环境不是贤俊之士施展才华的地方。枳(zhǐ)棘(jí),枳木与棘木,因多刺而被称为恶木,常用以比喻恶人或小人。栖,停息,栖居。鸾凤,鸾鸟和凤凰,传说中的神鸟,这里比喻贤俊之士。

2 别图:另外谋划。

3 印绶:官印和系官印的丝带。

4 姑:姑且,暂且。

5 申文:行文呈报。省府:这里指朝廷。

6 代州:今山西忻(Xīn)州代县。

7 留匿:藏匿,隐藏。

3. 节选三 "宁教我负天下人"

阅读提示

一、本段选自《三国演义》第四回"废汉帝陈留践位，谋董贼孟德献刀"。胆略过人的曹操当了一回刺客，要刺杀董卓。他成功了吗？正直的陈宫为何要弃官追随曹操？又为何离他而去？

二、曹操在小说中是个能力超群、个性鲜明而性格复杂的政治家、军事家。在本段中，他的表现十分抢眼。当董卓专权，众朝臣痛哭流涕、束手无策时，唯有曹操"抚掌大笑"，藐视国贼，又只身前往行刺董卓，表现出不同寻常的见识、胆略和行动力。行刺失败后，他并不气馁，筹划着更大的一着棋："归乡里，发矫诏，召天下诸侯兴兵共诛董卓。"——也正是他的胸襟与担当，打动了中牟县县令陈宫，决心追随他。

三、曹操在逃亡路上，误杀了吕伯奢一家。事后一句"宁教我负天下人，休教天下人负我"，暴露出他思想性格的另一面：自私、多疑、残忍、狂妄……

不过小说家也有故意抹黑曹操之嫌。据史料记载，曹操确实在逃亡路上杀了吕家人，原因是吕伯奢的儿子和门客要抢他的马和行李。还有一种说法：曹操夜间听到碗碟声，误以为人家要害他，于是率先动手杀了人。"既而凄怆曰：'宁我负人，毋人负我！'遂行。"也就是说，误杀之后，曹操心存悔恨，这两句话并非如小说中所写，是恶狠狠讲出来的。

越骑校尉伍孚[1]，字德瑜，见（董）卓残暴，愤恨不平，尝于朝服内披小铠[2]，藏短刀，欲伺便杀卓[3]。一日，卓入朝，孚迎至阁下，拔刀直刺卓。卓气力大，两手抠住；吕布便入[4]，揪倒伍孚。卓问曰："谁教汝反？"孚瞪目大喝曰："汝非吾君，吾非汝臣，何反之有？汝罪恶盈天[5]，人人愿得而诛之！吾恨不车裂汝以谢天下[6]！"卓大怒，命牵出剖剐之[7]。孚至死骂不绝口。后人有诗赞之曰：

—————

1 越骑校尉：武将官名。

2 小铠：防身内甲。

3 伺便：等待合适的时机。

4 吕布：东汉末名将，当时正在董卓帐下为将。小说中还说吕布先认并州刺史丁原为义父，后又杀丁原而投降董卓，认董卓为义父，因此人称"三姓家奴"。便：随即。

5 盈天：满天。形容数量多。

6 车裂：古代的一种酷刑，俗称"五马分尸"。谢：谢罪。

7 剖剐（guǎ）：古代的一种酷刑。

汉末忠臣说伍孚，冲天豪气世间无。朝堂杀贼名犹在，万古堪称大丈夫！

董卓自此出入常带甲士护卫。

时袁绍在渤海，闻知董卓弄权[1]，乃差人赍密书来见王允[2]。书略曰[3]：

卓贼欺天废主[4]，人不忍言[5]；而公恣其跋扈[6]，如不听闻[7]，岂报国效忠之臣哉？绍今集兵练卒[8]，欲扫清王室，未敢轻动。公若有心，当乘间图之[9]。如有驱使，即当奉命。[10]

王允得书，寻思无计。一日，于侍班阁子内见旧臣俱在[11]，允曰：

---

1 弄权：凭借职位，滥用权力。

2 赍（jī）：送。

3 略：大体，大致。

4 废主：这里指废掉少帝。

5 不忍言：这里有隐忍不敢言的意思。

6 恣：放纵，放任。跋扈：骄横专断，欺上压下。

7 如不听闻：好像没听见、没看见一样，意思是无所表示。

8 集兵练卒：集结、操练兵卒。

9 乘间（jiàn）：趁机。图：谋划，这里指杀掉董卓。

10 "如有"二句：意为如果用得着我，我一定听从你的命令。

11 侍班：古代臣子随侍在君主旁，以记注帝王起居，并处理其他事务，称"侍班"。阁子：小房间。

"今日老夫贱降¹，晚间敢屈众位到舍小酌²。"众官皆曰："必来祝寿。"当晚王允设宴后堂，公卿皆至。酒行数巡³，王允忽然掩面大哭。众官惊问曰："司徒贵诞⁴，何故发悲？"允曰："今日并非贱降，因欲与众位一叙，恐董卓见疑⁵，故托言耳⁶。董卓欺主弄权，社稷旦夕难保⁷。想高皇诛秦灭楚⁸，奄有天下⁹；谁想传至今日，乃丧于董卓之手：此吾所以哭也¹⁰！"于是众官皆哭。

坐中一人抚掌大笑曰¹¹："满朝公卿，夜哭到明，明哭到夜，还能哭死董卓否？"允视之，乃骁骑校尉曹操也。允怒曰："汝祖宗亦食禄汉朝¹²，今不思报国，而反笑耶？"操曰："吾非笑别事，笑众位无一计杀董卓耳。操虽不才，愿即断董卓头，悬之都门，以谢天下！"允避席问曰¹³："孟德有何高见¹⁴？"操曰："近日操屈身

1　贱降：对自己生日的谦称。

2　舍：舍下，我家。小酌：喝酒。

3　数巡：指敬了几遍酒。

4　贵诞：对他人生日的敬称。

5　见疑：怀疑我。见，加在动词前表示对他人行为的承受。

6　托言：借口，假称。

7　社稷（jì）：国家。社稷是古代帝王、诸侯所祭的土神和谷神，因此历来常用"社稷"代指"国家"。

8　高皇：指汉高祖刘邦。

9　奄（yǎn）有天下：一统天下。奄，覆盖，囊括。

10　所以哭：哭的原因。

11　抚掌：拍手。

12　食禄汉朝：享受汉朝的俸禄。

13　避席：离开座席，起身站立，表示敬意。

14　孟德：曹操字孟德。

以事卓者，实欲乘间图之耳。¹今卓颇信操，操因得时近卓。闻司徒有七宝刀一口，愿借与操入相府刺杀之，虽死不恨！"允曰："孟德果有是心²，天下幸甚！"遂亲自酌酒奉操。操沥酒设誓³，允随取宝刀与之。操藏刀，饮酒毕，即起身辞别众官而去。众官又坐了一回，亦俱散讫⁴。

次日，曹操佩着宝刀来至相府，问："丞相何在？"从人云："在小阁中。"操径入。见董卓坐于床上，吕布侍立于侧。卓曰："孟德来何迟？"操曰："马羸行迟耳⁵。"卓顾谓布曰："吾有西凉进来好马，奉先可亲去拣一骑赐与孟德。"布领令而出。操暗忖曰⁶："此贼合死⁷！"即欲拔刀刺之，惧卓力大，未敢轻动。卓胖大不耐久坐，遂倒身而卧，转面向内。操又思曰："此贼当休矣！"急掣宝刀在手，恰待要刺，不想董卓仰面看衣镜中，照见曹操在背后拔刀，急回身问曰："孟德何为？"时吕布已牵马至阁外。操惶遽⁸，乃持刀跪下曰："操有宝刀一口，献上恩相。"卓接视之，见其

---

1 "近日"二句：最近我委屈自己来侍奉董卓，事实上就是想趁机除掉他呀。

2 是心：此心，此意。

3 沥酒设誓：洒酒于地，立下誓言。

4 散讫（sànqì）：散了，散毕。讫，完结，完毕。

5 羸（léi）：瘦弱。

6 忖（cǔn）：揣度，思量。

7 合死：当死，该死。

8 惶遽（huángjù）：惊慌，慌张。

刀长尺余，七宝嵌饰，极其锋利，果宝刀也。遂递与吕布收了。操解鞘付布[1]。卓引操出阁看马，操谢曰："愿借试一骑。"卓就教与鞍辔[2]。操牵马出相府，加鞭望东南而去。布对卓曰："适来曹操似有行刺之状，及被喝破[3]，故推献刀[4]。"卓曰："吾亦疑之。"正说话间，适李儒至，卓以其事告之。儒曰："操无妻小在京，只独居寓所。今差人往召，如彼无疑而便来，则是献刀；如推托不来，则必是行刺，便可擒而问也。"卓然其说，即差狱卒四人往唤操。去了良久，回报曰："操不曾回寓，乘马飞出东门。门吏问之，操曰'丞相差我有紧急公事'，纵马而去矣。"儒曰："操贼心虚逃窜，行刺无疑矣。"卓大怒曰："我如此重用，反欲害我！"儒曰："此必有同谋者，待拿住曹操便可知矣。"卓遂令遍行文书[5]，画影图形[6]，捉拿曹操：擒献者，赏千金，封万户侯；窝藏者同罪[7]。

　　且说曹操逃出城外，飞奔谯郡[8]。路经中牟县[9]，为守关军士所

1　鞘（qiào）：装刀的套子。
2　鞍辔（ānpèi）：马鞍和马笼头。
3　喝（hè）破：以简短有力的话揭穿说破。
4　推：推托，托词。
5　遍行文书：到处张贴文告。
6　画影图形：描摹人的容貌，多用在悬赏通缉逃犯的公告上。
7　窝藏者同罪：意思是如有人隐匿暗藏曹操，就按曹操同样的罪行，予以处罚。
8　谯郡（Qiáojùn）：今安徽亳（Bó）州。
9　中牟县：今河南中牟县。

获，擒见县令。操言："我是客商，复姓皇甫[1]。"县令熟视曹操[2]，沉吟半晌[3]，乃曰："吾前在洛阳求官时，曾认得汝是曹操，如何隐讳[4]！且把来监下，明日解去京师请赏。"把关军士赐以酒食而去。至夜分[5]，县令唤亲随人暗地取出曹操，直至后院中审究[6]。问曰："我闻丞相待汝不薄，何故自取其祸？"操曰："燕雀安知鸿鹄志哉！[7]汝既拿住我，便当解去请赏。何必多问！"县令屏退左右[8]，谓操曰："汝休小觑我[9]。我非俗吏[10]，奈未遇其主耳[11]。"操曰："吾祖宗世食汉禄，若不思报国，与禽兽何异？吾屈身事卓者，欲乘间图之，为国除害耳。今事不成，乃天意也！"县令曰："孟德此行，将欲何往？"操曰："吾将归乡里，发矫诏[12]，召天下诸侯兴兵共诛董卓[13]，吾之愿也。"县令闻言，乃亲释其缚[14]，扶之上坐，再

1　复姓：不止一个字的姓。

2　熟视：仔细观察。

3　沉吟：不时低声自语，迟疑不决。

4　隐讳（huì）：隐瞒。

5　夜分：半夜。

6　审究：审问查究。

7　"燕雀"句：燕雀怎能知道天鹅的远大志向呢！比喻平庸的人不能理解志向远大者的抱负。鸿鹄（hú），天鹅。

8　屏（bǐng）退左右：让随从回避。

9　小觑（qù）：小看，瞧不起。

10　俗吏：平庸的官吏。

11　奈未遇其主耳：怎奈没有遇到心仪的明主啊。

12　矫诏：伪造（或篡改）皇帝诏书。

13　诸侯：古代帝王分封的各国国君，这里指掌握军政大权的地方长官。

14　亲释其缚：亲自给他解开绑绳。

拜曰："公真天下忠义之士也！"曹操亦拜，问县令姓名。县令曰："吾姓陈，名宫，字公台。老母妻子，皆在东郡[1]。今感公忠义，愿弃一官，从公而逃。"操甚喜。是夜陈宫收拾盘费[2]，与曹操更衣易服，各背剑一口，乘马投故乡来。

行了三日，至成皋地方[3]，天色向晚[4]。操以鞭指林深处谓宫曰："此间有一人姓吕，名伯奢，是吾父结义弟兄；就往问家中消息，觅一宿[5]，如何？"宫曰："最好。"二人至庄前下马，入见伯奢。奢曰："我闻朝廷遍行文书，捉汝甚急，汝父已避陈留去了[6]。汝如何得至此？"操告以前事，曰："若非陈县令，已粉骨碎身矣。"伯奢拜陈宫曰："小侄若非使君[7]，曹氏灭门矣。使君宽怀安坐[8]，今晚便可下榻草舍[9]。"说罢，即起身入内。良久乃出，谓陈宫曰："老夫家无好酒，容往西村沽一樽来相待[10]。"言讫，匆匆上驴而去。

操与宫坐久，忽闻庄后有磨刀之声。操曰："吕伯奢非吾至

1　东郡：今河南濮阳。

2　盘费：盘缠，路费。

3　成皋：在今河南荥阳（Xíngyáng）西。

4　向晚：将晚，傍晚。

5　觅一宿：借宿一晚。

6　陈留：在今河南开封境内。

7　使君：汉代用以称呼太守刺史，也作为一般官员的敬称。

8　宽怀：宽心，放心。

9　下榻草舍：住在我家的谦虚说法。下榻，住宿。

10　沽（gū）：买。樽：古时盛酒的器具。

亲¹，此去可疑，当窃听之。"二人潜步入草堂后²，但闻人语曰："缚而杀之，何如？"操曰："是矣！今若不先下手，必遭擒获。"遂与宫拔剑直入，不问男女，皆杀之，一连杀死八口。搜至厨下，却见缚一猪欲杀。宫曰："孟德心多，误杀好人矣！"急出庄上马而行。

行不到二里，只见伯奢驴鞍前鞒悬酒二瓶³，手携果菜而来，叫曰："贤侄与使君何故便去？"操曰："被罪之人⁴，不敢久住。"伯奢曰："吾已分付家人宰一猪相款⁵，贤侄、使君何憎一宿⁶？速请转骑。"操不顾⁷，策马便行。行不数步，忽拔剑复回，叫伯奢曰："此来者何人？"伯奢回头看时，操挥剑砍伯奢于驴下。宫大惊曰："适才误耳，今何为也？"⁸操曰："伯奢到家，见杀死多人，安肯干休⁹？若率众来追，必遭其祸矣。"宫曰："知而故杀，大不义也！"操曰："宁教我负天下人¹⁰，休教天下人负我。"陈宫默然¹¹。

1　至亲：关系最紧密的亲属。

2　潜步：暗暗移步。

3　前鞒（qiáo）：马鞍前部拱起的地方。

4　被罪：负罪，因有罪而遭通缉。

5　分付：吩咐。款：款待，招待。

6　憎（zēng）：厌恶。

7　顾：回头看。

8　"适才"二句：刚才已是误杀，现在你又这样做是为了什么？

9　安肯干休：怎肯罢休？干休，罢休。

10　负：亏欠，亏负。

11　默然：沉默不语的样子。

当夜，行数里，月明中敲开客店门投宿。喂饱了马，曹操先睡。陈宫寻思："我将谓曹操是好人 [1]，弃官跟他；原来是个狼心之徒！今日留之，必为后患。"便欲拔剑来杀曹操。正是：设心狠毒非良士，操卓原来一路人 [2]。毕竟曹操性命如何，且听下文分解 [3]。

1　将谓：本以为。
2　操卓：曹操与董卓。
3　且听下文分解：古代章回体小说用以连接上下回的套语。

4. 节选四　曹操煮酒论英雄

阅读提示

一、本段选自《三国演义》第二十一回"曹操煮酒论英雄，关公赚城斩车胄"。曹操对新近归附的刘备心存疑忌，请他到相府花园饮酒，借机察言观色——考验刘备的时候到了。

二、看两个性格、心思和处境截然不同的潜在敌手把酒言欢，是件很有意思的事。两相比较，曹操似乎更"可爱"：他自信满满、目空一切，出言毫无顾忌。听听他对"天下英雄"的评判：袁术是"冢中枯骨"，袁绍"色厉胆薄，好谋无断"，刘表是"虚名无实"，孙策只是"藉父之名"……不过想想，曹操身为丞相，挟天子以令诸侯，又刚刚消灭了劲敌吕布，他完全有理由傲视群雄！

三、刘备的性格与曹操的正相反，史书上说他"性宽和，寡言语，喜怒不形于色"。又因他暗中参与了反曹活动，时时担心"露馅"，于是奉行"韬晦"之计，每日浇菜灌园，装出一副碌碌无为、胸无大志的样子。如今前来赴宴，不知曹操的葫芦里卖的什么药，因此说起话来吞吞吐吐、装傻充愣、一味敷衍。

四、曹操对英雄的理解，是"胸怀大志，腹有良谋，有包藏宇宙之机，吞吐天地之志者也"。论志向和能力，曹操认为自己完全够格。至于他当面称颂刘备为英雄，一来确实看到刘备实力过人、不可小觑；二来，恐怕也是要试探刘备的反应。结果刘备急中生智，借口怕雷声，掩饰了自己的失态。——一个一心灌园种菜、连打雷都怕的人，能有什么威胁呢？曹操果然被他骗过了。

　　玄德也防曹操谋害，就下处后园种菜[1]，亲自浇灌，以为韬晦之计[2]。关、张二人曰："兄不留心天下大事，而学小人之事[3]，何也？"玄德曰："此非二弟所知也。"二人乃不复言。

　　一日，关、张不在，玄德正在后园浇菜，许褚、张辽引数十人入园中曰："丞相有命，请使君便行。"玄德惊问曰："有甚紧事？"许褚曰："不知。只教我来相请。"玄德只得随二人入府见操。操笑曰："在家做得好大事！"唬得玄德面如土色。操执玄德手，直至后园，曰："玄德学圃不易[4]！"玄德方才放心，答曰："无

1　下处：在外暂住之处。
2　韬晦（tāohuì）之计：收敛锋芒，隐藏才能行迹，待时而起的计谋。韬晦，"韬光晦迹"的略语。韬，隐藏。晦，隐藏。
3　小人：平民百姓。
4　学圃（pǔ）：学习种菜。

事消遣耳。"操曰："适见枝头梅子青青，忽感去年征张绣时，道上缺水，将士皆渴。吾心生一计，以鞭虚指曰：'前面有梅林。'军士闻之，口皆生唾，由是不渴。今见此梅，不可不赏。又值煮酒正熟，故邀使君小亭一会。"玄德心神方定。随至小亭，已设樽俎[1]，盘置青梅，一樽煮酒。二人对坐，开怀畅饮。

酒至半酣[2]，忽阴云漠漠[3]，骤雨将至。从人遥指天外龙挂[4]，操与玄德凭栏观之。操曰："使君知龙之变化否？"玄德曰："未知其详。"操曰："龙能大能小，能升能隐：大则兴云吐雾，小则隐介藏形[5]；升则飞腾于宇宙之间，隐则潜伏于波涛之内。方今春深，龙乘时变化[6]，犹人得志而纵横四海。龙之为物，可比世之英雄。玄德久历四方，必知当世英雄。请试指言之。"玄德曰："备肉眼安识英雄？"操曰："休得过谦。"玄德曰："备叨恩庇[7]，得仕于朝[8]。天下英雄，实有未知。"操曰："既不识其面，亦闻其名。"玄德曰：

1　樽俎（zǔ）：指宴席。樽俎是古时盛酒肉的器皿，樽以盛酒，俎以盛肉。后常用来指称宴席。

2　半酣：半醉，指酒兴正浓。

3　漠漠：密布的样子。

4　龙挂：龙卷风。远看积雨云下呈漏斗状舒卷下垂，古时人以为是龙在下挂吸水。

5　隐介藏形：隐藏形体。介，鳞甲。

6　乘时：乘机，趁势。

7　叨（tāo）恩庇：有幸受到恩惠佑庇。叨，谦词，指受到好处，有受之有愧之意。

8　得仕于朝：能在朝廷做官。

煮酒论英雄 / 古代版画

"淮南袁术，兵粮足备，可为英雄？"操笑曰："冢中枯骨[1]，吾早晚必擒之！"玄德曰："河北袁绍，四世三公[2]，门多故吏。今虎踞冀州之地，部下能事者极多[3]，可为英雄？"操笑曰："袁绍色厉胆薄[4]，好谋无断[5]；干大事而惜身，见小利而忘命，非英雄也。"玄德曰："有一人名称八俊[6]，威镇九州——刘景升可为英雄？"操曰："刘表虚名无实，非英雄也。"玄德曰："有一人血气方刚，江东领袖——孙伯符乃英雄也？"操曰："孙策藉父之名[7]，非英雄也。"玄德曰："益州刘季玉，可为英雄乎？"操曰："刘璋虽系宗室，乃守户之犬耳，何足为英雄！"玄德曰："如张绣、张鲁、韩遂等辈皆何如？"操鼓掌大笑曰："此等碌碌小人，何足挂齿！"玄德曰："舍此之外，备实不知。"操曰："夫英雄者，胸怀大志，腹有良谋，有包藏宇宙之机，吞吐天地之志者也[8]。"玄德曰："谁能当

---

1 冢中枯骨：坟墓里面的枯骨，指死人，用以讥讽志气卑下、没有作为的人。

2 四世三公：袁绍自其高祖到父辈，四代都有官居三公位者，时称"四世三公"。世，父子相继为一世，一代。三公，古代中央三种最高官衔的合称，周代有太师、太傅、太保；汉代有司徒、司马、司空。

3 能事者：有才能的人。

4 色厉胆薄：外表强硬严厉而内心怯懦软弱。色，脸色。厉，严厉。胆薄，胆怯心虚。

5 好谋无断：善于谋划而处事不够果断。

6 八俊：指称同一时期有才望的八人为"八俊"。东汉称刘表、陈翔、范滂（pāng）、孔昱（yù）、范康、檀敷、张俭和岑晊（zhì）为"江夏八俊"。

7 藉（jiè）：借。

8 包藏宇宙之机：掌握着宇宙运行的规律，这里形容有大智慧。机，机枢，规律。吞吐天地之志：形容有改天换地的大志向。

之？"操以手指玄德，后自指，曰："今天下英雄，惟使君与操耳！"玄德闻言，吃了一惊，手中所执匙箸[1]，不觉落于地下。时正值大雨将至，雷声大作。玄德乃从容俯首拾箸曰："一震之威，乃至于此。"操笑曰："丈夫亦畏雷乎？"玄德曰："圣人迅雷风烈必变[2]，安得不畏[3]？"将闻言失箸缘故，轻轻掩饰过了。操遂不疑玄德。后人有诗赞曰：

勉从虎穴暂趋身[4]，说破英雄惊杀人。巧借闻雷来掩饰，随机应变信如神[5]。

天雨方住，见两个人撞入后园，手提宝剑，突至亭前，左右拦挡不住。操视之，乃关、张二人也。原来二人从城外射箭方回，听得玄德被许褚、张辽请将去了，慌忙来相府打听；闻说在后园，只恐有失，故冲突而入。却见玄德与操对坐饮酒。二人按剑而立。操问二人何来。云长曰："听知丞相和兄饮酒，特来舞剑，以

---

1 匙（chí）箸：汤勺和筷子，这里指筷子。
2 圣人迅雷风烈必变：孔子遇见迅雷大风，一定要改变神色，以表示对上天的敬畏。此话出自《论语》。圣人，指孔子。迅雷风烈，迅雷烈风，快而猛的雷和风。
3 安得：怎能。
4 勉从虎穴暂趋身：勉强在危险之地暂住。虎穴，比喻极危险的地方。
5 信：的确。

助一笑。"操笑曰："此非'鸿门会'，安用项庄、项伯乎？"[1]玄德亦笑。操命："取酒与二'樊哙'压惊[2]。"关、张拜谢。须臾席散，玄德辞操而归。云长曰："险些惊杀我两个！"玄德以落箸事说与关、张。关、张问是何意。玄德曰："吾之学圃，正欲使操知我无大志；不意操竟指我为英雄，我故失惊落箸。又恐操生疑，故借惧雷以掩饰之耳。"关、张曰："兄真高见！"

---

1 "此非"二句：这又不是"鸿门宴"，哪里用得着项庄和项伯呢？鸿门会，鸿门宴，楚汉争霸时期，刘邦到鸿门与项羽会见。酒宴中，项庄舞剑，想要乘机刺杀刘邦；而项伯也随即起而舞剑，保护刘邦。其后樊哙闯入，才平息了这场危机。

2 二"樊哙"：这里指关羽和张飞。

5. 节选五　祢正平裸衣骂曹

阅读提示

一、本段选自《三国演义》第二十三回"祢正平裸衣骂贼，吉太医下毒遭刑"。曹操要派一位名士去招安荆州军阀刘表，有人推了孔融，孔融又转荐自己的朋友祢衡。祢衡接受任命了吗？他和曹操之间又发生了什么纠葛？

二、章回小说虽为长篇，但故事要一个一个讲，每个故事都有其核心人物。如这一段的核心人物，便是祢衡。祢衡是典型的名士，恃才傲物，藐视权贵，不愿为统治者效力。他的悲剧结局，即缘于他的性格。

不过祢衡确实才高八斗、能言善辩。看他与曹操的对话，出言响亮，句句紧逼。曹操恼羞成怒，命他充当鼓吏，借此羞辱他。他却当众换衣，赤身裸体，还侃侃而谈，反而是曹操下不来台。——利用人物对话刻画人物、推进情节，是《三国演义》的手法之一，前有"曹操煮酒论英雄"，后有"诸葛亮舌战群儒""张松献地图"，可以参看。

三、历史上的祢衡确实有才而狂妄。他在曹操面前裸体换衣，也实有其事。弄得曹操哭笑不得，说："本欲辱衡，衡反辱孤！"祢衡还曾在营门前用木杖捶着地大骂曹操。但因他名气大，曹操不愿背害贤之名，于是把他介绍给刘表，刘表又将他介绍给黄祖。祢衡终因当面咒骂黄祖而被杀。——小说没说，祢衡死时只有二十六岁！

四、本段在重点刻画祢衡的同时，也侧面渲染了曹操、刘表、黄祖的形象。

（曹）操遂使人召（祢）衡至。礼毕，操不命坐[1]。祢衡仰天叹曰："天地虽阔，何无一人也！"操曰："吾手下有数十人，皆当世英雄，何谓无人？"衡曰："愿闻。"操曰："荀彧、荀攸、郭嘉、程昱，机深智远[2]，虽萧何、陈平不及也[3]。张辽、许褚、李典、乐进，勇不可当，虽岑彭、马武不及也[4]。吕虔、满宠为从事[5]，于禁、徐晃为先锋；夏侯惇天下奇才，曹子孝世间福将。——安得无

1　命坐：让他坐下。

2　机深智远：形容能深谋远虑。

3　萧何、陈平：著名谋士，西汉王朝开国功臣。不及，比不上。

4　岑彭、马武：东汉中兴名将。

5　从事：官名，为长官自聘的僚属。

人？"衡笑曰："公言差矣！此等人物，吾尽识之：荀彧可使吊丧问疾[1]，荀攸可使看坟守墓，程昱可使关门闭户，郭嘉可使白词念赋[2]，张辽可使击鼓鸣金[3]，许褚可使牧牛放马，乐进可使取状读招[4]，李典可使传书送檄[5]，吕虔可使磨刀铸剑，满宠可使饮酒食糟[6]，于禁可使负版筑墙[7]，徐晃可使屠猪杀狗；夏侯惇称为完体将军[8]，曹子孝呼为'要钱太守'[9]。其余皆是衣架、饭囊、酒桶、肉袋耳[10]！"操怒曰："汝有何能？"衡曰："天文地理，无一不通；三教九流[11]，无所不晓。上可以致君为尧、舜[12]，下可以配德于孔、颜[13]。——岂与

1　吊丧：到死者家里祭奠死者。问疾：探问疾病。"吊丧问疾"是说荀彧只会干些事务性的工作，不是大才。后文"白词念赋""击鼓鸣金""取状读招""传书送檄""负版筑墙"的意思与此类似。

2　白词念赋：诵读辞赋，这里泛指从事文学创作。

3　击鼓鸣金：古时两军作战，用鼓和锣发号施令，击鼓则进军，鸣锣则退军，这里是说张辽不过是阵前击鼓鸣金的小卒。

4　取状读招：传取诉状，宣读招供记录，这里指充当吏役。

5　传书送檄：递送书信、文书。

6　饮酒食糟（zāo）：喝酒吃酒渣，这里是讽刺满宠是酒囊饭袋。糟，酒渣。

7　负版筑墙：身负夹墙板去筑墙。版，筑土墙用的夹墙板。

8　完体将军：夏侯惇在征讨吕布时，一只眼睛被弓箭射中，他急用手拔箭，不想连眼珠一起拔出，于是大叫说："父精母血，不可弃也！"将眼珠放进嘴里吃掉了。这里祢衡称夏侯惇为"完体将军"，意在讥讽夏侯惇的五体不全，是残疾人。

9　要钱太守：史书上说曹洪"家富而性吝啬"。曹洪字子廉，这里错说成子孝，子孝是曹仁的表字。

10　衣架、饭囊、酒桶、肉袋：这里泛指徒有其表、只会吃饭饮酒的无用之辈。

11　三教：泛指宗教、学术的各种流派。

12　致君为尧、舜：辅佐国君，使他们成为尧、舜那样的贤君。致，辅佐，使成为。尧、舜，传说中的上古贤君。

13　配德于孔、颜：德行可以和孔子、颜回匹配。颜，指颜回，孔子的弟子，以德行著称。

俗子共论乎[1]！"时止有张辽在侧，掣剑欲斩之。操曰："吾正少一鼓吏[2]，早晚朝贺宴享[3]，可令祢衡充此职。"衡不推辞，应声而去。辽曰："此人出言不逊[4]，何不杀之？"操曰："此人素有虚名，远近所闻。今日杀之，天下必谓我不能容物[5]。彼自以为能，故令为鼓吏以辱之。"

来日，操于省厅上大宴宾客[6]，令鼓吏挝鼓[7]。旧吏云："挝鼓必换新衣。"衡穿旧衣而入。遂击鼓为《渔阳三挝》，音节殊妙[8]，渊渊有金石声[9]。坐客听之，莫不慷慨流涕。左右喝曰："何不更衣！"衡当面脱下旧破衣服，裸体而立，浑身尽露。坐客皆掩面。衡乃徐徐着裤[10]，颜色不变。操叱曰："庙堂之上[11]，何太无礼？"衡曰："欺君罔上乃谓无礼[12]。吾露父母之形，以显清白之体耳！"操曰："汝为清白，谁为污浊？"衡曰："汝不识贤愚，是眼浊也；不读诗

1　俗子：浅陋鄙俗之人。

2　鼓吏：负责击鼓的小吏。

3　朝贺：朝拜庆贺。宴享：设宴请客。

4　出言不逊：说话傲慢无礼。

5　容物：气量大，能容人。

6　省厅：宫中的厅堂。省，宫中，禁中。

7　挝（zhuā）鼓：击鼓。挝，敲，击。下文中的《渔阳三挝》为鼓曲名。

8　殊妙：非常美妙。

9　渊渊有金石声：形容鼓声铿锵有力。渊渊，指鼓声。金石声，指声韵铿锵，如击金石。

10　着裤：穿上裤子。

11　庙堂：朝堂。

12　欺君罔上：欺骗蒙蔽皇上。

书，是口浊也；不纳忠言，是耳浊也；不通古今，是身浊也；不容诸侯，是腹浊也；常怀篡逆，是心浊也！吾乃天下名士，用为鼓吏，是犹阳货轻仲尼、臧仓毁孟子耳[1]！欲成王霸之业[2]，而如此轻人耶？"

时孔融在坐，恐操杀衡，乃从容进曰："祢衡罪同胥靡，不足发明王之梦。"[3]操指衡而言曰："令汝往荆州为使。如刘表来降，便用汝作公卿[4]。"衡不肯往。操教备马三匹，令二人扶挟而行[5]，却教手下文武，整酒于东门外送之。荀彧曰："如祢衡来，不可起身。"衡至，下马入见，众皆端坐。衡放声大哭。荀彧问曰："何为而哭？"衡曰："行于死柩之中[6]，如何不哭？"众皆曰："吾等是死尸，汝乃无头狂鬼耳！"衡曰："吾乃汉朝之臣，不作曹瞒之

1　阳货轻仲尼：孔子去参加鲁国权臣季孙氏举行的宴会，季孙氏家臣阳货说季孙氏只招待名士，将孔子挡在门外，孔子只好回去。轻，轻慢，看不起。臧仓毁孟子：鲁平公准备接见孟子，被宠臣臧仓进谗言诋毁所阻。

2　王霸之业：王业与霸业，这里指一统江山的大业。

3　"祢衡"二句：意思是祢衡的罪虽同于傅说（yuè），但还不值得您像武丁器重傅说那样重用他。殷商王武丁梦中得到圣人，其名叫"说"，后来果然在傅岩（今山西平陆东）找到了筑墙奴隶傅说，于是武丁任用他为相，国事大振。这里孔融以傅说比祢衡，以武丁比曹操，是想用武丁重用傅说的佳话来解救祢衡。胥靡（xūmí），古代服劳役的奴隶或囚徒，这里指傅说。不足，不值得。明王，圣明的君主，这里指武丁。发梦，梦事应验，这里指武丁的梦事成真。

4　公卿：这里指高官。

5　扶挟（xié）：夹持，挟持。

6　死柩：装着死人的棺材。这里祢衡的意思是讽刺荀彧等人端坐如死尸，而自己行走其间，正如同走在棺材之间一般。

党[1]，安得无头？"众欲杀之。荀彧急止之曰："量鼠雀之辈[2]，何足污刀[3]！"衡曰："吾乃鼠雀，尚有人性，汝等只可谓之蜾虫[4]！"众恨而散。

衡至荆州，见刘表毕，虽颂德，实讥讽。表不喜，令去江夏见黄祖。或问表曰："祢衡戏谑主公[5]，何不杀之？"表曰："祢衡数辱曹操[6]，操不杀者，恐失人望[7]；故令作使于我，欲借我手杀之，使我受害贤之名也。吾今遣去见黄祖，使曹操知我有识。"众皆称善。

...........[8]

人报黄祖斩了祢衡，表问其故，对曰："黄祖与祢衡共饮，皆醉。祖问衡曰：'君在许都有何人物[9]？'衡曰：'大儿孔文举[10]，小儿杨德祖[11]。除此二人，别无人物。'祖曰：'似我何如？'衡曰：'汝似

1　曹瞒之党：曹操的党羽。曹瞒，曹操小名阿瞒，因此人称曹瞒。

2　鼠雀之辈：指鄙陋微贱之徒。

3　污刀：弄脏了刀。

4　蜾（guǒ）虫：昆虫。

5　戏谑（xuè）：戏弄，开玩笑。

6　数（shuò）：多次，屡次。

7　人望：声望，威望。

8　此处略去刘表派人到许都观察动静的内容。

9　许都：许昌。东汉末，曹操以洛阳残破为由，强迫汉献帝迁都许昌，故称许昌为许都。

10　孔文举：孔融，东汉末的名士。

11　杨德祖：杨修，东汉末的才士。

庙中之神，虽受祭祀，恨无灵验！'祖大怒曰：'汝以我为土木偶人耶！'遂斩之。衡至死骂不绝口。"刘表闻衡死，亦嗟呀不已[1]，令葬于鹦鹉洲边[2]。后人有诗叹曰：

　　黄祖才非长者俦[3]，祢衡珠碎此江头[4]。今来鹦鹉洲边过，惟有无情碧水流。

　1　嗟呀：叹息。

　2　鹦鹉洲：洲名，在今武汉市武昌城外江中。相传祢衡曾在此宴饮，作《鹦鹉赋》，由此得名。

　3　长（zhǎng）者俦（chóu）：德高望重之辈。俦，辈，同类。

　4　珠碎：这里比喻祢衡被杀。

6. 节选六 "降汉不降曹"

阅读提示

一、本段选自《三国演义》第二十五回"屯土山关公约三事，救白马曹操解重围"。曹兵攻打徐州，刘、关、张失散。关羽被围下邳城外的土山上。曹操派张辽劝说关羽投降，关羽又是如何回应的呢？

二、《三国演义》塑造关羽形象，特别强调他"义重如山"的一面。"义"作为一种伦理道德，内涵比较复杂。一来指"处事得宜"，也就是处理事务要恰到好处，恪守中庸；二来也指待友之道。刘、关、张桃园结义，誓同生死，便是义的体现。本段写关羽对刘备生死相从的态度，为朋友之义作出最好注脚。

三、小说家同时刻画了关羽对刘备的"忠"。忠的本意原指替他人做事尽心竭力，后来逐渐演变为下级对上级、臣下对君主的道德伦理规范。刘备与关羽的关系，是兄弟加君臣。这一点，在书中屡有体现。如关羽凡事要向两位嫂子请示，都是"拜于阶下""跪于内门外"，行"主臣"之礼。关羽与张辽谈话，也说

"我与玄德，是朋友而兄弟、兄弟而主臣者也"。——"忠义双全"是小说家给关羽的定位。

四、历史上的关羽确因兵败而一度归顺曹操。曹操身为汉相，是正统王朝的代表，关羽此举，本来无可厚非。不过小说家站在刘备集团的立场，对关羽这一"污点"做了大力洗刷、粉饰：如强调关羽暂降是为了保护嫂子，又让关羽明确表达"降汉不降曹"的立场；同时通过赠袍、赐马等情节，反复描摹关羽身在曹营、心怀兄弟的立场态度。——小说家的这种叙事策略还是成功的，本来不够"光彩"的一段"历史"，在小说中却变成关羽的"高光时刻"！

公战至日晚[1]，无路可归，只得到一座土山，引兵屯于山头，权且少歇。曹兵团团将土山围住。关公于山上遥望下邳城中火光冲天[2]。——却是那诈降兵卒偷开城门[3]，曹操自提大军杀入城中，只教举火以惑关公之心。——关公见下邳火起，心中惊惶，连夜几番冲下山来，皆被乱箭射回。

———————

1　公：此处指关羽。民间敬重关羽，小说中称他为"关公"而不直呼其名。
2　下邳（pī）城：下邳古城遗址在今江苏睢（Suī）宁县古邳镇境内。
3　诈降兵卒偷开城门：此前曹操派人诈降，进入下邳城做内应。

捱到天晓，再欲整顿下山冲突，忽见一人跑马上山来，视之乃张辽也。关公迎谓曰："文远欲来相敌耶[1]？"辽曰："非也。想故人旧日之情[2]，特来相见。"遂弃刀下马，与关公叙礼毕[3]，坐于山顶。公曰："文远莫非说关某乎[4]？"辽曰："不然。昔日蒙兄救弟，[5]今日弟安得不救兄？"公曰："然则文远将欲助我乎？"辽曰："亦非也。"公曰："既不助我，来此何干？"辽曰："玄德不知存亡，翼德未知生死。昨夜曹公已破下邳，军民尽无伤害，差人护卫玄德家眷，不许惊扰。如此相待，弟特来报兄。"关公怒曰："此言特说我也。吾今虽处绝地，视死如归。汝当速去，吾即下山迎战。"张辽大笑曰："兄此言岂不为天下笑乎？"公曰："吾仗忠义而死，安得为天下笑？"辽曰："兄今即死，其罪有三。"公曰："汝且说我那三罪？"辽曰："当初刘使君与兄结义之时，誓同生死。今使君方败，而兄即战死，倘使君复出，欲求兄相助，而不可复得，岂不负当年之盟誓乎？其罪一也。刘使君以家眷付托于兄，兄今战死，二夫人无所依赖，负却使君依托之重。其罪二

1　文远：张辽字文远。

2　故人：老朋友。

3　叙礼：以礼相见。

4　说（shuì）：游说，劝降。

5　"昔日"句：张辽原为吕布部将，与曹操作战，兵败被俘，将要斩首，关羽正在曹操麾下，当场愿以性命担保，曹操因此收张辽为部将。

也。兄武艺超群，兼通经史，不思共使君匡扶汉室[1]，徒欲赴汤蹈火[2]，以成匹夫之勇[3]，安得为义？其罪三也。兄有此三罪，弟不得不告。"

公沉吟曰："汝说我有三罪，欲我如何？"辽曰："今四面皆曹公之兵，兄若不降，则必死；徒死无益，不若且降曹公；却打听刘使君音信，如知何处，即往投之。一者可以保二夫人，二者不背桃园之约，三者可留有用之身：有此三便，兄宜详之[4]。"公曰："兄言三便，吾有三约。若丞相能从，我即当卸甲[5]；如其不允，吾宁受三罪而死。"辽曰："丞相宽洪大量，何所不容。愿闻三事。"公曰："一者，吾与皇叔设誓，共扶汉室，吾今只降汉帝，不降曹操；二者，二嫂处请给皇叔俸禄养赡[6]，一应上下人等，皆不许到门；三者，但知刘皇叔去向，不管千里万里，便当辞去：三者缺一，断不肯降。望文远急急回报。"

张辽应诺，遂上马，回见曹操，先说降汉不降曹之事。操笑曰："吾为汉相，汉即吾也。此可从之。"辽又言："二夫人欲请皇

---

1 匡扶：扶正，扶持。
2 徒：白白地。
3 匹夫之勇：单凭个人蛮力的勇气。
4 详之：慎重考虑此事。
5 卸甲：放下兵器，放弃抵抗。
6 给皇叔俸禄养赡：意思是以刘备的官俸供给二夫人生活所需。

叔俸给，并上下人等不许到门。"操曰："吾于皇叔俸内，更加倍与之。至于严禁内外，乃是家法，又何疑焉！"辽又曰："但知玄德信息，虽远必往。"操摇首曰："然则吾养云长何用？此事却难从。"辽曰："岂不闻豫让'众人国士'之论乎[1]？刘玄德待云长不过恩厚耳。丞相更施厚恩以结其心，何忧云长之不服也？"操曰："文远之言甚当，吾愿从此三事。"

张辽再往山上回报关公。关公曰："虽然如此，暂请丞相退军，容我入城见二嫂，告知其事，然后投降。"张辽再回，以此言报曹操。操即传令，退军三十里。荀彧曰："不可，恐有诈。"操曰："云长义士，必不失信。"遂引军退。关公引兵入下邳，见人民安妥不动，竟到府中，来见二嫂。甘、糜二夫人听得关公到来，急出迎之。公拜于阶下曰："使二嫂受惊，某之罪也。"二夫人曰："皇叔今在何处？"公曰："不知去向。"二夫人曰："二叔今将若何[2]？"公曰："关某出城死战，被困土山，张辽劝我投降，我以三

---

1 豫让"众人国士"之论：春秋末期，晋国大臣中行氏被智伯所杀，其家臣豫让转而侍奉智伯，成了智伯的家臣。后赵襄子杀了智伯，豫让为了给智伯报仇，多次刺杀赵襄子，未果，被捕。有人问豫让为什么只给智伯报仇，豫让回答说："中行众人畜我，我故众人事之；智伯国士遇我，我故国士报之。"（中行氏只把我当普通人对待，因此我只以普通人的身份侍奉他；而智伯把我当作国士给予礼遇，因此我要以国士的行为来报答他。）

2 二叔：宋元以来，女子对丈夫的弟弟称"叔"或"叔叔"。关羽是刘备的结义二弟，所以两位夫人称其为"二叔"。

事相约。曹操已皆允从，故特退兵，放我入城。我不曾得嫂嫂主意，未敢擅便[1]。"二夫人问："那三事？"关公将上项三事，备述一遍。甘夫人曰："昨日曹军入城，我等皆以为必死；谁想毫发不动，一军不敢入门。叔叔既已领诺[2]，何必问我二人？只恐日后曹操不容叔叔去寻皇叔。"公曰："嫂嫂放心，关某自有主张。"二夫人曰："叔叔自家裁处[3]，凡事不必问俺女流[4]。"

关公辞退，遂引数十骑来见曹操[5]。操自出辕门相接[6]。关公下马入拜，操慌忙答礼。关公曰："败兵之将，深荷不杀之恩[7]。"操曰："素慕云长忠义，今日幸得相见，足慰平生之望[8]。"关公曰："文远代禀三事，蒙丞相应允，谅不食言[9]。"操曰："吾言既出，安敢失信。"关公曰："关某若知皇叔所在，虽蹈水火，必往从之。此时恐不及拜辞，伏乞见原[10]。"操曰："玄德若在，必从公去，但

1　擅便：自作主张。

2　领诺：答应，应允。

3　裁处：处置，解决。

4　女流：妇道人家。

5　骑（jì）：一人一马为一骑。

6　辕门：古时军营的大门。

7　荷（hè）：承蒙。

8　足慰平生之望：足以安慰我一直以来的愿望。

9　谅不食言：料想不会违背诺言。谅，料想。

10　伏乞见原：请原谅我。伏乞，表示向尊者恳求。见原，见谅，表示请对方原谅自己。

恐乱军中亡矣。公且宽心，尚容缉听[1]。"关公拜谢。操设宴相待。

次日班师还许昌。关公收拾车仗[2]，请二嫂上车，亲自护车而行。于路安歇馆驿，操欲乱其君臣之礼，使关公与二嫂共处一室。[3]关公乃秉烛立于户外[4]，自夜达旦，毫无倦色。操见公如此，愈加敬服。既到许昌，操拨一府与关公居住。关公分一宅为两院，内门拨老军十人把守，关公自居外宅。操引关公朝见献帝，帝命为偏将军[5]。公谢恩归宅。操次日设大宴，会众谋臣武士，以客礼待关公，延之上座[6]；又备绫锦及金银器皿相送。关公都送与二嫂收贮。关公自到许昌，操待之甚厚：小宴三日，大宴五日，又送美女十人，使侍关公。关公尽送入内门，令伏侍二嫂。却又三日一次于内门外躬身施礼，动问"二嫂安否"；二夫人回问皇叔之事毕，曰"叔叔自便"，关公方敢退回。操闻之，又叹服关公不已。

一日，操见关公所穿绿锦战袍已旧，即度其身品[7]，取异锦作

1　缉听：寻访打听。

2　车仗：指车辆和兵器。车，这里指车轿。仗，兵器。

3　"操欲"二句：意思是曹操想挑拨刘备和关羽的关系，让关羽违背礼仪规范，于晚间和两位嫂夫人共处一室。

4　秉烛：手持烛灯。

5　偏将军：古时武将官职名。

6　延：邀请。

7　度（duó）其身品：估量关羽的身材大小。度，估量。

战袍一领相赠[1]。关公受之，穿于衣底，上仍用旧袍罩之。操笑曰："云长何如此之俭乎？"公曰："某非俭也。旧袍乃刘皇叔所赐，某穿之如见兄面，不敢以丞相之新赐而忘兄长之旧赐，故穿于上。"操叹曰："真义士也！"然口虽称羡，心实不悦。

一日，关公在府，忽报："内院二夫人哭倒于地，不知为何，请将军速入。"关公乃整衣跪于内门外，问二嫂为何悲泣。甘夫人曰："我夜梦皇叔身陷于土坑之内，觉来与糜夫人论之，想在九泉之下矣！是以相哭。"关公曰："梦寐之事，不可凭信[2]，此是嫂嫂想念之故。请勿忧愁。"正说间，适曹操命使来请关公赴宴。公辞二嫂，往见操。操见公有泪容，问其故。公曰："二嫂思兄痛哭，不由某心不悲。"操笑而宽解之，频以酒相劝。公醉，自绰其髯而言曰[3]："生不能报国家，而背其兄，徒为人也[4]！"操问曰："云长髯有数乎？"公曰："约数百根。每秋月约退三五根。冬月多以皂纱囊裹之，恐其断也。"操以纱锦作囊，与关公护髯。次日，早朝见帝。帝见关公一纱锦囊垂于胸次，帝问之。关公奏曰："臣髯颇长，丞相赐囊贮之。"帝令当殿披拂[5]，过于其腹。帝曰："真美髯公

1　异锦：特别珍贵的锦。
2　不可凭信：不可凭，不可相信。
3　绰（chāo）：抓起，提起。
4　徒为人：枉为人。
5　披拂：使散开，自然下垂。

也！"因此人皆呼为"美髯公"。

忽一日，操请关公宴。临散，送公出府，见公马瘦，操曰："公马因何而瘦？"关公曰："贱躯颇重[1]，马不能载，因此常瘦。"操令左右备一马来。须臾牵至。那马身如火炭，状甚雄伟。操指曰："公识此马否？"公曰："莫非吕布所骑赤兔马乎？"操曰："然也。"遂并鞍辔送与关公。关公再拜称谢。操不悦曰："吾累送美女金帛，公未尝下拜。今吾赠马，乃喜而再拜，何贱人而贵畜耶[2]？"关公曰："吾知此马日行千里，今幸得之，若知兄长下落，可一日而见面矣。"操愕然而悔[3]。关公辞去。后人有诗叹曰：

威倾三国著英豪，一宅分居义气高。[4]奸相枉将虚礼待，岂知关羽不降曹。

操问张辽曰："吾待云长不薄，而彼常怀去心[5]，何也？"辽曰："容某探其情。"次日，往见关公。礼毕，辽曰："我荐兄在丞相处，

---

1 贱躯：对自己身体的谦称。

2 何贱人而贵畜耶：为何轻视人而看重牲畜呢？

3 愕然：吃惊的样子。

4 "威倾"二句：这是夸赞关羽威震三国，尽显英雄气概。与嫂同处一室却能秉烛达旦，真是义薄云天。

5 去心：离去之心。

不曾落后？"公曰："深感丞相厚意。只是吾身虽在此，心念皇叔，未尝去怀[1]。"辽曰："兄言差矣。处世不分轻重，非丈夫也。玄德待兄，未必过于丞相，兄何故只怀去志？"公曰："吾固知曹公待吾甚厚。奈吾受刘皇叔厚恩，誓以共死，不可背之。吾终不留此。要必立效以报曹公，然后去耳。[2]"辽曰："倘玄德已弃世[3]，公何所归乎？"公曰："愿从于地下[4]。"辽知公终不可留，乃告退，回见曹操，具以实告。操叹曰："事主不忘其本[5]，乃天下之义士也！"荀彧曰："彼言立功方去，若不教彼立功，未必便去。"操然之。

---

1 去怀：释怀，忘记。

2 "要必"二句：总归要立功报答曹操，然后离去。要必，总归。立效，立功。

3 弃世：离世，去世。

4 愿从于地下：发愿随他一起死去。

5 事主：侍奉君主。

7. 节选七　关云长挂印封金

阅读提示

一、本段选自《三国演义》第二十六回"袁本初损兵折将，关云长挂印封金"和第二十七回"美髯公千里走单骑，汉寿侯五关斩六将"。关羽得知刘备的下落，向曹操辞行，曹操闭门不见。曹操的做法，挡得住英雄寻找兄弟的脚步吗？

二、此前曹操与袁绍作战，关羽代表曹军出战，先后斩杀袁军上将颜良、文丑，践行了"要必立效以报曹公，然后去耳"的诺言。何况关、曹之间，早有三项约定。关羽则挂印封金，走得光明正大。

三、从"土山约三事"到"千里走单骑"，小说家在正面塑造关羽形象的同时，也侧面敷写了曹操的政治家风度。他对关羽的关怀爱护可谓无微不至（甚至细到做锦囊为关羽护须髯），关羽要离开，他本来可以背信弃义、杀掉关羽，以绝后患。但他仍放走了关羽，体现了宽容守信、爱才惜才的一面。——这一切，也为日后关羽华容道义释曹操，做了铺垫。

原来于禁探知刘备在河北，报与曹操。操令张辽来探关公意。关公正闷坐，张辽入贺曰："闻兄在阵上知玄德音信，特来贺喜。"关公曰："故主虽在，未得一见，何喜之有！"辽曰："兄与玄德交，比弟与兄交何如？"公曰："我与兄，朋友之交也；我与玄德，是朋友而兄弟、兄弟而主臣者也[1]：岂可共论乎？"辽曰："今玄德在河北，兄往从否？"关公曰："昔日之言，安肯背之！文远须为我致意丞相。"张辽将关公之言，回告曹操，操曰："吾自有计留之。"

⋯⋯⋯⋯⋯[2]

陈震得书自回。关公入内告知二嫂，随即至相府，拜辞曹操。操知来意，乃悬回避牌于门[3]。关公怏怏而回[4]，命旧日跟随人役，收拾车马，早晚伺候；分付宅中，所有原赐之物，尽皆留下，分毫不可带去。次日再往相府辞谢，门首又挂回避牌。关公一连去了数次，皆不得见。乃往张辽家相探，欲言其事。辽亦托疾不出[5]。关公思曰："此曹丞相不容我去之意。我去志已决，岂可复

---

1 主臣：君臣，君主与臣下。
2 此处略去关羽与刘备通过袁绍部下陈震互通书信的内容。
3 回避牌：上写"回避"二字的木牌，悬之于门表示不接见来客。
4 怏怏：形容闷闷不乐的神情。
5 托疾不出：托病不见。

留！"即写书一封，辞谢曹操。书略曰：

> 羽少事皇叔[1]，誓同生死；皇天后土，实闻斯言。前者下
> 邳失守，所请三事，已蒙恩诺[2]。今探知故主现在袁绍军中，
> 回思昔日之盟，岂容违背？新恩虽厚，旧义难忘。兹特奉书
> 告辞[3]，伏惟照察[4]。其有余恩未报，愿以俟之异日[5]。

写毕，封固[6]，差人去相府投递。一面将累次所受金银，一一封置
库中，悬汉寿亭侯印于堂上，请二夫人上车。关公上赤兔马，手
提青龙刀，率领旧日跟随人役，护送车仗，径出北门。门吏挡之。
关公怒目横刀，大喝一声，门吏皆退避。关公既出门，谓从者
曰："汝等护送车仗先行，但有追赶者，吾自当之，勿得惊动二位
夫人。"从者推车，望官道进发。

　　却说曹操正论关公之事未定，左右报关公呈书。操即看毕，
大惊曰："云长去矣！"忽北门守将飞报："关公夺门而去，车仗

1　少（shào）事皇叔：意思是从年轻时就追随、侍奉刘备。
2　恩诺：对尊者给予的允诺的敬称。
3　兹（zī）：现在，此时。
4　伏惟照察：希望您明察。常用于书信。伏惟，敬词，表示愿望。照察，明察。
5　俟（sì）之异日：等待将来再报答。俟，等待。之，代报答之事。
6　封固：密封牢固。

鞍马二十余人，皆望北行。"又关公宅中人来报说："关公尽封所赐金银等物。美女十人，另居内室。其汉寿亭侯印悬于堂上。丞相所拨人役，皆不带去，只带原跟从人，及随身行李，出北门去了。"众皆愕然。一将挺身出曰："某愿将铁骑三千，去生擒关某，献与丞相！"众视之，乃将军蔡阳也。……[1]

却说曹操部下诸将中，自张辽而外，只有徐晃与云长交厚，其余亦皆敬服；独蔡阳不服关公，故今日闻其去，欲往追之。操曰："不忘故主，来去明白，真丈夫也。汝等皆当效之[2]。"遂叱退蔡阳，不令去赶。程昱曰："丞相待关某甚厚，今彼不辞而去，乱言片楮[3]，冒渎钧威[4]，其罪大矣。若纵之使归袁绍，是与虎添翼也。不若追而杀之，以绝后患。"操曰："吾昔已许之，岂可失信！彼各为其主，勿追也。"因谓张辽曰："云长封金挂印，财贿不以动其心[5]，爵禄不以移其志[6]，此等人吾深敬之。想他去此不远，我一发结识他做个人情。汝可先去请住他，待我与他送行，更以路费征袍赠之，使为后日记念。"张辽领命，单骑先往。曹操引数十骑

1　这里是第二十六、第二十七回衔接处，略去少量文字。

2　效之：仿效他。

3　乱言片楮（chǔ）：意思是只递一封短信，信上又胡言乱语。片楮，片纸。

4　冒渎（dú）钧威：冒犯亵渎了您的威严。冒渎，冒犯亵渎。钧，用于对尊长的敬词。钧威，您的威严。

5　财贿：财物。

6　爵禄：官爵和俸禄。

曹操赠袍 / 墨浪 绘

随后而来。

却说云长所骑赤兔马,日行千里,本是赶不上。因欲护送车仗,不敢纵马,按辔徐行[1]。忽听背后有人大叫:"云长且慢行!"回头视之,见张辽拍马而至。关公教车仗从人,只管望大路紧行;自己勒住赤兔马,按定青龙刀,问曰:"文远莫非欲追我回乎?"辽曰:"非也。丞相知兄远行,欲来相送,特先使我请住台驾[2],别无他意。"关公曰:"便是丞相铁骑来,吾愿决一死战!"遂立马于桥上望之。见曹操引数十骑,飞奔前来,背后乃是许褚、徐晃、于禁、李典之辈。

操见关公横刀立马于桥上,令诸将勒住马匹,左右排开。关公见众人手中皆无军器,方始放心。操曰:"云长行何太速?"关公于马上欠身答曰:"关某前曾禀过丞相。今故主在河北,不由某不急去。累次造府[3],不得参见,故拜书告辞,封金挂印,纳还丞相。望丞相勿忘昔日之言。"操曰:"吾欲取信于天下,安肯有负前言。恐将军途中乏用[4],特具路资相送[5]。"一将便从马上托过黄金一盘。关公曰:"累蒙恩赐,尚有余资。留此黄金以赏将士。"

---

1 按辔(pèi)徐行:拉着缰绳,让马慢慢地走。辔,马缰绳。
2 台驾:对对方的敬称。
3 造府:前往相府。造,前往,到。
4 乏用:费用不足。
5 路资:路费。

操曰："特以少酬大功于万一¹，何必推辞？"关公曰："区区微劳，何足挂齿。"操笑曰："云长天下义士，恨吾福薄，不得相留。锦袍一领，略表寸心。"令一将下马，双手捧袍过来。云长恐有他变，不敢下马，用青龙刀尖挑锦袍披于身上，勒马回头称谢曰："蒙丞相赐袍，异日更得相会。"遂下桥望北而去。许褚曰："此人无礼太甚，何不擒之？"操曰："彼一人一骑，吾数十余人，安得不疑？吾言既出，不可追也。"曹操自引众将回城，于路叹想云长不已。

---

1 特以少酬大功于万一：仅以此稍稍酬谢你的大功，连万分之一都达不到。特，仅仅，只是。

8. 节选八　刘玄德三顾茅庐

阅读提示

一、本段选自《三国演义》第三十七回"司马徽再荐名士，刘玄德三顾草庐"和第三十八回"定三分隆中决策，战长江孙氏报仇"。由于徐庶和司马徽的称誉与推荐，刘备先后三次亲赴隆中请卧龙出山，表现出极大诚意。

二、传统小说写人物出场，大多采用开门见山的手法，简洁明快。本书第一回的"宴桃园豪杰三结义"，就是范例。不过书中写诸葛亮出场，却是特例，洋洋七八千言，极尽曲折，占了将近两回篇幅。从徐庶"走马荐诸葛"，到司马徽的推荐，接着是刘备三次登门、两次扑空。小说通过一波三折的叙述，吊足了读者的胃口。——这也反映了作者的价值观：推崇智慧，钦敬智者。刘备的"人和"优势，很大程度上也是指对人才的推重！

三、本段写出两位不凡人物。一位是礼贤下士、态度虔诚的君主，一位是自尊自重、择主而栖的贤人。在这场主客互动中，主导的一方看似为刘备，其实主动权始终掌握在诸葛亮手里。可以说，刘备、诸葛亮互为宾主，互相提供了成就王业、实现人生价值的机会。

四、在这段故事中，小说家运用了多种表现手法，如制造误会、铺垫蓄势、对比映衬等。在见到诸葛亮之前，刘备曾多次将他人误认为诸葛亮。先是司马徽，再有诸葛亮的朋友崔州平、石广元、孟公威，此外还有诸葛亮的弟弟诸葛均、岳父黄承彦……种种误会，无不体现了刘备渴求贤人的急迫心情。这样写，同时又起到衬托作用：如果一个人的朋友、亲戚全都气质不俗，这位核心人物的修养、风范，还用问吗？此段还以关羽、张飞的态度，反衬出刘备的眼光高远。

五、环境的描写、气氛的渲染，也对塑造人物起着不可替代的作用。隆中的秀雅景色，草堂的幽美环境，都隐含着"人杰地灵"的寓意。在散文叙事中还穿插了大量诗歌，这些诗歌有的出于小说人物之口，有的用于摹景抒情。文章也因此洋溢着田园诗般的情调，与主人公飘逸洒脱的气质相得益彰。

六、"秀才不出门，能知天下事。"诸葛亮躬耕垄亩，胸怀天下，谙熟天下大势，一席话为刘备指明成就"霸业"的路径："北让曹操占天时，南让孙权占地利，将军可占人和。先取荆州为家，后即取西川建基业，以成鼎足之势，然后可图中原也。"——后来的局势发展，完全印证了诸葛亮的预判！诸葛亮无愧于"卧龙"的称号。

次日，玄德同关、张并从人等来隆中¹。遥望山畔数人，荷锄耕于田间²，而作歌曰：

苍天如圆盖，陆地似棋局³；世人黑白分，往来争荣辱；荣者自安安⁴，辱者定碌碌⁵。南阳有隐居，高眠卧不足！

玄德闻歌，勒马唤农夫问曰："此歌何人所作？"答曰："乃卧龙先生所作也。"玄德曰："卧龙先生住何处？"农夫曰："自此山之南，一带高冈，乃卧龙冈也。冈前疏林内茅庐中，即诸葛先生高卧之地。"玄德谢之，策马前行。不数里，遥望卧龙冈，果然清景异常。后人有古风一篇，单道卧龙居处。诗曰：

襄阳城西二十里⁶，一带高冈枕流水：高冈屈曲压云根，流水潺湲飞石髓⁷；势若困龙石上蟠，形如单凤松阴里；⁸柴门

1　隆中：今湖北襄阳西。

2　荷（hè）锄：扛着锄头。

3　棋局：棋盘。

4　安安：徐缓平静的样子。

5　碌碌：辛苦繁忙的样子。

6　襄阳：今湖北襄阳。

7　潺湲（chányuán）：水流动的样子。石髓：石钟乳。

8　"势若"二句：形容卧龙冈的山形地势，以龙蟠凤栖，影射此处隐居着未遇明主的贤者。蟠（pán），盘曲，环绕。单凤，孤单的凤凰。

半掩闭茅庐，中有高人卧不起。修竹交加列翠屏，四时篱落野花馨[1]；床头堆积皆黄卷[2]，座上往来无白丁[3]；叩户苍猿时献果，守门老鹤夜听经；囊里名琴藏古锦，壁间宝剑挂七星。[4]庐中先生独幽雅，闲来亲自勤耕稼；专待春雷惊梦回，一声长啸安天下[5]。

　　玄德来到庄前，下马亲叩柴门，一童出问。玄德曰："汉左将军宜城亭侯领豫州牧皇叔刘备[6]，特来拜见先生。"童子曰："我记不得许多名字。"玄德曰："你只说刘备来访。"童子曰："先生今早少出。"玄德曰："何处去了？"童子曰："踪迹不定，不知何处去了。"玄德曰："几时归？"童子曰："归期亦不定，或三五日，或十数日。"玄德惆怅不已[7]。张飞曰："既不见，自归去罢了。"玄德曰："且待片时。"云长曰："不如且归，再使人来探听。"玄德从其

1　篱落：篱笆。馨（xīn）：芳香。

2　黄卷：指书。

3　白丁：无学之人。

4　"囊里"二句：古锦囊里藏名琴，壁间挂七星宝剑。这里是为了对仗而错综成文。古锦囊，用年代久远的锦缎制成的袋。七星宝剑，古宝剑名，有北斗七星纹饰。

5　长啸：大声呼叫，发出高而长的声音。也指撮口发出悠长清越的声音，如同吹口哨。这里用来喻指高人抒发胸中壮志，轻松平定天下。

6　汉左将军宜城亭侯领豫州牧：这是刘备当时的爵位、官衔。牧，州牧，即"刺史"，也称"太守"，他人敬称"使君"。

7　惆怅：失意，伤感。

初顾茅庐 / 古代版画

言，嘱付童子："如先生回，可言刘备拜访。"

遂上马，行数里，勒马回观隆中景物，果然山不高而秀雅，水不深而澄清；地不广而平坦，林不大而茂盛；猿鹤相亲，松篁交翠：观之不已。忽见一人，容貌轩昂[1]，丰姿俊爽[2]，头戴逍遥巾[3]，身穿皂布袍，杖藜从山僻小路而来[4]。玄德曰："此必卧龙先生也！"急下马向前施礼，问曰："先生非卧龙否？"其人曰："将军是谁？"玄德曰："刘备也。"其人曰："吾非孔明，乃孔明之友，博陵崔州平也[5]。"玄德曰："久闻大名，幸得相遇。乞即席地权坐[6]，请教一言。"二人对坐于林间石上，关、张侍立于侧。州平曰："将军何故欲见孔明？"玄德曰："方今天下大乱，四方云扰[7]，欲见孔明，求安邦定国之策耳。"州平笑曰："公以定乱为主，虽是仁心，但自古以来，治乱无常[8]。自高祖斩蛇起义，诛无道秦，是由乱而入治也；至哀、平之世二百年[9]，太平日久，王莽篡逆[10]，又由治

1　轩昂：形容精神饱满，气度不凡。

2　丰姿俊爽：风度仪态英俊潇洒。

3　逍遥巾：古时的一种头巾名。

4　杖藜：拄着藜茎手杖。

5　博陵：今河北安平。

6　乞即席地权坐：请权且席地而坐。席地，以地为席。

7　云扰：纷乱如云。比喻动荡不安。

8　治乱无常：安定与动乱变化不定。治，安定。

9　哀、平之世：汉哀帝、汉平帝时期。

10　王莽篡逆：西汉末，权臣王莽代汉称帝，建立"新朝"，推行新政，结果引发天下大乱。篡逆，指臣子反叛，篡夺政权。

而入乱；光武中兴[1]，重整基业，复由乱而入治；至今二百年，民安已久，故干戈又复四起[2]：此正由治入乱之时，未可猝定也[3]。将军欲使孔明斡旋天地，补缀乾坤[4]，恐不易为，徒费心力耳。岂不闻'顺天者逸[5]，逆天者劳'，'数之所在，理不得而夺之；命之所在，人不得而强之'乎[6]？"玄德曰："先生所言，诚为高见。但备身为汉胄[7]，合当匡扶汉室，何敢委之数与命[8]？"州平曰："山野之夫，不足与论天下事，适承明问[9]，故妄言之[10]。"玄德曰："蒙先生见教。但不知孔明往何处去了？"州平曰："吾亦欲访之，正不知其何往。"玄德曰："请先生同至敝县[11]，若何？"州平曰："愚性颇乐闲散，无意功名久矣。容他日再见。"言讫，长揖而去[12]。玄德与

1　光武中兴：东汉光武帝刘秀推翻王莽新朝，恢复汉室，采取一系列措施发展经济、文化，天下大治，史称"光武中兴"。

2　干戈：指战争。

3　猝定：一下子平定。

4　"斡（wò）旋"句：扭转天地。"斡旋天地"和"补缀乾坤"是同义反复。斡旋，扭转。补缀，修补。

5　逸：安乐，安闲。

6　"数之"四句：意思是命里注定的事，人力及世俗之理是不足以改变的。数、命，指天数、时运，都是迷信说法。夺，强取，改变。理，道理，义理。强（qiǎng），勉强，强行改变。

7　胄（zhòu）：古时帝王或贵族的后代。

8　委：推卸。

9　明问：对别人询问的敬称。

10　妄言：胡乱说说。

11　敝（bì）县：本县。敝，谦词，用于跟自己有关的事物。

12　长揖：拱手高举，自上而下行礼。

关、张上马而行。张飞曰："孔明又访不着，却遇此腐儒[1]，闲谈许久！"玄德曰："此亦隐者之言也。"

三人回至新野[2]，过了数日，玄德使人探听孔明。回报曰："卧龙先生已回矣。"玄德便教备马。张飞曰："量一村夫，何必哥哥自去，可使人唤来便了。"玄德叱曰："汝岂不闻孟子云：'欲见贤而不以其道，犹欲其入而闭之门也。'[3]孔明当世大贤，岂可召乎！"遂上马再往访孔明。关、张亦乘马相随。时值隆冬，天气严寒，彤云密布[4]。行无数里，忽然朔风凛凛[5]，瑞雪霏霏[6]；山如玉簇[7]，林似银妆[8]。张飞曰："天寒地冻，尚不用兵，岂宜远见无益之人乎！不如回新野以避风雪。"玄德曰："吾正欲使孔明知我殷勤之意。如弟辈怕冷，可先回去。"飞曰："死且不怕，岂怕冷乎！但恐哥哥空劳神思。"玄德曰："勿多言，只相随同去。"将近茅庐，忽闻路傍酒店中有人作歌。玄德立马听之。其歌曰：

1　腐儒：迂腐的读书人。

2　新野：在今河南南阳境内。

3　"欲见"二句：想要见贤人却不遵循见他的规矩礼节，就像要人家进来却关上了大门一样。

4　彤云：下雪前密布的浓云。

5　凛凛：寒冷。

6　霏霏：雪下得很大。

7　玉簇（cù）：白玉簇拥。

8　银妆：饰银白色容妆。

壮士功名尚未成，呜呼久不遇阳春！君不见：东海老叟辞荆榛，后车遂与文王亲；八百诸侯不期会，白鱼入舟涉孟津；牧野一战血流杵，鹰扬伟烈冠武臣。[1] 又不见：高阳酒徒起草中，长揖芒砀隆准公；高谈王霸惊人耳，辍洗延坐钦英风；东下齐城七十二，天下无人能继踪。[2] 二人功迹尚如此，至今谁肯论英雄？

歌罢，又有一人击桌而歌。其歌曰：

---

　　1 "东海"六句：这是在讲姜子牙辅佐周武王灭商之事。相传，姜子牙年七十时，垂钓于渭水之滨，被周文王看中，起用为重臣。后姜子牙辅佐武王起兵伐纣，在孟津与反商的八百诸侯不期而遇；渡黄河时，又有白鱼跃入武王舟中，预示着此役必胜。双方于牧野决战，姜子牙与武王率领军队协同作战，杀得商军弃甲曳兵，血流漂杵，最终灭商。姜子牙在灭商过程中功冠群臣，声闻于天。东海老叟，这里指姜子牙。荆榛，丛生的灌木。辞荆榛，这里指姜子牙被起用于草野。后车，侍从所乘的车，这里指姜子牙侍奉于文王身边。孟津，黄河古渡口，在今河南洛阳境内。牧野，在今河南淇县西南。杵（chǔ），一种长杆兵器。鹰扬，威武的样子。

　　2 "高阳"六句：这是在讲秦末说客郦食其（Lì Yìjī）为刘邦谋划灭秦抗楚事。郦食其出身贫寒，嗜酒放荡，人称狂生。曾自荐于刘邦，长揖不拜，陈说攻秦成就大业之计；刘邦听说，立即停止洗脚，收起鄙夷之色，请其上坐，于是郦食其成为刘邦身边的谋士。后来在楚汉相争时期，他奉刘邦之命出使东方的齐国，劝说齐王田广以七十余城归汉。高阳酒徒，郦食其追随刘邦时对自己的称呼。草中，乡野，民间。芒砀（dàng），指芒砀山，在今河南永城境内，据传是刘邦斩蛇起义之地。隆准公，对刘邦的别称。隆准是鼻梁高耸之状。钦，敬佩，敬服。下，占领。继踪，继承前人的踪迹。

吾皇提剑清寰海[1]，创业垂基四百载[2]；桓灵季业火德衰[3]，奸臣贼子调鼎鼐[4]。青蛇飞下御座傍，又见妖虹降玉堂；[5]群盗四方如蚁聚，奸雄百辈皆鹰扬。吾侪长啸空拍手[6]，闷来村店饮村酒；独善其身尽日安[7]，何须千古名不朽！

二人歌罢，抚掌大笑。玄德曰："卧龙其在此间乎！"遂下马入店。见二人凭桌对饮：上首者白面长须，下首者清奇古貌。玄德揖而问曰："二公谁是卧龙先生？"长须者曰："公何人？欲寻卧龙何干？"玄德曰："某乃刘备也。欲访先生，求济世安民之术。"长须者曰："我等非卧龙，皆卧龙之友也。吾乃颍川石广元[8]，此位是汝南孟公威[9]。"玄德喜曰："备久闻二公大名，幸得邂逅[10]。今有随行马匹在此，敢请二公同往卧龙庄上一谈。"广元曰："吾等皆

---

1 寰海：天下，全国。
2 垂基：把基业留传下去，多指皇位的承袭。
3 桓灵：汉桓帝和汉灵帝。季业：指年幼时即皇帝位。火德：根据阴阳家邹衍"五德终始"的说法，汉朝属火德。"火德衰"意思是汉朝国运衰败。
4 调鼎鼐（nài）：比喻处理国家大事。鼎鼐，古时两种烹饪器具，喻指宰相等执政大臣。
5 "青蛇"二句：指朝堂上现出不祥之兆。可参见《三国演义》第一回的描述。御座，皇帝的宝座。玉堂，汉宫殿名。
6 吾侪（chái）：我辈。
7 独善其身：意指在乱世做好自己，不同流合污。
8 颍川：今河南禹州。
9 汝南：今河南驻马店汝南县。
10 邂逅（xièhòu）：不期而遇。

山野慵懒之徒，不省治国安民之事，不劳下问[1]。明公请自上马，寻访卧龙。"

玄德乃辞二人，上马投卧龙冈来。到庄前下马，扣门问童子曰："先生今日在庄否？"童子曰："现在堂上读书。"玄德大喜，遂跟童子而入。至中门，只见门上大书一联云："淡泊以明志，宁静而致远。"[2]玄德正看间，忽闻吟咏之声，乃立于门侧窥之[3]，见草堂之上，一少年拥炉抱膝，歌曰：

凤翱翔于千仞兮，非梧不栖；士伏处于一方兮，非主不依。[4]
乐躬耕于陇亩兮，吾爱吾庐[5]；聊寄傲于琴书兮，以待天时。[6]

玄德待其歌罢，上草堂施礼曰："备久慕先生，无缘拜会。昨因徐元直称荐，敬至仙庄[7]，不遇空回。今特冒风雪而来。得瞻道

1 不劳下问：意思是别费力气屈尊下问了。
2 "淡泊"二句：看轻名利，才能明确志向；内心宁静，才能实现远大理想。
3 窥（kuī）：暗中察看。
4 "凤翔"四句：大意是凤凰翱翔在千仞高山，不见梧桐，是不会停息的；贤士隐居于偏远之处，不遇明主，是不会出山的。兮，古代韵文中的助词，用在句中或句末，表示停顿、感叹。类似于现在的"啊"。
5 吾爱吾庐：我爱我的简陋居室。语出晋陶渊明诗句"众鸟欣有托，吾亦爱吾庐"（《读山海经》之一）。庐，指简陋的居室。
6 "聊寄"二句：姑且在琴书上寄托我的孤傲，以此来等待天命时机的到来。
7 仙庄：对别人家的敬称。

貌[1]，实为万幸！"那少年慌忙答礼曰："将军莫非刘豫州，欲见家兄否？"玄德惊讶曰："先生又非卧龙耶？"少年曰："某乃卧龙之弟诸葛均也。愚兄弟三人：长兄诸葛瑾，现在江东孙仲谋处为幕宾[2]；孔明乃二家兄。"玄德曰："卧龙今在家否？"均曰："昨为崔州平相约，出外闲游去矣。"玄德曰："何处闲游？"均曰："或驾小舟游于江湖之中，或访僧道于山岭之上，或寻朋友于村落之间，或乐琴棋于洞府之内[3]：往来莫测，不知去所。"玄德曰："刘备直如此缘分浅薄，两番不遇大贤！"均曰："少坐献茶。"张飞曰："那先生既不在，请哥哥上马。"玄德曰："我既到此间，如何无一语而回？"因问诸葛均曰："闻令兄卧龙先生熟谙韬略[4]，日看兵书，可得闻乎？"均曰："不知。"张飞曰："问他则甚[5]！风雪甚紧，不如早归。"玄德叱止之[6]。均曰："家兄不在，不敢久留车骑，容日却来回礼[7]。"玄德曰："岂敢望先生枉驾[8]。数日之后，备当再至。愿借纸笔作一书，留达令兄[9]，以表刘备殷勤之意。"均遂进文房四

1　道貌：清雅俊逸的面貌。

2　幕宾：指官员手下的佐助人员。

3　洞府：指神仙或隐逸高人居住的地方。

4　熟谙（ān）：熟悉。韬略：用兵的谋略。

5　则甚：做什么。

6　叱（chì）止：呵斥阻止。

7　容日：容待来日。

8　枉驾：屈驾，屈尊。

9　留达令兄：留下来，请转交您兄长。令兄，对别人兄长的敬称。

宝。玄德呵开冻笔¹，拂展云笺²，写书曰：

备久慕高名，两次晋谒³，不遇空回，惆怅何似⁴！窃念备汉朝苗裔⁵，滥叨名爵⁶，伏睹朝廷陵替⁷，纲纪崩摧⁸，群雄乱国⁹，恶党欺君，备心胆俱裂。虽有匡济之诚，实乏经纶之策。¹⁰ 仰望先生仁慈忠义¹¹，慨然展吕望之大才¹²，施子房之鸿略¹³，天下幸甚！社稷幸甚！先此布达¹⁴，再容斋戒薰沐¹⁵，特拜尊颜，面倾鄙悃¹⁶。统希鉴原¹⁷。

----

1 呵开冻笔：嘘气使笔解冻。

2 云笺（jiān）：有云状花纹的纸。

3 晋谒（yè）：敬词，进见，谒见。谒，进见辈分或地位高的人。

4 惆怅何似：很是失落伤感。

5 窃念：谦词，私下里想到。苗裔：后代。

6 滥叨名爵：谦词，滥充官爵。

7 伏睹：敬词，目睹。陵替：下陵上替，在下者凌驾于上，在上者废弛无所作为。指朝纲松弛不振，上下失序。陵，通"凌"。

8 纲纪崩摧：纲常法度，倒塌毁坏。

9 乱国：搞乱国家。

10 "虽有"二句：虽然心怀匡时济世的诚意，但实在缺乏筹划治理国事的谋略。

11 仰望：敬仰期望。

12 慨然：大方地，慷慨地。吕望之大才：如姜子牙般的高才。吕望，姜子牙名吕望。

13 子房之鸿略：如张良一样的宏大谋略。子房，张良字子房。

14 先此布达：先以此陈述表达，书信正文结束处用语。

15 斋戒薰沐：整洁身心，熏香沐浴，以表示虔敬。

16 面倾鄙悃（kǔn）：当面表达我的诚意。鄙，自称的谦词。悃，诚意。

17 统希鉴原：这些都希望您明察并谅解，书信末尾的客套语。

玄德写罢，递与诸葛均收了，拜辞出门。均送出，玄德再三殷勤致意而别。方上马欲行，忽见童子招手篱外，叫曰："老先生来也。"玄德视之，见小桥之西，一人暖帽遮头，狐裘蔽体[1]，骑着一驴，后随一青衣小童，携一葫芦酒，踏雪而来；转过小桥，口吟诗一首。诗曰：

　　　　一夜北风寒，万里彤云厚。长空雪乱飘，改尽江山旧。仰面观太虚[2]，疑是玉龙斗。纷纷鳞甲飞，顷刻遍宇宙。骑驴过小桥，独叹梅花瘦！

玄德闻歌曰："此真卧龙矣！"滚鞍下马，向前施礼曰："先生冒寒不易！刘备等候久矣！"那人慌忙下驴答礼。诸葛均在后曰："此非卧龙家兄，乃家兄岳父黄承彦也。"玄德曰："适间所吟之句，极其高妙。"承彦曰："老夫在小婿家观《梁父吟》[3]，记得这一篇；适过小桥，偶见篱落间梅花，故感而诵之。不期为尊客所闻[4]。"玄德曰："曾见令婿否？"承彦曰："便是老夫也来看他。"玄德闻

1　狐裘蔽体：身穿狐皮外衣。
2　太虚：天空。
3　梁父（fǔ）吟：乐府曲调名。史书上说诸葛亮喜欢作《梁父吟》。
4　不期：没想到。

言，辞别承彦，上马而归。正值风雪又大，回望卧龙冈，悒怏[1]不已。后人有诗单道玄德风雪访孔明。诗曰：

一天风雪访贤良，不遇空回意感伤。冻合溪桥山石滑，寒侵鞍马路途长。当头片片梨花落，扑面纷纷柳絮狂[2]。回首停鞭遥望处，烂银堆满卧龙冈[3]。

玄德回新野之后，光阴荏苒[4]，又早新春。乃令卜者揲蓍[5]，选择吉期，斋戒三日，薰沐更衣，再往卧龙冈谒孔明。关、张闻之不悦，遂一齐入谏玄德[6]。……[7]关公曰："兄长两次亲往拜谒，其礼太过矣。想诸葛亮有虚名而无实学，故避而不敢见。兄何惑于斯人之甚也！[8]"玄德曰："不然。昔齐桓公欲见东郭野人，五反而方得一面。[9]况吾欲见大贤耶？"张飞曰："哥哥差矣。量此村夫，

1　悒（yì）怏：忧郁不乐。

2　梨花、柳絮：比喻雪花。

3　烂银：灿烂如银，这里形容雪白闪亮。

4　荏苒（rěnrǎn）：时间渐渐过去，形容时光易逝。

5　揲蓍（shéshī）：古时占卜的一种方式。

6　谏：规劝，劝阻。

7　此处为第三十七、第三十八回衔接处，略去少量文字。

8　"兄何"句：兄长为何被此人迷惑得这么严重呢！

9　"昔齐"二句：相传春秋时齐桓公想要见一个郊野之人，前后往返五次，才得以见到。反，通"返"。

何足为大贤！今番不须哥哥去；他如不来，我只用一条麻绳缚将来！"玄德叱曰："汝岂不闻周文王谒姜子牙之事乎？文王且如此敬贤，汝何太无礼！今番汝休去，我自与云长去。"飞曰："既两位哥哥都去，小弟如何落后！"玄德曰："汝若同往，不可失礼。"飞应诺。

于是三人乘马引从者往隆中。离草庐半里之外，玄德便下马步行，正遇诸葛均。玄德忙施礼，问曰："令兄在庄否？"均曰："昨暮方归。将军今日可与相见。"言罢，飘然自去。玄德曰："今番侥幸得见先生矣！"张飞曰："此人无礼！便引我等到庄也不妨，何故竟自去了！"玄德曰："彼各有事，岂可相强。"三人来到庄前叩门，童子开门出问。玄德曰："有劳仙童转报，刘备专来拜见先生。"童子曰："今日先生虽在家，但今在草堂上昼寝未醒[1]。"玄德曰："既如此，且休通报。"分付关、张二人，只在门首等着。玄德徐步而入，见先生仰卧于草堂几席之上。玄德拱立阶下。半晌，先生未醒。关、张在外立久，不见动静，入见玄德犹然侍立[2]。张飞大怒，谓云长曰："这先生如何傲慢！见我哥哥侍立阶下，他竟高卧，推睡不起[3]！等我去屋后放一把火，看他起不

1　昼寝：白天睡觉。
2　侍立：恭顺地站立在旁边。
3　推睡：推托睡觉。

起！"云长再三劝住。玄德仍命二人出门外等候。望堂上时，见先生翻身将起，忽又朝里壁睡着。童子欲报，玄德曰："且勿惊动。"又立了一个时辰，孔明才醒，口吟诗曰：

大梦谁先觉[1]？平生我自知。草堂春睡足，窗外日迟迟[2]。

孔明吟罢，翻身问童子曰："有俗客来否？"童子曰："刘皇叔在此，立候多时。"孔明乃起身曰："何不早报！尚容更衣[3]。"遂转入后堂。又半晌，方整衣冠出迎。玄德见孔明身长八尺，面如冠玉，头戴纶巾[4]，身披鹤氅[5]，飘飘然有神仙之概[6]。玄德下拜曰："汉室末胄涿郡愚夫，久闻先生大名，如雷贯耳。昨两次晋谒，不得一见，已书贱名于文几，未审得入览否？[7]"孔明曰："南阳野人，疏懒性成[8]，屡蒙将军枉临[9]，不胜愧赧[10]。"二人叙礼毕，分宾主而坐，

1　大梦：比喻人生。觉：醒悟，明白。

2　迟迟：阳光温暖、光线充足的样子。

3　更（gēng）衣：换衣服。

4　纶（guān）巾：古时用青色丝带做的头巾。

5　鹤氅（chǎng）：泛指一般的外套。

6　概：风度，气度神态。

7　"已书"二句：意思是上次拜访时留下一份书信，不知道您看了没有？文几，供读书作文的几案。未审，不知。

8　疏懒：懒散。

9　枉临：屈驾来访。

10　愧赧（nǎn）：羞惭，惭愧。赧，脸红。

童子献茶。茶罢，孔明曰："昨观书意，足见将军忧民忧国之心；但恨亮年幼才疏，有误下问。"玄德曰："司马德操之言，徐元直之语，岂虚谈哉？望先生不弃鄙贱，曲赐教诲[1]。"孔明曰："德操、元直，世之高士。亮乃一耕夫耳，安敢谈天下事？二公谬举矣[2]。将军奈何舍美玉而求顽石乎[3]？"玄德曰："大丈夫抱经世奇才[4]，岂可空老于林泉之下[5]？愿先生以天下苍生为念，开备愚鲁而赐教[6]。"孔明笑曰："愿闻将军之志。"

玄德屏人促席而告曰[7]："汉室倾颓[8]，奸臣窃命[9]，备不量力，欲伸大义于天下[10]，而智术浅短[11]，迄无所就[12]。惟先生开其愚而拯其厄[13]，实为万幸[14]！"孔明曰："自董卓造逆以来[15]，天下豪杰并起。

1　曲赐：承蒙赐予。敬词，称尊长的赐予、关照等。
2　谬举：妄加举荐。
3　顽石：未经斧凿的石块，这里比喻普通人。
4　经世：治理国事。
5　林泉：山林泉石，这里指隐居之地。
6　开：开启，启发。
7　屏（bǐng）人：让人回避。促席：将座席靠拢。
8　倾颓：衰败。
9　窃命：篡夺国家权柄。
10　伸：伸张，扩展。
11　智术：才智计谋。
12　迄（qì）无所就：一直没有什么成就。迄，一直，终究。
13　拯其厄：从困苦中救出。厄，困苦，困境。
14　万幸：非常幸运。
15　造逆：发动叛乱。

曹操势不及袁绍，而竟能克绍者[1]，非惟天时[2]，抑亦人谋也。今操已拥百万之众，挟天子以令诸侯[3]，此诚不可与争锋。孙权据有江东[4]，已历三世，国险而民附[5]，此可用为援而不可图也[6]。荆州北据汉、沔[7]，利尽南海[8]，东连吴会[9]，西通巴、蜀[10]，此用武之地，非其主不能守[11]：是殆天所以资将军[12]，将军岂有意乎？益州险塞[13]，沃野千里[14]，天府之国[15]，高祖因之以成帝业；今刘璋暗弱[16]，民殷国富而不知存恤[17]，智能之士，思得明君。将军既帝室之胄，信义著于

1　克绍：指官渡之战，曹操打败袁绍。克，攻克，战胜。

2　天时：宜于做某事的自然气候条件，也指天命。

3　挟（xié）天子以令诸侯：挟制天子，并以其名义号令诸侯。

4　江东：长江在芜湖、南京之间作西南、东北流向，古时习惯上称自此江段至入海口的长江南岸地区为江东。

5　国险：指吴国据有长江天堑的有利地势。民附：百姓亲近依附。

6　为援：用作援手。不可图：不可谋取。

7　荆州：指荆州刺史部，汉朝十三州刺史部之一，其范围大致包括河南西南部，湖北、湖南大部和贵州、广东、广西部分地区。据：占有。汉、沔（Miǎn）：指汉水流域。沔水为汉水上游。

8　利尽南海：可以获取由此至南海的所有财利。南海，指南方靠海之地。

9　吴会（kuài）：今苏州一带。汉代会稽郡治在吴县（今苏州），郡县连称为吴会。

10　巴、蜀：巴郡和蜀郡，今四川地区。

11　非其主不能守：如果不是真正有能力的主人就不能据守。

12　殆：大概。资：帮助，援助。

13　益州：指益州刺史部，其范围大致包括四川、重庆、贵州、云南以及汉中等地区。险塞：地势险要阻塞。

14　沃野：肥沃的田野。

15　天府之国：物产丰富的地区。天府，天生的府库，比喻物产富饶。

16　暗弱：不明事理而又懦弱。

17　民殷国富：国家百姓殷实富裕。存恤（xù）：爱惜，爱抚。

四海，总揽英雄[1]，思贤如渴，若跨有荆、益，保其岩阻[2]，西和诸戎[3]，南抚彝、越[4]，外结孙权，内修政理[5]；待天下有变，则命一上将将荆州之兵以向宛、洛[6]，将军身率益州之众以出秦川[7]，百姓有不箪食壶浆以迎将军者乎[8]？诚如是，则大业可成，汉室可兴矣。此亮所以为将军谋者也。惟将军图之。"言罢，命童子取出画一轴，挂于中堂，指谓玄德曰："此西川五十四州之图也。将军欲成霸业，北让曹操占天时，南让孙权占地利[9]，将军可占人和[10]。先取荆州为家，后即取西川建基业，以成鼎足之势[11]，然后可图中原也。"玄德闻言，避席拱手谢曰："先生之言，顿开茅塞[12]，使备如拨云雾而睹青天。但荆州刘表、益州刘璋，皆汉室宗亲，备安忍夺之？"孔明曰："亮夜观天象，刘表不久人世；刘璋非立业之主，

1　总揽：广为招揽。

2　保：保卫，守卫。岩阻：险阻之处。

3　和：与……和睦相处。诸戎：指西部众多少数民族。

4　彝、越：指西南少数民族。

5　内修政理：对内整顿政治。修，整顿。政理，政治。

6　（命一上将）将（jiàng）：动词，指（命一员上将）率领。宛、洛：今河南南阳、洛阳。

7　秦川：泛指今陕西、甘肃的秦岭以北平原地带。

8　箪（dān）食壶浆：用箪盛着饭，用壶盛着汤。箪，古时盛饭食的器具。浆，古时一种微酸的汤水。

9　地利：有利的地势。

10　人和：人心团结融洽。

11　鼎足：鼎有三足，比喻三方并立对峙的状态。

12　顿开茅塞：茅塞顿开，比喻闭塞的思路，忽然开通了。

久后必归将军。"玄德闻言，顿首拜谢。只这一席话，乃孔明未出茅庐，已知三分天下，真万古之人不及也！后人有诗赞曰：

豫州当日叹孤穷[1]，何幸南阳有卧龙[2]？欲识他年分鼎处[3]，先生笑指画图中。

玄德拜请孔明曰："备虽名微德薄，愿先生不弃鄙贱[4]，出山相助。备当拱听明诲[5]。"孔明曰："亮久乐耕锄，懒于应世[6]，不能奉命[7]。"玄德泣曰："先生不出，如苍生何[8]！"言毕，泪沾袍袖，衣襟尽湿。孔明见其意甚诚，乃曰："将军既不相弃，愿效犬马之劳。"玄德大喜，遂命关、张入，拜献金帛礼物。孔明固辞不受。玄德曰："此非聘大贤之礼，但表刘备寸心耳。"孔明方受。于是玄德等在庄中共宿一宵。次日，诸葛均回，孔明嘱付曰："吾受刘皇叔三顾之恩[9]，不容不出。汝可躬耕于此，勿得荒芜田亩。待我

---

1 豫州：这里指刘备。刘备任豫州刺史，人称"刘豫州"。孤穷：孤立危急。
2 何幸：用反问的语气表示很幸运。
3 他年：将来，以后。分鼎：三分天下而雄踞一方。
4 鄙贱：谦词，是刘备自称。
5 拱（gǒng）听：恭听，恭敬地听取。明诲：高明的教导。
6 应世：应付世事。
7 奉命：领命，遵命。
8 如苍生何：百姓又该怎么办？苍生，指百姓。如何，怎么办，怎么活下去。
9 三顾：三次拜访。

功成之日，即当归隐。"后人有诗叹曰：

身未升腾思退步[1]，功成应忆去时言[2]。只因先主丁宁后[3]，星落秋风五丈原[4]。

1　退步：抽身引退。

2　去时：离开之时。

3　丁宁：同"叮咛"，再三嘱咐，这里指刘备白帝城托孤事。

4　星落秋风五丈原：指诸葛亮率军北伐，病死五丈原事。五丈原，在今陕西省宝鸡市岐山县。

9. 节选九　赵子龙单骑救主

阅读提示

一、本段选自《三国演义》第四十一回"刘玄德携民渡江，赵子龙单骑救主"和第四十二回"张翼德大闹长坂桥，刘豫州败走汉津口"。此前曹操大兵压境，荆州刘琮投降曹操。刘备孤掌难鸣，只好放弃新野与樊城，率众南撤。

二、在汉末三个政治军事集团中，刘备的力量最弱，既无"天时"之助，也无"地利"可凭，唯有在"人和"上下功夫。所谓"人和"，一是指施仁政以获取民心；二是指广招贤士，用好人才。这两者在本段中都有体现。

三、刘备此刻濒临绝境：曹兵来势凶猛，如泰山压顶，而南撤的道路又充满未知数。即便如此，百姓仍愿追随刘备，刘备也不肯轻易放弃百姓。本段中多次写刘备对待百姓的态度，可试着找找相关的情节和对话。

四、赵云是刘备集团"五虎将"之一，与刘备的亲密程度，仅次于关、张。本段写赵云为保护刘备家眷，在万马军中出生入死，往来厮杀，先后救出甘夫人及阿斗，展示了他的勇武，更显示了他的忠心。

刘备深悉赵云为人，即便有人亲见"赵子龙反投曹操去了也"，张飞也信以为真，刘备仍然坚信："子龙从我于患难，心如铁石，非富贵所能动摇也！"而赵云在战场上托人带话："我上天入地，好歹寻主母与小主人来。如寻不见，死在沙场上也！"此话正像赵云对刘备信任的回答。——只是刘备在接过阿斗时"掷之于地"，似带表演成分，鲁迅评价"欲显刘备之长厚而似伪"（《中国小说史略》），指的应该就是这些地方。

五、本段情节还显示了曹操的爱才（不准部下放冷箭，要生擒赵云）、张飞的勇猛（长坂桥断喝吓死夏侯杰），可见作者驾驭战争大场面时的从容不迫、笔有余裕。

徐庶辞回[1]，见了曹操，言玄德并无降意。操大怒，即日进兵。玄德问计于孔明。孔明曰："可速弃樊城[2]，取襄阳暂歇。"玄德曰：

1　徐庶: 原为刘备帐下谋士，曾推荐诸葛亮给刘备。曹操利用卑鄙的伎俩将徐庶骗到曹营，徐庶誓不为曹操出一谋，因有"徐庶进曹营——一言不发"的歇后语。此次徐庶拜见刘备，是奉曹操之命来游说刘备投降的。
2　樊城: 在今湖北襄阳北，与襄阳隔汉江而望。

"奈百姓相随许久，安忍弃之[1]？"孔明曰："可令人遍告百姓：有愿随者同去，不愿者留下。"先使云长往江岸整顿船只，令孙乾、简雍在城中声扬曰[2]："今曹兵将至，孤城不可久守，百姓愿随者，便同过江。"两县之民[3]，齐声大呼曰："我等虽死[4]，亦愿随使君！"即日号泣而行[5]。扶老携幼，将男带女[6]，滚滚渡河[7]，两岸哭声不绝。玄德于船上望见，大恸曰[8]："为吾一人而使百姓遭此大难，吾何生哉[9]！"欲投江而死，左右急救止。闻者莫不痛哭。船到南岸，回顾百姓，有未渡者，望南而哭。玄德急令云长催船渡之，方才上马。

行至襄阳东门，只见城上遍插旌旗，壕边密布鹿角[10]，玄德勒马大叫曰："刘琮贤侄[11]，吾但欲救百姓，并无他念。可快开门。"刘琮闻玄德至，惧而不出。蔡瑁、张允径来敌楼上[12]，叱军士乱箭射

————————

1　安忍：怎能忍心。

2　声扬：声张，宣扬。

3　两县：指新野、樊城。

4　虽：即使。

5　号泣（háoqì）：号啕（háotáo）大哭。

6　将：带领。

7　滚滚：这里形容人流滔滔不绝貌。

8　大恸（tòng）：极其悲痛。

9　吾何生哉：我还有何脸面活着呢。

10　壕（háo）：护城河。鹿角：古时军营的防御物，把带枝的树木削尖埋在营地周围，以阻止敌人，因形似鹿角，故名。

11　刘琮（cóng）：东汉末刘表次子，刘表死后承袭其父官爵为荆州牧。

12　敌楼：城墙上御敌的城楼。

下[1]。城外百姓，皆望敌楼而哭。城中忽有一将，引数百人径上城楼，大喝："蔡瑁、张允卖国之贼[2]！刘使君乃仁德之人，今为救民而来投，何得相拒[3]！"众视其人，身长八尺，面如重枣；乃义阳人也[4]，姓魏，名延，字文长。当下魏延轮刀砍死守门将士，开了城门，放下吊桥，大叫："刘皇叔快领兵入城，共杀卖国之贼！"张飞便跃马欲入，玄德急止之曰："休惊百姓！"魏延只管招呼玄德军马入城。只见城内一将飞马引军而出，大喝："魏延无名小卒，安敢造乱[5]！认得我大将文聘么！"魏延大怒，挺枪跃马，便来交战。两下军兵在城边混杀，喊声大震。玄德曰："本欲保民，反害民也！吾不愿入襄阳！"孔明曰："江陵乃荆州要地[6]，不如先取江陵为家。"玄德曰："正合吾心。"于是引着百姓，尽离襄阳大路，望江陵而走。襄阳城中百姓，多有乘乱逃出城来，跟玄德而去。魏延与文聘交战，从巳至未[7]，手下兵卒皆已折尽[8]。延乃拨马

1　叱：呼喊，喝令。

2　卖国之贼：出卖自己国家的叛徒。这里魏延的意思是刘琮已准备投降汉贼曹操，蔡瑁（mào）、张允听从刘琮之命拒绝刘备入城，属于背叛汉朝的行为，他们是"卖国之贼"。

3　何得：怎能。

4　义阳：在今湖北枣阳东南。

5　造乱：作乱，制造祸乱。

6　江陵：今湖北荆州。要地：指军事重地。

7　巳：上午九时至十一时。未：下午一时至三时。

8　折（zhé）尽：被杀光。

而逃，却寻不见玄德，自投长沙太守韩玄去了。

却说玄德同行军民十余万，大小车数千辆，挑担背包者不计其数，路过刘表之墓，玄德率众将拜于墓前，哭告曰："辱弟备无德无才[1]，负兄寄托之重[2]，罪在备一身，与百姓无干。望兄英灵，垂救荆襄之民[3]！"言甚悲切，军民无不下泪。忽哨马报说[4]："曹操大军已屯樊城，使人收拾船筏，即日渡江赶来也。"众将皆曰："江陵要地，足可拒守[5]。今拥民众数万，日行十余里，似此几时得至江陵？倘曹兵到，如何迎敌？不如暂弃百姓，先行为上。"玄德泣曰："举大事者必以人为本。今人归我[6]，奈何弃之？"百姓闻玄德此言，莫不伤感。后人有诗赞之曰：

临难仁心存百姓，登舟挥泪动三军[7]。至今凭吊襄江口[8]，父

---

1 辱弟：弟弟。辱，自称的谦词。

2 负：辜负。寄托之重：指刘表病危之时，托刘备辅佐其长子刘琦为荆州牧事。重，重任。

3 垂救：救援，救助。垂，敬词，称长辈或上级对自己的行动。荆襄之民：这里指追随刘备的樊城、襄阳百姓。荆襄，荆州。荆州号称"荆襄九郡"，包括湖南、湖北的大片区域。

4 哨马：探马，负责哨探的骑兵。

5 足可拒守：完全可以据险坚守。足可，完全可以。拒守，据险坚守。

6 归：归向，归顺。

7 三军：古代军队分上、中、下（或左、中、右，前、中、后）三军，这里泛指军队。

8 凭吊：对着遗迹、遗物感慨往古的人或事。襄江：汉江。

老犹然忆使君[1]。

却说玄德拥着百姓[2]，缓缓而行。孔明曰："追兵不久即至。可遣云长往江夏求救于公子刘琦[3]。教他速起兵乘船会于江陵。"玄德从之，即修书令云长同孙乾领五百军往江夏求救，令张飞断后，赵云保护老小[4]，其余俱管顾百姓而行[5]。每日只走十余里便歇。……[6]

探马报（曹操）说："刘备带领百姓，日行止十数里，计程只有三百余里。"操教各部下精选五千铁骑[7]，星夜前进[8]，限一日一夜，赶上刘备。大军陆续随后而进。

却说玄德引十数万白姓、三千余军马，一程程挨着往江陵进发[9]。赵云保护老小，张飞断后。孔明曰："云长往江夏去了，绝无回音[10]，不知若何[11]。"玄德曰："敢烦军师亲自走一遭。刘琦感公昔

----

1 父老：长者，这里指百姓。犹然：仍然，依然。
2 拥：护卫。
3 江夏：今湖北武汉。刘琦（qí）：刘表长子，此时正镇守江夏。
4 老小：这里指刘备的妻小，即甘、麋二夫人及儿子阿斗。
5 管顾：照顾。
6 此处略去刘琮降曹被杀，曹操进屯襄阳，遣人追击刘备等内容。
7 铁骑（jì）：指精锐的骑兵。
8 星夜：连夜，形容紧急，急速。
9 一程程：一程又一程。程，指路程。挨着：磨蹭着，拖延着。
10 绝无：一直没有。
11 若何：怎么样。

日之教[1]，今若见公亲至，事必谐矣[2]。"孔明允诺[3]，便同刘封引五百军先往江夏求救去了。当日玄德自与简雍、糜竺、糜芳同行。正行间，忽然一阵狂风就马前刮起，尘土冲天，平遮红日[4]。玄德惊曰："此何兆也[5]？"简雍颇明阴阳[6]，袖占一课[7]，失惊曰："此大凶之兆也。应在今夜。主公可速弃百姓而走。"玄德曰："百姓从新野相随至此，吾安忍弃之？"雍曰："主公若恋而不弃，祸不远矣。"玄德问："前面是何处？"左右答曰："前面是当阳县[8]。有座山名为景山。"玄德便教就此山扎住[9]。

时秋末冬初，凉风透骨；黄昏将近，哭声遍野。至四更时分，只听得西北喊声震地而来。玄德大惊，急上马引本部精兵二千余人迎敌。曹兵掩至[10]，势不可当。玄德死战[11]。正在危迫之际，幸得张飞引军至，杀开一条血路，救玄德望东而走。文聘当先拦住，

---

1 昔日之教：指刘琦不见容于后母蔡氏，诸葛亮为其出谋，自请外放为江夏太守以避祸。

2 谐：办妥。

3 允诺：同意，答应。

4 平遮：正好遮住。平，正好，恰好。

5 兆：征兆，预兆。

6 颇明阴阳：很了解方术。阴阳，这里指占卜、相术等方术。

7 袖占一课：在衣袖内卜了一卦。

8 当阳县：今湖北宜昌当阳市。

9 扎住：停住。

10 掩至：乘其不备而至。掩，乘其不备。

11 死战：拼死战斗。

玄德骂曰："背主之贼[1]，尚有何面目见人！"文聘羞惭满面，引兵自投东北去了。张飞保着玄德，且战且走。奔至天明，闻喊声渐渐远去，玄德方才歇马。看手下随行人，止有百余骑；百姓、老小并糜竺、糜芳、简雍、赵云等一干人[2]，皆不知下落。玄德大哭曰："十数万生灵，皆因恋我，遭此大难；诸将及老小，皆不知存亡：虽土木之人，宁不悲乎！[3]"

正凄惶时，忽见糜芳面带数箭，踉跄而来[4]，口言："赵子龙反投曹操去了也！"玄德叱曰："子龙是我故交[5]，安肯反乎？"张飞曰："他今见我等势穷力尽，或者反投曹操，以图富贵耳！"玄德曰："子龙从我于患难[6]，心如铁石[7]，非富贵所能动摇也。"糜芳曰："我亲见他投西北去了。"张飞曰："待我亲自寻他去。若撞见时，一枪刺死！"玄德曰："休错疑了[8]。岂不见你二兄诛颜良、文丑之事乎？子龙此去，必有事故[9]。吾料子龙必不弃我也。"张飞那里肯

---

1 背主之贼：背叛主人的叛徒。文聘原为刘表帐下将军，跟随刘琮投降曹操，被曹操任命为江夏太守，有代故主之子刘琦之位的嫌疑，因此刘备叱其为"背主之贼"。

2 一干：一伙。

3 "虽土木"二句：即使是土木一样无知觉、无感情的人，岂能不悲痛啊。土木之人，比喻无知觉、无感情之人。宁，岂能，怎能。

4 踉跄（liàngqiàng）：跌跌撞撞，行路不稳的样子。

5 故交：旧友，老朋友。

6 从我于患难：指赵云先后弃公孙瓒（zàn）、袁绍，而决意追随处于患难之中的刘备。

7 心如铁石：这里形容意志坚定。

8 错疑：因误会而生疑。

9 事故：缘故。

听，引二十余骑，至长坂桥 [1]。见桥东有一带树木，飞生一计：教所从二十余骑，都砍下树枝，拴在马尾上，在树林内往来驰骋，冲起尘土，以为疑兵 [2]。飞却亲自横矛立马于桥上，向西而望。

却说赵云自四更时分，与曹军厮杀，往来冲突，杀至天明，寻不见玄德，又失了玄德老小。云自思曰："主公将甘、糜二夫人与小主人阿斗，托付在我身上；今日军中失散，有何面目去见主人？不如去决一死战，好歹要寻主母与小主人下落 [3]！"回顾左右，只有三四十骑相随。云拍马在乱军中寻觅，二县百姓号哭之声震天动地，中箭着枪、抛男弃女而走者，不计其数。赵云正走之间，见一人卧在草中，视之，乃简雍也。云急问曰："曾见两位主母否 [4]？"雍曰："二主母弃了车仗，抱阿斗而走。我飞马赶去，转过山坡，被一将刺了一枪，跌下马来，马被夺了去。我争斗不得，故卧在此。"云乃将从骑所骑之马 [5]，借一匹与简雍骑坐；又着二卒扶护简雍先去报与主人："我上天入地，好歹寻主母与小主人来。如寻不见，死在沙场上也！"

说罢，拍马望长坂坡而去。忽一人大叫："赵将军那里去？"

1　长坂桥：也称当阳桥，在今湖北宜昌当阳，地称长坂坡。
2　疑兵：虚张声势以迷惑敌人的军阵。
3　好歹：不管怎样，无论如何。
4　主母：仆役对女主人的称呼。
5　从骑：随从的骑兵。

云勒马问曰："你是何人？"答曰："我乃刘使君帐下护送车仗的军士，被箭射倒在此。"赵云便问二夫人消息。军士曰："恰才见甘夫人披头跣足[1]，相随一伙百姓妇女，投南而走。"云见说[2]，也不顾军士，急纵马望南赶去。只见一伙百姓，男女数百人，相携而走。云大叫曰："内中有甘夫人否？"夫人在后面望见赵云，放声大哭。云下马插枪而泣曰："使主母失散，云之罪也！糜夫人与小主人安在？"甘夫人曰："我与糜夫人被逐，弃了车仗，杂于百姓内步行，又撞见一枝军马冲散。糜夫人与阿斗不知何往。我独自逃生至此。"正言间，百姓发喊，又撞出一枝军来。赵云拔枪上马看时，面前马上绑着一人，乃糜竺也。背后一将，手提大刀，引着千余军。乃曹仁部将淳于导，拿住糜竺，正要解去献功[3]。赵云大喝一声，挺枪纵马，直取淳于导。导抵敌不住，被云一枪刺落马下，向前救了糜竺，夺得马二匹。云请甘夫人上马，杀开条大路，直送至长坂坡。只见张飞横矛立马于桥上，大叫："子龙！你如何反我哥哥？"云曰："我寻不见主母与小主人，因此落后，何言反耶？"飞曰："若非简雍先来报信，我今见你，怎肯干休也！"云曰："主公在何处？"飞曰："只在前面不远。"云谓糜竺曰："糜子

1　披头跣（xiǎn）足：披散头发，光着脚，形容十分狼狈的样子。跣，光着脚。
2　见说：听说。
3　解（jiè）：押送。

仲保甘夫人先行[1]，待我仍往寻糜夫人与小主人去。"言罢，引数骑再回旧路。

正走之间，见一将手提铁枪，背着一口剑，引十数骑跃马而来。赵云更不打话[2]，直取那将。交马只一合[3]，把那将一枪刺倒，从骑皆走。原来那将乃曹操随身背剑之将夏侯恩也。曹操有宝剑二口：一名"倚天"，一名"青釭"；倚天剑自佩之，青釭剑令夏侯恩佩之。那青釭剑砍铁如泥，锋利无比。当时夏侯恩自恃勇力[4]，背着曹操[5]，只顾引人抢夺掳掠。不想撞着赵云，被他一枪刺死，夺了那口剑，看靶上有金嵌"青釭"二字[6]，方知是宝剑也。云插剑提枪，复杀入重围，回顾手下从骑，已没一人，只剩得孤身。云并无半点退心，只顾往来寻觅；但逢百姓，便问糜夫人消息。忽一人指曰："夫人抱着孩儿，左腿上着了枪，行走不得，只在前面墙缺内坐地[7]。"

赵云听了，连忙追寻。只见一个人家，被火烧坏土墙，糜夫人抱着阿斗，坐于墙下枯井之傍啼哭。云急下马伏地而拜。夫人曰：

---

1 糜子仲：糜竺字子仲。
2 更：也。打话：对话，交谈。
3 交马只一合：意思是交战只一个回合。
4 恃（shì）：依赖，凭仗。
5 背（bèi）着：瞒着。
6 靶（bà）：剑把儿，剑柄。
7 墙缺：墙体的残缺之处。坐地：坐着。

"妾得见将军[1]，阿斗有命矣。望将军可怜他父亲飘荡半世，只有这点骨血。将军可护持此子[2]，教他得见父面，妾死无恨！"云曰："夫人受难，云之罪也。不必多言，请夫人上马。云自步行死战，保夫人透出重围[3]。"糜夫人曰："不可！将军岂可无马！此子全赖将军保护。妾已重伤，死何足惜！望将军速抱此子前去，勿以妾为累也。"云曰："喊声将近，追兵已至，请夫人速速上马。"糜夫人曰："妾身委实难去[4]。休得两误。"乃将阿斗递与赵云曰："此子性命全在将军身上！"赵云三回五次请夫人上马，夫人只不肯上马。四边喊声又起。云厉声曰："夫人不听吾言，追军若至，为之奈何[5]？"糜夫人乃弃阿斗于地，翻身投入枯井中而死。后人有诗赞之曰：

战将全凭马力多，步行怎把幼君扶[6]？拼将一死存刘嗣[7]，勇决还亏女丈夫。

赵云见夫人已死，恐曹军盗尸，便将土墙推倒，掩盖枯井。

---

1 妾：古时妇人自称的谦词。

2 护持：保卫扶持。

3 透出：冲出。

4 委实：的确，实在。

5 为之奈何：可怎么办。

6 幼君：指阿斗。

7 拼将一死：拼死。拼（pīn），同"拼"。刘嗣（sì）：刘备的后代，指阿斗。嗣，后代。

掩讫，解开勒甲绦[1]，放下掩心镜[2]，将阿斗抱护在怀，绰枪上马[3]。早有一将，引一队步军至，乃曹洪部将晏明也，持三尖两刃刀来战赵云[4]。不三合[5]，被赵云一枪刺倒，杀散众军，冲开一条路。正走间，前面又一枝军马拦路。当先一员大将，旗号分明，大书"河间张郃[6]"。云更不答话，挺枪便战。约十余合，云不敢恋战，夺路而走。背后张郃赶来，云加鞭而行，不想趷跶一声[7]，连马和人，颠入土坑之内[8]。张郃挺枪来刺，忽然一道红光，从土坑中滚起，那匹马平空一跃[9]，跳出坑外。后人有诗曰：

红光罩体困龙飞[10]，征马冲开长坂围。四十二年真命主[11]，将军因得显神威。

张郃见了，大惊而退。赵云纵马正走，背后忽有二将大叫：

---

1 绦（tāo）：用丝线编织成的带子，这里指腰带。
2 掩心镜：缝于铠甲胸前背后，用以防箭的圆形金属片。
3 绰（chāo）：抓起。
4 三尖两刃刀：一种刀、叉结合的长杆兵器，前端呈三叉刀形，刀身两面有刃。
5 三合：指三个回合。
6 河间：今河北沧州河间。
7 趷跶（kēdá）：象声词，指跌倒的声音。
8 颠入：跌入。
9 平空：同"凭空"，无所凭恃。
10 龙：比喻马。
11 四十二年真命主：指阿斗后来做蜀国皇帝，在位四十二年。真命主，皇帝，天子。

赵子龙单骑救主 / 古代版画

"赵云休走！"前面又有二将，使两般军器，截住去路：后面赶的是马延、张颐，前面阻的是焦触、张南，都是袁绍手下降将。赵云力战四将，曹军一齐拥至。云乃拔青钢剑乱砍，手起处，衣甲平过¹，血如涌泉。杀退众军将，直透重围。

却说曹操在景山顶上，望见一将，所到之处，威不可当，急问左右是谁。曹洪飞马下山大叫曰："军中战将可留姓名！"云应声曰："吾乃常山赵子龙也²！"曹洪回报曹操。操曰："真虎将也！吾当生致之³。"遂令飞马传报各处："如赵云到，不许放冷箭，只要捉活的。"因此赵云得脱此难，此亦阿斗之福所致也。这一场杀：赵云怀抱后主，直透重围，砍倒大旗两面，夺槊三条⁴；前后枪刺剑砍，杀死曹营名将五十余员。后人有诗曰：

血染征袍透甲红，当阳谁敢与争锋！古来冲阵扶危主⁵，只有常山赵子龙。

赵云当下杀透重围，已离大阵，血满征袍。正行间，山坡下

1　衣甲平过：意思是连人带甲一刀齐齐砍过。
2　常山：在今河北正定东北。
3　生致：这里是活着擒拿的意思。
4　槊（shuò）：古时兵器，长杆矛。
5　危主：处于危险境地的君主。

又撞出两枝军，乃夏侯惇部将钟缙、钟绅兄弟二人，一个使大斧，一个使画戟[1]，大喝："赵云快下马受缚！"……[2]

却说钟缙、钟绅二人拦住赵云厮杀。赵云挺枪便刺，钟缙当先挥大斧来迎。两马相交，战不三合，被云一枪刺落马下，夺路便走。背后钟绅持戟赶来，马尾相衔[3]，那枝戟只在赵云后心内弄影[4]。云急拨转马头，恰好两胸相拍[5]。云左手持枪隔过画戟，右手拔出青釭宝剑砍去，带盔连脑，砍去一半，绅落马而死，余众奔散。赵云得脱，望长坂桥而走，只闻后面喊声大震，原来文聘引军赶来。赵云到得桥边，人困马乏。见张飞挺矛立马于桥上，云大呼曰："翼德援我！"飞曰："子龙速行，追兵我自当之[6]。"

云纵马过桥，行二十余里，见玄德与众人憩于树下。云下马伏地而泣。玄德亦泣。云喘息而言曰："赵云之罪，万死犹轻[7]！糜夫人身带重伤，不肯上马，投井而死，云只得推土墙掩之。怀抱公子，身突重围；赖主公洪福，幸而得脱。适来公子尚在怀中啼哭，此一会不见动静，多是不能保也。"遂解视之，原来阿斗正睡

1　画戟（jǐ）：古时兵器名，合戈、矛为一体，略似戈。因有彩饰，故称画戟。

2　此处略去第四十一、第四十二回之间的过渡文字。

3　马尾相衔：意思是钟绅的马头与赵云的马尾前后相接。

4　弄影：物动使影子也随着摇晃或移动，这里是晃动的意思。

5　两胸相拍：指两人迎面相撞。

6　当：阻挡。

7　万死犹轻：处死一万次，都还嫌处罚得轻，形容罪过极大。

着未醒。云喜曰："幸得公子无恙！"双手递与玄德。玄德接过，掷之于地曰："为汝这孺子¹，几损我一员大将！"赵云忙向地下抱起阿斗，泣拜曰："云虽肝脑涂地²，不能报也³！"后人有诗曰：

　　曹操军中飞虎出⁴，赵云怀内小龙眠⁵。无由抚慰忠臣意⁶，故把亲儿掷马前⁷。

　　却说文聘引军追赵云至长坂桥，只见张飞倒竖虎须，圆睁环眼，手绰蛇矛，立马桥上；又见桥东树林之后，尘头大起，疑有伏兵，便勒住马，不敢近前。俄而⁸，曹仁、李典、夏侯惇、夏侯渊、乐进、张辽、张郃、许褚等都至。见飞怒目横矛，立马于桥上，又恐是诸葛孔明之计，都不敢近前。扎住阵脚，一字儿摆在桥西，使人飞报曹操。操闻知，急上马，从阵后来。张飞睁圆环眼，隐隐见后军青罗伞盖、旄钺旌旗来到⁹，料得是曹操心疑，亲

1　孺（rú）子：小孩，这里的意思是小子，含有轻蔑之意。

2　肝脑涂地：比喻竭力尽忠，不惜生命代价。

3　报：报答。

4　飞虎：喻赵云。

5　小龙：指阿斗。

6　无由：没有办法。

7　故：故意。

8　俄而：不久。

9　伞盖：古时一种长柄圆顶、伞面外缘垂有流苏的仪仗物。旄（máo）钺（yuè）：白旄和黄钺，代表军权。旄，白旄，古时的一种军旗，杆头以牦牛尾为饰，用以指挥全军。钺，黄钺，饰以黄金的长柄斧子。

自来看。飞乃厉声大喝曰："我乃燕人张翼德也！谁敢与我决一死战？"声如巨雷。曹军闻之，尽皆股栗[1]。曹操急令去其伞盖，回顾左右曰："我向曾闻云长言[2]：'翼德于百万军中，取上将之首，如探囊取物[3]。'今日相逢，不可轻敌。"言未已，张飞睁目又喝曰："燕人张翼德在此！谁敢来决死战？"曹操见张飞如此气概[4]，颇有退心。飞望见曹操后军阵脚移动，乃挺矛又喝曰："战又不战，退又不退，却是何故！"喊声未绝，曹操身边夏侯杰惊得肝胆碎裂，倒撞于马下。操便回马而走。于是诸军众将一齐望西奔走。正是：黄口孺子[5]，怎闻霹雳之声[6]；病体樵夫[7]，难听虎豹之吼[8]。一时弃枪落盔者，不计其数，人如潮涌，马似山崩，自相践踏。后人有诗赞曰：

长坂桥头杀气生，横枪立马眼圆睁。一声好似轰雷震，独退曹家百万兵。

---

1 股栗（lì）：大腿发抖，形容非常恐惧。股，大腿。栗，发抖。
2 向：以前。
3 探囊取物：伸手到袋子里取东西，比喻极易办到的事。
4 气概：气势，声势。
5 黄口：指幼儿，这里代指曹军将士，形容其胆小如鼠。
6 怎闻：这里是怎敢听的意思。霹雳：响雷，震雷，这里比喻张飞的喝声。
7 樵（qiáo）夫：打柴的人。
8 难听：这里是不敢听的意思。

10. 节选一○ 诸葛亮舌战群儒

阅读提示

一、本段选自《三国演义》第四十三回"诸葛亮舌战群儒，鲁子敬力排众议"。曹操大兵压境，孔明只身过江，准备联络东吴，共同抗曹。还没见到孙权，孔明先跟东吴的主降派众人来了一场"舌战"。

二、舌战群儒场面热闹，高潮迭起，又写得主次分明。"主攻手"是东吴第一谋士张昭，他的发言确实厉害，先从孔明"自比管（仲）、乐（毅）"说起，然后抛出撒手锏，问：为什么刘备得到"先生"之后，反而节节败退几乎到了无处容身的地步呢？——张昭是在描述事实，点到了问题的要害。孔明的表现却是"哑然而笑"，他先避开问题的锋芒，转而讲起治重病不可下猛药的道理；又细述刘备的困境，接着列举自己出山后取得的一系列胜利；又称颂刘备面对危局时能坚持"大仁大义"……话锋三环五转，成功化解了攻击，还不失时机地讥刺对方，说张昭之流"坐议立谈，无人可及；临机应变，百无一能"，"说得张昭并无一言回答"。

"主将"败下阵去，随从更不在话下。不过孔明并不轻敌，面对虞翻、步骘、薛综、陆绩、严畯、程德枢等人的轮番诘问和攻击，抓住要害，转守为攻，个个击破。——读着巧妙睿智的论辩之辞，是一种逻辑美与修辞美的极高享受。

三、作者在修辞上十分讲究，如众人发言时的提示语，句式相类又同中有异。且看："张昭先以言挑之曰……""座上忽一人抗声问曰……（虞翻）""座间又一人问曰……（步骘）""忽一人问曰……（薛综）""座上又一人应声问曰……（陆绩）""座上一人忽曰……（严畯）""忽又一人大声曰……（程德枢）""忽一人自外而入，厉声言曰……（黄盖）"，此外尚有张温、骆统二人的欲说还休……语句结构相似，则突显围攻时你方唱罢我登场的汹汹之势，具体措辞又有差别，则避免雷同。——从中可见作者的文心细密。

四、阅读时还可体会一下：一些论辩之辞，只有用文言表达时才"带劲"，换成白话，反而失去了特有的魅力。

却说鲁肃、孔明辞了玄德、刘琦，登舟望柴桑郡来。二人在舟中共议。鲁肃谓孔明曰："先生见孙将军，切不可实言曹操兵多将广。"孔明曰："不须子敬叮咛，亮自有对答之语。"及船到岸，肃请孔明于馆驿中暂歇，先自往见孙权。权正聚文武于堂上议事，闻鲁肃回，急召入问曰："子敬往江夏，体探虚实若何¹？"肃曰："已知其略²，尚容徐禀³。"权将曹操檄文示肃曰："操昨遣使赍文至此，孤先发遣来使⁴，现今会众商议未定。"肃接檄文观看。其略曰：

　　孤近承帝命⁵，奉词伐罪⁶。旌麾南指，刘琮束手；⁷荆襄之民，望风归顺。今统雄兵百万，上将千员，欲与将军会猎于江夏⁸，共伐刘备，同分土地，永结盟好。幸勿观望，速赐回音。⁹

　　鲁肃看毕曰："主公尊意若何？"权曰："未有定论。"张昭曰："曹操拥百万之众，借天子之名，以征四方，拒之不顺¹⁰。且主公大

---

1 体探：探访，探听。

2 略：大概情况。

3 徐禀：慢慢禀告。

4 孤：古代王侯的自称。发遣：打发，命离去。

5 近承帝命：最近接受皇帝的命令。

6 奉词伐罪：尊奉严正之辞来讨伐有罪之人。

7 "旌麾"二句：意思是我挥师南下，刘琮就束手投降了。旌麾（huī），帅旗。

8 会猎：会战的委婉说法。

9 "幸勿"二句：希望不要犹豫观望，尽快给予答复。

10 拒之不顺：抗拒他就意味着叛逆。不顺，叛逆。

势可以拒操者，长江也。今操既得荆州，长江之险，已与我共之矣，势不可敌。以愚之计，不如纳降[1]，为万安之策。"众谋士皆曰："子布之言[2]，正合天意。"孙权沉吟不语。张昭又曰："主公不必多疑。如降操，则东吴民安，江南六郡可保矣。"孙权低头不语。须臾[3]，权起更衣[4]，鲁肃随于权后。权知肃意，乃执肃手而言曰："卿欲如何？"肃曰："恰才众人所言，深误将军[5]。众人皆可降曹操，惟将军不可降曹操。"权曰："何以言之？"肃曰："如肃等降操，当以肃还乡党[6]，累官故不失州郡也[7]；将军降操，欲安所归乎[8]？位不过封侯，车不过一乘，骑不过一匹，从不过数人，岂得南面称孤哉[9]！众人之意，各自为己，不可听也。将军宜早定大计。"权叹曰："诸人议论，大失孤望。子敬开说大计[10]，正与吾见相同。此天以子敬赐我也！但操新得袁绍之众，近又得荆州之兵，恐势大难以抵敌。"肃曰："肃至江夏，引诸葛瑾之弟诸葛亮在此，

1　纳降：接受投降。

2　子布：张昭字子布。

3　须臾：一会儿，片刻。

4　更衣：婉词，指上厕所。

5　误：妨害，使受害。

6　乡党：家乡。

7　累官故不失州郡：意思是积功升官，仍然可以得到州郡长官的职位。累官，积功升官。故，仍然，还是。

8　欲安所归乎：想要回到哪里去呢？

9　南面称孤：指统治一方，称侯称王。南面，面朝南，古时以面朝南为尊位。

10　开说：陈说。

主公可问之，便知虚实。"权曰："卧龙先生在此乎？"肃曰："现在馆驿中安歇。"权曰："今日天晚，且未相见。来日聚文武于帐下[1]，先教见我江东英俊，然后升堂议事。"

肃领命而去。次日至馆驿中见孔明，又嘱曰："今见我主，切不可言曹操兵多。"孔明笑曰："亮自见机而变，决不有误。"肃乃引孔明至幕下。早见张昭、顾雍等一班文武二十余人，峨冠博带[2]，整衣端坐。孔明逐一相见，各问姓名。施礼已毕，坐于客位。张昭等见孔明丰神飘洒[3]，器宇轩昂[4]，料道此人必来游说。张昭先以言挑之曰："昭乃江东微末之士，久闻先生高卧隆中，自比管、乐，此语果有之乎？"孔明曰："此亮平生小可之比也[5]。"

昭曰："近闻刘豫州三顾先生于草庐之中，幸得先生，以为如鱼得水，思欲席卷荆襄[6]。今一旦以属曹操，未审是何主见[7]？"孔明自思张昭乃孙权手下第一个谋士，若不先难倒他，如何说得孙权？遂答曰："吾观取汉上之地[8]，易如反掌。我主刘豫州躬行仁

---

1 帐下：营帐中，这里指府署之中。下文"幕下"意思与此相同。
2 峨冠博带：戴着高帽子，系着宽衣带，这是古代儒生的装束。
3 丰神飘洒：风貌神态飘逸潇洒。
4 器宇轩昂：意气高昂，风度不凡。
5 小可之比：寻常的比附。小可，寻常，平常。
6 席卷：如卷席一般，形容全部占有。
7 未审是何主见：不知是什么主意？
8 汉上之地：指荆州。

义[1]，不忍夺同宗之基业，故力辞之。刘琮孺子[2]，听信佞言，暗自投降，[3]致使曹操得以猖獗[4]。今我主屯兵江夏，别有良图[5]，非等闲可知也[6]。"

昭曰："若此，是先生言行相违也。先生自比管、乐——管仲相桓公[7]，霸诸侯，一匡天下[8]；乐毅扶持微弱之燕，下齐七十余城：此二人者，真济世之才也。先生在草庐之中，但笑傲风月[9]，抱膝危坐[10]。今既从事刘豫州[11]，当为生灵兴利除害[12]，剿灭乱贼。且刘豫州未得先生之前，尚且纵横寰宇[13]，割据城池[14]；今得先生，人皆仰望。虽三尺童蒙，亦谓彪虎生翼[15]，将见汉室复兴，曹氏即灭矣。朝廷旧臣，山林隐士，无不拭目而待[16]，以为拂高天之云翳[17]，仰口

1　躬行：亲身实行。
2　孺子：小子，小儿，有轻蔑之意。
3　"听信"句：指刘琮在蔡瑁等人的劝说下投降了曹操。佞（nìng）言，奉承的话。
4　猖獗：放肆横行。
5　良图：良策。
6　等闲：寻常之辈。
7　相：辅佐。
8　匡：匡正，扶正。
9　笑傲风月：这里指赏玩风景，闲暇自在。笑傲，嬉笑游玩。风月，泛指景色。
10　抱膝危坐：以手抱膝而坐，形容闲适的姿态。危坐，正坐。
11　从事：追随，侍奉。
12　生灵：百姓。
13　寰（huán）宇：天下。
14　割据：占据，占领。
15　彪虎生翼：猛虎生翅，指实力猛增。
16　拭目：擦亮眼睛。
17　拂：擦去，掸去。云翳（yì）：遮日之云。

月之光辉，拯民于水火之中，措天下于衽席之上，[1]在此时也。何先生自归豫州，曹兵一出，弃甲抛戈，望风而窜；上不能报刘表以安庶民，下不能辅孤子而据疆土[2];乃弃新野，走樊城，败当阳，奔夏口，[3]无容身之地：是豫州既得先生之后，反不如其初也！管仲、乐毅果如是乎？愚直之言，幸勿见怪！"

孔明听罢，哑然而笑曰[4]:"鹏飞万里，其志岂群鸟能识哉？譬如人染沉疴[5]，当先用糜粥以饮之[6]，和药以服之；待其腑脏调和[7]，形体渐安，然后用肉食以补之，猛药以治之：则病根尽去，人得全生也[8]。若不待气脉和缓，便投以猛药厚味[9]，欲求安保，诚为难矣[10]。吾主刘豫州，向日军败于汝南[11]，寄迹刘表[12]，兵不满千，将止关、张、赵云而已：此正如病势尪羸已极之时也[13]。新野山僻小县，人

---

1 "措天下"句：在卧席上就能安定天下。措，安置，安定。衽（rèn）席，卧席。

2 孤子：这里指刘琮。

3 "乃弃"四句：指刘备北伐曹操，被曹军追击而节节败退事。夏口，在今湖北武汉境内。

4 哑然：形容笑声、笑貌。

5 人染沉疴（kē）：人得了重病。

6 糜（mí）粥：粥。

7 腑脏调和：五脏六腑调理和顺。

8 全生：保全生命。

9 厚味：美味。

10 诚：的确。

11 向日：先前。

12 寄迹：寄身，暂时托身。

13 尪羸（wānglèi）：瘦弱，衰弱。

民稀少，粮食鲜薄，豫州不过暂借以容身，岂真将坐守于此耶？夫以甲兵不完[1]，城郭不固，军不经练[2]，粮不继日，然而博望烧屯[3]，白河用水[4]，使夏侯惇、曹仁辈心惊胆裂：窃谓管仲、乐毅之用兵，未必过此[5]。至于刘琮降操，豫州实出不知；且又不忍乘乱夺同宗之基业，此真大仁大义也。当阳之败，豫州见有数十万赴义之民[6]，扶老携幼相随，不忍弃之，日行十里，不思进取江陵，甘与同败，此亦大仁大义也。寡不敌众，胜负乃其常事。昔高皇数败于项羽，而垓下一战成功[7]，此非韩信之良谋乎？夫信久事高皇，未尝累胜。盖国家大计，社稷安危，是有主谋[8]。非比夸辩之徒[9]，虚誉欺人[10]：坐议立谈，无人可及；临机应变，百无一能。[11]诚为天下笑耳！"这一篇言语，说得张昭并无一言回答。

1　甲兵不完：兵器不坚利。

2　经练：历练，训练。

3　博望烧屯：刘备在博望坡与曹军将领夏侯惇对敌，诸葛亮设计暗设伏兵，自烧营寨伪逃，夏侯惇追来中计，被杀得大败而归。

4　白河用水：曹仁、曹洪领兵来攻，诸葛亮让关羽用布袋于上流遏住白河之水，等曹军下河时，掣袋放水淹之，曹军溺死者无数。

5　过此：超过这个。

6　赴义之民：追随仁义（领袖）的百姓。

7　垓下（Gāixià）：在今安徽灵璧县境内。

8　主谋：为首谋划的人。

9　夸辩之徒：夸夸其谈、能言善辩之人。

10　虚誉欺人：以虚假的名声欺骗人。

11　"坐议"四句：坐立论辩，似乎没人能赶得上，然而临事需要随机应变，就啥也不会了。

座上忽一人抗声问曰[1]:"今曹公兵屯百万,将列千员,龙骧虎视[2],平吞江夏,公以为何如?"孔明视之,乃虞翻也。孔明曰:"曹操收袁绍蚁聚之兵[3],劫刘表乌合之众[4],虽数百万不足惧也。"虞翻冷笑曰:"军败于当阳,计穷于夏口,区区求教于人,而犹言'不惧',此真大言欺人也!"孔明曰:"刘豫州以数千仁义之师,安能敌百万残暴之众?退守夏口,所以待时也。今江东兵精粮足,且有长江之险,犹欲使其主屈膝降贼,不顾天下耻笑。由此论之,刘豫州真不惧操贼者矣!"虞翻不能对。

座间又一人问曰:"孔明欲效仪、秦之舌,游说东吴耶?"孔明视之,乃步骘也。孔明曰:"步子山以苏秦张仪为辩士[5],不知苏秦、张仪亦豪杰也。苏秦佩六国相印,张仪两次相秦[6],皆有匡扶人国之谋,非比畏强凌弱,惧刀避剑之人也。君等闻曹操虚发诈伪之词,便畏惧请降,敢笑苏秦、张仪乎?"步骘默然无语。

忽一人问曰:"孔明以曹操何如人也?"孔明视其人,乃薛综也。孔明答曰:"曹操乃汉贼也,又何必问?"综曰:"公言差

---

1 抗声:高声,大声。

2 龙骧(xiāng)虎视:如龙昂举腾跃、虎雄视猎物一般。

3 蚁聚:像蚂蚁般聚集,形容聚集者众多。

4 乌合之众:比喻杂凑在一起、毫无组织纪律的一帮人。乌合,像乌鸦一样聚合(易聚易散)。

5 子山:步骘(zhì)字子山。辩士:能言善辩之士。

6 相秦:担任秦国的相国。

矣。汉传世至今，天数将终¹。今曹公已有天下三分之二，人皆归心。刘豫州不识天时，强欲与争，正如以卵击石，安得不败乎？"孔明厉声曰："薛敬文安得出此无父无君之言乎²！夫人生天地间³，以忠孝为立身之本。公既为汉臣，则见有不臣之人⁴，当誓共戮之，臣之道也。今曹操祖宗叨食汉禄，不思报效，反怀篡逆之心，天下之所共愤；公乃以天数归之，真无父无君之人也！不足与语⁵！请勿复言！"薛综满面羞惭，不能对答。

座上又一人应声问曰："曹操虽挟天子以令诸侯，犹是相国曹参之后⁶。刘豫州虽云中山靖王苗裔，却无可稽考⁷，眼见只是织席贩屦之夫耳，何足与曹操抗衡哉！"孔明视之，乃陆绩也。孔明笑曰："公非袁术座间怀橘之陆郎乎⁸？请安坐，听吾一言：曹操既为曹相国之后，则世为汉臣矣；今乃专权肆横，欺凌君父，是

1　天数将终：天命已经到了尽头。
2　敬文：薛综字敬文。无父无君：没有君父，这里讥刺对方违背伦常。
3　夫：这里是虚词。
4　不臣之人：不合臣道的人。
5　不足与语：不值得跟你讲话。
6　曹参：西汉开国功臣，曾担任汉朝相国。
7　无可稽（jī）考：无法查考。稽考，查考，查实。
8　怀橘之陆郎：陆绩六岁时拜见袁术，席间拿了三个橘子藏在怀里。临行时，不慎橘子掉了出来。袁术问他，他回答说想拿回家孝敬母亲。自此，陆绩怀橘的故事便传为美谈。诸葛亮这里提起此事，有调侃讽刺之意。

不惟无君，亦且蔑祖[1]，不惟汉室之乱臣，亦曹氏之贼子也[2]。刘豫州堂堂帝胄，当今皇帝，按谱赐爵[3]，何云'无可稽考'？且高祖起身亭长[4]，而终有天下；织席贩屦，又何足为辱乎？公小儿之见，不足与高士共语！"陆绩语塞。

座上一人忽曰："孔明所言，皆强词夺理，均非正论，不必再言。且请问孔明治何经典[5]？"孔明视之，乃严畯也。孔明曰："寻章摘句[6]，世之腐儒也，何能兴邦立事？且古耕莘伊尹[7]，钓渭子牙，张良、陈平之流[8]，邓禹、耿弇之辈[9]，皆有匡扶宇宙之才，未审其生平治何经典，岂亦效书生，区区于笔砚之间，数黑论黄，舞文弄墨而已乎？[10]"严畯低头丧气而不能对。

忽又一人大声曰："公好为大言，未必真有实学，恐适为儒者所笑耳。"孔明视其人，乃汝阳程德枢也。孔明答曰："儒有君子

1　蔑祖：轻侮祖宗。

2　贼子：逆子。

3　按谱赐爵：根据宗族世系赐予爵位。

4　亭长：秦汉时在乡村每十里设一亭，置亭长。

5　治何经典：专门研究哪部经书。

6　寻章摘句：搜寻、摘抄经书的章节和句子，这是腐儒的学习方式。

7　耕莘（shēn）伊尹：相传殷商重臣伊尹曾躬耕于莘国。

8　张良：秦末汉初杰出谋臣，西汉开国功臣。

9　邓禹、耿弇（yǎn）：东汉开国功臣。

10　"岂亦"四句：难道他们也效仿儒生，局限于笔墨文章，只是胡乱评论，肆意诽谤，玩弄文笔而已吗？区区，局限，拘泥。数黑论黄，乱加评论，肆意诽谤。

小人之别。君子之儒，忠君爱国，守正恶邪，务使泽及当时，[1] 名留后世。若夫小人之儒，惟务雕虫，专工翰墨；青春作赋，皓首穷经；[2] 笔下虽有千言，胸中实无一策。且如扬雄以文章名世，而屈身事莽，不免投阁而死，[3] 此所谓小人之儒也；虽日赋万言，亦何取哉！"程德枢不能对。众人见孔明对答如流，尽皆失色。

时座上张温、骆统二人，又欲问难[4]。忽一人自外而入，厉声言曰："孔明乃当世奇才，君等以唇舌相难，非敬客之礼也。曹操大军临境，不思退敌之策，乃徒斗口耶！"众视其人，乃零陵人[5]，姓黄，名盖，字公覆，现为东吴粮官。当时黄盖谓孔明曰："愚闻多言获利，不如默而无言。何不将金石之论为我主言之[6]，乃与众人辩论也？"孔明曰："诸君不知世务，互相问难，不容不答耳。"于是黄盖与鲁肃引孔明入。

1　"守正"二句：恪守正道，厌恶邪恶，务必施惠于当世。恶（wù），厌恶。
2　"惟务"四句：只致力于辞赋文章，专心用功于文墨，从青年一直到老年，一辈子都制作辞赋、钻研经书。雕虫，指辞赋文章，扬雄晚年认为这些只是"雕虫小技"。皓首，白头。穷经，极力钻研经书。
3　"扬雄"三句：扬雄以文章闻名天下，但他在王莽当政时曾做官，因事受到牵连，害怕被抓，从天禄阁（皇家图书馆）上跳下，差点儿摔死。
4　问难：诘问辩驳。
5　零陵：今湖南永州。
6　金石之论：比喻高明不朽的见解。

11.节选一一　诸葛亮智激孙权

阅读提示

一、本段仍选自《三国演义》第四十三回"诸葛亮舌战群儒，鲁子敬力排众议"。孔明舌战群儒，旗开得胜，随后他又如何说服举棋不定的孙权？

二、面对特殊的说服对象，需要采取特殊的说服方式。孔明一见孙权，便通过相貌揣度其性格，暗自制定了"只可激（激怒），不可说（劝说）"的方针。于是不顾鲁肃事前的再三叮嘱（"切不可言曹操兵多"），在孙权面前大谈曹操的军威，甚至建议孙权放弃抵抗、投降曹操，又故意抬高刘备、贬低孙权……奇招收到奇效，孙权先是"勃然变色，拂衣而起，退入后堂"；经过鲁肃的斡旋，再度出堂，聆听孔明对形势的分析，终于决定联刘抗曹。

三、本段中孔明与孙权的对话，基本"照抄"《三国志·蜀书·诸葛亮传》，只有孙权愤怒离座的情节是小说家虚构的。《三国演义》"七实三虚"的特点，在此有所体现。

四、孔明随后游说周瑜，同样采取"激"的策略（见《三国演义》第四十四回"孔明用智激周瑜，孙权决计破曹操"），具体做法又有不同，乃是故意曲解曹操的辞赋文句，引发周瑜的愤怒，坚定其抗曹决心。读者可找来自读。

　　至中门，正遇诸葛瑾，孔明施礼。瑾曰："贤弟既到江东，如何不来见我？"孔明曰："弟既事刘豫州，理宜先公后私。公事未毕，不敢及私。望兄见谅[1]。"瑾曰："贤弟见过吴侯[2]，却来叙话。"说罢自去。

　　鲁肃曰："适间所嘱，不可有误。"孔明点头应诺。引至堂上，孙权降阶而迎，优礼相待。施礼毕，赐孔明坐。众文武分两行而立。鲁肃立于孔明之侧，只看他讲话。孔明致玄德之意毕，[3]偷眼看孙权：碧眼紫髯[4]，堂堂一表。孔明暗思："此人相貌非常，只可激，不可说。[5]等他问时，用言激之便了。"献茶已毕，孙权曰：

1　见谅：谦词，请对方原谅自己。
2　吴侯：指孙权。
3　"孔明"句：诸葛亮向孙权转达了刘备的问候。
4　碧眼紫髯：绿眼睛，红胡须。这是小说家对孙权相貌的描写，史书只写"紫髯"，未提"碧眼"。
5　"只可"句：只能激怒他，不适合说服。

"多闻鲁子敬谈足下之才[1]，今幸得相见，敢求教益[2]。"孔明曰："不才无学，有辱明问。"[3]权曰："足下近在新野，佐刘豫州与曹操决战，必深知彼军虚实。"孔明曰："刘豫州兵微将寡，更兼新野城小无粮，安能与曹操相持。"权曰："曹兵共有多少？"孔明曰："马步水军，约有一百余万。"权曰："莫非诈乎？"孔明曰："非诈也。曹操就兖州已有青州军二十万，平了袁绍又得五六十万，中原新招之兵三四十万，今又得荆州之军二三十万；以此计之，不下一百五十万。亮以百万言之，恐惊江东之士也。"鲁肃在旁，闻言失色，以目视孔明，孔明只做不见。

权曰："曹操部下战将，还有多少？"孔明曰："足智多谋之士，能征惯战之将，何止一二千人。"权曰："今曹操平了荆、楚，复有远图乎？"孔明曰："即今沿江下寨，准备战船，不欲图江东，待取何地？"权曰："若彼有吞并之意，战与不战，请足下为我一决。"孔明曰："亮有一言，但恐将军不肯听从。"权曰："愿闻高论。"孔明曰："向者宇内大乱[4]，故将军起江东，刘豫州收众

1　足下：古时称呼对方的敬词。
2　敢求教诲：请求教诲。敢，谦词，表示冒昧。
3　"不才"二句：我没有什么才学，有辱您的询问。不才，对自己的谦称。明问，对别人询问的敬称。
4　向者：先前。

汉南[1]，与曹操并争天下。今操芟除大难[2]，略已平矣；近又新破荆州，威震海内。纵有英雄，无用武之地，故豫州遁逃至此。愿将军量力而处之：若能以吴越之众[3]，与中国抗衡[4]，不如早与之绝[5]；若其不能，何不从众谋士之论，按兵束甲，北面而事之？[6]"权未及答。孔明又曰："将军外托服从之名，内怀疑贰之见，事急而不断，祸至无日矣！"[7]权曰："诚如君言，刘豫州何不降操？"孔明曰："昔田横，齐之壮士耳，犹守义不辱。[8]况刘豫州王室之胄，英才盖世，众士仰慕。事之不济，此乃天也。又安能屈处人下乎[9]！"

孙权听了孔明此言，不觉勃然变色[10]，拂衣而起[11]，退入后堂。众皆哂笑而散[12]，鲁肃责孔明曰："先生何故出此言？幸是吾主宽洪

1　收众汉南：在汉南聚集士卒。汉南，在今湖北武汉西南。——此处疑当为汝南，今属河南驻马店市，是刘备早期根据地。

2　芟（shān）除：消灭，斩除。

3　吴越：吴越故地，这里指孙权的势力范围。

4　中国：中原，这里指曹操的势力范围。

5　绝：断，决裂。

6　"按兵"二句：放下武器，收起铠甲，投降曹操。

7　"将军"四句：您表面上假托服从之名，内心又因猜忌而存离心之意，情势紧急，不能尽快决断，祸患马上就要到了。疑贰（èr），因猜忌而生异心。

8　"昔田横"三句：指田横不屈自杀事。楚汉争霸时期，齐王田广被杀，田横自立为王，带部下五百多人逃往海岛。刘邦称帝后，派人招降田横，田横及部众不肯屈服，全体自杀。

9　屈处人下：屈居于他人手下。

10　勃然变色：猛然生气，脸色大变。

11　拂衣：甩动衣袖，表达愤怒不悦之情。

12　哂（shěn）笑：嘲笑，讥笑。

大度，不即面责[1]。先生之言，藐视吾主甚矣。"孔明仰面笑曰："何如此不能容物耶！我自有破曹之计，彼不问我，我故不言。"肃曰："果有良策，肃当请主公求教。"孔明曰："吾视曹操百万之众，如群蚁耳！但我一举手，则皆为齑粉矣[2]！"肃闻言，便入后堂见孙权。权怒气未息，顾谓肃曰："孔明欺吾太甚！"肃曰："臣亦以此责孔明，孔明反笑主公不能容物。破曹之策，孔明不肯轻言，主公何不求之？"权回嗔作喜曰[3]："原来孔明有良谋，故以言词激我。我一时浅见，几误大事。"便同鲁肃重复出堂，再请孔明叙话。

权见孔明，谢曰[4]："适来冒渎威严，幸勿见罪[5]。"孔明亦谢曰："亮言语冒犯，望乞恕罪。"权邀孔明入后堂，置酒相待。数巡之后，权曰："曹操平生所恶者：吕布、刘表、袁绍、袁术、豫州与孤耳。今数雄已灭，独豫州与孤尚存。孤不能以全吴之地受制于人，吾计决矣。非刘豫州莫与当曹操者。[6]然豫州新败之后，安能抗此难乎？"孔明曰："豫州虽新败，然关云长犹率精兵万

1　不即面责：没有马上当面斥责。
2　齑（jī）粉：碎末，粉末。
3　回嗔（chēn）作喜：转怒为喜。嗔，怒，生气。
4　谢：道歉。
5　见罪：怪罪。
6　"非刘豫州"句：除了刘豫州，没人能与我一起同曹操对阵。

人，刘琦领江夏战士，亦不下万人。曹操之众，远来疲惫；近追豫州，轻骑一日夜行三百里，此所谓'强弩之末，势不能穿鲁缟'者也[1]。且北方之人，不习水战。荆州士民附操者，迫于势耳，非本心也。今将军诚能与豫州协力同心，破曹军必矣。操军破，必北还，则荆、吴之势强，而鼎足之形成矣。成败之机，在于今日。惟将军裁之[2]。"权大悦曰："先生之言，顿开茅塞。吾意已决，更无他疑。即日商议起兵，共灭曹操！"遂令鲁肃将此意传谕文武官员[3]，就送孔明于馆驿安歇。

---

1 "强弩"句：强劲的弩弓发出的箭，到射程终了时，连薄薄的鲁缟也穿透不了。语出《左传》。弩（nǔ），用机械发箭的弓。鲁缟（gǎo），鲁地出产的一种细白生绢，极薄。
2 裁：裁定，定夺。
3 传谕（yù）：古时指上司下达指令。

12. 节选一二　群英会蒋干中计

阅读提示

一、本段选自《三国演义》第四十五回"三江口曹操折兵，群英会蒋干中计"和第四十六回"用奇谋孔明借箭，献密计黄盖受刑"。曹营谋士蒋干毛遂自荐，主动前往东吴探听虚实，带回"重要情报"……

二、百万大兵压境，大战一触即发，刘备、孙权两个弱势集团面临生死存亡的考验。然而，在英雄豪杰面前，战争又刚好为他们搭建起大显身手的舞台。本段的核心人物是东吴统帅周瑜，他英姿勃发，自信满满，身处危局，毫无惧色，面对旧日的同窗、潜在的间谍，谈笑风生，掌控一切。不但蒋干堕入他设计的陷阱，就是老谋深算的曹操，也吃了"哑巴亏"！——结果轻轻一笔，让明察秋毫的孔明抢了周瑜的风头，这又为接下来的"草船借箭"提供了因由。

三、"群英会"是三国故事中最为脍炙人口的片段之一，自元代就被改编为戏曲，八百年来久演不衰。

操问众将曰："昨日输了一阵，挫动锐气[1]；今又被他深窥吾寨。吾当作何计破之？"言未毕，忽帐下一人出曰："某自幼与周郎同窗交契[2]，愿凭三寸不烂之舌，往江东说此人来降。"曹操大喜，视之，乃九江人，姓蒋，名干，字子翼，现为帐下幕宾。操问曰："子翼与周公瑾相厚乎？"干曰："丞相放心，干到江左，必要成功。"操问："要将何物去[3]？"干曰："只消一童随往，二仆驾舟，其余不用。"操甚喜，置酒与蒋干送行。干葛巾布袍，驾一只小舟，径到周瑜寨中，命传报："故人蒋干相访。"周瑜正在帐中议事，闻干至，笑谓诸将曰："说客至矣！"遂与众将附耳低言，如此如此。众皆应命而去。

瑜整衣冠，引从者数百，皆锦衣花帽，前后簇拥而出。蒋干引一青衣小童，昂然而来。瑜拜迎之。干曰："公瑾别来无恙[4]！"瑜曰："子翼良苦[5]，远涉江湖，为曹氏作说客耶？"干愕然曰："吾久别足下，特来叙旧[6]，奈何疑我作说客也？"瑜笑曰："吾虽不及

1　挫动：挫伤动摇。锐气：勇猛的气势。
2　同窗：同学。交契：朋友。
3　将：带，拿。
4　别来无恙：自分别以来还好吧，用于别后重逢或通信的问候语。恙，病。
5　良苦：很辛苦。
6　叙旧：叙谈彼此交往的旧事。

师旷之聪，闻弦歌而知雅意。"[1] 干曰："足下待故人如此，便请告退。"瑜笑而挽其臂曰[2]："吾但恐兄为曹氏作说客耳。既无此心，何速去也？"遂同入帐。叙礼毕，坐定，即传令悉召江左英杰与子翼相见。

须臾，文官武将，各穿锦衣，帐下偏裨将校[3]，都披银铠，分两行而入。瑜都教相见毕，就列于两傍而坐。大张筵席，奏军中得胜之乐，轮换行酒[4]。瑜告众官曰："此吾同窗契友也[5]。虽从江北到此，却不是曹家说客。公等勿疑。"遂解佩剑付太史慈曰："公可佩我剑作监酒。今日宴饮，但叙朋友交情；如有提起曹操与东吴军旅之事者，即斩之！"太史慈应诺，按剑坐于席上。蒋干惊愕，不敢多言。周瑜曰："吾自领军以来，滴酒不饮；今日见了故人，又无疑忌，当饮一醉。"说罢，大笑畅饮。座上觥筹交错[6]。饮至半酣，瑜携干手，同步出帐外。左右军士，皆全装惯带[7]，持

---

1 "吾虽"二句：我虽然比不上师旷那样善辨乐音，但听到弦歌之声也能辨识其意趣。这里意为，周瑜很清楚蒋干的来意：是做说客，而非叙旧。师旷，春秋时晋国乐师，善辨乐音。聪，耳朵灵。弦歌，琴声歌声。雅意，雅趣，美意。

2 挽：牵，拉。

3 偏裨（pí）：将佐的通称。将校：军官的通称。

4 行酒：依次斟酒。

5 契友：情义相投的朋友。

6 觥（gōng）筹交错：酒器和酒筹交互错杂，形容宴饮尽欢的情景。觥，古时用兽角做的酒器。筹，行酒令的计数用具。

7 全装惯带：全副武装，披挂齐整。

戈执戟而立。瑜曰："吾之军士，颇雄壮否？"干曰："真熊虎之士也。"瑜又引干到帐后一望，粮草堆如山积。瑜曰："吾之粮草，颇足备否？"干曰："兵精粮足，名不虚传。"瑜佯醉大笑曰[1]："想周瑜与子翼同学业时，不曾望有今日。"干曰："以吾兄高才，实不为过。"瑜执干手曰："大丈夫处世，遇知己之主，外托君臣之义，内结骨肉之恩，言必行，计必从，祸福共之。假使苏秦、张仪、陆贾、郦生复出[2]，口似悬河[3]，舌如利刃[4]，安能动我心哉！"言罢大笑。蒋干面如土色。瑜复携干入帐，会诸将再饮[5]，因指诸将曰："此皆江东之英杰。今日此会，可名'群英会'。"饮至天晚，点上灯烛，瑜自起，舞剑作歌，歌曰：

丈夫处世兮立功名，立功名兮慰平生[6]。慰平生兮吾将醉，吾将醉兮发狂吟！

歌罢，满座欢笑。至夜深，干辞曰："不胜酒力矣[7]。"瑜命撤

1　佯（yáng）醉：装醉。

2　陆贾、郦生：秦末汉初著名说客。郦生，郦食其。

3　口似悬河：形容能说会道，说起来没完没了。

4　舌如利刃：形容说话犀利深刻或一语破的。

5　会：会同，聚会。

6　慰平生：这里指因了却平生之志而感到慰藉。

7　不胜（shēng）：承受不了。酒力：酒的醉人力量。

群英会 / 古代版画

席，诸将辞出。瑜曰："久不与子翼同榻，今宵抵足而眠[1]。"于是佯作大醉之状，携干入帐共寝。瑜和衣卧倒[2]，呕吐狼藉[3]。蒋干如何睡得着？伏枕听时，军中鼓打二更，起视残灯尚明。看周瑜时，鼻息如雷。干见帐内桌上，堆着一卷文书，乃起床偷视之，却都是往来书信。内有一封，上写"蔡瑁张允谨封"。干大惊，暗读之。书略曰：

　　某等降曹，非图仕禄[4]，迫于势耳。今已赚北军困于寨中[5]，但得其便，即将操贼之首，献于麾下[6]。早晚人到，便有关报[7]。幸勿见疑。先此敬覆。

　　干思曰："原来蔡瑁、张允结连东吴！"遂将书暗藏于衣内。再欲检看他书时，床上周瑜翻身，干急灭灯就寝。瑜口内含糊曰："子翼，我数日之内，教你看操贼之首！"干勉强应之。瑜又曰："子翼，且住！……教你看操贼之首！……"及干问之，瑜又

1　抵足：足碰足，指同床睡觉。
2　和衣：意思是不脱衣服。
3　狼藉：乱七八糟，散乱不堪。
4　非图仕禄：并非贪图官职。
5　赚（zuàn）：哄骗。
6　麾（huī）下：古时对将帅的敬称，也称将帅的部下。
7　关报：用文书报告。

睡着。干伏于床上，将近四更，只听得有人入帐唤曰："都督醒否？"周瑜梦中做忽觉之状，故问那人曰："床上睡着何人？"答曰："都督请子翼同寝，何故忘却？"瑜懊悔曰："吾平日未尝饮醉；昨日醉后失事，不知可曾说甚言语？"那人曰："江北有人到此。"瑜喝："低声！"便唤："子翼。"蒋干只妆睡着[1]。瑜潜出帐。干窃听之，只闻有人在外曰："张、蔡二都督道：急切不得下手，……"后面言语颇低，听不真实。少顷，瑜入帐，又唤："子翼。"蒋干只是不应，蒙头假睡。瑜亦解衣就寝。干寻思："周瑜是个精细人，天明寻书不见，必然害我。"睡至五更，干起唤周瑜，瑜却睡着。干戴上巾帻[2]，潜步出帐，唤了小童，径出辕门。军士问："先生那里去？"干曰："吾在此恐误都督事，权且告别。"军士亦不阻当。

干下船，飞棹回见曹操[3]。操问："子翼干事若何？"干曰："周瑜雅量高致[4]，非言词所能动也。"操怒曰："事又不济，反为所笑！"干曰："虽不能说周瑜，却与丞相打听得一件事。乞退左右[5]。"干取出书信，将上项事逐一说与曹操。操大怒曰："二贼如

1　妆：同"装"。
2　巾帻（zé）：一种头巾。
3　飞棹（zhào）：快速划水。棹，船桨。
4　雅量高致：气量宽宏，情致高雅。
5　乞退左右：请让随从回避。乞，请求。

此无礼耶！"即便唤蔡瑁、张允到帐下。操曰："我欲使汝二人进兵。"瑁曰："军尚未曾练熟，不可轻进。"操怒曰："军若练熟，吾首级献于周郎矣！"蔡、张二人不知其意，惊慌不能回答。操喝武士推出斩之。须臾，献头帐下，操方省悟曰："吾中计矣！"后人有诗叹曰：

曹操奸雄不可当[1]，一时诡计中周郎[2]。蔡张卖主求生计，谁料今朝剑下亡！

众将见杀了张、蔡二人，入问其故。操虽心知中计，却不肯认错，乃谓众将曰："二人怠慢军法，吾故斩之。"众皆嗟呀不已。操于众将内选毛玠、于禁为水军都督，以代蔡、张二人之职。

细作探知[3]，报过江东。周瑜大喜曰："吾所患者，此二人耳。今既剿除，吾无忧矣。"肃曰："都督用兵如此，何愁曹贼不破乎！"瑜曰："吾料诸将不知此计，独有诸葛亮识见胜我，想此谋亦不能瞒也。子敬试以言挑之，看他知也不知，便当回报。"……[4]

1　不可当：不得了。
2　一时诡计中周郎：偶尔也中了周瑜的诡计。
3　细作：间谍。
4　此处为第四十五、第四十六回衔接处，略去少量文字。

却说鲁肃领了周瑜言语，径来舟中相探孔明。孔明接入小舟对坐。肃曰："连日措办军务[1]，有失听教[2]。"孔明曰："便是亮亦未与都督贺喜。"肃曰："何喜？"孔明曰："公瑾使先生来探亮知也不知，便是这件事可贺喜耳。"唬得鲁肃失色问曰："先生何由知之？"孔明曰："这条计只好弄蒋干，曹操虽被一时瞒过，必然便省悟，只是不肯认错耳。今蔡、张两人既死，江东无患矣，如何不贺喜！吾闻曹操换毛玠、于禁为水军都督，则这两个手里，好歹送了水军性命。"鲁肃听了，开口不得，把些言语支吾了半晌[3]，别孔明而回。孔明嘱曰："望子敬在公瑾面前勿言亮先知此事。恐公瑾心怀妒忌，又要寻事害亮。"鲁肃应诺而去，回见周瑜，把上项事只得实说了。瑜大惊曰："此人决不可留！吾决意斩之！"肃劝曰："若杀孔明，却被曹操笑也。"瑜曰："吾自有公道斩之[4]，教他死而无怨。"肃曰："何以公道斩之？"瑜曰："子敬休问，来日便见。"

---

1 措办：筹划办理。
2 听教：听受教诲。
3 支吾：敷衍，应付。
4 公道：公正之道，正当理由。

13. 节选一三　诸葛亮草船借箭

阅读提示

一、本段选自《三国演义》第四十六回"用奇谋孔明借箭，献密计黄盖受刑"。诸葛亮答应三天内为周瑜制造十万支箭，两天过去了，却毫无动静——诸葛亮的葫芦里卖的什么药？

二、有关草船借箭的事，三国历史上确实发生过。据《三国志·吴书·吴主传》引《魏略》记载，东吴与曹操战于濡须，孙权亲乘大船到曹营前瞭望。曹操命士兵射箭，箭密集地射在船的一边，船体倾斜，几乎翻覆。孙权命令掉转船头，让船的另一侧受箭。船很快恢复平衡，并胜利返航。小说家把这一素材用在诸葛亮故事中，以彰显诸葛亮的聪明过人。

次日，聚众将于帐下，教请孔明议事。孔明欣然而至。坐定，瑜问孔明曰："即日将与曹军交战，水路交兵，当以何兵器为先？"孔明曰："大江之上，以弓箭为先。"瑜曰："先生之言，甚合愚意。但今军中正缺箭用，敢烦先生监造十万枝箭，以为应敌之具。此系公事，先生幸勿推却。"孔明曰："都督见委[1]，自当效劳。敢问十万枝箭，何时要用？"瑜曰："十日之内，可完办否？"孔明曰："操军即日将至，若候十日，必误大事。"瑜曰："先生料几日可完办？"孔明曰："只消三日，便可拜纳十万枝箭[2]。"瑜曰："军中无戏言。"孔明曰："怎敢戏都督！愿纳军令状[3]：三日不办，甘当重罚。"瑜大喜，唤军政司当面取了文书，置酒相待曰："待军事毕后，自有酬劳。"孔明曰："今日已不及，来日造起。至第三日，可差五百小军到江边搬箭。"饮了数杯，辞去。鲁肃曰："此人莫非诈乎？"瑜曰："他自送死，非我逼他。今明白对众要了文书，他便两胁生翅[4]，也飞不去。我只分付军匠人等，教他故意迟延，凡应用物件，都不与齐备。如此，必然误了日期。那时定罪，有何理说？公今可去探他虚实，却来回报。"

肃领命来见孔明。孔明曰："吾曾告子敬，休对公瑾说，他必要害我。不想子敬不肯为我隐讳，今日果然又弄出事来。三日内如何造得十万箭？子敬只得救我！"肃曰："公自取其祸，我如何

1　见委：委托我。

2　拜纳：敬缴。纳，缴纳，交付。

3　军令状：接受命令后写的保证书，表示如不能完成任务，情愿接受严厉处罚。

4　胁：从腋下至肋骨尽处。

救得你？"孔明曰："望子敬借我二十只船，每船要军士三十人，船上皆用青布为幔[1]，各束草千余个，分布两边。吾别有妙用。第三日包管有十万枝箭。只不可又教公瑾得知，若彼知之，吾计败矣。"肃允诺，却不解其意。回报周瑜，果然不提起借船之事，只言："孔明并不用箭竹、翎毛、胶漆等物，自有道理。"瑜大疑曰："且看他三日后如何回覆我！"

却说鲁肃私自拨轻快船二十只，各船三十余人，并布幔束草等物，尽皆齐备，候孔明调用。第一日却不见孔明动静，第二日亦只不动。至第三日四更时分，孔明密请鲁肃到船中，肃问曰："公召我来何意？"孔明曰："特请子敬同往取箭。"肃曰："何处去取？"孔明曰："子敬休问，前去便见。"遂命将二十只船，用长索相连，径望北岸进发。是夜大雾漫天，长江之中，雾气更甚，对面不相见。孔明促舟前进，果然是好大雾！……[2]

当夜五更时候，船已近曹操水寨。孔明教把船只头西尾东，一带摆开，就船上擂鼓呐喊。鲁肃惊曰："倘曹兵齐出，如之奈何？"孔明笑曰："吾料曹操于重雾中必不敢出。吾等只顾酌酒取乐，待雾散便回。"

1　幔（màn）：帷幕，帐幕。
2　此处略去一篇《大雾垂江赋》。

草船借箭 / 古代版画

却说曹寨中，听得擂鼓呐喊，毛玠、于禁二人慌忙飞报曹操。操传令曰："重雾迷江，彼军忽至，必有埋伏，切不可轻动。可拨水军弓弩手乱箭射之。"又差人往旱寨内唤张辽、徐晃各带弓弩军三千，火速到江边助射。比及号令到来[1]，毛玠、于禁怕南军抢入水寨，已差弓弩手在寨前放箭；少顷，旱寨内弓弩手亦到，约一万余人，尽皆向江中放箭：箭如雨发。孔明教把船吊回[2]，头东尾西，逼近水寨受箭，一面擂鼓呐喊。待至日高雾散，孔明令收船急回。二十只船两边束草上，排满箭枝。孔明令各船上军士齐声叫曰："谢丞相箭！"比及曹军寨内报知曹操时，这里船轻水急，已放回二十余里，追之不及。曹操懊悔不已。

　　却说孔明回船谓鲁肃曰："每船上箭约五六千矣。不费江东半分之力，已得十万余箭。明日即将来射曹军，却不甚便？"肃曰："先生真神人也！何以知今日如此大雾？"孔明曰："为将而不通天文，不识地利，不知奇门[3]，不晓阴阳[4]，不看阵图，不明兵势，是庸才也[5]。亮于三日前已算定今日有大雾，因此敢任三日之限。

1　比及：等到。
2　吊回：这里指掉转船头，让船的另一侧受箭。
3　奇门：奇门遁甲，古时一种术数。
4　阴阳：阴阳家，古代一种学术流派。
5　庸才：才能平庸之人。

公瑾教我十日完办，工匠料物，都不应手，将这一件风流罪过[1]，明白要杀我。——我命系于天，公瑾焉能害我哉！"鲁肃拜服。

船到岸时，周瑜已差五百军在江边等候搬箭。孔明教于船上取之，可得十余万枝，都搬入中军帐交纳。鲁肃入见周瑜，备说孔明取箭之事。瑜大惊，慨然叹曰："孔明神机妙算，吾不如也！"后人有诗赞曰：

　　一天浓雾满长江，远近难分水渺茫。骤雨飞蝗来战舰[2]，孔明今日伏周郎[3]。

1　风流罪过：因轻狂而犯的过错。风流，花哨轻浮，这里有轻狂、说大话之意。
2　骤雨飞蝗：形容（射箭）如骤雨、飞蝗一般。蝗，蝗虫，常成群飞翔。
3　伏周郎：让周瑜佩服。伏，使佩服。

14. 节选一四　火烧赤壁

阅读提示

一、本段选自《三国演义》第四十九回"七星坛诸葛祭风，三江口周瑜纵火"和第五十回"诸葛亮智算华容，关云长义释曹操"，是赤壁大战的"正文"。

二、赤壁大战是书中用墨最多的一场战役，从孔明舌战群儒，到关羽义释曹操，独占八回，多达三四万字。然而，写到火烧战船的场面，作者只用了一千几百字——这应是受史书影响的结果。从《左传》开始，史家写战争，总是重在写战争的起因、战前的准备以及战后的善后、总结，对战场交锋的过程，则寥寥数语、一带而过。陈寿《三国志》维持此传统，在曹操、孙权、周瑜、诸葛亮的传记中，都有关于赤壁大战的记述，但很少涉及交战过程。只有《吴书·周瑜传》记述较详："（黄盖）乃取蒙冲斗舰数十艘，实以薪草，膏油灌其中，裹以帷幕，上建牙旗。先书报曹公，欺以欲降。又豫备走舸，各系大船后，因引次俱前。曹公军吏士皆延颈观望，指言盖降。盖放诸船，同时发火。时风盛猛，悉延烧岸上营落。顷之，烟炎张天，人马烧溺死者甚众，军遂败退……"只有百多字。

三、写战前的谋划和准备，诸葛亮、周瑜是主角。然而来到战场上，曹操这位败军统帅却几乎成为"镜头"中的唯一形象。作者一路"跟踪拍摄"，追随数十里，写法别具一格。

在战场上，曹操的笑令人印象深刻。如战斗打响之前，他的表情多是"笑曰""大喜""迎风大笑"。——此刻的曹操踌躇满志，自以为胜券在握，笑得轻松，是可以理解的。奇怪的是，曹操在兵败逃窜的路上，仍不止一次"大笑"。如走到乌林之西，"操见树木丛杂，山川险峻，乃于马上仰面大笑不止"……再至葫芦口，"操坐于疏林之下"，又"仰面大笑"……从小路投华容道，"行不到数里"，曹操再度"在马上扬鞭大笑"……

不过曹操每次"大笑"，总有"大惊"紧随而来：不是来降的战船蹿出火苗，就是有伏兵杀出！小说家站在"拥刘贬曹"的立场，就是要让读者"亲眼"看看曹操从傲慢轻敌到狼狈逃窜的转瞬变化，从中获得道义的快感、阅读的享乐。

不过这些描写同时激活了曹操这个人物，让他的形象在读者心中变得真实、立体、鲜活。读者看到，曹操毕竟不同于一般角色，即便八十三万人马只剩残兵数百乃至"二十七骑"，他也毫无沮丧之态，三次大笑显然带有鼓舞士气的用意。另外，他每次大笑，无非是笑话诸葛亮、周瑜不会用兵（尽管事实马上就打了他的耳光），这至少说明，即便到了最狼狈的时刻，他头脑仍是清醒的，仍在思考如何利用地形、如何部署军事……总之，他虽未做到"胜不骄"，却做到了"败不馁"。这一形象尽管被小说家刻意丑化，然其领袖气质、奸雄风度，依旧时时显露，甚至能感染读者。——这正是上乘文学作品的特质：通过故事，写出人物来。在这一点上，赤壁之战足称范例。

却说曹操在大寨中，与众将商议，只等黄盖消息。当日东南风起甚紧。程昱入告曹操曰："今日东南风起，宜预提防。"操笑曰："冬至一阳生，来复之时，安得无东南风？何足为怪！"军士忽报江东一只小船来到，说有黄盖密书。操急唤入。其人呈上书。书中诉说："周瑜关防得紧，因此无计脱身。今有鄱阳湖新运到粮，周瑜差盖巡哨，已有方便。好歹杀江东名将，献首来降。只在今晚二更，船上插青龙牙旗者，即粮船也。"操大喜，遂与众将来水寨中大船上，观望黄盖船到。

且说江东，天色向晚，周瑜唤出蔡和，令军士缚倒。和叫："无罪！"瑜曰："汝是何等人，敢来诈降！吾今缺少福物祭旗，愿借你首级。"和抵赖不过，大叫曰："汝家阚泽、甘宁亦曾与谋！"瑜曰："此乃吾之所使也。"蔡和悔之无及。瑜令捉至江边皂纛旗下，奠酒烧纸，一刀斩了蔡和，用血祭旗毕，便令开船。黄盖在第三只火船上，独披掩心，手提利刃，旗上大书"先锋黄盖"。盖乘一天顺风，望赤壁进发。是时东风大作，波浪汹涌。操在中军遥望隔江，看看月上，照耀江水，如万道金蛇，翻波戏浪。操迎风大笑，自以为得志。忽一军指说："江南隐隐一簇帆幔，使风而来。"操凭高望之。报称："皆插青龙牙旗。内中有大旗，上书先锋黄盖名字。"操笑曰："公覆来降，此天助我也！"来船渐近。程昱观望良久，谓操曰："来船必诈。且休教近寨。"操曰："何以知之？"程昱曰："粮在船中，船必稳重；今观来船，轻而且浮。更兼今夜东南风甚紧，倘有诈谋，何以当之？"操省悟，便问："谁去止之？"文聘曰："某在水上颇熟，愿请一往。"言毕，跳下小船，用手一指，十数只巡船，随文聘船出。聘立于船头，大叫："丞相钧旨：南船且休近寨，就江心抛住。"众军齐喝："快下了篷！"言未绝，弓弦响处，文聘被箭射中左臂，倒在船中。船上大乱，各自奔回。南船距操寨止隔二里水面。黄盖用刀一招，前船一齐发火。火趁风威，风助火势，船如箭发，烟焰涨天。二十只火船，撞入水寨，曹寨中船只一时尽着；又被铁环锁住，无处逃避。隔江炮响，四下火船齐到，但见三江面上，火逐风飞，一派通红，漫天彻地。

曹操回观岸上营寨，几处烟火。黄盖跳在小船上，背后数人驾舟，冒烟突火，来寻曹操。操见势急，方欲跳上岸，忽张辽驾一小脚船，扶操下得船时，那只大船，已自着了。张辽与十数人保护曹操，飞奔岸口。黄盖望见穿绛红袍者下船，料是曹操，乃催船速进，手提利刃，高声大叫："曹贼休走！黄盖在此！"操叫苦连声。张辽拈弓搭箭，觑着黄盖较近，一箭射去。此时风声正大，黄盖在火光中，那里听得弓弦响？正中肩窝，翻身落水。……[1]

却说当夜张辽一箭射黄盖下水，救得曹操登岸，寻着马匹走时，军已大乱。韩当冒烟突火来攻水寨，忽听得士卒报道："后梢舵上一人，高叫将军表字。"韩当细听，但闻高叫"义公救我[2]！"当曰："此黄公覆也！"急教救起。见黄盖负箭着伤，咬出箭杆，箭头陷在肉内。韩当急为脱去湿衣，用刀剜出箭头，扯旗束之，脱自己战袍与黄盖穿了，先令别船送回大寨医治。原来黄盖深知水性，故大寒之时，和甲堕江[3]，也逃得性命。

却说当日满江火滚，喊声震地。左边是韩当、蒋钦两军从赤壁西边杀来，右边是周泰、陈武两军从赤壁东边杀来，正中是周

---

1 此处为第四十九、第五十回衔接处，略去少量文字。
2 义公：吴将韩当的表字。
3 和甲：没脱铠甲。

瑜、程普、徐盛、丁奉大队船只都到。火须兵应，兵仗火威。此正是：三江水战，赤壁鏖兵。曹军着枪中箭、火焚水溺者，不计其数。后人有诗曰：

> 魏吴争斗决雌雄，赤壁楼船一扫空。烈火初张照云海[1]，周郎曾此破曹公。

又有一绝云：

> 山高月小水茫茫，追叹前朝割据忙。南士无心迎魏武，东风有意便周郎[2]。

不说江中鏖兵。且说甘宁令蔡中引入曹寨深处，宁将蔡中一刀砍于马下，就草上放起火来。吕蒙遥望中军火起，也放十数处火，接应甘宁。潘璋、董袭分头放火呐喊，四下里鼓声大震。曹操与张辽引百余骑，在火林内走，看前面无一处不着。正走之间，毛玠救得文聘，引十数骑到。操令军寻路。张辽指道："只有乌林

---

1 张：蔓延，扩大。
2 便周郎：给予周瑜便利。

地面¹，空阔可走。"操径奔乌林。正走间，背后一军赶到，大叫："曹贼休走！"火光中现出吕蒙旗号。操催军马向前，留张辽断后，抵敌吕蒙。却见前面火把又起，从山谷中拥出一军，大叫："凌统在此！"曹操肝胆皆裂。忽刺斜里一彪军到²，大叫："丞相休慌！徐晃在此！"彼此混战一场，夺路望北而走。忽见一队军马，屯在山坡前。徐晃出问，乃是袁绍手下降将马延、张顗，有三千北地军马，列寨在彼；当夜见满天火起，未敢转动，恰好接着曹操。操教二将引一千军马开路，其余留着护身。操得这枝生力军马，心中稍安。

马延、张顗二将飞骑前行。不到十里，喊声起处，一彪军出。为首一将，大呼曰："吾乃东吴甘兴霸也！"马延正欲交锋，早被甘宁一刀斩于马下；张顗挺枪来迎，宁大喝一声，顗措手不及，被宁手起一刀，翻身落马。后军飞报曹操，操此时指望合淝有兵救应³。不想孙权在合淝路口，望见江中火光，知是我军得胜，便教陆逊举火为号，太史慈见了，与陆逊合兵一处，冲杀将来。操只得望彝陵而走⁴。路上撞见张郃，操令断后。

1　乌林：在今湖北洪湖境内，与赤壁隔江相对。
2　刺斜里：一侧，一旁。一彪：一队。
3　合淝：合肥。
4　彝陵：夷陵，在今湖北宜昌北。

纵马加鞭，走至五更，回望火光渐远，操心方定，问曰："此是何处？"左右曰："此是乌林之西，宜都之北[1]。"操见树木丛杂，山川险峻，乃于马上仰面大笑不止。诸将问曰："丞相何故大笑？"操曰："吾不笑别人，单笑周瑜无谋，诸葛亮少智。若是吾用兵之时，预先在这里伏下一军，如之奈何？"说犹未了，两边鼓声震响，火光竟天而起，惊得曹操几乎坠马。刺斜里一彪军杀出，大叫："我赵子龙奉军师将令，在此等候多时了！"操教徐晃、张郃双敌赵云，自己冒烟突火而去。子龙不来追赶，只顾抢夺旗帜。曹操得脱。

　　天色微明，黑云罩地，东南风尚不息。忽然大雨倾盆，湿透衣甲。操与军士冒雨而行，诸军皆有饥色。操令军士往村落中劫掠粮食，寻觅火种。方欲造饭，后面一军赶到。操心甚慌，原来却是李典、许褚保护着众谋士来到，操大喜，令军马且行，问："前面是那里地面？"人报："一边是南彝陵大路，一边是北彝陵山路。"操问："那里投南郡江陵去近？"军士禀曰："取北彝陵过葫芦口去最便。"操教走北彝陵。行至葫芦口，军皆饥馁[2]，行走不上，马亦困乏，多有倒于路者。操教前面暂歇。马上有带得锣锅

1　宜都：在今湖北宜昌南。
2　饥馁（něi）：饥饿。

的¹，也有村中掠得粮米的，便就山边拣干处埋锅造饭，割马肉烧吃。尽皆脱去湿衣，于风头吹晒。马皆摘鞍野放，咽咬草根。

操坐于疏林之下，仰面大笑。众官问曰："适来丞相笑周瑜、诸葛亮，引惹出赵子龙来，又折了许多人马。如今为何又笑？"操曰："吾笑诸葛亮、周瑜毕竟智谋不足。若是我用兵时，就这个去处，也埋伏一彪军马，以逸待劳；我等纵然脱得性命，也不免重伤矣。彼见不到此，我是以笑之。"

正说间，前军后军一齐发喊，操大惊，弃甲上马。众军多有不及收马者。早见四下火烟布合，山口一军摆开，为首乃燕人张翼德，横矛立马，大叫："操贼走那里去！"诸军众将见了张飞，尽皆胆寒。许褚骑无鞍马来战张飞，张辽、徐晃二将纵马也来夹攻。两边军马混战做一团。操先拨马走脱²，诸将各自脱身。张飞从后赶来。操迤逦奔逃³，追兵渐远，回顾众将多已带伤。

正行间，军士禀曰："前面有两条路，请问丞相从那条路去？"操问："那条路近？"军士曰："大路稍平，却远五十余里。小路投华容道，却近五十余里；只是地窄路险，坑坎难行。"操令人上山观望，回报："小路山边有数处烟起，大路并无动静。"操

---

1 锣锅：报更、烧饭两用的军中用具。
2 拨马：掉转马头。
3 迤逦（yǐlǐ）：迂回。

教前军便走华容道小路。诸将曰:"烽烟起处,必有军马,何故反走这条路?"操曰:"岂不闻兵书有云:'虚则实之,实则虚之。'诸葛亮多谋,故使人于山僻烧烟,使我军不敢从这条山路走,他却伏兵于大路等着。吾料已定,偏不教中他计!"诸将皆曰:"丞相妙算,人不可及。"遂勒兵走华容道。此时人皆饥倒,马尽困乏。焦头烂额者扶策而行[1],中箭着枪者勉强而走。衣甲湿透,个个不全;军器旗幡[2],纷纷不整。——大半皆是彝陵道上被赶得慌,只骑得秃马,鞍辔衣服,尽皆抛弃。——正值隆冬严寒之时,其苦何可胜言。

操见前军停马不进,问是何故。回报曰:"前面山僻路小,因早晨下雨,坑堑内积水不流,泥陷马蹄,不能前进。"操大怒,叱曰:"军旅逢山开路,遇水叠桥,岂有泥泞不堪行之理[3]!"传下号令,教老弱中伤军士在后慢行,强壮者担土束柴,搬草运芦,填塞道路,务要即时行动,如违令者斩。众军只得都下马,就路旁砍伐竹木,填塞山路。操恐后军来赶,令张辽、许褚、徐晃引百骑执刀在手,但迟慢者便斩之。此时军已饿乏,众皆倒地,操喝令人马践踏而行,死者不可胜数。号哭之声,于路不绝。操怒

---

1 扶策:拄着拐杖。
2 旗幡(fān):旗帜。
3 不堪行:不能前行。

曰："生死有命，何哭之有！如再哭者立斩！"三停人马[1]：一停落后，一停填了沟壑，一停跟随曹操。过了险峻，路稍平坦。操回顾止有三百余骑随后，并无衣甲袍铠整齐者。操催速行。众将曰："马尽乏矣，只好少歇。"操曰："赶到荆州将息未迟。"又行不到数里，操在马上扬鞭大笑。众将问："丞相何又大笑？"操曰："人皆言周瑜、诸葛亮足智多谋，以吾观之，到底是无能之辈。若使此处伏一旅之师，吾等皆束手受缚矣。"

言未毕，一声炮响，两边五百校刀手摆开[2]，为首大将关云长，提青龙刀，跨赤兔马，截住去路。操军见了，亡魂丧胆，面面相觑[3]。操曰："既到此处，只得决一死战！"众将曰："人纵然不怯，马力已乏，安能复战？"程昱曰："某素知云长傲上而不忍下，欺强而不凌弱；[4]恩怨分明，信义素著[5]。丞相旧日有恩于彼，今只亲自告之[6]，可脱此难。"操从其说，即纵马向前，欠身谓云长曰："将军别来无恙！"云长亦欠身答曰："关某奉军师将令，等候丞

1　停：总数分为若干份，一份为一停。

2　校刀手：持刀的兵士。

3　面面相觑（qù）：你看我，我看你，相视无言，形容因惊惧或无奈而不知所措的样子。觑，看。

4　"傲上"二句：傲视居上位者，却不肯残忍对待居下位者；敢于侵犯强者，却不肯凌辱弱者。忍，忍心，狠心。

5　素著：一向很有名。

6　告：求。

相多时。"操曰："曹操兵败势危，到此无路，望将军以昔日之情为重。"云长曰："昔日关某虽蒙丞相厚恩，然已斩颜良，诛文丑，解白马之围，以奉报矣。今日之事，岂敢以私废公？"操曰："五关斩将之时，还能记否？大丈夫以信义为重。将军深明《春秋》，岂不知庾公之斯追子濯孺子之事乎[1]？"云长是个义重如山之人，想起当日曹操许多恩义，与后来五关斩将之事，如何不动心？又见曹军惶惶，皆欲垂泪，一发心中不忍。于是把马头勒回，谓众军曰："四散摆开。"这个分明是放曹操的意思。操见云长回马，便和众将一齐冲将过去。云长回身时，曹操已与众将过去了。云长大喝一声，众军皆下马，哭拜于地。云长愈加不忍。正犹豫间，张辽纵马而至。云长见了，又动故旧之情，长叹一声，并皆放去。后人有诗曰：

曹瞒兵败走华容，正与关公狭路逢。只为当初恩义重，放开金锁走蛟龙。

1　庾（Yǔ）公之斯追子濯（zhuó）孺子之事：春秋时，郑国派子濯孺子入侵卫国，卫国派庾公之斯追击他。子濯孺子因病发作，不能拉弓搭箭。庾公之斯追上，得知情况后说："我向尹公之他学射箭，尹公之他向您学射箭，我不忍心用您传授的箭术伤害您。"于是敲掉箭头，向子濯孺子射了四支无头箭就返回了。

关公释曹 / 古代版画

曹操既脱华容之难。行至谷口，回顾所随军兵，止有二十七骑。比及天晚，已近南郡，火把齐明，一簇人马拦路。操大惊曰："吾命休矣！"只见一群哨马冲到，方认得是曹仁军马。操才心安。曹仁接着，言："虽知兵败，不敢远离，只得在附近迎接。"操曰："几与汝不相见也！"于是引众入南郡安歇。随后张辽也到，说云长之德。操点将校，中伤者极多，操皆令将息[1]。曹仁置酒与操解闷，众谋士俱在座，操忽仰天大恸，众谋士曰："丞相于虎窟中逃难之时，全无惧怯；今到城中，人已得食，马已得料，正须整顿军马复仇，何反痛哭？"操曰："吾哭郭奉孝耳[2]！若奉孝在，决不使吾有此大失也！"遂捶胸大哭曰："哀哉，奉孝！痛哉，奉孝！惜哉，奉孝！"众谋士皆默然自惭。

1　将息：休息，养息。
2　郭奉孝：郭嘉，字奉孝。郭嘉是曹操帐下著名谋士，屡献奇策，受到极大器重，然在随曹操北征乌桓途中英年病逝。

15. 节选一五　张松献地图

阅读提示

一、本段选自《三国演义》第五十九回"许褚裸衣斗马超，曹操抹书间韩遂"和第六十回"张永年反难杨修，庞士元议取西蜀"。益州谋士张松向刘璋献计，需联合曹操以抗拒张鲁。然而曹操的回应，却是将前来联络的张松"乱棒打出"。曹操的态度，让谁"捡了便宜"？

二、《三国演义》写论辩场面，得心应手。前面已读过祢衡骂曹、孔明舌战群儒等片段。本段写张松先后出使许都、借道荆州，与曹操、杨修、刘备等对话，因对象不同，所谈的内容、谈话的气氛及措辞也有所不同。不少随机应变的即兴问答，都颇为精彩。

三、几场对话下来，对谈者的个性、修养也都显露无遗。曹操自恃位高权重，态度倨傲，张松远道而来，等了三天才获召见。见面后，曹操居高临下，开口便是训斥，个性十足的张松反唇相讥，与曹操谈崩。待杨修与张松再谈，哪里是他的对手。张松还施展过目不忘的本领，硬说曹操的《孟德新书》是抄袭之作，让曹操十分狼狈。张松还当众揭短，顶撞曹操，因而遭到"乱棒打出"的待遇。而曹操也为自己的傲慢付出了代价，失去了轻取西川的机会。

刘备方的表现完全不同，始终对张松的动向严密关注。得知张松过境，先后派赵云、关羽远接高迎，自己还亲率孔明、庞统迎接，热情款待三日，又亲到十里长亭送别。其间只叙友情，不谈政治，与曹操的态度形成鲜明对照。这一切感动了张松，决定献出地图，助刘备夺取西川。——张松如同一块试金石，试出曹操、刘备对待贤士的态度。有人说《三国演义》是一部"人才学教科书"，"张松献地图"应是书中重要的一课。

时庞羲探知张鲁欲兴兵取川，急报知刘璋。璋平生懦弱，闻得此信，心中大忧，急聚众官商议。忽一人昂然而出曰："主公放心。某虽不才，凭三寸不烂之舌，使张鲁不敢正眼来觑西川。"……[1]

却说那进计于刘璋者，乃益州别驾[2]，姓张，名松，字永年。

---

1 本处为第五十九、第六十回衔接处，略去少量文字。
2 别驾："别驾从事史"的简称，为州刺史的佐官。

其人生得额镢头尖，鼻偃齿露，[1]身短不满五尺，言语有若铜钟。刘璋问曰："别驾有何高见，可解张鲁之危？"松曰："某闻许都曹操，扫荡中原，吕布、二袁皆为所灭，近又破马超，天下无敌矣。主公可备进献之物，松亲往许都，说曹操兴兵取汉中，以图张鲁。则鲁拒敌不暇[2]，何敢复窥蜀中耶？"刘璋大喜，收拾金珠锦绮，为进献之物，遣张松为使。松乃暗画西川地理图本藏之，带从人数骑，取路赴许都。早有人报入荆州。孔明便使人入许都打探消息。

却说张松到了许都馆驿中住定，每日去相府伺候，求见曹操。原来曹操自破马超回，傲睨得志[3]，每日饮宴，无事少出，国政皆在相府商议。张松候了三日，方得通姓名。左右近侍先要贿赂[4]，却才引入。操坐于堂上，松拜毕，操问曰："汝主刘璋连年不进贡，何也？"松曰："为路途艰难，贼寇窃发[5]，不能通进。"操叱曰："吾扫清中原，有何盗贼？"松曰："南有孙权，北有张鲁，西有刘备，至少者亦带甲十余万，岂得为太平耶？"操先见张松人

1　额镢（jué）头尖，鼻偃齿露：额头窄小，尖头顶，鼻孔朝天，张牙露齿，这里形容张松面貌丑陋。镢，一种锄头类农具，其铁铸部分上窄下宽。

2　拒敌不暇（xiá）：抗拒敌人都来不及。不暇，没时间，没余力。

3　傲睨（nì）得志：形容因欲望得到满足而傲慢斜视的神态。傲睨，傲慢斜视。

4　近侍：贴身的侍从。

5　窃发：暗中行事。

物猥琐[1]，五分不喜；又闻语言冲撞，遂拂袖而起，转入后堂。左右责松曰："汝为使命，何不知礼，一味冲撞？幸得丞相看汝远来之面，不见罪责。汝可急急回去！"松笑曰："吾川中无谄佞之人也[2]。"忽然阶下一人大喝曰："汝川中不会谄佞，吾中原岂有谄佞者乎？"

松观其人，单眉细眼，貌白神清。问其姓名，乃太尉杨彪之子杨修，字德祖，现为丞相门下掌库主簿[3]。此人博学能言，智识过人。松知修是个舌辩之士，有心难之。修亦自恃其才[4]，小觑天下之士。当时见张松言语讥讽，遂邀出外面书院中，分宾主而坐，谓松曰："蜀道崎岖，远来劳苦。"松曰："奉主之命，虽赴汤蹈火，弗敢辞也。"修问："蜀中风土何如？"松曰："蜀为西郡，古号益州。路有锦江之险[5]，地连剑阁之雄[6]。回还二百八程[7]，纵横三万余里。鸡鸣犬吠相闻，市井间阎不断[8]。田肥地茂，岁无水旱之忧；国富民丰，时有管弦之乐。所产之物，阜如山积[9]。天下莫可及也！"

---

1 猥琐：卑小，矮小。
2 谄佞（chǎnnìng）：花言巧语，阿谀奉承。
3 掌库主簿：主管库藏钱粮的文书及办理相关事务的官职。
4 自恃（shì）其才：仗着自己有才能。
5 锦江：岷江支流，在今四川成都平原。
6 剑阁：地名，在今四川广元西南，以地势高峻险要著称。
7 二百八程：二百零八程。程，指以驿站邮亭或其他停顿止宿地点为起讫的一段路。
8 间阎（lǘyán）：里巷。
9 阜（fù）如山积：多得像山那样堆积着。阜，多，丰盛。

修又问曰："蜀中人物如何？"松曰："文有相如之赋[1]，武有伏波之才[2]；医有仲景之能[3]，卜有君平之隐[4]。九流三教[5]，'出乎其类，拔乎其萃'者，[6]不可胜记[7]，岂能尽数！"修又问曰："方今刘季玉手下，如公者还有几人？"松曰："文武全才，智勇足备，忠义慷慨之士，动以百数[8]。如松不才之辈，车载斗量[9]，不可胜记。"修曰："公近居何职？"松曰："滥充别驾之任[10]，甚不称职。敢问公为朝廷何官？"修曰："现为丞相府主簿。"松曰："久闻公世代簪缨[11]，何不立于庙堂，辅佐天子，乃区区作相府门下一吏乎？"杨修闻言，满面羞惭，强颜而答曰："某虽居下寮[12]，丞相委以军政钱粮之重，早晚多蒙丞相教诲，极有开发[13]，故就此职耳。"松笑曰："松闻曹丞相

1　相如：司马相如，西汉著名辞赋家，成都人。

2　伏波：汉代将军名号。这里指马援，东汉开国功臣，著名将领，早年曾于王莽新朝担任新成大尹（即汉中太守）。

3　仲景：张仲景，东汉末年著名医学家。

4　卜：卜卦之人。君平：严光字君平，东汉著名隐士，曾在成都卖卜。

5　九流三教：三教九流。

6　"出乎"句：指品德、才能超出同类，语出《孟子》。出、拔，意为超过。类，同类。萃（cuì），聚在一起的人或物。

7　不可胜（shēng）记：不能逐一记述，意思是极多。

8　动以百数（shǔ）：常常以百为基数来计算，形容数量多。动，常常，动辄。

9　车载斗量：用车装，用斗量，形容数量多。

10　滥充：冒充凑数。

11　世代簪缨：连续几代都是高官显宦。簪缨，指高官显宦。

12　下寮：下僚，职位低微的官吏。

13　开发：启发，教益。

文不明孔、孟之道，武不达孙、吴之机[1]，专务强霸而居大位，安能有所教诲，以开发明公耶？"修曰："公居边隅[2]，安知丞相大才乎？吾试令公观之。"呼左右于箧中取书一卷[3]，以示张松。松观其题曰《孟德新书》。从头至尾，看了一遍，共一十三篇，皆用兵之要法。松看毕，问曰："公以此为何书耶？"修曰："此是丞相酌古准今[4]，仿《孙子》十三篇而作。公欺丞相无才，此堪以传后世否[5]？"松大笑曰："此书吾蜀中三尺小童，亦能暗诵[6]，何为'新书'？此是战国时无名氏所作，曹丞相盗窃以为己能，止好瞒足下耳！"修曰："丞相秘藏之书，虽已成帙[7]，未传于世。公言蜀中小儿暗诵如流，何相欺乎？"松曰："公如不信，吾试诵之。"遂将《孟德新书》，从头至尾，朗诵一遍，并无一字差错。修大惊曰："公过目不忘，真天下奇才也！"后人有诗赞曰：

1　孙、吴之机：孙武、吴起的机谋。孙武和吴起分别是春秋、战国时期的著名军事家。

2　边隅（yú）：边境。

3　箧（qiè）：小箱子。

4　酌古准今：择取古代的事情，来和今天的情况做比照。酌，斟酌，这里有择取之意。

5　堪以：可以用来。

6　暗诵：默诵，背诵。

7　成帙（zhì）：意思是成书。帙，装书的套子。

古怪形容异，清高体貌疏[1]。语倾三峡水，目视十行书。

胆量魁西蜀[2]，文章贯太虚[3]。百家并诸子，一览更无余。

当下张松欲辞回。修曰："公且暂居馆舍，容某再禀丞相，令公面君。"松谢而退。

修入见操曰："适来丞相何慢张松乎[4]？"操曰："言语不逊[5]，吾故慢之。"修曰："丞相尚容一祢衡，何不纳张松？"操曰："祢衡文章，播于当今，吾故不忍杀之。松有何能？"修曰："且无论其口似悬河，辩才无碍[6]。适修以丞相所撰《孟德新书》示之，彼观一遍，即能暗诵，如此博闻强记[7]，世所罕有。松言此书乃战国时无名氏所作，蜀中小儿，皆能熟记。"操曰："莫非古人与我暗合否？"令扯碎其书烧之。修曰："此人可使面君[8]，教见天朝气象。"操曰："来日我于西教场点军[9]，汝可先引他来，使见我军容之盛，教他回去传说：吾即日下了江南，便来收川。"修领命。

1　疏：这里是消瘦的意思。

2　魁：居第一，占首位。

3　贯太虚：冲天。贯，穿透。

4　慢：轻慢，怠慢。

5　不逊：傲慢无礼。

6　辩才无碍：言辞畅达，毫无滞碍，形容口才好，善论辩。

7　博闻强记：见闻广博，记忆力强。

8　面君：面见皇帝。

9　教场：旧时操练、检阅军队的场地。

至次日，与张松同至西教场。操点虎卫雄兵五万，布于教场中。果然盔甲鲜明，衣袍灿烂；金鼓震天，戈矛耀日；四方八面，各分队伍；旌旗飐彩，人马腾空。[1]松斜目视之。良久，操唤松指而示曰："汝川中曾见此英雄人物否？"松曰："吾蜀中不曾见此兵革[2]，但以仁义治人。"操变色视之。松全无惧意。杨修频以目视松。操谓松曰："吾视天下鼠辈犹草芥耳[3]。大军到处，战无不胜，攻无不取，顺吾者生，逆吾者死。汝知之乎？"松曰："丞相驱兵到处，战必胜，攻必取，松亦素知。昔日濮阳攻吕布之时[4]，宛城战张绣之日[5]；赤壁遇周郎，华容逢关羽；割须弃袍于潼关[6]，夺船避箭于渭水[7]：此皆无敌于天下也！"操大怒曰："竖儒怎敢揭吾短处[8]！"喝令左右推出斩之。杨修谏曰："松虽可斩，奈从蜀道而来入贡；若斩之，恐失远人之意。"操怒气未息。荀彧亦谏。操方免

　　1　"旌（jīng）旗飐（yáng）彩"二句：军旗迎风翻飞，人马龙腾虎跃，形容军势威猛。
　　2　兵革：武器军备。
　　3　草芥（jiè）：比喻微不足道的东西，用以表示轻贱之意。芥，小草。
　　4　濮阳攻吕布：曹操率军进攻濮阳吕布，中吕布所设诈降之计，被围攻截杀，奔逃途中手臂须发，尽被烧伤。此句与下举数典，都是描写曹操兵败狼狈之状。
　　5　宛城战张绣：曹操率军讨伐宛城张绣，张绣先降后反，突袭曹军，曹操大将典韦、长子曹昂、侄子曹安民等被张绣所杀。
　　6　割须弃袍于潼关：曹操率军与西凉马超战于潼关，曹军溃退时，听得西凉军大叫："穿红袍的是曹操！""长髯者是曹操！"曹操急脱下红袍，割了胡子，落荒而逃。
　　7　夺船避箭于渭水：曹操领兵渡渭河，正当前队精兵已过，而曹操还未上船时，马超杀来，曹将许褚急从随行将士手中夺取小船，一手撑篙，一手挡箭，护送曹操过河，曹操因此逃脱。
　　8　竖儒：对儒生的蔑称。

其死，令乱棒打出。

松归馆舍，连夜出城，收拾回川。松自思曰："吾本欲献西川州郡与曹操，谁想如此慢人！我来时于刘璋之前，开了大口，今日怏怏空回，须被蜀中人所笑。吾闻荆州刘玄德仁义远播久矣，不如径由那条路回。试看此人如何，我自有主见。"于是乘马引仆从望荆州界上而来。

前至郢州界口[1]，忽见一队军马，约有五百余骑，为首一员大将，轻妆软扮[2]，勒马前问曰："来者莫非张别驾乎？"松曰："然也。"那将慌忙下马，声喏曰："赵云等候多时。"松下马答礼曰："莫非常山赵子龙乎？"云曰："然也。某奉主公刘玄德之命，为大夫远涉路途，鞍马驱驰，特命赵云聊奉酒食[3]。"言罢，军士跪奉酒食，云敬进之。松自思曰："人言刘玄德宽仁爱客，今果如此。"遂与赵云饮了数杯，上马同行。来到荆州界首，是日天晚，前到馆驿，见驿门外百余人侍立，击鼓相接。一将于马前施礼曰："奉兄长将令，为大夫远涉风尘，令关某洒扫驿庭，以待歇宿。"松下马，与云长、赵云同入馆舍。讲礼叙坐。须臾，排上酒

1　郢（Yíng）州：今湖北钟祥。
2　轻妆软扮：穿着轻便柔软的衣服，意思是没有穿戴铠甲。
3　聊奉酒食：姑且奉上酒饭。

筵，二人殷勤相劝。饮至更阑[1]，方始罢席，宿了一宵。

次日早膳毕，上马行不到三五里，只见一簇人马到。乃是玄德引着伏龙、凤雏，亲自来接。遥见张松，早先下马等候。松亦慌忙下马相见。玄德曰："久闻大夫高名，如雷灌耳。恨云山遥远[2]，不得听教。今闻回都，专此相接。倘蒙不弃，到荒州暂歇片时[3]，以叙渴仰之思[4]，实为万幸！"松大喜，遂上马并辔入城。至府堂上各各叙礼，分宾主依次而坐，设宴款待。饮酒间，玄德只说闲话，并不提起西川之事。松以言挑之曰："今皇叔守荆州，还有几郡？"孔明答曰："荆州乃暂借东吴的，每每使人取讨。今我主因是东吴女婿，故权且在此安身。"松曰："东吴据六郡八十一州，民强国富，犹且不知足耶？"庞统曰："吾主汉朝皇叔，反不能占据州郡；其他皆汉之蟊贼[5]，却都恃强侵占地土：惟智者不平焉。"玄德曰："二公休言。吾有何德，敢多望乎？"松曰："不然。明公乃汉室宗亲，仁义充塞乎四海。休道占据州郡，便代正统而居帝位，亦非分外[6]。"玄德拱手谢曰："公言太过，备何敢当！"

1　更（gēng）阑：更深，夜深。

2　云山：高士的居处，这里代指张松。

3　荒州：本州，对荆州的谦称。

4　渴仰之思：渴望、仰慕之情。

5　蟊（máo）贼：比喻危害国家、百姓的人。

6　分外：过分。

自此一连留张松饮宴三日，并不提起川中之事。松辞去，玄德于十里长亭设宴送行。玄德举酒酌松曰："甚荷大夫不外[1]，留叙三日；今日相别，不知何时再得听教。"言罢，潸然泪下[2]。张松自思："玄德如此宽仁爱士，安可舍之？不如说之，令取西川。"乃言曰："松亦思朝暮趋侍[3]，恨未有便耳。松观荆州：东有孙权，常怀虎踞[4]；北有曹操，每欲鲸吞[5]。亦非可久恋之地也。"玄德曰："故知如此，但未有安迹之所[6]。"松曰："益州险塞，沃野千里，民殷国富；智能之士，久慕皇叔之德。若起荆襄之众，长驱西指，霸业可成，汉室可兴矣。"玄德曰："备安敢当此？刘益州亦帝室宗亲，恩泽布蜀中久矣[7]。他人岂可得而动摇乎？"松曰："某非卖主求荣，今遇明公，不敢不披沥肝胆[8]。刘季玉虽有益州之地，禀性暗弱，不能任贤用能；加之张鲁在北，时思侵犯：人心离散，思得明主。松此一行，专欲纳款于操，何期逆贼恣逞奸雄[9]，傲贤

1　甚荷（hè）大夫不外：深蒙大夫不弃。外，抛弃，背离。

2　潸（shān）然：流泪的样子。

3　趋侍：侍奉。

4　虎踞（jù）：如虎一样蹲坐，这里比喻霸占、占据。

5　鲸吞：像鲸鱼一样吞食，比喻吞并、兼并。

6　安迹之所：立足之地。

7　恩泽：指王侯或朝廷给予百姓的恩惠。

8　披沥肝胆：意为袒露心胸，开诚相见。

9　何期：怎料。逆贼：这里指曹操。恣逞奸雄：将奸雄的特质发挥到极致。奸雄，弄权欺世的雄强诡诈之人。曹操活着时，就有"奸雄"之称。

慢士[1]，故特来见明公。明公先取西川为基，然后北图汉中，收取中原，匡正天朝，名垂青史，功莫大焉。明公果有取西川之意，松愿施犬马之劳，以为内应。未知钧意若何？"玄德曰："深感君之厚意。奈刘季玉与备同宗，若攻之，恐天下人唾骂。"松曰："大丈夫处世，当努力建功立业，著鞭在先[2]。今若不取，为他人所取，悔之晚矣。"玄德曰："备闻蜀道崎岖，千山万水，车不能方轨[3]，马不能联辔[4]；虽欲取之，用何良策？"松于袖中取出一图，递与玄德曰："松感明公盛德，敢献此图。但看此图，便知蜀中道路矣。"玄德略展视之，上面尽写着地理行程，远近阔狭，山川险要，府库钱粮，一一俱载明白。松曰："明公可速图之。松有心腹契友二人：法正、孟达。此二人必能相助。如二人到荆州时，可以心事共议。"玄德拱手谢曰："青山不老，绿水长存。[5]他日事成，必当厚报。"松曰："松遇明主，不得不尽情相告，岂敢望报乎？"说罢作别。孔明命云长等护送数十里方回。

1　傲贤慢士：对待贤士倨傲简慢。
2　著（zhuó）鞭在先：最先上马扬鞭，比喻占先、争先。
3　方轨：指车辆并行。方，并排。
4　联辔：指骑马并行。
5　"青山"二句：这里是发誓之词，借青山绿水长存，表达永远不变的心意。

16. 节选一六　杨修之死

阅读提示

一、本段选自《三国演义》第七十一回"占对山黄忠逸待劳，据汉水赵云寡胜众"和第七十二回"诸葛亮智取汉中，曹阿瞒兵退斜谷"，从两回中节取有关杨修的段落，合为一篇，还捎带讲到蔡文姬的传奇经历。

二、历史上的曹操是政治家、军事家，同时也是文学家。小说中写他在赤壁大战前横槊赋诗，所唱"对酒当歌，人生几何。……"（第四十八回）就是他亲自所作的《短歌行》。曹操爱才，无论文武，都尽力延揽、保护。本段写曹操敬重学者蔡邕，将其流落匈奴的女儿蔡琰用重金赎回，便是一例。不过曹操又有生性多疑、猜忌苛刻的一面，身边的文士往往没有好下场。祢衡、许攸、孔融、荀彧、荀攸等人的死，多与他的忌刻有关。而杨修之死，更具代表性。

三、本段写杨修之才，列举了多个事例：一是与曹操同猜碑上谜题，比曹操快了"三里地"；二是猜中曹操的门中题字；三是自作主张分吃了曹操的点心；四是揭穿曹操"梦中杀人"的真实用心。最令曹操不满的是杨修参与了曹氏家族的内斗，犯了大忌。曹操终于借"口令事件"把杨修杀掉了。——这是杨修的个人悲剧，也是封建时代所有贤才的悲剧。统治者对他们只有利用，没有真正的尊重。

兵出潼关[1]，操在马上望见一簇林木，极其茂盛，问近侍曰："此何处也？"答曰："此名蓝田[2]。林木之间，乃蔡邕庄也。今邕女蔡琰，与其夫董祀居此。"原来操素与蔡邕相善。先时其女蔡琰，乃卫仲道之妻；后被北方掳去，于北地生二子，作《胡笳十八拍》，流入中原。操深怜之，使人持千金入北方赎之。左贤王惧操之势[3]，送蔡琰还汉。操乃以琰配与董祀为妻。当日到庄前，因想起蔡邕之事，令军马先行，操引近侍百余骑，到庄门下马。

时董祀出仕于外，止有蔡琰在家，琰闻操至，忙出迎接。操至堂，琰起居毕，侍立于侧。操偶见壁间悬一碑文图轴，起身观之。问于蔡琰，琰答曰："此乃曹娥之碑也。昔和帝时，上虞有一

---

1 潼关：在今陕西潼关县北。
2 蓝田：在今陕西蓝田县境内。
3 左贤王：匈奴贵族的高级封号，地位仅次于单于。

巫者，名曹盱，能婆娑乐神[1]。五月五日，醉舞舟中，堕江而死。其女年十四岁，绕江啼哭七昼夜，跳入波中。后五日，负父之尸浮于江面，里人葬之江边。上虞令度尚奏闻朝廷，表为孝女。度尚令邯郸淳作文镌碑以记其事。时邯郸淳年方十三岁，文不加点[2]，一挥而就，立石墓侧，时人奇之。姜父蔡邕闻而往观，时日已暮，乃于暗中以手摸碑文而读之，索笔大书八字于其背。后人镌石，并镌此八字。"操读八字云："黄绢幼妇，外孙齑臼。"操问琰曰："汝解此意否？"琰曰："虽先人遗笔，姜实不解其意。"操回顾众谋士曰："汝等解否？"众皆不能答。于内一人出曰："某已解其意。"操视之，乃主簿杨修也。操曰："卿且勿言，容吾思之。"遂辞了蔡琰，引众出庄。上马行三里，忽省悟，笑谓修曰："卿试言之。"修曰："此隐语耳。'黄绢'乃颜色之丝也，色傍加丝，是'绝'字。'幼妇'者少女也，女傍少字，是'妙'字。外孙乃女之子也，女傍子字，是'好'字。'齑臼'乃受五辛之器也[3]，受傍辛字，是'辤'字[4]。总而言之，是'绝妙好辤'四字。"操大惊曰："正合孤意！"众皆叹羡杨修才识之敏。

1　婆娑（suō）乐神：以舞蹈取悦神灵。婆娑，盘旋舞蹈的样子，这里指舞蹈。
2　文不加点：作文时无须删改，一气呵成，形容文思敏捷。点，点窜，删改。
3　五辛：指五种有辛味的蔬菜，也称五荤（hūn）。
4　辤（cí）：同"辞"。

..........[1]

操屯兵日久，欲要进兵，又被马超拒守；欲收兵回，又恐被蜀兵耻笑，心中犹豫不决。适庖官进鸡汤[2]。操见碗中有鸡肋，因而有感于怀。正沉吟间，夏侯惇入帐，禀请夜间口号[3]。操随口曰："鸡肋！鸡肋！"惇传令众官，都称"鸡肋"。行军主簿杨修，见传"鸡肋"二字，便教随行军士，各收拾行装，准备归程。有人报知夏侯惇，惇大惊，遂请杨修至帐中问曰："公何收拾行装？"修曰："以今夜号令，便知魏王不日将退兵归也[4]。鸡肋者，食之无肉，弃之有味。今进不能胜，退恐人笑，在此无益，不如早归。来日魏王必班师矣。故先收拾行装，免得临行慌乱。"夏侯惇曰："公真知魏王肺腑也！"遂亦收拾行装。于是寨中诸将，无不准备归计。当夜曹操心乱，不能稳睡，遂手提钢斧，绕寨私行。只见夏侯惇寨内军士，各准备行装。操大惊，急回帐召惇问其故。惇曰："主簿杨德祖先知大王欲归之意。"操唤杨修问之，修以鸡肋之意对。操大怒曰："汝怎敢造言[5]，乱我军心！"喝刀斧手推出斩

---

1 本节因集中展示跟杨修有关情节，这里略去无关内容。

2 庖（páo）官：掌管厨房的人。

3 口号：口令，暗号。古时军营中夜间都有口号，用来识别敌我。

4 魏王：曹操。小说第六十八回说建安二十一年汉献帝册封曹操为魏王，与史实相符。

5 造言：制造谣言。

之，将首级号令于辕门外。

原来杨修为人恃才放旷[1]，数犯曹操之忌。操尝造花园一所，造成，操往观之，不置褒贬，只取笔于门上书一"活"字而去。人皆不晓其意。修曰："'门'内添'活'字，乃'阔'字也。丞相嫌园门阔耳。"于是再筑墙围，改造停当，又请操观之。操大喜，问曰："谁知吾意？"左右曰："杨修也。"操虽称美，心甚忌之。

又一日，塞北送酥一盒至。操自写"一合酥"三字于盒上，置之案头。修入见之，竟取匙与众分食讫。操问其故，修答曰："盒上明书'一人一口酥'，岂敢违丞相之命乎？"操虽喜笑，而心恶之。

操恐人暗中谋害己身，常分付左右："吾梦中好杀人。凡吾睡着，汝等切勿近前。"一日，昼寝帐中，落被于地，一近侍慌取覆盖。操跃起拔剑斩之，复上床睡；半晌而起，佯惊问："何人杀吾近侍？"众以实对。操痛哭，命厚葬之。人皆以为操果梦中杀人，惟修知其意，临葬时指而叹曰："丞相非在梦中，君乃在梦中耳！"操闻而愈恶之。

操第三子曹植，爱修之才，常邀修谈论，终夜不息。操与众

---

1 放旷：豪放豁达，不拘礼法。

商议，欲立植为世子[1]，曹丕知之，密请朝歌长吴质入内府商议[2]；因恐有人知觉，乃用大簏藏吴质于中[3]，只说是绢匹在内，载入府中。修知其事，径来告操。操令人于丕府门伺察之。丕慌告吴质，质曰："无忧也。明日用大簏装绢再入以惑之。"丕如其言，以大簏载绢入。使者搜看簏中，果绢也，回报曹操。操因疑修谮害曹丕[4]，愈恶之。

操欲试曹丕、曹植之才干。一日，令各出邺城门[5]；却密使人分付门吏，令勿放出。曹丕先至，门吏阻之，丕只得退回。植闻之，问于修。修曰："君奉王命而出，如有阻当者，竟斩之可也。"植然其言。及至门，门吏阻住。植叱曰："吾奉王命，谁敢阻当！"立斩之。于是曹操以植为能。后有人告操曰："此乃杨修之所教也。"操大怒，因此亦不喜植。

修又尝为曹植作答教十余条[6]，但操有问，植即依条答之。操每以军国之事问植，植对答如流。操心中甚疑。后曹丕暗买植左右，偷答教来告操。操见了大怒曰："匹夫安敢欺我耶[7]！"此时已

1　世子：太子，古时君王子嗣中的预定继位者。
2　朝歌（Zhāogē）长：朝歌县的最高长官。朝歌，在今河南鹤壁南。
3　大簏（lù）：大竹箱。
4　谮（zèn）害：诬陷伤害。
5　邺城：曹操的王都，在今河北临漳境内。
6　答教：准备用来回答问题的答案。
7　匹夫：骂人的话，相当于称人"家伙""东西"。

有杀修之心。今乃借惑乱军心之罪杀之。修死年三十四岁。后人有诗曰：

> 聪明杨德祖，世代继簪缨。笔下龙蛇走，胸中锦绣成。
> 开谈惊四座，捷对冠群英[1]。身死因才误，非关欲退兵。

---

1 捷对：敏于对答。

17. 节选一七　关云长刮骨疗毒

阅读提示

一、本段选自《三国演义》第七十五回"关云长刮骨疗毒，吕子明白衣渡江"。小说刻画人物，往往是多面的，如写关羽之勇，既写他在战场上的表现，也写了他面对伤痛时的神情态度。

二、《三国演义》是历史小说，书中人物多为历史真人，但人物的事迹却时有虚构。如关羽一度降曹，不久又离开，确是史实。但过五关斩六将的情节，却属虚构。——那么本段写关羽刮骨疗毒，是不是虚构呢？还真不是！据陈寿《三国志·蜀书·关羽传》记述："（关）羽尝为流矢所中，贯其左臂，后创虽愈，每至阴雨，骨常疼痛。医曰：'矢镞有毒，毒入于骨，当破臂作创，刮骨去毒，然后此患乃除耳。'羽便伸臂令医劈之。时羽适请诸将饮食相对，臂血流离，盈于盘器，而羽割炙引酒，言笑自若。"（译文：关羽曾被流箭射中，箭杆贯穿左手臂。后来伤口虽愈合，但每逢阴雨天，常常骨头疼。医生说："箭头有毒，毒侵入骨头，需要切开手臂皮肉，刮掉骨头上的毒，病痛才能除根儿。"关羽于是当场伸出手臂让医生诊治。当时关羽正请诸将饮酒聚餐，创口的血淋漓流淌，承接的器皿都流满了。再看关羽，一面切烤肉、举酒杯，一面谈笑风生，跟没事一样。）

三、拿史传记述与小说描写相对照，情节脉络完全一致，只是小说做了适度虚构，为了增强传奇性，将医者换成史上有名的神医华佗，并增加了华佗讲说医疗方案的情节，以突出英雄与凡夫的不同。又通过众人的反应（"帐上帐下见者，皆掩面失色"）和华佗的赞叹（"某为医一生，未尝见此。君侯真天神也"），进一步烘托关羽的超群绝伦、不同凡响——在战场上，他是无敌的"战神"；在生活中，面对难以忍受的疾患痛苦，他同样是"天神"！

细心的读者会发现，小说与史书有一处不同，即《三国志》中说流矢"贯其左臂"，小说改为"右臂损伤"。——这种改动可能是为了突出伤势严重，也可能只是传写之误，可以忽略。

四、章回小说的重要行文特征是"韵散结合"，即以散体文讲述情节，遇到咏叹之处，则插入诗词歌赋。这一特点，在本段中也有体现，试体会其妙处。

却说曹仁见关公落马,即引兵冲出城来;被关平一阵杀回,救关公归寨,拔出臂箭。原来箭头有药,毒已入骨,右臂青肿,不能运动。关平慌与众将商议曰:"父亲若损此臂,安能出敌?不如暂回荆州调理。"于是与众将入帐见关公。公问曰:"汝等来有何事?"众对曰:"某等因见君侯右臂损伤[1],恐临敌致怒,冲突不便。众议可暂班师回荆州调理。"公怒曰:"吾取樊城,只在目前;取了樊城,即当长驱大进,径到许都,剿灭操贼,以安汉室。岂可因小疮而误大事?汝等敢慢吾军心耶!"平等默然而退。

众将见公不肯退兵,疮又不痊[2],只得四方访问名医。忽一日,有人从江东驾小舟而来,直至寨前。小校引见关平。平视其人:方巾阔服[3],臂挽青囊。自言姓名:"乃沛国谯郡人,姓华,名佗,字元化。因闻关将军乃天下英雄,今中毒箭,特来医治。"平曰:"莫非昔日医东吴周泰者乎?"佗曰:"然。"平大喜,即与众将同引华佗入帐见关公。时关公本是臂疼,恐慢军心,无可消遣,正与马良弈棋;闻有医者至,即召入。礼毕,赐坐。茶罢,佗请臂视之。公袒下衣袍,伸臂令佗看视。佗曰:"此乃弩箭所伤,其中有乌头之药,直透入骨;若不早治,此臂无用矣。"公曰:"用何物

---

1 君侯:对达官贵人的尊称。
2 痊(quán):病愈。
3 方巾:后世文人所戴的一种帽子。阔服:宽大的衣服。

治之？"佗曰："某自有治法，但恐君侯惧耳。"公笑曰："吾视死如归，有何惧哉？"佗曰："当于静处立一标柱[1]，上钉大环，请君侯将臂穿于环中，以绳系之，然后以被蒙其首。吾用尖刀割开皮肉，直至于骨，刮去骨上箭毒，用药敷之，以线缝其口，方可无事。但恐君侯惧耳。"公笑曰："如此，容易！何用柱环？"令设酒席相待。

公饮数杯酒毕，一面仍与马良弈棋，伸臂令佗割之。佗取尖刀在手，令一小校捧一大盆于臂下接血。佗曰："某便下手，君侯勿惊。"公曰："任汝医治，吾岂比世间俗子，惧痛者耶！"佗乃下刀，割开皮肉，直至于骨，骨上已青。佗用刀刮骨，悉悉有声。帐上帐下见者，皆掩面失色。公饮酒食肉，谈笑弈棋，全无痛苦之色。

须臾，血流盈盆。佗刮尽其毒，敷上药，以线缝之。公大笑而起，谓众将曰："此臂伸舒如故，并无痛矣。先生真神医也！"佗曰："某为医一生，未尝见此。君侯真天神也！"后人有诗曰：

治病须分内外科，世间妙艺苦无多。神威罕及惟关将，圣手能医说华佗。

1　标柱：高柱。

颐和园长廊枋梁所绘三国故事：关云长刮骨疗毒

　　关公箭疮既愈，设席款谢华佗。佗曰："君侯箭疮虽治，然须爱护。切勿怒气伤触。过百日后，平复如旧矣。"关公以金百两酬之。佗曰："某闻君侯高义，特来医治，岂望报乎！"坚辞不受，留药一帖，以敷疮口，辞别而去。

18.节选一八　诸葛亮施空城计

阅读提示

一、本段选自《三国演义》第九十五回"马谡拒谏失街亭，武侯弹琴退仲达"。诸葛亮北伐中原，兵出祁山；因误用马谡，致使街亭失守。此刻诸葛亮困守西城，孤立无援，面对司马懿大军压境，只好用出"险招"……

二、本段写出两个诸葛亮：一生谨慎的诸葛亮和胆大包天的诸葛亮。试看他得知司马懿大军压境，立即在咽喉要道街亭布置人马据守。当马谡主动请战时，诸葛亮出于谨慎，两次质疑，又命他写下"军令状"。还派了"平生谨慎"的王平前往辅助，叮咛他有所部署及时汇报。仍怕二人有失，又派高翔屯扎列柳城呼应。还不放心，再派大将魏延屯兵街亭之右，叮嘱再三，这才稍稍"心安"。如此部署，可谓谨慎之至。司马懿探得消息，也不禁感叹："诸葛亮真乃神人，吾不如也！"

然而百密一疏，诸葛亮因错用马谡，几乎满盘皆输。一生谨慎的诸葛亮，在生死关头做出超常之举：大开城门，登上城楼，

"笑容可掬，焚香操琴"……这回轮到司马懿"谨慎"了：他熟悉那个"平生谨慎"的诸葛亮，却怎么也想不到诸葛亮还有孤注一掷、以命相搏的一面！——老谋深算的司马懿棋输一着，事后感叹"吾不如孔明也"，显然是发自内心的！

三、同"草船借箭"一样，"空城计"也是个"张冠李戴"的故事。本事发生在赵云身上。据陈寿《三国志·蜀书·赵云传》引《云别传》记载，赵云、黄忠在汉水与曹军作战，赵云带少量骑兵出营侦察，遭遇曹操的大部队。赵云且战且走，退入营垒，却下令大开营门，偃旗息鼓。曹军疑有埋伏，准备撤离，营中突然鼓声大震，乱箭齐发。曹军大乱奔逃，死伤无数。第二天刘备到营中视察，称赞说："子龙一身都是胆也！"——这个"空营计"被小说家移植到诸葛亮身上，创作了"空城计"，为诸葛亮的智者形象，加上浓墨重彩的一笔。

却说孔明在祁山寨中[1]，忽报新城探细人来到。孔明急唤入问之，细作告曰："司马懿倍道而行[2]，八日已到新城[3]，孟达措手不及；

---

1 祁山：在今甘肃礼县东。
2 倍道而行：一天走两天应走的路，指加倍速度行军。
3 新城：今湖北房县。

又被申耽、申仪、李辅、邓贤为内应：孟达被乱军所杀。今司马懿撤兵到长安，见了魏主，同张郃引兵出关，来拒我师也。"孔明大惊曰："孟达做事不密，死固当然。今司马懿出关，必取街亭[1]，断吾咽喉之路。"便问："谁敢引兵去守街亭？"言未毕，参军马谡曰[2]："某愿往。"孔明曰："街亭虽小，干系甚重[3]，倘街亭有失，吾大军皆休矣。汝虽深通谋略，此地奈无城郭，又无险阻，守之极难。"谡曰："某自幼熟读兵书，颇知兵法。岂一街亭不能守耶？"孔明曰："司马懿非等闲之辈，更有先锋张郃，乃魏之名将：恐汝不能敌之。"谡曰："休道司马懿、张郃，便是曹睿亲来，有何惧哉！若有差失，乞斩全家。"孔明曰："军中无戏言。"谡曰："愿立军令状。"孔明从之。谡遂写了军令状呈上。孔明曰："吾与汝二万五千精兵，再拨一员上将，相助你去。"即唤王平分付曰："吾素知汝平生谨慎，故特以此重任相托。汝可小心谨守此地。下寨必当要道之处，使贼兵急切不能偷过。安营既毕，便画四至八道地理形状图本来我看[4]。凡事商议停当而行，不可轻易。如所守无危，则是取长安第一功也。戒之！戒之！"二人拜辞引

1　街亭：在今甘肃庄浪东南。

2　参军：官职名，因参谋军事而得名。

3　干系：关系。

4　四至八道：四面八方所到之处及道路分布，这是古时标记土地界域的用语。地理形状图本：地图。

兵而去。

孔明寻思，恐二人有失，又唤高翔曰："街亭东北上有一城，名列柳城[1]，乃山僻小路，此可以屯兵扎寨。与汝一万兵，去此城屯扎。但街亭危，可引兵救之。"高翔引兵而去。孔明又思：高翔非张郃对手，必得一员大将，屯兵于街亭之右，方可防之。遂唤魏延引本部兵去街亭之后屯扎，延曰："某为前部，理合当先破敌，何故置某于安闲之地？"孔明曰："前锋破敌，乃偏裨之事耳。今令汝接应街亭，当阳平关冲要道路[2]，总守汉中咽喉。此乃大任也，何为安闲乎？汝勿以等闲视之，失吾大事。切宜小心在意！"魏延大喜，引兵而去。孔明恰才心安，乃唤赵云、邓芝分付曰："今司马懿出兵，与旧日不同。汝二人各引一军出箕谷[3]，以为疑兵。如逢魏兵，或战或不战，以惊其心。吾自统大军，由斜谷径取郿城[4]；若得郿城，长安可破矣。"二人受命而去。孔明令姜维作先锋，兵出斜谷。

却说马谡、王平二人兵到街亭，看了地势。马谡笑曰："丞相何故多心也？量此山僻之处，魏兵如何敢来！"王平曰："虽然魏

---

1 列柳城：在今陕西凤县境内。
2 阳平关：在今陕西勉县境内。
3 箕谷：在今陕西宝鸡东南，因谷形如簸箕而得名。
4 斜谷：在今陕西眉县西南。郿城：在今陕西眉县境内。

兵不敢来，可就此五路总口下寨；却令军士伐木为栅，以图久计。"谡曰："当道岂是下寨之地？此处侧边一山，四面皆不相连，且树木极广，此乃天赐之险也。可就山上屯军。"平曰："参军差矣。若屯兵当道，筑起城垣[1]，贼兵总有十万，不能偷过；今若弃此要路，屯兵于山上，倘魏兵骤至，四面围定，将何策保之？"谡大笑曰："汝真女子之见！兵法云：'凭高视下，势如劈竹。'若魏兵到来，吾教他片甲不回！"平曰："吾累随丞相经阵，每到之处，丞相尽意指教。今观此山，乃绝地也。若魏兵断我汲水之道，军士不战自乱矣。"谡曰："汝莫乱道！孙子云：'置之死地而后生。'若魏兵绝我汲水之道，蜀兵岂不死战？以一可当百也。吾素读兵书，丞相诸事尚问于我，汝奈何相阻耶！"平曰："若参军欲在山上下寨，可分兵与我，自于山西下一小寨，为掎角之势[2]。倘魏兵至，可以相应。"马谡不从。忽然山中居民，成群结队，飞奔而来，报说魏兵已到。王平欲辞去。马谡曰："汝既不听吾令，与汝五千兵自去下寨。待吾破了魏兵，到丞相面前须分不得功！"王平引兵离山十里下寨，画成图本，星夜差人去禀孔明，具说马谡自于山上下寨。

---

1 城垣：城墙。

2 掎（jǐ）角：捉兽时拖住兽脚叫"掎"，抓住兽角叫"角"，这里比喻两头牵制或两面夹击。

却说司马懿在城中，令次子司马昭去探前路，若街亭有兵守御，即当按兵不行。司马昭奉令探了一遍，回见父曰："街亭有兵守把。"懿叹曰："诸葛亮真乃神人，吾不如也！"昭笑曰："父亲何故自堕志气耶[1]？男料街亭易取[2]。"懿问曰："汝安敢出此大言？"昭曰："男亲自哨见[3]，当道并无寨栅，军皆屯于山上，故知可破也。"懿大喜曰："若兵果在山上，乃天使吾成功矣！"遂更换衣服，引百余骑亲自来看。是夜天晴月朗，直至山下，周围巡哨了一遍，方回。马谡在山上见之，大笑曰："彼若有命，不来围山！"传令与诸将："倘兵来，只见山顶上红旗招动，即四面皆下。"

却说司马懿回到寨中，使人打听是何将引兵守街亭。回报曰："乃马良之弟马谡也。"懿笑曰："徒有虚名，乃庸才耳！孔明用如此人物，如何不误事！"又问："街亭左右别有军否？"探马报曰："离山十里有王平安营。"懿乃命张郃引一军，当住王平来路。又令申耽、申仪引两路兵围山，先断了汲水道路；待蜀兵自乱，然后乘势击之。当夜调度已定。

次日天明，张郃引兵先往背后去了。司马懿大驱军马，一拥

1　自堕志气：自己贬损自己，丧失斗志。

2　男：儿子对父母的自称。

3　哨见：侦察看见。

而进，把山四面围定。马谡在山上看时，只见魏兵漫山遍野，旌旗队伍，甚是严整。蜀兵见之，尽皆丧胆，不敢下山。马谡将红旗招动，军将你我相推，无一人敢动。谡大怒，自杀二将。众军惊惧，只得努力下山来冲魏兵。魏兵端然不动[1]。蜀兵又退上山去。马谡见事不谐，教军紧守寨门，只等外应。

却说王平见魏兵到，引军杀来，正遇张郃；战有数十余合，平力穷势孤，只得退去。魏兵自辰时困至戌时[2]，山上无水，军不得食，寨中大乱。嚷到半夜时分，山南蜀兵大开寨门，下山降魏。马谡禁止不住。司马懿又令人于沿山放火，山上蜀兵愈乱。马谡料守不住，只得驱残兵杀下山西逃奔。司马懿放条大路，让过马谡。背后张郃引兵追来。赶到三十余里，前面鼓角齐鸣，一彪军出，放过马谡，拦住张郃；视之，乃魏延也。延挥刀纵马，直取张郃。郃回军便走。延驱兵赶来，复夺街亭。赶到五十余里，一声喊起，两边伏兵齐出，左边司马懿，右边司马昭，却抄在魏延背后，把延困在垓心。张郃复来，三路兵合在一处。魏延左冲右突，不得脱身，折兵大半。正危急间，忽一彪军杀入，乃王平也。延大喜曰："吾得生矣！"二将合兵一处，大杀一阵，魏兵方退。

1　端然：整肃的样子。
2　辰时：指早上七时到九时。戌（xū）时：指晚上七时到九时。

二将慌忙奔回寨时，营中皆是魏兵旌旗。申耽、申仪从营中杀出。王平、魏延径奔列柳城，来投高翔。

此时高翔闻知街亭有失，尽起列柳城之兵，前来救应，正遇延、平二人，诉说前事。高翔曰："不如今晚去劫魏寨，再复街亭[1]。"当时三人在山坡下商议已定。待天色将晚，兵分三路。魏延引兵先进，径到街亭，不见一人，心中大疑，未敢轻进，且伏在路口等候，忽见高翔兵到，二人共说魏兵不知在何处。正没理会，又不见王平兵到。忽然一声炮响，火光冲天，鼓声震地，魏兵齐出，把魏延、高翔围在垓心。二人往来冲突，不得脱身。忽听得山坡后喊声若雷，一彪军杀入，乃是王平，救了高、魏二人，径奔列柳城来。比及奔到城下时，城边早有一军杀到，旗上大书"魏都督郭淮"字样。原来郭淮与曹真商议，恐司马懿得了全功，乃分淮来取街亭；闻知司马懿、张郃成了此功，遂引兵径袭列柳城。正遇三将，大杀一阵。蜀兵伤者极多。魏延恐阳平关有失，慌与王平、高翔望阳平关来。

却说郭淮收了军马，乃谓左右曰："吾虽不得街亭，却取了列柳城，亦是大功。"引兵径到城下叫门，只见城上一声炮响，旗帜

1　复：收复。

皆竖，当头一面大旗，上书"平西都督司马懿"。懿撑起悬空板[1]，倚定护心木栏干[2]，大笑曰："郭伯济来何迟也？"淮大惊曰："仲达神机，吾不及也！"遂入城。相见已毕，懿曰："今街亭已失，诸葛亮必走。公可速与子丹星夜追之。"郭淮从其言，出城而去。懿唤张郃曰："子丹、伯济，恐吾全获大功，故来取此城池。吾非独欲成功，乃侥幸而已。吾料魏延、王平、马谡、高翔等辈，必先去据阳平关。吾若去取此关，诸葛亮必随后掩杀，中其计矣。兵法云：'归师勿掩，穷寇莫追。'[3]汝可从小路抄箕谷退兵。吾自引兵当斜谷之兵。若彼败走，不可相拒，只宜中途截住，蜀兵辎重[4]，可尽得也。"张郃受计，引兵一半去了。懿下令："竟取斜谷，由西城而进[5]。西城虽山僻小县，乃蜀兵屯粮之所，又南安、天水、安定三郡总路。若得此城，三郡可复矣。"于是司马懿留申耽、申仪守列柳城，自领大军望斜谷进发。

却说孔明自令马谡等守街亭去后，犹豫不定。忽报王平使人送图本至。孔明唤入，左右呈上图本。孔明就文几上拆开视之，拍案大惊曰："马谡无知，坑陷吾军矣！"左右问曰："丞相何故

1　悬空板：这里指架在护城河上的吊桥。
2　护心木栏干：古代战时城上防护身体用的栏板。
3　"归师"二句：不偷袭撤退的军队，不追赶走投无路的敌人。掩，偷袭。
4　辎重（zīzhòng）：随军运载的军械、粮草等物资。
5　西城：今陕西安康。

失惊？"孔明曰："吾观此图本，失却要路，占山为寨。倘魏兵大至，四面围合，断汲水道路，不须二日，军自乱矣。若街亭有失，吾等安归？"长史杨仪进曰："某虽不才，愿替马幼常回。"孔明将安营之法，一一分付与杨仪。正待要行，忽报马到来，说："街亭、列柳城，尽皆失了！"孔明跌足长叹曰[1]："大事去矣！此吾之过也！"急唤关兴、张苞分付曰："汝二人各引三千精兵，投武功山小路而行。如遇魏兵，不可大击，只鼓噪呐喊，为疑兵惊之。彼当自走，亦不可追。待军退尽，便投阳平关去。"又令张冀先引军去修理剑阁，以备归路。又密传号令，教大军暗暗收拾行装，以备起程。又令马岱、姜维断后，先伏于山谷中，待诸军退尽，方始收兵。又差心腹人，分路报与天水、南安、安定三郡官吏军民，皆入汉中。又遣心腹人到冀县搬取姜维老母，送入汉中。

孔明分拨已定，先引五千兵退去西城县搬运粮草。忽然十余次飞马报到，说："司马懿引大军十五万，望西城蜂拥而来！"时孔明身边别无大将，只有一班文官，所引五千军，已分一半先运粮草去了，只剩二千五百军在城中。众官听得这个消息，尽皆失色。孔明登城望之，果然尘土冲天，魏兵分两路望西城县杀来。

1　跌足：跺脚。

孔明传令，教"将旌旗尽皆隐匿[1]，诸军各守城铺[2]。如有妄行出入，及高言大语者，斩之！大开四门，每一门用二十军士，扮作百姓，洒扫街道。如魏兵到时，不可擅动，吾自有计"。孔明乃披鹤氅，戴纶巾，引二小童携琴一张，于城上敌楼前，凭栏而坐，焚香操琴。

却说司马懿前军哨到城下，见了如此模样，皆不敢进，急报与司马懿。懿笑而不信，遂止住三军，自飞马远远望之。果见孔明坐于城楼之上，笑容可掬，焚香操琴。左有一童子，手捧宝剑；右有一童子，手执麈尾[3]。城门内外，有二十余百姓，低头洒扫，傍若无人，懿看毕大疑，便到中军，教后军作前军，前军作后军，望北山路而退。次子司马昭曰："莫非诸葛亮无军，故作此态？父亲何故便退兵？"懿曰："亮平生谨慎，不曾弄险[4]。今大开城门，必有埋伏。我兵若进，中其计也。汝辈岂知？宜速退。"于是两路兵尽皆退去。

孔明见魏军远去，抚掌而笑。众官无不骇然，乃问孔明曰："司马懿乃魏之名将，今统十五万精兵到此，见了丞相，便速退

1　隐匿（nì）：隐藏。
2　城铺：城上各自防守的地段。
3　麈（zhǔ）尾：本是古人闲谈时用以驱虫、掸尘的工具，后来渐成为一种名流雅器，时常拿在手中。
4　弄险：冒险逞能。

空城计 / 古代版画

去，何也？"孔明曰："此人料吾生平谨慎，必不弄险；见如此模样，疑有伏兵，所以退去。吾非行险，盖因不得已而用之。此人必引军投山北小路去也。吾已令兴、苞二人在彼等候。"众皆惊服曰："丞相之机，神鬼莫测。若某等之见，必弃城而走矣。"孔明曰："吾兵止有二千五百，若弃城而走，必不能远遁[1]。得不为司马懿所擒乎？"后人有诗赞曰：

瑶琴三尺胜雄师[2]，诸葛西城退敌时。十五万人回马处，土人指点到今疑。

言讫，拍手大笑，曰："吾若为司马懿，必不便退也。"遂下令，教西城百姓，随军入汉中：司马懿必将复来。于是孔明离西城望汉中而走。天水、安定、南安三郡官吏军民，陆续而来。

却说司马懿望武功山小路而走。忽然山坡后喊杀连天，鼓声震地。懿回顾二子曰："吾若不走，必中诸葛亮之计矣。"只见大路上一军杀来，旗上大书"右护卫使虎翼将军张苞"。魏兵皆弃甲抛戈而走。行不到一程，山谷中喊声震地，鼓角喧天，前面一

---

1 远遁：逃往远处。
2 瑶琴：以美玉装饰的琴。

杆大旗，上书"左护卫使龙骧将军关兴"。山谷应声[1]，不知蜀兵多少，更兼魏军心疑，不敢久停，只得尽弃辎重而去。兴、苞二人皆遵将令，不敢追袭，多得军器粮草而归。司马懿见山谷中皆有蜀兵，不敢出大路，遂回街亭。此时曹真听知孔明退兵，急引兵追赶。山背后一声炮响，蜀兵漫山遍野而来，为首大将乃是姜维、马岱。真大惊，急退军时，先锋陈造已被马岱所斩。真引兵鼠窜而还。蜀兵连夜皆奔回汉中。

…………[2]

却说司马懿分兵而进。此时蜀兵尽回汉中去了。懿引一军复到西城，因问遗下居民及山僻隐者，皆言孔明止有二千五百军在城中，又无武将，只有几个文官，别无埋伏。武功山小民告曰："关兴、张苞，只各有三千军，转山呐喊，鼓噪惊追[3]，又无别军，并不敢厮杀。"懿悔之不及，仰天叹曰："吾不如孔明也！"

1　应声：这里指回声。
2　此处略去与"空城计"无关的内容。
3　鼓噪：擂鼓呐喊。

各方赞誉

四大名著与《儒林外史》是中国小说史的巅峰，也是中华传统文化的名片。如何让中小学生进入经典的世界，从宏观上说，是学术界与教育界的共同课题与责任；从微观上说，也是我自己多年来的一个困惑。现在侯会教授把自己数十年的学术积累贡献出来，与孩子们一起来面对这个挑战。我也终于为女儿找到了进入经典的路径。

——北京师范大学文学院教授　李小龙

侯会老师作为古典小说研究专家，兼有丰富的文学经典普及经验，他的这套古典小说名著读本，提炼了"五大名著"的精髓，以"导读""速读""精读"三重读法，一步步引领青少年走进古典小说的精彩世界。

——首都经贸大学文化与传播学院教授　彭利芝

五大古典文学名著，每一部都煌煌数十万言，读起来费时费力，因此，需要一套既能激发孩子阅读兴趣，又能为孩子指引路径的辅导

读物。《侯会给孩子讲古典文学名著》正是一套契合此旨意的书籍。通过这套书的引导，小读者能够获得事半功倍的阅读效果。

——中国艺术研究院副研究员、

中国红楼梦学会执行秘书长　何卫国

古典小说名著是中华文学的瑰宝，是中国人必须形成的阅读记忆。但孩子的阅读往往陷入困境：一方面课程标准、语文教材、语文高考不断加大阅读要求，另一方面由于时代背景、语言风格、故事内容的巨大差异，造成孩子不想读、读不懂、读了无效的普遍状况。要解决这一困境，需要作者既了解文本，又了解孩子。侯会教授正是适合的作者，《侯会给孩子讲古典文学名著》正是适合的书。

——儿童阅读研究者　王林

孩子们要"读懂"四大名著和《儒林外史》，不仅要啃完全文，更需要专业、平近、举重若轻的"解码书"。侯会教授说，精彩的故事讲三遍。读名著，读出历史、世情和自我，才是阅读的高光时刻。

——童书作家、三五锄创始人　粲然

侯会老师这套书，用"三重读法"领着孩子走进经典："导读"提纲挈领，概览艺术特色；"速读"去芜存菁，理清故事主线；"精读"含英咀华，赏析精彩章节。跟着侯老师，循序渐进、拾级而上，读

通、读懂、读透五部经典名著，从根儿上提升孩子的文学素养。

——浙江省语文特级教师　张祖庆

　　侯老爷子讲名著最大的亮点是懂经典更懂孩子。孩子读完一定眼界大开：不仅爱上读名著，更能变成半个阅读小专家；莫说是应对中高考，语文历史老师也得刮目相看。偷偷告诉你，侯老爷子在师范院校教了一辈子书，是很多语文老师的语文老师的语文老师，想学筋斗云，找悟空当然不如找须菩提祖师啊。

——北京景山学校语文教师　孟岳

　　在这套书中，侯教授用生动流畅的语言对每部古典名著都进行了三重引读："话说"部分不但涉及相关背景资料，还渗透毛宗岗、金圣叹等批评大家的重要文学思想。这既提升了阅读的高度，又为学生广泛深入地阅读做了铺垫。"速读"部分用较少的文字，理出了内容连贯、重点突出的整本书情节，让学生可以轻松地一窥全貌。"选粹"部分在节选精彩内容的基础上，对原文作了精当的阅读提示和准确的注释。学生可以在把握背景知识、了解整体情节的基础上，品味原著本身的韵味。

——北京市海淀区翠湖小学语文教师　张波

古典小说的阅读，是寻章摘句，还是按部就班？是六经注我，还是我注六经？是信马由缰，还是亦步亦趋？在我看来，没有绝对的标答。对于现今的孩子来说，博观而约取的姿态、方法，更自由，更有益，更值得提倡。跟着侯会老师随性而读，有的放矢，不亦快哉！

——深圳实验学校语文名师、

全国推动读书十大人物　周其星

　　侯会教授这套书，立足小说整体，总结了同一人物分散在各回目的典型特征，引导学生阅读有关人物的"全部"信息，全面理解人物。根据学生年龄特点，侯老师有意选择名著中的"精华"，剔除"糟粕"。每部作品，均以人物为主线，由趣味性的导读、概括性的速读和经典情节的精读三部分组成，以此来窥名著之全貌。

——清华大学附属中学语文教师　向东佳

　　侯老师的新作可谓"信、趣、粹"。"信"是指准确可信。侯老师学养深厚，治学严谨，言必有据，笔底风骨，字斟句酌。"趣"是指风趣幽默。古典名著往往令人望而生畏，给人难以亲近之感。侯老师涉笔成趣，文字蔼然，仿若长者俯身与孩童谈笑，春风化雨育桃李。"粹"是指去粗取精。中国古典文学名著鸿篇巨制，一般读者不易识

其精要。侯老师以专业的眼光遴选出精华并加以精烹细饪，令人读之顿感大快朵颐。

——北京市第五中学语文高级教师、北京市骨干教师　徐淳

从"话说"的提要，到"速读"的通览，再到"选粹"的精读，《侯会给孩子讲古典文学名著》既能基于孩子实际能力，架起初读的桥梁，又能引人入胜，领着孩子见识名著的精髓，激起阅读原典的热情。更重要的是，侯会老师每本书的结构，以及他对选章的提示与分析，都示范了一种读法，得鱼，而不忘筌，为阅读原典打下了方法论的基础。

——全国优秀教师、知名阅读推广人　冷玉斌

曾读过侯会老师的"讲给孩子的文学经典"系列，很为侯老师这种披沙拣金、捧出甘甜的果实送人的精神所感动。今年侯老师又出新书，看完之后再次惊喜：这套书既有对名著成书背景及文学成就的解读，有着眼于"面"的对每一章节的介绍，又有着眼于"点"的对经典章节的选读。这种编书选文的体例正是一线整本书阅读教学中所需要的，它将会是老师和学生的好帮手。

——厦门市英才学校语文教师　苗旭峰

几年前，读《讲给孩子的中国文学经典》《讲给孩子的世界文学经典》，夜以继日，难抑激动，我发了平生第一条朋友圈："厚积薄发，深入浅出。向侯先生这样有大学问又愿为小孩子写书的教授致敬！"

欲览《红楼梦》《水浒传》等"5A 景区"，须随"金牌导游"。游山五岳、拥书百城的侯先生，在陪你"赏景"的同时，还会要言不烦，告诉你如何"取景"，如何"写景"，如何探索发现……

——《作文指导报》主编　周录恒

对孩子来说，阅读大部头的古典文学名著，犹如让他们独闯世界。问题是这个世界千端万绪，包罗万象，任他们独自进入成人视角的世界，而不加恰当引领，不免存在失控的风险。侯会教授这套书犹如帮助孩子阅读的地图和攻略，它让名著世界迷人而不致使人迷失，让这些古典文学名著在孩子的目光之下，真正具备了童年的属性。

——作家、《中国画 好好看》作者　田玉彬

侯会老师从读者的视角来写作，将多种阅读策略相融合，深入浅出，读之可亲，为孩子们打开了古典名著的魅力世界。

——北京市十一学校语文特级教师　史建筑

侯会给孩子讲古典文学名著

侯会给孩子讲

西游记

侯会 著

生活·讀書·新知 三联书店

图书在版编目（CIP）数据

侯会给孩子讲古典文学名著. 2, 西游记 / 侯会著.
北京：生活·读书·新知三联书店, 2024. 9. -- ISBN
978-7-108-07907-7

Ⅰ. I207.41-49

中国国家版本馆 CIP 数据核字第 2024XL1699 号

责任编辑　王海燕

特约编辑　刘红霞　贺　天

封扉设计　赵　欣

责任印制　卢　岳

出版发行　**生活·讀書·新知** 三联书店
　　　　　（北京市东城区美术馆东街 22 号　100010）

网　　址　www.sdxjpc.com

经　　销　新华书店

印　　刷　河北品睿印刷有限公司

版　　次　2024 年 9 月北京第 1 版
　　　　　2024 年 9 月北京第 1 次印刷

开　　本　880 毫米 × 1230 毫米　1/32　印张 10.5

字　　数　180 千字　图 33 幅

印　　数　0,001 - 6,000 册

定　　价　268.00 元（全五册）

（印装查询：01064002715；邮购查询：01084010542）

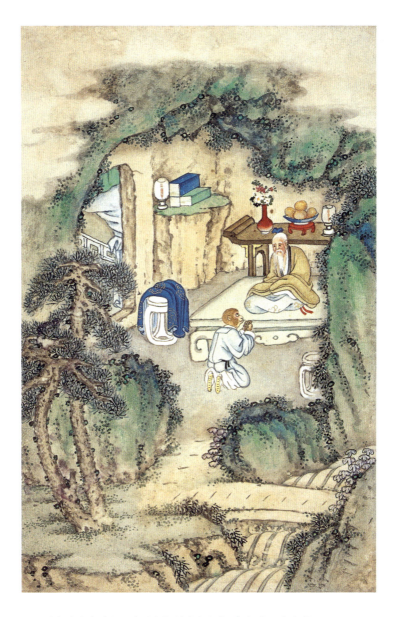

孙悟空出海游历，在西牛贺洲灵台方寸
山拜须菩提祖师为师，学得一身好本领。

悟空拜师学艺 / [清] 佚名彩绘

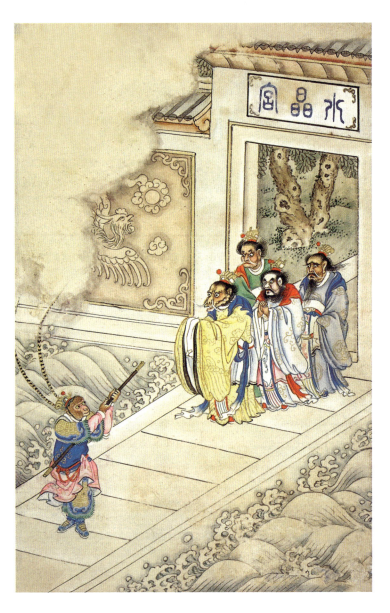

龙宫借宝 / [清] 佚名彩绘　　孙悟空学艺归来，因无趁手兵器，到东海龙宫"借"得如意金箍棒及一身盔甲。

由万籁鸣、唐澄执导的动画片《大闹天宫》（1961）六十多年来享誉世界。片中的人物形象是由画家张光宇设计的。

五行山观音化悟空 / [清] 佚名彩绘

孙悟空被压五行山，一晃五百年过去了。观音菩萨见他有心悔过，嘱他等待取经人，将功补过。图中跪拜的是监押悟空的土地、山神和天将。

取经路上，"白骨夫人"先后幻化
成年轻女子及老妇、老翁模样，
欲害唐僧，被悟空一一识破。

三打白骨精 / 赵宏本、钱笑呆 绘

车迟国斗法 / [清] 佚名彩绘　在车迟国，悟空与三"国师"（实为虎、鹿、羊成精）赌赛斗法。悟空指挥雷公、电母助唐僧求雨。

唐僧等被阻火焰山，悟空向铁扇公主借芭蕉扇灭火，几经周折，方得如愿。图中展示悟空借得假扇、几乎引火烧身的情景。

三调芭蕉扇 / [清] 佚名彩绘

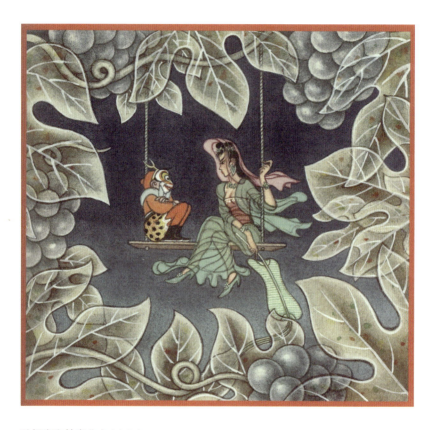

孙悟空和铁扇公主 / 张光宇 绘

师徒四人 / 张光宇 绘

悟空三兄弟 / 张光宇 绘

通天河畔晾真经 / [清] 佚名彩绘

唐僧师徒取经归来，于通天河落水，不得不在河畔高崖上晾晒被水浸湿的佛经。

西安大慈恩寺大雁塔 | 此塔最初由玄奘主持修建,用以收藏取回的佛经,后屡经改建。

目录

前言　　1

第一编　话说《西游记》

1. 历史上的三藏取经　　003

2. 吴承恩：取经故事集大成　　007

3. 石猴神话与江流传奇　　011

4. 美猴王的"心路历程"　　014

5. 试问神猴何处来　　018

6. "三位一体"说神魔　　022

7. 如来弟子要"红包"　　028

8. 小个子不惧大块头　　031

9. 动物世界，玩世主义　　034

第二编　《西游记》速读

1. 石猴出世　　041

2. 大闹天宫　　043

3. 江流救母，唐僧取经　　046

4. 三藏收悟空　　048

5. 袈裟引起的风波　　049

6. 云栈收八戒，灵吉定黄风　　050

7. 悟净拜师父，观音试禅心　　052

8. 仙果好吃树难栽　　053

9. 三打白骨精　　055

10. 智激孙悟空，收服黄袍怪　　056

11. 莲花洞智斗金银怪　　058

12. 乌鸡国文殊收青狮　　059

13. 红孩儿皈依，小鼍龙作怪　　060

14. 车迟国斗法降妖　　063

15. 通天河金鱼作祟　　065

16. 金皘洞老君收青牛　　066

17. 智辞女儿国，借力除蝎精　　067

18. 真假美猴王　　068

19. 三调芭蕉扇　　071

20. 祭赛国二郎助阵，荆棘岭花木成妖　　072

21. 小雷音弥勒缚黄眉　　073

22. 朱紫国行者救王后　　075

23. 蜘蛛现原形，金针刺蜈蚣　　077

24. 狮驼岭降伏三魔　　078

25. 比丘国行者救小儿　　079

26. 陷空山鼠精被擒　　080

27. 灭法国皈依佛法，隐雾山豹精送命　　　081

28. 凤仙郡解旱情，玉华县收狮精　　081

29. 金平府诛犀牛，天竺国降玉兔　　084

30. 寇员外斋僧得善报　　086

31. 唐三藏取经成正果　　087

第三编　《西游记》选粹

1. 节选一　石猴出世觅洞天　　091

2. 节选二　东海得宝　　102

3. 节选三　当了一回弼马温　　112

4. 节选四　大闹蟠桃会　　122

5. 节选五　孙悟空大闹天宫　　　136

6. 节选六　孙悟空三打白骨精　　　159

7. 节选七　义激美猴王　　　180

8. 节选八　八戒巡山　　　192

9. 节选九　宝贝装天　　　206

10. 节选一〇　车迟国祈雨　　　214

11. 节选一一　孙悟空三调芭蕉扇　　　231

12. 节选一二　灭法国改号"钦法国"　　　276

附录　各方赞誉　　　301

前　言

不止一位家长抱怨说："老师让孩子读名著，还要'整本读'。孩子死活读不进去，愁死了！"我听了总要反问："您说的'名著'，是指哪个领域的？是自然科学的，还是社会科学的？是戏剧的，还是小说的？"

我当然是明知故问。我想强调的是，把《三国演义》《红楼梦》等称为"名著"，前面至少应加上"古典小说"或"小说"的限制语，不要给孩子留下错觉，以为只有古典小说才可称为"名著"。

这些家长知道我在高校中文系教古代文学，对古典小说有一点研究，想听听我的意见和建议。——我当然赞同老师的安排，因为明清小说与楚辞汉赋、唐诗宋词，同属中华文学遗产中的瑰宝，让孩子从小就接触，无疑是十分有益的。

然而，这些作品虽说是白话小说，语言上跟今天的书面语仍有较大差异；加上书中的文化背景、审美情趣跟今天相去甚远，孩子们一时难以接受，又是正常的。何况这些作品动辄几十万言，要成年人"整本读"也不轻松，何况是课业负担沉重的孩子们！

那么，"跳"着读行不行呢？譬如孩子们读了语文课本中的"武松打虎"片段，也就了解了武松的勇猛与大胆，难道还不够吗？显然还不够。武松的故事在《水浒传》中贯穿数十回，这位好汉不但勇力过人、艺高胆大，而且头脑清醒、敢做敢当、不畏强暴、见义勇为……要完整了解这个人物，你就必须通读全书，至少要读与他相关的章节。同样，你想完整了解《红楼梦》中的林黛玉，只读课本中的"林黛玉进贾府"是远远不够的，必须对《红楼梦》做"整本"阅读才行。

自然，"整本读"有整本读的难处，孩子们没有时间和精力，只是一个方面。一些章回小说结构松散，文学水准前后参差，如《水浒传》的精彩情节全都集中在前四五十回；而《三国演义》写到诸葛亮死后，也便味同嚼蜡……若一味强调"整本读"，不但空耗小读者的时间和精力，更会败坏他们的阅读口味。

至于一些"少儿不宜"的情节，像《水浒传》中的滥杀场面和情色描写，更是"整本读"之大忌。

总结起来，孩子们在阅读小说名著时，所遇难点有三：一是没时间读，尤其是没时间"整本读"；二是不感兴趣，读不进去；三是缺乏引导，即使读了，也很难做到"取其精华，去其糟粕"，弄不好，还可能"略其精华，专取糟粕"，那还不如不读。

面对孩子和家长们的苦恼，我觉得有义务为孩子们提供一点帮助，那就是整理出一套适合中小学生阅读的古典小说名著读本。初步选取《三国演义》《水浒传》《西游记》《红楼梦》和《儒林外史》这五部章回小说名著，编纂成《侯会给孩子讲〈三国演义〉》《侯会给孩子讲〈水浒传〉》《侯会给孩子讲〈西游记〉》《侯会给孩子讲〈红楼梦〉》和《侯会给孩子讲〈儒林外史〉》五册读本，组成套装《侯会给孩子讲古典文学名著》

每册读本分为三编，以本册《侯会给孩子讲〈西游记〉》为例，第一编为"话说《西游记》"，即由笔者充当"导游"，在进入小说"景区"之前，语调亲切地跟小"游客"们聊聊这部名著的作者、主题、艺术、人物、版本……引领他们走近作品，激发他们的兴趣，让他们先对作品有个整体把握，并产生强烈的"游览"欲望。

第二编为"《西游记》速读"，笔者用最简练的语言，将小说的主要情节加以复述。小读者在了解作品内容的同时，还可学习如何迅速抓住关键词语，准确把握内容主线，提升自己复述、总结的能力。——经此一番"速读"，等于跟着笔者将小说名著"整本"通读一遍。全局在胸，也便于圈定"精读"的目标和范围。

第三编为"《西游记》选粹"，笔者精心遴选小说原著的精彩片段，原汁原味地呈现在小读者面前，让他们亲身感受经典的魅力。所选内容的篇幅，约占原著的十分之一到五分之一。这样做，既保证了足够的阅读量，使精彩内容不致遗漏，同时又节省了小读者的时间和精力。而剔除糟粕、避开消极内容，也不再是难题。

考虑到古今语言及文化上的隔膜，"选粹"部分还对原文中的生疏字词及古代文化知识做出注释，因为是面对小读者，注释尽量做到详尽而通俗。

此外，笔者还把自己的研究心得和阅读体会总结成"阅读提示"，置于每段节选内容的开头，引导小读者更好地欣赏文字之美，更深刻地理解作者的文心，借此提升自身的美学修养及写作能力。

总之，这套读本的编纂初心，就是帮助孩子们（包括家长、老师）解决古典小说名著的阅读难题，使他们能在较短时间内，高效率地读完、读懂、读透古典小说名著。孩子们如能因此产生浓厚的阅读兴趣，从而主动地去通读、精读小说原著，那是再好不过的事！

本册为《侯会给孩子讲〈西游记〉》，所参用的小说底本为明万历二十年（1592）金陵世德堂刊《新刻出像官板大字西游记》（二十卷一百回）。本书第三编"《西游记》选粹"的词语注释，是由吴喆同志承担的。

这套读本的插图，获准使用著名画家王叔晖、程十发、赵宏本、钱笑呆、张光宇、吴光宇、墨浪、卜孝怀、张旺、孙文然、叮当等先生的画作，深感荣幸。在此过程中，得到张旺、王维澄、程多多、赵秀鸿、李劲南、付建邦、丛日宏诸先生的慷慨允诺和热情支持，在此表示衷心感谢！

三联书店的王海燕女士是这套书的责任编辑，从策划到成书，都得到她的热情鼓励和帮助，感激之情，尽在不言中！

第一编

话说《西游记》

1.历史上的三藏取经

《西游记》在章回小说中被归入"神魔小说"，然而唐僧取经却实有其人、实有其事。

顾名思义，唐僧是唐朝僧人，俗姓陈，名祎（yī）（602—664），洛阳缑氏（今河南偃师缑氏镇）人。他十三岁出家，法号玄奘（zàng）。二十七岁时，只身赴天竺（今天的印度）求取佛经，对佛教在中华的传播贡献巨大，被尊为"三藏法师"。只是在西游故事中，他的取经历程被大大神化了。

按《西游记》的说法，玄奘于贞观十三年（639）出发，十四年后归来。然而这个说法有误。历史上，玄奘登程西行是在贞观三年（629），于贞观十九年（645）归来，前后共十七年（一说于贞观元年出发，前后十九年）。

玄奘启程时，唐朝与西域的突厥人处于交战状态，边界封锁严密。适逢大旱，玄奘混在逃荒的百姓中出了长安城。西行路上烽火台林立，玄奘只能昼伏夜出，有两回还差点被箭射中。守边的将军被他远行求法的志向所感动，偷偷将他送出国界。

在小说中，唐僧有悟空、八戒、沙僧三个徒弟，一路护送他到天竺；那么历史上玄奘取经，有没有徒弟跟随呢？据记载，他路过敦煌时，有个胡人石盘陀主动为他做向导，但不久就打了退堂鼓。陪伴玄奘的，只剩一匹老马。

玉门关外的莫贺延碛（qì）大沙漠长八百里，上不见飞鸟，下不见走兽；更难的是缺水。一次，玄奘不小心打翻了水囊，本想返回水源处取水，往回走了十几里，忽然想到自己曾发下宏愿：不到天竺绝不东移一步！于是他毅然转身西行，一连走了四五天，因饥渴几乎昏迷。幸而老马识途，带他找到一处泉水，人和马才得救。

高昌国国王要强留玄奘做"国师"，玄奘绝食坚拒。国王受了感动，与他结为兄弟，送他上路。在天竺，他还曾遇到强盗，要杀他祭天；玄奘默诵经文，刚巧狂风大作，大树也被连根拔起。强盗们以为遇上神人，都抛掉刀枪，围着他跪拜，将他护送过境……类似的天灾人祸还有不少，小说中的"八十一难"并非完全虚构。

玄奘到天竺时，佛教在那里已经衰落。玄奘四处搜求遗经、寻访高僧，走遍印度全境。经过十余年的搜求与钻研，他对大乘佛经的理解与修持，已远远超过当地僧侣。一次他在恒河举行辩论大会，几千僧侣听他讲论佛法，无不佩服得五体投地。

十七年间，玄奘跋山涉水，历尽艰辛，往返十余万里，途经一百二十八国，最终带回梵文佛经六百五十七部。去时精壮的小伙儿，归来已年过不惑。

当年玄奘是偷偷出境的，回归时，朝廷高官全体出城迎候。唐太宗在洛阳亲自接见他，许以高官厚禄。玄奘不肯还俗，唯愿收徒传道，翻译佛经。

译经之余，玄奘口述西行见闻，由他的弟子写成《大唐西域记》和《大唐大慈恩寺三藏法师传》。为了颂扬师父的功德业绩，文字中不免有所夸饰，还穿插了一些宗教神话。也就是说，在玄奘还活着的时候，取经故事就已经染上了神异色彩。

玄奘西行求法图

2. 吴承恩：取经故事集大成

晚唐五代时，玄奘取经的事迹已在民间广为流传，记录于文人笔记，绘画于佛寺墙壁。甘肃榆林窟宋代壁画中，玄奘身边已出现猴子行者以及驮经的白马。

宋末元初有一部《大唐三藏取经诗话》，是最早的取经题材读本。里面的猴行者是个白衣秀士形象，自称"花果山紫云洞八万四千铜头铁额猕猴王"。他保护三藏去西天，途经三十六国，行程百万里。所经国度有树人国、狮子林、长坑大蛇岭、九龙池、鬼子母国、女人国……猴行者神通广大、活泼好斗，一路扫除妖魔，出力不少。故事中还出现深沙神的形象，但还没有猪八戒。

话本中的唐三藏却不大"稳重"，路经王母池时，听说吃了蟠桃可以益寿延年，便撺掇行者弄几个来尝尝。行者说，我八百岁时曾偷吃十颗，被王母打了三千铁棒，至今肋下还痛哩，我不敢去。长老则一个劲儿地撺掇他。可是蟠桃摘来，长老却不敢下嘴，原来那样子活像青面鹰爪的小儿！不用说，这段情节在《西游记》

中演变成人参果故事。

到了元代，还曾有一部《西游记平话》，里面已有"大闹天宫"及"车迟国斗法"的情节，可惜原书失传，只有"梦斩泾河龙"的片段，保存在《永乐大典》的残卷里。

宋元明的舞台上，还有不少取经题材戏剧，像南戏《江流和尚》、院本《唐三藏》、杂剧《唐三藏西天取经》《西游记杂剧》等。《西游记杂剧》的作者是明代人杨景贤，全剧六本二十四折。主题虽是玄奘取经，三个徒弟的出身故事倒占了一大半篇幅；真正的取经磨难，只有红孩儿、女儿国和火焰山等四五处。

明代小说家吴承恩把流传近千年的各种取经故事搜集起来，经过整合加工，重新写定，创作了长达百回的章回小说《西游记》。跟《三国演义》《水浒传》一样，这同样是一部"世代累积，大家写定"的作品。

我们今天见到的早期《西游记》是明代万历年间的刊本，署名却有点模糊，只题"华阳洞天主人校（jiào），金陵世德堂梓（zǐ）行"。世德堂是南京有名的书坊（类似于今天的出版社），但"华阳洞天主人"又是谁呢？而且"校"是指校对吧？显然不是创作。

20 世纪上半叶，当代学者从《淮安府志》中发现《西游记》作者的蛛丝马迹，经过一番考证，这才替吴承恩争回了著作权。

吴承恩（1500—1582），江苏淮安人，字汝忠，号射阳山人。

吴承恩塑像

他家本是书香门第，可是到他父亲这儿，为了养家糊口，转而经商。不过父亲经商不忘读书，坐在柜台里仍然手不释卷，买卖的好坏，倒不大放在心上。

吴承恩自幼聪明好学，特别喜欢野史杂传，尤其爱读神怪故事，自己还写过一部神怪故事集《禹鼎志》呢，可惜书已失传，只留下一篇序言。

吴承恩早早成了秀才，却没能考取举人。中年以后，补了个贡生。此后为了养家，他做过县丞；还到湖北王府当过闲差，官名是"荆府纪善"，相当于王子的塾师。而这部《西游记》，很可能就是他在荆王府中完成的。

吴承恩晚年回到家乡，放浪诗酒，贫老以终。一生活了八十多岁，在古代算是长寿的。身后除了这部小说，还留下一两本诗集。

3. 石猴神话与江流传奇

　　《西游记》共一百回，主题是玄奘取经，故事却是从徒弟孙悟空讲起。孙悟空无父无母，是从一块仙石中蹦出来的。因他替众猴寻得花果山水帘洞做栖身之地，众猴都尊他为"美猴王"。（参看"《西游记》选粹·石猴出世觅洞天"）

　　可他并不满足，又独自外出修道，在灵台方寸山的斜月三星洞拜须菩提祖师为师，取法号"悟空"，学得七十二般变化；最拿手的是筋斗云，一个筋斗能翻出十万八千里。

　　学道归来，悟空又愁上眉梢。堂堂美猴王，连件趁手的兵器都没有。他跑到东海，向龙王讨要兵器。最终讨得重一万三千五百斤的"天河定底神珍铁"，化作"如意金箍棒"，可长可短、能粗能细，大如擎天柱，小如绣花针，"挽着些儿就死，磕着些儿就亡，挨挨儿皮破，擦擦儿筋伤"。这让猴王如虎添翼。（参看"《西游记》选粹·东海得宝"）

　　本领越大，欲望就越高。这以后，猴王又大闹幽冥界，勾了生死簿。上下三界的秩序，全被他搅乱了。各界神灵纷纷向玉皇大帝告状，玉帝开头采用怀柔策略，命太白金星征召猴王上天，封为"弼马温"。猴王开头还挺得意，可一得知"弼马温"不过是个马倌儿，登时反下天界。

软的不成，又来硬的。玉帝派李靖父子率天兵天将前往花果山讨伐猴王，不料大败而回。这一次，猴王再度被请上天界，美滋滋当上了"齐天大圣"。与"天"相"齐"，还有比这更大的官儿吗？

哪知这只是个有职无权的空衔儿，大圣的日常工作，只是看管蟠桃园而已。不过这倒合了大圣的胃口，猴子最爱吃桃，多多益善。王母娘娘要开蟠桃大会，派七仙女来摘桃子，发现成熟的桃子已经不多了。（参看"《西游记》选粹·大闹蟠桃会"）

以后的情节，朋友们都耳熟能详。美猴王在蟠桃会上偷喝了御酒，又乘醉把太上老君的金丹当炒豆吃了个够。天界总动员，再次来拿美猴王。于是引来孙悟空大闹天宫，结果被如来佛压在五行山下。直到五百年后，三藏取经路过此地，才把他解救出来，收他做了徒弟。（参看"《西游记》选粹·孙悟空大闹天宫"）

单是讲猴王身世，小说就用了七回篇幅。到第八回，取经的主人公唐三藏才登台亮相。不过在世德堂本《西游记》中，有关三藏的出身，竟被作者忽略了，只在一首诗里模糊提及，说三藏本是如来的弟子金蝉，因不肯专心听佛祖讲经，被贬下凡尘，"出身命犯落江星"，小名叫作"江流儿"。

今天出版的《西游记》权威版本，在第八回和第九回之间，插入附录的"陈光蕊赴任逢灾，江流僧复仇报本"，专讲三藏身世。这是清代人补写、由《西游记》另一版本中移入的。

在小说中，三藏取经是从第十三回开始的。此后的八十多回，集中讲述取经的历程。三藏先后收了悟空、白龙马、八戒和沙僧，历经九九八十一难（实则只有四十一个完整故事），终于取得了真经三十五部，共计五千零四十八卷。师徒四人全都修成了正果，就连驮经的白龙马，也成了"八部天龙马"，功德圆满，普天同庆。

4. 美猴王的"心路历程"

在古代小说人物中，孙悟空是十分特殊的一位。他性情高傲，艺高胆大，目无权威，把"犯上作乱"当成乐子，让神界"大佬"们头疼不已。

以后他皈依佛门，疾恶如仇的脾气依旧不改，取经途中，对待妖魔鬼怪和邪恶势力，绝不妥协，从不手软。这样一个"捣蛋分子"，被作者当成正面人物来歌颂，这在文学作品中还真不多见。

听听这猴子说些什么。大闹天宫时，他声称要取代玉皇大帝，说："常言道：'皇帝轮流做，明年到我家。'只教他搬出去，将天宫让与我，便罢了；若还不让，定要搅攘，永不清平！"对待西天佛祖和观音菩萨，他也口无遮拦，说观音"该他（她）一世无夫"，又调侃如来是"妖精的外甥"。至于四海龙王，在他眼里不过是"带角的蚯蚓，有鳞的泥鳅"。

然而《西游记》并非不要传统。孙行者忠于事业、孝敬师父，

孙悟空卡通形象/张光宇 设计

显然又合于儒家观念。他持守"一日为师，终身为父"的信条，为保护师父，受尽委屈、操碎了心。然而唐僧对这个大徒弟却有点不近人情，自己肉眼凡胎，人妖不辨，常常保护了妖精，反而念紧箍咒折磨行者。

就说"三打白骨精"那一回吧，白骨精要吃三藏肉，先化作"花容月貌"的女孩儿，又变作年逾八旬的老妇人、老公公，都被行者识破追杀。可三藏执迷不悟，硬说行者连伤人命，不但猛念紧箍咒，还写下一纸贬书，赶他离开。行者的委屈，可想而知。

在辞别之际，行者仍不忘请师父受他一拜。三藏唧唧哝哝地说:"我是个好和尚,不受你歹人的礼。"没法子,行者使个分身法,变成四个行者,四面围住师父,"噙泪叩头辞长老";临行还不忘嘱咐沙僧,要他好生侍奉师父,遇到妖怪,可以提自己的大名,以期保护师父。没爹没娘的石猴,把三藏当成亲人啦。(参看《西游记》选粹·孙悟空三打白骨精")

从根儿上说,取经故事起源于佛教宣传,可是年深月久,经过说话艺人、市民百姓不断灌水施肥、添枝加叶,小说早已脱离了专意崇佛的主旨,吸收了道教和儒学的内容,显出佛、道、儒三教合一的倾向来。

你看,西天是佛家的圣地,天宫却是道教的地盘。玉皇大帝、太上老君、太白金星、李天王父子、二十八宿及二郎神等,全都是道教神灵。行者大闹天宫时,佛、道两教齐动员。二郎神与猴王在地上打斗,观音与老君在天上观战。观音要用净瓶打行者,被老君拦住说:"你这瓶是个磁器……或撞着他的铁棒,却不打碎了?"于是老君抛出金钢琢,将猴王打倒。日后在取经路上,悟空遇到困难,也常向佛、道两教求援,道教诸神还热情参与对三藏师徒的考验与援救,积极性一点不比佛门差。

儒家的影响又体现在哪儿?行者敬师如父,就是儒家尊奉"天地君亲师"的传统。此外,明代后期,儒家兴起一派"心学"理论,代表人物有王阳明、李卓吾等。这一派主张"致良知",也就是发掘你内心固有的善念（"良知""良能"），人人都能成为圣人。哪怕你是田夫、小贩，大字识不得几个，也都有"一念向善，心存良知"的根基，可能在某个早上"顿悟"。

这让我们联想到小说中有关"心"的种种比喻。如美猴王曾拜须菩提祖师为师，须菩提的修行之处，是"灵台方寸山的斜月三星洞"——"灵台"和"方寸"都是"心"的代称，而"斜月三星"，不正是个"心"字吗？可见猴王接受的，正是"心学"理念。

有学者阐释说，西行路上的种种妖魔，并非真实存在，而是内心不良念头的象征。三藏师徒一路斩妖除怪，便是在和"心魔"做斗争呢。"魔以心生，亦以心慑"，魔鬼由心中产生，只能用修心的方法去克服。在小说中，三藏自己就说过："心生，种种魔生；心灭，种种魔灭。"

人心中有那么多魔鬼吗？看看比丘国那一回吧。悟空假扮三藏，在金殿上当着国王和鹿怪的面剖开肚皮，"那里头就骨都都的滚出一堆心来……却都是些红心、白心、黄心、悭贪心、利名心、嫉妒心、计较心、好胜心、望高心、侮慢心、杀害心、狠毒心、恐怖心、谨慎心、邪妄心、无名隐暗之心、种种不善之心……"人的内心有这么多杂念、恶念，确实需要清理一番。

5. 试问神猴何处来

当然，作为少年读者，完全可以不管啥表层意义、隐含意义，他们只喜欢孙悟空忠诚坚定的品质、一往无前的精神，连同他爱吹牛皮、喜戴高帽儿、得理不让人的毛病，也都一股脑儿接受。没有这些缺点，还是孙猴子吗？

学者们还有个争论不休的问题：这只猴子从何而来？经过反复探讨，大致有几种说法。一派认为，行者是一只地道的中国猴子；另一派说，它身上有着印度猴子的血统。

说中国猴子的这一派，举出唐人李公佐的传奇《古岳渎经》来，里面讲述，有个渔夫从淮水中捞起一条粗铁链，人们用了五十头犍牛来拉铁链，忽然波涛汹涌，拴在铁链尽头的竟是一头猿形怪兽。那家伙足有五丈高，目光如电，发狂似的奔回水中，把五十头犍牛也都带到水里去。据说这怪兽叫"无支祁"，本是淮河水神，大禹治水时被拴在龟山脚下的。

其实无支祁只是长得像猴子，"缩鼻高额，青躯白首，金目雪牙"；它本身并不是猴类。最早把它跟猴子联系到一起的，是明代杨景贤的《西游记杂剧》。剧中的孙行者自报家门说："小圣（这是他自称）兄弟姊妹五人：大姊骊山老母，二妹巫枝祇圣母，大兄齐天大圣，小圣通天大圣，三弟耍耍三郎。""巫枝祇"即"无支祁"，是孙行者的妹妹；而且孙行者也不是"齐天大圣"，那是他大哥的名号。

倒是主张孙悟空是印度猴子的这一派，讲得有些道理。印度有一部长篇史诗《罗摩衍那》，讲述印度十车王太子罗摩遭到放逐，妻子也被妖魔抢走。后来靠着神猴的帮助，王子才重新夺回妻子，并登基为王。

史诗中这只神猴叫哈奴曼，它的母亲本是天上能歌善舞的仙女，受神的诅咒变成一只猴子，与风神相爱，生下哈奴曼。哈奴曼最喜欢吃果子，出生的第一天，就误认为初升的太阳是熟透的果子，纵身跳到天空要去摘取，结果被一个霹雳打下天界，摔断一根肋骨。早期《大唐三藏取经诗话》中，不也有猴行者偷吃蟠桃，受西王母责罚"至今肋下尚痛"的描述吗？

哈奴曼善于变化，可以变得如猫鼬大小，偷入甘果园饱食甘果，并与看守果园的罗刹女大打出手。在《西游记》中，美猴王也曾在蟠桃园里"监守自盗"，还使法术对付前来摘桃的仙女。

哈奴曼还能一跃跳过大海，同罗刹苏罗婆赌斗时，将身体长

印度古迹石雕上的哈奴曼形象

至极高，又跳进苏罗婆的口中，缩成拇指大小，从对方耳朵里钻出。他还钻进罗刹女的肚子里，把她的心撕得粉碎，然后钻个洞跳出来。在《西游记》中，这样的场景也屡见不鲜。此外，哈奴曼还会变苍蝇，变祭师，且头坚如铁、身轻如燕……几乎无一不像孙悟空。

学者还发现，早在三国时，印度神猴故事就已通过佛教经书传来中国。有个西域和尚叫康僧会的，曾翻译《六度集经》，其中一个故事，讲述某国王因敌国来侵，自动让位，与元妃逃到山林中，路遇恶龙将元妃劫去。国王与大猕猴结为好友，猕猴斩杀恶龙，救出元妃，帮国王恢复了王位。这显然就是史诗《罗摩衍那》的内容。

可爱的孙行者身上流着印度猴子的血液，这多少有点让人感到意外。其实说怪也不怪。中华文化从来不是封闭的体系，对我们的历史、哲学、文学、民俗产生巨大影响的佛教，不也是外来的吗？而三藏取经本身，就是中华文明主动汲取外来文化营养的好例子。

也有人"和稀泥"，说孙行者是只混血猴，他身上既有中华文化的基因，又有源于印度的文化因子。这样理解，倒更符合文化交融的规律。

6. "三位一体"说神魔

《西游记》中不少"人物"有着人、神、兽三位一体的特点。看看孙悟空，他有着人的智慧和情感，思维敏捷，伶牙俐齿，对师父一片赤诚，对兄弟能急难相助，你能说他不是"人"吗？

然而他的能力又远超常人：有七十二般变化，能变成鸟兽虫鱼、老松怪石，甚至变座土地庙；一个筋斗能翻十万八千里，拔一撮毫毛嚼一嚼，可以变作千百只小猴，因此他又是神。

他同时又是名副其实的猴子：毛脸雷公嘴，罗圈腿、拐子步，性情急躁、做事毛糙。学道听讲也不安分，"孙悟空在旁闻讲，喜得他抓耳挠腮，眉花眼笑，忍不住手之舞之，足之蹈之……"；变化时，也难脱猴子的特征，如与二郎神赌斗，他变作小庙，那根尾巴却无处安放，只好变作旗杆竖在庙后。哪有旗杆在后的庙宇呢？猴子因此露出了马脚。

猪八戒又何尝不是如此呢？他长嘴大耳，模样像猪，行动蠢笨，习性也像猪。连同他的兵器，也是笨重的大钉钯。他也会变化，但因身材狼犺，只能"变山，变树，变石块，变土墩，变赖象、科猪、水牛、骆驼"，虽然也能变女孩儿，却是个大肚子蠢丫头，得靠师兄吹口仙气，才能变得伶俐些。

此外，八戒贪吃好睡，满口呆话，自私好色，还有嫉妒、偷懒等种种毛病。又爱撒谎，常在背地说师兄坏话，却又往往弄巧成拙，自己反而吃了苦果儿。

悟空是八戒的克星，八戒耍小聪明，总被悟空揭穿。就说狮驼洞八戒被擒的那一回吧，行者变了个蟭蟟虫，到洞中探听消息。见八戒被绑了浸在池塘里，仍不忘开他的玩笑，假称自己是阎王派来的，要勾八戒去阴间。八戒求饶，行者说，宽限一日倒可以，你可有盘缠（指银钱），拿些给我？八戒怎么回答呢？

八戒道："可怜呵！出家人那里有什么盘缠？"行者道："若无盘缠，索了去！跟着我走！"呆子慌了道："长官不要索。我晓得你这绳儿叫做'追命绳'，索上就要断气。有！有！有！有便有些儿，只是不多。"行者道："在那里？快拿出来！"八戒道："可怜，可怜！我自做了和尚，到如今，有些善信的人家斋僧，见我食肠大，衬钱比他们略多些儿，我拿了攒在这里，零零碎碎有五钱银子；因不好收拾，前者到城中，央了个银匠煎在一处，他又没天理，偷了我几分，只

《西游记》有好几个"别名"，这是其中一个

得四钱六分一块儿。你拿了去罢。"行者暗笑道：这呆子裤子也没得穿，却藏在何处？"咄！你银子在那里？"八戒道："在我左耳朵眼儿里揣着哩。我捆了拿不得，你自家拿了去罢。"（《西游记》第七十六回"心神居舍魔归性，木母同降怪体真"）

一段对话，把个爱财惜命的猪八戒写活了。其实聪明的读者早已看出，作者这是借猪来调侃人呢，猪八戒的坏毛病，哪一样不是人的"劣根性"？

除了这一猴一猪，取经路上的狮魔虎怪、鼠妖象精，也都有着"三位一体"的特征。它们的性格及本领，大多符合动物自身的特征，如牛魔王蛮勇好斗，那正是蛮牛的特点；狮魔一口能吞掉十万天兵天将，常言道"狮子大开口"嘛。此外，象精的长鼻子擅卷人，会打洞的老鼠精住在陷空山无底洞，玉兔精则有三处洞穴，所谓"狡兔三窟"……最有意思的是蜘蛛精，它们不仅能吐丝，还各有干儿子：蜜蜂啦，蚂蚁啦，牛虻啦，蜻蜓啦……这些都是蛛网上常俘获的昆虫，被说成蜘蛛的干儿子，亏作者想得出。

作者的想象力无人能比，就说那些神奇的兵器、法宝吧，孙悟空的金箍棒不用说，铁扇公主的芭蕉扇同样神异：小如杏叶，大如风帆，八百里火焰山烈焰腾腾，举扇一扇，顿时火灭烟消！此外还有能装万物的宝袋，化人成汁的魔瓶，一旦拥有就不惧风沙的定风丹……

五庄观仙树上结的人参仙果，样子活像三朝未满的孩童。此树三千年一开花，三千年一结果，再过三千年才成熟，一次只结三十个果子。有缘见到的，闻一闻能活三百六十岁，吃一个能活四万七千年。可这仙果却很娇气，"遇金而落，遇木而枯，遇水而化，遇火而焦，遇土而入"。

行者初时不知其中奥妙，果子落地后，消失得无影无踪。后来问明土地老儿，如法打下三个来。八戒囫囵吞枣，没吃出滋味来，嚷着还要。有句民谚"猪八戒吃人参果——全不知滋味"，便来自这里。

小说里的环境描写同样充满奇思妙想。像流沙河，一眼望不到边，足有八百里宽，鹅毛芦花也漂不起，其实这里说的是大沙漠。火焰山的热劲儿更甭提，"有八百里火焰，四周围寸草不生，若过得山，就是铜脑盖、铁身躯，也要化成汁哩"。那里连房屋都是红色的，"红瓦盖的房舍，红砖砌的垣墙，红油门扇，红漆板榻，一片都是红的"，看着就热！行者在路边买了一块糕，"托在手中，好似火盆里的灼炭，煤炉内的红钉。你看他左手倒在右手，右手换在左手，只道：'热！热！热！难吃！难吃！'"。

行者在老君炉内炼了四十九天都不怕，难道会怕火焰山的一块热糕？可是你要知道，《西游记》是一部大童话，童话往往是"不讲理"的，人们读着，只觉得趣味横生，哪里还会理论那背后的逻辑、道理？

7. 如来弟子要"红包"

检点西行路上的妖魔，大都跟神仙佛祖有着剪不断、理还乱的关系。例如黄眉大王是弥勒佛的司磬童子；青毛狮子是文殊菩萨的坐骑，曾两度下凡。金角大王、银角大王是太上老君的两个小童；而老君的青牛也曾偷了金刚琢，下凡阻截唐僧。此外，九头狮子怪是救苦天尊的坐骑，比丘国的妖怪国丈则是南极寿星座下的白鹿；还有个黄袍怪，本身就是天上的神将……

孙悟空早就总结出来，这遍地的妖魔，全都有"后台"。在平顶山莲花洞，行者声称要把捉到的妖魔押解到他的主人那里。主人是谁？行者说："若是天魔，解与玉帝；若是土魔，解与地府。西方的归佛，东方的归圣。北方的解与真武，南方的解与火德。是蛟精解与海主，是鬼祟解与阎王。各有地头方向，我老孙到处里人熟，发一张批文，把他连夜解着飞跑！"

说怪也不怪，在取经故事传播的年代，社会现实本来如此：地方上的豪强墨吏，哪一个没有后台撑腰？看看同一时期的小说

《金瓶梅》，恶霸西门庆不也是靠着巴结朝中大奸臣蔡京，才当上提刑官的吗？这么看起来，《西游记》虽是神魔小说，里面又不乏写实的成分。

如小说中写了几个人间国度，全都是"文也不贤，武也不良，国君也不是有道"。这些国度还有个共同点，君主大多"佞道灭佛"，即迷信道教，打击佛教。如车迟国国王把虎、鹿、羊三怪尊为"国师兄长"；在那里，道士吃香喝辣，和尚受难遭罪，不但庙宇被拆，还被赶去做苦工。（参看"《西游记》选粹·车迟国祈雨"）

车迟国还算客气的，灭法国更恶毒，国王发誓要杀一万个和尚！亏得行者有法力，让国王、后妃、王公大臣一夜之间全都变成了"和尚"，这才扭转了局面。（参看"《西游记》选粹·灭法国改号'钦法国'"）

作者这样写，并非无中生有。明代嘉靖皇帝迷信道教，在宫中炼丹服药，搞得乌烟瘴气。道士们全都做了高官，佛教却遭受打击。全国各处拆除庙宇、焚毁佛像，和尚尼姑被迫还俗……小说里的灭佛故事，正是嘉靖朝的现实反映。

不过《西游记》的作者在矫正时弊、颂扬佛教时，并非一味贬低道教。对于佛教，照样也有批评。就说西方极乐世界吧，本应是最清净神圣的地界，可谁能想到那里也染有污秽呢？

三藏等人历尽艰辛，好不容易到了西天，见到佛祖。可是领取佛经时，如来的两个弟子阿傩（nuó）、迦叶却伸手朝三藏要"人事"——也就是红包。三藏没钱给他们，二人便将"假冒伪劣"的无字经书传给三藏！

　　行者跑到如来面前告状，如来还为两位高徒辩解，说："你且休嚷，他两个问你要人事之情，我已知矣。但只是经不可轻传，亦不可以空取。向时众比丘圣僧下山，曾将此经在舍卫国赵长者家与他诵了一遍，保他家生者安全，亡者超脱，只讨得他三斗三升米粒黄金回来，我还说他们忒卖贱了，教后代儿孙没钱使用。你如今空手来取，是以传了白本。……"有了佛祖撑腰，阿傩、迦叶更是有恃无恐，到底向三藏讨了紫金钵盂，才把真经传给他。

　　小说这样写，可是对佛门的大不敬啊！作者大概想要告诉读者：世上哪有什么净土，"灯下黑"的现象并不鲜见。看来《西游记》所蕴含的社会批判价值同样不可低估。

8. 小个子不惧大块头

　　孙行者是一只乐观的猴子，他神通广大，无所不能，在他眼里，天底下压根儿没有愁事。也正是他的态度，奠定了《西游记》乐观活泼的基调。哪怕恶战迫在眉睫，对行者而言，也不过是一场游戏。

　　第七十五回，三藏师徒在狮驼岭遭遇狮精、象精及大鹏鸟的阻截。行者上前迎战，被老魔狮精一口吞吃！老魔回到洞中，自鸣得意：

　　　　却说那老魔吞了行者，以为得计，径回本洞。众妖迎问出战之功。老魔道："拿了一个来了。"二魔喜道："哥哥拿的是谁？"老魔道："是孙行者。"二魔道："拿在何处？"老魔道："被我一口吞在腹中哩。"第三个魔头大惊道："大哥呵，我就不曾分付你，孙行者不中吃！"那大圣肚里道："忒中吃！又坚饥，再不得饿！"慌得那小妖道："大王，不好了！

孙行者在你肚里说话哩！"老魔道："怕他说话！有本事吃了他，没本事摆布他不成？你们快去烧些盐白汤，等我灌下肚去，把他哕（yuě，呕吐）出来，慢慢的煎了吃酒。"小妖真个冲了半盆盐汤。老怪一饮而干，洼着口，着实一呕，那大圣在肚里生了根，动也不动。……老魔喘息了，叫声："孙行者，你不出来？"行者道："早哩！正好不出来哩！"老魔道："你怎么不出？"行者道："你这妖精，甚不通变，我自做和尚，十分淡薄。如今秋凉，我还穿个单直裰（duō，直裰指和尚穿的长衫）。这肚里倒暖，又不透风，等我住过冬才好出来。"众妖听说，都道："大王，孙行者要在你肚里过冬哩！"老魔道："他要过冬，我就打起禅来，使个搬运法，一冬不吃饭，就饿杀那弼马温！"大圣道："我儿子，你不知事！老孙保唐僧取经，从广里过，带了个折叠锅儿，进来煮杂碎吃。将你这里边的肝、肠、肚、肺，细细儿受用，还够盘缠到清明哩！"那二魔大惊道："哥呵，这猴子他干得出来！"三魔道："哥呵，吃了杂碎也罢，不知在那里支锅。"行者道："三叉骨上好支锅。"三魔道："不好了！假若支起锅，烧动火烟，燎到鼻孔里，打嚏喷么？"行者笑道："没事，等老孙把金箍棒往顶门里一搠，搠个窟窿：一则当天窗，二来当烟洞。"

一场降魔恶战，竟然演变成耍贫斗嘴，让人读了禁不住笑出声来。对话中提到的"广里"应即广州，早在唐代那里已是外贸口岸，行者所说的"折叠锅"，说不定还是舶来品呢！

　　最终孙行者手里牵着一根绳子从老魔口中跳出，绳子另一头儿拴在老魔心肝儿上。直至老魔认输，行者才把绳子收回。这段描述给人的感觉，仿佛班上爱欺负人的大块头被新来的小个子降服，小读者的心里会有说不出的畅快！

9.动物世界，玩世主义

照理说，西行之路是一条恐怖之路，三藏师徒每走一步，都暗藏杀机。可人们读小说时，有谁感到了恐怖吗？没有，即使师徒四人身陷窟穴，妖怪正在霍霍磨刀，读者也有足够的信心，相信师徒一定能化险为夷，因为有"老孙"在呢。

还是这一回，狮驼国三魔再起杀心，将四众捉入洞中：

> 师徒们正说处，只闻得那老魔道："……小的们，着五个打水，七个刷锅，十个烧火，二十个抬出铁笼来，把那四个和尚蒸熟，我兄弟们受用，各散一块儿与小的们吃，也教他个个长生。"八戒听见，战兢兢的道："哥哥，你听，那妖精计较要蒸我们吃哩！"行者道："不要怕，等我看他是雏儿妖精[1]，是把势妖精。"沙和尚哭道："哥呀！且不要说宽话[2]，如今

1　雏儿：这里指幼稚、没经验。下文的"把势"，指经验老到。
2　宽话：宽慰人的话。

已与阎王隔壁哩[1]，且讲什么'雏儿''把势'！"说不了，又听得二怪说："猪八戒不好蒸。"八戒欢喜道："阿弥陀佛，是那个积阴骘的，说我不好蒸[2]？"三怪道："不好蒸，剥了皮蒸。"八戒慌了，厉声喊道："不要剥皮！粗自粗，汤响就烂了[3]！"老怪道："不好蒸的，安在底下一格。"行者笑道："八戒莫怕，是'雏儿'，不是'把势'。"沙僧道："怎么认得？"行者道："大凡蒸东西，都从上边起。不好蒸的，安在上头一格，多烧把火，圆了气[4]，就好了；若安在底下，一住了气，就烧半年也是不得气上的。他说八戒不好蒸，安在底下，不是雏儿是甚的！"八戒道："哥呵，依你说，就活活的弄杀人了！他打紧见不上气，抬开了，把我翻转过来，再烧起火，弄得我两边俱熟，中间不夹生了？"……

汤锅里的水就要烧开了，三兄弟仍在讨论妖精是"雏儿"还是"把势"，行者还喋喋不休讲着热气循环的原理……这显然不是写实，而是讲童话呢。

---

1 与阎王隔壁：指离死不远。
2 积阴骘（zhì）：积阴德。
3 汤响：指水沸锅开。
4 圆了气：指蒸笼中蒸汽充满。

不错，有的学者就指出，《西游记》压根儿是一篇大童话，作者依照儿童心理讲故事，听者也不由得童心萌发，哪怕是成年读者，也会跟着体会一把赤子之心，找回童心的纯真快乐。

学者还发现，取经路上动物比人多，作者所展示的是一个不折不扣的"动物世界"。譬如，悟空是猴，八戒是猪，还有那匹白龙马，仅仅在取经团队中，动物就已经占据多数。而一路上的妖魔，也多以动物为原型，有象、狮、虎、豹、黑熊、犀牛、野牛、野狼、白鹿、狐、兔、蟒蛇、大鹏，乃至金鱼、老龟、老鼠、蝎子、蜘蛛、蜈蚣……至于人形妖怪，则只有红孩儿、黄眉童子、金角、银角等不多的几个。动物是孩子的最爱，小朋友无不把去动物园当成过节，明白这一点，也就清楚孩子们为啥喜欢《西游记》了。

学者还特别强调《西游记》的乐观精神和诙谐风格。胡适就提到："《西游记》所以能成世界的一部绝大神话小说，正因为《西游记》里种种神话都带着一点诙谐意味……这种诙谐的里面含有一种尖刻的玩世主义，《西游记》的文学价值正在这里。"鲁迅先生在《中国小说史略》里，也提出《西游记》有着"玩世不恭"的风格。也正因如此，《西游记》给孩子带来的欢乐，远胜其他小说名著。

江苏淮安吴承恩故居

第二编

《西游记》 速读

1. 石 猴 出 世

自盘古开天，天下分成四大部洲：东胜神洲、西牛贺洲、南赡部洲和北俱芦洲。东胜神洲有个傲来国，国中有座花果山，山顶上有块仙石，感受"天真地秀"，汲取日月精华，有了灵性。忽然一日，仙石迸裂，产出一石卵，被风一吹，化作一个石猴。

一日群猴在山涧洗浴玩耍，溯流而上，来到一处瀑布。这石猴纵身跳入瀑布内，见水帘后面有一石洞，洞中有石碑刻着"花果山福地，水帘洞洞天"。石猴召唤众猴同到洞中安身，众猴推举他为"美猴王"。

猴王想去看世界，辞别众猴，乘筏渡海，来到南赡部洲。在那里，他接触人类，学得人语和礼节。八九年后，他又乘筏越海来到西牛贺洲，在灵台方寸山的斜月三星洞拜须菩提祖师（又称"菩提祖师"）为师，被赐法名"孙悟空"。

悟空在洞中修炼十余年，得祖师亲传长生之道，又学会七十二变、筋斗云等本领。

学有所成，悟空重回花果山。离家日久，有个混世魔王常来花果山侵扰。悟空去找魔王算账，扯一把毫毛丢在口中嚼碎，变作无数小猴。众小猴围攻魔王，悟空夺了魔王的大刀，将魔王砍作两段，得胜而回。

群猴习武，悟空使法术搬来傲来国的武库兵器，可他自己却没有一件趁手兵器。听从一老猴建议，他到东海龙宫去讨要兵器。龙王让手下先后奉上三千六百斤的九股叉和七千二百斤的方天画戟，悟空都嫌轻。最终他看上天河定底的神珍铁，那是一根铁柱子，上有字迹"如意金箍棒重一万三千五百斤"。悟空拿在手中，大小粗细竟能随意变化。悟空又讨盔甲，龙王击鼓撞钟，召来西、北、南三海龙王，共同凑了一副盔甲送给他。

悟空收服了七十二洞妖王，又结拜了牛魔王、蛟魔王等七兄弟，得意扬扬。一日他酒醉后被小鬼拘到阴间。悟空大闹地府，十殿阎王只好捧出生死簿，将猴类全部勾销。（1～3：以上内容为《西游记》第一回至第三回，下同，不再一一注明）

2. 大闹天宫

玉皇大帝升座灵霄宝殿，有东海龙王和冥司阎王前来告状，告的都是孙悟空。太白金星建议采取怀柔策略，并亲捧诏书前往花果山招安悟空。

悟空在玉帝面前自称"老孙"。玉帝封他为御马监"弼马温"。后悟空得知这只是个"未入流"的芝麻官，立时反下天界，重回花果山。他身披黄袍，打起"齐天大圣"的大旗。

玉帝派托塔李天王和哪吒三太子前来讨伐。悟空打败先锋巨灵神，打伤哪吒三太子，天兵大败而还。

太白金星再度奉旨前来招安，这一回悟空真的当上了"齐天大圣"。然而这是个"有官无禄"的空衔，职责不过是看守蟠桃园。

蟠桃园的仙桃九千年一熟，吃了可以长生不老。悟空拣熟透的大桃吃了不少。王母娘娘要开蟠桃会，派七仙女来摘桃，竟找不到几个熟的。悟空听说蟠桃会消息，使个定身法定住七仙女，自己变作赤脚大仙模样，前往瑶池查看。在那里，他偷喝了御酒，又乘醉闯入太上老君的兜率宫，偷吃了葫芦里的金丹，自知闯祸，逃回花果山。

小圣施威降大圣 / [清] 佚名彩绘

玉皇大帝再度派遣四大天王、李天王父子及二十八宿前来捉拿悟空，布下天罗地网。悟空丝毫不惧，与众神轮番大战。观音菩萨派惠岸行者木叉来助战，也不能取胜。玉帝又宣调灌口二郎真君前来助战。真君与悟空赌斗变化，你变个麻雀，我变个饿鹰；你变个大鹚老，我变个大海鹤……悟空最终变作土地庙，被二郎认出，要拳捣窗棂，脚踢门扇，悟空听了，一个"虎跳"逃走。众神齐来观战，太上老君从空中掷下金刚琢，将悟空打倒，二郎的细犬上前咬了悟空的腿肚子，悟空束手被擒。

悟空被老君投入八卦炉中烧炼四十九日，不但没烧死，反而炼就一副火眼金睛。他跳出八卦炉，把老君推了个倒栽葱，又抢起金箍棒大闹天宫。玉帝向西天如来佛祖求助。佛祖与悟空对话，说你若能从我手掌心翻出，就让玉帝让位给你。悟空连翻筋斗，却只翻到手指根处。如来佛一反掌，五指化作五行山，将悟空压在山下，上面贴了六字真言的帖子。

天宫举行"安天大会"，感谢如来。（3～7）

3. 江流救母，唐僧取经

如来在灵山雷音寺讲经，要传"法""论""经"三藏真经到南赡部洲。他让观音菩萨到东土寻一位取经人，让他历经千山万水，亲自到西方来取经。佛祖将五件宝贝赐予观音，是锦襕袈裟、九环锡杖和金、紧、禁三个箍。于是观音带了弟子木叉上路。

路过流沙河，观音收服流沙怪，赐法名"沙悟净"，要他在原地等待取经人。观音又在福陵山云栈洞收服了猪怪，赐法名"猪悟能"，也叫他等待取经人。观音又解救了犯罪待诛的玉龙，要它变作白马，驮取经人上西天。在五行山，观音见到被压五百年的悟空，见悟空已经悔过，嘱他等待取经人。

再说十八年前，海州书生陈光蕊中了状元，娶丞相殷开山之女满堂娇为妻，并携妻子及老母到江州赴任。途中他将生病的老母暂时寄顿在客店里。行至洪江，夫妻误上贼船，光蕊被水贼刘洪推下船。刘洪冒充光蕊，携满堂娇赴任。

满堂娇此前已有身孕，在江州生下一子。为躲避刘洪迫害，她将孩子裹了血书，放在木板上抛入江中。此子顺流而下，被金山寺长老救起，取名"江流"，养至十八岁，削发受戒，取法名玄奘。

玄奘见到母亲血书，知道自己来历，于是到江州寻母。他遵照母命，先去洪州找到流落破窑的祖母，又去京城找到外公殷开山，搬来大军，擒杀刘洪。母子到江边祭奠父亲，光蕊竟浮出水面，活转过来。原来当年光蕊在洪州将一条金色鲤鱼放生，此鱼乃是龙王幻化。为报恩，龙王将光蕊尸身保存在龙宫，此时又令他起死回生。

光蕊重被朝廷任命为大学士。满堂娇则因"失身"于贼，从容自尽。玄奘不愿还俗，仍在金山寺为僧。

长安城有个卖卦先生袁守诚，与泾河龙王打赌，预测何时下雨、雨量多少。为了求胜，龙王在行雨时故意克扣雨量，犯了天条。唐朝大臣魏征同时兼任阴间的人曹官，负责监斩老龙。老龙托梦给太宗，要太宗拖住魏征。第二天上朝，太宗故意留魏征下棋。至午时三刻，魏征伏案瞌睡，竟在梦中将龙王斩首。

龙王之魂迁怒于太宗，告到阴间。太宗被召到地府去对质，随即被放回阳间。归途路过枉死城，太宗被众鬼拦阻，不得已答应还阳后为他们举行水陆大会，超度亡灵。

说话算数，太宗还阳后筹备水陆大会，选高僧玄奘来主持，太宗与文武大臣亲来拈香拜佛。观音与木叉化身疥癞和尚，送来袈裟和九环锡杖；又问玄奘，你讲的是小乘教法，会讲大乘教法吗？只有大乘佛法才能"度亡脱苦，寿身无坏"。又指点说，可去大西天天竺国大雷音寺，向如来佛祖求取大乘佛法。

玄奘自告奋勇，要去西天取经。太宗封他为"御弟"，赐他"三藏法师"的称号，并指唐为姓，玄奘因称"唐僧"。太宗还发给通关文牒，并赐紫金钵盂及从者、马匹。（8～12）

4. 三藏收悟空

三藏于贞观十三年九月从长安出发，来到边关。一日早行登山，连同随从、马匹跌入坑坎，被三个魔王捉住。忽有老丈前来，将三藏救起。老丈原是太白金星所化，而三怪乃是熊罴精、野牛精和老虎精。

山中多虎豹，幸遇猎户刘伯钦杀死猛虎，并邀三藏到家吃斋。三藏念经超度伯钦亡父，伯钦将三藏送至两界山。

两界山即五行山，山下石匣中还压着孙悟空呢。悟空表达皈依愿望，三藏到山上将六字真言帖儿揭起，山崩地裂一声响，悟空跳出石匣。三藏为他取个混名叫"孙行者"。

行者打死一只老虎，剥虎皮做了条裙子围在腰间。师徒再度上路，遇到六毛贼拦路打劫，被行者一顿棒打死。三藏责备行者杀生，行者一怒之下，撇下三藏扬长而去。三藏前行，遇一老母，送他一领锦衣、一顶嵌金花帽，又教他念"紧箍咒"。这老母是观音幻化的。

行者到东洋大海来见龙王，龙王用尊师的道理劝他。行者又回到三藏身边。三藏让他穿上锦衣，戴上花帽，然后念动紧箍咒，行者头痛难忍。原来那花帽是如来所赐紧箍，一旦上头，如同生了根。从此三藏有了挟制行者的手段。

师徒行至蛇盘山鹰愁涧，有龙怪出水，吞吃了三藏的马。行者与龙怪交战，龙怪战败，潜藏涧中不出。护佑三藏的天神请来观音，将龙怪唤出，原来正是观音此前解救的玉龙，本是西海龙王敖闰之子。玉龙变作一匹白马，驮三藏去西天取经。菩萨又将三片柳叶变成三根救命毫毛，安放在行者脑后。（13～15）

5. 袈裟引起的风波

三藏师徒来到西番哈咇国，在一祠堂借宿。祠中老者送三藏一套鞍辔——老者是落伽山的山神土地幻化的。

师徒到一观音院借宿，住持老僧已二百七十岁。行者向老僧显摆锦襕袈裟，老僧见财起意，与众僧商议要烧死唐僧师徒，永占宝贝。行者发现阴谋，上天庭借得"辟火罩"保护师父，又吹风助火，把一座观音院烧光。附近黑风山妖怪趁乱将宝贝袈裟盗去。天亮后，老僧见寺院已毁，三藏师徒未死，袈裟也不见了，又羞又惧，撞墙而死。

行者寻至黑风山，与黑怪打斗。黑怪躲入洞中，派小妖邀请各处妖精朋友前来赴"佛衣会"。一小妖去观音院邀请金池长老，即死去的老僧；行者打死小妖，变作老僧模样，进入洞穴，却被黑怪识破赶出。

行者请来观音，恰遇狼怪凌虚子前来赴佛衣会。行者打死狼怪，自己化作一粒仙丹，观音则化身凌虚子。入洞后，"凌虚子"骗黑怪吃下"仙丹"，行者在黑怪肚中打起拳来，黑怪疼痛倒地，现出原形，原是熊罴精。观音将禁箍给它戴上，收它在落伽山当个守山大神。锦襕袈裟完璧归赵。（15～17）

6. 云栈收八戒，灵吉定黄风

乌斯藏国高老庄庄主招了个女婿，姓猪，初来时很能干，渐渐变得长嘴大耳，懒惰贪吃，并拘禁了庄主的小女儿。行者声称会拿妖捉怪。他化作小女模样，问出妖精的来历，原来那怪名猪刚鬣，住在福陵山云栈洞。

行者打上门去，妖怪使一柄九齿钉钯，自称是天上天蓬元帅，因醉入广寒宫调戏嫦娥，被贬下凡间，错投了胎，成为猪形。悟空与他两番打斗，无意中提到自己是取经人的徒弟。猪怪立时拜伏，原来他便是猪悟能，奉观音之命在此等候取经人。三藏收悟能为徒，取别名"八戒"。

师徒三人上路，在浮屠山遇见乌巢禅师，禅师传授《心经》给三藏。

师徒又来至黄风岭。行者、八戒与虎精打斗，虎精使个"金蝉脱壳计"骗过二人，反将三藏拿入洞中。虎精是黄风洞的先锋，洞主是黄风怪。黄风怪一吹气，顿时黄风大作，吹得悟空眼珠酸痛。行者、八戒到一庄园借宿，庄主用三花九子膏为悟空治眼。这庄主原是护法伽蓝幻化。

行者变作一只花脚蚊子，偷入妖怪洞中，听妖怪自言自语，说最怕灵吉菩萨。行者到两千里外小须弥山请来灵吉菩萨，灵吉叫悟空将妖怪引出洞外，把手中飞龙宝杖丢下，化作八爪金龙，将黄风怪抓住，黄风怪现出原形，竟是一只黄毛貂鼠。此鼠原是灵山脚下得道的老鼠，偷了琉璃盏内的清油，逃来此山成精作怪。（18～21）

7. 悟净拜师父，观音试禅心

行者、八戒救出师父，三人来到八百里宽的流沙河，这里"鹅毛漂不起，芦花定底沉"。有水怪出来抢三藏，被八戒、行者打败后，潜藏水底不出。行者到南海向观音问计，观音派木叉到流沙河召此怪出来，原来是沙悟净。他本是天上灵霄宝殿的卷帘大将，因在蟠桃会上失手打碎琉璃盏，被罚到人间。

沙悟净在流沙河吃过九个取经人，将九颗骷髅穿起挂在项下。木叉将九颗骷髅结成九宫，中间安放了观音的红葫芦，做成法船，渡三藏等过了流沙河。行者、八戒、沙僧、白龙马共保三藏前往西天。

四众投宿到西牛贺洲莫寡妇家，寡妇有三个女儿，要招"养老女婿"。三藏、悟空、悟净都不应，八戒借口遛马，到后门与寡妇议定，准备入赘莫家。至晚，寡妇要八戒蒙面"撞天婚"，将他戏耍一番；又要他穿一件珍珠汗衫，结果被几条绳索紧紧捆绑……这母女四人原是黎山老母、观音、普贤、文殊四菩萨幻化，来试四众禅心。八戒未能经受住考验，在林子里被捆了一夜，天明才被三藏等救起。(22~23)

8. 仙果好吃树难栽

　　四众来到万寿山五庄观，观中仙树结有人参果，吃一个可活四万七千年。观主镇元大仙外出，道童清风、明月遵照师嘱，用人参果招待三藏。三藏见人参果貌似三朝未满的小儿，不敢吃，被两道童私下吃了。八戒得知，撺掇行者去摘几个尝尝。行者偷了观中的金击子，打下一个来，不想落地即消失了。行者询问土地神，得知此物"遇金而落，遇木而枯，遇水而化，遇火而焦，遇土而入"。于是行者用衣襟兜着打下三个，与八戒、沙僧分吃了。

　　道童发现果子被窃，谩骂三藏。行者大怒，索性推倒仙树，保着师父连夜逃走。镇元大仙回观后，带道童来追三藏，使个"袖里乾坤"手段，将四人捉回，绑在柱子上拷打。行者独自揽过罪名，被打了一日。入夜，行者将四棵柳树变作师徒四人，留在观内，救师父等逃出，结果依然被捉回。大仙要油炸行者，行者将石狮子变作自己模样，反将油锅砸漏。

　　大仙无奈，只求行者医活仙树。行者到蓬莱岛见福禄寿三星，请他们来五庄观陪师父，又去方丈仙山找东华帝君，再到瀛洲海岛见九老，都没有医树仙方。最后来到南海，观音亲至五庄观，

万寿山大仙留故友 / 古代版画

用净瓶甘露将树救活。大仙摘了十个果子招待众神，举行"人参果会"。大仙与行者结为兄弟。（24～26）

9. 三打白骨精

三藏师徒来到白虎岭，行者前去化斋，有妖精乘虚而来，化作女子，提着砂罐，声称斋僧。恰逢行者归来，识破诡计，将女子打死。妖精使个"解尸法"，留下假尸身逃走。此妖不甘心，又化作老妇，借口来寻女儿，又被行者识破棒打，依旧逃走。第三次妖精化作老公公来寻妻女，这回真的被打死了，现出本相，却是一堆粉骷髅，脊骨上有"白骨夫人"四字。八戒在旁添油加醋，硬说行者打死人，又做手脚。三藏见行者连伤三命，猛念紧箍咒，又写贬书，将他赶走。（27）

10. 智激孙悟空，收服黄袍怪

行者一气回到花果山，重理旧业。这边三藏来至一山，八戒化斋不回，沙僧去寻他。三藏独自寻路，误入一佛塔，却是妖精洞，名"碗子山波月洞"。洞中有一黄袍怪，十三年前抢得宝象国三公主。公主向妖精求情，放了三藏，并托三藏给宝象国国王捎信。三藏将信捎到，国王拜托八戒、沙僧去救公主。结果两人不敌黄袍怪，八戒败走，沙僧被擒。

黄袍怪变作俊俏后生，去宝象国认亲，谎称当年公主为虎所伤，自己救下公主。又将三藏变成虎形，诬为虎怪，关进笼子。白龙马见师兄都不在，自己变作宫娥，接近妖精，寻机行刺。打斗时，被妖怪打伤腿，潜入御河躲避。八戒回程找师父，见到小龙，小龙要八戒去花果山请大师兄回来救师父。

八戒至花果山，用激将法请来行者。行者先到波月洞救出沙僧，让两师弟到宝象国引出黄袍怪。行者变作公主模样，骗得妖怪的内丹。妖怪难敌行者，潜藏于山涧。行者上天察看，原来此怪是二十八宿之一的奎木狼，公主则是天上披香殿侍香的玉女，两人有十三年姻缘，故此双双下凡。

最终奎木狼被收归天界。行者救了师父，重回师父身边。三

义激美猴王/赵宏本、钱笑呆 绘

藏发自内心地感谢:"贤徒,亏了你也!……你的功劳第一!"
(28 ～ 31)

11. 莲花洞智斗金银怪

师徒来到平顶山,有值日功曹幻化为樵夫,向行者通报妖精消息。行者让八戒去巡山,八戒偷懒,在草丛中睡觉,又编谎话搪塞师父,被行者教训了一顿。八戒再度巡山,被小妖拿获。原来此山莲花洞中有金角大王、银角大王,二怪听说吃唐僧肉可以长生不老,布置要捉他。

银角装作伤腿老道,要行者背负,乘机搬来三座大山压住行者,将三藏、沙僧劫入洞中。二怪有五件宝贝:红葫芦、净瓶、幌金绳、七星剑和芭蕉扇。银角派小妖拿葫芦和净瓶来收行者,行者已被天神从三山下救出,变作一老道,拿个假葫芦,声称可以"装天",将小妖的葫芦、净瓶换到手中。行者又变成苍蝇混入洞中,偷了妖精的幌金绳。

二大王派小妖到压龙洞去请妖精奶奶同吃三藏肉,行者打死小妖,变作小妖骗出妖精奶奶,将其打死,原来是只九尾狐狸。

行者又变作老奶奶模样，来到莲花洞，被妖精识破。

行者与银角打斗，用幌金绳降妖，因不知咒语，反被妖精拿住，绑回洞中，葫芦、净瓶也被搜去。行者逃出，化名"者行孙"，自称是行者的弟弟，结果仍被妖怪装进葫芦里。行者再逃，重又调换葫芦，反将银角大王装在葫芦中。行者又入洞偷得净瓶及芭蕉扇。金角难以抵敌，逃往压龙洞。行者救出师父、师弟。

金角搬来压龙洞女妖及九尾狐的弟弟狐阿七大王，为银角报仇。八戒杀死狐阿七，行者以净瓶装金角，并夺得七星剑。太上老君降临，向行者索要宝贝，并收金角、银角上天，原是老君两个看炉童子。（32～35）

12. 乌鸡国文殊收青狮

三藏师徒路经宝林寺借宿，三藏夜梦乌鸡国国王诉冤，说有一全真道士能呼风唤雨，与自己结拜为兄弟，三年前道士将自己推入御花园井中淹死，道士变作自己模样，占了王位和王后；而王后、太子及满朝文武还都蒙在鼓里。国王鬼魂要三藏向太子通报消息，并拿一柄白玉圭为信物。

行者于是幻化成二寸长短的小和尚，自称是神仙"立帝货"，连同玉圭放在一只匣中，由三藏交给太子。立帝货当场向太子通报国王被害情状。太子进宫与王后对质，发现了假王的疑点。行者又骗八戒下井，打捞出真王的尸骸。行者上天，向老君讨得一粒还魂金丹，救活了真王。

三藏等上朝，行者当着假王的面唱歌一首，揭出他的真面目。假王驾云逃走。行者赶上，正要动手，有文殊菩萨赶来拦住行者。原来是文殊骑乘的青毛狮子下凡作乱。（36 ~ 39）

13. 红孩儿皈依，小鼍龙作怪

乌鸡国国王重登宝座，四众再登路途。行至一山，见山坡树上吊着个赤条条的七岁孩童，自述遇盗被劫。三藏叫八戒将他救下，他却指定要行者背。这孩童原是妖精，在行者背上使个"重身法"，重有千斤。行者大怒，将他掼在石头上摔死，妖精元神早已跳到空中，一阵风把三藏摄去。行者叫来山神土地追问，方知此怪是号山枯松涧火云洞的红孩儿，乃牛魔王与罗刹女之子，在火焰山修得三昧真火。

红孩儿喷火败悟空 / 古代版画

行者、八戒打上洞门讨要师父，红孩儿口鼻喷火，八戒逃走，行者也被火逼住。行者请来四海龙王，然而龙王的私雨难灭妖精的三昧真火，行者险被烧伤。八戒去南海求救，红孩儿变作观音模样，半路上擒了八戒。

行者混入妖精洞中查看动静，听说红孩儿要请老大王来吃三藏肉，于是自己变成牛魔王模样，在半路等候，被小妖请回山洞。假牛魔王说自己吃斋不吃肉。红孩儿生疑，问起自己的生辰八字，假魔王推说忘却，露出破绽，只得跳出洞外。

行者亲赴南海求救，观音以净瓶装海水，又差木叉到上界向李天王借了天罡刀。观音亲至号山，在山谷中放出海水，自己坐在莲台上，叫行者引红孩儿出来。

红孩儿挺枪来刺观音，观音丢下莲台便走。红孩儿坐上莲台，顿时有三十六把尖刀刺穿双腿。这莲台原是天罡刀变的。红孩儿求饶，观音将金箍化为五个，套住红孩儿的头与四肢，收他做了善财童子。至此金、紧、禁三箍都派了用场。

三藏一行途经黑水河，河宽十里，有人撑船摆渡。三藏与八戒先渡，到河中翻了船。沙僧入水探看，原来有妖精拿了三藏、八戒，还要请母舅同吃三藏肉。又有黑水河河神向行者诉苦，说此怪是西海龙王的外甥，来此占了河神水府。

行者前往西洋大海，路遇黑鱼精往西海送请帖。行者拿了请帖向西海龙王问罪。原来这水怪是小鼍龙，乃泾河龙王第九子，西海龙王敖顺是他母舅。敖顺命太子摩昂领兵去黑水河收服鼍龙，将他押回西海。河神送三藏师徒过了黑水河。（40 ~ 43）

14. 车迟国斗法降妖

三藏等行至车迟国，这里二十年前大旱，有三道士求雨成功，国王尊三人为"国师兄长先生"。从此全国崇道灭佛，拆毁佛寺，罚和尚做苦力，修造道教三清观。行者得知此情，打死了监工道士，放走了众和尚。入夜，行者与八戒、沙僧潜入三清观，把三清像扔进茅坑，三人变作三清模样，享用供果。

且说这三个妖道是虎力大仙、鹿力大仙和羊力大仙，因见供果被吃，误以为三清下凡，于是诵经拜祷。行者索性假戏真唱，要赐"圣水"给三妖道——却是行者三人撒的尿。待道士明白过来，行者等早已闯出观门。

三藏入朝倒换通关文牒，三国师故意刁难。刚好天旱，国王要僧、道两方赌赛祈雨。虎力大仙登坛祈雨，行者上天阻止风婆婆、云童子、雷公、电母及四海龙王助力。道士祈雨不灵，换上三藏。行者以棒指挥众神，电闪雷鸣，下起瓢泼大雨。

虎力又与三藏比坐禅，用五十张桌子叠起，坐在上面。行者变作蜈蚣，在虎力鼻凹咬了一口，虎力登时跌落禅台。

鹿力要与三藏赌赛"隔板猜枚"。王后亲自在柜中放了宫衣，行者变成蟭蟟虫入内，将宫衣暗换成"破烂流丢一口钟（斗篷）"，并暗告三藏，结果三藏一猜便中。国王又亲自将仙桃藏在柜中，行者吃了桃子，只剩桃核，三藏又猜中了。虎力将一小道士藏在柜中，行者将道士剃了发，变作小和尚，对方又输了。

三大仙又要赌砍头、剖腹、下油锅。行者的头刚被砍下，又长出一颗；虎力的头被砍下，却被行者变出的黄犬叼走，扔到御河里。虎力倒地而死，现出老虎本相。行者与鹿力比剖腹理肠，行者派一只饿鹰将鹿力的五脏心肝抓去，鹿力现出原形，是一头白毛角鹿。行者又与羊力比下油锅，羊力用法术召来冷龙，油锅不热。行者赶走冷龙，羊力登时死于热油锅中，却是一只羚羊。

国王猛醒，下旨召回和尚，恢复佛寺，并礼送三藏师徒上路。（44~46）

15. 通天河金鱼作祟

　　四众来至通天河，河宽千里，深不可测。四人到岸边陈家庄化缘借宿，得知河中有灵感大王，要以童男童女为祭献，今年正赶上陈老者的女儿"一秤金"、侄子陈关保做祭品。行者与八戒分别变作童男童女模样，被送入灵感庙中。灵感大王来，被行者、八戒打跑。灵感大王使神通，一夜大雪，将通天河冻牢。三藏四人从冰上渡河，灵感再施妖法，冰面突然裂开，三藏落水，被妖怪拿到水府。

　　八戒、沙僧寻至水府，引妖怪出战。妖怪的铜锤不敌行者的金箍棒，潜入水中不出。行者到南海请观音，观音正在竹林中削竹篾编竹篮。她与行者同来通天河，用竹篮从水中捞起一条金鱼。那原是观音莲花池中的金鱼，将一枝未开的菡萏（荷花骨朵）炼成九瓣铜锤做兵器。

　　妖怪所占的水鼋之第原是一老鼋的水府，老鼋感谢行者除妖，亲驮三藏过了通天河。（47～49）

16.金峣洞老君收青牛

　　师徒四人又来到一凶险去处，行者用棒在地上画一圈子，让师父入内，以保无虞；自己外出化斋。悟空归来，不见师父、师弟。原来是八戒撺掇师父出圈，到一人家化缘。八戒入内登楼，见帐中有一堆白骨，案上有三领纳锦背心。八戒拿来与沙僧各穿一件，竟被绑住。有妖怪来，将师徒三人掳入洞中。

　　行者从山神土地处得知此怪为金峣洞独角兕（sì）大王，前去捉拿。妖怪使一白森森的圈子将行者金箍棒收去。

　　行者上天宫追查，并无神仙下凡。又请来哪吒和李天王助阵，哪吒的砍妖剑、斩妖刀、缚妖索、降魔杵、绣球、火轮儿六件兵器也被妖怪的圈子套去。行者再请来火德星君，结果星君的火龙、火马、火鸦、火鼠也被圈子收去。行者又请来水德星君发水，妖怪用圈子撑住洞门，滴水难入。行者变作麻苍蝇混入洞中，将金箍棒偷出。又将哪吒及火德星君的兵器宝贝偷出，放了一把火，杀出洞门。

　　妖怪追出，与众神交战，众神的兵器宝贝再度被收。如来派罗汉拿十八粒金丹砂对付妖怪，竟也被套去！经如来指点，行者寻到老君处，发现牛栏中的青牛及金刚琢不见了。老君于是带了

芭蕉扇来收青牛，将它带回天上。那金刚琢竟是穿牛鼻的环子。（50～52）

17. 智辞女儿国，借力除蝎精

四众来到西梁女国。三藏、八戒误饮了子母河水，肚子疼痛，竟怀了身孕！听说解阳山破儿洞有落胎泉，喝了可以解胎气。行者前去讨水，看守泉水的如意真仙是牛魔王的兄弟，因行者"害"了红孩儿，与行者结仇，不肯给水。行者喊来沙僧，使调虎离山计，汲泉水，为师父、师弟化了胎。

西梁女国的女王要以一国之富招三藏为夫，自己情愿让出王位，甘为王后。女国太师前来说媒，行者假意答应，骗女王在关文上加盖印信，三藏假说给徒弟送行，出了城即向女王告辞，与徒弟一同登程。突有女妖前来，将三藏摄去。

行者追妖怪至毒敌山琵琶洞，变个蜜蜂入洞，见女怪正逼着师父成亲。行者与女怪斗出洞口，八戒也来助阵。女怪使出倒马毒桩，将行者的头蜇了一下，行者头痛难忍。第二日行者稍好，又变作蜜蜂飞入琵琶洞，见师父被绑在洞中。行者再引女怪出来，与八戒夹击，女怪又将八戒的嘴蜇肿。

观音由此路过，指出此怪是西天蝎子精，连如来也被它蜇过。观音嘱行者到光明宫请来昴日星官，星官化作一双冠大公鸡，对着妖精一叫，妖精现出本相，是一只琵琶大小的蝎子精，被八戒上前一钯，打得稀烂！（53～55）

18. 真假美猴王

行者救出师父，四人前行，白龙马溜了缰，驮着三藏往前飞跑，忽遇一伙拦路劫财的强盗，将三藏吊在树上。行者赶上去救了三藏，打死两个头目，遭三藏埋怨。师徒夜宿杨老者家，不想杨老者的独子正是强盗之一。三藏师徒只好连夜逃走。杨老者之子率强盗来追，行者又打死强盗多人。三藏恼怒，猛念紧箍咒，将行者赶走。行者到南海向观音诉说委屈，观音让他暂留南海。

三藏半路饥渴，八戒、沙僧化斋未归。行者忽然出现，一棒将三藏打晕，抢了两个青毡包裹，腾云而去。八戒、沙僧化斋归来，救醒师父，得知此情，十分气愤。沙僧来花果山讨要行李，见行者拿着大唐通关文牒，声称要自己去西天取经，另变出假三藏、假八戒、假沙僧，也有一匹白马。沙僧大怒，打死假沙僧，却是猴子变的。沙僧前往南海向观音告状。观音为行者作证，说他未离自己身边，打三藏的另有其人。于是真行者与沙僧一同前往花果山辨别真伪。

两行者争斗起来，真假难分。沙僧只好先回去保护师父。真、假猴王从花果山打到南海，观音也分辨不出。两人又到天宫，众神也不能辨别。李天王的照妖镜也失了效。二行者又打至三藏面前，三藏念起紧箍咒，二人同时倒地喊疼。二人又打至阴司，生死簿上并无猴子的记录。地藏菩萨案下有一神兽叫谛听，擅长辨别万物善恶，它虽然察觉假猴身份，却不敢说出，只说"佛法无边"，指引行者去见如来。

如来看出妖怪真相，乃是一只六耳猕猴。那猕猴见露了馅儿，变作蜜蜂欲逃，被如来使钵盂罩住，被行者一棒打死。观音亲送行者来见三藏，八戒也从水帘洞将行李取回。师徒团聚，再度登程。（56~58）

真假猴王 / 古代版画

19. 三调芭蕉扇

　　四众前行，渐觉热气蒸人，原来前面是火焰山，八百里火焰延烧，铜脑盖、铁身躯也要化成汁。闻知翠云山芭蕉洞铁扇公主有芭蕉扇，能灭此火，行者前去借扇。铁扇公主不肯借，反将行者一扇子扇至小须弥山。铁扇公主即罗刹女，是牛魔王之妻、红孩儿之母。她与行者有"害子之仇"，哪里肯借扇？行者在小须弥山得了灵吉菩萨赠给的一粒定风丹，缝在衣领上，再也不怕罗刹女的扇子。

　　罗刹女闭门不出，行者变成蟭蟟虫飞入洞中，随茶叶末钻进罗刹女肚内，脚蹬头撞，逼罗刹女交出扇子。岂料他拿到的扇子是假的，几乎惹火烧身。

　　行者到积雷山见牛魔王，此前牛魔王抛弃了罗刹女，被狐狸精玉面公主招赘为夫。牛魔王自然不肯助行者，还与他大打出手。打斗正酣，有人来请牛魔王赴宴，牛魔王暂时休战。行者暗随前往，原是乱石山碧波潭的老龙请客。行者偷了牛魔王的辟水金睛兽，变作牛魔王模样，前往翠云山骗得罗刹女的芭蕉扇。

　　牛魔王追踪而至，变作猪八戒，又将宝扇骗回。行者、八戒大战牛魔王。牛魔王现出本相，是一头大白牛，行者也变成顶天立地的巨人。如来、玉帝派四大金刚、天兵天将来助阵，终于降伏牛魔王，牛魔王情愿皈依佛门。

行者得了芭蕉扇，连扇四十九下，火焰山从此熄灭，再无烈火。（59～61）

20.祭赛国二郎助阵，荆棘岭花木成妖

三藏师徒来到祭赛国，见金光寺和尚披枷戴锁正遭罪。原来三年前下了一场血雨，寺内宝塔从此无光。大臣说寺中和尚偷了塔上的佛宝舍利子，和尚因而获罪。

三藏带行者扫塔，行者在塔上捉到两个小妖，乃是乱石山碧波潭的鱼精，奉万圣老龙之命来巡塔。老龙有一女万圣公主，招女婿九头驸马。下血雨、盗佛宝便是他所为。而万圣公主还到天上偷了王母的灵芝仙草，温养舍利子。

行者、八戒到碧波潭问罪，九头驸马将八戒擒去。行者化作螃蟹，救出八戒，八戒打死万圣老龙。适逢二郎神路过，与行者叙旧。行者与九头怪再战，二郎神的细犬咬掉九头怪一头，九头怪负痛逃往北海。行者变作九头怪，从万圣公主那里骗来舍利子、

灵芝草，重新安放在塔上。并将龙婆擒来，叫她看守佛塔，改金光寺为伏龙寺。

师徒过八百里荆棘岭，那里遍地荆棘，埋没道路。八戒挺身长到二十丈，抡起三十丈长的钉钯，搂开荆棘，扫清障碍。

岭上有一老者自称土地神，将三藏摄至木仙庵前。老者名十八公，又邀请孤直公、凌空子、拂云叟和杏仙，共四老一女，与三藏谈诗。这几位实为松、柏、桧、竹、杏花木成精。四老又群起为三藏和杏仙保媒，嚷闹不已。三藏惊惧无奈，恰好行者等寻来，诸怪一晃都不见了。八戒将庵前的松、柏、桧、竹、杏等统统打倒。（62～64）

21. 小雷音弥勒缚黄眉

四众行至一山，山上有小雷音寺。三藏见了慌忙下马，拜入山门。行者见大殿上的如来是假的，抡棒要打，空中撒下一副金铙，把行者扣在中间。行者将身子长高、缩小，铙也跟着长高、缩小，只是开不得。

玉帝得知，派二十八宿前来救助。亢金龙将独角插入铙缝，用力钻入，行者在亢金龙的角尖上钻一洞，自己缩成芥菜籽大小，钻到洞里，被亢金龙用力拔出。行者跳出来，举棒将铙打碎！

声音惊动那怪，乃是黄眉怪，在这小西天建寺，自称黄眉老佛。行者及众神将与黄眉怪打斗，黄眉怪用一条旧白布口袋将行者等全部装入，一一捆绑。入夜，行者解脱绳索，将师父、师弟及众神将救出。老妖追赶众人，再度用口袋装入，只有行者逃走。

行者因失了二十八宿，不敢见玉帝，跑到武当山见真武大帝。大帝派龟、蛇二将及五大神龙前往助阵，刚一交手，又被妖怪用口袋收去。值日功曹建议行者去泗州大圣处请小张太子及四神将来，结果也被擒拿。

小雷音悟空遭难 / 王叔晖 绘　｜　悟空被扣在金铙中间，二十八宿也奈何不得。

行者无人可求，忽有弥勒佛祖驾云前来，说妖怪是自己的司磬黄眉童儿，所使的狼牙棒便是敲磬的锤儿，所用的袋子是弥勒佛的"后天袋子"，又叫"人种袋"。弥勒佛幻化作种瓜老农，让行者将妖怪引来。行者滚入瓜田，变作一个熟瓜。妖怪要吃瓜，行者乘机钻入妖怪肚内。弥勒现出本相，让行者饶了黄眉怪。弥勒收了人种袋和磬锤儿，又将打碎的金铙还原，带着童子回极乐世界去了。行者救出三藏师徒及众神将，放火烧了小雷音寺，再度登程。（65～66）

22. 朱紫国行者救王后

师徒来到七绝山稀柿衕（tòng），山沟两面长满柿子树，果实年年无人收，落在沟内腐烂成泥，臭气熏天。师徒投宿老者家，听说有妖怪吞吃人畜。正说时，狂风大作，半空中隐隐有两盏灯，竟是妖怪的两只眼！行者、八戒追赶妖怪到稀柿衕，原是一条红鳞大蟒。行者被蟒蛇吞吃，在蛇肚子里大打出手，蟒蛇一命呜呼。

过稀柿衕时，八戒现出本相，是一头大猪，拱出一条路，师徒顺利通过。

朱紫国国王生病，张榜招医，许诺谁能治好病，分一半江山给他。行者揭了榜，以巴豆、锅底灰及白龙马尿和成"乌金丸"，又召来龙王，以龙涎化雨，做了半盏送药之水，果然药到病除。国王追述，三年前端阳节，有麒麟山獬豸（xièzhì）洞妖怪赛太岁突然前来，将王后金圣娘娘抢去。国王惊吓成疾，至今才被行者治愈。

　　赛太岁派先锋来讨要宫女，被行者打跑。行者追踪而去，半路打死下战书的小妖，自己变作小妖模样，进妖洞见到被劫的金圣娘娘，得知赛太岁有个随身宝贝，是三个铃铛，可以喷火、冒烟、扬沙。行者让金圣娘娘哄赛太岁摘了宝贝，行者去偷时失了手，霎时烟、火、沙齐冒，行者逃出洞外。

　　行者又变作宫娥"春娇"，趁老妖捉虱子时，用假铃铛换了真铃铛。行者与赛太岁赛宝，赛太岁的假宝贝失灵，而行者的真宝贝一摇，赛太岁顿时身陷火海。此时观音赶到，来收赛太岁，原是观音胯下的金毛犼（hǒu），那宝贝是它项上的铃铛。

　　原来，朱紫国国王当太子时，曾箭射孔雀明王菩萨的一对儿女，一死一伤；因此导致"拆凤三年"之厄。金圣娘娘在妖洞三年，因身穿紫阳真人所赠棕衣，浑身带刺，妖怪始终无法近身。（67～71）

23. 蜘蛛现原形，金针刺蜈蚣

三藏亲自去化斋，误入盘丝洞，洞内有七女子，原是七个蜘蛛精，各有一个干儿子，如蜜蜂、马蜂、斑蝥、牛虻、蜻蜓等。

七蜘蛛到濯垢泉洗浴，行者探得虚实，变作一只饿鹰，将蜘蛛怪的衣服叼去。八戒闻讯前往，跳入泉中，变成一条鲇鱼，戏耍蜘蛛精。七个蜘蛛精肚脐中冒出丝来，将八戒罩住。又放出干儿子，变作成千上万的昆虫。行者将一把毫毛嚼碎，变出黄鹰、麻鹰、白鹰、雕鹰等，顷刻将昆虫吃尽。悟空入洞救出师父，蜘蛛精纷纷逃窜。

师徒前行，至黄花观，观中道士试图用毒枣茶伤害三藏等，因为他是七蜘蛛的师兄。行者机警，未中圈套。行者与道士争斗，七蜘蛛又作起法来，喷出蛛丝将道观罩住。行者将七十根毫毛变成七十个小行者，又将金箍棒变成七十把双角叉儿棒，将丝篷搅破，捉出七蜘蛛，又来战道士。道士肋下有千只眼，射出万道金光，行者被金光罩住，变作穿山甲钻入地下才逃脱。

黎山老母幻化成老妇，指点行者说，此妖为多目怪，可去紫云山请毗蓝婆来收妖。毗蓝婆是昴日星君之母，有绣花金针。她用金针破了妖怪的金光，又用解毒丹救了三藏及八戒、沙僧。那

道士原是蜈蚣精，被毗蓝婆收去看守门户。（72 ~ 73）

24. 狮驼岭降伏三魔

太白金星化身一老者，向三藏师徒通报狮驼岭妖精凶恶的消息。行者化作一小妖，从小妖"小钻风"嘴里探得狮驼岭三妖魔的底细：大魔能一口吞十万天兵，二魔可用鼻子卷人，三魔有阴阳二气瓶，可以把人化作浆水。行者变作"小钻风"混入洞中，被三魔看出破绽，装进宝瓶。行者将救命毫毛变作金刚钻，钻破宝瓶逃出。

行者与老魔比武，被老魔吞吃。行者在老魔肚儿里撒酒疯，老魔疼倒在地。行者又在老魔五脏上拴了绳，自己跳出来。三妖魔一同讨饶，答应送师徒四人过岭。

二魔言而无信，将八戒用鼻子卷去。行者变作蟭蟟虫跟进洞里，将八戒救出。二魔来追，行者将金箍棒插在二魔鼻孔里，将其制伏。

三魔不服气，使出调虎离山计，口称送师徒过岭，中途将三藏劫入狮驼国。三个魔头大战行者三人，八戒、沙僧先后被擒，行者也被三魔变成的大鹏鸟抓去。妖魔将四众放入蒸锅，行者召来龙王吹冷风，又用瞌睡虫迷晕烧火小妖，救师父等离开。三魔发现追来，只有行者走脱。

妖魔将三藏藏在铁柜中，扬言三藏已死。行者信以为真，跑去向如来哭诉。如来亲自前往，并召来普贤、文殊二菩萨。

原来，大魔是文殊菩萨座下的青毛狮子，二魔是普贤菩萨骑的白象，三魔是大鹏金翅雕，与如来沾着亲哩。行者因此戏称如来是"妖精的外甥"。

如来在头顶生出红肉，大鹏来攫取，如来用手一指，大鹏被拘住，再也不能离开。行者这才救出三藏及师弟。（74～77）

25. 比丘国行者救小儿

师徒来至比丘国，发现家家门首都有鹅笼，笼内养着小儿。原来国王生病，听信国丈之言，要用一千一百一十一个小儿的心肝做药引子。三藏师徒发慈悲心，请天神刮一阵风，将鹅笼刮走藏匿。

三藏倒换关文，国丈见到三藏，说此人心肝即可做药引子。

行者变作三藏模样，到金殿与国丈周旋，并当场剖腹，里面滚出许多心来，就是没有可做药引子的黑心。行者现出本相，举棒打国丈，国丈化作一阵风，带着年轻的王后逃走。此妖三年前到来，将十六岁的女儿嫁给国王，称"美后"，老妖做了国丈。

行者追至柳林坡清华洞，正要除妖，有南极仙翁赶来，将老妖收去。原来是仙翁所骑白鹿，美后则是一只白面狐狸。仙翁赐国王三枚仙枣，国王食毕病愈，一千多小儿也被一阵和风送回各家。（78～79）

26. 陷空山鼠精被擒

三藏一行路经黑松林，见一女子被绑在树上，女子自称遇了强盗。三藏发善心，不听行者劝阻，将女子救下，相携而行。

师徒借宿镇海禅寺。三藏生病，在寺中养病三日，而三日中寺里竟有六个和尚被吃。行者变作一小和尚，夜间撞钟念经，被救女子出来引诱行者。行者现出本相，与女子打斗，一棒打中女子，却只留下一只绣鞋，女子化风逃去，顺带将三藏掳走。

按照山神土地的指引，行者追至陷空山无底洞，变作苍蝇入洞，见洞中别有天地。那女妖正逼三藏成亲。行者变成蟭蟟虫，隐身交杯酒的酒花中，却被女妖用手指挑出。行者又变成桃子，钻入妖精腹内，逼她把三藏背出洞口。行者从女妖口中跳出，二人打斗，八戒、沙僧上前助战，妖精再施遗鞋计，二次将三藏摄入洞中。

行者进洞搜寻，找不到妖精，却见有一处设着"尊父李天王"和"尊兄哪吒三太子"的牌位。行者拿了牌位到天庭找李天王问罪，天王父子随行者下界捉妖。此妖原是金鼻白毛老鼠精，三百年前在灵山偷吃了如来的香花宝烛，天王父子奉命捉拿，如来不叫杀生。此鼠感恩，因拜天王及哪吒为父兄，并自称"半截观音"，又叫"地涌夫人"。哪吒将其擒获，押上天庭。（80～83）

27. 灭法国皈依佛法，隐雾山豹精送命

观音幻化成老妇前来送信，前面有个灭法国，国王发誓要杀一万个和尚，已杀了九千九百九十六个。行者变作扑灯蛾前去探看，在一家客店偷来几套平民衣裳，师徒扮作客商模样，进城入住赵寡妇店。因怕人看见光头，四人睡在一只大柜子里。

入夜有强盗打劫，以为柜子里是财宝，抢出城外，又被官军追回，预备天亮后由国王开柜发落。行者用毫毛变成千百个小行者，又将金箍棒变作千百把剃刀，乘夜将灭法国君臣、后妃都剃成光头。

国王醒来大惊，以为杀和尚遭了报应。刚好见柜中走出四个和尚，国王奉四人为圣僧，礼送过境，并改"灭法国"为"钦法国"。

四众来至一山，有雾气笼罩。行者探知前面有妖，故意骗八戒去化斋。八戒遇妖，厮杀一场，悟空赶去助阵，八戒得胜而还。八戒小看妖怪，再度前往。原来此山为隐雾山，山中有折岳连环洞，内有老妖，自称南山大王。他听从小妖计谋，使出"分瓣梅花计"，让三个小妖敌住悟空三人，老妖自将三藏拿入洞中，绑在后园树上，拿个假人头欺骗行者，说三藏已死。行者痛哭，要为师父报仇。老妖不敌行者三人，败回洞内。行者变作水老鼠，从后门水路进洞，发现师父未死。行者抛瞌睡虫令一洞妖精熟睡，救师父出洞，还捎带救出关在洞中的樵夫。最终八戒将老妖打死，却是个艾叶花皮豹子精。（84～86）

28. 凤仙郡解旱情，玉华县收狮精

凤仙郡是大天竺国外郡，因连年大旱，郡侯出榜聘请祈雨的法师。行者自称能祈雨，乃念动真言召来东海龙王。龙王因没有上天御旨，不敢私自降雨。行者上诉天庭，得知三年前凤仙郡郡侯推倒斋天的素供喂狗，冒犯上天，天上因设米山、面山、黄金大锁，使鸡啄米山、狗舔面山、灯焰烧锁梃。米山、面山倒，锁梃烧断，凤仙郡才能降雨。

行者回凤仙郡，叫郡侯请僧人建道场，全城烧香念佛，举郡向善。天上米山、面山自倒，锁梃烧断。行者至九天应元府借来雷部诸将，登时雷鸣电闪、大雨滂沱，旱情解除。凤仙郡为四众建生祠，题为"甘霖普济寺"。

四众又到天竺下郡玉华县（又作"玉华州"），此时距三藏离开长安已有十四个年头。玉华王有三个小王子，喜欢使枪弄棒，因拜行者三兄弟为师，又借金箍棒、九齿钉钯和降妖宝杖做样子，打造三般兵器。三宝贝夜放光芒，引来附近妖精，将三宝贝摄去。

妖精来自城北豹头山虎口洞，行者前去打探，见两小妖"刁钻古怪""古怪刁钻"外出购买猪羊，据说要开"钉钯会"。行者将二妖定住，回来招呼八戒，变作二妖模样，沙僧则变作贩猪羊的客人，赶着猪羊进入洞中。三人见了兵器，拿起就打，老妖逃走。这老妖原是黄狮怪，引了竹节山九曲盘桓洞的九灵元圣及六个小狮精来打玉华州。

双方各有胜负，八戒被擒，行者也捉得两个小狮精。第二天再战，九灵元圣叫黄狮精带着四个小狮精敌住行者、沙僧，自己进城，现出九头，噙了三藏、玉华王父子及八戒，前往竹节山九曲洞去。行者这边打死了黄狮精，擒了四小狮。

行者、沙僧前往九曲洞寻师父，沙僧也被九灵元圣衔入洞中。行者独自逃出，听土地说此怪乃九头狮子，于是去请太乙救苦天尊。天尊下界来收妖怪，那本是他的坐骑。

妖怪除灭，三王子的兵器也打好了。三人从师习武，各有所成。全城人送三藏师徒上路。（87～90）

29.金平府诛犀牛，天竺国降玉兔

金平府也是天竺国外郡，四众到慈云寺借宿。寺僧留三藏等元宵看灯。金灯桥的三盏金灯最好看，三口灯缸可装一千五百斤酥合香油，每年由金平府灯油大户供奉。到时有三位"佛爷"来看灯，可保风调雨顺。三藏看灯时，正逢"佛爷"来到，三藏上前礼拜，被"佛爷"掳去，原来是三个妖怪。

行者追至青龙山玄英洞，三怪出洞来战，自称辟寒大王、辟暑大王和辟尘大王。行者斗至天晚，不能取胜。八戒、沙僧都被妖精捉去。

行者上天宫求援，请来二十八宿之"四木禽星"：角木蛟、斗木獬、奎木狼和井木犴（àn）。行者将三妖引出，四木齐上，追至西洋大海。龙王也派太子摩昂来助战，井木犴将辟寒咬死，辟暑、辟尘被捉回金平府，砍了头。原是三只犀牛成精。

师徒四人借宿天竺国舍卫城布金寺，寺中给孤园是有名的佛祖修道遗址。三藏在园中听到女子哭声；寺中老僧讲述，几年前这女子被风刮来，自称天竺国公主。老僧将她锁在空屋，实为保护。三藏等入城倒换关文，天竺国公主在彩楼抛绣球，恰恰抛中三藏，公主和国王执意要招三藏为驸马。

成亲之日，公主借口行者等三徒弟生得丑恶，将他们支开。行者变作蜜蜂，跟随师父进入宫中，见公主头上有妖气，于是现出本相，来捉公主。公主也拿出一短棍，与行者打斗。那棍原是一支玉杵。

行者追赶至毛颖山，山上有三处妖精洞穴。二人打斗正酣，太阴星君与嫦娥来收妖精。妖精原是广寒宫中捣药的玉兔，而天竺国的真公主本是月中素娥，从前曾打过玉兔一掌，玉兔追至下界报仇，将公主摄至给孤园受苦，自己变身公主，享受荣华。最终玉兔被太阴星君带回月宫，天竺国国王迎接真公主回宫。（91～95）

30. 寇员外斋僧得善报

铜台府地灵县有个寇员外，好善斋僧，已斋过九千九百九十六个，三藏等到来，刚好凑足万僧之数。三藏离开时，寇家隆重送行，却因露富招来一伙强盗。强盗行劫，还打死了寇员外，又追赶三藏等，被行者制伏。行者等夺回财物，准备送还寇家。寇妈妈因丈夫斋僧而死，迁怒于三藏，向官府诬告三藏师徒打劫。官府派人来追，刚好"人赃俱获"。

三藏四众被关入牢狱，行者变成蜢虫，飞出监牢，先至寇家，模仿寇员外的说话声音，埋怨寇妈妈诬陷好人。又到铜台府姜刺史家，假借已故长辈的口吻，叫刺史释放圣僧。行者又到地灵县县衙显圣。四众终被释放，行者还到阴间为寇员外求得一纪阳寿，皆大欢喜。（96～97）

31. 唐三藏取经成正果

　　四众历经千难万险，终于来到灵山雷音寺，拜见如来。西天佛经共三藏、三十五部、一万五千一百四十四卷。如来将其中五千零四十八卷传给唐僧。搬取经书时，如来大弟子阿傩、迦叶向三藏要"人事"。行者恼怒，不肯给。结果二弟子只将无字经给了师徒四人。

　　燃灯古佛得知此事，派白雄尊者飞去，在空中将无字经夺了，抛撒下来。三藏师徒发现经上无字，返回向如来讨要。这一回，阿傩、迦叶仍向三藏要"人事"，不得已，三藏将吃饭的紫金钵盂给了二人，才换来真经。

　　观音检点三藏的"灾难簿子"，发现八十一难还少一难。师徒来到通天河，水中老鼋复出，驮四人过河。当年老鼋曾托三藏到西天问自己的寿数，三藏忘记了。老鼋大怒，将四众连同经书翻落水中。四人游上岸，又有风雨袭来。雨过天晴，四人在岸边晾晒经书。有几卷在石头上沾坏，至今经书不全。

　　八大金刚鼓起香风，将四众送回东土。唐太宗在望经楼迎接，圣僧向太宗奏报取经历程，并介绍三弟子，称路上经历了十四遍寒暑。太宗摆宴接风，还亲撰《圣教序》记述其事。又在雁塔寺建台，由三藏讽诵经书。

八大金刚接三藏等复回灵山，四众皆成正果：三藏为旃（zhān）檀功德佛，行者为斗战胜佛，八戒为净坛使者，沙僧为金身罗汉。白龙马也修成八部天龙马。

行者再摸头上，金箍早已褪去。小说至此终结。（98 ~ 100）

玄奘取回的佛经，被收藏在西安大慈恩寺内

第三编

《西游记》选粹

1. 节选一　石猴出世觅洞天

阅读提示

一、本段选自《西游记》第一回"灵根育孕源流出，心性修持大道生"，是全书开篇，也是猴王传记第一回。

二、《西游记》是一部文化内涵丰富的长篇神话，书中涉及许多宗教文化知识。如本篇中提到的"四大部洲"，便是佛教的说法；而"玉皇大帝""千里眼""顺风耳"则属于道教神仙。至于"干支"纪时法，在商代甲骨卜辞中已开始使用了。

三、"我进去，我进去！"这是悟空在书中讲出的第一句话。当时群猴面对瀑布，呼唤带头人，貌不惊人的石猴惊天一跃，为群猴找到栖身之所，也成了群猴的天然领袖。悟空的首次"发言"虽只短短两句，却显示了他好奇的天性、勇于承担的品格和天不怕地不怕的劲头儿。小说中的人物对话多用短句，节奏跳荡，富于个性，这一特点又以悟空为突出，读时可格外关注。

四、章回小说在散文叙事中穿插着韵文（诗词歌赋之类），这还是继承了讲唱文学的传统。在宋元"说话"（相当于今天的说评书）等讲唱文学中，这些韵文是要配乐歌唱的。《西游记》的创作经历了说话阶段，书中的大量韵文，应即说话留下的痕迹。如"石猴出世"这一小段，就穿插了七则韵文，有诗有赋，丰富了小说的表现力。但韵文过多，也有弊病，会影响故事情节的顺畅。本书在节选时，对部分韵文做了删略处理。

诗曰：

混沌未分天地乱[1]，茫茫渺渺无人见。

自从盘古破鸿蒙[2]，开辟从兹清浊辨[3]。

覆载群生仰至仁，发明万物皆成善。[4]

欲知造化会元功[5]，须看《西游释厄传》[6]。

1　混沌（hùndùn）：中国古代神话中指世界形成前元气未分、模糊一团的状态。乱：混杂。

2　盘古：中国古代神话中开天辟地的人。鸿蒙：世界形成前的混沌状态。

3　"开辟"句：神话中说，盘古开天辟地，清的阳气上升成为天，浊的阴气下沉成为地，从此天地清浊分明。兹（zī），此。辨，区分。

4　"覆载"两句：仰仗着天地至大的仁德，万物众生得以抚育容载，繁衍生息，也因此成就了天地极大的善德。此两句互文见义。覆载，抚育容载。群生，一切生物、众生。发明，化育、培育。

5　造化会元功：天地随时间的变化创造化育万物的功德。造化，创造化育。会元，据下文，指天地之数，意思是天地的时间变化。功，功德、功劳。

6　《西游释厄传》：《西游记》，是《西游记》早期的版本之一。释，消解。厄（è），困厄、灾难。

盖闻天地之数，有十二万九千六百岁为一元。将一元分为十二会，乃子、丑、寅、卯、辰、巳、午、未、申、酉、戌、亥之十二支也。每会该一万八百岁。且就一日而论：子时得阳气，而丑则鸡鸣；寅不通光，而卯则日出；辰时食后，而巳则挨排；日午天中，而未则西蹉；申时晡而日落酉，戌黄昏而人定亥。[1]……[2]

　　感盘古开辟[3]，三皇治世[4]，五帝定伦[5]，世界之间遂分为四大部洲：曰东胜神洲，曰西牛贺洲，曰南赡部洲，曰北俱芦洲。这部书单表东胜神洲[6]。海外有一国土，名曰傲来国。国近大海，海中有一座名山，唤为花果山。此山乃十洲之祖脉[7]，三岛之来龙[8]，自开清浊而立，鸿蒙判后而成[9]。真个好山！有词赋为证。赋曰：

<hr/>

　　1　"子时"句：古人将一天分为十二个时辰，分别是子时（23～1点）、丑时（1～3点）、寅（yín）时（3～5点）、卯（mǎo）时（5～7点）、辰时（7～9点）、巳（sì）时（9～11点）、午时（11～13点）、未时（13～15点）、申时（15～17点）、酉（yǒu）时（17～19点）、戌（xū）时（19～21点）、亥（hài）时（21～23点）。挨排，依次排列。西蹉（cuō），这里指太阳向西运行。晡（bū），指傍晚。人定，夜深人静。

　　2　此处叙述天、地、人的诞生，多依道教解释，出语玄虚，因而略去。

　　3　感：感仰，感戴。

　　4　三皇：上古传说中华夏之族的三位帝王，一说为伏羲、神农、燧（Suì）人氏；一说为伏羲、神农、黄帝。治世：治理天下。

　　5　五帝：上古传说中华夏之族晚于三皇的五位帝王，一说为黄帝、颛顼（Zhuānxū）、帝喾（Kù）、尧、舜；一说为黄帝、炎帝、尧、舜、禹。定伦：制定人伦纲常。

　　6　单表：单说，只讲。表，讲，说。

　　7　十洲：道教称大海中神仙居住的十处名山胜境。

　　8　三岛：传说中的蓬莱、方丈、瀛（yíng）洲三座海上仙山。

　　9　判：分开。

势镇汪洋，威宁瑶海[1]。势镇汪洋，潮涌银山鱼入穴；威宁瑶海，波翻雪浪蜃离渊[2]。木火方隅高积土[3]，东海之处耸崇巅。丹崖怪石，削壁奇峰。丹崖上，彩凤双鸣；削壁前，麒麟独卧。峰头时听锦鸡鸣，石窟每观龙出入[4]。林中有寿鹿仙狐，树上有灵禽玄鹤[5]。瑶草奇花不谢，青松翠柏长春。仙桃常结果，修竹每留云。一条涧壑藤萝密[6]，四面原堤草色新[7]。正是百川会处擎天柱[8]，万劫无移大地根。[9]

那座山正当顶上，有一块仙石。其石有三丈六尺五寸高，有二丈四尺围圆。三丈六尺五寸高，按周天三百六十五度[10]；二丈四尺围圆，按政历二十四气。上有九窍八孔，按九宫八卦[11]。四面

1　宁：使安定。瑶海：这里指大海。

2　蜃（shèn）：大蛤蜊（gé·lí），一种双壳类软体动物。

3　木火方隅（yú）：东南一角。木，据五行学说，指东方。火，指南方。方隅，角落。

4　每：常常。

5　玄鹤：黑鹤。传说鹤三千岁后会变黑。

6　涧壑（jiànhè）：溪涧山谷。

7　原堤：原野河堤。

8　百川：湖泽江河的总称。擎（qíng）天柱：撑天的柱子。

9　"万劫"句：面对各种灾难都不会改变的大地之根基。万劫，各种灾难。移，改变、变动。

10　按：依照，依据。

11　九宫：这里指古代术数家所指的九个方位，即乾宫、坤宫、震宫、巽（xùn）宫、坎宫、离宫、艮（gèn）宫、兑（duì）宫、中宫。八卦：《周易》中八种具有象征意义的基本图形，名称分别是乾、坤、震、巽、坎、离、艮、兑。

更无树木遮阴，左右倒有芝兰相衬[1]。盖自开辟以来，每受天真地秀[2]，日精月华[3]，感之既久[4]，遂有灵通之意[5]，内育仙胞[6]。一日迸裂，产一石卵，似圆球样大。因见风，化作一个石猴。五官俱备，四肢皆全。便就学爬学走，拜了四方。目运两道金光，射冲斗府[7]。惊动高天上圣大慈仁者玉皇大天尊玄穹高上帝[8]，驾座金阙云宫灵霄宝殿[9]，聚集仙卿[10]，见有金光焰焰[11]，即命千里眼、顺风耳开南天门观看[12]。二将果奉旨出门外，看的真，听的明。须臾回报道："臣奉旨观听金光之处，乃东胜神洲海东傲来小国之界，有一座花果山，山上有一仙石，石产一卵，见风化一石猴，在那里拜四方，眼运金光，射冲斗府。如今服饵水食，金光将潜息矣。[13]"玉帝垂赐恩

1　芝兰：芷和兰，都是香草。芝，同"芷"。

2　天真地秀：天地间的灵秀之气。

3　日精月华：日月的光华。

4　感：感应，影响。

5　灵通：与神灵感应相通。

6　仙胞：神仙之胎。

7　斗（dǒu）府：斗宿（xiù）星宫，这里指天宫。斗，星座名，斗宿。古代中国天文学中的二十八宿之一。

8　高天上圣大慈仁者玉皇大天尊玄穹（qióng）高上帝：玉皇大帝的名号。玉皇大帝是道教和民间宗教里众神的领袖。

9　金阙（què）云宫灵霄宝殿：玉皇大帝朝见仙界大臣的宫殿。

10　仙卿：仙界大臣。

11　焰焰：明亮的样子。

12　南天门：神话传说里天宫的门户之一。

13　"如今"二句：意思是此猴如今吃着普通食物，神通也就渐渐消失了。服饵（ěr），服与饵都有吃的意思。水食，水和食物。潜息，无形中停息。

慈曰："下方之物，乃天地精华所生，不足为异。"

那猴在山中，却会行走跳跃，食草木，饮涧泉，采山花，觅树果；与狼虫为伴，虎豹为群，獐鹿为友[1]，狝猿为亲[2]；夜宿石崖之下，朝游峰洞之中。真是"山中无甲子[3]，寒尽不知年"。一朝天气炎热，与群猴避暑，都在松阴之下顽耍。你看他一个个：

> 跳树攀枝，采花觅果；抛弹子，邷么儿[4]；跑沙窝[5]，砌宝塔[6]；赶蜻蜓，扑蚊蜡[7]；参老天，拜菩萨，扯葛藤，编草帙[8]；捉虱子，咬又掐；理毛衣[9]，剔指甲；挨的挨，擦的擦；推的推，压的压；扯的扯，拉的拉。青松林下任他顽，绿水涧边随洗濯[10]。

1　獐：獐子，一种小型的鹿类动物。

2　狝：狝猴。猿：一种灵长类动物，形似狝猴而大。

3　甲子：古人将"甲乙丙丁戊（wù）己庚辛壬（rén）癸（guǐ）"十天干和"子丑寅卯辰巳午未申酉戌亥"十二地支递次相配，从甲子起至癸亥止，共六十组，称六十甲子，以此循环来纪年或纪日。这里指日历、历书。

4　邷（wǎ）么儿：抓子儿，一种玩弄碎瓦砾或小石子的儿童游戏。

5　跑（páo）沙窝：刨沙坑。跑，以足刨地。

6　砌宝塔：以沙子堆砌佛塔。

7　蚊蜡（bāzhà）：同"八蜡"，这里指蝗虫，俗称"蚂蚱"。

8　帙（wà）：袜子。

9　毛衣：皮毛。

10　濯（zhuó）：洗。

一群猴子耍了一会，却去那山涧中洗澡。见那股涧水奔流，真个似滚瓜涌溅。古云：禽有禽言，兽有兽语。众猴都道："这股水不知是那里的水¹。我们今日赶闲无事，顺涧边往上溜头寻看源流，耍子去耶²！"喊一声，都拖男挈女³，唤弟呼兄，一齐跑来，顺涧爬山，直至源流之处，乃是一股瀑布飞泉。但见那：

一派白虹起⁴，千寻雪浪飞⁵。海风吹不断，江月照还依。冷气分青嶂⁶，余流润翠微⁷。潺湲名瀑布⁸，真似挂帘帷⁹。

众猴拍手称扬道："好水，好水！原来此处远通山脚之下，直接大海之波。"又道："那一个有本事的，钻进去寻个源头出来，不伤身体者，我等即拜他为王。"连呼了三声，忽见丛杂中跳出一个石猴，应声高叫道："我进去，我进去！"好猴！也是他：

1　那里：哪里。古代无"哪"字，"那"兼"那""哪"二义。
2　耍子：玩耍。
3　挈（qiè）：带领。
4　白虹：这里指瀑布周围的白色晕圈。
5　寻：古代长度单位，一寻为八尺。也有说七尺、六尺为一寻的。
6　冷气分青嶂：瀑布形成的寒冷气流将青山一分为二。青嶂，如屏障的青山。
7　翠微：指青山。
8　潺湲（chányuán）：水流动的样子。
9　帘帷：帘幕。

今日芳名显[1]，时来大运通[2]。有缘居此地，天遣入仙宫[3]。

你看他瞑目蹲身[4]，将身一纵，径跳入瀑布泉中，忽睁睛抬头观看，那里边却无水无波，明明朗朗的一架桥梁。他住了身，定了神，仔细再看，原来是座铁板桥。桥下之水，冲贯于石窍之间，倒挂流出去，遮闭了桥门。却又欠身上桥头，再走再看，却似有人家住处一般，真个好所在。但见那：

翠藓堆蓝，白云浮玉，[5]光摇片片烟霞。虚窗静室，滑凳板生花。乳窟龙珠倚挂[6]，萦回满地奇葩[7]。锅灶傍崖存火迹，樽罍靠案见肴渣[8]。石座石床真可爱，石盆石碗更堪夸。又见那一竿两竿修竹，三点五点梅花。几树青松常带雨，浑然像个人家[9]。

---

1 芳名：美名。
2 大运：好运。通：亨通。
3 遣：派遣，打发。仙宫：这里指华美的宫殿。
4 瞑（míng）目：闭上眼睛。
5 "翠藓"二句：绿藓堆积像蓝草，白云浮动如美玉。蓝，一种草本植物，叶含蓝汁，可制染料。
6 乳窟：石钟乳丛生的洞穴。龙珠：珍贵的宝珠。倚挂：悬挂。
7 萦（yíng）回：盘旋环绕。奇葩（pā）：珍奇的花。
8 樽（zūn）罍（léi）：两种盛酒器具。肴渣：残剩的菜肴。
9 浑然：完全，全然。

看罢多时，跳过桥中间，左右观看，只见正当中有一石碣[1]。碣上有一行楷书大字，镌着"花果山福地，水帘洞洞天"[2]。石猿喜不自胜，急抽身往外便走，复瞑目蹲身，跳出水外，打了两个呵呵[3]，道："大造化[4]！大造化！"众猴把他围住问道："里面怎么样？水有多深？"石猴道："没水！没水！原来是一座铁板桥。桥那边是一座天造地设的家当。"众猴道："怎见得是个家当？"石猴笑道："这股水乃是桥下冲贯石窍，倒挂下来遮闭门户的。桥边有花有树，乃是一座石房。房内有石锅、石灶、石碗、石盆、石床、石凳。中间一块石碣上，镌着'花果山福地，水帘洞洞天'。真个是我们安身之处。里面且是宽阔[5]，容得千百口老小。我们都进去住，也省得受老天之气。这里边：

刮风有处躲，下雨好存身。霜雪全无惧，雷声永不闻。烟霞常照耀，祥瑞每蒸熏[6]。松竹年年秀，奇花日日新。"

1　石碣（jié）：圆顶的石碑。
2　镌（juān）：雕刻。
3　打了两个呵（hē）呵：笑了两下。形容得意的神态。呵呵，形容笑声。
4　大造化：大幸运，大福分。
5　且是：确是，很是。
6　祥瑞每蒸熏：好征兆经常涌现。祥瑞，指好征兆、好兆头。蒸熏，热气蒸腾，这里是涌现的意思。

众猴听得，个个欢喜，都道："你还先走，带我们进去！进去！"石猴却又瞑目蹲身，往里一跳，叫道："都随我进来！进来！"那些猴有胆大的，都跳进去了；胆小的，一个个伸头缩颈，抓耳挠腮，大声叫喊，缠一会，也都进去了。跳过桥头，一个个抢盆夺碗，占灶争床，搬过来，移过去，正是猴性顽劣，再无一个宁时，只搬得力倦神疲方止。

石猿端坐上面道："列位呵，'人而无信，不知其可'[1]。你们才说有本事进得来，出得去，不伤身体者，就拜他为王。我如今进来又出去，出去又进来，寻了这一个洞天与列位安眠稳睡，各享成家之福。何不拜我为王？"众猴听说，即拱伏无违[2]，一个个序齿排班[3]，朝上礼拜，都称"千岁大王"。自此，石猿高登王位，将"石"字儿隐了，遂称"美猴王"。

---

1 "人而"两句：作为一个人，却不讲信用，真不知那怎么可以。语出《论语》。
2 拱（gǒng）伏无违：抱拳举到头顶，弯下身子，表顺从。
3 序齿排班：按照年龄大小排成队列。

新刻出像官板大字西遊記月字卷之一

華陽洞天主人校

金陵世德堂梓行

第一回

靈根育孕源流出　心性修持大道生

詩曰

混沌未分天地亂　茫茫渺渺無人見

自從盤古破鴻濛

開闢從茲清濁辨　覆載群生仰至仁

發明萬物皆成善

欲知造化會元功　須看西遊釋厄傳

蓋聞天地之數有十二萬九千六百歲為一元將一元分為十

二會乃子丑寅卯辰巳午未申酉戌亥之十二支也每會該一

萬八百歲且就一日而論子時得陽氣而丑則雞鳴寅不通光

世德堂本《西游记》卷之一

2. 节选二　东海得宝

阅读提示

一、本段选自《西游记》第三回"四海千山皆拱伏，九幽十类尽除名"。美猴王到海外学艺归来，却连一件趁手的兵器都没有，于是便有了龙宫索宝的情节。

二、金箍棒是西游故事中最富想象力的宝贝。据龙王解释，此物是"大禹治水之时，定江海浅深的一个定子"。"定子"即"碇子"，本是船锚的前身，为柱状石块，系以长绳，抛入水中可起固定船位的作用。此外，石碇拴长绳还可测量水的深度，也就是龙王所说"定江海浅深"。神奇的是，这样一件粗笨狼犺之物，到悟空手里居然"变废为宝"，可大可小，成为携带方便、威力无比的"如意金箍棒"。这件特性神奇的宝贝，不但在中国神话中独一无二，就是跟域外神话中的神灯、飞毯、魔棒相比，也不落下风。

三、悟空敢来向龙王借宝，是仗着自己神通广大，本领超群。看他口头上对龙王十分客气，张口"贤邻"，闭口"告求"；要求换兵器时，又说"乞另赐一件""再乞另赐一件"；还说"若有可意的，——奉价（按价付钱）"，显得彬彬有礼。实则他并未把龙王看在眼里，客气的言辞掩饰不住强求的口吻；讨要披挂不成，则公然变脸，要龙王"试试此铁"！一只猴子，未经菩萨指引、师父教诲，一身野气，欲望多多。如不加钳制，只会越来越膨胀。后面的事态发展，也证明了这一点。

四、悟空虽为神猴，却满口俗谚市语。本段就有"愁海龙王没宝哩""一客不犯二主""走三家不如坐一家""赊三不敌见二"等谚语出自悟空之口，极大拉近了人物与读者的距离，使这只神猴变得格外亲切。

美猴王正喜间，忽对众说道："汝等弓弩熟谙[1]，兵器精通，奈我这口刀着实榔槺[2]，不遂我意，奈何？"四老猴上前启奏道："大王乃是仙圣，凡兵是不堪用；但不知大王水里可能去得？"悟空道："我自闻道之后[3]，有七十二般地煞变化之功[4]；筋斗云有莫大的

1　熟谙（ān）：熟练，熟悉。
2　奈：怎奈，无奈。榔槺（lángkāng）：笨重，不灵便，也作"榔杭""狼犺""郎伉"。
3　闻道：领会某种道理。这里指悟空师从须菩提祖师学道。
4　地煞（shà）：道教认为北斗众星中有三十六天罡（gāng）星、七十二地煞星。小说中的"天罡之数""地煞之数"，只取其三十六、七十二的数字。

神通；善能隐身遁身[1]，起法摄法[2]；上天有路，入地有门；步日月无影，入金石无碍；水不能溺，火不能焚。那些儿去不得？"四猴道："大王既有此神通，我们这铁板桥下，水通东海龙宫。大王若肯下去，寻着老龙王，问他要件什么兵器，却不趁心？"悟空闻言甚喜道："等我去来。"

好猴王，跳至桥头，使一个闭水法，捻着诀[3]，扑的钻入波中，分开水路，径入东洋海底。正行间，忽见一个巡海的夜叉[4]，挡住问道："那推水来的，是何神圣？说个明白，好通报迎接。"悟空道："吾乃花果山天生圣人孙悟空，是你老龙王的紧邻，为何不识？"那夜叉听说，急转水晶宫传报道："大王，外面有个花果山天生圣人孙悟空，口称是大王紧邻，将到宫也。"东海龙王敖广即忙起身，与龙子龙孙、虾兵蟹将出宫迎道："上仙请进，请进。"直至宫里相见，上坐献茶毕，问道："上仙几时得道，授何仙术？"悟空道："我自生身之后，出家修行，得一个无生无灭之体。近因教演儿孙，守护山洞，奈何没件兵器。久闻贤邻享乐瑶

1　遁（dùn）身：逃身。
2　起法摄法：施弄各种法术。起、摄，施弄，控制。
3　捻（niǎn）着诀：做出施弄法术的手势。
4　夜叉：佛教指恶鬼。

宫贝阙[1]，必有多余神器，特来告求一件。"龙王见说，不好推辞，即着鳜都司取出一把大捍刀奉上[2]。悟空道："老孙不会使刀，乞另赐一件。"龙王又着鲌大尉[3]、领鳝力士[4]，抬出一捍九股叉来。悟空跳下来，接在手中，使了一路，放下道："轻！轻！轻！又不趁手[5]！再乞另赐一件。"龙王笑道："上仙，你不曾看这叉，有三千六百斤重哩！"悟空道："不趁手！不趁手！"龙王心中恐惧，又着鳊提督、鲤总兵抬出一柄画杆方天戟[6]。那戟有七千二百斤重。悟空见了，跑近前接在手中，丢几个架子，撒两个解数，[7]插在中间道："也还轻！轻！轻！"老龙王一发害怕道[8]："上仙，我宫中只有这根戟重，再没什么兵器了。"悟空笑道："古人云：'愁海龙王没宝哩[9]！'你再去寻寻看。若有可意的，一一奉价[10]。"龙

1　贤邻：对邻居的敬称。瑶宫贝阙（què）：用美玉、珠贝装饰的宫殿。瑶，美玉。阙，古时宫殿前两边高台上的楼，也泛指宫殿。

2　着（zhuó）：命令。鳜（guì）都司：由鳜鱼担任的都指挥使。都司，都指挥使司，掌管一方军政的官署，这里代指都指挥使。

3　鲌（bó）大尉：由鲌鱼担任的太尉。大尉，太尉，官名，最高级武官，掌管天下军政事务。

4　力士：官名，主管皇家金鼓旗帜，随皇帝车驾出入及守卫宫门。也指气大的人。

5　趁手：顺手，随手。

6　提督：官名，明清时期总兵以上的高级武官。总兵：官名，明清时期领兵官。

7　"丢几个"两句：要了几个招式。这两句是同义反复。丢、撒，施展，使出。架子、解数（xièshù），武术的招式。

8　一发：越发，更加。

9　愁海龙王没宝：谚语，意思是不必担忧，海龙王有的是宝物。

10　奉价：按价付钱。

王道：“委的再无[1]。”

正说处，后面闪过龙婆、龙女道：“大王，观看此圣，决非小可[2]。我们这海藏中那一块天河定底的神珍铁，这几日霞光艳艳，瑞气腾腾，敢莫是该出现遇此圣也？”龙王道：“那是大禹治水之时，定江海浅深的一个定子[3]，是一块神铁，能中何用？”龙婆道：“莫管他用不用，且送与他，凭他怎么改造，送出宫门便了。”老龙王依言，尽向悟空说了。悟空道：“拿出来我看。”龙王摇手道：“扛不动！抬不动！须上仙亲去看看。”悟空道：“在何处？你引我去。”龙王果引导至海藏中间，忽见金光万道。龙王指定道：“那放光的便是。”悟空撩衣上前，摸了一把，乃是一根铁柱子，约有斗来粗，二丈有余长。他尽力两手挝过道[4]：“忒粗忒长些[5]，再短细些方可用。”说毕，那宝贝就短了几尺，细了一围。悟空又颠一颠道：“再细些更好！”那宝贝真个又细了几分。悟空十分欢喜，拿出海藏看时[6]，原来两头是两个金箍，中间乃一段乌铁；紧挨箍有镌成的一行字，唤做“如意金箍棒重一万三千五百斤”。心中暗喜

————

1　委的：的确，确实。

2　小可：寻常之辈。

3　定子：碇（dìng）子，系船的石礅。其功能与船锚相同，用于固定船只。

4　挝（zhuā）：同“抓”。

5　忒（tēi，又读 tuī）：太，过于。

6　海藏：传说中大海龙宫的宝藏。这里指那块神珍铁。

悟空看上了东海龙王的"天河定底神珍铁"/［清］佚名彩绘

道："想必这宝贝如人意！"一边走，一边心思口念，手颠着道："再短细些更妙！"拿出外面，只有丈二长短，碗口粗细。

你看他弄神通，丢开解数，打转水晶宫里，唬得老龙王胆战心惊，小龙子魂飞魄散，龟鳖鼋鼍皆缩颈[1]，鱼虾鳌蟹尽藏头[2]。悟空将宝贝执在手中，坐在水晶宫殿上，对龙王笑道："多谢贤邻厚意。"龙王道："不敢，不敢。"悟空道："这块铁虽然好用，还有一说。"龙王道："上仙还有甚说？"悟空："当时若无此铁，倒也罢了；如今手中既拿着他，身上更无衣服相趁，奈何？你这里若有披挂，索性送我一副，一总奉谢。"龙王道："这个却是没有。"悟空道："一客不犯二主[3]。若没有，我也定不出此门。"龙王道："烦上仙再转一海，或者有之。"悟空又道："走三家不如坐一家[4]。千万告求一副。"龙王道："委的没有，如有即当奉承[5]。"悟空道："真个没有，就和你试试此铁！"龙王慌了道："上仙，切莫动手！切莫动手！待我看舍弟处可有，当送一副。"悟空道："令弟何在？"龙王道："舍弟乃南海龙王敖钦、北海龙王敖顺、西海龙王敖闰是

1　龟鳖（biē）鼋（yuán）鼍（tuó）：四种爬行动物。前三者为身带坚硬甲壳的龟类动物，后者为扬子鳄。

2　鳌（áo）蟹：螃蟹。

3　一客不犯二主：谚语，意思是一人始终成全其事，不必另托他人。

4　走三家不如坐一家：谚语，意思是与其奔波多家去求助，不如只在一家求助。

5　奉承：奉送，馈赠。

也。"悟空道:"我老孙不去!不去!俗语谓:'赊三不敌见二[1]。'只望你随高就低的送一副便了。"老龙道:"不须上仙去。我这里有一面铁鼓,一口金钟;凡有紧急事,擂得鼓响,撞得钟鸣,舍弟们就顷刻而至。"悟空道:"既是如此,快些去擂鼓撞钟!"真个那鼍将便去撞钟,鳖帅即来擂鼓。

　　少时,钟鼓响处,果然惊动那三海龙王。须臾来到[2],一齐在外面会着。敖钦道:"大哥,有甚紧事,擂鼓撞钟?"老龙道:"贤弟,不好说!有一个花果山什么天生圣人,早间来认我做邻居,后要求一件兵器,献钢叉嫌小,奉画戟嫌轻,将一块天河定底神珍铁,自己拿出手,丢了些解数。如今坐在宫中,又要索什么披挂。我处无有,故响钟鸣鼓,请贤弟来。你们可有什么披挂,送他一副,打发出门去罢了。"敖钦闻言,大怒道:"我兄弟们点起兵,拿他不是!"老龙道:"莫说拿!莫说拿!那块铁,挽着些儿就死[3],磕着些儿就亡,挨挨儿皮破,擦擦儿筋伤!"西海龙王敖闰说:"二哥不可与他动手。且只凑副披挂与他,打发他出了门,启表奏上上天,天自诛也[4]。"北海龙王敖顺道:"说的是。我这里

1　赊(shē)三不敌见(xiàn)二:谚语,赊卖三钱,不如现得两钱,意思是赊账的钱再多,也不如到手的现钱可靠。赊,指欠账。不敌,比不上。见,同"现",指现钱。
2　须臾(yú):片刻,一会儿。
3　挽:牵,拉。这里有蹭、擦之意。
4　诛(zhū):惩罚,治罪。

有一双藕丝步云履哩。"西海龙王敖闰道:"我带了一副锁子黄金甲哩。"南海龙王敖钦道:"我有一顶凤翅紫金冠哩。"老龙大喜,引入水晶宫相见了,以此奉上。悟空将金冠、金甲、云履都穿戴停当[1],使动如意棒,一路打出去,对众龙道:"聒噪[2]!聒噪!"四海龙王甚是不平,一边商议进表上奏不题。

你看这猴王,分开水道,径回铁板桥头,撺将上来[3],只见四个老猴,领着众猴,都在桥边等候。忽然见悟空跳出波外,身上更无一点水湿,金灿灿的,走上桥来。唬得众猴一齐跪下道:"大王,好华彩耶!好华彩耶!"悟空满面春风,高登宝座,将铁棒竖在当中。这些猴不知好歹,都来拿那宝贝,却便似蜻蜓撼铁树,分毫也不能禁动[4]。一个个咬指伸舌道:"爷爷呀!这般重,亏你怎的拿来也!"悟空近前,舒开手,一把挝起,对众笑道:"物各有主。这宝贝镇于海藏中,也不知几千百年,可可的今岁放光[5]。龙王只认做是块黑铁,又唤做天河镇底神珍。那厮每都扛抬不动[6],请我亲去拿之。那时此宝有二丈多长,斗来粗细;被我挝他一把,

---

1 停当:齐备,妥当。
2 聒(guō)噪:打扰,搅扰。
3 将:用在动词后面,表示动作行为的趋向或进行,相当于"了"。
4 禁动:撼动,摇动。
5 可可的:恰巧,碰巧。
6 那厮每:那些家伙们。厮,对人的蔑称。每,相当于"们"。

意思嫌大，他就小了许多；再教小些，他又小了许多；再教小些，他又小了许多。急对天光看处，上有一行字，乃'如意金箍棒一万三千五百斤'。你都站开，等我再叫他变一变着。"他将那宝贝颠在手中，叫："小！小！小！"即时就小做一个绣花针儿相似，可以揾在耳朵里面藏下[1]。众猴骇然，叫道："大王！还拿出来耍耍！"猴王真个去耳朵里拿出，托放掌上叫："大！大！大！"即又大做斗来粗细，二丈长短。他弄到欢喜处，跳上桥，走出洞外，将宝贝撺在手中[2]，使一个法天象地的神通[3]，把腰一躬，叫声："长！"他就长的高万丈，头如泰山，腰如峻岭，眼如闪电，口似血盆，牙如剑戟；手中那棒，上抵三十三天，下至十八层地狱。把些虎豹狼虫，满山群怪，七十二洞妖王，都唬得磕头礼拜，战兢兢魄散魂飞。霎时收了法象[4]，将宝贝还变做个绣花针儿，藏在耳内，复归洞府[5]。慌得那各洞妖王，都来参贺[6]。

1　揾（sāi）：同"塞"，塞入。
2　撺（zuàn）：同"攥"，握，抓。
3　法天象地：效仿天地自然。法、象，模仿，效仿。
4　法象：指施弄法术时变成的形象。
5　洞府：道教称神仙居住的地方。
6　参贺：参拜庆贺。

3. 节选三 当了一回弼马温

阅读提示

一、本段选自《西游记》第三回"四海千山皆拱伏，九幽十类尽除名"和第四回"官封弼马心何足，名注齐天意未宁"。此前写悟空扰龙宫、闹地府，惊动了天庭；玉帝派太白金星招他上天做官。

二、悟空的表现很像是"官儿迷"，一听说上天可以做官，喜笑颜开，轻易抛弃了追随自己的群猴以及苦心经营的花果山，跟着太白金星上了天。被玉帝封为弼马温后，他干得兢兢业业。及至听说此官只是个"未入流"的芝麻官，他才恍然大悟，登时"心头火起，咬牙大怒"，一路打回花果山！

不过换个角度看，悟空争的不是官职大小，而是对自身价值的承认以及对其人格的尊重。他自述回山的原因，便是"那玉帝不会用人"。众猴欢迎他归来，也说："大王在这福地洞天之处为王，多少尊重快乐，怎么肯去与他做马夫！"当权者不尊重人才，悟空也不肯自轻自贱。他竖起"齐天大圣"的大旗，就是要跟玉皇大帝平起平坐、比个高下。

三、这段故事，处处拿天庭的礼数森严与悟空的傲岸不羁做对比。譬如各路神仙面见玉帝，都要"拜伏参见"；而悟空面对玉帝的问讯，却只是"躬身应答"，称："老孙便是！"这让天上的"仙卿"们大惊失色，认为这是"该死"的大罪。及至告辞时，众人要悟空"谢恩"，悟空也只是"唱个大喏"。在悟空看来，众生平等，无分高低。悟空只拜过如来、观音和师父，因此他对玉帝"唱喏"，当面称太白金星"你这老儿"，也就不足为奇了。

大天尊宣众文武仙卿[1]，问曰："这妖猴是几年产育，何代出身，却就这般有道？"一言未已，班中闪出千里眼、顺风耳道："这猴乃三百年前天产石猴。当时不以为然，不知这几年在何方修炼成仙，降龙伏虎，强销死籍也[2]。"玉帝道："那路神将下界收伏？"言未已，班中闪出太白长庚星，俯伏启奏道："上圣，三界中凡有九窍者[3]，皆可修仙。奈此猴乃天地育成之体，日月孕就之身，他

1　大天尊：玉皇大帝，全称见前篇。

2　强销死籍：强行勾销了生死簿（bù）上的相关记录。死籍，迷信中阴司登录人寿命的簿册。

3　三界：这里指道教所说的天界、地界和人界。九窍：指耳、目、口、鼻、尿道和肛门九个孔道。

也顶天履地[1]，服露餐霞[2]；今既修成仙道，有降龙伏虎之能，与人何以异哉？臣启陛下，可念生化之慈恩[3]，降一道招安圣旨[4]，把他宣来上界[5]，授他一个大小官职，与他籍名在箓[6]，拘束此间。若受天命，后再升赏；若违天命，就此擒拿。一则不动众劳师，二则收仙有道也。"玉帝闻言甚喜，道："依卿所奏。"即着文曲星官修诏[7]，着太白金星招安。

金星领了旨，出南天门外，按下祥云，直至花果山水帘洞，对众小猴道："我乃天差天使，有圣旨在此，请你大王上界。快快报知！"洞外小猴，一层层传至洞天深处，道："大王，外面有一老人，背着一角文书[8]，言是上天差来的天使，有圣旨请你也。"美猴王听得大喜道："我这两日正思量要上天走走，却就有天使来请。"叫："快请进来！"猴王急整衣冠，门外迎接。金星径入当中，面南立定道[9]："我是西方太白金星，奉玉帝招安圣旨下界，请

1　顶天履（lǚ）地：头顶着天，脚踩着地，意思是活在天地之间。履，踩、踏。

2　服露餐霞：饮用露水，餐食日霞，指修仙学道。

3　生化之慈恩：指天地生息化育的恩惠。

4　招安：劝说反抗者归顺。

5　宣：宣召。多指传达帝王的诏命。

6　籍名在箓（lù）：在职官簿册中登上名字。籍，登记、记录。箓，簿册。

7　修诏：撰写诏书。

8　一角：一封。明清时期的邮驿制度称公文一封为一角。

9　面南：面朝南。古时以面朝南为尊位。

你上天，拜受仙箓[1]。"悟空笑道："多谢老星降临。"教小的们安排
筵宴款待。金星道："圣旨在身，不敢久留，就请大王同往，待荣
迁之后[2]，再从容叙也。"悟空道："承光顾[3]，空退[4]！空退！"即唤四
健将，分付："谨慎教演儿孙，待我上天去看看路，却好带你们上
去同居住也。"四健将领诺。这猴王与金星纵起云头，升在空霄之
上。……[5]

那太白金星与美猴王，同出了洞天深处，一齐驾云而起。原
来悟空筋斗云比众不同，十分快疾，把个金星撇在脑后，先至南
天门外。正欲收云前进，被增长天王领着庞、刘、苟、毕、邓、
辛、张、陶[6]，一路大力天丁[7]，枪刀剑戟，挡住天门，不肯放进。
猴王道："这个金星老儿乃奸诈之徒！既请老孙，如何教人动刀动
枪，阻塞门路？"正嚷间，金星倏到[8]。悟空就觌面发狠道[9]："你这
老儿，怎么哄我？被你说奉玉帝招安旨意来请，却怎么教这些人

1　仙箓：这里指天界官职。

2　荣迁：荣显升迁。

3　承光顾：承蒙光临。承，客套语，承蒙、受到。

4　空退：意思是客人没受到招待就走了。如说"怠慢"。

5　此处为第三、第四回衔接处，略去少量文字。

6　增长天王：佛教所说四大天王中南方天王的名号。庞、刘、苟、毕、邓、辛、张、
陶：增长天王手下八将，分别是庞煜、刘俊、苟雷吉、毕宗远、邓伯温、辛汉臣、张元
伯、陶元信。

7　天丁：天兵。

8　倏（shū）到：忽到。倏，忽然。

9　觌（dí）面：迎面、见面。

阻住天门，不放老孙进去？"金星笑道："大王息怒。你自来未曾到此天堂[1]，却又无名，众天丁又与你素不相识，他怎肯放你擅入[2]？等如今见了天尊，授了仙箓，注了官名[3]，向后随你出入[4]，谁复挡也？"悟空道："这等说，也罢，我不进去了。"金星又用手扯住道："你还同我进去。"

将近天门，金星高叫道："那天门天将、大小吏兵，放开路者。此乃下界仙人，我奉玉帝圣旨，宣他来也。"那增长天王与众天丁俱才敛兵退避，猴王始信其言，同金星缓步入里观看。……[5]

太白金星领着美猴王，到于灵霄殿外。不等宣诏，直至御前，朝上礼拜。悟空挺身在旁，且不朝礼，但侧耳以听金星启奏。金星奏道："臣领圣旨，已宣妖仙到了。"玉帝垂帘问曰："那个是妖仙？"悟空却才躬身答应道："老孙便是。"仙卿们都大惊失色道："这个野猴！怎么不拜伏参见[6]？辄敢这等答应道'老孙便是'[7]！却该死了！该死了！"玉帝传旨道："那孙悟空乃下界妖仙，初得

---

1 自来：从来。

2 擅（shàn）入：随便进入。

3 注：登记。

4 向后：以后，往后。

5 这里略去一篇描写天庭景色的骈文。

6 拜伏：跪拜俯伏。

7 辄（zhé）：就，便。

人身，不知朝礼，且姑恕罪¹。"众仙卿叫声"谢恩"，猴王却才朝上唱个大喏²。玉帝宣文选武选仙卿，看那处少甚官职，着孙悟空去除授³。旁边转过武曲星君，启奏道："天宫里各宫各殿，各方各处，都不少官，只是御马监缺个正堂管事⁴。"玉帝传旨道："就除他做个弼马温罢⁵。"众臣叫谢恩，他也只朝上唱个大喏。玉帝又差木德星官送他去御马监到任。

当时猴王欢欢喜喜，与木德星官径去到任。事毕，木德回宫。他在监里，会聚了监丞、监副、典簿、力士、大小官员人等⁶，查明本监事务，止有天马千匹⁷。乃是：

骅骝骐骥，騄駬纤离；龙媒紫燕，挟翼骕骦；駃騠银騔，騕褭飞黄；駒騟翻羽，赤兔超光；逾辉弥景，腾雾胜黄；追风绝地，飞翩奔霄；逸飘赤电，铜爵浮云；骢珑虎駵，绝尘紫

1　姑：姑且，暂且。

2　唱个大喏（rě）：古时男子敬礼，手上作揖，同时口中称"喏"，叫作"唱喏"。如果作揖幅度大、喏声很大，就叫作"唱大喏"或"唱肥喏"。

3　除授：拜官授职。也称"除"。

4　御马监：为皇家饲养马匹的官署。正堂：明清时对府县等地方正印官的称呼。

5　弼（bì）马温：据传，在马厩中养猴子可以避免马生瘟疫。小说借用此说，以"弼马温"谐"避马瘟"之音。

6　监丞：官名，汉朝时马监的副长官，这里借用来指御马监副长官。监副：官名，明清时期苑马寺所辖诸监的副长官，这里借用来指御马监副长官。典簿：官名，明清时期光禄寺等所辖官署中主管章奏文牍事务的官员，这里指御马监管征备草料的官。

7　止：只，仅。

鳞；四极大宛，八骏九逸，千里绝群[1]。此等良马，一个个嘶风逐电精神壮[2]，踏雾登云气力长。

这猴王查看了文簿，点明了马数。本监中典簿管征备草料，力士官管刷洗马匹、扎草、饮水、煮料[3]，监丞、监副辅佐催办。弼马昼夜不睡，滋养马匹。日间舞弄犹可[4]，夜间看管殷勤：但是马睡的[5]，赶起来吃草；走的捉将来靠槽。那些天马见了他，泯耳攒蹄[6]，都养得肉肥膘满。

不觉的半月有余。一朝闲暇，众监官都安排酒席，一则与他接风[7]，一则与他贺喜。正在欢饮之间，猴王忽停杯问曰："我这弼马温是个什么官衔？"众曰："官名就是此了。"又问："此官是个几品[8]？"众道："没有品从。"猴王道："没品，想是大之极也。"众道："不大，不大，只唤做'未入流'。"猴王道："怎么叫做'未入

流'？"众道："末等。这样官儿，最低最小，只可与他看马。似堂尊到任之后[1]，这等殷勤，喂得马肥，只落得道声'好'字；如稍有些尪羸[2]，还要见责[3]；再十分伤损，还要罚赎问罪[4]。"猴王闻此，不觉心头火起，咬牙大怒道："这般藐视老孙！老孙在那花果山，称王称祖，怎么哄我来替他养马？养马者，乃后生小辈下贱之役，岂是待我的？不做他！不做他！我将去也！"忽喇的一声，把公案推倒，耳中取出宝贝，幌一幌，碗来粗细，一路解数，直打出御马监，径至南天门。众天丁知他受了仙箓，乃是个弼马温，不敢阻当，让他打出天门去了。

须臾，按落云头，回至花果山上。只见那四健将与各洞妖王，在那里操演兵卒，这猴王厉声高叫道："小的们！老孙来了！"一群猴都来叩头，迎接进洞天深处，请猴王高登宝位；一壁厢办酒接风[5]。都道："恭喜大王，上界去十数年，想必得意荣归也？"猴王道："我才半月有余，那里有十数年？"众猴道："大王，你在天上，不觉时辰。天上一日，就是下界一年哩。请问大王，官居何职？"猴王摇手道："不好说！不好说！活活的羞杀人！那玉帝不

1　堂尊：明清时期县衙属吏对知县的尊称。这里是众监官对弼马温的尊称。

2　尪羸（wāngléi）：瘦弱。

3　见责：被责备。见，表示被动，相当于"被"。

4　罚赎（shú）：罚款赎罪。

5　一壁厢：一边。壁厢，边。小说中还有"那壁厢""右壁厢"等语，即那边、右边。

会用人，他见老孙这般模样，封我做个什么弼马温，原来是与他养马，未入流品之类。我初到任时不知，只在御马监中顽耍。及今日问我同寮[1]，始知是这等卑贱。老孙心中大恼，推倒席面，不受官衔，因此走下来了。"众猴道："来得好！来得好！大王在这福地洞天之处为王，多少尊重快乐，怎么肯去与他做马夫？"教小的们快办酒来，与大王释闷。

正饮酒欢会间，有人来报道："大王，门外有两个独角鬼王，要见大王。"猴王道："教他进来。"那鬼王整衣跑入洞中，倒身下拜。美猴王问他："你见我何干？"鬼王道："久闻大王招贤，无由得见；今见大王授了天箓[2]，得意荣归，特献赭黄袍一件[3]，与大王称庆。肯不弃鄙贱[4]，收纳小人，亦得效犬马之劳[5]。"猴王大喜，将赭黄袍穿起，众等欣然排班朝拜[6]，即将鬼王封为前部总督先锋。鬼王谢恩毕，复启道："大王在天许久，所授何职？"猴王道："玉帝轻贤，封我做个什么弼马温！"鬼王听言，又奏道："大王有此神通，如何与他养马？就做个齐天大圣，有何不可？"猴王闻

1　同寮（liáo）：即"同僚"，对同官署做官的人的称呼。

2　天箓：指天界官职。

3　赭（zhě）黄：土黄色。

4　不弃鄙贱：不嫌弃我卑微低贱。

5　效犬马之劳：像犬马那样为人奔走效力，是为他人尽力的谦辞。

6　排班朝拜：依等次排成队列，行臣拜君之礼。

说，欢喜不胜，连道几个"好！好！好！"，教四健将："就替我快置个旌旗[1]，旗上写'齐天大圣'四大字，立竿张挂。自此以后，只称我为齐天大圣，不许再称大王。亦可传与各洞妖王，一体知悉[2]。"此不在话下。

1　旌（jīng）旗：旗帜。
2　一体：全体。

4. 节选四　大闹蟠桃会

阅读提示

一、本段选自《西游记》第五回"乱蟠桃大圣偷丹，反天宫诸神捉怪"。此前悟空因嫌弼马温官小，反下天界，自称"齐天大圣"。天兵讨伐不胜，玉帝只好再度招安，将悟空封为"齐天大圣"。

二、无论宗教神话还是文学作品，天庭（包括地府）多半是人间封建王朝的投影。帝王将相治国有术，"大棒"与"胡萝卜"交替使用。玉帝眼看镇压无效，于是再度招安悟空，委以有职无权的"齐天大圣"；又怕他闲游生事，给他个管理蟠桃园的差事。这无异于派羊看管菜园。悟空饱食蟠桃，又因蟠桃会未受邀请，索性大闹瑶池，偷食仙品仙酒，又盗食了老君仙丹。逃回花果山后，还再度返回，为群猴盗取仙酒。天上的蟠桃会开不成，花果山的"仙酒会"开得正热闹。

三、古人追求长生不老，并产生大量相关神话。如射日的神箭手羿曾获仙草，为嫦娥偷吃，便是较早的例子。而早期西游故事《大唐三藏取经诗话》中，已有偷吃蟠桃的情节。据《诗话》中描述："此桃种一根，千年始生，三千年方见一花，万年结一子，子万年始熟，若人吃一颗，享年三千岁。"不过该文中的蟠桃貌似孩儿，唐僧没敢吃。此蟠桃到吴承恩《西游记》中演化为蟠桃园中的蟠桃和五庄观中的人参果。

四、本段写天上世界，出现不少神佛名目，如三清、四帝、二十八宿、四大天王、佛老、菩萨、罗汉……读者可做大致了解。其中为王母娘娘摘蟠桃的七衣仙女，应来自民间传说中的七仙女故事。

话表齐天大圣到底是个妖猴，更不知官衔品从，也不较俸禄高低[1]，但只注名便了。那齐天府下二司仙吏，早晚伏侍，只知日食三餐，夜眠一榻，无事牵萦[2]，自由自在。闲时节会友游宫，交朋结义。见三清称个"老"字[3]，逢四帝道个"陛下"[4]。与那九曜星、五方将、二十八宿、四大天王、十二元辰、五方五老、普天

1　俸禄：官吏的薪水，相当于今天的工资。
2　牵萦（yíng）：纠缠，缠绕。
3　三清：道教对玉清元始天尊、上清灵宝天尊、太清道德天尊的合称。
4　四帝：道教无"四帝"而有"四御"之说。"四御"指北极紫微大帝、南极长生大帝、勾陈上宫天皇大帝、承天效法后土皇地祇（qí）。

星相、河汉群神¹，俱只以弟兄相待，彼此称呼。今日东游，明朝西荡，云去云来，行踪不定。

一日，玉帝早朝，班部中闪出许旌阳真人²，颏囟启奏道³："今有齐天大圣，无事闲游，结交天上众星宿，不论高低，俱称朋友。恐后闲中生事。不若与他一件事管，庶免别生事端⁴。"玉帝闻言，即时宣诏。那猴王欣欣然而至，道："陛下，诏老孙有何升赏？"玉帝道："朕见你身闲无事，与你件执事⁵。你且权管那蟠桃园，早晚好生在意。"大圣欢喜谢恩，朝上唱喏而退。

---

1 九曜（yào）星：九曜星官。根据小说内容，指罗睺（hóu）、计都、太阴、太阳、金、木、水、火、土九个星官。五方将：道教里的五个神，分别是东方青帝九夷君青神将军、南方赤帝八蛮君赤神将军、西方白帝六戎君白神将军、北方黑帝五狄君黑神将军、中央黄帝三秦君黄神将军。二十八宿：道教里的二十八个星神，分别是东方角、亢（kàng）、氐（dī）、房、心、尾、箕七星神，南方井、鬼、柳、星、张、翼、轸（zhěn）七星神，西方奎（kuí）、娄、胃、昴（mǎo）、毕、觜（zī）、参（shēn）七星神，北方斗、牛、女、虚、危、室、壁七星神。四大天王：佛教的护法天神，俗称"四大金刚"，分别是东方持国天王、南方增长天王、西方广目天王、北方多闻天王。十二元辰：道教里的十二个元辰神，又称"十二月将""十二生肖"，分别是神后元辰、大吉元辰、功曹元辰、太冲元辰、天罡元辰、太乙元辰、胜光元辰、小吉元辰、传送元辰、从魁元辰、河魁元辰、登明元辰。五方五老：指民间信仰和道教中的五个神，分别是东方青帝青灵始老九炁（qì）天君、南方赤帝丹灵真老三炁天君、中央黄帝玄灵黄老一炁天君、西方白帝皓灵皇老七炁天君、北方黑帝五灵玄老五炁天君。然根据小说内容，指的是西天佛老、菩萨、圣僧、罗汉，南方南极观音，东方崇恩圣帝、十洲三岛仙翁，北方北极玄灵，中央黄极黄角大仙。普天星相、河汉群神：指众天神。
2 真人：道教称修真得道之人。
3 颏囟（fǔxìn）：磕头。颏：同"俯"。囟：婴儿头顶骨未合缝的地方，这里代指头。
4 庶：但愿，表示希望。
5 执事：差事。

他等不得[1]，穷忙[2]，即入蟠桃园内查勘[3]。本园中有个土地[4]，拦住问道："大圣何往？"大圣道："吾奉玉帝点差[5]，代管蟠桃园，今来查勘也。"那土地连忙施礼，即呼那一班锄树力士、运水力士、修桃力士、打扫力士都来见大圣磕头，引他进去。但见那：

天天灼灼[6]，棵棵株株。天天灼灼桃盈树，棵棵株株果压枝。果压枝头垂锦弹[7]，花盈枝上簇胭脂[8]。时开时结千年熟，无夏无冬万载迟[9]。先熟的酡颜醉脸[10]，还生的带蒂青皮。凝烟肌带绿[11]，映日显丹姿[12]。树下奇葩并异卉，四时不谢色齐齐。左右楼台并馆舍，盈空常见罩云霓[13]。不是玄都凡俗种[14]，瑶池王母自栽培[15]。

1　等不得：等不住，等不了。

2　穷忙：奔忙，忙碌。

3　查勘（kān）：查看。

4　土地：土地神，指掌管、守护某个小地方的神。

5　点差（chāi）：点名差遣。

6　天（yāo）天：艳丽茂盛的样子。灼（zhuó）灼：鲜艳明丽的样子。

7　锦弹：原指美艳的弹丸。后来成为果实的美称。

8　胭脂：一种用于化妆或作画的红色颜料。

9　迟：长久。

10　酡（tuó）颜：红脸。

11　凝烟：这里的意思是在浓密的雾气里。

12　映日：这里的意思是在阳光的映照下。

13　云霓（ní）：彩虹。

14　玄都：玄都观。唐代时长安城有玄都观，其中的桃树极为有名。

15　瑶池：古代神话传说中昆仑山上的池名，为西王母所居。王母：西王母，又称"王母娘娘"，古代神话传说里一位地位崇高的女神。

大圣看玩多时，问土地道："此树有多少株数？"土地道："有三千六百株。前面一千二百株，花微果小，三千年一熟，人吃了成仙了道，体健身轻；中间一千二百株，层花甘实，六千年一熟，人吃了霞举飞升[1]，长生不老；后面一千二百株，紫纹缃核[2]，九千年一熟，人吃了与天地齐寿，日月同庚[3]。"大圣闻言，欢喜无任[4]，当日查明了株树，点看了亭阁，回府。自此后，三五日一次赏玩，也不交友，也不他游。

一日，见那老树枝头，桃熟大半，他心里要吃个尝新。奈何本园土地、力士并齐天府仙吏紧随不便。忽设一计道："汝等且出门外伺候，让我在这亭上少憩片时。"那众神果退。只见那猴王脱了冠服，爬上大树，拣那熟透的大桃，摘了许多，就在树枝上自在受用[5]。吃了一饱，却才跳下树来，簪冠着服，唤众等仪从回府[6]。迟三二日，又去设法偷桃，尽他享用。

一朝，王母娘娘设宴，大开宝阁，瑶池中做蟠桃胜会。即着那红衣仙女、青衣仙女、素衣仙女、皂衣仙女、紫衣仙女、黄衣

1　霞举飞升：飞升成仙。
2　缃（xiāng）：淡黄色。
3　同庚：年龄相同。
4　无任：不胜，意思是非常，十分。
5　受用：享用。
6　仪从：仪卫随从。

仙女、绿衣仙女，各顶花篮，去蟠桃园摘桃建会。七衣仙女直至园门首，只见蟠桃园土地、力士同齐天府二司仙吏，都在那里把门。仙女近前道："我等奉王母懿旨[1]，到此摘桃设宴。"土地道："仙娥且住。今岁不比往年了，玉帝点差齐天大圣在此督理，须是报大圣得知，方敢开园。"仙女道："大圣何在？"土地道："大圣在园内，因困倦，自家在亭上睡哩。"仙女道："既如此，寻他去来[2]，不可迟误。"土地即与同进，寻至花亭不见，只有衣冠在亭，不知何往，四下里都没寻处。原来大圣耍了一会，吃了几个桃子，变做二寸长的个人儿，在那大树梢头浓叶之下睡着了。七衣仙女道："我等奉旨前来，寻不见大圣，怎敢空回？"旁有仙使道："仙娥既奉旨来，不必迟疑。我大圣闲游惯了，想是出园会友去了。汝等且去摘桃，我们替你回话便是。"那仙女依言，入树林之下摘桃。先在前树摘了二篮，又在中树摘了三篮，到后树上摘取，只见那树上花果稀疏，止有几个毛蒂青皮的。原来熟的都是猴王吃了。七仙女张望东西，只见向南枝上止有一个半红半白的桃子。青衣女用手扯下枝来，红衣女摘了，却将枝子望上一放。原来那大圣变化了，正睡在此枝，被他惊醒。大圣即现本相[3]，耳

---

1 懿（yì）旨：古时用以称皇后、皇太后或皇妃、公主等的命令。
2 寻他去来：找他去吧。来，语气词。
3 本相：本来面目，指原形。

朵里搯出金箍棒[1]，幌一幌，碗来粗细，咄的一声道[2]："你是那方怪物，敢大胆偷摘我桃！"慌得那七仙女一齐跪下道："大圣息怒。我等不是妖怪，乃王母娘娘差来的七衣仙女，摘取仙桃，大开宝阁，做蟠桃胜会。适至此间，先见了本园土地等神，寻大圣不见。我等恐迟了王母懿旨，是以等不得大圣，故先在此摘桃。万望恕罪。"大圣闻言，回嗔作喜道[3]："仙娥请起。王母开阁设宴，请的是谁？"仙女道："上会自有旧规[4]。请的是西天佛老、菩萨、圣僧、罗汉[5]，南方南极观音[6]，东方崇恩圣帝、十洲三岛仙翁，北方北极玄灵，中央黄极黄角大仙，这个是五方五老。还有五斗星君[7]，上八洞三清、四帝、太乙天仙等众[8]，中八洞玉皇、九垒、海岳神仙[9]，下八洞幽冥教主、注世地仙[10]。各宫各殿大小尊神，俱一齐赴

1　搯（chè）：拔，抽。

2　咄（duō）：指呵斥之声。

3　回嗔（chēn）作喜：转怒为喜。嗔，怒、生气。

4　上会：指上次的蟠桃盛会。下文的"今会"指这次的蟠桃盛会。

5　佛老：这里指佛陀，是佛教修行的最高果位。菩萨：佛教指修行至仅次于佛者。圣僧：佛教称已证正果的高僧。罗汉：小乘佛教修行至最高果位者。

6　南方南极观音：南海普陀山大慈大悲观世音菩萨，与文殊菩萨、普贤菩萨、地藏菩萨并称"佛教四大菩萨"。

7　五斗星君：道教中的五个尊神，分别是北斗星君、南斗星君、东斗星君、西斗星君、中斗星君。

8　八洞：道教指神仙居住的洞府。有上八洞、中八洞和下八洞诸称。

9　玉皇：这里泛指中八洞的神仙。九垒：九野，九州。海岳：四海五岳。

10　幽冥教主：道教及民间宗教里指总管亡灵的神。注世地仙：这里泛指住在人间的仙人。

蟠桃园仙女摘桃 / ［清］佚名彩绘

蟠桃嘉会。"大圣笑道："可请我么？"仙女道："不曾听得说。"大圣道："我乃齐天大圣，就请我老孙做个席尊[1]，有何不可？"仙女道："此是上会旧规，今会不知如何。"大圣道："此言也是，难怪汝等。你且立下，待老孙先去打听个消息，看可请老孙不请。"

好大圣，捻着诀，念声咒语，对众仙女道："住！住！住！"这原来是个定身法，把那七衣仙女，一个个睖睖睁睁[2]，白着眼，都站在桃树之下。大圣纵朵祥云，跳出园内，竟奔瑶池路上而去。正行时，只见那壁厢：

> 一天瑞霭光摇曳[3]，五色祥云飞不绝。白鹤声鸣振九皋[4]，紫芝色秀分千叶[5]。中间现出一尊仙，相貌昂然丰采别[6]。神舞虹霓幌汉霄，[7]腰悬宝篆无生灭[8]。名称赤脚大罗仙，特赴蟠桃添寿节。

1　席尊：首席。

2　睖（lèng）睖睁睁：眼睛发呆直视的样子。

3　瑞霭（ǎi）：吉祥的云气。

4　九皋（gāo）：曲折深远的沼泽。

5　紫芝：木芝，似灵芝。

6　别：不同一般。

7　"神舞"句：他的神采能使彩虹舞动，让天河摇晃，这是用夸张的手法说这位尊仙神采非凡。舞，使舞动。虹霓，彩虹。幌，使摇晃。汉霄，霄汉、天河，也借指天空。

8　宝篆：道教所传文书宝典。

那赤脚大仙觌面撞见大圣[1]，大圣低头定计，赚哄真仙[2]，他要暗去赴会，却问："老道何往？"大仙道："蒙王母见招，去赴蟠桃嘉会。"大圣道："老道不知。玉帝因老孙筋斗云疾，着老孙五路邀请列位，先至通明殿下演礼，后方去赴宴。"大仙是个光明正大之人，就以他的诳语作真[3]，道："常年就在瑶池演礼谢恩，如何先去通明殿演礼，方去瑶池赴会？"无奈，只得拨转祥云，径往通明殿去了。

　　大圣驾着云，念声咒语，摇身一变，就变做赤脚大仙模样，前奔瑶池。不多时，直至宝阁，按住云头，轻轻移步，走入里面，只见那里：

　　　琼香缭绕[4]，瑞霭缤纷。瑶台铺彩结，宝阁散氤氲[5]。凤翥鸾翔形缥缈[6]，金花玉萼影浮沉[7]。上排着九凤丹霞扆[8]，八宝紫霓

1　觌面（dí miàn）：迎面，当面。

2　赚（zuàn）哄：哄骗。

3　诳（kuáng）语：谎话。

4　琼（qióng）香：指仙花的香味。

5　氤氲（yīn yūn）：形容云气弥漫。

6　凤翥（zhù）鸾翔：凤凰高飞。鸾，凤凰。翥，飞。缥缈（piāo miǎo）：高远隐约的样子。

7　玉萼（è）：这里指美丽的花朵。萼，花萼，包在花的底部或外部。浮沉：这里是时显时隐的意思。

8　扆（yǐ）：屏风。

墩 [1]，五彩描金桌，千花碧玉盆。桌上有龙肝和凤髓，熊掌与猩唇。珍馐百味般般美 [2]，异果嘉肴色色新 [3]。

那里铺设得齐齐整整，却还未有仙来。这大圣点看不尽，忽闻得一阵酒香扑鼻，急转头见右壁厢长廊之下，有几个造酒的仙官、盘糟的力士 [4]，领几个运水的道人、烧火的童子，在那里洗缸刷瓮 [5]，已造成了玉液琼浆，香醪佳酿 [6]。大圣止不住口角流涎，就要去吃，奈何那些人都在这里。他就弄个神通，把毫毛拔下几根，丢入口中嚼碎，喷将出去，念声咒语，叫："变！"即变做几个瞌睡虫，奔在众人脸上。你看那伙人，手软头低，闭眉合眼，丢了执事，都去盹睡。大圣却拿了些百味八珍，佳肴异品，走入长廊里面，就着缸，挨着瓮，放开量，痛饮一番。吃勾了多时 [7]，酕醄醉了 [8]，自揣自摸道 [9]："不好！不好！再过会，请的客来，却不怪我？一时拿住，怎生是好？不如早回府中睡去也。"

1　八宝：这里用以形容镶饰华美。紫霓：紫色的云霞。
2　珍馐（xiū）：珍美的菜肴。般般：样样，每一样。
3　色色：样样，每一样。
4　盘糟：搬运酒糟。盘，搬运。
5　瓮（wèng）：一种口小腹大盛酒水的陶器。
6　香醪（láo）：美酒。
7　吃勾：吃够，吃了。勾，同"够"。多时：很长时间。
8　酕醄（máotáo）：大醉的样子。
9　自揣（chuǎi）自摸：自己揣度（duó），自己估量。

好大圣，摇摇摆摆，仗着酒，任情乱撞，一会把路差了，不是齐天府，却是兜率天宫。一见了，顿然醒悟道："兜率宫是三十三天之上[1]，乃离恨天太上老君之处[2]，如何错到此间？也罢！也罢！一向要来望此老，不曾得来，今趁此残步[3]，就望他一望也好。"即整衣撞进去。那里不见老君，四无人迹。原来那老君与燃灯古佛在三层高阁朱陵丹台上讲道[4]，众仙童、仙将、仙官、仙吏都侍立左右听讲。这大圣直至丹房里面，寻访不遇，但见丹灶之旁，炉中有火。炉左右安放着五个葫芦，葫芦里都是炼就的金丹[5]。大圣喜道："此物乃仙家之至宝。老孙自了道以来[6]，识破了内外相同之理[7]，也要炼些金丹济人[8]，不期到家无暇[9]。今日有缘，却又撞着此物，趁老子不在，等我吃他几丸尝新。"他就把那葫芦都倾出来，就都吃了，如吃炒豆相似。

1　三十三天：佛经中说须弥山正中有一天，四方各有八天，共三十三天。
2　离恨天：据民间传说，三十三天中，最高者是离恨天。道教称离恨天是太上老君的道场。
3　残步：途中顺路。
4　燃灯古佛：佛教中的过去佛，与现世佛释迦牟尼、未来佛弥勒并称"纵三世佛"。另有"横三世佛"，为释迦牟尼佛、阿弥陀佛和东方药师佛。朱陵丹台：道教中指神仙的居所。
5　金丹：古时方士将金石炼成丹药，认为服用后可以长生不老。
6　了（liǎo）道：得道。
7　内外相同：道教指内丹术和外丹术有相同的功效，都可以成仙。内，道教内丹术。外，道教外丹术。
8　济人：救济世人。
9　不期：不料，没想到。无暇（xiá）：没有空闲时间。

一时间丹满酒醒，又自己揣度道："不好！不好！这场祸，比天还大；若惊动玉帝，性命难存。走！走！走！不如下界为王去也！"他就跑出兜率宫，不行旧路，从西天门，使个隐身法逃去，即按云头，回至花果山界。但见那旌旗闪灼，戈戟光辉，原来是四健将与七十二洞妖王，在那里演习武艺。大圣高叫道："小的们！我来也！"众怪丢了器械，跪倒道："大圣好宽心！丢下我等许久，不来相顾！"大圣道："没多时！没多时！"且说且行，径入洞天深处。四健将打扫安歇，叩头礼拜毕，俱道："大圣在天这百十年，实受何职？"大圣笑道："我记得才半年光景，怎么就说百十年话？"健将道："在天一日，即在下方一年也。"大圣道："且喜这番玉帝相爱，果封做齐天大圣，起一座齐天府，又设安静、宁神二司，司设仙吏侍卫。向后见我无事，着我代管蟠桃园。近因王母娘娘设蟠桃大会，未曾请我，是我不待他请，先赴瑶池，把他那仙品、仙酒，都是我偷吃了。走出瑶池，踉踉跄跄误入老君宫阙[1]，又把他五个葫芦金丹也偷吃了。但恐玉帝见罪[2]，方才走出天门来也。"

众怪闻言大喜，即安排酒果接风，将椰酒满斟一石碗奉上。

1　踉（liàng）踉跄（qiàng）跄：同"踉踉跄（qiàng）跄"，跌跌撞撞，走路歪斜的样子。宫阙：宫殿。

2　见罪：怪罪。

大圣喝了一口，即咨牙俫嘴道[1]："不好吃！不好吃！"崩、芭二将道："大圣在天宫，吃了仙酒仙肴，是以椰酒不甚美口。常言道：'美不美，乡中水。'[2]"大圣道："你们就是'亲不亲，故乡人'[3]。我今早在瑶池中受用时，见那长廊之下，有许多瓶罐，都是那玉液琼浆，你们都不曾尝着。待我再去偷他几瓶回来，你们各饮半杯，一个个也长生不老。"众猴欢喜不胜。

大圣即出洞门，又翻一筋斗，使个隐身法，径至蟠桃会上。进瑶池宫阙，只见那几个造酒、盘糟、运水、烧火的，还鼾睡未醒[4]。他将大的从左右胁下挟了两个[5]，两手提了两个，即拨转云头回来，会众猴在于洞中[6]，就做个仙酒会，各饮了几杯，快乐不题。

1　咨牙俫（lái）嘴：同"龇（zī）牙咧（liě）嘴"，露出牙，张开嘴。这里形容难受、不愉快的样子。

2　"美不美"句：谚语，意思是无论甜美与否，故乡的水总是甜美的。

3　"亲不亲"句：谚语，意思是无论是否是亲人，故乡的人都是亲人。

4　鼾（hān）睡：熟睡而打呼噜。

5　胁下：指从腋下至肋骨尽处。

6　会：会集，聚集。

5. 节选五　孙悟空大闹天宫

阅读提示

一、本段选自《西游记》第六回"观音赴会问原因，小圣施威降大圣"和第七回"八卦炉中逃大圣，五行山下定心猿"。前文叙悟空大闹蟠桃会，偷吃老君仙丹，玉帝派十万天兵征讨，不能取胜。在本段中，玉帝又召来二郎神捉拿悟空。

二、悟空无愧"齐天大圣"的称号，面对整个天界的征讨，毫无惧色、绝不妥协。这场大战，又是对悟空全副本领的总检阅，结果四大金刚、李天王父子都败在他手下，二郎真君连同手下六圣，也只跟他打个平手。若不是老君拉偏手、使暗器，胜负还未可知。

悟空被俘后，刀砍枪刺、火烧雷打，都无奈其何。老君为报偷丹之仇，把他放在八卦炉中煅烧，反炼出他的一副火眼金睛。你看他闯入天宫，面对王灵官及雷将的围攻，"摇身一变，变做三头六臂；把如意棒幌一幌，变作三条；六只手使开三条棒，好便似纺车儿一般，滴流流，在那垓心里飞舞"。大闹天宫，也成为悟空逢人便讲的光彩历史。

三、《西游记》的作者是在用童心写作，再激烈的打斗场面，也只如游戏一般热闹有趣。如悟空与二郎神打斗正酣，玉帝、老君、观音、王母等在南天门悠然观阵。观音想助二郎神一臂之力，用杨柳净瓶打悟空，老君却说："你这瓶是个磁器，准打着他便好，如打不着他的头，或撞着他的铁棒，却不打碎了？你且莫动手，等我老君助他一功。"于是从左臂取下金刚琢来……高高在上的佛道神仙在这一刻与村头镇尾的凡夫俗子无异。一部《西游记》，大大拉近了宗教神佛与俗世读者的距离。

四、二郎神是中国民俗信仰中很特殊的神祇，有关他的传说纷杂不一。一说他姓李，是秦时蜀郡太守李冰的次子，与父亲共同建造了都江堰水利工程；此外还有邓二郎、赵二郎等说法。又说他是玉帝的外甥，其母为玉皇大帝的妹妹，因私自与民间杨姓书生结合，生下二郎后被玉帝压在山下；二郎于是劈山救母，成为民间宣传孝道的佳话。二郎神通广大，出镇灌口，结识了梅山七圣（一说梅山六兄弟，连同二郎为七人），与玉帝保持着若即若离的关系，"听调不听宣"。他封号甚多，有"清源妙道真君""赤城王""英烈昭惠灵显仁祐王"等，本段称二郎为"真君""赤城昭惠英灵圣"，即由此而来。

却说玉帝拆开表章，见有求助之言，笑道："叵耐这个猴精[1]，能有多大手段，就敢敌过十万天兵！李天王又来求助[2]，却将那路神兵助之？"言未毕，观音合掌启奏："陛下宽心，贫僧举一神，可擒这猴。"玉帝道："所举者何神？"菩萨道："乃陛下令甥显圣二郎真君[3]，见居灌洲灌江口[4]，享受下方香火。他昔日曾力诛六怪[5]，又有梅山兄弟与帐前一千二百草头神[6]，神通广大。奈他只是听调不听宣[7]，陛下可降一道调兵旨意，着他助力，便可擒也。"玉帝闻言，即传调兵的旨意，就差大力鬼王赍调[8]。

那鬼王领了旨，即驾起云，径至灌江口，不消半个时辰，直至真君之庙。早有把门的鬼判[9]，传报至里道："外有天使，捧旨而至。"二郎即与众弟兄，出门迎接旨意，焚香开读。旨意上云：

1　叵（pǒ）耐：不可容忍，可恨。

2　李天王：神话传说里指手托宝塔以降妖的李靖，又称作"托塔天王"。

3　令甥：称对方外甥的敬辞。

4　见：同"现"，现在。灌洲灌江口：今四川都江堰一带，神话传说中二郎神居住的地方。

5　力诛六怪：二郎神话传说之一。按民间二郎神话传承久远，内容混乱。这里所说的"六怪"，或指二郎的六个兄弟，与二郎合称"梅（眉）山七圣"。下文中又称"力诛八怪"，这类"讹误"常见于说唱文学。

6　草头：草寇。古时官府常用以蔑称聚众反抗朝廷的起义者。

7　听调不听宣：只听从帝王在军事上的相关调遣，不听从其他的诏命。小说中常用来形容地方割据势力。

8　赍（jī）调：传旨调遣。赍，持、送。

9　鬼判：迷信传说指阴间的衙吏、杂差。

花果山妖猴齐天大圣作乱。因在宫偷桃、偷酒、偷丹，搅乱蟠桃大会，见着十万天兵，一十八架天罗地网，围山收伏，未曾得胜。今特调贤甥同义兄弟即赴花果山助力剿除[1]。成功之后，高升重赏。

真君大喜道："天使请回，吾当就去拔刀相助也。"鬼王回奏不题。

这真君即唤梅山六兄弟，乃康、张、姚、李四太尉，郭申、直健二将军，聚集殿前道："适才玉帝调遣我等往花果山收降妖猴，同去去来。"众兄弟俱忻然愿往[2]。即点本部神兵，驾鹰牵犬，搭弩张弓，纵狂风，霎时过了东洋大海，径至花果山。见那天罗地网，密密层层，不能前进，因叫道："把天罗地网的神将听着：吾乃二郎显圣真君，蒙玉帝调来擒拿妖猴者，快开营门放行。"一时，各神一层层传入，四大天王与李天王俱出辕门迎接[3]。相见毕，问及胜败之事，天王将上项事备陈一遍[4]，真君笑道："小圣来此，必须与他斗个变化。列公将天罗地网，不要幔了顶上[5]，只四围紧密，让我赌斗。若我输与他，不必列公相助，我自有兄弟扶持；

---

1 贤甥：对外甥客气的称呼。剿（jiǎo）除：铲除，消灭。
2 忻（xīn）然：愉快的样子。
3 辕门：古时军营的大门。
4 备陈：详细述说。
5 幔（màn）：这里是遮挡的意思。

若赢了他，也不必列公绑缚，我自有兄弟动手。只请托塔天王与我使个照妖镜，住立空中。恐他一时败阵，逃窜他方，切须与我照耀明白，勿走了他。"天王各居四维[1]，众天兵各挨排列阵去讫[2]。

这真君领着四太尉、二将军，连本身七兄弟，出营挑战；分付众将[3]，紧守营盘[4]，收全了鹰犬，众草头神得令。真君只到那水帘洞外，见那一群猴，齐齐整整，排作个蟠龙阵势[5]；中军里，立一竿旗，上书"齐天大圣"四字。真君道："那泼妖[6]，怎么称得起齐天之职？"梅山六弟道："且休赞叹，叫战去来。"那营口小猴见了真君，急走去报知。那猴王即擎金箍棒，整黄金甲，登步云履，按一按紫金冠，腾出营门，急睁睛观看。那真君的相貌，果是清奇，打扮得又秀气。真个是：

仪容清俊貌堂堂[7]，两耳垂肩目有光。头戴三山飞凤帽[8]，身

---

1 四维：四方。

2 去讫（qì）：去了。讫，完结、完毕。

3 分付：同"吩咐"。

4 营盘：军营。

5 蟠（pán）龙：回环的龙形。

6 泼：贬词，可恶，可厌。

7 堂堂：形容相貌端正魁梧。

8 三山飞凤帽：一种绣有飞凤图像的暖帽。

穿一领淡鹅黄。缕金靴衬盘龙袜[1]，玉带团花八宝妆。[2]腰挎弹弓新月样，手执三尖两刃枪。斧劈桃山曾救母，[3]弹打棕罗双凤凰。[4]力诛八怪声名远，义结梅山七圣行。心高不认天家眷，性傲归神住灌江。[5]赤城昭惠英灵圣，显化无边号二郎。[6]

大圣见了，笑嘻嘻的，将金箍棒掣起，高叫道："你是何方小将，辄敢大胆到此挑战？"真君喝道："你这厮有眼无珠，认不得我么！吾乃玉帝外甥，敕封昭惠灵显王二郎是也[7]。今蒙上命，到此擒你这反天宫的弼马温猢狲[8]，你还不知死活！"大圣道："我记得当年玉帝妹子思凡下界，配合杨君，生一男子，曾使斧劈桃山

1　缕（lǚ）金靴：以金丝为饰的靴子。盘龙袜：绣有盘龙图像的袜子。

2　"玉带"句：这是在描绘二郎神的腰带装饰得极为华丽。玉带，饰玉的腰带。团花，呈放射状或旋转式的圆形装饰纹样。八宝妆，形容镶饰华丽。

3　"斧劈"句：神话传说，玉皇大帝的妹妹私自下凡，与杨姓书生一见钟情，成婚后生下一个男孩，起名杨戬（jiǎn）。玉帝发现后大发雷霆，将妹妹压于桃山之下。杨戬为救母亲，拜师苦学法力，踏遍五湖四海，访得开山神斧，最终劈开桃山，救出母亲。

4　"弹打棕罗"句：二郎神话传说之一。清代太平歌词中，有二郎神劈山救母、弹打棕榈树凤凰的描写。

5　"心高"两句：神话传说，杨戬救出母亲，玉帝依然不饶，命太阳将妹妹晒化。杨戬追日报仇，无果，后移居灌江口。玉帝心有不安，封杨戬为显圣二郎真君。然杨戬心怀仇恨，不认玉帝为舅，也不听从玉帝号令。

6　"赤城"二句：隐二郎神封号。二郎神曾被历代统治者封为"英烈昭惠灵显威济王""英烈昭惠灵显仁祐王"。赤城，青城山，在今四川都江堰西南，是神话中二郎神的驻地，二郎神因有"赤城王"之称。

7　敕（chì）封：指帝王颁诏书封赐臣僚爵号。

8　猢狲（húsūn）：泛指猴子。

的，是你么？我行要骂你几声[1]，曾奈无甚冤仇[2]；待要打你一棒，可惜了你的性命。你这郎君小辈，可急急回去，换你四大天王出来。"真君闻言，心中大怒道："泼猴！休得无礼！吃吾一刀！"大圣侧身躲过，疾举金箍棒，劈手相还。他两个这场好杀：

　　昭惠二郎神，齐天孙大圣，这个心高欺敌美猴王，那个面生压伏真梁栋。两个乍相逢，各人皆赌兴[3]。从来未识浅和深，今日方知轻与重。铁棒赛飞龙，神锋如舞凤。左挡右攻，前迎后映。这阵上梅山六弟助威风，那阵上马流四将传军令。摇旗擂鼓各齐心，呐喊筛锣都助兴[4]。两个钢刀有见机，一来一往无丝缝。金箍棒是海中珍，变化飞腾能取胜；若还身慢命该休，但要差池为蹭蹬[5]。

　　真君与大圣斗经三百余合，不知胜负。那真君抖搜神威[6]，摇身一变，变得身高万丈，两只手，举着三尖两刃神锋，好便似华

1　我行（háng）：我这里。行，这里、那里。
2　曾奈：怎奈，无奈。
3　赌兴：尽兴争胜。
4　筛锣：敲锣。
5　差（chā）池：差错。蹭蹬（cèngdèng）：倒霉，倒运。
6　抖搜：抖擞，振作。

山顶上之峰，青脸獠牙，朱红头发，恶狠狠，望大圣着头就砍。这大圣也使神通，变得与二郎身躯一样，嘴脸一般，举一条如意金箍棒，却就如昆仑顶上的擎天之柱，抵住二郎神。唬得那马、流元帅，战兢兢，摇不得旌旗；崩、芭二将，虚怯怯[1]，使不得刀剑。这阵上，康、张、姚、李、郭申、直健传号令，撒放草头神，向他那水帘洞外，纵着鹰犬，搭弩张弓，一齐掩杀。可怜冲散妖猴四健将，捉拿灵怪二三千！那些猴，抛戈弃甲，撇剑丢枪；跑的跑，喊的喊；上山的上山，归洞的归洞。好似夜猫惊宿鸟，飞洒满天星。众兄弟得胜不题。

却说真君与大圣变做法天象地的规模，正斗时，大圣忽见本营中妖猴惊散，自觉心慌，收了法象，掣棒抽身就走。真君见他败走，大步赶上道："那里走？趁早归降，饶你性命！"大圣不恋战，只情跑起[2]。将近洞口，正撞着康、张、姚、李四太尉，郭申、直健二将军，一齐帅众挡住道："泼猴，那里走！"大圣慌了手脚，就把金箍棒捏做个绣花针，藏在耳内，摇身一变，变做个麻雀儿，飞在树梢头钉住。那六兄弟慌慌张张，前后寻觅不见，一齐吆喝道："走了这猴精也！走了这猴精也！"

---

1 虚怯怯：胆怯的样子。
2 只情：只管，只顾。

正嚷处，真君到了，问："兄弟们，赶到那厢不见了？"众神道："才在这里围住，就不见了。"二郎圆睁凤目观看，见大圣变了麻雀儿，钉在树上，就收了法象，撇了神锋，卸下弹弓，摇身一变，变做个饿鹰儿，抖开翅，飞将去扑打。大圣见了，搜的一翅飞起去，变做一只大鹚老，冲天而去。二郎见了，急抖翎毛，摇身一变，变做一只大海鹤，钻上云霄来嗛[1]。大圣又将身按下，入涧中，变做一个鱼儿，淬入水内[2]。二郎赶至涧边，不见踪迹，心中暗想道："这猢狲必然下水去也，定变做鱼虾之类。等我再变变拿他。"果一变变做个鱼鹰儿，飘荡在下溜头波面上。等待片时，那大圣变鱼儿，顺水正游，忽见一只飞禽，似青鹚，毛片不青；似鹭鸶，顶上无缨；似老鹳，腿又不红："想是二郎变化了等我哩！"急转头，打个花就走[3]。二郎看见道："打花的鱼儿，似鲤鱼，尾巴不红；似鳜鱼，花鳞不见；似黑鱼，头上无星；似鲂鱼，鳃上无针。他怎么见了我就回去了？必然是那猴变的。"赶上来，刷的啄一嘴。那大圣就撺出水中，一变变做一条水蛇，游近岸，钻入草中。二郎因嗛他不着，他见水响中，见一条蛇撺出去，

---

　　1 嗛（xián）：用嘴衔。这里是啄的意思。

　　2 淬（cuì）：锻造时，把烧红了的锻件浸入水中，使其急速冷却，以增强硬度。这里指蹿入水中。

　　3 打个花：打水激起浪花。

认得是大圣，急转身，又变了一只朱绣顶的灰鹤，伸着一个长嘴，与一把尖头铁钳子相似，径来吃这水蛇。水蛇跳一跳，又变做一只花鸨，木木樗樗的[1]，立在蓼汀之上[2]。二郎见他变得低贱——花鸨乃鸟中至贱至淫之物，不拘鸾、凤、鹰、鸦都与交群，故此不去拢傍[3]，即现原身，走将去，取过弹弓拽满，一弹子把他打个跉踵[4]。

那大圣趁着机会，滚下山崖，伏在那里又变，变了一座土地庙儿：大张着口似个庙门，牙齿变做门扇，舌头变做菩萨，眼睛变做窗棂；只有尾巴不好收拾，竖在后面，变做一根旗竿。真君赶到崖下，不见打倒的鸨鸟，只有一间小庙；急睁凤眼，仔细看之，见旗竿立在后面，笑道："是这猢狲了！他今又在那里哄我。我也曾见庙宇，更不曾见一个旗竿竖在后面的。断是这畜生弄喧[5]！他若哄我进去，他便一口咬住。我怎肯进去？等我掣拳先捣窗棂，后踢门扇！"大圣听得，心惊道："好狠！好狠！门扇是我牙齿，窗棂是我眼睛。若打了牙，捣了眼，却怎么是好？"扑的一个虎跳，又冒在空中不见。

真君前前后后乱赶，只见四太尉、二将军一齐拥至道："兄

1　木木樗（chū）樗：形容呆呆的样子。
2　蓼汀（liǎotīng）：长有蓼草的水滩。
3　交群：交配。拢傍：接近。
4　跉踵（lóngzhǒng）：歪斜欲跌的样子。
5　弄喧：耍花招。

长，拿住大圣了么？"真君笑道："那猴儿才自变座庙宇哄我。我正要捣他窗棂，踢他门扇；他就纵一纵，又渺无踪迹。可怪！可怪！"众皆愕然，四望更无形影。真君道："兄弟们在此看守巡逻，等我上去寻他。"急纵身驾云，起在半空，见那李天王高擎照妖镜[1]，与哪吒住立云端。真君道："天王，曾见那猴王么？"天王道："不曾上来。我这里照着他哩。"真君把那赌变化、弄神通、拿群猴一事说毕，却道："他变庙宇，正打处，就走了。"李天王闻言，又把照妖镜四方一照，呵呵的笑道："真君，快去！快去！那猴使了个隐身法，走出营围[2]，往你那灌江口去也。"二郎听说，即取神锋，回灌江口来赶。

却说那大圣已至灌江口，摇身一变，变做二郎爷爷的模样，按下云头，径入庙里。鬼判不能相认，一个个磕头迎接。他坐中间，点查香火：见李虎拜还的三牲[3]，张龙许下的保福[4]，赵甲求子的文书，钱丙告病的良愿[5]。正看处，有人报："又一个爷爷来了。"众鬼判急急观看，无不惊心。真君却道："有个什么齐天大圣，才来这里否？"众鬼判道："不曾见什么大圣，只有一个爷爷在里面查

---

1 擎：举。
2 营围：包围圈。
3 三牲：祭神的牛、羊、猪称三牲。这里泛指祭品。
4 保福：祈求神灵保护的供品。
5 良愿：夙愿。这里指还愿的供品。

点哩。"真君撞进门，大圣见了，现出本相道："郎君不消嚷，庙宇已姓孙了。"这真君即举三尖两刃神锋，劈脸就砍。那猴王使个身法，让过神锋，掣出那绣花针儿，幌一幌，碗来粗细，赶到前，对面相还[1]。两个嚷嚷闹闹，打出庙门，半雾半云，且行且战，复打到花果山，慌得那四大天王等众提防愈紧。这康、张太尉等迎着真君，合心努力，把那美猴王围绕不题。

话表大力鬼王既调了真君与六兄弟提兵擒魔去后，却上界回奏。玉帝与观音菩萨、王母并众仙卿，正在灵霄殿讲话，道："既是二郎已去赴战，这一日还不见回报。"观音合掌道："贫僧请陛下同道祖出南天门外[2]，亲去看看虚实如何？"玉帝道："言之有理。"即摆驾，同道祖、观音、王母与众仙卿至南天门。早有些天丁、力士接着，开门遥观，只见：众天丁布罗网，围住四面；李天王与哪吒擎照妖镜，立在空中；真君把大圣围绕中间，纷纷赌斗哩。菩萨开口对老君说："贫僧所举二郎神如何？果有神通，已把那大圣围困，只是未得擒拿。我如今助他一功，决拿住他也。"老君道："菩萨将甚兵器？怎么助他？"菩萨道："我将那净瓶杨柳抛下去，打那猴头；即不能打死，也打个一跌，教二郎小圣好去

---

1 对面相还：迎面回击。
2 道祖：指太上老君。

拿他。"老君道："你这瓶是个磁器，准打着他便好，如打不着他的头，或撞着他的铁棒，却不打碎了？你且莫动手，等我老君助他一功。"菩萨道："你有什么兵器？"老君道："有，有，有。"将起衣袖，左膊上取下一个圈子，说道："这件兵器，乃锟钢抟炼的[1]，被我将还丹点成[2]，养就一身灵气，善能变化，水火不侵，又能套诸物。一名金钢琢，又名金钢套。当年过函关，化胡为佛，[3]甚是亏他。早晚最可防身[4]。等我丢下去打他一下。"

话毕，自天门上往下一掼[5]，滴流流径落花果山营盘里，可可的着猴王头上一下。猴王只顾苦战七圣，却不知天上坠下这兵器，打中了天灵[6]，立不稳脚，跌了一跌，爬将起来就跑；被二郎爷爷的细犬赶上[7]，照腿肚子上一口，又扯了一跌。他睡倒在地，骂道："这个亡人[8]！你不去妨家长[9]，却来咬老孙！"急翻身爬不起来，被七圣一拥按住，即将绳索捆绑，使勾刀穿了琵琶骨[10]，再不

———————

1　锟（kūn）钢：用优质赤铁炼成的钢。抟（tuán）炼：反复团捏炼制。

2　将：用。还丹：道教指合九转丹（经九次提炼的丹药）与朱砂再次提炼而成的仙丹。

3　"当年"句：道教传说，老子是太上老君的化身，他当年西出函谷关，入胡地后又化身为佛，向胡人宣扬佛法。

4　早晚：时时，时刻。

5　掼（guàn）：扔，掷。

6　天灵：指天灵盖。

7　细犬：一种古老的狩猎犬种。这里指二郎神的哮天犬。

8　亡人：骂人的话。相当于"死鬼"。

9　妨家长：妨克主人。妨，迷信者以为因命相、时辰、方位等凶象而对人造成灾厄。

10　琵琶骨：肩胛（jiǎ）骨。

悟空被老君的金刚琢打中，又被二郎神的细犬咬了一口，跌倒在地。

/古代版画

能变化。

那老君收了金钢琢，请玉帝同观音、王母、众仙等俱回灵霄殿。这下面四大天王与李天王诸神，俱收兵拔寨，近前向小圣贺喜，都道："此小圣之功也！"小圣道："此乃天尊洪福，众神威权，我何功之有？"康、张、姚、李道："兄长不必多叙，且押这厮去上界见玉帝，请旨发落去也¹。"真君道："贤弟，汝等未受天箓，不得面见玉帝。教天甲神兵押着，我同天王等上界回旨。你们帅众在此搜山，搜净之后，仍回灌口。待我请了赏，讨了功，回来同乐。"四太尉、二将军依言领诺。这真君与众即驾云头，唱凯歌，得胜朝天。不多时，到通明殿外。天师启奏道："四大天王等众已捉了妖猴齐天大圣了。来此听宣。"玉帝传旨，即命大力鬼王与天丁等众，押至斩妖台，将这厮碎剁其尸。……²

话表齐天大圣被众天兵押去斩妖台下，绑在降妖柱上，刀砍斧剁，枪刺剑刳，莫想伤及其身。南斗星奋令火部众神，放火煨烧，亦不能烧着。又着雷部众神，以雷屑钉打，越发不能伤损一毫。那大力鬼王与众启奏道："万岁，这大圣不知是何处学得这护身之法，臣等用刀砍斧剁，雷打火烧，一毫不能伤损，却如之

1　发落：处置，处理。
2　此处为第六、第七回衔接处，略去少量文字。

何?"玉帝闻言道:"这厮这等,这等……如何处治?"太上老君即奏道:"那猴吃了蟠桃,饮了御酒,又盗了仙丹。我那五壶丹,有生有熟,被他都吃在肚里,运用三昧火[1],煅成一块,所以浑做金钢之躯[2],急不能伤。不若与老道领去,放在八卦炉中,以文武火煅炼。炼出我的丹来,他身自为灰烬矣。"玉帝闻言,即教六丁、六甲将他解下[3],付与老君,老君领旨去讫。一壁厢宣二郎显圣,赏赐金花百朵,御酒百瓶,还丹百粒,异宝、明珠、锦绣等件,教与义兄弟分享。真君谢恩,回灌江口不题。

那老君到兜率宫,将大圣解去绳索,放了穿琵琶骨之器,推入八卦炉中,命看炉的道人、架火的童子,将火扇起煅炼。原来那炉是乾、坎、艮、震、巽、离、坤、兑八卦。他即将身钻在巽宫位下。巽乃风也,有风则无火。只是风搅得烟来,把一双眼熻红了[4],弄做个老害病眼,故唤做"火眼金睛"。

真个光阴迅速,不觉七七四十九日,老君的火候俱全。忽一日,开炉取丹。那大圣双手侮着眼[5],正自揉搓流涕,只听得炉头

---

1 三昧(mèi)火:三昧真火。按道教说法,元神、元气、元精函藏修炼,能生真火,称其为"三昧真火"。

2 浑做:浑融做成。

3 六丁:道教神名,供天帝驱使的阴神。六甲:道教神名,供天帝驱使的阳神。

4 熻(chǎo):熏。

5 侮:同"捂"。

声响，猛睁睛看见光明，他就忍不住将身一纵，跳出丹炉，唿喇一声，蹬倒八卦炉，往外就走。慌得那架火、看炉与丁甲一班人来扯，被他一个个都放倒，好似癫痫的白额虎，风狂的独角龙[1]。老君赶上抓一把，被他一捽[2]，捽了个倒栽葱，脱身走了。即去耳中掣出如意棒，迎风幌一幌，碗来粗细，依然拿在手中，不分好歹，却又大乱天宫，打得那九曜星闭门闭户，四天王无影无形。……[3]

这一番，那猴王不分上下，使铁棒东打西敌，更无一神可挡，只打到通明殿里、灵霄殿外。幸有佑圣真君的佐使王灵官执殿[4]，他看大圣纵横[5]，掣金鞭近前挡住道："泼猴何往！有吾在此，切莫猖狂！"这大圣不由分说，举棒就打，那灵官鞭起相迎。两个在灵霄殿前厮浑一处[6]。好杀：

　　赤胆忠良名誉大，欺天诳上声名坏。一低一好幸相持，

　　1　风狂：疯狂，发疯。

　　2　捽（zuó）：揪，抓。

　　3　此处略去三首用道教玄奥理论解释故事情节的诗。

　　4　佑圣真君：神话传说中的北方之神，又称"真武大帝"。佐使：指辅佐官。执殿：在殿堂值日。

　　5　纵横：放纵横行。

　　6　厮浑：相互混杂。这里是激烈厮杀的意思。

豪杰英雄同赌赛[1]。铁棒凶，金鞭快，正直无私怎忍耐？这个是太乙雷声应化尊[2]，那个是齐天大圣猿猴怪。金鞭铁棒两家能，都是神宫仙器械。今日在灵霄宝殿下弄威风，各展雄才真可爱。一个欺心要夺斗牛宫[3]，一个竭力匡扶玄圣界[4]。苦争不让显神通，鞭棒往来无胜败。

他两个斗在一处，胜败未分。早有佑圣真君又差将佐发文到雷府[5]，调三十六员雷将齐来，把大圣围在垓心[6]，各骋凶恶鏖战[7]。那大圣全无一毫惧色，使一条如意棒，左遮右挡，后架前迎。一时，见那众雷将的刀枪剑戟、鞭简挝锤、钺斧金瓜、旄镰月铲[8]，来的甚紧。他即摇身一变，变做三头六臂；把如意棒幌一幌，变做三条；六只手使开三条棒，好便似纺车儿一般，滴流流，在那垓心里飞舞。众雷神莫能相近。真个是：

1　赌赛：比赛。这里是厮杀争胜的意思。

2　太乙雷声应化尊：王灵官的尊号。

3　斗牛宫：南斗星宫和牵牛星宫。这里代指天宫。

4　匡扶：匡正扶持。玄圣界：仙界。玄圣，对仙人的称呼。

5　将佐：将领及佐吏。这里泛指僚属。

6　垓（gāi）心：重围的中心。

7　鏖（áo）战：激战，苦战。

8　简：一种鞭类兵器。挝：一种锤类兵器。钺（yuè）：一种斧类兵器。金瓜：一种锤类兵器。旄（máo）镰：一种以牦牛尾装饰，端有镰刀的长杆兵器。月铲：月牙铲，一种端有弯月形铲的长杆兵器。

圆陀陀，光灼灼，亘古常存人怎学？[1] 入火不能焚，入水何曾溺？光明一颗摩尼珠[2]，剑戟刀枪伤不着。也能善，也能恶，眼前善恶凭他做。善时成佛与成仙，恶处披毛并带角。[3] 无穷变化闹天宫，雷将神兵不可捉。

　　当时众神把大圣攒在一处[4]，却不能近身，乱嚷乱斗，早惊动玉帝。遂传旨着游奕灵官同翊圣真君上西方请佛老降伏。

　　那二圣得了旨，径到灵山胜境雷音宝刹之前，对四金刚、八菩萨礼毕，即烦转达。众神随至宝莲台下启知，如来召请。二圣礼佛三匝[5]，侍立台下。如来问："玉帝何事，烦二圣下临？"二圣即启道："向时花果山产一猴，在那里弄神通，聚众猴搅乱世界。玉帝降招安旨，封为弼马温，他嫌官小反去。当遣李天王、哪吒太子擒拿未获，复招安他，封做齐天大圣，先有官无禄[6]。着他代管蟠桃园，他即偷桃；又走至瑶池，偷肴偷酒，搅乱大会；

---

　　1 "圆陀陀"三句：夸赞悟空无人能敌的战斗姿态。陀陀，如言"团团"。灼灼，明亮的样子。亘（gèn）古，自古以来、从来。

　　2 摩尼珠：如意宝珠。这里用来比喻悟空，带有灵光四射、坚不可摧等象征意义。

　　3 "恶处"句：意思是作恶时又恢复了动物本性。披毛带角，指变回动物。

　　4 攒：包围。

　　5 礼佛：拜佛。三匝（zā）：三遍。匝，遍、次。

　　6 有官无禄：有官位而无相应的俸禄。这里的意思是孙悟空名义上是齐天大圣，但没有相应的实际权力和俸禄。

仗酒又暗入兜率宫，偷老君仙丹，反出天宫。玉帝复遣十万天兵，亦不能收伏。后观世音举二郎真君同他义兄弟追杀，他变化多端，亏老君抛金钢琢打重[1]，二郎方得拿住。解赴御前，即命斩之。刀砍斧剁，火烧雷打，俱不能伤，老君奏准领去，以火煅炼。四十九日开鼎，他却又跳出八卦炉，打退天丁，径入通明殿里、灵霄殿外；被佑圣真君的佐使王灵官挡住苦战，又调三十六员雷将，把他困在垓心，终不能相近。事在紧急，因此玉帝特请如来救驾。"如来闻说，即对众菩萨道："汝等在此稳坐法堂，休得乱了禅位，待我炼魔救驾去来[2]。"

如来即唤阿傩、迦叶二尊者相随[3]，离了雷音，径至灵霄门外。忽听得喊声振耳，乃三十六员雷将围困着大圣哩。佛祖传法旨："教雷将停息干戈，放开营所，叫那大圣出来，等我问他有何法力。"众将果退。大圣也收了法象，现出原身，近前，怒气昂昂，厉声高叫道："你是那方善士？敢来止住刀兵问我？"如来笑道："我是西方极乐世界释迦牟尼尊者。南无阿弥陀佛[4]。今闻你猖狂村

1　打重：打中。

2　炼魔：这里是降伏妖魔的意思。

3　尊者：佛教语，泛指具有较高的德行、智慧的僧人。

4　南无（nāmó）阿弥陀佛：归顺无量光佛。这是佛教净土宗的"六字洪名"，教徒专念此语以修行。这里释迦牟尼也念"南无阿弥陀佛"，是小说家的误用。南无，归顺、敬礼。阿弥陀佛，佛教指西方极乐世界的教主"无量光佛"（又名"无量佛""无量寿佛"）。

野，屡反天宫，不知是何方生长，何年得道，为何这等暴横？"大圣道："我本：

天地生成灵混仙[1]，花果山中一老猿。水帘洞里为家业，拜友寻师悟太玄[2]。炼就长生多少法，学来变化广无边。因在凡间嫌地窄，立心端要住瑶天[3]。灵霄宝殿非他久，历代人王有分传。[4] 强者为尊该让我，英雄只此敢争先。

佛祖听言，呵呵冷笑道："你那厮乃是个猴子成精，焉敢欺心，要夺玉皇上帝龙位？他自幼修持，苦历过一千七百五十劫。每劫该十二万九千六百年。你算，他该多少年数，方能享受此无极大道？你那个初世为人的畜生，如何出此大言！不当人子[5]！不当人子！折了你的寿算！趁早皈依，切莫胡说！但恐遭了毒手，性命顷刻而休，可惜了你的本来面目！"大圣道："他虽年久修长，也不应久占在此。常言道：'皇帝轮流做，明年到我家。'只教他搬出去，将天宫让与我，便罢了；若还不让，定要搅攘，永

1　灵混仙：通灵混世之仙。
2　太玄：深奥玄妙的道理。
3　端要：就要，偏要。瑶天：天上的仙境。
4　"历代"句：意思是历代帝王都要把帝位传给别人。人王，指帝王。
5　不当人子：罪过。意思是对尊长不敬。

不清平！"佛祖道："你除了长生变化之法，再有何能，敢占天宫胜境？"大圣道："我的手段多哩！我有七十二般变化，万劫不老长生。会驾筋斗云，一纵十万八千里。如何坐不得天位？"佛祖道："我与你打个赌赛：你若有本事，一筋斗打出我这右手掌中，算你赢，再不用动刀兵苦争战，就请玉帝到西方居住，把天宫让你；若不能打出手掌，你还下界为妖，再修几劫，却来争吵。"

那大圣闻言，暗笑道："这如来十分好呆！我老孙一筋斗去十万八千里。他那手掌，方圆不满一尺，如何跳不出去？"急发声道："既如此说，你可做得主张？"佛祖道："做得！做得！"伸开右手，却似个荷叶大小。那大圣收了如意棒，抖擞神威，将身一纵，站在佛祖手心里，却道声："我出去也！"你看他一路云光，无影无形去了。佛祖慧眼观看，见那猴王风车子一般相似不住，只管前进。大圣行时，忽见有五根肉红柱子，撑着一股青气。他道："此间乃尽头路了。这番回去，如来作证，灵霄殿定是我坐也。"又思量说："且住！等我留下些记号，方好与如来说话。"拔下一根毫毛，吹口仙气，叫："变！"变做一管浓墨双毫笔，在那中间柱子上写一行大字云："齐天大圣，到此一游。"写毕，收了毫毛。又不庄尊¹，却在第一根柱子根下撒了一泡猴尿。翻转筋斗

1　庄尊：庄重，尊重。

云，径回本处，站在如来掌内道："我已去，今来了。你教玉帝让天宫与我。"

如来骂道："我把你这个尿精猴子！你正好不曾离了我掌哩！"大圣道："你是不知。我去到天尽头，见五根肉红柱，撑着一股青气，我留个记在那里，你敢和我同去看么？"如来道："不消去，你只自低头看看。"那大圣睁圆火眼金睛，低头看时，原来佛祖右手中指写着"齐天大圣，到此一游"。大指丫里，还有些猴尿臊气。大圣吃了一惊道："有这等事！有这等事！我将此字写在撑天柱子上，如何却在他手指上？莫非有个未卜先知的法术？我决不信！不信！等我再去来！"好大圣，急纵身又要跳出，被佛祖翻掌一扑，把这猴王推出西天门外，将五指化作金、木、水、火、土五座联山，唤名五行山，轻轻的把他压住。

6.节选六　孙悟空三打白骨精

阅读提示

一、本段选自《西游记》第二十七回"尸魔三戏唐三藏，圣僧恨逐美猴王"。前文述悟空等偷吃人参果，大闹五庄观，幸得观音救活仙树，平息了一场风波。此番四众又遇磨难，并导致悟空被逐。

二、一般而言，美丽的外表、柔弱的形象，总能引起人们的好感和同情。然而生活是复杂的，个别时候，美好的表象后面也会藏着卑鄙的用心、罪恶的目的。这应是本节故事留给人们的启示。

本段的另一个启示是，要提防多次重复的谎言。白骨精利用唐僧肉眼凡胎、人妖不分，先后幻化成花容月貌的女子、年满八旬的老婆婆和白发苍苍的老公公，反复制造悟空妄杀好人的假象。虽然妖精最终死于悟空棒下，她的阴谋还是导致悟空被赶，让唐僧陷入下一个危机。

三、一段取经磨难，写出三个活生生的人物。长老不但分不清人妖，连身边徒弟的贤愚也看不出。悟空忠心耿耿，三番救了唐僧性命，唐僧的回报则是猛念紧箍咒，"可怜把个行者头，勒得似个亚腰儿葫芦"。长老的慈悲此刻到哪儿去了？

八戒的自私贪吃，在本段也有表现，他见唐僧不肯吃斋饭，埋怨说："天下和尚也无数，不曾像我这个老和尚罢软！现成的饭，三分儿倒不吃，只等那猴子来，做四分才吃！"他还常给师兄"上眼药儿"，多次认假作真、火上浇油，误导师父，这才让唐僧铁心要赶走悟空。

而悟空则在本回中大显神威，妖精无论如何变化，都被他一眼看出，连妖精也不禁赞叹："好个猴王，着然有眼！"悟空最后的一拜，以及临去嘱咐沙僧防着八戒、见妖精提自己姓名等，都从细节处渲染了悟空的一片诚心。

师徒们入此山，正行到嵯峨之处[1]，三藏道："悟空，我这一日，肚中饥了，你去那里化些斋吃[2]？"行者陪笑道："师父好不聪明。这等半山之中，前不巴村，后不着店，有钱也没买处，教往那里

1　嵯峨（cuó'é）：高峻。
2　斋：这里指和尚所吃的素食。

寻斋？"三藏心中不快，口里骂道："你这猴子！想你在两界山¹，被如来压在石匣之内，口能言，足不能行；也亏我救你性命，摩顶受戒²，做了我的徒弟。怎么不肯努力，常怀懒惰之心！"行者道："弟子亦颇殷勤，何尝懒惰？"三藏道："你既殷勤，何不化斋我吃？我肚饥怎行？况此地山岚瘴气³，怎么得上雷音？"行者道："师父休怪，少要言语。我知你尊性高傲，十分违慢了你⁴，便要念那话儿咒⁵。你下马稳坐，等我寻那里有人家处化斋去。"

行者将身一纵，跳上云端里，手搭凉篷，睁眼观看。可怜西方路甚是寂寞，更无庄堡人家，正是多逢树木、少见人烟去处。看多时，只见正南上有一座高山，那山向阳处，有一片鲜红的点子。行者按下云头道："师父，有吃的了。"那长老问甚东西，行者道："这里没人家化饭，那南山有一片红的，想必是熟透了的山桃，我去摘几个来你充饥。"三藏喜道："出家人若有桃子吃，就

1　两界山：即取经故事中镇压悟空五百年之久的五行山。小说第十四回说因"大唐王征西定国，改名两界山"。

2　摩顶受戒：佛教仪式，信徒出家为僧时，师父用手摸其头，传法使其接受戒律。

3　山岚（lán）瘴（zhàng）气：意思是山间充满致病的湿热雾气。山岚，山中的雾气。瘴气，山林间湿热蒸发能致病之气。

4　违慢：违抗怠慢。

5　话儿咒：指紧箍咒。

为上分了¹，快去！”行者取了钵盂²，纵起祥光，你看他斤斗幌幌³，冷气飕飕。须臾间，奔南山摘桃不题。

却说常言有云："山高必有怪，岭峻却生精。"果然这山上有一个妖精。孙大圣去时，惊动那怪。他在云端里，踏着阴风，看见长老坐在地下，就不胜欢喜道："造化！造化！几年家人都讲东土的唐和尚取大乘⁴，他本是金蝉子化身⁵，十世修行的原体⁶。有人吃他一块肉，长寿长生。真个今日到了。"那妖精上前就要拿他，只见长老左右手下有两员大将护持，不敢拢身。他说两员大将是谁？说是八戒、沙僧。八戒、沙僧虽没什么大本事，然八戒是天蓬元帅，沙僧是卷帘大将，他的威气尚不曾泄，故不敢拢身。妖精说："等我且戏他戏，看怎么说。"

好妖精，停下阴风，在那山凹里，摇身一变，变做个月貌花容的女儿，说不尽那眉清目秀，齿白唇红。左手提着一个青砂礶儿，右手提着一个绿磁瓶儿，从西向东，径奔唐僧：

1　上分：上等。
2　钵盂（bōyú）：古时和尚用的饭碗。
3　斤斗：跟斗。
4　大乘：大乘佛教，佛教派别之一。这里泛指佛经、佛法。
5　金蝉子：小说第二十四回说金蝉子是如来佛的第二个徒弟。
6　十世：指金蝉子十次转生为人，第十次即为唐僧。

圣僧歇马在山岩，忽见裙钗女近前。翠袖轻摇笼玉笋[1]，湘裙斜拽显金莲[2]。汗流粉面花含露[3]，尘拂蛾眉柳带烟[4]。仔细定晴观看处，看看行至到身边。

三藏见了，叫："八戒、沙僧，悟空才说这里旷野无人，你看那里不走出一个人来了？"八戒道："师父，你与沙僧坐着，等老猪去看看来。"那呆子放下钉钯，整整直裰[5]，摆摆摇摇，充作个斯文气象[6]，一直的觌面相迎。真个是远看未实，近看分明，那女子生得：

冰肌藏玉骨，衫领露酥胸。柳眉积翠黛[7]，杏眼闪银星。月样容仪俏，天然性格清。体似燕藏柳，声如莺啭林。半放海棠笼晓日，才开芍药弄春晴。

那八戒见他生得俊俏，呆子就动了凡心，忍不住胡言乱语，

1　玉笋：这里比喻手指。
2　金莲：指女子的小脚。
3　花含露：如同花朵上挂着露珠。
4　柳带烟：如同柳叶上笼着薄雾。
5　直裰（duō）：指僧袍。
6　斯文气象：文雅气，读书人的气度。
7　翠黛：画眉用的青黑色颜料。

叫道："女菩萨，往那里去？手里提着是什么东西？"分明是个妖怪，他却不能认得。那女子连声答应道："长老，我这青礶里是香米饭，绿瓶里是炒面筋。特来此处无他故，因还誓愿要斋僧[1]。"八戒闻言，满心欢喜，急抽身，就跑了个猪颠风[2]，报与三藏道："师父！吉人自有天报！师父饿了，教师兄去化斋，那猴子不知那里摘桃儿耍子去了。桃子吃多了，也有些嘈人[3]，又有些下坠。你看那不是个斋僧的来了？"唐僧不信道："你这个夯货胡缠[4]！我们走了这向[5]，好人也不曾遇着一个，斋僧的从何而来！"八戒道："师父，这不到了？"

三藏一见，连忙跳起身来，合掌当胸道："女菩萨，你府上在何处住？是甚人家？有甚愿心，来此斋僧？"分明是个妖精，那长老也不认得。那妖精见唐僧问他来历，他立地就起个虚情[6]，花言巧语来赚哄道："师父，此山叫做蛇回兽怕的白虎岭，正西下面是我家。我父母在堂，看经好善，广斋方上远近僧人[7]；只因无子，

1　斋僧：以斋食施给僧人。
2　猪颠风：猪发狂的病症。颠狂，疯癫。
3　嘈（cáo）人：指胃部反酸灼痛。
4　夯（bèn）货：蠢人，笨蛋。
5　这向：这一段时间。
6　立地就起个虚情：立刻就扯了个谎。
7　方上：方外，世俗之外。

求神作福，生了奴奴¹；欲扳门第²，配嫁他人，又恐老来无倚，只得将奴招了一个女婿，养老送终。"三藏闻言道："女菩萨，你语言差了。圣经云³：'父母在，不远游，游必有方。⁴'你既有父母在堂，又与你招了女婿，有愿心，教你男子还，便也罢，怎么自家在山行走？又没个侍儿随从。这个是不遵妇道了。"那女子笑吟吟，忙陪俏语道⁵："师父，我丈夫在山北凹里，带几个客子锄田⁶。这是奴奴煮的午饭，送与那些人吃的。只为五黄六月⁷，无人使唤，父母又年老，所以亲身来送。忽遇三位远来，却思父母好善，故将此饭斋僧。如不弃嫌，愿表芹献⁸。"三藏道："善哉！善哉！我有徒弟摘果子去了，就来，我不敢吃。假如我和尚吃了你饭，你丈夫晓得，骂你，却不罪坐贫僧也⁹？"那女子见唐僧不肯吃，却又满面春生道："师父呵，我父母斋僧，还是小可¹⁰。我丈夫更是个善人，一生好的是修桥补路，爱老怜贫；但听见说这饭送与师父

1　奴奴：古时女子自称。又称"奴""奴家"。

2　扳（pān）门第：攀门第，攀高枝儿。扳，同"攀"。

3　圣经：这里指《论语》。

4　"父母在"句：父母在世，不出远门；如果要出远门，必须让父母知道去处。

5　俏语：花言巧语，虚假而动听的话。

6　客子：雇工。

7　五黄六月：指农历五月、六月，天气炎热的时节。

8　芹献：谦辞，微薄的礼物。

9　罪坐：归罪，连坐。

10　小可：寻常，平常。

吃了，他与我夫妻情上，比寻常更是不同。"三藏也只是不吃。旁边子恼坏了八戒，那呆子努着嘴，口里埋怨道："天下和尚也无数，不曾像我这个老和尚罢软[1]！现成的饭，三分儿倒不吃，只等那猴子来，做四分才吃！"他不容分说，一嘴把个礶子拱倒，就要动口。

只见那行者自南山顶上，摘了几个桃子，托着钵盂，一筋斗点将回来[2]，睁火眼金睛观看，认得那女子是个妖精，放下钵盂，掣铁棒，当头就打。唬得个长老用手扯住道："悟空！你走将来打谁？"行者道："师父，你面前这个女子，莫当做个好人；他是个妖精，要来骗你哩。"三藏道："你这猴头，当时倒也有些眼力，今日如何乱道！这女菩萨有此善心，将这饭要斋我等，你怎么说他是个妖精？"行者笑道："师父，你那里认得！老孙在水帘洞里做妖魔时，若想人肉吃，便是这等[3]：或变金银，或变庄台，或变醉人，或变女色。有那等痴心的，爱上我，我就迷他到洞里，尽意随心，或蒸或煮受用；吃不了，还要晒干了防天阴哩！师父，我若来迟，你定入他套子[4]，遭他毒手！"那唐僧那里肯信，只说

1　罢（pí）软：疲沓软弱，软弱无能。罢，同"疲"。
2　点将回来：翻了回来。
3　这等：这样。
4　套子：圈套。

三打白骨精 / 赵宏本、钱笑呆 绘

是个好人。行者道："师父，我知道你了，你见他那等容貌，必然动凡心。若果有此意，叫八戒伐几棵树来，沙僧寻些草来，我做木匠，就在这里搭个窝铺，你与他圆房成事，我们大家散了，却不是件事业？何必又跋涉，取甚经去！"那长老原是个软善的人[1]，那里吃得他这句言语，羞得个光头彻耳通红。

三藏正在此羞惭，行者又发起性来，掣铁棒，望妖精劈脸一下。那怪物有些手段，使个"解尸法"，见行者棍子来时，他却抖擞精神，预先走了，把一个假尸首打死在地下。唬得个长老战战兢兢，口中作念道："这猴着然无礼[2]！屡劝不从，无故伤人性命！"行者道："师父莫怪，你且来看看这礶子里是甚东西。"沙僧搀着长老，近前看时，那里是甚香米饭，却是一礶子拖尾巴的长蛆；也不是面筋，却是几个青蛙、癫虾蟆，满地乱跳。长老才有三分儿信了。怎禁猪八戒气不忿[3]，在旁漏八分儿唆嘴道[4]："师父，说起这个女子，他是此间农妇，因为送饭下田，路遇我等，却怎么栽他是个妖怪？哥哥的棍重，走将来试手打他一下，不期

1　软善：软弱和善。
2　着然：着实，实在。
3　气不忿（fèn）：不服气。
4　漏八分儿：又称"露八分"，一种隐晦而又冗杂啰唆的说话方法，这里用以形容猪八戒多嘴饶舌。唆（suō）嘴：搬弄口舌。

就打杀了！怕你念什么紧箍儿咒，故意的使个障眼法儿¹，变做这等样东西，演幌你眼²，使不念咒哩。"

三藏自此一言，就是晦气到了，果然信那呆子撺唆³，手中捻诀，口里念咒。行者就叫："头疼！头疼！莫念！莫念！有话便说。"唐僧道："有甚话说！出家人时时常要方便，念念不离善心⁴，扫地恐伤蝼蚁命，爱惜飞蛾纱罩灯。你怎么步步行凶，打死这个无故平人⁵，取将经来何用？你回去罢！"行者道："师父，你教我回那里去？"唐僧道："我不要你做徒弟。"行者道："你不要我做徒弟，只怕你西天路去不成。"唐僧道："我命在天，该那个妖精蒸了吃，就是煮了，也算不过⁶。终不然⁷，你救得我的大限⁸？你快回去！"行者道："师父，我回去便也罢了，只是不曾报得你的恩哩。"唐僧道："我与你有甚恩？"那大圣闻言，连忙跪下叩头道："老孙因大闹天宫，致下了伤身之难，被我佛压在两界山。幸观音菩萨与我受了戒行，幸师父救脱吾身，若不与你同上西天，显得

1　障眼法儿：遮蔽或转移别人视线，使看不清真相的手法。

2　演幌：蒙骗，迷惑。

3　撺唆（cuānsuō）：怂恿挑唆。

4　念念：每一个心念。

5　无故平人：无辜平民。

6　算不过：不为过，不过分。

7　终不然：终不成，难道。

8　大限：寿数，死期。

我'知恩不报非君子，万古千秋作骂名'。"原来这唐僧是个慈悯的圣僧，他见行者哀告，却也回心转意道："既如此说，且饶你这一次，再休无礼。如若仍前作恶，这咒语颠倒就念二十遍[1]！"行者道："三十遍也由你，只是我不打人了。"却才伏侍唐僧上马[2]，又将摘来桃子奉上。唐僧在马上也吃了几个，权且充饥。

却说那妖精，脱命升空。原来行者那一棒不曾打杀妖精，妖精出神去了。他在那云端里，咬牙切齿，暗恨行者道："几年只闻得讲他手段，今日果然话不虚传。那唐僧已此不认得我[3]，将要吃饭。若低头闻一闻儿，我就一把捞住，却不是我的人了？不期被他走来，弄破我这勾当[4]，又几乎被他打了一棒。若饶了这个和尚，诚然是劳而无功也，我还下去戏他一戏。"

好妖精，按落阴云，在那前山坡下，摇身一变，变做个老妇人，年满八旬，手拄着一根弯头竹杖，一步一声的哭着走来。八戒见了，大惊道："师父，不好了！那妈妈儿来寻人了！"唐僧道："寻甚人？"八戒道："师兄打杀的，定是他女儿。这个定是他娘寻将来了。"行者道："兄弟莫要胡说！那女子十八岁，这老妇

---

1 颠倒：重复，反复。
2 却才：这才。
3 已此：已是。
4 弄破：使败露。勾当：事情。

有八十岁，怎么六十多岁还生产¹？断乎是个假的，等老孙去看来。"好行者，拽开步，走近前观看，那怪物：

假变一婆婆，两鬓如冰雪。走路慢腾腾，行步虚怯怯。弱体瘦伶仃²，脸如枯菜叶。颧骨望上翘，嘴唇往下别³。老年不比少年时，满脸都是荷叶摺⁴。

行者认得他是妖精，更不理论，举棒照头便打。那怪见棍子起时，依然抖擞，又出化了元神⁵，脱真儿去了⁶，把个假尸首又打死在山路之下。唐僧一见，惊下马来，睡在路旁，更无二话，只是把紧箍儿咒颠倒足足念了二十遍。可怜把个行者头，勒得似个亚腰儿葫芦⁷，十分疼痛难忍，滚将来哀告道："师父莫念了！有甚话说了罢！"唐僧道："有甚话说！出家人耳听善言，不堕地狱。我这般劝化你，你怎么只是行凶？把平人打死一个，又打死一个，此是何说？"行者道："他是妖精。"唐僧道："这个猴子胡说！就

1　生产：生孩子。

2　伶仃（língdīng）：形容瘦弱的样子。

3　别：同"撇"，是下垂、耷拉的意思。

4　荷叶摺：荷叶褶（zhě），层层叠叠的褶皱。

5　出化：化出，显现。元神：道教指人的灵魂，这里指幽魂。

6　脱真：道教语。指元神脱离身体。

7　亚腰儿：细腰儿。

有这许多妖怪！你是个无心向善之辈，有意作恶之人，你去罢！"

行者道："师父又教我去。回去便也回去了，只是一件不相应¹。"

唐僧道："你有什么不相应处？"八戒道："师父，他要和你分行李哩。跟着你做了这几年和尚，不成空着手回去？你把那包袱里的什么旧褊衫、破帽子²，分两件与他罢。"

行者闻言，气得暴跳道："我把你这个尖嘴的夯货！老孙一向秉教沙门³，更无一毫嫉妒之意、贪恋之心，怎么要分什么行李？"

唐僧道："你既不嫉妒贪恋，如何不去？"行者道："实不瞒师父说，老孙五百年前，居花果山水帘洞大展英雄之际，收降七十二洞邪魔，手下有四万七千群怪，头戴的是紫金冠，身穿的是赭黄袍，腰系的是蓝田带，足踏的是步云履，手执的是如意金箍棒，着实也曾为人。自从涅槃罪度⁴，削发秉正沙门⁵，跟你做了徒弟，把这个金箍儿勒在我头上，若回去，却也难见故乡人。师父果若不要我，把那个松箍儿咒念一念，退下这个箍子，交付与你，套在别人头上，我就快活相应了，也是跟你一场。莫不成这些人意

1　相应：相宜，合适。

2　褊（biǎn）衫：一种僧尼服装。开脊接领，斜披在左肩上，类似袈裟。

3　秉教沙门：信奉佛门。秉教，这里是信奉的意思。沙门，指佛教。

4　涅槃（nièpán）罪度：这里的意思是踏入佛门，脱离前生罪孽。涅槃，佛教指熄灭生死轮回后的境界，是佛教全部修习所要达到的最高境界。罪度，佛教指从罪孽之中拔脱引渡出来。

5　秉正：持心公正。这里是信奉的意思。

儿也没有了[1]？"唐僧大惊道："悟空，我当时只是菩萨暗受一卷《紧箍儿咒》，却没有什么松箍儿咒。"行者道："若无松箍儿咒，你还带我去走走罢。"长老又没奈何道："你且起来，我再饶你这一次，却不可再行凶了。"行者道："再不敢了，再不敢了。"又伏侍师父上马，剖路前行[2]。

却说那妖精，原来行者第二棍也不曾打杀他。那怪物在半空中，夸奖不尽道："好个猴王，着然有眼！我那般变了去，他也还认得我。这些和尚，他去得快，若过此山，西下四十里，就不伏我所管了。若是被别处妖魔捞了去，好道就'笑破他人口[3]，使碎自家心'。我还下去戏他一戏。"好妖怪，按耸阴风[4]，在山坡下摇身一变，变成一个老公公，真个是：

白发如彭祖[5]，苍髯赛寿星[6]。耳中鸣玉磬[7]，眼里幌金星。手拄龙头拐，身穿鹤氅轻[8]。数珠掐在手[9]，口诵南无经。

1　人意儿：人情。

2　剖路：开路，在前引路。

3　好道：说不得，便是。也作"好歹""无论如何"讲，见下文"好道也罢了"。

4　按耸：按动，起动。

5　彭祖：传说中的长寿人物。据说他善养生，活了八百岁。

6　寿星：神话传说中的长寿之神。民间常把他塑成秃顶广额、白须持杖的老人形象。

7　玉磬（qìng）：一种石制敲击乐器。

8　鹤氅（chǎng）：泛指一般外套。

9　数（shǔ）珠：念珠，佛珠。佛教徒诵经时用来计数的成串珠子，每串一般为一百零八颗。

唐僧在马上见了，心中欢喜道："阿弥陀佛！西方真是福地！那公公路也走不上来，逼法的还念经哩¹。"八戒道："师父，你且莫要夸奖，那个是祸的根哩。"唐僧道："怎么是祸根？"八戒道："行者打杀他的女儿，又打杀他的婆子，这个正是他的老儿寻将来了。我们若撞在他的怀里呵，师父，你便偿命，该个死罪；把老猪为从，问个充军²；沙僧喝令问个摆站³；那行者使个遁法走了，却不苦了我们三个顶缸⁴？"行者听见道："这个呆根！这等胡说，可不唬了师父？等老孙再去看看。"他把棍藏在身边，走上前迎着怪物，叫声："老官儿，往那里去？怎么又走路又念经？"那妖精错认了定盘星⁵，把孙大圣也当做个等闲的⁶，遂答道："长老啊，我老汉祖居此地，一生好善斋僧，看经念佛。命里无儿，止生得一个小女，招了个女婿。今早送饭下田，想是遭逢虎口。老妻先来找寻，也不见回去，全然不知下落，老汉特来寻看。果然是伤残他命，也没奈何，将他骸骨收拾回去，安葬茔中⁷。"行者笑道：

---

1 逼法：象声词。这里指念经的声音。
2 为从：指认作从犯。问个充军：审明罪状，把罪犯发配到边远地方去服役。
3 喝（hè）令：喝命。摆站：古时指把罪犯发配到驿站中去充驿卒。
4 顶缸：比喻代人受过，顶罪。
5 定盘星：原指秤杆上的第一星儿（重量为零）。后多用来比喻正确的基准，一定的主意。
6 等闲的：寻常之辈。
7 茔（yíng）：墓地。

"我是个做䴔虎的祖宗[1]，你怎么袖子里笼了个鬼儿来哄我？你瞒了诸人，瞒不过我！我认得你是个妖精！"那妖精唬得顿口无言[2]。行者掣出棒来，自忖思道[3]："若要不打他，显得他倒弄个风儿[4]；若要打他，又怕师父念那话儿咒语。"又思量道："不打杀他，他一时间抄空儿把师父捞去[5]，却不又费心劳力去救他？还打的是！就一棍子打杀他，师父念起那咒，常言道：'虎毒不吃儿。'凭着我巧言花语，嘴伶舌便，哄他一哄，好道也罢了。"好大圣，念动咒语，叫当坊土地、本处山神道："这妖精三番来戏弄我师父，这一番却要打杀他。你与我在半空中作证，不许走了。"众神听令，谁敢不从，都在云端里照应。那大圣棍起处，打倒妖魔，才断绝了灵光[6]。

那唐僧在马上，又唬得战战兢兢，口不能言。八戒在旁边又笑道："好行者！风发了[7]！只行了半日路，倒打死三个人！"唐僧正要念咒，行者急到马前，叫道："师父，莫念！莫念！你且来看看他的模样。"却是一堆粉骷髅在那里。唐僧大惊道："悟空，这

---

1 䴔（qiā）虎：吓人的怪样子。
2 顿口无言：形容张口结舌，说不出话。
3 忖（cǔn）思：思忖，思量。
4 弄个风儿：耍了个威风，出了个风头。
5 抄空儿：钻空子。
6 断绝了灵光：这里指彻底打死。
7 风发：发疯。

个人才死了，怎么就化作一堆骷髅？"行者道："他是个潜灵作怪的僵尸[1]，在此迷人败本[2]，被我打杀，他就现了本相。他那脊梁上有一行字，叫做'白骨夫人'。"唐僧闻说，倒也信了。怎禁那八戒旁边唆嘴道："师父，他的手重棍凶，把人打死，只怕你念那话儿，故意变化这个模样，掩你的眼目哩！"唐僧果然耳软，又信了他，随复念起。行者禁不得疼痛，跪于路旁，只叫："莫念！莫念！有话快说了罢！"唐僧道："猴头！还有甚说话！出家人行善，如春园之草，不见其长，日有所增；行恶之人，如磨刀之石，不见其损，日有所亏。你在这荒郊野外，一连打死三人，还是无人检举，没有对头[3]；倘到城市之中，人烟凑集之处[4]，你拿了那哭丧棒[5]，一时不知好歹，乱打起人来，撞出大祸，教我怎的脱身？你回去罢！"行者道："师父错怪了我也。这厮分明是个妖魔，他实有心害你。我倒打死他，替你除了害，你却不认得，反信了那呆子谗言冷语，屡次逐我。常言道：'事不过三。'我若不去，真是个下流无耻之徒。我去！我去！去便去了，只是你手下无人。"唐僧发怒道："这泼猴越发无礼！看起来，只你是人，那悟能、悟

1　潜灵：幽魂，阴魂。
2　败本：败乱人的本性。
3　对头：对手。
4　凑集：密集，集中。
5　哭丧棒：古时出殡时孝子所持的哀杖。这里是对悟空金箍棒的贬称。

净就不是人？"

那大圣一闻得说他两个是人，止不住伤情凄惨，对唐僧道声："苦啊！你那时节，出了长安，有刘伯钦送你上路；到两界山，救我出来，投拜你为师。我曾穿古洞，入深林，擒魔捉怪；收八戒，得沙僧，吃尽千辛万苦。今日昧着惺惺使糊涂，[1] 只教我回去。这才是'鸟尽弓藏，兔死狗烹'[2]！罢！罢！罢！但只是多了那紧箍儿咒。"唐僧道："我再不念了。"行者道："这个难说。若到那毒魔苦难处不得脱身，八戒、沙僧救不得你，那时节想起我来，忍不住又念诵起来，就是十万里路，我的头也是疼的；假如再来见你，不如不作此意。"

唐僧见他言言语语[3]，越添恼怒，滚鞍下马来，叫沙僧包袱内取出纸笔，即于涧下取水，石上磨墨，写了一纸贬书[4]，递于行者道："猴头！执此为照[5]！再不要你做徒弟了！如再与你相见，我就堕了阿鼻地狱[6]！"行者连忙接了贬书道："师父，不消发誓，老孙

---

1 "昧（mèi）着"句：谚语，意思是藏起了清醒耍糊涂。昧，隐藏、掩蔽。惺（xīng）惺，清醒的样子。

2 "鸟尽"两句：飞鸟射尽，弓箭就被收起不用；兔子捕杀后，猎狗就被烹食掉。比喻大功告成后，功臣受害。语出《史记》。烹（pēng），烧煮。

3 言言语语：啰里啰唆，说个不停。

4 贬（biǎn）书：这里指驱逐的文书。贬，古时指官员降职远调，这里是驱逐的意思。

5 执此为照：据此为凭。照，凭据、证明。

6 阿鼻地狱：佛教八大地狱之一。

去罢。"他将书摺了[1]，留在袖中，却又软款唐僧道[2]："师父，我也是跟你一场，又蒙菩萨指教，今日半途而废，不曾成得功果，你请坐，受我一拜，我也去得放心。"唐僧转回身不睬，口里唧唧哝哝的道："我是个好和尚，不受你歹人的礼！"大圣见他不睬，又使个身外法，把脑后毫毛拔了三根，吹口仙气，叫："变！"即变了三个行者，连本身四个，四面围住师父下拜。那长老左右躲不脱，好道也受了一拜。

大圣跳起来，把身一抖，收上毫毛，却又吩咐沙僧道："贤弟，你是个好人，却只要留心防着八戒詀言詀语[3]，途中更要仔细。倘一时有妖精拿住师父，你就说老孙是他大徒弟。西方毛怪，闻我的手段，不敢伤我师父。"唐僧道："我是个好和尚，不题你这歹人的名字。你回去罢。"那大圣见长老三番两复，不肯转意回心，没奈何才去。你看他：

嘻泪叩头辞长老，含悲留意嘱沙僧。一头拭迸坡前草[4]，两脚蹬翻地上藤。上天下地如轮转，跨海飞山第一能。顷刻

---

1 摺：同"折"。
2 软款：温柔，殷勤。这里是（向唐僧）献殷勤的意思。
3 詀（diān）言詀语：花言巧语，胡说八道。
4 拭迸：这里是撞开的意思。

之间不见影，霎时疾返旧途程。

你看他忍气别了师父，纵筋斗云，径回花果山水帘洞去了。独自个凄凄惨惨，忽闻得水声聒耳[1]，大圣在那半空里看时，原来是东洋大海潮发的声响[2]。一见了，又想起唐僧，止不住腮边泪坠，停云住步，良久方去。

---

1 聒耳：指声音刺耳。
2 潮发：涨潮。

7. 节选七　义激美猴王

阅读提示

一、本段选自《西游记》第三十回"邪魔侵正法，意马忆心猿"和第三十一回"猪八戒义激猴王，孙行者智降妖怪"。此前唐僧错怪悟空，致使自己陷入魔掌。而沙僧被擒，小白龙受伤，八戒孤掌难鸣，只好到花果山来寻师兄。

二、八戒虽蠢，却有鬼机灵，抓住师兄心疼师父、心高气傲的心理，故意编造妖精谩骂的话来激怒他。悟空也确实"点火就着"，立刻决定前去搭救师父。

三、本段对悟空心理的描写十分细腻。悟空本来心系师父，答应前去营救；不过他的自尊心还没放下，听听这番话："这妖怪无礼，他敢背前面后骂我！我这去，把他拿住，碎尸万段，以报骂我之仇！报毕，我即回来。"这里有两层意思：一来，师父赶我走，师徒之义已绝，我本没义务去救他；但妖精骂我，我不能置之不理，我此行只是为自己报仇。二来，他知道重回团队的机会到了，又怕师父仍不接受自己，所以"丑话说在前头"，强调"报毕，我即回来"，给自己预留"台阶"。八戒答得也好："正是，你只去拿了妖精，报了你仇，那时来与不来，任从尊命。"等到行者临行嘱咐群猴时，话风已变："待我还去保唐僧取经回东土，功成之后，仍回来与你们共乐天真。""报毕，我即回来"已变成"取经回东土，功成之后，仍回来与你们共乐天真"了。

四、路过东海洗澡的一段，尤能显出行者对师父的爱与敬："……我自从回来，这几日弄得身上有些妖精气了。师父是个爱干净的，恐怕嫌我。"这里面包含的情和义，比东海还深！

真个呆子收拾了钉钯，整束了直裰，跳将起去，踏着云，径往东来。这一回，也是唐僧有命。那呆子正遇顺风，撑起两个耳朵，好便似风篷一般，早过了东洋大海，按落云头。不觉的太阳星上[1]，他却入山寻路。

正行之际，忽闻得有人言语。八戒仔细看时，看来是行者在山凹里，聚集群妖。他坐在一块石头崖上，面前有一千二百多猴子，分序排班，口称："万岁！大圣爷爷！"八戒道："且是好受

---

1 太阳星上：指太阳升起。

用[1]！且是好受用！怪道他不肯做和尚，只要来家哩！原来有这些好处，许大的家业[2]，又有这多的小猴伏侍！若是老猪有这一座山场，也不做什么和尚了。如今既到这里，却怎么好？必定要见他一见是。"那呆子有些怕他，又不敢明明的见他；却往草崖边溜阿溜的[3]，溜在那一千二三百猴子当中挤着，也跟那些猴子磕头。

不知孙大圣坐得高，眼又乖滑[4]，看得他明白。便问："那班部中乱拜的是个夷人[5]，是那里来的？拿上来！"说不了[6]，那些小猴一窝蜂把个八戒推将上来，按倒在地。行者道："你是那里来的夷人？"八戒低着头道："不敢，承问了[7]。不是夷人，是熟人，熟人。"行者道："我这大圣部下的群猴，都是一般模样。你这嘴脸生得各样[8]，相貌有些雷堆[9]，定是别处来的妖魔。既是别处来的，若要投我部下，先来递个脚色手本[10]，报了名字，我好留你在这随

1　且是好受用：真是太享受了。受用，享受、舒坦。

2　许大：这般大，这么大。

3　溜：偷偷地走。

4　乖滑：敏锐。

5　夷人：对外国人的泛称。这里是外人的意思。

6　说不了：话还没说完。

7　承问：承蒙下问。

8　各样：异样，与众不同。

9　雷堆：粗笨，累赘。

10　脚色手本：指履历名帖。脚色，指履历。手本，明清时期见上司、贵官或老师所用的名帖。

班点扎¹。若不留你，你敢在这里乱拜！"八戒低着头，拱着嘴道："不羞！就拿出这副嘴脸来了！我和你兄弟也做了几年，又推认不得，说是什么夷人！"行者笑道："抬起头来我看。"那呆子把嘴往上一伸道："你看么！你认不得我，好道认得嘴耶！"行者忍不住笑道："猪八戒。"他听见一声叫，就一毂辘跳将起来道²："正是！正是！我是猪八戒！"他又思量道："认得就好说话了。"

行者道："你不跟唐僧取经去，却来这里怎的？想是你冲撞了师父，师父也贬你回来了？有甚贬书，拿来我看。"八戒道："不曾冲撞他，他也没什么贬书，也不曾赶我。"行者道："既无贬书，又不曾赶你，你来我这里怎的？"八戒道："师父想你，着我来请你的。"行者道："他也不请我，他也不想我。他那日对天发誓，亲笔写了贬书，怎么又肯想我，又肯着你远来请我？我断然也是不好去的。"八戒就地扯个谎，忙道："委是想你³！委是想你！"行者道："他怎的想我来？"八戒道："师父在马上正行，叫声'徒弟'，我不曾听见，沙僧又推耳聋。师父就想起你来，说我们不济，说你还是个聪明伶俐之人，常时声叫声应，问一答十。因这

---

1 随班：依照官位等次入朝侍奉。点扎：点札，点名调遣。
2 一毂辘（gūlu）：即一骨碌，一滚，一转。形容动作迅速灵活。
3 委是：确实。

般想你，专专教我来请你的¹。万望你去走走，一则不孤他仰望之心²，二来也不负我远来之意。"

行者闻言，跳下崖来，用手搀住八戒道："贤弟，累你远来，且和我耍耍儿去。"八戒道："哥呵，这个所在路远，恐师父盼望去迟，我不耍子了。"行者道："你也是到此一场，看看我的山景何如？"那呆子不敢苦辞，只得随他走走。二人携手相搀，概众小妖随后³，上那花果山极巅之处。好山！自是那大圣回家，这几日，收拾得复旧如新。但见那：

青如削翠⁴，高似摩云⁵。周围有虎踞龙蟠，四面多猿啼鹤唳⁶。朝出云封山顶，暮观日挂林间。流水潺潺鸣玉珮⁷，涧泉滴滴奏瑶琴⁸。山前有崖峰峭壁，山后有花木秾华⁹。上连玉女洗头

1　专专：专门，特地。

2　孤：孤负，辜负。意思是亏负，对不住。下句中"负"的意思与此相同。

3　概众：所有。

4　削翠：形容山峰陡峭如削，颜色青翠。见宋人辛弃疾《西江月》词"千丈悬崖削翠，一川落日镕金"。

5　摩云：接近云天。

6　唳（lì）：指鹤高亢地鸣叫。

7　潺潺（chán）：指流水声。鸣玉珮（pèi）：这里指像玉珮相撞而发出的声音。玉珮，古人佩挂的玉制装饰品。

8　奏瑶琴：这里指像瑶琴弹奏的声音。瑶琴，以美玉装饰的琴。

9　秾（nóng）华：繁盛艳丽的花朵。华，同"花"。

盆，下接天河分派水[1]。乾坤结秀赛蓬莱[2]，清浊育成真洞府[3]。丹青妙笔画时难，仙子天机描不就[4]。玲珑怪石石玲珑，玲珑结彩岭头峰。日影动千条紫艳，瑞气摇万道红霞。洞天福地人间有，遍山新树与新花。

八戒观之不尽，满心欢喜道："哥啊，好去处！果然是天下第一名山！"行者道："贤弟，可过得日子么？"八戒笑道："你看师兄说的话，宝山乃洞天福地之处，怎么说度日之言也？"二人谈笑多时，下了山，只见路旁有几个小猴，捧着紫巍巍的葡萄，香喷喷的梨枣，黄森森的枇杷，红艳艳的杨梅，跪在路旁叫道："大圣爷爷，请进早膳。"行者笑道："我猪弟食肠大，却不是以果子作膳的。也罢，也罢，莫嫌菲薄[5]，将就吃个儿当点心罢。"八戒道："我虽食肠大，却也随乡入乡是[6]。拿来，拿来，我也吃几个儿尝新。"

二人吃了果子，渐渐日高。那呆子恐怕误了救唐僧，只管催

1　分派水：支流。
2　结秀：凝聚奇秀之气。蓬莱：蓬莱山，古代传说中的仙山。
3　清浊：指天地。
4　仙子天机：指天女的织机。不就：不能完成。
5　菲薄（fēibó）：微薄。
6　随乡入乡：到一个地方就按当地风俗习惯行事。是：句尾语气词，相当于"啊"。

促道："哥哥，师父在那里盼望我和你哩。望你和我早早儿去罢。"行者道："贤弟，请你往水帘洞里去耍耍。"八戒坚辞道："多感老兄盛意。奈何师父久等，不劳进洞罢。"行者道："既如此，不敢久留，请就此处奉别。"八戒道："哥哥，你不去了？"行者道："我往那里去？我这里天不收地不管，自由自在，不耍子儿，做什么和尚？我是不去，你自去罢。但上复唐僧[1]：既赶退了，再莫想我。"呆子闻言，不敢苦逼，只恐逼发他性子，一时打上两棍。无奈，只得喏喏告辞[2]，找路而去。

行者见他去了，即差两个溜撒的小猴[3]，跟着八戒，听他说些什么。真个那呆子下了山，不上三四里路，回头指着行者，口里骂道："这个猴子，不做和尚，倒做妖怪！这个猢狲，我好意来请他，他却不去！你不去便罢！"走几步，又骂几声。那两个小猴，急跑回来报道："大圣爷爷，那猪八戒不大老实，他走走儿，骂几声。"行者大怒，叫："拿将来！"那众猴满地飞来赶上，把个八戒扛翻倒了，抓鬃扯耳，拉尾揪毛，捉将回去。……[4]

却说那呆子被一窝猴子捉住了，扛抬扯拉，把一件直裰子揪

1　上复：回报，告诉。
2　喏喏（nuò）：应诺声，有顺从敬慎之意。
3　溜撒：敏捷，行动迅速。
4　此处为第三十、第三十一回衔接处，略去少量文字。

破，口里劳劳叨叨的，自家念诵道："罢了！罢了！这一去有个打杀的情[1]！"不时，到洞口。那大圣坐在石崖之上，骂道："你这馕糠的夯货[2]！你去便罢了，怎么骂我？"八戒跪在地下道："哥呵，我不曾骂你；若骂你，就嚼了舌头根。我只说哥哥不去，我自去报师父便了，怎敢骂你？"行者道："你怎么瞒得过我？我这左耳往上一扯，晓得三十三天人说话；我这右耳往下一扯，晓得十代阎王与判官算账。你今走路把我骂，我岂不听见？"八戒道："哥呵，我晓得，你贼头鼠脑的，一定又变做个什么东西儿，跟着我听的。"行者叫："小的们，选大棍来！先打二十个见面孤拐[3]，再打二十个背花[4]，然后等我使铁棒与他送行！"八戒慌得磕头道："哥哥，千万看师父面上，饶了我罢！"行者道："我想那师父好仁义儿哩！"八戒又道："哥哥，不看师父呵，请看海上菩萨之面[5]，饶了我罢！"

行者见说起菩萨，却有三分儿转意道："兄弟，既这等说，我且不打你。你却老实说，不要瞒我。那唐僧在那里有难，你却来此哄我？"八戒道："哥哥，没甚难处，实是想你。"行者骂道：

1　情：情形，情状。

2　馕糠（nǎngkāng）：骂人的话，像畜生般吃糠。

3　见面孤拐：指以打脚踝作为见面礼。孤拐，指脚踝（huái）。

4　背（bèi）花：指一种以杖击打脊背的刑罚。也指行刑的伤痕。

5　海上菩萨：指南海观世音菩萨。

"这个好打的夯货¹！你怎么还要者嚣²？我老孙身回水帘洞，心逐取经僧。那师父步步有难，处处该灾，你趁早儿告诵我³，免打！"

八戒闻得此言，叩头上告道："哥呵，分明要瞒着你，请你去的，不期你这等样灵。饶我打，放我起来说罢。"行者道："也罢，起来说。"众猴撒开手，那呆子跳得起来，两边乱张⁴。行者道："你张什么？"八戒道："看看那条路儿空阔，好跑。"行者道："你跑到那里？我就让你先走三日，老孙自有本事赶转你来⁵！快早说来！这一恼发我的性子⁶，断不饶你！"

八戒道："实不瞒哥哥说，自你回后，我与沙僧保师父前行。只见一座黑松林，师父下马，教我化斋。我因许远⁷，无一个人家，辛苦了，略在草里睡睡。不想沙僧别了师父，又来寻我。你晓得师父没有坐性⁸，他独步林间玩景，出得林，见一座黄金宝塔放光，他只当寺院，不期塔下有个妖精，名唤黄袍，被他拿住。后边我与沙僧回寻，止见白马、行囊，不见师父，随寻至洞口，与那怪

---

1 好打：该打。

2 者嚣（xiāo）：掩饰，隐瞒。

3 告诵：告诉，告知。

4 张：望，看。

5 赶转：赶上并拉回。

6 恼发：惹恼，惹怒。

7 许远：老远，很远。

8 坐性：耐性。

厮杀。师父在洞，幸亏了一个救星。原是宝象国王第三个公主，被那怪摄来者。他修了一封家书，托师父寄去，遂说方便¹，解放了师父²。到了国中，递了书子，那国王就请师父降妖，取回公主。哥呵，你晓得，那老和尚可会降妖？我二人复去与战。不知那怪神通广大，将沙僧又捉了。我败阵而走，伏在草中。那怪变做个俊俏文人入朝，与国王认亲，把师父变做老虎。又亏了白龙马夜现龙身，去寻师父。师父倒不曾寻见，却遇着那怪在银安殿饮酒。他变一宫娥，与他巡酒舞刀，欲乘机而砍，反被他用满堂红打伤马腿³。就是他教我来请师兄的，说道：'师兄是个有仁有义的君子。君子不念旧恶，一定肯来救师父一难。'万望哥哥念'一日为师，终身为父'之情，千万救他一救！"

行者道："你这个呆子！我临别之时，曾叮咛又叮咛，说道：'若有妖魔捉住师父，你就说老孙是他大徒弟。'怎么却不说我？"八戒又思量道："请将不如激将，等我激他一激。"道："哥呵，不说你还好哩。只为说你，他一发无状⁴！"行者道："怎么说？"八戒道："我说：'妖精，你不要无礼，莫害我师父！我还有个大师

1　说方便：说情。
2　解放：释放。
3　满堂红：一种宫灯。从小说描写看，应是一种有底座的长柄灯，又称"绰灯"。
4　无状：无礼。

兄，叫做孙行者。他神通广大，善能降妖。他来时教你死无葬身之地！'那怪闻言，越加忿怒[1]，骂道：'是个什么孙行者，我可怕他！他若来，我剥了他皮，抽了他筋，晤了他骨，吃了他心！饶他猴子瘦，我也把他剁鲊着油烹[2]！'"行者闻言，就气得抓耳挠腮，暴躁乱跳道："是那个敢这等骂我！"八戒道："哥哥息怒，是那黄袍怪这等骂来，我故学与你听也。"行者道："贤弟，你起来。不是我去不成，既是妖精敢骂我，我就不能不降他。我和你去！老孙五百年前大闹天宫，普天的神将看见我，一个个控背躬身[3]，口口称呼大圣。这妖怪无礼，他敢背前面后骂我！我这去，把他拿住，碎尸万段，以报骂我之仇！报毕，我即回来。"八戒道："哥哥，正是。你只去拿了妖精，报了你仇，那时来与不来，任从尊命。"

那猴才跳下崖，撞入洞里，脱了妖衣，整一整锦直裰，束一束虎皮裙，执了铁棒，径出门来。慌得那群猴拦住道："大圣爷爷，你往那里去？带挈我们耍子几年也好[4]。"行者道："小的们，你说那里话！我保唐僧的这桩事，天上地下，都晓得孙悟空是唐

---

1 忿怒：愤怒。
2 剁鲊（zhǎ）：这里是剁碎的意思。鲊，盐腌的鱼，也指盐腌的切碎的菜。
3 控背躬身：拱着背，弯着身。表示恭敬。
4 带挈：带领。

僧的徒弟。他倒不是赶我回来，倒是教我来家看看，送我来家自在耍子。如今只因这件事，你们却都要仔细看守家业，依时插柳栽松，毋得废坠¹。待我还去保唐僧取经回东土，功成之后，仍回来与你们共乐天真²。"众猴各各领命。

那大圣才和八戒携手驾云，离了洞，过了东洋大海，至西岸，住云光，叫道："兄弟，你且在此慢行，等我下海去净净身子。"八戒道："忙忙的走路，且净什么身子？"行者道："你那里知道。我自从回来，这几日弄得身上有些妖精气了。师父是个爱干净的，恐怕嫌我。"八戒于此始识得行者是片真心，更无他意。

1　废坠：荒废，损毁。
2　天真：自由无拘束。

8. 节选八　八戒巡山

阅读提示

一、本段选自《西游记》第三十二回"平顶山功曹传信，莲花洞木母逢灾"。四众行至平顶山，有功曹报信：前面莲花洞有妖精。悟空有心"照顾"八戒，派他去巡山。

二、莲花洞金角大王与银角大王是取经路上最凶险的妖魔之一，然而在故事的开端，却充满了笑声。精明过人的悟空要"帮"八戒改毛病，八戒自然"在劫难逃"。尽管他使尽鬼心眼儿，又是编谎，又是演习，不料却全在悟空的掌握之中。幽默的对话本已让人捧腹，加上动作表情的描写，喜剧效果更强。如写八戒偷懒睡觉，不曾巡山，回来时只顾低头温习谎话，悟空大喝一声，"八戒掀起耳朵来看看道：'我到了地头了！'"一句"掀起耳朵"，格外传神！更可笑的是八戒二次巡山，见到老虎、枯木、白颈老鸦，总觉得是悟空变化来监视他的，疑神疑鬼、草木皆兵，一副憨态，格外引人发笑。

三、在取经团队中，悟空和八戒是矛盾纠缠的一对儿，形象、性格、心思、本领各自不同，见面就开"掐"，却又谁也离不开谁。八戒一路上苦活儿累活儿没少干，却改不了好吃喜睡、贪财好色的习性；在三个徒弟中，数他意志不坚定，动不动就嚷着散伙；又有嫉贤妒能的毛病，背后爱说人坏话，攻击对象自然是师兄悟空。

悟空则"恨铁不成钢"，一有机会便要调理八戒，甚至来点恶作剧。譬如此次悟空得知山中有妖，心中马上有了计划，先揉眼装哭，又逼八戒自选巡山活计，一路变化跟踪，侦知八戒偷懒说谎的全部事实，在师父面前一一揭穿他的谎言。这段看似闹剧的情节，同时又说明一个道理：取经不仅是求取西方的真经，也是团队成员互相教育、自我净化的历程。

　　行者闻言，把功曹叱退[1]，切切在心[2]。按云头，径来山上，只见长老与八戒、沙僧簇拥前进。他却暗想："我若把功曹的言语实实告诵师父，师父他不济事[3]，必就哭了；假若不与他实说，梦着

　　1　功曹：这里指道教中的日值功曹神。道教中有四值功曹，分别是值年功曹、值月功曹、值日功曹、值时功曹四神。
　　2　切切：深切。
　　3　不济事：不顶用。

头[1]，带着他走，常言道：'乍入芦圩，不知深浅。'[2] 倘或被妖魔捞去，却不又要老孙费心？且等我照顾八戒一照顾，先着他出头与那怪打一仗看。若是打得过他，就算他一功；若是没手段，被怪拿去，等老孙再去救他不迟，却好显我本事出名。"正自家计较，以心问心道："只恐八戒躲懒，便不肯出头；师父又有些护短。等老孙羁勒他羁勒[3]。"

好大圣，你看他弄个虚头[4]，把眼揉了一揉，揉出些泪来。迎着师父，往前径走。八戒看见，连忙叫："沙和尚，歇下担子，拿出行李来，我两个分了罢！"沙僧道："二哥，分怎的？"八戒道："分了罢！你往流沙河还做妖怪，老猪往高老庄上盼盼浑家[5]。把白马卖了，买口棺木，与师父送老[6]，大家散火。还往西天去哩？"长老在马上听见，道："这个夯货！正走路，怎么又胡说了？"八戒道："你儿子便胡说！你不看见孙行者那里哭将来了？他是个钻天入地、斧砍火烧、下油锅都不怕的好汉；如今戴了个愁帽，泪汪汪的哭来：必是那山险峻，妖怪凶狠。似我们这样软

1　梦着头：同"闷着头"，即闷头儿，不吭声，默不作声。
2　"乍入"两句：刚到芦苇塘，不知里边的深浅。比喻初来乍到，不熟悉情况。乍，刚刚。圩（wéi），防水的围岸。
3　羁勒：管束。
4　弄个虚头：耍个花招。
5　盼盼浑家：照顾妻子。盼，照看、照顾。浑家，妻子。
6　送老：送终。

弱的人儿，怎么去得？"长老道："你且休胡谈。待我问他一声，看是怎么说话。"问道："悟空，有甚话当面计较[1]，你怎么自家烦恼？这般样个哭包脸，是虎唬我也[2]！"行者道："师父啊，刚才那个报信的，是日值功曹。他说妖精凶狠，此处难行，果然的山高路峻，不能前进。改日再去罢。"长老闻言，恐惶悚惧[3]，扯住他虎皮裙子道："徒弟呀，我们三停路已走了停半[4]，因何说退悔之言？"行者道："我没个不尽心的。但只恐魔多力弱，行势孤单。'纵然是块铁，下炉能打得几根钉？'[5]"长老道："徒弟呵，你也说得是，果然一个人也难。兵书云：'寡不可敌众。'我这里还有八戒、沙僧，都是徒弟，凭你调度使用，或为护将帮手，协力同心，扫清山径，领我过山，却不都还了正果[6]？"

那行者这一场扭捏[7]，只逗出长老这几句话来，他揾了泪道[8]："师父啊，若要过得此山，须是猪八戒依得我两件事儿，才有三分去得；假若不依我言，替不得我手，半分儿也莫想过去。"八戒

1　计较：商量，商议。

2　虎唬：唬虎，吓唬。

3　恐惶悚（sǒng）惧：恐惧害怕。

4　停：总数分为若干份，一份为一停。停半：一停半。

5　"纵然"两句：谚语，比喻一个人的能力有限。

6　正果：佛教把修行成功叫作成正果。

7　扭捏：装腔作势。

8　揾（wèn）：擦，揩。

道："师兄不去就散火罢。不要攀我 [1]。"长老道："徒弟，且问你师兄，看他教你做什么。"呆子真个对行者说道："哥哥，你教我做甚事？"行者道："第一件是看师父，第二件是去巡山。"八戒道："看师父是坐，巡山去是走。终不然教我坐一会又走，走一会又坐，两处怎么顾盼得来 [2]？"行者道："不是教你两件齐干，只是领了一件便罢。"八戒又笑道："这等也好计较。但不知看师父是怎样，巡山是怎样。你先与我讲讲，等我依个相应些儿的去干罢 [3]。"行者道："看师父呵，师父去出恭，你伺候；师父要走路，你扶持；师父要吃斋，你化斋。若他饿了些儿，你该打；黄了些儿脸皮，你该打；瘦了些儿形骸，你该打。"八戒慌了道："这个难！难！难！伺候扶持，通不打紧，就是不离身驮着，也还容易；假若教我去乡下化斋，他这西方路上，不识我是取经的和尚，只道是那山里走出来的一个半壮不壮的健猪，伙上许多人 [4]，又钯扫帚把老猪围倒，拿家去宰了，腌着过年，这个却不就遭瘟了 [5]？"行者道："巡山去罢。"八戒道："巡山便怎么样儿？"行者道："就入此山，打听有多少妖怪，是什么山，是什么洞，我们好过去。"八戒

---

1 攀：牵扯，拉扯。
2 顾盼：照顾，看顾。
3 依个相应些儿的：选个合适些儿的。
4 伙上：伙同。
5 遭瘟：遭殃，倒霉。

道："这个小可，老猪去巡山罢。"那呆子就撒起衣裙[1]，挺着钉钯，雄纠纠，径入深山；气昂昂，奔上大路。

行者在旁，忍不住嘻嘻冷笑。长老骂道："你这个泼猴！兄弟们全无爱怜之意，常怀嫉妒之心。你做出这样獐智[2]，巧言令色[3]，撮弄他去什么巡山[4]，却又在这里笑他！"行者道："不是笑他。我这笑中有味：你看猪八戒这一去，决不巡山，也不敢见妖怪，不知往那里去躲闪半会，捏一个谎来哄我们也。"长老道："你怎么就晓得他？"行者道："我估出他是这等；不信，等我跟他去看看，听他一听。一则帮副他手段降妖[5]，二来看他可有个诚心拜佛。"长老道："好！好！好！你却莫去捉弄他。"行者应诺了，径直赶上山坡，摇身一变，变做个蟭蟟虫儿[6]。其实变得轻巧，但见他：

翅薄舞风不用力，腰尖细小如针。穿蒲抹草过花阴，疾似流星还甚。眼睛明映映，声气渺喑喑[7]。昆虫之类惟他小，

---

1 撒起：扯起。
2 獐（zhāng）智：模样，神态。
3 巧言令色：指用花言巧语和假装和善来迷惑他人。
4 撮（cuō）弄：煽动，唆使。
5 帮副：帮助，辅助。
6 蟭蟟（jiāoliáo）虫儿：蟭蟟是一种青色的蝉。不过书中的蟭蟟虫儿似指一种肉眼不易见的昆虫。
7 喑喑（yīn）：失音，不能出声。

亭亭款款机深[1]。几番闲日歇幽林，一身浑不见[2]，千眼莫能寻。

嘤的一翅飞将去，赶上八戒，钉在他耳朵后面鬃根底下。那呆子只管走路，怎知道身上有人，行有七八里路，把钉钯撇下，吊转头来，望着唐僧，指手画脚的骂道："你罢软的老和尚，捉揢的弼马温[3]，面弱的沙和尚[4]！他都在那里自在，捉弄我老猪来踏路[5]！大家取经，都要望成正果，偏是教我来巡什么山！哈！哈！哈！晓得有妖怪，躲着些儿走，还不勾一半，却教我去寻他，这等晦气哩！[6]我往那里睡觉去，睡一觉回去，含含糊糊的答应他，只说是巡了山，就了其账也[7]。"那呆子一时间侥幸，搴着钯又走[8]。只见山凹里一弯红草坡，他一头钻得进去，使钉钯扑个地铺，毂辘的睡下，把腰伸了一伸，道声："快活！就是那弼马温，也不得像我这般自在！"原来行者在他耳根后，句句儿听着哩。忍不住，飞将起来，又捉弄他一捉弄。又摇身一变，变做个啄木虫

___

1 亭亭：高洁美好的样子。款款：从容自如的样子。机深：心机深密。

2 浑：全，完全。

3 捉揢：刁钻，喜欢捉弄人。

4 面弱：面软。

5 踏路：走路。这里指巡山。

6 "晓得"五句：意思是明知有妖怪，躲着走，幸免的机会还不到一半，却偏偏让我去找，真倒霉。这是八戒抱怨的话。勾（gòu），同"够"。

7 了其账：完结此事。

8 搴（qiān）：举。

儿¹，但见：

铁嘴尖尖红溜，翠翎艳艳光明²。一双钢爪利如钉，腹馁何妨林静³。最爱枯槎朽烂⁴，偏嫌老树伶仃。圜睛决尾性丢灵⁵，辟剥之声堪听⁶。

这虫鹥不大不小的⁷，上秤称，只有二三两重；红铜嘴，黑铁脚，刷剌的一翅飞下来。那八戒丢倒头，正睡着了，被他照嘴唇上扢揸的一下⁸。那呆子慌得爬将起来，口里乱嚷道："有妖怪！有妖怪！把我戳了一枪去了！嘴上好不疼呀！"伸手摸摸，泱出血来了⁹。他道："蹭蹬呵！我又没甚喜事，怎么嘴上挂了红耶？"他看着这血手，口里絮絮叨叨的两边乱看，却不见动静，道："无甚妖怪，怎么戳我一枪么？"忽抬头往上看时，原来是个啄木虫，在半空中飞哩。呆子咬牙骂道："这个亡人！弼马温欺负我罢了，

1　啄木虫儿：啄木鸟。

2　翎（líng）：鸟翅和尾上的长羽毛。也泛指鸟羽。

3　馁（něi）：饥饿。

4　槎（chá）：同"茬"。

5　圜（yuán）：同"圆"。决尾：尾巴分叉。丢灵：灵巧，活溜。

6　辟（bì）剥：象声词，这里指鸟啄木东西的声音。

7　虫鹥（yī）：泛指禽鸟等小动物。这里指啄木鸟。

8　扢揸（gēzhā）：象声词。

9　泱（yāng）：流。

你也来欺负我！我晓得了，他一定不认我是个人，只把我嘴当一段黑朽枯烂的树，内中生了虫，寻虫儿吃的，将我啄了这一下也。等我把嘴揣在怀里睡罢。"那呆子毂辘的依然睡倒。行者又飞来，着耳根后又啄了一下。呆子慌得爬起来道："这个亡人，却打搅得我狠！想必这里是他的窠巢[1]，生蛋布雏[2]，怕我占了，故此这般打搅。罢！罢！罢！不睡他了！"拿着钯，径出红草坡，找路又走。可不喜坏了孙行者，笑倒个美猴王，行者道："这夯货大睁着两个眼，连自家人也认不得！"

好大圣，摇身又一变，还变做个蟭蟟虫，钉在他耳朵后面，不离他身上。那呆子入深山，又行有四五里，只见山凹中有桌面大的四四方方三块青石头。呆子放下钯，对石头唱个大喏。行者暗笑道："这呆子！石头又不是人，又不会说话，又不会还礼的，唱他喏怎的，可不是个瞎账[3]？"原来那呆子把石头当着唐僧、沙僧、行者三人，朝着他演习哩。他道："我这回去，见了师父，若问有妖怪，就说有妖怪。他问什么山，我若说是泥捏的，土做的，锡打的，铜铸的，面蒸的，纸糊的，笔画的，他们见说我呆哩[4]，

1　窠（kē）巢：鸟兽栖身处。

2　布雏：安置雏鸟。

3　瞎账：比喻白费心力的蠢事。

4　见：现在。

悟空变鸟戏八戒／[清] 佚名彩绘

若讲这话，一发说呆了。我只说是石头山。他问什么洞，也只说是石头洞。他问什么门，却说是钉钉的铁叶门。他问里边有多远，只说入内有三层。十分再搜寻，问门上钉子多少，只说老猪心忙记不真。此间编造停当，哄那弼马温去！"

那呆子捏合了¹，拖着钯，径回本路。怎知行者在耳朵后，一一听得明白。行者见他回来，即腾两翅预先回去，现原身见了师父。师父道："悟空，你来了，悟能怎不见回？"行者笑道："他在那里编谎哩。就待来也。"长老道："他两个耳朵盖着眼，愚拙之人也，他会编什么谎？又是你捏合什么鬼话赖他哩。"行者道："师父，你只是这等护短。这是有对问的话。"把他那钻在草里睡觉，被啄木虫叮醒，朝石头唱喏，编造什么石头山、石头洞、铁叶门、有妖精的话，预先说了。

说毕，不多时，那呆子走将来，又怕忘了那谎，低着头口里温习。被行者喝了一声道："呆子！念什么哩？"八戒掀起耳朵来看看道："我到了地头了²！"那呆子上前跪倒，长老搀起道："徒弟，辛苦啊。"八戒道："正是。走路的人，爬山的人，第一辛苦了。"长老道："可有妖怪么？"八戒道："有妖怪！有妖怪！一堆

1　捏合：虚构，伪造。了（liǎo）：完毕。
2　地头：地方，目的地。

妖怪哩!"长老道:"怎么打发你来[1]?"八戒说:"他叫我做猪祖宗、猪外公,安排些粉汤素食,教我吃了一顿。说道摆旗鼓送我们过山哩。"行者道:"想是在草里睡着了,说得是梦话?"呆子闻言,就吓得矮了二寸,道:"爷爷呀!我睡他怎么晓得?"行者上前,一把揪住道:"你过来,等我问你。"呆子又慌了,战战兢兢的道:"问便罢了,揪扯怎的?"行者道:"是什么山?"八戒道:"是石头山。""什么洞?"道:"是石头洞。""什么门?"道:"是钉钉铁叶门。""里边有多远?"道:"入内是三层。"行者道:"你不消说了,后半截我记得真。恐师父不信,我替你说了罢。"八戒道:"嘴脸[2]!你又不曾去,你晓得那些儿,要替我说?"行者笑道:"'门上钉子有多少,只说老猪心忙记不真。'可是么?"那呆子即慌忙跪倒。行者道:"朝着石头唱喏,当做我三人,对他一问一答,可是么?又说:'等我编得谎儿停当,哄那弼马温去!'可是么?"那呆子连忙只是磕头道:"师兄,我去巡山,你莫成跟我去听的[3]?"行者骂道:"我把你个馕糠的夯货!这般要紧的所在,教你去巡山,你却去睡觉!不是啄木虫叮你醒来,你还在那里睡哩。及叮醒,又编这样大谎,可不误了大事?你快伸过孤拐

---

1 打发:安排,照料。
2 嘴脸:骂人的话,意思是丑恶的面目,猥琐的模样。
3 莫成:莫不成,莫非,难道。

来，打五棍记心！"

八戒慌了道："那个哭丧棒重，擦一擦儿皮塌，挽一挽儿筋伤，若打五下，就是死了！"行者道："你怕打，却怎么扯谎？"八戒道："哥哥呀，只是这一遭儿。以后再不敢了。"行者道："一遭便打三棍罢。"八戒道："爷爷呀，半棍儿也禁不得！"呆子没计奈何，扯住师父道："你替我说个方便儿。"长老道："悟空说你编谎，我还不信。今果如此，其实该打。但如今过山少人使唤，悟空，你且饶他，待过了山再打罢。"行者道："古人云：'顺父母言情，呼为大孝。'[1] 师父说不打，我就且饶你。你再去与他巡山。若再说谎误事，我定一下也不饶你！"

那呆子只得爬起来又去。你看他奔上大路，疑心生暗鬼，步步只疑是行者变化了跟住他，故见一物，即疑是行者。走有七八里，见一只老虎，从山坡上跑过，他也不怕，举着钉钯道："师兄来听说谎的，这遭不编了。"又走处，那山风来得甚猛，呼的一声，把棵枯木刮倒，滚至面前，他又跌脚捶胸的道："哥啊！这是怎的起！一行说不敢编谎罢了[2]，又变什么树来打人！"又走向前，只见一个白颈老鸦，当头喳喳的连叫几声，他又道："哥哥，

---

1 "顺父母"句：谚语，依顺父母的言语意愿，就叫作大孝顺。
2 一行：方才，刚刚。

不羞！不羞！我说不编就不编了，只管又变着老鸦怎的？你来听么？"原来这一番行者却不曾跟他去，他那里却自惊自怪，乱疑乱猜，故无往而不疑是行者随他身也[1]。

1 无往而不疑：无处不疑。无往，无论哪里。常与"不"连用，表示肯定。

9. 节选九　宝贝装天

阅读提示

一、本段选自《西游记》第三十三回"外道迷真性，元神助本心"。继前文八戒巡山被捉，妖怪又搬来三座山，将悟空压住，乘机掳走唐僧、沙僧。悟空逃脱，途中化作老道，用假宝贝换了小妖的真宝贝，为此还演出一场"装天"大戏。

二、人人都吹过牛，牛吹大了，叫"牛皮吹破天"。可是谁吹牛也比不过悟空，他吹牛说自己的宝贝可以"装天"，比"吹破天"还厉害。不过一般人吹牛多为满足一时的虚荣心，不用兑现；悟空吹牛却是为了救师父，而且要立竿见影。因此就有了向天庭求助，得到哪吒配合等一系列好玩的情节。

三、学者林庚就说过，行者就是个调皮的孩子，言笑举动，都出于童心，秉持着游戏的心态。他善于模仿，在取经路上一会儿变作牛魔王，一会儿变作拿妖捉怪的先生，一会儿变作小妖……模仿正是游戏的要素。本节中悟空用假葫芦换小妖真葫芦的举动，正如孩子们交换邮票、贴纸、变形金刚一样。因怕对方反悔，还要赌咒发誓。悟空本来只想换葫芦，听说还可以"余外贴净瓶，一件换两件"，马上"上前扯住那伶俐虫道：'装天可换么？'那怪道：'但装天就换。不换，我是你的儿子！'"。这样的语言，仿佛直接出自里巷小儿之口，令人读了忍俊不禁。

四、书中那些大妖小妖的诨名也都招孩子们喜爱，如莲花洞的两个小妖一个叫"精细鬼"，一个叫"伶俐虫"；而赛太岁部下的先锋叫"有来有去"，狮驼岭的小妖叫"小钻风"。碧波潭的小妖是一对，叫"奔波儿灞"和"灞波儿奔"。火云洞的小妖头目有三对，叫"云里雾""雾里云"、"急如火""快如风"、"兴烘掀""掀烘兴"。这些诨名，很可能是民间说书人即兴发挥的结果，透过书中的文字记录，我们似乎还能听到当年听书的孩子发出的阵阵笑声。

行者明知故问道[1]："你二位从那里来的？"那怪道："自莲花洞来的。""要往那里去？"那怪道："奉我大王教命，拿孙行者去的。"行者道："拿那个？"那怪又道："拿孙行者。"孙行者道："可

---

[1] 此处写妖怪派小妖"精细鬼""伶俐虫"带着宝贝来收拾行者，行者化作一老道，拦住二小妖。

是跟唐僧取经的那个孙行者么？"那妖道："正是，正是。你也认得他？"行者道："那猴子有些无礼。我认得他，我也有些恼他，我与你同拿他去，就当与你助功。"那怪道："师父，不须你助功，我二大王有些法术，遣了三座大山把他压在山下，寸步难移，教我两个拿宝贝来装他的。"行者道："是甚宝贝？"精细鬼道："我的是红葫芦，他的是玉净瓶。"行者道："怎么样装他？"小妖道："把这宝贝的底儿朝天，口儿朝地，叫他一声，他若应了，就装在里面；贴上一张'太上老君急急如律令奉敕[1]'的帖子，他就一时三刻化为脓了。"行者见说，心中暗惊道："利害[2]！利害！当时日值功曹报信，说有五件宝贝，这是两件了。不知那三件又是什么东西？"行者笑道："二位，你把宝贝借我看看。"那小妖那知什么诀窍[3]，就于袖中取出两件宝贝，双手递与行者。行者见了，心中暗喜道："好东西！好东西！我若把尾子一抉[4]，搜的跳起走了，只当是送老孙。"忽又思道："不好！不好！抢便抢去，只是坏了老孙的名头[5]，这叫做白日抢夺了。"复递与他去，道："你还

　　1　太上老君急急如律令奉敕（chì）：这是道教符咒的套话，意思是勒令鬼神按照符咒的要求立即执行命令。急急如律令，本来是汉代公文用语，意思是必须立即遵照执行。敕，皇帝的诏令，这里指太上老君的命令。

　　2　利害：厉害。

　　3　诀窍：这里指孙悟空骗取宝物的招数。

　　4　尾子：尾巴。一抉（jué）：一翘。

　　5　名头：名声。

不曾见我的宝贝哩。"那怪道："师父有甚宝贝？也借与我凡人看看压灾[1]。"

好行者，伸下手把尾上毫毛拔了一根，捻一捻，叫："变！"即变做一个一尺七寸长的大紫金红葫芦，自腰里拿将出来道："你看我的葫芦么？"那伶俐虫接在手，看了道："师父，你这葫芦长大[2]，有样范[3]，好看。却只是不中用。"行者道："怎的不中用？"那怪道："我这两件宝贝，每一个可装千人哩。"行者道："你这装人的，何足稀罕？我这葫芦，连天都装在里面哩！"那怪道："就可以装天？"行者道："当真的装天。"那怪道："只怕是谎。就装与我们看看才信，不然决不信你。"行者道："天若恼着我，一月之间，常装他七八遭；不恼着我，就半年也不装他一次。"伶俐虫道："哥啊，装天的宝贝，与他换了罢。"精细鬼道："他装天的，怎肯与我装人的相换？"伶俐虫道："若不肯啊，贴他这个净瓶也罢。"行者心中暗喜道："葫芦换葫芦，余外贴净瓶，一件换两件，其实甚相应！"即上前扯住那伶俐虫道："装天可换么？"那怪道："但装天就换。不换，我是你的儿子！"行者道："也罢，也罢。我装与你们看看。"

---

1 压灾：镇灾免祸。
2 长大：又长又大。
3 样范：模样，式样。

好大圣，低头捻诀，念个咒语，叫那日游神、夜游神、五方揭谛神[1]："即去与我奏上玉帝，说老孙皈依正果[2]，保唐僧去西天取经，路阻高山，师逢苦厄[3]。妖魔那宝，吾欲诱他换之，万千拜上[4]，将天借与老孙装闭半个时辰，以助成功。若道半声不肯，即上灵霄殿，动起刀兵！"

那日游神径至南天门里灵霄殿下，启奏玉帝，备言前事。玉帝道："这泼猴头，出言无状！前者观音来说，放了他保护唐僧，朕这里又差五方揭谛、四值功曹，轮流护持[5]。如今又借天装，天可装乎？"才说装不得，那班中闪出哪吒三太子，奏道："万岁，天也装得。"玉帝道："天怎样装？"哪吒道："自混沌初分，以轻清为天，重浊为地。天是一团清气而扶托瑶天宫阙，以理论之，其实难装。但只孙行者保唐僧西去取经，诚所谓泰山之福缘，海深之善庆[6]，今日当助他成功。"玉帝道："卿有何助？"哪吒道："请降旨意，往北天门问真武借皂雕旗在南天门上一展[7]，把那日月星

1　五方揭谛神：指佛教五方守护大力神，分别是金头揭谛、银头揭谛、波罗揭谛、波罗僧揭谛、摩诃（hē）揭谛。

2　正果：这里代指佛教。

3　苦厄：苦难，灾厄。

4　万千拜上：多多拜上。拜上，托人传语致意的敬辞。

5　护持：保护扶持。

6　善庆：善行多福。

7　皂雕旗：一种有黑雕图案的军旗。

辰闭了。对面不见人，捉白不见黑，哄那怪道，只说装了天，以助行者成功。"玉帝闻言："依卿所奏。"那太子奉旨，前来北天门，见真武备言前事。那祖师随将旗付太子。

早有游神急降大圣耳边道："哪吒太子来助功了。"行者仰面观之，只见祥云缭绕，果是有神，却回头对小妖道："装天罢。"小妖道："要装就装，只管阿绵花屎怎的[1]？"行者道："我方才运神念咒来。"那小妖都睁着眼，看他怎么样装天。这行者将一个假葫芦儿抛将上去。你想，这是一根毫毛变的，能有多重？被那山顶上风吹去，飘飘荡荡，足有半个时辰，方才落下。只见那南天门上，哪吒太子把皂旗拨喇喇展开[2]，把日月星辰俱遮闭了。真是乾坤墨染就，宇宙靛装成[3]。二小妖大惊道："才说话时，只好向午[4]，却怎么就黄昏了？"行者道："天既装了，不辨时候，怎不黄昏！""如何又这等样黑？"行者道："日月星辰都装在里面，外却无光，怎么不黑！"小妖道："师父，你在那厢说话哩？"行者道："我在你面前不是？"小妖伸手摸着道："只见说话，更不见面目。师父，此间是什么去处？"行者又哄他道："不要动脚，此间

1　阿绵花屎：形容拖拖拉拉，磨时间。阿，同"屙（ē）"，排泄屎尿。
2　拨喇（lā）喇：象声词，指旗展开的声音。
3　靛（diàn）：一种深蓝色染料。
4　向午：临近中午。

乃是渤海岸上。若塌了脚，落下去呵，七八日还不得到底哩！"小妖大惊道："罢！罢！罢！放了天罢。我们晓得是这样装了。若弄一会子，落下海去，不得归家！"

好行者，见他认了真实，又念咒语，惊动太子，把旗卷起，却早见日光正午。小妖笑道："妙啊！妙啊！这样好宝贝，若不换呵，诚为不是养家的儿子！"那精细鬼交了葫芦，伶俐虫拿出净瓶，一齐儿递与行者；行者却将假葫芦儿递与那怪。行者既换了宝贝，却又干事找绝[1]：脐下拔一根毫毛，吹口仙气，变做一个铜钱。叫道："小童，你拿这个钱去买张纸来。"小妖道："何用？"行者道："我与你写个合同文书。你将这两件装人的宝贝换了我一件装天的宝贝，恐人心不平，向后去日久年深，有甚反悔不便，故写此各执为照。"小妖道："此间又无笔墨，写甚文书？我与你赌个咒罢。"行者道："怎么样赌？"小妖道："我两件装人之宝，贴换你一件装天之宝。若有反悔，一年四季遭瘟。"行者笑道："我是决不反悔。如有反悔，也照你四季遭瘟。"说了誓，将身一纵，把尾子趬了一趬[2]，跳在南天门前，谢了哪吒太子麾旗相助之

1　找绝：干净利落，不拖泥带水。
2　趬（qiāo）：向上翘起。

功[1]。太子回宫缴旨[2]，将旗送还真武不题。这行者伫立霄汉之间[3]，观看那个小妖。毕竟不知怎生区处[4]，且听下回分解。

1　麾（huī）旗：挥动旗子。麾，挥动。
2　缴（jiǎo）旨：指向玉帝汇报旨意的执行情况。
3　伫（zhù）立：站立。
4　怎生：怎么，怎样。区处（chǔ）：筹划，处理。

10. 节选一〇 车迟国祈雨

阅读提示

一、本段选自《西游记》第四十五回"三清观大圣留名，车迟国猴王显法"。唐僧等来到车迟国，得知此国敬奉道士，拆毁佛寺，奴役僧人。悟空不服，打死监工道士，又与师弟大闹三清观，唐僧还被蒙在鼓里。

二、车迟国之难，在《西游记》中独占三回篇幅，是书中最精彩的片段之一。三个反面角色虽是动物成精，但还算取经路上比较"文明"的妖怪，与东土和尚斗法，采取了公平竞争的方式。斗法的内容，包括祈雨、坐禅、隔板猜枚、砍头和油锅洗澡等。本节叙赌赛祈雨，虎力大仙与唐僧在前台表演，决定输赢的却是幕后的孙悟空。悟空利用神界的特殊关系，又借着大圣的余威及保护师父取经的正当理由，逼退了前来给虎力助阵的风婆婆、巽二郎、推云童子、布雾郎君、雷公、电母、四海龙王等，让他们听候指挥，只为唐僧出力。其后的赌赛，或由悟空导演，或由他直接出面，三妖怪哪里是他的对手？最终都落得命丧黄泉、原形毕露的下场。

三、有人说过,《西游记》说到底就是一部"猴王传"。悟空不但脑子快、主意多,又伶牙俐齿,能言善辩。开始在御前与三国师辩论,几句话说得对方哑口无言。祈雨时与众神打交道,见什么人说什么话;对风婆婆、巽二郎那样的小神,毫不客气,张口就训斥:"……你怎么不助老孙,反助那道士? ……若有一些风儿,把那道士的胡子吹得动动,各打二十铁棒!"对雷神邓天君,就客气多了。见到四海龙王,则先寒暄,再请求,还抽空感谢敖顺前次相助,我们只觉得悟空通达世故、人情练达,已不是当年那个初出茅庐、野气未脱的猴子。

四、道士作法招将,以令牌为号。佛教无此仪式,悟空于是采取变通手法,与诸神约定,举棍为号,向上一指便起风,二指则布云,三指电闪雷鸣,四指龙王降雨,五指雨过天晴。今天的乐队指挥要用指挥棒,交通警察指挥交通也要用指挥棒,又由此引申出"高考指挥棒"等说法。其实最早的指挥棒是悟空的如意金箍棒,由他指挥的"风雨奏鸣曲",让取经四众在这场佛道之争中赢得干脆利索。

五、小说作者吴承恩活了八十岁,从二十二岁到六十六岁,经历了整个嘉靖时期(1522—1566)。嘉靖皇帝在位时,崇道灭佛,在宫中开设道场,炼丹药,搞得乌烟瘴气。对佛教则采取压制措施，销毁佛像，拆毁佛寺，勒令和尚、尼姑还俗。《西游记》中写了不止一个崇道灭佛的人间国度，除车迟国外，还有灭法国，实则反映了嘉靖时期的社会宗教现状。

早是五鼓三点[1]，那国王设朝，聚集两班文武，四百朝官，但见绛纱灯火光明[2]，宝鼎香云霭叇[3]。此时唐三藏醒来，叫："徒弟，徒弟，伏侍我倒换关文去来[4]。"行者与沙僧、八戒急起身，穿了衣服，侍立左右道："上告师父，这昏君信着那些道士，兴道灭僧，恐言语差错，不肯倒换关文；我等护持师父，都进朝去也。"唐僧大喜，披了锦襕袈裟[5]。行者带了通关文牒，教悟净捧着钵盂，悟能拿了锡杖；将行囊马匹，交与智渊寺僧看守。径到五凤楼前，对黄门官作礼[6]，报了姓名，言是东土大唐取经的和尚来此倒换关

1　五鼓三点：古人把一夜分为五更，也叫"五鼓"；五鼓三点约为凌晨五点钟左右（一说相当于五点十分）。

2　绛（jiàng）：深红色。

3　霭叇（àidài）：这里是形象香烟飘拂缭绕的样子。

4　倒换关文：这里指更换通关文牒。倒换，调换。关文，即通关文牒，是古时通过关戍的凭证文书，用于证明身份。

5　锦襕（lán）袈裟：这是如来经观音之手赐给唐僧的袈裟，上嵌七宝，水火不侵，可以防魔驱祟。袈裟，佛衣。

6　黄门官：明清戏曲小说中，将负责皇帝宿卫、值守门户和随从皇帝等事务的官员，统称为"黄门官"。

文，烦为转奏。

那阁门大使进朝俯伏金阶，奏曰："外面有四个和尚，说是东土大唐取经的，欲来倒换关文，现在五凤楼前候旨。"国王闻奏道："这和尚没处寻死，却来这里寻死！那巡捕官员，怎么不拿他解来？"旁边闪过当驾的太师[1]，启奏道："东土大唐，乃南赡部洲，号曰中华大国。到此有万里之遥，路多妖怪。这和尚一定有些法力，方敢西来。望陛下看中华之远僧，且召来验牒放行[2]，庶不失善缘之意[3]。"国王准奏，把唐僧等宣至金銮殿下。师徒们排列阶前，捧关文递与国王。

国王展开方看，又见黄门官来奏："三位国师来也。"慌得国王收了关文，急下龙座，着近侍的设了绣墩，躬身迎接。三藏等回头观看，见那大仙，摇摇摆摆，后带着一双丫髻蓬头的小童儿，往里直进；两班官控背躬身，不敢仰视。他上了金銮殿，对国王径不行礼[4]。那国王道："国师，朕未曾奉请[5]，今日如何肯降[6]？"老道士云："有一事奉告，故来也。那四个和尚是那国来的？"国王

---

1 当驾：当朝，掌权，意思是主持朝廷政务。太师：官爵名，为辅佐国君的大臣。
2 验牒：查验通关文牒。
3 庶：但愿，表示希望。
4 径：同"竟"。
5 奉请：恭请。
6 降（jiàng）：这里是屈尊前来的意思。

道："是东土大唐差去西天取经的，来此倒换关文。"那三道士鼓掌大笑道："我说他走了，原来还在这里！"国王惊道："国师有何话说？他才来报了姓名，正欲拿送国师使用；怎奈当驾太师所奏有理，朕因看远来之意，不灭中华善缘，方才召入验牒。不期国师有此问，想是他冒犯尊颜，有得罪处也？"道士笑云："陛下不知，他昨日来的，在东门外打杀了我两个徒弟，放了五百个囚僧，捽碎车辆[1]，夜间闯进观来，把三清圣像毁坏，偷吃了御赐供养。我等被他蒙蔽了，只道是天尊下降，求些圣水金丹，进与陛下，指望延寿长生。不期他遗些小便，哄瞒我等。我等各喝了一口，尝出滋味，正欲下手擒拿，他却走了。今日还在此间，正所谓'冤家路儿窄'也！"那国王闻言发怒，欲诛四众。

孙大圣合掌开言[2]，厉声高叫道："陛下暂息雷霆之怒，容僧等启奏。"国王道："你冲撞了国师，国师之言，岂有差谬[3]！"行者道："他说我昨日到城外打杀他两个徒弟，是谁知证[4]？我等且屈认了，着两个和尚偿命，还放两个去取经。他又说我捽碎车辆，放了囚僧，此事亦无见证，料不该死，再着一个和尚领罪罢了。他

---

1 捽：摔。
2 合掌：佛教徒合两掌于胸前，表示虔敬，也称"合十"。
3 差谬（miù）：差错，错误。
4 知证：作证。

说我毁了三清，闹了观宇，这又是栽害我也¹。"国王道："怎见栽害？"行者道："我僧乃东土之人，乍来此处，街道尚且不通，如何夜里就知他观中之事？既遗下小便，就该当时捉住，却这早晚坐名害人²。天下假名托姓的无限，怎么就说是我？望陛下回嗔详察。"那国王本来昏乱，被行者说了一遍，他就决断不定。

正疑惑之间，又见黄门官来奏："陛下，门外有许多乡老听宣³。"国王道："有何事干？"即命宣来。宣至殿前，有三四十名乡老朝上磕头道："万岁，今年一春无雨，但恐夏月干荒，特来启奏，请那位国师爷爷祈一场甘雨，普济黎民。"国王道："乡老且退，就有雨来也。"乡老谢恩而出。国王道："唐朝僧众，朕敬道灭僧为何？只为当年求雨，我朝僧人更未尝求得一点；幸天降国师，拯援涂炭⁴。你今远来，冒犯国师，本当即时问罪。姑且恕你，敢与我国师赌胜求雨么⁵？若祈得一场甘雨，济度万民，朕即饶你罪名，倒换关文，放你西去；若赌不过，无雨，就将汝等推赴杀场，典刑示众⁶。"行者笑道："小和尚也晓得些儿求祷。"

----

1 栽害：诬陷。

2 坐名：指名。

3 乡老：周代民间掌教化的官员，也泛指民间年高德劭（shào）者。听宣：这里是请求宣召的意思。

4 拯援：救援。涂炭：烂泥和炭火，这里借指陷入灾难的百姓。

5 赌胜：比试高下。

6 典刑：受死刑。示众：当众惩罚有罪者以示儆戒。

国王见说，即命打扫坛场，一壁厢教："摆驾，寡人亲上五凤楼观看。"当时多官摆驾，须臾上楼坐了。唐三藏随着行者、沙僧、八戒，侍立楼下，那三道士陪国王坐在楼上。少时间，一员官飞马来报："坛场诸色皆备[1]，请国师爷爷登坛。"

那虎力大仙欠身拱手，辞了国王，径下楼来。行者向前拦住道："先生那里去？"大仙道："登坛祈雨。"行者道："你也忒自重了[2]，更不让我远乡之僧。也罢，这正是'强龙不压地头蛇'[3]。先生先去，必须对君前讲开[4]。"大仙道："讲什么？"行者道："我与你都上坛祈雨，知雨是你的，是我的？不见是谁的功绩了。"国王在上听见，心中暗喜道："那小和尚说话倒有些筋节[5]。"沙僧听见，暗笑道："不知一肚子筋节，还不曾拿出来哩！"大仙道："不消讲，陛下自然知之。"行者道："虽然知之，奈我远来之僧，未曾与你相会。那时彼此混赖[6]，不成勾当，须讲开方好行事。"大仙道："这一上坛，只看我的令牌为号：一声令牌响，风来；二声响，云起；三声响，雷闪齐鸣；四声响，雨至；五声响，云散雨收。"

1　诸色：各种事物。
2　自重：高看自己，自大。
3　强龙不压地头蛇：谚语，比喻实力再强大，也难以对付盘踞在当地的势力。
4　讲开：说开，说明白。
5　筋（jīn）节：比喻言语上的关键之处。意思是说话能说到点子上。
6　混（hùn）赖：指硬把别人的东西蒙混作自己的。

三清观大圣留名　车迟国猴王显法 / 〔清〕佚名彩绘

行者笑道："妙啊！我僧是不曾见！请了，请了！"

大仙拽开步前进，三藏等随后，径到了坛门外。抬头观看，那里有一座高台，约有三丈多高。台左右插着二十八宿旗号，顶上放一张桌子，桌上有一个香炉，炉中香烟霭霭[1]。两边有两只烛台，台上风烛煌煌[2]。炉边靠着一个金牌，牌上镌的是雷神名号。底下有五个大缸，都注着满缸清水，水上浮着杨柳枝。杨柳枝上托着一面铁牌，牌上书的是雷霆都司的符字。左右有五个大桩，桩上写着五方蛮雷使者的名录。每一桩边立两个道士，各执铁锤，伺候着打桩。台后面有许多道士，在那里写作文书。正中间设一架纸炉，又有几个像生的人物[3]，都是那执符使者、土地赞教之神。

那大仙走进去，更不谦逊，直上高台立定。旁边有个小道士，捧了几张黄纸书就的符字、一口宝剑，递与大仙。大仙执着宝剑，念声咒语，将一道符在烛上烧了。那底下两三个道士，拿过一个执符的像生、一道文书，亦点火焚之。那上面乒的一声令牌响，只见那半空里，悠悠的风色飘来。猪八戒口里作念道："不好了！不好了！这道士果然有本事！令牌响了一下，果然就刮风！"行

1　霭霭：云烟密集的样子。
2　煌（huáng）煌：明亮辉耀的样子。
3　像生：用纸或布等扎糊成的人、物形象。因其形态逼真如生，故称"像生"。

者道："兄弟悄悄的，你们再莫与我说话，只管护持师父，等我干事去来。"

好大圣，拔下一根毫毛，吹口仙气，叫："变！"就变做一个假行者，立在唐僧手下。他的真身出了元神，赶到半空中，高叫："那司风的是那个？"慌得那风婆婆捻住布袋，巽二郎扎住口绳，上前施礼。行者道："我保护唐朝圣僧西天取经，路过车迟国，与那妖道赌胜祈雨，你怎么不助老孙，反助那道士？我且饶你，把风收了。若有一些风儿，把那道士的胡子吹得动动，各打二十铁棒！"风婆婆道："不敢！不敢！"遂而没些风气。八戒忍不住乱嚷道："那先儿请退¹！令牌已响，怎么不见一些风儿？你下来，让我们上去！"

那道士又执令牌，烧了符檄²，扑的又打了一下，只见那空中云雾遮满。孙大圣又当头叫道："布云的是那个？"慌得那推云童子、布雾郎君当面施礼。行者又将前事说了一遍，那云童、雾子也收了云雾，放出太阳星耀耀，一天万里更无云。八戒笑道："这先儿只好哄这皇帝，搪塞黎民³，全没些真实本事！令牌响了两个，

1　先儿："先生"的俗称。

2　符檄（xí）：官符移檄等文书的统称。这里指道教的符箓文书。下文"文檄"的意思与此相同。

3　搪塞（tángsè）：应付，敷衍。这里是哄骗的意思。

如何又不见云生？"

那道士心中焦躁，仗宝剑[1]，解散了头发，念着咒，烧了符，再一令牌打将下去，只见那南天门里，邓天君领着雷公、电母到当空，迎着行者施礼。行者又将前项事说了一遍，道："你们怎么来的志诚[2]！是何法旨[3]？"天君道："那道士五雷法是个真的。他发了文书，烧了文檄，惊动玉帝，玉帝掷下旨意，径至九天应元雷声普化天尊府下。我等奉旨前来，助雷电下雨。"行者道："既如此，且都住了，同候老孙行事。"果然雷也不鸣，电也不灼[4]。

那道士愈加着忙，又添香、烧符、念咒、打下令牌。半空中，又有四海龙王一齐拥至。行者当头喝道："敖广，那里去？"那敖广、敖顺、敖钦、敖闰上前施礼。行者又将前项事说了一遍，道："向日有劳，未曾成功；[5]今日之事，望为助力。"龙王道："遵命！遵命！"行者又谢了敖顺道："前日亏令郎缚怪，搭救师

1　仗：拿着。
2　志诚：诚实，忠诚。
3　法旨：指佛教、道教中首领的命令。
4　灼：烧，照。这里是闪的意思。
5　"向日"二句：指小说第四十一回悟空曾请敖广降雨对付红孩儿的三昧真火，未能奏效。

父。¹"龙王道:"那厮还锁在海中²,未敢擅便³,正欲请大圣发落。"行者道:"凭你怎么处治了罢。如今且助我一功。那道士四声令牌已毕,却轮到老孙下去干事了。但我不会发符、烧檄、打甚令牌,你列位却要助我行行。"邓天君道:"大圣吩咐,谁敢不从!但只是得一个号令,方敢依令而行;不然,雷雨乱了,显得大圣无款也⁴。"行者道:"我将棍子为号罢。"那雷公大惊道:"爷爷呀!我们怎吃得这棍子?"行者道:"不是打你们,但看我这棍子往上一指,就要刮风。"那风婆婆、巽二郎没口的答应道:"就放风!""棍子第二指,就要布云。"那推云童子、布雾郎君道:"就布云!就布云!""棍子第三指,就要雷电皆鸣。"那雷公、电母道:"奉承!奉承!""棍子第四指,就要下雨。"那龙王道:"遵命!遵命!""棍子第五指,就要大日天晴。却莫违误。"

吩咐已毕,遂按下云头,把毫毛一抖,收上身来。那些人肉眼凡胎,那里晓得?行者遂在旁边高叫道:"先生请了,四声令牌俱已响毕,更没有风云雷雨,该让我了。"那道士无奈,不敢久占,只得下了台让他,努着嘴,径往楼上见驾。行者道:"等我

---

1 "前日"句:指小说第四十三回西海龙王敖顺派太子摩昂,前去收伏黑水河妖怪小鼍龙,解救唐僧。令郎,称对方儿子的敬辞。

2 那厮:指黑水河怪小鼍龙,是敖顺的外甥。

3 擅(shàn)便:自作主张。

4 无款:没有派头,没有样儿。

跟他去，看他说些甚的。"只听得那国王问道："寡人这里洗耳诚听，你那里四声令响，不见风雨，何也？"道士云："今日龙神都不在家。"行者厉声道："陛下，龙神俱在家；只是这国师法不灵，请他不来。等和尚请来你看。"国王道："即去登坛，寡人还在此候雨。"

行者得旨，急抽身到坛所，扯着唐僧道："师父请上台。"唐僧道："徒弟，我却不会祈雨。"八戒笑道："他害你了。若还没雨，拿上柴蓬[1]，一把火了帐！"行者道："你不会求雨，好的会念经[2]。等我助你。"那长老才举步登坛，到上面端然坐下，定性归神[3]，默念那《密多心经》。正坐处[4]，忽见一员官飞马来问："那和尚，怎么不打令牌，不烧符檄？"行者高声答道："不用！不用！我们是静功祈祷[5]。"那官去回奏不题。

行者听得老师父经文念尽，却去耳朵内取出铁棒，迎风幌了一幌，就有丈二长短，碗来粗细。将棍望空一指，那风婆婆见了，急忙扯开皮袋，巽二郎解放口绳。只听得呼呼风响，满城中揭瓦翻砖，扬沙走石。看起来真个好风，却比那寻常之风不同也，但见：

---

1 柴蓬：枯枝柴草。
2 好的：好在，还好。
3 定性归神：安定心情，集中精神。
4 正坐处：正坐着。
5 静功：道家指静坐修养的功法。

折柳伤花，摧林倒树。九重殿损壁崩墙，五凤楼摇梁撼柱。天边红日无光，地下黄砂有翅。演武厅前武将惊，会文阁内文官惧。三宫粉黛乱青丝[1]，六院嫔妃蓬宝髻[2]。侯伯金冠落绣缨，宰相乌纱飘展翅。当驾有言不敢谈，黄门执本无由递[3]。金鱼玉带不依班[4]，象简罗衫无品叙[5]。彩阁翠屏尽损伤，绿窗朱户皆狼狈。金銮殿瓦走砖飞，锦云堂门歪槅碎[6]。这阵狂风果是凶，刮得那君王父子难相会，六街三市没人踪[7]，万户千门皆紧闭！

正是那狂风大作，孙行者又显神通，把金箍棒钻一钻，望空又一指，只见那：

推云童子，布雾郎君。推云童子显神威，骨都都触石遮天[8]；

1　青丝：比喻黑发。

2　蓬：散乱，杂乱。

3　无由：没有办法。

4　金鱼：金鱼袋，一种高官佩饰。不依班：不成序列。下句"无品叙"的意思与此相近。

5　象简：象牙笏（hù）板。

6　槅（gé）：门窗上用木条做成的格子。

7　六街三市：原指唐时长安城中有六条大街，一天开市三次。这里泛指大街小巷。

8　骨都都：这里是云雾腾涌的样子。触石：指云。

布雾郎君施法力，浓漠漠飞烟盖地[1]。茫茫三市暗[2]，冉冉六街昏[3]。因风离海上，随雨出昆仑。顷刻漫天地，须臾蔽世尘。宛然如混沌，不见凤楼门。

此时昏雾朦胧，浓云叆叇。孙行者又把金箍棒钻一钻，望空又一指。慌得那：

雷公奋怒，电母生嗔。雷公奋怒倒骑火兽下天关[4]；电母生嗔乱掣金蛇离斗府[5]。唿喇喇施霹雳[6]，振碎了铁叉山；淅沥沥闪红绡[7]，飞出了东洋海。呼呼隐隐滚车声[8]，烨烨煌煌飘稻米[9]。万萌万物精神改[10]，多少昆虫蛰已开[11]。君臣楼上心惊骇，商贾闻声胆怯忙。

1　漠漠：云烟密布的样子。
2　茫茫：模糊不清的样子。
3　冉冉：渐变的样子。
4　天关：天门。这里代指天宫。
5　斗府：这里代指天宫。
6　霹雳：响雷，震雷。
7　红绡：红色薄绸。这里比喻闪电。
8　呼呼隐隐：象声词，形容雷声声势盛大。滚车声：如同大车滚动前行发出的声音。
9　烨（yè）烨煌（huáng）煌：明亮光辉的样子。飘稻米：如同金黄的稻穗随风飘摆。
10　萌：同"民"，百姓。
11　蛰（zhé）已开：这里指雷声令昆虫从蛰伏中醒过来。蛰，蛰伏、潜藏。

那沉雷护闪[1]，乒乒乓乓，一似那地裂山崩之势，唬得那满城人，户户焚香，家家化纸。孙行者高呼："老邓！仔细替我看那贪赃坏法之官，忤逆不孝之子[2]，多打死几个示众！"那雷越发振响起来。行者却又把铁棒望上一指，只见那：

龙施号令，雨漫乾坤。势如银汉倾天堑[3]，疾似云流过海门[4]。楼头声滴滴，窗外响潇潇。天上银河泻，街前白浪滔。淙淙如瓮搌[5]，滚滚似盆浇。孤庄将漫屋，野岸欲平桥。真个桑田变沧海，霎时陆岸滚波涛。神龙借此来相助，抬起长江望下浇。

这场雨，自辰时下起，只下到午时前后。下得那车迟城里里外外，水漫了街衢[6]。那国王传旨道："雨够了！雨够了！十分再多，又淹坏了禾苗，反为不美。"五凤楼下听事官策马冒雨来报："圣僧，雨够了。"行者闻言，将金箍棒往上又一指。只见霎时间，雷

1　护闪：同"霍闪"，迅疾的闪电。
2　忤（wǔ）逆：冒犯，不顺从。
3　银汉：银河，天河。倾：倾灌，倾倒。天堑（qiàn）：天然的壕沟，泛指大江大河。
4　海门：指江河通海之处。
5　淙（cóng）淙：指流水声。搌：倾泻。
6　街衢（qú）：通衢大道，这里泛指街道。

收风息，雨散云收。国王满心欢喜，文武尽皆称赞道："好和尚！这正是'强中更有强中手'！就是我国师求雨虽灵，若要晴，细雨儿还下半日，便不清爽；怎么这和尚要晴就晴，顷刻间杲杲日出¹，万里就无云也？"

1　杲（gǎo）杲：明亮的样子。

11. 节选一一　孙悟空三调芭蕉扇

阅读提示

一、本段选自《西游记》第五十九回"唐三藏路阻火焰山，孙行者一调芭蕉扇"、第六十回"牛魔王罢战赴华筵，孙行者二调芭蕉扇"和第六十一回"猪八戒助力败魔王，孙行者三调芭蕉扇"。唐僧等摆脱了假猴王的困扰，一路来到火焰山，悟空为了借扇灭火，费尽心思。

二、取经路上不但有吃人妖魔，也有险恶的自然环境。此前经过流沙河、通天河，可谓"水里来"；如今又遇火焰山，可谓"火里去"。

不过这段经历格外曲折：要过火焰山，需用芭蕉扇。然而拥有芭蕉扇的铁扇公主，因儿子红孩儿曾被悟空"坑害"，岂肯轻易借给？她一扇将悟空扇出几万里。悟空又变作蟭蟟虫，随茶叶钻进铁扇公主肚里，才逼她交出宝扇。岂知这扇子竟是假的。悟空又辗转变作牛魔王模样，骗取了宝扇，谁知半路又被真牛魔王骗走。最终还是靠着实力，悟空、八戒与天兵天将合力打败牛魔王，终于取得宝扇，将火焰山彻底扇灭，打通西行之路，也造福一方百姓。

三、《西游记》中的神仙魔怪，多半是人、神、兽三位一体。正面形象如悟空、八戒，负面形象如取经路上的狼精狐怪、牛魔象妖……这些成精的动物，也有喜怒哀乐、七情六欲，与人一般无二。如牛魔王虽是野牛成精，却也如某些世间男子一样贪恋女色、抛妻再娶。牛魔王的妾玉面公主，原是狐狸成精，听说悟空是铁扇公主央来请牛魔王的，登时醋意大发："彻耳根子通红，泼口骂道：'这贱婢，着实无知！牛王自到我家，未及二载，也不知送了他多少珠翠金银，绫罗缎匹。年供柴，月供米，自自在在受用，还不识羞，又来请他怎的！'"活像民间的骂街泼妇！这为《西游记》平添了人间烟火，拉近了神魔世界与世俗生活的距离。

四、我们平时总强调做人要"爱憎分明"；然而《西游记》作者却抱着宽容的态度，允许妖魔洗心革面，改恶从善。这大概跟佛教"放下屠刀，立地成佛"的理念有关，同时也彰显了仁爱的巨大感化力量。如本节中的牛魔王、铁扇公主虽然给取经团队带来许多麻烦，但他们一旦低头服输，疾恶如仇的悟空并不赶尽杀绝，甚至连芭蕉宝扇也依照承诺还给了铁扇公主。

有意思的是，铁扇公主祈求归还宝扇时，八戒吆喝道："泼贱人，不知高低！饶了你的性命就够了，还要讨什么扇子，我们拿过山去，不会卖钱买点心吃？费了这许多精神力气，又肯与你！雨蒙蒙的，还不回去哩！"（八戒不失怜香惜玉之心，还注意到"雨蒙蒙的"哩。）悟空则是将山火彻底熄灭后，把扇子还给了铁扇公主，说："老孙若不与你，恐人说我言而无信。你将扇子回山，再休生事。看你得了人身，饶你去罢！"悟空是顶天立地的英雄，岂能失信于一个低头认错的弱者？这些地方，都显现其人性的可爱。

师徒四众，进前行处，渐觉热气蒸人。三藏勒马道："如今正是秋天，却怎返有热气？"八戒道："原来不知，西方路上有个斯哈哩国，乃日落之处，俗呼为'天尽头'。若到申西时[1]，国王差人上城，擂鼓吹角，混杂海沸之声[2]。日乃太阳真火，落于西海之间，如火淬水，接声滚沸；若无鼓角之声混耳，即振杀城中小儿。此地热气蒸人，想必到日落之处也。"大圣听说，忍不住笑道："呆子莫乱谈！若论斯哈哩国，正好早哩。似师父朝三暮二的[3]，这等

---

1 申西时：下午三时至晚七时。
2 海沸：海水滚沸。
3 朝三暮二：比喻主意多变。

担阁[1]，就从小至老，老了又小，老小三生，也还不到。”八戒道：“哥啊，据你说，不是日落之处，为何这等酷热？”沙僧道：“想是天时不正，秋行夏令故也[2]。”他三个正都争讲，只见那路旁有座庄院，乃是红瓦盖的房舍，红砖砌的垣墙，红油门扇，红漆板榻[3]，一片都是红的。三藏下马道：“悟空，你去那人家问个消息，看那炎热之故何也。”

大圣收了金箍棒，整肃衣裳，扭捏做个斯文气象，绰下大路[4]，径至门前观看。那门里忽然走出一个老者，但见他：

穿一领黄不黄、红不红的葛布深衣[5]，戴一顶青不青、皂不皂的篾丝凉帽[6]。手中拄一根弯不弯、直不直暴节竹杖[7]，足下踏一双新不新、旧不旧揝靸鞥鞋[8]。面似红铜，须如白练。两道寿眉遮碧眼[9]，一张咍口露金牙[10]。

---

1 担阁：耽搁。
2 秋行夏令：时已秋季，却炎热似夏天。令，时令。
3 板榻：木板所制狭长而较矮的坐卧之具。
4 绰（chāo）下：走出，离开。
5 葛布：用葛的纤维制成的布。深衣：古代上衣、下裳（cháng）相连缀的一种服装。
6 篾（miè）丝：竹篾片劈的细丝。
7 暴节竹：筇（qióng）竹，竹子的一种。因其高节实中，常用作手杖，为杖中珍品。
8 揝（zhǎi）靸（sǎ）鞥（wēng）鞋：长筒皮靴。
9 寿眉：指特别长的眉毛。碧眼：绿色的眼睛。
10 咍（hāi）口：笑口。

那老者猛抬头，看见行者，吃了一惊，挂着竹杖，喝道："你是那里来的怪人？在我这门首何干？"行者答礼道："老施主，休怕我，我不是什么怪人。贫僧是东土大唐钦差上西方求经者。师徒四人适至宝方，见天气蒸热，一则不解其故，二来不知地名。特拜问指教一二。"那老者却才放心，笑云："长老勿罪，我老汉一时眼花，不识尊颜。"行者道："不敢。"老者又问："令师在那条路上？"行者道："那南首大路上立的不是[1]！"老者教："请来，请来。"行者欢喜，把手一招，三藏即同八戒、沙僧，牵白马，挑行李近前，都对老者作礼。

　　老者见三藏丰姿标致，八戒沙僧相貌奇稀，又惊又喜。只得请入里坐，教小的们看茶，一壁厢办饭。三藏闻言，起身称谢道："敢问公公[2]，贵处遇秋，何返炎热？"老者道："敝地唤做火焰山[3]，无春无秋，四季皆热。"三藏道："火焰山却在那边？可阻西去之路？"老者道："西方却去不得。那山离此有六十里远，正是西方必由之路，却有八百里火焰，四周围寸草不生。若过得山，就是铜脑盖，铁身躯，也要化成汁哩。"三藏闻言，大惊失色，不敢再问。

1　南首：南端，南边儿。
2　敢问：对人发问时的谦辞。公公：对年老男子的尊称。
3　敝地：本地。敝，谦辞，用于跟自己有关的事物。

只见门外一个少年男子，推一辆红车儿，住在门旁，叫声："卖糕！"大圣拔根毫毛，变个铜钱，问那人买糕。那人接了钱，不论好歹，揭开车儿上衣裹，热气腾腾，拿出一块糕递与行者。行者托在手中，好似火盆里的灼炭，煤炉内的红钉。你看他左手倒在右手，右手换在左手，只道："热！热！热！难吃！难吃！"那男子笑道："怕热莫来这里，这里是这等热。"行者道："你这汉子好不明理，常言道：'不冷不热，五谷不结。'[1] 他这等热得很，你这糕粉，自何而来？"那人道："若知糕粉米，敬求铁扇仙。"行者道："铁扇仙怎的？"那人道："铁扇仙有柄芭蕉扇。求得来，一扇息火，二扇生风，三扇下雨，我们就布种，及时收割，故得五谷养生。不然，诚寸草不能生也[2]。"

　　行者闻言，急抽身走入里面，将糕递与三藏道："师父放心，且莫隔年焦着[3]；吃了糕，我与你说。"长老接糕在手，向本宅老者道："公公请糕。"老者道："我家的茶饭未奉，敢吃你糕？"行者笑道："老人家，茶饭倒不必赐。我问你，铁扇仙在那里住？"老者道："你问他怎的？"行者道："适才那卖糕人说，此仙有柄芭蕉扇，求将来，一扇息火，二扇生风，三扇下雨，你这方布种收割，才得五谷养生。我欲寻他讨来扇息火焰山过去，且使这方依时收种，得安生也。"老者道："固有此说[1]，你们却无礼物，恐那圣贤不肯来也。"三藏道："他要甚礼物？"老者道："我这里人家，十年拜求一度。四猪四羊，花红表里[2]，异香时果[3]，鸡鹅美酒，沐浴虔诚，拜到那仙山，请他出洞，至此施为[4]。"行者道："那山坐落何处？唤甚地名？有几多里数？等我问他要扇子去。"老者道："那山在西南方，名唤翠云山。山中有一仙洞，名唤芭蕉洞。我这里众信人等去拜仙山，往回要走一月，计有一千四百五六十里。"行者笑道："不打紧，就去就来。"那老者道："且住，吃些茶饭，办些干粮，须得两人做伴。那路上没有人家，又多狼虎，非一日可到，莫当耍子。"行者笑道："不用！不用！我去也！"说一声，忽然不见。那老者慌张道："爷爷呀！原来是腾云驾雾的神人也！"

且不说这家子供奉唐僧加倍。却说那行者霎时径到翠云山，按住祥光，正自找寻洞口，忽然闻得丁丁之声[5]，乃是山林内一个

1　固有此说：本来有这样的说法，意思是本来就应该是这样。固，本来。

2　花红表里：旧时遇喜庆事所送的礼物。花红，指簪在帽上的金花和披在身上的红绸。表里，指衣料。

3　异香时果：名贵的香，时鲜的果品。

4　施为：行事。

5　丁（zhēng）丁：象声词，指伐木的声音。

樵夫伐木。行者即趋步至前，又闻得他道：

云际依依认旧林，[1] 断崖荒草路难寻[2]。西山望见朝来雨[3]，南涧归时渡处深。

行者近前作礼道："樵哥，问讯了。"那樵子撇了柯斧，答礼道："长老何往？"行者道："敢问樵哥，这可是翠云山？"樵子道："正是。"行者道："有个铁扇仙的芭蕉洞，在何处？"樵子笑道："这芭蕉洞虽有，却无个铁扇仙，只有个铁扇公主，又名罗刹女。"行者道："人言他有一柄芭蕉扇，能息得火焰山，敢是他么？"樵子道："正是，正是。这圣贤有这件宝贝，善能息火，保护那方人家，故此称为铁扇仙。我这里人家用不着他，只知他叫做罗刹女，乃大力牛魔王妻也。"

行者闻言，大惊失色，心中暗想道："又是冤家了！当年伏了红孩儿，说是这厮养的。前在那解阳山破儿洞遇他叔子[4]，尚且不

---

1 "云际"句：那云端里隐约可以辨认出我的家。云际，云端。依依，隐约的样子。旧林，故乡，家园。

2 断崖：陡峭的山崖。

3 朝（zhāo）来：早晨。

4 叔子：宋元以来，女子称丈夫的弟弟为"叔子"，也称"叔叔""叔"。这里是说解（xiè）阳山破儿洞的如意真仙是牛魔王的弟弟，罗刹女的叔子。

肯与水，要作报仇之意；今又遇他父母，怎生借得这扇子耶？"樵子见行者沉思默虑，嗟叹不已[1]，便笑道："长老，你出家人，有何忧疑？这条小路儿向东去，不上五六里，就是芭蕉洞。休得心焦。"行者道："不瞒樵哥说，我是东土唐朝差往西天求经的唐僧大徒弟。前年在火云洞，曾与罗刹之子红孩儿有些言语[2]，但恐罗刹怀仇不与，故生忧疑。"樵子道："大丈夫鉴貌辨色[3]，只以求扇为名，莫认往时之溲话[4]，管情借得[5]。"行者闻言，深深唱个大喏道："谢樵哥教诲，我去也。"遂别了樵夫，径至芭蕉洞口，但见那两扇门紧闭牢关，洞外风光秀丽。好去处！正是那：

山以石为骨，石作土之精。烟霞含宿润[6]，苔藓助新青。嵯峨势耸欺蓬岛[7]，幽静花香若海瀛[8]。几树乔松栖野鹤[9]，数株衰柳语山莺[10]。诚然是千年古迹，万载仙踪。碧梧鸣彩凤，活水

---

1 嗟叹：叹息。
2 言语：这里指纠葛、争执。
3 鉴貌辨色：仔细观察对方的脸色，见机行事。鉴，明察。辨，分辨。色，脸色，表情。
4 溲（sōu）话：指过时不顶用的老话。
5 管情：包管。
6 宿：隔夜的，前一夜的。
7 欺蓬岛：意思是比蓬莱山还高。
8 若海瀛（yíng）：跟大海一样浩瀚无际。海瀛，瀛海、大海。
9 乔松：高大的松树。
10 语山莺：山莺在此婉转歌唱。

隐苍龙。曲径苇萝垂挂[1]，石梯藤葛攀笼[2]。猿啸翠岩忻月上[3]，鸟啼高树喜晴空。两林竹荫凉如雨，一径花浓没绣绒[4]。时见白云来远岫[5]，略无定体漫随风。

行者上前叫："牛大哥，开门！开门！"呀的一声，洞门开了，里边走出一个毛儿女[6]，手中提着花篮，肩上担着锄子，真个是一身蓝缕无妆饰[7]，满面精神有道心。行者上前迎着，合掌道："女童，累你转报公主一声[8]。我本是取经的和尚，在西方路上，难过火焰山，特来拜借芭蕉扇一用。"那毛女道："你是那寺里和尚？叫甚名字？我好与你通报。"行者道："我是东土来的，叫做孙悟空和尚。"

那毛女即便回身，转于洞内，对罗刹跪下道："奶奶，洞门外有个东土来的孙悟空和尚，要见奶奶，拜求芭蕉扇，过火焰山一

1　苇（bì）萝：柴门之萝。苇，用荆条竹木之类编成的篱笆。萝，蔓生植物。

2　藤葛：葛藤，葛的藤蔓。

3　忻（xīn）：同"欣"，高兴，喜悦。

4　没（mò）绣绒：意思是隐没了绒绣的艳丽色彩。绣绒，绒绣，用彩色绒线在特制的网眼麻布上绣制图画的一种手工艺品。

5　岫（xiù）：峰峦。

6　毛儿女：这里指女仙童。

7　蓝缕：同"褴褛"（lánlǚ），形容衣服破旧。

8　累：烦劳。

用."那罗刹听见"孙悟空"三字，便似撮盐入火[1]，火上浇油；骨都都红生脸上，恶狠狠怒发心头。口中骂道："这泼猴！今日来了！"叫丫鬟："取披挂，拿兵器来！"随即取了披挂，拿两口青锋宝剑，整束出来。行者在洞外闪过，偷看怎生打扮，只见他：

头裹团花手帕，身穿纳锦云袍[2]。腰间双束虎筋绦[3]，微露绣裙偏绡[4]。　凤嘴弓鞋三寸[5]，龙须膝裤金销[6]。手提宝剑怒声高，凶比月婆容貌[7]。

那罗刹出门，高叫道："孙悟空何在？"行者上前，躬身施礼道："嫂嫂，老孙在此奉揖[8]。"罗刹咄的一声道："谁是你的嫂嫂！那个要你奉揖！"行者道："尊府牛魔王，当初曾与老孙结义，乃七兄弟之亲。今闻公主是牛大哥令正[9]，安得不以嫂嫂称之！"罗

1　撮（cuō）盐入火：抓取盐放入火中，燃烧会更加猛烈。形容性情急躁，一触即发。撮，用三指取物，抓取。
2　纳锦：指戳纱绣。云袍：道袍。
3　虎筋绦（tāo）：这里指虎筋制成的腰带。
4　绡：同"俏"。
5　弓鞋：古时缠脚妇女所穿的鞋子。
6　膝裤：指袜子。金销：销金，指嵌金色丝线。
7　月婆：月孛（bó），道教里的凶神。
8　奉揖：作揖。
9　令正：正妻。称对方正妻的敬辞。

刹道："你这泼猴！既有兄弟之亲，如何坑陷我子？"行者佯问道¹："令郎是谁？"罗刹道："我儿是号山枯松涧火云洞圣婴大王红孩儿，被你倾了²。我们正没处寻你报仇，你今上门纳命，我肯饶你！"行者满脸陪笑道："嫂嫂原来不察理，错怪了老孙。你令郎因是捉了师父，要蒸要煮，幸亏了观音菩萨收他去，救出我师。他如今现在菩萨处做善财童子，实受了菩萨正果，不生不灭，不垢不净，³与天地同寿，日月同庚。你倒不谢老孙保命之恩，返怪老孙，是何道理！"罗刹道："你这个巧嘴的泼猴！我那儿虽不伤命，再怎生得到我的跟前，几时能见一面？"行者笑道："嫂嫂要见令郎，有何难处？你且把扇子借我，扇息了火，送我师父过去，我就到南海菩萨处请他来见你，就送扇子还你，有何不可！那时节，你看他可曾损伤一毫？如有些须之伤，你也怪得有理；如比旧时标致，还当谢我。"罗刹道："泼猴，少要饶舌！伸过头来，等我砍上几剑！若受得疼痛，就借扇子与你；若忍耐不得，教你早见阎君！"行者叉手向前，笑道："嫂嫂切莫多言，老孙伸着光头，任尊意砍上多少，但没气力便罢⁴。是必借扇子用用⁵。"那罗

---

1 佯（yáng）：假装。
2 倾：坑害，陷害。
3 "不生"两句：佛经里的两句话。这里用来描述红孩儿已修成正果。
4 但：直到，但到。
5 是必：务必。

刹不容分说，双手抡剑，照行者头上乒乒乓乓，砍有十数下，这行者全不认真¹。罗刹害怕，回头要走，行者道："嫂嫂，那里去？快借我使使！"那罗刹道："我的宝贝原不轻借。"行者道："既不肯借，吃你老叔一棒！"

好猴王，一只手扯住，一只手去耳内掣出棒来，幌一幌，有碗来粗细。那罗刹挣脱手，举剑来迎，行者随又抡棒便打。两个在翠云山前，不论亲情，却只讲仇隙²。这一场好杀：

> 裙钗本是修成怪，为子怀仇恨泼猴。行者虽然生狠怒，因师路阻让娥流³。先言拜借芭蕉扇，不展骁雄耐性柔。罗刹无知抡剑砍，猴王有意说亲由⁴。女流怎与男儿斗，到底男刚压女流。这个金箍铁棒多凶猛，那个霜刃青锋甚紧稠⁵。劈面打，照头丢⁶，恨苦相持不罢休。左挡右遮施武艺，前迎后架骋奇谋⁷。却才斗到沉酣处，不觉西方坠日头。罗刹忙将真扇子，一扇挥动鬼神愁！

---

1 认真：在乎。
2 仇隙：仇怨。
3 娥流：女流。
4 说亲由：指孙悟空说自己是牛魔王的义弟。
5 紧稠（chóu）：急迫而繁密。
6 丢：打。
7 骋（chěng）：施展，发挥。

那罗刹女与行者相持到晚，见行者棒重，却又解数周密，料斗他不过，即便取出芭蕉扇，幌一幌，一扇阴风，把行者扇得无影无形，莫想收留得住。这罗刹得胜回归。

那大圣飘飘荡荡，左沉不能落地，右坠不得存身，就如旋风翻败叶，流水淌残花。滚了一夜，直至天明，方才落在一座山上，双手抱住一块峰石。定性良久，仔细观看，却才认得是小须弥山。大圣长叹一声道："好利害妇人！怎么就把老孙送到这里来了？我当年曾记得在此处告求灵吉菩萨降黄风怪救我师父。那黄风岭至此直南上有三千余里，今在西路转来，乃东南方隅，不知有几万里。等我下去问灵吉菩萨一个消息，好回旧路。"

正踌躇间，又听得钟声响亮，急下山坡，径至禅院。那门前道人认得行者的形容[1]，即入里面报道："门前是前年请菩萨去降黄风怪的那个毛脸大圣又来了。"菩萨知是悟空，连忙下宝座相迎，入内施礼道："恭喜！取经来耶？"悟空答道："正好未到！早哩，早哩！"灵吉道："既未曾得到雷音，何以回顾荒山[2]？"行者道："自上年蒙盛情降了黄风怪，一路上不知历过多少苦楚。今到火焰山，不能前进，询问土人，说有个铁扇仙芭蕉扇，扇得火灭，老

1　形容：外貌，模样。
2　回顾：重访，再来。荒山：本山，对小须弥山的谦称。

孙特去寻访。原来那仙是牛魔王的妻，红孩儿的母。他说我把他儿子做了观音菩萨的童子，不得常见，跟我为仇，不肯借扇，与我争斗。他见我的棒重难撑，遂将扇子把我一扇，扇得我悠悠荡荡，直至于此，方才落住。故此轻造禅院[1]，问个归路，此处到火焰山，不知有多少里数？"灵吉笑道："那妇人唤名罗刹女，又叫做铁扇公主。他的那芭蕉扇本是昆仑山后，自混沌开辟以来，天地产成的一个灵宝，乃太阴之精叶[2]，故能灭火气。假若扇着人，要飘八万四千里，方息阴风。我这山到火焰山，只有五万余里。此还是大圣有留云之能，故止住了。若是凡人，正好不得住也。"行者道："利害！利害！我师父却怎生得度那方？"灵吉道："大圣放心。此一来，也是唐僧的缘法，合教大圣成功[3]。"行者道："怎见成功？"灵吉道："我当年受如来教旨，赐我一粒定风丹，一柄飞龙杖。飞龙杖已降了风魔，这定风丹尚未曾见用[4]，如今送了大圣，管教那厮扇你不动，你却要了扇子，扇息火，却不就立此功也！"行者低头作礼，感谢不尽。那菩萨即于衣袖中取出一个锦袋儿，将那一粒定风丹与行者安在衣领里边，将针线紧紧缝了。

1　轻造：贸然造访。
2　太阴之精叶：纯阴之精所凝结的叶片。
3　合：合该，理应。
4　见用：使用。

送行者出门道："不及留款[1]，往西北上去，就是罗刹的山场也。"

行者辞了灵吉，驾筋斗云，径返翠云山，顷刻而至。使铁棒打着洞门叫道："开门！开门！老孙来借扇子使使哩！"慌得那门里女童即忙来报："奶奶，借扇子的又来了！"罗刹闻言，心中悚惧道："这泼猴真有本事！我的宝贝扇着人，要去八万四千里方能停止，他怎么才吹去就回来也？这番等我一连扇他两三扇，教他找不着归路！"急纵身，结束整齐，双手提剑，走出门来道："孙行者！你不怕我，又来寻死！"行者笑道："嫂嫂勿得悭吝[2]，是必借我使使。保得唐僧过山，就送还你。我是个志诚有余的君子，不是那借物不还的小人。"罗刹又骂道："泼猢狲！好没道理，没分晓！夺子之仇，尚未报得；借扇之意，岂得如心！你不要走，吃我老娘一剑！"大圣公然不惧，使铁棒劈手相迎。他两个往往来来，战经五七回合，罗刹女手软难抡，孙行者身强善敌。他见事势不谐，即取扇子，望行者扇了一扇，行者巍然不动[3]。行者收了铁棒，笑吟吟的道："这番不比那番！任你怎么扇来，老孙若动一动，就不算汉子！"那罗刹又扇两扇。果然不动。罗刹慌了，急收宝贝，转回走入洞里，将门紧紧关上。

1　留款：挽留款待。

2　悭吝（qiānlìn）：吝啬，小气。

3　巍（wēi）然：高大坚固貌。

行者见他闭了门，却就弄个手段，拆开衣领，把定风丹噙在口中，摇身一变，变做一个蟭蟟虫儿，从他门隙处钻进。只见罗刹叫道："渴了！渴了！快拿茶来！"近侍女童即将香茶一壶沙沙的满斟一碗，冲起茶沫漕漕[1]。行者见了欢喜，嘤的一翅飞在茶沫之下。那罗刹渴极，接过茶，两三气都喝了。行者已到他肚腹之内，现原身厉声高叫道："嫂嫂，借扇子我使使！"罗刹大惊失色，叫："小的们，关了前门否？"俱说："关了。"他又说："既关了门，孙行者如何在家里叫唤？"女童道："在你身上叫哩。"罗刹道："孙行者，你在那里弄术哩[2]？"行者道："老孙一生不会弄术，都是些真手段，实本事，已在尊嫂尊腹之内耍子，已见其肺肝矣。我知你也饥渴了，我先送你个坐碗儿解渴[3]！"却就把脚往下一登。那罗刹小腹之中，疼痛难禁，坐于地下叫苦。行者道："嫂嫂休得推辞，我再送你个点心充饥！"又把头往上一顶。那罗刹心痛难禁，只在地上打滚，疼得他面黄唇白，只叫："孙叔叔饶命！"

　　行者却才收了手脚道："你才认得叔叔么？我看牛大哥情上，且饶你性命。快将扇子拿来我使使。"罗刹道："叔叔，有扇！有

1　漕（cáo）漕：形容茶沫密布的样子。
2　弄术：施弄法术。
3　坐碗儿：带托碟的茶碗。这里指一碗茶水。

扇！你出来拿了去！"行者道："拿扇子我看了出来。"罗刹即叫女童拿一柄芭蕉扇，执在旁边。行者探到喉咙之上见了道："嫂嫂，我既饶你性命，不在腰肋之下搠个窟窿出来[1]，还自口出。你把口张三张儿。"那罗刹果张开口。行者还做个蟭蟟虫，先飞出来，丁在芭蕉扇上[2]。那罗刹不知，连张三次，叫："叔叔出来罢。"行者化原身，拿了扇子，叫道："我在此间不是？谢借了！谢借了！"拽开步，往前便走。小的们连忙开了门，放他出洞。

这大圣拨转云头，径回东路。霎时按落云头，立在红砖壁下。八戒见了欢喜道："师父，师兄来了！来了！"三藏即与本庄老者同沙僧出门接着，同至舍内。把芭蕉扇靠在旁边道："老官儿，可是这个扇子？"老者道："正是！正是！"唐僧喜道："贤徒有莫大之功。求此宝贝，甚劳苦了。"行者道："劳苦倒也不说。那铁扇仙，你道是谁？那厮原来是牛魔王的妻，红孩儿的母，名唤罗刹女，又唤铁扇公主。我寻到洞外借扇，他就与我讲起仇隙，把我砍了几剑。是我使棒吓他，他就把扇子扇了我一下，飘飘荡荡，直刮到小须弥山。幸见灵吉菩萨，送了我一粒定风丹，指与归路，复至翠云山。又见罗刹女，罗刹女又使扇子，扇我不动，他就回

---

1 腰肋（lèi）：腰肢，腰部。搠（shuò）：戳，扎。
2 丁：牢牢地附着，也作"钉"。

洞。是老孙变做一个蟭蟟虫，飞入洞去。那厮正讨茶吃，是我又钻在茶沫之下，到他肚里，做起手脚。他疼痛难禁，不住口的叫我做叔叔饶命，情愿将扇借与我；我却饶了他，拿将扇来。待过了火焰山，仍送还他。"三藏闻言，感谢不尽，师徒们俱拜辞老者。

一路西来，约行有四十里远近，渐渐酷热蒸人。沙僧只叫："脚底烙得慌[1]！"八戒又道："爪子烫得痛！"马比寻常又快，只因地热难停，十分难进。行者道："师父且请下马。兄弟们莫走，等我扇息了火，待风雨之后，地土冷些，再过山去。"行者果举扇，径至火边，尽力一扇，那山上火光烘烘腾起；再一扇，更着百倍[2]；又一扇，那火足有千丈之高，渐渐烧着身体。行者急回，已将两股毫毛烧净，径跑至唐僧面前叫："快回去！快回去！火来了！火来了！"

那师父爬上马，与八戒、沙僧复东来有二十余里，方才歇下，道："悟空，如何了呀！"行者丢下扇子道："不停当[3]！不停当！被那厮哄了！"三藏听说，愁促眉尖，闷添心上，止不住两泪交流，只道："怎生是好！"八戒道："哥哥，你急急忙忙叫回去是

---

1 烙（lào）：烫。
2 着（zháo）：燃烧。
3 不停当：不妥当。

孙悟空三调芭蕉扇 / 选自日本《绘本西游记》

此书为日本江户时代浮世绘（按，浮世绘是一种日本风俗画）绘本，本图为浮世绘大师葛饰北斋所绘。原书藏于日本早稻田大学图书馆。

怎么说？"行者道："我将扇子扇了一下，火光烘烘；第二扇，火气愈盛；第三扇，火头飞有千丈之高。若是跑得不快，把毫毛都烧尽矣！"八戒笑道："你常说雷打不伤，火烧不损，如今何又怕火？"行者道："你这呆子，全不知事！那时节用心防备，故此不伤；今日只为扇息火光，不曾捻避火诀，又未使护身法，所以把两股毫毛烧了。"沙僧道："似这般火盛，无路通西，怎生是好？"八戒道："只拣无火处走便罢。"三藏道："那方无火？"八戒道："东方、南方、北方俱无火。"又问："那方有经？"八戒道："西方有经。"三藏道："我只欲往有经处去哩！"沙僧道："有经处有火，无火处无经，诚是进退两难！"师徒们正自胡谈乱讲，只听得有人叫道："大圣不须烦恼，且来吃些斋饭再议。"

四众回看时，见一老人，身披飘风氅，头顶偃月冠[1]，手持龙头杖，足踏铁勒靴[2]，后带着一个雕嘴鱼腮鬼，鬼头上顶着一个铜盆，盆内有些蒸饼糕麋[3]，黄粮米饭[4]，在于西路下躬身道："我本是火焰山土地。知大圣保护圣僧，不能前进，特献一斋。"行者道："吃斋小可，这火光几时灭得，让我师父过去？"土地道："要

---

1 偃（yǎn）月：指半月形。

2 勒（yào）：靴筒。

3 糕麋（mí）：古代的一种糕点名吃。

4 黄粮：黄粱，小米。

灭火光，须求罗刹女借芭蕉扇。"行者去路旁拾起扇子道："这不是？那火光越扇越着，何也？"土地看了笑道："此扇不是真的，被他哄了。"行者道："如何方得真的？"那土地又控背躬身，微微笑道："若还要借真蕉扇，须是寻求大力王。"……[1]

土地说："大力王即牛魔王也。"行者道："这山本是牛魔王放的火，假名火焰山？"土地道："不是，不是。大圣若肯赦小神之罪，方敢直言。"行者道："你有何罪？直说无妨。"土地道："这火原是大圣放的。"行者怒道："我在那里，你这等乱谈！我可是放火之辈？"土地道："是你也认不得我了。此间原无这座山，因大圣五百年前大闹天宫时，被显圣擒了，压赴老君，将大圣安于八卦炉内，煅炼之后开鼎，被你蹬倒丹炉，落了几个砖来，内有余火，到此处化为火焰山。我本是兜率宫守炉的道人，当被老君怪我失守，降下此间，就做了火焰山土地也。"猪八戒闻言恨道："怪道你这等打扮！原来是道士变的土地！"

行者半信不信道："你且说，早寻大力王何故？"土地道："大力王乃罗刹女丈夫。他这向撇了罗刹，现在积雷山摩云洞。有个万岁狐王，那狐王死了，遗下一个女儿，叫做玉面公主。那公主

---

1 此处是第五十九、第六十回衔接处，删去少量文字。

有百万家私[1]，无人掌管；二年前，访着牛魔王神通广大，情愿倒陪家私，招赘为夫。那牛王弃了罗刹，久不回顾[2]。若大圣寻着牛王，拜求来此，方借得真扇。一则扇息火焰，可保师父前进；二来永除火患，可保此地生灵；三者赦我归天，回缴老君法旨[3]。"行者道："积雷山坐落何处？到彼有多少程途？"土地道："在正南方。此间到彼，有三千余里。"行者闻言，即吩咐沙僧、八戒保护师父，又教土地陪伴勿回。随即忽的一声，渺然不见。

那里消半个时辰，早见一座高山凌汉[4]。按落云头，停立巅峰之上观看，真是好山：

　　高不高，顶摩碧汉[5]；大不大，根扎黄泉[6]。山前日暖，岭后风寒。山前日暖，有三冬草木无知[7]；岭后风寒，见九夏冰霜不化。龙潭接涧水长流，虎穴依崖花放早。水流千派似飞

1　家私：家财，家产。
2　回顾：这里指回家。
3　回缴：向上级答复情况。
4　凌汉：高耸入天。汉，河汉、银河。
5　碧汉：银河，指天。
6　黄泉：地下的泉水。
7　三冬：冬天。下文的"九夏"指夏天。

琼[1]，花放一心如布锦[2]。湾环岭上湾环树，扢扠石外扢扠松[3]。真个是高的山，峻的岭，陡的崖，深的涧，香的花，美的果，红的藤，紫的竹，青的松，翠的柳：八节四时颜不改[4]，千年万古色如龙。

大圣看够多时，步下尖峰，入深山，找寻路径。正自没个消息，忽见松阴下，有一女子，手折了一枝香兰，袅袅娜娜而来[5]。大圣闪在怪石之旁，定睛观看，那女子怎生模样：

娇娇倾国色，缓缓步移莲[6]。貌若王嫱[7]，颜如楚女[8]。如花解语，似玉生香。[9]高髻堆青軃碧鸦，[10]双睛蘸绿横秋水。[11]湘裙半

1　派：指支流。飞琼：飞溅的碎玉。

2　布锦：锦布，锦缎。

3　扢扠（gēchā）：参差不平的样子。

4　八节：古时以立春、立夏、立秋、立冬、春分、夏至、秋分、冬至为八节。四时：四季。

5　袅（niǎo）袅娜（nuó）娜：形容女子体态轻盈柔美。

6　莲：金莲，指女子的小脚。

7　王嫱（qiáng）：王昭君。古代四大美女之一。

8　楚女：泛指美女。

9　"如花"两句：这是通俗文学中形容美女的常用语典。唐玄宗赏花时，指着杨贵妃，说她是"解语花"（会说话的花）。唐肃宗曾将香玉雕刻着的辟邪赐给大臣，香气可闻数百步。

10　"高髻"句：高高的发髻浓密乌黑，垂挂着宝石饰品。高髻，高绾（wǎn）的发髻。青，黑色。軃（duǒ），下垂。碧鸦，碧鸦犀，一种宝石。

11　"双睛"句：目光似秋波映着碧色。横，充满。秋水，比喻清澈明亮的目光。

露弓鞋小，翠袖微舒粉腕长[1]。说什么暮雨朝云[2]，真个是朱唇皓齿。锦江滑腻蛾眉秀[3]，赛过文君与薛涛[4]。

那女子渐渐走近石边，大圣躬身施礼，缓缓而言曰："女菩萨何往？"那女子未曾观看，听得叫问，却自抬头。忽见大圣的相貌丑陋，老大心惊[5]，欲退难退，欲行难行，只得战兢兢，勉强答道："你是何方来者？敢在此间问谁？"大圣沉思道："我若说出取经求扇之事，恐这厮与牛王有亲。且只以假亲托意来请魔王之言而答方可[6]。"那女子见他不语，变了颜色，怒声喝道："你是何人，敢来问我！"大圣躬身陪笑道："我是翠云山来的，初到贵处，不知路径。敢问菩萨，此间可是积雷山？"那女子道："正是。"大圣道："有个摩云洞，坐落何处？"那女子道："你寻那洞做甚？"大圣道："我是翠云山芭蕉洞铁扇公主央来请牛魔王的。"

那女子一听铁扇公主请牛魔王之言，心中大怒，彻耳根子通

1　舒：舒展。
2　暮雨朝云：喻指男女欢会。
3　锦江滑腻：如锦江水面一般平滑细腻，形容皮肤光滑细润。锦江，在今四川成都。蛾眉：蚕蛾触须细长而弯曲，因此用以比喻女子美丽的眉毛。
4　文君：指卓文君，汉代才女，貌美。薛涛：唐代才女，有姿色。
5　老大：非常，很。
6　假亲托意：意思是假托罗刹女央来传话。

红，泼口骂道[1]："这贱婢，着实无知！牛王自到我家，未及二载，也不知送了他多少珠翠金银，绫罗缎匹，年供柴，月供米，自自在在受用，还不识羞，又来请他怎的！"大圣闻言，情知是玉面公主[2]，故意子掣出铁棒大喝一声道[3]："你这泼贱，将家私买住牛王，诚然是陪钱嫁汉！你倒不羞，却敢骂谁！"那女子见了，唬得魄散魂飞，没好步乱蹦金莲[4]，战兢兢回头便走。这大圣吆吆喝喝，随后相跟。原来穿过松阴，就是摩云洞口。女子跑进去，扑的把门关了。大圣却收了铁棒，咳咳停步看时[5]，好所在：

树林森密，崖削崚嶒[6]。薜萝阴冉冉[7]，兰蕙味馨馨[8]。流泉漱玉穿修竹[9]，巧石知机带落英[10]。烟霞笼远岫，日月照云屏[11]。龙吟虎啸，鹤唳莺鸣。一片清幽真可爱，琪花瑶草景常明[12]。不亚

1　泼口：破口，满口，用以形容骂人时的凶相。

2　情知：明知。

3　故意子：即故意。

4　蹦（xǐ）：踏，踩。

5　咳（hāi）咳：喜笑的样子。

6　崖削（xuē）：削崖，峭壁。崚嶒（léngcéng）：高耸突兀。

7　阴：阴影。冉冉：渐变的样子。

8　兰蕙（huì）：兰和蕙，两种香草。馨馨：形容香气散布。

9　漱玉：意思是泉水流动，冲荡石头，发出如击玉一般的声音。

10　知机：同"知几"，意思是有预见，能看出事物发生变化的隐微征兆。带：佩带。落英：落花。

11　云屏：这里比喻层层叠叠的山峰。

12　琪、瑶：美玉，这里形容美好、珍贵。明：明艳。

天台仙洞[1]，胜如海上蓬瀛[2]。

　　且不言行者这里观看景致。却说那女子跑得粉汗淋淋，嗅得兰心吸吸[3]，径入书房里面。原来牛魔王正在那里静玩丹书。这女子没好气倒在怀里，抓耳挠腮，放声大哭。牛王满面陪笑道："美人，休得烦恼。有甚话说？"那女子跳天索地[4]，口中骂道："泼魔害杀我也！"牛王笑道："你为甚事骂我？"女子道："我因父母无依，招你护身养命。江湖中说你是条好汉，你原来是个惧内的庸夫[5]！"牛王闻说，将女子抱住道："美人，我有那些不是处，你且慢慢说来，我与你陪礼。"女子道："适才我在洞外闲步花阴，折兰采蕙，忽有一个毛脸雷公嘴的和尚，猛地前来施礼，把我吓了个呆挣[6]。及定性问是何人[7]，他说是铁扇公主央他来请牛魔王的。被我说了两句，他倒骂了我一场，将一根棍子，赶着我打。若不是走得快些，几乎被他打死！这不是招你为祸？害杀我也！"牛

1　天台：山名。仙洞：仙人的洞府。
2　蓬瀛：蓬莱和瀛洲。
3　兰心吸吸：指因紧张而呼吸紧促的样子。兰心，对心的美称。吸吸，呼吸急促的样子。
4　跳天索地：暴跳怒骂的样子。
5　惧内：怕老婆。庸夫：平庸的人。
6　呆挣（zhèng）：失神发愣。
7　定性：安定心神。

王闻言，却与他整容陪礼，温存良久，女子方才息气。魔王却发狠道："美人在上，不敢相瞒，那芭蕉洞虽是僻静，却清幽自在。我山妻自幼修持¹，也是个得道的女仙，却是家门严谨，内无一尺之童，焉得有雷公嘴的男子央来，这想是那里来的怪妖，或者假绰名声²，至此访我，等我出去看看。"

好魔王，拽开步，出了书房，上大厅取了披挂，结束了³。拿了一条混铁棍，出门高叫道："是谁人在我这里无状？"行者在旁，见他那模样，与五百年前又大不同，只见：

> 头上戴一顶水磨银亮熟铁盔，身上贯一副绒穿锦绣黄金甲⁴，足下踏一双卷尖粉底麂皮靴⁵，腰间束一条攒丝三股狮蛮带⁶。一双眼光如明镜，两道眉艳似红霓。口若血盆，齿排铜板。吼声响震山神怕，行动威风恶鬼慌。四海有名称混世，西方大力号魔王。⁷

1　山妻：自称其妻的谦辞。

2　或者：或许。假绰：假托，假借。名声：名义。

3　结束：装束。

4　贯：穿。

5　麂：一种小型的鹿类动物。

6　攒（cuán）丝三股：用三股金丝在物件上镶嵌成细花纹。狮蛮带：狮蛮宝带，古时高级武官用的腰带。

7　混世、魔王：小说此处称牛魔王为混世魔王，与小说第二回中的"混世魔王"并无关系。

这大圣整衣上前，深深的唱个大喏道："长兄，还认得小弟么？"牛王答礼道："你是齐天大圣孙悟空么？"大圣道："正是，正是，一向久别未拜。适才到此问一女子，方得见兄。丰采果胜常[1]，真可贺也！"牛王喝道："且休巧舌！我闻你闹了天宫，被佛祖降压在五行山下，近解脱天灾，保护唐僧西天见佛求经，怎么在号山枯松涧火云洞把我小儿牛圣婴害了？正在这里恼你，你却怎么又来寻我？"大圣作礼道："长兄勿得误怪小弟。当时令郎捉住吾师，要食其肉，小弟近他不得，幸观音菩萨欲救我师，劝他归正。现今做了善财童子，比兄长还高，享极乐之门堂[2]，受逍遥之永寿[3]，有何不可，返怪我耶？"牛王骂道："这个乖嘴的猢狲[4]！害子之情，被你说过；你才欺我爱妾，打上我门何也？"大圣笑道："我因拜谒长兄不见[5]，向那女子拜问，不知就是二嫂嫂。因他骂了我几句，是小弟一时粗卤[6]，惊了嫂嫂。望长兄宽恕宽恕！"牛王道："既如此说，我看故旧之情，饶你去罢。"

1　胜常：超出平常。

2　极乐之门堂：这里指佛教中的西方极乐世界。

3　逍遥：优游自在。永寿：长寿。

4　乖嘴：会说话，这里是反语。

5　拜谒（yè）：拜见。

6　粗卤（lǔ）：粗暴鲁莽。

大圣道："既蒙宽恩，感谢不尽。但尚有一事奉渎[1]，万望周济周济[2]。"牛王骂道："这猢狲不识起倒[3]！饶了你，倒还不走，反来缠我！什么周济周济！"大圣道："实不瞒长兄。小弟因保唐僧西进，路阻火焰山，不能前进。询问土人，知尊嫂罗刹女有一柄芭蕉扇，欲求一用。昨到旧府，奉拜嫂嫂，嫂嫂坚执不借，是以特求长兄。望兄长开天地之心[4]，同小弟到大嫂处一行，千万借扇扇灭火焰，保得唐僧过山，即时完璧[5]。"牛王闻言，心如火发，咬响钢牙骂道："你说你不无礼，你原来是借扇之故！一定先欺我山妻，山妻想是不肯，故来寻我！且又赶我爱妾！常言道：'朋友妻，不可欺；朋友妾，不可灭[6]。'你既欺我妻，又灭我妾，多大无礼？上来吃我一棍！"大圣道："哥要说打，弟也不惧。但求宝贝，是我真心。万乞借我使使！"牛王道："你若三合敌得我，我着山妻借你；如敌不过，打死你，与我雪恨！"大圣道："哥说得是。小弟这一向疏懒，不曾与兄相会，不知这几年武艺比昔日如何，我兄弟们请演演棍看。"这牛王那容分说，掣混铁棍劈头就

1　奉渎（dú）：这里是搅扰的意思。奉，敬辞，用于自己的行为涉及对方时。渎，轻慢、不敬。

2　周济：救助，救济。

3　起倒：好歹，高低。

4　开天地之心：这里指发仁慈之心。

5　完璧（bì）：比喻将原物完好地归还。

6　灭：这里是欺蔑的意思。

打。这大圣持金箍棒，随手相迎。两个这场好斗：

金箍棒，混铁棍，变脸不以朋友论。那个说："正怪你这猢狲害子情！"这个说："你令郎已得道休嗔恨[1]！"那个说："你无知怎敢上我门？"这个说："我有因特地来相问。"一个要求扇子保唐僧，一个不借芭蕉忒鄙吝[2]。语去言来失旧情，举家无义皆生怨。牛王棍起赛蛟龙，大圣棒迎神鬼遁。初时争斗在山前，后来齐驾祥云进。半空之内显神通，五彩光中施妙运[3]。两条棍响振天关，不见输赢皆傍寸。[4]

这大圣与那牛王斗经百十回合，不分胜负。正在难解难分之际，只听得山峰上有人叫道："牛爷爷，我大王多多拜上，幸赐早临[5]，好安座也[6]。"牛王闻说，使混铁棍支住金箍棒，叫道："猢狲，你且住了，等我去一个朋友家赴会来者！"言毕，按下云头，径至洞里。对玉面公主道："美人，才那雷公嘴的男子乃孙悟空猢

1　嗔恨：怨恨。
2　鄙吝：太过吝啬。
3　妙运：神妙的运化之机，与前文的"神通"互文见义。
4　"不见"句：意思是打成平手，相差极微。
5　临：到来，到达。
6　安座：这里指安排（酒席）座位。

狲，被我一顿棍打走了，再不敢来。你放心耍子。我到一个朋友处吃酒去也。"他才卸了盔甲，穿一领鸦青剪绒袄子[1]，走出门，跨上辟水金睛兽，着小的们看守门庭，半云半雾，一直向西北方而去。……[2]

好大圣，即现本像，将金睛兽解了缰绳，扑一把跨上雕鞍，径直骑出水底。到于潭外，将身变做牛王模样，打着兽，纵着云，不多时，已至翠云山芭蕉洞口，叫声："开门！"那洞门里有两个女童，闻得声音开了门，看见是牛魔王嘴脸，即入报："奶奶，爷爷来家了。"那罗刹听言，忙整云鬟，急移莲步，出门迎接。这大圣下雕鞍，牵进金睛兽，弄大胆[3]，诓骗女佳人[4]。罗刹女肉眼，认他不出，即携手而入。着丫鬟设座看茶，一家子见是主公，无不敬谨。

须臾间，叙及寒温。"牛王"道："夫人久阔。"罗刹道："大王万福。"又云："大王宠幸新婚，抛撇奴家[5]，今日是那阵风儿吹你来的？"大圣笑道："非敢抛撇，只因玉面公主招后，家事繁冗[6]，朋

1　鸦青：暗青色。剪绒：一种绒毛短平的纺织品。

2　篇幅所限，略去悟空变作螃蟹，跟踪牛魔王至乱石山碧波潭，趁机盗取辟水金睛兽的情节。

3　弄大胆：逞大胆。

4　诓（kuāng）骗：欺骗。诓，欺骗。

5　抛撇：抛开，丢弃。

6　繁冗（rǒng）：事务繁杂。

友多顾[1]，是以稽留在外[2]。却也又治得一个家当了[3]。"又道："近闻悟空那厮保唐僧，将近火焰山界，恐他来问你借扇子。我恨那厮害子之仇未报，但来时，可差人报我，等我拿他，分尸万段，以雪我夫妻之恨。"罗刹闻言，滴泪告道："大王，常言说：'男儿无妇财无主，女子无夫身无主。'[4]我的性命险些儿不着这猢狲害了[5]！"大圣得故子发怒骂道[6]："那泼猴几时过去了？"罗刹道："还未去。昨日到我这里借扇子，我因他害孩儿之故，披挂了，轮宝剑出门，就砍那猢狲。他忍着疼，叫我做嫂嫂，说大王曾与他结义。"大圣道："是，五百年前曾拜为七兄弟。"罗刹道："被我骂也不敢回言，砍也不敢动手，后被我一扇子扇去。不知在那里寻得个定风法儿，今早又在门外叫唤。是我又使扇扇，莫想得动。急轮剑砍时，他就不让我了。我怕他棒重，就走入洞里，紧关上门。不知他又从何处，钻在我肚腹之内，险被他害了性命！是我叫他几声叔叔，将扇与他去也。"大圣又假意捶胸道："可惜！可惜！夫人错了，怎么就把这宝贝与那猢狲？恼杀我也！"

1　顾：拜访。

2　稽（jī）留：停留，滞留。

3　家当：家产。

4　"男儿"二句：谚语，意思是男子不娶妻，则无人当家理财；女子不嫁汉，就没有依靠。

5　不着：不被。

6　得故子：故意。

罗刹笑道:"大王息怒。与他的是假扇,但哄他去了。"大圣问:"真扇在于何处?"罗刹道:"放心!放心!我收着哩。"叫丫鬟整酒接风贺喜,遂擎杯奉上道:"大王,燕尔新婚[1],千万莫忘结发[2],且吃一杯乡中之水。"大圣不敢不接,只得笑吟吟,举觞在手道[3]:"夫人先饮。我因图治外产,久别夫人,早晚蒙护守家门[4],权为酬谢[5]。"罗刹复接杯斟起,递与大王道:"自古道:'妻者,齐也。'[6]夫乃养身之父,[7]讲什么谢。"两人谦谦讲讲[8],方才坐下巡酒。大圣不敢破荤,只吃几个果子,与他言言语语。

酒过数巡……[9]大圣见他这等酣然,暗自留心,挑斗道[10]:"夫人,真扇子你收在那里?早晚仔细。但恐孙行者变化多端,却又来骗去。"罗刹笑嘻嘻的,口中吐出,只有一个杏叶儿大小,递与大圣道:"这个不是宝贝?"大圣接在手中,却又不信,暗想着:"这些些儿[11],怎生扇得火灭?怕又是假的。"罗刹见他看着宝贝沉

1　燕尔新婚:形容新婚欢乐。这里指牛魔王纳玉面公主为妾。

2　结发:指原配妻子。

3　觞(shāng):古时盛酒的器皿。

4　蒙:敬辞,承蒙。

5　权:权且,姑且。

6　"妻者"句:妻子和丈夫有同等的地位,语出《白虎通义》。齐,平等、同等。

7　"夫乃"句:丈夫等同于有养育之恩的父亲。

8　谦谦讲讲:这里指说着客套话。

9　此处略去饮酒过程描述及相关韵语。

10　挑斗:挑逗,逗引。

11　这些些儿:这么小。

思，忍不住上前，将粉面搵在行者脸上[1]，叫道："亲亲，你收了宝贝吃酒罢，只管出神想什么哩？"大圣就趁脚儿跷[2]，问他一句道："这般小小之物，如何扇得八百里火焰？"罗刹酒陶真性[3]，无忌惮[4]，就说出方法道："大王，与你别了二载，你想是昼夜贪欢，被那玉面公主弄伤了神思，怎么自家的宝贝事情，也都忘了？只将左手大指头捻着那柄儿上第七缕红丝，念一声'啯嘘呵吸嘻吹呼[5]'，即长一丈二尺长短。这宝贝变化无穷！那怕他八万里火焰，可一扇而消也。"

大圣闻言，切切记在心上。却把扇儿也噙在口里，把脸抹一抹，现了本像。厉声高叫道："罗刹女！你看看我可是你亲老公！就把我缠了这许多丑勾当！不羞！不羞！"那女子一见是孙行者，慌得推倒桌席，跌落尘埃[6]，羞愧无比，只叫："气杀我也！气杀我也！"

这大圣，不管他死活，摔脱手[7]，拽大步，径出了芭蕉洞。正

----

1 搵：贴，紧挨。

2 趁脚儿跷：趁机，趁势。

3 酒陶真性：酒令其显露天性，失去警惕之心。陶，陶冶、化育。真性，天性、本性。

4 忌惮：顾虑畏惧。

5 啯嘘呵吸嘻吹呼：这是道家气功疗病的口诀，一吸六呼。这里借作令芭蕉扇变化的口诀秘语。

6 跌落尘埃：跌倒在地。

7 摔脱：摔脱，挣脱。

是无心贪美色，得意笑颜回。将身一纵，踏祥云，跳上高山，将扇子吐出来，演演方法。将左手大指头捻着那柄上第七缕红丝，念了一声"呵嘘呵吸嘻吹呼"，果然长了有一丈二尺长短。拿在手中，仔细看了又看，比前番假的果是不同。只见祥光幌幌，瑞气纷纷，上有三十六缕红丝，穿经度络，表里相联。[1]原来行者只讨了个长的方法，不曾讨他个小的口诀，左右只是那等长短。没奈何，只得掮在肩上，找旧路而回不题。

却说那牛魔王在碧波潭底与众精散了筵席，出得门来，不见了辟水金睛兽。老龙王聚众精问道："是谁偷放牛爷的金睛兽也？"众精跪下道："没人敢偷，我等俱在筵前供酒捧盘，供唱奏乐，更无一人在前。"老龙道："家乐儿断乎不敢[2]，可曾有甚生人进来？"龙子龙孙道："适才安座之时，有个蟹精到此，那个便是生人。"牛王闻说，顿然省悟道："不消讲了！早间贤友着人邀我时，有个孙悟空保唐僧取经，路遇火焰山难过，曾问我求借芭蕉扇。我不曾与他，他和我赌斗一场，未分胜负。我却丢了他，径赴盛会。那猴子千般伶俐，万样机关[3]，断乎是那厮变做蟹精，来此打

---

1 "穿经"两句：这里的意思是红丝纵横相接，内外相连。经、络，中医术语，本指人体内的经脉、络脉。表里，内外。
2 家乐（yuè）儿：自家供唱奏乐者。
3 机关：计谋，心机。

探消息，偷了我兽，去山妻处骗了那一把芭蕉扇儿也！"众精见说，一个个胆战心惊，问道："可是那大闹天宫的孙悟空么？"牛王道："正是。列公若在西天路上 [1]，有不是处，切要躲避他些儿。"老龙道："似这般说，大王的骏骑 [2]，却如之何 [3]？"牛王笑道："不妨，不妨，列公各散，等我赶他去来。"

遂而分开水路，跳出潭底，驾黄云，径至翠云山芭蕉洞。只听得罗刹女跌脚捶胸 [4]，大呼小叫。推开门，又见辟水金睛兽拴在下边，牛王高叫："夫人，孙悟空那厢去了？"众女童看见牛魔，一齐跪下道："爷爷来了？"罗刹女扯住牛王，磕头撞脑，口里骂道："泼老天杀的！怎样这般不谨慎，着那猢狲偷了金睛兽，变做你的模样，到此骗我！"牛王切齿道："猢狲那厢去了？"罗刹捶着胸膛骂道："那泼猴赚了我的宝贝，现出原身走了！气杀我也！"牛王道："夫人保重，勿得心焦，等我赶上猢狲，夺了宝贝，剥了他皮，锉碎他骨 [5]，摆出他的心肝，与你出气！"叫："拿兵器来！"女童道："爷爷的兵器，不在这里。"牛王道："拿你奶奶的兵器来罢！"侍婢将两把青锋宝剑捧出。牛王脱了那赴宴的

---

1 列公：诸公，各位。

2 骏骑（jùnjì）：良马，这里指辟水金睛兽。

3 如之何：怎么办。

4 跌脚：跺脚，表示气愤、着急。

5 锉（cuò）碎：切碎，打碎。

鸦青绒袄，束一束贴身的小衣，双手绰剑¹，走出芭蕉洞，径奔火焰山上赶来。……²

话表牛魔王赶上孙大圣，只见他肩膊上掮着那柄芭蕉扇³，怡颜悦色而行。魔王大惊道："猢狲原来把运用的方法儿也叨饬得来了⁴。我若当面问他索取，他定然不与。倘若扇我一扇，要去十万八千里远，却不遂了他意？我闻得唐僧在那大路上等候。他二徒弟猪精，三徒弟沙流精，我当年做妖怪时，也曾会他。且变做猪精的模样，返骗他一场。料猢狲以得意为喜，必不详细提防。"好魔王，他也有七十二变，武艺也与大圣一般，只是身子狼犺些，欠钻疾、不活达些⁵。把宝剑藏了，念个咒语，摇身一变，即变做八戒一般嘴脸，抄下路⁶，当面迎着大圣，叫道："师兄，我来也！"

这大圣果然欢喜。古人云："得胜的猫儿欢似虎也。"只倚着强能⁷，更不察来人的意思，见是个八戒的模样，便就叫道："兄弟，

1　绰（chāo）：抓起。

2　此处为第六十、第六十一回衔接处，略去少量文字。

3　掮（qián）：用肩扛。

4　叨饬（dāotiǎn）：骗取。

5　欠钻疾、不活达：不机灵，不灵活。

6　抄下路：从路边绕过去。抄，从侧面绕过去。下路，路边。

7　强能：精明能干。

你往那里去？"牛魔王绰着经儿道[1]："师父见你许久不回，恐牛魔王手段大，你斗他不过，难得他的宝贝，教我来迎你的。"行者笑道："不必费心，我已得了手了。"牛王又问道："你怎么得的？"行者道："那老牛与我战经百十合，不分胜负。他就撇了我，去那乱石山碧波潭底，与一伙蛟精、龙精饮酒。是我暗跟他去，变做个螃蟹，偷了他所骑的辟水金睛兽，变了老牛的模样，径至芭蕉洞哄那罗刹女。那女子与老孙结了一场干夫妻[2]，是老孙设法骗将来的。"牛王道："却是生受了[3]。哥哥劳碌太甚，可把扇子我拿。"孙大圣那知真假，也虑不及此，遂将扇子递与他。

原来那牛王，他知那扇子收放的根本[4]。接过手，不知捻个什么诀儿，依然小似一片杏叶，现出本像。开言骂道："泼猢狲！认得我么？"行者见了，心中自悔道："是我的不是了！"恨了一声，跌足高呼道："咦！逐年家打雁，今却被小雁儿鹐了眼睛。[5]"恨得他暴躁如雷，掣铁棒，劈头便打。那魔王就使扇子扇他一下，不知那大圣先前变虫入罗刹女腹中之时，将定风丹噙在口里，不觉的咽下肚里，所以五脏皆牢，皮骨皆固，凭他怎么扇，再也扇

1　绰着经儿：顺着线索。这里的意思是顺着话茬儿。
2　干夫妻：假夫妻。
3　生受：辛苦，有劳。
4　根本：机密，诀窍。
5　"逐年家"二句：谚语，意谓在熟悉的领域失了手。逐年家，每年。鹐（qiān），啄。

他不动。牛王慌了，把宝贝丢入口中，双手抡剑就砍。那两个在那半空中，这一场好杀：

　　齐天孙大圣，混世泼牛王，只为芭蕉扇，相逢各骋强。粗心大圣将人骗，大胆牛王把扇诓。这一个，金箍棒起无情义；那一个，双刃青锋有智量。大圣施威喷彩雾，牛王放泼吐毫光[1]。齐斗勇，两不良，咬牙锉齿气昂昂。播土扬尘天地暗，飞砂走石鬼神藏。这个说："你敢无知返骗我？"那个说："我妻许你共相将？"[2]言村语泼[3]，性烈情刚。那个说："你哄人妻女真该死！告到官司有罪殃！"伶俐的齐天圣，凶顽的大力王，一心只要杀，更不待商量。棒打剑迎齐努力，有些松慢见阎王[4]。

　　……[5]

却好有托塔李天王并哪吒太子，领鱼肚药叉、巨灵神将，幔

1　放泼：撒泼，耍赖。毫光：如毫毛一样四射的光线。
2　"我妻"句：这是反问句，有"我妻岂容你欺骗、戏弄"之意。相将，相随、相伴。
3　言村语泼：言语粗俗难听。
4　松慢：松懈，懈怠。
5　此处略去如下情节：悟空大战牛魔王，猪八戒前来助战，如来、玉帝也派四大金刚、天兵天将来助阵。

住空中，叫道："慢来！慢来！吾奉玉帝旨意，特来此剿除你也！"牛王急了，依前摇身一变，还变做一只大白牛，使两只铁角去触天王，天王使刀来砍。随后孙行者又到，哪吒太子厉声高叫："大圣，衣甲在身，不能为礼。愚父子昨日见佛如来，发檄奏闻玉帝，言唐僧路阻火焰山，孙大圣难伏牛魔王，玉帝传旨，特差我父王领众助力。"行者道："这厮神通不小！又变做这等身躯，却怎奈何？"太子笑道："大圣勿疑，你看我擒他。"

这太子即喝一声："变！"变得三头六臂，飞身跳在牛王背上，使斩妖剑望颈项上一挥，不觉得把个牛头斩下。天王收刀，却才与行者相见。那牛王腔子里又钻出一个头来，口吐黑气，眼放金光。被哪吒又砍一剑，头落处，又钻出一个头来。一连砍了十数剑，随即长出十数个头。哪吒取出火轮儿挂在那老牛的角上，便吹真火，焰焰烘烘[1]，把牛王烧得张狂哮吼，摇头摆尾。才要变化脱身，又被托塔天王将照妖镜照住本像，腾那不动，无计逃生，只叫："莫伤我命！情愿归顺佛家也！"哪吒道："既惜身命，快拿扇子出来！"牛王道："扇子在我山妻处收着哩。"

哪吒见说，将缚妖索子解下，跨在他那颈项上，一把拿住鼻头，将索穿在鼻孔里，用手牵来。孙行者却会聚了四大金刚、六

1　焰焰烘烘：火势炽盛的样子。

丁六甲、护教伽蓝、托塔天王、巨灵神将并八戒、土地、阴兵，簇拥着白牛，回至芭蕉洞口。老牛叫道："夫人，将扇子出来，救我性命！"罗刹听叫，急卸了钗环，脱了色服[1]，挽青丝如道姑，穿缟素似比丘[2]，双手捧那柄丈二长短的芭蕉扇子，走出门。又见有金刚众圣与天王父子，慌忙跪在地下，磕头礼拜道："望菩萨饶我夫妻之命，愿将此扇奉承孙叔叔成功去也[3]！"行者近前接了扇，同大众共驾祥云，径回东路。

却说那三藏与沙僧，立一会，坐一会，盼望行者，许久不回，何等忧虑！忽见祥云满空，瑞光满地，飘飘飏飏，盖众神行将近，这长老害怕道："悟净！那壁厢是谁神兵来也？"沙僧认得道："师父啊，那是四大金刚、金头揭谛、六甲六丁、护教伽蓝与过往众神。牵牛的是哪吒三太子，拿镜的是托塔李天王，大师兄执着芭蕉扇，二师兄并土地随后，其余的都是护卫神兵。"三藏听说，换了毗卢帽[4]，穿了袈裟，与悟净拜迎众圣，称谢道："我弟子有何德能，敢劳列位尊圣临凡也！"四大金刚道："圣僧喜了，十分功行将完[5]！吾等奉佛旨差来助汝，汝当竭力修持，勿得须臾怠惰。"

1　色服：彩色的衣服。

2　缟（gǎo）素：白色的衣服。比丘：僧人。

3　奉承：奉送，馈赠。

4　毗（pí）卢帽：僧帽。

5　十分：十成，全部。功行（xíng）：僧道等修行的功夫。

三藏叩齿叩头，受身受命。[1]

孙大圣执着扇子，行近山边，尽气力挥了一扇，那火焰山平平息焰，寂寂除光；行者喜喜欢欢，又扇一扇，只闻得习习潇潇[2]，清风微动；第三扇，满天云漠漠，细雨落霏霏[3]。有诗为证。诗曰：

火焰山遥八百程[4]，火光大地有声名。火煎五漏丹难熟[5]，火燎三关道不清[6]。时借芭蕉施雨露，幸蒙天将助神功。牵牛归佛休颠劣[7]，水火相联性自平[8]。

此时三藏解燥除烦，清心了意[9]。四众皈依，谢了金刚，各转宝山。六丁、六甲升空保护，过往神祇四散[10]，天王、太子牵牛径归佛地回缴。

---

1 "叩齿"两句：意思是唐僧磕头受命，极为恭敬。叩齿，这里有口中祝告之意。叩头，磕头。受命，这里指接受教诲。

2 习习潇潇：指风吹刮的声音。

3 霏霏（fēi）：雨很盛的样子。

4 程：路途长度单位。指驿路上以驿站、邮亭歇宿为起止的一段路。

5 五漏：五更。这里指一整夜。

6 燎（liǎo）：烤烧，烘烤。三关：古时三个重要关隘的合称。具体所指，说法不一。道不清：意思是挡住了去路。

7 颠劣：疯狂顽劣。

8 相联：这里是相遇的意思。

9 清心了（liǎo）意：（因困难消除而）愁闷全消，心情舒畅。

10 神祇（qí）：天神与地神，这里泛指神灵。祇，地神。

止有本山土地押着罗刹女，在旁伺候。行者道："那罗刹，你不走路，还立在此等甚？"罗刹跪道："万望大圣垂慈[1]，将扇子还了我罢。"八戒喝道："泼贱人，不知高低！饶了你的性命就够了，还要讨什么扇子。我们拿过山去，不会卖钱买点心吃？费了这许多精神力气，又肯与你！雨蒙蒙的，还不回去哩！"罗刹再拜道："大圣原说扇息了火还我。今此一场，诚悔之晚矣。只因不倜傥[2]，致令劳师动众。我等也修成人道[3]，只是未归正果，见今真身现像归西[4]，我再不敢妄作。愿赐本扇，从立自新，修身养命去也。"土地道："大圣！趁此女深知息火之法，断绝火根，还他扇子。小神居此苟安，拯救这方生民，求些血食[5]，诚为恩便[6]。"行者道："我当时问着乡人说：这山扇息火，只收得一年五谷，便又火发。如何治得除根？"罗刹道："要是断绝火根，只消连扇四十九扇，永远再不发了。"

　　行者闻言，执扇子，使尽筋力，望山头连扇四十九扇，那山上大雨淙淙。果然是宝贝：有火处下雨，无火处天晴。他师徒们

　　1　垂慈：发慈悲。垂，敬辞，称长辈或上级对自己的行动。
　　2　倜傥（tìtǎng）：豪爽洒脱而不受世俗礼法拘束，这里是慷慨大方的意思。
　　3　人道：指佛教所说六道之一。佛教认为众生在天道、人道、阿修罗道、畜生道、饿鬼道和地狱道六道中轮回。
　　4　见今：同"现今"。归西：到西天。
　　5　血食：指用于祭祀的食品，因杀牲取血以祭，故称。
　　6　恩便：恩惠便利。

立在这无火处，不遭雨湿。坐了一夜，次早才收拾马匹行李，把扇子还了罗刹，又道："老孙若不与你，恐人说我言而无信。你将扇子回山，再休生事。看你得了人身，饶你去罢！"那罗刹接了扇子，念个咒语，捏做个杏叶儿，噙在口里，拜谢了众圣。隐姓修行，后来也得了正果，经藏中万古流名[1]。罗刹、土地俱感激谢恩，随后相送。行者、八戒、沙僧保着三藏遂此前进，真个是身体清凉，足下滋润。

---

1 经藏（zàng）：佛教经典的一类，与律藏、论藏合称"三藏"。

12. 节选一二 灭法国改号"钦法国"

阅读提示

一、本段选自《西游记》第八十四回"难灭伽持圆大觉,法王成正体天然"和第八十五回"心猿妒木母,魔主计吞禅"。此前刚刚与鼠精较量获胜,如今又遇上杀戮僧人的国度,且看悟空如何应对。

二、灭法国国王发愿要杀一万个和尚,取经四众刚好来当"送命王菩萨"。此番历劫,全靠悟空的筹划运作、随机应变。你看他跟开客店的赵寡妇对答如流,可知悟空不光武艺超群,还是个"老江湖"。只是人命关天,佛家"不打诳语"的戒律也顾不得了,悟空见景生情,一篇谎话编得滴水不漏,以至于四人睡在大柜中的奇怪举动,竟未引起赵寡妇的怀疑。

三、在悟空面前,办法总比问题多。四人睡觉的柜子被盗,又被巡城的官军截获,只待天明送上朝堂,死亡的威胁近在咫尺。悟空临危不乱,立即想出对策,"以毒攻毒"。灭法国皇帝、后妃、太监、臣僚一夜间全都变成"和尚",让他们全都尝尝死亡的恐惧:发可剃,掉脑袋不是同样容易吗?唐僧四众有惊无险地度过一劫,还感化了灭法国君臣,"乘善归真",更改国名,可谓功德无量。

四、文中的细节描写,真实生动又富于喜剧味儿。如师徒四人要扮俗人,需戴头巾,悟空从民间"借"了几套衣帽来,长老、沙僧都穿戴了;"八戒的头大,戴不得巾儿,被行者取了些针线,把头巾扯开,两顶缝做一顶,与他搭在头上"。又如怕人认出是和尚,入店上楼时,悟空"引着师父,从灯影儿后面,径上楼门",见有人点上灯来,"行者拦门,一口吹息道:'这般月亮不用灯。'";下楼时,"行者引着师父,沙僧拿担,顺灯影后径到柜边"。及至睡到柜中,悟空还不忘嘱咐:"赵妈妈,盖上盖儿,插上销钉,锁上锁子,还替我们看看,那里透亮,使些纸儿糊糊,明日早些儿来开。"这些地方,都能令人会心一笑,隔着五百年时空,感受到作者的狡黠与幽默。

师徒四众,耽炎受热[1]。正行处,忽见那路旁有两行高柳,柳阴中走出一个老母,右手下搀着一个小孩儿,对唐僧高叫道:"和

---

1 耽:承受,经受。

尚，不要走了，快早儿拨马东回，进西去都是死路。"唬得个三藏跳下马来，打个问讯道[1]："老菩萨，古人云：'海阔从鱼跃，天空任鸟飞。'怎么西进便没路了？"那老母用手朝西指道："那里去，有五六里远近，乃是灭法国。那国王前生那世里结下冤仇，今世里无端造罪。二年前许下一个罗天大愿[2]，要杀一万个和尚，这两年陆陆续续，杀够了九千九百九十六个无名和尚，只要等四个有名的和尚，凑成一万，好做圆满哩[3]。你们去，若到城中，都是送命王菩萨[4]！"三藏闻言，心中害怕，战兢兢的道："老菩萨，深感盛情，感谢不尽！但请问可有不进城的方便路儿，我贫僧转过去罢[5]。"那老母笑道："转不过去，转不过去。只除是会飞的，就过去了也。"八戒在旁边卖嘴道[6]："妈妈儿莫说黑话[7]，我们都会飞哩。"

行者火眼金睛，其实认得好歹[8]。那老母揽着孩儿，原是观音菩萨与善财童子。慌得倒身下拜，叫道："菩萨，弟子失迎！失

---

1 打个问询：指僧尼向人合掌致敬。
2 罗天大愿：天大的愿心（对神、佛有所祈求时许下的酬谢）。罗天，大罗天，是道教最高最广的天，这里用以形容愿心的宏大。
3 圆满：佛教语，指佛事完毕。
4 送命王菩萨：这里是俏皮话，意思是送命的人。
5 转过去：绕过去。
6 卖嘴：耍嘴皮子。
7 黑话：吓唬人的话。
8 好歹：好坏。

迎！"那菩萨一朵祥云轻轻驾起，吓得个唐长老立身无地，只情跪着磕头¹。八戒、沙僧也慌跪下，朝天礼拜。一时间，祥云缥缈²，径回南海而去。

行者起来，扶着师父道："请起来，菩萨已回宝山也。"三藏起来道："悟空，你既认得是菩萨，何不早说？"行者笑道："你还问话不了³，我即下拜，怎么还是不早哩？"八戒、沙僧对行者道："感蒙菩萨指示，前边必是灭法国，要杀和尚。我等怎生奈何？"行者道："呆子休怕！我们曾遭着那毒魔狠怪，虎穴龙潭，更不曾伤损⁴；此间乃是一国凡人，有何惧哉？只奈这里不是住处。天色将晚，且有乡村人家，上城买卖回来的，看见我们是和尚，嚷出名去，不当稳便⁵。且引师父找下大路⁶，寻个僻静之处，却好商议。"真个三藏依言，一行都闪下路来，到一个坑坎之下坐定。行者道："兄弟，你两个好生保守师父，待老孙变化了，去那城中看看，寻一条僻路，连夜去也。"三藏叮嘱道："徒弟呵，莫当小可⁷。王法不容，你须仔细！"行者笑道："放心！放心！老孙自有

1　只情：只管，只顾。
2　缥缈（piāomiǎo）：高远隐约的样子。
3　不了：未毕，没完。
4　更：尚且。
5　不当稳便：不大妥当。
6　找下大路：走出大路，离开大路。下文的"闪下路来"即指离开大路。
7　小可：指小事。

道理。"

好大圣，话毕，将身一纵，唿哨的跳在空中[1]。怪哉：

上面无绳扯，下头没棍撑。一般同父母，他便骨头轻。

伫立在云端里，往下观看，只见那城中喜气冲融[2]，祥光荡漾。行者道："好个去处，为何灭法？"看一会，渐渐天昏，又见那：

十字街灯光灿烂，九重殿香蔼钟鸣[3]。七点皎星照碧汉[4]，八方客旅卸行踪[5]。六军营，隐隐的画角才吹[6]；五鼓楼，点点的铜壶初滴[7]。四边宿雾昏昏[8]，三市寒烟蔼蔼[9]。两两夫妻归绣幕[10]，一轮明月上东方。

-----

1 唿哨（hūshào）的：呼啸着。
2 冲融：充溢弥漫的样子。
3 九重殿：指皇宫。香蔼钟鸣：香烟缭绕，钟鸣乐起。蔼，盛多弥漫的样子。钟鸣，这里指钟鸣鼎食，即古代贵族吃饭时要奏乐。
4 七点皎星：北斗七星，这里泛指星星。
5 卸行踪：卸下行装。
6 画角：古时管乐器。以竹木或皮革等制成，因表面有彩绘，故称画角。军中多用以警昏晓，振士气。
7 铜壶：古时铜制壶形的计时器，盛水滴漏，以计时刻。
8 宿雾：夜雾。昏昏：昏暗的样子。
9 三市：泛指闹市。蔼蔼：云雾弥漫的样子。
10 绣幕：床帷，床帐。

他想着："我要下去，到街坊打看路径，这般个嘴脸撞见人，必定说是和尚。等我变一变了。"捻着诀，念动真言，摇身一变，变做个扑灯蛾儿：

形细翼硗轻巧[1]，灭灯扑烛投明。本来面目化生成，腐草中间灵应。[2]每爱炎光触焰，忙忙飞绕无停。紫衣香翅赶流萤[3]，最喜夜深风静。

但见他翩翩翻翻，飞向六街三市；傍房檐，近屋角。正行时，忽见那隅头拐角上一湾子人家[4]，人家门首挂着个灯笼儿。他道："这人家过元宵哩？怎么挨排儿都点灯笼[5]？"他硬硬翅[6]，飞近前来，仔细观看。正当中一家子方灯笼上，写着"安歇往来商贾"六字，下面又写着"王小二店"四字，行者才知是开饭店的。又伸头打一看，看见有八九个人，都吃了晚饭，宽了衣服，卸了

1　硗（qiāo）：薄。

2　"本来"二句：古人认为萤火虫是腐草变化而成。按，本篇韵语是咏扑灯蛾的，中间二句连带咏萤火虫。这是通俗文学常有的"错误"，不必较真。化生，变化，转化。灵应，灵验。

3　紫衣香翅：这里代指蛾子。流萤：飞行无定的萤火虫。

4　隅头：墙角。一湾子：一带。

5　挨排儿：依次排列。

6　硬硬翅：振振翅，拍拍翅。

头巾，洗了脚手，各各上床睡了。行者暗喜道："师父过得去了。"你道他怎么就知过得去？他要起个不良之心，等那些人睡着，要偷他的衣服头巾，装做俗人进城。

噫，有这般不遂意的事[1]！正思忖处，只见那小二走向前，吩咐："列位官人仔细些，我这里君子小人不同[2]，各人的衣物行李都要小心着。"你想那在外做买卖的人，那样不仔细？又听得店家吩咐，越发谨慎。他都爬起来道："主人家说得有理。我们走路的人辛苦，只怕睡着，急忙不醒，一时失所，奈何？你将这衣服、头巾、搭联都收进去[3]，待天将明，交付与我们起身。"那王小二真个把些衣物之类，尽情都搬进他屋里去了。行者性急，展开翅，就飞入里面，丁在一个头巾架上。又见王小二去门首摘了灯笼，放下吊搭[4]，关了门窗，却才进房，脱衣睡下。那王小二有个婆子，带了两个孩子，哇哇聒噪，急忙不睡。那婆子又拿了一件破衣，补补纳纳，也不见睡。行者暗想道："若等这婆子睡下下手，却不误了师父？"又恐更深，城门闭了，他就忍不住，飞下去，望灯

1　遂意：遂心，如意。
2　君子小人不同：意思是君子小人，各有区别。这里的意思是店里的客人好坏不齐。
3　搭联：同"褡裢"（dālian），长方形的口袋，中央开口，两端各成一个袋子，可以盛物，搭在肩上或缠在腰上。
4　吊搭：上写有店铺字号的旗子，悬挂在店铺门首。

上一扑。真是舍身投火焰，焦额探残生[1]。那盏灯早已息了。他又摇身一变，变做个老鼠，嗞嗞哇哇的叫了两声[2]，跳下来，拿着衣服、头巾，往外就走。那婆子慌慌张张的道："老头子，不好了！夜耗子成精也！"行者闻言，又弄手段，拦着门厉声高叫道："王小二，莫听你婆子胡说，我不是夜耗子成精。明人不做暗事，吾乃齐天大圣临凡[3]，保唐僧往西天取经。你这国王无道，特来借此衣冠，装扮我师父一时。过了城去，就便送还。"那王小二听言，一毂辘起来，黑天摸地，又是着忙的人，捞着裤子当衫子，左穿也穿不上，右套也套不上。

那大圣使个摄法，早已驾云出去。复翻身，径至路下坑坎边前。三藏见星光月皎，探身凝望，见是行者，来至近前，即开口叫道："徒弟，可过得灭法国么？"行者上前放下衣物道："师父，要过灭法国，和尚做不成。"八戒道："哥，你勒掯那个哩[4]？不做和尚也容易，只消半年不剃头，就长出毛来也。"行者道："那里等得半年！眼下就都要做俗人哩！"那呆子慌了道："但你说话，

1　焦额探残生：（因扑火）而焦头烂额，了却残生。探，这里有用尽之意。残生，残余的生命。

2　嗞嗞（lài）哇哇：象声词，形容老鼠的叫声。

3　临凡：降临凡间。

4　勒掯（lēikèn）：故意为难。

通不察理[1]。我们如今都是和尚，眼下要做俗人，却怎么戴得头巾？就是边儿勒住，也没收顶绳处。[2]"三藏喝道："不要打花[3]，且干正事！端的何如？"行者道："师父，他这城池我已看了。虽是国王无道杀僧，却倒是个真天子，城头上有祥光喜气。城中的街道，我也认得，这里的乡谈[4]，我也省得，会说。却才在饭店内借了这几件衣服头巾，我们且扮作俗人，进城去借了宿。至四更天就起来，教店家安排了斋吃；捱到五更时候[5]，挨城门而去[6]，奔大路西行。就有人撞见扯住，也好折辨[7]：只说是上邦钦差的[8]，灭法王不敢阻滞[9]，放我们来的。"沙僧道："师兄处的最当[10]，且依他行。"

真个长老无奈，脱了褊衫，去了僧帽，穿了俗人的衣服，戴了头巾。沙僧也换了。八戒的头大，戴不得巾儿，被行者取了些针线，把头巾扯开，两顶缝做一顶，与他搭在头上，拣件宽大的

1　通：总是。察理：讲理。
2　"就是"两句：即使头巾边缘能勉强勒住头，但头巾的顶绳却没地方系。明代人戴头巾，巾顶要用绳系在发髻上；和尚没有头发，所以说没有收顶绳处。这是猪八戒说笑抱怨的话。
3　打花：闲谈，说笑。
4　乡谈：方言土语。
5　捱（ái）：同"挨"，等待。
6　挨：拥挤。
7　折（zhé）辨：同"折辩"，争辩，分辩。
8　上邦：上国。是附庸国对宗主国的称呼。
9　阻滞：阻止。
10　处的最当：处理得最合适。

衣服，与他穿了。然后自家也换上一套，道："列位，这一去，把'师父徒弟'四个字儿且收起。"八戒道："除了此四字，怎的称呼？"行者道："都要做弟兄称呼：师父叫做唐大官儿，你叫做朱三官儿，沙僧叫做沙四官儿，我叫做孙二官儿。但到店中，你们切休言语，只让我一个开口答话。等他问什么买卖，只说是贩马的客人。把这白马做个样子，说我们是十弟兄，我四个先来赁店房卖马[1]。那店家必然款待我们，我们受用了；临行时，等我拾块瓦查儿[2]，变块银子谢他，却就走路。"长老无奈，只得曲从[3]。

四众忙忙的牵马挑担，跑过那边。此处是个太平境界，入更时分，尚未关门，径直进去，行到王小二店门首，只听得里边叫哩。有的说："我不见了头巾！"有的说："我不见了衣服！"行者只推不知，引着他们，往斜对门一家安歇。那家子还未收灯笼，即近门叫道："店家，可有闲房儿我们安歇？"那里边有个妇人答应道："有，有，有。请官人们上楼。"说不了，就有一个汉子来牵马。行者把马儿递与牵进去，他引着师父，从灯影儿后面[4]，径上楼门。那楼上有方便的桌椅，推开窗格，映月光齐齐坐下。只

1　赁（lìn）：租用。
2　瓦查（zhā）儿：碎瓦片。
3　曲从：委曲顺从。
4　灯影儿：物体在灯光下的影子。

见有人点上灯来，行者拦门，一口吹息道："这般月亮不用灯。"

那人才下去，又一个丫鬟拿四碗清茶，行者接住。楼下又走上一个妇人来，约有五十七八岁的模样，一直上楼，站着旁边，问道："列位客官，那里来的？有甚宝货？"行者道："我们是北方来的，有几匹粗马贩卖[1]。"那妇人道："贩马的客人尚还小[2]。"行者道："这一位是唐大官，这一位是朱三官，这一位是沙四官，我学生是孙二官。"妇人笑道："异姓。"行者道："正是异姓同居。我们共有十个弟兄，我四个先来赁店房打火[3]；还有六个在城外借歇，领着一群马，因天晚不好进城。待我们赁了房子，明早都进来，只等卖了马才回。"那妇人道："一群有多少马？"行者道："大小有百十匹儿，都像我这个马的身子，却只是毛片不一[4]。"妇人笑道："孙二官人诚然是个客纲客纪[5]。早是来到舍下[6]，第二个人家也不敢留你。我舍下院落宽阔，槽札齐备[7]，草料又有，凭你几百匹马都养得下。却一件：我舍下在此开店多年，也有个贱名。先夫姓赵，不幸去世久矣，我唤做赵寡妇店。我店里三样儿待客。如

1　粗马：对自己所贩卖的马的谦称。

2　尚还小：指年纪还不大。

3　打火：旅途中休息做饭。

4　毛片：毛色。

5　诚然：的确。客纲客纪：诚实守信的生意人。

6　舍下：谦称自己的家。

7　槽札：马槽和铡刀。札，同"铡"，铡刀。

今'先小人，后君子'[1]，先把房钱讲定后好算账。"行者道："说得是。你府上是那三样待客？常言道：'货有高低三等价，客无远近一般看[2]。'你怎么说三样待客？你可试说说我听。"

赵寡妇道："我这里是上、中、下三样。上样者：五果五菜的筵席，狮仙斗糖桌面二位一张[3]，请小娘儿来陪唱陪歇[4]，每位该银五钱，连房钱在内。"行者笑道："相应啊！我那里五钱银子还不够请小娘儿哩。"寡妇又道："中样者：合盘桌儿，只是水果、热酒，筛来凭自家猜枚行令[5]，不用小娘儿，每位只该二钱银子。"行者道："一发相应！下样儿怎么？"妇人道："不敢在尊客面前说。"行者道："也说说无妨，我们好拣相应的干。"妇人道："下样者：没人伏侍，锅里有方便的饭，凭他怎么吃。吃饱了，拿个草儿，打个地铺，方便处睡觉。天光时，凭赐几文饭钱，决不争竞[6]。"八戒听说道："造化！造化！老朱的买卖到了[7]！等我看着锅吃饱了

---

1 "先小人"两句：先做小人，后做君子。意思是先把比较利益得失的话说清楚，然后再讲情谊和礼让。

2 一般：一样，同样。

3 狮仙斗糖：用糖及芝麻调制塑形的高档食品，为仙人骑狮等造型，可看可吃。

4 小娘儿：指妓女。

5 猜枚：把瓜子、莲子或黑白棋子等握在手心里，让别人猜单双、数目或颜色，猜中者为胜，不中者输。多用于宴会助兴的酒令游戏。行令：行酒令。

6 争竞：计较，争辩。

7 买卖：这里指擅长之事。

饭，灶门前睡他娘[1]！"行者道："兄弟，说那里话！你我在江湖上，那里不赚几两银子！把上样的安排将来。"那妇人满心欢喜，即叫："看好茶来，厨下快整治东西。"遂下楼去，忙叫："宰鸡宰鹅，煮腌下饭[2]。"又叫："杀猪杀羊，今日用不了，明日也可用。看好酒，拿白米做饭，白面捍饼。"

三藏在楼上听见，道："孙二官，怎好？他去宰鸡鹅，杀猪羊，倘送将来，我们都是长斋，那个敢吃？"行者道："我有主张。"去那楼门边跌跌脚，道："赵妈妈，你上来。"那妈妈上来道："二官人有甚吩咐？"行者道："今日且莫杀生，我们今日斋戒。"寡妇惊讶道："官人们是长斋，是月斋？"行者道："俱不是，我们唤做庚申斋。今朝乃是庚申日，当斋；只过三更后，就是辛酉，便开斋了。你明日杀生罢。如今且去安排些素的来，定照上样价钱奉上。"那妇人越发欢喜，跑下去教："莫宰！莫宰！取些木耳、闽笋、豆腐、面筋，园里拔些青菜，做粉汤，发面蒸卷子，再煮白米饭，烧香茶。"

咦！那些当厨的庖丁[3]，都是每日家做惯的手段，霎时间就安排停当，摆在楼上。又有现成的狮仙糖果，四众任情受用。又

---

1 睡他娘：粗话，睡。
2 煮腌（yān）：烧煮和盐渍（zì）两种烹饪方法。
3 庖丁：厨师。

问:"可吃素酒¹?"行者道:"止唐大官不用,我们也吃几杯。"寡妇又取了一壶暖酒,他三个方才斟上,忽听得乒乓板响。行者道:"妈妈,底下倒了什么家火了²?"寡妇道:"不是,是我小庄上几个客子送租米来晚了³,教他在底下睡。因客官到,没人使用,教他们抬轿子去院中请小娘儿陪你们⁴。想是轿杠撞得楼板响。"行者道:"早是说哩,快不要去请。一则斋戒日期,二则兄弟们未到。索性明日进来,一家请个表子⁵,在府上耍耍时,待卖了马起身。"寡妇道:"好人!好人!又不失了和气,又养了精神。"教:"抬进轿子来,不要请去。"四众吃了酒饭,收了家火,都散讫。

三藏在行者耳根边悄悄的道:"那里睡?"行者道:"就在楼上睡。"三藏道:"不稳便。我们都辛辛苦苦的,倘或睡着,这家子一时再有人来收拾,见我们或滚了帽子,露出光头,认得是和尚,嚷将起来,却怎么好?"行者道:"是啊!"又去楼前跌跌脚。寡妇又上来道:"孙官人又有甚吩咐?"行者道:"我们在那里睡?"妇人道:"楼上好睡,又没蚊子,又是南风,大开着窗子,忒好睡觉。"行者道:"睡不得。我这朱三官儿有些寒湿气,沙四

---

1 素酒:未经蒸馏过的低度酒,不容易醉人。
2 家火:器具。
3 租米:古时农民缴纳的作为地租的米。
4 院中:行院。古时优伶(演员)或妓女的住所。
5 表子:婊子,旧时对妓女的称呼。

官儿有些漏肩风[1]，唐大哥只要在黑处睡，我也有些儿羞明[2]。此间不是睡处。"那妈妈走下去，倚着柜栏叹气。他有个女儿，抱着个孩子近前道："母亲，常言道：'十日滩头坐，一日行九滩。'[3]如今炎天，虽没甚买卖，到交秋时[4]，还做不了的生意哩[5]。你嗟叹怎么？"妇人道："儿啊，不是愁没买卖。今日晚间，已是将收铺子，入更时分，有这四个马贩子来赁店房，他要上样管待。实指望赚他几钱银子，他却吃斋，又赚不得他钱，故此嗟叹。"那女儿道："他既吃了饭，不好往别人家去。明日还好安排荤酒，如何赚不得他钱？"妇人又道："他都有病，怕风，羞亮，都要在黑处睡。你想家中都是些单浪瓦儿的房子[6]，那里去寻黑暗处？不若舍一顿饭与他吃了，教他往别家去罢。"女儿道："母亲，我家有个黑处，又无风色，甚好，甚好。"妇人道："是那里？"女儿道："父亲在日曾做了一张大柜。那柜有四尺宽，七尺长，三尺高下，里面可睡六七个人。教他们往柜里睡去罢。"妇人道："不知可好，等我问他一声。孙官人，舍下蜗居[7]，更无黑处，止有一张大柜，不透风，

1　漏肩风：指肩周炎。

2　羞明：怕光。

3　"十日"两句：谚语，这里比喻买卖虽有淡季，但也有忙碌赚钱的时候。

4　交秋：立秋。

5　还做不了的生意：还有做不完的生意呢。

6　单浪瓦儿的房子：指屋顶只铺一层瓦的简易房子（难免透光透风）。

7　蜗居：比喻窄小的住所。

又不透亮，往柜里睡去如何？"行者道："好！好！好！"即着几个客子把柜抬出，打开盖儿，请他们下楼。行者引着师父，沙僧拿担，顺灯影后径到柜边。八戒不管好歹，就先爬进柜去。沙僧把行李递入，搀着唐僧进去，沙僧也到里边。行者道："我的马在那里？"旁有伏侍的道："马在后屋拴着吃草料哩。"行者道："牵来，把槽抬来，紧挨着柜儿拴住。"方才进去，叫："赵妈妈，盖上盖儿，插上销钉，锁上锁子，还替我们看看，那里透亮，使些纸儿糊糊，明日早些儿来开。"寡妇道："忒小心了！"遂此各各关门去睡不题。

却说他四个到了柜里。可怜啊！一则乍戴个头巾，二来天气炎热，又闷住了气，略不透风[1]，他都摘了头巾，脱了衣服，又没把扇子，只将僧帽扑扑扇扇。你挨着我，我挤着你，直到有二更时分，却都睡着。惟行者有心闯祸，偏他睡不着，伸过手将八戒腿上一捻。那呆子缩了脚，口里哼哼的道："睡了罢！辛辛苦苦的，有什么心肠还捻手捻脚的耍子[2]？"行者捣鬼道[3]："我们原来的本身是五千两[4]，前者马卖了三千两，如今两搭联里现有四千两，

1　略不：毫不。
2　心肠：心情，心思。
3　捣鬼：施用诡计。
4　本身：本钱。

这一群马还卖他三千两,也有一本一利[1]。够了!够了!"八戒要睡的人,那里答对。

岂知他这店里走堂的、挑水的、烧火的,素与强盗一伙。听见行者说有许多银子,他就着几个溜出去[2],伙了二十多个贼,明火执杖的来打劫马贩子。冲开门进来,唬得那赵寡妇娘女们战战兢兢的关了房门,尽他外边收拾。原来那贼不要店中家火,只寻客人。到楼上不见形迹,打着火把,四下照看,只见天井中一张大柜,柜脚上拴着一匹白马,柜盖紧锁,掀翻不动。众贼道:"走江湖的人都有手眼[3],看这柜势重,必是行囊财帛锁在里面。我们偷了马,抬柜出城,打开分用,却不是好?"那些贼果找起绳扛[4],把柜抬着就走,幌阿幌的。八戒醒了道:"哥哥,睡罢。摇什么?"行者道:"莫言语!没人摇。"三藏与沙僧忽地也醒了,道:"是甚人抬着我们哩?"行者道:"莫嚷!莫嚷!等他抬!抬到西天,也省得走路。"那贼得了手,不往西去,倒抬向城东,杀了守门的军,打开城门出去。当时就惊动六街三市,各铺上火甲人

---

1 一本一利:本钱和所赚的利润一样多。

2 着(zhuó):差使,打发。

3 手眼:伎俩,手段。

4 绳扛:同"绳杠",绳子和粗棍。

夫[1]，都报与巡城总兵、东城兵马司[2]。那总兵、兵马，事当干己[3]，即点人马弓兵，出城赶贼。那贼见官军势大，不敢抵敌，放下大柜，丢了白马，各自落草逃走[4]。众官军不曾拿得半个强盗，只是夺下柜，捉住马，得胜而回。总兵在灯光下见那马，好马：

鬃分银线，尾軃玉条[5]。说什么八骏龙驹[6]，赛过了骕骦款段[7]。千金市骨[8]，万里追风[9]。登山每与青云合，啸月浑如白雪匀[10]。真是蛟龙离海岛，人间喜有玉麒麟[11]。

总兵官把自家马儿不骑，就骑上这个白马，帅军兵进城，把柜子抬在总府，同兵马写个封皮封了，令人巡守，待天明启奏，请旨定夺。官军散讫不题。

1　各铺（pù）上火甲人夫：这里泛指城里各处的民众。铺，店铺，商铺。火甲，明代户籍制度的单位，也指户甲之长。人夫，民夫，旧时称为官府、军队服劳役的人。
2　兵马司：官署名，专理京城捕盗及斗殴等事，这里代指兵马司兵马。
3　事当干（gān）己：事情正在自己职责范围。当，在。干，涉及。
4　落草逃走：落荒而逃。
5　玉条：这里比喻马尾。
6　八骏：八匹名马的合称。具体所指，说法不一。龙驹：骏马名。
7　骕骦、款段：骏马名。
8　千金市骨：史载，战国时燕昭王花费千金买得千里马骨，这里以千里马骨形容白龙马的珍贵。
9　追风：骏马名。
10　浑如：完全像，很像。
11　麒麟：传说中的神兽。

却说唐长老在柜里埋怨行者道："你这个猴头，害杀我也！若在外边，被人拿住，送与灭法国王，还好折辨；如今锁在柜里，被贼劫去，又被官军夺来，明日见了国王，现现成成的开刀请杀，却不凑了他一万之数？"行者道："外面有人！打开柜，拿出来不是捆着，便是吊着。且忍耐些儿，免了捆吊。明日见那昏君，老孙自有对答，管你一毫儿也不伤，且放心睡睡。"

挨到三更时分，行者弄个手段，顺出棒来，吹口仙气，叫："变！"即变做三尖头的钻儿[1]，挨柜脚两三钻，钻了一个眼子。收了钻，摇身一变，变做个蝼蚁儿，爬将出去。现原身，踏起云头，径入皇宫门外。那国王正在睡浓之际，他使个大分身普会神法[2]，将左臂上毫毛都拔下来，吹口仙气，叫："变！"都变做小行者。右臂上毛，也都拔下来，吹口仙气，叫："变！"都变做瞌睡虫。念一声"唵"字真言，教当坊土地[3]，领众布散皇宫内院、五府六部、各衙门大小官员宅内，但有品职者，都与他一个瞌睡虫，人人稳睡，不许翻身。又将金箍棒取在手中，掂一掂，幌一幌，叫声："宝贝，变！"即变做千百口剃头刀儿，他拿一把，吩咐小行

---

1 三尖头的钻儿：三棱钻头。
2 大分身普会神法：根据下文，指悟空变出大量小行者、瞌睡虫和剃头刀的法术。
3 当坊（fāng）土地：本地区的土地神。

者各拿一把，都去皇宫内院、五府六部、各衙门里剃头[1]。……[2]

这半夜剃削成功。念动咒语，喝退土地神祇。将身一抖，两臂上毫毛归伏；将剃头刀总捻成真，依然认了本性[3]，还是一条金箍棒。收来些小之形[4]，藏于耳内。复翻身还做螟蚁，钻入柜内。现了本相，与唐僧守困不题。

却说那皇宫内院宫娥彩女，天不亮起来梳洗，一个个都没了头发。穿宫的大小太监[5]，也都没了头发。一拥齐来，到于寝宫外[6]，奏乐惊寝[7]，个个嘻泪，不敢传言。少时，那三宫皇后醒来，也没了头发，忙移灯到龙床下看处，锦被窝中，睡着一个和尚，皇后忍不住言语出来，惊醒国王。那国王急睁睛，见皇后的光头，他连忙爬起来道："梓童[8]，你如何这等？"皇后道："主公亦如此也。"那皇帝摸摸头，唬得三尸呻咋[9]，七魄飞空[10]，道："朕当怎的

1　五府：古时五官署的合称。具体所指，说法不一。六部：明代中央行政机构吏部、户部、礼部、兵部、刑部、工部的合称。

2　此处略去玄理诗一首。

3　总捻成真，依然认了本性：意思是将金箍棒变成的千百口剃头刀总捻在一起，恢复成本来面目。

4　些小：细小，微小。

5　穿宫：出入宫禁。

6　寝宫：帝王后妃的居住之所。

7　奏乐惊寝：奏起乐来惊动帝王后妃。寝，寝宫，这里代指帝王后妃。

8　梓童：皇帝对皇后的称呼。

9　三尸：道教称人体内有三个作祟的神，叫"三尸"。

10　七魄：道教称人有七魄。

来耶[1]！"正慌忙处，只见那六院嫔妃、宫娥彩女、大小太监，皆光着头跪下道："主公，我们做了和尚耶！"国王见了，眼中流泪道："想是寡人杀害和尚……"即传旨吩咐："汝等不得说出落发之事[2]，恐文武群臣，褒贬国家不正[3]。且都上殿设朝[4]。"却说那五府六部，合衙门大小官员，天不明都要去朝王拜阙[5]。原来这半夜一个个也没了头发。各人都写表启奏此事。……[6]

话说那国王早朝，文武多官俱执表章启奏道："主公，望赦臣等失仪之罪[7]。"国王道："众卿礼貌如常，有何失仪？"众卿道："主公啊，不知何故，臣等一夜把头发都没了。"国王执了这没头发之表，下龙床对群臣道："果然不知何故。朕宫中大小人等，一夜也尽没了头发。"君臣们都各汪汪滴泪道："从此后，再不敢杀戮和尚也。"王复上龙位，众官各立本班[8]。王又道："有事出班来奏，无事卷帘散朝。"只见那武班中闪出巡城总兵官，文班中走出东城兵马使，当阶叩头道："臣蒙圣旨巡城，夜来获得贼赃一

---

1 朕：古时皇帝的自称。下文的"寡人"为君王谦称。
2 汝等：你们。
3 褒贬：批评，指责。
4 设朝：帝王莅（lì）朝听政。
5 拜阙：向皇帝居住的宫阙叩拜，这里指朝见皇帝。
6 此处为第八十四、第八十五回衔接处，略去少量文字。
7 失仪：不合礼仪。
8 本班：本位，指各自的位次。

柜，白马一匹。微臣不敢擅专[1]，请旨定夺[2]。"国王大喜道："连柜取来。"

二臣即退至本衙，点起齐整军士，将柜抬出。三藏在内，魂不附体道："徒弟们，这一到国王前，如何理说？"行者笑道："莫嚷！我已打点停当了。开柜时，他就拜我们为师哩。只教八戒不要争竞长短。"八戒道："但只免杀，就是无量之福，还敢争竞哩！"说不了，抬至朝外，入五凤楼，放在丹墀之下[3]。

二臣请主公开看，国王即命打开。方揭了盖，猪八戒就忍不住往外一跳，唬得那多官胆战，口不能言。又见孙行者揪出唐僧，沙和尚搬出行李。八戒见总兵官牵着马，走上前，咄的一声道："马是我的！拿过来！"吓得那官儿翻跟头，跌倒在地。四众俱立在阶中。那国王看见是四个和尚，忙下龙床，宣召三宫妃后，下金銮宝殿，同群臣拜问道："长老何来？"三藏道："是东土大唐驾下差往西方天竺国大雷音寺拜活佛取真经的。"国王道："老师远来，为何在这柜里安歇？"三藏道："贫僧知陛下有愿心杀和尚，不敢明投上国[4]，扮俗人，夜至宝方饭店里借宿。因怕人识破原身，

1　擅（shàn）专：独断专行。
2　定夺：决定事情的可否与去取。
3　丹墀（chí）：指宫殿的红色台阶及平台。
4　上国：对对方国家的敬称。下文的"宝方"，是称对方乡土的敬辞。

故此在柜中安歇。不幸被贼偷出，被总兵捉获抬来。今得见陛下龙颜，所谓拨云见日。望陛下赦放贫僧，海深恩便也！"国王道："老师是天朝上国高僧，朕失迎迓[1]。朕常年有愿杀僧者，曾因僧谤了朕[2]，朕许天愿，要杀一万和尚做圆满。不期今夜归依[3]，教朕等为僧。如今君臣后妃，发都剃落了，望老师勿吝高贤[4]，愿为门下。"

八戒听言，呵呵大笑道："既要拜为门徒，有何贽见之礼[5]？"国王道："师若肯从，愿将国中财宝献上。"行者道："莫说财宝，我和尚是有道之僧。你只把关文倒换了，送我们出城，保你皇图永固，福寿长臻[6]。"那国王听说，即着光禄寺大排筵宴[7]。君臣合同[8]，拜归于一[9]。即时倒换关文，求三藏改换国号。行者道："陛下'法国'之名甚好，但只灭字不通。自经我过，可改号'钦法国'，

---

1 迎迓（yà）：迎接。

2 谤（bàng）：指责别人的过失。

3 归依：同"皈依"。

4 勿吝高贤：不要吝惜您高尚贤良、普度众生的品德。

5 贽（zhì）见之礼：见面礼。

6 皇图永固，福寿长臻（zhēn）：祝颂之辞，皇位长久，福多寿高。皇图，皇位。固，牢固。臻，至、到来。

7 光禄寺：官署名，掌朝廷祭祀、朝会、饮宴等事。

8 合同：和合齐同。

9 拜归于一：拜佛致意，其心归一。

管教你海晏河清千代胜[1]，风调雨顺万方安。"国王谢了恩，摆整朝銮驾[2]，送唐僧四众出城西去。君臣们秉善归真不题[3]。

1　海晏（yàn）河清：沧海波平，黄河水清。古时用来形容国泰民安。晏，安宁、安逸。

2　整朝銮（luán）驾：皇帝出行的全副仪仗。銮驾，皇帝的车驾。

3　秉善归真：秉持善心，皈依佛门。

各方赞誉

　　四大名著与《儒林外史》是中国小说史的巅峰，也是中华传统文化的名片。如何让中小学生进入经典的世界，从宏观上说，是学术界与教育界的共同课题与责任；从微观上说，也是我自己多年来的一个困惑。现在侯会教授把自己数十年的学术积累贡献出来，与孩子们一起来面对这个挑战。我也终于为女儿找到了进入经典的路径。

——北京师范大学文学院教授　李小龙

　　侯会老师作为古典小说研究专家，兼有丰富的文学经典普及经验，他的这套古典小说名著读本，提炼了"五大名著"的精髓，以"导读""速读""精读"三重读法，一步步引领青少年走进古典小说的精彩世界。

——首都经贸大学文化与传播学院教授　彭利芝

　　五大古典文学名著，每一部都煌煌数十万言，读起来费时费力，因此，需要一套既能激发孩子阅读兴趣，又能为孩子指引路径的辅导

读物。《侯会给孩子讲古典文学名著》正是一套契合此旨意的书籍。通过这套书的引导，小读者能够获得事半功倍的阅读效果。

——中国艺术研究院副研究员、

中国红楼梦学会执行秘书长　何卫国

古典小说名著是中华文学的瑰宝，是中国人必须形成的阅读记忆。但孩子的阅读往往陷入困境：一方面课程标准、语文教材、语文高考不断加大阅读要求，另一方面由于时代背景、语言风格、故事内容的巨大差异，造成孩子不想读、读不懂、读了无效的普遍状况。要解决这一困境，需要作者既了解文本，又了解孩子。侯会教授正是适合的作者，《侯会给孩子讲古典文学名著》正是适合的书。

——儿童阅读研究者　王林

孩子们要"读懂"四大名著和《儒林外史》，不仅要啃完全文，更需要专业、平近、举重若轻的"解码书"。侯会教授说，精彩的故事讲三遍。读名著，读出历史、世情和自我，才是阅读的高光时刻。

——童书作家、三五锄创始人　粲然

侯会老师这套书，用"三重读法"领着孩子走进经典："导读"提纲挈领，概览艺术特色；"速读"去芜存菁，理清故事主线；"精读"含英咀华，赏析精彩章节。跟着侯老师，循序渐进、拾级而上，读

通、读懂、读透五部经典名著，从根儿上提升孩子的文学素养。

——浙江省语文特级教师　张祖庆

　　侯老爷子讲名著最大的亮点是懂经典更懂孩子。孩子读完一定眼界大开：不仅爱上读名著，更能变成半个阅读小专家；莫说是应对中高考，语文历史老师也得刮目相看。偷偷告诉你，侯老爷子在师范院校教了一辈子书，是很多语文老师的语文老师的语文老师，想学筋斗云，找悟空当然不如找须菩提祖师啊。

——北京景山学校语文教师　孟岳

　　在这套书中，侯教授用生动流畅的语言对每部古典名著都进行了三重引读："话说"部分不但涉及相关背景资料，还渗透毛宗岗、金圣叹等批评大家的重要文学思想。这既提升了阅读的高度，又为学生广泛深入地阅读做了铺垫。"速读"部分用较少的文字，理出了内容连贯、重点突出的整本书情节，让学生可以轻松地一窥全貌。"选粹"部分在节选精彩内容的基础上，对原文作了精当的阅读提示和准确的注释。学生可以在把握背景知识、了解整体情节的基础上，品味原著本身的韵味。

——北京市海淀区翠湖小学语文教师　张波

古典小说的阅读，是寻章摘句，还是按部就班？是六经注我，还是我注六经？是信马由缰，还是亦步亦趋？在我看来，没有绝对的标答。对于现今的孩子来说，博观而约取的姿态、方法，更自由，更有益，更值得提倡。跟着侯会老师随性而读，有的放矢，不亦快哉！

——深圳实验学校语文名师、

全国推动读书十大人物 周其星

侯会教授这套书，立足小说整体，总结了同一人物分散在各回目的典型特征，引导学生阅读有关人物的"全部"信息，全面理解人物。根据学生年龄特点，侯老师有意选择名著中的"精华"，剔除"糟粕"。每部作品，均以人物为主线，由趣味性的导读、概括性的速读和经典情节的精读三部分组成，以此来窥名著之全貌。

——清华大学附属中学语文教师 向东佳

侯老师的新作可谓"信、趣、粹"。"信"是指准确可信。侯老师学养深厚，治学严谨，言必有据，笔底风骨，字斟句酌。"趣"是指风趣幽默。古典名著往往令人望而生畏，给人难以亲近之感。侯老师涉笔成趣，文字蔼然，仿若长者俯身与孩童谈笑，春风化雨育桃李。"粹"是指去粗取精。中国古典文学名著鸿篇巨制，一般读者不易识

其精要。侯老师以专业的眼光遴选出精华并加以精烹细饪，令人读之顿感大快朵颐。

——北京市第五中学语文高级教师、北京市骨干教师　徐淳

从"话说"的提要，到"速读"的通览，再到"选粹"的精读，《侯会给孩子讲古典文学名著》既能基于孩子实际能力，架起初读的桥梁，又能引人入胜，领着孩子见识名著的精髓，激起阅读原典的热情。更重要的是，侯会老师每本书的结构，以及他对选章的提示与分析，都示范了一种读法，得鱼，而不忘筌，为阅读原典打下了方法论的基础。

——全国优秀教师、知名阅读推广人　冷玉斌

曾读过侯会老师的"讲给孩子的文学经典"系列，很为侯老师这种披沙拣金、捧出甘甜的果实送人的精神所感动。今年侯老师又出新书，看完之后再次惊喜：这套书既有对名著成书背景及文学成就的解读，有着眼于"面"的对每一章节的介绍，又有着眼于"点"的对经典章节的选读。这种编书选文的体例正是一线整本书阅读教学中所需要的，它将会是老师和学生的好帮手。

——厦门市英才学校语文教师　苗旭峰

几年前，读《讲给孩子的中国文学经典》《讲给孩子的世界文学经典》，夜以继日，难抑激动，我发了平生第一条朋友圈："厚积薄发，深入浅出。向侯先生这样有大学问又愿为小孩子写书的教授致敬！"

欲览《红楼梦》《水浒传》等"5A 景区"，须随"金牌导游"。游山五岳、拥书百城的侯先生，在陪你"赏景"的同时，还会要言不烦，告诉你如何"取景"，如何"写景"，如何探索发现……

——《作文指导报》主编　周录恒

对孩子来说，阅读大部头的古典文学名著，犹如让他们独闯世界。问题是这个世界千端万绪，包罗万象，任他们独自进入成人视角的世界，而不加恰当引领，不免存在失控的风险。侯会教授这套书犹如帮助孩子阅读的地图和攻略，它让名著世界迷人而不致使人迷失，让这些古典文学名著在孩子的目光之下，真正具备了童年的属性。

——作家、《中国画 好好看》作者　田玉彬

侯会老师从读者的视角来写作，将多种阅读策略相融合，深入浅出，读之可亲，为孩子们打开了古典名著的魅力世界。

——北京市十一学校语文特级教师　史建筑

扫码享限量特惠
听侯会老师给孩子讲《水浒传》
看图书十听音频，灵活学习效果好

侯会给孩子讲古典文学名著

侯会给孩子讲

水浒传

侯会 著

生活·讀書·新知 三联书店

图书在版编目（CIP）数据

侯会给孩子讲古典文学名著 . 3, 水浒传 / 侯会著 .
北京 : 生活·读书·新知三联书店 , 2024. 9. -- ISBN
978-7-108-07907-7

Ⅰ. I207.41-49

中国国家版本馆 CIP 数据核字第 2024U5K781 号

责任编辑　王海燕
特约编辑　刘红霞　　贺　天
封扉设计　赵　欣
责任印制　卢　岳
出版发行　生活·讀書·新知 三联书店
　　　　　（北京市东城区美术馆东街 22 号　100010）
网　　　址　www.sdxjpc.com
经　　　销　新华书店
印　　　刷　河北品睿印刷有限公司
版　　　次　2024 年 9 月北京第 1 版
　　　　　　2024 年 9 月北京第 1 次印刷
开　　　本　880 毫米 × 1230 毫米　1/32　印张 9.75
字　　　数　168 千字　图 43 幅
印　　　数　0,001 - 6,000 册
定　　　价　268.00 元（全五册）
（印装查询：01064002715；邮购查询：01084010542）

鲁提辖（即鲁达）打抱不平，
三拳将欺压弱女子的恶霸屠户
"镇关西"打死，大快人心。

鲁提辖拳打镇关西 / 王叔晖 绘

鲁智深倒拔垂杨柳 / 王叔晖 绘

众泼皮亲见智深将一棵垂杨柳
连根拔起，都佩服得五体投地。

林冲救妻 / 王叔晖 绘

林冲夜奔 / 张旺 绘

林冲本是禁军教头，无端遭受高俅父子迫害。他在风雪夜干掉前来追杀的高俅爪牙，投奔梁山。

杨志押送"生辰纲"到东京去。晁盖、吴用、白胜等假扮贩枣客商及卖酒人，在黄泥冈赤松林中与杨志一伙"巧遇"，用药酒麻翻对方，将不义之财劫走。

智取生辰纲/吴光宇 绘

武松打虎 / 张旺 绘

好汉武松在景阳冈前酒店连饮十八碗烈性酒，不听劝阻，独自上山，与猛虎狭路相逢。武松凭借神力，将猛虎徒手打死。

朝廷派呼延灼率官军前来讨伐，
梁山义军以钩镰枪大破官军的
连环马，呼延灼狼狈而逃。

大破连环马 / 墨浪 绘

黑旋风李逵 / 张旺 绘

李逵绰号"黑旋风",他跟随宋江、戴宗等到东京看灯,因不满宋江主动谋求"招安"的举动,在京城名妓李师师家发作起来,打人放火、大闹东京。

黑旋风大闹东京城 / 卜孝怀 绘

浪子燕青 / 张旺 绘

燕青为人机警，会说各省方言，
通晓各行术语。他到泰岳打擂
时，曾扮作山东货郎模样。

《水浒传》中的情节被设计成邮票，作为中华传统文化的名片，随中国邮政传遍五大洲。

《水浒传》被编绘成连环画，
受到几代读者的欢迎。

目录

前　言　　1

第一编　话说《水浒传》

1. 是"山贼"还是"水寇"　003

2. "水浒"一词含义深　006

3. 《水浒传》的作者与版本　010

4. 从妖魔出世到众将归神　014

5. 行侠仗义鲁智深　017

6. "官逼民反"树典型　021

7. 打虎英雄的两面性　024

8. 宋江是投降派吗　028

9. 李逵的悲剧　032

10. 长篇白话拔头筹　037

第二编 《水浒传》速读

1. "破落户"逼走王教头 　　043

2. 鲁智深：拳打镇关西，大闹五台山 　　046

3. 林冲雪夜上梁山 　　047

4. 杨志：卖刀杀牛二，失落生辰纲 　　050

5. 宋江杀惜 　　053

6. 武松（上）：打虎杀嫂 　　054

7. 武松（下）：从快活林到鸳鸯楼 　　055

8. 清风寨的风波 　　058

9. 血染江州 　　060

10. 李逵取母 　　062

11. 石秀与杨雄 　　063

12. 三打祝家庄（上） 　　064

13. 三打祝家庄（下） 　　066

14. 雷横、朱仝上梁山 　　068

15. 公孙胜解救小旋风　　070

16. 时迁盗甲破连环　　071

17. 东破青州，西讨华岳　　073

18. 晁盖之死　　074

19. 曾头市的覆灭　　076

20. 梁山泊英雄大聚义　　077

21. 东京看灯，泰安打擂　　079

22. 两赢童贯，三败高俅　　080

23. 梁山泊全伙受招安　　081

24. 破辽御侮　　082

25. 征方腊（上）　　083

26. 征方腊（下）　　085

27. 魂聚蓼儿洼　　086

28. 附：《水浒传》一百单八将名单　　088

第三编 《水浒传》选粹

1. 节选一 拳打镇关西 095

2. 节选二 大闹五台山 108

3. 节选三 误入白虎堂 127

4. 节选四 大闹野猪林 144

5. 节选五 棒打洪教头 157

6. 节选六 风雪山神庙 164

7. 节选七 杨志卖刀 178

8. 节选八 醉卧灵官殿 184

9. 节选九 说三阮撞筹 195

10. 节选一〇 智取生辰纲 209

11. 节选一一 武松打虎 227

12. 节选一二 威震安平寨 239

13. 节选一三 醉打蒋门神 255

14. 节选一四 枷打白秀英 268

附录 各方赞誉 279

前　言

　　不止一位家长抱怨说:"老师让孩子读名著,还要'整本读'。孩子死活读不进去,愁死了! "我听了总要反问:"您说的'名著',是指哪个领域的? 是自然科学的,还是社会科学的? 是戏剧的,还是小说的? "

　　我当然是明知故问。我想强调的是,把《三国演义》《红楼梦》等称为"名著",前面至少应加上"古典小说"或"小说"的限制语,不要给孩子留下错觉,以为只有古典小说才可称为"名著"。

　　这些家长知道我在高校中文系教古代文学,对古典小说有一点研究,想听听我的意见和建议。——我当然赞同老师的安排,因为明清小说与楚辞汉赋、唐诗宋词,同属中华文学遗产中的瑰

宝，让孩子从小就接触，无疑是十分有益的。

然而，这些作品虽说是白话小说，语言上跟今天的书面语仍有较大差异；加上书中的文化背景、审美情趣跟今天相去甚远，孩子们一时难以接受，又是正常的。何况这些作品动辄几十万言，要成年人"整本读"也不轻松，何况是课业负担沉重的孩子们！

那么，"跳"着读行不行呢？譬如孩子们读了语文课本中的"武松打虎"片段，也就了解了武松的勇猛与大胆，难道还不够吗？显然还不够。武松的故事在《水浒传》中贯穿数十回，这位好汉不但勇力过人、艺高胆大，而且头脑清醒、敢做敢当、不畏强暴、见义勇为……要完整了解这个人物，你就必须通读全书，至少要读与他相关的章节。同样，你想完整了解《红楼梦》中的林黛玉，只读课本中的"林黛玉进贾府"是远远不够的，必须对《红楼梦》做"整本"阅读才行。

自然，"整本读"有整本读的难处，孩子们没有时间和精力，只是一个方面。一些章回小说结构松散，文学水准前后参差，如《水浒传》的精彩情节全都集中在前四五十回；而《三国演义》写到诸葛亮死后，也便味同嚼蜡……若一味强调"整本读"，不但空耗小读者的时间和精力，更会败坏他们的阅读口味。

至于一些"少儿不宜"的情节，像《水浒传》中的滥杀场面和情色描写，更是"整本读"之大忌。

总结起来，孩子们在阅读小说名著时，所遇难点有三：一是不感兴趣，读不进去；二是没时间读，尤其是没时间"整本读"；三是缺乏引导，即使读了，也很难做到"取其精华，去其糟粕"，弄不好，还可能"略其精华，专取糟粕"，那还不如不读。

　　面对孩子和家长们的苦恼，我觉得有义务为孩子们提供一点帮助，那就是整理出一套适合中小学生阅读的古典小说名著读本。初步选取《三国演义》《水浒传》《西游记》《红楼梦》和《儒林外史》这五部章回小说名著，编纂成《侯会给孩子讲〈三国演义〉》《侯会给孩子讲〈水浒传〉》《侯会给孩子讲〈西游记〉》《侯会给孩子讲〈红楼梦〉》和《侯会给孩子讲〈儒林外史〉》五册读本，组成套装《侯会给孩子讲古典文学名著》。

　　每册读本分为三编，以本册《侯会给孩子讲〈水浒传〉》为例，第一编为"话说《水浒传》"，即由笔者充当"导游"，在进入小说"景区"之前，语调亲切地跟小"游客"们聊聊这部名著的作者、主题、艺术、人物、版本……引领他们走近作品，激发他们的兴趣，让他们先对作品有个整体把握，并产生强烈的"游览"欲望。

　　第二编为"《水浒传》速读"，笔者用最简练的语言，将小说的主要情节加以复述。小读者在了解作品内容的同时，还可学习如何迅速抓住关键词语，准确把握内容主线，提升自己复述、总结的能力。——经此一番"速读",等于跟着笔者将小说名著"整本"通读一遍。全局在胸,也便于圈定"精读"的目标和范围。

第三编为"《水浒传》选粹",笔者精心遴选小说原著的精彩片段,原汁原味地呈现在小读者面前,让他们亲身感受经典的魅力。所选内容的篇幅,约占原著的十分之一到五分之一。这样做,既保证了足够的阅读量,使精彩内容不致遗漏,同时又节省了小读者的时间和精力。而剔除糟粕、避开消极内容,也不再是难题。

考虑到古今语言及文化上的隔膜,"选粹"部分还对原文中的生疏字词及古代文化知识做出注释,因为是面对小读者,注释尽量做到详尽而通俗。

此外,笔者还把自己的研究心得和阅读体会总结成"阅读提示",置于每段节选内容的开头,引导小读者更好地欣赏文字之美,更深刻地理解作者的文心,借此提升自身的美学修养及写作能力。

总之,这套读本的编纂初心,就是帮助孩子们(包括家长、老师)解决古典小说名著的阅读难题,使他们能在较短时间内,高效率地读完、读懂、读透古典小说名著。孩子们如能因此产生浓厚的阅读兴趣,从而主动地去通读、精读小说原著,那是再好不过的事!

本册为《侯会给孩子讲〈水浒传〉》,其中"《水浒传》速读"

部分所参用的小说底本为明万历三十八年（1610）杭州容与堂刊《李卓吾先生批评忠义水浒传》（一百卷一百回）；"《水浒传》选粹"部分所参用底本为明崇祯十四年（1641）贯华堂刊《第五才子书施耐庵水浒传》（七十五卷七十回）。

这套读本的插图，获准使用著名画家王叔晖、程十发、赵宏本、钱笑呆、张光宇、吴光宇、墨浪、卜孝怀、张旺、孙文然、叮当等先生的画作，深感荣幸。在此过程中，得到张旺、王维澄、程多多、赵秀鸿、李劲南、付建邦、丛日宏诸先生的慷慨允诺和热情支持，在此表示衷心感谢！

三联书店的王海燕女士是这套书的责任编辑，从策划到成书，都得到她的热情鼓励和帮助，感激之情，尽在不言中！

第一编

话说
《水浒传》

1. 是"山贼"还是"水寇"

山东、河北自古是出好汉的地方，这个印象，多半来自小说《水浒传》。小说中的义军头号人物宋江，便是山东人。

说到宋江，历史上实有其人。他在北宋宣和年间拉起一支三十六人的小股武装，活跃在山东、河北及淮河流域。这支规模很小的精锐之师，行动神出鬼没，搞得官军顾此失彼，好几万人愣没法子对付他。

有个叫侯蒙的官吏，出主意要朝廷实行"招安"。最终宋江在一场败仗后接受了朝廷的征召，被改编成官军，到南方去镇压方腊起义。我们今天能找到的宋江起义史料，就只有这一点点儿。

"水浒"故事的创作与"三国"不同。"三国"故事有史书《三国志》做依据，无论作者怎样发挥，总不致太"离谱"。宋江的事迹却如一粒种子，一旦撒进民间文学的肥田沃土，便生根发芽，不断"疯长"。无数底层文士和艺人为它添枝加叶，把一些不相干的好汉故事、起义传说，也都拉到宋江故事里来。因而今天我们看到的《水浒传》，除了宋江的名字和受招安、征方腊的情节，已经看不出宋江起义的原来模样。你瞧，历史上三十六人的小分队，到书中已扩展为一百零八将率领的十万大军；而打了就跑的游击战术，也变成在梁山泊占山为王、据水结寨的大规模武装反抗。然而查查史书，何曾有一句说宋江到过梁山泊？

南宋末年有个画家叫龚开，最爱听宋江故事，特地为三十六人画了像，还为每人题诗一首。他的画儿早已失传，可诗却流传下来，每首都是四言四句。如称赞宋江的一首是："不假称王，而呼保义。岂若狂卓，专犯忌讳？"这是为宋江辩解呢，说宋江虽然造反，却不肯称王，只是谦虚地自称"保义"（宋江绰号"呼保义"，"保义郎"是低级武官的衔名），比起自封"尚父"的狂徒董卓强多啦！

再如称颂燕青的一首："平康巷陌，岂知汝名？大行春色，有一丈青。""平康巷"就是都市里的"红灯区"，诗人说，那些城里的妓女哪知你的大名？你可是让山川生色的好汉"一丈青"啊！在《水浒传》里，"一丈青"是女将扈三娘的绰号，可照龚开的说法，这绰号原本是燕青的。

龚开在《宋江三十六人赞》中多次提到"大行"（即太行山），对"梁山泊"却只字未提。可知在早期的传说中，宋江应是太行山的"山贼"，而非梁山泊的"水寇"。

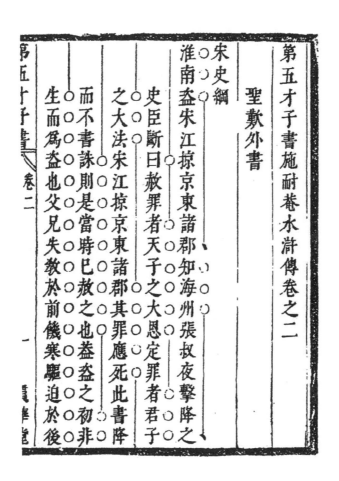

第五才子書施耐卷水滸傳卷之二

聖歎外書

宋史綱

淮南盜宋江掠京東諸郡、知海州張叔夜擊降之

史臣斷曰赦罪者天子之大恩定罪者君子之大法宋江掠京東諸郡其罪應死此書降之大法宋江掠京東諸郡其罪應死此書降之而不書誅則是當時已赦之也益之初非生而為益也父兄失教於前饑寒驅迫於後

金批《水浒传》卷首，
引用了有关宋江起义的历史记述

2. "水浒"一词含义深

　　差不多跟龚开同时，南宋的话本中还有《青面兽》《花和尚》《武行者》等，不用说，那讲的是杨志、鲁智深和武松的故事。

　　到了元初，宋江故事已初具规模。有一篇话本叫《大宋宣和遗事》，讲述北宋历史，其中有一节专讲宋江。什么杨志卖刀啦，智取生辰纲啦，宋江杀阎婆惜啦，玄女娘娘授天书啦，还有受招安、征方腊等情节，全都具备了。宋江的结局则是"封节度使"，作者似乎要借此证明朝廷的招安政策很高明。

　　书中有两点很有意思，一是那张好汉名单，仍是三十六人，但已由三十六名士卒，升级为三十六名头目，底下还领着不少喽啰。二是宋江的聚义之地变成"太行山梁山泊"。这有点可笑是不是？太行山、梁山泊相距几百公里，可谓"八竿子打不着"，怎么会跑到一块儿去了呢？不过有人分析说，宋江起义的故事最早是在南宋传播的。南方的说书人缺乏北方地理常识，只知道太行山和梁山泊都是"盗贼"出没的地方，于是把两地捏在一处，闹了笑话。

那么是谁纠正了"太行山梁山泊"的错误呢？是元代的杂剧作家。元杂剧中有不止一本"水浒"戏，如高文秀的《双献功》，康进之的《李逵负荆》等。在《双献功》中，宋江一上来就自报家门说："寨名水浒，泊号梁山，纵横河港一千条，四下方圆八百里。东连大海，西接济阳，南通钜野、金乡，北靠青、齐、兖、郓。……"把梁山泊的位置讲得清清楚楚。高文秀本人是山东东平人，梁山泊就在他的脚下，他当然不会把梁山泊跟太行山搅到一块儿去。

梁山队伍的迅猛扩张，也发生在元杂剧中。同是这段宋江道白，还提到梁山好汉有"三十六大伙，七十二小伙"——"三十六大伙"自然有三十六个大头目，"七十二小伙"则应有七十二个小头目。这便是《水浒传》"三十六天罡""七十二地煞"的由来吧？

不过有个疑问还是没有着落：既然历史上的宋江擅长陆地作战，从没在梁山泊安营扎寨，那么宋江由"山贼"到"水寇"的身份又是怎么转变的呢？有学者说，这是宋江故事与南宋初年洞庭湖钟相、杨幺起义故事合流的结果。这一点，我们后面还要讲到。

这里不能不说说"水浒"的含义。给宋江故事命名为《水浒传》，大概还是源自元杂剧中那句"寨名水浒，泊号梁山"吧。"浒"字本义是"水边"，这么一看，"水浒传"这个书名有点过于平淡了——"发生在水边的故事"，多么乏味！

翻翻儒家经书，"水浒"一词最早出现在《诗经·大雅·绵》中，那是一首周族史诗，诗中有"率西水浒，至于岐下"的句子，是说周族领袖古公亶（dǎn）父沿着水岸来到岐山脚下的周原，把这里当成周族新开辟的栖居地。以后周族在此发展壮大，向殷商王朝发起挑战，终于建立了周王朝。"水浒"一词也被赋予"反抗者根据地"的特殊含义。

《诗经》是儒家"五经"之一，西周是孔、孟推崇的理想王朝的样板。民间艺人用"水浒"给宋江故事命名，分明是把梁山泊比作反抗者的圣地，把宋江义军比作抵抗没落王朝的正义之师。作者力挺宋江、歌颂反抗的立场，从书名就已显露出来。

古公亶父，來朝走馬，率西水滸，至于岐下，爰及姜女，聿來胥宇。周原膴膴，堇荼如飴。爰始爰謀，爰契我龜，曰止曰時，築室于茲。

"水浒"一词最早出现于《诗经》

3.《水浒传》的作者与版本

跟《三国演义》一样,《水浒传》的创作也经历了"世代累积,大家写定"的过程。那么谁是最后的写定者呢?

早期《水浒传》署名"钱塘施耐庵的(dí)本,罗贯中编次"("的本"就是真本的意思)。对罗贯中,我们已略知一二,那么施耐庵又是谁?有关他的材料同样少得可怜。我们只知他是杭州人,《水浒传》最初的版本大概就是由他创作的,以后又经罗贯中整理加工("编次")。而《水浒传》的创作时间,也因此被认定为元末明初。

不过也有学者研究说,施、罗合著的《水浒传》早已失传。我们今天读到的百回本《水浒传》,很可能是由一位才华横溢的无名作者写定的,仍打着施、罗的旗号而已。定稿时间约在明宣德至嘉靖初年。

我们今天能见到的最早的《水浒传》版本,是万历年间杭州书坊"容与堂"刻印的。全书一百回,在第七十一回"梁山泊英

施耐庵/孙文然 绘

雄排座次"之后，又有受招安、征辽、征方腊以及"宋公明神聚蓼儿洼"等情节。

那以后，还出现一百二十回的《水浒全传》，在大破辽之后，又插入征田虎、征王庆的内容。到了明末，《水浒传》又出了七十回本。那是由明末文人金圣叹删削而成的，全称《第五才子书施耐庵水浒传》。

金圣叹的评点，不但用笔，还动了刀子。他对一百二十回本的《水浒全传》大动"手术"，把七十一回以后的内容一刀砍去；又把原书第一回改称"楔子"（这里是序幕的意思），第二回变成

第一回，而第七十一回也就变成了第七十回。至于"梁山泊英雄排座次"的结局，则改成"梁山泊英雄惊噩梦"，说宋江在大聚义后做了个噩梦，梦见金甲神人嵇叔夜前来，把众好汉全都杀了。

金圣叹为什么这样做呢？推其原因，不外乎两点：一是，金圣叹处身明末，正是农民起义遍地烽烟的时刻，金圣叹身为士大夫，当然不能为"强盗"唱赞歌。他让金甲神人杀光宋江一伙，正是要表达自己的"立场正确"呢！二是，《水浒传》至梁山聚义之后，故事情节如强弩之末，艺术上再无光彩。从商业角度考虑，砍掉它们，不但使小说内容更加精练，同时还能压缩篇幅、降低成本，有利于销售。

果然，金圣叹七十回本一推出，迅速占领市场，风靡了三百年。到了20世纪初，市面上流行的全是七十回本，百回本和百二十回本差不多已无人知晓。

不过金圣叹又是"狡猾"的，小说明明是他删削的，他却假称独得"贯华堂古本"，说这是施耐庵的原本，还伪托施耐庵之名写了一篇序言。不得不承认，尽管金圣叹有意作假，他的评点却是够精彩，从思想到艺术，都极具启发性。读原文，看金批，成了《水浒传》阅读的一大乐趣和享受。

《水浒传》的评点本，还有李卓吾、袁无涯、王望如、余象斗等多家，但影响最大的，仍然是"金批"。

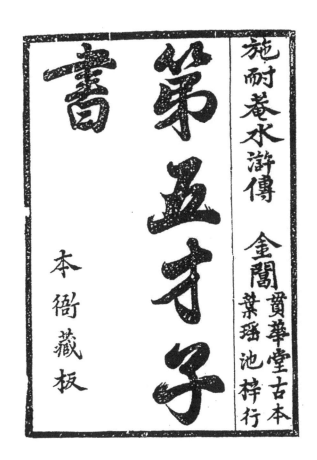

第五才子書

本衙藏板

施耐菴水滸傳　金閶貫華堂古本　葉瑤池梓行

金圣叹评点《第五才子书施耐庵水浒传》扉页

4. 从妖魔出世到众将归神

照小说的说法，梁山一百零八位好汉原是"魔君"，被道教祖师镇压在江西龙虎山上清宫的伏魔殿中，却让傲慢自大的朝廷使者洪太尉放了出来。自那以后，宋室江山便不得安宁。

当代人编连环画、拍电视剧，常把"误走妖魔"情节删去，认为这不过是"封建迷信"而已；其实书中这一笔并非可有可无，作者正是用简洁的笔法告诉读者，宋江等一百单八将尽管多是莽汉武夫、胥吏小民，却有着天然的正义性，个个"上应天星"，不是凡人。

接下来，作者笔锋一转，又写到另一位"太尉"高俅。他本是东京"浮浪破落户子弟"，地痞式的人物，只因会踢两脚气毬，受到端王的赏识。端王登基做了皇帝，是为宋徽宗。"一人得道，鸡犬飞升"，高俅也当上了"殿帅府太尉"。

小人得势，还能有什么好事？高俅一上台，先是公报私仇，逼走了禁军教头王进，接着又迫害林冲、杨志……把他们一个个逼上梁山。金圣叹评点《水浒传》时就说过，一部《水浒传》为什么一上来先写高俅呢，正是要表明，老百姓造反，是当官儿的逼的。这叫"官逼民反，乱自上作"。

《水浒传》先有单篇人物故事，后来才连缀成长篇。翻翻小说回目，还能看出这种连缀的痕迹。像鲁智深、林冲、杨志、晁盖、宋江、武松……都各有各的传记。有的占一两回，有的占三五回。而武松一人的故事就占了十回，宋江的故事更长一些。

不过梁山好汉有一百多位，不可能个个详写细描。一些次要人物，上山之路就简单得多。书中有几次大的好汉集结，如"智取生辰纲"后，同时有七八位好汉上山；"白龙庙小聚义"时，同时上山的有二十九位之多；而"三打祝家庄"也有十几位好汉一块儿上山落草。

书中写了一次次战役，有时是起义军主动出击，像攻打高唐州，三山聚义打青州，还有打华州，打大名，打东平、东昌……包括打祝家庄、曾头市那样的民团村寨……有时则是官军来围剿，梁山好汉奋起迎敌，如"高太尉大兴三路兵""宋江大破连环马"……每次战役，总有一批新头领上山。

直到第七十一回，梁山泊内聚集了一百零八位好汉。山寨上摆酒庆贺，忽然天上红光一闪，掉下一块石碣来，上面刻的正是这一百零八人的名字。其中三十六位属"天罡星"，七十二位属

"地煞星"，谁先谁后，早就排好了次序。这一回的回目就叫"梁山泊英雄排座次"。梁山大业到了这会儿，真是花团锦簇、热气腾腾！

仿佛应了"物极必反"的古训，大聚义之后，梁山的事业开始走下坡路。宋江一心谋求朝廷招安，还亲自到东京挖门子、找路子。好不容易有点眉目，却被李逵的一场大闹搅"黄"了！朝廷派兵来镇压，梁山英雄"两赢童贯""三败高俅"，逼得皇帝不得不降旨招安。宋江的目的终于达到了。

在百回本中，起义军被改编成官军，先是奉命征辽，大获全胜后，又开赴江南去镇压方腊起义。虽然方腊起义被镇压下去了，但是宋江手下的百十个弟兄也死的死、伤的伤，最终还朝的只剩三十六个！可朝中奸臣仍不肯放过他们。宋江等几个头面人物虽然得了一官半职，但很快又遭陷害。宋江临死，又拉李逵来"垫背"，一同饮下毒酒。轰轰烈烈的梁山起义，就这样完啦！

5.行侠仗义鲁智深

把梁山好汉排排队，哪个人物最受读者欢迎？有人说武松，有人说李逵，也有人说林冲、杨志，但更多的读者恐怕要选鲁智深。

鲁智深豁达大度、心胸坦荡、豪侠仗义、疾恶如仇。金圣叹说他是个"阔人"，这个"阔"，不是财大气粗，而是心胸开阔，境界高远。

其他好汉上山，动机各有不同。林冲、武松、杨志等人，都是"官逼民反"，并非主动、情愿；晁盖、宋江等，则是触犯法律、逃亡江湖，也属于被逼上山；三阮等人则是为贫困所迫，上山是为了"成瓮吃酒，大块吃肉"。

鲁智深则不然，他俗名鲁达，本是延安府老种经略相公帐下的提辖官，眼下在渭州辅佐小种经略相公。"提辖"属于中级军官，掌管一路或一州的军队训练及捕盗等事务，官阶比林冲的教头、杨志的制使要高出不少。他俸禄丰厚，又没家小，本来可以活得十分自在洒脱；可他偏爱"多管闲事"，看不得别人受欺负，哪怕是萍水相逢的陌路人。

他在潘家酒楼吃酒，听到卖唱女子金翠莲的哭诉，就气得饭也吃不下，并决定出手解救金氏父女。为了出胸中这口恶气，他三拳打死恶屠镇关西，自己为此付出代价，失去军官的禄位和大好前程，只好到五台山剃度出家。以后他又因救护新结交的好友林冲，"恶了高太尉"，连和尚也当不成了，只剩下上山落草这一条路。其间他还教训了强抢民女的小霸王周通，惩戒了霸占佛寺的崔道成、丘小乙，也都是与己无关的事。路见不平，拔刀相助，这是典型的侠义精神。（参看"《水浒传》选粹·拳打镇关西、大闹野猪林"）

小说有一副联语形容鲁智深："禅杖打开危险路，戒刀杀尽不平人。"这同时也是对梁山精神的概括。从这个角度讲，鲁智深是梁山好汉当之无愧的代表。

金圣叹说得好："写鲁达为人处，一片热血，直喷出来。令人读之，深愧虚生世上，不曾为人出力！"这番话，说出了众多读者的内心感动。

有位"五四"学者这样评价鲁智深：《水浒》的人物中间，我始终最喜欢鲁智深，他是一个纯乎赤子之心的人，一生好打不平，都是事不干己的。对于女人毫无兴趣，却为了她们一再闹出事来。到处闯祸，而很少杀人，算来只有郑屠一人，也是因为他自己禁不起而打死的。这在《水浒》作者意中……大概也是理想人物之一吧。"（周作人《小说的回忆》）

进一步讲，鲁智深锄强扶弱的侠义精神，源于他对自由的热爱。他拳打镇关西、惩罚小霸王、挑战高太尉，无非是为弱者争自由。他自己对自由的追求，则体现在打破一切条条框框。佛门的清规戒律是最严格的，而鲁智深做了和尚，却照样饮酒吃肉，醉打山门，把佛门清净之地搅得不成样子。

别以为鲁智深是个坏和尚，他的表现，在佛教教义中是有根

花和尚鲁智深／张光宇 绘

据的。佛教有禅宗一派，主张直指人心，见性成佛，认为人人心中自有佛性，根本不用诵经念佛、长年苦修。发展到后来，一些僧人甚至行为乖张、呵佛骂祖，人们反而认为他获得了佛教真谛。明代学者在评论"鲁智深大闹五台山"时就说："此回文字，分明是个成佛作祖图。若是那班闭眼合掌的和尚，决无成佛之理。……如鲁智深，吃酒打人，无所不为，无所不做，佛性反是完全的，所以到底成了正果。"（李卓吾，容与堂本《水浒传》第四回回末评；参看"《水浒传》选粹·大闹五台山"）

鲁智深为人处世又有心思灵活、随机应变的一面。例如他发现镇关西被打死，第一时间想的不是"好汉做事好汉当"，而是"洒家须吃官司，又没人送饭，不如及早撒开"。于是他拔腿就走，还故意回头骂道："你诈死！洒家和你慢慢理会！"好汉不吃眼前亏，鲁提辖的小狡诈，在此引来读者的会心一笑。

再如他不肯在桃花山落草，又嫌李忠、周通两个寨主小气，于是趁两人不在，打翻了伺候他的小喽啰，把桌上的金银酒器踏扁了装在包裹里，独自从后山滚了下去。他的举动带着孩子般的顽皮，这正是"赤子之心"的表现。

作者在人物描写上，使用了比喻、夸张、对比等多种修辞手法，拳打镇关西时的三个比喻，倒拔垂杨柳时的夸张，都给读者留下极深的印象。

6."官逼民反"树典型

　　林冲是东京八十万禁军枪棒教头，这职衔听起来挺唬人，其实禁军中的教头不止一位，林冲只是教习枪棒的普通教官而已。他性情平和，做人低调，凭本事吃饭，与世无争。然而在那个弱肉强食的社会，恶势力还是找上门来。

　　林冲的妻子到岳庙烧香，遭到恶少无端调戏。林冲闻讯赶去，一把揪住歹徒，却发现那人是上司高俅的儿子高衙内。林冲登时手软，眼睁睁看着恶徒扬长而去。

　　鲁智深赶来相帮，林冲拦住说："原来是本管高太尉的衙内，不认得荆妇，时间无礼。林冲本待要痛打那厮一顿，太尉面上须不好看。自古道：'不怕官，只怕管。'林冲不合吃着他的请受，权且让他这一次。"

　　林冲这番话，是向好友解释放过高衙内的三条理由：其一，对方不知道是我的妻子，刚才只是个误会；其二，那人是"本管高太尉的衙内"，我如果打了他，"太尉面上须不好看"，我要给上司留面子；其三，"不怕官，只怕管"，我吃着人家的"请受"（拿着人家的薪水），也只好低头，权且饶过他一次。

林冲这番话，与其说是讲给鲁智深听的，不如说是讲给自己听的。男子汉大丈夫，妻子在大庭广众之下受辱，自己不能替妻子雪耻，是很丢脸的事。林冲必须找出理由，给自己"下台阶"。鲁智深怎么回答呢？"你却怕他本管太尉，洒家怕他甚鸟！俺若撞见那撮鸟时，且教他吃洒家三百禅杖了去！"林冲身处社会中层，有着稳定的职业、美好的家庭，"禁军中每日六街三市，游玩吃酒"。正因如此，他心中有着太多牵挂，一事当前，总是瞻前顾后，患得患失。岳庙的这番表白，正暴露了他性格上的弱点。（参看"《水浒传》选粹·误入白虎堂"）

然而，林冲放过了高衙内，可高衙内却不肯放过林冲！爱子心切的高俅居然与儿子狼狈为奸，共行无耻之事。从此迫害一波接一波，没完没了。这种逼迫在书中共发生五次：岳庙调戏林娘子是一次；林娘子被富安和陆谦设局骗到陆家，险遭高衙内玷污是一次；高俅设计将林冲骗入白虎节堂，横加罪名是一次；高家爪牙行贿押解公人，在野猪林险些杀害林冲是一次；最终，高氏父子又派人到沧州，要把林冲一把火烧死在草料场中。随着一次次逼迫，林冲的心理也在发生变化。

直到有一天，草料场火起，隔着山神庙的门板，林冲亲耳听到三名歹徒的恶毒对话，他们在放火之后，还要"拾得他（指林冲）一两块骨头回京，府里见太尉和衙内时，也道我们也能会干事"。说这话的，竟还是林冲从前的结拜兄弟陆虞候！林冲久埋心中的怒火终于喷发。他挺枪冲出庙门，大喝一声，手刃仇人，用鲜血洗雪了自己所受的一切屈辱！

林冲杀陆谦时喊出的"杀人可恕，情理难容"最能说明他此刻的心态：对于英雄豪杰来说，死都不怕，但不能接受的，是欺人太甚，没有天理！在这喊声中，林冲完成了从"顺民"到"暴徒"的转变。（参看"《水浒传》选粹·风雪山神庙"）

一个最不可能造反的人，最终上山当了强盗，说明这个社会的败坏，已经到了无可救药的程度！小说"官逼民反"的主旨，正是通过林冲的遭遇得以体现。

7. 打虎英雄的两面性

　　武松是大名鼎鼎的打虎英雄。此前人们说到打虎英雄，多半要提春秋时的子路、汉代的李广、五代的李存孝……自从《水浒传》问世，人们见识了武松打虎的英勇，以前的打虎英雄没人再提。

　　武松是小说作者所钟爱的人物，书中有关他的故事，独占了十回篇幅，人称"武十回"。

　　武松回家乡探望哥哥，路过景阳冈小酒店，一连喝了十八碗烈酒，不听店家的劝告，黄昏时分独自闯上冈去，结果与猛虎来了个"亲密接触"！武松借着酒力与猛虎周旋搏斗，竟赤手空拳将猛虎打死（参看《水浒传》选粹·武松打虎"），武松也因此名扬江湖。

　　打虎英雄日后杀起人来，同样那么心硬手狠。高大威猛的武松，却有一位身材矮小、相貌丑陋的哥哥。嫂子潘金莲是个漂亮女人，不甘心跟"三分像人、七分似鬼"的武大过日子，由开茶馆的王婆牵线，勾搭上本县财主西门庆，三人又合谋害死了武大。武松侦知实情，亲手杀了潘金莲、西门庆，替兄报仇，自己也因此被发配孟州。

在孟州，打虎英雄卷进了一场仇杀。孟州牢城营长官的公子施恩以酒食笼络武松，借他的神力降服地痞蒋门神，夺取快活林酒店。蒋门神的后台张团练、张都监又反过来陷害武松，先诬陷他盗窃，又要在发配的路上置他于死地。

武松早有提防，行至飞云浦，先结果了两名解差及蒋门神的两个徒弟，又返身回城，夜闯鸳鸯楼，杀死张团练、张都监、蒋门神等一伙，还在墙上题了"杀人者，打虎武松也"几个血淋淋的大字。

可是细想想，我们不能不提出疑问：怒杀潘金莲、西门庆，这是因官府不能主持公道，不得已自己动手报仇。那么替施恩夺取快活林，也算是正义之举吗？

快活林是孟州城外一处热闹的市井，此前施恩带着牢城营的一伙囚徒，在那里开酒店，捎带到各店铺收取保护费，每月有二三百两银子的可观收入。

当地驻军张团练看上这块"肥肉"，指使打手蒋门神打伤施恩，夺了快活林，这本是"黑吃黑"的利益之争。而武松醉打蒋门神，等于替一个恶霸去打另一个恶霸。在这件事上，他的人格，实在比打手蒋门神高不了多少！（参看"《水浒传》选粹·醉打蒋门神"）

及至陷入这场是非不明的斗争旋涡，武松差点儿丢了性命，他心中的复仇烈火越烧越旺。飞云浦、鸳鸯楼的恶斗，失去理智的武松在一日之中连杀十九人，甚至连马夫、养娘、丫鬟也不放过，这就只能说是滥杀无辜了。

有关《水浒传》的传说，是在市井中传播成长的，难免染上种种不良情趣，如渲染暴力及色情、是非观念混乱等，这在"武十回"中体现得格外明显。不过又何必苛求呢？至少，武松的反抗精神是无人能及的。

金圣叹在小说评点中不止一次惊呼武松是"天人""天神"，认为武松身上集中了其他好汉的所有优点，说："武松天人者，固具有鲁达之阔、林冲之毒、杨志之正、柴进之良、阮七之快、李逵之真、吴用之捷、花荣之雅、卢俊义之大、石秀之警者也，断曰第一人，不亦宜乎！"

金圣叹的评价，显然带有个人的偏爱。不过武松确实不同凡响，他天不怕，地不怕，无论面对自然界的大虫，还是人世间的恶霸财主、地痞打手，他都"该出手时就出手"，必欲殴之杀之而后快！他的反抗精神，鼓舞了旧时代受压迫的民众，从这个角度讲，这一形象的正面意义不容抹杀。

戏曲中的武松形象 / 叮当 绘

8. 宋江是投降派吗

宋江是水浒寨中的"大哥大",然而在起义队伍里,他又是立场最不坚定的一位。看看他的上山经历就明白了。

宋江本是郓城县的押司,因是大孝子,又有"孝义黑三郎"的诨名。对待周围人,他总能仗义疏财,挥金如土,因而远近闻名,人们"却把他比的做天上下的及时雨一般,能救万物",因此又有"及时雨"的绰号。他还有个绰号叫"呼保义",前头说过,"保义郎"是小武官的官衔。

宋江本人倒还安分,可他的朋友却不安于现状,晁盖便是其中一位。他纠集了七八个好汉,打劫了贪官梁中书送给岳父蔡京的"生辰纲",遭到官府缉捕。宋江得知晁盖事情败露,"担着血海般干系"跑去向他通风报信。宋江这么做,完全是出于义气,本不需要报答。因此晁盖派人送来百两黄金,宋江只是象征性地收了一条。

事情坏在一个女人身上。阎婆惜本是宋江的外室,她发现宋江私通"强盗"的证据，便向他敲诈钱财。宋江忍无可忍，杀了阎婆惜，从此逃亡在外，东躲西藏。先在柴进庄园躲避，后来又去了孔家庄和清风寨。

有一回，他差点儿随人投奔梁山，晁盖已在那里落脚。但途中接到家书，这位孝子又毫不犹豫地离开众兄弟，回了家乡。

回乡后的宋江因身负命案，被官府捉去，发配江州。路过梁山时，山寨英雄把他救上山。他却拿"父命"做挡箭牌，说啥也不肯留下。其实在他内心深处，何尝没有牢骚和野心？日后他在江州浔阳楼酒后题"反诗"，说："他年若得报冤仇，血染浔阳江口！""他时若遂凌云志，敢笑黄巢不丈夫！"这些酒后真言差点儿送了他的命。若不是梁山好汉及时赶来劫法场，宋江就真的完啦！

只有到了走投无路的当口，宋江才勉强同意上山。后来晁盖战死，宋江当上一寨之主。大聚义是梁山事业的鼎盛时期，宋江却填了一首《满江红》，说什么"望天王降诏，早招安，心方足"，当场遭到众好汉的反对。不过"胳膊拧不过大腿"，在一个团体中，头领的意志往往起着决定性作用。众人终于跟着宋江接受了朝廷招安，从那一天起，起义实际已宣告失败。

有人因此批评宋江是叛徒、投降派，不过对此也有不同的见解。有人就说，接受招安就是投降、叛卖吗？这还要看小说创作的背景。宋江起义发生在北宋末年，而起义故事的流传，已是南宋时期。"水浒"这株幼苗是在宋金战争的土壤中成长壮大的，必然吸吮了战争的水肥营养。当时金人占据了淮河以北，时刻威胁着南宋王朝。山东、河北、江苏一带，大批反抗官府的民间豪杰接受了南宋朝廷的指挥，掉转枪尖抗击金人。

这些民间抗金武装，大都打着"忠义"的旗号，自称"忠义军""忠义人""忠义民兵"；他们的据点叫"忠义山水寨"。我们也就明白了，为什么晁盖死后，宋江第一件事就是把"聚义厅"改称"忠义堂"，而最早的《水浒传》版本，也题为《忠义水浒传》。在那个年代，"忠义"正是"抗金"的代称。

就是《水浒传》人物的原型，也有不少出自南宋抗金及抗元的史料。像"宋江大破连环马"，就参考了岳飞大破金人拐子马的史实。此外，《水浒传》中至今还残留着抗金的遗迹，如曾头市是梁山的死对头，曾长者一家正是"大金国人"。

小说中还一再提到大名府留守梁中书，而在南宋时，大名府是汉奸刘豫的老窝。刘豫手下有个将官叫"天王李成"，小说中梁中书的爪牙也叫"天王李成"。刘豫手下还有个军官叫关胜，因坚持抗金，被刘豫杀害了。我们毫不费劲儿就在小说中对上了号：《水浒传》中的大刀关胜，不也跟大名府的战斗有关吗？

此外，还有学者认为，南宋初年洞庭湖钟相、杨幺起义，也为"水浒"故事增添了不少材料。宋江义军由"山贼"到"水寇"的转变，正是借鉴了洞庭起义的模式。那是中国历史上唯一一次大规模水上农民起义，前后坚持了五年。当岳飞率领官军前来讨伐时，义军大部分头领接受了官军招安，随岳飞抗击金人。《水浒传》作者要选一处水上起义做样板，除了洞庭湖，还真找不到第二家。

了解了这样的背景，人们对宋江谋求招安也就不那么反感了。在那个特殊的年代，民间好汉受民族大义的感召，接受朝廷的统一指挥，绝对是顺应天意民心的。

宋江/张光宇 绘

9.李逵的悲剧

李逵绰号"黑旋风",书中有诗形容他:"黑熊般一身粗肉,铁牛似遍体顽皮。交加一字赤黄眉,双眼赤丝乱系。怒发浑如铁刷,狰狞好似狻猊(suānní,形似狮子的神兽)。天蓬恶煞下云梯。李逵真勇悍,人号铁牛儿。"他手抡两柄板斧,所到之处如一股凛冽强劲的旋风!作为文学人物,李逵身上散发着原始浑朴的气息,鲁莽中透着狡黠,凶狠的外表与内心的赤诚形成巨大反差。

他在回乡取母途中遇上劫道的李鬼,作为孝子,他轻易相信了对方家有老母的谎言,不但原谅李鬼盗用自己的大名,还给了他一锭银子让他养老娘。这就叫"老吾老以及人之老"吧?尽管李逵从没读过孔孟的书。

李逵对宋江崇拜得五体投地,可一旦怀疑起宋江的人品,照样"眼里不揉沙子"。他从东京返回梁山,半路误信人言,认定宋江"口是心非",强抢民女。盛怒之下,他跑上山去,砍倒忠义堂前的杏黄旗,"把'替天行道'四个字扯做粉碎",手持板斧质问宋江："……我当初敬你是个不贪色欲的好汉，你原来是酒色之徒！杀了阎婆惜便是小样，去东京养李师师便是大样……"谁说李逵头脑简单？他的判断有一条完整的"证据链"！在原则问题上，他绝不妥协宽恕，就是宋大哥也不行！不过一旦知错，他又不惮改正，绝不护短，哪怕当众负荆请罪也心甘情愿。李逵的可爱，也正在这里。

金圣叹有个著名观点，认为小说家写李逵，完全是为了反衬宋江："只如写李逵，岂不段段都是妙绝文字？却不知正为段段都在宋江事后，故便妙不可言。盖作者只是痛恨宋江奸诈，故处处紧接出一段李逵朴诚来，做个形击（形象对照、比较）。其意思自在显宋江之恶，却不料反成李逵之妙也。"

金圣叹对宋江始终抱着偏见，他认为作者写李逵的目的，是为了通过对比揭露宋江的虚伪。事实上，通过李逵的粗鲁可笑反衬宋江的稳健儒雅，恐怕才是作者的真实意图。

通俗文学中的莽汉，似乎都有可笑的一面：《三国演义》里的张飞、《说唐》中的程咬金，还有《杨家将》中的焦赞、《说岳全传》中的牛皋……李逵也是其中一位。他爱耍小聪明，又常常吃亏。与戴宗同行时，他因偷食酒肉而受到惩戒，绑着甲马的双腿竟停不下来；他还因罗真人不肯放公孙胜回山，便暗地斧劈罗真人，结果被罗真人略施法术，抛去蓟州坐牢……

李逵的下场，却让人笑不出来。宋江喝了朝廷赐予的毒酒，自知必死，又怕李逵替自己报仇，"把我等一世清名忠义之事坏了"，于是也骗李逵喝下毒酒。李逵得知后，也只是垂泪说："罢，罢，罢！生时伏侍哥哥，死了也只是哥哥部下一个小鬼。"他在宋江面前，始终没能挺直腰板。有人大谈李逵的"革命性"，恐怕找错了歌颂对象。

李逵生就蛮力，曾力杀四虎；作战时常打头阵，"脱得赤条条的"，手挥两把板斧，"一斧一个，排头儿砍将去"，全不管是官军仇敌，还是百姓看客！在梁山好汉排序中，李逵位列"天杀星"，嗜杀成性成了他的性格标签，而通俗文学恰恰在这地方显出它的局限性，今天的读者不可不知。

说到杀人，石秀也是心狠手辣的一位。他绰号"拼命三郎"，算得上响当当的好汉子，可他的性格中有一种让人不寒而栗的东西。

就说杀潘巧云这件事吧。潘巧云是杨雄的妻子，跟和尚裴如海暗中勾搭。石秀只是杨雄新结交的朋友，按说这事本来与他无关，他却明察暗访，窥人隐私，要替杨雄"做个出场"，实在是"三个鼻孔出气"。

以后他受潘巧云诬陷，为了洗刷自己，连伤二命，和尚裴如海和打更的头陀都死在他刀下。他又伙同杨雄把潘巧云和丫鬟骗

黑旋风李逵／张光宇 绘

到翠屏山杀掉，杨雄杀人时，是石秀递的刀子。用当时人的眼光看，石秀是帮杨雄挽回声誉，但以四条人命为代价，不能不说太残酷了。

水浒英雄爱杀人，尤其爱杀女人。杨雄、石秀杀潘巧云；宋江先杀阎婆惜，后杀刘高之妻；武松杀潘金莲以及张都监家的家人使女；雷横杀白秀英；卢俊义杀妻子；张顺杀李巧奴；史进杀李瑞兰……在梁山好汉面前，仿佛女性个个带着原罪，少数几个正面女性形象，不是粗鲁野蛮，就是苍白干瘪。山寨中的顾大嫂、孙二娘、扈三娘便都是如此，听听她们的绰号："母大虫""母夜叉""一丈青"，哪里有一点女人味儿？

这些地方，同样体现了通俗文学的局限性，阅读时不能不注意"消毒"。

10. 长篇白话拔头筹

在小说史上,《水浒传》占着一项"小说之最":它是最早的长篇白话小说。《三国演义》不是最早吗?但它是以浅近的文言写成,用的不是纯粹的白话。在《水浒传》之前,宋元话本已在使用纯熟的白话,但那是短篇。《水浒传》则是头一部用白话写作的鸿篇巨制,因而具有里程碑意义。

书中一些精彩片段,如鲁提辖拳打镇关西、林冲棒打洪教头、杨志卖刀、武松打虎……全都显示着白话文字的魅力:平实、简洁,用词准确,富于表现力,白描中带着夸张。

试以"武松威震安平寨"的描写为例,武松为了向施恩展示自己的力量,当众试举一只三五百斤重的石礅。他先是把石礅"略摇一摇",然后"轻轻地抱将起来",随之又"一撇","扑地打下地里一尺来深"。这还只是"前戏"。经此一试,才又将石礅"提"起,向空中"一掷",然后"双手只一接","轻轻地放在原旧安处"。一个个动作,是那么清晰准确,人如亲见。读者在领略武松神力的同时，对他的从容不迫、胸有成竹，也印象深刻。（参看"《水浒传》选粹·威震安平寨"）

《水浒传》中的人物对话也是看点。作者善于通过个性化的对话，来彰显人物的不同性格。如宋江在大聚义时提出寻求招安的主张，立刻有人站出来反对。武松说："今日也要招安，明日也要招安，冷了弟兄们的心！"李逵也反对招安，上来就大叫："招安，招安，招甚鸟安！"随着话音，"只一脚把桌子踢起，撷做粉碎"。鲁智深则说："只今满朝文武俱是奸邪，蒙蔽圣聪，就比俺这直裰，染作皂了，洗刷怎得干净？招安不济事，便拜辞了，明日一个个各去寻趁罢！"

这三位都是莽汉式的人物，表达同一种意见，却显示了性格上的差异。武松从兄弟情义着眼，透露出他是个重义气的人。李逵反对招安，是基于下层百姓对官府的极端不信任，无须陈说理由。他的表态方式是咒骂、怒吼、踢桌子。鲁智深是个有头脑的人，作为僧人，他拿身上穿的直裰（和尚的长衫）打个比方，认为朝廷政治已经黑暗到极点，如同黑色僧袍，无法洗白。他的话是从长期斗争中总结出来的经验，从中还可看出他的理智和清醒。

金圣叹说得好："《水浒传》并无之乎者也等字，一样人，便还他一样说话，真是绝奇本事。"又说："《水浒传》只是写人粗卤处，便有许多写法。如鲁达粗卤是性急，史进粗卤是少年任气，

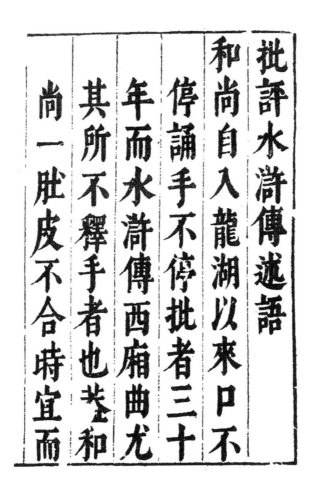

批評水滸傳述語

和尚自入龍湖以來已不
停誦手不停批者三十
年而水滸傳西廂曲尤
其所不釋手者也卷和
尚一肚皮不合時宜而

容与堂《水浒传》卷首托名李卓吾的"述语"

李逵粗卤是蛮，武松粗卤是豪杰不受羁靮（dí），阮小七粗卤是悲愤无处说，焦挺粗卤是气质不好。"（《读第五才子书法》）如此评论，深得小说人物刻画之妙！

小说属于叙事文学，如何把故事讲得更生动，也是一门学问，叫作"叙事学"。《水浒传》作者在叙事手法上多有尝试，如书中大量运用"限知视角"讲故事，这样做，突破了市井说书常用的"全知视角"，极大增强了小说的生动性。我们在"《水浒传》选粹·醉卧灵官殿"的"阅读提示"中，还将借用文章实例做进一步讨论。

第二编

《水浒传》速读

1. "破落户"逼走王教头

北宋嘉祐三年（1058），京师东京发生了瘟疫。仁宗皇帝派殿前太尉洪信为天使，前往江西信州龙虎山上清宫，宣请"嗣汉天师"张真人进京举行"罗天大醮"（一种道教仪式），祈请上天除灾保民。

洪信在龙虎山顶见到真人，宣诏完毕，又在上清宫逗留参观。由于好奇，他命人打开"降魔之殿"，见殿内有刻着"遇洪而开"四字的石碑。石碑下面，竟是万丈深穴。一声巨响过后，穴中有黑气冲出，散作百十道金光，向四面八方飞去！照小说的说法，洪太尉放走了一百零八个"魔君"，从此天下不太平！

转眼仁宗驾崩，帝位经英宗、神宗，传给哲宗。此时东京有个"浮浪破落户子弟"（无业地痞）名叫高俅，会踢两脚气毬，被人辗转介绍给驸马王晋卿，当个亲随。一次高俅奉命替王晋卿送两件礼物给端王，正赶上端王在庭院踢毬。高俅技痒，使个"鸳

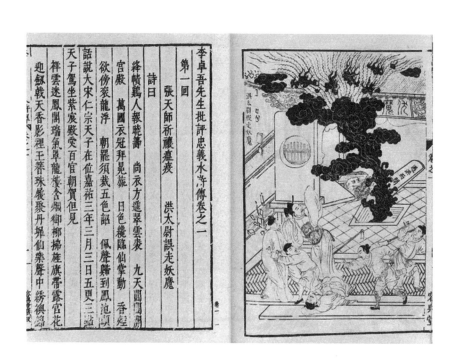

李卓吾先生批評忠義水滸傳卷之一

第一回

張天師祈禳瘟疫　洪太尉誤走妖魔

詩曰

絳幘雞人報曉籌　尚衣方進翠雲裘

萬國衣冠拜冕旒　日色纔臨仙掌動　九天閶闔開宮殿

宮殿　欲傍袞龍浮　朝罷須裁五色詔　佩聲歸到鳳池頭

話說大宋仁宗天子在位嘉祐三年三月三日五更三點

天子駕坐紫宸殿受百官朝賀但見

祥雲迷鳳閣瑞氣罩龍樓含煙御柳拂旌旗帶露宮花

迎劍戟天香影裡玉簪珠履聚丹墀仙樂聲中繡襖錦

容与堂本《水浒传》卷之一

鸳拐"，把球踢给端王，端王大喜，把高俅留在身边。

哲宗驾崩，端王即位，是为宋徽宗。"一人得道，鸡犬飞升"，亲信高俅也当上了殿帅府太尉。一上任，高俅便给禁军教头王进来了个下马威，只因高俅与王进之父有私仇。

为了逃避迫害，王进带着老母连夜逃亡，准备去延安府投奔镇守边庭的老种经略相公。途经华阴县，老母生病，母子在史太公庄上逗留养病。其间，太公的儿子"九纹龙"史进拜王进为师，跟他习武。王进母子住了半年才离去。

王进走后不久，史太公病逝，史进做了少庄主。华阴县少华山出了三个占山为王的强人头领：朱武、杨华和陈达。这日，陈达率喽啰来史家庄"借粮"，被史进擒获。"不打不成交"，史进与少华山强人成了常来常往的朋友。

官府得知消息，派兵来捉拿史进。史进杀退官军，索性烧了庄园，上山落草。不过史进志不在此，不久他便离开少华山，踏上寻师之路。（1～3：以上内容为《水浒传》第一回至第三回，下同，不再一一注明）

2. 鲁智深：拳打镇关西，大闹五台山

史进来到渭州，在茶馆偶遇经略府提辖鲁达，又结识了使枪棒卖艺的李忠。三人同到潘家酒楼吃酒，有个卖唱的女子金翠莲向鲁达哭诉被骗受欺的经过。鲁达听了，义愤填膺！

欺负金翠莲的是渭州号称"镇关西"的郑姓屠户，他先强纳金翠莲为妾，后将她赶出家门，又把父女二人拘禁在客店，向她讨要从未付给的三千贯卖身钱。鲁达先放走父女二人，又到状元桥找郑屠算账。在郑屠肉铺，鲁达有意戏耍郑屠，要他亲自操刀，把精肉、肥肉、软骨各十斤细细切作"臊子"（肉馅）。一言不合，鲁达将两包切好的臊子迎面打去。郑屠抄起屠刀与鲁达拼命，被鲁达踢倒在当街，一连三拳打中要害，当场毙命！鲁达误伤人命，只好弃家逃走。

鲁达逃到代州雁门县，又巧遇金翠莲父女。金翠莲此时已嫁给当地赵员外，赵员外引荐鲁达到五台山文殊院出家，以躲避官府抓捕。寺院住持智真长老为鲁达取法名"智深"。因他背有花绣（文身），人称"花和尚"。

鲁智深耐不住佛寺的清冷寂寞，几次酗酒闹事。一次打塌了半山亭子，另一次打坏了山门的金刚。他无视清规戒律，把狗肉

带到禅堂里吃，并殴打其他和尚，闹得"卷堂大散"。智真长老无奈，只好将他介绍到东京大相国寺去。

智深前往东京，途经桃花村，因见桃花山强人周通强抢刘太公之女做押寨夫人，再度"管闲事"，脱得赤条条潜身洞房，冒充新娘，痛打周通。周通引山寨大头领来报仇，鲁智深认出，那人正是李忠。李、周二人请智深上山，智深看不上二人，嫌他们小气，不辞而别。

路经瓦罐寺（又作"瓦官寺"），智深巧遇史进。两人合力斗杀强占寺院的"生铁佛"和"飞天夜叉"，点火烧了瓦罐寺。史进因寻师不见，仍回少华山去。鲁智深来到东京大相国寺，被安排到城外看守菜园。

有一伙偷菜的泼皮要给智深来个下马威，反被智深将为首的两个踢入粪坑。众泼皮亲见智深将一棵垂杨柳连根拔起，都佩服得五体投地。（4～7）

3. 林冲雪夜上梁山

这日，八十万禁军教头林冲带妻子到东岳庙烧香还愿，隔着

鲁智深倒拔垂杨柳 / 王叔晖 绘

断墙，见智深在菜园中习武，连声叫好。两人一见如故，结为兄弟。林家丫鬟赶来报信，说林娘子在东岳庙遭恶少调戏。林冲闻讯赶去，发现那恶少竟是上司高俅的养子高衙内，林冲伸出的拳头又收了回来。

高衙内贼心不死，又让爪牙陆谦将林冲绊在酒楼，另派人将林妻骗到陆家，欲行非礼。林冲闻讯赶去，高衙内落荒而逃。

一日林冲在街上买到一口宝刀。高俅派人传话，要林冲带刀入府比看。林冲被引入军机重地白虎节堂，高俅突然出现了，诬陷林冲带刀行刺。林冲有口难辩，被押到开封府判了流刑，刺配沧州。临行，林冲给妻子写了休书，只为不拖累她。

高衙内又让爪牙贿赂解差董超、薛霸，准备在发配途中杀害林冲。董、薛二人一路折磨林冲，来到野猪林正要下手，突然林中一声呐喊，飞出一支禅杖。原来是鲁智深一路暗中跟随，至此救下好友。

林冲坚持去沧州服刑，鲁智深护送他到沧州才离开。沧州财主"小旋风"柴进是五代后周皇帝柴氏后裔，在本朝受到优待。他厚待过路的好汉。林冲在柴家庄园与武师洪教头比武，赢得一锭大银。

因有柴大官人的关照，林冲在沧州牢城营受到优待，不久被派去看守大军草料场。严冬大雪压塌了林冲栖身的草屋。林冲到附近山神庙暂避，半夜忽见草料场失火。隔着庙门，林冲听到有三人对话，原来是高氏爪牙奉命放火，要烧死林冲。其中的陆谦，还曾是林冲的朋友。林冲忍无可忍，冲出庙门手刃三人，然后逃到柴进庄上，又经柴进介绍，投奔梁山。

山东济州梁山泊方圆八百里，山高水险，有王伦、杜迁、宋万三人在此占山为王，聚集了七八百喽啰。出身秀才的王伦嫉贤妒能，对林冲百般刁难，不肯接纳。又逼他交纳"投名状"（即杀一个人，表示与社会决裂）。

林冲在山下苦等三日，好不容易等到过路客商。不过此人武艺高强，两人打了个平手。此人叫杨志，此番要去东京谋官。王伦请两人同时上山，杨志不肯，王伦只好收下林冲。（7～12）

4. 杨志：卖刀杀牛二，失落生辰纲

杨志绰号"青面兽"，是杨家将的后代，此前也是军官，因押送"花石纲"失误而丢官。此番再来谋官，被嫉贤妒能的高俅赶出殿帅府。杨志被困客店，盘缠用尽，无奈只好将祖传宝刀拿去变卖。东京街头的泼皮牛二看上杨志的宝刀，百般纠缠，强夺硬抢。杨志一时性起，杀死牛二，自首到官，被判流刑，发配北京大名府（今河北大名）。

北京留守梁中书是权臣蔡京的女婿。他见杨志武艺超群，有意抬举他。校场阅兵时，杨志先后与军官周谨、索超比武，都占了上风。梁中书提拔杨志做了管军提辖使。

蔡京六十大寿，梁中书搜刮了十万贯金银财宝当作寿礼（"生辰纲"），差杨志押送进京，并派府中老都管和两个虞候同往。杨志深知路上不太平，于是选十一个士兵扮作客商，将金银财宝乔装成普通货担，押解上路。

山东济州郓城县的都头"插翅虎"雷横下乡巡视，在东溪村灵官庙抓到一个形迹可疑的大汉，回程中到晁盖庄园歇脚。

晁盖绰号"托塔天王"，是东溪村的保正（即保甲长），最喜结交天下好汉。他私下与吊在门楼的大汉交谈，得知此人叫刘唐（绰号"赤发鬼"），是专来投奔他的。晁盖贿赂雷横，谎称大汉是自己外甥，雷横做人情放了刘唐。

原来刘唐是专门来向晁盖传递生辰纲消息的，约晁盖一同劫夺这注财货。晁盖的朋友吴用也来参与。吴用是本村塾师，足智多谋，绰号"智多星"。他亲到石碣村，说服了靠打鱼为生的阮家三兄弟（"立地太岁"阮小二、"短命二郎"阮小五和"活阎罗"阮小七）。有个道士"入云龙"公孙胜也主动登门入伙。

杨志是"老江湖"，为了安全，一路上敦促士兵避开早晚，专拣白天赶路。天气炎热，士兵们叫苦连天，老都管和两虞候也抱怨不已。

这日来到黄泥冈，众人在松林中停下纳凉，打死也不肯走。刚好有个卖酒汉子担了两桶酒上冈子来卖，众人要买酒解渴，杨志怕酒中下药，坚决不允。

松林中另有一伙歇脚的贩枣客人，买了其中一桶喝掉，又在另一桶中舀了两瓢。杨志眼见人家喝了没事，这才允许士兵买下另一桶，杨志自己也喝了半瓢。谁知酒中已被人下了蒙汗药，杨志一行全被麻翻在地，眼睁睁看着生辰纲被"贩枣客人"劫去。这伙人正是晁盖等乔装的。

杨志失了生辰纲，走投无路，经开酒店的曹正引导，要去二龙山落草，此前那里被一伙强人占据。杨志、曹正在山下巧遇鲁智深。鲁智深自从在野猪林救了林冲，得罪了高俅，不能再在东京相国寺安身，浪迹江湖，准备来二龙山落草。不料山上强人不肯收留，鲁智深正无计可施。三人于是合谋智取二龙山，杀死强人，鲁智深、杨志做了寨主，曹正仍回去开酒店。（12～17）

5. 宋江杀惜

生辰纲被劫，梁中书命济州府破案，差事落在济州缉捕观察何涛身上。何涛从弟弟那里获得线索，先捉了白胜。此案中的卖酒汉子就是他乔装的。白胜供出晁盖等人，何涛亲到郓城县来拿人。郓城县押司宋江与晁盖是好朋友，他先将何涛稳在茶坊里，自己飞马去东溪村报信儿。雷横和另一都头"美髯公"朱仝奉命到东溪村拿人。两人又故意拖延，放走了晁盖。

晁盖、吴用等先逃到石碣村与三阮会合，何涛率领官军乘船追来。晁盖用火攻将官军杀败，何涛被阮小七捉住，割了耳朵放回。

晁盖等上梁山入伙，王伦百般推托，不肯收留。吴用挑动林冲火拼王伦。晁盖坐了山寨第一把交椅。

济州府尹又派团练使黄安率一千官军从水路来攻梁山泊，被梁山义军杀得大败，黄安被俘。

晁盖不忘宋江恩德，派刘唐带了书信和黄金百两到郓城县面谢。宋江收下书信，只象征性地收了一条金子。

宋江仗义疏财，喜做善事。有个阎婆婆死了丈夫，宋江资助她银两买棺材发送。阎婆婆主动托王婆做媒，将女儿阎婆惜嫁给宋江为外室。阎婆惜自己并不情愿。

这日宋江将公文袋落在阎婆惜处，回去取时，阎婆惜不肯拿出。她掌握了宋江"通贼"的证据，要求与宋江解除婚约，又逼着宋江交出书信上写的黄金百两，否则就要到官府告发。宋江一怒之下杀了阎婆惜！

阎婆婆告到官府，奉命来捉宋江的雷横、朱仝做人情放走了宋江。宋江逃到沧州柴进庄上，在那里遇到好汉武松。（18～23）

6. 武松（上）：打虎杀嫂

武松此前因醉酒伤人，是到柴进庄上避难的。他离乡日久，要回去探望哥哥，宋江也要去孔家庄看朋友。两人辞别柴进，到大路上分手后各自赶路。

武松路经阳谷县景阳冈，在路边酒店连饮十八碗烈酒，无视冈上有虎的警告，黄昏独自上冈，结果遭遇猛虎。武松凭着一身勇力，竟将老虎徒手打死！阳谷知县赏识他的勇武，任命他做了都头。

一日武松在街上巧遇哥哥武大。武大是新近搬来阳谷县的。他以卖炊饼为生，新娶的嫂子潘金莲原是大户人家的使女，嫁给矮小丑陋的武大，心有不甘。

开茶坊的王婆撮合潘金莲与开药铺的财主西门庆暗中勾搭。适逢武松出差在外，武大得知妻子出轨，前去捉奸，反被西门庆踢伤。潘金莲怕武松得知不肯善罢甘休，索性与西门庆、王婆合谋，将武大毒死灭口！

武松归来，见哥哥死得不明不白，暗中查得实情，向官府告发。知县贪赃枉法，不肯秉公审理，武松只好自行采取行动。他邀集四邻前来饮酒，当众与王婆、潘金莲对质，审出实情，当场杀了潘金莲。又寻到狮子楼，斗杀在那里吃酒的西门庆，然后押着王婆到官府自首。（23～26）

7. 武松（下）：从快活林到鸳鸯楼

经东平府审理，武松被发配孟州。途经十字坡"黑店"，武松及押解公差险些被蒙汗药麻翻。幸而武松机警，暗中泼掉药酒，反将老板娘制服。不打不成交，武松因此结识了店主夫妇"菜园子"张青和"母夜叉"孙二娘。

武松来到孟州牢城营，得到老管营及小管营施恩的百般照顾。

母夜义孟州
道卖人肉

武松发配孟州道/古代版画

原来，施恩在孟州城外"快活林"经营着一家酒店，并率领一帮牢城营的囚徒控制那里的市井，每年有大笔收益。不久前，当地驻军张团练及打手蒋门神打伤了施恩，夺了酒店。施恩得知武松是天下闻名的打虎英雄，于是结交武松，试图借力报仇。武松出于义气，慨然允诺。他大闹快活林，醉打蒋门神，帮施恩夺回了快活林酒店。

武松似乎交了好运，因为驻军张都监请他去看家护院，还答应把养娘玉兰许配给他。一天夜里，武松听见有人喊"有贼"。他起身捉贼，反被诬陷为盗，绑送官府。原来张都监与张团练、蒋门神都是一伙的。

这一回，武松被刺配恩州。途经飞云浦时，武松挣脱枷锁，杀死解差和尾随其后的蒋门神两徒弟，返回孟州城，夜入张都监后花园，将在鸳鸯楼吃酒的张都监、张团练、蒋门神及家中女眷、使女、马夫等十五人杀死，还在墙上蘸血题名："杀人者，打虎武松也！"然后越城逃走。

在十字坡酒店，张青夫妇帮助武松改换成行者打扮，要他前往二龙山投奔鲁智深、杨志。武松从此有了"行者"的绰号。

路过蜈蚣岭时，武松杀了作恶的道士及道童。后在村店吃酒，与人发生争执。醉酒后倒在溪水中，被人捉到孔明孔亮庄上。在这里，武松巧遇宋江。（27～32）

8. 清风寨的风波

　　宋江自从与武松分手，来孔家庄住了半年，此刻与武松巧遇。两人再度分手，武松奔二龙山，宋江前往清风寨。路过清风山时，宋江被山大王捉上山。燕顺、王英、郑天寿在这里占山为王，他们早听说宋江的大名，热情款待，并送他去清风寨——清风寨知寨花荣邀宋江去那里小住。

　　适逢上元节，宋江外出观灯，被清风寨文官知寨刘高的妻子认出——这女人前时也被劫上清风山，还是宋江说情将她放回。而今她恩将仇报，诬陷宋江是强盗，刘高于是把宋江抓了起来。

　　花荣用武力夺回宋江，宋江连夜上清风山，中途又被刘高捉回。青州慕容知府派都监黄信来清风寨诱捕花荣，连同宋江一同押往青州，半路被燕顺等劫上清风山。

　　黄信回青州报信，慕容知府再派兵马统制秦明攻打清风山。秦明兵败，被好汉捉上山，宋江见他执意不肯落草，便把他放还。不过秦明已无家可归。前一天，宋江派人扮作秦明模样攻打青州，在城外杀人放火。慕容知府已将秦明妻儿杀死。秦明无奈，只好上清风山落草，并说服黄信一同上山。

　　宋江与清风山诸人投奔梁山，路过对影山，又收了吕方、郭

花荣／张光宇 绘

盛两个好汉。忽有好汉石勇前来送信，说宋江老父病故，要他回去奔丧。

宋江赶回家中，却见老父健在。原来老父怕他上山落草，"做个不忠不孝之人"，因而将他诓回。（32～35）

9. 血染江州

宋江因杀阎婆惜的旧案，被刺配江州。途经梁山时，众好汉将他和押解公差一同邀截上山。宋江因有父命在先，执意不肯落草。晁盖只好送他下山。

路过揭阳岭，宋江和公差在李立"黑店"被麻翻，幸有李俊赶来，将三人救起。李俊是扬子江的船夫，在那一带威望很高。

在揭阳镇上，宋江因资助使枪棒卖艺的薛永，得罪了地头蛇穆弘、穆春兄弟，遭到追杀。渡江逃命时，又险些被艄公张横杀掉。这一回，仍是李俊赶来救了宋江三人。

来到江州，宋江得到吴用好友、牢城营节级戴宗的关照。宋江还结识了牢卒李逵。宋江请戴宗、李逵到琵琶亭饮酒，酒后，李逵到江边渔船讨活鱼做醒酒汤，与渔牙主人张顺发生摩擦，两人从岸上一直打到水里。张顺水下功夫了得，能在水下潜藏七日七夜，绰号"浪里白跳"（一作"浪里白条"）。他是张横的弟弟，宋江刚好带有张横给他的家书。

一日宋江独自到浔阳酒楼饮酒，醉后在墙上题写反诗，发泄心中愤懑。有个叫黄文炳的，发现反诗后向江州蔡九知府告发，宋江被拿获。

浔阳楼宋江题反诗 / 古代版画

蔡九是权奸蔡京的儿子，他派戴宗前往东京送信给父亲，请示如何处置宋江。戴宗有日行千里的神行术，路过梁山时，吴用请戴宗上山。偷看书信后，吴用假造蔡京的回信，要蔡九将宋江押解进京，以便中途营救。为造假信，吴用还命戴宗请来擅长书法及篆刻的萧让和金大坚，模仿蔡京的笔迹、图章。

然而百密一疏，吴用在假信上用错了图章，被黄文炳看出破绽。戴宗也被下了狱，要与宋江一同问斩。行刑这天，忽然十字路口茶楼上跳下一黑大汉，用板斧砍翻了刽子手。人群中闪出众多好汉，将宋江、戴宗劫走。原来戴宗走后，吴用发现纰漏，立即派梁山好汉来劫法场。那黑大汉是李逵，他是自发来救两位哥哥的。

众好汉杀败追兵，至江边白龙庙聚齐，此番聚集了二十九位好汉，这一段便称"白龙庙小聚会"。众人又乘势攻取无为军，杀了住在那里的黄文炳一家，然后齐上梁山。（36～41）

10. 李逵取母

宋江回乡搬取家小，因行踪泄露，遭官军追捕。宋江逃至玄女庙，在神橱中一觉睡去，梦中受到玄女接见，得"天书"一册。李逵、刘唐等赶来接应，杀退官军，接宋江及家眷上山。

公孙胜告辞下山，回乡探母。李逵受到触动，也要回乡搬取老母。在返乡路上，李逵居然遭到"李逵"打劫——那是歹徒李鬼假冒李逵之名。李逵轻信李鬼"家有九十老母"的谎话，还资助他十两银子。然而李鬼很快露了馅儿，被李逵杀掉了。

李逵回家，背了双目失明的老母回梁山。途中老母口渴，李逵到山涧取水，归后发现老母被老虎吞吃！李逵悲愤至极，身入虎穴，凭借一口刀，怒杀四虎。

四乡百姓都来看杀虎英雄。李鬼的老婆认出李逵，向当地财主告发。财主将李逵灌醉擒拿，沂水县派都头李云前来押解。梁山好汉朱贵的弟弟朱富得知消息，借口犒劳李云，在酒肉中下药，将众公人麻翻，救走李逵。李云醒来，在朱富的劝说下，也一同上了梁山。（42～43）

11. 石秀与杨雄

公孙胜下山日久，戴宗奉命到蓟州寻他回山，半路与好汉杨林相遇。二人路经饮马川，又劝说在那里落草的邓飞、裴宣等到梁山入伙。戴、杨二人还在蓟州结识了石秀，但始终未打听到公孙胜的消息。两人只好返回饮马川，与邓飞、裴宣同归梁山。

石秀绰号"拼命三郎"，原在蓟州卖柴度日。一日路见不平，救了受军人欺负的好汉杨雄。杨雄是蓟州押狱节级，绰号"病关索"。他与石秀结为兄弟，并邀石秀回家同住。石秀与杨雄的岳父潘公合伙开起屠宰作坊。

杨雄之妻潘巧云与和尚裴如海暗中勾搭，被石秀看破。潘巧云在杨雄面前反咬一口，说石秀调戏她。杨雄信以为真，关了屠宰作坊，疏远石秀。

为证清白，石秀杀了前来赴约的裴如海及其随从头陀，并拿两人的衣服给杨雄看。杨雄恍然大悟，与石秀合计，将潘巧云骗到翠屏山无人处，连同丫鬟一同杀死。杨、石双双奔赴梁山。（44～46）

12. 三打祝家庄（上）

杨雄、石秀半路结识了惯偷"鼓上蚤"时迁，三人结伴而行。在祝家庄村店用饭时，时迁偷了人家报晓的公鸡，并与店家口角，

四百子

一丈青扈三娘

挑飞刀石上石栏罟锦缕英雄娘子军

一丈青扈三娘 / [清] 陈洪绶 绘

放火烧了村店,因此被祝家庄捉去。祝家庄是地方团练武装,头领是庄主祝朝奉,有三子祝龙、祝虎、祝彪,另有教师栾廷玉,声言与梁山泊作对。

祝家庄又与李家庄、扈家庄三庄互保。石秀认识李家庄总管杜兴,央他去向祝家庄要人,祝家庄不给。李家庄庄主"扑天雕"李应亲自去讨,祝家庄仍不放人。双方争斗起来,李应受伤而回。杨雄、石秀赴梁山求援。

晁盖派宋江、林冲等率人马攻打祝家庄。杨林、石秀进庄侦察,杨林被捉。石秀遇钟离老人,探得庄内"盘陀路"的奥秘,宋江军马方得脱险。然而黄信被俘,首攻祝家庄失利。

宋江谋求李家庄出手相助,李应不肯出头。宋江再打祝家庄,有扈家庄女将"一丈青"扈三娘来援助祝家庄,并活捉了梁山头领王英。祝家庄的祝龙、栾廷玉出战,锤伤欧鹏,俘虏秦明、邓飞。扈三娘则被林冲活捉。二打祝家庄,依旧未能得手。(47~48)

13. 三打祝家庄(下)

话分两头。登州猎户解珍和解宝兄弟俩射虎,老虎受伤,滚

三打祝家庄 / 古代版画

落在山下毛太公庄园内。二解前往讨虎，反被毛太公父子诬为抢劫，绑送官府，打入牢中。牢中小节级乐和与二解有亲，二解请他联络亲戚顾大嫂和孙立、孙新兄弟——孙新与顾大嫂夫妇开着一家酒店，孙立则是登州提辖。他们另邀登云山好汉邹渊、邹润，前往登州营救。

众人劫狱，救出二解，又杀掉毛太公一家，同奔梁山。孙立与祝家庄教师栾廷玉是朋友，见宋江攻打祝家庄不胜，便自告奋勇，以官军援救为名，率邹渊、邹润及一队人马进驻祝家庄。

孙立代表祝家庄出战，在阵前诈擒石秀，祝家庄对孙立深信不疑。梁山兵马分四路来攻，祝家庄也分四路迎战。乐和、二邹乘机劫牢，放出被俘的七名好汉，杀了祝朝奉，放起火来。孙立守住吊桥，劫杀祝家庄败兵，梁山兵马一举打破祝家庄。

吴用又用计将李应骗上山寨。宋江早就答应替王英娶妻，至此劝说扈三娘与王英成亲。梁山泊中气象一新。（49～50）

14. 雷横、朱仝上梁山

雷横出差公干，路经梁山，被好汉请上山。宋江邀他落草，

朱仝 / 张光宇 绘

他不肯，依旧回郓城县当都头。有东京来"打踅"（巡回演出）的行院女子（演员兼娼女）白秀英在勾栏（相当于剧院）中唱戏，雷横看戏没带赏钱，遭白父讥笑。雷横怒打白父，惹恼了知县，原来白秀英是知县的旧相好。知县将雷横枷在勾栏门前示众。雷横老母来送饭，遭白秀英打骂。雷横大怒，用枷磕死白秀英。

济州府提审雷横，由朱仝押解前往。朱仝出于义气，半路将雷横放走，自己回县自首。这回，轮到朱仝被解往济州了。经审问，朱仝被发配到沧州。沧州知府喜欢朱仝稳重，把他留在衙中使唤，要他照看小衙内。

七月十五中元节，朱仝带着小衙内去看河灯。雷横突然出现，引朱仝到僻静处，吴用在那里等候，劝朱仝上山，朱仝不肯。此时同来的李逵已将小衙内劫走并杀害。朱仝闻讯大怒，追赶李逵，一直追到柴进庄上。朱仝失了小衙内，只得随吴用、雷横上山。为了平息朱仝的怒火，吴用吩咐李逵暂留柴进庄上。（51）

15. 公孙胜解救小旋风

柴进的叔叔柴皇城病危，柴进赴高唐州探视，李逵自告奋勇随同前往。高唐州知府高廉是高俅的叔伯兄弟，他的妻弟殷天锡倚势欺人，霸占了柴皇城的花园，并将柴皇城打伤。

柴进眼见叔叔咽了气，殷天锡又来上门逼迫。李逵大怒，打死殷天锡，连夜逃回梁山；柴进则被打入大牢。宋江、吴用闻讯，率八千人马来打高唐州。高廉会妖术，两军对阵，高廉作法，顿时飞沙走石，神兵天降，又有怪兽毒虫扑来，梁山军马不能取胜。

宋江想起道术高明的公孙胜，派戴宗携李逵再赴蓟州寻找。在九宫县二仙山，二人找到公孙胜，但公孙胜的师傅罗真人不肯放弟子下山。入夜，李逵独上二仙山，将罗真人及一道童砍死，其实只是砍坏了两只葫芦。罗真人施法术，把李逵抛进蓟州监狱受罪。不过罗真人到底还是答应公孙胜下山，并向他传授了"五雷天罡正法"。

梁山兵马再攻高唐州，公孙胜施展法术，大破高廉，救出柴进。梁山军马奏凯而还。（52～54）

16. 时迁盗甲破连环

朝廷派呼延灼、韩滔、彭玘（qǐ）征讨梁山。扈三娘一战擒了彭玘。次日再战，官军出动"连环马"，是将三十匹战马用铁环连在一起，三千匹结为一百队，势不可当。梁山兵马大败，林冲、雷横等六将受伤。

朝廷又遣炮手凌振前来助阵。凌振善使火炮，威力无比。梁山派张顺、三阮等引诱凌振登船，将他在水中擒获。汤隆向宋江献计，说自己的表哥徐宁善使钩镰枪，可破连环马。徐宁现任东京金枪班教师，吴用派时迁去东京"迎请"。

徐宁有一副锁子甲叫"赛唐猊"，是镇家之宝。忽然一夜，锁子甲被窃。徐宁正在焦急，表弟汤隆前来"探亲"，并向他提供线索，自告奋勇陪他去追宝甲。原来宝甲是被时迁偷走的。徐宁、汤隆在村店赶上时迁，宝甲已被戴宗带上梁山。就这样，徐宁被一站站引上梁山。

汤隆出身铁匠，负责打造钩镰枪；由徐宁传授枪法，梁山兵马大破连环马。（55～57）

大破连环马 / 墨浪 绘

17. 东破青州，西讨华岳

呼延灼兵败逃走，途中住店，坐骑又被桃花山强人盗走。呼延灼徒步到青州，借兵来打桃花山。李忠、周通不敌呼延灼，向二龙山求救。二龙山寨主鲁智深、杨志、武松齐来援助桃花山。此时又有白虎山孔明、孔亮兄弟到青州"借粮"，呼延灼回兵青州，擒了孔明。

三山好汉合力攻打青州，孔亮赴梁山求援。宋江亲率大军来救，呼延灼中计，跌入陷坑被擒，情愿归顺梁山。呼延灼又去骗开青州城门，杀了慕容知府，解救孔明。三山好汉同归水泊。

鲁智深与武松结伴去少华山，要招史进入伙，听说史进因行刺华州贺太守而被捕。智深独自入华州解救史进，也被贺太守拿下。

宋江率七千军马来打华州。恰逢朝廷派太尉宿元景到西岳华山降香，颁赐金铃吊挂（一种室内悬挂的豪华饰物）。宿太尉路经少华山，被宋江等劫持。山寨好汉假扮宿太尉及其随从，以颁赐金铃吊挂为名，将贺太守骗到西岳庙杀掉。梁山兵马打下华州，解救鲁智深、史进，连同少华山的朱武、陈达、杨春等，同归水泊。

史进上山后，主动请缨，到徐州芒砀山收服樊瑞、项充和李衮。宋江、花荣等随后赶来助阵。樊瑞有法术，公孙胜与樊瑞斗法，项充、李衮兵败被擒，说服樊瑞一同来降。（57～59）

18. 晁盖之死

好汉段景住在北地盗取大金王子所乘"照夜玉狮子马"，来投梁山。途经凌州曾头市，马被曾家抢去。曾家原是金国人，头领曾长者有五个儿子，分别名涂、参、索、魁、升，号称"曾家五虎"。又有教师史文恭和苏定相助，聚集了五七千兵马。口出狂言，要"扫荡梁山清水泊，剿除晁盖上东京"。

晁盖闻讯大怒，亲率大军攻打曾头市。有法华寺和尚来引梁山军马劫寨，结果中了埋伏，晁盖被史文恭射中面颊。晁盖临死遗言：谁捉得史文恭，便让谁做梁山寨主。

宋江暂行寨主之职，整顿山寨，改"聚义厅"为"忠义堂"。为晁天王守丧百日，并请大名府龙华寺和尚做法事。和尚提到大名府员外卢俊义是个好汉，宋江便叫吴用乔装成算卦先生，到大名府诱请卢俊义上山。李逵扮作哑道童，随同前往。

吴用登门为卢俊义算卦，说他百日内有血光之灾，要他远出避祸，并在卢家墙上题诗一首。卢俊义于是带了管家李固远行避祸，捎带做生意。路经梁山脚下，卢俊义主动向梁山好汉挑衅，结果战败被俘。宋江先将李固放回，并邀卢俊义入伙。卢不肯。宋江留他住了一阵，才将他放回。

　　此前，李固受吴用指使，回家后向官府告发，说卢俊义谋反，并有墙上的藏头反诗为证。卢俊义还被蒙在鼓里，一回大名便被官府抓获，经审问后被刺配沧州。李固与卢俊义娘子有私情，为了霸占卢家财产，贿赂押解公人董超、薛霸，要将卢俊义半路杀害。危急时刻，卢家仆人燕青（绰号"浪子"）射死二公差，救了卢俊义。然而住店时，卢俊义再度被官府抓走。燕青连夜上梁山报信。

　　梁山好汉石秀闻听卢俊义要被斩首，独自去劫法场，因寡不敌众而被捉。宋江兵发三路，攻打北京大名府。大名府留守梁中书向朝廷求援，蔡京派关胜、宣赞、郝思文行"围魏救赵"之计，来攻梁山泊。宋江闻讯，只得从大名府撤兵。（60～63）

19. 曾头市的覆灭

关胜是三国蜀将关羽的后裔。呼延灼诈降关胜，将官军引入埋伏圈。关胜、郝思文、宣赞被捉，归顺了梁山。闻听关胜投降，梁中书又派索超前来征剿。隆冬大雪，索超跌入陷坑被捉，也投降了梁山。

宋江生病休兵。张顺去建康府请"神医"安道全来诊治。张顺途中遇水贼，险遭不测。安道全恋着烟花女，拖延不肯上山。张顺杀了烟花女及水贼，终于将安道全带上梁山。安道全手到病除，宋江不日康复。

吴用再度发兵攻打大名府。上元之夜，大名府放灯。众好汉乔装打扮，混入城中。时迁在翠云楼放火为号，众人一起动手，杀了太守。梁山五路人马一同攻入，梁中书落荒而逃。卢俊义被救出狱，终于落草。

蔡京保举单廷珪、魏定国讨伐梁山。山寨中，关胜亲往凌州迎敌，结果首战失利，好汉宣赞、郝思文被擒。凌州太守派人将二人押往东京，途遇李逵，劫了囚车，救出宣、郝。原来李逵偷偷下山争功，半路收了好汉焦挺、鲍旭，三人同劫囚车，立了一功。

凌州这边，两军再战，单廷珪被关胜生擒。李逵等从凌州北门攻入，放起火来。单廷珪归顺关胜，又说服魏定国来降。

段景住奉山寨之命去北地买马，归途马匹又被曾头市所劫。旧恨未雪，新仇又添。宋江率队再攻曾头市，先后杀了曾涂、曾索；梁山方面也伤了李逵、秦明。曾长者写信求和，让曾升带郁保四到梁山营中谈判。宋江也派时迁、李逵等五人去曾头市做人质。曾头市送还劫夺的马匹，史文恭却不肯送还那匹照夜玉狮子马。

吴用暗中说服前来谈判的曾头市头目郁保四，要他回曾头市引人来劫寨。史文恭率军劫寨扑空，时迁爬上法华寺钟楼撞钟为号，留做人质的李逵等从法华寺杀出，与梁山兵马里应外合，大败曾头市兵马。曾魁、曾参、曾升战死，曾长者自缢身亡。史文恭被卢俊义活捉。

梁山犒赏三军，杀了史文恭祭奠晁盖。遵照晁盖遗言，宋江要将寨主的交椅让给卢俊义，众好汉不服。（64～68）

20. 梁山泊英雄大聚义

宋江提议与卢俊义分头攻打东平、东昌二府，先胜者做梁山泊主。两人拈阄，宋江率林冲、花荣等打东平，卢俊义率吴用、公孙胜、呼延灼等打东昌。

史进入东平府做内应，却被娼家出卖，送进监牢。吴用差顾大嫂扮作乞妇潜入城中，借送饭之机与史进暗通消息，约定"月尽夜"来救他。史进记错了日子，提前一天反出监牢，却无人接应，又被捉回。东平守将董平与梁山兵马作战被俘，归顺梁山。董平返身赚开城门，宋江轻松拿下东平府。

那边卢俊义打东昌，守将张清善以石子打人，百发百中。宋江率队来援，张清一阵连伤梁山十五将，并活捉了刘唐。梁山方面只捉得东昌二将：龚旺和丁得孙。

吴用以粮草诱敌，引张清出城抢粮，公孙胜作起法来，登时阴云密布、黑雾遮天。张清落水被擒，归顺梁山。东昌府被打破。众好汉奏凯还山。

宋江做了寨主，梁山泊豪杰大聚义。此刻天降石碣，为好汉排定座次，计有三十六天罡、七十二地煞，共一百零八位。忠义堂前立起"替天行道"的杏黄旗。

重阳佳节，山寨好汉饮酒赏菊，宋江作《满江红》词，流露出谋求招安之意，众好汉表示不满。（69～71）

21. 东京看灯，泰安打擂

宋江带柴进、戴宗、李逵、燕青到东京看灯。柴进混入宫中，见御屏风上有宋江、王庆、田虎、方腊"四寇"姓名，便将宋江名字用刀削去。

李师师是京师名妓，徽宗常常光顾她家。元宵之夜，宋江去李家拜访，并填词一首，微露身份，并表达了寻求招安的愿望。适逢宋徽宗从地道中过来，李逵当场发作，放火杀人，宋江等脱身而去。

燕青陪李逵随后出城，路过四柳村，听说狄太公家"闹鬼"。李逵声称自己是法师，擅长捉鬼。"闹鬼"的原是太公女儿的奸夫，结果这对男女全被李逵杀死。

李逵、燕青又到荆门镇，有刘太公诉说女儿被宋江抢夺之事。李逵大怒，跑上梁山，砍倒"替天行道"大旗，找宋江算账。宋江与柴进同李逵下山，与刘太公当面对质，真相大白，是有人假冒宋江之名。李逵错怪了哥哥，只好负荆请罪。最终李逵下山杀死两个冒名的强盗，救出太公之女。

天齐圣帝诞辰，泰安州有相扑手任原摆台打擂，口出狂言。燕青禀明宋江，前去应战，李逵也跟随前往。双方对垒，任原被燕青使个"鹁鸽旋"摔下擂台，又被李逵砸死。官军围捕燕、李；卢俊义、史进、鲁智深等尾随前来，接应两人脱身。

李逵独自走到寿张县，闯进县衙，穿了官服胡乱判案。又到一处学堂，吓得先生逃、学生哭。（72～74）

22. 两赢童贯，三败高俅

朝廷改征剿为安抚，派陈太尉到梁山招安义军。阮小七偷喝了御酒，换成村酿水酒。李逵听诏书语气傲慢，当面将诏书扯碎。众好汉见"御酒"寡淡，也都怒形于色。宋江只好护送陈太尉下山，招安失败。

枢密使童贯起兵十万征讨梁山。宋江、吴用布下九宫八卦阵，又设十面埋伏阵，童贯两番战败，逃回东京。

高俅召集十节度使再度兴兵前来。首战，节度使荆忠被杀，党世雄被擒。再战，节度使韩存保为呼延灼所擒，又被宋江放回。李俊、张横捉住水军统制刘梦龙、牛邦喜，怕被宋江放走，当场杀掉。

朝廷派使者再来招安，使者听从济州老吏王瑾的毒计，朗读诏书时，在文字断句上做文章，被好汉识破，射杀使者。招安再度失败。

高俅打造大海鳅船，以"水车"（轮式船桨）推动，威力无比。梁山在浅水处布下柴草，将大船的水车塞住。张顺等从水中凿漏船底，高俅落水被擒，官军完败。（75～79）

23. 梁山泊全伙受招安

宋江摆酒为高俅压惊，高俅酒后自夸相扑无敌。燕青与高俅交手，将他撅翻。宋江礼送高俅下山，并表达愿意接受招安。高俅将参谋闻焕章留在山寨做人质，宋江则派萧让、乐和随高俅去东京。

宋江另派燕青、戴宗到东京活动。二人先到李师师家，巧遇徽宗皇帝。燕青亮明身份，求得赦书一道，并为梁山辩解，表达了接受招安的意愿。

燕青又到太尉宿元景府上，递交闻焕章的书信，请宿太尉促成招安之事。燕、戴二人还救出被高俅软禁的萧让、乐和，四人一同回山。

徽宗皇帝派宿太尉到梁山招安宋江等。宋江接受招安，整顿

队伍，将山寨财物下分将士、上交国库，余下的让周围百姓"买市十日"。宋江带队进京，接受检阅。天子赐宴。（80～82）

24. 破辽御侮

辽国兴兵十万来犯疆界。朝廷任命宋江、卢俊义为破辽兵马都先锋使和副先锋，率本部兵马抗击辽军。宋江先回梁山善后，焚化晁盖灵牌，拆毁三关及忠义堂，然后整肃军纪，克日起兵。

宋军在潞水大破辽军，攻下檀州。接着又打下平峪、玉田，攻克蓟州。

辽人劝说宋江投降。宋江将计就计，诈降辽军，夺取了霸州。取幽州时，卢俊义等迷路。解珍、解宝从一老婆婆家探得虚实，救出卢俊义。幽州不日攻克。

辽国派兀颜光率大军攻打幽州，两军斗阵法。辽军摆下太乙混天象阵，宋军不能破。宋江夜梦九天玄女传授破阵秘诀，来日再战，打破混天阵。辽主遣使议降。宿太尉至辽颁诏受降。

宋江、鲁智深等到五台山谒见智真长老。长老送智深四句偈（jì）

言："逢夏而擒，遇腊而执。听潮而圆，见信而寂。"

宋江班师回朝。朝廷加封宋江保义郎，正受皇城使；卢俊义为宣武郎，行营团练使。吴用等三十四人为正将军，朱武等七十二人为偏将军。听候朝廷委用。

公孙胜告辞还山。朝廷命宋江军马驻扎城外，不得入城，宋江及众将怏怏不快。（83 ~ 90）

25. 征方腊（上）

方腊造反，占据江南八州二十五县，自为国主。朝廷差张招讨、刘都督前往征剿。宋江主动请战，被任命为平南都总管、征讨方腊正先锋，卢俊义为兵马副总管、平南副先锋。

宋江等兵发扬州，隔江的润州（即镇江）由方腊枢密使吕师囊把守。张顺、燕青、李俊等合力杀了准备投敌的江北豪绅陈将士，假扮陈家兄弟，以给吕师囊送粮为名，夺得润州。吕师囊逃往丹徒。由此开端，梁山旧部每战必有数将伤亡。

宋江与卢俊义分兵，宋江攻打常、苏二州，卢俊义攻打宣、湖二州。吕师囊退守常州，常州守将金节归附宋江，里应外合打

今日的杭州西湖

下常州，吕师囊又逃往无锡。关胜拿下无锡，吕师囊再逃往苏州，被徐宁所杀。

苏州守将、方腊之弟方貌闭门不出。李俊带童威、童猛到太湖侦察，在榆柳庄遇好汉费保、倪云等四人，结为兄弟。李俊等劫了方腊押送衣甲的船只，扮作南军，进入苏州城；与宋江里应外合，攻陷苏州，方貌战死。

另一路卢俊义攻克宣州。秀州守将段恺望风而降。卢俊义乘胜打下湖州，直取独松关。

宋江兵临杭州，这里由方腊太子方天定把守。两军对阵，宋军先损刘唐、鲍旭。张顺从西湖潜水入城中侦察,被南军发现,死于箭石之下。宋江临湖哭祭。

卢俊义也杀到杭州城下,与宋江合力攻城。吴用命王英和扈三娘、孙新和顾大嫂、张青和孙二娘三对夫妇扮作送粮人,混入杭州,里应外合打破杭州城。方天定被张横杀死。

宋江在西湖边为张顺建金华将军庙,又在净慈寺做水陆道场,追荐阵亡将士。(90 ~ 96)

26. 征方腊(下)

宋江又与卢俊义抓阄,分头攻打睦州和歙(shè)州,这两处是方腊的根据地。此前,柴进与燕青已奉命先到睦州。柴进自称中原秀士柯引,被方腊招为驸马。燕青改名云壁,也做了方腊手下军官。

宋江攻打乌龙岭。此岭由方腊干将石宝、邓元觉把守。阮小二攻打方腊水寨,兵败自刎;解珍、解宝前往侦察,也遇伏身亡。

邓元觉赴睦州求援,方腊兵少,不能分兵相助。宋江从小路绕过乌龙岭,攻打睦州。花荣射死邓元觉,王英、扈三娘夫妇被方腊部将郑彪所杀。宋江被困，武松来救，被方腊部将包道乙砍断左臂。

朝廷派童贯来援。宋军兵临睦州城下。樊瑞破掉敌将妖法，宋江入睦州，火烧方腊宫殿。关胜打破乌龙岭。

卢俊义一路兵至昱岭关，敌将庞万春弩箭厉害，射死史进、石秀等六人。卢俊义用火攻打破昱岭关，杀死方腊之叔方垕（hòu），夺取歙州，与宋江会师，来攻方腊老巢清溪帮源洞。

方腊之侄方杰勇武。宋江令李俊献粮诈降，打破清溪县。方腊逃入帮源洞。柴进、燕青做内应，攻破帮源洞。方腊逃出，被鲁智深所擒。此前攻打乌龙岭时，鲁智深追杀敌将夏侯成，在深山中迷路，遇一老僧，要他在一茅庵中等候，结果拿住方腊，立了大功。这正应了智真长老所说的"逢夏而擒，遇腊而执"。（96 ~ 99）

27. 魂聚蓼儿洼

宋军大获全胜，宋江检点部下，一百零八人或死或走，身边只剩三十六人。众人回杭州休整，鲁智深夜闻钱塘潮声，有所省悟，坐化圆寂。这又应了智真长老"听潮而圆，见信而寂"（潮、信：指涌退有时的潮水。圆、寂：和尚死称圆寂）的偈言。

武松臂断身残，留在六和寺出家。林冲患风瘫症，也留在寺中由武松照顾，不久身亡。燕青、李俊等不愿为官，先后辞去。回到京师时，只剩二十七位好汉。宋江等朝见徽宗，献俘、授官。宋江做了楚州安抚使，卢俊义做庐州安抚使，以下各有封赏。

戴宗不愿为官，到泰安州岳庙当了道士。阮小七曾在帮源洞身穿方腊"御衣"戏耍，被削职为民。柴进、李应也称病辞官。关胜在大名府做总管，醉酒落马而死。呼延灼后来参加抗金队伍，在淮西阵亡。

蔡京、童贯、高俅、杨戬四奸臣仍不肯放过梁山好汉。他们先毒死卢俊义，又颁赐御酒给宋江，暗下毒药。宋江情知中毒，怕自己死后李逵替自己报仇，坏了自己一世忠义"清名"，于是骗李逵也喝了药酒。二人死后，葬于楚州南门外蓼儿洼，那里的景色与梁山泊蓼儿洼无异。吴用、花荣来墓前祭扫，双双自缢，也与宋江、李逵葬在一处。

徽宗夜得一梦，被人引至一处山寨，下面跪着许多人。宋江当面奏禀，控诉奸臣。忠义堂后又转出李逵，挥着板斧直奔徽宗，呐喊"报仇"！徽宗惊醒，命人调查得实，痛斥奸臣祸国，命人在梁山及楚州两处修建庙宇，享祭宋江及众英雄。小说至此落幕。

（99～100）

28. 附:《水浒传》一百单八将名单

梁山泊天罡星三十六员:

天魁星呼保义宋江　　　　天罡星玉麒麟卢俊义

天机星智多星吴用　　　　天闲星入云龙公孙胜

天勇星大刀关胜　　　　　天雄星豹子头林冲

天猛星霹雳火秦明　　　　天威星双鞭呼延灼

天英星小李广花荣　　　　天贵星小旋风柴进

天富星扑天雕李应　　　　天满星美髯公朱仝

天孤星花和尚鲁智深　　　天伤星行者武松

天立星双枪将董平　　　　天捷星没羽箭张清

天暗星青面兽杨志　　　　天佑星金枪手徐宁

天空星急先锋索超　　　　天速星神行太保戴宗

天异星赤发鬼刘唐　　　　天杀星黑旋风李逵

天微星九纹龙史进　　　　天究星没遮拦穆弘

天退星插翅虎雷横　　　　天寿星混江龙李俊

天剑星立地太岁阮小二　　天竟星船火儿张横

天罪星短命二郎阮小五　　天损星浪里白跳张顺

天败星活阎罗阮小七　　天牢星病关索杨雄

天慧星拼命三郎石秀　　天暴星两头蛇解珍

天哭星双尾蝎解宝　　　天巧星浪子燕青

梁山泊地煞星七十二员:

地魁星神机军师朱武　　地煞星镇三山黄信

地勇星病尉迟孙立　　　地杰星丑郡马宣赞

地雄星井木犴郝思文　　地威星百胜将韩滔

地英星天目将彭玘　　　地奇星圣水将单廷珪

地猛星神火将魏定国　　地文星圣手书生萧让

地正星铁面孔目裴宣　　地阔星摩云金翅欧鹏

地阖星火眼狻猊邓飞　　地强星锦毛虎燕顺

地暗星锦豹子杨林　　　地轴星轰天雷凌振

地会星神算子蒋敬　　　地佐星小温侯吕方

地佑星赛仁贵郭盛　　　地灵星神医安道全

地兽星紫髯伯皇甫端　　地微星矮脚虎王英

地慧星一丈青扈三娘　　地暴星丧门神鲍旭

地然星混世魔王樊瑞　　地猖星毛头星孔明

地狂星独火星孔亮　　　地飞星八臂哪吒项充

地走星飞天大圣李衮　　地巧星玉臂匠金大坚

地明星铁笛仙马麟　　　地进星出洞蛟童威

地退星翻江蜃童猛　　　地满星玉幡竿孟康

地遂星通臂猿侯健　　　地周星跳涧虎陈达

地隐星白花蛇杨春　　　地异星白面郎君郑天寿

地理星九尾龟陶宗旺　　地俊星铁扇子宋清

地乐星铁叫子乐和　　　地捷星花项虎龚旺

地速星中箭虎丁得孙　　地镇星小遮拦穆春

地稽星操刀鬼曹正　　　地魔星云里金刚宋万

地妖星摸着天杜迁　　　地幽星病大虫薛永

地伏星金眼彪施恩　　　地僻星打虎将李忠

地空星小霸王周通　　　地孤星金钱豹子汤隆

地全星鬼脸儿杜兴　　　地短星出林龙邹渊

地角星独角龙邹润　　　地囚星旱地忽律朱贵

地藏星笑面虎朱富　　　地平星铁臂膊蔡福

地损星一枝花蔡庆　　　地奴星催命判官李立

地察星青眼虎李云　　　地恶星没面目焦挺

地丑星石将军石勇　　　地数星小尉迟孙新

地阴星母大虫顾大嫂　　地刑星菜园子张青

地壮星母夜叉孙二娘　　地劣星活闪婆王定六

地健星险道神郁保四　　　地耗星白日鼠白胜

地贼星鼓上蚤时迁　　　地狗星金毛犬段景住

（录自容与堂本《水浒传》第七十一回）

第三编

《水浒传》选粹

1. 节选一　拳打镇关西

阅读提示

一、《水浒传》常常用一两回乃至十来回，集中写一位好汉的故事。如金批《水浒传》第一回便是史进的传记；从第二回至第六回，是鲁达（智深）正传。随后的六回，又接入林冲的传记。本段选自第二回"史大郎夜走华阴县，鲁提辖拳打镇关西"，写鲁提辖拳打恶屠户，便是鲁达传记的开篇。

二、鲁达性情如同其姓名，鲁莽豁达，性情急躁，最喜打抱不平。且看他在酒楼的"点菜"方式："问什么！但有，只顾卖来，一发算钱还你！这厮只顾来聒噪！"当他听到弱者的哭声，便又"焦躁"起来，"把碟儿盏儿都丢在楼板上"。得知金翠莲的遭遇，他立刻起身："等洒家去打死了那厮便来！"看到弱者受欺凌，他比自己受委屈还难受。在鲁达暴脾气的后面，跃动着一颗富于同情、柔软的心！

三、鲁达又有另一面：粗中有细、灵活权变，做事有算计。如要教训郑屠，他先解救金氏父女，将他们放走后，又"向店里掇条凳子坐了两个时辰",以防店小二追赶阻拦。再如发现郑屠死于拳下,他使个金蝉脱壳之计,口称:"你诈死!洒家和你慢慢理会!"一走了之,并不硬充好汉。

四、本段描写打斗过程,一连用了"油酱铺""彩帛铺""全堂水陆的道场"三个比喻,笔墨灵动,写法独特。但也应注意,"反抗"是《水浒传》的核心主题,打打杀杀的场面贯穿小说始终。花团锦簇的文字后面,往往掩盖着血淋淋的杀人事实。因此读书时既要"读进去",也要"跳出来",切勿把残酷与血腥当作美来欣赏。

五、在本段中,作者不止一次腾出笔墨,写现场看热闹的邻舍、火家、过路人、店小二……虽是寥寥几笔,却又不可或缺,从中可见大手笔的从容不迫。

三个人转弯抹角[1],来到州桥之下一个潘家有名的酒店。门前挑出望竿[2],挂着酒旆[3],漾在空中飘荡。三人来到潘家酒楼上拣个

1　三个人:这里指到延安府寻找王进的史进,以及他在渭州遇到的鲁达和李忠。
2　望竿:挂酒旗的旗杆。
3　酒旆(pèi):酒旗,酒店的幌子。也叫"酒帘""酒望子"。

齐楚阁儿里坐下[1]。提辖坐了主位[2]，李忠对席，史进下首坐了[3]。

酒保唱了喏[4]，认的是鲁提辖，便道："提辖官人[5]，打多少酒？"鲁达道："先打四角酒来[6]。"一面铺下菜蔬果品按酒[7]，又问道："官人，吃甚下饭[8]？"鲁达道："问什么！但有，只顾卖来，一发算钱还你[9]！这厮只顾来聒噪[10]！"酒保下去，随即烫酒上来；但是下口肉食[11]，只顾将来摆一桌子[12]。

三个酒至数杯，正说些闲话，较量些枪法[13]，说得入港[14]，只听得隔壁阁子里有人哽哽咽咽啼哭。鲁达焦躁，便把碟儿盏儿都丢在楼板上。酒保听得，慌忙上来看时，见鲁提辖气愤愤地。酒保

1　齐楚阁儿：酒楼中整洁的小室，如同今天所说的"雅座"。

2　提辖：古代州郡负责捕盗及训练士兵的军官。主位：主人的席位。

3　下首：位置较卑的一侧，就室内说，一般指靠外的或靠右的（左右以人在室内而脸朝外时为准）。

4　酒保：旧日酒楼、饭馆中招待客人的伙计。唱了喏（rě）：古代相见礼仪，手上作揖，口中发声致敬。也作"声喏"。

5　官人：对有地位男子的尊称。

6　角：古代一种量酒器具。

7　按酒：下酒，这里指供人佐酒。

8　甚：啥，什么。下饭：佐餐。

9　一发：一块儿。

10　这厮：这家伙，有轻蔑意。聒（guō）噪：啰唆。

11　下口：可吃，好吃。

12　将来：拿来。

13　较量：探讨。

14　说得入港：谈得起劲儿。

抄手道[1]："官人，要甚东西，分付卖来[2]。"鲁达道："洒家要什么[3]！你也须认得洒家！却怎地教什么人在间壁吱吱的哭[4]，搅俺弟兄们吃酒？洒家须不曾少了你酒钱！"酒保道："官人息怒，小人怎敢教人啼哭打搅官人吃酒？这个哭的是绰酒座儿唱的父女两人[5]，不知官人们在此吃酒，一时间自苦了啼哭。"鲁提辖道："可是作怪！你与我唤得他来。"酒保去叫。

不多时，只见两个到来：前面一个十八九岁的妇人，背后一个五六十岁的老儿，手里拿串拍板[6]，都来到面前。看那妇人，虽无十分的容貌，也有些动人的颜色。拭着泪眼，向前来，深深的道了三个万福[7]。那老儿也都相见了。

鲁达问道："你两个是那里人家？[8]为什么啼哭？"那妇人便道："官人不知，容奴告禀[9]。奴家是东京人氏[10]，因同父母来渭州投

1　抄手：两手交叉，表示施礼。

2　分付：吩咐。

3　洒家：宋元时西北一带人自称，即"我"。

4　恁（nèn）地：这样地。间壁：隔壁。吱吱：这里指不停。

5　绰（chāo）酒座儿唱的：串酒楼卖唱为生的。下文中"来这里酒楼上赶座子"，也是同样的意思。

6　拍板：一种乐器，歌唱时用来打拍子。

7　万福：古代女性向人施礼，双手松松抱拳，在胸前右下侧上下移动，同时略做鞠躬的姿势，口称"万福"。

8　那里：这里意为"哪里"。

9　奴：与下文的"奴家"，都是古代女性的自称之词。

10　东京：今河南开封，为北宋京城。又称"汴京"。

奔亲眷[1]，不想搬移南京去了[2]。母亲在客店里染病身故[3]，子父二人流落在此生受[4]。此间有个财主，叫做镇关西郑大官人，因见奴家，便使强媒硬保[5]，要奴作妾[6]。谁想写了三千贯文书，虚钱实契[7]，要了奴家身体。未及三个月，他家大娘子好生利害[8]，将奴赶打出来，不容完聚[9]。着落店主人家追要原典身钱三千贯[10]。父亲懦弱，和他争不得，他又有钱有势。当初不曾得他一文，如今那讨钱来还他？没计奈何，父亲自小教得奴家些小曲儿，来这里酒楼上赶座子，每日但得些钱来，将大半还他，留些少父女们盘缠[11]。这两日酒客稀少，违了他钱限[12]，怕他来讨时，受他羞耻。子父们想起这苦楚无处告诉[13]，因此啼哭。不想误犯了官人，望乞恕罪，高抬贵手！"

1　渭州：今甘肃平凉一带。

2　南京：北宋的南京，为今天河南商丘。

3　身故：身死。

4　子父：这里意谓父女。生受：这里指受苦、受罪。

5　强媒硬保：指违背女方意愿，硬让人做媒逼婚。

6　妾：小老婆。

7　贯：古代铜钱单位，一贯为一千文，也就是一千枚铜钱穿在一起，贯有时也称"吊"。文书：契约、合同。虚钱实契：这里指签了契约，却没给钱。

8　大娘子：正妻。好生：十分，非常。利害：厉害。

9　完聚：团聚。

10　着落：这里指差派他人负责。典身钱：卖身钱。

11　盘缠：一般指路费，也指生活用费。这里用作动词，意为使用、开销。

12　钱限：这里指还钱的期限。

13　苦楚：痛苦。告诉：哀告倾诉。

鲁提辖又问道:"你姓什么?在那个客店里歇?那个镇关西郑大官人在那里住?"老儿答道:"老汉姓金,排行第二。孩儿小字翠莲。郑大官人便是此间状元桥下卖肉的郑屠,绰号镇关西[1]。老汉父子两个只在前面东门里鲁家客店安下。"鲁达听了道:"呸!俺只道那个郑大官人,却原来是杀猪的郑屠!这个腌臜泼才[2],投托着俺小种经略相公门下做个肉铺户[3],却原来这等欺负人!"回头看着李忠、史进道:"你两个且在这里,等洒家去打死了那厮便来!"史进、李忠抱住劝道:"哥哥息怒,明日却理会[4]。"两个三回五次劝得他住。

鲁达又道:"老儿,你来。洒家与你些盘缠,明日便回东京去,如何?"父女两个告道:"若是能够回乡去时,便是重生父母,再长爷娘。只是店主人家如何肯放?郑大官人须着落他要钱。"鲁提辖道:"这个不妨事,俺自有道理。"便去身边摸出五两来银子,放在桌上,看着史进道:"洒家今日不曾多带得些出来。你有银子,借些与俺,洒家明日便送还你。"史进道:"直什么[5],要

1　绰号:外号,诨名。

2　腌臜(ā·za)泼才:肮脏的无赖。腌臜,肮脏。泼才,流氓、无赖。

3　投托:投靠,倚仗。小种(Chóng)经略相公:北宋名将种师中,曾镇守西北。经略,古代掌管边疆军民事务的高官。相公,对高级官员的尊称。种师中的哥哥种师道也镇守西北,官居经略,人称"老种经略相公"。

4　理会:这里指处理、解决。

5　直:同"值"。"直什么"意谓"不值什么"。

哥哥还！"去包裹里取出一锭十两银子放在桌上。鲁达看着李忠道："你也借些出来与洒家。"李忠去身边摸出二两来银子。鲁提辖看了见少，便道："也是个不爽利的人¹！"鲁达只把这十五两银子与了金老，分付道："你父女两个将去做盘缠，一面收拾行李。俺明日清早来发付你两个起身²，看那个店主人敢留你！"金老并女儿拜谢去了。

鲁达把这二两银子丢还了李忠。三人再吃了两角酒，下楼来叫道："主人家酒钱，洒家明日送来还你。"主人家连声应道："提辖只顾自去，但吃不妨，只怕提辖不来赊³。"三个人出了潘家酒肆，到街上分手。史进、李忠，各自投客店去了。只说鲁提辖回到经略府前下处⁴。到房里，晚饭也不吃，气愤愤地睡了。主人家又不敢问他。

再说金老得了这一十五两银子，回到店中，安顿了女儿，先去城外远处觅下一辆车儿⁵；回来收拾了行李，还了房钱，算清了柴米钱，只等来日天明。当夜无事，次早五更起来，父女两个先

---

1 爽利：爽快。
2 发付：打发，打点。
3 赊（shē）：赊账，即买东西延期付款。
4 下处：住的地方。
5 觅：雇。

打火做饭¹，吃罢收拾了。天色微明，只见鲁提辖大踏步走入店里来，高声叫道："店小二，那里是金老歇处？"小二道："金公，鲁提辖在此寻你。"金老开了房门道："提辖官人，里面请坐。"鲁达道："坐什么？你去便去，等什么？"金老引了女儿，挑了担儿，作谢提辖，便待出门。

店小二拦住道："金公，那里去？"鲁达问道："他少了你房钱？"小二道："小人房钱，昨夜都算还了；须欠郑大官人典身钱，着落在小人身上看管他哩。"鲁提辖道："郑屠的钱，洒家自还他，你放这老儿还乡去！"那店小二那里肯放。鲁达大怒，揸开五指²，去那小二脸上只一掌，打得那店小二口中吐血；再复一拳，打落两个当门牙齿。小二爬将起来，一道烟跑向店里去躲了。店主人那里敢出来拦他？金老父女两个忙忙离了店中，出城自去寻昨日觅下的车儿去了。且说鲁达寻思，恐怕店小二赶去拦截他，且向店里掇条凳子坐了两个时辰³。约莫金公去得远了，方才起身，径到状元桥来⁴。

且说郑屠开着两间门面，两副肉案，悬挂着三五片猪肉。郑

1　打火：生火。

2　揸（zhā）开：张开，叉开。

3　掇（duō）：搬，拿。时辰：一个时辰相当于今天两个小时。

4　径：径直。

屠正在门前柜身内坐定，看那十来个刀手卖肉。鲁达走到门前，叫声："郑屠！"郑屠看时，见是鲁提辖，慌忙出柜身来唱喏，道："提辖恕罪！"便叫副手掇条凳子来："提辖请坐。"鲁达坐下，道："奉着经略相公钩旨[1]，要十斤精肉[2]，切做臊子[3]，不要见半点肥的在上面。"郑屠道："使头[4]！你们快选好的切十斤去。"鲁提辖道："不要那等腌臜厮们动手，你自与我切。"郑屠道："说得是，小人自切便了。"自去肉案上拣了十斤精肉，细细切做臊子。

那店小二把手帕包了头，正来郑屠家报说金老之事，却见鲁提辖坐在肉案门边，不敢拢来，只得远远的立住，在房檐下望。

这郑屠整整自切了半个时辰，用荷叶包了，道："提辖，教人送去？"鲁达道："送什么！且住，再要十斤都是肥的，不要见些精的在上面，也要切做臊子。"郑屠道："却才精的，怕府里要裹馄饨；肥的臊子何用？"鲁达睁着眼[5]，道："相公钩旨分付洒家，谁敢问他？"郑屠道："是合用的东西[6]，小人切便了。"又选了十斤实标的肥肉[7]，也细细的切做臊子，把荷叶来包了。整弄了一早晨，

---

1 钩旨：这里是对上司命令的尊敬说法。
2 精肉：瘦肉。
3 臊（sào）子：碎肉，肉馅。
4 使头：这里指伙计。
5 睁着眼：瞪着眼。
6 合用：有用，适用。
7 实标：实膘，指结结实实的肥肉。

鲁提辖拳打镇关西

鲁提辖拳打镇关西 / 古代版画

却得饭罢时候。那店小二那里敢过来，连那正要买肉的主顾也不敢拢来。

郑屠道："着人与提辖拿了，送将府里去？"鲁达道："再要十斤寸金软骨[1]，也要细细地剁做臊子，不要见些肉在上面。"郑屠笑道："却不是特地来消遣我[2]？"鲁达听得，跳起身来，拿着那两包臊子在手，睁着眼，看着郑屠，道："洒家特地要消遣你！"把两包臊子劈面打将去，却似下了一阵的肉雨。

郑屠大怒，两条忿气从脚底下直冲到顶门，心头那一把无明业火焰腾腾的按纳不住[3]；从肉案上抢了一把剔骨尖刀，托地跳将下来[4]。鲁提辖早拔步在当街上。众邻舍并十来个火家[5]，那个敢向前来劝？两边过路的人都立住了脚，和那店小二也惊得呆了。

郑屠右手拿刀，左手便来要揪鲁达；被这鲁提辖就势按住左手，赶将入去，望小腹上只一脚，腾地倒在当街上。鲁达再入一步，踏住胸脯，提着那醋钵儿大小拳头[6]，看着这郑屠道："洒家始投老种经略相公，做到关西五路廉访使[7]，也不枉了叫做'镇关

1　寸金软骨：软骨，因其短小，故用"寸金"形容。

2　消遣我：捉弄我，拿我寻开心。

3　无明业火：佛教指发自内心的怒火。焰腾腾：形容火焰旺盛之态。

4　托地：突然，猛然。

5　火家：伙计。

6　醋钵儿：醋罐子。

7　关西五路廉访使：高官名，这里指的是老种经略相公的官阶，而非鲁达自己的。

西'！你是个卖肉的操刀屠户，狗一般的人，也叫做'镇关西'？你如何强骗了金翠莲？"扑的只一拳，正打在鼻子上，打得鲜血迸流，鼻子歪在半边，却便似开了个油酱铺[1]：咸的、酸的、辣的，一发都滚出来。

郑屠挣不起来，那把尖刀也丢在一边，口里只叫："打得好！"鲁达骂道："直娘贼[2]！还敢应口[2]！"提起拳头来就眼眶际眉梢只一拳，打得眼棱缝裂，乌珠迸出，也似开了个彩帛铺的[3]：红的、黑的、紫的，都绽将出来[4]。两边看的人惧怕鲁提辖，谁敢向前来劝。

郑屠当不过[5]，讨饶。鲁达喝道："咄[6]！你是个破落户[7]，若是和俺硬到底，洒家便饶你了。你如今对俺讨饶，洒家偏不饶你！"又只一拳，太阳上正着[8]，却似做了一个全堂水陆的道场[9]：磬儿、钹儿、铙儿一齐响[10]。鲁达看时，只见郑屠挺在地上，口里只有出

1　油酱铺：卖油盐酱醋等调料的铺子。

2　直娘贼：骂人的话。应口：回嘴。

3　彩帛铺：卖彩色缎匹的铺子。

4　绽（zhàn）：裂开，这里指从裂处流出。

5　当不过：忍受不了。

6　咄（duō）：呵斥之声。

7　破落户：家世败落的人，这里指无业游民、流氓地痞。

8　太阳：这里指太阳穴。

9　全堂水陆的道场：旧时和尚、道士念经奏乐、超度亡灵的大型追荐活动。

10　磬（qìng）儿、钹（bó）儿、铙（náo）儿一齐响：形容郑屠太阳穴受重击后耳内嗡嗡作响的感受。磬儿、钹儿、铙儿，都是打击乐器。

的气，没了人的气，动掸不得¹。

鲁提辖假意道："你这厮诈死，洒家再打！"只见面皮渐渐的变了。鲁达寻思道：俺只指望打这厮一顿，不想三拳真个打死了他。洒家须吃官司，又没人送饭，不如及早撒开。拔步便走，回头指着郑屠尸道："你诈死！洒家和你慢慢理会！"一头骂，一头大踏步去了。街坊邻舍并郑屠的火家，谁敢向前来拦他？

鲁提辖回到下处，急急卷了些衣服盘缠，细软银两²，但是旧衣粗重都弃了。提了一条齐眉短棒，奔出南门，一道烟走了。

1　动掸：动弹。
2　细软：指珠宝、首饰、贵重衣物等便于携带的财物。

2. 节选二　大闹五台山

阅读提示

一、本段选自《水浒传》第三回"赵员外重修文殊院，鲁智深大闹五台山"和第四回"小霸王醉入销金帐，花和尚大闹桃花村"。鲁达拳惩郑屠后，逃至代州雁门县，巧遇金氏父女。此时金翠莲已嫁为人妇。在其夫赵员外的安排下，鲁达到五台山文殊院出家，法号"智深"。

二、鲁智深在文殊院两次酗酒闹事，打坏了亭台、金刚，搅得佛寺秩序大乱。有的读者不理解，认为智深的种种表现与"泼皮"无异；实则在故事背后，隐含着佛教禅宗的独特主张（参看"话说《水浒传》·行侠仗义鲁智深"）。今天的读者，还可从中体会鲁智深挣脱束缚、我行我素、向往自由的强大内心力量。

三、本段情节热闹，摹写生动。且看醉打山门的描写："（智深）拿起一根折木头，去那金刚腿上便打，簌簌的泥和颜色都脱下来。……把那金刚脚上打了两下。只听得一声震天价响，那尊金刚从台基上倒撞下来。智深提着折木头大笑。"有声有色，富于画面感。最后一句，试着把"提着折木头"去掉，效果是不是就差不少？

四、本段中人物的心理描写，也值得关注。如智深在市梢头小酒店冒充行脚僧人时的内心活动，就显示了他心思细密的特点，其间还多少带着点儿诙谐的意味。

五、读本段，尚可看作者如何在两次高潮中从容过渡，如何运用繁简交替的叙事手法。如智深第一次酗酒发生在上山四五个月之后，第二次又隔了三四个月。其间八九个月的日常活动，都一笔带过，独以洋洋万言的篇幅，浓墨重彩地详写一两天内发生的故事。这些地方，都值得玩味与借鉴。

话说鲁智深回到丛林选佛场中禅床上扑倒头便睡[1]。上下肩两个禅和子推他起来[2]，说道："使不得。既要出家，如何不学坐禅[3]？"智深道："洒家自睡，干你甚事？"禅和子道："善哉[4]！"

---

1 此处写赵员外亲自陪鲁达到五台山文殊院出家，智真长老为鲁达摩顶受戒，为他取法名"智深"。事毕，赵员外辞别下山。鲁智深送别赵员外，回到寺中。丛林：和尚聚集修行之所，常指大寺院。选佛场：泛指佛寺。

2 上下肩：指并排两边。禅和子：和尚的别称。

3 坐禅：佛教指排除杂念，静坐修行，也叫打坐。

4 善哉：僧人表示赞许、惊叹或不满时的感叹语。

智深喝道:"团鱼洒家也吃[1],什么'鳝哉[2]'?"禅和子道:"却是苦也!"智深便道:"团鱼大腹,又肥甜了好吃,那得苦也?"上下肩禅和子都不睬他,由他自睡了。次日,要去对长老说知智深如此无礼。首座劝道[3]:"长老说道他后来证果非凡[4],我等皆不及他,只是护短。你们且没奈何,休与他一般见识。"禅和子自去了。

智深见没人说他,每到晚便放翻身体,横罗十字[5],倒在禅床上睡。夜间鼻如雷响,要起来净手[6],大惊小怪。只在佛殿后撒尿撒屎,遍地都是。侍者禀长老说:"智深好生无礼!全没些个出家人体面[7]!丛林中如何安着得此等之人!"长老喝道:"胡说!且看檀越之面[8],后来必改。"自此无人敢说。

鲁智深在五台山寺中不觉搅了四五个月,时遇初冬天气,智深久静思动。当日晴明得好,智深穿了皂布直裰[9],系了鸦青绦[10],换了僧鞋,大踏步走出山门来[11]。信步行到半山亭子上,坐在鹅项

---

1 团鱼:鳖。

2 鳝:鳝鱼。这是鲁智深利用善、鳝同音,故意胡搅蛮缠。

3 首座:佛寺中地位仅次于住持的叫首座。住持是主持佛寺事务的僧人,也叫方丈。

4 证果:指佛教徒修行得道。

5 横罗十字:形容躺卧没有规矩,张开两臂,状如十字。

6 净手:大小便。

7 体面:这里意为体统、规矩。

8 檀越:又叫施主,是和尚、道士对施舍财物的在家人的称呼。

9 皂布直裰(duō):黑色僧袍。

10 鸦青绦(tāo):暗青色的丝带。绦,丝带。

11 山门:寺庙正门。

懒凳上[1]，寻思道："干鸟么[2]！俺往常好酒好肉每日不离口，如今教酒家做了和尚，饿得干瘪了！赵员外这几日又不使人送些东西来与酒家吃，口中淡出鸟来，这早晚怎地得些酒来吃也好。"

正想酒哩，只见远远地一个汉子挑着一付担桶，唱上山来，上面盖着桶盖。那汉子手里拿着一个镟子[3]，唱着上来，唱道：

　　九里山前作战场，牧童拾得旧刀枪。顺风吹动乌江水，好似虞姬别霸王。[4]

鲁智深观见那汉子挑担桶上来，坐在亭子上看。这汉子也来亭子上，歇下担桶。智深道："兀那汉子[5]！你那桶里什么东西？"那汉子道："好酒。"智深道："多少钱一桶？"那汉子道："和尚，你真个也是作耍[6]？"智深道："洒家和你耍什么？"那汉子道："我这酒，挑上去只卖与寺内火工道人、直厅轿夫、老郎们做生活的

1　鹅项懒凳：一种狭长的凳子，因长似鹅颈，又不易搬动，故称。

2　干鸟么：骂人的话，表感慨。当时口语中的"鸟"字多为骂人的话，如下文中的"口中淡出鸟来""你这个鸟大汉""撮鸟"等。

3　镟子：一种酒具，可以用来烫酒、舀酒。

4　"九里山前"四句：此山歌咏叹楚汉相争。九里山，相传在彭城（今江苏徐州）附近，是项羽与韩信决战的古战场。乌江，位于今安徽和县，项羽于此兵败自杀。虞姬，项羽侍妾，项羽兵败后曾作歌与虞姬诀别。

5　兀那：那，那个。

6　作耍：开玩笑。

鲁智深醉酒／张光宇 绘

吃[1]。本寺长老已有法旨[2]：但卖与和尚们吃了，我们都被长老责罚，追了本钱[3]，赶出屋去。我们见关着本寺的本钱[4]，见住着本寺的屋宇，如何敢卖与你吃？"智深道："真个不卖？"那汉子道："杀了我也不卖！"智深道："洒家也不杀你，只要问你买酒吃！"那汉

1　火工道人、直厅轿夫、老郎：都是寺院中干杂活的人。做生活的：做杂役的。

2　法旨：这里指寺院长老的命令。

3　追了本钱：收缴、追回发给的本钱。

4　见（xiàn）：现在，如今。关：这里是领取的意思。

子见不是头¹，挑了担桶便走。

智深赶下亭子来，双手拿住扁担，只一脚，交裆踢着²。那汉子双手掩着，做一堆蹲在地下，半日起不得。智深把那两桶酒都提在亭子上，地下拾起旋子，开了桶盖，只顾舀冷酒吃。无移时，两桶酒吃了一桶。智深道："汉子，明日来寺里讨钱。"那汉子方才疼止，又怕寺里长老得知，坏了衣饭，忍气吞声，那里敢讨钱？把酒分做两半桶，挑了，拿了旋子，飞也似下山去了。

只说智深在亭子上坐了半日，酒却上来。下得亭子松树根边又坐了半歇³，酒越涌上来。智深把皂直裰褪膊下来，把两只袖子缠在腰下，露出脊背上花绣来⁴，扇着两个膀子上山来。看看来到山门下，两个门子远远地望见⁵，拿着竹篦⁶，来到山门下拦住鲁智深，便喝道："你是佛家弟子，如何噇得烂醉了上山来⁷？你须不瞎，也见库局里贴着晓示⁸：但凡和尚破戒吃酒，决打四十竹篦⁹，赶出寺去。如门子纵容醉的僧人入寺，也吃十下。你快下山去，

1　不是头：不对头，情况不妙。

2　交裆：裤裆。

3　半歇：半晌，一会儿。

4　花绣：这里指文身。

5　门子：寺院中看门的杂役。

6　竹篦：一种用竹片扎成的刑具。

7　噇（chuáng）：大吃大喝。

8　库局：库司，是寺院中掌管会计工作的僧人，这里指库局的办公处。晓示：告示。

9　决：判决。

饶你几下竹篦!"

鲁智深一者初做和尚,二来旧性未改,睁起双眼,骂道:"直娘贼!你两个要打洒家,俺便和你厮打!"门子见势头不好,一个飞也似入来报监寺[1],一个虚拖竹篦拦他。智深用手隔过,搽开五指,去那门子脸上只一掌,打得踉踉跄跄[2]。却待挣扎,智深再复一拳,打倒在山门下,只是叫苦。鲁智深道:"洒家饶你这厮!"踉踉跄跄攧入寺里来[3]。

监寺得门子报说,叫起老郎、火工、直厅轿夫,三二十人,各执白木棍棒,从西廊下抢出来[4],却好迎着智深。智深望见,大吼了一声,却似嘴边起个霹雳,大踏步抢入来。众人初时不知他是军官出身,次后见他行得凶了,慌忙都退入藏殿里去[5],便把亮槅关上[6]。智深抢入阶来,一拳,一脚,打开亮槅,二三十人都赶得没路。夺条棒,从藏殿里打将出来。

监寺慌忙报知长老。长老听得,急引了三五个侍者直来廊下,喝道:"智深!不得无礼!"智深虽然酒醉,却认得是长老,撇了

---

1 监寺:寺院中负责日常事务的僧人,地位次于住持。
2 踉(liàng)踉跄(qiàng)跄:形容走路不稳、歪歪斜斜的样子。
3 攧(diān)入:跌入。
4 抢出来:争先冲出。
5 藏(zàng)殿:古代佛寺供奉佛像及读经的殿堂。
6 亮槅(gé):上面有花格、能透光的长窗。

棒，向前来打个问讯¹，指着廊下，对长老道："智深吃了两碗酒，又不曾撩拨他们²，他众人又引人来打洒家。"长老道："你看我面，快去睡了，明日却说。"鲁智深道："俺不看长老面，洒家直打死你那几个秃驴³！"长老叫侍者扶智深到禅床上，扑地便倒了，齁齁地睡了⁴。众多职事僧人围定长老⁵，告诉道："向日徒弟们曾谏长老来⁶，今日如何？本寺那容得这等野猫，乱了清规！"长老道："虽是如今眼下有些啰唣⁷，后来却成得正果。没奈何，且看赵员外檀越之面，容恕他这一番。我自明日叫去埋怨他便了。"众僧冷笑道："好个没分晓的长老⁸！"各自散去歇息。

次日早斋罢，长老使侍者到僧堂里坐禅处唤智深时，尚兀自未起⁹。待他起来，穿了直裰，赤着脚，一道烟走出僧堂来，侍者吃了一惊，赶出外来寻时，却走在佛殿后撒尿。侍者忍笑不住，等他净了手，说道："长老请你说话。"智深跟着侍者到方丈¹⁰。长

1　问讯：出家人的常礼，合掌当胸，也叫合十。

2　撩拨：招惹，挑逗。

3　秃驴：骂和尚的话。

4　齁（hōu）齁：酣睡鼻息声。

5　职事僧人：寺院中管理各项事务的僧人。

6　谏（jiàn）：向上级提出规劝，使改正错误。

7　啰唣：吵闹，寻事，惹麻烦。

8　没分晓：不明是非。

9　兀自：仍旧。

10　方丈：掌管佛寺事务的主僧称住持，他所居住的房间称方丈。方丈也指住持本人。

老道:"智深虽是个武夫出身,今来赵员外檀越剃度了你[1],我与你摩顶受记[2]。教你:一不可杀生,二不可偷盗,三不可邪淫[3],四不可贪酒,五不可妄语[4]。此五戒乃僧家常理。出家人第一不可贪酒。你如何夜来吃得大醉,打了门子,伤坏了藏殿上朱红槅子,又把火工道人都打走了,口出喊声,如何这般所为?"智深跪下道:"今番不敢了。"长老道:"既然出家,如何先破了酒戒,又乱了清规?我不看你施主赵员外面,定赶你出寺。再后休犯。"智深起来,合掌道:"不敢,不敢!"长老留在方丈里,安排早饭与他吃;又用好言劝他;取一领细布直裰,一双僧鞋,与了智深,教回僧堂去了。但凡饮酒,不可尽欢。常言:"酒能成事,酒能败事。"便是小胆的吃了也胡乱做了大胆,何况性高的人[5]!

再说这鲁智深自从吃酒醉闹了这一场,一连三四个月不敢出寺门去。忽一日,天气暴暖,是二月间时令,离了僧房,信步踱出山门外立地[6],看着五台山,喝采一回。猛听得山下叮叮当当的

---

1 剃度:剃发受戒的仪式。按,因鲁达是赵员外送来的,因此说"赵员外檀越剃度了你"。
2 摩顶受记:也作"摩顶受戒",是指剃度时,师父抚摸出家者的头顶,向其宣示戒律。
3 邪淫:不正当的性行为。
4 妄语:说谎,讲大话。
5 性高:这里有胆略超群之意。
6 立地:站着。

响声，顺风吹上山来。智深再回僧堂里，取了些银两揣在怀里，一步步走下山来。出得那"五台福地"的牌楼来看时，原来却是一个市井，约有五七百户人家。智深看那市镇上时，也有卖肉的，也有卖菜的，也有酒店、面店。

智深寻思道："干呆么！俺早知有这个去处，不夺他那桶酒吃，也自下来买些吃。这几日熬得清水流[1]，且过去看有甚东西买些吃。"听得那响处却是打铁的在那里打铁。间壁一家门上写着"父子客店"。智深走到铁匠铺门前看时，见三个人打铁。智深便问道："兀那待诏[2]，有好钢铁么？"那打铁的看见鲁智深腮边新剃，暴长短须，戗戗地好渗濑人[3]，先有五分怕他。那待诏住了手，道："师父，请坐。要打什么生活[4]？"智深道："洒家要打条禅杖[5]，一口戒刀，不知有上等好铁么？"待诏道："小人这里正有些好铁。不知师父要打多少重的禅杖、戒刀，但凭分付。"智深道："洒家只要打一条一百斤重的。"待诏笑道："重了，师父，小人打怕不

1　清水流：这里指馋涎流淌。

2　待诏：古代对手艺人的尊称，意思是手艺高超，随时等待朝廷诏命。

3　戗（qiāng）戗地：不驯顺的样子。渗濑（lài）人：令人害怕，瘆人。

4　生活：这里指物件。下文中"小人赶趁些生活"中的"生活"，指活计、工作。

5　禅杖：与下文的戒刀都是僧人使用的器具、兵刃。按，禅杖本非兵器，是寺院中僧人坐禅时如有瞌睡的，用来轻触其身，以示警戒的器具。

打了¹，只恐师父如何使得动？便是关王刀²，也只有八十一斤。"智深焦躁道："俺便不及关王？他也只是个人！"那待诏道："小人据常说，只可打条四五十斤的，也十分重了。"智深道："便依你说，比关王刀，也打八十一斤的。"待诏道："师父，肥了，不好看，又不中使³。依着小人，好生打一条六十二斤的水磨禅杖与师父⁴。使不动时，休怪小人。戒刀已说了，不用分付，小人自用十分好铁打造在此。"智深道："两件家生要几两银子？"待诏道："不讨价，实要五两银子。"智深道："俺便依你五两银子。你若打得好时，再有赏你。"那待诏接了银两，道："小人便打在此。"智深道："俺有些碎银子在这里，和你买碗酒吃。"待诏道："师父稳便⁵。小人赶趁些生活⁶，不及相陪。"

智深离了铁匠人家，行不到三二十步，见一个酒望子挑出在房檐上⁷。智深掀起帘子，入到里面坐下，敲着桌子叫道："将酒来。"卖酒的主人家说道："师父少罪⁸。小人住的房屋也是寺里的，

1　小人打怕不打了：意思是我打没问题。
2　关王：三国勇将关羽，使一口大刀。
3　不中使：不好用。
4　水磨禅杖：打造精细的禅杖。水磨，这里有精心打造的意思。
5　稳便：请便。
6　赶趁：这里是抓紧时间工作之意。
7　酒望子：酒旗，酒幌子。有的小酒店也用草帚代替，见下文。
8　少罪：不要怪罪。

本钱也是寺里的。长老已有法旨：但是小人们卖酒与寺里僧人吃了，便要追小人们本钱，又赶出屋。因此，只得休怪。"智深道："胡乱卖些与洒家吃，俺须不说是你家便了。"那店主人道："胡乱不得，师父别处去吃，休怪，休怪。"智深只得起身，便道："洒家别处吃得，却来和你说话[1]！"

出得店门，行了几步，又望见一家酒旗儿直挑出在门前。智深一直走进去，坐下，叫道："主人家，快把酒来卖与俺吃。"店主人道："师父，你好不晓事！长老已有法旨，你须也知，却来坏我们衣饭[2]！"智深不肯动身。三回五次，那里肯卖。智深情知不肯，起身又走，连走了三五家，都不肯卖。

智深寻思一计："不生个道理[3]，如何能够酒吃？"远远地杏花深处，市梢尽头，一家挑出个草帚儿来。智深走到那里看时，却是个傍村小酒店。智深走入店里来，靠窗坐下，便叫道："主人家，过往僧人买碗酒吃。"庄家看了一看道[4]："和尚，你那里来？"智深道："俺是行脚僧人[5]，游方到此经过，要买碗酒吃。"庄家道：

1　说话：这里有理论、算账之意。

2　坏我们衣饭：断我们的衣食生路。

3　道理：这里意为办法。

4　庄家：庄稼汉，农民。因这里不是正规酒店，故主人只是个庄稼汉。

5　行脚僧人：无一定居所、广游四方、拜求名师的僧人，也叫行脚僧或云游僧。其行为称"游方"。

"和尚！若是五台山寺里师父，我却不敢卖与你吃。"智深道："洒家不是，你快将酒卖来！"庄家看见鲁智深这般模样，声音各别[1]，便道："你要打多少酒？"智深道："休问多少，大碗只顾筛来[2]！"

约莫也吃了十来碗，智深问道："有甚肉？把一盘来吃。"庄家道："早来有些牛肉，都卖没了。"智深猛闻得一阵肉香，走出空地上看时，只见墙边沙锅里煮着一只狗在那里。智深道："你家见有狗肉，如何不卖与俺吃？"庄家道："我怕你是出家人，不吃狗肉，因此不来问你。"智深道："洒家的银子有在这里！"便摸银子递与庄家，道："你且卖半只与俺。"那庄家连忙取半只熟狗肉，捣些蒜泥，将来放在智深面前。

智深大喜，用手扯那狗肉，蘸着蒜泥吃，一连又吃了十来碗酒。吃得口滑[3]，只顾讨，那里肯住。庄家倒都呆了，叫道："和尚，只恁地罢！"智深睁起眼道："洒家又不白吃你的，管俺怎地？"庄家道："再要多少？"智深道："再打一桶来。"庄家只得又舀一桶来。智深无移时又吃了这桶酒。剩下一脚狗腿，把来揣在怀里。临出门又道："多的银子，明日又来吃。"吓得庄家目瞪口呆，罔

---

1 声音各别：这里指口音不像本地人。
2 筛：温酒，斟酒。
3 口滑：因顺口而不能停止。

知所措¹，看他却向那五台山上去了。

　　智深走到半山亭子上，坐下一回，酒却涌上来。跳起身，口里道：“俺好些时不曾拽拳使脚²，觉道身体都困倦了。洒家且使几路看！”下得亭子，把两只袖子搭在手里³，上下左右使了一回。使得力发，只一膀子扇在亭子柱上，只听得刮剌剌一声响亮⁴，把亭子柱打折了，坍了亭子半边⁵。

　　门子听得半山里响，高处看时，只见鲁智深一步一攧抢上山来⁶。两个门子叫道：“苦也！这畜生今番又醉得不小可⁷！”便把山门关上，把拴拴了。只在门缝里张时⁸，见智深抢到山门下。见关了门，把拳头擂鼓也似敲门。两个门子那里敢开。

　　智深敲了一回，扭过身来，看了左边的金刚，喝一声道：“你这个鸟大汉，不替俺敲门，却拿着拳头吓洒家！俺须不怕你！”跳上台基，把栅剌子只一扳⁹，却似撅葱般扳开了¹⁰。拿起一根折木

1　罔知所措：不知所措。

2　拽拳使脚：这里指练习武。

3　搭（nuò）：握，捏。

4　刮剌剌：象声词，形容急速而猛烈的声响。响亮：宏大的声响。

5　坍（tān）：塌。

6　攧：这里形容脚下不稳的样子。

7　不小可：不轻。

8　张：张望，看。

9　栅（zhà）剌（là）子：栅栏。

10　撅（juē）：折断。

头，去那金刚腿上便打，簌簌的泥和颜色都脱下来。门子张见，道："苦也！"只得报知长老。智深等了一会，调转身来，看着右边金刚，喝一声道："你这厮张开大口，也来笑洒家！"便跳过右边台基上，把那金刚脚上打了两下。只听得一声震天价响，那尊金刚从台基上倒撞下来。智深提着折木头大笑。

　　两个门子去报长老。长老道："休要惹他，你们自去。"只见这首座、监寺、都寺并一应职事僧人都到方丈禀说[1]："这野猫今日醉得不好，把半山亭子、山门下金刚都打坏了，如何是好？"长老道："自古'天子尚且避醉汉'，何况老僧乎？若是打坏了金刚，请他的施主赵员外自来塑新的；倒了亭子，也要他修盖。这个且由他。"众僧道："金刚乃是山门之主，如何把来换过？"长老道："休说坏了金刚，便是打坏了殿上三世佛[2]，也没奈何，只得回避他。你们见前日的行凶么？"众僧出得方丈，都道："好个囫囵竹的长老[3]！门子，你且休开门，只在里面听。"

　　智深在外面大叫道："直娘的秃驴们！不放洒家入寺时，山门外讨把火来烧了这个鸟寺！"众僧听得，只得叫门子："拽了大拴，由那畜生入来！若不开时，真个做出来！"门子只得捻脚捻

1　都寺：寺院中统管总务的职事僧。
2　三世佛：佛有过去、现在、未来三身，这里指佛殿中供奉的三世佛像。
3　囫囵（húlún）竹：未凿眼儿的竹子，喻糊涂，不明事理。

手拽了拴¹，飞也似闪入房里躲了，众僧也各自回避。只说那鲁智深双手把山门尽力一推，扑地攧将入来，吃了一交。扒将起来²，把头摸一摸，直奔僧堂来。到得选佛场中，禅和子正打坐间，看见智深揭起帘子，钻将入来，都吃一惊，尽低了头。智深到得禅床边，喉咙里咯咯地响，看着地下便吐。众僧都闻不得那臭，个个道："善哉！"齐掩了口鼻。

智深吐了一回，扒上禅床，解下绦，把直裰带子都必必剥剥扯断了³，脱下那脚狗腿来。智深道："好，好！正肚饥哩！"扯来便吃。众僧看见，把袖子遮了脸。上下肩两个禅和子远远地躲开。智深见他躲开，便扯一块狗肉，看着上首的道："你也到口！"上首的那和尚把两只袖子死掩了脸。智深道："你不吃？"把肉望下首的禅和子嘴边塞将去⁴。那和尚躲不迭，却待下禅床，智深把他劈耳朵揪住，将肉便塞。对床四五个禅和子跳过来劝时，智深撇了狗肉，提起拳头，去那光脑袋上必必剥剥只顾凿。满堂僧众大喊起来，都去柜中取了衣钵要走⁵。此乱唤做"卷堂大散"⁶，首座那

1　捻脚捻手：轻手轻脚，生怕对方察觉。

2　扒：同"爬"。

3　必（bì）剥剥：象声词，噼噼啪啪之声。此处形容扯断衣带的声音。

4　望：同"往"，向、朝着。

5　衣钵：僧人的袈裟、食具。

6　卷堂大散：全堂散伙。

里禁约得住[1]！

智深一昧地打将出来[2]。大半禅客都躲出廊下来[3]。监寺、都寺不与长老说知，叫起一班职事僧人，点起老郎、火工道人、直厅轿夫，约有一二百人，都执杖叉棍棒，尽使手巾盘头[4]，一齐打入僧堂来。智深见了，大吼一声，别无器械，抢入僧堂里，佛面前推翻供桌，撅两条桌脚，从堂里打将出来。众多僧行见他来得凶了，都拖了棒退到廊下。智深两条桌脚着地卷将来[5]，众僧早两下合拢来。智深大怒，指东打西，指南打北，只饶了两头的。当时智深直打到法堂下，只见长老喝道："智深！不得无礼！众僧也休动手！"两边众人被打伤了数十个，见长老来，各自退去。

智深见众人退散，撇了桌脚，叫道："长老与洒家做主！"此时酒已七八分醒了。长老道："智深，你连累杀老僧！前番醉了一次，搅扰了一场，我教你兄赵员外得知，他写书来与众僧陪话。今番你又如此大醉无礼，乱了清规，打坍了亭子，又打坏了金刚，这个且由他；你搅得众僧卷堂而走，这个罪业非小[6]！我这里五台

1　禁约：禁止、约束。
2　一昧：一味，一直的意思。
3　禅客：参禅的修行人。
4　盘头：裹头。
5　着地卷（juǎn）将来：形容鲁智深动作声势大，如狂风般卷地而来。
6　罪业：罪孽。

山文殊菩萨道场，千百年清净香火去处，如何容得你这等秽污！你且随我来方丈里过几日，我安排你一个去处。"智深随长老到方丈去。长老一面叫职事僧人留住众禅客，再回僧堂，自去坐禅；打伤了的和尚，自去将息[1]。

长老领智深到方丈歇了一夜。次日，真长老与首座商议，收拾了些银两赍发他[2]，教他别处去；可先说与赵员外知道。长老随即修书一封，使两个直厅道人径到赵员外庄上说知就里[3]，立等回报。赵员外看了来书，好生不然[4]，回书来拜覆长老[5]，说道："坏了的金刚、亭子，赵某随即备价来修[6]。智深任从长老发遣[7]。"

长老得了回书，便叫侍者取领皂布直裰，一双僧鞋，十两白银，房中唤过智深。长老道："智深你前番一次大醉，闹了僧堂，便是误犯；今次又大醉，打坏了金刚，坍了亭子，卷堂闹了选佛场，你这罪业非轻，又把众禅客打伤了。我这里出家，是个清净去处；你这等做作[8]，甚是不好。看你赵檀越面皮，与你这封书，

---

1 将息：调养，休息。
2 赍（jī）发：赠予钱物，派遣。
3 就里：内中详情。
4 不然：这里有不高兴、不满意之意。
5 拜覆：回复。
6 备价：筹备钱财。
7 发遣：处理，打发。
8 做作：作为。

投一个去处安身。我这里决然安你不得了。……[1] 我有一个师弟，见在东京大相国寺住持，唤做智清禅师。我与你这封书去投他那里讨个职事僧做。我夜来看了，赠汝四句偈子[2]，你可终身受用，记取今日之言。"智深跪下道："洒家愿听偈子。"长老道："遇林而起，遇山而富，遇州而迁，遇江而止。[3]"鲁智深听了四句偈子，拜了长老九拜。背了包裹、腰包、肚包[4]，藏了书信，辞了长老并众僧人，离了五台山，径到铁匠间壁客店里歇了，等候打了禅杖、戒刀完备就行。寺内众僧得鲁智深去了，无一个不欢喜。长老教火工道人自来收拾打坏了的金刚、亭子。

1　这里是第三、第四回衔接处，略去少量文字。
2　偈（jì）子：偈颂，也叫偈诗，是蕴含着佛法深义的诗篇。
3　"遇林而起"四句：这是智真长老对鲁智深此后经历的预判，有故弄玄虚的成分，研究者对此有不同的解读。
4　肚包：系在腹前，盛放钱物及重要物件的布袋。

3. 节选三　误入白虎堂

阅读提示

一、本段选自《水浒传》第六回"花和尚倒拔垂杨柳，豹子头误入白虎堂"，由鲁智深故事过渡到林冲故事，林冲的厄运也随着他的登场而降临。

二、太尉的儿子看上父亲下属军官的妻子，屡施诡计，必欲得之而后快；身为高官的父亲竟也参与其中。这样的事，实属骇人听闻。作者试图告诉读者：一旦小人窃据高位，军机重地白虎节堂，也可沦为龌龊小人密谋害人的鼠穴。

三、读者读此段，不免为林冲揪心。一个心地善良、思想简单、与世无争的下级军官，面对群狼环伺的局面，竟懵然不觉。岳庙的纷争，他以为只是误会；朋友陆谦的背叛，他着实气愤了一阵，但时间一长，也便"把这件事都放慢了"。当长街买刀、被传入府时，他做梦也想不到这是人家精心安排的陷阱！不过在故事的叙述中，林冲也赚足了读者的同情，为他日后喋血复仇，做了铺垫。

四、林娘子在岳庙遭人调戏，林冲闻讯赶来，认出歹人是上司高俅之子，"先自手软了"，眼睁睁放走了对方。事后林冲对赶来相助的鲁智深说了一番话，虽只数句，却含蕴着复杂的内心活动（参看"话说《水浒传》·'官逼民反'树典型"）。作为通俗小说，《水浒传》已不是简单地"讲故事"，在刻画人物性格方面，有了长足的进步。

　　过了数日，智深寻思道："每日吃他们酒食多矣[1]，洒家今日也安排些还席。"叫道人去城中买了几般果子[2]，沽了两三担酒，杀翻一口猪、一腔羊。那时正是三月尽，天气正热。智深道："天色热！"叫道人绿槐树下铺了芦席，请那许多泼皮团团坐定[3]。大碗斟酒，大块切肉，叫众人吃得饱了，再取果子吃酒。又吃得正浓，众泼皮道："这几日见师父演拳，不曾见师父使器械；怎得师父教我们看一看也好。"智深道："说得是。"自去房内取出浑铁杖[4]，头尾长五尺，重六十二斤。众人看了，尽皆吃惊，都道："两臂没水

---

1 每日吃他们酒食多矣：此回写鲁智深在东京大相国寺菜园降服了一伙泼皮，众泼皮常以酒食孝敬他，智深故有此言。
2 果子：水果，也指点心之类。
3 泼皮：指地痞、流氓等无赖之徒。
4 浑铁：纯铁。

牛大小气力，怎使得动！"智深接过来，飕飕的使动；浑身上下没半点儿参差[1]。众人看了，一齐喝采。

智深正使得活泛[2]，只见墙外一个官人看见，喝采道："端的使得好[3]！"智深听得，收住了手看时，只见墙缺边立着一个官人，头戴一顶青纱抓角儿头巾，脑后两个白玉圈连珠鬓环，身穿一领单绿罗团花战袍，腰系一条双獭尾龟背银带，穿一对磕爪头朝样皂靴，手中执一把折叠纸西川扇子。[4]生的豹头环眼，燕颔虎须，[5]八尺长短身材，三十四五年纪。口里道："这个师父端的非凡，使得好器械！"众泼皮道："这位教师喝采[6]，必然是好。"智深问道："那军官是谁？"众人道："这官人是八十万禁军枪棒教头林武师[7]，名唤林冲。"智深道："何不就请来厮见[8]？"

1　参差（cēncī）：这里指差错，破绽，不合规范处。

2　活泛：这里指灵活。

3　端的：的确，实在。

4　"头戴一顶……"至"……西川扇子"是描述林冲的装扮。抓角儿头巾：紧裹着发髻的头巾，角即发髻。白玉圈连珠鬓环：宋元人头上系有巾环，用以约束鬓发。林冲的巾环是白玉质地，巾环多是成对的，故称"连珠"。单绿罗团花战袍：战袍为武人所穿的袍服，林冲这件是单的，质地为绿色罗缎，上有团花图案。双獭尾龟背银带：腰带很讲究，带钩是银质的，"双獭尾""龟背"当为带钩的图案。磕爪头朝样皂靴：黑色朝靴，"磕爪头"已不知是何式样。折叠纸西川扇子：即西川出产的纸折扇。西川，地名，大致相当于今天四川的中西部。宋时西川的造纸、制扇业都很发达。

5　"豹头"二句：这里是借用"三国"故事对张飞相貌特征的描写，形容一种如虎似豹、雄强勇武之貌。

6　教师：林冲身为禁军教头，身份相当于军队中的武术教师，也称武师。

7　禁军：宋时军队分为禁军、厢军和乡兵，禁军是拱卫京师的精锐部队。

8　厮见：相见。

那林教头便跳入墙来。两个就槐树下相见了，一同坐地[1]。林教头便问道：“师兄何处人氏？法讳唤做什么[2]？”智深道：“洒家是关西鲁达的便是。只为杀得人多，情愿为僧。年幼时也曾到东京，认得令尊林提辖[3]。”林冲大喜，就当结义智深为兄。智深道：“教头今日缘何到此？”林冲答道：“恰才与拙荆一同来间壁岳庙里还香愿[4]，林冲听得使棒，看得入眼，着使女锦儿自和荆妇去庙里烧香[5]，林冲就只此间相等，不想得遇师兄。”智深道：“智深初到这里，正没相识，得这几个大哥每日相伴；如今又得教头不弃[6]，结为弟兄，十分好了。”便叫道人再添酒来相待。

恰才饮得二杯，只见使女锦儿，慌慌急急，红了脸，在墙缺边叫道：“官人！休要坐地！娘子在庙中和人合口[7]！”林冲连忙问道：“在那里？”锦儿道：“正在五岳楼下来，撞见个诈奸不及的把娘子拦住了[8]，不肯放！”林冲慌忙道：“却再来望师兄，休怪，

1　坐地：即坐。

2　法讳（huì）：指僧人的法名、法号。

3　令尊：称对方父亲时的敬称。令，敬辞，称呼对方的亲人，如“令堂”指对方的母亲。

4　拙荆：向他人提及自己妻子时的谦称。下文“荆妇”与此同。岳庙：东岳庙，供奉泰山之神，也称岱庙。还香愿：祈求神佛保佑时，曾许下心愿。心愿达成后，要实践诺言，烧香供奉，称还香愿或还愿。

5　着使女：差遣使女。

6　不弃：不嫌弃，这是客气话。

7　合口：吵嘴。

8　诈奸不及：十分奸诈的意思。

休怪！”

　　林冲别了智深，急跳过墙缺，和锦儿径奔岳庙里来。抢到五岳楼看时，见了数个人拿着弹弓、吹筒、粘竿[1]，都立在栏干边。胡梯上一个年少的后生独自背立着[2]，把林冲的娘子拦着，道：“你且上楼去，和你说话。”林冲娘子红了脸，道：“清平世界，是何道理，把良人调戏！”林冲赶到跟前，把那后生肩胛只一扳过来[3]，喝道：“调戏良人妻子，当得何罪！”恰待下拳打时，认得是本管高太尉螟蛉之子高衙内[4]。原来高俅新发迹，不曾有亲儿，无人帮助，因此过房这阿叔高三郎儿子在房内为子[5]。本是叔伯弟兄，却与他做干儿子，因此高太尉爱惜他。那厮在东京倚势豪强，专一爱淫垢人家妻女[6]。京师人怕他权势，谁敢与他争口？叫他做“花花太岁”。

　　当时林冲扳将过来，却认得是本管高衙内，先自手软了。高衙内说道：“林冲，干你甚事，你来多管！”原来高衙内不晓得他

　　1　吹筒、粘竿：与弹弓相类，都是市井游手好闲之徒用来射猎飞禽的器具。

　　2　胡梯：扶梯。

　　3　肩胛（jiǎ）：肩膀。

　　4　本管：这里指上司。高太尉：高俅，其官职为殿帅府太尉，是掌管禁军的高级军事长官。螟蛉之子：义子。衙内：唐末五代的军阀，常任命儿子为衙内都指挥使、衙内都虞候等，掌管亲军。后遂称高官之子为衙内。

　　5　过房：过继。

　　6　淫垢：奸淫、玷污。

是林冲的娘子，若还晓得时，也没这场事。见林冲不动手，他发这话。众多闲汉见闹，一齐拢来劝道："教头休怪！衙内不认得，多有冲撞。"林冲怒气未消，一双眼睁着瞅那高衙内。众闲汉劝了林冲，和哄高衙内出庙上马去了。

　　林冲将引妻小并使女锦儿也转出廊下来，只见智深提着铁禅杖，引着那二三十个破落户，大踏步抢入庙来。林冲见了，叫道："师兄，那里去？"智深道："我来帮你厮打！"林冲道："原来是本管高太尉的衙内，不认得荆妇，时间无礼[1]。林冲本待要痛打那厮一顿，太尉面上须不好看。自古道：'不怕官，只怕管。[2]'林冲不合吃着他的请受[3]，权且让他这一次。"智深道："你却怕他本管太尉，洒家怕他甚鸟！俺若撞见那撮鸟时，且教他吃洒家三百禅杖了去！"林冲见智深醉了，便道："师兄说得是。林冲一时被众人劝了，权且饶他。"智深道："但有事时，便来唤洒家与你去！"众泼皮见智深醉了，扶着道："师父，俺们且去，明日和他理会。"智深提着禅杖道："阿嫂，休怪，莫要笑话。阿哥，明日再得相会。"智深相别，自和泼皮去了。林冲领了娘子并锦儿取路回家，心中只是郁郁不乐。

————

1　时间：一时间。

2　不怕官，只怕管：官大不可怕，可怕的是顶头上司。

3　不合：无奈。请受：这里指薪水，官俸。下文还有"大请大受"等说法。

且说这高衙内引了一班儿闲汉，自见了林冲娘子，又被他冲散了，心中好生着迷，怏怏不乐 1，回到府中纳闷 2。过了三两日，众多闲汉都来伺候，见衙内心焦，没撩没乱 3，众人散了。数内有一个帮闲的 4，唤做"干鸟头"富安，理会得高衙内意思 5，独自一个到府中伺候。见衙内在书房中闲坐，那富安走近前去，道："衙内近日面色清减 6，心中少乐，必然有件不悦之事。"高衙内道："你如何省得 7？"富安道："小子一猜便着。"衙内道："你猜我心中甚事不乐？"富安道："衙内是思想那'双木'的，这猜如何？"衙内笑道："你猜得是。只没个道理得他。"富安道："有何难哉！衙内怕林冲是个好汉，不敢欺他。这个无伤，他见在帐下听使唤，大请大受，怎敢恶了太尉？轻则便刺配了他 8，重则害了他性命。小闲寻思有一计，使衙内能够得他。"高衙内听得，便道："自见了多少好女娘，不知怎的只爱他 9，心中着迷，郁郁不乐。你有甚见识，能得他时，我自重重的赏你。"富安道："门下知心腹的陆

---

1 怏怏：闷闷不乐的神情。
2 纳闷：气闷，不舒畅。
3 没撩没乱：指无情绪，打不起精神。
4 帮闲：旧时指专门陪富贵之人消遣玩乐的人，也叫清客。
5 理会：这里是理解、懂得的意思。
6 清减：消瘦。
7 省（xǐng）得：晓得，了解。
8 刺配：古代刑罚之一，给囚犯脸上刺字，充军服苦役。
9 他：这里指林娘子，古代男女的第三人称都用"他"。

虞候陆谦 [1]，他和林冲最好。明日衙内躲在陆虞候楼上深阁，摆下些酒食，却叫陆谦去请林冲出来吃酒，教他直去樊楼上深阁里吃酒 [2]。小闲便去他家对林冲娘子说道：'你丈夫教头和陆谦吃酒，一时重气 [3]，闷倒在楼上，叫娘子快去看哩！'赚得他来到楼上 [4]，妇人家水性，见衙内这般风流人物，再着些甜话儿调和他 [5]，不由他不肯。小闲这一计如何 [6]？"高衙内喝采道："好条计！就今晚着人去唤陆虞候来分付了。"原来陆虞候家只在高太尉家隔壁巷内。次日，商量了计策，陆虞候一时听允，也没奈何；只要衙内欢喜，却顾不得朋友交情。

且说林冲连日闷闷不已，懒上街去。巳牌时 [7]，听得门首有人道："教头在家么？"林冲出来看时，却是陆虞候，慌忙道："陆兄何来？"陆谦道："特来探望，兄何故连日街前不见？"林冲道："心里闷，不曾出去。"陆谦道："我同兄去吃三杯解闷。"林冲道："少坐拜茶 [8]。"两个吃了茶，起身。陆虞候道："阿嫂，我同兄到家

1　虞候：宋代低级武官名，替达官贵人服务、跑腿儿的人。

2　樊楼：宋代东京城中著名的酒楼。

3　重气：气郁阻塞，中风。

4　赚（zuàn）：骗。

5　调和：这里指哄骗劝说。

6　小闲：这是帮闲人物自称，有时也可称其他帮闲人物。

7　巳牌：上午9点到11点。

8　拜茶：请人喝茶的尊敬说法。

去吃三杯。"林冲娘子赶到布帘下，叫道："大哥，少饮早归。"

林冲与陆谦出得门来，街上闲走了一回。陆虞候道："兄长，我们休家去，只就樊楼内吃两杯。"当时两个上到樊楼内，占个阁儿，唤酒保分付，叫取两瓶上色好酒[1]，希奇果子按酒[2]。两个叙说闲话。林冲叹了一口气。陆虞候道："兄何故叹气？"林冲道："陆兄不知！男子汉空有一身本事，不遇明主，屈沉在小人之下，受这般腌臜的气！"陆虞候道："如今禁军中虽有几个教头，谁人及兄的本事？太尉又看承得好[3]，却受谁的气？"林冲把前日高衙内的事告诉陆虞候一遍。陆虞候道："衙内必不认得嫂子。兄且休气，只顾饮酒。"林冲吃了八九杯酒，因要小遗[4]，起身道："我去净手了来。"

林冲下得楼来，出酒店门，投东小巷内去净了手。回身转出巷口，只见使女锦儿叫道："官人，寻得我苦！却在这里！"林冲慌忙问道："做什么？"锦儿道："官人和陆虞候出来，没半个时辰，只见一个汉子慌慌急急奔来家里，对娘子说道：'我是陆虞候家邻舍。你家教头和陆谦吃酒，只见教头一口气不来，便撞倒

1　上色：上等。

2　希奇：稀奇。

3　看承：看待，对待。有时也指善待。

4　小遗：解手，小便。

了！叫娘子且快来看视。'娘子听得，连忙央间壁王婆看了家，和我跟那汉子去。直到太尉府前巷内一家人家，上至楼上，只见桌子上摆着些酒食，不见官人。恰待下楼，只见前日在岳庙里啰唣娘子的那后生出来道[1]：'娘子少坐，你丈夫来也。'锦儿慌忙下得楼时，只听得娘子在楼上叫：'杀人！'因此，我一地里寻官人不见[2]，正撞着卖药的张先生，道：'我在樊楼前过，见教头和一个人入去吃酒。'因此特奔到这里。官人快去！"

林冲见说，吃了一惊，也不顾使女锦儿，三步做一步跑到陆虞候家，抢到胡梯上，却关着楼门。只听得娘子叫道："清平世界，如何把我良人妻子关在这里！"又听得高衙内道："娘子，可怜见救俺[3]！便是铁石人，也告得回转！"林冲立在胡梯上，叫道："大嫂！开门！"那妇人听得是丈夫声音，只顾来开门。高衙内吃了一惊，斡开了楼窗[4]，跳墙走了。林冲上得楼上，寻不见高衙内，问娘子道："不曾被这厮点污了[5]？"娘子道："不曾。"林冲把陆虞候家打得粉碎，将娘子下楼[6]。出得门外看时，邻舍两边都

1　啰唣：这里指调戏。

2　一地里：到处。

3　可怜见：可怜，值得怜悯。

4　斡（wò）：转，这里指推。

5　点污：玷污。

6　将：带着，搀着。

闭了门。

使女锦儿接着，三个人一处归家去了。林冲拿了一把解腕尖刀[1]，径奔到樊楼前去寻陆虞候，也不见了。却回来他门前等了一晚，不见回家，林冲自归。娘子劝道："我又不曾被他骗了，你休得胡做！"林冲道："叵耐这陆谦畜生厮赶着称兄称弟[2]，你也来骗我！只怕不撞见高衙内，也照管着他头面！[3]"娘子苦劝，那里肯放他出门。陆虞候只躲在太尉府内，亦不敢回家。林冲一连等了三日，并不见面。府前人见林冲面色不好，谁敢问他？

第四日饭时候，鲁智深径寻到林冲家相探，问道："教头如何连日不见面？"林冲答道："小弟少冗[4]，不曾探得师兄。既蒙到我寒舍[5]，本当草酌三杯[6]，争奈一时不能周备[7]；且和师兄一同上街闲玩一遭，市沽两盏如何[8]？"智深道："最好。"两个同上街来，吃了一日酒，又约明日相会。自此每日与智深上街吃酒，把这件事

---

1 解腕尖刀：匕首一类短刀。
2 叵（pǒ）耐：也作"叵奈"，不可容忍，可恨。叵，"不可"的合音。厮赶着:相赶着，指主动亲近。
3 "只怕"二句：意谓只怕碰不上高衙内，（若碰上）也照样不给他留面子。头面，脸面，面子。
4 少冗（rǒng）：少空闲。冗，闲散，多余。
5 寒舍：对自家居所的谦称。
6 草酌：简便的筵席，这是设宴请客时的谦辞。
7 争奈：怎奈。周备：周到完备。
8 市沽：买酒，到酒楼饮酒。

都放慢了。

且说高衙内从那日在陆虞候家楼上吃了那惊，跳墙脱走，不敢对太尉说知，因此在府中卧病。陆虞候和富安两个来府里望衙内，见他容颜不好，精神憔悴。陆谦道："衙内何故如此精神少乐？"衙内道："实不瞒你们说，我为林家那人，两次不能够得他，又吃他那一惊，这病越添得重了。眼见得半年三个月，性命难保！"二人道："衙内且宽心，只在小人两个身上，好歹要共那人完聚。只除他自缢死了，便罢！"正说间，府里老都管也来看衙内病证[1]。那陆虞候和富安见老都管来问病，两个商量道："只除恁的……"等候老都管看病已了，出来，两个邀老都管僻静处说道："若要衙内病好，只除教太尉得知，害了林冲性命，方能够得他老婆和衙内在一处，这病便得好。若不如此，一定送了衙内性命！"老都管道："这个容易！老汉今晚便禀太尉得知。"两个道："我们已有计了，只等你回话。"

老都管至晚来见太尉，说道："衙内不害别的证，却害林冲的老婆[2]。"高俅道："林冲的老婆何时见他的？"都管禀道："便是前月二十八日，在岳庙里见来，今经一月有余。"又把陆虞候设的计

1　都管：这里意谓总管，管家。病证：病症。
2　害林冲的老婆：因思念林冲的老婆而害病。

备细说了[1]。高俅道："如此，因为他浑家[2]，怎地害他？我寻思起来，若为惜林冲一个人时，须送了我孩儿性命，却怎生得好？"都管道："陆虞候和富安有计较[3]。"高俅道："既是如此，教唤二人来商议。"老都管随即唤陆谦、富安入到堂里，唱了喏。高俅问道："我这小衙内的事，你两个有甚计较？救得我孩儿好了时，我自抬举你二人。"陆虞候向前禀道："恩相在上，只除……如此如此使得。"高俅道："既如此，你明日便与我行。"不在话下。

再说林冲每日和智深吃酒，把这件事不记心了。那一日，两个同行到阅武坊巷口，见一条大汉，头戴一顶抓角儿头巾，穿一领旧战袍，手里拿着一口宝刀，插着个草标儿[4]，立在街上，口里自言自语说道："不遇识者，屈沉了我这口宝刀[5]！"林冲也不理会[6]，只顾和智深说着话走。那汉又跟在背后道："好口宝刀！可惜不遇识者！"林冲只顾和智深走着，说得入港。那汉又在背后说道："偌大一个东京[7]，没一个识得军器的！"

---

1 备细：详尽，详细。

2 浑家：妻子的别称。

3 计较：计划，办法。

4 插着个草标儿：旧时有物品在集市出售，插草叶作为标记。

5 屈沉：委屈，埋没。

6 理会：这里是搭理、留意的意思。

7 偌（ruò）：如此，这样。

林冲听得说，回过头来。那汉飕的把那口刀掣将出来 [1]，明晃晃的夺人眼目。林冲合当有事 [2]，猛可地道 [3]："将来看！"那汉递将过来。林冲接在手内，同智深看了，吃了一惊，失口道："好刀！你要卖几钱？"那汉道："索价三千贯 [4]，实价二千贯。"林冲道："值是值二千贯，只没个识主。你若一千贯肯时，我买你的。"那汉道："我急要些钱使，你若端的要时，饶你五百贯，实要一千五百贯。"林冲道："只是一千贯，我便买了。"那汉叹口气，道："金子做生铁卖了！罢，罢！一文也不要少了我的！"林冲道："跟我来家中取钱还你。"回身却与智深道："师兄，且在茶房里少待，小弟便来。"智深道："洒家且回去，明日再相见。"

林冲别了智深，自引了卖刀的那汉去家中，将银子折算价贯准还与他 [5]。就问那汉道："你这口刀那里得来？"那汉道："小人祖上留下，因为家中消乏 [6]，没奈何，将出来卖了。"林冲："你祖上是谁？"那汉道："若说时，辱没杀人！"林冲再也不问。那汉得

1　掣（chè）：抽，拔。

2　合当：应当，应该。

3　猛可：突然，猛然间。

4　索价：要价，与"实价"相对应。

5　将银子折算价贯准还与他：《水浒传》定稿于元末明初，民间普遍使用纸币（称纸钞）。书中所说的一千贯、三千贯，指的便是贬值的纸钞价格。这种纸钞没人愿意要，因此民间交易，要折算成银子付给卖家。价贯，即纸钞价格。准还，如数给付。

6　消乏：贫乏，贫穷。

林冲误入白虎堂／张光宇 绘

了银两自去了。

　　林冲把这口刀翻来覆去看了一回，喝采道："端的好把刀！高
太尉府中有一口宝刀，胡乱不肯教人看[1]。我几番借看，也不肯将
出来。今日我也买了这口好刀，慢慢和他比试。"林冲当晚不落手
看了一晚，夜间挂在壁上，未等天明又去看刀。

1　胡乱：随便，轻易。

次日巳牌时分，只听得门首有两个承局叫道[1]："林教头，太尉钧旨，道你买一口好刀，就叫你将去比看。太尉在府里专等。"林冲听得，说道："又是什么多口的报知了！"两个承局催得林冲穿了衣服，拿了那口刀，随这两个承局来。一路上，林冲道："我在府中不认得你。"两个人说道："小人新近参随[2]。"却早来到府前。

　　进得到厅前，林冲立住了脚。两个又道："太尉在里面后堂内坐地。"转入屏风，至后堂，又不见太尉，林冲又住了脚。两个又道："太尉直在里面等你，叫引教头进来。"又过了两三重门，到一个去处，一周遭都是绿栏杆。两个又引林冲到堂前，说道："教头，你只在此少待，等我入去禀太尉。"林冲拿着刀，立在檐前。两个人自入去了。一盏茶时，不见出来。林冲心疑，探头入帘看时，只见檐前额上有四个青字，写道"白虎节堂"。林冲猛省道："这节堂是商议军机大事处，如何敢无故辄入[3]！"急待回身，只听得靴履响，脚步鸣，一个人从外面入来。林冲看时，不是别人，却是本管高太尉，林冲见了，执刀向前声喏。

　　太尉喝道："林冲！你又无呼唤，安敢辄入白虎节堂！你知法度否？你手里拿着刀，莫非来刺杀下官！有人对我说，你两三日

1　承局：宋代低级军职，属殿前司。
2　参随：跟随，这里指任职。
3　辄（zhé）：就，这里有擅自之意。

前拿刀在府前伺候，必有歹心！"林冲躬身禀道："恩相，恰才蒙两个承局呼唤林冲将刀来比看。"太尉喝道："承局在那里？"林冲道："恩相，他两个已投堂里去了。"太尉道："胡说！什么承局，敢进我府堂里去？左右！与我拿下这厮！"

话犹未了，旁边耳房里走出三十余人，把林冲横推倒拽下去。高太尉大怒道："你既是禁军教头，法度也还不知道！因何手执利刃，故入节堂，欲杀本官。"叫左右把林冲推下。

4. 节选四　大闹野猪林

阅读提示

一、本段选自《水浒传》第七回"林教头刺配沧州道，鲁智深大闹野猪林"。林冲受人陷害，误入白虎堂，被刺配沧州。高衙内一伙仍不肯罢手，买通公人，要在押解路上杀害林冲。本段写野猪林中发生的惊人一幕。

二、《水浒传》作者应是从社会底层走出的文士或说书人，深谙社会的阴暗、世路的险恶。本段写陆虞候买通解差的暗室交易，写公差在押解路上虐待囚犯的场景，都是官书正史上不曾记录的。从这个角度看，小说也是历史，是真实生动的底层社会生活史。

三、董超、薛霸同是官府爪牙，其共性是欺软怕硬、见钱眼开；但表现则有所不同，在林冲面前一个唱红脸、一个唱白脸。从这个角度看，小说又是教人识别世路险恶、人性复杂的教科书。

四、林冲被鲁智深从死亡线上救回，仍旧执迷不悟，盼着自己能熬过刑期，与妻子团聚。因此他替解差说情，不肯与统治者做彻底的决裂。他哪里知道，恶人是没有底线的，进一步的迫害正等着他。

五、鲁智深比林冲清醒得多，他深谙歹人的卑鄙恶毒，始终保持着高度警惕。他察觉歹人的阴谋后，一路暗中跟随，在野猪林救得林冲性命，又一直护送他到沧州地面。"杀人须见血，救人须救彻"，这是鲁智深的人生信条，也是小说所颂扬的好汉精神。

六、对照的写法也值得关注，如鲁智深对自己的身份始终守口如瓶，林冲却在无意中泄露出去。正是在这些细微处，小说写出人物性格的差异。

且说两个防送公人把林冲带来使臣房里寄了监[1]。董超、薛霸，各自回家，收拾行李。

只说董超正在家里拴束包裹，只见巷口酒店里酒保来说道："董端公[2]，一位官人在小人店中请说话。"董超道："是谁？"酒保道："小人不认得，只教请端公便来。"却原来宋时的公人都称呼"端公"。

---

1 前回叙述林冲被高俅父子陷害，误入白虎堂。经开封府审问，刺配沧州。因怕连累妻子，林冲临行写了休书。本段由林冲辞别妻子及岳父写起。防送公人：押解护送囚犯的差役，也称解差。使臣房：缉捕使臣办公的地方。缉捕使臣是宋代州县负责治安缉盗的小官。寄了监：暂时在此监押。
2 端公：原是民间男巫的称谓，宋元时用作对差役的尊称。

当时董超便和酒保径到店中阁儿内看时，见坐着一个人，头戴顶万字头巾[1]，身穿领皂纱背子[2]，下面皂靴净袜[3]。见了董超，慌忙作揖，道："端公请坐。"董超道："小人自来不曾拜识尊颜[4]，不知呼唤有何使令？"那人道："请坐，少间便知。"董超坐在对席。酒保一面铺下酒盏菜蔬果品按酒，都搬来摆了一桌。那人问道："薛端公在何处住？"董超道："只在前边巷内。"那人唤酒保问了底脚[5]："与我去请将来。"酒保去了一盏茶时，只见请得薛霸到阁儿里。董超道："这位官人，请俺说话。"薛霸道："不敢动问大人高姓？"那人又道："少刻便知，且请饮酒。"三人坐定，一面酒保筛酒。

酒至数杯，那人去袖子里取出十两金子放在桌上，说道："二位端公各收五两，有些小事烦及。"二人道："小人素不认得尊官，何故与我金子？"那人道："二位莫不投沧州去？"董超道："小人两个奉本府差遣，监押林冲直到那里。"那人道："既是如此，相烦二位。我是高太尉府心腹人陆虞候便是。"董超、薛霸喏喏连

---

1 万字头巾：一种上窄下宽的头巾。
2 背子：褙子，是一种罩衣，直领对襟，腋下开叉。
3 净袜：白袜子。
4 不曾拜识尊颜："不认识"的谦敬说法。
5 底脚：住址。

声[1]，说道：“小人何等样人，敢共对席。”陆谦道：“你二位也知林冲和太尉是对头。今奉着太尉钧旨，教将这十两金子送与二位，望你两个领诺[2]，不必远去，只就前面僻静去处把林冲结果了[3]，就彼处讨纸回状回来便了[4]。若开封府但有话说[5]，太尉自行分付，并不妨事。”董超道：“却怕使不得[6]。开封府公文只叫解活的去[7]，却不曾教结果了他。亦且本人年纪又不高大，如何作得这缘故？倘有些兜搭[8]，恐不方便。”薛霸道：“老董，你听我说，高太尉便叫你我死，也只得依他，莫说使这官人又送金子与俺。你不要多说，和你分了罢，落得做人情[9]，日后也有照顾俺处。前头有的是大松林猛恶去处[10]，不拣怎的[11]，与他结果了罢！”当下薛霸收了金子，说道：“官人放心！多是五站路[12]，少便两程，便有分晓。”陆谦大喜道：“还是薛端公，真是爽利！明日到了时，是必揭取林冲脸上

1　喏（nuò）喏连声：恭敬地连连答应。

2　领诺：承诺，答应。

3　结果：这里是杀死的意思。

4　彼处：那里，指林冲将被“结果”的地方。

5　开封府但有话说：开封府追问起来。

6　使不得：行不通，不可以。

7　解活的去：指把活人押解到目的地。

8　兜搭：这里有麻烦、周折的意思。

9　落得：乐得。

10　猛恶去处：险恶的地方。

11　不拣怎的：无论怎样。

12　五站路：与下文的“两程”，都是指路程短。站，古代官道设有驿站，负责为政府官员、信使等提供食宿、脚力。

金印回来做表证[1]。陆谦再包办二位十两金子相谢。专等好音。切不可相误！"原来宋时，但是犯人徒流迁徙的[2]，都脸上刺字，怕人恨怪，只唤做"打金印"。三个人又吃了一会酒，陆虞候算了酒钱。三人出酒肆来，各自分手。

只说董超、薛霸将金子分受入己，送回家中，取了行李包裹，拿了水火棍[3]，便来使臣房里取了林冲，监押上路。当日出得城来，离城三十里多路歇了。宋时途路上客店人家，但是公人监押囚人来歇，不要房钱。当下薛、董二人带林冲到客店里歇了一夜。第二日天明起来，打火吃了饮食，投沧州路上来。

时遇六月天气，炎暑正热。林冲初吃棒时，倒也无事。次后两三日间，天道盛热，棒疮却发。又是个新吃棒的人，路上一步挨一步，走不动。薛霸道："好不晓事！此去沧州二千里有余的路，你这般样走，几时得到！"林冲道："小人在太尉府里折了些便宜[4]，前日方才吃棒，棒疮举发[5]。这般炎热，上下只得担待一步[6]！"

---

1 表证：证据，证物。
2 徒流：徒刑和流刑。前者是剥夺人身自由、强制服劳役；后者是遣送远方并强制服劳役。迁徙：指流刑。
3 水火棍：吏役所用棍棒，一头为红色，一头为黑色，故称。
4 折了些便宜：损失些便宜，即吃亏的意思。
5 举发：发作。
6 上下：本指天地，也指父母，这里是对解差的敬称。担待：原谅，不要计较。

董超道："你自慢慢的走，休听咶咶[1]。"薛霸一路上喃喃呐呐的[2]，口里埋冤叫苦[3]，说道："却是老爷们晦气[4]，撞着你这个魔头[5]！"

看看天色又晚，三个人投村中客店里来。到得房内，两个公人放了棍棒，解下包裹。林冲也把包来解了。不等公人开口，去包里取些碎银两，央店小二买些酒肉，籴些米来[6]，安排盘馔[7]，请两个防送公人坐了吃。董超、薛霸又添酒来，把林冲灌的醉了，和枷倒在一边。薛霸去烧一锅百沸滚汤[8]，提将来倾在脚盆内，叫道："林教头，你也洗了脚好睡。"林冲挣的起来，被枷碍了，曲身不得。薛霸便道："我替你洗。"林冲忙道："使不得。"薛霸道："出路人那里计较的许多！"林冲不知是计，只顾伸下脚来，被薛霸只一按，按在滚汤里。林冲叫一声："哎也！"急缩得起时，泡得脚面红肿了。林冲道："不消生受[9]！"薛霸道："只见罪人伏侍公人，那曾有公人伏侍罪人？好意叫他洗脚，颠倒嫌冷嫌热，却不是'好心不得好报'！"口里喃喃的骂了半夜。林冲那里敢回话，

1　咶咶（jīguō）：唠叨。

2　喃喃呐（nè）呐：形容絮叨不休。

3　埋冤：埋怨。

4　老爷：这是董、薛自称。晦气：倒霉。

5　魔头：骂人话，如说带来厄运的人。

6　籴（dí）：买米。

7　盘馔（zhuàn）：装在盘中的食物。

8　百沸滚汤：沸滚多次的开水。汤，开水。

9　不消生受：不劳你受累。

自去倒在一边。他两个泼了这水，自换些水去外边洗了脚，收拾。

睡到四更，同店人都未起，薛霸起来烧了面汤[1]，安排打火，做饭吃。林冲起来，晕了，吃不得，又走不动。薛霸拿了水火棍，催促动身。董超去腰里解下一双新草鞋，耳朵并索儿却是麻编的，叫林冲穿。林冲看时，脚上满面都是燎浆泡，只得寻觅旧草鞋穿，那里去讨，没奈何，只得把新草鞋穿上。叫店小二算过酒钱，两个公人带了林冲出店，却是五更天气。林冲走不到三二里，脚上泡被新草鞋打破了，鲜血淋漓，正走不动，声唤不止。薛霸骂道："走便快走！不走便大棍搠将起来[2]！"林冲道："上下方便[3]！小人岂敢怠慢，俄延程途[4]？其实是脚疼走不动！"董超道："我扶着你走便了！"搀着林冲，只得又挨了四五里路。看看正走不动了，早望见前面烟笼雾锁，一座猛恶林子，有名唤做野猪林。此是东京去沧州路上第一个险峻去处。宋时，这座林子内，但有些冤仇的，使用些钱与公人，带到这里，不知结果了多少好汉！

今日这两个公人带林冲奔入这林子里来。董超道："走了一五更[5]，走不得十里路程。似此，沧州怎的得到！"薛霸道："我也走

---

1 面汤：洗脸水。

2 搠（shuò）：刺，扎。

3 方便：行方便，这里有请求原谅的意思。

4 俄延：拖延，迟延。

5 一五更：形容时间长，有"从五更到现在"的意思。

不得了，且就林子里歇一歇。"三个人奔到里面，解下行李包裹，都搬在树根头。林冲叫声："呵也！"靠着一株大树便倒了。只见董超、薛霸道："行一步等一步，倒走得我困倦起来。且睡一睡却行。"放下水火棍，便倒在树边。略略闭得眼，从地下叫将起来。林冲道："上下，做什么？"董超、薛霸道："俺两个正要睡一睡，这里又无关锁[1]，只怕你走了，我们放心不下，以此睡不稳。"林冲答道："小人是好汉，官司既已吃了，一世也不走！"薛霸道："那里信得你说？要我们心稳，须得缚一缚。"林冲道："上下要缚便缚，小人敢道怎的？"薛霸腰里解下索子来，把林冲连手带脚和枷紧紧的缚在树上，同董超两个跳将起来，转过身来，拿起水火棍，看着林冲，说道："不是俺要结果你，自是前日来时，有那陆虞候传着高太尉钧旨，教我两个到这里结果你，立等金印必去回话！便多走的几日，也是死数！只今日就这里，倒作成我两个回去快些。休得要怨我弟兄两个，只是上司差遣，不由自己。你须精细着[2]：明年今日是你周年。我等已限定日期亦要早回话。"

林冲见说，泪如雨下，便道："上下！我与你二位往日无仇，近日无冤！你二位如何救得小人，生死不忘！"董超道："说什么

1　关锁：这里指可以约束犯人的设施（如围墙、牢笼等）。
2　精细：这里有仔细辨认、听清楚的意思。

第三编　《水浒传》选粹　151

闲话？救你不得！"薛霸便提起水火棍来，望着林冲脑袋上劈将来。……[1]

说时迟，那时快，薛霸的棍恰举起来，只见松树背后，雷鸣也似一声，那条铁禅杖飞将来，把这水火棍一隔，丢去九霄云外！跳出一个胖大和尚来，喝道："洒家在林子里听你多时！"两个公人看那和尚时，穿一领皂布直裰，跨一口戒刀，提着禅杖，轮起来打两个公人。林冲方才闪开眼看时，认得是鲁智深。林冲连忙叫道："师兄！不可下手！我有话说！"智深听得，收住禅杖。两个公人呆了半晌，动弹不得。林冲道："非干他两个事[2]。尽是高太尉使陆虞候分付他两个公人，要害我性命。他两个怎不依他？你若打杀他两个，也是冤屈！"

鲁智深扯出戒刀，把索子都割断了，便扶起林冲，叫："兄弟，俺自从和你买刀那日相别之后，洒家忧得你苦。自从你受官司，俺又无处去救你。打听得你断配沧州，洒家在开封府前又寻不见，却听得人说监在使臣房内。又见酒保来请两个公人，说道'店里一位官人寻说话'。以此洒家疑心，放你不下，恐这厮们路上害你，俺特地跟将来。见这两个撮鸟带你入店里去，洒家也在

1　这里是第七、第八回衔接处，略去少量文字。
2　干（gān）：关涉，牵涉。

花和尚大闹野猪林 / 古代版画

那店里歇。夜间听得那厮两个做神做鬼，把滚汤赚了你脚。那时俺便要杀这两个撮鸟，却被客店里人多，恐防救了。洒家见这厮们不怀好心，越放你不下。你五更里出门时，洒家先投奔这林子里来，等杀这厮两个撮鸟。他倒来这里害你，正好杀这厮两个！"

林冲劝道："既然师兄救了我，你休害他两个性命。"鲁智深喝道："你这两个撮鸟！洒家不看兄弟面时，把你这两个都剁做肉酱！且看兄弟面皮，饶你两个性命！"就那里插了戒刀，喝道："你这两个撮鸟，快挽兄弟，都跟洒家来！"提了禅杖先走。两个公人那里敢回话？只叫："林教头救俺两个！"依前背上包裹，拾了水火棍，扶着林冲，又替他拖了包裹，一同跟出林子来。

行得三四里路程，见一座小酒店在村口。深、冲、超、霸四人入来坐下，唤酒保买五七斤肉，打两角酒来吃，回些面来打饼[1]。酒保一面整治，把酒来筛。两个公人道："不敢拜问师父在那个寺里住持？"智深笑道："你两个撮鸟，问俺住处做什么？莫不去教高俅做什么奈何洒家[2]？别人怕他，俺不怕他！洒家若撞着那厮，教他吃三百禅杖！"两个公人那里敢再开口。吃了些酒肉，收拾了行李，还了酒钱，出离了村口。林冲问道："师兄今投那里

1　回：交易，买进。

2　奈何：对付。

去？"鲁智深道："'杀人须见血，救人须救彻。'洒家放你不下，直送兄弟到沧州。"两个公人听了，暗暗地道："苦也！却是坏了我们的勾当[1]！转去时，怎回话！"且只得随顺他一处行路。

自此，途中被鲁智深要行便行，要歇便歇，那里敢扭他？好便骂，不好便打！两个公人不敢高声，只怕和尚发作。行了两程，讨了一辆车子，林冲上车将息[2]，三个跟着车子行着。两个公人怀着鬼胎，各自要保性命，只得小心随顺着行。鲁智深一路买酒买肉，将息林冲；那两个公人也吃。遇着客店，早歇晚行，都是那两个公人打火做饭。谁敢不依他？二人暗商量："我们被这和尚监押定了，明日回去，高太尉必然奈何俺！"薛霸道："我听得大相国寺菜园廨宇里新来了个僧人[3]，唤做鲁智深，想来必是他。回去实说：俺要在野猪林结果他，被这和尚救了，一路护送到沧州，因此下手不得。舍着还了他十两金子，着陆谦自去寻这和尚便了。我和你只要躲得身上干净。"董超道："说得也是。"两个暗暗商量了不题。

话休絮繁。被智深监押不离，行了十七八日，近沧州只有七十来里路程，一路去都有人家，再无僻静处了。鲁智深打听得

1　勾当：事情，指坏事。

2　将息：将养，休息。

3　廨（xiè）宇：一般指官舍，这里指寺院职事僧人的办公场所。

实了，就松林里少歇。智深对林冲道："兄弟，此去沧州不远了，前路都有人家，别无僻静去处，洒家已打听实了。俺如今和你分手。异日再得相见。"林冲道："师兄回去，泰山处可说知[1]。防护之恩，不死当以厚报！"鲁智深又取出一二十两银子与林冲，把三二两与两个公人，道："你两个撮鸟！本是路上砍了你两个头，兄弟面上，饶你两个鸟命。如今没多路了，休生歹心！"两个道："再怎敢！皆是太尉差遣。"接了银子，却待分手。鲁智深看着两个公人，道："你两个撮鸟的头硬似这松树么？"二人答道："小人头是父母皮肉包着些骨头。"智深轮起禅杖，把松树只一下，打得树有二寸深痕，齐齐折了。喝一声："你两个撮鸟，但有歹心，教你头也与这树一般！"摆着手，拖了禅杖，叫声："兄弟，保重！"自回去了。

董超、薛霸都吐出舌头来，半晌缩不入去。林冲道："上下，俺们自去罢。"两个公人道："好个莽和尚！一下打折了一株树！"林冲道："这个直得什么[2]；相国寺一株柳树，连根也拔将出来。"二人只把头来摇，方才得知是实。

---

5. 节选五　棒打洪教头

阅读提示

一、本段选自《水浒传》第八回"柴进门招天下客，林冲棒打洪教头"。林冲受迫害的过程太过漫长、压抑，有此一段插曲，为林冲传记增添了一抹亮色，读者也跟着舒一口气。

二、柴进是后周皇帝柴氏的后裔，在宋朝受到优待，身份等同于贵戚。他对过往囚犯多有资助，对林冲这样天下知名的好汉，招待尤为热情。林冲的身份是"东京八十万禁军枪棒教头"，武艺高强，人所共知；然而始终没见他演练过。此番路过柴进庄园，遇上好客的主人，林教头终于有了"露一手"的机会。

三、且看文中对照手法的运用。先看洪教头自身表现的前后对照：他一登场就口出狂言、主动挑战，前后三个"来，来，来"，气势汹汹、不可一世；但结局却是被打翻在地，挣扎不起，"众庄客一头笑着扶了……羞惭满面，自投庄外去了"。对照中带着夸张，给人以痛快淋漓的感受。

再看洪教头与林冲之间的对照，一个骄纵嚣张、目中无人，一个低调内敛、态度谦卑，未曾交手，已显出人格的高下。

四、写两人比武的过程，一波三折，欲擒故纵。先是柴进见林冲不肯应战，便说："且把酒来吃着，待月上来也罢。"这是一番曲折。待两人交手，打了四五回合，林冲因戴枷不便，跳出圈子，自己认输，又是一番曲折。除掉枷锁后，正要开打，忽又被柴进叫停，让人取来银子做利物，这是第三番曲折。三番曲折，勾起读者强烈的好奇心，使文章平添趣味。试想，若是没有这三番曲折，两个武艺悬殊的人对阵，一交手便见胜负，该有多乏味！

五、中国传统小说很少有心理活动描写，而《水浒传》作者已开始尝试叙写人物内心活动。此段中便有"林冲寻思道：'……'""洪教头心中忖量道：'……'""林冲自肚里寻思道：'……'""林冲想道：'……'"这些心理活动描写，对推动小说情节至关重要。

六、写打斗场面，动词的运用很关键。找找这些动词：脱、拽扎、掣、拿、鞭、跳、提起、盖、转、扫、撇、倒……都用得准确生动，恰到好处，动态十足，增强了文章的气势。

柴进便唤庄客，叫将酒来[1]。不移时，只见数个庄客托出一盘肉、一盘饼，温一壶酒；又一个盘子，托出一斗白米，米上放着十贯钱，都一发将出来。柴进见了道："村夫不知高下！教头到此，如何恁地轻意[2]？咄！快将进去！先把果盒酒来[3]，随即杀羊相待。快去整治！"林冲起身谢道："大官人，不必多赐，只此十分够了。"柴进道："休如此说，难得教头到此，岂可轻慢。"庄客便如飞先捧出果盒酒来。柴进起身，一面手执三杯。林冲谢了柴进，饮酒罢。两个公人一同饮了。柴进道："教头请里面少坐。"自家随即解了弓袋箭壶，就请两个公人一同饮酒。柴进当下坐了主席，林冲坐了客席，两个公人在林冲肩下，叙说些闲话、江湖上的勾当。

　　不觉红日西沉，安排得酒食果品海味摆在桌上，抬在各人面前。柴进亲自举杯，把了三巡，坐下，叫道："且将汤来吃！"吃得一道汤、五七杯酒，只见庄客来报道："教师来也。"柴进道："就请来一处坐地相会亦好。快抬一张桌来。"林冲起身看时，只见那个教师入来，歪戴着一顶头巾，挺着脯子[4]，来到后堂。林冲

　　1　前文写鲁智深在野猪林救起林冲，护送他到沧州。本段写鲁智深离开后，林冲与二解差途经柴进庄园，受到款待。庄客：旧时地主庄园里的佃户、雇农。

　　2　轻意：轻慢，简慢。

　　3　果盒酒：果盒及酒。果盒，盛放佐酒果品、点心的盒子，常用来待客。

　　4　脯子：胸脯。

寻思道："庄客称他做教师，必是大官人的师父。"急急躬身唱喏道："林冲谨参[1]。"那人全不睬着，也不还礼。林冲不敢抬头。柴进指着林冲对洪教头道："这位便是东京八十万禁军枪棒教头林武师林冲的便是，就请相见。"林冲听了，看着洪教头便拜。那洪教头说道："休拜。起来。"却不躬身答礼。柴进看了，心中好不快意。林冲拜了两拜，起身让洪教头坐。洪教头亦不相让，走去上首便坐。柴进看了，又不喜欢。林冲只得肩下坐了。两个公人亦就坐了。

洪教头便问道："大官人今日何故厚礼管待配军[2]？"柴进道："这位非比其他的，乃是八十万禁军教头，师父如何轻慢？"洪教头道："大官人只因好习枪棒，往往流配军人都来倚草附木[3]，皆道'我是枪棒教师'，来投庄上诱些酒食钱米。大官人如何忒认真[4]！"林冲听了，并不做声。柴进说道："凡人不可易相[5]，休小觑他[6]。"洪教头怪这柴进说"休小觑他"，便跳起身来，道："我不信他！他敢和我使一棒看，我便道他是真教头！"柴进大笑道："也

---

1 谨参：身份低微者参拜身份较高者所说的话。谨，有郑重、恭敬意。
2 管待：款待。
3 倚草附木：这里指攀附有权势者。
4 忒（tuī）：太。
5 易相：轻看。
6 小觑（qù）：小看，轻视。

好，也好。林武师，你心下如何？"林冲道："小人却是不敢。"
洪教头心中忖量道[1]：那人必是不会，心中先怯了。因此，越要来
惹林冲使棒。柴进一来要看林冲本事，二者要林冲赢他，灭那厮
嘴。柴进道："且把酒来吃着，待月上来也罢。"

当下又吃过了五七杯酒，却早月上来了，照见厅堂里面如同
白日。柴进起身道："二位教头，较量一棒。"林冲自肚里寻思道：
这洪教头必是柴大官人师父；若我一棒打翻了他，柴大官人面上
须不好看。柴进见林冲踌躇[2]，便道："此位洪教头也到此不多时。
此间又无对手。林武师休得要推辞。小可也正要看二位教头的
本事[3]。"柴进说这话，原来只怕林冲碍柴进的面皮，不肯使出本
事来。林冲见柴进说开就里，方才放心。只见洪教头先起身道：
"来，来，来！和你使一棒看！"一齐都哄出堂后空地上。

庄客拿一束杆棒来放在地下。洪教头先脱了衣裳，拽扎起裙
子[4]，掣条棒，使个旗鼓[5]，喝道："来，来，来！"柴进道："林武师，
请较量一棒。"林冲道："大官人休要笑话。"就地也拿了一条棒起

---

1 忖（cǔn）量：思量，揣度。
2 踌躇（chóuchú）：犹豫，拿不定主意。
3 小可：用于自称的谦辞。
4 拽扎：捆扎，拴牢。
5 旗鼓：原指军队中发号施令用的旗和鼓，这里指武术使棍棒的架势，也称门户。

来，道："师父，请教[1]。"洪教头看了，恨不得一口水吞了他。林冲拿着棒使出山东大擂打将入来[2]，洪教头把棒就地下鞭了一棒[3]，来抢林冲。两个教头在月明地上交手，使了四五合棒。只见林冲托地跳出圈子外来，叫一声："少歇。"柴进道："教头如何不使本事？"林冲道："小人输了。"柴进道："未见二位较量，怎便是输了？"林冲道："小人只多这具枷，因此权当输了。"柴进道："是小可一时失了计较[4]。"大笑道："这个容易。"便叫庄客取十两银来，当时将出。柴进对押解两个公人道："小可大胆，相烦二位下顾[5]，权把林教头枷开了。明日牢城营内，但有事务，都在小可身上。白银十两相送。"董超、薛霸见了柴进人物轩昂[6]，不敢违他，落得做人情，又得了十两银子，亦不怕他走了，薛霸随即把林冲护身枷开了。柴进大喜道："今番两位教师再试一棒。"

洪教头见他却才棒法怯了，肚里平欺他[7]，便提起棒，却待要使。柴进叫道："且住。"叫庄客取出一锭银来，重二十五两。无

1　请教：邀请人比试的客气说法。

2　山东大擂：棍术的一种招式。下文中的"把火烧天势"和"拨草寻蛇势"也都是招式名称。

3　鞭：动词，用鞭打。下文中"把棒从地下一跳"，也是这个意思。

4　计较：算计。

5　下顾：请求照顾的谦辞。

6　轩昂：精神饱满，气度不凡。

7　平欺：平白欺负。

一时至面前。柴进乃言："二位教头比试，非比其他。这锭银子权为利物[1]。若还赢的，便将此银子去。"柴进心中只要林冲把出本事来，故意将银子丢在地下。

洪教头深怪林冲来，又要争这个大银子，又怕输了锐气，把棒来尽心使个旗鼓，吐个门户，唤做"把火烧天势"。林冲想道：柴大官人心里只要我赢他。也横着棒，使个门户，吐个势，唤做"拨草寻蛇势"。洪教头喝一声："来，来，来！"便使棒盖将入来。林冲望后一退，洪教头赶入一步，提起棒，又复一棒下来。林冲看他脚步已乱了，便把棒从地下一跳。洪教头措手不及，就那一跳里和身一转，那棒直扫着洪教头臁儿骨上[2]，撇了棒，扑地倒了。

柴进大喜，叫快将酒来把盏。众人一齐大笑。洪教头那里挣扎起来，众庄客一头笑着扶了。洪教头羞惭满面，自投庄外去了。

1　利物：竞赛时用于奖励的财物。
2　臁（lián）儿骨：臁骨，是小腿胫骨。

6. 节选六　风雪山神庙

阅读提示

一、本段选自《水浒传》第九回"林教头风雪山神庙，陆虞候火烧草料场"。写林冲来到沧州牢城营后的遭遇。

二、许多读者不大认可林冲，认为"该出手时就出手的"鲁达、武松才是真正的英雄。至于安分守己、心思简单的林冲，更像是个普通人。他身份低微，心地善良，既无害人之意，也无防人之心。遇到猝然而来的欺凌压迫，往往手足无措，又总是心存幻想，盼着歹人能"良心发现"，自动停止作恶！他更像是我们的朋友、邻居，甚至就是我们自己；因此也更具有代表性，更容易被我们所理解。

三、任何隐忍、妥协都是有限度的，当高俅一伙的欺凌超越了林冲忍耐的底线，他内心沉睡的那只"豹子"终于苏醒了！他冲出庙门，手刃仇人，迈出了与社会决裂的关键一步。他到底还是英雄！

四、林冲"豹子头"的绰号，来自他"豹头环眼，燕颔虎须"

的相貌特征，实则是对《三国演义》中张飞形象的借鉴。林冲在天降石碣的好汉名单中位列"天雄星"。金圣叹评价林冲，用了一个"毒"字。不错，本段写林冲手刃三贼，确实凶狠，不过联系到他此前的遭遇，他的凶狠又是可以被谅解的。

五、在本段中，作者对迫害者的活动做了暗线处理，直至最后一刻，林冲才隔着庙门确认了歹人的身份。此种写法，特别能勾起读者好奇心，后世的悬疑小说便常常运用这种手法。

六、雪在本段中并非可有可无。正是这场大雪，压塌了林冲栖身的草屋，让他躲过一劫。而漫天大雪又营造了阴郁的气氛，林冲雪夜上梁山的场景，最终定格为被压迫者踏上反抗之路的经典画面。

文中写雪，着墨不多，但用词精当。鲁迅评论说："《水浒传》里的一句'那雪正下得紧'，就是接近现代的大众语的说法，比'大雪纷飞'多两个字，但那'神韵'却好得远了。"(《花边文学·大雪纷飞》) 试着找找文中写雪的文字。

话说当日林冲正闲走间[1]，忽然背后人叫，回头看时，却认得是酒生儿李小二[2]。当初在东京时，多得林冲看顾。后来不合偷了店主人家钱财[3]，被捉住了，要送官司问罪；又得林冲主张陪话[4]，救了他免送官司，又与他陪了些钱财[5]，方得脱免。京中安不得身，又亏林冲赍发他盘缠，于路投奔人，不想今日却在这里撞见。

林冲道："小二哥，你如何也在这里？"李小二便拜，道："自从得恩人救济，赍发小人一地里投奔人不着，迤逦不想来到沧州[6]，投托一个酒店主人，姓王，留小人在店中做过卖[7]。因见小人勤谨，安排的好菜蔬，调和的好汁水[8]，来吃的人都喝采，以此买卖顺当。主人家有个女儿，就招了小人做女婿。如今丈人丈母都死了，只剩得小人夫妻两个，权在营前开了个茶酒店，因讨钱过来遇见恩人。不知为何事在这里？"林冲指着脸上，道："我因恶了高太尉[9]，生事陷害，受了一场官司，刺配到这里。如今叫我管

1　前文述林冲来到沧州，因持有柴进的说情书信，又向主管小吏使了银子，因此不曾受苦。本段由林冲偶遇旧日相识的李小二写起。

2　酒生儿：酒保。

3　不合：不该。

4　主张陪话：做主，说情。

5　陪：同"赔"。

6　迤逦（yǐlǐ）：这里意谓辗转。下文又"迤逦背着北风而行"，意为缓缓而行。

7　过卖：饭馆、酒馆中的店员。

8　汁水：羹汤之类。

9　恶（è）了：得罪了。

天王堂[1]，未知久后如何。不想今日在此见你。"

李小二就请林冲到家里坐定，叫妻子出来拜了恩人。两口儿欢喜道："我夫妇二人正没个亲眷，今日得恩人到来，便是从天降下。"林冲道："我是罪囚，恐怕玷辱你夫妻两个。"李小二道："谁不知恩人大名！休恁地说。但有衣服，便拿来家里浆洗缝补。"当时管待林冲酒食，至夜送回天王堂，次日又来相请。因此，林冲得店小二家来往，不时间送汤送水来营里与林冲吃。林冲因见他两口儿恭敬孝顺，常把些银两与他做本钱。

且把闲话休题，只说正话。光阴迅速，却早冬来，林冲的绵衣裙袄都是李小二浑家整治缝补。忽一日，李小二正在门前安排菜蔬下饭，只见一个人闪将进来，酒店里坐下，随后又一人闪入来。看时，前面那个人是军官打扮，后面这个走卒模样，跟着，也来坐下。李小二入来问道："可要吃酒？"只见那个人将出一两银子与李小二，道："且收放柜上，取三四瓶好酒来。客到时，果品酒馔，只顾将来，不必要问。"李小二道："官人请甚客？"那人道："烦你与我去营里请管营、差拨两个来说话[2]。问时，你只说：'有个官人请说话，商议些事务，专等，专等。'"李小二应承了，

---

1 天王堂：唐宋军营驻地都设有天王堂，供奉佛教毗沙门天王，据说能保佑军队打胜仗。
2 管营：宋时牢城营的长官，相当于监狱长。差拨:牢城营中管理囚犯的差役头儿。

来到牢城里，先请了差拨，同到管营家里请了管营，都到酒店里。只见那个官人和管营、差拨两个讲了礼[1]。管营道："素不相识，动问官人高姓大名[2]？"那人道："有书在此[3]，少刻便知。且取酒来。"李小二连忙开了酒，一面铺下菜蔬果品酒馔。那人叫讨副劝盘来[4]，把了盏[5]，相让坐了。小二独自一个撺梭也似伏侍不暇[6]。那跟来的人讨了汤桶[7]，自行烫酒。约计吃过十数杯，再讨了按酒铺放桌上。只见那人说道："我自有伴当烫酒[8]，不叫，你休来。我等自要说话。"

李小二应了，自来门首叫老婆，道："大姐，这两个人来得不尴尬[9]！"老婆道："怎么的不尴尬？"小二道："这两个人语言声音是东京人，初时又不认得管营。向后我将按酒入去，只听得差拨口里呐出一句'高太尉'三个字来[10]，这人莫不与林教头身上有

---

1 讲了礼：行了礼。

2 动问：请问。

3 书：这里指书信。

4 劝盘：古代劝酒用较大而精美的杯子，称"劝杯"。劝盘是放置劝杯的盘子，当与劝杯连带而言。

5 把了盏：指手拿酒壶给人斟酒、敬酒。

6 撺梭：穿梭，指来回奔忙如织布机上的梭子。不暇：没有空闲。

7 汤桶：烫酒时装热水的桶。

8 伴当：陪同主人出门的伙计、仆人。

9 不尴尬：犹如说"好不尴尬"。尴尬，这里有形迹可疑、鬼鬼祟祟的意思。

10 呐（nè）：小声说，说话含混不清。

些干碍[1]？我自在门前理会[2]，你且去阁子背后听说什么。"老婆道：
"你去营中寻林教头来认他一认。"李小二道："你不省得。林教头
是个性急的人，摸不着便要杀人放火[3]。倘或叫得他来看了，正是
前日说的什么陆虞候，他肯便罢？做出事来须连累了我和你。你
只去听一听，再理会。"老婆道："说得是。"便入去听了一个时
辰，出来说道："他那三四个交头接耳说话，正不听得说什么。只
见那一个军官模样的人，去伴当怀里取出一帕子物事[4]，递与管营
和差拨。帕子里面的莫不是金银？只听差拨口里说道：'都在我身
上，好歹要结果他性命！'"

正说之时，阁子里叫"将汤来"，李小二急去里面换汤时，看
见管营手里拿着一封书。小二换了汤，添些下饭。又吃了半个
时辰，算还了酒钱，管营、差拨先去了；次后，那两个低着头也
去了。

转背不多时，只见林冲走将入店里来，说道："小二哥，连日
好买卖？"李小二慌忙道："恩人请坐，小二却待正要寻恩人，有
些要紧说话。"林冲问道："什么要紧的事？"李小二请林冲到里

---

1 干碍：关涉，牵连。与下文"妨碍"意同。
2 理会：这里意谓打理、照应。
3 摸不着：这里有"动不动"的意思。
4 物事：东西。

面坐下，说道："却才有个东京来的尴尬人，在我这里请管营、差拨吃了半日酒。差拨口里呐出'高太尉'三个字来，小人心下疑惑，又着浑家听了一个时辰。他却交头接耳说话，都不听得。临了，只见差拨口里应道：'都在我两个身上，好歹要结果了他！'那两个把一包金银递与管营、差拨，又吃一回酒，各自散了。不知什么样人。小人心疑，只怕在恩人身上有些妨碍。"林冲道："那人生得什么模样？"李小二道："五短身材，白净面皮，没甚髭须[1]，约有三十余岁。那跟的也不长大，紫棠色面皮[2]。"林冲听了大惊道："这三十岁的正是陆虞候！那泼贱贼敢来这里害我！休要撞着我，只教他骨肉为泥！"李小二道："只要提防他便了。岂不闻古人云'吃饭防噎，走路防跌'？"

林冲大怒，离了李小二家，先去街上买把解腕尖刀，带在身上，前街后巷一地里去寻。李小二夫妻两个捏着两把汗。当晚无事。林冲次日天明起来，洗漱罢，带了刀，又去沧州城里城外，小街夹巷，团团寻了一日。牢城营里都没动静。又来对李小二道："今日又无事。"小二道："恩人，只愿如此。只是自放仔细便了。"林冲自回天王堂，过了一夜。街上寻了三五日，不见消耗[3]，

1　髭须：胡须，唇上为髭，唇下为须。
2　紫棠色：黑中带红的颜色。
3　消耗：消息，音信。

林冲 〔明〕

陈洪绶 绘

林冲也自心下慢了。

到第六日，只见管营叫唤林冲到点视厅上[1]，说道："你来这里许多时，柴大官人面皮，不曾抬举得你。此间东门外十五里有座大军草料场，每月但是纳草料的[2]，有些常例钱取觅[3]。原来是一个

---

1 点视厅：点验犯人的厅堂。

2 纳草料的：缴纳草料的。

3 常例钱：按惯例所送的钱，是官吏在法度规定外索取的贿赂。

老军看管[1]，如今我抬举你去替那老军来守天王堂，你在那里寻几贯盘缠。你可和差拨便去那里交割[2]。"林冲应道："小人便去。"

当时离了营中，径到李小二家，对他夫妻两个说道："今日管营拨我去大军草料场管事，却如何？"李小二道："这个差使又好似天王堂，那里收草料时有些常例钱钞。往常不使钱时，不能够这差使。"林冲道："却不害我，倒与我好差使，正不知何意？"李小二道："恩人休要疑心，只要没事便好了。只是小人家离得远了，过几时那工夫来望恩人。"就在家里安排几杯酒，请林冲吃了。

话不絮繁。两个相别了。林冲自到天王堂，取了包裹，带了尖刀，拿了条花枪[3]，与差拨一同辞了管营，两个取路投草料场来。正是严冬天气，彤云密布[4]，朔风渐起[5]；却早纷纷扬扬卷下一天大雪来。

林冲和差拨两个在路上，又没买酒吃处，早来到草料场外。看时，一周遭有些黄土墙，两扇大门。推开看里面时，七八间草

1　老军：老兵，老卒。
2　交割：办理移交手续。
3　花枪：红缨枪。
4　彤（tóng）云：这里指下雪前密布的云。
5　朔风：北风。

屋做着仓廒¹，四下里都是马草堆，中间两座草厅。到那厅里，只见那老军在里面向火²。差拨说道："管营差这个林冲来替你回天王堂看守，你可即便交割。"老军拿了钥匙，引着林冲，分付道："仓廒内自有官府封记³，这几堆草，一堆堆都有数目。"老军都点见了堆数，又引林冲到草厅上。老军收拾行李，临了说道："火盆、锅子、碗碟，都借与你。"林冲道："天王堂内，我也有在那里，你要便拿了去。"老军指壁上挂一个大葫芦，说道："你若买酒吃时，只出草场投东大路去三二里便有市井。"老军自和差拨回营里来。

只说林冲就床上放了包裹被卧⁴，就坐下生些焰火起来。屋后有一堆柴炭，拿几块来，生在地炉里。仰面看那草屋时，四下里崩坏了⁵，又被朔风吹撼，摇振得动。林冲道："这屋如何过得一冬？待雪晴了，去城中唤个泥水匠来修理。"向了一回火，觉得身上寒冷，寻思：却才老军所说，二里路外有那市井，何不去沽些酒来吃？便去包裹里取些碎银子，把花枪挑了酒葫芦，将火炭盖

1　仓廒（áo）：储存粮食的仓库。

2　向火：烤火。

3　封记：封条印记。

4　被卧：被子。

5　崩：崩塌损毁。

了，取毡笠子戴上[1]，拿了钥匙，出来把草厅门拽上。出到大门首，把两扇草场门反拽上锁了，带了钥匙，信步投东。雪地里踏着碎琼乱玉[2]，迤逦背着北风而行，那雪正下得紧。行不上半里多路，看见一所古庙，林冲顶礼道："神明庇佑[3]，改日来烧纸钱。"

又行了一回，望见一簇人家。林冲住脚看时，见篱笆中挑着一个草帚儿在露天里。林冲径到店里。主人道："客人，那里来？"林冲道："你认得这个葫芦么？"主人看了道："这葫芦是草料场老军的。"林冲道："原来如此[4]。"店主道："既是草料场看守大哥，且请少坐。天气寒冷，且酌三杯，权当接风[5]。"店家切一盘熟牛肉，烫一壶热酒，请林冲吃。又自买了些牛肉，又吃了数杯，就又买了一葫芦酒，包了那两块牛肉，留下些碎银子，把花枪挑着酒葫芦，怀内揣了牛肉，叫声"相扰"，便出篱笆门，仍旧迎着朔风回来。看那雪到晚越下得紧了。

再说林冲踏着那瑞雪，迎着北风，飞也似奔到草场门口，开了锁，入内看时，只叫得苦。原来天理昭然，佑护善人义士，[6]因

---

1 毡笠子：一种毡制的帽子，四边有沿，上有红缨，适合雨雪天及远行时戴。

2 碎琼乱玉：碎细的玉石，这里用来形容雪。

3 庇佑：庇护，保佑。

4 原来如此：此处意谓的确如此。

5 接风：谓设宴款待新来的或远道归来的人。

6 "原来天理昭然"二句：是说大雪压塌林冲的卧室，是老天有意护佑善良人。昭然，明显的样子。

这场大雪救了林冲的性命：那两间草厅已被雪压倒了。林冲寻思：
怎地好？放下花枪、葫芦在雪里，恐怕火盆内有火炭延烧起来，
搬开破壁子，探半身入去摸时，火盆内火种都被雪水浸灭了。林
冲把手床上摸时，只拽得一条絮被。林冲钻将出来，见天色黑了，
寻思：又没打火处，怎生安排？想起离了这半里路上有个古庙可
以安身，我且去那里宿一夜，等到天明却作理会。把被卷了，花
枪挑着酒葫芦，依旧把门拽上，锁了，望那庙里来。

　　入得庙门，再把门掩上。傍边正有一块大石头，掇将过来靠
了门。入得里面看时，殿上塑着一尊金甲山神，两边一个判官、
一个小鬼，侧边堆着一堆纸。团团看来，又没邻舍，又无庙主。
林冲把枪和酒葫芦放在纸堆上，将那条絮被放开，先取下毡笠子，
把身上雪都抖了。把上盖白布衫脱将下来[1]，早有五分湿了，和毡
笠放供桌上。把被扯来，盖了半截下身，却把葫芦冷酒提来慢慢
地吃，就将怀中牛肉下酒。正吃时，只听得外面必必剥剥地爆响。

　　林冲跳起身来，就壁缝里看时，只见草料场里火起，刮刮杂
杂的烧着[2]。当时林冲便拿了花枪，却待开门来救火，只听得外面
有人说将话来。林冲就伏门边听时，是三个人脚步响，直奔庙里

1　上盖：外衣，罩衣。
2　刮刮杂杂：形容烈火燃烧的声势。

来，用手推门，却被石头靠住了，再也推不开。三人在庙檐下立地看火。数内一个道："这条计好么？"一个应道："端的亏管营、差拨两位用心！回到京师，禀过太尉，都保你二位做大官。这番张教头没得推故了[1]！"一个道："林冲今番直吃我们对付了[2]！高衙内这病必然好了！"又一个道："张教头那厮，三四五次托人情去说：'你的女婿没了。'张教头越不肯应承，因此衙内病患看看重了。太尉特使俺两个央浼二位干这件事[3]，不想而今完备了！"又一个道："小人直爬入墙里去，四下草堆上点了十来个火把，待走那里去！"那一个道："这早晚烧个八分过了。"又听得一个道："便逃得性命时，烧了大军草料场，也得个死罪！"又一个道："我们回城里去罢。"一个道："再看一看，拾得他一两块骨头回京，府里见太尉和衙内时，也道我们也能会干事。"

林冲听那三个人时，一个是差拨，一个是陆虞候，一个是富安。自思道：天可怜见林冲！若不是倒了草厅，我准定被这厮们烧死了！轻轻把石头掇开，挺着花枪，左手拽开庙门，大喝一声："泼贼那里去！"三个人都急要走时，惊得呆了，正走不动，

---

1 张教头：林冲岳父。推故：借故推托。
2 对付：这里有解决、杀死的意思。
3 央浼（měi）：央求，恳请。

林冲举手，肐察的一枪[1]，先搠倒差拨。陆虞候叫声"饶命"，吓得慌了手脚，走不动。那富安走不到十来步，被林冲赶上，后心只一枪，又搠倒了。翻身回来，陆虞候却才行得三四步，林冲喝声道："奸贼！你待那里去！"劈胸只一提，丢翻在雪地上，把枪搠在地里，用脚踏住胸脯，身边取出那口刀来，便去陆谦脸上搁着，喝道："泼贼！我自来又和你无什么冤仇，你如何这等害我！正是：'杀人可恕，情理难容！'"陆虞候告道："不干小人事。太尉差遣，不敢不来。"林冲骂道："奸贼！我与你自幼相交，今日倒来害我！怎不干你事？且吃我一刀！"把陆谦上身衣扯开，把尖刀向心窝里只一剜，七窍迸出血来。……回头看时，差拨正爬将起来要走。林冲按住喝道："你这厮原来也恁的歹，且吃我一刀！"……把尖刀插了，将三个人头……都摆在山神面前供桌上。再穿了白布衫，系了搭膊[2]，把毡笠子带上，将葫芦里冷酒都吃尽了。被与葫芦都丢了不要，提了枪，便出庙门投东去。

　　走不到三五里，早见近村人家都拿着水桶、钩子来救火，林冲道："你们快去救应！我去报官了来！"提着枪只顾走。那雪越下得猛。

　　1　肐（gē）察：象声词，枪刺入的声音。
　　2　搭膊：一种长方形布袋，中间开口，两头装物。小的可以系在腰间，大的可搭在肩上。

7. 节选七　杨志卖刀

阅读提示

一、本段选自《水浒传》第十一回"梁山泊林冲落草，汴京城杨志卖刀"。此前杨志到东京谋求复官，被高俅赶出殿帅府，盘缠用尽，被困客店，不得已，要卖掉祖传的宝刀。

二、"水浒"故事源于市井"说话"，作者对市井人物最为熟悉。本段中的主角一为军官，一为地痞，都是市井中的常见人物，因而写来格外生动精彩。

三、故事情节顺着演示宝刀性能展开。牛二参与试刀时的种种表现，无不显示其泼皮本性：试刀需要铜钱，"牛二便去州桥下香椒铺里讨了二十文当三钱"，显见他平日凌霸商户，已是家常便饭。需要毛发时，他却是"自把头上拔下一把头发，递与杨志"，一副"滚刀肉"嘴脸，跃然纸上。

四、杨志虎落平阳，被迫卖刀，本无资格挑选买主，因此遇上牛二，明知来者不善，仍然耐下性子，有问必答。对牛二的无理取闹，杨志先是据理力争；见对方不可理喻，又向围观的看客求援。只有人身安全受到威胁时，才被迫还击。杨志的表现，可谓有理、有力、有节。

五、有眼无珠的牛二错把眼前的英雄认作惯受欺凌、逆来顺受的市井小民，先挑衅说："你敢杀我？"得到否定的回答，又紧逼一句："你好男子，剁我一刀！"被杨志推了一跤后，爬起身，索性钻入杨志怀里边骂边打，也把杨志逼入绝境。虚声恫吓乃至谩骂殴辱，本是牛二百试不爽的撒手锏，在杨志面前却失去了效用；牛二更没想到，正是他自己，亲身验证了宝刀"杀人刀上没血"的性能！

六、作者的一支笔游刃有余，在紧锣密鼓的情节推进中，还忙里偷闲，随时捎上几笔看客们的情态。众人先是惧怕牛二，"不敢近前，向远远地围住了望"。见宝刀果能砍铜剁铁，"众人都喝采"。及至见宝刀"吹毛过得"，"众人喝采，看的人越多了"。可是杨志要众人"见证"时，"街坊人都怕这牛二，谁敢向前来劝"。寥寥几句，把读者带入书中，仿佛都成了现场的看客。这些地方，都显出作者把握大场面的功力！

杨志闷闷不已，只到客店中，思量：王伦劝俺，也见得是[1]。只为洒家清白姓字，不肯将父母遗体来点污了，指望把一身本事，边庭上一枪一刀[2]，博个封妻荫子[3]，也与祖宗争口气；不想又吃这一闪！高太尉！你忒毒害，怎地刻薄！心中烦恼了一回。在客店里又住几日，盘缠使尽了。杨志寻思道：却是怎地好？只有祖上留下这口宝刀，从来跟着洒家，如今事急无措[4]，只得拿去街上货卖[5]，得千百贯钱钞[6]，好做盘缠，投往他处安身。

　　当日将了宝刀，插了草标儿，上市去卖。走到马行街内[7]，立了两个时辰，并无一个人问。将立到晌午时分，转来到天汉州桥热闹处去卖。杨志立未久，只见两边的人都跑入河下巷内去躲。杨志看时，只见都乱撺，口里说道："快躲了！大虫来也[8]！"杨志道："好作怪！这等一片锦城池[9]，却那得大虫来？"当下立住脚

　　1　也见得是：也说得对。这里指此前梁山头领王伦劝杨志落草，说："……高俅那厮见掌军权，他如何肯容你？不如只就小寨歇马，大秤分金银，大碗吃酒肉，同做好汉。……"

　　2　边庭：边疆。

　　3　博：这里指努力取得。封妻荫子：古代为官者的妻子可以获得相应封号，子孙可以世袭官职或受到优待。

　　4　无措：没办法。

　　5　货卖：售卖。

　　6　钱钞：泛指钱。钞，纸币。

　　7　马行街：东京城内的街道。下文的"天汉州桥"是北宋时东京正对皇宫、跨越汴河的桥，与马行街都是热闹去处。

　　8　大虫：老虎的别称。

　　9　锦城池：锦绣城池，形容城池街市繁华，装饰漂亮，花团锦簇。

看时，只见远远地黑凛凛一条大汉[1]，吃得半醉，一步一颠撞将来。杨志看那人时，原来是京师有名的破落户泼皮，叫做没毛大虫牛二，专在街上撒泼、行凶、撞闹[2]，连为几头官司[3]，开封府也治他不下。以此，满城人见那厮来都躲了。

却说牛二抢到杨志面前，就手里把那口宝刀扯将出来，问道："汉子，你这刀要卖几钱？"杨志道："祖上留下宝刀，要卖三千贯。"牛二喝道："什么鸟刀，要卖许多钱？我三十文买一把，也切得肉，切得豆腐！你的鸟刀有甚好处，叫做宝刀？"杨志道："洒家的须不是店上卖的白铁刀，这是宝刀！"牛二道："怎地唤做宝刀？"杨志道："第一件，砍铜剁铁，刀口不卷；第二件，吹毛得过；第三件，杀人刀上没血[4]。"牛二道："你敢剁铜钱么？"杨志道："你便将来，剁与你看。"

牛二便去州桥下香椒铺里讨了二十文当三钱[5]，一垛儿将来放在州桥栏干上[6]，叫杨志道："汉子，你若剁得开时，我还你三千贯！"那时看的人虽然不敢近前，向远远地围住了望。杨志道：

1　黑凛凛：这里形容相貌粗黑、神色可怖的样子。
2　撞闹：寻衅滋事。
3　几头：几件，几桩。
4　杀人刀上没血：形容刀刃锋利，血没沾上就过去了。
5　香椒铺：卖调味香料的店铺。当三钱：朝廷发行的一种大钱，一枚价值三文。
6　一垛儿：一摞，一叠。

"这个直得什么！"把衣袖卷起，拿刀在手，看得较准，只一刀把铜钱剁做两半。众人都喝采。牛二道："喝什么鸟采！你且说第二件是什么？"杨志道："吹毛过得。若把几根头发望刀口上只一吹，齐齐都断。"牛二道："我不信。"自把头上拔下一把头发，递与杨志："你且吹我看。"杨志左手接过头发，照着刀口上尽气力一吹，那头发都做两段，纷纷飘下地来。众人喝采。看的人越多了。

牛二又问："第三件是什么？"杨志道："杀人刀上没血。"牛二道："怎地杀人刀上没血？"杨志道："把人一刀砍了，并无血痕，只是个快。"牛二道："我不信！你把刀来剁一个人我看。"杨志道："禁城之中[1]，如何敢杀人。你不信时，取一只狗来杀与你看。"牛二道："你说杀人，不曾说杀狗！"杨志道："你不买便罢！只管缠人做什么？"牛二道："你将来我看！"杨志："你只顾没了当[2]！洒家又不是你撩拨的！"牛二道："你敢杀我？"杨志道："和你往日无冤，昔日无仇；一物不成，两物见在[3]。没来由杀你做什么？"牛二紧揪住杨志，说道："我偏要买你这口刀！"杨志道："你要买，将钱来！"牛二道："我没钱！"杨志道："你没

1　禁城：宫城，这里泛指京城。
2　没了当：没完没了，纠缠不清。
3　一物不成，两物见在：指买卖没做成，双方钱和物各无损失。见，同"现"。

钱，揪住洒家怎地？"牛二道："我要你这口刀！"杨志道："我不与你！"牛二道："你好男子，剁我一刀！"杨志大怒，把牛二推了一交。牛二爬将起来，钻入杨志怀里。

杨志叫道："街坊邻舍都是证见[1]！杨志无盘缠，自卖这口刀，这个泼皮强夺洒家的刀，又把俺打！"街坊人都怕这牛二，谁敢向前来劝。牛二喝道："你说我打你，便打杀，直什么！"口里说，一面挥起右手，一拳打来。杨志霍地躲过，拿着刀抢入来，一时性起，望牛二颡根上搠个着[2]，扑地倒了。杨志赶入去，把牛二胸脯上又连搠了两刀，血流满地，死在地上。

杨志叫道："洒家杀死这个泼皮，怎肯连累你们！泼皮既已死了，你们都来同洒家去官府里出首！"坊隅众人慌忙拢来[3]，随同杨志，径投开封府出首[4]。

1　证见：证人。
2　颡根：咽喉的后部，这里指咽喉。
3　坊隅：街头巷尾。
4　出首：自首。

8.节选八 醉卧灵官殿

阅读提示

一、本段选自《水浒传》第十三回"赤发鬼醉卧灵官殿，晁天王认义东溪村"，写刘唐得知生辰纲消息，前来给江湖闻名的好汉晁盖报信，不想未见晁盖，先被官府捉住。且看他能否脱身。

二、研究小说的学者常常提到"全知视角""限知视角"等叙事学术语。"视角"指观察外界的视野、角度。所谓"全知视角"，是指讲述人如同全知全能的"上帝"，书中人物的言行、动机，故事的前因后果，他全都了然于胸，无保留地向读者叙说。而"限知视角"是指讲述人借用某个人物的眼睛去观察，他的所见所知，仅限于那个人的视野。

说书人讲故事，最爱用全知视角。《水浒传》的讲述也以全知视角为主，但已出现限知视角叙述。如本段写雷横率士兵下乡巡视，在东溪村灵官殿捉到形迹可疑的大汉，这一切便是从雷横眼中看出，属于限知视角叙述。雷横将大汉押至晁盖庄上，晁盖出于好奇，私下探视大汉，此时的限知视角又换成晁盖的。直至大汉做了自我介绍，晁盖（也包括读者）才知道此人原是江湖好汉刘唐。

限知视角的好处，是让读者跟书中人物合为一体，与他们一同感受喜怒哀乐，这是一种更"高级"的叙事方式。对限知视角的广泛运用，成为《水浒传》叙事的重要特色，在阅读其他篇章时，也应随时注意。

三、描写人物外貌，按一般规律，总是先上后下，从头写到脚。本段借晁盖之眼写刘唐外貌，却是从下往上看。如他先见那汉子"露出一身黑肉"，接着是"下面抓扎起两条黑魆魆毛腿，赤着一双脚"；然后才向上写大汉的脸："晁盖把灯照那人脸时，紫黑阔脸，鬓边一搭朱砂记，上面生一片黑黄毛。"原因很简单，刘唐此刻被高高吊起，处在人的水平视线之上。晁盖平视，当然先看身体和脚，抬头才见到脸。这是限知视角叙事的一个例子，作者的笔完全随着观察者的眼光移动，读者也如同来到现场，感受到紧张的气氛。此例还告诉我们，细节描写十分重要，情节可以虚构，好的细节描写却可以"弄假成真"。

四、水浒好汉中会演"小品"的不少。晁盖与刘唐素昧平生，一旦在门房中结识，却能在极短时间内编排出一则"小品"，不经彩排，便演得有声有色，骗过雷都头。读者也不觉莞尔一笑。

话说当时雷横来到灵官殿上[1]，见了这大汉睡在供桌上。众士兵上前，把条索子绑了[2]，捉离灵官殿来。天色却早，是五更时分[3]。雷横道："我们且押这厮去晁保正庄上[4]，讨些点心吃了，却解去县里取问[5]。"一行众人却都奔这保正庄上来。

原来那东溪村保正姓晁，名盖，祖是本县本乡富户。平生仗义疏财，专爱结识天下好汉，但有人来投奔他的，不论好歹，便留在庄上住。若要去时，又将银两赍助他起身。最爱刺枪使棒，亦自身强力壮，不娶妻室，终日只是打熬筋骨[6]。

郓城县管下东门外有两个村坊[7]，一个东溪村，一个西溪村。只隔着一条大溪。当初这西溪村常常有鬼，白日迷人下水，聚在溪里，无可奈何。忽一日，有个僧人经过。村中人备细说知此事。僧人指个去处，教用青石凿个宝塔放于所在，镇住溪边。其时西溪村的鬼都赶过东溪村来。那时晁盖得知了，大怒，从溪里走将过去，把青石宝塔独自夺了过来，东溪边放下。因此，人皆称他做托塔天王晁盖。独霸在那村坊，江湖都闻他名字。

---

1 灵官殿：供奉王灵官的道观，王灵官是道教的护法神。
2 索子：绳子，绳索。
3 五更：凌晨 3 点到 5 点。
4 保正：宋代实行保甲制，每五百户为一都（dū）保，设保正一人，类似于乡长。
5 取问：审问，讯问。
6 打熬筋骨：武术术语，这里泛指锻炼身体。
7 村坊：村庄。

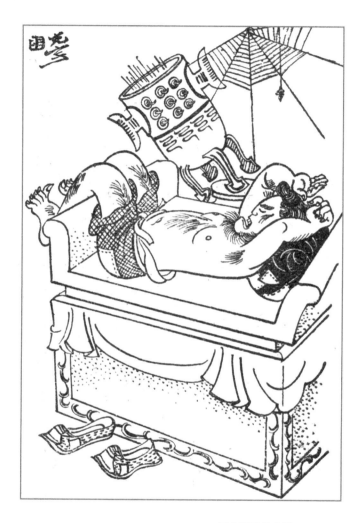

刘唐醉卧灵官殿/张光宇 绘

那早雷横并士兵押着那汉来到庄前敲门。庄里庄客闻知，报与保正。此时晁盖未起，听得报是雷横来到，慌忙叫开门。庄客开得庄门，众士兵先把那汉子吊在门房里。雷横自引了十数个为头的人到草堂上坐下。晁盖起来接待，动问道："都头有甚公干到这里¹？"雷横答道："奉知县相公钧旨，着我与朱仝两个引了部下士兵分投下乡村各处巡捕贼盗，因走得力乏，欲得少歇，径到贵庄暂息。有惊保正安寝。"晁盖道："这个何妨。"一面叫庄客安排酒食管待，先把汤来吃。

晁盖动问道："敝村曾拿得个把小贼么？"雷横道："却才前面灵官殿上有个大汉睡着在那里²。我看那厮不是良善君子，一定是醉了，便就睡着。我们把索子缚绑了，本待便解去县里见官，一者忒早些，二者也要教保正知道，恐日后父母官问时³，保正也好答应。见今吊在贵庄门房里。"晁盖听了，记在心，称谢道："多亏都头见报⁴。"

少刻，庄客捧出盘馔酒食。晁盖说道："此间不好说话，不如

---

1 都（dū）头：原为唐代军职。宋代仍为军职，职位在指挥使之下，掌管百人。这里指州县的捕快头目，当是借用都头之名。公干：公事，公务。

2 却才：刚才。

3 父母官：这里指县官。

4 见报：通报我。

去后厅轩下少坐[1]。"便叫庄客里面点起灯烛,请都头里面酌杯[2]。

晁盖坐了主位,雷横坐了客席。两个坐定,庄客铺下果品按酒菜蔬盘馔,庄客一面筛酒。晁盖又叫置酒与士兵众人吃[3],庄客请众人,都引去廊下客位里管待[4],大盘肉,大碗酒,只管叫众人吃。

晁盖一头相待雷横饮酒,一面自肚里寻思:"村中有甚小贼吃他拿了?我且自去看是谁。"相陪吃了五七杯酒,便叫家里一个主管出来[5]:"陪奉都头坐一坐,我去净了手便来。"那主管陪侍着雷横吃酒。晁盖却去里面拿了个灯笼,径来门楼下看时,士兵都去吃酒,没一个在外面。晁盖便问看门的庄客:"都头拿的贼吊在那里?"庄客道:"在门房里关着。"

晁盖去推开门打一看时,只见高高吊起那汉子在里面,露出一身黑肉,下面抓扎起两条黑魆魆毛腿[6],赤着一双脚。晁盖把灯照那人脸时,紫黑阔脸,鬓边一搭朱砂记[7],上面生一片黑黄毛。晁盖便问道:"汉子,你是那里人?我村中不曾见有你。"那汉道:

1　轩:这里指内室。

2　酌杯:饮酒。

3　置酒:安排酒食。

4　客位:客厅,招待客人的地方。

5　主管:管家。

6　抓扎:扎缚,扎束,这里应指挽扎着裤脚。黑魆(xū)魆:形容毛发黑簇簇的样子。

7　朱砂记:皮肤上的红色胎记。

"小人是远乡客人，来这里投奔一个人，却把我拿来做贼。我须有分辩处¹。"晁盖道："你来我村中投奔谁？"那汉道："我来这村中投奔一个好汉。"晁盖道："这好汉叫做什么？"那汉道："他唤做晁保正。"晁盖道："你却寻他有甚勾当？"那汉道："他是天下闻名的义士好汉，如今我有一套富贵²，要与他说知，因此而来。"晁盖道："你且住，只我便是晁保正。却要我救你，你只认我做娘舅之亲。少刻我送雷都头那人出来时，你便叫我做阿舅，我便认你做外甥。便说四五岁离了这里，今只来寻阿舅，因此不认得。"那汉道："若得如此救护，深感厚恩，义士提携则个³！"

当时晁盖提了灯笼自出房来，仍旧把门拽上，急入后厅来见雷横，说道："甚是慢客⁴。"雷横道："多多相扰，理甚不当。"两个又吃了数杯酒，只见窗子外射入天光来。雷横道："东方动了⁵，小人告退，好去县中画卯⁶。"晁盖道："都头官身，不敢久留。若再到敝村公干，千万来走一遭。"雷横道："却得再来拜望，请保正免送。"晁盖道："却罢⁷，也送到庄门口。"

---

1 分辩：辩白，讲理。
2 一套富贵：这里指生辰纲。
3 提携：这里有扶助、照顾的意思。则个：古白话语中表示祈使的句尾虚词。
4 慢客：慢待客人。
5 东方动了：东方亮了，天亮了。
6 画卯（mǎo）：旧时衙门于卯时（早5点到7点）签到，称画卯。
7 却罢：也罢。

两个同走出来，那伙士兵众人都吃了酒食，吃得饱了。各自拿了枪棒，便去门房里解了那汉，背剪绑着带出门外[1]。晁盖见了，说道："好条大汉！"雷横道："这厮便是灵官殿里捉的贼。"说犹未了，只见那汉叫一声："阿舅！救我则个！"晁盖假意看他一看，喝问道："兀的这厮不是王小三么[2]？"那汉道："我便是，阿舅救我！"众人吃了一惊。雷横便问晁盖道："这人是谁？如何却认得保正？"晁盖道："原来是我外甥王小三。这厮如何在庙里歇？乃是家姐的孩儿，从小在这里过活，四五岁时随家姐夫和家姐上南京去住，一去了十数年。这厮十四五岁又来走了一遭，跟个本京客人来这里贩卖，向后再不曾见面。多听得人说这厮不成器[3]，如何却在这里！小可本也认他不得，为他鬓边有这一搭朱砂记，因此影影认得[4]。"

晁盖喝道："小三！你如何不径来见我，却去村中做贼？"那汉叫道："阿舅，我不曾做贼！"晁盖喝道："你既不做贼，如何拿你在这里？"夺过士兵手里棍棒，劈头劈脸便打。雷横并众人劝道："且不要打，听他说。"那汉道："阿舅息怒，且听我说。自从

1　背剪绑着：两臂向后交叉捆绑着。
2　兀的：这，这个。
3　不成器：这里指不学好，自甘堕落。
4　影影：隐约，模糊。

十四五岁时来走了这遭，如今不是十年了！昨夜路上多吃了一杯酒，不敢来见阿舅，权去庙里睡得醒了，却来寻阿舅。不想被他们不问事由，将我拿了。却不曾做贼！"晁盖拿起棍来又要打，口里骂道："畜生！你却不径来见我，且在路上贪图这口黄汤[1]！我家中没得与你吃？辱没杀人[2]！"雷横劝道："保正息怒。令甥本不曾做贼[3]，我们见他偌大一条大汉，在庙里睡得蹊跷[4]；亦且面生，又不认得，因此设疑，捉了他来这里。若早知是保正的令甥，定不拿他。"唤士兵："快解了绑缚的索子，放还保正。"众士兵登时解了那汉。雷横道："保正休怪，早知是令甥，不致如此，甚是得罪。小人们回去。"

晁盖道："都头且住，请入小庄，再有话说。"雷横放了那汉，一齐再入草堂里来。晁盖取出十两花银[5]，送与雷横，说道："都头，休嫌轻微，望赐笑留[6]。"雷横道："不当如此。"晁盖道："若是不肯收受时，便是怪小人。"雷横道："既是保正厚意，权且收受。改日却得报答。"晁盖叫那汉拜谢了雷横。晁盖又取些银两赏了众士

---

1 黄汤：黄酒，这里是贬抑的说法。
2 辱没杀人：也作辱没煞人，意为太辱没人了。辱没，玷污、使不光彩的意思。
3 令甥：你的外甥。
4 蹊跷（qīqiao）：奇怪，可疑。
5 花银：纹银，是成色纯的银子。
6 望赐笑留：希望对方收下的谦辞。笑留，有时也说笑纳。

兵，再送出庄门外。雷横相别了，引着士兵自去。

晁盖却同那汉到后轩下，取几件衣裳，与他换了，取顶头巾与他戴了，便问那汉姓甚名谁，何处人氏。那汉道："小人姓刘，名唐，祖贯东潞州人氏[1]。因这鬓边有这搭朱砂记，人都唤小人做赤发鬼。特地送一套富贵来与保正哥哥。昨夜晚了，因醉倒庙里，不想被这厮们捉住，绑缚了来。今日幸得在此，哥哥坐定，受刘唐四拜。"拜罢，晁盖道："你且说送一套富贵与我，见在何处？"刘唐道："小人自幼飘荡江湖，多走途路，专好结识好汉。往往多闻哥哥大名，不期有缘得遇[2]。曾见山东河北做私商的[3]，多曾来投奔哥哥，因此刘唐肯说这话。这里别无外人，方可倾心吐胆对哥哥说。"晁盖道："这里都是我心腹人，但说不妨。"刘唐道："小弟打听得北京大名府梁中书收买十万贯金珠宝贝玩器等物送上东京，与他丈人蔡太师庆生辰。去年也曾送十万贯金珠宝贝，来到半路里，不知被谁人打劫了，至今也无捉处。今年又收买十万金珠宝贝，早晚安排起程，要赶这六月十五日生辰。小弟想此一套是不义之财[4]，取之何碍？便可商议个道理，去半路上取了，天理知

---

1 祖贯：祖籍。东潞州：一说即今北京通州；一说在今北京大兴，该区采育镇有东潞洲村。
2 不期：没料到。
3 做私商的：贩运私货的商人，也泛指从事违法活动的人。
4 不义之财：不该得的或以不正当手段获得的财物。

之，也不为罪[1]。闻知哥哥大名，是个真男子，武艺过人。小弟不才，颇也学得本事，休道三五个汉子，便是一二千军马队中，拿条枪，也不惧他。倘蒙哥哥不弃时，情愿相助一臂。不知哥哥心内如何？"晁盖道："壮哉[2]！且再计较。你既来这里，想你吃了些艰辛，且去客房里将息少歇。待我从长商议，来日说话。"晁盖叫庄客引刘唐廊下客房里歇息。

---

1 天理知之，也不为罪：这里指（劫夺不义之财）老天知道了也不会怪罪。
2 壮哉：感叹语，为雄壮感人的事物或志向而喝彩。

9.节选九　说三阮撞筹[1]

阅读提示

一、本段选自《水浒传》第十四回"吴学究说三阮撞筹，公孙胜应七星聚义"。此前刘唐来向晁盖报告生辰纲消息，与晁盖同村的乡村塾师吴用也参与了筹划。因为缺人手，吴用自告奋勇，到石碣村说服阮氏三兄弟入伙。

二、吴用是乡间的书塾先生，三阮是水乡渔民，兼做"私商勾当"，双方有何共同语言？这种拉人入伙的话题又该如何开口？好在吴用自信满满。一来，他与三阮相熟，三阮对他颇为敬重；二来，他是诸葛亮式的聪明人，自信凭着"三寸不烂之舌"，完全有把握说服三阮。

三、吴用与三阮有两场对话。话题看似散漫，却又线索分明。三阮滔滔不绝，占据了交谈的大部分时间，其实真正引领话题的，却是话语不多的吴用。

1　撞筹：凑数入伙。

吴用先借口为一家财主买大鱼，三阮氏兄弟表示为难；原因是生长大鱼的梁山泊被王伦等一伙强人占领，不容渔人撒网。吴用有意把话头引向官府，问："如何官司不来捉他？"这话引发阮小五的长篇牢骚："如今那官司一处处动掸便害百姓，但一声下乡村来，倒先把好百姓家养的猪羊鸡鹅尽都吃了，又要盘缠打发他！……"一面控诉官府，一面却表达了对水泊强人的羡慕之情："他们不怕天，不怕地，不怕官司；论秤分金银，异样穿绸锦；成瓮吃酒，大块吃肉：如何不快活？……"三阮又为王伦嫉贤妒能、自己无缘入伙而懊恼。至此，吴用已大功告成，只差讲出此行的真实目的……

四、此段是小说中对话最为密集的一回，还没有哪位好汉像三阮这样畅所欲言。三阮的立场态度，具有广泛代表性；此回在书中的地位不容忽视。

五、为了避免对话过于集中，作者特地将交谈分为两场，先是在村中酒店进行，又转移至阮小二家水亭上继续。这里当然也有话题敏感、需要背人的缘故。小说家的文心细密，可见一斑。

话说当时吴学究道："我寻思起来，有三个人义胆包身[1]，武艺出众，敢赴汤蹈火，同死同生。只除非得这三个人，方才完得这件事。"晁盖道："这三个却是什么样人？姓甚名谁，何处居住？"吴用道："这三人是弟兄三个，在济州梁山泊边石碣村住。日常只打鱼为生，亦曾在泊子里做私商勾当。本身姓阮，弟兄三人：一个唤做立地太岁阮小二，一个唤做短命二郎阮小五，一个唤做活阎罗阮小七。这三个是亲兄弟。小生旧日在那里住了数年，与他相交时[2]，他虽是个不通文墨的人，为见他与人结交，真有义气，是个好男子，因此和他来往。今已好两年不曾相见。若得此三人，大事必成。"晁盖道："我也曾闻这阮家三弟兄的名字，只不曾相会。石碣村离这里只有百十里以下路程，何不使人请他们来商议？"吴用道："着人去请他们，如何肯来？小生必须自去那里，凭三寸不烂之舌，说他们入伙。"晁盖大喜道："先生高见！几时可行？"吴用答道："事不宜迟，只今夜三更便去，明日晌午可到那里。"晁盖道："最好。"

　　……[3]

　　话休絮繁。当日吃了半晌酒食，至三更时分，吴用起来洗漱

1　义胆包身：形容人有义气、有胆量。
2　他：这里的"他"代表"他们"。
3　此处略去安排刘唐再去打听等内容。

罢，吃了些早饭，讨了些银两藏在身边，穿上草鞋。晁盖、刘唐送出庄门。吴用连夜投石碣村来。行到晌午时分，早来到那村中。吴学究自来认得，不用问人，来到石碣村中，径投阮小二家来。来得门前看时，只见枯桩上缆着数只小渔船，疏篱外晒着一张破鱼网。倚山傍水，约有十数间草房。吴用叫一声道："二哥在家么？"只见阮小二走将出来，头戴一顶破头巾，身穿一领旧衣服，赤着双脚。出来见了是吴用，慌忙声喏，道："教授何来？甚风吹得到此？"吴用答道："有些小事，特来相浼二郎。"阮小二道："有何事？但说不妨。"吴用道："小生自离了此间，又早二年，如今在一个大财主家做门馆。他要办筵席，用着十数尾重十四五斤的金色鲤鱼，因此特地来相投足下。"阮小二笑了一声，说道："小人且和教授吃三杯，却说。"吴用道："小生的来意，也正欲要和二郎吃三杯。"阮小二道："隔湖有几处酒店，我们就在船里荡将过去。"吴用道："最好。也要就与五郎说句话，不知在家也不在？"阮小二道："我们一同去寻他便了。"

两个来到泊岸边，枯桩上缆的小船解了一只，便扶着吴用下船去了。树根头拿了一把划楸[1]，只顾荡，早荡将开去，望湖泊里来。正荡之间，只见阮小二把手一招，叫道："七哥，曾见五郎

1　划楸：木桨。楸，树木名，材质耐湿耐腐。后文中的"桦楫"，是桦木做的桨。

么？"吴用看时，只见芦苇中摇出一只船来。那阮小七头戴一顶遮日黑箬笠[1]，身上穿个棋子布背心[2]，腰系着一条生布裙，把那只船荡着，问道："二哥，你寻五哥做什么？"吴用叫一声："七郎，小生特来相央你们说话。"阮小七道："教授恕罪！好几时不曾相见。"吴用道："一同和二哥去吃杯酒。"阮小七道："小人也欲和教授吃杯酒，只是一向不曾见面。"两只船厮跟着在湖泊里。

不多时，划到个去处，团团都是水，高埠上有七八间草房[3]。阮小二叫道："老娘，五哥在么？"那婆婆道："说不得！鱼又不得打，连日去赌钱，输得没了分文。却才讨了我头上钗儿出镇上赌去了！"阮小二笑了一声，便把船划开。阮小七便在背后船上说道："哥哥正不知怎地，赌钱只是输，却不晦气？莫说哥哥不赢，我也输得赤条条地！"吴用暗想道：中了我的计了。

两只船厮并着投石碣村镇上来。划了半个时辰，只见独木桥边，一个汉子，把着两串铜钱，下来解船。阮小二道："五郎来了！"吴用看时，但见阮小五斜戴着一顶破头巾，鬓边插朵石榴花，披着一领旧布衫，露出胸前刺着的青郁郁一个豹子来。里面

1　箬（ruò）笠：用箬竹叶编的宽边帽，可遮阳挡雨。
2　棋子布：带格子花纹的布，因似围棋盘，故称。下文中的"生布"，指未经染色的土布。
3　高埠（bù）：高的码头。埠，码头。

阮小二 阮小五

阮小二与阮小五/ ［明］杜堇 绘

匾扎起裤子[1]，上面斗着一条间道棋子布手巾[2]。吴用叫一声道："五郎，得采么[3]？"阮小五道："原来却是教授！好两年不曾见面。我在桥上望你们半日了。"阮小二道："我和教授直到你家寻你，老娘说道出镇上赌钱去了，因此同来这里寻你。且来和教授去水阁上吃三杯。"

阮小五慌忙去桥边解了小船，跳在舱里，捉了桦楫，只一划，三只船厮并着划了一歇，三只船撑到水亭下荷花荡中。三只船都缆了[4]，扶吴学究上了岸。入酒店里来，都到水阁内拣一副红油桌凳。阮小二便道："先生，休怪我三个弟兄粗俗，请教授上坐[5]。"吴用道："却使不得。"阮小七道："哥哥只顾坐主位，请教授坐客席。我兄弟两个便先坐了。"吴用道："七郎只是性快！"四个人坐定了，叫酒保打一桶酒来。店小二把四支大盏子摆开，铺下四双箸[6]，放了四盘菜蔬，打一桶酒放在桌子上。阮小七道："有什么下口？"小二哥道："新宰得一头黄牛，花糕也似好肥肉[7]！"阮小

1　匾扎：折叠捆扎。
2　斗：同"逗"，这里有围着的意思。
3　得采：这里指赢钱。
4　缆：拴船的绳索，这里用作动词，指用缆索拴船，以防漂走。
5　教授：古代学官名目之一（另有学正、教谕、训导等名目），这里是对教师的尊称。
6　箸（zhù）：同"箸"，筷子。
7　花糕：古人重阳节时吃的一种糕点。这里用来形容牛肉肥瘦相间、纹理鲜明的样子。

二道:"大块切十斤来。"阮小五道:"教授休笑话,没甚孝道[1]。"吴用道:"倒也相扰,多激恼你们[2]。"阮小二道:"休恁地说。"催促小二哥只顾筛酒,早把牛肉切做两盘,将来放在桌上。阮家三兄弟让吴用吃了几块便吃不得了。那三个狼餐虎食,吃了一回。

阮小五动问道:"教授到此贵干[3]?"阮小二道:"教授如今在一个大财主家做门馆教学。今来要对付十数尾金色鲤鱼。要重十四五斤的,特来寻我们。"阮小七道:"若是每常[4],要三五十尾也有,莫说十数个,再要多些,我兄弟们也包办得。如今便要重十斤的也难得!"阮小五道:"教授远来,我们也对付十来个重五六斤的相送。"吴用道:"小生多有银两在此,随算价钱。只是不用小的,须得十四五斤重的便好。"阮小七道:"教授,却没讨处。便是五哥许五六斤的也不能够,须要等得几日才得。我的船里有一桶小活鱼,就把来吃些。"阮小七便去船内取将一桶小鱼上来,约有五七斤,自去灶上安排,盛做三盘,把来放在桌上。阮小七道:"教授,胡乱吃些个。"

四个又吃了一回,看看天色渐晚。吴用寻思道:这酒店里须

---

1 孝道:孝敬。
2 激恼:原指刺激而令人发怒,这里是劳烦的意思。
3 贵干:一般说"有何贵干",是问人做什么的恭敬说法。
4 每常:平常。

难说话。今夜必是他家权宿[1]，到那里却又理会。阮小二道："今夜天色晚了，请教授权在我家宿一宵，明日却再计较。"吴用道："小生来这里走一遭，千难万难，幸得你们弟兄今日做一处。眼见得这席酒不肯要小生还钱。今晚借二郎家歇一夜，小生有些银子在此，相烦就此店中沽一瓮酒，买些肉，村中寻一对鸡，夜间同一醉，如何？"阮小二道："那里要教授坏钱[2]？我们弟兄自去整理，不烦恼没对付处[3]。"吴用道："径来要请你们三位，若还不依小生时，只此告退。"阮小七道："既是教授这般说时，且顺情吃了，却再理会。"吴用道："还是七郎性直爽快！"吴用取出一两银子付与阮小七，就问主人家沽了一瓮酒，借个大瓮盛了；买了二十斤生熟牛肉，一对大鸡。阮小二道："我的酒钱一发还你。"店主人道："最好，最好。"

四人离了酒店，再下了船，把酒肉都放在船舱里，解了缆索，径划将开去，一直投阮小二家来。到得门前上了岸，把船仍旧缆在桩上，取了酒肉，四人一齐都到后面坐地，便叫点起灯来。原来阮家兄弟三个，只有阮小二有老小，阮小五、阮小七都不曾婚娶。四个在阮小二家后面水亭上坐定。阮小七宰了鸡，叫阿嫂同

---

1 权宿：权且住宿。
2 坏钱：花钱、破费，有时也说"坏钞"。
3 不烦恼：不怕。

讨的小猴子在厨下安排[1]。

约有一更相次[2]，酒肉都搬来摆在桌上。吴用劝他兄弟们吃了几杯，又提起买鱼事来说道："你这里偌大一个去处，却怎地没了这等大鱼？"阮小二道："实不瞒教授说，这般大鱼只除梁山泊里便有。我这石碣湖中狭小，存不得这等大鱼。"吴用道："这里和梁山泊一望不远，相通一脉之水，如何不去打些？"阮小二叹了一口气道："休说！"吴用又问道："二哥如何叹气？"阮小五接了说道："教授不知，在先这梁山泊是我弟兄们的衣饭碗，如今绝不敢去！"吴用道："偌大去处，终不成官司禁打鱼鲜？"阮小五道："什么官司敢来禁打鱼鲜！便是活阎王也禁治不得！"吴用道："既没官司禁治，如何绝不敢去？"阮小五道："原来教授不知来历，且和教授说知。"吴用道："小生却不理会得。"阮小七接着便道："这个梁山泊去处，难说难言！如今泊子里新有一伙强人占了[3]，不容打鱼。"吴用道："小生却不知。原来如今有强人？我那里并不曾闻说。"阮小二道："那伙强人为头的是个落第举子[4]，唤做白衣秀士王伦；第二个叫做摸着天杜迁；第三个叫做云里金刚宋

1　小猴子：这里指小厮。
2　一更相次：一更前后，相当于晚上 7 点左右。
3　强人：本是宋时乡兵的称号，后用来指强盗、起义者。
4　落第举子：参加科举考试落榜的秀才。

万。以下有个旱地忽律朱贵[1]，现在李家道口开酒店，专一探听事情，也不打紧；如今新来一个好汉，是东京禁军教头，什么豹子头林冲，十分好武艺。这几个贼男女，聚集了五七百人打家劫舍，抢掳来往客人。我们有一年多不去那里打鱼。如今泊子里把住了，绝了我们的衣饭，因此一言难尽！"

吴用道："小生实是不知有这段事。如何官司不来捉他们？"阮小五道："如今那官司一处处动掸便害百姓；但一声下乡村来，倒先把好百姓家养的猪羊鸡鹅尽都吃了，又要盘缠打发他！如今也好教这伙人奈何那捕盗官司的人[2]，那里敢下乡村来？若是那上司官员差他们缉捕人来，都吓得屎尿齐流，怎敢正眼儿看他！"阮小二道："我虽然不打得大鱼，也省了若干科差[3]。"吴用道："怎地时，那厮们倒快活？"阮小五道："他们不怕天，不怕地，不怕官司；论秤分金银，异样穿䌷锦[4]；成瓮吃酒，大块吃肉！如何不快活？我们弟兄三个空有一身本事，怎地学得他们！"吴用听了，暗暗地欢喜道：正好用计了。

阮小七说道："'人生一世，草生一秋！'[5]我们只管打鱼营生，

1　旱地忽律：这是朱贵的绰号。忽律，鳄鱼的一种。

2　奈何：对付。

3　科差：旧时官府所征税金的一种，有时收实物（如丝），有时收银钱。

4　䌷（chóu）锦：泛指锦缎等高级衣料。

5　"人生"二句：这是感慨人生虚度的谚语。

学得他们过一日也好！"吴用道："这等人学他做什么！他做的勾当不是笞杖五七十的罪犯，空自把一身虎威都撇下；倘或被官司拿住了，也是自做的罪。[1]"阮小二道："如今该管官司没甚分晓，一片糊涂，千万犯了迷天大罪的倒都没事！我兄弟们不能快活，若是但有肯带挈我们的[2]，也去了罢！"阮小五道："我也常常这般思量：我弟兄三个的本事又不是不如别人，谁是识我们的？"吴用道："假如便有识你们的，你们便如何肯去！"阮小七道："若是有识我们的，水里水里去，火里火里去！[3]若能够见用得一日，便死了开眉展眼[4]！"

吴用暗暗喜道：这三个都有意了，我且慢慢地诱他。又劝他三个吃了两巡酒。吴用又说道："你们三个敢上梁山泊捉这伙贼么？"阮小七道："便捉得他们，那里去请赏？也吃江湖上好汉们笑话。"吴用道："小生短见，假如你怨恨打鱼不得，也去那里撞筹，却不是好？"阮小二道："老先生，你不知我弟兄们几遍商量，要去入伙。听得那白衣秀士王伦的手下人都说道他心地窄狭，安不得人，前番那个东京林冲上山，呕尽他的气。王伦那厮不肯

1　"他做的勾当"以下四句：意思是说，梁山诸人所犯的，不是一般罪过，等于自动放弃尊严；一旦被官府捉住，也是自作自受。笞（chī）杖，一种刑罚，以荆条或小竹板抽打臀、腿、背。

2　带挈（qiè）：提携，带领。

3　"水里"二句：意为不避水火，勇猛向前。

4　开眉展眼：这里是舒心痛快的意思。

胡乱着人[1]，因此，我弟兄们看了这般样，一齐都心懒了。"阮小七道："他们若似老兄这等慷慨，爱我弟兄们便好。"阮小五道："那王伦若得似教授这般情分时，我们也去了多时，不到今日。我弟兄三个便替他死也甘心！"吴用道："量小生何足道哉！如今山东河北多少英雄豪杰的好汉。"阮小二道："好汉们尽有，我弟兄自不曾遇着！"吴用道："只此闻郓城县东溪村晁保正，你们曾认得他么？"阮小五道："莫不是叫做托塔天王的晁盖么？"吴用道："正是此人。"阮小七道："虽然与我们只隔得百十里路程，缘分浅薄，闻名不曾相会。"吴用道："这等一个仗义疏财的好男子，如何不与他相见？"阮小二道："我弟兄们无事，也不曾到那里，因此不能够与他相见。"吴用道："小生这几年也只在晁保正庄上左近教些村学。如今打听得他有一套富贵待取，特地来和你们商议，我等就那半路里拦住取了，如何？"阮小五道："这个却使不得：既是仗义疏财的好男子，我们却去坏他的道路[2]，须吃江湖上好汉们知时笑话[3]。"吴用道："我只道你们弟兄心志不坚，原来真个惜客好义[4]！我对你们实说，果有协助之心，我教你们知此一事。我如今见在晁保正庄上住，保正闻知你三个大名，特地教我来请说

---

1 着人：收留人。

2 坏他的道路：这里有毁坏他的名声的意思。

3 吃：被。

4 惜客好义：爱惜人才，躬行仁义。

话。"阮小二道:"我弟兄三个真真实实地没半点假!晁保正敢有件奢遮的私商买卖[1],有心要带挈我们,一定是烦老兄来?若还端的有这事,我三个若舍不得性命相帮他时,残酒为誓[2],教我们都遭横事[3],恶病临身,死于非命![4]"阮小五和阮小七把手拍着脖项,道:"这腔热血只要卖与识货的!"吴用道:"你们三位弟兄在这里,不是我坏心术来诱你们,这件事非同小可的勾当!目今朝内蔡太师是六月十五日生辰,他的女婿是北京大名府梁中书[5],即日起解十万贯金珠宝贝与他丈人庆生辰。今有一个好汉,姓刘名唐,特来报知。如今欲要请你去商议,聚几个好汉向山凹僻静去处取此一套不义之财,大家图个一世快活!因此特教小生,只做买鱼,来请你们三个计较,成此一事。不知你们心意如何?"阮小五听了道:"罢,罢!"叫道:"七哥,我和你说什么来?"阮小七跳起来道:"一世的指望,今日还了愿心!正是搔着我痒处[6]!我们几时去?"吴用道:"请三位即便去来。明日起个五更,一齐都到晁天王庄上去。"阮家三弟兄大喜。

---

1 奢遮:了不起。
2 残酒为誓:这里指借着杯中喝剩的酒发誓。
3 横(hèng)事:犹言"横祸"。
4 死于非命:不得好死。
5 北京大名府:今河北大名,北宋时称北京。
6 搔着我痒处:意谓正合我心意,让我痛快。

10. 节选一〇 智取生辰纲

阅读提示

一、本段选自《水浒传》第十五回"杨志押送金银担，吴用智取生辰纲"。此回为"智取生辰纲"正传，叙说生辰纲在光天化日之下被江湖好汉夺取的过程。

二、民间好汉早就盯上了不义之财"生辰纲"。作者此前以两回篇幅写江湖好汉传递消息、联络人手、制定谋略，做足了准备。相比较，梁中书一伙对押送生辰纲的困难与危险估计不足。

三、杨志是将门之后，武艺高强，江湖经验丰富。他深知路上不太平，事前采取了种种措施，如将财物化整为零，让士兵乔装商贩，低调出行。路上不顾天气炎热，驱赶士兵日中赶路、早晚歇息。如果一切按杨志的安排行事，晁盖等人本来没有胜算。

不过杨志百密一疏，重物不重人，没把士兵的承受力及老都管的感受考虑在内；关键时刻，老都管站到他的对立面。迫于众人压力，他只好同意在黄泥冈赤松林中暂歇，给了晁盖、吴用可乘之机。

四、吴用的妙计起到关键作用，"枣贩子"及"卖酒汉子"的戏演得格外逼真；吴用的"戏法"更是出神入化。相信眼见为实的杨志在那一刻丧失了警惕，与士兵一起喝了下药的水酒。杨志此前的一切努力，连同他的升官发财美梦，顷刻间化为泡影！

五、高明的小说家总能通过故事写出人来，杨志悲剧英雄的形象，正是在这一段中奠定的。仿佛是遭遇了命运的诅咒，杨志先是押送花石纲翻了船，继而遇到嫉贤妒能的高俅，不准他复职。他无奈卖掉祖传宝刀，半路又杀出个泼皮牛二。好不容易有了一显身手的机会，晁盖一伙又来打劫……杨志被厄运纠缠，几乎无从逃遁。

杨志所经历的，正是那个时代有志之士的普遍遭遇。杨志是杨家将后代，"指望把一身本事，边庭上一枪一刀，博个封妻荫子，也与祖宗争口气"！结果却被梁中书派去跑腿儿。不但要受制于"蔡太师"的奴才梁中书，更要受制于奴才的奴才"老都管"！虎落平阳、英雄末路，人才贬值不仅是杨志的悲剧，也是一个时代的悲剧！

六、这段讲述，还体现了高超的叙事艺术。作者以朴实简洁的语言，写出动人心魄的故事。矛盾层层积累，情节步步紧逼，始终充满悬念。在世界小说史上，这应是最早的犯罪悬疑作品，连同其后的破案过程，可谓开刑侦小说之先河。

却说北京大名府梁中书，收买了十万贯庆贺生辰礼物完备，选日差人起程。当下一日在后堂坐下，只见蔡夫人问道："相公，生辰纲几时起程¹？"梁中书道："礼物都已完备，明后日便可起身，只是一件事在此踌躇未决。"蔡夫人道："有甚事踌躇未决？"梁中书道："上年费了十万贯，收买金珠宝贝送上东京去，只因用人不着²，半路被贼人劫将去了，至今无获。今年帐前眼见得又没个了事的人送去³，在此踌躇未决。"蔡夫人指着阶下道："你常说这个人十分了得⁴，何不着他委纸领状送去走一遭⁵，不致失误。"梁中书看阶下那人时，却是青面兽杨志。梁中书大喜，随即唤杨志上厅，说道："我正忘了你。你若与我送得生辰纲去，我自有抬举你处。"杨志叉手向前，禀道："恩相差遣，不敢不依。只不知怎地打点⁶，几时起身？"梁中书道："着落大名府差十辆太平车子⁷，帐前拨十个厢禁军⁸，监押着车。每辆上各插一把黄旗，上写着'献

　　1　生辰纲：成批的生日礼物。纲，唐宋时成批运输货物的组织，如茶纲、盐纲、花石纲等。

　　2　用人不着：用人有失。

　　3　了事的人：明白事理的人，这里指能干的人。

　　4　了得：了不起。

　　5　委纸领状：接受委派，领取任务书。委，委派、委任，也指接受委派。

　　6　打点：这里指收拾、准备。

　　7　太平车子：一种畜力大车，用多匹骡马牵引，可装几十石货物。

　　8　厢禁军：这里泛指兵卒。

贺太师生辰纲'。每辆车子再使个军健跟着[1]。三日内便要起身去。"杨志道："非是小人推托，其实去不得。乞钧旨别差英雄精细的人去。"梁中书道："我有心要抬举你，这献生辰纲的札子内另修一封书在中间[2]，太师跟前重重保你，受道敕命回来[3]。如何倒生支调[4]，推辞不去？"杨志道："恩相在上，小人也曾听得上年已被贼人劫去了，至今未获。今岁途中盗贼又多，此去东京又无水路，都是旱路。经过的是紫金山、二龙山、桃花山、伞盖山、黄泥冈、白沙坞、野云渡、赤松林，这几处都是强人出没的去处。更兼单身客人，亦不敢独自经过。他知道是金银宝物，如何不来抢劫？枉结果了性命！以此去不得。"梁中书道："恁地时多着军校防护送去便了。"杨志道："恩相便差一万人去也不济事，这厮们一声听得强人来时，都是先走了的。"梁中书道："你这般地说时，生辰纲不要送去了？"杨志又禀道："若依小人一件事，便敢送去。"梁中书道："我既委在你身上，如何不依你说？"杨志道："若依小人说时，并不要车子，把礼物都装做十余条担子，只做客人的

1　军健：兵卒。

2　札子：公文，报告。

3　敕（chì）命：皇帝的诏命，这里指封官的文书。下文中的"诰（gào）命"也指封官文书。

4　支调：支吾搪塞。

打扮，行货也点十个壮健的厢禁军¹，却装做脚夫挑着。只消一个人和小人去，却打扮做客人，悄悄连夜送上东京交付，恁地时方好。"梁中书道："你甚说得是。我写书呈²，重重保你，受道诰命回来。"杨志道："深谢恩相抬举。"当日便叫杨志一面打拴担脚³，一面选拣军人。

次日，叫杨志来厅前伺候。梁中书出厅来问道："杨志，你几时起身？"杨志禀道："告覆恩相，只在明早准行，就委领状。"梁中书道："夫人也有一担礼物，另送与府中宝眷⁴，也要你领。怕你不知头路⁵，特地再教奶公谢都管并两个虞候和你一同去⁶。"杨志告道："恩相，杨志去不得了！"梁中书道："礼物都已拴缚完备，如何又去不得？"杨志禀道："此十担礼物都在小人身上，和他众人都由杨志，要早行便早行，要晚行便晚行，要住便住，要歇便歇，亦依杨志提调⁷。如今又叫老都管并虞候和小人去，他是夫人行的人⁸，又是太师府门下奶公，倘或路上与小人别拗起

1　行（háng）货：货物，这里指押送的财物。
2　书呈：书信，信函。
3　担脚：这里指行脚挑挑的担子。
4　宝眷：亲眷。
5　头路：头绪，门路。
6　奶公：奶妈的丈夫。
7　提调：管领，调度。
8　行（háng）：那里。"夫人行"即"夫人那里"。

来[1]，杨志如何敢和他争执得？若误了大事时，杨志那其间如何分说[2]？"梁中书道："这个也容易，我叫他三个都听你提调便了。"杨志答道："若是如此禀过，小人情愿便委领状。倘有疏失[3]，甘当重罪。"梁中书大喜道："我也不枉了抬举你，真个有见识！"随即唤老谢都管并两个虞候出来，当厅分付道："杨志提辖情愿委了一纸领状，监押生辰纲十一担金珠宝贝，赴京太师府交割。这干系都在他身上[4]。你三人和他做伴去，一路上，早起、晚行、住歇，都要听他言语，不可和他别拗。夫人处分付的勾当，你三人自理会。小心在意，早去早回，休教有失！"老都管一一都应了。当日杨志领了。

次日早起五更，在府里把担仗都摆在厅前。老都管和两个虞候又将一小担财帛，共十一担，拣了十一个壮健的厢禁军，都做脚夫打扮。杨志戴上凉笠儿，穿着青纱衫子，系了缠带行履麻鞋[5]，跨口腰刀，提条朴刀[6]。老都管也打扮做个客人模样，两个虞候假装做跟的伴当。各人都拿了条朴刀，又带几根藤条。梁中书

1　别拗：别扭，违拗，发生矛盾。
2　分说：辩白，解释。
3　疏失：疏忽失误。
4　干系：关系，责任。
5　缠带：缠腿布。行履麻鞋：走长路穿的麻鞋。
6　腰刀：一种短柄单刃的刀。朴（pō）刀：一种长柄的刀。

付与了札付书呈 [1]。一行人都吃得饱了，在厅上拜辞了。梁中书看那军人担仗起程。杨志和谢都管、两个虞候监押着，一行共是十五人，离了梁府，出得北京城门，取大路投东京进发。

此时正是五月半天气，虽是晴明得好，只是酷热难行。杨志一心要取六月十五日生辰，只得在路上趱行 [2]。自离了这北京五七日，端的只是起五更，趁早凉便行，日中热时便歇。五七日后，人家渐少，行路又稀，一站站都是山路。杨志却要辰牌起身 [3]，申时便歇。那十一个厢禁军，担子又重，无有一个稍轻，天气热了，行不得，见着林子便要去歇息。杨志赶着催促要行，如若停住，轻则痛骂，重则藤条便打，逼赶要行。两个虞候虽只背些包裹行李，也气喘了行不上。杨志便嗔道 [4]："你两个好不晓事，这干系须是俺的！你们不替洒家打这夫子 [5]，却在背后也慢慢地挨，这路上不是耍处 [6]！"那虞候道："不是我两个要慢走，其实热了行不动，因此落后。前日只是趁早凉走，如今恁地正热里要行，正是好歹不均匀！"杨志道："你这般说话，却似放屁！前日行的须是好地

1　札付：上级给下级的公文。
2　趱（zǎn）行：赶路。
3　辰牌：指上午 7 点至 9 点。下文中的申牌，指下午 3 点到 5 点。
4　嗔：这里指发怒、责怪。
5　夫子：同"伕子"，指被强迫服劳役的人。
6　耍处：玩耍的地方，开玩笑的地方。

面，如今正是尴尬去处¹，若不日里赶过去，谁敢五更半夜走？"两个虞候口里不道，肚中寻思：这厮不直得便骂人！

杨志提了朴刀，拿着藤条，自去赶那担子。两个虞候坐在柳阴树下等得老都管来。两个虞候告诉道："杨家那厮强杀只是我相公门下一个提辖²，直这般会做大³！"老都管道："须是相公当面分付道，'休要和他别拗'，因此我不做声。这两日也看他不得，权且耐他。"两个虞候道："相公也只是人情话儿，都管自做个主便了。"老都管又道："且耐他一耐。"当日行到申牌时分，寻得一个客店里歇了。那十一个厢禁军雨汗通流，都叹气吹嘘⁴，对老都管说道："我们不幸做了军健，情知道被差出来，这般火似热的天气，又挑着重担；这两日又不拣早凉行，动不动老大藤条打来！都是一般父母皮肉，我们直恁地苦！"老都管道："你们不要怨怅⁵，巴到东京时⁶，我自赏你。"众军汉道："若是似都管看待我们时，并不敢怨怅。"又过了一夜。

次日天色未明，众人起来，都要乘凉起身去。杨志跳起来，

1　尴尬去处：这里指可疑、危险的处所。
2　强杀：意为顶多、充其量。相公：对高级官员的尊称，这里指梁中书。
3　直：竟然，居然。做大：拿大。
4　吹嘘：这里有喘息之意。
5　怨怅：埋怨。
6　巴：盼望，等待。

喝道："那里去？且睡了，却理会！"众军汉道："趁早不走，日里热时走不得，却打我们！"杨志大骂道："你们省得什么！"拿了藤条要打。众军忍气吞声，只得睡了。当日直到辰牌时分，慢慢地打火吃了饭走。一路上赶打着，不许投凉处歇。那十一个厢禁军口里喃喃呐呐地怨怅，两个虞候在老都管面前絮絮聒聒地搬口[1]。老都管听了，也不着意，心内自恼他。

话休絮繁。似此行了十四五日，那十四个人没一个不怨怅杨志。当日客店里辰牌时分慢慢地打火，吃了早饭行。正是六月初四日时节，天气未及晌午，一轮红日当天，没半点云彩，其日十分大热。当日行的路都是山僻崎岖小径，南山北岭，却监着那十一个军汉。约行了二十余里路程，那军人们思量要去柳阴树下歇凉，被杨志拿着藤条打将来，喝道："快走！教你早歇！"众军人看那天时，四下里无半点云彩，其实那热不可当。杨志催促一行人在山中僻路里行。看看日色当午，那石头上热了，脚疼，走不得。众军汉道："这般天气热，兀的不晒杀人！"杨志喝着军汉道："快走！赶过前面冈子去，却再理会。"

正行之间，前面迎着那土冈子。一行十五人奔上冈子来，歇下担仗，那十四人都去松林树下睡倒了。杨志说道："苦也！这里

1　絮絮聒聒：絮叨啰唆。搬口：搬弄口舌。

是什么去处，你们却在这里歇凉？起来快走！"众军汉道："你便剁做我七八段，其实去不得了！"杨志拿起藤条，劈头劈脑打去，打得这个起来，那个睡倒，杨志无可奈何。只见两个虞候和老都管气喘急急，也巴到冈子上松树下坐下喘气。看这杨志打那军健，老都管见了，说道："提辖，端的热了走不得，休见他罪过[1]！"杨志道："都管，你不知。这里正是强人出没的去处，地名叫做黄泥冈。闲常太平时节，白日里兀自出来劫人，休道是这般光景，谁敢在这里停脚？"两个虞候听杨志说了，便道："我见你说好几遍了，只管把这话来惊吓人！"老都管道："权且教他们众人歇一歇，略过日中行，如何？"杨志道："你也没分晓了！如何使得？这里下冈子去，兀自有七八里没人家。什么去处？敢在此歇凉？"老都管道："我自坐一坐了走，你自去赶他众人先走。"

杨志拿着藤条，喝道："一个不走的吃俺二十棍！"众军汉一齐叫将起来。数内一个分说道："提辖，我们挑着百十斤担子，须不比你空手走的。你端的不把人当人！便是留守相公自来监押时，也容我们说一句。你好不知疼痒！"只顾逞辩[2]。杨志骂道："这畜生不呕死俺[3]，只是打便了！"拿起藤条，劈脸又打去。

---

1 休见他罪过：别怪罪他们。
2 逞辩：这里指强辩，据理力争。
3 呕：同"怄"，怄气，气。

老都管喝道："杨提辖，且住！你听我说。我在东京太师府里做奶公时，门下军官见了无千无万，都向着我喏喏连声。不是我口栈[1]，量你是个遭死的军人[2]，相公可怜，抬举你做个提辖，比得芥菜子大小的官职[3]，直得恁地逞能！休说我是相公家都管，便是村庄一个老的，也合依我劝一劝[4]！只顾把他们打，是何看待！"杨志道："都管，你须是城市里人，生长在相府里，那里知道途路上千难万难？"老都管道："四川、两广也曾去来，不曾见你这般卖弄[5]！"杨志道："如今须不比太平时节！"都管道："你说这话该剜口割舌！今日天下怎地不太平？"

杨志却待要回言，只见对面松林里影着一个人[6]，在那里舒头探脑价望[7]。杨志道："俺说什么，兀的不是歹人来了？"撇下藤条，拿了朴刀，赶入松林里来，喝一声道："你这厮好大胆！怎敢看俺的行货！"赶来看时，只见松林里一字儿摆着七辆江州车儿[8]；六个人脱得赤条条的，在那里乘凉。一个鬓边老大一搭朱砂记，拿

1　口栈（zhàn）：说话刻薄。

2　遭死：该当死罪。

3　芥菜子：芥菜是十字花科植物，其种子颗粒极小，这里用以形容小。

4　合：合该，应该。

5　卖弄：显示、炫耀（本领、权力等）。

6　影着：遮着。

7　舒头探脑：探头探脑。价（jie）：用于状语后表情态的虚词。

8　江州车儿：一种人力推的独轮车。

着一条朴刀。见杨志赶入来，七个人齐叫一声"阿也！"，都跳起来。杨志喝道："你等是什么人？"那七人道："你是什么人？"杨志又问道："你等莫不是歹人？"那七人道："你颠倒问！我等是小本经纪，那里有钱与你！"杨志道："你等小本经纪人，偏俺有大本钱？"那七人问道："你端的是什么人？"杨志道："你等且说那里来的人？"那七人道："我等弟兄七人是濠州人[1]，贩枣子上东京去，路途打从这里经过。听得多人说，这里黄泥冈上时常有贼打劫客商。我等一面走，一头自说道：'我七个只有些枣子，别无甚财货，只顾过冈子来。'上得冈子，当不过这热，权且在这林子里歇一歇，待晚凉了行。只听得有人上冈子来，我们只怕是歹人，因此使这个兄弟出来看一看。"杨志道："原来如此！也是一般的客人。却才见你们窥望[2]，惟恐是歹人，因此赶来看一看。"那七个人道："客官请几个枣子了去。"杨志道："不必。"提了朴刀，再回担边来。老都管坐着道："既是有贼，我们去休[3]！"杨志说道："俺只道是歹人，原来是几个贩枣子的客人。"老都管别了脸对众军道[4]："似你方才说时，他们都是没命的！"杨志道："不必相闹。俺

---

1 濠州：今安徽凤阳，属滁州市。
2 窥望：偷看。
3 去休：去吧。休，语气词，用在句尾，相当于"吧"。
4 别：转。

只要没事便好。你们且歇了，等凉些走。"众军汉都笑了。

杨志也把朴刀插在地上，自去一边树下坐了歇凉。没半碗饭时，只见远远地一个汉子，挑着一付担桶，唱上冈子来。唱道：

赤日炎炎似火烧，野田禾稻半枯焦。农夫心内如汤煮，公子王孙把扇摇！

那汉子口里唱着，走上冈子来松林里头歇下担桶，坐地乘凉。众军看见了，便问那汉子道："你桶里是什么东西？"那汉子应道："是白酒。"众军道："挑往那里去？"那汉子道："挑出村里卖。"众军道："多少钱一桶？"那汉子道："五贯足钱[1]。"众军商量道："我们又热又渴，何不买些吃？也解暑气。"正在那里凑钱，杨志见了喝道："你们又做什么？"众军道："买碗酒吃。"杨志调过朴刀杆便打，骂道："你们不得洒家言语，胡乱便要买酒吃，好大胆！"众军道："没事又来鸟乱！我们自凑钱买酒吃，干你甚事，也来打人？"杨志道："你这村鸟理会得什么？到来只顾吃嘴，全不晓得路途上的勾当艰难，多少好汉被蒙汗药麻翻了[2]！"

1　足钱：也称"足陌钱"。古代一贯钱为一千文，又有以九百文或八百文为一贯的，称"省陌"。这里所说的足钱，是与省陌相对而言的，指以千文为一贯的足额钱。

2　蒙汗药：一种植物提取物，掺在酒中，可使饮者麻痹昏醉，投解药方醒。

那挑酒的汉子看着杨志冷笑道:"你这客官好不晓事!早是我不卖与你吃[1],却说出这般没气力的话来[2]!"

正在松树边闹动争说,只见对面松林里那伙贩枣子的客人,都提着朴刀走出来问道:"你们做什么闹?"那挑酒的汉子道:"我自挑这酒过冈子村里卖,热了,在此歇凉。他众人要问我买些吃,我又不曾卖与他,这个客官道我酒里有什么蒙汗药,你道好笑么?说出这般话来!"那七个客人说道:"呸!我只道有歹人出来。原来是如此。说一声也不打紧,我们正想酒来解渴,既是他们疑心,且卖一桶与我们吃。"那挑酒的道:"不卖,不卖!"这七个客人道:"你这鸟汉子也不晓事!我们须不曾说你,你左右将到村里去卖,一般还你钱,便卖些与我们,打什么要紧?看你不道得舍施了茶汤[3],便又救了我们热渴!"那挑酒的汉子便道:"卖一桶与你不争[4],只是被他们说的不好,又没碗瓢舀吃。"那七人道:"你这汉子忒认真!便说了一声,打什么不紧?我们自有椰瓢在这里。"

只见两个客人去车子前取出两个椰瓢来,一个捧出一大捧枣

---

1 早是:幸而,幸好。
2 没气力:没意思,差劲儿。
3 不道得:这里有"岂不是"之意。舍施茶汤:指夏日炎天在路边施舍茶水以救人热渴的行动。
4 不争:没关系。

吴用智取生辰纲

智取生辰纲 / 古代版画

子来。七个人立在桶边，开了桶盖，轮替换着舀那酒吃，把枣子过口[1]。无一时，一桶酒都吃尽了。七个客人道："正不曾问得你多少价钱？"那汉道："我一了不说价[2]，五贯足钱一桶，十贯一担。"七个客人道："五贯便依你五贯，只饶我们一瓢吃。"那汉道："饶不得！做定的价钱！"一个客人把钱还他，一个客人便去揭开桶盖兜了一瓢，拿上便吃。那汉去夺时，这客人手拿半瓢酒，望松林里便去，那汉赶将去。

只见这边一个客人从松林里走将出来，手里拿一个瓢，便来桶里舀了一瓢酒。那汉看见，抢来劈手夺住，望桶里一倾，便盖了桶盖，将瓢望地下一丢，口里说道："你这客人好不君子相！戴头识脸的[3]，也这般啰唣！"那对过众军汉见了，心内痒起来，都待要吃。数中一个看着老都管道："老爷爷，与我们说一声，那卖枣子的客人买他一桶吃了；我们胡乱也买他这桶吃，润一润喉也好。其实热渴了，没奈何！这里冈子上又没讨水吃处。老爷方便！"老都管见众军所说，自心里也要吃得些，竟来对杨志说："那贩枣子客人已买了他一桶吃，只有这一桶，胡乱教他们买吃了避暑气。冈子上端的没处讨水吃。"杨志寻思道：俺在远远处望这

1　过口：连同下文的"过酒"，都是下酒、佐酒的意思。
2　一了不说价：一概不讲价钱，一口价。一了，一向、向来的意思。
3　戴头识脸：人模人样。

厮们都买他的酒吃了，那桶里当面也见吃了半瓢，想是好的。打了他们半日，胡乱容他买碗吃罢。杨志道："既然老都管说了，教这厮们买吃了，便起身。"

众军健听了这话，凑了五贯足钱，来买酒吃。那卖酒的汉子道："不卖了，不卖了！这酒里有蒙汗药在里头！"众军陪着笑，说道："大哥，直得便还言语[1]？"那汉道："不卖了！休缠！"这贩枣子的客人劝道："你这个鸟汉子！他也说得差了，你也忒认真，连累我们也吃你说了几声。须不关他众人之事，胡乱卖与他众人吃些。"那汉道："没事讨别人疑心做什么？"这贩枣子客人把那卖酒的汉子推开一边，只顾将这桶酒提与众军去吃。那军汉开了桶盖，无甚舀吃，陪个小心，问客人借这椰瓢用一用。众客人道："就送这几个枣子与你们过酒。"众军谢道："什么道理！"客人道："休要相谢，都是一般客人，何争在这百十个枣子上？"

众军谢了。先兜两瓢，叫老都管吃一瓢，杨提辖吃一瓢。杨志那里肯吃。老都管自先吃了一瓢，两个虞候各吃一瓢。众军汉一发上，那桶酒登时吃尽了。杨志见众人吃了无事，自本不吃；一者天气甚热，二乃口渴难熬，拿起来，只吃了一半，枣子分几个吃了。那卖酒的汉子说道："这桶酒被那客人饶了一瓢吃了，少

1　直得：值得。

了你些酒，我今饶了你众人半贯钱罢。"众军汉凑出钱来还他。那汉子收了钱，挑了空桶，依然唱着山歌，自下冈子去了。

那七个贩枣子的客人立在松树傍边，指着这一十五人，说道："倒也，倒也！"只见这十五个人，头重脚轻，一个个面面厮觑[1]，都软倒了。那七个客人从松树林里推出这七辆江州车儿，把车子上枣子都丢在地上，将这十一担金珠宝贝都装在车子内，遮盖好了，叫声"聒噪"，一直望黄泥冈下推去了。杨志口里只是叫苦，软了身体，扎挣不起。十五人眼睁睁地看着那七个人都把这金宝装了去，只是起不来，挣不动，说不得。

我且问你：这七人端的是谁？不是别人，原来正是晁盖、吴用、公孙胜、刘唐、三阮这七个。却才那个挑酒的汉子，便是白日鼠白胜。却怎地用药？原来挑上冈子时，两桶都是好酒。七个人先吃了一桶，刘唐揭起桶盖，又兜了半瓢吃，故意要他们看着，只是叫人死心搭地[2]。次后吴用去松林里取出药来，抖在瓢里，只做走来饶他酒吃，把瓢去兜时，药已搅在酒里。假意兜半瓢吃，那白胜劈手夺来倾在桶里。这个便是计策，那计较都是吴用主张。这个唤做"智取生辰纲"。

1　面面厮觑：也作"面面相觑"，指在惊惧或无可奈何之时，大家你看我、我看你，默然相对。
2　死心搭地：即"死心塌地"，这里有打消顾虑的意思。

11. 节选一一 武松打虎

阅读提示

一、本段选自《水浒传》第二十二回"横海郡柴进留宾，景阳冈武松打虎"。前面写武松在柴进庄上与宋江分手，只身前往清河县看望哥哥。本回写的武松打虎，是发生在途中的阳谷县地面。

二、清代有位老先生对武松打虎的情节提出质疑。他说：我按住一只猫要打，犹然被它抓得鲜血淋漓，一只斑斓猛虎，怎么会老老实实任你降伏？——这位老先生显然不懂，文学的真实与生活的真实压根儿是两码事。

三、有种说法：施耐庵为了写好打虎场面，曾把自己绑在树梢上，近距离观察老虎的行为。这当然只能是传说。一个高明的作家，完全可以凭借想象，把人虎搏斗的场面写得真实生动。试问，老虎捕食，真的有"一扑、一掀、一剪"三般本领吗？然而作者言之凿凿，读者也就信以为真，读时都为他躲过老虎的三"招"而庆幸！文学的魅力，也正体现在这里。

四、写武松打虎，也有许多曲折。先是武松不听劝告，逞强饮酒，一连喝了十八碗；接着又不理酒家的警告，执意带醉上山；中途见到树上的警示语，仍不以为意；直至读了山神庙的官府告示，才知道真有虎，却又因爱面子，不肯回去，心存侥幸，硬着头皮上山……

打虎时，本来手边还有哨棒可用，但忙中出错，棒子打在树枝上断作两截……种种曲折顿挫，只是要制造紧张气氛，让读者喘不过气来。一个好逞强、爱面子、心雄气傲、艺高胆大的打虎英雄形象，就这样在读者心中树立起来。

武松在路上行了几日，来到阳谷县地面[1]，此去离县治还远[2]。当日晌午时分，走得肚中饥渴。望见前面有一个酒店，挑着一面招旗在门前，上头写着五个字道："三碗不过冈。"

武松入到里面坐下，把哨棒倚了，叫道："主人家，快把酒来吃。"只见店主人把三只碗，一双箸，一碟热菜，放在武松面前，满满筛一碗酒来。武松拿起碗一饮而尽，叫道："这酒好生有气力[3]！主人家，有饱肚的，买些吃酒。"酒家道："只有熟牛肉。"武

1　阳谷县：今属山东聊城市。
2　县治：县政府所在地。
3　有气力：这里指酒水的酒精度高，劲儿大，易使人沉醉。

松道："好的切二三斤来吃酒。"店家去里面切出二斤熟牛肉，做一大盘子，将来放在武松面前，随即再筛一碗酒。武松吃了道："好酒！"又筛下一碗。恰好吃了三碗酒，再也不来筛。武松敲着桌子，叫道："主人家，怎的不来筛酒？"酒家道："客官，要肉便添来。"武松道："我也要酒，也再切些肉来。"酒家道："肉便切来添与客官吃，酒却不添了。"武松道："却又作怪！"便问主人家道："你如何不肯卖酒与我吃？"酒家道："客官，你须见我门前招旗上面明明写道'三碗不过冈'。"武松道："怎地唤做'三碗不过冈'？"酒家道："俺家的酒虽是村酒，却比老酒的滋味。但凡客人来我店中吃了三碗的，便醉了，过不得前面的山冈去；因此唤做'三碗不过冈'。若是过往客人到此，只吃三碗，便不再问。"武松笑道："原来恁地！我却吃了三碗，如何不醉？"酒家道："我这酒叫做'透瓶香'，又唤做'出门倒'。初入口时醇浓好吃[1]，少刻时便倒。"武松道："休要胡说！没地不还你钱[2]！再筛三碗来我吃！"酒家见武松全然不动，又筛三碗。武松吃道："端的好酒！主人家，我吃一碗还你一碗酒钱，只顾筛来。"酒家道："客官，休只管要饮。这酒端的要醉倒人，没药医！"武松道："休得胡

1　醇浓：这里指酒味儿醇正浓厚。
2　没地：不会。

鸟说！便是你使蒙汗药在里面，我也有鼻子！"店家被他发话不过，一连又筛了三碗。武松道："肉便再把二斤来吃。"酒家又切了二斤熟牛肉，再筛了三碗酒。武松吃得口滑，只顾要吃。去身边取出些碎银子，叫道："主人家，你且来看我银子！还你酒肉钱够么？"酒家看了道："有余，还有些贴钱与你[1]。"武松道："不要你贴钱，只将酒来筛。"酒家道："客官，你要吃酒时，还有五六碗酒哩，只怕你吃不得了。"武松道："就有五六碗多时，你尽数筛将来。"酒家道："你这条长汉倘或醉倒了时，怎扶得你住！"武松答道："要你扶的不算好汉！"酒家那里肯将酒来筛？武松焦躁，道："我又不白吃你的！休要引老爷性发，通教你屋里粉碎！把你这鸟店子倒翻转来！"酒家道："这厮醉了，休惹他。"再筛了六碗酒与武松吃了。前后共吃了十八碗，绰了哨棒[2]，立起身来，道："我却又不曾醉！"走出门前来，笑道："却不说'三碗不过冈'！"手提哨棒便走。

酒家赶出来叫道："客官，那里去？"武松立住了，问道："叫我做什么？我又不少你酒钱，唤我怎地？"酒家叫道："我是好

---

1 贴钱：这里指找的零钱。
2 绰（chāo）：抓，提。

意，你且回来我家看抄白官司榜文[1]。"武松道："什么榜文？"酒家道："如今前面景阳冈上有只吊睛白额大虫[2]，晚了出来伤人，坏了三二十条大汉性命！官司如今杖限猎户擒捉发落。[3]冈子路口都有榜文，可教往来客人结伙成队，于巳午未三个时辰过冈[4]，其余寅卯申酉戌亥六个时辰不许过冈[5]。更兼单身客人，务要等伴结伙而过。这早晚正是未末申初时分[6]，我见你走都不问人，枉送了自家性命。不如就我此间歇了，等明日慢慢凑得三二十人，一齐好过冈子。"武松听了，笑道："我是清河县人氏[7]，这条景阳冈上少也走过了一二十遭，几时见说有大虫？你休说这般鸟话来吓我！便有大虫，我也不怕！"酒家道："我是好意救你，你不信时，进来看官司榜文。"武松道："你鸟做声！便真个有虎，老爷也不怕！你留我在家里歇，莫不半夜三更，要谋我财，害我性命，却把鸟大虫唬吓我？"酒家道："你看么！我是一片好心，反做恶意，倒

1　抄白官司榜文：民间自行抄写的没有官印的官府布告。下文的"印信榜文"是盖了官印的官府正式布告。

2　吊睛白额大虫：眼角吊起、额头一片白毛的猛虎。

3　"官司"句：意谓官府规定期限，要猎户捉虎；超过期限就要依法杖责。杖限，这里指"杖限文书"，是古时官府要求下属限期完成某事，逾期予以杖罚的公文。后文中的"限棒"，即指因超越期限仍不能捕获而遭到的杖责刑罚。

4　巳午未：指上午9点至下午3点的一段时间。

5　寅卯：指凌晨3点到上午7点。申酉戌亥：指下午3点至晚上11点。

6　未末申初：约下午3点。

7　清河：位于今河北南部，属于邢台市。

落得你怎地! 你不信我时, 请尊便自行! ”一面说, 一面摇着头, 自进店里去了。

这武松提了哨棒, 大着步, 自过景阳冈来。约行了四五里路, 来到冈子下, 见一大树, 刮去了皮, 一片白, 上写两行字。武松也颇识几字, 抬头看时, 上面写道: “近因景阳冈大虫伤人, 但有过往客商, 可于巳午未三个时辰结伙成队过冈, 请勿自误。”武松看了, 笑道: “这是酒家诡诈, 惊吓那等客人, 便去那厮家里歇宿。我却怕什么鸟! ”横拖着哨棒, 便上冈子来。那时已有申牌时分, 这轮红日厌厌地相傍下山 [1]。武松乘着酒兴, 只管走上冈子来。走不到半里多路, 见一个败落的山神庙。行到庙前, 见这庙门上贴着一张印信榜文。武松住了脚读时, 上面写道: “阳谷县示: 为景阳冈上新有一只大虫伤害人命, 见今杖限各乡里正并猎户人等行捕未获 [2]。如有过往客商人等, 可于巳午未三个时辰结伴过冈。其余时分, 及单身客人, 不许过冈, 恐被伤害性命。各宜知悉 [3]。政和……年……月……日 [4]。”武松读了印信榜文, 方知端的有虎。欲待转身再回酒店里来, 寻思道, 我回去时, 须吃他耻

---

1 厌厌: 原本用来形容人精神不振的样子, 这里形容夕阳光线暗淡。

2 里正: 里为古代地方行政组织, 一里辖几十户到上百户, 设里正, 也称里长, 属于乡官。

3 各宜知悉: 这是布告用语, 意为所有人都应知道。

4 政和: 宋徽宗年号, 为公元 1111—1118 年。

笑不是好汉，难以转去。存想了一回¹，说道：怕什么鸟！且只顾上去看怎地！

武松正走，看看酒涌上来。便把毡笠儿掀在脊梁上，将哨棒绾在肋下，一步步上那冈子来。回头看这日色时，渐渐地坠下去了。此时正是十月间天气，日短夜长，容易得晚。武松自言自说道："那得什么大虫！人自怕了，不敢上山！"武松走了一直，酒力发作，焦热起来，一只手提哨棒，一只手把胸膛前袒开，踉踉跄跄，直奔过乱树林来。见一块光挞挞大青石²，把那哨棒倚在一边，放翻身体，却待要睡，只见发起一阵狂风。那一阵风过了，只听得乱树背后扑地一声响，跳出一只吊睛白额大虫来。

武松见了，叫声："阿呀！"从青石上翻将下来，便拿那条哨棒在手里，闪在青石边。那大虫又饥又渴，把两只爪在地上略按一按，和身望上一扑³，从半空里撺将下来。武松被那一惊，酒都作冷汗出了。说时迟，那时快；武松见大虫扑来，只一闪，闪在大虫背后。那大虫背后看人最难，便把前爪搭在地下，把腰胯一掀，掀将起来。武松只一闪，闪在一边。大虫见掀他不着，吼一声，却似半天里起个霹雳，振得那山冈也动！把这铁棒也似虎尾

1　存想：忖想，思忖。
2　光挞（tà）挞：光溜溜。
3　和身：整个身子。

倒竖起来只一剪¹，武松却又闪在一边。原来那大虫拿人，只是一扑、一掀、一剪。三般捉不着时，气性先自没了一半。那大虫又剪不着，再吼了一声，一兜兜将回来。武松见那大虫复翻身回来，双手轮起哨棒，尽平生气力，只一棒从半空劈将下来。只听得一声响，簌簌地²，将那树连枝带叶劈脸打将下来。定睛看时，一棒劈不着大虫，原来打急了，正打在枯树上，把那条哨棒折做两截，只拿得一半在手里。

那大虫咆哮，性发起来，翻身又只一扑，扑将来。武松又只一跳，却退了十步远。那大虫恰好把两只前爪搭在武松面前。武松将半截棒丢在一边，两只手就势把大虫顶花皮肐𱅱地揪住³，一按按将下来。那只大虫急要挣扎，被武松尽力气捺定，那里肯放半点儿松宽？武松把只脚望大虫面门上、眼睛里只顾乱踢。那大虫咆哮起来，把身底下爬起两堆黄泥做了一个土坑。武松把大虫嘴直按下黄泥坑里去。那大虫吃武松奈何得没了些气力。武松把左手紧紧地揪住顶花皮，偷出右手来⁴，提起铁锤般大小拳头，尽平生之力，只顾打。打到五七十拳，那大虫眼里、口里、鼻子里、

1　剪：甩，扫。

2　簌簌地：这里形容树叶纷纷落下之态。

3　顶花皮：这里指老虎额头带花纹的皮毛。肐（gē）𱅱（dā）：象声词，形容动作迅疾有力。

4　偷出：腾出。

景阳冈武松打虎 / 古代版画

耳朵里，都迸出鲜血来，更动弹不得，只剩口里兀自气喘。

武松放了手，来松树边寻那打折的哨棒，拿在手里。只怕大虫不死，把棒橛又打了一回[1]，眼见气都没了，方才丢了棒。寻思道：我就地拖得这死大虫下冈子去。就血泊里双手来提时，那里提得动？原来使尽了气力，手脚都苏软了。武松再来青石上坐了半歇，寻思道：天色看看黑了，倘或又跳出一只大虫来时，却怎地斗得他过？且挣扎下冈子去，明早却来理会。就石头边寻了毡笠儿，转过乱树林边，一步步捱下冈子来。

走不到半里多路，只见枯草中又钻出两只大虫来。武松道："阿呀！我今番罢了！"只见那两只大虫在黑影里直立起来。武松定睛看时，却是两个人，把虎皮缝作衣裳，紧紧绷在身上，手里各拿着一条五股叉，见了武松，吃一惊道："你……你……你……吃了忽狸心、豹子胆、狮子腿[2]，胆倒包着身躯！如何敢独自一个，昏黑将夜，又没器械，走过冈子来！你……你……你……是人，是鬼？"武松道："你两个是什么人？"那个人道："我们是本处猎户。"武松道："你们上岭上来做什么？"两个猎户失惊道："你兀自不知哩？今景阳冈上有一只极大的大虫，夜夜出来伤人！只

1　棒橛：指半截木棒。
2　忽狸：忽律，鳄鱼；一说为有毒的四脚蛇。

我们猎户也折了七八个，过往客人不记其数，都被这畜生吃了！本县知县着落当乡里正和我们猎户人等捕捉。那业畜势大难近[1]，谁敢向前？我们为他，正不知吃了多少限棒，只捉他不得！今夜又该我们两个捕猎，和十数个乡夫在此，上上下下放了窝弓药箭等他[2]，正在这里埋伏，却见你大刺刺地从冈子上走将下来[3]。我两个吃了一惊，你却正是甚人？曾见大虫么？"武松道："我是清河县人氏，姓武，排行第二。却才冈子上乱树林边，正撞见那大虫，被我一顿拳脚打死了。"两个猎户听得痴呆了，说道："怕没这话[4]？"武松道："你不信时，只看我身上兀自有血迹。"两个道："怎地打来？"武松把那打大虫的本事再说了一遍。两个猎户听了，又喜又惊，叫拢那十个乡夫来。只见这十个乡夫都拿着钢叉、踏弩、刀枪[5]，随即拢来。武松问道："他们众人如何不随你两个上山？"猎户道："便是那畜生利害，他们如何敢上来！"一伙十数个人都在面前，两个猎户叫武松把打大虫的事说向众人，众人都不肯信。武松道："你众人不信时，我和你去看便了。"

---

1 业畜：作恶的畜生，这里指老虎。
2 窝弓：为猎虎而安设的弓弩，老虎一旦触发，即会中箭。药箭：涂有毒药的箭。
3 大刺（lá）刺：这里有随随便便、大摇大摆的意思。
4 怕没这话：这是对他人的话表示怀疑的说法。
5 踏弩：指一种用脚踩踏机关发箭的弓。

众人身边都有火刀、火石[1]，随即发出火来，点起五七个火把。众人都跟着武松一同再上冈子来，看见那大虫做一堆儿死在那里。众人见了大喜，先叫一个去报知本县里正并该管上户[2]。这里五七个乡夫自把大虫缚了，抬下冈子来。到得岭下，早有七八十人都哄将起来，先把死大虫抬在前面，将一乘兜轿抬了武松[3]，投本处一个上户家来。

1　火刀、火石：旧时用来发火的工具。
2　该管上户：指负责某一差使的大户人家。旧时官府常将一些难办的差使派给有钱富户，借机盘剥。
3　兜轿：一种二人抬的敞篷轿，也叫"山轿""兜子"。

12. 节选一二　威震安平寨

阅读提示

一、本段选自《水浒传》第二十七回"武松威震安平寨，施恩义夺快活林"和第二十八回"施恩重霸孟州道，武松醉打蒋门神"。写武松发配孟州后的一段传奇经历。

二、武松性情耿直刚烈，面对恶势力，誓死不低头！如初到牢城营，遇到差拨索贿，武松的回答十分干脆："你到（倒）来发话，指望老爷送人情与你？半文也没！我精拳头有一双相送！碎银有些，留了自买酒吃，看你怎地奈何我？没地里到（倒）把我发回阳谷县去不成？"此后面对"杀威棒"，他仍然毫无惧色，当堂表示："要打便打……我若是躲闪一棒的，不是打虎好汉！……"人家要照顾他，给他"台阶"，问他途中可曾害病，他的回答是："我于路不曾害，酒也吃得，肉也吃得，饭也吃得，路也走得！……打了倒干净，我不要留这一顿寄库棒，寄下倒是钩肠债，几时得了！"

这段描写，多少带着点夸张、谐谑的味道，却极生动地描绘出武松天不怕、地不怕、宁折不弯的硬汉作风！这与鲁达"好汉不吃眼前亏"的灵活作风有所区别，显示了小说人物的多样性。

三、牢城营囚徒同情这位打虎英雄，指点他如何避害，又向他讲述迫害囚徒的残忍手段，如"盆吊""土布袋"等，骇人听闻。这些都是正史上不曾记载的。书中写林冲、宋江发配，也都有吏役索贿的情节。好汉戴宗做牢城营吏役，索取贿赂照样不手软，声称囚徒在他手下"轻咳嗽就是罪"。可见制度的罪恶足以扭曲人性！

四、本段叙事，取欲扬先抑法。先极力烘染牢城营的恐怖，读者无不为武松捏着一把汗。然而武松的强硬反应，换来的却是每日好肉好酒招待，不但武松感到莫名其妙，读者的好奇心也被勾起。这正是小说家所有意营造的。

五、武松天王堂举石礅一节，是本回的"文眼"，突出写武松的超凡神力，同时也写出他的骄矜自信、不肯服输以及心思细密的一面。

此石礅是武松几天前就看好的，心中早已有数。此番当着众人，他先把石礅"略摇一摇"，是在手头上估算一下重量。之后抱起又撇下，是进一步检验石礅的重量和自己的体力。通过这一摇、一抱，武松心中有了底，这才有下面的单手提起，抛向空中的惊人表演。

全部描写没有闲笔，如石礅被武松抱起又撇下，"扑地打下地里一尺来深"，足证石礅的沉重；而武松"一提""一掷""一接"，又"轻轻地放在原旧安处"，竟然"面上不红，心头不跳，口里不喘"。读者至此，也不能不跟着施恩喊一声："天神！"

而此段描写并无过多的辞藻修饰，全用白描手法写出，又足见白话文的魅力。

张青和孙二娘送出门前，武松忽然感激，只得洒泪别了，取路投孟州来[1]。未及晌午，早来到城里。直至州衙，当厅投下了东平府文牒[2]。州尹看了[3]，收了武松，自押了回文与两个公人回去[4]，不在话下。随即却把武松帖发本处牢城营来[5]。当日武松来到牢城营前，看见一座牌额，上书三个大字，写着道"安平寨"。公人带武松到单身房里，公人自去下文书，讨了收管[6]，不必得说。

武松自到单身房里，早有十数个一般的囚徒来看武松，说

---

1 武松因替兄报仇，吃了官司，发配孟州。途经十字坡酒店，结识了张青夫妇。这里写武松告别张青夫妇，与押解公人投奔孟州。

2 文牒：案卷，公文。

3 州尹：知州。

4 押：这里指签署画押笔。

5 帖发：书写文书遣送。

6 讨了收管：讨要了对方接收囚犯的回执。

道："好汉，你新到这里，包裹里若有人情的书信，并使用的银两，取在手头。少刻差拨到来，便可送与他，若吃杀威棒时[1]，也打得轻。若没人情送与他时，端的狼狈。我和你是一般犯罪的人，特地报你知道。岂不闻'兔死狐悲，物伤其类'[2]？我们只怕你初来不省得，通你得知[3]。"武松道："感谢你们众位指教我。小人身边略有些东西，若是他好问我讨时，便送些与他；若是硬问我要时，一文也没！"众囚徒道："好汉！休说这话！古人道：'不怕官，只怕管！''在人矮檐下，怎敢不低头！'只是小心便好。"

话犹未了，只见一个道："差拨官人来了！"众人都自散了。武松解了包裹坐在单身房里。只见那个人走将入来问道："那个是新到囚徒？"武松道："小人便是。"差拨道："你也是安眉带眼的人[4]，直须要我开口？说你是景阳冈打虎的好汉，阳谷县做都头，只道你晓事，如何这等不达时务！你敢来我这里，猫儿也不吃你打了！[5]"武松道："你到来发话，指望老爷送人情与你？半文也没！我精拳头有一双相送[6]！碎银有些，留了自买酒吃，看你怎地

1　杀威棒：为了压制囚犯的气焰，在他们刚判刑或初解到时施以杖责，称杀威棒。

2　兔死狐悲，物伤其类：成语，喻指因同类死亡，联系到自己的结局，因而感伤。

3　通你得知：通知你，知会你。

4　安眉带眼的人：这里意为有眼睛的人、懂事的人。

5　"你敢来我这里"二句：意思是到我手下，你将失去威力，别说老虎，连猫也打不得了。

6　精拳头：只用双拳，不假他物。

奈何我？没地里到把我发回阳谷县去不成[1]？"那差拨大怒去了。

又有众囚徒走拢来说道："好汉！你和他强了[2]，少间苦也！他如今去，和管营相公说了，必然害你性命！"武松道："不怕！随他怎么奈何我，文来文对，武来武对！"正在那里说未了，只见三四个人来单身房里，叫唤新到囚人武松。武松应道："老爷在这里，又不走了，大呼小喝做什么？"那来的人把武松一带带到点视厅前。

那管营相公正在厅上坐，五六个军汉押武松在当面。管营喝叫除了行枷，说道："你那囚徒，省得太祖武德皇帝旧制[3]：但凡初到配军，须打一百杀威棒！那兜挞的[4]，背将起来！"武松道："都不要你众人闹动！要打便打，也不要兜挞。我若是躲闪一棒的，不是打虎好汉！从先打过的都不算，从新再打起！我若叫一声，便不是阳谷县为事的好男子[5]！……"两边看的人都笑道："这痴汉弄死[6]！且看他如何熬！""……要打便打毒些，不要人情棒儿，打我不快活！"两下众人都笑起来。

1　没地里：莫非，难道。

2　强了：强硬以对。

3　省得：晓得。太祖武德皇帝：北宋开国皇帝太祖赵匡胤。

4　兜挞：背驮。打脊杖行刑时，怕受刑者躲闪，由人将他背起来。

5　阳谷县为事：这里指武松在阳谷县替兄报仇，杀了潘金莲和西门庆。

6　弄死：找死，作死。

那军汉拿起棍来，吆呼一声，只见管营相公身边，立着一个人，六尺以上身材，二十四五年纪，白净面皮，三绺髭须；额头上缚着白手帕，身上穿着一领青纱上盖，把一条白绢搭膊络着手[1]。那人便去管营相公耳朵边略说了几句话。只见管营道："新到囚徒武松，你路上途中曾害甚病来？"武松道："我于路不曾害，酒也吃得，肉也吃得，饭也吃得，路也走得！"管营道："这厮是途中得病到这里，我看他面皮才好，且寄下他这顿杀威棒[2]。"两边行杖的军汉低低对武松道："你快说病！这是相公将就你[3]，你快只推曾害便了。"武松道："不曾害，不曾害！打了倒干净。我不要留这一顿'寄库棒'[4]，寄下倒是钩肠债[5]，几时得了？"两边看的人都笑。管营也笑道："想是这汉子多管害热病了[6]，不曾得汗[7]，故出狂言。不要听他，且把去禁在单身房里。"

三四个军人引武松依前送在单身房里。众囚徒都来问道："你莫不有甚好相识书信与管营么？"武松道："并不曾有。"众囚徒道："若没时，寄下这顿棒，不是好意，晚间必然来结果你。"武

1　络：缠绕，兜住。

2　寄下：这里指暂不施行，以待他日。

3　将就：这里是迁就、照顾的意思。

4　寄库棒：这是武松自纂的词汇，意思是暂时寄存、以后实施的杖责。

5　钩肠债：让人牵肠挂肚的债务，这里指欠下的那顿杀威棒。

6　多管：多半。

7　得汗：出汗。中医认为，某些疾病出汗就会好。

松道:"还是怎地来结果我?"众囚徒道:"他到晚把两碗干黄仓米饭来与你吃了[1],趁饱带你去土牢里,把索子捆翻,着藁荐卷了你[2],塞了你七窍[3],颠倒竖在壁边,不消半个更次便结果了你性命!这个唤做'盆吊'。"武松道:"再有怎地安排我?"众人道:"再有一样,也是把你来捆了,却把一个布袋盛一袋黄沙,将来压在你身上,也不消一个更次便是死的。这个唤'土布袋'。"武松又问道:"还有什么法度害我?"众人道:"只是这两件怕人些,其余的也不打紧。"

众人说犹未了,只见一个军人托着一个盒子入来,问道:"那个是新配来的武都头?"武松答道:"我便是!有什么话说?"那人答道:"管营叫送点心在这里。"武松看时,一大旋酒,一盘肉,一盘子面,又是一大碗汁[4]。武松寻思道:"敢是把这些点心与我吃了却来对付我?我且落得吃了,却又理会!"武松把那旋酒来一饮而尽;把肉和面都吃尽了。那人收拾家火回去了[5]。武松坐在房里寻思,自己冷笑道:"看他怎地来对付我!"

看看天色晚来,只见头先那个人又顶一个盒子入来。武松问

1　干黄仓米饭:指用久贮粮仓、陈腐发霉的米做的干饭。

2　藁(gǎo)荐:草席。

3　七窍:指人头面部的七个孔窍,包括二眼、二耳、二鼻孔及口。

4　汁:羹汤之类。

5　家火:家伙,指各种器具。

武松／[明]陈洪绶 绘

道:"你又来怎地?"那人道:"叫送晚饭在这里。"摆下几般菜蔬,又是一大旋酒,一大盘煎肉,一碗鱼羹,一大碗饭。武松见了,暗暗自忖道:"吃了这顿饭食,必然来结果我。且由他,便死也做个饱鬼!落得吃了,却再计较。"那人等武松吃了,收拾碗碟回去了。

不多时,那个人又和一个汉子两个来,一个提着浴桶[1],一个

---

1 浴桶:用于洗浴的木桶。

提一大桶汤，来看着武松道："请都头洗浴。"武松想道："不要等我洗浴了来下手？我也不怕他！且落得洗一洗。"那两个汉子安排倾下汤，武松跳在浴桶里面洗了一回，随即送过浴裙手巾，教武松拭了，穿了衣裳。一个自把残汤倾了，提了浴桶去。一个便把藤簟[1]、纱帐，将来挂起，铺了藤簟，放个凉枕[2]，叫了安置[3]，也回去了。武松把门关上，拴了，自在里面思想道，这个是什么意思？随他便了，且看如何。放倒头便自睡了。

一夜无事。天明起来，才开得房门，只见夜来那个人提着桶洗面水进来，教武松洗了面，又取漱口水漱了口。又带个篦头待诏来替武松篦了头[4]，绾个髻子，裹了巾帻[5]。又是一个人将个盒子入来，取出菜蔬下饭，一大碗肉汤，一大碗饭。武松想道，由你走道儿，我且落得吃了。武松吃罢饭便是一盏茶，却才茶罢，只见送饭的那个人来请道："这里不好安歇，请都头去那壁房里安歇，搬茶搬饭却便当。"武松道，这番来了！我且跟他去看如何？一个便来收拾行李被卧，一个引着武松离了单身房里，来到前面一个去处。推开房门来，里面干干净净的床帐，两边都是新安排

1　藤簟（diàn）：藤席。

2　凉枕：夏天用的枕头，有草编的，也有瓷质的。

3　安置：这里是祝人安睡之词。

4　篦（bì）头待诏：专为人梳头的匠人，犹如今天的理发师。

5　巾帻（zé）：古代男子裹发的头巾，正式场合时外面还要戴帽子。

的桌凳什物。

武松来到房里看了，存想道，我只道送我入土牢里去，却如何来到这般去处？比单身房好生齐整！武松坐到日中，那个人又将一个提盒子入来，手里提着一注子酒[1]，将到房中。打开看时，排下四般果子，一只熟鸡，又有许多蒸卷儿。那人便把熟鸡来撕了，将注子里好酒筛下请都头吃。武松心里忖道，毕竟是如何？到晚又是许多下饭。又请武松洗浴、乘凉、歇息。武松自思道，众囚徒也是这般说，我也是这般想，却怎地这般请我？

到第三日，依前又是如此送饭送酒。武松那日早饭罢，行出寨里来闲走，只见一般的囚徒都在那里，担水的、劈柴的、做杂工的，却在晴日头里晒着。正是六月炎天，那里去躲这热？武松却背叉着手，问道："你们却如何在这日头里做工？"众囚徒都笑起来，回说道："好汉，你自不知，我们拨在这里做生活时，便是人间天上了，如何敢指望嫌热坐地！还别有那没人情的，将去锁在大牢里，求生不得生，求死不得死。大铁链锁着也要过哩！"武松听罢，去天王堂前后转了一遭。见纸炉边一个青石墩[2]，有个关眼[3]，是缚竿脚的，好块大石。武松就石上坐了一会，便回房里

---

1 注子：一种酒壶，可以拴了绳提着。
2 纸炉：从前寺庵中专门用来祭祀烧纸的炉子。
3 关眼：物体上的孔眼，用以插物或拴系。

来坐地了，自存想。只见那个人又搬酒和肉来。

话休絮繁。武松自到那房里，住了数日，每日好酒好食搬来请武松吃，并不见害他的意。武松心里正委决不下[1]。当日晌午，那人又搬将酒食来，武松忍耐不住，按定盒子，问那人道："你是谁家伴当？怎地只顾将酒食来请我？"那人答道："小人前日已禀都头说了，小人是管营相公家里体己人[2]。"武松道："我且问你，每日送的酒食正是谁教你将来请？吃了怎地？"那人道："是管营相公家里的小管营教送与都头吃。"武松道："我是个因徒，犯罪的人，又不曾有半点好处到管营相公处，他如何送东西与我吃？"那人道："小人如何省得？小管营分付道，教小人且送半年三个月却说话。"武松道："却又作怪！终不成将息得我肥胖了，却来结果我？这个闷葫芦教我如何猜得破？这酒食不明，我如何吃得安稳？你只说与我，你那小管营是什么样人，在那里曾和我相会，我便吃他的酒食。"那个人道："便是前日都头初来时厅上立的那个白手帕包头、络着右手那人，便是小管营。"武松道："莫不是穿青纱上盖，立在管营相公身边的那个人？"那人道："正是。"武松道："我待吃杀威棒时，敢是他说，救了我，是

1　委决：决定。
2　体己人：也作"梯己人"，即心腹，信得过的人。

么？"那人道："正是。"武松道："却又跷蹊[1]！我自是清河县人氏，他自是孟州人，自来素不相识，如何这般看觑我[2]？必有个缘故。我且问你，那小管营姓甚名谁？"那人道："姓施，名恩。使得好拳棒。人都叫他做金眼彪施恩。"武松听了道："想他必是个好男子。你且去请他出来，和我相见了，这酒食便可吃你的；你若不请他出来和我厮见时，我半点儿也不吃！"那人道："小管营分付小人道：'休要说知备细。'教小人待半年三个月方才说知相见。"武松道："休要胡说！你只去请小管营出来和我相会了便罢。"那人害怕，那里肯去？武松焦躁起来，那人只得去里面说知。

多时，只见施恩从里面跑将出来，看着武松便拜。武松慌忙答礼，说道："小人是个治下的囚徒，自来未曾拜识尊颜，前日又蒙救了一顿大棒，今又蒙每日好酒好食相待，甚是不当。又没半点儿差遣。正是无功受禄[3]，寝食不安。"施恩答道："小弟久闻兄长大名，如雷灌耳！只恨云程阻隔[4]，不能够相见。今日幸得兄长到此，正要拜识威颜[5]，只恨无物款待，因此怀羞，不敢相见。"武松问道："却才听得伴当所说，且教武松过半年三个月却有话说，正

---

1 跷蹊（qiāoqī）：奇怪，可疑。
2 看觑：照顾。
3 无功受禄：没有功劳却接受报酬。禄，旧时官员的薪金。
4 云程：遥远的路程。
5 拜识威颜：这是对见到对方的谦敬说法。

是小管营与小人说甚话？"施恩道："村仆不省得事，脱口便对兄长说知道，却如何造次说得¹！"武松道："管营怎地时，却是秀才耍²，倒教武松瘪破肚皮闷了，怎地过得？你且说，正是要我怎地？"施恩道："既是村仆说出了，小弟只得告诉：因为兄长是个大丈夫，真男子，有件事欲要相央，除是兄长便行得。只是兄长远路到此，气力有亏，未经完足。且请将息半年三五个月，待兄长气力完足，那时却待兄长说知备细。"

武松听了，呵呵大笑道："管营听禀：我去年害了三个月疟疾，景阳冈上酒醉里打翻了一只大虫，也只三拳两脚便自打死了，何况今日！"施恩道："而今且未可说。且等兄长再将养几时，待贵体完完备备，那时方敢告诉。"武松道："只是道我没气力了？既是如此说时，我昨日看见天王堂前那块石墩约有多少斤重？"施恩道："敢怕有三五百斤重。"武松道："我且和你去看看，武松不知拔得动也不？"施恩道："请吃罢酒了同去。"武松道："且去了回来吃未迟。"

两个来到天王堂前，众囚徒见武松和小管营同来，都躬身唱喏。武松把石墩略摇一摇，大笑道："小人真个娇惰了³，那里拔得

---

1 造次：贸然，鲁莽。

2 秀才耍：意谓过于斯文。

3 娇惰：这里意为娇弱慵懒。

动！"施恩道："三五百斤石头，如何轻视得他！"武松笑道："小管营也信真个拿不起？你众人且躲开，看武松拿一拿。"武松便把上半截衣裳脱下来拴在腰里；把那个石墩只一抱，轻轻地抱将起来，双手把石墩只一撇，扑地打下地里一尺来深。众囚徒见了，尽皆骇然。武松再把右手去地里一提，提将起来，望空只一掷，掷起去离地一丈来高。武松双手只一接，接来轻轻地放在原旧安处，回过身来，看着施恩并众囚徒，面上不红，心头不跳，口里不喘。

施恩近前抱住武松便拜道："兄长非凡人也，真天神！"众囚徒一齐都拜道："真神人也！"施恩便请武松到私宅堂上请坐了。武松道："小管营今番须用说知，有甚事使令我去。"施恩道："且请少坐，待家尊出来相见了时，却得相烦告诉。"武松道："你要教人干事，不要这等儿女相[1]，恁地不是干事的人了！便是一刀一割的勾当，武松也替你去干！若是有些谄佞的[2]，非为人也！"那施恩叉手不离方寸[3]，才说出这件事来。……[4]

武松道："小管营不要文文绉绉，只拣紧要的话直说来。"施

---

1 儿女相：扭捏，不干脆。
2 谄佞（chǎnnìng）：这里指花言巧语，口不应心。
3 叉手不离方寸：拱手于胸前，表示恭敬的态度。方寸，心。
4 此处略去第二十七、第二十八回衔接处的文字。

恩道："小弟自幼从江湖上师父学得些小枪棒在身，孟州一境起小弟一个诨名[1]，叫做金眼彪。小弟此间东门外有一座市井，地名唤做快活林，但是山东、河北客商都来那里做买卖，有百十处大客店，三二十处赌坊、兑坊[2]。往常时，小弟一者倚仗随身本事，二者捉着营里有八九十个弃命囚徒[3]，去那里开着一个酒肉店，都分与众店家和赌钱兑坊里。[4]但有过路妓女之人，到那里来时，先要来参见小弟，然后许他去趁食[5]。那许多去处每朝每日都有闲钱，月终也有三二百两银子寻觅[6]，如此赚钱。近来被这本营内张团练[7]，新从东潞州来，带一个人到此。那厮姓蒋，名忠，有九尺来长身材，因此江湖上起他一个诨名，叫做蒋门神。那厮不特长大[8]，原来有一身好本事，使得好枪棒，拽拳飞脚，相扑为最[9]。自夸大言道：'三年上泰岳争交[10]，不曾有对；普天之下没我一般的了！'因此来夺小弟的道路。小弟不肯让他，吃那厮一顿拳脚打

---

1 诨名：绰号，也叫混名。
2 赌坊：赌场。兑坊：当铺。
3 捉：这里有挑选、控制之意。弃命：不要命，敢于拼命。
4 "都分与"句：意指把打手们分到各店铺，以保护生意为名，收取保护费。
5 趁食：谋生。
6 寻觅：这里指能搜刮到的（银钱）。
7 团练：团练使，宋代高级军官职衔。这里用来称呼低级军官。
8 不特：不但。
9 相扑：一种源于中国春秋时代的竞技体育运动，由两人对垒，有点类似于摔跤。
10 泰岳：东岳泰山。争交：相扑。

了，两个月起不得床。前日兄长来时，兀自包着头，兜着手，直到如今，疮痕未消。本待要起人去和他厮打¹，他却有张团练那一班儿正军²，若是闹将起来，和营中先自折理³。有这一点无穷之恨不能报得，久闻兄长是个大丈夫，怎地得兄长与小弟出得这口无穷之怨气，死而瞑目！只恐兄长远路辛苦，气未完，力未足，因此教养息半年三月，等贵体气完力足，方请商议。不期村仆脱口先言说了，小弟当以实告。"武松听罢，呵呵大笑；便问道："那蒋门神还是几颗头，几条臂膊？"施恩道："也只是一颗头，两条臂膊，如何有多！"武松笑道："我只道他三头六臂，有哪吒的本事⁴，我便怕他！原来只是一颗头，两条臂膊！既然没哪吒的模样，却如何怕他？"施恩道："只是小弟力薄艺疏⁵，便敌他不过。"武松道："我却不是说嘴，凭着我胸中本事，平生只是打天下硬汉、不明道德的人！既是恁地说了，如今却在这里做什么？有酒时，拿了去路上吃。我如今便和你去。看我把这厮和大虫一般结果他！拳头重时打死了，我自偿命！"……

1　起人：发动人，招呼人。
2　正军：这里当指负责城防及捕盗的正规厢军。
3　折理：理亏。
4　哪吒：神话人物，法相有三头六臂，英勇善战。
5　力薄艺疏：气力薄弱，武艺不精。

13. 节选一三　醉打蒋门神

阅读提示

一、本段选自《水浒传》第二十八回"施恩重霸孟州道，武松醉打蒋门神"及第二十九回"施恩三入死囚牢，武松大闹飞云浦"。前文写武松闻听施恩受欺凌的遭遇，义愤填膺，决心帮他夺回快活林。

二、在梁山好汉中，武松是作者着力刻画的英雄。他的超常之处，不但体现在赤手打虎的勇猛，还在于他豪放、机敏兼而有之的性格。例如他替兄报仇时，先做了周密调查，又召集四邻饮酒，当场审问潘金莲及王婆，在众人见证下获取口供，为接下来的行动及后面的官司预作准备。

此番勇夺快活林，他也并非一上来就大打出手，而是假作醉酒，让过在树下乘凉的蒋门神，到酒店中借酒挑衅，引逗对方发怒，来个后发制人；又故意放人去给蒋门神报信，自己则以逸待劳、轻松应对，狠狠教训了对方。相比之下，只会打打杀杀的李逵、因一时气愤误伤人命的鲁达，都略逊一筹。

三、本回题为"醉打"，酒在其中扮演了重要"角色"。事前武松就说过"有酒时，拿了路上吃"的话。后因武松醉酒，施恩推迟了报仇日期，引来武松不满。及至出发这日，武松与施恩定下"无三不过望"的原则，并声称："带一分酒，便有一分本事……我若吃了十分酒，这气力不知从何而来！"嗣后到快活林酒店中挑衅，也仍是在酒上做文章。在梁山好汉中，武松酒量虽大，却有很强的自制力，很少因酒误事。他多半是凭借酒力激发自身的力量，有时则是以醉态迷惑对手。例如此番他一路经过十几家酒肆吃了几十碗酒，"虽然带着五七分酒，却装做十分醉的"。蒋门神果然被他迷惑，"心里先欺他醉，只顾赶将入来"，结果吃了大亏。

四、武松又是个有缺点的英雄（话说，从市井文化中成长起来的文学人物，又有哪一个没有局限性呢），我们在"话说《水浒传》·打虎英雄的两面性"中已有分析，这里不再赘言。

当夜，武松巴不得天明。早起来，洗漱罢，头上裹了一顶万字头巾，身上穿了一领土色布衫，腰里紧条红绢搭膊，下面腿绑护膝¹，八搭麻鞋²。讨了一个小膏药，贴了脸上金印。

　　施恩早来，请去家里吃早饭。武松吃了茶饭罢，施恩便道：
"后槽有马，备来骑去。"武松道："我又不脚小，骑那马怎地！
只要依我一件事。"施恩道："哥哥但说不妨。小弟如何敢道不
依。"武松道："我和你出得城去，只要还我'无三不过望³'。"施
恩道："兄长，如何是'无三不过望'？小弟不省其意。"武松笑
道："我说与你。你要打蒋门神时，出得城去，但遇着一个酒店，
便请我吃三碗酒。若无三碗时，便不过望子去。这个唤做'无三
不过望'。"施恩听了，想道："这快活林离东门去，有十四五里田
地，算来卖酒的人家，也有十二三家。若要每店吃三碗时，恰好
有三十五六碗酒，才到得那里，恐哥哥醉也，如何使得！"武松
大笑道："你怕我醉了没本事，我却是没酒没本事！带一分酒，便
有一分本事；五分酒五分本事。我若吃了十分酒，这气力不知从
何而来！若不是酒醉后了胆大，景阳冈上如何打得这只大虫？那
时节我须烂醉了好下手，又有力，又有势⁴！"施恩道："却不知
哥哥是恁地。家下有的是好酒，只恐哥哥醉了失事⁵，因此夜来不

1　腿绷（bēng）：绑腿，又作"腿绷"。
2　八搭麻鞋：有八个耳绊的麻鞋，穿时以绳穿绊，系于脚上。又作"八耳麻鞋"。
3　望：酒望，酒旗。
4　势：气势，胆魄。
5　失事：误事。

六百子

金眼彪施恩

生擒小霸张太子

施恩 [明] 陈洪绶 绘

敢将酒出来请哥哥深饮。待事毕时，尽醉方休。既然哥哥原来酒
后越有本事时，恁地先教两个仆人，自将了家里的好酒果品肴
馔，去前路等候，却和哥哥慢慢地饮将去。"武松道："怎么却才
中我意！去打蒋门神，教我也有些胆量。没酒时，如何使得手段
出来？还你今朝打倒那厮，教众人大笑一场！"施恩当时打点了，
叫两个仆人先挑食箩酒担，拿了些铜钱去了。施老管营又暗暗地
选拣了一二十条壮健大汉，慢慢的随后来接应。都分付下了。

且说施恩和武松两个，离了安平寨，出得孟州东门外来。行过得三五百步，只见官道傍边早望见一座酒肆，望子挑出在檐前。那两个挑食担的仆人，已先在那里等候。施恩邀武松到里面坐下，仆人已自安下肴馔，将酒来筛。武松道："不要小盏儿吃，大碗筛来，只斟三碗。"仆人排下大碗，将酒便斟。武松也不谦让，连吃了三碗，便起身。仆人慌忙收拾了器皿，奔前去了。武松笑道："却才去肚里发一发。我们去休。"

两个便离了这座酒肆，出得店来。此时正是七月间天气，炎暑未消，金风乍起[1]。两个解开衣襟，又行不得一里多路，来到一处，不村不郭，却早又望见一个酒旗儿，高挑出在树林里。来到林木丛中看时，却是一座卖村醪小酒店[2]。施恩立住了脚问道："兄长，此间是个村醪酒店，也算一望么？"武松道："是酒望须饮三碗。若是无三，不过去便了。"两个入来坐下。仆人排了酒碗果品。武松连吃了三碗，便起身走。仆人急急收了家火什物，赶前去了。两个出得店门来，又行不到一二里，路上又见个酒店。武松入来，又吃了三碗便走。

话休絮繁。武松、施恩两个一处走着，但遇酒店，便入去吃

1　金风：秋风。

2　村醪（láo）：村民自酿的浊酒，质量远不如由官家酒库所酿造的酒。

三碗。约莫也吃过十来处酒肆。施恩看武松时，不十分醉。武松问施恩道："此去快活林还有多少路？"施恩道："没多了，只在前面远远地望见那个林子便是。"武松道："既是到了，你且在别处等我，我自去寻他。"施恩道："这话最好。小弟自有安身去处。望兄长在意，切不可轻敌。"武松道："这个却不妨。你只要叫仆人送我。前面再有酒店时，我还要吃。"施恩叫仆人仍旧送武松。施恩自去了。

武松又行不到三四里路，再吃过十来碗酒。此时已有午牌时分，天色正热，却有些微风。武松酒却涌上来，把布衫摊开。虽然带着五七分酒，却装做十分醉的，前颠后偃，东倒西歪，来到林子前。仆人用手指道："只前头丁字路口，便是蒋门神酒店。"武松道："既是到了，你自去躲得远着。等我打倒了，你们却来。"

武松抢过林子背后[1]，见一个金刚来大汉，披着一领白布衫，撒开一把交椅[2]，拿着蝇拂子[3]，坐在绿槐树下乘凉。武松假醉佯颠[4]，斜着眼看了一看，心中自忖道：这个大汉，一定是蒋门神了。直抢过去。又行不到三五十步，早见丁字路口一个大酒店，檐前立

---

1 抢：这里指快速通过。
2 撒开：如说支开。交椅：一种坐时可支开、不坐时可合拢的椅子。
3 蝇拂子：又作"拂尘"，一般用马尾等制成，带柄，甩动可驱赶蚊蝇。
4 假醉佯（yáng）颠：假装醉酒、癫狂。佯，假装。

着望竿，上面挂着一个酒望子，写着四个大字道"河阳风月[1]"。转过来看时，门前一带绿油栏干，插着两把销金旗[2]，每把上五个金字，写道"醉里乾坤大""壶中日月长"。一壁厢肉案砧头[3]，操刀的家生[4]；一壁厢蒸作馒头，烧柴的厨灶。去里面一字儿摆着三只大酒缸，半截埋在地里。缸里面各有大半缸酒。正中间装列着柜身子，里面坐着一个年纪小的妇人，正是蒋门神初来孟州新娶的妾；原是西瓦子里唱说诸般宫调的顶老[5]。

　　武松看了，瞅着醉眼，径奔入酒店里来。便去柜身相对一付座头上坐了[6]。把双手按着桌子上，不转眼看那妇人。那妇人瞧见，回转头看了别处。武松看那店里时，也有五七个当撑的酒保[7]。武松却敲着桌子叫道："卖酒的主人家在那里？"一个当头的酒保过来，看着武松道："客人要打多少酒？"武松道："打两角酒，先把些来尝看。"

　　1　河阳风月：宋时酒店的酒望子上多写此四字，本义不可考。或说黄河以北通称"河阳"，"风月"或带有"醉酒妇人"之义。

　　2　销金旗：用金色装饰或洒金图案的旗子。

　　3　砧（zhēn）头：切肉的砧板。

　　4　家生：家伙，什物。

　　5　瓦子：宋元都市中集中娱乐兼商业经营的场所，往往包含多座勾栏，为戏曲、说书、杂技等娱乐提供场地，又叫"瓦市""瓦肆""瓦舍"。诸般宫调：诸宫调，是流行于宋、金、元时的一种说唱艺术，由一人表演，连唱带说，讲述长篇故事，唱时有乐器伴奏。顶老：妓女，歌妓。

　　6　座头：座位。

　　7　当撑：当班，值班。

那酒保去柜上，叫那妇人舀两角酒下来，倾放桶里，烫一碗过来道："客人尝酒。"武松拿起来闻一闻，摇着头道："不好，不好！换将来。"酒保见他醉了，将来柜上道："娘子，胡乱换些与他。"那妇人接来，倾了那酒，又舀些上等酒下来。酒保将去，又烫一碗过来。武松提起来咂一咂，叫道："这酒也不好！快换来，便饶你！"

酒保忍气吞声，拿了酒去柜边道："娘子，胡乱再换些好的与他，休和他一般见识。这客人醉了，只要寻闹相似，便换些上好的与他罢。"那妇人又舀了一等上色好的酒来与酒保[1]。酒保把桶儿放在面前，又烫一碗过来。武松吃了道："这酒略有些意思。"问道："过卖，你那主人家姓什么？"酒保答道："姓蒋。"武松道："却如何不姓李？"那妇人听了道："这厮那里吃醉了，来这里讨野火么[2]？"酒保道："眼见得是个外乡蛮子[3]，不省得了，在那里放屁。"武松问道："你说什么？"酒保道："我们自说话，客人，你休管，自吃酒。"武松道："过卖，你叫柜上那妇人下来，相伴我吃酒。"酒保喝道："休胡说！这是主人家娘子。"武松道："便是主人家娘子，待怎地？相伴我吃酒也不打紧。"那妇人大怒，便骂

1　上色：上等。
2　讨野火：犹说打野食、找便宜。火，指饭食。
3　蛮子：原是北方人对南方人的蔑称，这里犹如说野蛮人。

道:"杀才[1]！该死的贼！"推开柜身子，却待奔出来。

武松早把土色布衫脱下，上半截揣在腰里，便把那桶酒只一泼泼在地上，抢入柜身子里，却好接着那妇人。武松手硬，那里挣扎得？被武松一手接住腰胯，一只手把冠儿捏做粉碎[2]，揪住云髻[3]，隔柜身子提将出来，望浑酒缸里只一丢，听得"扑通"的一声响，可怜这妇人正被直丢在大酒缸里。武松托地从柜身前踏将出来。有几个当撑的酒保，手脚活些个的，都抢来奔武松。武松手到，轻轻地只一提，提一个过来，两手揪住，也望大酒缸里只一丢，桩在里面[4]。又一个酒保奔来，提着头只一掠，也丢在酒缸里。再有两个来的酒保，一拳一脚，都被武松打倒了。先头三个人，在三只酒缸里，那里挣扎得起？后面两个人，在地下爬不动。这几个火家捣子，打得屁滚尿流。乖的走了一个。武松道："那厮必然去报蒋门神来。我就接将去，大路上打倒他好看，教众人笑一笑。"武松大踏步赶将出来。

那个捣子径奔去报了蒋门神[5]。蒋门神见说，吃了一惊。踢翻

---

1 杀才：骂人的话，犹如说"该杀的家伙"。
2 冠儿：古代妇女头饰的一种。
3 云髻：妇女的发髻。
4 桩：倒栽。
5 捣子：鄙称，犹如说家伙。

了交椅，丢去蝇拂子，便钻将来[1]。武松恰好迎着。正在大阔路上撞见。蒋门神虽然长大，近因酒色所迷，淘虚了身子，先自吃了那一惊，奔将来，那步不曾停住，怎地及得武松虎一般似健的人，又有心来算他。蒋门神见了武松，心里先欺他醉，只顾赶将入来。说时迟，那时快。武松先把两个拳头去蒋门神脸上虚影一影[2]，忽地转身便走。蒋门神大怒，抢将来，被武松一飞脚踢起，踢中蒋门神小腹上，双手按了，便蹲下去。武松一趔[3]，趔将过来，那只右脚早踢起，直飞在蒋门神额角上，踢着正中。望后便倒。武松追入一步，踏住胸脯，提起这醋钵儿大小拳头，望蒋门神脸上便打。

原来说过的，打蒋门神扑手[4]，先把拳头虚影一影，便转身，却先飞起左脚，踢中了，便转过身来，再飞起右脚。这一扑，有名唤做"玉环步、鸳鸯脚"。这是武松平生的真才实学，非同小可。打的蒋门神在地下叫饶。武松喝道："若要我饶你性命，只要依我三件事。"蒋门神在地下叫道："好汉饶我！休说三件，便是三百件，我也依得！"……[5]

1　钻：这里指躬身赶来。

2　影一影：晃一晃。

3　趔（xué）：来回走，也指中途折回。

4　扑手：指搏击的招式。下文中的"玉环步、鸳鸯脚"，是招式名目。

5　此处略去第二十八、第二十九回之间的衔接文字。

武松道："第一件，要你便离了快活林回乡去，将一应家火什物，随即交还原主金眼彪施恩。谁教你强夺他的？"蒋门神慌忙应道："依得，依得！"武松道："第二件，我如今饶了你起来，你便去央请快活林为头为脑的英雄豪杰，都来与施恩陪话[1]。"蒋门神道："小人也依得。"武松道："第三件，你从今日交割还了，便要你离了这快活林，连夜回乡去，不许你在孟州住。在这里不回去时，我见一遍打你一遍，我见十遍打十遍！轻则打你半死，重则结果了你命！你依得么？"蒋门神听了，要挣扎性命，连声应道："依得，依得！蒋忠都依！"

武松就地下提起蒋门神来看时，打得脸青嘴肿，脖子歪在半边，额角头流出鲜血来。武松指着蒋门神说道："休言你这厮鸟蠢汉，景阳冈上那只大虫，也只三拳两脚，我兀自打死了！量你这个值得甚的？快交割还他。但迟了些个，再是一顿，便一发结果了你这厮！"蒋门神此时方才知是武松，只得喏喏连声告饶。

正说之间，只见施恩早到。带领着三二十个悍勇军健，都来相帮，却见武松赢了蒋门神，不胜之喜，团团拥定武松。武松指着蒋门神道："本主已自在这里了。你一面便搬，一面快去请人来

---

1 陪话：赔礼道歉。按，武松要蒋门神请"快活林为头为脑的英雄豪杰"替蒋门神给施恩"陪话"，目的是羞辱蒋门神，也是向众豪杰宣布快活林易手，让他们做个见证。

陪话。"蒋门神答道:"好汉且请去店里坐地。"武松带一行人都到店里看时,满地尽是酒浆,入脚不得。那两个鸟男女,正在缸里扶墙摸壁扎挣。那妇人才方从缸里爬得出来,头脸都吃磕破了,下半截淋淋漓漓,都拖着酒浆。那几个火家酒保,走得不见影了。

武松与众人入到店里坐下,喝道:"你等快收拾起身。"一面安排车子,收拾行李,先送那妇人去了,一面叫不着伤的酒保,去镇上请十数个为头的豪杰之士,都来店里,替蒋门神与施恩陪话。尽把好酒开了。有的是按酒,都摆列了桌面,请众人坐地。武松叫施恩在蒋门神上首坐定。各人面前放只大碗,叫把酒只顾筛来。

酒至数碗,武松开话道:"众位高邻都在这里。小人武松,自从阳谷县杀了人,配在这里,闻听得人说道:'快活林这座酒店,原是小施管营造的屋宇等项买卖。被这蒋门神倚势豪强,公然夺了,白白地占了他的衣饭。'你众人休猜道是我的主人。他和我并无干涉[1]。我从来只要打天下这等不明道德的人!我若路见不平,真乃拔刀相助,我便死也不怕!今日我本待把蒋家这厮一顿拳脚打死,就除了一害!且看你众高邻面上,权寄下这厮一条性命。我今晚便教他投外府去。若不离了此间,我再撞见时,景阳冈上

1　干涉:关系,关联。

大虫便是模样！"众人才知道他是景阳冈打虎的武都头，都起身替蒋门神陪话道："好汉息怒！教他便搬了去，奉还本主。"

那蒋门神吃他一吓，那里敢再做声。施恩便点了家火什物，交割了店肆。蒋门神羞惭满面，相谢了众人，自唤了一辆车儿，就装了行李起身去了，不在话下。且说武松邀众高邻直吃得尽醉方休。至晚，众人散了。武松一觉，直睡到次日辰牌方醒。

14. 节选一四　枊打白秀英

阅读提示

一、本段选自《水浒传》第五十回"插翅虎枊打白秀英，美髯公误失小衙内"。前文叙雷横外出公干，路经梁山，宋江等劝他入伙，他不肯。本回写雷横回郓城县后发生的意外风波，令他不得不上山落草。

二、本段一大看点，是翔实记录了古代的演剧活动。戏剧表演是在勾栏中进行，勾栏门前"挂着许多金字帐额，旗杆吊着等身靠背"，这是用演戏道具招徕看客。勾栏内部的座位是分等级的，雷横所坐的"青龙头上第一位"，应是最佳位置。至于演出活动，则先由班主"开科"（做开场演说），再由演员登台献艺；唱到"务头"处，则向观众收钱。自然是从青龙头上第一位开始……这些文字，都忠实描述了当年诸宫调演出的实况，为戏曲史留下宝贵的史料。

三、古代演员称优人，社会地位低下，与娼妓合称"倡优"，值得同情。然而他们游走城乡，四方卖艺，也沾染了不少江湖习气。如文中的白氏父女来自京城，又有县官撑腰，自视甚高，看不起乡下人。白秀英收钱时与雷横反复交涉，班主白玉乔便说："我儿，你自没眼，不看城里人村里人，只顾问他讨什么！……"并辱骂雷横是"三家村使牛的"，导致了矛盾升级。其后白秀英又当面打骂雷母，招致杀身之祸，也都是事出有因。

四、来郓城县"打踅"（今称"走穴"）的女优白秀英，竟是新任知县在东京时的旧相识，靠着知县撑腰，白氏父女格外嚣张。这情节初看很像是小说家的虚构之言，其实这样的事在古代并不少见。据史书记载，南宋初年，负责镇压洞庭湖起义的官军统帅程昌寓就曾带着在东京结识的"露台弟子""小心奴"赴任；中途"小心奴"被洞庭好汉劫走，程昌寓也因此对起义军恨之入骨。

五、本段中的人物对话格外精彩，无论台上优人的演出套话，还是台下争吵时的"互怼"言辞，都声声入耳。白氏父女是"吃开口饭"的，练就伶牙俐齿，诗词谚语张口就来。白玉乔说话先念诗："虽无买马博金艺，要动听明监事人。"……白秀英敛钱，口中也念念有词："财门上起，利地上住……"及至争吵起来，什么"头醋不酽二醋薄""画饼充饥""望梅止渴"，都信口而发。白玉乔还现场"编排"雷横，把"雷都头"念成"驴筋头"；雷横受了侮辱，嘴又跟不上，便只有用拳头回答了。这些地方，都值得玩味。

再说雷横离了梁山泊，背了包裹，提了朴刀，取路回到郓城县。到家参见老母，更换些衣服，赍了回文[1]，径投县里来拜见了知县，回了话，销缴公文批帖[2]，且自归家暂歇。依旧每日县中书画卯酉[3]，听候差使。

因一日行到县衙东首，只听得背后有人叫道："都头几时回来？"雷横回过脸来看时，却是本县一个帮闲的李小二。雷横答道："我却才前日来家。"李小二道："都头出去了许多时，不知此处近日有个东京新来打踅的行院[4]，色艺双绝，叫做白秀英。那妮子来参都头[5]，却值公差出外不在。如今见在勾栏里说唱诸般宫调[6]。每日有那一般打散[7]，或是戏舞，或是吹弹，或是歌唱，赚得那人山人海价看[8]。都头如何不去睃一睃[9]？端的是好个粉头[10]！"雷

1　赍（jī）：拿着，怀着。

2　销缴：这里指差事完成后，将相关回文缴纳销差。批帖：由对方签署的回文、回帖。

3　书画卯酉：点卯，签到。按，卯为早5点至7点，酉为晚5点至7点。这里指"上班""下班"都要签字画押。

4　打踅：指艺人巡回演出，今称"走穴"。行（háng）院：金元时妓女、优伶的居所，也指妓女、优伶本身。

5　妮子：方言对小女孩儿的称呼，这里指白秀英。参：参拜。旧时演员四方谋生，所到之处先要参拜地方上有势力的人，以求获得保护。雷横身为都头，有一定势力，故也在被参拜之列。

6　勾栏：宋元时都市中的百戏演出场所，类似于今天的剧场。后来也指妓院。

7　打散：是指正剧演出之后的散段演出。以下的戏舞、吹弹，都泛指歌舞表演。

8　赚得：引诱得。

9　睃（suō）一睃：看一看，看一眼。

10　粉头：对妓女及女演员的蔑称。

横听了，又遇心闲，便和那李小二到勾栏里来看。

　　只见门首挂着许多金字帐额[1]，旗杆吊着等身靠背[2]。入到里面，便去青龙头上第一位坐了[3]。看戏台上，却做笑乐院本[4]。那李小二从丛里撇了雷横，自出外面赶碗头脑去了[5]。院本下来，只见一个老儿裹着磕脑儿头巾[6]，穿着一领茶褐罗衫，系一条皂绦，拿把扇子上来开科道[7]："老汉是东京人氏，白玉乔的便是。如今年迈，只凭女儿秀英歌舞吹弹，普天下伏侍看官。"

　　锣声响处，那白秀英早上戏台，参拜四方。拈起锣棒，如撒豆般点动。拍下一声界方[8]，念出四句七言诗道："新鸟啾啾旧鸟归，老羊羸瘦小羊肥。人生衣食真难事，不及鸳鸯处处飞！[9]"雷横听了喝声采。那白秀英便道："今日秀英招牌上明写着这场话本[10]，是

　　1　金字帐额：指绣着金字宣传语的横幅之类。

　　2　等身靠背：靠背即戏装（又称"行头"），等身是指与真人身材相等。

　　3　青龙头上第一位：指左边第一座位，是观剧最佳位置。

　　4　笑乐院本：戏剧表演中具有喜剧效果、用于烘托气氛的穿插表演。院本，是金人对杂剧的称呼。

　　5　头脑："头脑酒"，一种北方冬季御寒的饮食，将肉、菜等材料置于碗中，浇以热酒。近代西北民间犹有食用。

　　6　磕脑儿头巾：磕脑本义即头巾。

　　7　开科：指剧场演出之初，先由班主登场，演说剧情大义，并招呼演员上台献艺。也作"开呵""开喝""开和"。

　　8　界方：原指文具镇纸，这里指表演时用的醒木。

　　9　"新鸟啾啾"四句：此诗在其他版本中未见，当为金圣叹所添加。啾啾，鸟鸣声。羸（léi）瘦，瘦弱。

　　10　话本：一般指说话（说评书）演出的底本。其实诸宫调、木偶戏等演出的底本也可叫话本，这里指后者。

一段风流蕴藉的格范[1]，唤做'豫章城双渐赶苏卿[2]'。"说了开话又唱[3]，唱了又说。合棚价众人喝采不绝[4]。

那白秀英唱到务头，这白玉乔按喝道："'虽无买马博金艺，要动聪明鉴事人。'[5]看官喝采是过去了，我儿，且下来。这一回便是衬交鼓儿的院本[6]。"白秀英拿起盘子，指着道："财门上起，利地上住，吉地上过，旺地上行。[7]手到面前，休教空过。"白玉乔道："我儿且走一遭，看官都待赏你。"白秀英托着盘子，先到雷横面前。雷横便去身边袋里摸时，不想并无一文。雷横道："今日忘了，不曾带得些出来，明日一发赏你。"白秀英笑道："'头醋不酽二醋薄[8]。'官人坐当其位，可出个标首[9]。"雷横通红了面皮，道："我一时不曾带得出来，非是我舍不得。"白秀英道："官人既是来听唱，如何不记得带钱出来？"雷横道："我赏你三五两

1　风流蕴藉（jiè）：这里形容作品的意趣飘逸含蓄。格范：指戏曲演出的规范，也称"科范"。

2　豫章城双渐赶苏卿：此为诸宫调作品之一，演说书生双渐与妓女苏小卿的恋爱故事，作品已失传。

3　开话：开场白。

4　合棚价：满棚。宋代用于营业的建筑多称"棚"，这里指勾栏建筑。

5　"虽无"二句：这是艺人演出时念诵的套话。买马博金，用典不详。有人认为是指古代鲍生以美妾换取韦生的骏马，似乎也不确切。聪明鉴事，聪明晓事。

6　衬交鼓儿的院本：当指以鼓伴奏的院本。

7　"财门上起"四句：是剧场演出讨钱收费时所念的吉庆话。

8　"头醋"句：酿醋时，第一番出的醋汁最酽，后面越出味儿越淡。这里喻指头一位观众给的少，就不要指望后面的了。在其他版本中，此句也作"头醋不酽彻底薄"。

9　标首：头赏。

银子，也不打紧，却恨今日忘记带来。"白秀英道："官人今日眼见一文也无，提甚三五两银子！正是教俺'望梅止渴''画饼充饥！'"白玉乔叫道："我儿，你自没眼！不看城里人村里人，只顾问他讨什么！且过去自问晓事的恩官告个标首[1]。"雷横道："我怎地不是晓事的？"白玉乔道："你若省得这子弟门庭时，狗头上生角！[2]"众人齐和起来。雷横大怒，便骂道："这忤奴[3]，怎敢辱我！"白玉乔道："便骂你这三家村使牛的[4]，打什么紧！"有认得的，喝道："使不得！这个是本县雷都头！"白玉乔道："只怕是'驴筋头'！"雷横那里忍耐得住，从坐椅上直跳下戏台来，揪住白玉乔，一拳一脚，便打得唇绽齿落。众人见打得凶，都来解拆[5]，又劝雷横自回去了。勾栏里人一哄尽散。

原来这白秀英却和那新任知县旧在东京两个来往，今日特地在郓城县开勾栏。那花娘见父亲被雷横打了，又带重伤，叫一乘轿子，径到知县衙内诉告："雷横殴打父亲，搅散勾栏，意在欺骗奴家！"知县听了，大怒道："快写状来！"这个唤做"枕边灵"[6]。

---

1 恩官：对观众的谀称。
2 "你若"二句：意思是你如果晓得看戏捧场的规矩，狗也要长犄角了（暗示此事不可能）。子弟门庭，指纨绔子弟所熟悉的吃喝玩乐的一套。门庭，家风，规范。
3 忤奴：忤逆的奴才。
4 三家村使牛的：这是辱骂乡下人的话。
5 解拆：劝解，拉架。
6 枕边灵：旧指男子易于听从妻妾的话。

雷横 / 张光宇 绘

　　便教白玉乔写了状子，验了伤痕，指定证见[1]。本处县里有人都和雷横好的，替他去知县处打关节[2]。怎当那婆娘守定在衙内，撒娇撒痴，不由知县不行。立等知县差人把雷横捉拿到官，当厅责打，取了招状，将具枷来枷了，押出去号令示众。那婆娘要逞好手[3]，又去知县行说了[4]，定要把雷横号令在勾栏门首。

1　证见：证人。
2　打关节：打通关节，说情。
3　逞好手：逞强，逞手段。
4　行（háng）：那里。

第二日，那婆娘再去做场，知县却教把雷横号令在勾栏门首。这一班禁子人等都是雷横一般的公人[1]，如何肯绷扒他[2]？这婆娘寻思一会：既是出名奈何了他，只是一怪！[3] 走出勾栏门去茶坊里坐下，叫禁子过去，发话道："你们都和他有首尾[4]，却放他自在。知县相公教你们绷扒他，你倒做人情！少刻我对知县说了，看道奈何得你们也不！"禁子道："娘子不必发怒，我们自去绷扒他便了。"白秀英道："恁地时，我自将钱赏你。"禁子们只得来对雷横说道："兄长，没奈何且胡乱绷一绷。"把雷横绷扒在街上。

人闹里，却好雷横的母亲正来送饭，看见儿子吃他绷扒在那里，便哭起来，骂那禁子们道："你众人也和我儿一般在衙门里出入的人，钱财真这般好使？谁保得常没事！"禁子答道："我那老娘听我说，我们却也要容情，怎禁被原告人监定在这里要绷，我们也没做道理处。不时便要去和知县说，苦害我们，因此上做不得面皮[5]。"那婆婆道："几曾见原告人自监着被告号令的道理？"禁子们又低低道："老娘，他和知县来往得好，一句话便送了我

1　禁子：牢卒。

2　绷扒：剥了衣裳用绳索捆绑，也作"绷扒"。

3　"既是出名"二句：意为既然获得惩治对方的名儿，再厉害些，也只是得罪一回。奈何，这里意为对付、惩治。

4　有首尾：指暗中有关系，有勾结。

5　做不得面皮：做不得人情。

们，因此两难。"那婆婆一面自去解索，一头口里骂道："这个贼贱人直恁的倚势[1]！我自解了这索子，看他如今怎的！"

白秀英却在茶坊里听得，走将过来，便道："你那老婢子却才道什么[2]！"那婆婆那里有好气，便指责道："你这千人骑万人压乱人入的贱母狗！做什么倒骂我！"白秀英听得，柳眉倒竖，星眼圆睁，大骂道："老咬虫！乞贫婆！贱人怎敢骂我！"婆婆道："我骂你，待怎的？你须不是郓城县知县！"白秀英大怒，抢向前只一掌，把那婆婆打个跟跄。那婆婆却待挣扎，白秀英再赶入去，老大耳光子只顾打。这雷横已是衔愤在心[3]，又见母亲吃打，一时怒从心发，扯起枷来，望着白秀英脑盖上，只一枷梢，打个正着，劈开了脑盖，扑地倒了。众人看时，脑浆迸流，眼珠突出，动掸不得，情知死了。

众人见打死了白秀英，就押带了雷横，一发来县里首告，见知县备诉前事。知县随即差人押雷横下来，会集厢官[4]，拘唤里正邻佑人等[5]，对尸检验已了，都押回县来。雷横一面都招承了，并

---

1 倚势：仗势（欺人）。
2 老婢子：与下文中的"贱母狗""老咬虫""乞贫婆"，都是辱骂女性的话。
3 衔愤：含恨。
4 厢官：官名，宋代于京城内外设置厢官，受理居民讼诉争斗等事。
5 邻佑：邻居。

无难意。他娘自保领回家听候[1]。把雷横枷了，下在牢里。

当牢节级却是美髯公朱仝，见发下雷横来，也没做奈何处，只得安排些酒食管待。教小牢子打扫一间净房，安顿了雷横。少间，他娘来牢里送饭，哭着哀告朱仝道："老身年纪六旬之上，眼睁睁地只看着这个孩儿！望烦节级哥哥看日常间弟兄面上，可怜见我这个孩儿，看觑看觑！"朱仝道："老娘自请放心归去。今后饭食不必来送，小人自管待他。倘有方便处，可以救之。"雷横娘道："哥哥救得孩儿，却是重生父母！若孩儿有些好歹，老身性命也便休了！"朱仝道："小人专记在心。老娘不必挂念。"那婆婆拜谢去了。

朱仝寻思了一日，没做道理救他处。又自央人去知县处打关节，上下替他使用人情。那知县虽然爱朱仝，只是恨这雷横打死了他表子白秀英[2]，也容不得他说了。又怎奈白玉乔那厮催并叠成文案[3]，要知县断教雷横偿命[4]；因在牢里，六十日限满，断结解上

1　保领回家听候：这里指取保开释，由人领回，在家听候传唤。
2　表子：妓女，这里又有情人之意，也作婊子。
3　催并：催促，也作催併。叠成文案：做成案卷。
4　断：判断，判定。

济州。[1] 主案押司抱了文卷先行[2]，却教朱仝解送雷横。

朱仝引了十数个小牢子，监押雷横离了郓城县。约行了十数里地，见个酒店。朱仝道："我等众人就此吃两碗酒去。"众人都到店里吃酒。朱仝独自带过雷横，只做水火[3]，来后面僻静处，开了枷，放了雷横。分付道："贤弟自回，快去取了老母，星夜去别处逃难[4]。这里我自替你吃官司。"雷横道："小弟走了自不妨，必须要连累了哥哥！"朱仝道："兄弟，你不知，知县怪你打死了他表子，这文案都做死了，解到州里，必是要你偿命。我放了你，我须不该死罪。况兼我又无父母挂念，家私尽可赔偿[5]。你顾前程万里，快去。"

雷横拜谢了，便从后门小路奔回家里，收拾了细软包裹，引了老母，星夜自投梁山泊入伙去了，不在话下。

---

1 "六十日"二句：明代法律规定，重大命案由本县审判后，要将被告押送到上级衙门复审，以示对生命的重视。这里指雷横在郓城县被判死刑后，在规定监押日期内解送济州复审。
2 押司：宋代官署中的吏员职衔，负责办理案牍等事。
3 水火：这里指大小便。
4 星夜：连夜。
5 家私：家财。

各方赞誉

　　四大名著与《儒林外史》是中国小说史的巅峰，也是中华传统文化的名片。如何让中小学生进入经典的世界，从宏观上说，是学术界与教育界的共同课题与责任；从微观上说，也是我自己多年来的一个困惑。现在侯会教授把自己数十年的学术积累贡献出来，与孩子们一起来面对这个挑战。我也终于为女儿找到了进入经典的路径。

——北京师范大学文学院教授　李小龙

　　侯会老师作为古典小说研究专家，兼有丰富的文学经典普及经验，他的这套古典小说名著读本，提炼了"五大名著"的精髓，以"导读""速读""精读"三重读法，一步步引领青少年走进古典小说的精彩世界。

——首都经贸大学文化与传播学院教授　彭利芝

　　五大古典文学名著，每一部都煌煌数十万言，读起来费时费力，因此，需要一套既能激发孩子阅读兴趣，又能为孩子指引路径的辅导

读物。《侯会给孩子讲古典文学名著》正是一套契合此旨意的书籍。通过这套书的引导，小读者能够获得事半功倍的阅读效果。

——中国艺术研究院副研究员、

中国红楼梦学会执行秘书长　何卫国

古典小说名著是中华文学的瑰宝，是中国人必须形成的阅读记忆。但孩子的阅读往往陷入困境：一方面课程标准、语文教材、语文高考不断加大阅读要求，另一方面由于时代背景、语言风格、故事内容的巨大差异，造成孩子不想读、读不懂、读了无效的普遍状况。要解决这一困境，需要作者既了解文本，又了解孩子。侯会教授正是适合的作者，《侯会给孩子讲古典文学名著》正是适合的书。

——儿童阅读研究者　王林

孩子们要"读懂"四大名著和《儒林外史》，不仅要啃完全文，更需要专业、平近、举重若轻的"解码书"。侯会教授说，精彩的故事讲三遍。读名著，读出历史、世情和自我，才是阅读的高光时刻。

——童书作家、三五锄创始人　粲然

侯会老师这套书，用"三重读法"领着孩子走进经典："导读"提纲挈领，概览艺术特色；"速读"去芜存菁，理清故事主线；"精读"含英咀华，赏析精彩章节。跟着侯老师，循序渐进、拾级而上，读

通、读懂、读透五部经典名著，从根儿上提升孩子的文学素养。

——浙江省语文特级教师　张祖庆

侯老爷子讲名著最大的亮点是懂经典更懂孩子。孩子读完一定眼界大开：不仅爱上读名著，更能变成半个阅读小专家；莫说是应对中高考，语文历史老师也得刮目相看。偷偷告诉你，侯老爷子在师范院校教了一辈子书，是很多语文老师的语文老师的语文老师，想学筋斗云，找悟空当然不如找须菩提祖师啊。

——北京景山学校语文教师　孟岳

在这套书中，侯教授用生动流畅的语言对每部古典名著都进行了三重引读："话说"部分不但涉及相关背景资料，还渗透毛宗岗、金圣叹等批评大家的重要文学思想。这既提升了阅读的高度，又为学生广泛深入地阅读做了铺垫。"速读"部分用较少的文字，理出了内容连贯、重点突出的整本书情节，让学生可以轻松地一窥全貌。"选粹"部分在节选精彩内容的基础上，对原文作了精当的阅读提示和准确的注释。学生可以在把握背景知识、了解整体情节的基础上，品味原著本身的韵味。

——北京市海淀区翠湖小学语文教师　张波

古典小说的阅读，是寻章摘句，还是按部就班？是六经注我，还是我注六经？是信马由缰，还是亦步亦趋？在我看来，没有绝对的标答。对于现今的孩子来说，博观而约取的姿态、方法，更自由，更有益，更值得提倡。跟着侯会老师随性而读，有的放矢，不亦快哉！

——深圳实验学校语文名师、

全国推动读书十大人物　周其星

侯会教授这套书，立足小说整体，总结了同一人物分散在各回目的典型特征，引导学生阅读有关人物的"全部"信息，全面理解人物。根据学生年龄特点，侯老师有意选择名著中的"精华"，剔除"糟粕"。每部作品，均以人物为主线，由趣味性的导读、概括性的速读和经典情节的精读三部分组成，以此来窥名著之全貌。

——清华大学附属中学语文教师　向东佳

侯老师的新作可谓"信、趣、粹"。"信"是指准确可信。侯老师学养深厚，治学严谨，言必有据，笔底风骨，字斟句酌。"趣"是指风趣幽默。古典名著往往令人望而生畏，给人难以亲近之感。侯老师涉笔成趣，文字蔼然，仿若长者俯身与孩童谈笑，春风化雨育桃李。"粹"是指去粗取精。中国古典文学名著鸿篇巨制，一般读者不易识

其精要。侯老师以专业的眼光遴选出精华并加以精烹细饪，令人读之顿感大快朵颐。

——北京市第五中学语文高级教师、北京市骨干教师　徐淳

从"话说"的提要，到"速读"的通览，再到"选粹"的精读，《侯会给孩子讲古典文学名著》既能基于孩子实际能力，架起初读的桥梁，又能引人入胜，领着孩子见识名著的精髓，激起阅读原典的热情。更重要的是，侯会老师每本书的结构，以及他对选章的提示与分析，都示范了一种读法，得鱼，而不忘筌，为阅读原典打下了方法论的基础。

——全国优秀教师、知名阅读推广人　冷玉斌

曾读过侯会老师的"讲给孩子的文学经典"系列，很为侯老师这种披沙拣金、捧出甘甜的果实送人的精神所感动。今年侯老师又出新书，看完之后再次惊喜：这套书既有对名著成书背景及文学成就的解读，有着眼于"面"的对每一章节的介绍，又有着眼于"点"的对经典章节的选读。这种编书选文的体例正是一线整本书阅读教学中所需要的，它将会是老师和学生的好帮手。

——厦门市英才学校语文教师　苗旭峰

几年前，读《讲给孩子的中国文学经典》《讲给孩子的世界文学经典》，夜以继日，难抑激动，我发了平生第一条朋友圈："厚积薄发，深入浅出。向侯先生这样有大学问又愿为小孩子写书的教授致敬！"

欲览《红楼梦》《水浒传》等"5A 景区"，须随"金牌导游"。游山五岳、拥书百城的侯先生，在陪你"赏景"的同时，还会要言不烦，告诉你如何"取景"，如何"写景"，如何探索发现……

——《作文指导报》主编 周录恒

对孩子来说，阅读大部头的古典文学名著，犹如让他们独闯世界。问题是这个世界千端万绪，包罗万象，任他们独自进入成人视角的世界，而不加恰当引领，不免存在失控的风险。侯会教授这套书犹如帮助孩子阅读的地图和攻略，它让名著世界迷人而不致使人迷失，让这些古典文学名著在孩子的目光之下，真正具备了童年的属性。

——作家、《中国画 好好看》作者 田玉彬

侯会老师从读者的视角来写作，将多种阅读策略相融合，深入浅出，读之可亲，为孩子们打开了古典名著的魅力世界。

——北京市十一学校语文特级教师 史建筑

扫码享限量特惠

听侯会老师给孩子讲《红楼梦》

看图书＋听音频，灵活学习效果好

侯会给孩子讲古典文学名著

红楼梦

侯会给孩子讲

侯会 著

生活·讀書·新知 三联书店

图书在版编目（CIP）数据

侯会给孩子讲古典文学名著. 1, 红楼梦 / 侯会著 .
北京 : 生活·读书·新知三联书店 , 2024. 9. -- ISBN
978-7-108-07907-7

Ⅰ. I207.41-49

中国国家版本馆 CIP 数据核字第 2024CT5807 号

责任编辑　王海燕
特约编辑　刘红霞　贺　天
封扉设计　赵　欣
责任印制　卢　岳
出版发行　生活·讀書·新知 三联书店
　　　　　（北京市东城区美术馆东街 22 号　100010）
网　　址　www.sdxjpc.com
经　　销　新华书店
印　　刷　河北品睿印刷有限公司
版　　次　2024 年 9 月北京第 1 版
　　　　　2024 年 9 月北京第 1 次印刷
开　　本　880 毫米 × 1230 毫米　1/32　印张 12.25
字　　数　200 千字　图 35 幅
印　　数　0,001 - 6,000 册
定　　价　268.00 元（全五册）
（印装查询：01064002715；邮购查询：01084010542）

林黛玉／王叔晖 绘

滴翠亭宝钗戏彩蝶
己未季冬日陆王叔晖制

宝钗扑蝶 / 王叔晖 绘

一日，薛宝钗在大观园中追扑蝴蝶，于滴翠亭隔窗听到有人密语；为了避嫌，她做出何种举动？（参看"《红楼梦》速读·宝钗扑蝶，黛玉葬花"）

贾探春 / 王叔晖 绘

湘云醉卧芍药裀 / 王叔晖 绘

湘云为人娇憨爽直，性格如男孩儿。宝玉等
人过生日，她酒后图凉快，竟在假山石凳上
醉眠，头枕芍药花瓣，身上也飞满花瓣。

王熙凤与平儿 / 王叔晖 绘

晴雯补裘 / 王叔晖 绘 ┃ 宝玉出客礼服孔雀裘烧了个洞,卧病在床
的晴雯不顾病痛,连夜为宝玉织补。

白雪红梅薛宝琴 / 王叔晖 绘

黛玉葬花／王叔晖 绘　林黛玉怜惜花，觉得花落以后埋在土里最干净，她写了《葬花辞》，以花比喻自己，感花伤己。

刘姥姥一进荣国府 / 王叔晖 绘

大观园全景 / [清] 孙温 绘

北京海淀区正白旗村曹雪芹纪念馆，相传此处便是小说家"著书黄叶村"的故居。 | 黄叶村曹雪芹纪念馆

雪芹故居墙壁上的题字："远富近贫以礼相交天下少，疏亲慢友因财而散世间多。真不错。"有人认为是雪芹手迹。 | 题壁对联

目录

前 言　　1

第一编　话说《红楼梦》

1. 雪芹其人（上）　　003

2. 雪芹其人（下）　　007

3. 荣国府到底建在哪儿　　011

4. 十二钗的排序有点乱吗　　016

5. 离经叛道的贾宝玉　　020

6. 山中高士，世外仙姝　　025

7. 明是一盆火，暗是一把刀　　032

8. 大观园中的丫鬟们　　037

9. 打破常规的写法　　042

10. 超越风格，回归生活　　046

11. "去掉一横三曲的经书"　　051

第二编 《红楼梦》速读

1. 甄士隐初识通灵玉　　057

2. 林黛玉进京　　058

3. 贾雨村乱判"葫芦案"　　060

4. 宝玉游太虚，村妪登贾府　　061

5. 宝钗与黛玉　　063

6. 学堂里的风波　　065

7. 凤姐整治贾瑞　　066

8. 可卿病死，凤姐理丧　　067

9. 弄权铁槛寺　　068

10. 元妃省亲　　069

11. 宝玉和姐妹们（上）　　070

12. 宝玉和姐妹们（下）　　071

13. 大观园里热闹起来　　072

14. 姐弟遭难　　074

15. 宝钗扑蝶，黛玉葬花　　075

16. 心里只有妹妹　　077

17. 不是冤家不聚头　　078

18. 金钏儿被逐，晴雯撕扇　　080

19. 贾政打宝玉　　　081

20. 人生情缘各有分定　　　084

21. 海棠诗与菊蟹咏　　　085

22. 刘姥姥二进荣国府　　　087

23. 乐极生悲的生日宴　　　088

24. 鸳鸯誓死不做妾　　　089

25. 薛蟠挨打，香菱学诗　　　091

26. 大观园里更热闹了　　　092

27. 晴雯夜补孔雀裘　　　095

28. 这个"年"过得有点冷清　　　096

29. 大观园刮起改革风　　　097

30. 紫鹃闯祸　　　098

31 戏子与婆子　　　099

32. 霜、露事件　　　100

33. 怡红开夜宴，宁府响丧钟　　　102

34. 尤氏姐妹的故事（上）　　　104

35. 尤氏姐妹的故事（下）　　　106

36. 桃花、柳絮入诗篇　　　108

37. 凤姐的委屈　　　108

38. 抄检大观园　　　110

39. 冷落过中秋　　　112

40. 晴雯之死　　　113

41. 薛蟠娶了“克星”　　　114

42. 宝玉再进学堂　　　115

43. 男大当婚，女大当嫁　　　116

44. 薛蟠又惹人命官司　　　118

45. 黛玉的心事有谁知　　　119

46. 薛家不安宁，贾府日子紧　　　120

47. 通灵玉不见了　　　121

48. 宝玉成亲日，黛玉泪尽时　　　122

49. 做清官不易　　　124

50. 凤姐求签，金桂害己　　　125

51. 查抄宁国府　　　126

52. 好在还有老太太　　　127

53. 贾母归西　　　128

54. 贾府遭劫　　　130

55. 凤姐“还乡”　　　131

56. 通灵复得　　　132

57. 宝玉出走　　　133

58. 大结局　　　135

第三编 《红楼梦》选粹

1. 节选一　林黛玉进贾府　141

2. 节选二　葫芦僧判断葫芦案　163

3. 节选三　刘姥姥初进荣国府　174

4. 节选四　宝玉与金锁　187

5. 节选五　王熙凤协理宁国府　200

6. 节选六　诉肺腑　215

7. 节选七　宝玉挨打　226

8. 节选八　鸳鸯抗婚　245

9. 节选九　晴雯补裘　267

10. 节选一〇　探春兴利除弊　283

11. 节选一一　尤三姐之死　298

12. 节选一二　惑谗奸抄检大观园　311

13. 节选一三　黛玉之死　326

附录　各方赞誉　359

前　言

不止一位家长抱怨说:"老师让孩子读名著,还要'整本读'。孩子死活读不进去,愁死了!"我听了总要反问:"您说的'名著',是指哪个领域的? 是自然科学的,还是社会科学的? 是戏剧的,还是小说的?"

我当然是明知故问。我想强调的是,把《三国演义》《红楼梦》等称为"名著",前面至少应加上"古典小说"或"小说"的限制语,不要给孩子留下错觉,以为只有古典小说才可称为"名著"。

这些家长知道我在高校中文系教古代文学,对古典小说有一点研究,想听听我的意见和建议。——我当然赞同老师的安排,因为明清小说与楚辞汉赋、唐诗宋词,同属中华文学遗产中的瑰宝,让孩子从小就接触,无疑是十分有益的。

然而，这些作品虽说是白话小说，语言上跟今天的书面语仍有较大差异；加上书中的文化背景、审美情趣跟今天相去甚远，孩子们一时难以接受，又是正常的。何况这些作品动辄几十万言，要成年人"整本读"也不轻松，何况是课业负担沉重的孩子们！

　　那么，"跳"着读行不行呢？譬如孩子们读了语文课本中的"武松打虎"片段，也就了解了武松的勇猛与大胆，难道还不够吗？显然还不够。武松的故事在《水浒传》中贯穿数十回，这位好汉不但勇力过人、艺高胆大，而且头脑清醒、敢做敢当、不畏强暴、见义勇为……要完整了解这个人物，你就必须通读全书，至少要读与他相关的章节。同样，你想完整了解《红楼梦》中的林黛玉，只读课本中的"林黛玉进贾府"是远远不够的，必须对《红楼梦》做"整本"阅读才行。

　　自然，"整本读"有整本读的难处，孩子们没有时间和精力，只是一个方面。一些章回小说结构松散，文学水准前后参差，如《水浒传》的精彩情节全都集中在前四五十回；而《三国演义》写到诸葛亮死后，也便味同嚼蜡……若一味强调"整本读"，不但空耗小读者的时间和精力，更会败坏他们的阅读口味。

　　至于一些"少儿不宜"的情节，像《水浒传》中的滥杀场面和情色描写，更是"整本读"之大忌。

　　总结起来，孩子们在阅读小说名著时，所遇难点有三：一是不感兴趣，读不进去；二是没时间读，尤其是没时间"整本读"；三是缺乏引导，即使读了，也很难做到"取其精华，去其糟粕"，弄不好，还可能"略其精华，专取糟粕"，那还不如不读。

面对孩子和家长们的苦恼，我觉得有义务为孩子们提供一点帮助，那就是整理出一套适合中小学生阅读的古典小说名著读本。初步选取《三国演义》《水浒传》《西游记》《红楼梦》和《儒林外史》这五部章回小说名著，编纂成《侯会给孩子讲〈三国演义〉》《侯会给孩子讲〈水浒传〉》《侯会给孩子讲〈西游记〉》《侯会给孩子讲〈红楼梦〉》和《侯会给孩子讲〈儒林外史〉》五册读本，组成套装《侯会给孩子讲古典文学名著》。

每册读本分为三编，以本册《侯会给孩子讲〈红楼梦〉》为例，第一编为"话说《红楼梦》"，即由笔者充当"导游"，在进入小说"景区"之前，语调亲切地跟小"游客"们聊聊这部名著的作者、主题、艺术、人物、版本……引领他们走近作品，激发他们的兴趣，让他们先对作品有个整体把握，并产生强烈的"游览"欲望。

第二编为"《红楼梦》速读"，笔者用最简练的语言，将小说的主要情节加以复述。小读者在了解作品内容的同时，还可学习如何迅速抓住关键词语，准确把握内容主线，提升自己复述、总结的能力。——经此一番"速读"，等于跟着笔者将小说名著"整本”通读一遍。全局在胸，也便于圈定"精读"的目标和范围。

第三编为"《红楼梦》选粹"，笔者精心遴选小说原著的精彩片段，原汁原味地呈现在小读者面前，让他们亲身感受经典的魅力。所选内容的篇幅，约占原著的十分之一到五分之一。这样做，既保证了足够的阅读量，使精彩内容不致遗漏，同时又节省了小读者的时间和精力。而剔除糟粕、避开消极内容，也不再是难题。

考虑到古今语言及文化上的隔膜，"选粹"部分还对原文中的生疏字词及古代文化知识做出注释，因为是面对小读者，注释尽量做到详尽而通俗。

此外，笔者还把自己的研究心得和阅读体会总结成"阅读提示"，置于每段节选内容的开头，引导小读者更好地欣赏文字之美，更深刻地理解作者的文心，借此提升自身的美学修养及写作能力。

总之，这套读本的编纂初心，就是帮助孩子们（包括家长、老师）解决古典小说名著的阅读难题，使他们能在较短时间内，高效率地读完、读懂、读透古典小说名著。孩子们如能因此产生浓厚的阅读兴趣，从而主动地去通读、精读小说原著，那是再好不过的事！

本册为《侯会给孩子讲〈红楼梦〉》，所参用的小说底本为清乾隆五十七年（1792）萃文书屋活字排印本《新镌全部绣像红楼梦》（俗称"程乙本"，一百二十回），引用其他版本处，均做随文说明。

这套读本的插图，获准使用著名画家王叔晖、程十发、赵宏本、钱笑呆、张光宇、吴光宇、墨浪、卜孝怀、张旺、孙文然、叮当等先生的画作，深感荣幸。在此过程中，得到张旺、王维澄、程多多、赵秀鸿、李劲南、付建邦、丛日宏诸先生的慷慨允诺和热情支持，在此表示衷心感谢！

三联书店的王海燕女士是这套书的责任编辑，从策划到成书，都得到她的热情鼓励和帮助，感激之情，尽在不言中！

第一编

话说《红楼梦》

1. 雪芹其人（上）

如果把古代小说比作石头砌成的金字塔，《红楼梦》就是塔尖上那块最耀眼的"石头"——《红楼梦》本来就叫《石头记》嘛。

《石头记》的作者是谁？据小说开篇讲，是"石兄"，也就是一块有灵性的石头。相传女娲补天时，炼了三万六千五百零一块巨石。天补好了，剩下一块没派上用场。这块石头不免长吁短叹，日夜悲哀。刚好来了一僧一道，把此石缩成扇坠大小，带它到凡间走了一遭。经历了人世的悲欢离合，石头大彻大悟，回来后把所见所闻记录了下来，后经空空道人转抄，由一位叫曹雪芹的文人在悼红轩中"披阅十载，增删五次，纂成目录，分出章回"，于是才有了这部《石头记》。

不用说，作者这是跟读者捉迷藏啊。有谁见过石头能变化、会写书的？空空道人自然也是子虚乌有的人物。学者早就考证出，小说作者就是曹雪芹。

曹雪芹本名曹霑（zhān），又名天祐，字梦阮（一说梦阮是号），号雪芹，别号芹圃、芹溪等。他生于哪年，死于何月，至今没有定论。一般认为生于 1715 年，卒于 1763 年，历经清代康熙、雍正、乾隆三朝。

据学者考证，书中的贾家故事里，分明隐藏着曹家的家世。这就不能不从曹雪芹的祖上说起。

曹家祖籍辽阳（今辽宁省辽阳市），明末时，雪芹的祖上曹锡远、曹振彦父子作为明军军官，就驻守在那儿。这父子俩在与努尔哈赤率领的满洲武装作战时被俘，大概因掌握着火炮技术吧，两人被编入满洲军队，隶属于正白旗，身份则是"包衣"（奴隶）。

曹氏父子很能打仗，屡立战功。曹振彦的儿子曹玺继承父业，跟随清军入关，南征北讨，受到皇帝信任，被提拔为内廷二等侍卫，并被任命为江宁（今南京）织造。这中间，有个女人起了关键作用，就是曹玺续娶的妻子孙氏。孙氏做过皇子玄烨（yè）的保姆，玄烨便是后来的康熙皇帝。他继位后，处处照顾曹家。

织造署是替皇家织造丝织品的衙署。当时设在江南的织造署有三处，另两处在苏州和杭州，也由皇帝的亲信掌握着。这三家又是皇上安插在江南的"眼线"，要定期向皇上密报江南的社会动态，还肩负着笼络江南文人的任务。三家织造还沾亲带故呢，曹玺的儿子曹寅娶了苏州织造李煦的堂妹，而杭州织造姓孙，又是曹玺之妻孙氏的亲戚。三家可谓"一损俱损，一荣俱荣"，这让我

曹雪芹/孙文然 绘

们联想到小说中"贾史王薛"四大家族。

　　曹玺死后，儿子曹寅继任江宁织造。曹寅从小给少年玄烨当伴读，他跟康熙皇帝的关系不一般，两人既是君臣，又是主仆，还是同窗加奶兄弟。

　　曹寅有着很高的文化素养，家中藏书万卷，自己能吟诗度曲，座上宾客全是江南的文士名流。他还主持刊刻了两部大书：收诗五万首的诗歌总集《全唐诗》和篇幅巨大的辞书《佩文韵府》。

　　曹玺在织造任上干了二十多年，曹寅接任，又干了二十多年。曹寅身后，他的儿子曹颙（yóng）、侄子曹頫（fǔ）又相继干了一二十年。这么说吧，曹家祖孙三代有四位当过这个差，前后任职六十年。康熙皇帝六下江南，有四次就住在曹家。论身份，曹家仍是皇帝的奴才，可论权势和财富，曹家早已成了如假包换的贵族！

2. 雪芹其人（下）

至于曹雪芹的父亲是谁，学者说法不一。通常认为，曹雪芹是曹寅之孙、曹颙之子。曹寅死后，曹颙接任江宁织造，但不久就病死了。康熙见曹寅的妻子李氏孤单，便让她过继了侄子曹頫，由曹頫接掌江宁织造。——曹雪芹呢，应是曹颙的遗腹子、曹頫的侄子。

曹雪芹从小生长在奢华而富于文化气息的环境中。织造署的花园是按皇帝行宫的规格修建的，楼台相望，柳暗花明——那应该就是小说中大观园的原型之一吧？雪芹作为家族的独苗，上有祖母、母亲的宠爱，下有姐妹的呵护、奴仆的侍奉，简直就是生活在蜜罐子里！

可是雪芹十三岁这年，风云突变！几年前，康熙去世，雍正继位。在皇族内部的倾轧中，曹家站错了队，成了替罪羊。曹家被抄了家，六十年的簪缨之族，一下子跌入谷底。织造府换了新主人，雪芹跟着家人回到北京，虽然这边也有几间老屋可以栖身，但跟织造署的生活相比，真是一个天上、一个地下！

此后雪芹的行踪，由于缺乏可靠的文献依据，很难臆测。有人说他参加科举考试，成了秀才，拔为贡生。也有人说他在右翼宗学待过——那里是满族贵族子弟学校。至于他的身份，有说是学生，有说是老师，也有说是看大门的。

再后来，或许是丢了差使吧，他生活上更加困顿，不得不把家搬到西郊去。从朋友的诗中可以看出，他的小院子里长满了蒿草，一家人穷得喝粥度日。雪芹爱喝酒，但兜里没钱，不得不在酒铺赊账。有一回，他的朋友见他"酒渴如狂"，便解下佩刀沽酒请他。他喝得高兴，当场写了长诗答谢朋友。

在西山，雪芹大约还娶妻生子，不幸孩子小小年纪就夭折了。对于年近五十的雪芹，这个打击太残酷了。他一病不起，无钱医治，就在壬午年的除夕（1763，乾隆二十七年）含恨离世，时年四十八岁。身后留下孤苦伶仃的妻子，还有这部没能完成的《石头记》书稿……

今天我们见到的《红楼梦》共一百二十回，将近百万字。但学者认定只有前八十回是曹雪芹的笔墨。

雪芹在三十岁以前就动笔写作，四十岁前后已写成八十回，但始终未能完稿。在他生前，这八十回已经以抄本的形式广为流传，书名题为《石头记》。又因这些抄本全都带有"脂砚斋"的评

带脂砚斋评语的《石头记》（甲戌本）书影

语，因称《脂砚斋重评石头记》（肯定还有"初评"本，可惜未能见到）。

今天能见到的抄本共有十几个，多数是残缺的，上面的评语也不尽相同。又因抄写时间不同，便有了"甲戌（1754）本""己卯（1759）本""庚辰（1760）本""甲辰（1784）本"等不同的版本，人们称这类抄本为"脂评本"或"脂本"。

至于小说的后四十回，一般认为是由高鹗、程伟元续写整理的。高鹗（1758—约1815）是乾隆、嘉庆朝的文士，后来也曾登第做官。程伟元（约1746—1818）是他的朋友，一度给高官当幕僚。经两人合作，该书于乾隆五十六年（1791）以木活字排版印刷，改题《红楼梦》；第二年又推出修订本。这两个版本简称"程高本"或"程本"，为了区别前后，又称"程甲本"和"程乙本"。

一般认为，程、高的续写部分或许有曹雪芹的残稿做底子，因为其中不乏生动的描写。程、高让一部残缺的小说成为完璧，功不可没。

3.荣国府到底建在哪儿

问题来了：曹雪芹明明是《石头记》的作者，因何不大大方方把名字写在封面上，却要遮遮掩掩，说自己是"披阅""增删"之人，仅以编辑者自居呢？

原来，旧时写小说并不是什么光彩的职业，哪像眼下的小说家，一书畅销，名利双收，风光无限！古代读书人如果不能在科举上一举成名，也便成了众人眼中的失败者。出路无非几个，或当个"孩子王"，或给人当师爷、幕宾，或写写不入流的小说，混口饭吃——这是给祖宗丢脸的事，又哪好意思四处张扬，把名字公开示人呢！尽管如此，曹雪芹还是迂回地表达了自己与小说的关系，大概他有足够的自信，相信人们终究会认识到这书的价值吧？

不肯坦承自己是作者，还有一层原因，便是躲避文字狱的迫害。清人入关后，以少数统治多数，对文化思想的控制也就格外严厉。康、雍、乾三朝屡兴文字狱，搞得文人们战战兢兢，三缄其口，唯恐招祸。这种心态，从小说中也能看出。

《石头记》一开篇，作者便以局外人的口吻评论作品，极力淡化小说的社会意义，说什么"开卷即云'风尘怀闺秀'，则知作者本意，原为记述当日闺友闺情，并非怨世骂时之书矣。虽一时有涉于世态，然亦不得不叙者，但非其本旨耳。阅者切记之"。

这样说了，仍怕被人误解，作者又通过空空道人的一番思索，再次剖白：

> （空空道人听了石头的一番话，）思忖半晌，将这《石头记》再检阅一遍，因见上面虽有些指奸责佞、贬恶诛邪之语，亦非伤时骂世之旨；及至君仁臣良、父慈子孝，凡伦常所关之处，皆是称功颂德、眷眷无穷，实非别书之可比。……因毫不干涉时世，方从头至尾抄录回来，问世传奇。（按：这是甲戌本《石头记》的文字，反映了曹雪芹的真实心态；程高本有所改动。）

想想曹家此前经历的覆亡惨祸，曹雪芹的谨慎态度，是完全可以理解的。作者的小心，在书中处处可见。例如故意隐去故事的"朝代年纪，地舆邦国"，生怕跟现实沾边儿，被人指为讽刺时事。

就拿故事的发生地来说吧，贾家到底生活在哪座城市？小说第二回写贾雨村问冷子兴："近日都中可有新闻没有？"冷子兴回答："倒没有什么新闻，倒是老先生你贵同宗家出了一件小小的异事。"这里所说的"都中"，显然指京城。而贾雨村的"贵同宗"便是荣、宁二府，应位于"都中"无疑。

可是接下来贾雨村又说："去岁我到金陵地界……那日进了石头城，从他老宅门前经过。街东是宁国府，街西是荣国府……"荣、宁两府似乎又跑到金陵去了。也对，贾家的女性号称"金陵十二钗"，不是金陵人又是哪里人？不但贾家在金陵，贾、史、王、薛四大家族也都是金陵豪门，否则为什么出现在应天府（南京，即金陵）的护官符上呢？

不过同样是贾雨村，后面又说"钦差金陵省体仁院总裁甄家"才住在金陵。而书中提到甄家时，总要加上"江南"二字。甄、贾两家是"老亲""世交"，分住两地，甄家进京朝贺时，才顺道来贾府拜望——贾家又分明是在北方。

此外，第三十三回贾母因宝玉挨打，怒斥贾政，说："我和你太太（指王夫人）、宝玉儿立刻回南京去！"也同样证明荣、宁二府是在北京，金陵只是贾家的老家。而凤姐的判词有"哭向金陵事更哀"一语，也都证明了这一点。

你不能不佩服曹雪芹艺高胆大，除了他，还有谁敢这么写？

南京江宁织造博物馆

他大摆迷魂阵，故意混淆故事的时间地点，真真假假，虚虚实实——书中开篇两个人物甄士隐、贾雨村，便是"真事隐去""假语村言"的谐音啊。

然而换个角度看，曹雪芹又分明在提示读者：小说并非纯然虚构，在"假语村言"后面，还隐藏着"真事"呐——作者的一生，经历了家族繁盛覆亡的大起大落，见识了爱情的美好与幻灭，体察了人性的善良与险恶，这一切都让他无法平静，因此宁可担着风险，也要借助那支生花妙笔，把郁积心中的大喜大悲宣泄出来。一部天才的文学巨著，就这样诞生了！

4. 十二钗的排序有点乱吗

就来读读小说文本吧。一本小说写得好，多半因为书中塑造了一个或几个鲜活感人的文学人物。《红楼梦》里的生动人物可不止几个，有人做过统计，单是有名有姓的，就有五百多，形象生动、让人难忘的，少说也有一二十位！

就说"金陵十二钗"吧，那是指与贾家相关的十二个女子。作者开篇不是说过吗，自己"风尘碌碌，一事无成"，本来没啥可讲的，然而半生中所见的几个闺阁女子，却都是出类拔萃的，"其行止见识皆出我之上"。作者不忍她们的事迹被埋没，因而写了这部小说，专为记述"闺友闺情"——女性成为小说的主角，歌颂女性也自然成为本书的主旨。

说是"十二钗"，都有哪几位？按《金陵十二钗正册》的排序，是宝钗、黛玉、元春、探春、湘云、妙玉、迎春、惜春、凤姐、巧姐、李纨和秦可卿。

先看宝钗和黛玉吧，在《正册》中，这两人的诗画是合在一

处的:

> 只见头一页上画着是两株枯木,木上悬着一围玉带;地下又有一堆雪,雪中一股金簪。也有四句诗道:可叹停机德,堪怜咏絮才!玉带林中挂,金簪雪里埋。

这一页连诗带画,很像是一道谜题。不过细思还能猜到:两株枯木是个"林"字,玉带便是"黛(带)玉"了;雪与"薛"同音,金簪就是"宝钗"。而"可叹""堪怜"两句,则分别赞美宝钗的"德"和黛玉的"才"。

这组诗画又是枯木,又是冰雪,"林中挂带""雪里埋簪"也都不是啥吉祥的寓意,再加上"叹""怜"等字眼儿,悲哀的调子已预示出人物的悲剧命运。宝玉当时看不出,读者却已了然于心。

有人问,十二钗的排序似乎有点乱啊,怎么凤姐排到妙玉后面去啦?其实作者如此排列,是有根据的。虽说是一部以女性为主体的小说,但书中的"定海神针"却是位男性,即贾宝玉。谁排前、谁排后,全看她与宝玉的关系。关系有两重:爱情关系和亲眷关系。这两重关系又是相互交叉的,总的规律是关系亲密的在前,关系疏远的靠后。

譬如钗、黛二位,跟宝玉关系最"铁",既有爱情关系,又有亲眷关系，在宝玉心中，她俩是别人无法替代的。又因两人难分高下，故她俩的词曲也是合在一处的。曾有学者评判说："钗黛合一"才是宝玉心中理想的爱人模样啊！

紧随钗、黛之后的，是元春、探春。这也不难解释：从血缘上看，宝玉跟元春是同父同母，跟探春是同父异母。至于迎春、惜春，虽然也是姐妹，血缘却远，迎春是伯父贾赦之女，惜春更是东府的姑娘，从爷爷那儿就分了岔。

至于凤姐靠后，则因她与李纨、秦可卿都属于外姓，是贾家的"媳妇"。凤姐是贾琏之妻，李纨是贾珠之妻；秦可卿也是姻亲，却矮了一辈，是宝玉的侄媳，故排名垫底儿。中间夹着个巧姐，本来是贾家千金，不过比"四春"矮一辈，又因不能僭越母亲，因此把她排在凤姐之后，也便顺理成章。

剩下的问题是：湘云、妙玉排名第五、第六，又是凭什么？原来，在宝玉的情感世界里，湘云的位置仅次于钗、黛。湘云出身四大家族的史家，是贾母的侄孙女。她从小也长在贾家，黛玉到来之前，她一直是宝玉耳鬓厮磨的玩伴儿。每次见到宝玉那一声"爱哥哥"，包含着多少依恋之情，也难怪让敏感的黛玉频生醋意。

曾有红学家判断：在雪芹原先的设想中，湘云最终嫁给了宝玉。此说捕风捉影，疑点颇多。不过说宝、湘互有恋慕之情，却也不无根据。况且若按府里流传的"金玉"之说，湘云恰恰有一件金麒麟，这不能不让人浮想联翩。

那么妙玉又凭什么紧随湘云之后呢？她是个女尼，难道跟宝玉也有什么感情纠葛不成？大概还真有一点！我们还记得，宝玉过生日，竟意外收到妙玉送来的一张"贺卡"，上写："槛外人妙玉恭肃遥叩芳辰。"见到此卡，连颇为"开放"的宝玉也吃了一惊呢。这事发生在"男女授受不亲"的时代，致贺人还是位"槛外"女尼，这又意味着什么呢？看起来，"十二钗"的排序，还是很有讲究的呢。

5. 离经叛道的贾宝玉

说到《红楼梦》的第一主人公，这顶桂冠不能不送给宝玉。书中所有女性人物的故事，差不多全是围绕着宝玉展开的。

贾宝玉是个不同寻常的角色，翻翻古今中外的文学作品，居然找不出一个跟他相似的来。在一些人眼里，他呆、傻、痴、狂，似乎有点不大正常；不过那是拿世俗标准来衡量。其实在他的言谈举止里，很有些超越时代的思想萌芽哩。

就说对待女性的态度吧。自古以来，女性所受的待遇是不公正的。她们一生下来，就仿佛低人一等。在家，得听父母的吩咐；出嫁，要听从丈夫和公婆的支使；丈夫死了呢，还得听儿子的——唯独没有自己的权利和地位。

宝玉却与众不同，他敢于公开称颂女性，认为女性比男子纯洁多了。他常说："女儿是水做的骨肉，男子是泥做的骨肉，我见了女儿便清爽，见了男子便觉浊臭逼人！"他还料定："天地间灵淑之气，只钟于女子，男儿们不过是些渣滓浊沫而已！"这话就

贾宝玉 / [清] 改琦 绘

是在今天听来，也够惊世骇俗的！

宝玉并不只是口头说说，他对大观园中的女孩儿，上自贵族小姐、堂姐表妹，下至婢妾奴仆、丫鬟使女，无不体贴入微、爱护备至。他的这种爱，又是发自内心的，有时竟达到忘我的程度。

就说那一回，因几件事凑在一起，引得贾政暴怒，将宝玉痛打了一顿，打得宝玉遍体鳞伤、神志昏沉。宝玉挨了打，黛玉能不心疼吗？她冒了酷暑来看他，眼睛哭得跟桃儿似的。

宝玉从昏迷中苏醒，见了黛玉，挣扎着坐起来，头一句问的竟是："你又做什么来了？太阳才落，那地上还是怪热的，倘或又受了暑，怎么好呢？我虽然挨了打，却也不很觉疼痛。这个样儿是装出来哄他们，好在外头布散给老爷听，其实是假的，你别信真了。"你看，自己刚刚受了天大的痛苦和委屈，可是一见黛玉，他第一时间想的却是对方的健康，并极力淡化自己的痛苦，以减轻黛玉的心理压力，可真够忘我的啦！（参看《红楼梦》选粹·宝玉挨打"）

当然，这是对待贵族小姐，又是他所爱的人。对待丫鬟、奴仆又怎么样呢？有一次，玉钏儿给他端汤，一不留神汤泼了出来。宝玉自己烫了手，顾不得疼痛，反而一个劲儿问玉钏儿："烫了哪里了？疼不疼？"

还有一回，他见一个眼生的女孩儿在蔷薇架下发呆，连连在地上画字、想心事，天上下雨都没察觉。宝玉隔着蔷薇架连忙提醒她："不用写了，你看身上都湿了。"女孩儿抬头看到他，隔着花叶，误认宝玉是个女孩儿，反问说："多谢姐姐提醒了我。——难道姐姐在外头有什么遮雨的？"一句话提醒了宝玉，原来他净顾了关心别人，自己的衣服早已湿透，浑身冰凉！

宝玉自己是贵族公子，可他从没有尊卑观念。他屋里大小丫鬟有十几个，如袭人、晴雯、麝月、芳官等，宝玉跟她们相处，如同兄妹。

对待男仆人也是一样，他从不摆主人架子。不过在那个社会里，他的做派是那么不合时宜，连仆人也觉得"不正常"。贾琏的小厮兴儿，就拿世俗眼光评价宝玉说："成天家疯疯癫癫的，……每日又不习文，又不学武，又怕见人，只爱在丫头群儿里闹。再者，也没个刚气儿。有一遭见了我们，喜欢时，没上没下，大家乱玩一阵；不喜欢，各自走了，他也不理人。我们坐着卧着，见了他也不理他，他也不责备。因此，没人怕他，只管随便，都过得去。"

在兴儿的眼里，大概只有对奴仆呼来喝去、颐指气使，才像个主子样儿吧？照他这么说，宝玉既不习文，又不学武，不是成了糊涂人了吗？其实宝玉并不反对学习，读起书来也挺聪明。你看他跟父亲逛大观园，题了那么多匾额对联，不假思索，张口就来，有谁比得了？只不过他反感的是科举功名那一套，反对拿八股文当敲门砖，去骗取功名富贵。他把热衷科举功名的人称作"禄蠹国贼"，也就是坐食皇家俸禄的蠹虫、败坏国家的罪人！

有一回，表妹史湘云劝他说："如今大了，你就不愿意去考举人进士的，也该常会会这为官作宦的。"宝玉听了，顿觉逆耳，回答说："姑娘请别的屋里坐坐罢，我这里仔细腌臜了你这样知经济的人！"（腌臜：这里有污染的意思。经济：指出仕为官、经邦济世。）也不管人脸上下得来下不来。

宝玉还说过："林姑娘从来说过这些混账话吗？要是他也说过这些混账话，我早和他生分了。"这么看起来，宝玉跟黛玉要好，并非偶然，他俩有着共同的思想和价值观啊。

6. 山中高士，世外仙姝

林黛玉和薛宝钗，都是小说中最核心的女性人物，可两人思想性格、为人处世，却截然不同。

就说黛玉吧，这是个可怜的姑娘：自幼丧母，小小年纪又离开父亲，被贾母接到荣国府。《红楼梦》这一回题为"托内兄如海荐西宾，接外孙贾母惜孤女"，但是在《石头记》早期版本中，这一回的回目却是"金陵城起复贾雨村，荣国府收养林黛玉"，"收养"二字，写出黛玉在贾府的可悲地位！

不久，父亲也死了，黛玉真的成了无家可归的孤女。虽说有贾母的疼爱，舅母、表嫂的关照，但毕竟不是亲爹娘。因而从她进府第一天起，小心眼儿里就存了这样的念头：进入贾家，"要步步留心，时时在意，不要多说一句话，不可多行一步路，恐被人耻笑了去"。（参看"《红楼梦》选粹·林黛玉进贾府"）——要知道，这时她还只是个七岁的孩子！

黛玉是这么打算，却不一定能做到，天生的脾气禀性，可不是说改就能改的。黛玉人极聪明，心气儿也高，难免就有傲气。加上她心地纯洁，眼里不揉沙子，心里有什么想法，嘴里就说出来了，不善于掩饰自己。这就是所谓的"孤高自许，目下无尘"。但在旁人眼中，便有了"小性""刻薄""专挑人不好"等评价。她自己呢，体弱多病，养成一种病态的敏感，遇事容易多心，爱赌气落泪，平日总觉得孤独寂寞，日子难过，风霜逼人。

就说那回吧，薛姨妈拿了十二枝新鲜式样的宫花，托周瑞家的送给姑娘们。黛玉偏要问："还是单送我一个人的，还是别的姑娘们都有呢？"对方回答："各位都有了，这两枝是姑娘的。"于是黛玉冷笑道："我就知道么！别人不挑剩下的也不给我呀。"——这就纯属多心啦。

不被众人所理解，黛玉并不怕。因为有一个人理解她就够了，这个人就是贾宝玉。他俩心灵纯洁，息息相通，又是青梅竹马，两小无猜。对这个父母双亡、孤苦伶仃的女孩子来说，宝玉成了她唯一的精神依靠、最可信赖的亲人。

可是忽然又来了个薛宝钗，人也是那么漂亮，又是那么有学问，"行为豁达，随分从时"，上上下下都喜欢她。这一切，成了黛玉的心病。也许她还没有明确感觉到，可潜意识中她肯定认为，宝钗是唯一有可能把宝玉夺走的人。何况宝钗身上戴着个金锁，跟宝玉身上那块"通灵玉"刚好可以配对儿。在贾府里，早就流

林黛玉 / ［清］改琦 绘

传着"金玉良缘"的说法呢！

由此产生的猜疑、误会也就开了头。有时候，宝玉跟宝钗多说了几句话，也会引起黛玉的不快。不是出言讽刺，就是背地里流泪。宝玉呢，便主动上门解释劝慰，但往往越解释越糟……

闹急了，宝玉会耍性子，狠命砸那块命根子"通灵玉"；黛玉呢，赌气抢过替宝玉编的穿玉穗子，一剪几段！等贾母知道了，感叹说"不是冤家不聚头"，两人听了，又都细细品味起这句俗谚的含义来……

对于宝钗，《红楼梦》的读者往往有不同评价。有人拿她跟黛玉对比，认为她工于心计，城府太深。虽然人缘不错，但正说明她为人圆滑。不过也有人认为，宝钗也是礼教的受害者，值得同情。还有人说，在现实生活中，我宁可选择宝钗做朋友，因为林姑娘的小性儿实在让人受不了。

宝钗的心思，确实有点儿让人捉摸不透。她说话做事，心中总要盘算一番，让人看不出真心还是假意。譬如说，贾母给她过生日，问她爱吃什么、爱看什么。她就拣甜软的食物、热闹的戏文提了几样，因为她知道，那都是老太太喜欢的——至于她本人喜爱什么，读者到底也没弄清楚。

更让人不满的是，金钏儿被王夫人赶出贾府，跳井而死，连王夫人也感到内疚。可宝钗说："据我看来，他并不是赌气投井，多半他下去（指回家）住着，或是在井旁边儿玩，失了脚掉下去的。……岂有这样大气的理？纵然有这样大气，也不过是个糊涂人，也不为可惜。"又说："姨娘也不劳关心。十分过不去，不过多赏他几两银子，发送他，也就尽了主仆之情了。"（参看"《红楼梦》选粹·诉肺腑"）往好了说，这是宝钗为了给姨妈解心宽，故意把一件人命大事轻描淡写；但即便如此，她的"冷"也够让人惊讶的：她才是个十五岁的小姑娘呀！

不过这一切不是宝钗的错，是封建教育的错。宝钗幼读诗书，自觉接受了礼教的那一套，凡事心里总有一把尺子。譬如过生日点戏这件事，她也只有这样做，才符合她的淑女身份。否则，她凭着自己的爱好挑食点戏，全不顾在座的长辈，那不成了没教养、不懂事的孩子了吗？至于金钏儿那件事，莫非还指望她当面斥责王夫人不成？

人们同情黛玉，多半还因为她的结局过于悲惨。可是你想过没有？宝钗的结局又好到哪儿去？有人总爱争辩说：她到底爬上宝二奶奶的宝座。说这话的人肯定没设身处地想想：那个位置其实是个活地狱啊！宝钗嫁过去时，宝玉正病得不省人事；而家长们的真正目的，不过是借婚事给宝玉"冲冲喜"，让宝钗的金锁"压压邪气"（参看"《红楼梦》选粹·黛玉之死"）。——总之，宝钗成了医治宝玉的一剂药，她的命运比黛玉又强在哪儿？

这里还有性格的因素。钗、黛二人代表了人类性格的两种类型：一类是我行我素，情感炽烈，不善于隐藏自己的爱憎，带有反世俗的倾向；另一类则贤淑克己、随俗守分、含蓄深沉。小说读者有的喜欢黛玉，有的偏爱宝钗，其实这也代表了读者自己的性格倾向：《石头记》这块"石头"，同时又是世人性格的试金石啊。

也有人说，黛玉、宝钗都是作者心目中的理想女性，宝玉实际上追求的，是"钗黛合一"式的人物。你看，《十二钗正册》不就把钗、黛合在一起吟咏吗？而太虚幻境中的仙女可卿又叫"兼美"，书中描写她"鲜艳妩媚，大似宝钗；袅娜风流，又如黛玉"，"钗黛合一"才是宝玉心中最理想的女性形象。

只是其后的《红楼梦曲·终身误》又唱道："都道是金玉良缘，俺只念木石前盟。空对着，山中高士晶莹雪；终不忘，世外仙姝寂寞林。叹人间，美中不足今方信：纵然是齐眉举案，到底意难平！"——宝玉娶了宝钗，两人举案齐眉，看似和睦，但宝玉内心深处"到底意难平"，他的真爱，仍是黛玉。他最终离家出走，也说明了一切！

爱是人类最宝贵的情感，爱情一旦产生，便炽烈如火，任谁也左右不了。然而在那个时代，一对深深相爱的青年男女，却不能走到一起，偏偏要按家长的意志去选择伴侣、组织家庭。一段轰轰烈烈的爱情，最终演变成一死一走、欲哭无泪的悲剧——小说家用他那支直抵灵魂的笔，对无视人性的礼教发出无声的谴责！

7. 明是一盆火，暗是一把刀

　　凤姐是小说中最活跃的人物。前面说过，她是王夫人的侄女、贾琏的妻子，荣国府里手握实权的女管家。府中一切银钱财物，上上下下几百号人的吃穿用度，全由她掌管着。

　　凤姐外号"凤辣子"，《红楼梦》中几百位女性，性格没有比她更爽利泼辣的。她一出场，人还没露面，声音先到了。那是黛玉初进荣国府的时候，贾母见到外孙女，不禁掉下泪。祖孙俩正说话呢，忽听外面传来笑声："一语未完，只听后院中有笑语声，说：'我来迟了，没得迎接远客！'黛玉思忖道：'这些人个个皆敛声屏气如此，这来者是谁，这样放诞无礼？'心下想时，只见一群媳妇丫鬟拥着一个丽人从后房进来……"（参看《红楼梦》选粹·林黛玉进贾府"）

　　凤姐一登场，顿时成了"舞台"上的中心人物，你看她说哭就哭，说笑就笑；伶牙俐齿，能说会道。表面上看，在老祖母面前一点顾忌也没有，其实她说的哪一句话不是在奉承贾母？而且话不出三句，她的管家身份就已经显示出来了：要什么东西来告诉我，仆人们不好也来告诉我。——这话里既有夸张式的关怀，也含着掌权者的扬扬得意！

只要有凤姐在，就没有别人插嘴的份儿。尤其是在贾母面前，凤姐更是口若悬河，笑话不断，哄得贾母一团高兴。陪贾母打牌，她故意输钱给贾母，还指着老太太的钱箱对薛姨妈说："这一吊钱玩不了半个时辰，那里头的钱就招手儿叫它了。只等把这一吊也叫进去了，牌也不用斗了，老祖宗气也平了，又有正经事差我去了。"笑得贾母牌也撒了一桌子，叫人"快撕他的嘴"！

对待底下的人，凤姐则换上另一副嘴脸。她克扣并拖延发放姨娘、丫鬟们的月钱，放高利贷赚私房钱。王夫人问起来，凤姐把责任推得一干二净，说是"我倒乐得给他们呢，只是外头（指账房）扣着，……由不得我做主"。可是转脸，她就踮（cǐ）着门槛冷笑着骂上了："我从今以后，倒要干几件刻薄事了。抱怨给太太听，我也不怕！糊涂油蒙了心、烂了舌头、不得好死的下作娼妇们，别做娘的春梦了！明儿一裹脑子扣的日子还有呢。如今裁了丫头的钱，就抱怨了咱们，也不想想自己，也配使三个丫头！"与贾母跟前那个笑口常开的凤姐相比，这完全是另一个人！

不过说到凤姐的本事，人们又不能不佩服。宁国府的孙媳妇秦可卿死了，贾珍特地请凤姐这个大妹子帮忙料理丧事。那么大的一场丧事，涉及成百上千的人，单是念经的和尚、道士，就有好几百。送葬的队伍，排出好几里去。可凤姐往那儿一坐，筹划指挥，居然把千头万绪的事调理得妥妥帖帖，一丝不乱！不过她也真厉害，有个管家偶然迟到一次，被她"杀一儆百"，毫不客气地打了二十板子，看谁还敢怠慢？（参看《红楼梦》选粹·王熙凤协理宁国府）别看凤姐只有二十几岁，识不得几个字，她的才干，却是须眉男子也不得不甘拜下风呢！

然而权势这东西，最能腐蚀人。凤姐大权在握，也因此变得格外贪婪：盘剥丫鬟，放债牟利，还利用贾家的官势收取贿赂、替人了结官司、拆人婚姻……坏事干了不少。

嫉妒心人人皆有，可凤姐的嫉妒心却能要人命！丈夫贾琏背着她娶尤二姐为妾，她知道后，设下毒计，将二姐骗到家，百般虐待，终于逼对方自尽而死！她手里的人命还不止这一条呢，为了三千两银子的"谢仪"，她干预人家婚姻，导致一对青年男女双双自尽。族中有个浪荡子贾瑞，想要占她的便宜，也被她施展手段害死了。

听听仆人兴儿对凤姐的评价：

……他心里歹毒，口里尖快。我们二爷（指贾琏）也算是个好的，那里见的他？……只一味哄着老太太、太太两个人喜欢。他说一是一，说二是二，没人敢拦他。又恨不得把银子钱省下来了，堆成山，好叫老太太、太太说他会过日子。殊不知苦了下人，他讨好儿。或有好事，他就不等别人去说，他先抓尖儿。或有不好的事，或他自己错了，他就一缩头，推到别人身上去；他还在旁边拨火儿。……"嘴甜心苦，两面三刀""上头笑着，脚底下就使绊子""明是一盆火，暗是一把刀"，他都占全了！

一番话，把个凤姐的形象勾画得活灵活现！然而"机关算尽太聪明，反误了卿卿性命"。凤姐的所作所为，加速了这个家族的衰亡。再加上她自己疾病缠身，终于在贾家被抄、贾母病死后，众叛亲离，悲惨死去。要不是靠着刘姥姥的帮助，连她的女儿巧姐也几乎遭了恶亲戚的毒手。

这是个含义深刻的对比：以前刘姥姥到贾府来"打抽丰"，不无夸张地奉承说：贾府"拔一根寒毛比我们的腰还壮哩"。而贾府上下，也都拿这个八竿子打不着的穷亲戚耍笑取乐。可如今贾府败落了，当年那么不可一世的凤姐，居然要靠着这位"村姥姥"来保护女儿！——世事无常、人生难料！《红楼梦》中蕴含着的深刻哲理，正体现在这些地方！

不过说实话，尽管凤姐干了不少坏事，可读者对凤姐却恨不起来。作者并没有把她写成"坏人"——她的美丽、她那过人的精明和才干，不都透着一种动人的美吗？即使是她的嫉妒、她的狠毒，也是玫瑰上的刺啊。当她向刘姥姥托付孤女时，作者也是蘸着同情的墨汁来叙写呢。

8. 大观园中的丫鬟们

　　荣、宁二府每位老爷、太太、公子、小姐，身边都有一群奴仆、丫鬟们簇拥伺候着。单是伺候贾母的大丫鬟就有八个：鸳鸯、鹦鹉、琥珀、翡翠、玻璃……又有珍珠和鹦哥，原先也都是伺候贾母的，因贾母疼爱孙儿辈，特意拨去服侍宝玉、黛玉，分别改名袭人和紫鹃。晴雯本来也是贾母屋中的丫鬟，也给了宝玉。

　　王夫人屋里的大丫鬟则有金钏儿、玉钏儿、彩云、彩霞、绣鸾、绣凤……凤姐的丫鬟有平儿、丰儿、小红等。元、迎、探、惜四春各有大丫鬟抱琴、司棋、侍书、入画，合起来便是"琴棋书画"。看来贾府连丫鬟的取名也是有讲究的。

　　此外，宝钗的丫鬟是莺儿、文杏，黛玉的丫鬟除了紫鹃，还有雪雁。丫鬟最多的是怡红院，能说出名姓的就有十五六个，除袭人、晴雯，还有麝月、秋纹、檀云、茜雪、绮霰、碧痕、佳蕙、四儿、坠儿、春燕、定儿……后来又分来唱戏的芳官，柳嫂的女儿五儿。以后钗嫁黛亡，两人的丫鬟莺儿、紫鹃也都归了怡红院。

有人说，怡红院的丫鬟当中，也有一位"宝钗"和一位"黛玉"。你猜到了吗？对，那是指袭人和晴雯。

袭人原本是老太太的大丫鬟，她来到宝玉屋里，要算怡红院中的"大姐大"了。她做事勤谨，性情温和，任劳任怨，不多说不少道。对宝玉的事，她格外上心，倾注了自己全部的心血。

可是她不理解宝玉，她是那种循规蹈矩的人。宝玉不读书，不务正业，这可急坏了她。在她看来，男人读书上进、出仕做官，是天经地义的事。宝玉是她的主人，还是未来的丈夫，宝玉不争气，又让她靠谁去？

贾政打宝玉，众人都埋怨打得太狠，唯独袭人对王夫人说："论理宝二爷也得老爷教训教训才好呢！要老爷再不管，不知将来还要做出什么事来呢。"她又建议把宝玉从园中搬出来，因为"如今二爷也大了，里头姑娘们也大了……虽说是姐妹们，到底是男女之分，日夜一处，起坐不方便，由不得叫人悬心"。

袭人的想法，跟封建家长不谋而合。王夫人感动得什么似的，特意从自己的月例银子里每月拨出二两给她，还不时赏些衣物、东西。她就是怡红院中的"宝钗"啊。

晴雯也是老太太派到宝玉屋里的，可脾气禀性与袭人却截然不同。她心高气傲，自尊心特强，说话刀子似的，对待不满意的人和事，从不掩饰自己的鄙夷和愤激。这一点跟黛玉十分相像。

秋纹得了王夫人赏的两件衣裳，拿来炫耀。晴雯说："呸，好没见世面的小蹄子！那是把好的给了人，挑剩下的才给你，你还充有脸呢！……要是我，我就不要。若是给别人剩的给我，也罢了；一样这屋里的人，难道谁又比谁高贵些？把好的给他，剩的才给我，我宁可不要，冲撞了太太，我也不受这口气！"——话虽然是笑着说的，可从中却能看出她的个性："心比天高"，不甘屈居人下。

晴雯的故事还多着呢，像"撕扇子作千金一笑""勇晴雯病补孔雀裘"（参看"《红楼梦》选粹·晴雯补裘"），都让人读了难忘。但最能震动人心的，还是抄检大观园的那次。

王夫人为了整顿风纪、杀一儆百，平白拿晴雯开刀，要把她赶出大观园。接着又派凤姐带着管事婆子，包括邢夫人的陪房王善保家的，到大观园中抄检违碍物品。抄检的人来到怡红院，众丫鬟被逼着打开自己的箱子，任其搜查。等搜到晴雯这儿，箱子却是关着的：

袭人方欲替晴雯开时，只见晴雯挽着头发闯进来，"豁啷"一声将箱子掀开，两手提着底子往地下一倒，将所有之物尽都倒出来。王善保家的也觉没趣儿，便紫胀了脸，说道："姑娘你别生气。我们并非私自就来的，原是奉太太的命来搜察。你们叫翻呢，我们就翻一翻，不叫翻，我们还许回太太去呢，那用急得这个样子！"晴雯听了这话，越发火上浇油，便指着他的脸说道："你说你是太太打发来的，我还是老太太打发来的呢！太太那边的人我也都见过，就只没看见你这么个有头有脸大管事的奶奶！"……

晴雯的反击多么痛快，此刻她早已把生死置之度外！（参看《红楼梦》选粹·惑谗奸抄检大观园"）其实论"思想觉悟"，晴雯比袭人高不了多少。她关心起宝玉来，一点不比袭人差；她对自己的奴隶地位，同样没有清醒的认识；她训斥起小丫鬟来，是园中最厉害的一个……然而她的美，在于她有着火一样的热情和宁折不弯的个性！

大观园中的丫鬟有六七十个，其中跟晴雯性格相近的，还有鸳鸯、司棋等人。鸳鸯是贾母最信任的大丫鬟，由于她地位特殊，连凤姐也对她另眼看待；贾琏见她到来，也要说一声"鸳鸯姐姐，今儿贵步幸临贱地"呢。

可她毕竟是丫鬟，身份是低贱的。老爷贾赦看上了她，要逼她做小老婆。对一些人来说，这是个攀高枝的难得机会，可鸳鸯坚决不从。嫂子来劝她，被她骂了个狗血喷头："你快夹着你那毖嘴离了这里，好多着呢！……怪道成日家羡慕人家的丫头做了小老婆，一家子都仗着他横行霸道的，一家子都成了小老婆了！看得眼热了，也把我送在火坑里去！我若得脸呢，你们外头横行霸道，自己封就了自己是舅爷；我要不得脸败了时，你们把忘八脖子一缩，生死由我去！"

鸳鸯跟晴雯一样，有着强烈的自尊意识，绝不拿人格作为代价，换取含羞带辱的"富贵"。(参看《红楼梦》选粹·鸳鸯抗婚")贾母活着的时候，贾赦暂时拿她没办法。贾母一死，她也跟着上吊而死——为了维护人格尊严，她付出的是生命的代价！

话题仍然回到怡红院——宝玉婚事未定时，怡红院中的"宝钗""黛玉"已经有了结局。袭人得到王夫人的赏识，受到姨娘般的待遇；晴雯却被赶出大观园，惨死在家中。封建家长将为宝玉选择谁做妻子，不是很清楚了吗？

在小说中，有个性、反世俗的几位丫鬟，晴雯、鸳鸯、司棋等，结局都挺悲惨，没一个活到终局。而袭人、平儿、小红等，尽管结局也不如意，但起码还都活着。书中所写，便是那个社会的真实写照啊。

9. 打破常规的写法

　　《红楼梦》中出现的人物，跟《三国演义》《水浒传》比起来，不算太多——一部《三国演义》有一千来人呢！不过《红楼梦》的人物描写技术，却不是其他作品可以比拟的。这些人物并不是类型化、脸谱化的简单人物，除了个别人物，如贾赦、赵姨娘、贾环、马道婆、王善保家的几个，你很难区分纯粹的好人、坏人。

　　凤姐不用说，贾母又怎么样？这位老太太是荣国府中的最高权威，按一些人的理解，她可是封建势力的总代表！可是人们读小说时，只觉得这位老太太挺开通，挺会生活。她年岁虽大，却不糊涂。贾府被抄后，经济上一筹莫展，老太太深明大义，把自己的私房钱拿出来，一笔一笔做了分派，何等大度，又何等清醒。我们从这儿可以见出老太太年轻时的风采，她的这些不肖子孙，没一个赶得上她！

　　就是贾政，也不是坏人。他对宝玉就没有一点感情吗？只是他所受的教养，使他在表达亲子之情时，用了不同的方式罢了。

"大观园试才题对额"时，他逼着宝玉跟他一块游园，为各处亭台院落题写对联匾额。那真正目的，恐怕还是要当着众人"显摆"儿子的才华吧？虽然他嘴里"畜生""胡说"呵斥不断，可读者不难听出那话外的得意之情——儿子没给他丢脸！

贾政打儿子，可是够狠的。不过显然也是出于"恨铁不成钢"的心理。招致宝玉挨打的那几件事，就是放在今天，也是不容轻饶的呢！（参看"《红楼梦》选粹·宝玉挨打"）此外，贾母、凤姐等为宝玉选择宝钗而非黛玉，也是可以理解的。今天的家长为子女的婚姻做参谋，不也要关注性情、健康等因素吗？（参看"《红楼梦》选粹·黛玉之死"）

这正是曹雪芹的过人之处。鲁迅先生就曾说过："至于说到《红楼梦》的价值，可是在中国的小说中实在是不可多得的。其要点在敢于如实描写，并无讳饰。和从前的小说叙好人完全是好，坏人完全是坏的，大不相同，……总之，自有《红楼梦》出来以后，传统的思想和写法都打破了。"（《中国小说的历史的变迁》）

不错，《红楼梦》在描写技术上，是前无古人的。那么多的年轻女性，又大体可以归入几个生活圈子：不是贵族小姐，就是丫鬟使女。作者却有这个本事，能把她们写得人物鲜活，各如其面。

《红楼梦》中还有着成段的心理活动描写，这在中国传统小说里，也是不多见的。以前的中国小说，也写人物心理，但大多是通过人物外在的语言、动作表现出来。《红楼梦》中则出现直接的心理活动描述。

举个例子：小说第二十九回，写宝玉随贾母到清虚观祷福，得到一枚金麒麟，很想拿它跟湘云的比一比。这引起黛玉的多心，于是在宝、黛之间产生了一场小误会。书中至此有一段描写两人心理活动的文字：

即如此刻，宝玉的心内想的是："别人不知我的心，还可恕；难道你就不想我的心里眼里只有你？你不能为我解烦恼，反来拿这个话堵噎我，可见我心里时时刻刻自有你，你心里竟没我了。"宝玉是这个意思，只口里说不出来。那黛玉心里想着："你心里自然有我，虽有'金玉相对'之说，你岂是重这邪说不重人的呢？我就时常提这'金玉'，你只管了然无闻的，方见得是待我重，无毫发私心了。怎么我只一提'金玉'的事，你就着急呢？可知你心里时时有这个'金玉'的念头。我一提，你怕我多心，故意儿着急，安心哄我。"那宝玉心中又想着："我不管怎么样都好，只要你随意，我就立刻因你死了，也是情愿的；你知也罢，不知也罢，只由我的心，那才是你和我近，不和我远。"黛玉心里又想着："你只管你就是了，你好，我自然好，你要把自己丢开，只管周旋我，是你不叫我近你，竟叫我远了。"

如此生动细腻的长篇心理描写，《三国演义》中没有，《水浒传》中也没有，这几乎是曹雪芹的独创。西洋小说重视心理描写，是因为有其文化传统。早期的西洋小说，有不少书信体和自传体，因而容易朝着剖析内心活动这方面发展。这么一看，曹雪芹完全是前无古人、自创一格，因此更觉可贵！

10.超越风格，回归生活

一部大书展现了一个贵族之家的生活样貌，先后出场的人物多达数百，关系复杂。读者进入小说，单是认识人物、搞清关系，就是一件难事。然而曹雪芹自有妙招。

小说的前五回，如同全书的一项帽子。作者先写了两个局外人：甄士隐和贾雨村。两人看似与贾家关系不大，然而他俩的活动却与贾家若即若离，见证了这场家族衰败、爱情破灭、曲终人散的大悲剧，有着独特的存在价值。

紧跟着，小说又通过冷子兴的一番高谈阔论，把荣、宁二府的亲族关系、来龙去脉，说了个大概。而甄士隐之女被拐，又引出一场官司，涉及"护官符"；展示了贾、史、王、薛四大家族的关系，贾家的社会大背景，也被勾勒出来。

接着就是宝玉梦游太虚幻境，在那个恍惚迷离的梦幻世界里，读者跟着宝玉翻阅金陵诸钗的命运图册，聆听唤醒痴迷的乐曲……这一切都为小说奠定了哀婉的悲剧基调，使人们还没步入大观园的繁华世界，却已预见到这个家族的没落与衰颓。

有了这顶"帽子"，就如同游园之前登高一望，对园中的布置先有了全局的认识。当身入园中时，就不致像刘姥姥那样迷失路径了。

至于后边这一百多回的结构，有人用"河网"来形容它：那么多的事件、线索，就像是广阔川原上密布的河网，其中有干流，有支流，也有小溪、池塘……它们同属一个水系，相互勾连，交织错落；水流或大或细，时分时合，却都朝着一个方向川流不息——生活本身就是这个样子啊。

论故事情节，《红楼梦》远远没有《三国演义》《水浒传》那样热闹。有些回目中，简直就没有什么值得一提的故事。我们随便翻书，看看"王熙凤正言弹妒意，林黛玉俏语谑娇音"这一回（第二十回）。回中只是零零碎碎地写了几段内容：先是宝玉的奶妈李嬷嬷没事找事，嗔怪袭人见到她没主动问候——其实袭人生病在床，没看见她。结果凤姐连哄带劝，把李嬷嬷拉走。接着是宝玉到老太太房中吃饭回来，见麝月一人在屋，宝玉替她篦头，惹得晴雯说怪话。这是一段。

次日，宝玉到薛姨妈家闲逛，贾环也在那儿，正跟丫鬟们赶围棋玩，因输了钱赖账，宝玉打发他回家。赵姨娘口出怨言，这话让凤姐隔窗听到了，于是数落赵姨娘一顿。这又是一段。

宝玉听说史湘云来了，跟宝钗一道去探视。黛玉知道了，心里很不受用，赌气回房。宝玉连忙赶去劝解。史湘云也来看黛玉。黛玉转忧为喜，拿湘云的咬舌音开起玩笑来。这是第三段。

　　一回书就这么几件"家长里短"的事，可作者的描写却是那么亲切平和、真实生动。你读下去，仿佛自己也进了大观园，化身文学人物，出这屋进那屋，亲身体会书中人物的喜怒哀乐。

　　有位学者说过：人们谈论小说，总喜欢谈"风格"：讽刺风格、幽默风格，乃至魔幻现实主义……可《红楼梦》算哪种风格呢？哪种也不是。它已经超越风格，它就是生活本身啊！

　　正因如此，《红楼梦》成了一部封建社会的"百科全书"。上自皇妃郡王、公子小姐，下至丫鬟仆役、贩夫走卒，社会的上上下下都涉及了。至于贵族之家的饮食起居、园林建筑、家具器皿、服饰摆设、车轿排场，没一样不描画得真实细腻。

　　读罢小说，你不能不佩服曹雪芹的渊博知识，诸如烹调、医药、诗词、小说、绘画、建筑、古董、音乐、戏曲、宗教，没有他不知道、不精通的。要想见识中国古代的贵族生活、士大夫文化，你只须读读这部小说，就能了解个八九不离十。这样一部博大精深的小说巨著，在世界小说史中也不多见呢！

　　从创作时间上看，《红楼梦》远在许多西方名著之前。法国、英国、俄国的许多文学巨匠：巴尔扎克、雨果、狄更斯、普希金、

DER TRAUM
DER ROTEN KAMMER

EIN ROMAN AUS DER FRÜHEN
TSING-ZEIT

德文版《红楼梦》封面

屠格涅夫、托尔斯泰……全都比曹雪芹晚生了八十到一百年。曹雪芹若有后人，他玄孙的孙子，差不多跟托尔斯泰同时代！

外国学者凡是了解《红楼梦》的，也都对这部巨著推崇备至。有位名叫瓦西里的俄国学者早就指出："坦率地说，在欧洲很难找到一本书能与之媲美！"另一位德国学者恩金也说过："读过《红楼梦》，才知道中国人有权对他们自己的优秀文化感到自豪——在欧洲是从未达到如此高度的！"

11. "去掉一横三曲的经书"

《红楼梦》刚一问世（那时还叫《石头记》），立刻受到世人关注。有"好事者"手抄一部拿到庙会上，能卖几十两银子——那可是几千斤粮食的价格！

后来有了活字印刷本，书的流传就更广了。据说当时的士大夫之家，几乎家家案头都摆着一部。文人们见了面，把谈《红楼梦》当成了时尚。当时北京城流传着民谣："开谈不说《红楼梦》，纵读诗书也枉然。"有两位老先生，一位喜欢林黛玉，一位拥护薛宝钗，两人见面就争论，还差点儿动了拳头！这事记录在一部清代笔记中。

渐渐地，研究《红楼梦》成了一门学问。清代学术界有着研究经书的风气，人们见面总要问："您最近研究哪部经书呢？"这位回答："我在研究去掉一横三曲的经书呢！"——原来是句玩笑话：繁体的"经"写作"經"，去掉一横和三个拐弯，不正是个"红"字吗？他正在研读《红楼梦》呢！从此，各种学问中又添了一门新学问：红学。

研究红学的人一多，见解可就千差万别。就拿对主题的理解来说吧：有人说是人生如梦、一切皆空；有人说这是部淫书，应该当众烧掉；也有人拿阴阳八卦来解释书中人物和情节……

后来又出了个索隐派，把小说中的人物跟历史真人拉到一起。有位老先生硬说贾宝玉就是清代顺治皇帝的化身，林黛玉呢，是顺治皇帝所钟爱的秦淮名妓董小宛。还说董小宛一死，顺治皇帝便上五台山当了和尚——宝玉不就当了和尚吗？其实呢，顺治没当和尚不用说，董小宛也从没做过妃子。她比顺治大十五岁，她死时，顺治才十四！

也有人说宝玉形象是在影射清代著名词人纳兰性德，黛玉的原型是学者朱彝尊——那可是位满嘴胡须的老先生！这些穿凿附会的"考证"，当然经不住推敲。直到"五四"以后，学者胡适指出版本与证据的重要性，并在此基础上提出"自传说"，红学研究才逐渐走上科学化的轨道。

不过红学研究中的问题还多着呢，就说宝玉吧，他的生活原型到底是谁？有的学者认为是曹雪芹；也有人认为，应是雪芹的一位叔叔，也就是最早为小说写批语的那位"脂砚斋"。这些当然都是猜测之词，并没有切实的证据。

小说创作不同于历史记述，文学形象也不可能是历史真人一成不变的投影。鲁迅谈到文学创作时就说过："人物的模特儿也一样，没有专用过一个人，往往嘴在浙江，脸在北京，衣服在山西，是一个拼凑起来的角色。"（《我怎么做起小说来》）对于曹雪芹笔下的文学人物，我们也应如此理解。

不过脂砚斋这个人倒值得注意，最早的《石头记》全是以抄本形式出现的，而且无一例外地题为《脂砚斋重评石头记》。从脂砚斋的批语中可以看出，他是曹氏家族的成员之一，熟悉曹家的历史，甚至还参与了雪芹的创作呢。有些情节，雪芹就是根据他的意见做了修改。雪芹对他很尊重，他可能确实是雪芹的叔叔吧？不过也有人认为脂砚斋压根儿是位女子，说不定就是雪芹的妻子呢。——"脂砚"是研磨胭脂用的石砚，主人会是男士吗？

至于小说中大观园的原型在哪里，也纷说不一。有人说，大观园的原型在南京，就是从前的织造署花园。也有人说，北京的恭王府花园才是大观园。此外还有袁枚家的"随园"以及北京皇家园林圆明园等说法。不过更多学者认为，大观园只是一座"纸上园林"——大概只有想象中的园林，才能建造得如此堂皇美丽吧！

人们在北京西郊还发现了一座农家小院，有人说，那就是曹雪芹生前著书隐居的地方。尽管不少学者对此提出疑问，但参观的人仍然络绎不绝。人们抚摸着那低矮的门窗，眺望着周围的山光树影，对这位世界级的文学大师充满敬仰缅怀之情——这也就够了。至于故居是不是真的，也许并不重要呢。

第二编

《红楼梦》速读

1. 甄士隐初识通灵玉

却说女娲炼石补天，在大荒山无稽崖炼成顽石三万六千五百零一块，结果剩下一块没派上用场，弃在青埂峰下。此石自怨自愧，悲哀不已。恰有一僧一道经过，将此石变作扇坠大小，带到人间走了一遭。石头归来，将见闻记录下来。若干年后，有个空空道人路过此处，见一块大石上写满字迹。于是将文字抄下，经由曹雪芹在悼红轩中"批阅十载，增删五次"，完成了这部《石头记》，又名《红楼梦》。

再说姑苏城内有位乡绅甄士隐，晚年得女，取名英莲。一日甄士隐午睡，梦见一僧一道讲论一块石头，说此石下凡前本是赤霞宫神瑛侍者，每日以甘露浇灌灵河岸三生石畔一株绛珠仙草。仙草修成女身，要以眼泪偿还神瑛侍者。甄士隐亲见神瑛本相，原是一块美玉，上刻"通灵宝玉"四字。甄士隐醒后，真的在街上遇见一僧一道，僧道向甄士隐讨要怀中的英莲，甄士隐哪里舍得？

然而，甄家从此交了厄运，先是元宵节时，英莲看灯，被人拐走。祸不单行，三月十五日隔壁葫芦庵失火，连带甄家烧成一堆瓦砾。甄士隐只好投奔岳父，寄人篱下，吃尽白眼。

一日甄士隐在街头遇一跛足道人，口唱《好了歌》。甄士隐顿时省悟：原来天下之事"好便是了（liǎo），了便是好"。于是他家也不回，随着跛足道人飘然而去。（1：以上内容为《红楼梦》第一回，下同，不再一一注明）

2. 林黛玉进京

当年葫芦庙里住着个穷书生贾雨村，曾得到甄士隐的资助，进京赴考，中了进士，当了本县的县太爷。他派人来寻恩人，甄士隐已不知去向。贾雨村早就看上甄家的丫鬟娇杏，因将她纳为侍妾。

雨村不久因贪蠹罢了官。他四处游历，在扬州城，被新任盐政林如海聘为西席（家塾老师），教林家独女林黛玉读书。

一日，贾雨村偶遇老友冷子兴，听他在酒楼讲说京城贾家的事。原来京城贾家分为荣、宁两府。宁国公已仙逝，其子贾敬不喜做官，一味好道，常年住在城外，与道士烧丹炼汞，把家事委于儿子贾珍，连爵位也让贾珍袭了。贾珍有一子贾蓉。

荣府这边，荣国公也已去世，老夫人史太君健在，生有二子一女。长子贾赦承袭爵位，次子贾政官居员外郎，妻子为王夫人，生有二子一女。长子贾珠早逝，女儿元春被选入宫中做了女史，次子宝玉落生时口中衔着一块美玉。此子秉性奇特，出语不凡，常说："女儿是水做的骨肉，男子是泥做的骨肉，我见了女儿便清爽，见了男子便觉浊臭逼人！"贾雨村听了，说此子为天地清明灵秀之气所钟，不可小看。雨村还从冷子兴口中得知，女学生林黛玉的母亲正是荣府史太君的女儿贾敏。

不久，黛玉的母亲病故，贾母（史太君）接外孙女去京城。贾雨村受林如海之托送黛玉进京，他自己正要进京谋官，刚好可以求贾家引荐。

黛玉初进贾府，见识了府中的排场，小小心灵感受到压力。她先后见到外婆贾母，表姐迎春、探春、惜春，表嫂凤姐；又去拜见舅舅贾赦和贾政，结果只见到两位舅母邢夫人和王夫人。

跟老太太吃饭时，黛玉第一次见到衔玉而生的表哥贾宝玉，也就是王夫人口中的"混世魔王"；可在黛玉眼中，他是位俊美的年轻公子。宝玉与黛玉一见如故，不过他见这"神仙似的妹妹"没有玉，登时发狂，将脖子上挂的玉狠命摔到地上，被众人劝住。

贾母安排宝玉和黛玉与自己同住，还把自己一个丫鬟鹦哥给了黛玉，后改名紫鹃。宝玉的大丫鬟袭人原本也是贾母屋里的。（2～3）

3. 贾雨村乱判"葫芦案"

贾雨村因贾政引荐，得授应天府知府。上任头一件案子，是阔公子薛蟠与一男子争买丫鬟，竟将对方打死。雨村的门子（衙中长官的亲随）原是葫芦庵中的小沙弥，他把一张"护官符"拿给雨村看，上面有几句民谣，暗示贾、史、王、薛是金陵的四大家族，有钱有势，沾亲带故，得罪不得。贾家就是贾府这一族，史家是贾母的娘家，王家是贾政之妻王夫人的娘家，薛家是王夫人的妹夫家。而薛蟠正是薛家子弟、王夫人的外甥。双方所抢的丫鬟，则是当年被拐的甄士隐之女英莲。贾雨村有心巴结四大家族，竟昧着良心胡乱判案，为薛蟠开脱了罪行。

薛蟠的妹妹叫薛宝钗，知书达礼。正值宫中选拔女官，薛蟠借口送妹妹候选，护送母亲薛姨妈和妹妹一同进京，住进贾府。薛蟠很快与荣、宁二府的纨绔子弟们打成一片，每日饮酒观花，聚赌嫖娼，无所不至。（4）

4. 宝玉游太虚，村妪登贾府

尤氏是宁国府贾珍之妻，她请荣国府贾母、邢夫人、王夫人等到东府会芳园赏梅吃酒，宝玉也随同前往。宝玉酒后倦怠，尤氏的儿媳秦可卿领宝玉到自己的卧房休息。秦氏是贾蓉之妻，论辈分，宝玉是贾蓉的叔叔；可论年龄，宝玉还只是个孩子。

宝玉在梦中随警幻仙姑来到"太虚幻境"，见"薄命司"中有十几个大橱，内藏《金陵十二钗正册》《副册》《又副册》……册内每页都有诗有画，如同谜语。仙姑说，这是金陵贾家上、中、下三等女子的"终身册籍"，上面的诗画预示着女子的命运。宝玉看了，只觉得新奇，却不解其意。

警幻又请宝玉品"千红一窟（哭）"茶，饮"万艳同杯（悲）"酒，听"红楼梦"曲，宝玉浑然不解。警幻嗔怪宝玉痴迷不悟，又为他介绍了美女可卿，要他体会男女之乐。宝玉与可卿携手游玩，忽入迷津，有夜叉鬼怪拖他下水，宝玉急喊"可卿救我"，忽然醒来，仍在秦氏房中。秦氏感到奇怪，因为"可卿"正是她的小名。

乡下老妇刘姥姥是王氏家族"八竿子打不着"的远亲，这天她带了外孙板儿到荣国府来"打抽丰"（借名目向人家讨要钱物）。王熙凤接待了她。凤姐在刘姥姥面前摆足了架子，不过临了还是

给了二十两银子。刘姥姥千恩万谢，从此贾府添了一门不时走动的远亲。（5～6）

宝玉游太虚幻境（局部）/〔清〕孙温 绘

5. 宝钗与黛玉

再说薛姨妈带着儿子薛蟠、女儿薛宝钗住进贾府的梨香院。宝钗是个好姑娘，品格端方，容貌丰美，行为豁达，十分随和。相比黛玉的孤芳自赏，宝钗更得人缘。黛玉对宝钗，多少有点忌妒。

薛家是户部挂名的皇商，薛姨妈得到新样宫花（一种头饰）十二枝，托贾家仆人周瑞家的（"某某家的"即某某的妻子，周瑞家的是王夫人的陪房，也就是陪嫁女仆）送给姑娘们。周瑞家的顺路先给迎春、探春、惜春每人二枝，又给凤姐送去四枝，凤姐屋里的平儿（她是凤姐的陪嫁丫鬟，被贾琏收房为妾）让人送两枝给东府的秦可卿。周瑞家的又来到贾母住处，将最后两枝给黛玉。黛玉多心，问别的姑娘有了吗？然后冷笑说："别人不挑剩下的也不给我呀。"

宝钗幼年患病，幸有仙方"冷香丸"可保无虞。宝玉来宝钗处探病，宝钗要看宝玉那块通灵宝玉，见宝玉正面刻着"莫失莫忘""仙寿恒昌"。宝钗也有个饰物，是一枚金锁，正反面刻着"不离不弃""芳龄永继"八个字。

黛玉也来看宝钗，薛姨妈摆了酒食招待兄妹二人。黛玉见宝玉与宝钗亲近，旁敲侧击，出言讥讽。

宝玉嫌跟随前去的奶妈李嬷嬷唠叨，回屋后又听说李嬷嬷吃了自己爱吃的点心，喝了自己的好茶，不由得乘酒兴发脾气，摔了茶盏。（7）

宝玉识金锁，宝钗认通灵 / [清] 孙温 绘

6. 学堂里的风波

尤氏请凤姐到东府散心，宝玉也跟了过去，结识了秦可卿的弟弟秦钟，两人相见恨晚。宝玉邀秦钟一同到家塾读书。饭后回府时，东府老仆焦大喝醉酒正在骂人，揭出东府主子们见不得人的丑事，被小厮们捆绑起来，塞了一嘴马粪。

家塾是贾府办的，由老先生贾代儒掌管。学生都是贾家子弟及亲戚家的孩子，不免鱼龙混杂。

这天贾代儒没来，由他的孙子贾瑞代为管理。秦钟被同学金荣欺负，找贾瑞评理；贾瑞偏袒金荣，一时惹恼了同在书塾读书的贾蔷。他挑唆宝玉的跟班茗烟出头，向金荣"叫板"，先是斗口，又发展到飞砚台、抢竹板，大打出手。宝玉见秦钟吃了亏，执意要找贾代儒评理。贾瑞自知理亏，逼着金荣向秦钟叩头赔礼，才算罢休。

金荣的姑母金氏是族中贾璜的妻子，听说侄儿的事，气哼哼要找秦氏评理。及至见了尤氏，气已消了一半——在经济上，她还要仰仗两府呢。又见尤氏正为秦可卿生病而着急，更不敢再提一个字，说了两句闲话，悄悄地溜了。（7~10）

7. 凤姐整治贾瑞

贾敬过生日，不肯回府。由贾珍邀请那府亲眷到东府来庆寿。饭后听戏，凤姐带着宝玉到秦可卿屋里探病。秦氏虽是晚辈，但跟凤姐最谈得来。

凤姐独自到花园中看景，忽遇贾瑞走来，他向凤姐请安，凤姐见他贼眉鼠眼，十分反感。以后贾瑞又多次上门来看凤姐，一次凤姐在家，见他说话不三不四，便假意与他周旋，约他晚上在西边穿堂等候。

到了晚间，贾瑞溜进西边穿堂，忽然发现两边的门都上了锁。腊月寒冬，贾瑞在穿堂中冻了一夜。第二天跑回家，因夜不归宿又被祖父贾代儒打了三四十板，还罚在院里跪着念文章。

贾瑞不死心，过了两天又来看凤姐。凤姐又约他夜晚在后面空屋相见。贾瑞如约而至，黑暗中见有人来，急上前搂抱，却见贾蔷举着灯进来，再看所抱的，竟是贾蓉！贾蓉、贾蔷逼着贾瑞写了两张五十两银子的欠条，才放过他。贾瑞在台阶下等候开门时，又被人浇了一桶屎尿，狼狈逃回家。

贾瑞卧病在床，有个跛足道人送他一面镜子，名为"风月宝鉴"，告诫他千万不可照正面，只照背面。这镜子从反面照，是一

具骷髅，从正面照，却是凤姐。贾瑞执迷不悟，对着正面一照再照，终于一命呜呼！（11～12）

8. 可卿病死，凤姐理丧

这夜凤姐梦见可卿来告别，对凤姐说"月满则亏，水满则溢"的道理。并提出，应在祖坟附近多置房舍田地，兴建家塾。将来土地房屋的收入可供祭祀祖先和教育子弟之用。因为即使犯罪，祭祀的产业也不在查抄之列。——凤姐惊醒，听见云板敲击四下，那是报丧的声音，秦可卿过世了。

秦可卿的丧事办得格外隆重，请僧道念经四十九天，花重金购置上等棺木。仅仅为了灵幡上写着好看，就花一千五百两银子为可卿的丈夫贾蓉捐了"龙禁尉"官衔。尤氏犯了旧病，贾珍请凤姐来帮忙主持丧事。

凤姐来到东府，立规树威，遇有仆人犯规的，铁面无私，严惩不贷，上上下下无不畏服。千头万绪的繁杂事，被凤姐调理得井井有条。凤姐自己也很得意。

送殡之日，沿途都有公侯、高官搭建彩棚路祭，十分风光。

灵车路过北静王府的彩棚，年轻的北静王还特意召见宝玉，关怀备至。(13 ~ 14)

9. 弄权铁槛寺

灵柩送到城外铁槛寺停放，那里是贾家的家庙。庵中老尼乘机请凤姐干预一场官司。原来张财主之女金哥先许配长安守备的公子，又被长安府太爷的小舅子李少爷看上。张财主要悔婚，守备不肯退亲。老尼请凤姐利用贾府势力逼守备退婚，并许以三千两银子谢仪。凤姐财迷心窍，一口答应。

凤姐通过长安云节度使施压，逼守备退了婚。金哥是个坚贞的女子，不愿退婚再嫁，竟自缢而死；守备之子也投河殉情！张、李两家人财两空，凤姐却独得三千两。尝到甜头后，她的胆子更大了。

南方传来林如海病重的消息，贾母派贾琏送黛玉回扬州侍奉父亲。不久林如海病故，贾琏张罗着办丧事，带黛玉回来。凤姐向贾琏摆功，却把暗中放债攒私房钱的事瞒着丈夫。(15 ~ 16)

10. 元妃省亲

　　贾政过生日，忽有太监传贾政入宫。原来贾政的长女元春加封贤德妃，皇上开恩，贵妃可以回家省亲。贾府上下欢天喜地。众人又说到贾家、王家、甄家当年接驾的事，"把银子花得像淌海水似的"。贾府老少爷们共商起造省亲别墅、组建戏班等事。

　　只有宝玉高兴不起来：好友秦钟与水月庵的小尼姑智能要好，受到父亲秦邦业的责罚。秦邦业一气身亡，秦钟也患病在身，随之病故。宝玉痛哭不已。

　　几经筹划修建，迎接贵妃的省亲别墅建成。贾政带着众清客及宝玉一同游园，每到一处景致，贾政便要宝玉题额作联。宝玉才思敏捷，出口成章，贾政也很得意。

　　因宝玉被夸，众随从向宝玉讨赏，把他身上的饰物都抢了去。宝玉来看黛玉，黛玉误以为自己做的荷包也被送了人，一气之下，把新做的香袋儿剪为两半。直到宝玉掏出藏在怀里的荷包，黛玉才知道错怪了宝玉。

　　省亲活动紧锣密鼓地进行。梨香院腾出来给唱戏的女孩儿住，薛姨妈另换住所。园中建有栊翠庵，从南方请来一年轻女尼妙玉做住持。

正月十五上元之日，是贵妃省亲的正日子。亲人相见，悲喜交集。贵妃游览花园，赐名"大观"，并为各处匾额最后定名。宝玉、宝钗、黛玉、"三春"也都应景题诗。元妃对宝玉格外关爱。贾蔷则安排戏班演戏，热闹非常。（16～18）

11. 宝玉和姐妹们（上）

袭人被母亲接回家吃年茶。宝玉到东府看戏，心血来潮，带着茗烟骑马去袭人家探访。袭人一家招待不迭。袭人特意雇了车把宝玉送回府去。

宝玉偶然听说袭人家里要为她赎身，闷上心头。袭人借机规劝宝玉，与他约法三章：一不许信口胡说，二要听话念书，三要改掉爱跟女孩儿厮混的毛病。宝玉一一答应。

宝玉去看黛玉，编笑话哄黛玉高兴。兄妹两小无猜，闹作一团。

宝玉来看宝钗，见弟弟贾环正在哭闹。原来贾环与宝钗的丫鬟玩赶围棋，输了钱耍赖，被小丫鬟说了几句，便哭起来。宝玉见了，开导他几句。贾环回家后，遭母亲赵姨娘啐骂。凤姐隔窗听见，训斥赵姨娘："他（指贾环）现是主子，不好，横竖有教导他的人，与你什么相干？"贾环跟宝玉同父异母，为赵姨娘所生，姨娘就是妾，算是仆人，地位低下，凤姐虽是晚辈，也能以主子的身份呵斥她。

黛玉听说宝玉刚从宝钗那儿来，又犯了忌妒的毛病。宝玉用"亲不隔疏，后不僭（jiàn）先"的道理劝解，黛玉很受感动。史湘云来串门，她是贾母的侄孙女。黛玉拿湘云的咬舌毛病开起玩笑来。（19~20）

12. 宝玉和姐妹们（下）

湘云住在黛玉房中，宝玉一大早去看她俩，又在那里洗脸漱口，还央求湘云替自己梳头打辫子。袭人见宝玉跟姊妹们厮混，没个分寸，又急又气，索性不理他。宝玉见袭人不理，也生了气。晚饭后独自读《庄子》，还趁着酒兴续写一段文字，谈论男女之道。

不过第二天清晨起床，这事他早忘了。袭人还记着呢，正言规劝宝玉，宝玉为表决心，把一支玉簪摔为两段！——宝玉的"续《庄子》"文被黛玉看到了，补了一首绝句嘲弄他。

宝钗十五岁了，贾母特意拿出二十两银子，要凤姐张罗摆酒唱戏，为宝钗过生日。宝钗特意点了热闹的戏文、甜烂的食物，哄老太太高兴。

看戏时，宝钗向宝玉介绍《山门》一出，还念了一支《寄生草》，那是剧中鲁智深唱的。黛玉见宝玉兴奋，便用戏名调侃他："还没唱《山门》，你就《装疯》了。"——"装疯"也是一出戏名。

湘云说台上的小旦像黛玉，宝玉忙向她递眼色——从前"戏子"是下等人，宝玉怕黛玉多心。不料宝玉的举动同时惹恼了黛玉、湘云两个，宝玉感到委屈。

宫里贵妃送来灯谜，让兄弟姐妹们猜。兄弟姐妹也各作灯谜，送进宫去让贵妃猜。贵妃对兄弟姐妹各有赏赐。贾母也有兴致，聚集孙男弟女猜谜取乐，贾政也来凑趣。（21～22）

13. 大观园里热闹起来

元妃传出话来，说大观园不要锁起来，让弟弟、妹妹们住进去。于是宝钗住进蘅芜院，黛玉住进潇湘馆，迎春住在缀锦楼，探春住在秋掩书斋（后来改名秋爽斋），惜春住在蓼风轩，李纨住在稻香村，宝玉住进怡红院。

宝玉在园中每日与姐妹们读书习字、弹琴下棋、吟诗作画、斗草猜枚，十分快活。茗烟又从外面买了小说、传奇等"杂书"给宝玉读。一日宝玉携了《西厢记》到沁芳闸桥那边桃花树下来读，见黛玉正将落花扫起，埋入"花冢"。黛玉拿起《西厢记》，只觉得"词句警人，余香满口"，看得入迷。两人还用剧中妙句相互调笑。

　　黛玉回潇湘馆，路过梨香院，隔墙听女优唱《牡丹亭》："姹紫嫣红开遍……如花美眷，似水流年"，不觉心动神驰，落下泪来。

　　大观园的建设和善后工程还有不少，分给族人去做，各有好处。如戏班由贾蔷专管；玉皇庙、达摩庵两处的小尼姑、小道姑，凤姐派贾芹送他们到家庙养起来。族人贾芸也来谋差事，先求了贾琏，总没有结果。贾芸向邻居醉金刚倪二借了银子，买了贵重的香料去奉承凤姐，果然一求便应，被派到园中补栽花木。

　　宝玉外出回来，想要喝茶，大丫鬟碰巧都不在。在外围伺候的小红进屋给宝玉倒茶，顺带告诉他：贾芸来访未遇。丫鬟秋纹、碧痕打水回来，见小红跑到屋里来伺候，愤愤不平，出言讥讽，小红只好忍气吞声。（23～24）

14. 姐弟遭难

王夫人让贾环抄《金刚经》，宝玉躺在一旁与丫鬟彩霞说笑。贾环出于忌妒，故意打翻蜡烛，热蜡油烫了宝玉的脸。王夫人把赵姨娘叫来骂了一顿。

宝玉寄名的干妈马道婆来看贾母，劝诱贾母出钱供奉"大光明普照菩萨"。马道婆又去看赵姨娘，赵姨娘向她诉苦，求她施法术暗害凤姐、宝玉，并以首饰、散碎银子做报酬，还写了五十两银子的欠条。

马道婆暗中剪了纸人作妖法，宝玉、凤姐突然发病，满口胡话，拿刀动杖，见人就砍。众人惊慌，求医问道，总是无效，只好备下棺木。

第四天，忽有癞头和尚、跛脚道人来，拿着宝玉的通灵玉摩弄念诵一番，凤姐、宝玉渐渐安静下来。黛玉听说宝玉没事了，念了一声佛。宝钗旁敲侧击道："佛比人还忙：又要度化众生；又要保佑人家病痛，都叫他速好；又要管人家的婚姻，叫他成就。"（25）

15. 宝钗扑蝶，黛玉葬花

宝玉因贾芸来访不遇，主动请他来聊天。贾芸在园中捡到一块绢子，听说是宝玉屋中小红丢的，便托小丫鬟坠儿还给小红。此前贾芸与小红见过两面，两人彼此有意。

宝玉去看黛玉，又拿《西厢记》中的词句开玩笑，惹恼了黛玉，宝玉连忙道歉告饶。忽听父亲传唤，宝玉急忙出来——原是薛蟠过生日，让小厮把宝玉骗了出来。

晚饭后，黛玉来怡红院看宝玉，丫鬟不给开门。黛玉伤心落泪。正要回去，远远又见宝玉送宝钗出来，更觉失落。

四月二十六芒种，是祭饯花神的日子。园中女孩儿聚会，宝钗去约黛玉，抬头见宝玉进了潇湘馆，便抽身而回。一对玉色蝴蝶飞来，宝钗追扑蝴蝶，忽听滴翠亭内有人说话，细听，原是小红、坠儿在说贾芸捡绢子的事。因涉男女之事，小红怕人听见，开窗查看。宝钗急中生智，假意喊道："颦儿，我看你往那里藏！"——"颦儿"是黛玉的昵称。小红听了，误以为私房话被黛玉听去了。

宝玉见园中落花无人扫，便用衣襟兜了落花，到花冢去掩埋。恰恰听到黛玉哭吟《葬花辞》："侬今葬花人笑痴，他年葬侬知是

宝钗扑蝶／[清]改琦 绘

谁?……一朝春尽红颜老,花落人亡两不知!"宝玉听了,哭倒在地。宝玉、黛玉互诉衷情,头天不开门的事也解释清楚了,原是丫鬟没听出黛玉的声音来。(26 ~ 27)

16. 心里只有妹妹

凤姐在园中临时找人办事,小红主动上前应承。凤姐见她头脑灵活,口齿清楚,要她以后跟着自己。小红是府中老仆林之孝的女儿。

探春也是赵姨娘所生,不过她跟宝玉要好,还给宝玉做了华美的鞋子。她打心眼儿看不起亲娘,说她见识"阴微下贱"。

吃饭时,王夫人关心黛玉的病,宝玉胡编药方,引逗母亲和众姐妹开心。

官宦子弟冯紫英请宝玉赴宴,薛蟠也在座。席间,薛蟠饮酒行令,语言粗俗,丑态百出。宝玉在席上结识了唱戏的蒋玉函,蒋的艺名叫"琪官"。宝玉把扇坠送他做见面礼,蒋玉函回赠了一条红汗巾。宝玉回家后,把汗巾转送袭人,袭人扔在箱子里。

端午节到了,元妃颁赐节礼。宝钗见自己的礼物与宝玉的一样，心下觉得没意思——家族中早就流传着"金玉良缘"的说法。黛玉又有些多心，宝玉极力剖白，说自己心里除了老太太、老爷、太太，第四个人就是"妹妹"。黛玉调侃说："只是见了'姐姐'，就把'妹妹'忘了。"（28）

17. 不是冤家不聚头

五月初一，贾母带晚辈们到清虚观打醮（jiào，打醮是一种道教的法事活动），张道士要给宝玉提亲，贾母说不忙，又提出标准：只要模样配得上，性格好，穷些也不怕。

张道士端出一盘饰物，说是众徒弟送给宝玉的。宝玉因知湘云有个金麒麟，便也挑了个金麒麟。黛玉看在眼里。

黛玉中暑，宝玉来探病。又因金、玉的话题发生口角。宝玉一时性起，摘下通灵玉狠狠摔在地下，黛玉哭得几乎晕倒。袭人、紫鹃忙来解劝。惊动了贾母、王夫人，也来过问。

初三是薛蟠的生日，摆酒唱戏，宝玉、黛玉都没去。贾母叹道：这才是"不是冤家不聚头"啊！这话传到宝玉、黛玉耳中，两人都若有所悟。

通灵宝玉与绛珠仙草 / [清] 改琦 绘

宝玉听从袭人的劝说，主动上门向黛玉赔不是，把"好妹妹"叫了几十声。凤姐拉着黛玉陪贾母看戏，宝玉也跟了过来。见到宝钗，宝玉有点不好意思，没话搭话，说宝钗"富胎"，像杨贵妃。——杨贵妃是"女人祸水"的典型，宝钗当然不高兴。她借着骂小丫鬟，指桑骂槐，要小丫鬟（实则要宝玉）"和你素日嘻皮笑脸的那些姑娘们"玩去。又借着台上的戏，说自己不知什么叫"负荆请罪"，暗讽宝玉。（29～30）

18. 金钏儿被逐，晴雯撕扇

　　宝玉到母亲屋中，王夫人正在午睡。宝玉跟丫鬟金钏儿调笑，王夫人听到了，不问青红皂白，打了金钏儿一巴掌，骂道："好好儿的爷们，都叫你们教坏了！"把她赶出府去。

　　宝玉无趣，走到园中，见唱戏的龄官在蔷薇架下反复写一"蔷"字。宝玉看呆了。突然下起雨来，宝玉只顾喊龄官避雨，忘了自己也站在雨中，浑身湿透。跑回怡红院，敲了半天，门才开。宝玉不问青红皂白就是一脚，刚好踢在前来开门的袭人肋上。到了晚上，袭人竟吐了血。

晴雯把扇子骨跌折了，宝玉说她"顾前不顾后"。晴雯反唇相讥。袭人来劝架，也被晴雯讥讽一顿。宝玉发脾气，要赶晴雯走，袭人等跪下求情。刚好黛玉来，说说笑笑，把事情岔开。

宝玉被薛蟠请去吃酒，回来后与晴雯和好。又说人生随性，乐意撕扇子也可以，各从所好就好。晴雯当场撕了宝玉的扇子，又撕了麝月的。宝玉说："'千金难买一笑'，几把扇子，能值几个钱？"（31）

19. 贾政打宝玉

史湘云来串门，特意带了绛纹石戒指给几个大丫鬟。她跟袭人最要好，袭人又托她为宝玉做鞋。两人聊起来，都喜欢宝钗，褒贬黛玉。

贾雨村来，指名要见宝玉。宝玉浑身不自在。湘云劝他多跟"为官作宦"的交往，宝玉说："姑娘请别的屋里坐坐罢，我这里仔细腌臜了你这样知经济的人！"又说林姑娘从来不说这些"混账话"。

黛玉前来看湘云，隔窗听见宝玉这话，悲喜落泪，不好进屋，回身而去。宝玉出来，见黛玉在前面走，赶上去向她倾吐肺腑，要她"放心"。黛玉害羞而去，袭人赶来给宝玉送扇子，宝玉一时心迷，误认袭人为黛玉，说："我为你也弄了一身的病，……睡里梦里也忘不了你！"袭人听了大惊。

金钏儿被赶出后，投井而死。王夫人深感内疚，宝钗为姨妈宽解，说金钏儿是糊涂人。

宝玉听说金钏儿的死讯，心内悲痛。在院中遇到父亲，贾政喝问他为何刚才见客时谈吐不畅，脸上一团"私欲愁闷"之气？这时忽有忠顺亲王的手下来贾府要人，向宝玉询问琪官（蒋玉函）的下落。刚好贾环又跑来，说有个丫鬟跳井，是宝玉强奸不遂所致。

贾政暴怒，命人把宝玉捆起来打。贾政还不解气，又亲自夺过板子狠打了十几板，并对劝阻的人说："明日酿到他弑父弑君，你们才不劝不成？"又要把宝玉勒死！王夫人来哭劝，贾母也赶来喝住，贾政这才罢手。

宝玉被抬回怡红院。宝钗托着一丸药来看他，说："别说老太太、太太心疼，就是我们看着，心里也……"欲言又止。袭人怀疑蒋玉函的事是薛蟠说出去的，宝钗替薛蟠辩解。黛玉也来看宝玉，宝玉埋怨说："你又做什么来了？太阳才落，那地上还是怪热的，倘或又受了暑，怎么好呢？……"黛玉眼睛已经哭肿了，只说了一句:"你可都改了罢!"

凤姐、薛姨妈等也都来探视。王夫人召宝玉屋的丫鬟问话,袭人前去,向王夫人进言说:"论理宝二爷也得老爷教训教训才好呢!"又建议把宝玉搬出大观园。王夫人听了,大受感动,把宝玉托付给袭人。

宝玉让晴雯拿两条手帕给黛玉送去,黛玉在帕上题诗三首,全是拭泪的主题。黛玉浑身火烫,面上发烧,病由此起。

宝钗也怀疑宝玉挨打是哥哥挑唆的缘故。薛蟠受了委屈,极力申辩,口无遮拦,得罪了宝钗。宝钗为此哭了一夜。第二天黛玉见了,讽刺说:"就是哭出两缸泪来,也医不好棒疮。"

薛蟠向宝钗认错,竟还掉了几滴眼泪。薛姨妈、宝钗去看宝玉,贾母、凤姐也在。谈话之间,贾母只夸宝钗。

王夫人命玉钏儿给宝玉送莲叶汤,玉钏儿是金钏儿的妹妹。宝玉心中有愧,只顾哄玉钏儿说话,接汤时烫了手,反问玉钏儿烫着没有。这情景被傅家派来问安的两个婆子看见了,当笑话讲,只说宝玉"相貌好,里头糊涂……果然竟有些呆气"。

(32~35)

20.人生情缘各有分定

　　贾母因宝玉被打，吩咐八月前不让他见外人，连家里晨昏定省都免了。这正合宝玉之意，他最讨厌与士大夫接触，又因姐妹中只有黛玉从不劝他立身扬名，所以"深敬黛玉"。从此他在园中越发自由，"每日甘心为诸丫头充役"。

　　金钏儿死了，王夫人说不用再添人，把金钏儿每月一两银子的月钱补给她妹妹玉钏儿。至于袭人，王夫人从自己的分例中每月拨给她二两银子一吊钱——这是姨娘的待遇。

　　赵姨娘发怨言，说自己丫鬟的月钱被凤姐克扣了。凤姐听说了，跐着门槛不指名地斥骂："明儿一裹脑子扣的日子还有呢。……也不想想自己，也配使三个丫头！"

　　宝钗来看宝玉，宝玉正午睡，宝钗坐在一边，替袭人做针线活，顺带为宝玉赶蚊蝇。宝玉梦中喊："和尚道士的话如何信得？什么'金玉姻缘'？我偏说'木石姻缘'！"宝钗听了，不觉愣住了。这场面恰被黛玉看到了。

　　凤姐叫袭人去，告知她身份变更的事（由丫鬟升为姨娘）。宝钗、黛玉、湘云也都向袭人道贺，宝玉更是喜不自禁。宝玉与袭人深谈，说到生死，宝玉把"文死谏""武死战"的论调褒贬了一通。又说自己死了，若得众女子的眼泪漂起，就是死得其所了。

一日宝玉来到梨香院，让龄官为他唱《牡丹亭》曲子，龄官不肯。宝玉发现龄官正是蔷薇架下画"蔷"的那个姑娘；又冷眼见贾蔷正追求她，由此悟出"人生情缘，各有分定"的道理，"不知将来葬我洒泪者为谁"。

薛姨妈生日，宝玉不想去。黛玉说："看着人家赶蚊子的分上，也该去走走。"史家接湘云回去，湘云偷偷嘱咐宝玉：不时提醒老太太，接自己过来玩。——这个没娘的孩子在史家过得很苦。（36）

21. 海棠诗与菊蟹咏

贾政点了学差，八月二十起身，一去三年。严父不在家，宝玉愈发如鱼得水。

大观园中，探春倡议建海棠诗社，由李纨主社，各取雅号，李纨叫"稻香老农"，探春叫"秋爽居士""蕉下客"，黛玉叫"潇湘妃子"，宝钗叫"蘅芜君"，迎春号"菱洲"，惜春号"藕榭"。宝玉的名号最多："无事忙""绛洞花主""富贵闲人""怡红公子"。大家限韵作诗，吟咏白海棠。诗成，众人公推宝钗的第一，黛玉的第二。又约定每月初二、十六雅集作诗。

袭人得到王夫人垂青，晴雯不服气，半开玩笑地调侃她是"西洋花点子哈巴儿"——袭人本姓花。袭人派人给湘云送鲜果，这提醒了宝玉，催着贾母派人去接湘云。

湘云入园，补作了两首海棠诗，又执意做东起社。宝钗为她出主意，让薛家当铺的伙计弄来几篓螃蟹、几坛好酒，请众人吃蟹赏菊。宝钗又与湘云拟好菊花诗题。

次日，湘云请贾母、王夫人、薛姨妈、宝玉及众姐妹在藕香榭吃蟹饮酒。凤姐最能张罗，逗老太太开心。湘云让人在廊下摆了两席，专请几位大丫鬟享用。大家吃喝调笑，席上十分热闹。

席罢，诗社开张。众人各选题目，依韵作诗，顷刻而成，都推黛玉的《咏菊》为第一。宝玉又提议咏螃蟹。这一回，宝玉作得好，宝钗那首更被称为绝唱。

平儿去而复返，替凤姐再讨几个螃蟹。李纨夸平儿，说她是凤姐的一把"总钥匙"。袭人邀平儿到屋里坐，平儿透露月钱总不能按时发放，是因凤姐拿着月钱放债取利的缘故。（37 ~ 39）

22. 刘姥姥二进荣国府

刘姥姥带了些瓜果土产二次来贾府。贾母留她聊天、讲故事。宝玉关心故事里穿红袄的小姑娘，缠着刘姥姥刨根问底。刘姥姥又编出小姑娘夭折及盖庙显灵等事。宝玉信以为真，派焙茗（即茗烟）去找小庙，哪里找得到？只找到一处瘟神庙。

贾母在园子里摆宴，给史湘云还席，众人拿刘姥姥开心，给她插了满头的花。早饭设在秋爽斋的晓翠堂。席上，凤姐、鸳鸯等逗刘姥姥出洋相，刘姥姥配合着装傻，只为哄老太太开心。

饭罢来看探春的正房，摆设十分大气。众人又乘船来到蘅芜院，贾母叹息宝钗屋里的摆设太素，并替宝钗规划室内布置。众人在藕香榭摆下别致的筵席，吃酒行令。刘姥姥村言村语，众人笑声连连。凤姐、鸳鸯等故意用大杯给刘姥姥灌酒，又让她品尝茄鲞（xiǎng），讲解做法及配料，听得刘姥姥摇头吐舌。

饭罢，众人到栊翠庵喝茶歇息，妙玉的茶具件件是贵重的古董。妙玉善待黛玉、宝钗，又拿自己吃茶的绿玉斗斟茶招待宝玉。而刘姥姥用过的茶杯，妙玉则嫌脏丢弃了。刘姥姥醉后误入怡红院，就睡在宝玉的床榻上。

凤姐的女儿大姐儿着凉，按照刘姥姥的指点，在园中烧纸

"送祟"。刘姥姥又为大姐儿取名"巧姐"。辞行时，从贾母到丫鬟都有礼物相赠，刘姥姥满载而归。（40～42）

23. 乐极生悲的生日宴

宝钗因黛玉前日行酒令时用《牡丹亭》《西厢记》中的词句，私下提醒黛玉。两人深谈，原来《西厢记》《琵琶记》《元人百种》这些"杂书"，宝钗年幼时也都看过。宝钗用"正理"规劝黛玉，黛玉心中暗服。

惜春奉老太太之命，要画大观园图，请众人出主意。宝钗提了不少建议，她对绘画很在行，有自己的一套见解。

九月初二是凤姐的生日，由尤氏主持，学小户人家"凑份子"，一共凑了一百五十两银子。生日这天一大早，宝玉换了素衣，带焙茗出城，到水仙庵借了香炉，在井台边祭祀行礼，然后才赶回府里给凤姐拜寿——这天也是金钏儿的生日。

凤姐多喝了几杯酒，打算回家歇歇，隔窗听见贾琏正与鲍二家的（仆人鲍二之妻）勾搭，两人还背地里算计凤姐，并提到平儿。凤姐大怒，打了平儿，又冲进去与鲍二家的拼命。平儿恨两人攀扯自己，也进来打鲍二家的。贾琏反过来打平儿，并仗剑追杀凤姐！

凤姐跑去求贾母庇护，贾母、邢夫人将贾琏喝退。贾母轻描淡写地说："什么要紧的事！小孩子们年轻，馋嘴猫儿似的，那里保得住呢？"又安慰了凤姐，并让人抚慰平儿。

宝玉见平儿受了委屈，把她让到怡红院，替贾琏、凤姐给她赔不是。又叫袭人为平儿换衣服，自己亲自服侍平儿化妆，替她簪花。宝玉平常不能接近平儿，这回算是尽了心。

第二天，贾母当众训斥贾琏，让他给凤姐、平儿赔不是。鲍二家的上了吊，贾琏背地给了二百两银子，把事情压下去。凤姐也私下向平儿道歉。

探春等再起诗社，请凤姐做"监社御史"，实则向她要"赞助"。李纨与凤姐说笑斗嘴，捎带替平儿鸣不平，凤姐又笑着向平儿赔不是。（42～45）

24. 鸳鸯誓死不做妾

贾赦看上贾母的大丫鬟鸳鸯，要纳她为妾，让邢夫人向贾母来提。凤姐认为此事尴尬，自己躲过一旁。邢夫人亲自问鸳鸯，鸳鸯低头不语。邢夫人走后，鸳鸯躲到园子里，见到平儿说：别说要我做小老婆，就是太太这会子死了，他三媒六聘地娶我去做大老婆，我也不能去！又对袭人表示：若老太太死了，自己就剪头发做尼姑去。不然，还有一死！——鸳鸯嫂子来劝，也被鸳鸯骂跑。

鸳鸯的哥哥金文翔奉贾赦之命劝说妹妹，鸳鸯不答应。贾赦只说鸳鸯恋着宝玉呢。鸳鸯生气，答应跟哥哥一同去见贾母，在场的还有王夫人、薛姨妈、李纨、凤姐及宝钗等。鸳鸯当着众人跪地哭诉，态度决绝："……就是老太太逼着我，一刀子抹死了，也不能从命！"说着从袖里掏出剪子就剪头发，被人拦住。

贾母听了，气得浑身打战，痛骂贾赦夫妇不孝，连王夫人也捎带上了。众人都不敢说话，只有探春上前，替王夫人辩解说："老太太想一想，也有大伯子的事，小婶子如何知道？"贾母自觉失言，也笑了，当场为王夫人"平反"，又嗔怪宝玉不为娘辩解。凤姐赶紧说笑话、打圆场。

邢夫人来打听消息，众人都躲出去。贾母当面讽刺她"三从四德""贤慧也太过了"。又说自己离不开鸳鸯，贾赦要纳妾，"我这里有钱，叫他只管一万八千的买去就是；要这个丫头，不能！"贾母又招呼众人打牌，凤姐说笑话，哄老太太高兴。贾赦派贾琏来叫邢夫人，一露头，也招贾母一通数落。

贾赦碰了大钉子，称病在家，羞于见人。后来到底花重金买了个女孩子做妾。（45 ~ 47）

25. 薛蟠挨打，香菱学诗

秋天到了，黛玉因连日游玩劳累，犯了病。宝钗来看她，百般关心，答应送燕窝给她，黛玉深为感动。风雨之夜，黛玉撰写《风雨词》。宝玉穿着蓑衣冒雨来看黛玉，黛玉取出玻璃绣球灯，让他打着回去。宝钗的燕窝送来了，黛玉厚赏送燕窝的婆子。

府中老仆赖嬷嬷的儿子当了县官，赖嬷嬷来报喜，又借机评说贾家的家教，开导宝玉。赖嬷嬷预备在自家园子里摆酒庆贺，请老爷、太太们赏光出席。

贾家众人到赖大家吃酒，世家子弟柳湘莲也来赴宴。他与宝玉都是秦钟的朋友，惺惺相惜。

薛蟠也来赴宴。他误以为柳湘莲是戏子，对他纠缠不已。柳湘莲把薛蟠勾到城外，在一僻静处将他痛打一顿。薛姨妈心疼儿子，要追究此事。宝钗劝阻说：薛蟠无法无天，吃点亏未必不是好事。薛蟠羞于见人，于是打着做买卖的幌子出了远门。

薛蟠走后，香菱进园来跟宝钗做伴。香菱羡慕众姐妹，也要学作诗。宝钗说她"得陇望蜀"。黛玉倒十分热心，收香菱为徒，教得十分得法。香菱学诗刻苦，几乎到了走火入魔的地步。探春邀香菱入社，宝钗反说香菱"自寻烦恼"，"越发弄成个呆子了"。香菱在梦中也在作诗。

贾赦喜欢收藏扇子，听说有个外号叫石呆子的，藏有二十把好扇子，只是不肯卖。贾雨村知道了，借着官势，硬说石呆子欠了官银，把他的扇子抄没充公，转手送给贾赦献殷勤。贾琏说："为这点子小事弄得人家倾家败产，也不算什么能为。"被父亲打了一顿。（47～48）

26. 大观园里更热闹了

有几家亲戚同时进京来到贾府：一家是邢夫人的嫂子，带着女儿邢岫烟；一家是凤姐的哥哥王仁。此外还有李纨的寡嫂，带着李纹、李绮两个女儿。薛蟠的堂弟薛蝌和堂妹宝琴也来了，宝琴已许配梅翰林之子。见到又有好几位漂亮姐妹到来，宝玉格外兴奋。

　　贾母喜欢宝琴，让王夫人认她做干女儿，跟着贾母住。邢岫烟与迎春同住，李纹、李绮住进稻香村。贾母的亲戚史鼎到外省做官，贾母把湘云留下，湘云愿意与宝钗同住。

　　下雪了，众人到芦雪庭雅集作诗。因有新鲜鹿肉，湘云、平儿、宝玉等在露天烤鹿肉吃，凤姐也来凑热闹。湘云自称"是真名士自风流"。平儿褪了镯子吃肉，吃毕发现少了一只镯子。

　　凤姐为诗社做监社御史，她没文化，起头只念了一句"一夜北风紧"，众人往下联句，李纨续"开门雪尚飘。入泥怜洁白"，香菱联"匝地惜琼瑶。有意荣枯草"，探春联"无心饰萎苗。价高村酿熟"……联到后来，湘云、黛玉、宝琴三人抢着对，互不相让，场面火爆。

　　宝玉诗句不佳，李纨派他到栊翠庵向妙玉讨一枝梅花来插瓶。宝玉不辱使命，讨了好大一枝来。众人争吟梅花诗，贾母也来赏梅凑趣儿。大家又去惜春那里看大观园图。第二天雪晴，大家又编灯谜取乐。

　　宝琴作了十首怀古诗:《赤壁怀古》《交趾怀古》《钟山怀古》……内藏十种事物，大家只是猜不出。（49～51）

仿照《红楼梦》的描写建造的北京大观园

27. 晴雯夜补孔雀裘

袭人母亲病重，接袭人回家。凤姐送了好几件高档冬衣给袭人——毕竟袭人的身份不同了。平儿又拿了一件半旧的羽缎外衣准备送给邢岫烟，因为下雪时人人都有御寒衣，唯独她没有。

袭人因母亲病故，不能马上回来。夜间由麝月、晴雯等伺候宝玉。晴雯淘气，只穿单衣出门吓唬麝月，结果自己冻病了。请了大夫来看病，付诊金时，因袭人不在，宝玉和丫鬟竟都不会使称银子的戥（děng）子。

晴雯的病总不好，宝玉拿出外国鼻烟，要她"通通窍"。又从凤姐处要了西洋药膏，让她贴在头上。

平儿的镯子找到了，是怡红院的小丫鬟坠儿偷的。平儿没声张，悄悄告诉了麝月，对外只说在雪中拾到的。晴雯疾恶如仇，不顾在病中，立刻要撵坠儿出去。坠儿娘来"讲理"，被麝月好一顿训斥。

宝玉去舅舅家祝寿，贾母特意拿出俄罗斯的雀金呢孔雀裘给他穿，结果头一天就烧了个洞。因第二天还要穿，而此物无人会织补。晴雯不顾有病在身，挣扎着连夜织补，直到钟敲四下才补完，竟补得天衣无缝。（51～52）

28. 这个"年"过得有点冷清

要过年了，贾珍命人收拾宗祠，贾蓉去领了皇上春祭的赏银。

黑山村的庄头乌进孝来送年货，他管着贾家的田产。贾珍原本预计有五千两银子的进项，结果因年成不好，只有二三千两银子。贾蓉说，那府（指荣国府）也穷了，凤姐跟鸳鸯商量着偷拿老太太的东西典当呢。贾珍把年货分给族人。

腊月二十九换门神、挂对联。贾母等坐着大轿进宫朝贺行礼，归来在家祠祭祀，行礼如仪。正月初一，贾母仍旧进宫朝贺，也为元妃祝寿，元妃是大年初一所生。回来又祭祖。

到了正月十五晚上，贾母摆酒，燃灯看戏。戏演得好，贾母让人整筐箩撒钱，赏赐戏子。

戏演完了，又叫女先儿讲书。贾母移席到暖阁中，让梨香院的十二个女孩子唱折子戏《寻梦》《惠明下书》。

众人又击鼓传梅，行令说笑话。轮到贾母，说一家子有十个儿媳，九个嘴笨，一个嘴巧。九个儿媳向阎王讨公道，得知嘴巧的这个是因喝了悟空猴尿的缘故。众人听了，都看着凤姐笑。

凤姐也讲了两个笑话，却有点提不起精神。于是宴会冷清收场。（53～54）

29. 大观园刮起改革风

　　凤姐身体欠佳，不能管事。王夫人让李纨、探春主事，宝钗从旁协助。三人兢兢业业、恪尽职守，管理得井井有条。

　　赵姨娘的兄弟死了，探春按常规，发给丧葬银二十两。赵姨娘吵上门来，说："如今你舅舅死了，你多给了二三十两银子，难道太太就不依你？"探春恼怒，哭道："谁是我舅舅？我舅舅早升了九省的检点了！那里又跑出一个舅舅来？"她说的是王夫人的兄弟王子腾。按封建礼制，王夫人是探春的嫡母。

　　平儿来传凤姐的话，关于给丧葬银的事，让探春灵活掌握。探春秉公执法，坚持不肯徇私。平儿格外敬重探春，并转达凤姐的意思，说旁观者清，让探春等看看府中事务有何不妥之处，该添减的添减。

　　探春、宝钗与平儿合计，对园中事务加以改革，兴利除弊。三人从赖大家的花园管理得到启发，把大观园中的竹林、稻田、花木，都承包给个人管理，一年能省出几百两银子来，管理者个人也能得些好处，园中花木也可滋长繁盛。（55～56）

30.紫鹃闯祸

江南甄家进京朝贺，给贾家送来厚礼。据来人说，甄家也有个宝玉，跟贾宝玉的性格人品十分相像。王夫人带宝玉回拜甄夫人，又请甄夫人过来看戏。

宝玉去看黛玉，黛玉午休未醒。紫鹃与宝玉闲聊，说到黛玉的病需吃燕窝，若是回南方去，就没钱吃了。宝玉听了，如闻惊雷，以为黛玉要离开。回到怡红院，宝玉两眼发直，口角流涎，不省人事。

袭人来找紫鹃问罪，紫鹃急去解释，惊动了贾母、王夫人。仆人们也来探病，宝玉硬说林之孝家的是"林家人"，要接黛玉回南方，非要赶出去不可！

宝玉服了王太医的药，才清醒过来，但仍不放紫鹃走。紫鹃说自己不过是试探宝玉，南边林家早就没人了。宝玉说："活着，咱们一处活着；不活着，咱们一处化灰化烟！"他说的"咱们"，即指黛玉、紫鹃和自己。

薛姨妈见邢岫烟人好，要说给薛蝌为妻。贾母赞成，让尤氏主婚。岫烟家贫，住在迎春处无人关照，每月虽有二两银子月钱，还要匀一两给父母。春寒料峭，她还穿着夹衣，因为棉衣送进了当铺。宝钗一问，那当铺竟是薛家开的，"人没过来，衣裳先来了"！

湘云见到当票，不知何物，黛玉也不认得。富家小姐，何曾见过这种东西。（57）

31. 戏子与婆子

朝中老太妃过世，贾母等随祭在外。家中乏人，由尤氏掌管，薛姨妈进园帮忙照看姑娘们，与宝琴住在潇湘馆，同时照顾黛玉。

丧期不准演戏，戏班被遣散。唱戏的女孩子一多半不愿出去，被分在各屋里：芳官给了宝玉，蕊官给了宝钗，藕官给了黛玉，葵官给了湘云，豆官给了宝琴，艾官给了探春，尤氏讨了茄官，贾母留下文官。

藕官在园中烧纸，管园的婆子要拉她去见凤姐。宝玉见了，回护说：是自己让她烧纸祭花神的。回到屋中，芳官因洗头的琐事跟她干娘吵闹，干娘打了芳官。袭人让麝月责骂芳官的干娘，晴雯护着芳官，给她洗了头，领她回屋。

吃饭时，宝玉为哄芳官高兴，故意要她吹汤。芳官干娘跑进来说:"看打了碗,等我吹罢。"晴雯忙喊:"快出去!你等他砸了碗,也轮不到你吹!"

宝玉得空儿向芳官问起藕官的事,原来藕官与药官在舞台上常扮夫妻,有了感情。药官死了,藕官每每烧纸祭她。宝玉让芳官转告说:只要一心虔诚,或焚香,或用一盏茶水,乃至鲜花鲜果,都可表达心意,再别烧纸了。

湘云犯了桃花癣,需用蔷薇硝,托莺儿和蕊官去向黛玉寻些来。归途莺儿折柳条编花篮,遇到宝玉屋的丫鬟春燕。春燕诉说她母亲和姨妈等几个婆子贪得无厌之状。春燕的母亲因嫌丫鬟糟蹋了柳条,迁怒于春燕,追打她到怡红院,还不听袭人劝告。麝月打发人去请平儿。平儿传话,叫把这婆子责打四十板子,撵出去。婆子这才害怕,央告再三,宝玉答应饶过她。(58~59)

32. 霜、露事件

蕊官托春燕送蔷薇硝给芳官。贾环见了,向芳官讨要,芳官回屋换了廉价的茉莉粉给他。贾环当作蔷薇硝,拿去讨好彩云,彩云说是假的。赵姨娘气不过,亲自往怡红院向芳官兴师问罪,路遇管园的夏婆子，两人结伴前来。

赵姨娘把茉莉粉摔在芳官脸上，骂她是低贱奴才，"看人下菜碟儿"。芳官哭着反唇相讥，说"梅香拜把子——都是奴才"。藕官、蕊官、葵官、豆官闻讯赶来，与赵姨娘大闹。

晴雯暗派春燕请来尤氏、李纨、探春、平儿，将双方喝住。探春因事涉赵姨娘，尽量大事化小，把赵姨娘拉出来，私下埋怨她不自重。

天冷后，凤姐和贾母、王夫人商量，让李纨带着众姑娘在园内吃饭，另建内厨房，由柳嫂掌管。芳官与柳嫂的女儿五儿要好，五儿体弱，芳官向宝玉讨了玫瑰露送给她。柳嫂又分了半盏送给侄子。柳嫂的哥哥在府中看门，得了广东官员进献的茯苓霜，回赠柳嫂一包。

迎春的大丫鬟司棋派小丫鬟到厨房要鸡蛋羹，柳嫂没给做。司棋一怒之下，带人砸了厨房。黄昏时，五儿私入园中给芳官送茯苓霜，遇到林之孝家的盘查，查获了茯苓霜。又顺藤摸瓜，从厨房中搜出玫瑰露和茯苓霜来。

刚好王夫人屋里也丢了玫瑰露，于是柳嫂和五儿被拘。宝玉明知王夫人的玫瑰露是彩云偷了拿给贾环的，为了保护女孩子，宝玉把丢露丢霜的事全都包揽下来，说是自己藏起来，跟丫鬟们开玩笑呢。贾环不领情，反说彩云出卖了他，把东西都摔还给彩云。彩云委屈，赌气都丢进河里。

"贼"找到了，柳嫂被释放。厨房的空缺本来由司棋的姑妈秦显家的来补，如今柳嫂"官复原职"，秦显家的空欢喜一场。（60～62）

33. 怡红开夜宴，宁府响丧钟

宝玉生日，同时又是宝琴、平儿和岫烟的生日。众人凑银子办酒席，薛家也备了席请宝玉。饭罢，诸人又来到沁芳亭赏花观鱼，在红香圃吃酒行令。湘云喝多了，醉卧于园中石凳上，四围芍药花瓣飞了一身。

芳官不喜吃面，单独让柳嫂另做了送来。柳嫂的女儿五儿早就想入园当丫鬟，春燕向宝玉再提此事，宝玉让明天进来。

饭罢，众丫鬟在园中斗草。香菱与豆官闹着玩，摔倒后弄脏了新裙子。宝玉见了，让袭人把她的一条新裙子换给香菱。

入夜，宝玉跟房中丫鬟在怡红院闭门夜宴，又请来探春、宝钗、黛玉、李纨、宝琴、香菱等。席上"占花名"行酒令，宝钗抽的是牡丹签，题词是"任是无情也动人"。黛玉抽的是芙蓉，题

史湘云醉卧芍药裀 / [清] 改琦 绘

词是"莫怨东风当自嗟"。此外，探春是杏花，李纨是梅花，湘云是海棠，袭人是桃花……一直吃到四更天。妙玉也送来贺卡，题为"槛外人"。宝玉听从岫烟的建议，回帖自称"槛内人"。

第二天，平儿还席，在榆荫堂摆酒。尤氏等也过来赴席。

贾敬死了，朝廷追赠五品之职，赐祭。尤氏因家中无人照看，把继母尤老娘接来，继母还带来前夫的两个女儿尤二姐和尤三姐。贾蓉借口来看尤老娘，与尤二姐、尤三姐瞎混，论辈分，两人都是他的姨。

宝玉从东府回来，去看黛玉，见桌上有诗稿，原是黛玉吟咏五位古代美人的诗，分别是西施、虞姬、明妃（王昭君）、绿珠和红拂。宝玉题为《五美吟》。宝钗也来了，称赞黛玉的诗"命意新奇，别开生面"。（62 ~ 64）

34. 尤氏姐妹的故事（上）

贾敬的丧事花钱不少，贾琏借口筹措银子，来到东府，见到尤二姐，故意留下一枚汉玉九龙佩。

贾琏听从贾蓉的主意，瞒着凤姐偷娶尤二姐为妾，在小花枝巷购房另过。尤老娘和尤三姐也搬来同住。二姐早年曾许给张华，贾琏贾蓉倚仗钱势，逼张华退了婚。

一日贾珍听说贾琏不在，也过来看尤氏母女。正赶上贾琏回来，索性邀贾珍一同喝酒，要撮合尤三姐和贾珍。三姐当场翻脸，斥责贾珍贾琏"花了几个臭钱……拿着我们姊妹两个权当粉头（妓女）来取乐儿"，又揪过贾琏灌酒。并索性卸了妆，举杯畅饮，高谈阔论，对两兄弟嘲笑取乐，不一而足，最终双双撵了出去。

尤二姐和贾琏惦念三姐的婚事，三姐说自己早有人选。贾琏的亲信小厮兴儿与尤氏两姐妹闲聊，信口开河评价府中人物，极力褒贬凤姐，说她"嘴甜心苦，两面三刀，上头笑着，脚底下就使绊子，明是一盆火，暗是一把刀"。又说见了黛玉、宝钗不敢出气："是怕这气儿大了，吹倒了林姑娘；气儿暖了，又吹化了薛姑娘！"说到宝玉，兴儿认为他外面聪明、里头糊涂。尤三姐替宝玉辩护，说亲眼见他爱护女孩儿的情状，只是外人看不惯罢了。

尤三姐向二姐及贾琏说出自己的心上人，原是多年前见过一面的柳湘莲，并说自己非他不嫁。为表决心，把一根玉簪磕为两段！

贾琏去平安州公干，途中巧遇薛蟠和柳湘莲。原来薛蟠做生意遇盗，被柳湘莲救起，两人化解前仇，结为兄弟。贾琏为三姐说亲，柳湘莲痛快答应，并将随身所带的祖传鸳鸯剑作为定礼。

贾琏公干归来，把鸳鸯剑交给三姐收藏。八月，柳湘莲进京，见了薛蟠，又来会宝玉。他对婚事忽生悔意，说："你们东府里，除了那两个石头狮子干净罢了！"湘莲来向尤家讨还定礼，贾琏拉他出去再议；三姐在里面听见了，拿了剑出来，说："你们也不必出去再议，还你的定礼！"说着泪如雨下，把藏在身后的雌锋剑往项上一横，当场自刎！

湘莲悔恨无及，亲自为三姐操办丧事，抚棺大哭。后在一所古庙里遇一瘸腿道士，于是自己削去"烦恼丝"（头发），随道士而去。（64～66）

35.尤氏姐妹的故事（下）

薛蟠做生意回来，将所带土仪送给各家亲戚。黛玉见到土仪，转而伤心。宝玉来看黛玉，为她开解，两人相约去谢宝钗。

袭人去看凤姐，隔窗听见凤姐正发脾气。袭人走后，凤姐立命平儿召仆人旺儿进来问话——因为平儿听见旺儿背地说什么"新二奶奶""旧二奶奶"。

旺儿招出了兴儿，兴儿又招出贾琏偷娶尤二姐的事，连带说出尤二姐退婚再嫁等事。凤姐计上心头。

趁贾琏再度出差，凤姐亲自到小花枝巷去见尤二姐，说"妹妹这样伶透人，要肯真心帮我，我也得个膀臂"，"我并不是那种吃醋调歪的人"。她把二姐接入府中，暂时安置在李纨处，却不禀告贾母、王夫人。

凤姐让人联络被尤二姐退婚的张华，撺掇他状告，就说贾琏在国孝家孝期间背旨瞒亲、强逼退亲、停妻再娶！张华告到都察院，连东府的贾蓉也捎带上了，因为婚事是他撺掇的。凤姐到东府大闹，逼得贾蓉自打嘴巴，尤氏也百般告饶。最终以"打点官司"为名，逼着尤氏母子拿出五百两银子来。

凤姐这才带尤二姐去见贾母，说好一年后圆房。凤姐又暗中唆使张华，非要原妻不可。其实都察院那边凤姐早就打点好了，不准张华的状纸。张华得了银子，回乡去了。凤姐又想追杀灭口，旺儿谎称张华已死，搪塞过去。

贾琏归来，因办事得力，贾赦把丫鬟秋桐赏给他做妾。凤姐使用"借刀杀人"之计，唆使秋桐欺凌尤二姐。二姐抑郁成疾，怀身孕后又被庸医误诊，服药早产。二姐终于不堪凌辱，吞金而逝。贾琏大哭，却没钱"发送"。还是平儿暗助二百两碎银，才算了结。（67～69）

36. 桃花、柳絮入诗篇

初春时节，湘云来请宝玉看诗，是一篇《桃花行》，宝玉读了落泪，猜想是黛玉所作。湘云提议建桃花诗社，由黛玉主持。

贾政来信，说六七月回来。宝玉忙着补功课，每日写字。姐妹们也都帮着"赶作业"，临帖充数。

时值暮春，湘云作《如梦令》咏柳絮。诗社再起，以柳絮为题填词。宝钗的《临江仙》以"好风凭借力，送我上青云"结尾，众人叫绝。

恰有风筝落在园中，众人又张罗着放风筝。黛玉的风筝断线飞走，大家都说："林姑娘的病根儿都放了去了。"（70）

37. 凤姐的委屈

夏末秋初，贾政归来。八月初三，贾母八旬大寿，两府大摆筵席，宾客如云，忙了多日。

尤氏跟着在荣国府帮忙，这日晚间入园，见园门没关，便派小丫鬟去问。两个看屋子的婆子不听使唤，还说"各门各户""不与你相干"。凤姐知道了，命人将两个婆子捆起来，待日后发落。两个婆子转向邢夫人求情。邢夫人不满儿媳凤姐，故意当着贾母向凤姐求情，说"老太太的好日子"，不该折磨家人。凤姐又羞又恼，暗自哭泣。贾母知道了，力挺凤姐，说她"知礼"，并说邢夫人做得不对。

鸳鸯入园办事，傍晚出门时，发现司棋与表弟在树<u>丛</u>中幽会。司棋求鸳鸯保密。司棋表弟因事情败露，独自逃走。司棋羞恨成疾。

鸳鸯来凤姐处探病，贾琏跟鸳鸯商量，要把贾母屋中暂且不用的金银器皿偷偷借来，典当银子补窟窿。正赶上夏太监打发小太监来借钱，凤姐当面让人拿两个金项圈典当了，把钱交给小太监。贾琏叹气："这一起外祟，何日是了！"

旺儿媳妇是凤姐的陪房，替儿子求王夫人的丫鬟彩霞为妻，彩霞父母不肯。晚上，凤姐叫彩霞娘来，亲自为旺儿之子保媒，彩霞娘只得答应。赵姨娘想给贾环讨彩霞为妾，贾政说贾环还小，没答应。（71～72）

38. 抄检大观园

宝玉怕父亲查功课，念书念到半夜。晴雯心生一计，就说夜间有人跳墙，宝玉吓病了，暂时混了过去。

贾母闻听，命凤姐、探春等整治园内秩序，查禁仆人吃酒、耍钱等事。邢夫人从园里过，遇到贾母屋的小丫头傻大姐，捡了个香囊拿给邢夫人看，上面绣着不雅图案，邢夫人连忙藏起。

迎春的贵重首饰累金凤丢了，全屋人都知道是迎春奶娘偷去做了赌本，生性懦弱的迎春也不追问。这回奶娘因赌博被探春抓住，要惩治，奶娘的儿媳玉柱媳妇逼着迎春去说情；还说岫烟住在这里时，花了她家的钱。小丫鬟绣橘与玉柱媳妇理论，刚好被探春、宝钗听到。探春为迎春抱不平，叫来平儿，要她处置累金凤的事。迎春却置身事外，只管在一旁读她的《太上感应篇》。

玉柱媳妇答应赶紧去赎累金凤，平儿回去，也就没告诉病中的凤姐。忽然王夫人到来，喝退众人，拿出邢夫人交给她的那只香囊责问凤姐。凤姐大惊，与王夫人商量，以查赌为名，暗访香囊主人，借机整顿园中秩序。

王夫人叫来周瑞家的、来旺家的几个陪房，把邢夫人的陪房王善保家的也叫上，共同搜检。王善宝家的乘机说晴雯的坏话。

王夫人把晴雯传来，当面训斥。晴雯平白受了委屈，哭着回去了。王善保家的建议晚上对园中各处搞突然袭击，全面搜检，凤姐只得同意。

　　入夜，从怡红院查起，命丫鬟们打开箱子搜检。查到晴雯的箱子，晴雯挽着头发闯进来，手提箱底往地下一撒，指着王善保家的说："太太那边的人我也都见过，就只没看见你这么个有头有脸大管事的奶奶！"

　　搜到探春屋里，探春冷笑着说："'百足之虫，死而不僵'，必须先从家里自杀自灭起来，才能一败涂地呢！"王善保家的嬉皮笑脸，去拉探春的衣裳，被探春打了一个嘴巴！

　　从迎春丫鬟司棋的箱子里，搜出男子鞋袜和情书——司棋刚好是王善宝家的外孙女。王善保家的又气又臊，自打嘴巴。凤姐命人将司棋看起来，司棋并无畏惧羞惭之色。

　　惜春性情孤僻，她的丫鬟入画因私自替哥哥收藏主子赏赐的东西，惜春执意要赶她走。（73～74）

39. 冷落过中秋

金陵甄家获罪抄家，消息传来，贾母心中很不自在。薛姨妈生病，宝钗出园去陪母亲。尤氏来看贾母，用餐时，供主子吃的好米饭竟然不够了。鸳鸯说：如今都是"可着头做帽子"。

贾珍带着两府子弟假借习武射箭为名，日日吃酒赌博，无所不为。

八月十五，东府开夜宴，三更时分，听到墙角有人长叹。一阵风吹过，祠堂门窗有开合之声，众人不禁毛骨悚然。

荣国府这边，贾母率众人在山上嘉荫堂月台吃酒赏月。贾母令击鼓传花，贾政说了"怕老婆"的笑话，哄贾母高兴。贾赦也说了个"老娘偏心"的笑话，惹得贾母不快。

贾赦、贾政等男性亲属散去，贾母带着众女眷继续吃酒。宝钗、宝琴随薛姨妈在家过节，李纨、凤姐又生病，场面有些冷清，贾母感叹不能十全十美。

贾母又命女优吹笛，声音呜咽悠扬，众人不免伤感。吃酒吃到四更才散。

黛玉对月垂泪，湘云安慰她。两人到水边凹晶馆赏月联句，接连二十韵，湘云说"寒塘渡鹤影"，黛玉联"冷月葬诗魂"。忽听有人赞叹，原来是妙玉信步到此。于是妙玉邀两人到栊翠庵吃茶。妙玉铺纸提笔，记录联句，又在后面续了十几韵。这夜，湘云到黛玉处安歇。（75～76）

40. 晴雯之死

中秋过了，凤姐的病好了些。因配药需要人参，家中竟找不到好的来，只好去外边买。

周瑞家的奉命把司棋押去，让邢夫人处置。迎春不肯为司棋求情，宝玉也救不了司棋，又恨那些押解的媳妇太狠，说："奇怪，奇怪！怎么这些人，只一嫁了汉子，染了男人的气味，就这样混账起来，比男人更可杀了！"

王夫人到怡红院发放丫鬟，晴雯、四儿、芳官都被赶出。王夫人还下令将唱戏的女孩子全都放出，芳官等三个女孩儿自愿出家当尼姑。

宝玉哭泣，问袭人："怎么人人的不是，太太都知道了，单不挑出你和麝月、秋纹来？"又说院中海棠枯死半边，应是晴雯被赶的前兆。

宝玉私下去探望晴雯。晴雯说："我今儿既担了虚名，……不是我说一句后悔的话：早知如此，我当日……"又将指甲咬断给宝玉做纪念，挣扎着与宝玉换了内衣。宝玉夜梦晴雯来辞行，惊醒哭道："晴雯死了！"

宝玉向小丫鬟问起晴雯临死的情况，小丫鬟编造晴雯做了芙蓉花神的神话安慰宝玉。

贾政与幕友谈论恒王与林四娘的传奇，唤宝玉、贾环去作诗。宝玉作歌行《姽婳（guǐhuà）词》，众人大赞。贾政也很高兴。

宝玉归来，作《芙蓉女儿诔（lěi）》，黄昏时分，在芙蓉花前朗读哭奠，以悼念晴雯。黛玉听到了，与宝玉讨论诔中词句。宝玉把其中一句改为"茜纱窗下，我本无缘；黄土陇中，卿何薄命"；黛玉听了，为之变色。（77～79）

41. 薛蟠娶了"克星"

贾赦做主，将迎春嫁给了武官孙绍祖。薛蟠也定了亲，是皇商出身的夏金桂。宝玉在园中碰见香菱，不免替她担心，说来了新人，薛蟠就不疼你了。香菱嗔怪宝玉，认为此人"亲近不得"。

薛蟠的新夫人夏金桂容貌美丽，但修养很差，性情不好。嫁到薛家，一心要降服薛蟠，并折磨香菱。她知道"香菱"之名是宝钗取的，立逼着改为"秋菱"。

金桂又怂恿陪嫁丫鬟宝蟾欺负香菱，还屡屡唆使薛蟠责打香菱。一次金桂从枕头里抖出纸人来，硬说是香菱作法害她，借机撒泼，与薛姨妈顶嘴——其实都是她自导自演的。无奈，薛姨妈只好让香菱去陪宝钗。香菱走了，金桂又与宝蟾起了内讧，搅得家宅不安。

宝玉随贾母到天齐庙还愿，遇到懂医术的道士"王一贴"。宝玉问他有没有治女人妒病的方子，王一贴说有"疗妒汤"——不过是糖水煮梨罢了。（79~80）

42. 宝玉再进学堂

迎春回娘家，述说孙绍祖的种种恶状，邢夫人并不关心。宝玉替迎春难受，到潇湘馆大哭，黛玉也跟着落泪。

宝玉来到园中，见探春、李纹、李绮、岫烟等在水边钓鱼。宝玉也来垂钓，因性急，一条没钓着。

贾母传宝玉、凤姐，问起当年发病中邪的情形。说是宝玉的干娘马道婆因作法害人事发，被锦衣府拿住，要问死罪。众人判定，宝玉、凤姐发病定是马道婆所害，且与赵姨娘有关，只是证据难寻。

贾政亲自送宝玉到家塾读书，要他专习八股。先生依旧是贾代儒。

宝玉下学来看黛玉，说"一日三秋"。宝玉反感八股文，认为是"诓功名，混饭吃"的工具。黛玉说八股文也有好的，宝玉听了，心里不大受用。

第二天，贾代儒让宝玉自己讲"后生可畏"及"吾未见好德如好色者也"两个题目，并借机加以训导。（81～82）

43. 男大当婚，女大当嫁

宝玉上学，袭人无事，想到不知宝玉将来娶哪位姑娘，便去黛玉处探听口风。两人聊到夏金桂，黛玉说："但凡家庭之事，不是东风压了西风，就是西风压了东风。"

黛玉做梦，梦见贾雨村来，要见她。在梦中，凤姐说黛玉之父升了官，娶了继母，并为黛玉说亲，要她给人家做续弦。黛玉哭求贾母留她，贾母呆着脸笑道："不干我的事。""做了女人，总是要出嫁的。"宝玉来了，说："你原是许了我的。"并剖心流血，要黛玉看看自己的心。——黛玉哭醒，咳嗽一阵，痰中带血。

看园子的婆子骂孙女，黛玉听见了，只当是骂自己，大叫"这里住不得了"。大夫来看病，说黛玉此病的症候之一就是"多疑多惧"。

紫鹃因黛玉之病，想向凤姐预支一两个月的月钱，凤姐不肯开先例，只额外给了一些银子。

薛姨妈家里，夏金桂将薛蟠赶出，每日仍与宝蟾寻衅打闹，薛姨妈与宝钗无可奈何。

贾政查看宝玉的八股文稿，认为还过得去。有个清客要给宝玉提亲，贾母听说对方要求入赘，一口回绝。贾母与凤姐论起宝玉的婚事，凤姐说"现放着天配的姻缘，何用别处去找？……一个'宝玉'，一个'金锁'，老太太怎么忘了？"

凤姐的女儿巧姐病了。贾环奉赵姨娘之命来探视，却碰洒了药铫子，气得凤姐大骂。

贾芸送一信帖给宝玉，宝玉读了，当即撕毁烧掉——是替宝玉说亲的帖子。

贾政升了郎中。阖家欢喜，摆酒演戏。正赶上黛玉的生日，黛玉盛装出席。宝玉与黛玉说话，凤姐说两人"相敬如宾"。（82～85）

44.薛蟠又惹人命官司

忽有家人来报，薛蟠在外面又惹了人命官司！薛蝌前往打探，设法营救，捎信回来，说需要五百两银子。原来，薛蟠外出做买卖，途中遇到蒋玉函，两人在饭店吃饭，与酒保发生摩擦。第二天薛蟠故意去找碴儿，将酒保用酒碗砸死。

薛蝌花重金请了刀笔先生（旧时专门替人写讼状、打官司的），又打点衙门，买通证人，替薛蟠开脱死罪。

朝廷上周贵妃去世，贾府跟着伺候贵妃的丧事，请了薛姨妈来帮忙照看。宝钗总也没进园子了，这日派人给黛玉送来书信，是四首骚体诗，感时伤世，把黛玉比作知音。

探春、湘云等来看黛玉，又引起黛玉的乡思。黛玉刚好与宝玉谈论琴曲，于是作了四叠曲词，谱好后寄给宝钗。

宝玉来看惜春，惜春正与妙玉下棋。妙玉见了宝玉，忽然脸红。待了片刻，她问宝玉从何处来，宝玉脸红答不出。妙玉又邀宝玉送她回栊翠庵。路经潇湘馆，听黛玉抚琴而歌，声调转悲，突然断了弦。

妙玉回庵，入夜打坐，走火入魔，满口胡话——吃药后才渐愈。（85 ~ 87）

45. 黛玉的心事有谁知

老太太八十一岁，许下功德，要孙女辈抄写《心经》三百六十五部。惜春、黛玉等都忙着抄经。

贾政在工部办陵工，贾芸又买了礼物走凤姐的门路，想分得一杯羹。凤姐一口回拒。贾芸从礼物中拿了两件送给小红——两人先前因绢子而结缘。

天气变冷，宝玉去家塾，小厮拿孔雀裘要他穿上。宝玉想起晴雯，回家后亲自将孔雀裘叠起收储。第二天又请了假，以泥金笺写了哀悼之词，焚化了以祭奠晴雯。

黛玉的小丫鬟雪雁在外面听说宝玉订婚的消息，私下与紫鹃谈论。两人的谈话被黛玉偷听到，她索性糟蹋起自己的身体来，只求速死。眼见得饭都不吃，奄奄一息。

探春的丫鬟侍书来探视，悄悄与雪雁谈论，说前日所说的婚姻未成；老太太说过，宝玉的婚事要"亲上作亲"。黛玉在病中听到，又有了生机，开始吃东西。

贾母对黛玉的心思有所察觉，认为还是宝钗"最妥"。并与王夫人商量，给宝玉定了宝钗，不过先瞒着黛玉。凤姐吩咐下去，不准向外透露消息。（88～90）

46. 薛家不安宁，贾府日子紧

薛蟠在押，薛姨妈这边全靠薛蝌操持。金桂对薛蝌别有想法，一次预备了酒食，让宝蟾给薛蝌送过去。薛蝌以礼相待，并不兜揽。金桂于是又勾上了夏三，那是夏家的过继兄弟。不久接到薛蟠来信，让家中打通上层门路。薛蝌再度带着银子去活动。

十一月初一，贾母照例要办消寒会，宝玉已事先向家塾请了假。在贾母处，宝玉见到巧姐。如今她已认识三千多字了，宝玉给她讲解孝女故事。

贾政与清客下棋，冯紫英来见，带来四件洋货：二十四扇的围屏，童子报时的自鸣钟，能聚能散的子母珠和可以叠得很小的鲛绡帐。说总共要两万两银子。贾政让人拿去给贾母看。东西虽好，只是贾府没钱。

宝玉随贾赦到临安伯府上听戏，班主正是当年与宝玉互赠汗巾的蒋玉函。

甄家被抄，推荐家人包勇来贾府谋职，贾政只好收留。贾政问起甄宝玉的情形，说他近日改了脾气，用心读书了。

有人在贾府大门贴了帖子，揭露"西贝草斤"（贾芹）在水月庵跟女尼、道姑鬼混的事。贾政大怒，命赖大将贾芹和女尼、道

姑唤来，交贾琏处理。贾琏请示王夫人，决定将女尼、道姑各自遣回原籍，把贾芹的事压下来，以免家丑外扬。（90 ~ 93）

47. 通灵玉不见了

怡红院的海棠本已枯萎，忽然又开出花来，惊动了贾府上下。贾母说天暖所致，李纨说宝玉将有喜事，黛玉高兴，说二哥哥认真念书，所以树就开花了。只有探春心知不是好兆。贾赦来了，说是"花妖作怪"；贾政说不必砍，"见怪不怪，其怪自败"。

贾母让人摆酒赏花，宝玉、贾环、贾兰都作诗吟咏。凤姐有病不能来，让平儿送了两匹红锦，包裹这花——也有压服怪异之意。

不久发生了怪事：宝玉因换衣匆忙，通灵宝玉丢了。有人怀疑是贾环拿的，贾环大喊冤枉。众人慌了手脚，又是测字，又是扶乩（jī，扶乩是一种占卜名称），总不得要领。又有各种消息传来：好消息是王子腾升了内阁大学士，坏消息是元妃病逝。贾府上下陷入混乱。

宝玉因丢了通灵玉，日显呆痴。元妃丧事毕，贾家全力寻玉，悬赏一万两银子；有人拿了玉来领赏，却是假的。（94 ~ 95）

48.宝玉成亲日，黛玉泪尽时

灯节过后，通灵玉仍没找到，宝玉的状况一天不如一天。祸不单行，忽报王子腾在进京路上患急病身亡。王夫人也病倒了。

贾政放了江西粮道，即将离家。王夫人与贾政、贾母商量，依"金玉"之说，要为宝玉娶宝钗"冲喜"。不过薛蟠在狱，宝玉又要为元妃服丧，只好悄悄迎娶，将来再大办。

袭人向贾母、王夫人进言，说到宝玉与黛玉的关系。凤姐出主意使用"调包计"，对宝玉声称娶黛玉，对外则严密封锁消息。

黛玉偶然从傻大姐处得知真相，如闻惊雷，当面去问宝玉："宝玉，你为什么病了？"宝玉回答："我为林姑娘病了。"两人相视而笑。紫鹃赶紧送黛玉回潇湘馆，将到家时，黛玉吐了血。

贾母来探病，黛玉说："老太太！你白疼了我了。"贾母问了紫鹃情况，说："若是他心里有别的想头，成了什么人了呢！我可是白疼了他了。"……"不但治不好，我也没心肠了！"

凤姐来看宝玉，骗他说要娶林妹妹。宝玉说："我有一个心，前儿已交给林妹妹了。她要过来，横竖给我带来，还放在我肚子里头。"宝钗得知要嫁宝玉，低头不语，独自垂泪。

黛玉在病中焚烧诗稿及诗绢，病更重了。贾府上下竟没人来探视。紫鹃替黛玉抱不平:"但这些人怎么竟这样狠毒冷淡!"更恨宝玉无情。

眼见黛玉不好,紫鹃请来李纨。平儿和林之孝家的也来了。林之孝家的让紫鹃去陪宝钗,做出娶黛玉的假象,紫鹃一口回绝,说:"林奶奶,你先请罢!等着人死了,我们自然是出去的,那里用这么……"结果只好让雪雁替代。

宝玉满心以为要娶林妹妹,可花轿到了,拜过天地,入洞房揭开盖头,新娘竟是宝钗!宝玉怔住了,口口声声要找"林妹妹",人也更糊涂了。

见宝玉病重,薛姨妈也有些后悔。不过吃了大夫的药,宝玉的病情渐渐缓和。他哭着问袭人:"宝姐姐……为什么霸占住在这里?""林妹妹哭得怎么样了?"又说不如将自己与黛玉抬到一间屋去等死。

宝钗索性告诉他:黛玉已经死了几天了。宝玉闻言大哭昏迷,恍惚间来到阴间,听人说黛玉已归太虚幻境。那人又以石子打向宝玉心窝。宝玉惊醒,心里似乎清爽了些。

黛玉正是宝钗进门的那一晚死的。临死与紫鹃诀别,口中喊着:"宝玉!宝玉!你好……"话没说完就撒手而去。贾母听了说:"是我弄坏了他了!但只是这个丫头也忒傻气!"

贾母、宝玉同到潇湘馆一哭。(96~98)

49. 做清官不易

贾政外放粮道，到任后，清廉耿介，一毫不取。手下人弄不到钱，十分不满，百般怠工。贾政要出门，连轿夫都凑不齐。手下有个叫李十的给贾政出主意，贾政听信他的花言巧语，把一切公务都委托他去办，果然事事顺利。贾政哪知背后的弊病。日后贾政因用人不当，放任下属多征粮米、苛虐百姓，被降了三级，仍在工部任职。

薛蟠的事又有反复，被刑部驳回，定了死罪。薛家花光了银子，家势败落。薛姨妈伤心欲绝，金桂则一面哭闹，一面继续纠缠薛蝌。有一回，眼见要把薛蝌拉进屋中，刚好香菱走来。金桂只得放过薛蝌，但更恨香菱了。

迎春在夫家受苦，家中探春又要远嫁，婚事是贾政定的，男家是镇守海门的总制周琼的儿子。最难过的是宝玉，他看到姐妹们死的死，散的散，说是"等我化了灰的时候再散也不迟"！
（99～100）

50. 凤姐求签，金桂害己

一天傍晚，凤姐到园中去看望探春，因天冷，让丫鬟回去取衣裳。她独自走在月光下，被一条突然而至的狗吓了一跳。又见一女子前来，问她：婶娘只管享受荣华，"把我那年说的'立万年永远之基'，都付于东洋大海了"！——竟是早已故去的秦可卿！凤姐惊倒在地。

凤姐卧病在床，贾琏回家来发脾气。只因王子腾已死，在任上留下的亏空，要由弟弟王子胜和侄儿王仁填补。贾琏替王家跑腿，诸事不顺；可王家却要摆酒替王子胜庆生日（实为敛钱），贾琏因而生气。

凤姐到散花寺求签，得大吉签，题为"王熙凤衣锦还乡"，判词有"为谁辛苦为谁甜"等句。凤姐不解其意。

探春出嫁了，虽是好人家，但路途遥远。宝玉又是一番感伤。大观园中更加冷落。这日尤氏从园中走过，回家后身上发热。请来毛半仙，算卦烧纸，总算好了。但贾珍、贾蓉又接连病倒。园中无人敢进，越发荒凉。晴雯的嫂子住在园门口，也得病死了。贾赦入园查看，只觉阴气逼人，于是请了道士作法驱邪。

夏金桂突然死掉了，宝蟾一口咬定是香菱下的毒。贾琏与宝钗先后赶来，一面捆起香菱和宝蟾，一面报官。夏家母子赶来，撒泼索命。等待刑部验尸时，从金桂床下发现砒霜，是夏三替金桂买来，声称是药耗子的。

经宝蟾分析，前一日香菱生病，金桂要宝蟾做两碗汤。宝蟾故意在香菱碗里多放了一把盐。后来她见盐多的一碗摆在金桂面前，就乘其不备调换过来。由此可见，是金桂下的毒，结果反害了自己。——夏家自知理亏，出面"拦验"（阻挡刑部官员介入），此事不了了之。（101 ~ 103）

51. 查抄宁国府

贾雨村升了京兆尹，赴任途中，路过知机县急流津，在一破庙内见一老道，竟是昔日的恩人甄士隐。甄士隐却不肯与他相认。雨村离开后，回头见庙中起火，老道生死不明。

"醉金刚"倪二冲撞了贾雨村的轿子，被抓了起来。倪二对贾芸有恩，因托贾芸说情。凤姐不肯见贾芸，倪二又转托别人，才得释放。倪二恼恨贾芸忘恩负义，于是到处宣扬贾家的丑事。

贾政在江西粮道被查出舞弊行为，回朝谢罪。皇上召问贾政，连带问到好几起贾姓官员违法的事。贾政回答说：这些官员有的不同族，有的是远亲。皇上听了，颇为不满。

贾府摆酒给贾政接风，忽有锦衣府赵堂官与西平郡王来，原是奉旨查抄贾赦家产的，罪名是"交通外官，依势凌弱"。接着皇上又派北静王来传旨，强调只抄贾赦家产；然而贾政这边已被波及，凤姐的财产全被抄走。凤姐病中闻讯，昏了过去。

贾赦被抓，有关司员与贾政核对抄没物资，其中有一箱高利盘剥的借券，是从凤姐屋里抄出的，这可是罪上加罪，贾琏也因此被囚禁。

贾母病重，贾政心如刀绞，感叹"一败涂地"。薛蝌来报信，东府也被查抄，罪名是聚众赌博及强占民女、逼死人命。贾珍因此在押。(104 ~ 105)

52. 好在还有老太太

由于北静王的保护，贾政保住纱帽，贾琏也被开释。凤姐损失惨重，七八万私房钱全被抄没。贾母心疼凤姐，又怜悯东府尤氏婆媳，接她们过来住。贾琏只好卖地应付官司。

贾母到佛堂焚香，祝告天地。史家来人告知湘云出嫁，宝玉又伤心一阵。贾政清点家人及账目，见寅吃卯粮，亏空甚多。

贾赦被发往台站效力，贾珍革去世职，发往海疆效力，贾政免罪。贾政正无计可施，贾母命人打开自己的箱笼，将多年积攒的私房银两拿出，给了贾赦三千两，其中两千在路上用，一千留给邢夫人度日。再给贾珍三千，其中两千留给尤氏。惜春的亲事由贾母包下。又给凤姐三千，不许贾琏用。拿五百，让贾琏明年送黛玉棺木回南。余下金子变卖还账，给宝玉留几千，分给李纨、贾兰一些，剩下的留给丫鬟们。又说："你们别打谅我是享得富贵受不得贫穷的人哪！"

贾政接圣旨，荣国公之职由他来承袭。（105 ～ 107）

53. 贾母归西

湘云出嫁回门，来看贾母。提起宝钗生日临近，贾母又要为她过生日。席间，大家情绪低落，凤姐应答也大不如前。宝玉提议行令、掷骰子、说曲名，行了一圈，仍显冷清。宝玉忽然想到黛玉，于是借口换衣裳离席，不听袭人劝阻，执意要到园子里逛逛。走到潇湘馆，隐隐听到有哭声。宝玉不禁大哭起来。

宝玉感到奇怪：为何黛玉从未入梦？这天他有意在外间屋独卧，结果安睡一夜，仍没梦见黛玉。又在外面睡了一夜，晚间只教五儿、麝月伺候。宝玉因五儿长得像晴雯，半夜与她多说了两句话，引起五儿误会。黛玉仍未入梦，宝玉只好依旧回里屋睡。

迎春探亲后回去了。贾母因饮食不周生了病，总不见好。病中将宝玉唤来，把一块祖传的汉玉佩给了他。贾母想见湘云，湘云因丈夫得暴病不能前来。接着又传来迎春病死的消息。贾母病重，贾琏让人预备后事，凤姐也只好抱病挣扎着操办。

贾母一病不起，时年八十三岁。鸳鸯来找凤姐，要她把丧事办得"好看"些。贾政则主张一切从简。贾府的男女仆人只剩几十个，人心不齐。凤姐、贾琏分别主持内外，一没钱，二没人，处处捉襟见肘，上下都不满意。

鸳鸯只说凤姐不尽心，邢夫人也在一旁说风凉话。凤姐累得当场吐血。——正当辞灵时，鸳鸯悄悄在屋中上了吊。（108～110）

54.贾府遭劫

众人齐去送灵，园中人少。周瑞的干儿子何三因赌博结识了匪类，乘虚入园，将老太太剩余的金银箱笼尽都劫去。包勇上房追赶贼人，将何三打死。当夜，妙玉入园找惜春下棋，回栊翠庵后被贼人劫走，下落不明。贾府报官，因丢的是老太太之物，鸳鸯已死，其他人记不清物品，报单只好胡乱填写。

众人送灵至铁槛寺，刚要回城，赵姨娘忽然跪地不起，口吐白沫，先做鸳鸯的声音，又自曝阴私，承认与马道婆合谋坑害凤姐、宝玉。这边拿住家人鲍二，也是跟贼人一伙儿的。又捆了周瑞，送衙门审问。

赵姨娘哭闹一夜，暴病而亡。凤姐的情况也不妙，见神见鬼。刚好刘姥姥带着孙女青儿来，凤姐如见亲人，托刘姥姥替自己求神祷告，并留青儿多住几日，与巧姐做伴。

妙玉被劫，宝玉为之感伤。自黛玉死后，紫鹃也被安排到怡红院来。宝玉因紫鹃总不理自己，入夜到紫鹃窗外向她表白对黛玉的一片真心，说"罢了罢了，今生今世也难剖白这个心了，惟有老天知道罢了！"紫鹃知道宝玉当时是受人摆布，从心里原谅了他。（111～113）

55. 凤姐"还乡"

凤姐病中说胡话，要船要轿，说要"赶到金陵归入什么册子去"。宝玉不由得想起太虚幻境册子有"哭向金陵事更哀"的判词。宝钗也想到凤姐求签有"衣锦还乡"等语。

薛蝌娶了邢岫烟，薛姨妈搬回自家房子去住。

凤姐病死，众人哭泣。王仁来了，挑拨巧姐与贾家的关系，无非想要钱。巧姐不理他，他便怀恨在心。还是平儿拿出自己的体己钱发送了凤姐，贾琏从心里感激她。

江南甄应嘉官复原职，到贾府祭奠贾母。贾政知他要去海疆任职，托他给探春带家书。

地藏庵两姑子来看惜春，谈论说：妙玉嫌我们俗，岂知俗的才能得善缘呢。惜春受了引诱，闹着要出家。

甄宝玉来，与贾宝玉相见。宝玉听他说话近于"禄蠹"旧套，大失所望。倒是贾兰跟甄宝玉有共同语言。王夫人有意把李绮许给甄宝玉。

惜春整天闹着要出家。宝玉则再度发病。（114~115）

56. 通灵复得

　　有个和尚拿了通灵玉来，要一万两银子的赏金。宝玉见了通灵玉，顿时清醒。麝月说：这玉真是宝贝，幸亏当初没砸破。宝玉一听，向后便倒。昏迷中，他追踪和尚来到一处"真如福地"，在"引觉情痴司"中再次见到"十二钗"册子，重新翻阅册中的诗画，宝玉若有所悟。在真如福地，宝玉又先后遇见鸳鸯、黛玉、尤三姐、晴雯、凤姐、秦氏、迎春，都是一副无情的模样……宝玉被和尚一推，睁眼醒来，却是一梦。和尚也不见了。

　　贾政趁着丁忧（古代朝官如父母去世，要辞官守孝二十七个月，称丁忧），扶灵回南去，捎带把秦氏、黛玉的棺木也带去。宝玉身体康复，但性情大变，把儿女情缘都看淡了。

　　和尚不请又来，依旧要银子。宝玉拿了玉，要去还他。袭人、紫鹃拼命护玉，好不容易夺了下来。宝玉跟和尚交谈，只说什么"大荒山""青埂峰""太虚境""斩断尘缘"等语，众人都不懂。和尚走了，宝钗劝宝玉多读书，好求取功名。宝玉说，"一子出家，七祖升天"才是真正的"功名"呢。

　　忽有信来，贾赦在外病重，贾琏赶去侍奉。走前把家托付给王夫人，并教王仁、贾蔷、贾芸在外照应。

主人不在，这伙人连同邢大舅每日聚饮赌博，贾环也来参与。有人提到有位藩王要选妃子，王仁、贾环等打起巧姐的主意。（115～117）

57. 宝玉出走

禁不住惜春再三坚持，尤氏只得同意惜春带发出家。紫鹃自愿跟惜春一块在家修行。听说惜春出家，宝玉并不伤感，反而念诗给众人听："勘破三春景不长……独卧青灯古佛旁。"这是《金陵十二钗正册》中惜春的判词。

贾环、王仁等要把巧姐卖给藩王，让贾芸向邢、王二夫人巧言诱说。邢夫人同意，王夫人也不好阻拦，因为邢夫人毕竟是巧姐的祖母。平儿看出破绽，干着急，没办法。

宝玉不肯读儒家经典，只喜欢玩味《庄子》。禁不住宝钗、袭人苦劝，宝玉与贾兰谈文，居然也用起功来。宝钗、袭人派莺儿伺候他读书。宝玉告诉莺儿：宝钗有造化，袭人将来靠不住。

乡试的日子到了，宝玉向王夫人叩头辞行，说一旦能中举，"一辈子的不好，也都遮过去了"。又向宝钗辞行，说："走了走了，不用胡闹了，完了事了！"

　　贾环告诉邢夫人，藩王三天之内就要来接人。巧姐着急，王夫人、平儿也束手无策。刘姥姥忽然登门，听了这事，说：这有何难，一走了之就是了！于是备了车子，趁无人注意，将巧姐扮作刘姥姥的孙女青儿，连同平儿一块儿送往乡下躲起来。藩王原是要买使唤的女人，听说巧姐是世代勋戚之女，不敢接受。巧姐不见了，王夫人故意怒斥贾环，向他要人。贾环、贾芸惶惶不可终日。

　　科举散场，贾兰回家，宝玉却走失了。探春远道回京探亲，大家见面，悲喜交集。发榜了，宝玉高中乡试第七名，贾兰也中了第一百三十名。皇上得知宝玉走失，命人寻找。又格外加恩，赦免贾赦、贾珍，发还财产；贾珍仍袭三等世职。

　　在乡下，由刘姥姥做媒，将巧姐许给财主之子周秀才。贾琏回来了，巧姐、平儿也都从乡下回府。王夫人、贾琏怒斥贾环。

　　平儿日后扶正，做了"琏二奶奶"。（118～119）

58. 大结局

袭人听说宝玉走失，心疼难忍，一时昏厥。梦中听宝玉说："你不是我的人，日后自然有人家儿的。"

贾政葬母归来，途经毗陵驿，遇雪泊船，忽见船头一人光头赤脚，身披大红猩猩毡斗篷，向贾政倒身下拜，却是宝玉。宝玉并无一言，与一僧一道登岸而去。贾政追之不见，说："岂知宝玉是下凡历劫的，竟哄了老太太十九年！"不觉落泪。

皇上大赦天下，薛蟠也被赎回，立志改弦更张。金桂已死，香菱被扶正。

家中接到贾政的信，听说宝玉入道，宝钗哭得最厉害。王夫人、薛姨妈也伤心欲绝。不过得知宝钗已怀有身孕，也算一丝安慰。

贾政归来，面见皇上谢恩。朝廷得知宝玉的事，特封他为"文妙真人"。宝玉屋中的丫鬟都被放出，袭人由她哥哥做主，嫁给城南蒋家。成婚第二日开箱子，姑爷见到那条猩红汗巾，才知袭人是宝玉的丫鬟——这姑爷正是宝玉的好友、唱戏的蒋玉函。

此前贾雨村因罪被黜，如今也遇赦回家。再次路过急流津觉迷渡口，又见到了甄士隐。两人饮茶聊天，甄士隐说起宝玉的根底，又向雨村讲说了"福善祸淫"的道理。说今后荣、宁二府"善者修缘，恶者悔祸，将来兰桂齐芳，家道复初，也是自然的道理"。又说英莲给薛家生一子后，"尘缘脱尽"，也要回归太虚幻境。

小说以一诗作结："说到辛酸处，荒唐愈可悲。由来同一梦，休笑世人痴！"（120）

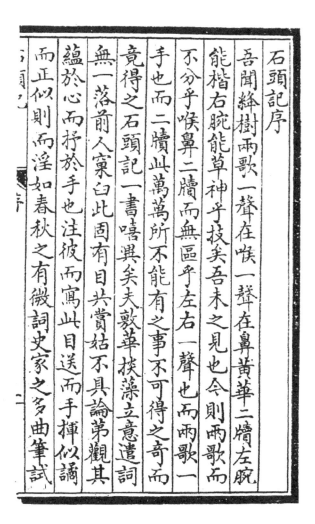

石頭記序

吾聞絳樹兩歌一聲在喉一聲在鼻黃華二牘左腕
能楷右腕能草神乎技矣吾未之見也今則兩歌而
不分乎喉鼻二牘而無區乎左右一聲也而兩歌一
手也而二牘此萬萬所不能有之事不可得之奇而
竟得之石頭記一書嘻異矣夫敷華摘藻立意遣詞
無一落前人窠臼此固有目共賞姑不具論第觀其
蘊於心而抒於手也注彼而寫此目送而手揮似譎
而正似則而淫如春秋之有微詞史家之多曲筆試

戚蓼生序《石头记》书影

第三编

《红楼梦》选粹

1.节选一 林黛玉进贾府

阅读提示

一、本段选自《红楼梦》第三回"托内兄如海荐西宾，接外孙贾母惜孤女"。前文叙贾雨村在扬州给巡盐御史林如海的女儿林黛玉当塾师，黛玉母亲病故，贾雨村受托将黛玉送往京城外祖母处。

二、在本段中，作者借黛玉的眼睛，写出她所见到的贾府建筑及众亲戚。未入府之前，先见识了荣、宁二府的石狮子和大门；从入门换轿夫的程序，又见出府中的规矩。众亲戚中，先拜贾母，又由贾母介绍其他人；而凤姐后至，其言行风度给黛玉留下深刻印象。黛玉前往拜见两位舅舅、舅妈，作者借此将荣国府的建筑方位叙写一番。直到吃晚饭时，宝玉才登场，他可是黛玉生命中最重要的人物。小说前五回，是整部小说的总纲，前有冷子兴演说荣国府，本回则展现这座贵族府邸及贾府主要人物，后面又通过"护官符"、太虚幻境，揭示故事的社会背景、众女性的神秘命运，也都属于"总纲"的一部分。

三、黛玉小小年纪就失去父母的怙恃，来到陌生之地，要独自面对一群陌生的亲戚，其幼小心灵所承受的压力，是可想而知的。她打定主意：进入贾府后，"要步步留心，时时在意，不要多说一句话，不可多行一步路"，生怕被人耻笑。这也奠定了黛玉敏感压抑、多愁善感的性格。黛玉又是聪慧的，贾母问她读何书，她答说读《四书》；她问姊妹们读何书，贾母回答："读什么书，不过认几个字罢了。"后来宝玉问她读何书，她便说："不曾读书，只上了一年学，些须认得几个字。"表现了与年龄不相称的小心谨慎。

四、写人物，自然要涉及容貌、穿戴，在这方面，作者并非平均用力。如写贾母，只用了一句"一位鬓发如银的老母"，形象已出。两位舅妈的外貌，竟无一字提及。写三春，则各用数句写其靓丽的容貌，其中也有侧重。至于小说中的重点形象，如黛玉、宝玉、凤姐，则用大量笔墨，写其相貌、风度、体态、穿戴……黛玉是本回的核心人物，又是新来的客人，她的形象多由众人眼中看出："众人见黛玉年纪虽小，其举止言谈不俗，身体面貌虽弱不胜衣，却有一段风流态度……"嗣后又专写宝玉眼中的黛玉："两弯似蹙非蹙笼烟眉，一双似喜非喜含情目……"——奇怪的是，写黛玉，居然没提衣饰（书中其他地方也很少写黛玉的衣饰）。可见在作者心目中，黛玉是女神；"'世外仙姝寂寞林'应当有一种缥缈的感觉"（张爱玲），作者宁愿让她活在朦胧的诗意中，任何服饰，一写便俗！

此段写宝玉的衣饰，则不厌其详，连写更衣前后两番装束打扮，突出了贵族少年极尽奢华、备受娇宠之态。至于凤姐的外貌装扮，在本回（及书中）也用了较多文字，凸显其贵族少妇、贾府管家的身份气派。

五、宝玉刚一见黛玉，便因"这个神仙似的妹妹"也没有玉而发狂！——这"劳什子"玉一露面，就预示那悲剧的结局。

那女学生原不忍离亲而去[1]，无奈他外祖母必欲其往，且兼如海说："汝父年已半百，再无续室之意[2]，且汝多病，年又极小，上无亲母教养，下无姊妹扶持。今去依傍外祖母及舅氏姊妹[3]，正好减我内顾之忧，如何不去？"黛玉听了，方洒泪拜别，随了奶娘及荣府中几个老妇登舟而去。雨村另有船只，带了两个小童，依附黛玉而行。

一日到了京都，雨村先整了衣冠，带着童仆，拿了"宗侄"

1　女学生：这里指林黛玉。
2　续室：这里指正妻死了，续娶妻子，也叫"续弦"。
3　舅氏姊妹：舅舅家的姐妹，即姑表姐妹。

的名帖[1]，至荣府门上投了。彼时贾政已看了妹丈之书[2]，即忙请入相会。见雨村相貌魁伟，言谈不俗，且这贾政最喜的是读书人，礼贤下士，拯溺救危[3]，大有祖风；况又系妹丈致意，因此优待雨村，更又不同。便极力帮助，题奏之日[4]，谋了一个复职[5]。不上两月，便选了金陵应天府[6]，辞了贾政，择日到任去了，不在话下。

且说黛玉自那日弃舟登岸时，便有荣府打发轿子并拉行李车辆伺候。这黛玉尝听得母亲说，他外祖母家与别人家不同。他近日所见的这几个三等的仆妇，吃穿用度，已是不凡，何况今至其家，都要步步留心，时时在意，不要多说一句话，不可多行一步路，恐被人耻笑了去。自上了轿，进了城，从纱窗中瞧了一瞧，其街市之繁华，人烟之阜盛[7]，自非别处可比。又行了半日，忽见街北蹲着两个大石狮子，三间兽头大门[8]，门前列坐着十来个华冠丽服之人；正门不开，只东西两角门有人出入。正门之上有一匾，

---

1 宗侄：贾雨村与贾府本无亲戚关系，这里冒充同宗，以拉近关系。名帖：名片。明清时官场拜谒，以红纸书写官衔姓名，拜访时先行投递。

2 妹丈：妹夫，即贾政之妹贾敏的丈夫林如海。

3 礼贤下士，拯溺救危：对贤士以礼相待，对弱者施以援手。

4 题奏：向皇帝上奏章。

5 复职：官复原职。

6 选：选派。金陵应天府：宋代为建康府，明代为应天府，清代为江宁府。府治在今南京市。

7 阜（fù）盛：丰盛，兴盛。

8 兽头大门：皇家、官府及贵族府邸的大门，门环饰以兽头图案（叫"铺首"），故称。

匾上大书"敕造宁国府"五个大字[1]。黛玉想道：这是外祖的长房了[2]。又往西不远，照样也是三间大门，方是荣国府。却不进正门，只由西角门而进。轿子抬着走了一箭之远[3]，将转弯时，便歇了轿，后面的婆子也都下来了，另换了四个眉目秀洁的十七八岁的小厮上来[4]，抬着轿子，众婆子步下跟随，至一垂花门前落下[5]，那小厮俱肃然退出。众婆子上前打起轿帘，扶黛玉下了轿。黛玉扶着婆子的手进了垂花门，两边是超手游廊[6]，正中是穿堂[7]，当地放着一个紫檀架子大理石屏风[8]。转过屏风，小小三间厅房[9]，厅后便是正房大院。正面五间上房，皆是雕梁画栋，两边穿山游廊厢房[10]，挂着各色鹦鹉画眉等雀鸟。台阶上坐着几个穿红着绿的丫头，一见他们来了，都笑迎上来道："刚才老太太还念诵呢[11]，可巧就来了！"

1　敕（chì）造：奉皇帝之命建造。

2　长（zhǎng）房：家族中长子的一支。

3　一箭之远：约一百五十步的距离。

4　小厮：未成年的男性仆从。

5　垂花门：从前大宅院的二门，即内宅院门。一般为筒瓦卷棚顶，檐下为彩画装饰，左右有雕花的下垂木柱，故称。

6　超手游廊：内院两边环抱的走廊，也叫"抄手走廊"。

7　穿堂：前后两院间供人穿行的厅堂。

8　紫檀：硬木的一种，呈紫红色。屏风：摆放在屋内，起挡风及隔绝内外作用的家具。

9　厅房：这里指私宅内室。

10　穿山游廊：穿过房屋山墙的游廊，也叫"钻山游廊"。山墙即房屋两侧面的墙，因上端呈山形，故称。厢房：指四合院内东西两侧的房屋。

11　念诵：念叨。

于是三四人争着打帘子，一面听得人说："林姑娘来了！"

　　黛玉方进房，只见两个人扶着一位鬓发如银的老母迎上来。黛玉知是外祖母了，正欲下拜，早被外祖母抱住，搂入怀中，"心肝儿肉"叫着大哭起来。当下侍立之人无不下泪，黛玉也哭个不休。众人慢慢解劝，那黛玉方拜见了外祖母。贾母方一一指与黛玉道："这是你大舅母，这是二舅母，这是你先前珠大哥的媳妇珠大嫂子。"黛玉一一拜见。贾母又叫："请姑娘们。今日远客来了，可以不必上学去。"众人答应了一声，便去了两个。不一时，只见三个奶妈并五六个丫鬟，拥着三位姑娘来了。第一个肌肤微丰[1]，身材合中，腮凝新荔，鼻腻鹅脂[2]，温柔沉默，观之可亲。第二个削肩细腰[3]，长挑身材，鸭蛋脸儿，俊眼修眉[4]，顾盼神飞[5]，文彩精华，见之忘俗[6]。第三个身量未足，形容尚小。其钗环裙袄，三人皆是一样的妆束。黛玉忙起身迎上来见礼，互相厮认[7]，归了坐位。丫鬟送上茶来。不过叙些黛玉之母如何得病，如何请医服药，如

1　肌肤微丰：指人（多为女性）体态较丰满。
2　腮凝新荔，鼻腻鹅脂：这里形容面容美丽，两腮微红，如新熟的荔枝色，鼻子（及面孔）细腻白润如鹅油。
3　削肩：古人审美，认为女性肩膀以略垂（即"削肩"）为美。
4　修眉：长眉毛。
5　顾盼：指左顾右盼，神采飞扬。
6　忘俗：俗虑顿消。
7　厮认：相认。

何送死发丧。不免贾母又伤感起来，因说："我这些女孩儿，所疼的独有你母亲。今一旦先我而亡，不得见面，怎不伤心！"说着，携了黛玉的手又哭起来。众人都忙相劝慰，方略略止住。

众人见黛玉年纪虽小，其举止言谈不俗，身体面貌虽弱不胜衣[1]，却有一段风流态度[2]，便知他有不足之症[3]。因问："常服何药？为何不治好了？"黛玉道："我自来如此，从会吃饭时便吃药，到如今了，经过多少名医，总未见效。那一年我才三岁，记得来了一个癞头和尚，说要化我去出家[4]，我父母自是不从。他又说：'既舍不得他，但只怕他的病一生也不能好的。若要好时，除非从此以后总不许见哭声，除父母之外，凡有外亲一概不见[5]，方可平安了此一生。'这和尚疯疯癫癫说了这些不经之谈[6]，也没人理他。如今还是吃人参养荣丸[7]。"贾母道："这正好，我这里正配丸药呢，叫他们多配一料就是了[8]。"

一语未完，只听后院中有笑语声，说："我来迟了，没得迎接

1　弱不胜衣：身体瘦弱，仿佛连衣服都难以承受。

2　风流：这里指仪态自然而美好。

3　不足之症：中医认为因身体虚弱引起的病症。如气血虚弱叫正气不足，脾胃虚弱叫中气不足。

4　化：这里意为劝化，劝人出家。

5　外亲：指女系亲属。这里泛指亲戚。

6　不经之谈：指荒诞无稽的话。

7　人参养荣丸：一种中成药，用以补气血。

8　料：量词，专用于中药配制丸药，指处方剂量的全份。

远客！"黛玉思忖道："这些人个个皆敛声屏气如此[1]，这来者是谁，这样放诞无礼[2]？"心下想时，只见一群媳妇丫鬟拥着一个丽人从后房进来[3]。这个人打扮与姑娘们不同，彩绣辉煌，恍若神妃仙子。头上戴着金丝八宝攒珠髻[4]，绾着朝阳五凤挂珠钗[5]，项上戴着赤金盘螭璎络圈[6]，身上穿着缕金百蝶穿花大红云缎窄褃袄[7]，外罩五彩刻丝石青银鼠褂[8]，下着翡翠撒花洋绉裙[9]。一双丹凤三角眼，两弯柳叶掉梢眉。[10]身量苗条，体格风骚[11]；粉面含春威不露，丹唇未启笑先闻。[12]黛玉连忙起身接见。贾母笑道："你不认得他，他是我们

---

1 敛声屏（bǐng）气：压低声音，不敢出气，为敬畏、小心貌。

2 放诞（dàn）：放纵，无忌惮。

3 媳妇：本指妻子，这里专指夫妻都在府中做奴仆的女方，称作某人的"媳妇"或"某人家的"，如"周瑞媳妇""周瑞家的""王善保家的"。

4 金丝八宝攒珠髻：用金丝穿绕珍珠、镶嵌八宝（各种玉石）制成的发髻饰物。

5 绾（wǎn）：系，挂。朝阳五凤挂珠钗：一种凤凰衔珠样式的长钗，朝廷命妇用五支，皇族妇女用九支。

6 赤金盘螭（chī）璎络圈：用纯金打造有盘龙图案并缀有璎络的项圈。螭，一种无角龙。璎络，用丝线连缀珠玉而成，挂在脖子上的饰物。也作"璎珞"。

7 缕金百蝶穿花大红云缎窄褃（kèn）袄：一种紧身袄，是用大红云缎制成，上用缕金线绣出百蝶穿花的图案。褃，上衣前后两幅在腋下合缝的部分。

8 五彩刻丝石青银鼠褂：一种外穿上衣，以银鼠皮为里子，面子是石青色锦缎，用五彩丝线织成图案。刻丝，一种讲究的织法，又作"缂（kè）丝"。石青，一种矿物质颜料，色近天蓝。银鼠，又名石鼠，毛短色白，皮可制衣。

9 翡翠撒花洋绉裙：用洋绉缝制的裙子。翡翠，近似于翡翠鸟羽的蓝色。撒花，即所谓碎花图案。洋绉，丝绸品种之一，轻而薄，微带自然皱纹。

10 "一双"二句：这里形容凤姐的眼睛和眉毛。丹凤，即丹凤眼，指眼角微翘的美目。三角，目带棱锋。柳叶，形容眉毛细长如柳叶。掉梢眉，眉梢微翘，斜入两鬓。

11 风骚：姿容俏丽。

12 "粉面"二句：形容王熙凤满面春风、笑容可掬，却又不怒而威，不容小觑。

这里有名的一个泼辣货，南京所谓'辣子'[1]，你只叫他'凤辣子'就是了。"黛玉正不知以何称呼，众姊妹都忙告诉黛玉道："这是琏二嫂子。"黛玉虽不曾识面，听见他母亲说过，大舅贾赦之子贾琏，娶的就是二舅母王氏的内侄女[2]，自幼假充男儿教养，学名叫作王熙凤。黛玉忙陪笑见礼，以"嫂"呼之。

这熙凤携着黛玉的手，上下细细打量一回，便仍送至贾母身边坐下，因笑道："天下真有这样标致人儿[3]！我今日才算看见了。况且这通身的气派，竟不像老祖宗的外孙女儿，竟是嫡亲的孙女儿似的[4]，怨不得老祖宗天天嘴里心里放不下。只可怜我这妹妹这么命苦，怎么姑妈偏就去世了呢！"说着便用帕拭泪。贾母笑道："我才好了，你又来招我。你妹妹远路才来，身子又弱，也才劝住了，快别再提了。"熙凤听了，忙转悲为喜道："正是呢！我一见了妹妹，一心都在他身上，又是喜欢，又是伤心，竟忘了老祖宗了！该打，该打！"又忙拉着黛玉的手问道："妹妹几岁了？可也上过学？现吃什么药？在这里别想家，要什么吃的、什么玩的，只管告诉我。丫头老婆们不好，也只管告诉我。"黛玉一一

1　辣子：方言，称无赖及性情狠戾者。这里有泼辣、厉害之意。
2　内侄女：妻子称内人，妻子的侄女称内侄女。
3　标致：（女性）相貌、姿态美丽。
4　嫡（dí）亲的孙女儿：亲孙女，与外孙女相比，血缘关系更亲近。

答应。一面熙凤又问人："林姑娘的东西可搬进来了？带了几个人来？你们赶早打扫两间屋子，叫他们歇歇儿去。"说话时已摆了茶果上来[1]，熙凤亲自布让[2]。又见二舅母问他："月钱放完了没有[3]？"熙凤道："放完了。刚才带了人到后楼上找缎子，找了半日，也没见昨儿太太说的那个。想必太太记错了。"王夫人道："有没有，什么要紧。"因又说道："该随手拿出两个来给你这妹妹裁衣裳啊。等晚上想着再叫人去拿罢。"熙凤道："我倒先料着了。知道妹妹这两日必到，我已经预备下了，等太太回去过了目好送来。"王夫人一笑，点头不语。

当下茶果已撤，贾母命两个老嬷嬷带黛玉去见两个舅舅去[4]。维时贾赦之妻邢氏忙起身笑回道[5]："我带了外甥女儿过去，到底便宜些[6]。"贾母笑道："正是呢。你也去罢，不必过来了。"那邢夫人答应了，遂带着黛玉和王夫人作辞，大家送至穿堂。垂花门前早有众小厮拉过一辆翠幄清油车来[7]，邢夫人携了黛玉坐上，众老婆

1　茶果：茶点。北京话中糕点也称"果子"。
2　布让：用餐或饮茶时，为客人夹菜递果，以示殷勤之意。
3　月钱：旧时大家庭，按等级名分，每月发给多少不等的零用钱，主仆都有份儿，也叫"月例"。
4　嬷（mó）嬷：乳母，奶娘。
5　维时：当时，此刻。
6　便（biàn）宜：合适，方便。
7　翠幄（wò）清油车：挂着绿色车幔、车辕车轮涂着无色清漆的车子。幄，帐幕。

们放下车帘，方命小厮们抬起，拉至宽处，驾上驯骡[1]，出了西角门往东，过荣府正门，入一黑油漆大门内，至仪门前方下了车[2]。邢夫人挽着黛玉的手进入院中，黛玉度其处，必是荣府中之花园隔断过来的。进入三层仪门，果见正房、厢房、游廊悉皆小巧别致，不似那边的轩峻壮丽[3]，且院中随处之树木山石皆好。及进入正室，早有许多艳妆丽服之姬妾丫鬟迎着[4]。邢夫人让黛玉坐了，一面令人到外书房中请贾赦[5]。一时回来说："老爷说了：'连日身上不好，见了姑娘彼此伤心，暂且不忍相见。劝姑娘不必伤怀想家，跟老太太和舅母，是和家里一样的。姐妹们虽拙，大家一处作伴，也可以解些烦闷。或有委屈之处，只管说，别外道才是[6]。'"黛玉忙站起身来，一一答应了。再坐一刻，便告辞。邢夫人苦留吃过饭去，黛玉笑回道："舅母爱惜赐饭，原不应辞，只是还要过去拜见二舅舅，恐去迟了不恭。异日再领，望舅母容谅[7]。"邢夫人道："这也罢了。"遂命两个嬷嬷用方才坐来的车送过去。于是黛玉告辞。邢夫人送至仪门前，又嘱咐了众人几句，眼看着车去了方

1　驯骡：驯顺的骡子。

2　仪门：从前官衙、府邸的第二道正门。

3　轩峻：轩敞高峻。

4　姬妾：庶妻，也叫"妾"或"姨娘"。

5　外书房：内宅以外的书房，既可读书，又可待客。

6　外道：客气，见外。

7　容谅：宽容，原谅。

回来。

一时黛玉进入荣府，下了车，只见一条大甬路直接出大门来[1]。众嬷嬷引着便往东转弯，走过一座东西穿堂、向南大厅之后，仪门内大院落，上面五间大正房，两边厢房鹿顶耳门钻山[2]，四通八达，轩昂壮丽，比各处不同，黛玉便知这方是正内室。进入堂屋，抬头迎面先见一个赤金九龙青地大匾，匾上写着斗大三个字是"荣禧堂"，后有一行小字"某年月日书赐荣国公贾源[3]"，又有"万几宸翰"之宝[4]。大紫檀雕螭案上设着三尺多高青绿古铜鼎，悬着待漏随朝墨龙大画[5]，一边是錾金彝[6]，一边是玻璃盆，地下两溜十六张楠木圈椅[7]，又有一副对联，乃是乌木联牌镶着錾金字迹[8]，道是：

1　甬路：院子里堂前居中的路，也称"甬道"。

2　两边厢房鹿顶耳门钻山：这里指厢房与鹿顶耳房相通。鹿顶耳房即厢房的平顶耳房，通过厢房房山的门，与厢房相通。这里的"耳门"似应为"耳房"。

3　赐：旧时专指上对下的给予。这里显示是皇帝专为贾家所题。

4　万几宸翰：这里是皇帝印玺上的文字，意思是日理万机的皇帝亲笔书写，宝：皇帝印章的专称。

5　待漏随朝墨龙大画：以云雾海潮中的飞龙为题材的水墨画。待漏，指众臣在五更齐集朝房等待上朝。漏，古代用于计时的铜壶滴漏。

6　錾（zàn）金彝（yí）：一种青铜礼器。錾，在金属器物上雕刻花纹。彝，古代青铜礼器的通称。

7　楠木圈椅：圈椅是靠背与扶手连接呈弧形的一种座椅。楠木，一种贵重的木材。

8　乌木联牌：用乌木制成的对联牌子。乌木，一种黑色有光泽的木材。

座上珠玑昭日月，堂前黼黻焕烟霞。[1]

下面一行小字是"世教弟勋袭东安郡王穆莳拜手书[2]"。原来王夫人时常居坐宴息也不在这正室中[3]，只在东边的三间耳房内。于是嬷嬷们引黛玉进东房门来。临窗大炕上铺着猩红洋毯[4]，正面设着大红金钱蟒引枕[5]，秋香色金钱蟒大条褥[6]，两边设一对梅花式洋漆小几[7]，左边几上摆着文王鼎[8]，鼎旁匙箸香盒[9]，右边几上摆着汝窑美人觚[10]，里面插着时鲜花草。地下面西一溜四张大椅，都搭着银红撒花椅搭[11]，底下四副脚踏[12]。两边又有一对高几，几上茗碗瓶花俱

---

1 "座上"二句：形容堂上的主人、宾客衣饰华美，辉映日月，灿若云霞。珠玑，这里指首饰上的珍珠。昭，鲜明。黼黻（fǔfú），古代礼服上所绣的花纹。焕，焕发。

2 世教：意谓与贾家有世交，自己处于受教导的地位。勋袭：袭爵。拜手：拜首，是古代男子跪拜礼的一种。

3 居坐宴息：指起居活动。宴息，休息。

4 炕：北方普遍使用的床具，用土坯或砖石砌成，内有孔道，可烧火加温。猩红：红色的一种，如猩猩血那样的鲜红颜色。

5 金钱蟒：蟒即蟒缎，蟒即龙（一说龙为五爪，蟒为四爪），上面织有小团龙纹，因称金钱蟒。引枕：一种圆柱形的倚枕。

6 秋香色：淡黄色。

7 洋漆：一种东洋的漆器做法。

8 文王鼎：这里指一种小型仿古香炉。

9 匙箸：拨弄香灰的器具。香盒：盛香料的盒子。

10 汝窑：宋代著名瓷窑，窑址在今河南宝丰，古属汝州。美人觚（gū）：觚是一种酒器，长身细腰，状若美人，故称。

11 椅搭：搭在椅背上的长方形绣花绸缎饰物。也叫"椅披"或"椅背"。

12 脚踏：放在炕前或椅前垫脚用的长方形矮木凳。

备[1]。其余陈设，不必细说。老嬷嬷让黛玉上炕坐。炕沿上却也有两个锦褥对设。黛玉度其位次，便不上炕，只就东边椅上坐了。本房的丫鬟忙捧上茶来。黛玉一面吃了，打量这些丫鬟们妆饰衣裙、举止行动，果与别家不同。

茶未吃了，只见一个穿红绫袄青缎掐牙背心的丫鬟走来笑道[2]："太太说：请林姑娘到那边坐罢。"老嬷嬷听了，于是又引黛玉出来，到了东廊三间小正房内。正面炕上横设一张炕桌，上面堆着书籍茶具，靠东壁面西设着半旧的青缎靠背引枕。王夫人却坐在西边下首，亦是半旧青缎靠背坐褥。见黛玉来了，便往东让。黛玉心中料定这是贾政之位，因见挨炕一溜三张椅子上也搭着半旧的弹花椅袱[3]，黛玉便向椅上坐了。王夫人再三让他上炕，他方挨王夫人坐下。王夫人因说："你舅舅今日斋戒去了[4]，再见罢。只是有句话嘱咐你，你三个姐妹倒都极好，以后一处念书认字，学针线，或偶一玩笑，却都有个尽让的[5]。我就只一件不放心，我有

1　茗碗：茶碗。

2　掐牙：在衣服的滚边内，嵌一条很细的锦缎滚条作为装饰，叫掐牙。

3　弹花："弹墨"，是一种工艺，即在深黑色的丝缎上织花纹。椅袱：用锦缎等制成的椅套。

4　斋戒：古人在祭祀前沐浴更衣，戒绝嗜欲，以示虔诚。

5　尽让：谦让。

一个孽根祸胎¹，是家里的'混世魔王'²，今日因往庙里还愿去³，尚未回来，晚上你看见就知道了。你以后总不用理会他⁴，你这些姐姐妹妹都不敢沾惹他的。"

黛玉素闻母亲说过，有个内侄乃衔玉而生⁵，顽劣异常，不喜读书，最喜在内帏厮混⁶，外祖母又溺爱，无人敢管。今见王夫人所说，便知是这位表兄，一面陪笑道："舅母所说，可是衔玉而生的？在家时记得母亲常说，这位哥哥比我大一岁，小名就叫宝玉，性虽憨顽⁷，说待姊妹们却是极好的。况我来了，自然和姊妹们一处，弟兄们是另院别房，岂有沾惹之理？"王夫人笑道："你不知道原故，他和别人不同，自幼因老太太疼爱，原系和姐妹们一处娇养惯了的。若姐妹们不理他，他倒还安静些，若一日姐妹们和他多说了一句话，他心上一喜，便生出许多事来。所以嘱咐你别理会他。他嘴里一时甜言蜜语，一时有天没日⁸，疯疯傻傻，只休信他。"黛玉一一的都答应着。

1　孽根祸胎：灾祸的根源，旧时指坏儿子。
2　混世魔王：佛教中名叫波旬的魔界之王，这里形容宝玉在家中因受溺爱而无法无天。这是王夫人对宝玉的戏称，表面厌憎，实为溺爱。
3　还愿：旧时求神佛保佑，当场许下酬谢方式，过后实践诺言，称"还愿"。
4　理会：这里指搭理。
5　衔玉而生：按小说中叙述，宝玉出生时，口中衔着一块宝玉。
6　内帏：内室，女子居处。厮混：这里指无事瞎混，腻着不走。
7　憨顽：顽皮，恣意玩耍。
8　有天没日：毫无顾忌，随心所欲。

忽见一个丫鬟来说："老太太那里传晚饭了[1]。"王夫人忙携了黛玉，出后房门，由后廊往西，出了角门是一条南北甬路，南边是倒座三间小小抱厦厅[2]，北边立着一个粉油大影壁[3]，后有一个半大门，小小一所房屋。王夫人笑指向黛玉道："这是你凤姐姐的屋子，回来你好往这里找他去，少什么东西只管和他说就是了。"这院门上也有几个才总角的小厮[4]，都垂手侍立。王夫人遂携黛玉穿过一个东西穿堂，便是贾母的后院了。于是进入后房门，已有许多人在此伺候。见王夫人来，方安设桌椅。贾珠之妻李氏捧杯，熙凤安箸[5]，王夫人进羹[6]。贾母正面榻上独坐，两旁四张空椅，熙凤忙拉黛玉在左边第一张椅子上坐下，黛玉十分推让，贾母笑道："你舅母和嫂子们是不在这里吃饭的。你是客，原该这么坐。"黛玉方告了坐，就坐了。贾母命王夫人也坐了。迎春姊妹三个告了坐方上来[7]，迎春坐右手第一，探春左第二，惜春右第二。旁边

1　传：通知，召唤。

2　倒座：四合院中正房是坐北朝南，南房是坐南朝北，与正房相对，因称"倒座"。抱厦厅：在主建筑的前面或后面接出来的突出建筑，又称"龟头房"。

3　影壁：在大门内或大门外作为屏障的墙壁。

4　总角：儿童的发髻，向上分为两个，形状如角，故称。

5　安箸：安放碗筷。箸，筷子。

6　进羹：捧上羹汤。

7　告了坐：指长辈（或上级）让晚辈（或下级）入座，后者谦让后道谢入座，叫"告坐"。

丫鬟执着拂尘、漱盂[1]、巾帕，李纨、凤姐立于案边布让；外间伺候的媳妇丫鬟虽多，却连一声咳嗽不闻。饭毕，各各有丫鬟用小茶盘捧上茶来。当日林家教女以惜福养身[2]，每饭后必过片时方吃茶，不伤脾胃；今黛玉见了这里许多规矩不似家中，也只得随和些，接了茶。又有人捧过漱盂来，黛玉也漱了口，又盥手毕[3]。然后又捧上茶来，这方是吃的茶。贾母便说："你们去罢，让我们自在说说话儿。"王夫人遂起身，又说了两句闲话儿，方引李、凤二人去了。贾母因问黛玉念何书，黛玉道："刚念了《四书》。"黛玉又问姊妹们读何书，贾母道："读什么书，不过认几个字罢了。"

一语未了，只听外面一阵脚步响，丫鬟进来报道："宝玉来了。"黛玉心想："这个宝玉不知是怎样个惫懒人呢[4]！"及至进来一看，却是位青年公子：头上戴着束发嵌宝紫金冠[5]，齐眉勒着二龙戏珠金抹额[6]，一件二色金百蝶穿花大红箭袖[7]，束着五彩丝攒花

1　拂尘：状如马尾的带柄器具，用以拂拭尘土或驱赶蚊蝇，又称"蝇甩""麈（zhǔ）尾"。漱盂：这里指接漱口水的盂钵。

2　惜福养身：这里指珍惜自己，保养身体。

3　盥（guàn）手：洗手。盥，洗（手、脸）。

4　惫懒：调皮，不驯顺。也作"惫赖"。

5　嵌宝紫金冠：紫金冠是一种把头发束到头顶的髻冠，也叫"束发冠""太子冠"。紫金是金子的一种，此冠上还镶嵌着珍珠宝石之类。

6　二龙戏珠金抹额：抹额是束额的头巾，也指帽箍一类饰物。二龙戏珠是抹额上的图案。

7　二色金百蝶穿花大红箭袖：箭袖是一种窄袖袍服，原为射箭方便，后成为男子礼服的一种。二色金指深浅两色金线，百蝶穿花是衣服上的图案，地子是大红色的。

结长穗宫绦[1]，外罩石青起花八团倭缎排穗褂[2]，登着青缎粉底小朝靴[3]。面若中秋之月，色如春晓之花；鬓若刀裁[4]，眉如墨画；鼻如悬胆[5]，睛若秋波[6]；虽怒时而似笑，即瞋视而有情。项上金螭璎珞，又有一根五色丝绦，系着一块美玉。黛玉一见便吃一大惊，心中想道："好生奇怪，倒像在那里见过的，何等眼熟！"只见这宝玉向贾母请了安[7]，贾母便命："去见你娘来。"即转身去了。一回再来时，已换了冠带：头上周围一转的短发都结成小辫，红丝结束，共攒至顶中胎发[8]，总编一根大辫，黑亮如漆，从顶至梢，一串四颗大珠，用金八宝坠脚[9]。身上穿着银红撒花半旧大袄，仍旧带着项圈、宝玉、寄名锁、护身符等物[10]，下面半露松绿撒花绫裤，

1　五彩丝攒花结长穗宫绦（tāo）：宫绦是指宫廷式样的束腰丝带，上面用五彩丝线攒聚成花朵的结子，带子两端垂着长穗子。

2　石青起花八团倭缎排穗褂：褂是上衣，穿在外面。倭缎指一种东洋织法的绸缎，石青是一种近乎天蓝的颜色，褂上织着八个团形图案。所谓排穗，有人认为是指下摆露出的羊毛，则此褂是以羊皮为里的。

3　青缎粉底小朝靴：以青色缎子为面，白色厚底、半高腰的靴子。朝靴，方头靴的别称。

4　鬓若刀裁：形容鬓角发际分明。

5　鼻如悬胆：形容鼻子直垂而下圆，状如胆。

6　睛若秋波：形容目光流动，如澄明的秋水。

7　请了安：请安即问安、问好。在清代，口称"请某人安"的同时，男子要打千（右手下垂，左腿向前屈膝，右腿略曲），女子要双手扶左膝，右腿微曲，蹲身行礼。

8　胎发：指婴儿一出生就长出的头发，这里指头顶上的头发。

9　坠脚：这里指系于辫梢的饰物。

10　寄名锁：锁形饰物。旧时迷信做法，让幼儿在神或僧道前寄名为弟子，以此饰物挂于颈间，以保长寿，也叫"长命锁"。护身符：一种符箓，请佛、道僧侣或巫师用朱笔或墨笔画写于纸上，令小儿携带，起到护身、消灾的作用。

锦边弹墨袜，厚底大红鞋。越显得面如傅粉，唇若施脂[1]；转盼多情[2]，语言若笑。天然一段风韵，全在眉梢；平生万种情思，悉堆眼角。看其外貌最是极好，却难知其底细。后人有《西江月》二词[3]，批得极确，词曰：

无故寻愁觅恨，有时似傻如狂。纵然生得好皮囊[4]，腹内原来草莽[5]。　潦倒不通庶务[6]，愚顽怕读文章。行为偏僻性乖张[7]，那管世人诽谤！

又曰：

富贵不知乐业，贫穷难耐凄凉。可怜辜负好时光[8]，于国于家无望[9]。　天下无能第一，古今不肖无双[10]。寄言纨绔与膏

1　面如傅粉，唇若施脂：形容面白如擦粉，唇红如涂胭脂。

2　转盼：转侧顾盼。

3　西江月：词牌名。按，这两首词寓褒于贬，全用反语，揭示了宝玉不同流俗的个性。

4　皮囊：指人的躯壳。

5　草莽：这里指不学无术，缺乏修养。

6　潦倒：颓唐、失意。庶务：这里指各种世俗事务。

7　偏僻：偏激。乖张：偏执，怪诞，与众不同。

8　可怜：可惜。

9　于国于家无望：是说国家和家族对他都指望不上。

10　不肖（xiào）：形容子弟没出息。

梁：莫效此儿形状！[1]

却说贾母见他进来，笑道："外客没见就脱了衣裳了，还不去见你妹妹呢。"宝玉早已看见了一个袅袅婷婷的女儿[2]，便料定是林姑妈之女，忙来见礼。归了坐细看时，真是与众各别。只见：

两弯似蹙非蹙笼烟眉[3]，一双似喜非喜含情目。态生两靥之愁，娇袭一身之病。[4] 泪光点点，娇喘微微。闲静似娇花照水，行动如弱柳扶风[5]。心较比干多一窍，病如西子胜三分。[6]

宝玉看罢，笑道："这个妹妹我曾见过的。"贾母笑道："又胡说了！你何曾见过？"宝玉笑道："虽没见过，却看着面善，心里倒像是远别重逢的一般。"贾母笑道："好！好！这么更相和

---

1 "寄言"二句：赠言给公子哥儿们：千万别学这孩子的样儿。纨绔（wánkù），绸子裤；膏粱，肥肉白米：都是富贵子弟的代称。效，效仿。

2 袅袅婷婷：形容女子走路体态轻盈柔美之态。

3 蹙（cù）：皱（眉）。笼烟眉：形容眉毛如一抹淡烟。

4 "态生"二句：这里形容黛玉面带哀愁而动人，身因病态而娇媚。靥（yè），面颊上的微凹处，俗称"酒窝"。袭，承袭。

5 弱柳扶风：纤弱的柳条在风中摇曳。这里用来形容黛玉行动时的身姿动态。

6 "心较"二句：意谓黛玉的聪明胜过比干，病弱娇美胜过西施。比干，商纣王的叔叔，相传他因劝谏纣王而遭剖腹之刑，观其心有七窍。西子，春秋末年越国美女西施，相传她因患心疼病，"捧心而颦（pín，皱眉）"，反倒更好看。下文宝玉为黛玉取名"颦颦"，即用此典。

睦了。"

宝玉便走向黛玉身边坐下，又细细打量一番，因问："妹妹可曾读书？"黛玉道："不曾读书，只上了一年学，些须认得几个字[1]。"宝玉又道："妹妹尊名？"黛玉便说了名。宝玉又道："表字[2]？"黛玉道："无字。"宝玉笑道："我送妹妹一字：莫若'颦颦'二字极妙。"探春便道："何处出典？"宝玉道："《古今人物通考》上说[3]：'西方有石名黛，可代画眉之墨。'况这妹妹眉尖若蹙，取这个字岂不美？"探春笑道："只怕又是杜撰[4]。"宝玉笑道："除了《四书》，杜撰的也太多呢！"因又问黛玉："可有玉没有？"众人都不解。黛玉便忖度着[5]："因他有玉，所以才问我的。"便答道："我没有玉。你那玉也是件稀罕物儿，岂能人人皆有？"宝玉听了，登时发作起狂病来，摘下那玉就狠命摔去，骂道："什么罕物！人的高下不识，还说灵不灵呢！我也不要这劳什子[6]！"吓得地下众人一拥争去拾玉。贾母急得搂了宝玉道："孽障[7]！你生气要打骂人容易，何苦摔那命根子！"宝玉满面泪痕哭道："家里姐姐

1　些须："些许"，不多。
2　表字：人在本名外所取的与本名意义相关的名字，读书男子多取表字。
3　《古今人物通考》：不知何书，或是宝玉杜撰。
4　杜撰：无根据地编造、虚构。
5　忖度（cǔnduó）：推测，揣度。
6　劳什子：犹如说"东西"，带有厌恶的口吻。
7　孽障：罪孽，佛教指妨碍修行的罪恶，也作"业障"。又指罪孽之人。

妹妹都没有，单我有，我说没趣儿；如今来了这个神仙似的妹妹也没有，可知这不是个好东西！"贾母忙哄他道："你这妹妹原有玉来着。因你姑妈去世时，舍不得你妹妹，无法可处，遂将他的玉带了去：一则全殉葬之礼[1]，尽你妹妹的孝心；二则你姑妈的阴灵儿也可权作见了你妹妹了。因此他说没有，也是不便自己夸张的意思啊。你还不好生带上，仔细你娘知道！"说着便向丫鬟手中接来，亲与他带上。宝玉听如此说，想了一想，也就不生别论。

1　殉葬：古代用活人或器物陪葬，称殉葬。

2. 节选二　葫芦僧判断葫芦案

阅读提示

一、本段选自《红楼梦》第四回"薄命女偏逢薄命郎，葫芦僧判断葫芦案"。前文写贾雨村获贾政举荐，授了应天府知府。而"报恩"的机会很快就出现了。

二、"护官符"的名目有深意，"如今凡做地方官的，都有一个私单，上面写的是本省最有权势极富贵的大乡绅名姓，各省皆然。倘若不知，一时触犯了这样的人家，不但官爵，只怕连性命也难保呢！所以叫作'护官符'"。一件是非分明的人命案，就因被告与护官符上的家族全都联络有亲，于是案子的是非也就变得不那么"分明"了；最终只得"葫芦"了事！——古语有"葫芦提"一词，意为糊涂。这里一语双关，意含讥讽。

三、一段审案情节，人物安排极为巧妙，几乎所有人都相互认识：应天府的门子，是当年与甄家毗邻的葫芦庵中的小沙弥，对甄家的遭遇及贾雨村的来历十分清楚。被告薛蟠是举荐贾雨村复职的贾政的内甥（妻子姐妹之子），又是护官符中薛家的子弟、王家的外甥、史家的远亲。对他的处理，直接关乎贾雨村的纱帽。而原告、被告所争夺的女子，恰又是贾雨村早年恩人甄士隐被拐的孤女。——这一切考验着贾雨村的良知，然而他最终的选择是"徇情枉法，胡乱判断了此案"，其贪酷自私的嘴脸，显露无遗，也为当时的为官者，画了一幅总肖像。

四、贾雨村很懂做官"艺术"，譬如他要昧着良心判案，先制造舆论："这也是他们的孽障遭遇，亦非偶然，……这正是梦幻情缘，恰遇见一对薄命儿女……"以此为自己接下来的徇私枉法做遮掩。他又是"老油条"，先征询门子的意见，待门子讲出来，他又说"不妥不妥……"最终的判案过程虽被作者略去，但从"冯家得了许多烧埋银子"看，还是部分采纳了门子的建议。

断案之后贾雨村做了两件事，一是立刻向贾府报告表功，一是找机会打发了门子。——贾雨村的这张丑脸，至此画上最后一笔。

如今且说贾雨村授了应天府，一到任就有件人命官司详至案下[1]，却是两家争买一婢，各不相让，以致殴伤人命。彼时雨村即

1　详：古代公文名目，是下级写给上级的报告。这里用作动词，指撰写详文递上。

拘原告来审，那原告道："被打死的乃是小人的主人。因那日买了个丫头，不想系拐子拐来卖的[1]。这拐子先已得了我家的银子，我家小主人原说第三日方是好日，再接入门；这拐子又悄悄卖与了薛家，被我们知道了，去找拿卖主，夺取丫头。无奈薛家原系金陵一霸，倚财仗势，众豪奴将我小主人竟打死了[2]！凶身主仆已皆逃走，无有踪迹，只剩了几个局外的人。小人告了一年的状，竟无人做主。求太老爷拘拿凶犯，以扶善良，存殁感激大恩不尽[3]！"

雨村听了，大怒道："那有这等事！打死人竟白白的走了拿不来的？"便发签差公人立刻将凶犯家属拿来拷问[4]。只见案旁站着一个门子[5]，使眼色不叫他发签。雨村心下狐疑，只得停了手。退堂至密室，令从人退去，只留这门子一人服侍。门子忙上前请安，笑问："老爷一向加官进禄，八九年来，就忘了我了？"雨村道："我看你十分眼熟，但一时总想不起来。"门子笑道："老爷怎么把出身之地竟忘了！老爷不记得当年葫芦庙里的事么？"雨村大惊，方想起往事。

1　拐子：拐骗人口、财物者。
2　豪奴：强悍狡黠的奴仆。
3　存殁（mò）：活着的与死去的。
4　发签：官府差遣吏役出外办事的签牌，木制，平时插在公案签筒中，用时发给。
5　门子：官衙中侍候官员的贴身差役。

原来这门子本是葫芦庙里一个小沙弥 [1]，因被火之后，无处安身，想这件生意倒还轻省，耐不得寺院凄凉，遂趁年纪轻，蓄了发，充当门子。雨村那里想得是他？便忙携手笑道："原来还是故人 [2]。"因赏他坐了说话。这门子不敢坐，雨村笑道："你也算贫贱之交了 [3]。此系私室，但坐不妨。"门子才斜签着坐下 [4]。雨村道："方才何故不令发签？"门子道："老爷荣任到此，难道就没抄一张本省的'护官符'来不成？"雨村忙问："何为'护官符'？"门子道："如今凡做地方官的，都有一个私单，上面写的是本省最有权势极富贵的大乡绅名姓，各省皆然。倘若不知，一时触犯了这样的人家，不但官爵，只怕连性命也难保呢！所以叫作'护官符'。方才所说的这薛家，老爷如何惹得他！他这件官司并无难断之处，从前的官府都因碍着情分脸面，所以如此。"一面说，一面从顺袋中取出一张抄的"护官符"来 [5]，递与雨村，看时，上面皆是本地大族名宦之家的俗谚口碑 [6]，云：

　　1　小沙弥：指刚出家受戒不久的小和尚。
　　2　故人：老朋友，老相识。
　　3　贫贱之交：贫寒微贱未发达时结下的朋友。
　　4　斜签着：侧着身坐，表示谦恭礼貌。
　　5　顺袋：一种挂在腰带上的小袋，制作精美，可藏放贵重的钱物，以防丢失，称"慎袋"，讹称"顺袋"。
　　6　口碑：比喻众口传诵，如同刻于碑上不可磨灭。

贾不假，白玉为堂金作马[1]。阿房宫[2]，三百里，住不下金陵一个史。东海缺少白玉床，龙王来请金陵王。[3]丰年好大雪[4]，珍珠如土金如铁。

雨村尚未看完，忽闻传点[5]，报"王老爷来拜[6]"。雨村忙具衣冠接迎。有顿饭工夫方回来，问这门子，门子道："四家皆连络有亲，一损俱损，一荣俱荣。今告打死人之薛，就是'丰年大雪'之薛，不单靠这三家，他的世交亲友在都在外的本也不少，老爷如今拿谁去？"雨村听说，便笑问门子道："这样说来，却怎么了结此案？你大约也深知这凶犯躲的方向了？"门子笑道："不瞒老爷说，不但这凶犯躲的方向，并这拐的人我也知道，死鬼买主也深知道，待我细说与老爷听。这个被打死的是一个小乡宦之子，名唤冯渊，父母俱亡，又无兄弟，守着些薄产度日。年纪十八九

1　白玉为堂：宋以后，翰林院称"玉堂"。金作马：汉代宫中有金马门，门旁有铜马，故称。这里暗示贾家的皇亲身份，且为诗礼之族。

2　阿房（ēpáng）宫：秦始皇所建大型宫殿群，相传占地三百里。

3　"东海"二句：传说的龙宫中充斥着各种珍宝；然而龙王却要向王家借白玉床，可见王家之豪富，胜过龙王。

4　丰年好大雪：这里利用"雪"的谐音，影射薛家。

5　传点：这里指击点报信。点，一种铁制响器，两端为云头状，设在二门，有事时敲点为号，称"传点"。

6　王老爷：这位王老爷是谁，书中始终没有揭示。想必是"金陵王家"的人。被告薛蟠的母亲即姓王，舅舅王子腾是高官，姨妈王夫人是贾政之妻，表妹王熙凤是贾琏之妻、贾府的女管家。

岁，酷爱男风[1]，不好女色。这也是前生冤孽[2]，可巧遇见这丫头，他便一眼看上了，立意买来做妾，设誓不近男色，也不再娶第二个了。所以郑重其事，必得三日后方进门。谁知这拐子又偷卖与薛家，他意欲卷了两家的银子逃去。谁知又走不脱，两家拿住，打了个半死，都不肯收银，各要领人。那薛公子便喝令下人动手，将冯公子打了个稀烂，抬回去三日竟死了。这薛公子原择下日子要上京的，既打了人夺了丫头，他便没事人一般，只管带了家眷走他的路，并非为此而逃。这人命些些小事，自有他弟兄奴仆在此料理。这且别说，老爷可知这被卖的丫头是谁？"雨村道："我如何晓得？"门子冷笑道："这人还是老爷的大恩人呢！他就是葫芦庙旁住的甄老爷的女儿，小名英莲的。"雨村骇然道："原来是他！听见他自五岁被人拐去，怎么如今才卖呢？"门子道："这种拐子单拐幼女，养至十二三岁，带至他乡转卖。当日这英莲，我们天天哄他玩耍，极相熟的，所以隔了七八年，虽模样儿出脱得齐整[3]，然大段未改，所以认得。且他眉心中原有米粒大的一点胭脂痣[4]，从胎里带来的。偏这拐子又租了我的房子居住。那日拐子

1　男风：这里指男子之间的同性恋情。

2　冤孽：迷信说法，本指冤家对头，这里指前世结下的悲剧性因缘。

3　出脱：指少男少女年龄渐长，容貌变得比以前出色。也称"出落""出挑"或"出息"。

4　胭脂痣：红色的痣。痣，痣。

香菱

香菱 / [清] 政琦 绘

不在家，我也曾问他；他说是打怕了的，万不敢说，只说拐子是他的亲爹，因无钱还债才卖的。再四哄他，他又哭了，只说：'原不记得小时的事。'这无可疑了。那日冯公子相见了，兑了银子[1]，因拐子醉了，英莲自叹说：'我今日罪孽可满了[2]！'后又听见三日后才过门，他又转有忧愁之态。我又不忍，等拐子出去，又叫内人去解劝他：'这冯公子必待好日期来接，可知必不以丫鬟相看。况他是个绝风流人品，家里颇过得[3]，素性又最厌恶堂客[4]，今竟破价买你[5]，后事不言可知。只耐得三两日，何必忧闷？'他听如此说，方略解些。自谓从此得所[6]，谁料天下竟有不如意事，第二日，他偏又卖与了薛家！若卖与第二家还好，这薛公子的混名，人称他'呆霸王'，最是天下第一个弄性尚气的人[7]，而且使钱如土。只打了个落花流水，生拖死拽把个英莲拖去，如今也不知死活。这冯公子空喜一场，一念未遂[8]，反花了钱，送了命，岂不可叹！"

雨村听了，也叹道："这也是他们的孽障遭遇，亦非偶然，不

1　兑了银子：指称量银子（以交付）。
2　罪孽：佛教语，指前世作的恶（今生为此遭报、受苦），也称"罪业"。这是迷信的说法。
3　家里颇过得：指家中富有。
4　堂客：旧时称妇女为"堂客"，男子为"官客"。
5　破价：打破常价，高价。
6　得所：有了安身之处。
7　弄性尚气：爱感情用事，使性子，耍脾气。
8　未遂：没达成（目的）。

然这冯渊如何偏只看上了这英莲？这英莲受了拐子这几年折磨，才得了个路头[1]，且又是个多情的，若果聚合了，倒是件美事，偏又生出这段事来。这薛家纵比冯家富贵，想其为人，自然姬妾众多，淫佚无度[2]，未必及冯渊定情于一人。这正是梦幻情缘，恰遇见一对薄命儿女。且不要议论他人，只目今这官司如何剖断才好[3]？"门子笑道："老爷当年何其明决，今日何反成个没主意的人了？小的听见老爷补升此任，系贾府、王府之力。此薛蟠即贾府之亲，老爷何不顺水行舟做个人情，将此案了结，日后也好去见贾、王二公？"雨村道："你说的何尝不是。但事关人命，蒙皇上隆恩起复委用[4]，正竭力图报之时，岂可因私枉法[5]，是实不忍为的。"门子听了，冷笑道："老爷说的自是正理，但如今世上是行不去的[6]。岂不闻古人说的'大丈夫相时而动[7]'，又说'趋吉避凶者为君子[8]'，依老爷这话，不但不能报效朝廷，亦且自身不保，还要三思为妥。"

1　路头：这里指出路。

2　淫佚（yì）：荒淫放纵，也作"淫逸"。

3　剖断：剖析判断。

4　隆恩：极大的恩典。起复委用：指官吏革职后被重新任用。

5　因私枉法：因私情而歪曲、破坏法律。后面又作"徇情枉法"，徇情，曲从私情。

6　行不去的：行不通的。

7　相时而动：察看情势再行动。相，察看。时，时机。

8　趋吉避凶：谋求安吉，躲避灾难，即趋利避害。

雨村低了头，半日说道："依你怎么看？"门子道："小人已想了个很好的主意在此：老爷明日坐堂，只管虚张声势，动文书发签拿人。凶犯自然是拿不来的，原告固是不依，只用将薛家族人及奴仆人等拿几个来拷问。小的在暗中调停，令他们报个'暴病身亡'，合族中及地方上共递一张保呈[1]。老爷只说善能扶鸾请仙[2]，堂上设了乩坛，令军民人等只管来看。老爷便说：'乩仙批了，死者冯渊与薛蟠原系夙孽[3]，今狭路相遇，原因了结，今薛蟠已得了无名之病，被冯渊的魂魄追索而死。其祸皆由拐子而起，除将拐子按法处治外，余不累及'等语。小人暗中嘱咐拐子，令其实招。众人见乩仙批语与拐子相符，自然不疑了。薛家有的是钱，老爷断一千也可，五百也可，与冯家作烧埋之费。那冯家也无甚要紧的人，不过为的是钱，有了银子也就无话了。老爷细想此计如何？"雨村笑道："不妥，不妥。等我再斟酌斟酌，压服得口声才好[4]。"二人计议已定。

至次日坐堂，勾取一干有名人犯[5]。雨村详加审问，果见冯家

1　保呈：对他人言行承担责任的呈文。

2　扶鸾：一种占卜迷信活动，用一丁字架，横棍两端由二人虚架，夜深人静时丁字架会"自动"移动，而下垂木棍会在沙盘上画字，代表所"请"之神回答问题，做出预言。又称"扶乩（jī）"，下文中的"乩坛"即指此种设置。

3　夙（sù）孽：前世的罪孽、冤仇。夙，早，旧有。

4　口声：这里指舆论。

5　勾取：提取（犯人）。一干：一帮，一伙，多指所有与某事（多为案件）相关的人。

人口稀少，不过赖此欲得些烧埋之银[1]。薛家仗势倚情，偏不相让，故致颠倒未决[2]。雨村便徇情枉法[3]，胡乱判断了此案，冯家得了许多烧埋银子，也就无甚话说了。

雨村便疾忙修书二封与贾政并京营节度使王子腾[4]，不过说"令甥之事已完，不必过虑"之言寄去。此事皆由葫芦庙内沙弥新门子所为，雨村又恐他对人说出当日贫贱时事来，因此心中大不乐意。后来到底寻了他一个不是，远远的充发了才罢[5]。

1　烧埋之银：这里指丧葬费用。

2　颠倒：颠来倒去。

3　徇情枉法：曲从私情，歪曲、破坏法律，胡乱断案。

4　京营节度使：这里是借用古代官名。节度使原是唐代掌握一地军政大权的官员，又称"藩镇"。元代已废。王子腾：贾政的妻兄。

5　充发：充军发配。古代一种流刑，把罪犯押送到边远地方充军服役。

3.节选三　刘姥姥初进荣国府

阅读提示

一、本段选自《红楼梦》第六回"贾宝玉初试云雨情，刘姥姥一进荣国府"。刘姥姥是王家的远亲，因生活窘迫，到贾府来"打抽丰"。

二、这是凤姐在书中第二次露面。前一次写凤姐，是通过黛玉的眼睛，本次则是借用刘姥姥的眼睛。

想见凤姐不易，这位贾府说一不二的女管家，只有吃饭的当口，才有一点空闲时间。在周瑞家的安排下，刘姥姥在旁室"屏声侧耳默候"，侧面见识了贵妇人吃饭的排场，好不容易才见到本人。——此前凤姐见黛玉，是"未见其人，先闻其声"；此番接见"八竿子打不着"的穷亲戚，是人到眼前，还不知觉：平儿在旁边捧茶，"凤姐也不接茶，也不抬头，只管拨那灰，慢慢的道：'怎么还不请进来？'一面说，一面抬身要茶时，只见周瑞家的已带了两个人立在面前了。这才忙欲起身、犹未起身，满面春风的问好，又嗔着周瑞家的：'怎么不早说！'"……

凤姐态度热情而又矜持，拿足了贵妇人的"款儿"。她先让周瑞家的招待刘姥姥用饭，又了解了两家的交情，向刘姥姥申说当家不易；就在刘姥姥大失所望之际，凤姐让人捧出二十两银子，刘姥姥喜出望外。——单凭这一席话，已经印证了周瑞家的评价："这凤姑娘年纪儿虽小，……少说着只怕有一万心眼子，再要赌口齿，十个会说的男人也说不过他呢！"

作者还不吝笔墨，对室内陈设及凤姐的服饰做了细致描摹——多次细写一个人的服饰，书中只有凤姐享此待遇。

三、刘姥姥在书中三进荣国府，这是第一次。这个无钱无势的乡村老妇，带着孙儿前来求告，自卑而忐忑，差点儿连府门都进不来。刘姥姥第二次进贾府，发生在第四十回至四十二回，她随众人游览大观园，为哄贾母及众人高兴，在酒席上甘当丑角。刘姥姥第三次登门，是在第一百一十九回，盛衰之势已发生逆转，贾府已经衰败，凤姐病死，凤姐之女巧姐面临被"狠舅奸兄"卖掉的危险。堂堂国公府的千金，此刻竟要靠一介村妇刘姥姥来救助！

"三十年河东，三十年河西"，世事无常，人无法把握自己的命运——这大概便是作者通过刘姥姥三进荣国府的前后反差，要表达的人生感喟吧？

次日天未明时，刘姥姥便起来梳洗了[1]。又将板儿教了几句话，五六岁的孩子，听见带了他进城逛去，喜欢得无不应承。于是刘姥姥带了板儿，进城至宁荣街来。到了荣府大门前石狮子旁边，只见满门口的轿马。刘姥姥不敢过去，掸掸衣服，又教了板儿几句话，然后溜到角门前，只见几个挺胸叠肚、指手画脚的人坐在大门上，说东谈西的。刘姥姥只得蹭上来问："太爷们纳福[2]！"众人打量了一会，便问："是那里来的？"刘姥姥陪笑道："我找太太的陪房周大爷的[3]。烦那位太爷替我请他出来。"那些人听了，都不理他，半日，方说道："你远远的那墙畸角儿等着，一会子他们家里就有人出来。"内中有个年老的说道："何苦误他的事呢。"因向刘姥姥道："周大爷往南边去了。他在后一带住着，他们奶奶儿倒在家呢。你打这边绕到后街门上找就是了。"

刘姥姥谢了，遂领着板儿绕至后门上。只见门上歇着些生意担子[4]，也有卖吃的，也有卖玩耍的，闹吵吵三二十个孩子在那里。刘姥姥便拉住一个道："我问哥儿一声，有个周大娘在家么？"那孩子翻眼瞅着道："那个周大娘？我们这里周大娘有几个呢，不知

1　姥姥：对老年妇女的称呼。
2　纳福：原意是迎祥获福，这里是见面时的问候之语。
3　陪房：指随嫁到男方去的女方仆婢。
4　歇着：停着。

那一个行当儿上的[1]？"刘姥姥道："他是太太的陪房。"那孩子道："这个容易，你跟了我来。"引着刘姥姥进了后院，到一个院子墙边，指道："这就是他家。"又叫道："周大妈，有个老奶奶子找你呢！"

周瑞家的在内忙迎出来，问："是那位？"刘姥姥迎上来笑问道："好啊？周嫂子。"周瑞家的认了半日，方笑道："刘姥姥，你好？你说么，这几年不见，我就忘了。请家里坐！"刘姥姥一面走，一面笑说道："你老是'贵人多忘事'了，那里还记得我们？"说着，来至房中，周瑞家的命雇的小丫头倒上茶来吃着。周瑞家的又问道："板儿长了这么大了么！"又问些别后闲话。又问刘姥姥："今日还是路过，还是特来的？"刘姥姥便说："原是特来瞧瞧嫂子；二则也请请姑太太的安[2]。若可以领我见一见更好，若不能，就借重嫂子转致意罢了。"

周瑞家的听了，便已猜着几分来意。只因他丈夫昔年争买田地一事，多得狗儿他父亲之力，今见刘姥姥如此，心中难却其意；二则也要显弄自己的体面。便笑说："姥姥你放心，大远的诚

1　行当儿：原指传统戏曲中的角色类别，这里指所担任职务的类别。

2　姑太太：按刘姥姥夫家姓王，祖上与金陵王家连过宗，算是宗亲。这里的"姑太太"指王夫人。

心诚意来了，岂有个不叫你见个真佛儿去的呢[1]。论理，人来客至，却都不与我相干；我们这里都是各一样儿。我们男的只管春秋两季地租子，闲了时带着小爷们出门就完了。我只管跟太太奶奶们出门的事。皆因你是太太的亲戚，又拿我当个人，投奔了我来，我竟破个例给你通个信儿去。但只一件，你还不知道呢！我们这里不比五年前了：如今太太不理事，都是琏二奶奶当家。你打量琏二奶奶是谁？就是太太的内侄女儿，大舅老爷的女孩儿，小名叫凤哥的。"刘姥姥听了，忙问道："原来是他？怪道呢，我当日就说他不错。这么说起来，我今儿还得见他了？"周瑞家的道："这个自然。如今有客来，都是凤姑娘周旋接待。今儿宁可不见太太，倒得见他一面，才不枉走这一遭儿。"刘姥姥道："阿弥陀佛！这全仗嫂子方便了[2]。"周瑞家的说："姥姥说那里话。俗语说得好：'与人方便，自己方便。'不过用我一句话，又费不着我什么事。"说着，便唤小丫头："到倒厅儿上，悄悄的打听老太太屋里摆了饭了没有。"小丫头去了。

这里二人又说了些闲话。刘姥姥因说："这位凤姑娘，今年不过十八九岁罢了，就这等有本事，当这样的家，可是难得的！"

1　真佛：这里借唐僧西行见佛祖、取真经的典故，以"真佛"喻指王夫人，也就是刘姥姥此来要见的人。
2　方便：这里意谓给人便利，意同"行方便"。

周瑞家的听了道："嗐！我的姥姥，告诉不得你了。这凤姑娘年纪儿虽小，行事儿比是人都大呢[1]！如今出挑得美人儿似的，少说着只怕有一万心眼子，再要赌口齿，十个会说的男人也说不过他呢！回来你见了就知道了。就只一件，待下人未免太严些儿[2]。"说着，小丫头回来说："老太太屋里摆完了饭了，二奶奶在太太屋里呢。"周瑞家的听了，连忙起身，催着刘姥姥："快走！这一下来就只吃饭是个空儿，咱们先等着去。若迟了一步，回事的人多了[3]，就难说了。再歇了中觉，越发没时候了。"说着，一齐下了炕，整顿衣服，又教了板儿几句话，跟着周瑞家的逶迤往贾琏的住宅来[4]。

先至倒厅，周瑞家的将刘姥姥安插住等着。自己却先过影壁，走进了院门，知凤姐尚未出来，先找着凤姐的一个心腹通房大丫头名唤平儿的[5]。周瑞家的先将刘姥姥起初来历说明，又说："今日大远的来请安，当日太太是常会的，所以我带了他过来。等着奶

1　是人：任何人，无论哪个。

2　下人：这里指奴仆，是与"主人"相对而言。

3　回事：禀告事情。凤姐是贾府的管家，凡事都要向她禀报。

4　逶迤（wēiyí）：原指道路、山川弯弯曲曲，绵延不断；这里形容在深宅大院中曲折前行之态。

5　通房大丫头：古代富贵之家男子娶妻后，又收纳贴身丫鬟同居，称"通房丫头"，地位比姨娘（妾）还要低。

奶下来，我细细儿的回明了，想来奶奶也不至嗔着我莽撞的[1]。"平儿听了，便作了个主意："叫他们进来，先在这里坐着就是了。"周瑞家的才出去领了他们进来。

上了正房台阶，小丫头打起猩红毡帘，才入堂屋，只闻一阵香扑了脸来，竟不知是何气味，身子就像在云端里一般。满屋里的东西都是耀眼争光，使人头晕目眩，刘姥姥此时只有点头咂嘴念佛而已。于是走到东边这间屋里，乃是贾琏的女儿睡觉之所。平儿站在炕沿边，打量了刘姥姥两眼，只得问个好，让了坐。刘姥姥见平儿遍身绫罗，插金戴银，花容月貌，便当是凤姐儿了，才要称"姑奶奶"，只见周瑞家的说："他是平姑娘。"又见平儿赶着周瑞家的叫他"周大娘"，方知不过是个有体面的丫头。于是让刘姥姥和板儿上了炕，平儿和周瑞家的对面坐在炕沿上，小丫头们倒了茶来吃了。

刘姥姥只听见咯当咯当的响声，很似打箩筛面的一般[2]，不免东瞧西望的。忽见堂屋中柱子上挂着一个匣子，底下又坠着一个秤铊似的[3]，却不住的乱晃。刘姥姥心中想着："这是什么东西？有

1　嗔（chēn）：嗔怪，责怪。
2　打箩筛面：旧时磨坊磨面要过箩（箩是一种网眼儿极细的筛子）。箩在摇动时，碰到面柜，发出咯当咯当之声，很像挂钟齿轮走动的声音，刘姥姥因而有此误会。
3　秤铊：这里指挂钟的钟摆。

煞用处呢[1]？"正发呆时，陡听得"当"的一声，又若金钟铜磬一般[2]，倒吓得不住的展眼儿[3]。接着一连又是八九下，欲待问时，只见小丫头们一齐乱跑，说："奶奶下来了。"平儿和周瑞家的忙起身说："姥姥只管坐着，等是时候儿我们来请你。"说着迎出去了。刘姥姥只屏声侧耳默候。只听远远有人笑声，约有一二十个妇人，衣裙窸窣[4]，渐入堂屋，往那边屋内去了。又见三两个妇人，都捧着大红油漆盒进这边来等候。听得那边说道："摆饭！"渐渐的人才散出去，只有伺候端菜的几个人。半日鸦雀不闻。忽见两个人抬了一张炕桌来，放在这边炕上，桌上碗盘摆列，仍是满满的鱼肉，不过略动了几样。板儿一见就吵着要肉吃，刘姥姥打了他一巴掌。

忽见周瑞家的笑嘻嘻走过来，点手儿叫他[5]。刘姥姥会意，于是带着板儿下炕。至堂屋中间，周瑞家的又和他咕唧了一会子[6]，方蹭到这边屋内。只见门外铜钩上悬着大红洒花软帘[7]，南窗下是炕，炕上大红条毡，靠东边板壁立着一个锁子锦的靠背和一个引

---

1 煞：同"啥"，什么。
2 铜磬（qìng）：是一种铜制的敲击乐器，声音清脆响亮，也有石制的。
3 展眼儿：眨眼。
4 窸窣（xīsū）：这里形容衣裙摩擦发出的细小声音。
5 点手儿：招手。
6 咕唧：这里指小声交谈。
7 洒花：也叫"洒线"，即绣花。

枕¹，铺着金线闪的大坐褥²，旁边有银唾盒。那凤姐家常带着紫貂昭君套³，围着那攒珠勒子⁴，穿着桃红洒花袄，石青刻丝灰鼠披风⁵，大红洋绉银鼠皮裙⁶，粉光脂艳，端端正正坐在那里，手内拿着小铜火箸儿拨手炉内的灰⁷。平儿站在炕沿边，捧着小小的一个填漆茶盘⁸，盘内一个小盖钟儿。凤姐也不接茶，也不抬头，只管拨那灰，慢慢的道："怎么还不请进来？"一面说，一面抬身要茶时，只见周瑞家的已带了两个人立在面前了。这才忙欲起身、犹未起身，满面春风的问好，又嗔着周瑞家的："怎么不早说！"刘姥姥已在地下拜了几拜，问姑奶奶安。凤姐忙说："周姐姐，搀着不拜罢。我年轻，不大认得，可也不知是什么辈数儿，不敢称呼。"周瑞家的忙回道："这就是我才回的那个姥姥了。"凤姐点头，刘姥姥已在炕沿上坐下了。板儿便躲在他背后，百般的哄他出来作揖，他死也不肯。

1　锁子锦：用金线织成连锁花纹的锦缎。

2　金线闪的大坐褥：此处"程甲本"为"金心线闪缎大坐褥"。闪缎是一种特殊织法的绸缎，经纬线颜色不同，看时颜色闪烁不定，故称。

3　紫貂：紫黑色的貂皮。昭君套：一种御寒的帽罩，与图画上汉代王昭君所戴的式样一样，故称。

4　攒珠勒子：用珠子攒成珠花装饰的帽箍。

5　灰鼠：松鼠，毛皮可以制皮衣。披风：斗篷。

6　银鼠：一种鼬科动物，毛皮可制皮衣。

7　手炉：暖手用的小炉。

8　填漆：雕花填彩的一种漆器制法。

凤姐笑道："亲戚们不大走动，都疏远了。知道的呢，说你们弃嫌我们，不肯常来；不知道的那起小人，还只当我们眼里没人似的。"刘姥姥忙念佛道："我们家道艰难，走不起。来到这里，没的给姑奶奶打嘴[1]，就是管家爷们瞧着也不像。"凤姐笑道："这话没的叫人恶心。不过托赖着祖父的虚名，做个穷官儿罢咧，谁家有什么？不过也是个空架子。俗语儿说得好，'朝廷还有三门子穷亲'呢，何况你我。"说着，又问周瑞家的："回了太太了没有？"周瑞家的道："等奶奶的示下。"凤姐儿道："你去瞧瞧，要是有人就罢；要得闲呢，就回了，看怎么说。"周瑞家的答应去了。

这里凤姐叫人抓了些果子给板儿吃，刚问了几句闲话时，就有家下许多媳妇儿管事的来回话。平儿回了，凤姐道："我这里陪客呢，晚上再来回。要有紧事，你就带进来现办。"平儿出去，一会进来说："我问了，没什么要紧的。我叫他们散了。"凤姐点头。只见周瑞家的回来，向凤姐道："太太说：'今日不得闲儿，二奶奶陪着也是一样，多谢费心想着。要是白来逛逛呢便罢；有什么说的，只管告诉二奶奶。'"刘姥姥道："也没甚的说，不过来瞧瞧姑太太、姑奶奶，也是亲戚们的情分。"周瑞家的道："没有什么说的便罢；要有话，只管回二奶奶，和太太是一样儿的。"一面说一

---

1 打嘴：这里有出丑、丢脸的意思。

面递了个眼色儿。刘姥姥会意，未语先红了脸。待要不说，今日所为何来？只得勉强说道："论今日初次见，原不该说的，只是大远的奔了你老这里来，少不得说了……"

刚说到这里，只听二门上小厮们回说："东府里小大爷进来了。"凤姐忙和刘姥姥摆手道："不必说了。"一面便问："你蓉大爷在那里呢？"只听一路靴子响，进来了一个十七八岁的少年，面目清秀，身段苗条，美服华冠，轻裘宝带。刘姥姥此时坐不是站不是，藏没处藏，躲没处躲。凤姐笑道："你只管坐着罢，这是我侄儿。"刘姥姥才扭扭捏捏的在炕沿儿上侧身坐下。……[1]

这刘姥姥方安顿[2]了，便说道："我今日带了你侄儿，不为别的，因他爹娘连吃的没有，天气又冷，只得带了你侄儿奔了你老来。"说着，又推板儿道："你爹在家里怎么教你的？打发咱们来做煞事的？只顾吃果子！"凤姐早已明白了，听他不会说话，因笑道："不必说了，我知道了。"因问周瑞家的道："这姥姥不知用了早饭没有呢？"刘姥姥忙道："一早就往这里赶咧，那里还有吃饭的工夫咧？"凤姐便命快传饭来。一时周瑞家的传了一桌客馔[3]，摆在东屋里，过来带了刘姥姥和板儿过去吃饭。凤姐这里道：

---

1 此处略去贾蓉借炕屏的情节。

2 安顿：这里指心中安定。

3 客馔：待客的饭。

"周姐姐好生让着些儿,我不能陪了。"一面又叫过周瑞家的来问道:"方才回了太太,太太怎么说了?"周瑞家的道:"太太说:'他们原不是一家子,当年他们的祖和太老爷在一处做官,因连了宗的。这几年不大走动。当时他们来了,却也从没空过的。如今来瞧我们,也是他的好意,别简慢了他[1]。要有什么话,叫二奶奶裁夺着就是了[2]。'"凤姐听了说道:"怪道[3],既是一家子,我怎么连影儿也不知道?"

说话间,刘姥姥已吃完了饭,拉了板儿过来,蹴唇咂嘴的道谢。凤姐笑道:"且请坐下,听我告诉你。方才你的意思,我已经知道了。论起亲戚来,原该不等上门就有照应才是,但只如今家里事情太多,太太上了年纪,一时想不到是有的。我如今接着管事,这些亲戚们又都不大知道。况且外面看着虽是烈烈轰轰,不知大有大的难处,说给人也未必信。你既大远的来了,又是头一遭儿和我张个口,怎么叫你空回去呢?可巧昨儿太太给我的丫头们做衣裳的二十两银子还没动呢,你不嫌少,先拿了去用罢。"

那刘姥姥先听见告艰苦,只当是没想头了;又听见给他二十两银子,喜得眉开眼笑道:"我们也知道艰难的,但只俗语说的,

---

1 简慢:怠慢,失礼。

2 裁夺:斟酌,决定。

3 怪道:难怪,怪不得。

'瘦死的骆驼比马还大'呢！凭他怎样，你老拔一根寒毛比我们的腰还壮哩[1]！"周瑞家的在旁听见他说的粗鄙，只管使眼色止他。凤姐笑而不睬，叫平儿把昨儿那包银子拿来，再拿一串钱[2]，都送至刘姥姥跟前。凤姐道："这是二十两银子，暂且给这孩子们做件冬衣罢。改日没事，只管来逛逛，才是亲戚们的意思。天也晚了，不虚留你们了。到家该问好的都问个好儿罢。"一面说，一面就站起来了。

刘姥姥只是千恩万谢的，拿了银钱，跟着周瑞家的走到外边。周瑞家的道："我的娘！你怎么见了他倒不会说话了呢？开口就是'你侄儿'。我说句不怕你恼的话：就是亲侄儿也要说得和软些儿，那蓉大爷才是他的侄儿呢。他怎么又跑出这么个侄儿来了呢！"刘姥姥笑道："我的嫂子！我见了他，心眼儿里爱还爱不过来，那里还说的上话来？"二人说着，又到周瑞家坐了片刻。刘姥姥要留下一块银子给周家的孩子们买果子吃，周瑞家的那里放在眼里，执意不肯，刘姥姥感谢不尽，仍从后门去了。

1　寒毛：汗毛。壮：粗大。
2　一串钱：一贯铜钱。

4. 节选四　宝玉与金锁

阅读提示

一、本段选自《红楼梦》第八回"贾宝玉奇缘识金锁，薛宝钗巧合认通灵"。宝钗在家养病，宝玉前来探视，巧的是黛玉也来了……

二、读者第一次近距离细看宝玉那块宝玉及宝钗深藏不露的金锁，两件宝物各有字迹，仿佛真的有什么内在联系。——此事颇为敏感，因为家族中一直流传着"金玉相对"之说。巧的是，最在乎此说的黛玉也不招而至，三人间于是有了暗含机锋的对话。

三、黛玉来看宝钗，聊天的对象本该是宝钗；可有宝玉在场，黛玉的话似乎句句对着宝玉。如："哎哟，我来的不巧了！""早知他来，我就不来了。"尽管她马上讲出一番"间错开了来"的道理，可读者早已听出，她的话里带着醋意呢。——宝玉是她唯一在乎的人，眼见宝玉又来关心别的女孩子，她当然有点不舒服。脂评本中本回的回目即为"比通灵金莺微露意，探宝钗黛玉半含酸"。

宝玉听说下雪，命人去取斗篷。黛玉又说："是不是？我来了，他就该走了。"听话音儿，黛玉显然并不希望宝玉走。她既不乐意宝玉跟别的女孩儿太近，又珍惜每一个与宝玉见面的机会。从那挑剔的语气里，还能听出她与宝玉不一般的亲昵关系。

眼见宝玉对宝钗言听计从，黛玉心里自然不大受用。你看她那神情，"黛玉嗑着瓜子儿，只管抿着嘴儿笑"，她又憋着"坏心眼儿"呢。果然，当丫鬟雪雁来送手炉时，她立刻不失时机地旁敲侧击："也亏了你倒听他（指紫娟）的话！我平日和你说的，全当耳旁风，怎么他说了你就依，比圣旨还快呢！"

这话让外人薛姨妈听着，只觉莫名其妙。不过黛玉凭着一张巧嘴，马上编出一套话来向薛姨妈解释："……不说丫头们太小心，还只当我素日是这么轻狂惯了的呢！"——居然讲得头头是道。

甲戌本在这里有一段脂评说："用此一解，真可拍案叫绝，足见其以兰为心，以玉为骨，以莲为舌，以冰为神，真真绝倒天下之裙钗矣！"另一位点评家孙桐生也说："强词夺理，偏他说得如许，真冰雪聪明也！"

小说人物的性格，是复杂而多面的。即如林黛玉，她并不总是自怜自艾，以泪洗面，感受着人间的"风刀霜剑"……她也有锋芒毕露、伶牙俐齿、得理不让人的时候。难怪李嬷嬷评价："真真这林姐儿，说出一句话来，比刀子还利害！"宝钗也说："真真的这个颦丫头一张嘴，叫人恨又不是，喜欢又不是。"

四、几番对话下来，读者同时感受到宝玉、宝钗的为人及性格。宝玉听了黛玉的话，"知是黛玉借此奚落，也无回复之词，只嘻嘻的笑了一阵罢了"。在女孩子面前，他永远是那么宽容厚道。宝钗呢，"素知黛玉是如此惯了的，也不理他"，也表现出足够的大度。薛姨妈却始终没闹明白，跟着"瞎打岔"——年轻人的心思，她又如何理解得了呢？爱情之花美丽娇艳、风情万种，总是盛开在青春的园圃中！

闲言少述。且说宝玉来至梨香院中，先进薛姨妈屋里来，见薛姨妈打点针黹与丫鬟们呢。宝玉忙请了安，薛姨妈一把拉住，抱入怀中笑说："这么冷天，我的儿，难为你想着来！快上炕来坐着罢。"命人："沏滚滚的茶来。"宝玉因问："哥哥没在家么？"薛姨妈叹道："他是没笼头的马，天天逛不了[1]，那里肯在家一日呢？"宝玉道："姐姐可大安了？"薛姨妈道："可是呢，你前儿又想着打发人来瞧他。他在里间不是，你去瞧。他那里比这里暖和，你那

1　逛不了：逛个没完。逛，这里有到外面闲游的意思。

里坐着，我收拾收拾就进来和你说话儿。"

宝玉听了，忙下炕来到了里间门前，只见吊着半旧的红绸软帘。宝玉掀帘一步进去，先就看见宝钗坐在炕上做针线，头上挽着黑漆油光的鬏儿[1]，蜜合色的棉袄[2]，玫瑰紫二色金银线的坎肩儿，葱黄绫子棉裙，一色儿半新不旧的，看去不见奢华，惟觉雅淡。罕言寡语，人谓装愚；安分随时，自云"守拙"[3]。宝玉一面看，一面问："姐姐可大愈了[4]？"宝钗抬头看见宝玉进来，连忙起身含笑答道："已经大好了，多谢惦记着。"说着，让他在炕沿上坐下，即令莺儿："倒茶来。"一面又问老太太、姨娘安，又问别的姐妹们好，一面看宝玉：头上戴着累丝嵌宝紫金冠[5]，额上勒着二龙捧珠抹额，身上穿着秋香色立蟒白狐腋箭袖[6]，系着五色蝴蝶鸾绦[7]，项上挂着长命锁、记名符，另外有那一块落草时衔下来的宝玉。宝钗因笑说道："成日家说你的这块玉，究竟未曾细细的赏鉴过，我今儿倒要瞧瞧。"说着便挪近前来。宝玉亦凑过去，便从项上摘

1　鬏儿：一种发髻的式样。

2　蜜合色：一种浅黄白色。

3　守拙：谦词，意为安于自己的愚拙，以本色应世待人。

4　愈：（病）好。

5　累丝：以金丝连缀编织。累，连缀。

6　立蟒：蟒缎图案之一，其龙形图案为上头下尾，有别于"行蟒""坐蟒"。白狐腋：毛皮名称，指狐狸腋下毛色纯白的部分，用来连缀制成的皮衣又轻又暖。

7　鸾绦：束腰的丝带。

下来，递在宝钗手内。宝钗托在掌上，只见大如雀卵[1]，灿若明霞，莹润如酥[2]，五色花纹缠护。

看官们须知道[3]，这就是大荒山中青埂峰下的那块顽石幻相[4]。后人有诗嘲云：

> 女娲炼石已荒唐[5]，又向荒唐演大荒[6]。
>
> 失去本来真面目，幻来新就臭皮囊。[7]
>
> 好知运败金无彩，堪叹时乖玉不光。[8]
>
> 白骨如山忘姓氏，无非公子与红妆[9]。

那顽石亦曾记下他这幻相并癞僧所镌篆文，今亦按图画于后面。——但其真体最小，方从胎中小儿口中衔下，今若按式画出，

1　雀卵：鸟雀的蛋。

2　莹润如酥：形容光洁润滑，如同油脂。酥，酥油。

3　看官：这里指读者。

4　幻相：经变幻而呈现的样子。

5　女娲炼石：神话传说，女娲曾炼五色石以补天裂，事见《淮南子》记载。荒唐：虚妄无稽。

6　演大荒：演说大荒山顽石的故事。

7　"失去"二句：意思是仙石失去了本来面目，幻化成人形。臭皮囊，指人的躯壳，带有鄙薄之意。

8　"好知"二句：暗示宝钗、宝玉都是悲剧人物。运败、时乖，都指运势衰颓、乖背。金无彩、玉不光，指宝钗的金锁、宝玉的玉石失去光彩，暗示结局不妙。

9　红妆：女子的盛装，这里指代女性。

恐字迹过于微细，使观者大费眼光，亦非畅事，所以略展放些，以便灯下醉中可阅。今注明此故，方不至以胎中之儿口有多大、怎得衔此狼犺蠢大之物为诮[1]。

通灵宝玉正反面文字

通灵宝玉正面   通灵宝玉反面

　　宝钗看毕，又从新翻过正面来细看，一里念道："莫失莫忘，仙寿恒昌[2]。"念了两遍，乃回头向莺儿笑道："你不去倒茶，也在这里发呆做什么？"莺儿也嘻嘻的笑道："我听这两句话，倒像和姑娘项圈上的两句话是一对儿。"宝玉听了，忙笑道："原来姐姐那项圈上也有字？我也赏鉴赏鉴。"宝钗道："你别听他的话，没有什么字。"宝玉央及道："好姐姐，你怎么瞧我的呢！"宝钗被他缠不过，因说道："也是个人给了两句吉利话儿，錾上了，所以

1　狼犺（kàng）：这里指粗大笨重。诮：讥诮，嘲讽。
2　仙寿恒昌：祝颂之词，意思是此玉石能保佑主人长寿吉祥，永无灾病。

天天带着。不然沉甸甸的，有什么趣儿？"一面说，一面解了排扣，从里面大红袄儿上将那珠宝晶莹、黄金灿烂的璎珞摘出来。宝玉忙托着锁看时，果然一面有四个字，两面八个字，共成两句吉谶[1]。亦曾按式画下形相。

宝钗金锁正反面文字

金锁正面

金锁反面

宝玉看了，也念了两遍，又念自己的两遍，因笑问："姐姐，这八个字倒和我的是一对儿。"莺儿笑道："是个癞头和尚送的，他说必须錾在金器上。"宝钗不等他说完，便嗔着："不去倒茶！"一面又问宝玉从那里来。

宝玉此时与宝钗挨肩坐着，只闻一阵阵的香气，不知何味，遂问："姐姐熏的是什么香？我竟没闻过这味儿。"宝钗道："我最怕熏香。好好儿的衣裳，为什么熏它？"宝玉道："那么着这是

1　吉谶（chèn）：预示吉祥的话。谶，事后能应验的预言、隐语。

什么香呢？"宝钗想了想，说："是了，是我早起吃了冷香丸的香气。"宝玉笑道："什么'冷香丸'，这么好闻？好姐姐，给我一丸尝尝呢。"宝钗笑道："又混闹了。一个药也是混吃的？"

一语未了，忽听外面人说："林姑娘来了。"话犹未完，黛玉已摇摇摆摆的进来，一见宝玉，便笑道："哎哟，我来的不巧了！"宝玉等忙起身让坐。宝钗笑道："这是怎么说？"黛玉道："早知他来，我就不来了。"宝钗道："这是什么意思？"黛玉道："什么意思呢？来呢一齐来，不来一个也不来。今儿他来，明儿我来，间错开了来，岂不天天有人来呢，也不至太冷落，也不至太热闹。——姐姐有什么不解的呢？"

宝玉因见他外面罩着大红羽缎对襟褂子¹，便问："下雪了么？"地下老婆们说："下了这半日了。"宝玉道："取了我的斗篷来。"黛玉便笑道："是不是？我来了，他就该走了。"宝玉道："我何曾说要去？不过拿来预备着。"宝玉的奶母李嬷嬷便说道："天又下雪，也要看时候儿，就在这里和姐姐妹妹一处玩玩儿罢。姨太太那里摆茶呢，我叫丫头去取了斗篷来，说给小么儿们散了罢²。"宝玉点头。李嬷嬷出去，命小厮们："都散了罢。"

---

1 羽缎：一种毛织物，不易沾水，适合做雨衣、斗篷。

2 小么（yāo）儿：年纪小的男仆，也称"小厮"。

这里薛姨妈已摆了几样细巧茶食，留他们喝茶吃果子。宝玉因夸前日在东府里珍大嫂子的好鹅掌。薛姨妈连忙把自己糟的取了来给他尝[1]。宝玉笑道："这个就酒才好！"薛姨妈便命人灌了上等酒来。李嬷嬷上来道："姨太太，酒倒罢了。"宝玉笑央道："好妈妈[2]，我只喝一钟。"李嬷嬷道："不中用，当着老太太、太太，那怕你喝一坛呢。不是那日我眼错不见[3]，不知那个没调教的只图讨你的喜欢[4]，给了你一口酒喝，葬送的我挨了两天骂[5]。姨太太不知道他的性子呢，喝了酒更弄性。有一天老太太高兴，又尽着他喝，什么日子又不许他喝。何苦我白赔在里头呢！"薛姨妈笑道："老货[6]！只管放心喝你的去罢。我也不许他喝多了，就是老太太问，有我呢！"一面命小丫头："来，让你奶奶去，也吃一杯搪搪寒气[7]。"那李嬷嬷听如此说，只得且和众人吃酒去。这里宝玉又说："不必烫暖了，我只爱喝冷的。"薛姨妈道："这可使不得，吃了冷酒，写字手打颤儿。"宝钗笑道："宝兄弟，亏你每日家杂学旁

　1　糟：用酒或酒糟腌制食物。

　2　妈妈：奶娘等老年女仆的称呼，意同"嬷嬷"。

　3　眼错不见：一眨眼工夫没看见。错，交错。

　4　没调教的：没教养的。

　5　葬送：这里有"害（我）"的意思。

　6　老货：对老年人表示轻蔑、厌恶的称呼。不过这里薛姨妈对李嬷嬷直呼"老货"，有亲昵、调侃之意。

　7　搪：抵挡。

收的[1]，难道就不知道酒性最热？要热吃下去，发散的就快；要冷吃下去，便凝结在内，拿五脏去暖他，岂不受害？从此还不改了呢，快别吃那冷的了。"宝玉听这话有理，便放下冷的，令人烫来方饮。

黛玉嗑着瓜子儿，只管抿着嘴儿笑。可巧黛玉的丫鬟雪雁走来给黛玉送小手炉儿，黛玉因含笑问他说："谁叫你送来的？难为他费心。那里就冷死我了呢。"雪雁道："紫鹃姐姐怕姑娘冷，叫我送来的。"黛玉接了，抱在怀中，笑道："也亏了你倒听他的话！我平日和你说的，全当耳旁风，怎么他说了你就依，比圣旨还快呢！"宝玉听这话，知是黛玉借此奚落[2]，也无回复之词，只嘻嘻的笑了一阵罢了。宝钗素知黛玉是如此惯了的，也不理他。薛姨妈因笑道："你素日身子单弱，禁不得冷，他们惦记着你倒不好？"黛玉笑道："姨妈不知道：幸亏是姨妈这里，倘或在别人家，那不叫人家恼吗？难道人家连个手炉也没有，巴巴儿的打家里送了来[3]？不说丫头们太小心，还只当我素日是这么轻狂惯了的呢[4]！"薛姨妈道："你是个多心的，有这些想头；我就没有这

---

1 杂学旁收：指兴趣广泛，对儒家经书以外的各类知识、学问也兼收并蓄。
2 奚落：用尖刻的语言数说别人的短处，使人难堪。
3 巴巴儿的：方言，特地，专门，急迫的。
4 轻狂：这里有轻浮、放纵之意。

些心。"

说话时，宝玉已是三杯过去了，李嬷嬷又上来拦阻。宝玉正在个心甜意洽之时[1]，又兼姐妹们说说笑笑，那里肯不吃？只得屈意央告[2]："好妈妈，我再吃两杯就不吃了。"李嬷嬷道："你可仔细今儿老爷在家，提防着问你的书！"宝玉听了此话，便心中大不悦，慢慢的放下酒，垂了头。黛玉忙说道："别扫大家的兴。舅舅若叫，只说姨妈这里留住你。这妈妈，他又该拿我们来醒脾了[3]。"一面悄悄的推宝玉，叫他赌赌气；一面咕哝说："别理那老货，咱们只管乐咱们的！"那李嬷嬷也素知黛玉的为人，说道："林姐儿，你别助着他了。你要劝他，只怕他还听些。"黛玉冷笑道："我为什么助着他？我也不犯着劝他。你这妈妈太小心了。往常老太太又给他酒吃，如今在姨妈这里多吃了一口，想来也不妨事。必定姨妈这里是外人，不当在这里吃，也未可知！"李嬷嬷听了，又是急，又是笑，说道："真真这林姐儿，说出一句话来，比刀子还利害！"宝钗也忍不住笑着把黛玉腮上一拧，说道："真真的这个颦丫头一张嘴，叫人恨又不是，喜欢又不是。"薛姨妈一面笑着，又说："别怕，别怕，我的儿！来到这里没好的给你吃，别把

1　心甜意洽：惬意，正合心愿。
2　屈意：这里有低声下气的意思。
3　醒脾：消遣解闷。

这点子东西吓得存在心里，倒叫我不安。只管放心吃，有我呢！索性吃了晚饭去。要醉了，就跟着我睡罢。"因命："再烫些酒来，姨妈陪你吃两杯，可就吃饭罢。"宝玉听了，方又鼓起兴来。李嬷嬷因吩咐小丫头："你们在这里小心着，我家去换了衣裳就来。"悄悄的回薛姨妈道："姨太太别由他尽着吃了。"说着便家去了。

这里虽还有两三个老婆子，都是不关痛痒的，见李嬷嬷走了，也都悄悄的自寻方便去了。只剩下两个小丫头，乐得讨宝玉的喜欢。幸而薛姨妈千哄万哄，只容他吃了几杯，就忙收过了。做了酸笋鸡皮汤，宝玉痛喝了几碗，又吃了半碗多碧粳粥[1]。一时薛、林二人也吃完了饭，又酽酽的喝了几碗茶[2]，薛姨妈才放了心。雪雁等几个人，也吃了饭进来伺候。黛玉因问宝玉道："你走不走？"宝玉乜斜倦眼道[3]："你要走，我和你同走。"黛玉听说，遂起身道："咱们来了这一日，也该回去了。"说着，二人便告辞。小丫头忙捧过斗笠来，宝玉把头略低一低，叫他戴上，那丫头便将这大红猩毡斗笠一抖，才往宝玉头上一合，宝玉便说："罢了，罢了！好蠢东西，你也轻些儿。难道没见别人戴过？等我自己戴罢。"黛玉站在炕沿上道："过来，我给你戴罢。"宝玉忙近前来。

1　碧粳（jīng）：一种优质稻米，颗粒微带绿色，适于熬粥。
2　酽（yàn）：形容茶味非常浓厚。沏茶时多放茶叶，茶味浓厚，叫"酽"。
3　乜（miē）斜：眼睛（因困倦）眯成一条缝。

黛玉用手轻轻笼住束发冠儿，将笠沿掖在抹额之上，把那一颗核桃大的绛绒簪缨扶起，颤巍巍露于笠外。整理已毕，端详了一会，说道："好了，披上斗篷罢。"宝玉听了，方接了斗篷披上。薛姨妈忙道："跟你们的妈妈都还没来呢，且略等等儿。"宝玉道："我们倒等着他们？有丫头们跟着就是了。"薛姨妈不放心，吩咐两个女人送了他兄妹们去 [1]。

---

1 女人：这里指年长的女仆。

5. 节选五　王熙凤协理宁国府

阅读提示

　　一、本段选自《红楼梦》第十三回"秦可卿死封龙禁尉，王熙凤协理宁国府"和第十四回"林如海灵返苏州郡，贾宝玉路谒北静王"。贾珍的儿媳秦可卿病逝，宁国府大办丧事，贾珍来请凤姐帮忙。

　　二、传统文化"慎终追远"，极重丧葬之礼。宁国府的孙媳病逝，要大办丧事。这是一场涉及成百上千人的大型活动，如果没有一个能力超群的精明指挥者，肯定会乱作一团。如此重担，凤姐这样一个识字不多的年轻女性，能担得起来吗？——凤姐倒是对自己的能力毫不怀疑，跃跃欲试。

　　三、真正有能力的人，做起事来总是"拿事当事"、极为认真。如凤姐接了贾珍交付的"对牌"，并不急着回府，她让王夫人先回去，"我须得先理出一个头绪来才回得去呢"。她在抱厦中静思默想，总结出五件事，作为工作的要领。她对整个活动做了极为细致的部署，并当众宣布奖惩办法。她还有着极强的执行力，要求严格，铁面无私，这些都是活动成功的保障。——即使到今天，这篇"王熙凤协理宁国府"仍不失为具有参考价值的"大型活动工作指南"。

四、凤姐是小说中最具魅力的女性人物之一，你看她永远信心十足、精力充沛，眼观六路、应对敏捷。她自己认真，对别人要求更严，眼里不揉沙子。周瑞家的评价她"待下人未免太严些儿"，宁国府总管赖升说她是"有名的烈货，脸酸心硬，一时恼了不认人的"。如她杖责迟到的仆人，驳回错领物资的执事，杀一儆百，使人人兢兢业业，保证了丧事有条不紊地进行。

五、凤姐的情感表达收放自如。如五七正五日举行法会时，凤姐"一见棺材，那眼泪恰似断线之珠，滚将下来"，又坐在灵前"放声大哭"。但经人一劝，立刻"止住了哭"。片刻后查点人数，脸上的表情已换成"冷笑"；处理迟到者，则"登时放下脸来"。此后多次写凤姐的"笑道"，如对宝玉，是亲昵地"笑道：'好长腿子……'"；对支取香灯来迟的女仆，是讥诮地"笑道：'我算着你今儿该来支取……'"；对秦钟说外行话，则略带不屑又自信地"笑道：'依你说，都没王法了！'"——在中国古代小说中，如此鲜活的人物形象几乎是绝无仅有的。

六、作者说她"素性好胜，惟恐落人褒贬，故费尽精神，筹画得十分整齐，于是合族中上下无不称叹"；又说她"洒爽风流，典则俊雅”，在众多女眷中，是“万绿丛中一点红”，对这位女性人物评价极高。

小说开篇第一回，有几句“作者自白”：“今风尘碌碌，一事无成，忽念及当日所有之女子，一一细考较去，觉其行止见识皆出我之上。我堂堂须眉，诚不若彼裙钗？我实愧则有余，悔又无益，大无可如何之日也！……知我之负罪固多，然闺阁中历历有人，万不可因我之不肖，自护己短，一并使其泯灭也。……我虽不学无文，又何妨用假语村言，敷演出来，亦可使闺阁昭传，复可破一时之闷，醒同人之目，不亦宜乎？”——在所有“行止见识皆出我之上”的闺阁女子中，凤姐应稳居前茅。

贾珍便命人取了宁国府的对牌来[1]，命宝玉送与凤姐，说道：“妹妹爱怎么就怎么样办，要什么，只管拿这个取去，也不必问我。只求别存心替我省钱，要好看为上；二则也同那府里一样待人才好，不要存心怕人抱怨。只这两件外，我再没不放心的了。”凤姐不敢就接牌，只看着王夫人，王夫人道：“你大哥既这么说，

1　对牌：对号牌，是支领财物的凭证，以竹、木制成，上面有号码、印章，一分为二，双方各持其一。两半符合，才能支领。

你就照看照看罢了。只是别自作主意，有了事打发人问你哥哥嫂子一声儿要紧。"宝玉早向贾珍手里接过对牌来，强递与凤姐了。贾珍又问："妹妹还是住在这里，还是天天来呢？若是天天来，越发辛苦了。我这里赶着收拾出一个院落来，妹妹住过这几日，倒安稳。"凤姐笑说："不用，那边也离不得我，倒是天天来的好。"贾珍说："也罢了。"然后又说了一回闲话，方才出去。

一时女眷散后，王夫人因问凤姐："你今儿怎么样？"凤姐道："太太只管请回去，我须得先理出一个头绪来才回得去呢。"王夫人听说，便先同邢夫人回去，不在话下。这里凤姐来至三间一所抱厦中坐了。因想：头一件是人口混杂，遗失东西；二件，事无专管，临期推委[1]；三件，需用过费，滥支冒领[2]；四件，任无大小，苦乐不均；五件，家人豪纵，有脸者不能服钤束[3]，无脸者不能上进。此五件实是宁府中风俗。……[4]

话说宁国府中都总管赖升闻知里面委请了凤姐，因传齐同事人等，说道："如今请了西府里琏二奶奶管理内事，倘或他来支取东西，或是说话，小心伺候才好。每日大家早来晚散，宁可辛苦

1　推委：即推诿，推脱责任。

2　滥支冒领：胡乱支给，冒名领取。

3　钤（qián）束：管束，约束。

4　此处略去第十三、第十四回衔接处文字。

王熙凤 / [清] 改琦 绘

这一个月，过后再歇息，别把老脸面扔了。那是个有名的烈货[1]，脸酸心硬[2]，一时恼了不认人的。"众人都道："说的是。"又有一个笑道："论理，我们里头也得他来整治整治，都忒不像了[3]。"正说着，只见来旺媳妇拿了对牌来领呈文经文榜纸[4]，票上开着数目。众人连忙让坐倒茶，一面命人按数取纸。来旺抱着同来旺媳妇一路来至仪门，方交与来旺媳妇自己抱进去了。凤姐即命彩明钉造册簿，即时传了赖升媳妇，要家口花名册查看[5]，又限明日一早传齐家人媳妇进府听差。大概点了一点数目单册，问了赖升媳妇几句话，便坐车回家。

　　至次日卯正二刻，便过来了。那宁国府中老婆媳妇早已到齐，只见凤姐和赖升媳妇分派众人执事，不敢擅入，在窗外打听。听见凤姐和赖升媳妇道："既托了我，我就说不得要讨你们嫌了。我可比不得你们奶奶好性儿[6]，诸事由得你们。再别说你们'这府里原是这么样'的话，如今可要依着我行。错我一点儿，管不得谁是有脸的，谁是没脸的，一例清白处治！"说罢，便吩咐彩明念

1　烈货：厉害、泼辣的人。把人说成"货"，带有贬义。
2　脸酸心硬：面相刁钻，内心狠戾，不讲情面。
3　忒（tuī）：太，特别。
4　呈文经文榜纸：两种纸，前者多用来书写契券、呈文，后者多用来书写榜文。
5　家口花名册：指宁国府所有仆役的名册。
6　你们奶奶：这里指贾珍之妻尤氏。

花名册，按名一个一个叫进来看视。一时看完，又吩咐道："这二十个分作两班，一班十个，每日在内单管亲友来往倒茶，别的事不用管。这二十个也分作两班，每日单管本家亲戚茶饭，也不管别的事。这四十个人也分作两班，单在灵前上香、添油、挂幔、守灵、供饭、供茶、随起举哀[1]，也不管别的事。这四个人专在内茶房收管杯碟茶器，要少了一件，四人分赔。这四个人单管酒饭器皿，少一件也是分赔。这八个人单管收祭礼。这八个单管各处灯油、蜡烛、纸札[2]，我一总支了来，交给你们八个人，然后按我的数儿往各处分派。这二十个每日轮流各处上夜，照管门户，监察火烛，打扫地方。这下剩的按房分开，某人守某处，某处所有桌椅古玩起，至于痰盒掸子等物，一草一苗，或丢或坏，就问这看守的赔补。赖升家的每日揽总查看，或有偷懒的，赌钱吃酒、打架拌嘴的，立刻拿了来回我。你要徇情，叫我查出来，三四辈子的老脸，就顾不成了！如今都有了定规，以后那一行乱了，只和那一行算账。素日跟我的人，随身俱有钟表，不论大小事，都有一定的时刻。横竖你们上房里也有时辰钟。卯正二刻我来点

1　随起举哀：奴仆随同死者亲属一起号哭。举哀，大声哭泣，表示哀悼。
2　纸札：这里指为死人烧的纸钱以及纸糊的车马船屋等冥器。

卯[1]；巳正吃早饭；凡有领牌回事，只在午初二刻；戌初烧过黄昏纸[2]，我亲到各处查一遍，回来上夜的交明钥匙。第二日还是卯正二刻过来。说不得咱们大家辛苦这几日罢，事完了你们大爷自然赏你们[3]。"说毕，又吩咐按数发茶叶、油烛、鸡毛掸子、笤帚等物，一面又搬取家伙：桌围、椅搭、坐褥、毡席、痰盒、脚踏之类。一面交发，一面提笔登记，某人管某处，某人领物件，开得十分清楚。众人领了去，也都有了投奔，不似先时只拣便宜的做，剩下苦差没个招揽。各房中也不能趁乱迷失东西。便是人来客住，也都安静了，不比先前紊乱无头绪，一切偷安窃取等弊，一概都蠲了[4]。

凤姐自己威重令行[5]，心中十分得意。因见尤氏犯病，贾珍也过于悲哀，不大进饮食，自己每日从那府中熬了各样细粥，精美

1　卯正二刻：早上6点半。古人用十二地支（即子丑寅卯……）表示一昼夜的时辰。一个时辰相当于今天的两小时。大致为：子时为晚上11点至凌晨1点，丑时为凌晨1点至3点，寅时为凌晨3点至5点，卯时为凌晨5点至上午7点，辰时为上午7点至9点，巳时为上午9点至11点，午时为上午11点至下午1点，未时为下午1点至3点，申时为下午3点至5点，酉时为下午5点至晚上7点，戌时为晚上7点至9点，亥时为晚上9点至11点。而每个时辰又分为初、正两部分，分别表示前后两个小时。如下文中的"巳正"表示上午10点，"午初"表示上午11点，戌初表示晚上7点等。每小时又分为四刻，"午初二刻"即11点半。点卯：点名。

2　黄昏纸：古代丧礼要在灵前烧纸，每天有固定时间、次数，黄昏时所烧的称"黄昏纸"。

3　你们大爷：这里指宁国府的实际管理者贾珍。

4　蠲（juān）：这里意为清除。

5　威重令行：权威大，命令畅通。

小菜，令人送过来。贾珍也另外吩咐，每日送上等菜到抱厦内，单预备凤姐。凤姐不畏勤劳，天天按时刻过来，点卯理事，独在抱厦内起坐，不与众姊娌合群，便有女眷来往也不迎送。

这日乃五七正五日上[1]，那应佛僧正开方破狱[2]，传灯照亡，参阎君，拘都鬼，延请地藏王[3]，开金桥[4]，引幢幡[5]。那道士们正伏章申表[6]，朝三清[7]，叩玉帝[8]；禅僧们行香[9]，放焰口[10]，拜水忏[11]。又有十二众青年尼僧，搭绣衣，靸红鞋[12]，在灵前默诵接引诸咒[13]，十分热闹。

那凤姐知道今日的客不少，寅正便起来梳洗。及收拾完备，更衣盥手，喝了几口奶子，漱口已毕，正是卯正二刻了。来旺媳

1　五七：从前丧礼活动要进行七个七天（即四十九天），五七即第五个七天。

2　应佛僧：即"应付僧"，是佛寺中专门支应佛事的和尚。开方破狱：开演说法，念诵经文，使死者能解脱地狱之苦。与下文的"传灯照亡"，都属于超度亡灵的佛事活动。

3　阎君：阎王，也称"阎罗王"，传说中主管地狱之神。都鬼：传说中阎王所居的酆都城的鬼卒。地藏王：佛教传说中的菩萨，相传他发下宏愿，要超度地狱中的亡灵："地狱不空，誓不成佛！"

4　开金桥：为死去的善人打开金桥，引他们托生到好地方。

5　幢（chuáng）幡：佛教供奉时装饰着佛菩萨像的两种旗帜。

6　伏章申表：道士俯伏于地，向天帝虔敬诵读祷告表章的活动。

7　三清：指道教的三位尊神，即元始天尊、灵宝天尊和道德天尊。

8　玉帝：道教天神名，即玉皇大帝。

9　行香：佛教祭祀仪式之一，即行道烧香，由和尚引导，持香巡绕道场，乃至巡行街巷。

10　放焰口：由僧人设斋，念诵《焰口经》，并施舍饮食、超度饿鬼，为死者祈福的佛事活动。焰口，佛教中的饿鬼名。

11　拜水忏：由僧人念诵《水忏经》为死者解冤除灾的佛事活动。唐代僧人知玄生面疮，疼痛异常；遇异僧以水洗疮，解除痛苦，因撰此经。

12　靸（sǎ）：原为一种草鞋名，这里有穿（鞋）的意思。

13　接引诸咒：这里指接引死者魂灵到"极乐世界"的种种经咒。

妇率领众人伺候已久。凤姐出至厅前，上了车，前面一对明角灯¹，上写"荣国府"三个大字。来至宁府大门首，门灯朗挂，两边一色绰灯²，照如白昼。白汪汪穿孝家人两行侍立。请车至正门上，小厮退去，众媳妇上来揭起车帘。凤姐下了车，一手扶着丰儿，两个媳妇执着手把灯照着，撮拥凤姐进来。宁府诸媳妇迎着请安。凤姐款步入会芳园中登仙阁灵前，一见棺材，那眼泪恰似断线之珠，滚将下来。院中多少小厮垂手侍立，伺候烧纸。凤姐吩咐一声："供茶烧纸³。"只听一棒锣鸣，诸乐齐奏，早有人请过一张大圈椅来，放在灵前。凤姐坐下，放声大哭，于是里外上下男女接声嚎哭。

贾珍、尤氏忙令人劝止，凤姐才止住了哭。来旺媳妇倒茶漱口毕，方起身，别了族中诸人，自入抱厦来，按名查点。各项人数，俱已到齐，只有迎送亲友上的一人未到，即令传来。那人惶恐，凤姐冷笑道："原来是你误了，你比他们有体面，所以不听我的话？"那人回道："奴才天天都来得早，只有今儿来迟了一步，求奶奶饶过初次！"正说着，只见荣国府中的王兴媳妇来了，往

1　明角灯：用羊角熬制的半透明薄片做罩子的灯，也称"羊角灯"。
2　绰灯：一种长柄有底座，可以立在地上并随时移动的灯。也作"戳灯"或"蠹灯"。
3　供茶烧纸：旧时丧礼上的仪式之一，由吊客烧纸跪拜，并将酒或茶洒入火中，表达供奉之意。

里探头儿。凤姐且不发放这人，却问："王兴媳妇来做什么？"王兴家的近前说："领牌取线，打车轿网络[1]。"说着将帖儿递上，凤姐令彩明念道："大轿两顶，小轿四顶，车四辆，共用大小络子若干根，每根用珠儿线若干斤。"凤姐听了数目相合，便命彩明登记，取荣国对牌发下。王兴家的去了，凤姐方欲说话，只见荣国府的四个执事人进来[2]，都是支取东西领牌的，凤姐命他们要了帖念过，听了一共四件，因指两件道："这个开销错了，再算清了来领。"说着将帖子摔下来。那二人扫兴而去。凤姐因见张材家的在旁，便问："你有什么事？"张材家的忙取帖子回道："就是方才车轿围子做成[3]，领取裁缝工银若干两。"凤姐听了，收了帖子，命彩明登记，待王兴交过，得了买办的回押相符[4]，然后与张材家的去领。一面又命念那一件，是为宝玉外书房完竣，支领买纸料糊裱[5]，凤姐听了，即命收帖儿登记，待张材家的缴清再发。

凤姐便说道："明儿他也来迟了，后儿我也来迟了，将来都没有人了。本来要饶你，只是我头一次宽了，下次就难管别人了，

1　车轿网络：出殡时罩在车轿顶上用白色珠子线编织成的网状饰物。

2　执事人：主管具体事务者，仆役。

3　车轿围子：套在车轿顶篷及两侧，用以遮风挡雨的套子。丧礼时要换成蓝、灰等素色的，并镶嵌以白线。

4　买办：专门负责采买的人。回押：这里指买办购物用银的凭证。

5　糊裱：也称"裱糊"，即用纸装潢室内顶棚及墙壁等（一般局限于木结构的部分）。

不如开发了好。"登时放下脸来，叫："带出去打他二十板子！"众人见凤姐动怒，不敢怠慢，拉出去照数打了，进来回复。凤姐又掷下宁府对牌："说与赖升，革他一个月的钱粮。"吩咐："散了罢。"众人方各自办事去了。那被打的也含羞饮泣而去。彼时荣宁两处领牌交牌人往来不绝，凤姐又一一开发了。于是宁府中人才知凤姐利害，彼此俱各兢兢业业，不敢偷安，不在话下。

如今且说宝玉，因见人众，恐秦钟受委屈，遂同他往凤姐处坐坐。凤姐正吃饭，见他们来了，笑道："好长腿子，快上来罢。"宝玉道："我们偏了[1]。"凤姐道："在这边外头吃的，还是那边吃的？"宝玉道："同那些浑人吃什么！还是那边跟着老太太吃了来的。"说着，一面归坐。

凤姐饭毕，就有宁府一个媳妇来领牌，为支取香灯，凤姐笑道："我算着你今儿该来支取，想是忘了。要终久忘了，自然是你包出来，都便宜了我。"那媳妇笑道："何尝不是忘了，方才想起来，再迟一步也领不成了。"说毕，领牌而去。一时登记交牌。秦钟因笑道："你们两府里都是这牌，倘别人私造一个，支了银子去，怎么好？"凤姐笑道："依你说，都没王法了！"宝玉因道："怎么咱们家没人来领牌子支东西？"凤姐道："他们来领的时候，

---

1 偏了：表示自己已经吃过了的客气说法。

你还做梦呢。我且问你，你们多早晚才念夜书呢？"宝玉道："巴不得今日就念才好。只是他们不快给收拾书房，也是没法儿。"凤姐笑道："你请我请儿，包管就快了。"宝玉道："你也不中用，他们该做到那里的时候，自然有了。"凤姐道："就是他们做也得要东西，搁不住我不给对牌是难的。"宝玉听说，便猴向凤姐身上立刻要牌[1]，说："好姐姐[2]，给他们牌，好支东西去收拾。"凤姐道："我乏得身上生疼，还搁得住你这么揉搓？你放心罢，今儿才领了裱糊纸去了，他们该要的还等叫去呢，可不傻了？"宝玉不信，凤姐便叫彩明查册子给他看。

……[3]

凤姐见发引日期在迩[4]，也预先逐细分派料理，一面又派荣府中车轿人从跟王夫人送殡，又顾自己送殡去占下处[5]。目今正值缮国公诰命亡故[6]，邢王二夫人又去吊祭送殡。西安郡妃华诞[7]，送寿礼。又有胞兄王仁连家眷回南，一面写家信并带往之物。又

----

1 猴：这里用作动词，指屈身攀援、纠缠不放。

2 好姐姐：凤姐是贾琏之妻，是宝玉的堂嫂；不过她又是宝玉舅舅的女儿，是表姐，因此这里以"姐"相称。

3 此处略去贾琏派人来报林如海过世的消息及贾珍到铁槛寺踏看等内容。

4 发引：灵柩出门称发引，也叫出殡。在迩（ěr）：在即。迩，近。

5 下处：出门人暂时住宿、歇息的地方。

6 诰命：皇帝任命朝官、授予官员家属的荣誉证书，又称"诰书"。这里指"诰命夫人"，也就是官员的妻子。

7 华诞：对生日的美称。

兼迎春染疾，每日请医服药，看医生的启帖[1]，讲论症源，斟酌药案……各事冗杂[2]，亦难尽述，因此忙得凤姐茶饭无心，坐卧不宁。到了宁府里，这边荣府的人跟着；回到荣府里，那边宁府的人又跟着。凤姐虽然如此之忙，只因素性好胜，惟恐落人褒贬，故费尽精神，筹画得十分整齐，于是合族中上下无不称叹。

这日伴宿之夕[3]，亲朋满座，尤氏犹卧于内室，一切张罗款待，都是凤姐一人周全承应。合族中虽有许多姻娅，也有言语钝拙的，也有举止轻浮的，也有羞口羞脚不惯见人的，也有惧贵怯官的[4]，越显得凤姐洒爽风流，典则俊雅[5]，真是"万绿丛中一点红"了，那里还把众人放在眼里？挥霍指示[6]，任其所为。那一夜中，灯明火彩，客送官迎，百般热闹自不用说。至天明吉时，一般六十四名青衣请灵[7]，前面铭旌上大书[8]："诰封一等宁国公冢孙妇防护内廷

1　启帖：陈述事实的帖子。
2　冗（rǒng）杂：（事务）繁杂。
3　伴宿：出殡前一日晚上，丧家守灵不眠，叫"伴宿"，也叫"坐夜"。
4　惧贵怯官：怕见地位高的人。
5　洒爽风流，典则俊雅：风度潇洒爽利，样貌漂亮高雅，堪称典范。
6　挥霍指示：这里形容指挥分派，洒脱自信。
7　青衣：这里指扛抬灵柩的人。请灵：启动灵柩。
8　铭旌：一种长条旗幡，上写死者的官衔、姓名，以竹竿挑挂于灵座右前方，又称"明旌"。

紫禁道御前侍卫龙禁尉享强寿贾门秦氏宜人之灵柩[1]。"一应执事陈设，皆系现赶新做出来的，一色光彩夺目。宝珠自行未嫁女之礼，摔丧驾灵，十分哀苦。

---

1 冢孙妇：冢孙指嫡长孙，冢孙妇即嫡长孙之妻。享强寿：原意指活的年岁长，这里是虚指，因为秦氏才二十上下。宜人：古代妇女的封号。明清两代，五品官的母亲、妻子封"宜人"。

6. 节选六　诉肺腑

阅读提示

一、本段选自《红楼梦》第三十二回"诉肺腑心迷活宝玉，含耻辱情烈死金钏"。宝玉新得的一件金麒麟饰物丢了，幸亏被湘云捡到。宝玉之所以喜欢这麒麟，正是因为湘云也有一件。湘云和宝玉、袭人聊得正高兴，湘云的一句话却惹恼了宝玉。

二、宝玉平日最烦科举八股、仕途经济那一套，宝钗曾劝他读书，他生气道："好好的一个清净洁白女子，也学得钓名沽誉，入了国贼禄鬼之流！……"他平时懒得"与士大夫诸男人接谈"，最讨厌"峨冠礼服贺吊往还等事"（第三十六回）。因而听湘云劝他"也该常会会这些为官作宦的"，顿觉逆耳，登时翻脸！袭人为了缓和气氛，讲了宝玉驳诘宝钗的事，又拿林黛玉作比，夸奖宝钗大度；宝玉的回答是："林姑娘从来说过这些混账话吗？要是他也说过这些混账话，我早和他生分了。"——这话是宝玉的当众宣言，他与黛玉有着共同的语言和思想基础，这也是宝玉选择了黛玉的深层原因。

三、宝玉的话不是当面说给黛玉听的，却恰恰被黛玉听到了。深受感动的黛玉和心情激动的宝玉，就是在这一刻掏心掏肺、互诉钟情！宝玉几句诚恳的表白，令黛玉听了"如轰雷掣电，细细思之，竟比自己肺腑中掏出来的还觉恳切"！——正是这直击灵魂的交流，让宝、黛的感情得到升华。自此两人之间少了相互猜疑和试探，多了会心的默契。

四、本回中还出现了宝钗的身影。听袭人说宝玉去见客，宝钗的反应是："这个客也没意思，这么热天不在家里凉快，跑什么！"话说得很得体。接着她又同袭人谈起湘云，表达了真诚的关心与同情。她答应帮袭人做些活计，又可见她关心他人，不只停留在口头上。此外，金钏儿投井后，她主动把自己的新衣拿出来做装裹，也体现了豁达大度的一面。

不过让人反感的是她对金钏儿之死的态度，如她对王夫人说，金钏儿可能是失足落井，如果真是主动投井，也是"糊涂人""不为可惜"；又说多赏几两银子"也就尽了主仆之情"。她这样说，虽说有安慰姨妈的用心，但她的冷漠还是令人惊诧。——作者正是在这些地方，含蓄表达了自己的立场。

正说着，有人来回说："兴隆街的大爷来了，老爷叫二爷出去会。"宝玉听了，便知贾雨村来了，心中好不自在。袭人忙去拿衣服。宝玉一面登着靴子，一面抱怨道："有老爷和他坐着就罢了，回回定要见我！"史湘云一边摇着扇子，笑道："自然你能迎宾接客，老爷才叫你出去呢。"宝玉道："那里是老爷？都是他自己要请我见的。"湘云笑道："'主雅客来勤'，自然你有些警动他的好处[1]，他才要会你。"宝玉道："罢，罢，我也不过俗中又俗的一个俗人罢了，并不愿和这些人来往。"湘云笑道："还是这个性儿，改不了。如今大了，你就不愿意去考举人进士的，也该常会会这些为官作宦的，谈讲谈讲那些仕途经济[2]，也好将来应酬事务，日后也有个正经朋友。让你成年家只在我们队里，搅得出些什么来？"

宝玉听了，大觉逆耳，便道："姑娘请别的屋里坐坐罢，我这里仔细腌臜了你这样知经济的人！"袭人连忙解说道："姑娘快别说他。上回也是宝姑娘说过一回，他也不管人脸上过不去，'咳'了一声[3]，拿起脚来就走了。宝姑娘的话也没说完，见他走了，登时羞得脸通红，说不是，不说又不是。幸而是宝姑娘，那要是林姑娘，不知又闹得怎么样、哭得怎么样呢！提起这些话来，宝姑娘叫人敬重。自己过了一会子去了，我倒过不去，只当他恼了，

1　警动：惊动，震动。这里意为使人动心。
2　仕途经济：指谋求做官，经世济民。
3　咳（hāi）：感叹之声。

谁知过后还是照旧一样，真真是有涵养、心地宽大的。谁知这一位反倒和他生分了。那林姑娘见他赌气不理，他后来不知赔多少不是呢！"宝玉道："林姑娘从来说过这些混账话吗？要是他也说过这些混账话，我早和他生分了。"袭人和湘云都点头笑道："这原是混账话么？"

原来黛玉知道史湘云在这里，宝玉一定又赶来，说麒麟的原故。因心下忖度着，近日宝玉弄来的外传野史，多半才子佳人，都因小巧玩物上撮合，或有鸳鸯，或有凤凰，或玉环金佩，或鲛帕鸾绦[1]，皆由小物而遂终身之愿。今忽见宝玉也有麒麟，便恐借此生隙，同湘云也做出那些风流佳事来。因而悄悄走来，见机行事，以察二人之意。不想刚走进来，正听见湘云说"经济"一事，宝玉又说"林妹妹不说这些混账话，要说这话，我也和他生分了"。黛玉听了这话，不觉又喜又惊，又悲又叹。所喜者，果然自己眼力不错，素日认他是个知己，果然是个知己；所惊者，他在人前一片私心称扬于我，其亲热厚密，竟不避嫌疑；所叹者，你既为我的知己，自然我亦可为你的知己，既你我为知己，又何必有"金玉"之论呢？既有"金玉"之论，也该你我有之，又何必

---

1 鲛帕：鲛绡纱所制的手帕。鲛绡纱，一种生丝织成的薄纱。鲛即鲛人，是中国神话中的美人鱼，善纺织，泪滴成珠。

来一宝钗呢？所悲者，父母早逝，虽有铭心刻骨之言，无人为我主张[1]；况近日每觉神思恍惚，病已渐成，医者更云："气弱血亏，恐致劳怯之症[2]。"我虽为你的知己，但恐不能久待；你纵为我的知己，奈我薄命何！想到此间，不禁泪又下来。待要进去相见，自觉无味，便一面拭泪，一面抽身回去了。

这里宝玉忙忙的穿了衣裳出来，忽见黛玉在前面慢慢的走着，似乎有拭泪之状，便忙赶着上来笑道："妹妹往那里去？怎么又哭了？又是谁得罪了你了？"黛玉回头见是宝玉，便勉强笑道："好好的，我何曾哭来？"宝玉笑道："你瞧瞧，眼睛上的泪珠儿没干，还撒谎呢。"一面说，一面禁不住抬起手来，替他拭泪。黛玉忙向后退了几步，说道："你又要死了！又这么动手动脚的。"宝玉笑道："说话忘了情，不觉的动了手，也就顾不得死活。"黛玉道："死了倒不值什么，只是丢下了什么'金'，又是什么'麒麟'，可怎么好呢！"一句话又把宝玉说急了，赶上来问道："你还说这些话，到底是咒我还是气我呢？"黛玉见问，方想起前日的事来，遂自悔这话又说造次了[3]，忙笑道："你别着急，我原说错

1　主张：这里有做主的意思。
2　劳怯之症：一种瘦削虚痨的病症。劳，即"痨"。从前称结核病为痨病。怯，身体虚弱。
3　造次：这里意谓鲁莽、轻率。

了。这有什么要紧？筋都叠暴起来，急得一脸汗！"一面说，一面也近前伸手替他拭面上的汗。

宝玉瞅了半天，方说道："你放心。"黛玉听了，怔了半天，说道："我有什么不放心的？我不明白你这个话。你倒说说，怎么放心不放心？"宝玉叹了一口气，问道："你果然不明白这话？难道我素日在你身上的心都用错了？连你的意思若体贴不着，就难怪你天天为我生气了。"黛玉道："我真不明白放心不放心的话。"宝玉点头叹道："好妹妹，你别哄我。你真不明白这话，不但我素日白用了心，且连你素日待我的心也都辜负了。你皆因都是不放心的原故，才弄了一身的病了。但凡宽慰些，这病也不得一日重似一日了！"

黛玉听了这话，如轰雷掣电，细细思之，竟比自己肺腑中掏出来的还觉恳切，竟有万句言语，满心要说，只是半个字也不能吐出，只管怔怔的瞅着他。此时宝玉心中也有万句言词，不知一时从那一句说起，却也怔怔的瞅着黛玉。两个人怔了半天，黛玉只"咳"了一声，眼中泪直流下来，回身便走。宝玉忙上前拉住道："好妹妹，且略站住，我说一句话再走。"黛玉一面拭泪，一面将手推开，说道："有什么可说的？你的话我都知道了。"口里说着，却头也不回竟去了。

宝玉望着，只管发起呆来。原来方才出来忙了，不曾带得扇子，袭人怕他热，忙拿了扇子赶来送给他。猛抬头，看见黛玉和他站着，一时黛玉走了，他还站着不动。因而赶上来说道："你也不带了扇子去，亏了我看见，赶着送来。"宝玉正出了神，见袭人和他说话，并未看出是谁，只管呆着脸说道："好妹妹，我的这个心，从来不敢说，今日胆大说出来，就是死了也是甘心的！我为你也弄了一身的病，又不敢告诉人，只好掩着。等你的病好了，只怕我的病才得好呢。睡里梦里也忘不了你！"袭人听了，惊疑不止，又是怕，又是急，又是臊，连忙推他道："这是那里的话？你是怎么着了？还不快去吗？"宝玉一时醒过来，方知是袭人。虽然羞得满面紫涨，却仍是呆呆的，接了扇子，一句话也没有，竟自走去。

这里袭人见他去后，想他方才之言必是因黛玉而起，如此看来，倒怕将来难免不才之事[1]，令人可惊可畏。却是如何处治，方能免此丑祸？想到此间，也不觉呆呆的发起怔来。谁知宝钗恰从那边走来，笑道："大毒日头地下，出什么神呢？"袭人见问，忙笑说道："我才见两个雀儿打架，倒很有个玩意儿，就看住了。"宝钗道："宝兄弟才穿了衣服，忙忙的那里去了？我要叫住问他呢，只是他慌慌张张的走过去，竟像没理会我的，所以没问。"袭

---

1 不才之事：丑事，有损名誉的事。旧时认为男女私相悦慕为丑事。

人道:"老爷叫他出去的。"宝钗听了,忙说道:"嗳哟,这么大热的天,叫他做什么?别是想起什么来生了气,叫他出去教训一场罢?"袭人笑道:"不是这个,想必有客要会。"宝钗笑道:"这个客也没意思,这么热天不在家里凉快,跑什么!"袭人笑道:"你可说么!"

宝钗因问:"云丫头在你们家做什么呢?"袭人笑道:"才说了会子闲话儿,又瞧了会子我前日粘的鞋帮子,明日还求他做去呢。"宝钗听见这话,便两边回头,看无人来往,笑道:"你这么个明白人,怎么一时半刻的就不会体谅人?我近来看着云姑娘的神情儿,风里言、风里语的听起来[1],在家里一点儿做不得主。他们家嫌费用大,竟不用那些针线上的人[2],差不多儿的东西都是他们娘儿们动手。为什么这几次他来了,他和我说话儿,见没人在跟前,他就说家里累得慌?我再问他两句家常过日子的话,他就连眼圈儿都红了,嘴里含含糊糊待说不说的。看他的形景儿,自然从小儿了没了父母是苦的,我看见他也不觉的伤起心来。"袭人见说这话,将手一拍道:"是了。怪道上月我求他打十根蝴蝶儿结子,过了那些日子才打发人送来,还说:'这是粗打的,且在别

---

1 风里言、风里语:辗转透露出来、未经证实的话,又作"风言风语"。
2 针线上的人:指大户人家雇来做针线活的人,也称"活计上的人"。

处将就使罢；要匀净的，等明日来住着再好生打。'如今听姑娘这话，想来我们求他，他不好推辞，不知他在家里怎么三更半夜的做呢！可是我也糊涂了，早知道是这么着，我也不该求他。"宝钗道："上次他告诉我，说在家里做活做到三更天，要是替别人做一点半点儿，那些奶奶太太们还不受用呢！"袭人道："偏我们那个牛心的小爷¹，凭着小的大的活计，一概不要家里这些活计上的人做，我又弄不开这些。"宝钗笑道："你理他呢！只管叫人做去，就是了。"袭人道："那里哄得过他？他才是认得出来呢！说不得我只好慢慢的累去罢了。"宝钗笑道："你不必忙，我替你做些就是了。"袭人笑道："当真的？这可就是我的造化了²！晚上我亲自过来。"

一句话未了，忽见一个老婆子忙忙走来，说道："这是那里说起！金钏儿姑娘好好儿的投井死了！"袭人听得，唬了一跳，忙问："那个金钏儿？"那老婆子道："那里还有两个金钏儿呢？就是太太屋里的。前日不知为什么撵出去，在家里哭天抹泪的，也都不理会他，谁知找不着他，才有打水的人说那东南角上井里打水，见一个尸首，赶着叫人打捞起来，谁知是他！他们还只管乱着要救，那里中用了呢？"宝钗道："这也奇了！"袭人听说，点头赞

---

1 牛心：固执，一个心眼儿。
2 造化：这里有福气、运气的意思。

叹[1]，想素日同气之情[2]，不觉流下泪来。宝钗听见这话，忙向王夫人处来。这里袭人自回去了。

宝钗来至王夫人房里，只见鸦雀无闻，独有王夫人在里间房内坐着垂泪。宝钗便不好提这事，只得一旁坐下。王夫人便问："你打那里来？"宝钗道："打园里来。"王夫人道："你打园里来，可曾见你宝兄弟？"宝钗道："才倒看见他了，穿着衣裳出去了，不知那里去。"王夫人点头叹道："你可知道一件奇事？金钏儿忽然投井死了！"宝钗见说，道："怎么好好儿的投井？这也奇了。"王夫人道："原是前日他把我一件东西弄坏了，[3] 我一时生气，打了他两下子，撵了下去。我只说气他几天，还叫他上来，谁知他这么气性大，就投井死了，岂不是我的罪过？"宝钗笑道："姨娘是慈善人，固然是这么想。据我看来，他并不是赌气投井，多半他下去住着，或是在井旁边儿玩，失了脚掉下去的。他在上头拘束惯了，这一出去自然要到各处去玩玩逛逛儿，岂有这样大气的理？纵然有这样大气，也不过是个糊涂人，也不为可惜。"王夫人点头叹道："虽然如此，到底我心里不安！"宝钗笑道："姨娘也不

1　赞叹：这里应是赞叹金钏儿有骨气。

2　同气：同气指有血缘关系或志趣相投，这里指后者；同时也有地位相同之意，因为袭人与金钏儿都是丫鬟。

3　"原是"句：这里是王夫人的假托之词。王夫人赶走金钏儿的真正原因，是宝玉与金钏儿说话不检点，王夫人反责怪金钏儿引诱宝玉。

劳关心。十分过不去，不过多赏他几两银子，发送他 [1]，也就尽了主仆之情了。"王夫人道："才刚我赏了五十两银子给他妈，原要还把你姐妹们的新衣裳给他两件装裹 [2]，谁知可巧都没有什么新做的衣裳，只有你林妹妹做生日的两套。我想你林妹妹那孩子，素日是个有心的，况且他也三灾八难的，既说了给他做生日，这会子又给人去装裹，岂不忌讳？因这么着，我才现叫裁缝赶着做一套给他。要是别的丫头，赏他几两银子，也就完了。金钏儿虽然是个丫头，素日在我跟前，比我的女孩儿差不多儿！"口里说着，不觉流下泪来。宝钗忙道："姨娘这会子何用叫裁缝赶去？我前日倒做了两套，拿来给他，岂不省事？况且他活的时候儿也穿过我的旧衣裳，身量也相对。"王夫人道："虽然这样，难道你不忌讳？"宝钗笑道："姨娘放心，我从来不计较这些。"一面说，一面起身就走。王夫人忙叫了两个人跟宝钗去。

一时宝钗取了衣服回来，只见宝玉在王夫人旁边坐着垂泪。王夫人正才说他，因见宝钗来了，就掩住口不说了。宝钗见此景况，察言观色，早知觉了七八分。于是将衣服交明王夫人，王夫人便将金钏儿的母亲叫来拿了去了。

---

1 发送：办丧事，殡葬。
2 装裹（guǒ）：死者入殓时穿的衣服。

7.节选七　宝玉挨打

阅读提示

一、本段选自《红楼梦》第三十三回"手足眈眈小动唇舌，不肖种种大承笞挞"和第三十四回"情中情因情感妹妹，错里错以错劝哥哥"。

二、宝玉挨打，事出有因：一是贾政召他会客，见他"全无一点慷慨挥洒的谈吐""委委琐琐""脸上一团私欲愁闷气色"，这让贾政丢了脸；二是贾政刚刚得知宝玉在外还跟"低贱的"戏子来往，并因此得罪了王爷；三是金钏儿跳井与宝玉直接相关，而贾环造谣宝玉"强奸不遂，打了一顿，金钏儿便赌气投井死了"。这几件事一时辐辏，再仁慈宽厚的家长，也不能坐视不管了！——有人把宝玉挨打归结为封建家长对宝玉"离经叛道"思想的打击和清算，恐怕有悖事实，不够公允。

三、宝玉此前的种种行为，确实为当时社会的行为规范所不容。尤其是后两件事：一是滥交朋友，还因此得罪了权贵，势将祸及家族；一是人命关天，触犯刑法（当然是就扭曲的信息而言），同样会连累家族亲眷。这令一向循规蹈矩的贾政由衷恐惧，听听他对众人劝说的回答："……素日皆是你们这些人把他酿坏了，到这步田地，还来劝解！明日酿到他弑父弑君，你们才不劝不成？"——就当时的社会背景而言，贾政的担心是有道理的；就是到了今天，也不能说宝玉所作所为件件都有着"反封建"意义。

四、子女教育从古至今都是难题。"望子成龙""恨铁不成钢"的父母和处于青春叛逆期的儿女，向来是一对矛盾。不过封建教育不讲科学，扼杀个性，迷信"棍棒之下出孝子"，贾政的做法，正是一般家长的选择。

其实古代教育家早就注意到这个问题，孟子就提出"易子而教"的解决办法。他说：君子不亲自教育儿子，因为父亲总是拿正理去约束儿子，儿子做不到，父亲就会发脾气，这样一来，父子之间伤了和气，又何谈教育？因此君子交换着教别人的儿子，这个问题就解决了！其实师徒之间何尝没有同样的问题呢？——小说的功能是反映社会、提出问题，引发读者思考。曹雪芹在本回中留下的思考题是：面对问题多多的宝玉，贾政应该如何做才是正确的？

五、本段的好看之处：一是听不同人物在激烈冲突中各具身份、各带性情的言语，尤其要听听贾母那句句有劲儿的反话——不如此则制止不了失去理性的贾政的暴行；二是看宝玉挨打后众人的表现，也包括宝玉自己的态度。

在场的人散去后，第一个前来探视的是宝钗，她是"手里托着一丸药走进来"的。见到宝玉被打的惨状，平时不大流露真情的她，也不由得"眼圈微红"，失口说"别说老太太、太太心疼，就是我们看着，心里也……"流露出对宝玉的怜爱之情。不过宝钗毕竟是贾府中最会说话的女性之一，她嘘寒问暖，体贴入微，又不忘替自己哥哥辩解。人们看到的，仍是那个面面俱到、从容不迫的宝钗。

相比之下，平日也是伶牙俐齿的黛玉，此时竟像变了个人，一见宝玉，"无声之泣，气噎喉堵"，"心中提起万句言词，要说时却不能说得半句"；最后只说了一句："你可都改了罢！"这句含蕴复杂的话，胜过宝钗的千言万语，让人见识了什么是全情投入、痛彻心脾！而一听凤姐来到，黛玉立刻要从后院离去，她怕别人看到她"两个眼睛肿得桃儿一般"——宝钗对宝玉的关心，是唯恐别人看不到；黛玉对宝玉的关心，只要宝玉一个人感受到就好！

至于宝玉，此刻身心受到极大痛苦，从昏睡中醒来，猛然见到黛玉，并没有委屈地哭起来，反而埋怨黛玉："你又做什么来了？……倘或又受了暑，怎么好呢？……"读读这段话，可知身上有着种种毛病的宝玉，对待女孩子是何等无私忘我！尽管平时有些女孩儿气，宝玉在此刻显现的，却是男子汉的担当精神！

原来宝玉会过雨村回来，听见金钏儿含羞自尽，心中早已五内摧伤[1]，进来又被王夫人数说教训了一番，也无可回说。看见宝钗进来，方得便走出，茫然不知何往。背着手，低着头，一面感叹，一面慢慢的信步走至厅上。刚转过屏门，不想对面来了一人正往里走，可巧撞了个满怀。只听那人喝一声："站住！"宝玉唬了一跳，抬头看时，不是别人，却是他父亲。早不觉倒抽了一口凉气，只得垂手一旁站着。贾政道："好端端的，你垂头丧气的嗐什么？方才雨村来了要见你，那半天才出来。既出来了，全无一点慷慨挥洒的谈吐[2]，仍是委委琐琐的[3]。我看你脸上一团私欲愁闷气色[4]，这会子又咳声叹气，你那些还不足、还不自在？无故这样，是什么原故？"宝玉素日虽然口角伶俐，此时一心却为金钏儿感伤，恨不得也身亡命殒[5]；如今见他父亲说这些话，究竟不曾听明白了，只是怔怔的站着[6]。

　　贾政见他惶悚[7]，应对不似往日，原本无气的，这一来倒生了三分气。方欲说话，忽有门上人来回："忠顺亲王府里有人来，要

1　五内摧伤：形容极度悲伤，痛彻心脾。五内，五脏。
2　慷慨挥洒：指胸襟开阔，态度潇洒自然。
3　委委琐琐：扭捏，不大方，上不得台盘。
4　私欲愁闷气色：这里指欲念不舒、眉头不展的情态。
5　殒（yǔn）：丧失（生命），死亡。
6　怔（zhēng）怔：发呆、发愣的样子。
7　惶悚（sǒng）：惶恐。

见老爷。"贾政听了，心下疑惑，暗暗思忖道："素日并不与忠顺府来往，为什么今日打发人来？"一面想，一面命："快请厅上坐。"急忙进内更衣。出来接见时，却是忠顺府长府官，一面彼此见了礼，归坐献茶。未及叙谈，那长府官先就说道："下官此来，并非擅造潭府[1]，皆因奉命而来，有一件事相求。看王爷面上，敢烦老先生做主，不但王爷知情[2]，且连下官辈亦感谢不尽。"贾政听了这话，摸不着头脑，忙陪笑起身问道："大人既奉王命而来，不知有何见谕[3]？望大人宣明，学生好遵谕承办。"那长府官冷笑道："也不必承办，只用老先生一句话就完了。我们府里有一个做小旦的琪官[4]，一向好好在府，如今竟三五日不见回去，各处去找，又摸不着他的道路，因此各处察访。这一城内十停人倒有八停人都说[5]：他近日和衔玉的那位令郎相与甚厚。下官辈听了，尊府不比别家，可以擅来索取，因此启明王爷。王爷亦说：'若是别的戏子呢，一百个也罢了；只是这琪官，随机应答，谨慎老成，甚合我老人家的心境，断断少不得此人。'故此求老先生转致令郎，请将

1　擅造潭府：擅自到贵府登门。造，前往。潭府，深宅大院。这是对他人宅邸的美称。

2　知情：对别人的善意言行心存感激。

3　见谕：犹言"见教"。谕，上级对下级的命令。

4　小旦：戏曲角色之一，专演少女。按从前旦角多为男扮女装，这里所说的琪官，就是宝玉的男性朋友蒋玉函。

5　停：总份数中的一份。

琪官放回。一则可慰王爷谆谆奉恳之意¹，二则下官辈也可免操求觅之苦。"说毕，忙打一躬。

贾政听了这话，又惊又气，即命唤宝玉出来。宝玉也不知是何原故，忙忙赶来，贾政便问："该死的奴才！你在家不读书也罢了，怎么又做出这些无法无天的事来！那琪官现是忠顺王爷驾前承奉的人²，你是何等草莽³，无故引逗他出来⁴，如今祸及于我！"宝玉听了，唬了一跳，忙回道："实在不知此事。究竟'琪官'两个字，不知为何物，况更加以'引逗'二字！"说着便哭。贾政未及开口，只见那长府官冷笑道："公子也不必隐饰⁵！或藏在家，或知其下落，早说出来，我们也少受些辛苦，岂不念公子之德呢？"宝玉连说："实在不知！恐是讹传也未见得。"那长府官冷笑两声道："现有证据，必定当着老大人说出来，公子岂不吃亏？既说不知，此人那红汗巾子怎得到了公子腰里？"宝玉听了这话，不觉轰了魂魄，目瞪口呆。心下自思："这话他如何知道？他既连这样机密事都知道了，大约别的瞒不过他，不如打发他去了，免得再

1　谆（zhūn）谆奉恳：这里有诚心恳求之意。谆谆，忠谨恳切，反复叮咛。

2　承奉：伺候，侍奉。

3　草莽：丛生的杂草，野草。草莽与朝廷、勋戚相对，因为对方是王爷，所以这样说。

4　引逗：引诱。

5　隐饰：隐瞒掩饰。

说出别的事来。"因说道:"大人既知他的底细,如何连他置买房舍这样大事倒不晓得了?听得说他如今在东郊离城二十里有个什么紫檀堡,他在那里置了几亩田地、几间房舍。想是在那里也未可知。"那长府官听了,笑道:"这样说,一定是在那里了。我且去找一回,若有了便罢;若没有,还要来请教。"说着,便忙忙的告辞走了。

贾政此时气得目瞪口歪,一面送那官员,一面回头命宝玉:"不许动!回来有话问你!"一直送那官去了。才回身时,忽见贾环带着几个小厮一阵乱跑。贾政喝命小厮:"给我快打!"贾环见了他父亲,吓得骨软筋酥,赶忙低头站住。贾政便问:"你跑什么?带着你的那些人都不管你,不知往那里去,由你野马一般!"喝叫:"跟上学的人呢?"

贾环见他父亲甚怒,便乘机说道:"方才原不曾跑,只因从那井边一过,那井里淹死了一个丫头,我看脑袋这么大,身子这么粗,泡得实在可怕,所以才赶着跑过来了。"贾政听了,惊疑问道:"好端端,谁去跳井?我家从无这样事情。自祖宗以来,皆是宽柔待下,大约我近年于家务疏懒,自然执事人操克夺之权[1],致

使弄出这暴殄轻生的祸来[1]。若外人知道，祖宗的颜面何在！"喝命："叫贾琏、赖大来！"小厮们答应了一声，方欲去叫，贾环忙上前拉住贾政袍襟，贴膝跪下道："老爷不用生气。此事除太太屋里的人，别人一点也不知道。我听见我母亲说……"说到这句，便回头四顾一看。贾政知其意，将眼色一丢，小厮们明白，都往两边后面退去。贾环便悄悄说道："我母亲告诉我说：宝玉哥哥前日在太太屋里，拉着太太的丫头金钏儿，强奸不遂，打了一顿，金钏儿便赌气投井死了。"

话未说完，把个贾政气得面如金纸，大叫："拿宝玉来！"一面说，一面便往书房去，喝命："今日再有人来劝我，我把这冠带家私[2]，一应就交与他和宝玉过去！我免不得做个罪人，把这几根烦恼鬓毛剃去，[3]寻个干净去处自了[4]，也免得上辱先人、下生逆子之罪！"众门客仆从见贾政这个形景[5]，便知又是为宝玉了，一个个咬指吐舌，连忙退出。贾政喘吁吁直挺挺的坐在椅子上，满面

---

1 暴殄轻生：指自杀身死。暴殄，暴亡，非正常死亡。殄，死。

2 冠带家私：指官位和家产。冠带，帽子及束带，这是士大夫的装束。

3 "把这"句：意思是削发为僧。烦恼鬓毛，指头发。佛教认为头发是引发烦恼之物，称"烦恼丝"，因此要剃光头发。

4 干净去处：这里指佛国净土，出家之地。自了（liǎo）：自我了结。这里指与世俗生活一刀两断。

5 门客：门下客，富贵之家所养的食客，有能替主人出谋划策、跑腿办事的，有的仅仅陪主人谈文论诗。

泪痕，一叠连声："拿宝玉来！拿大棍拿绳来！把门都关上！有人传信到里头去，立刻打死！"众小厮们只得齐齐答应着，有几个来找宝玉。

那宝玉听见贾政吩咐他"不许动"，早知凶多吉少，那里知道贾环又添了许多的话？正在厅上旋转，怎得个人往里头捎信，偏偏的没个人来，连焙茗也不知在那里¹。正盼望时，只见一个老妈妈出来，宝玉如得了珍宝，便赶上来拉他，说道："快进去告诉，老爷要打我呢！快去，快去！要紧，要紧！"宝玉一则急了，说话不明白；二则老婆子偏偏又耳聋，不曾听见是什么话。把"要紧"二字只听作"跳井"二字，便笑道："跳井让他跳去，二爷怕什么？"宝玉见是个聋子，便着急道："你出去叫我的小厮来罢！"那婆子道："有什么不了的事？老早的完了。太太又赏了银子，怎么不了事呢？"

宝玉急得手脚正没抓寻处，只见贾政的小厮走来，逼着他出去了。贾政一见，眼都红了，也不暇问他在外流荡优伶²，表赠私物，在家荒疏学业，逼淫母婢，只喝命："堵起嘴来，着实打死！"小厮们不敢违，只得将宝玉按在凳上，举起大板，打了十

---

1 焙茗：宝玉的随身小厮。
2 流荡优伶：依恋戏子。流荡，这里有交游、依恋之意。优伶，演员，从前称"戏子"，地位极为卑贱，世家子弟交接优伶，会被视为堕落。

来下。宝玉自知不能讨饶，只是呜呜的哭。贾政还嫌打得轻，一脚踢开掌板的，自己夺过板子来，狠命的又打了十几下。

宝玉生来未经过这样苦楚[1]，起先觉得打得疼不过还乱嚷乱哭，后来渐渐气弱声嘶，呜咽不出。众门客见打得不祥了[2]，赶着上来，恳求夺劝。贾政那里肯听？说道："你们问问他干的勾当，可饶不可饶！素日皆是你们这些人把他酿坏了[3]，到这步田地，还来劝解！明日酿到他弑父弑君[4]，你们才不劝不成？"众人听这话不好，知道气急了，忙乱着觅人进去给信。王夫人听了，不及去回贾母，便忙穿衣出来，也不顾有人没人，忙忙扶了一个丫头赶往书房中来，慌得众门客小厮等避之不及。

贾政正要再打，一见王夫人进来，更加火上浇油，那板子越下去得又狠又快。按宝玉的两个小厮忙松手走开，宝玉早已动弹不得了。贾政还欲打时，早被王夫人抱住板子。贾政道："罢了，罢了！今日必定要气死我才罢！"王夫人哭道："宝玉虽然该打，老爷也要保重。且炎暑天气，老太太身上又不大好，打死宝玉事

1　苦楚：痛苦，因受委屈而心中酸楚。

2　不祥：本指不吉利，这里指出现危险的征兆。

3　酿：本指酿造（酒、醋等），也指酝酿，即渐渐形成。这里指家长对孩子长期娇惯使之逐渐变坏的举动。

4　弑（shì）父弑君：儿子杀父亲，臣下杀君主。这是封建伦常所认定的顶级罪恶。弑，地位低的人杀死地位高的人。

小，倘或老太太一时不自在了，岂不事大？"贾政冷笑道："倒休提这话！我养了这不肖的孽障，我已不孝；平昔教训他一番，又有众人护持。不如趁今日结果了他的狗命，以绝将来之患！"说着，便要绳来勒死。王夫人连忙抱住哭道："老爷虽然应当管教儿子，也要看夫妻份上。我如今已五十岁的人，只有这个孽障，必定苦苦的以他为法，我也不敢深劝。今日越发要弄死他，岂不是有意绝我呢[1]？既要勒死他，索性先勒死我，再勒死他！我们娘儿们不如一同死了，在阴司里也得个倚靠。"说毕，抱住宝玉，放声大哭起来。

贾政听了此话，不觉长叹一声，向椅上坐了，泪如雨下。王夫人抱着宝玉，只见他面白气弱，底下穿着一条绿纱小衣，一片皆是血渍。禁不住解下汗巾去，由腿看至臀胫，或青或紫，或整或破，竟无一点好处，不觉失声大哭起"苦命的儿"来。因哭出"苦命儿"来，又想起贾珠来[2]，便叫着贾珠哭道："若有你活着，便死一百个我也不管了！"

此时里面的人闻得王夫人出来，李纨、凤姐及迎、探姊妹两个也都出来了。王夫人哭着贾珠的名字，别人还可，惟有李纨禁

---

1 有意绝我：这里指有意断绝夫妻之情。
2 贾珠：贾政的长子，已故，留下寡妻李纨及幼子贾兰。

不住也抽抽搭搭的哭起来了。贾政听了，那泪更似走珠一般滚了下来。

正没开交处，忽听丫鬟来说："老太太来了！"一言未了，只听窗外颤巍巍的声气说道："先打死我，再打死他，就干净了！"贾政见母亲来了，又急又痛，连忙迎出来。只见贾母扶着丫头，摇头喘气的走来。贾政上前躬身陪笑说道："大暑热的天，老太太有什么吩咐，何必自己走来，只叫儿子进去吩咐便了。"贾母听了，便止步喘息，一面厉声道："你原来和我说话！我倒有话吩咐，只是我一生没养个好儿子，却叫我和谁说去！"贾政听这话不像[1]，忙跪下含泪说道："儿子管他，也为的是光宗耀祖。老太太这话，儿子如何当得起？"贾母听说，便啐了一口，说道："我说了一句话，你就禁不起！你那样下死手的板子，难道宝玉儿就禁得起了？你说教训儿子是光宗耀祖，当日你父亲怎么教训你来着！"说着也不觉泪往下流。贾政又陪笑道："老太太也不必伤感，都是儿子一时性急，从此以后再不打他了。"贾母便冷笑两声道："你也不必和我赌气，你的儿子，自然你要打就打。想来你也厌烦我们娘儿们，不如我们早离了你，大家干净！"说着，便令人："去看轿！我和你太太、宝玉儿立刻回南京去！"家下人只

1　听这话不像：意思是听话茬儿不对，话外有音。

得答应着。贾母又叫王夫人道："你也不必哭了。如今宝玉儿年纪小，你疼他；他将来长大，为官作宦的，也未必想着你是他母亲了。你如今倒是不疼他，只怕将来还少生一口气呢！"贾政听说，忙叩头说道："母亲如此说，儿子无立足之地了。"贾母冷笑道："你分明使我无立足之地，你反说起你来！只是我们回去了，你心里干净，看有谁来不许你打！"一面说，一面只命："快打点行李车辆轿马回去！"贾政直挺挺跪着，叩头谢罪。

贾母一面说，一面来看宝玉。只见今日这顿打不比往日，又是心疼，又是生气，也抱着哭个不了。王夫人与凤姐等解劝了一会，方渐渐的止住。早有丫鬟媳妇等上来要搀宝玉。凤姐便骂："糊涂东西，也不睁开眼瞧瞧！这个样儿，怎么搀着走的？还不快进去把那藤屉子春凳抬出来呢[1]！"众人听了，连忙飞跑进去，果然抬出春凳来，将宝玉放上，随着贾母、王夫人等进去，送至贾母屋里。

彼时贾政见贾母怒气未消，不敢自便，也跟着进来。看看宝玉果然打重了，再看看王夫人一声"肉"一声"儿"的哭道："你替珠儿早死了，留着珠儿，也免你父亲生气，我也不白操这半世的心了！这会子你倘或有个好歹，撂下我，叫我靠那一个？"数

---

1 藤屉子：用藤篾编成的床面、凳面。春凳：一种凳面宽大的长凳，一般置于床侧。

落一场，又哭"不争气的儿"。贾政听了，也就灰心自己不该下毒手打到如此地步[1]。先劝贾母，贾母含泪说道："儿子不好，原是要管的，不该打到这个份儿。你不出去，还在这里做什么，难道于心不足，还要眼看着他死了才算吗！"贾政听说，方诺诺的退出去了。

此时薛姨妈、宝钗、香菱、袭人、湘云等也都在这里。袭人满心委屈，只不好十分使出来。见众人围着，灌水的灌水，打扇的打扇，自己插不下手去，便索性走出门，到二门前，命小厮们找了焙茗来细问："方才好端端的，为什么打起来？你也不早来透个信儿！"焙茗急得说："偏我没在跟前，打到半中间，我才听见了。忙打听原故，却是为琪官儿和金钏儿姐姐的事。"袭人道："老爷怎么知道了？"焙茗道："那琪官儿的事，多半是薛大爷素昔吃醋[2]，没法儿出气，不知在外头挑唆了谁来，在老爷跟前下的蛆[3]。那金钏儿姐姐的事，大约是三爷说的，我也是听见跟老爷的人说。"袭人听了这两件事都对景[4]，心中也就信了八九分。然后回来，只见众人都替宝玉疗治调停完备[5]，贾母命："好生抬到他屋里

1　灰心：这里有后悔的意思。
2　素昔：平常。
3　下的蛆：这里指使坏，进谗言。
4　对景：情景相合。这里指焙茗的推测很可能与事实相符。
5　调停：调理。

去。"众人一声答应，七手八脚，忙把宝玉送入怡红院内自己床上卧好。又乱了半日，众人渐渐的散去了，袭人方才进前来，经心服侍细问。……[1]

话说袭人见贾母、王夫人等去后，便走来宝玉身边坐下，含泪问他："怎么就打到这步田地？"宝玉叹气说道："不过为那些事，问他做什么！只是下半截疼得很，你瞧瞧，打坏了那里？"袭人听说，便轻轻的伸手进去，将中衣脱下，略动一动，宝玉便咬着牙叫"嗳哟"，袭人连忙停住手，如此三四次，才褪下来了。袭人看时，只见腿上半段青紫，都有四指阔的僵痕高起来。袭人咬着牙说道："我的娘，怎么下这般的狠手！你但凡听我一句话，也不到这个份儿。幸而没动筋骨，倘或打出个残疾来，可叫人怎么样呢。"

正说着，只听丫鬟们说："宝姑娘来了。"袭人听见，知道穿不及中衣[2]，便拿了一床夹纱被替宝玉盖了。只见宝钗手里托着一丸药走进来，向袭人说道："晚上把这药用酒研开，替他敷上，把那淤血的热毒散开就好了。"说毕，递与袭人。又问："这会子可好些？"宝玉一面道谢，说："好些了。"又让坐。宝钗见他睁开

1　此处略去第三十三、第三十四回衔接处的文字。
2　中衣：内衣。

眼说话，不像先时，心中也宽慰了些，便点头叹道："早听人一句话，也不至有今日。别说老太太、太太心疼，就是我们看着，心里也……"刚说了半句，又忙咽住，不觉眼圈微红，双腮带赤，低头不语了。宝玉听得这话如此亲切，大有深意，忽见他又咽住不往下说，红了脸低下头含着泪只管弄衣带，那一种软怯娇羞、轻怜痛惜之情，竟难以言语形容，越觉心中感动，将疼痛早已丢在九霄云外去了。想道："我不过挨了几下打，他们一个个就有这些怜惜之态，令人可亲可敬。假若我一时竟别有大故[1]，他们还不知何等悲感呢。既是他们这样，我便一时死了，得他们如此，一生事业纵然尽付东流，也无足叹惜了。"

正想着，只听宝钗问袭人道："怎么好好的动了气，就打起来了？"袭人便把焙茗的话悄悄说了。宝玉原来还不知贾环的话，见袭人说出，方才知道。因又拉上薛蟠，惟恐宝钗沉心[2]，忙又止住袭人道："薛大哥从来不是这样，你们别混猜度。"宝钗听说，便知宝玉是怕他多心，用话拦袭人。因心中暗暗想道："打得这个形象，疼还顾不过来，还这样细心，怕得罪了人。你既这样用心，何不在外头大事上做工夫，老爷也欢喜了，也不能吃这样亏。你

---

1 别有大故：这里意为死。
2 沉心：多心，吃心。

虽然怕我沉心,所以拦袭人的话,难道我就不知我哥哥素日恣心纵欲、毫无防范的那种心性吗[1]?当日为个秦钟还闹得天翻地覆,自然如今比先又加利害了[2]!"想毕,因笑道:"你们也不必怨这个怨那个,据我想,到底宝兄弟素日肯和那些人来往,老爷才生气。就是我哥哥说话不防头[3],一时说出宝兄弟来,也不是有心挑唆。一则也是本来的实话,二则他原不理论这些防嫌小事[4]。袭姑娘从小儿只见过宝兄弟这样细心的人,何曾见过我哥哥那天不怕地不怕、心里有什么口里说什么的人呢?"袭人因说出薛蟠来,见宝玉拦他的话,早已明白自己说造次了,恐宝钗没意思。听宝钗如此说,更觉羞愧无言。宝玉又听宝钗这一番话,半是堂皇正大,半是体贴自己的私心,更觉比先心动神移。方欲说话时,只见宝钗起身道:"明日再来看你,好生养着罢。方才我拿了药来,交给袭人,晚上敷上管就好了[5]。"说着便走出门去。袭人赶着送出院外,说:"姑娘倒费心了。改日宝二爷好了,亲自来谢。"宝钗回头笑道:"这有什么的,只劝他好生养着,别胡思乱想就好了。要想什么吃的玩的,悄悄的往我那里只管取去,不必惊动老太太、

---

1 恣心纵欲:放纵心性欲望,恣意胡为。
2 利害:同"厉害"。
3 说话不防头:意思是说话无所顾忌。
4 防嫌:避嫌。
5 管:这里有保管的意思。

太太众人。倘或吹到老爷耳朵里，虽然彼时不怎么样，将来对景，终是要吃亏的。"说着去了。

袭人抽身回来，心内着实感激宝钗。进来见宝玉沉思默默，似睡非睡的模样，因而退出房外栉沐[1]。宝玉默默的躺在床上，无奈臀上作痛，如针挑刀挖一般，更热如火炙[2]，略展转时，禁不住"嗳哟"之声。那时天色将晚，因见袭人去了，却有两三个丫鬟伺候，此时并无呼唤之事，因说道："你们且去梳洗，等我叫时再来。"众人听了，也都退出。

这里宝玉昏昏沉沉，只见蒋玉函走进来了，诉说忠顺府拿他之事。一时又见金钏儿进来，哭说为他投井之情。宝玉半梦半醒，刚要诉说前情，忽又觉有人推他，恍恍惚惚听得悲切之声。宝玉从梦中惊醒，睁眼一看，不是别人，却是黛玉。犹恐是梦，忙又将身子欠起来，向脸上细细一认，只见他两个眼睛肿得桃儿一般，满面泪光，不是黛玉却是那个？宝玉还欲看时，怎奈下半截疼痛难禁，支持不住，便"嗳哟"一声仍旧倒下。叹了口气说道："你又做什么来了？太阳才落，那地上还是怪热的，倘或又受了暑，怎么好呢？我虽然捱了打，却也不很觉疼痛。这个样儿是装出来

---

1 栉（zhì）沐：梳头洗脸。栉，梳子，篦子。这里用作动词，梳（头）。
2 火炙（zhì）：用火烘烤。

哄他们，好在外头布散给老爷听 [1]。其实是假的，你别信真了！"

此时黛玉虽不是嚎啕大哭，然越是这等无声之泣，气噎喉堵，更觉利害。听了宝玉这些话，心中提起万句言词，要说时却不能说得半句。半天，方抽抽噎噎的道："你可都改了罢！"宝玉听说，便长叹一声道："你放心，别说这样话。我便为这些人死了，也是情愿的！"

一句话未了，只见院外人说："二奶奶来了。"黛玉便知是凤姐来了，连忙立起身，说道："我从后院子里去罢，回来再来。"宝玉一把拉住道："这又奇了，好好的怎么怕起他来了？"黛玉急得跺脚，悄悄的说道："你瞧瞧我的眼睛！又该他们拿咱们取笑儿了。"宝玉听说，赶忙的放了手。黛玉三步两步转过床后，刚出了后院，凤姐从前头已进来了，问宝玉："可好些了？想什么吃？叫人往我那里取去。"接着薛姨妈又来了。一时贾母又打发了人来。

1　布散：散布，传扬。

8. 节选八　鸳鸯抗婚

阅读提示

一、本段选自《红楼梦》第四十六回"尴尬人难免尴尬事，鸳鸯女誓绝鸳鸯偶"。此前凤姐刚刚因贾琏偷情而大闹一场，本回凤姐的公公贾赦又打起丫鬟的主意。

二、《红楼梦》中的丫鬟是个特殊群体，她们身份微贱，却又志趣各异。如鸳鸯的好伙伴平儿和袭人，都平静地接受了姨娘的身份，鸳鸯却想都不想就拒绝了"一步登天"的机会！——在这个世界上，居然有人对金钱权势毫不动心，"自甘下贱"，这让贾赦、邢夫人及鸳鸯的哥嫂无论如何也想不通！

三、"威武不能屈""富贵不能淫"本是孟子称颂士君子、大丈夫的褒词，放在鸳鸯身上，绝非过誉。鸳鸯自尊自爱，清白做人，下定决心的事，任何劝说乃至威逼利诱都不能令她动摇。她的反抗是进击式的，她把"大老爷"的卑鄙丑陋公然暴露在大庭广众之下，同时也断绝了自己的退路。贾母死后，她也自缢身死。——不是给老太太殉葬，殉的是自己清白为人的理想！大观园的丫鬟群体如果没有她，也便失去了领袖，大为失色！

四、为红楼人物编写语录，鸳鸯的几句话一定不能漏掉。

她对平儿表态："别说大老爷要我做小老婆，就是太太这会子死了，他三媒六证的娶我去做大老婆，我也不能去！"

当嫂子来劝她时，她哭骂道："……怪道成日家羡慕人家的丫头做了小老婆，一家子都仗着他横行霸道的，一家子都成了小老婆了！看得眼热了，也把我送在火坑里去！我若得脸呢，你们外头横行霸道，自己封就了自己是舅爷；我要不得脸败了时，你们把忘八脖子一缩，生死由我去！"

到了贾母跟前，她发了毒誓："我是横了心的，当着众人在这里，我这一辈子，别说是宝玉，就是宝金、宝银、宝天王、宝皇帝，横竖不嫁人就完了！……要说我不是真心，暂且拿话支吾，这不是，天地鬼神、日头月亮照着，嗓子里头长疔！"

这中间，她还因平儿、袭人开玩笑，撂下这样的话："据我看来，天底下的事，未必都那么遂心如意的。你们且收着些儿罢，别忒乐过了头儿！"——别轻视这两句话，这是小说贯穿始终的画外音，作者借丫鬟之口，再度强调！

五、《红楼梦》一书充斥着反转对比。论出身，鸳鸯是"家生儿"，在奴婢中属于最微贱的一类；而贾赦是身份显赫的国公爷，虽非一人之下，却是万人之上。——然而下贱的女奴，却以其刚烈的性格以及蔑视权贵的态度，令人肃然起敬！高高在上的国公爷，反因其言行污浊而遭人唾弃！谁更高贵，谁更低贱？小说家没直接给答案，留下问题供读者思考。

六、在这段中，凤姐是边缘人物。然而看她与婆母邢夫人对答周旋，把说话艺术与处事技巧都发挥到极致，你不能不佩服作者那一支生花的妙笔！另一个值得瞩目的人物是探春，她在贾母迁怒王夫人之后，审时度势，勇敢上前替嫡母辩解，扭转了尴尬的气氛。这一刻，她鹤立鸡群，显现出非同一般的见识和能力。

如今且说凤姐儿因见邢夫人叫他，不知何事，忙另穿戴了一番，坐车过来。邢夫人将房内人遣出，悄悄向凤姐儿道："叫你来不为别的，有一件为难的事，老爷托我，我不得主意，先和你商议。老爷因看上了老太太屋里的鸳鸯，要他在房里¹，叫我和老太太讨去。我想这倒是常有的事，就怕老太太不给。你可有法子办这件事么？"

凤姐儿听了，忙陪笑道："依我说，竟别碰这个钉子去。老太太离了鸳鸯，饭也吃不下去，那里就舍得了？况且平日说起闲话

1　在房里：指将丫鬟"收房"做妾。下文的"屋里人"，即指妾，也叫"姨娘"。

来，老太太常说老爷：'如今上了年纪，做什么左一个右一个的放在屋里？头宗，耽误了人家的女孩儿；二则放着身子不保养，官儿也不好生做，成日和小老婆喝酒！'太太听听，很喜欢咱们老爷么？这会子躲还怕躲不及，这不是'拿草棍儿戳老虎的鼻子眼儿去'吗[1]？太太别恼，我是不敢去的。明放着不中用，而且反招出没意思来。老爷如今上了年纪，行事不免有点儿背晦[2]，太太劝劝才是。比不得年轻，做这些事无碍，如今兄弟、侄儿、儿子、孙子一大群，还这么闹起来，怎么见人呢？"

邢夫人冷笑道："大家子三房四妾的也多，偏咱们就使不得？我劝了也未必依。就是老太太心爱的丫头，这么胡子苍白了，又做了官的一个大儿子，要了做屋里人，也未必好驳回的。我叫了你来，不过商议商议，你先派了一篇的不是[3]。也有叫你去的理？自然是我说去。你倒说我不劝，你还是不知老爷那性子的！劝不成，先和我闹起来。"

凤姐知道邢夫人禀性愚弱，只知奉承贾赦以自保，次则婪取财货为自得[4]，家下一应大小事务俱由贾赦摆布。凡出入银钱一经

---

1 拿草棍儿戳老虎的鼻子眼儿去：比喻自寻灾祸。
2 背晦：俗称老年人糊涂为"背晦"，也作"背会"。
3 派……不是：指摘别人的过失。
4 婪取：贪婪索取。

他的手，便克扣异常，以贾赦浪费为名，"须得我就中俭省，方可偿补"。儿女奴仆，一人不靠，一言不听。如今又听说如此的话，便知他又弄左性子[1]，劝也不中用了；连忙陪笑说道："太太这话说得极是。我能活了多大，知道什么轻重？想来父母跟前，别说一个丫头，就是那么大的一个活宝贝，不给老爷给谁？背地里的话，那里信的，我竟是个傻子。拿着二爷说起，或有日得了不是，老爷太太恨得那样，恨不得立刻拿来一下子打死；及至见了面也罢了，依旧拿着老爷太太心爱的东西赏他。如今老太太待老爷，自然也是这么着。依我说，老太太今儿喜欢，要讨，今儿就讨去。我先过去哄着老太太，等太太过去了，我搭赸着走开，把屋子里的人我也带开，太太好和老太太说。给了更好，不给也没妨碍，众人也不能知道。"邢夫人见他这般说，便又喜欢起来，又告诉他道："我的主意，先不和老太太说。老太太说不给，这事就死了。我心里想着先悄悄的和鸳鸯说。他虽害臊，我细细的告诉了他，他要是不言语，就妥了，那时再和老太太说。老太太虽不依，搁不住他愿意[2]。常言'人去不中留'[3]，自然这就妥了。"凤姐儿笑道："到底是太太有智谋，这是千妥万妥。别说是鸳鸯，凭他

---

1 左性子：性情执拗、乖僻。
2 搁不住：挡不住。
3 人去不中留：俗谚，意谓心中有了去意，留也留不住。

是谁，那一个不想巴高望上¹、不想出头的？放着半个主子不做²，倒愿意做丫头，将来配个小子就完了呢³。"邢夫人笑道："正是这个话了。别说鸳鸯，就是那些执事的大丫头，谁不愿意这样呢？你先过去，别露一点风声，我吃了晚饭就过来。"

凤姐儿暗想："鸳鸯素昔是个极有心胸气性的丫头，虽如此说，保不严他愿意不愿意⁴。我先过去了，太太后过去，他要依了，便没的话说；倘或不依，太太是多疑的人，只怕疑我走了风声，叫他拿腔作势的。那时太太又见应了我的话，羞恼变成怒，拿我出起气来倒没意思。不如同着一齐过去了，他依也罢，不依也罢，就疑不到我身上了。"想毕，因笑道："才我临来，舅母那边送了两笼子鹌鹑，我吩咐他们炸了，原要赶太太晚饭上送过来。我才进大门时，见小子们抬车，说太太的车拔了缝⁵，拿去收拾去了。不如这会子坐了我的车一齐过去倒好。"邢夫人听了，便命人来换衣裳。凤姐忙着服侍了一回，娘儿两个坐车过来。凤姐儿又说道："太太过老太太那里去，我要跟了去，老太太要问起我过来做什么，那倒不好。不如太太先去，我脱了衣裳再来。"

---

1 巴高望上：巴望着往上爬。
2 半个主子：妾的地位虽比奴仆高，但介乎主、奴之间，因称"半个主子"。
3 小子：这里指男仆人。
4 保不严：保不住，说不定。
5 拔了缝：指木质车子的拼接处裂了缝。

邢夫人听了有理，便自往贾母处来。和贾母说了一回闲话儿，便出来，假托往王夫人屋里去，从后屋门出去，打鸳鸯的卧房门前过。只见鸳鸯正坐在那里做针线，见了邢夫人站起来。邢夫人笑道："做什么呢？"一面说，一面便过来接他手内的针线，道："我看看你扎的花儿。"看了一看，又道："越发好了。"遂放下针线，又浑身打量。只见他穿着半新的藕色绫袄，青缎掐牙坎肩儿，下面水绿裙子，蜂腰削背[1]，鸭蛋脸，乌油头发，高高的鼻子，两边腮上微微的几点雀瘢。鸳鸯见这般看他，自己倒不好意思起来，心里便觉诧异，因笑问道："太太，这会子不早不晚的过来做什么？"邢夫人使个眼色儿，跟的人退出。邢夫人便坐下，拉着鸳鸯的手，笑道："我特来给你道喜来的。"鸳鸯听了，心中已猜着三分，不觉红了脸，低了头，不发一言。听邢夫人道："你知道，老爷跟前竟没个可靠的人，心里再要买一个，又怕那些牙子家出来的不干不净[2]，也不知道毛病儿，买了来三日两日，又弄鬼掉猴的[3]。因满府里要挑个家生女儿[4]，又没个好的，不是模样儿不好，

1　蜂腰削背：这是旧时的审美观点，以女性细腰削肩为美。蜂腰，以马蜂腰形容人腰之细。削背，削肩。

2　牙子家：旧称各种买卖的经济人为"牙子"，这里指人贩子。

3　弄鬼掉猴：比喻调皮捣蛋。

4　家生女儿：父母世代给主家为奴，所生的女儿叫"家生女儿"，这样的女孩儿一出生身份就是奴仆。

就是性子不好；有了这个好处，没了那个好处。因此常冷眼选了半年[1]，这些女孩子里头，就只你是个尖儿：模样儿，行事做人，温柔可靠，一概是齐全的。意思要和老太太讨了你去，收在屋里。你比不得外头新买了来的，这一进去了就开了脸[2]，就封你作姨娘，又体面，又尊贵。你又是个要强的人，俗语说的，'金子还是金子换'，谁知竟叫老爷看中了。你如今这一来，可遂了你素日心高志大的愿了，又堵一堵那些嫌你的人的嘴。跟了我回老太太去。"说着，拉了他的手就要走。

鸳鸯红了脸，夺手不行[3]。邢夫人知他害臊，便又说道："这有什么臊的？又不用你说话，只跟着我就是了。"鸳鸯只低头不动身。邢夫人见他这般，便又说道："难道你还不愿意不成？若果然不愿意，可真是个傻丫头了。放着主子奶奶不做，倒愿意做丫头。三年两年不过配上个小子，还是奴才。你跟我们去，你知道我的性子又好，又不是那不容人的人，老爷待你们又好。过一年半载生个一男半女，你就和我并肩了[4]。家里的人，你要使唤谁，谁还不动？现成主子不做去，错过了机会，后悔就迟了！"

1　冷眼：指观察事物时的冷静眼光，也指暗中观察，不事张扬。
2　开脸：古代妇女出嫁时的一种仪式，即用独特的方法将新娘脸上的汗毛去除，并将额发、鬓发剪齐。
3　夺手：把手迅速抽回，是一种表示拒绝的肢体语言。
4　并肩：指平起平坐。

鸳鸯 / [清] 改琦 绘

鸳鸯只管低头，仍是不语。邢夫人又道："你这么个爽快人，怎么又这样积糇起来[1]？有什么不称心的地方儿，只管说，我管保你遂心如意就是了！"鸳鸯仍不语。邢夫人又笑道："想必你有老子娘[2]，你自己不肯说话，怕臊，你等他们问你呢？——这也是理。等我问他们去，叫他们来问你，有话只管告诉他们。"说毕，便往凤姐儿屋里来。

凤姐儿早换了衣裳，因屋内无人，便将此话告诉了平儿。平儿也摇头笑道："据我看来，未必妥当。平常我们背着人说起话来，听他那个主意，未必肯。也只说着瞧罢了。"凤姐儿道："太太必来这屋里商量。依了还犹可，要是不依，白讨个没趣儿，当着你们，岂不脸上不好看？你说给他们炸些鹌鹑，再有什么配几样，预备吃饭，你且别处逛逛去，估量着走了，你再来。"平儿听说，照样传给婆子们，便逍遥自在的往园子里来。

这里鸳鸯见邢夫人去了，必到凤姐房里商议去了，还必定有人来问他，不如躲了这里。因找了琥珀道："老太太要问我，只说我病了，没吃早饭，往园子里逛逛就来。"琥珀答应了，鸳鸯便往园子里来各处游玩。不想正遇见平儿。平儿见无人，便笑道："新

---

1 积糇：不爽快，不痛快。也作"积粘""滞粘"。
2 老子娘：父母。

姨娘来了！"鸳鸯听了，便红了脸，说道："怪道你们串通一气来算计我！等着我和你主子闹去就是了。"平儿见鸳鸯满脸恼意，自悔失言，便拉到枫树底下，坐在一块石上，把方才凤姐过去回来所有的形景言词、始末原由，都告诉了他。鸳鸯红了脸，向平儿冷笑道："我只想咱们好，比如袭人、琥珀、素云、紫鹃、彩霞、玉钏、麝月、翠墨，跟了史姑娘去的翠缕，死了的可人和金钏，去了的茜雪，连上你我，这十来个人，从小儿什么话儿不说，什么事儿不做？这如今因都大了，各自干各自的去了，我心里却仍是照旧，有话有事，并不瞒你们。这话我先放在你心里，且别和二奶奶说：别说大老爷要我做小老婆，就是太太这会子死了，他三媒六证的娶我去做大老婆¹，我也不能去！"

平儿方欲说话，只听山石背后哈哈的笑道："好个没脸的丫头，亏你不怕牙碜²！"二人听了，不觉吃了一惊。忙起身向山后找寻，不是别人，却是袭人，笑着走出来，问："什么事情？也告诉告诉我。"说着，三人坐在石上。平儿又把方才的话说了，袭人听了，说道："这话论理不该我们说，这个大老爷，真真太下作

1　三媒六证：旧时男女婚姻，要通过媒人联络交涉，还要有证婚人证明。这里说"三媒六证"，极言其隆重。大老婆：正妻，嫡妻。
2　牙碜（chěn）：食物中夹杂沙石，咀嚼时令人难受欲唾的一种感受。这里比喻说话肉麻，不觉害臊。

了[1]。略平头正脸的[2]，他就不能放手了。"平儿道："你既不愿意，我教你个法儿。"鸳鸯道："什么法儿？"平儿笑道："你只和老太太说，就说已经给了琏二爷了，大老爷就不好要了。"鸳鸯啐道："什么东西！你还说呢，前儿你主子不是这么混说？谁知应到今儿了。"袭人笑道："他两个都不愿意，依我说，就和老太太说，叫老太太就说把你已经许了宝二爷了，大老爷也就死了心了。"鸳鸯又是气，又是臊，又是急，骂道："两个坏蹄子[3]，再不得好死的！人家有为难的事，拿着你们当作正经人，告诉你们与我排解排解；饶不管，你们倒替换着取笑儿[4]。你们自以为都有了结果了，将来都是做姨娘的！据我看来，天底下的事，未必都那么遂心如意的。你们且收着些儿罢，别忒乐过了头儿！"

二人见他急了，忙陪笑道："好姐姐，别多心。咱们从小儿都是亲姊妹一般，不过无人处偶然取个笑儿。你的主意告诉我们知道，也好放心。"鸳鸯道："什么主意，我只不去就完了。"平儿摇头道："你不去，未必得干休。大老爷的性子你是知道的。虽然你是老太太房里的人，此刻不敢把你怎么样，难道你跟老太太一辈

---

1 下作：卑鄙，下流。
2 平头正脸：这里指模样端正的。
3 蹄子：这里是骂女孩子的话，由"弟子"转化而来，特指倡优一类。
4 替换：轮流。

子不成？也要出去的。那时落了他的手，倒不好了。"鸳鸯冷笑道："老太太在一日，我一日不离这里；若是老太太归西去了，他横竖还有三年的孝呢[1]，没个娘才死了，他先弄小老婆的？等过了三年，知道又是怎么个光景儿呢？那时再说。纵到了至急为难，我剪了头发做姑子去；不然，还有一死！一辈子不嫁男人，又怎么样，乐得干净呢！"

平儿、袭人笑道："真个这蹄子没了脸，越发信口儿都说出来了。"鸳鸯道："已经这么着，臊会子怎么样，你们不信，只管看着就是了。太太才说了，找我老子娘去，我看他南京找去！"平儿道："你的父母都在南京看房子，没上来，终久也寻得着；现在还有你哥哥嫂子在这里。可惜你是这里的家生女儿，不如我们两个只单在这里。"鸳鸯道："家生女儿怎么样？'牛不喝水强按头'吗[2]？我不愿意，难道杀我的老子娘不成！"

正说着，只见他嫂子从那边走来。袭人道："他们当时找不着你的爹娘，一定和你嫂子说了。"鸳鸯道："这个娼妇[3]，专管是个'六国贩骆驼'的[4]！听了这话，他有个不奉承去的？"说话之间，

---

1 三年的孝：旧礼俗，父母去世，要守孝三年，其间不得婚嫁、娱乐。

2 牛不喝水强按头：比喻用强迫手段使其就范。

3 娼妇：娼妓。这是鸳鸯骂她嫂子的话。

4 六国贩骆驼：比喻到处招揽生意、喜管闲事的人。

已来到跟前。他嫂子笑道："那里没有找到，姑娘跑了这里来。你跟了我来，我和你说话。"平儿、袭人都忙让坐。他嫂子只说："姑娘们请坐，找我们姑娘说句话。"袭人、平儿都装不知道，笑说："什么话，这么忙？我们这里猜谜儿呢，等猜了再去罢。"鸳鸯道："什么话？你说罢。"他嫂子笑道："你跟我来，到那里告诉你，横竖有好话儿！"鸳鸯道："可是太太和你说的那话？"他嫂子笑道："姑娘既知道，还奈何我！快来，我细细的告诉你，可是天大的喜事！"

鸳鸯听说，立起身来，照他嫂子脸上下死劲啐了一口，指着骂道："你快夹着你那毡嘴离了这里，好多着呢！什么好话？又是什么喜事？怪道成日家羡慕人家的丫头做了小老婆，一家子都仗着他横行霸道的，一家子都成了小老婆了！看得眼热了，也把我送在火坑里去！我若得脸呢，你们外头横行霸道，自己封就了自己是舅爷；我要不得脸败了时，你们把忘八脖子一缩[1]，生死由我去！"一面骂，一面哭。平儿、袭人拦着劝他。

他嫂子脸上下不来，因说道："愿意不愿意你也好说，犯不着拉三扯四的！俗语说得好：'当着矮人，别说矮话。'[2]姑娘骂我，我

1　忘八：甲鱼，俗称"王八"，是骂人话。
2　当着矮人，别说矮话：意指当着有短处的人，别说有关短处的话，以避影射之嫌。又作"当着矮人，别说短话"。

不敢还言，这二位姑娘并没惹着你，小老婆长，小老婆短，人家脸上怎么过得去？"袭人、平儿忙道："你倒别说这话，他也并不是说我们，你倒别拉三扯四的！你听见那位太太、太爷们封了我们做小老婆？况且我们两个，也没有爹娘哥哥兄弟在这门子里仗着我们横行霸道的。他骂的人自由他骂去，我们犯不着多心！"鸳鸯道："他见我骂了他，他臊了，没的盖脸[1]，又拿话调唆你们两个！幸亏你们两个明白。原是我急了，也没分别出来，他就挑出这个空儿来！"他嫂子自觉没趣，赌气去了。鸳鸯气得还骂，平儿、袭人劝他一回，方罢了。

平儿因问袭人道："你在那里藏着做什么？我们竟没有看见你。"袭人道："我因为往四姑娘房里看我们宝二爷去了，谁知迟了一步，说是家去了。我疑惑怎么没遇见呢，想要往林姑娘家找去，又遇见他的人，说也没去。我这里正疑惑是出园子去了，可巧你从那里来了，我一闪，你也没有见。后来他又来了，我从这树后头走到山子石后，我却见你两个说话来了，谁知你们四个眼睛没见我。"

一语未了，又听身后笑道："四个眼睛没见你？你们六个眼睛还没见我呢。"三人吓了一跳，回身一看，你道是谁？却是宝玉。

---

1 盖脸：遮羞。

袭人先笑道："叫我好找，你在那里来着？"宝玉笑道："我打四妹妹那里出来，迎头看见你走了来，我想来必是找我去的，我就藏起来了哄你。看你扬着头过去了，进了院子，又出来了，逢人就问。我在那里好笑，等着你到了跟前，吓你一跳。后来见你也藏藏躲躲的，我就知道也是要哄人了。我探头儿往前看了一看，却是他们两个，我就绕到你身后头。你出去，我也躲在你躲的那里了。"平儿笑道："咱们再往后找找去罢，只怕还找出两个人来，也未可知。"宝玉笑道："这可再没有了。"

鸳鸯已知这话俱被宝玉听了，只伏在石头上装睡。宝玉推他笑道："这石头上冷，咱们回屋里去睡，岂不好？"说着，拉起鸳鸯来。又忙让平儿来家吃茶，和袭人都劝鸳鸯走，鸳鸯方立起身来。四人竟往怡红院来。宝玉将方才的话俱已听见，心中着实替鸳鸯不快，只默默的歪在床上，任他三人在外间说笑。

那边邢夫人因问凤姐儿鸳鸯的父亲，凤姐因说："他爹的名字叫金彩，两口子都在南京看房子，不大上来[1]。他哥哥文翔，现在是老太太的买办。他嫂子也是老太太那边浆洗上的头儿。"邢夫人便命人叫了他嫂子金文翔的媳妇来，细细说给他。那媳妇自是

---

1 上来：由于北方比南方地势高，人习惯上称"上北京""下江南"。鸳鸯的父母在南京，来京因称"上来"。

喜欢，兴兴头头去找鸳鸯，指望一说必妥，不想被鸳鸯抢白了一顿[1]，又被袭人、平儿说了几句。羞恼回来，便对邢夫人说："不中用，他骂了我一场。"因凤姐儿在旁，不敢提平儿，说："袭人也帮着抢白我，说了我许多不知好歹的话，回不得主子的。太太和老爷商议再买罢。谅那小蹄子也没有这么大福，我们也没有这么大造化。"邢夫人听了，说道："又与袭人什么相干，他们如何知道呢？"又问："还有谁在跟前？"金家的道[2]："还有平姑娘。"凤姐儿忙道："你不该拿嘴巴子把他打回来？我一出了门，他就逛去了，回家来连个影儿也摸不着他！他必定也帮着说什么来着！"金家的道："平姑娘倒没在跟前，远远的看着倒像是他，可也不真切。不过是我白忖度着。"凤姐便命人去："快找了他来，告诉我家来了，太太也在这里，叫他快着来。"丰儿忙上来回道："林姑娘打发了人下请字儿[3]，请了三四次，他才去了。奶奶一进门，我就叫他去的。林姑娘说：'告诉奶奶，我烦他有事呢[4]。'"凤姐儿听了方罢，故意的还说："天天烦他！有什么事情？"

　　邢夫人无计，吃了饭回家，晚上告诉了贾赦。贾赦想了一

　　1　抢白：当面责备训斥、讽刺挖苦。
　　2　金家的：鸳鸯的嫂子，嫁给鸳鸯之兄金文翔，故称"金家的"。
　　3　下请字儿：犹言"下请帖"。这里指黛玉托人捎话请平儿去的意思。此话当然是丰儿编造蒙骗邢夫人的。
　　4　烦：麻烦，烦请。

想，即刻叫贾琏来，说："南京的房子还有人看着，不止一家，即刻叫金彩来。"贾琏回道："上次南京信来，金彩已经得了痰迷心窍，那边连棺材银子都赏了，不知如今是死是活。即便活着，人事不知，叫来无用。他老婆子又是个聋子。"贾赦听了，喝了一声，又骂："混账！没天理的囚攮的[1]！偏你这么知道？还不离了我这里！"唬得贾琏退出。一时又叫传金文翔。贾琏在外书房伺候着，又不敢家去，又不敢见他父亲，只得听着。一时金文翔来了，小么儿们直带入二门里去，隔了四五顿饭的工夫，才出来去了。贾琏暂且不敢打听，隔了一会，又打听贾赦睡了方才过来。至晚间凤姐儿告诉他，方才明白。

且说鸳鸯一夜没睡。至次日，他哥哥回贾母，接他家去逛逛，贾母允了，叫他家去。鸳鸯意欲不去，只怕贾母疑心，只得勉强出来。他哥哥只得将贾赦的话说给他，又许他怎么体面，又怎么当家做姨娘，鸳鸯只咬定牙不愿意。他哥哥无法，少不得回去回复贾赦。贾赦恼起来，因说道："我说给你，叫你女人和他说去。就说我的话：'自古嫦娥爱少年'，他必定嫌我老了。大约他恋着少爷们，多半是看上了宝玉，只怕也有贾琏。若有此心，叫他早早歇了！我要他不来，以后谁敢收他？这是一件。第二件，想着

---

1 囚攮的：骂人话。

老太太疼他，将来外边聘个正头夫妻去[1]。叫他细想，凭他嫁到了谁家，也难出我的手心！除非他死了，或是终身不嫁男人，我就服了他！要不然时，叫他趁早回心转意，有多少好处。"贾赦说一句，金文翔应一声"是"。贾赦道："你别哄我，明儿我还打发你太太过去问鸳鸯。你们说了，他不依，便没你们的不是；若问他，他再依了，仔细你们的脑袋！"金文翔忙应了又应，退出回家，也等不得告诉他女人转说，竟自己对面说了这话。把个鸳鸯气得无话可回，想了一想，便说道："我便愿意去，也须得你们带了我回声老太太去。"他哥嫂只当回想过来，都喜之不尽。他嫂子即刻带了他上来见贾母。

可巧王夫人、薛姨妈、李纨、凤姐儿、宝钗等姊妹并外头的几个执事有头脸的媳妇，都在贾母跟前凑趣儿呢。鸳鸯看见，忙拉了他嫂子，到贾母跟前跪下，一面哭，一面说，把邢夫人怎么来说，园子里他嫂子怎么说，今儿他哥哥又怎么说，"因为不依，方才大老爷越发说我'恋着宝玉'，不然，要等着往外聘，凭我到天上，这一辈子也跳不出他的手心去，终久要报仇。我是横了心的，当着众人在这里，我这一辈子，别说是宝玉，就是宝金、宝银、宝天王、宝皇帝，横竖不嫁人就完了！就是老太太逼着我，

1　正头夫妻：这里指嫁人做正妻。

一刀子抹死了，也不能从命！服侍老太太归了西，我也不跟着我老子娘哥哥去，或是寻死，或是剪了头发当姑子去！要说我不是真心，暂且拿话支吾[1]，这不是，天地鬼神、日头月亮照着，嗓子里头长疔！"原来这鸳鸯一进来时，便袖内带了一把剪子，一面说着，一面回手打开头发就铰。众婆子丫鬟看见，忙来拉住，已剪下半绺来了。众人看时，幸而他的头发极多，铰得不透，连忙替他挽上。

贾母听了，气得浑身打战，口内只说："我通共剩了这么一个可靠的人，他们还要来算计！"因见王夫人在旁，便向王夫人道："你们原来都是哄我的！外头孝顺，暗地里盘算我！有好东西也来要，有好人也来要。剩了这个毛丫头，见我待他好了，你们自然气不过，弄开了他，好摆弄我！"王夫人忙站起来，不敢还一言。薛姨妈见连王夫人怪上，反不好劝的了。李纨一听见鸳鸯这话，早带了姊妹们出去。探春有心的人，想王夫人虽有委屈，如何敢辩？薛姨妈现是亲妹妹，自然也不好辩；宝钗也不便为姨母辩；李纨、凤姐、宝玉一发不敢辩。这正用着女孩儿之时，迎春老实，惜春小，因此，窗外听了一听，便走进来，陪笑向贾母

---

1 支吾：拿含混的话搪塞。

道："这事与太太什么相干？老太太想一想，也有大伯子的事[1]，小婶子如何知道？"

话未说完，贾母笑道："可是我老糊涂了！姨太太别笑话我。你这个姐姐，他极孝顺，不像我们那大太太，一味怕老爷，婆婆跟前不过应景儿。可是我委屈了他。"薛姨妈只答应"是"，又说："老太太偏心，多疼小儿子媳妇，也是有的。"贾母道："不偏心。"因又说："宝玉，我错怪了你娘，你怎么也不提我，看着你娘受委屈？"宝玉笑道："我偏着母亲说大爷大娘不成？通共一个不是，我母亲要不认，却推谁去？我倒要认是我的不是，老太太又不信！"贾母笑道："这也有理。你快给你娘跪下，你说：太太别委屈了，老太太有年纪了，看着宝玉罢！"宝玉听了忙走过来，便跪下要说。王夫人忙笑着拉起他来，说："快起来，断乎使不得！难道替老太太给我赔不是不成？"宝玉听说，忙站起来。

贾母又笑道："凤姐儿也不提我！"凤姐笑道："我倒不派老太太的不是，老太太倒寻上我了！"贾母听了，和众人都笑道："这可奇了，倒要听听这个不是！"凤姐道："谁叫老太太会调理人？

1　大伯子：已婚妇女对丈夫哥哥的称呼。下文中的"小婶子"即"小婶"，指弟弟的妻子。

调理得水葱儿似的¹，怎么怨得人要？我幸亏是孙子媳妇，我若是孙子，我早要了，还等到这会子呢！"贾母笑道："这倒是我的不是了？"凤姐笑道："自然是老太太的不是了。"贾母笑道："这么着，我也不要了，你带了去罢。"凤姐儿道："等着修了这辈子，来生托生男人，我再要罢。"贾母笑道："你带了去，给琏儿放在屋里，看你那没脸的公公还要不要了！"凤姐儿道："琏儿不配，就只配我和平儿这一对'烧糊了的卷子'和他混罢咧²。"说得众人都笑起来了。

1　水葱儿：一种多年生草本植物，茎为圆筒状，粉绿色，色泽鲜丽，生在浅水中，可供观赏。这里用来形容女孩儿的娇艳美丽。
2　烧糊了的卷子：形容面目焦黑丑陋。

9.节选九　晴雯补裘

阅读提示

一、本段选自《红楼梦》第五十二回"俏平儿情掩虾须镯，勇晴雯病补孔雀裘"和第五十三回"宁国府除夕祭宗祠，荣国府元宵开夜宴"。袭人因母亲病故而回家，晴雯也生了病。恰在此刻，怡红院中又事故不断，且看晴雯如何应对。

二、晴雯是个个性极强的丫鬟，她心地纯洁，能力超群，脾气也大，"是块爆炭"。得知丫鬟坠儿偷了平儿的镯子，她登时"蛾眉倒蹙，凤眼圆睁"，趁着宝玉不在，开发了坠儿。——晴雯的内心是可以理解的：当丫鬟的地位虽低，尊严却不能丢；对于自甘堕落者，晴雯片刻也不能容忍！

三、宝玉与怡红院的丫鬟们情同兄妹，与晴雯感情最深挚。虽说袭人是怡红院中的"大姐大"，但小说家给予晴雯的地位，却高于袭人。第五回宝玉梦游太虚幻境，见到"金陵十二钗又副册"中的两首诗，头一首"霁月难逢，彩云易散。心比天高，身为下贱……"便是晴雯的判词；而袭人的判词则列于晴雯之后。——

晴雯也确实不辜负宝玉，在本回中，宝玉的孔雀裘被烧坏，是晴雯不顾病痛，连夜织补，也织进了对宝玉的一片真情！

四、一个有意思的现象值得关注：生活在等级社会，宝玉身份高贵，却最重平等；然而恰恰又是怡红院，等级森严，规矩最大。在外层伺候的丫鬟若跑到"里格"给宝玉倒茶，也要受大丫鬟的呵斥，更别提院落以外的仆妇人等。从晴雯惩罚坠儿以及晴雯、麝月舌战坠儿娘，可知封建礼数是由贵族主子规定的，却由丫鬟、奴隶们自觉维护着……这一现象，值得回味。

五、书中人物的语言各有特色。晴雯是急脾气，说话如"机关枪"；麝月则最善言辞，辩论起来有理有据，句句给劲儿。

六、晴雯生病，除了吃中药，还用上了西洋药物，如本回中的西洋鼻烟及西洋药膏便是。——从鼻烟盒的装潢看，还是正经的西洋原装货。

曹雪芹的家族除了为皇家提供丝织品，同时负责向皇上转呈西洋贡品，书中出现大量西洋呢绒制品（包括雀金呢）、西洋水银镜、钟表、绘画、饮料等，都反映了曹家"近水楼台先得月"的史实。

宝玉因惦记着晴雯等事，便先回园里来。到了屋中，药香满室，一人不见，只有晴雯独卧于炕上，脸上烧得飞红。又摸了一摸，只觉烫手，忙又向炉上将手烘暖，伸进被去摸了一摸身上，也是火热。因说道："别人去了也罢，麝月、秋纹也这么无情，各自去了？"晴雯道："秋纹是我撵了他去吃饭了，麝月是方才平儿来找他出去了。两个人鬼鬼祟祟的，不知说什么。必是说我病了不出去。"宝玉道："平儿不是那样人。况且他并不知你病特来瞧你，想来一定是找麝月来说话，偶然见你病了，随口说特瞧你的病，这也是人情乖觉取和儿的常事[1]。便不出去，有不是，与他何干？你们素日又好，断不肯为这无干的事伤和气。"晴雯道："这话也是，只是疑他为什么忽然又瞒起我来？"宝玉笑道："等我从后门出去，到那窗户根下听听说些什么，来告诉你。"

说着，果从后门出去，至窗下潜听。麝月悄悄问道："你怎么就得了的？"平儿道："那日彼时洗手时不见了，二奶奶就不许吵嚷，出了园子，即刻就传给园里各处的妈妈们，小心访查。我们只疑惑邢姑娘的丫头，本来又穷，只怕小孩子家没见过，拿起来是有的，再不料定是你们这里的。幸而二奶奶没有在屋里，你们这里的宋妈去了，拿着这支镯子，说是小丫头坠儿偷起来的，被

---

1 人情乖觉取和儿：这里指机灵、随机应变以求和睦。乖觉，机灵。取和儿，求得和睦。

他看见，来回二奶奶的。我赶忙接了镯子，想了一想：宝玉是偏在你们身上留心用意、争胜要强的，那一年有个良儿偷玉，刚冷了这二年，闲时还常有人提起来趁愿[1]。这会子又跑出一个偷金子的来了，而且更偷到街坊家去了[2]。偏是他这么着，偏是他的人打嘴。所以我倒忙叮咛宋妈，千万别告诉宝玉，只当没有这事，总别和一个人提起。第二件，老太太、太太听了生气。三则袭人和你们也不好看。所以我回二奶奶只说：'我往大奶奶那里去来着，谁知镯子褪了口[3]，丢在草根底下，雪深了没看见。今儿雪化尽了，黄澄澄的映着日头，还在那里呢，我就拣了起来。'二奶奶也就信了，所以我来告诉你们。你们以后防着他些，别使唤他到别处去。等袭人回来，你们商议着，变个法子打发出去就完了[4]。"麝月道："这小娼妇也见过些东西，怎么这么眼浅[5]？"平儿道："究竟这镯子能多重，原是二奶奶的，说这叫作'虾须镯'，倒是这颗珠子重了。晴雯那蹄子是块爆炭，要告诉了他，他是忍不住的，一时气上来，或打或骂，依旧嚷出来，所以单告诉你留心就是了。"说着，便作辞而去。

---

1 趁愿：称心，快意，幸灾乐祸。
2 街坊家：邻居家。
3 褪了口：这里指镯子松了，从胳膊脱落。
4 变个法子：找个由头。
5 眼浅：目光短浅，没见过世面。

宝玉听了，又喜又气又叹。喜的是平儿竟能体贴自己的心，气的是坠儿小窃，叹的是坠儿那样伶俐，做出这丑事来。因而回至房中，把平儿之话一长一短告诉了晴雯，又说："他说你是个要强的，如今病了，听了这话，越发要添病的，等好了再告诉你。"晴雯听了，果然气得蛾眉倒蹙，凤眼圆睁，即时就叫坠儿。宝玉忙劝道："这一喊出来，岂不辜负了平儿待你的心呢？不如领他这个情，过后打发他出去就完了。"晴雯道："虽如此说，只是这气如何忍得住！"宝玉道："这有什么气的，你只养病就是了。"

　　晴雯服了药，至晚间又服了二和[1]，夜间虽有些汗，还未见效，仍是发烧头疼鼻塞声重。次日，王太医又来诊视，另加减汤剂。虽然稍减了烧，仍是头疼。宝玉便命麝月："取鼻烟来[2]，给他闻些，痛打几个嚏喷就通快了。"麝月果真去取了一个金镶双金星玻璃小扁盒儿来，递给宝玉。宝玉便揭开盒盖，里面是个西洋珐琅的黄发赤身女子，两肋又有肉翅[3]，里面盛着些真正上等洋烟。晴雯只顾看画儿，宝玉道："闻些，走了气就不好了。"晴雯听说，忙用指甲挑了些抽入鼻中。不见怎么，便又多多挑了些抽入。忽觉

　　1　二和：第二次煎的药。

　　2　鼻烟：一种用鼻子吸的烟草制品，用发酵的烟叶粉末调和香料制成，直接吸用，不用点燃。烟末贮存于小巧的鼻烟壶中，可随身携带。

　　3　珐琅：一种烧涂在金属表面、色彩艳丽的不透明玻璃质材料。黄发赤身女子，两肋又有肉翅：这是西洋绘画中天使的形象。此种鼻烟应是舶来品。

鼻中一股酸辣,透入囟门[1],接连打了五六个嚏喷,眼泪鼻涕登时齐流。晴雯忙收了盒子,笑道:"了不得,辣!快拿纸来。"早有小丫头子递过一搭子细纸,晴雯便一张一张的拿来擤鼻子。宝玉笑问:"如何?"晴雯笑道:"果然通快些,只是太阳还疼。"宝玉笑道:"越发尽用西洋药治一治,只怕就好了。"说着,便命麝月:"往二奶奶要去,就说我说了,姐姐那里常有那西洋贴头疼的膏子药,叫作'依佛哪',我寻一点儿。"

麝月答应去了,半日,果然拿了半节来。便去找了一块红缎子角儿,铰了两块指顶大的圆式,将那药烤和了,用簪挺摊上[2]。晴雯自拿着一面靶儿镜子,贴在两太阳上[3]。麝月笑道:"病得蓬头鬼一样,如今贴了这个,倒俏皮了。二奶奶贴惯了,倒不大显。"说毕,又问宝玉道:"二奶奶说了:明儿是舅老爷的生日,太太说了叫你去呢。明儿穿什么衣裳?今儿晚上好打点齐备了,省得明儿早起费手。"宝玉道:"什么顺手就是什么罢了。一年闹生日也闹不清。"说着,便起身出房,往惜春屋里去看画儿。

......[4]

---

1 囟(xìn)门:头顶上微凹处,也叫"顶门"。
2 簪挺:簪子分簪头、簪挺(杆部),这里指簪子的杆部。
3 太阳:这里指太阳穴,位于头部两眼的外侧。
4 此处略去宝玉到潇湘馆与宝琴等聊天的情节。

至次日天未明，晴雯便叫醒麝月道："你也该醒了，只是睡不够！你出去叫人给他预备茶水，我叫醒他就是了。"麝月忙披衣起来道："咱们叫他起来，穿好衣裳，抬过这火箱去¹，再叫他们进来。老妈妈们已经说过，不叫他在这屋里，怕过了病气²；如今他们见咱们挤在一处，又该唠叨了。"晴雯道："我也是这么说。"二人才叫时，宝玉已醒了，忙起身披衣。麝月先叫进小丫头子来收拾妥了，才命秋纹等进来，一同服侍。宝玉梳洗已毕，麝月道："天又阴阴的，只怕下雪，穿一套毡子的罢。"宝玉点头，即时换了衣裳。小丫头便用小茶盘捧了一盖碗建莲红枣汤来³，宝玉喝了两口。麝月又捧过一小碟法制紫姜来⁴，宝玉嚼了一块。又嘱咐了晴雯，便忙往贾母处来。

　　贾母犹未起来，知道宝玉出门，便开了屋门，命宝玉进去。宝玉见贾母身后宝琴面向里睡着未醒。贾母见宝玉身上穿着荔支色哆罗呢的箭袖⁵，大红猩猩毡盘金彩绣石青妆缎沿边的排穗褂⁶。贾母道："下雪呢么？"宝玉道："天阴着，还没下呢。"贾母便命：

1　火箱：一种方形的熏笼，可用来熏香、烘干衣物。
2　过了病气：这里指受传染。
3　建莲：产于福建的莲子，有较高的药用价值。
4　法制：依特殊方法炮制。紫姜：一种用嫩姜腌制的酱菜。
5　荔支色：成熟的荔枝壳颜色，即暗红色。哆罗呢：一种呢绒织物，为舶来品。
6　妆缎：南京云锦之一种，是彩色提花的高级丝织品，一般专供皇家使用。

"鸳鸯来，把昨儿那一件孔雀毛的氅衣给他罢[1]。"鸳鸯答应走去，果取了一件来。宝玉看时，金翠辉煌，碧彩闪灼，又不似宝琴所披之凫靥裘[2]。只听贾母笑道："这叫作'雀金呢'，这是俄罗斯国拿孔雀毛拈了线织的。前儿那件野鸭子的给了你小妹妹，这件给你罢。"宝玉磕了一个头，便披在身上。贾母笑道："你先给你娘瞧瞧去再去。"宝玉答应了，便出来，只见鸳鸯站在地下揉眼睛。因自那日鸳鸯发誓绝婚之后，他总不合宝玉说话，宝玉正自日夜不安，此时见他又要回避，宝玉便上来笑道："好姐姐你瞧瞧，我穿着这个好不好？"鸳鸯一摔手，便进贾母屋里来了。宝玉只得到了王夫人屋里，给王夫人看了，然后又回至园中，给晴雯、麝月看过，来回复贾母说："太太看了，只说可惜了的，叫我仔细穿，别糟蹋了。"贾母道："就剩了这一件，你糟蹋了也再没了。这会子特给你做这个，也是没有的事。"说着又嘱咐："不许多吃酒，早些回来。"

……[3]

这里晴雯吃了药，仍不见病退，急得乱骂大夫，说："只会哄

---

1 氅衣：穿在外面遮风寒的大衣。
2 凫靥（yè）裘：用野鸭面部两颊附近的毛皮制作的衣服。这里的"凫靥"，很可能是小说家拟想的一种衣料。
3 此处略去宝玉出门的若干情节。

人的钱，一剂好药也不给人吃！"麝月笑劝他道："你太性急了，俗语说：'病来如山倒，病去如抽丝。¹'又不是老君的仙丹，那有这么灵药？你只静养几天，自然就好了。你越急越着手。"晴雯又骂小丫头子们："那里攒沙去了²，瞅着我病了，都大胆子走了。明儿我好了，一个个的才揭了你们的皮！"唬得小丫头子定儿忙进来问："姑娘做什么？"晴雯道："别人都死了，就剩了你不成！"说着，只见坠儿也蹭进来了。晴雯道："你瞧瞧这小蹄子，不问他还不来呢！这里又放月钱了，又散果子了，你该跑在头里了！你往前些！我是老虎，吃了你？"坠儿只得往前凑了几步。晴雯便冷不防欠身，一把将他的手抓住，向枕边拿起一丈青来³，向他手上乱戳，又骂道："要这爪子做什么？拈不动针，拿不动线，只会偷嘴吃！眼皮子又浅，爪子又轻⁴，打嘴现世的，不如戳烂了！"坠儿疼得乱喊。麝月忙拉开，按着晴雯躺下，道："你才出了汗，又作死！等你好了，要打多少打不得，这会子闹什么！"

晴雯便命人叫宋嬷嬷进来，说道："宝二爷才告诉了我，叫我告诉你们，坠儿很懒，宝二爷当面使他，他拨嘴儿不动，连袭人

使他，他也背地里骂。今儿务必打发他出去，明儿宝二爷亲自回太太就是了。"宋嬷嬷听了，心下便知镯子事发，因笑道："虽如此说，也等花姑娘回来[1]，知道了，再打发他。"晴雯道："宝二爷今儿千叮咛万嘱咐的，什么'花姑娘''草姑娘'的，我们自然有道理。你只依我的话，快叫他家的人来领他出去。"麝月道："这也罢了！早也是去，晚也是去，早带了去，早清净一日。"宋嬷嬷听了，只得出去唤了他母亲来，打点了他的东西。又见了晴雯等，说道："姑娘们怎么了？你侄女儿不好，你们教导他，怎么撵出去？也到底给我们留个脸儿！"晴雯道："这话只等宝玉来问他，与我们无干。"那媳妇冷笑道："我有胆子问他去？他那一件事不是听姑娘们的调停？他纵依了，姑娘们不依，也未必中用。比如方才说话，虽背地里，姑娘就直叫他的名字，在姑娘们就使得，在我们就成了野人了！"

晴雯听说，越发急红了脸，说道："我叫了他的名字了，你在老太太、太太跟前告我去！说我野，也撵出我去！"麝月道："嫂子你只管带了人出去，有话再说。这个地方岂有你叫喊讲理的，你见谁和我们讲过理？别说嫂子你，就是赖大奶奶、林大娘也得担待我们三分。就是叫名字，从小儿直到如今，都是老太太

---

1 花姑娘：袭人，姓花。

吩咐过的，你们也知道的，恐怕难养活，巴巴的写了他的小名儿各处贴着，叫万人叫去，为的是好养活。连挑水、挑粪、花子都叫得[1]，何况我们！连昨儿林大娘叫了一声'爷'，老太太还说呢。此是一件。二则我们这些人，常回老太太、太太的话去，可不叫着名回话，难道也称'爷'？那一日不把'宝玉'两字叫二百遍，偏嫂子又来挑这个了。过一天嫂子闲了，在老太太、太太跟前听听我们当着面儿叫他，就知道了。嫂子原也不得在老太太、太太跟前当些体统差使[2]，成年家只在三门外头混，怪不得不知道我们里头的规矩。这里不是嫂子久站的，再一会，不用我们说话，就有人来问你了。有什么分证的话[3]，且带了他去，你回了林大娘，叫他来找二爷说话。家里上千的人，他也跑来，我也跑来，我们认人问姓还认不清呢！"说着，便叫小丫头子："拿了擦地的布来擦地！"那媳妇听了，无言可对，亦不敢久站，赌气带了坠儿就走。宋嬷嬷忙道："怪道你这嫂子不知规矩。你女儿在屋里一场，临去时也给姑娘们磕个头。没有别的谢礼，他们也不希罕，不过磕个头尽心罢咧，怎么说走就走？"坠儿听了，只得翻身进来，给他两个磕头。又找秋纹等，他们也并不睬他。那媳妇嗐声叹气，

---

1 花子：叫花子，乞丐。

2 体统：格局，规矩。这里有体面的意思。

3 分证：分辩。

口不敢言，抱恨而去。

晴雯方才又闪了风，着了气[1]，反觉更不好了。翻腾至掌灯，刚安静了些，只见宝玉回来，进门就嗐声顿脚。麝月忙问原故，宝玉道："今儿老太太喜喜欢欢的给了这件褂子，谁知不防，后襟子上烧了一块。幸而天晚了，老太太、太太都不理论[2]。"一面脱下来。麝月瞧时，果然有指顶大的烧眼，说："这必定是手炉里的火迸上了。这不值什么，赶着叫人悄悄拿出去，叫个能干织补匠人织上就是了。"说着，就用包袱包了，叫了一个嬷嬷送出去，说："赶天亮就有才好，千万别给老太太、太太知道。"婆子去了半日，仍旧拿回来，说："不但织补匠，能干裁缝、绣匠并做女工的，问了，都不认得这是什么，都不敢揽。"麝月道："这怎么好呢？明儿不穿也罢了。"宝玉道："明儿是正日子，老太太、太太说了，还叫穿过这个去呢。偏头一日就烧了，岂不扫兴！"

晴雯听了半日，忍不住，翻身说道："拿来我瞧瞧罢！没那福气穿就罢了，这会子又着急！"宝玉笑道："这话倒说得是。"说着，便递给晴雯，又移过灯来，细瞧了一瞧。晴雯道："这是孔雀金线的，如今咱们也拿孔雀金线，就像界线似的界密了[3]，只怕还

---

1 闪了风，着了气：（有病的人）吹了风，生了气。
2 理论：理会，这里指发觉。
3 界线：指手工缝纫工艺中一种纵横交织的织法。

晴雯/[清]改琦 绘

可混得过去。"麝月笑道:"孔雀线现成的,但这里除你,还有谁会界线?"晴雯道:"说不得我挣命罢了!"宝玉忙道:"这如何使得?才好了些,如何做得活!"晴雯道:"不用你蝎蝎螫螫的[1],我自知道。"一面说,一面坐起来,挽了一挽头发,披了衣裳。只觉头重身轻,满眼金星乱迸,实实掌不住。待不做,又怕宝玉着急,少不得狠命咬牙捱着。便命麝月只帮着拈线,晴雯先拿了一根比一比,笑道:"这虽不很像,要补上也不很显。"宝玉道:"这就很好,那里又找俄罗斯国的裁缝去?"晴雯先将里子拆开,用茶杯口大小一个竹弓钉绷在背面,再将破口四边用金刀刮得散松松的,然后用针缝了两条,分出经纬,亦如界线之法,先界出地子来,后依本纹来回织补。补两针,又看看;织补不上三五针,便伏在枕上歇一会。宝玉在旁,一时又问:"吃些滚水不吃?"一时又命:"歇一歇。"一时又拿一件灰鼠斗篷替他披在背上,一时又拿个枕头给他靠着。急得晴雯央道:"小祖宗,你只管睡罢!再熬上半夜,明儿眼睛抠搂了[2],那可怎么好?"

宝玉见他着急,只得胡乱睡下,仍睡不着。一时只听自鸣钟

---

1 蝎蝎螫螫:形容人婆婆妈妈,小题大做。
2 抠搂:指眼窝因缺少睡眠或生病等原因而下陷。

已敲了四下[1]，刚刚补完；又用小牙刷慢慢的剔出氄毛来[2]。麝月道："这就很好，要不留心，再看不出的。"宝玉忙要了瞧瞧，笑说："真真一样了。"晴雯已嗽了几声，好容易补完了，说了一声："补虽补了，到底不像。我也再不能了！""嗳哟"了一声，就身不由主睡下了。……[3]

话说宝玉见晴雯将雀裘补完，已使得力尽神危，忙命小丫头子来替他捶着，彼此捶打了一会。歇下没一顿饭的工夫，天已大亮，且不出门，只叫快请大夫。一时王大夫来了，诊了脉，疑惑说道："昨日已好了些，今日如何反虚浮微缩起来[4]？敢是吃多了饮食，不然就是劳了神思？外感却倒轻了，这汗后失调养，非同小可。"一面说，一面出去开了药方进来。宝玉看时，已将疏散驱邪诸药减去，倒添茯苓、地黄、当归等益神养血之剂。宝玉一面忙命人煎去，一面叹说："这怎么处？倘或有个好歹，都是我的罪孽！"晴雯睡在枕上，嗐道："好二爷，你干你的去罢。那里就得了痨病了呢[5]！"宝玉无奈，只得去了。至下半天，说身上不好，

1　自鸣钟已敲了四下：这里指凌晨4点。

2　氄（rǒng）毛：细软松散的嫩毛。

3　此处略去第五十二、第五十三回衔接处的文字。

4　虚浮微缩：这里指中医的脉象。虚浮，脉搏漂浮无力；微缩，脉搏微弱，若有若无。

5　痨病：旧时指肺结核，是无药可治的疾病。

就回来了。

　　晴雯此症虽重，幸亏他素昔是个使力不使心的人，再者素昔饮食清淡，饥饱无伤的。这贾宅中的秘法，无论上下，只略有些伤风咳嗽，总以净饿为主，次则服药调养。故于前一日病时，就饿了两三天，又谨慎服药调养。如今虽劳碌了些，又加倍培养了几日，便渐渐的好了。近日园中姐妹皆各在房中吃饭，炊爨饮食甚便¹，宝玉自能要汤要羹调停，不必细说。

　　1　炊爨（cuàn）：烧火煮饭。

10. 节选一〇　探春兴利除弊

阅读提示

一、本段选自《红楼梦》第五十六回"敏探春兴利除宿弊，贤宝钗小惠全大体"。此前凤姐身体欠安，王夫人让李纨、探春担起管家之责，并请宝钗从旁协助。凤姐让平儿带话儿，请探春"冷眼看着，或有该添该减的去处，二奶奶没行到，姑娘竟一添减……"探春等三人于是研究起"改革"措施，平儿也来旁听。

二、改革包括"节流"和"开源"。此前，探春已经裁掉族中男孩子每年八两银子的"助学金"；此番又商量裁掉"外头买办"所掌握的脂粉钱——这些措施，都属于"节流"。

"开源"则是向大观园中的土地花木要效益，采取了个人承包制——不是简单地一"包"了之，还考虑到如何减少管理环节，如何做到利益均沾……别小看几位闺阁千金，其才学、见识、魄力及执行力，都赛过须眉男子。——歌颂女性，为她们树碑立传，这也正是本书的写作宗旨之一。

三、此段文章所展示的改革措施及管理思想，应出自曹雪芹的思考；不但是小说情节之需要，对社会经济管理者同样有着借鉴意义。——上世纪八九十年代，政府相关部门曾以《红楼梦》中的理财思想为题，展开过研究讨论，并获得有益的启示。《红楼梦》的影响，远不止文学领域。

四、平儿是凤姐的得力助手，李纨称她是凤姐的"总钥匙"。她精明强干却又行事低调；从不肯倚势欺人，反而常常利用自己掌握的一点权力与人方便，因而颇得众心。在本回中，她代表凤姐听取三位"代理管家"的意见，应对从容，言辞得体，既表现出对三位新人的尊重，也能适时为凤姐辩护，表现出不同一般的聪慧，令宝钗感叹不已。

五、宝钗的地位有点尴尬，她是贾府中的"外人"，对家族事务的参与，深也不是，浅也不是。而宝钗本人的性格，是"不干己事不开口，一问摇头三不知"（第五十五回凤姐语），不过有王夫人的托付，她又不容推辞。好在她的聪明与见识，让她能应付裕如：虽未参与具体的安排，却也提出了很好的建议；如让参与承包者每年拿出若干吊钱分给园中其他女仆，就是缓和改革矛盾的妙招。她最后做"总结发言"，要承包者帮助维持园中秩序，又显示出她看得远、想得深，领导才能不让凤姐、探春。

不过她的参与又是有限度的，如平儿举荐莺儿之母管理园中花草，宝钗当即反对：莺儿是宝钗自己的丫鬟，宝钗不想给人留下替自己人争利的话把儿。她推举了贾府的叶妈——她知道叶妈与莺儿妈要好，因而莺儿妈仍可从中获利。宝钗头脑灵活，思绪缜密，在诸钗中绝对是第一流的。

话说平儿陪着凤姐吃了饭，服侍盥漱毕，方往探春处来。只见院中寂静，只有丫鬟婆子一个个都站在窗外听候。平儿进入厅中，他姐妹姑嫂三人正商议些家务，说的便是年内赖大家请吃酒，他家花园中事故[1]。见他来了，探春便命他脚踏上坐了，因说道："我想的事，不为别的，只想着我们一月所用的头油脂粉又是二两的事。我想咱们一月已有了二两月银，丫头们又另有月钱，可不是又同刚才学里的八两一样重重叠叠[2]？这事虽小，钱有限，看起来也不妥当，你奶奶怎么就没想到这个呢[3]？"平儿笑道："这有个原故。姑娘们所用的这些东西，自然该有分例，每月每处买办买了，令女人们交送我们收管，不过预备姑娘们使用就罢了，没

1　事故：事情。赖大是贾府的管家，请贾府众人到家中吃酒。他家有个花园，包给人家，一年收益不少。此事启发了探春、李纨等，准备学习赖家经验，向大观园要"效益"。

2　学里的八两：贾府少爷中凡上学者，有八两银子助学补贴。探春管家，认为此银不合理，已经取消。

3　你奶奶：这是冲着平儿说，指的是凤姐。

有个我们天天各人拿着钱，找人买这些去的。所以外头买办总领了去，按月使女人按房交给我们。至于姑娘们每月的这二两，原不是为买这些的，为的是一时当家的奶奶太太，或不在家，或不得闲，姑娘们偶然要个钱使，省得找人去，这不过是恐怕姑娘们受委屈意思。如今我冷眼看着，各屋里我们的姐妹都是现拿钱买这些东西的，竟有了一半子。我就疑惑不是买办脱了空 [1]，就是买的不是正经货。"探春、李纨都笑道："你也留心看出来了。脱空是没有的，只是迟些日子，催急了，不知那里弄些来。不过是个名儿，其实使不得，依然还得现买。就用二两银子，另叫别人的奶妈子的弟兄儿子买来，方才使得。要使官中的人去 [2]，依然是那一样的，不知他们是什么法子？"平儿便笑道："买办买的是那东西，别人买了好的来，买办的也不依他，又说他使坏心，要夺他的买办。所以他们宁可得罪了里头，不肯得罪了外头办事的。要是姑娘们使了奶妈子们，他们也就不敢说闲话了。"

探春道："因此我心里不自在，饶费了两起钱，东西又白丢一半。不如竟把买办的这一项每月蠲了为是 [3]。此是第一件事。第二

1　脱空：落空，没着落。

2　官中的人：贾府中负责总务的买办们。官中，公共的意思，这里指大家族中总管各种公共事务的部门。

3　蠲了：免除了。

件，年里往赖大家去，你也去的，你看他那小园子比咱们这个如何？"平儿笑道："还没有咱们这一半大，树木花草也少多着呢。"探春道："我因和他们家的女孩儿说闲话儿，他说这园子除他们带的花儿[1]，吃的笋菜鱼虾，一年还有人包了去，年终足有二百两银子剩！从那日我才知道，一个破荷叶，一根枯草根子，都是值钱的。"宝钗笑道："真真膏粱纨袴之谈。你们虽是千金，原不知道这些事，但只你们也都念过书，识过字的，竟没看见过朱夫子有一篇《不自弃》的文么[2]？"探春笑道："虽也看过，不过是勉人自励，虚比浮词[3]，那里真是有的？"宝钗道："朱子都行了虚比浮词了？那句句都是有的。你才办了两天事，就利欲熏心，把朱子都看虚浮了。你再出去，见了那些利弊大事，越发连孔子也都看虚了呢！"探春笑道："你这样一个通人[4]，竟没看见姬子书[5]？当日姬子有云：'登利禄之场，处运筹之界者，穷尧舜之词，背孔孟之道……'"宝钗笑道："底下一句呢？"探春笑道："如今断章取义；念出底下一句，我自己骂我自己不成？"宝钗道："天下没有不可

1　带（的花）：戴。
2　朱夫子：南宋儒家学者朱熹。《不自弃》：朱子的文章，内容为训诫子弟爱惜万物、看重自身，不自暴自弃。上承父祖功德，下为子孙谋福。
3　虚比浮词：比喻空虚，语言浮泛。
4　通人：学识渊广、博古通今之人。
5　姬子书：未详，或为作者杜撰的书名。

用的东西，既可用，便值钱。难为你是个聪明人，这大节目正事竟没经历。"李纨笑道："叫人家来了，又不说正事，你们且对讲学问！"宝钗道："学问中便是正事。若不拿学问提着，便都流入市俗去了。"

三人取笑了一回，便仍谈正事。探春又接说道："咱们这个园子，只算比他们的多一半，加一倍算起来，一年就有四百银子的利息。若此时也出脱生发银子[1]，自然小器，不是咱们这样人家的事。若派出两个一定的人来，[2]既有许多值钱的东西，任人作践了，也似乎暴殄天物[3]。不如在园子里所有的老妈妈中，拣出几个老成本分、能知园圃的，派他们收拾料理。也不必要他们交租纳税，只问他们一年可以孝敬些什么[4]。一则园子有专定之人修理花木，自然一年好似一年了，也不用临时忙乱；二则也不致作践，白辜负了东西；三则老妈妈们也可借此小补，不枉成年家在园中辛苦；四则也可省了这些花儿匠、山子匠并打扫人等的工费[5]。将此有余，以补不足，未为不可。"宝钗正在地下看壁上的字画，听如此说，

---

1 出脱：脱手，发卖。这里指包给别人。
2 "若派出"句：有研究者认为，"若派出"当为"若不派出"，后面文意才顺畅。
3 暴殄（tiǎn）天物：原指残害灭绝天生万物。后指任意糟蹋东西，不知爱惜。
4 孝敬：这里指奉献。
5 山子匠：专门设计、制作假山等园林景观的匠人。

探春／[清] 改琦 绘

便点头笑道："善哉！'三年之内，无饥馑矣¹。'"李纨道："好主意！果然这么行，太太必喜欢。省钱事小，园子有人打扫，专司其职，又许他去卖钱，使之以权，动之以利²，再无不尽职的了。"

平儿道："这件事须得姑娘说出来。我们奶奶虽有此心，未必好出口。此刻姑娘们在园里住着，不能多弄些玩意儿陪衬，反叫人去监管修理，图省钱，这话断不好出口。"宝钗忙走过来，摸着他的脸笑道："你张开嘴，我瞧瞧你的牙齿舌头是什么做的？从早起来到这会子，你说了这些话，一套一个样子，也不奉承三姑娘，也不说你们奶奶才短想不到。三姑娘说一套话出来，你就有一套话回奉，总是三姑娘想到的，你们奶奶也想到了，只是必有个不可办的原故。这会子又是因姑娘们住在园子，不好因省钱令人去监管。你们想想这话，要果真交给人弄钱去的，那人自然是一枝花也不许掐，一个果子也不许动了，姑娘们份中自然是不敢讲究，天天和小姑娘们就吵不清。³他这远愁近虑，不亢不卑⁴，他们奶奶就不是和咱们好，听他这一番话，也必要自愧的变好了。"探春笑道："我早起一肚子气，听他来了，忽然想起他主子来：素日当家，

---

1 饥馑（jǐn）：因灾荒而粮食歉收，百姓乏食挨饿。馑，蔬菜没收成。

2 使之以权，动之以利：赋予他权力，用利益去打动他。

3 "姑娘们"二句：意思是说，花园承包之后，承包者各自维护自己的利益，园中小姐应得的份额（如掐花供瓶之类）不能保证，承包者与丫鬟使女的矛盾也会与日俱增。

4 不亢不卑：指既不傲慢自大，也不低声下气，待人有分寸。

使出来的好撒野的人！我见了他更生气了。谁知他来了，避猫鼠儿似的，站了半日，怪可怜的。接着又说了那些话，不说他主子待我好，倒说'不枉姑娘待我们奶奶素日的情意了'，这一句话，不但没了气，我倒愧了，又伤起心来。我细想：我一个女孩儿家，自己还闹得没人疼没人顾的，我那里还有好处去待人？"口内说到这里，不免又流下泪来。

李纨等见他说得恳切，又想他素日赵姨娘每生诽谤，在王夫人跟前，亦为赵姨娘所累，也都不免流下泪来，都忙劝他："趁今日清静，大家商议两件兴利剔弊的事情，也不枉太太委托一场。又提这没要紧的事做什么？"平儿忙道："我已明白了。姑娘说谁好，竟一派就完了。"探春道："虽如此说，也须得回你奶奶一声儿。我们这里搜剔小利，已经不当；皆因你奶奶是个明白人，我才这样行。若是糊涂多歪多妒的，我也不肯，倒像抓他的乖似的[1]。岂可不商议了行呢？"平儿笑道："这么着，我去告诉一声儿。"说着去了，半日方回来，笑道："我说是白走一趟！这样好事，奶奶岂有不依的？"

探春听了，便和李纨命人将园中所有婆子的名单要来，大家参度。大概定了几个人，又将他们一齐传来，李纨大概告诉给他

---

1 抓乖：要聪明，卖弄乖巧，让别人出丑。

们。众人听了，无不愿意。也有说："那片林子单交给我，一年工夫，明年又是一片。除了家里吃的笋，一年还可交些钱粮。"这一个说："那一片稻地交给我，一年这些玩的大小雀鸟的粮食，不必动官中钱粮，我还可以交钱粮。"探春才要说话，人回："大夫来了，进园瞧史姑娘去。"众婆子只得去领大夫。平儿忙说："单你们，有一百也不成个体统。难道没有两个管事的头脑儿带进大夫来？"回事的那人说："有吴大娘和单大娘，他两个在西南角上聚锦门等着呢。"平儿听说，方罢了。

众婆子去后，探春问宝钗："如何？"宝钗笑答道："幸于始者怠于终，善其辞者嗜其利。[1]"探春听了，点头称赞，便向册上指出几个来与他三人看。平儿忙去取笔砚来。他三人说道："这一个老祝妈，是个妥当的，况他老头子和他儿子，代代都是管打扫竹子，如今竟把这所有的竹子交与他。这一个老田妈本是种庄稼的，稻香村一带，凡有菜蔬稻稗之类，虽是玩意儿，不必认真大治大耕，也须得他去再细细按时加些植养，岂不更好？"探春又笑道："可惜蘅芜院和怡红院这两处大地方，竟没有出息之物[2]。"李纨忙笑道："蘅芜院里更利害，如今香料铺并大市大庙卖的各处

香料香草儿，都不是这些东西？算起来，比别的利息更大。怡红院别说别的，单只说春夏两季的玫瑰花，共下多少花朵儿？还有一带篱笆上的蔷薇、月季、宝相、金银花、藤花，这几色草花，干了卖到茶叶铺药铺去，也值好些钱。"探春笑着点头儿，又道："只是弄香草没有在行的人。"平儿忙笑道："跟宝姑娘的莺儿他妈，就是会弄这个的。上回他还采了些晒干了，编成花篮葫芦给我玩呢。姑娘倒忘了么？"宝钗笑道："我才赞你，你倒来捉弄我了。"三人都诧异问道："这是为何？"宝钗道："断断使不得！你们这里多少得用的人，一个个闲着没事办，这会子我又弄个人来，叫那起人连我也看小了。我倒替你们想出一个人来：怡红院有个老叶妈，他就是焙茗的娘。那是个诚实老人家，他又合我们莺儿妈极好。不如把这事交与叶妈，他有不知的，不必咱们说给他，就找莺儿的娘去商量了。那怕叶妈全不管，竟交与那一个，这是他们私情儿，有人说闲话也就怨不到咱们身上。如此一行，你们办得又公道，于事又妥当。"李纨平儿都道："很是！"探春笑道："虽如此，只怕他们见利忘义呢。"平儿笑道："不相干。前日莺儿还认了叶妈做干娘，请吃饭吃酒，两家和厚得很呢[1]。"探春听了，方罢了。又共斟酌出几个人来，俱是他四人素昔冷眼取中的，用

1　和厚：和睦，情深谊厚。

笔圈出。

一时婆子们来回:"大夫已去。"将药方送上去,三人看了。一面遣人送出外边去取药,监派调服;一面探春与李纨明示诸人:某人管某处,"按四季,除家中定例用多少外,余者任凭你们采取去取利,年终算账。"探春笑道:"我又想起一件事,若年终算账,归钱时自然归到账房,仍是上头又添一层管主,还在他们手心里又剥一层皮。这如今我们兴出这件事,派了你们,已是跨过他们的头去了,心里有气只说不出来,你们年终去归账,他还不捉弄你们等什么?再者这一年间管什么的,主子有一全份,他们就得半份,这是每常的旧规,人所共知的。如今这园子是我的新创,竟别入他们的手,每年归账,竟归到里头来才好。"宝钗笑道:"依我说,里头也不用归账,这个多了,那个少了,倒多了事。不如问他们谁领这一份的,他就揽一宗事去。不过是园里的人动用。我替你们算出来了,有限的几宗事,不过是头油、胭粉、香、纸,每一位姑娘,几个丫头,都是有定例的。再者各处笤帚、簸箕、掸子,并大小禽鸟、鹿、兔吃的粮食,不过这几样,都是他们包了去,不用账房去领钱。你算算,就省下多少来?"平儿笑道:"这几宗虽小,一年通共算了,也省得下四百多银子。"宝钗笑道:"却又来。一年四百,二年八百两,打租的房子也能多买几间，薄沙地也可以添几亩了。虽然还有敷余[1]，但他们既辛苦了一年，也要叫他们剩些，粘补自家。虽是兴利节用为纲，然也不可太过，要再省上二三百银子，失了大体统，也不像。所以这么一行，外头账房里一年少出四五百银子，也不觉得很艰啬了[2]；他们里头却也得些小补，这些没营生的妈妈们，也宽裕了；园子里花木，也可以每年滋长繁盛；就是你们，也得了可使之物。这庶几不失大体[3]。若一味要省时，那里搜寻不出几个钱来？凡有些余利的，一概入了官中，那时里外怨声载道，岂不失了你们这样人家的大体？如今这园里几十个老妈妈们，若只给了这个，那剩的也必抱怨不公。我才说的，他们只供给这个几样，也未免太宽裕了。一年竟除这个之外，他每人不论有余无余，只叫他拿出若干吊钱来[4]，大家凑齐，单散与这些园中的妈妈们。他们虽不料理这些，却日夜也都在园里照料：当差之人，关门闭户，起早睡晚，大雨大雪，姑娘们出入，抬轿子、撑船、拉冰床[5]，一应粗重活计，都是他们的差使。一年在园里辛苦到头，这园内既有出息，也是分内该沾带些的。还有一句至小的话，越发说破了：你们只顾了

1　敷余：富余。
2　艰啬：艰难困顿，银钱紧张。
3　庶几：有望，或许可以。
4　吊：铜钱单位，一吊，即一贯，为一千文；也称"一串"。
5　冰床：一种在冰上滑行的交通工具，用人力牵挽，或撑竿滑行。又叫"冰排子"。

自己宽裕，不分与他们些，他们虽不敢明怨，心里却都不服，只用假公济私的，多摘你们几个果子，多掐几枝花儿，你们有冤还没处诉呢！他们也沾带些利息，你们有照顾不到的，他们就替你们照顾了。"

众婆子听了这个议论，又去了账房受辖制，又不与凤姐儿去算账，一年不过多拿出若干吊钱来，各各欢喜异常，都齐声说："愿意！强如出去被他们揉搓着，还得拿出钱来呢。"那不得管地的，听了每年终无故得钱，更都喜欢起来，口内说："他们辛苦收拾，是该剩些钱粘补的；我们怎么好'稳吃三注'呢¹？"宝钗笑道："妈妈们也别推辞了，这原是分内应当的。你们只要日夜辛苦些，别躲懒纵放人吃酒赌钱就是了。不然，我也不该管这事。你们也知道，我姨娘亲口嘱托我三五回，说大奶奶如今又不得闲，别的姑娘又小，托我照看照看。我若不依，分明是叫姨娘操心。我们太太又多病，家务也忙，我原是个闲人，就是街坊邻舍，也要帮个忙儿，何况是姨娘托我？讲不起众人嫌我。倘或我只顾沾名钓誉的²，那时酒醉赌输，再生出事来，我怎么见姨娘？你们那

1　稳吃三注：谓不费气力，稳得钱财。从前赌博时，在天门、上门、下门三个位置下注，叫"三注"。
2　沽名钓誉：本指使用不正当手段以谋取好的名声和荣誉，这里指一味要好，不负责任。

时后悔也迟了，就连你们素昔的老脸也都丢了。这些姑娘们，这么一所大花园子，都是你们照管着，皆因看的你们是三四代的老妈妈，最是循规蹈矩，原该大家齐心顾些体统。你们反纵放别人，任意吃酒赌博。姨娘听见了，教训一场犹可；倘若被那几个管家娘子听见了，他们也不用回姨娘，竟教导你们一场，你们这年老的反受了小的教训。虽是他们是管家管得着你们，何如自己存些体面，他们如何得来作践呢？所以我如今替你们想出这个额外的进益[1]，也为的是大家齐心，把这园里周全得谨谨慎慎的，使那些有权执事的看见这般严肃谨慎，且不用他们操心，他们心里岂不敬服？也不枉替你们筹画些进益了。你们去细细想想这话。"众人都欢喜说："姑娘说的很是。从此姑娘奶奶只管放心。姑娘奶奶这么疼顾我们，我们再要不体上情，天地也不容了！"

1　进益：收益，经济上的好处。

11. 节选一一　尤三姐之死

阅读提示

一、本段选自《红楼梦》第六十六回"情小妹耻情归地府，冷二郎一冷入空门"。前文叙贾珍、贾琏兄弟觊觎尤二姐、尤三姐，被尤三姐当面痛骂。尤三姐看不起这两个"现世宝"，她心中自有心仪之人。

二、封建时代，儿女婚姻全靠"父母之命，媒妁之言"；尤其是女孩子，如果私订终身，甚至只是表达对爱的渴望，已属大逆不道。然而尤三姐竟公然宣称自己喜欢唱小生的柳湘莲，这需要多大的勇气，可想而知。

三、尤三姐顶着双重压力：公然宣布自己所爱，已经冒着被世俗取笑的危险；又是在对方态度不明的情况下，这等于把自己置于孤注一掷的绝地。一旦遭对方拒绝，对她的打击将是致命的。——然而命运之神偏偏不肯青睐这个姑娘，柳湘莲本已下了定礼，却又心生疑窦，登门索剑毁婚，性情刚烈的尤三姐至此被逼上绝路！

四、柳湘莲向宝玉感叹："你们东府里，除了那两个石头狮子干净罢了！"尤三姐尽管"出淤泥而不染"，仍难摆脱宁国府污秽名声的牵累。而这种玷污，也只能拿鲜血去洗刷！尤三姐最终选择用生命换取尊严、印证清白！——"情小妹耻情归地府"也成为书中最具震撼力的情节片段。

这里尤二姐命掩了门，早睡下了，盘问他妹子一夜。至次日午后贾琏方来了，尤二姐因劝他，说："既有正事，何必忙忙又来？千万别为我误事。"贾琏道："也没什么事，只是偏偏的又出来了一件远差。出了月儿就起身，得半月工夫才来。"尤二姐道："既如此，你只管放心前去，这里一应不用你惦记。三妹妹他从不会朝更暮改的。他已择定了人，你只要依他就是了。"贾琏忙问："是谁？"二姐笑道："这人此刻不在这里，不知多早晚才来呢。也难为他的眼力。他自己说了：这人一年不来，他等一年；十年不来，等十年。若这人死了，再不来了，他情愿剃了头当姑子去，吃常斋念佛，再不嫁人！"贾琏问："到底是谁，这样动他的心？"二姐儿笑道："说来话长。五年前，我们老娘家做生日，妈妈和我们到那里给老娘拜寿。他家请了一起玩戏的人¹，也都是好人家子弟。里头有个装小生的²，叫作柳湘莲——如今要是他才嫁。旧年闻得这人惹了祸逃走了，不知回来了不曾。"贾琏听了道："怪道呢，我说是个什么人，原来是他。果然眼力不错！你不知道，那柳老二那样一个标致人，最是冷面冷心的，差不多的人，他都无情无义。他最和宝玉合得来。去年因打了薛呆子，他不好意思见我们的，不知那里去了，一向没来。听见有人说来了，不知是真是假。一问宝玉的小厮们，就知道了。倘或不来时，他是萍踪浪迹³，知道几年才来？岂不白耽搁了大事！"二姐道："我们这三丫头说得出来、干得出来，他怎么说，只依他便了。"

二人正说之间，只见三姐走来说道："姐夫，你也不知道我们是什么人⁴。今日和你说罢，你只放心，我们不是那心口两样的人，说什么是什么。若有了姓柳的来，我便嫁他。从今儿起，我吃常斋念佛，服侍母亲，等来了嫁了他去；若一百年不来，我自己修行去了。"说着将头上一根玉簪拔下来，磕作两段，说："一句不真，就合这簪子一样！"说着，回房去了，真个竟"非礼不

---

1 玩戏的人：业余喜好演戏的人，又称"票友""子弟"。
2 小生：戏曲角色名称，专饰年轻漂亮的男性人物。
3 萍踪浪迹：比喻人四处漂泊，行踪不定，如同浮萍、流水。
4 我们：这里即"我"的意思。

柳湘莲

柳湘莲／［清］政琦 绘

动，非礼不言"起来[1]。贾琏无了法，只得和二姐商议了一回家务，复回家和凤姐商议起身之事。一面着人问焙茗。焙茗说："竟不知道，大约没来。若来了，必是我知道的。"一面又问他的街坊，也说没来。贾琏只得回复了二姐儿。

至起身之日已近，前两天便说起身，却先往二姐儿这边来住两夜，从这里再悄悄的长行。果见三姐儿竟像又换了一个人的似的。又见二姐儿持家勤慎，自是不消惦记。是日，一早出城，竟奔平安州大道，晓行夜住，渴饮饥餐。方走了三日，那日正走之间，顶头来了一群驮子[2]。内中一伙，主仆十来匹马。走得近了，一看时，不是别人，就是薛蟠和柳湘莲来了。贾琏深为奇怪，忙伸马迎了上来，大家一齐相见，说些别后寒温，便入一酒店歇下，共叙谈叙谈。贾琏因笑道："闹过之后[3]，我们忙着请你两个和解，谁知柳二弟踪迹全无。怎么你们两个今日倒在一处了？"

薛蟠笑道："天下竟有这样奇事：我和伙计贩了货物，自春天起身，往回里走，一路平安。谁知前儿到了平安州地面，遇见一伙强盗，已将东西劫去。不想柳二弟从那边来了，方把贼人赶散，

1　非礼不动，非礼不言：指严守礼教规范。语出《论语·颜渊》："非礼勿视，非礼勿听，非礼勿言，非礼勿动。"
2　驮子：这里指用牲口驮着货物的商队。
3　闹：指此前柳湘莲怒打薛蟠的一场争闹。

夺回货物，还救了我们的性命。我谢他又不受，所以我们结拜了生死兄弟，如今一路进京。从此后，我们是亲弟兄一般。到前面岔口上分路，他就分路往南二百里，有他一个姑妈家，他去望候望候。我先进京去安置了我的事，然后给他寻一所房子，寻一门好亲事，大家过起来。"

贾琏听了道："原来如此！倒好，只是我们白悬了几日心。"因又说道："方才说给柳二弟提亲，我正有一门好亲事，堪配二弟。"说着，便将自己娶尤氏，如今又要发嫁小姨子一节，说了出来，只不说尤三姐自择之语。又嘱薛蟠："且不可告诉家里[1]。等生了儿子，自然是知道的。"薛蟠听了大喜，说："早该如此。这都是舍表妹之过。"湘莲忙笑道："你又忘情了[2]，还不住口。"薛蟠忙止住不语，便说："既是这等，这门亲事定要做的。"湘莲道："我本有愿，定要一个绝色的女子。如今既是贵昆仲高谊[3]，顾不得许多了，任凭定夺[4]，我无不从命。"贾琏笑道："如今口说无凭，等柳二弟一见，便知我这内娣的品貌[5]，是古今有一无二的了。"湘莲

1　且不可告诉家里：这说的是贾琏背着凤姐娶尤二姐的事。家里，指凤姐。下面薛蟠所说的"舍表妹"，指的便是凤姐。

2　忘情：这里指不能控制自己的情感、情绪，随便乱说。

3　昆仲：称他人兄弟的敬词。昆为兄，仲为弟。高谊：敬称别人对自己或他人的情谊。

4　定夺：对事情做可否或取舍的最终决定。

5　内娣（dì）：妻子的妹妹，即"小姨子"。

听了大喜，说："既如此说，等弟探过姑母，不过一月内，就进京的，那时再定如何？"贾琏笑道："你我一言为定。只是我信不过二弟，你是萍踪浪迹，倘然去了不来，岂不误了人家一辈子的大事？须得留一个定礼。"湘莲道："大丈夫岂有失信之理？小弟素系寒贫，况且在客中，那里能有定礼？"薛蟠道："我这里现成，就备一份，二哥带去。"贾琏道："也不用金银珠宝，须是二弟亲身自有的东西，不论贵贱，不过带去取信耳。"湘莲道："既如此说，弟无别物，囊中还有一把'鸳鸯剑'，乃弟家中传代之宝，弟也不敢擅用，只是随身收藏着，二哥就请拿去为定。弟纵系水流花落之性¹，亦断不舍此剑。"说毕，大家又饮了几杯，方各自上马，作别起程去了。

且说贾琏一日到平安州，见了节度，完了公事，因又嘱咐他十月前后务要还来一次。贾琏领命，次日连忙取路回家，先到尤二姐那边。且说二姐儿操持家务，十分谨肃，每日关门闭户，一点外事不闻。那三姐儿果是个斩钉截铁之人，每日侍奉母亲之余，只和姐姐一处做些活计。虽贾珍趁贾琏不在家，也来鬼混了两次，无奈二姐儿只不兜揽，推故不见。那三姐儿的脾气，贾珍早已领

---

1 水流花落：意为感情不专一，像流水落花一样容易转移、变化。

过教的，那里还敢招惹他去？所以踪迹一发疏阔了[1]。

却说这日贾琏进门，看见二姐儿三姐儿这般景况，喜之不尽，深念二姐儿之德。大家叙些寒温，贾琏便将路遇柳湘莲一事说了一回，又将"鸳鸯剑"取出递给三姐儿。三姐儿看时，上面龙吞夔护[2]，珠宝晶荧；及至拿出来看时，里面却是两把合体的，一把上面錾一"鸳"字，一把上面錾一"鸯"字，冷飕飕，明亮亮，如两痕秋水一般。三姐儿喜出望外，连忙收了，挂在自己绣房床上，每日望着剑，自喜终身有靠。贾琏住了两天，回去复了父命，回家合宅相见。那时凤姐已大愈，出来理事行走了。贾琏又将此事告诉了贾珍。贾珍因近日又搭上了新相知，二则正恼他姐妹们无情，把这事丢过了，全不在心上，任凭贾琏裁夺；只怕贾琏独力不能，少不得又给他几十两银子。贾琏拿来，交给二姐儿，预备妆奁[3]。

谁知八月内湘莲方进了京，先来拜见薛姨妈。又遇见薛蟠，方知薛蟠不惯风霜，不服水土，一进京时，便病倒在家，请医调治。听见湘莲来了，请入卧室相见。薛姨妈也不念旧事，只感救

1　疏阔：疏远。

2　龙吞夔（kuí）护：这里指装饰于剑柄的夔龙图案，口吞剑身。夔，龙的一种，古人常用来装饰器物。

3　妆奁（lián）：嫁妆。奁，妇女梳妆用的镜匣，也叫"镜奁"。

命之恩。母子们十分称谢。又说起亲事一节，凡一应东西皆置办妥当，只等择日。湘莲也感激不尽。

次日，又来见宝玉。二人相会，如鱼得水。湘莲因问贾琏偷娶二房之事。宝玉笑道："我听见焙茗说，我却未见。我也不敢多管。我又听见焙茗说，琏二哥哥着实问你。不知有何话说？"湘莲就将路上所有之事，一概告诉了宝玉。宝玉笑道："大喜，大喜！难得这个标致人！果然是个古今绝色，堪配你之为人。"湘莲道："既是这样，他那少了人物，如何只想到我？况且我又素日不甚和他相厚，也关切不至于此。路上忙忙的就那样再三要求定下，难道女家反赶着男家不成？我自己疑惑起来，后悔不该留下这剑作定。所以后来想起你来，可以细细问了底里才好。"宝玉道："你原是个精细人，如何既许了定礼又疑惑起来？你原说只要一个绝色的，如今既得了个绝色的，便罢了，何必再疑？"湘莲道："你既不知他来历，如何又知是绝色？"宝玉道："他是珍大嫂子的继母带来的两位妹子。我在那里和他们混了一个月，怎么不知？真真一对尤物[1]！——他又姓尤。"湘莲听了，跌脚道[2]："这事不好，断乎做不得！你们东府里，除了那两个石头狮子干净罢

---

1 尤物：优异的人和物品，多指美女；言之微带轻亵之意。
2 跌脚：跺脚。

了！"宝玉听说，红了脸。湘莲自惭失言，连忙作揖，说："我该死，胡说！你好歹告诉我，他品行如何？"宝玉笑道："你既深知，又来问我做什么？连我也未必干净了。"湘莲笑道："原是我自己一时忘情，好歹别多心。"宝玉笑道："何必再提，这倒似有心了。"

湘莲作揖告辞出来，心中想着要找薛蟠，一则他病着，二则他又浮躁，不如去要回定礼。主意已定，便一径来找贾琏。贾琏正在新房中，闻湘莲来了，喜之不尽，忙迎出来，让在内堂，尤老娘相见。湘莲只作揖，称"老伯母"，自称"晚生"[1]，贾琏听了诧异。吃茶之间，湘莲便说："客中偶然忙促，谁知家姑母于四月订了弟妇[2]，使弟无言可回。要从了二哥背了姑母，似不合理。若系金帛之定，弟不敢索取；但此剑系祖父所遗，请仍赐回为幸。"贾琏听了，心中自是不自在，便道："二弟，这话你说错了：定者，定也。原怕反悔，所以为定。岂有婚姻之事，出入随意的？这个断乎使不得！"湘莲笑说："如此说，弟愿领责备罚[3]，然此事断不

---

1 湘莲只作揖，称"老伯母"，自称"晚生"：女婿见岳母，应行跪拜礼，口称"岳母大人"，自称"小婿"；而柳湘莲的行礼方式及称呼，表明他不承认与尤三姐的婚姻关系。

2 弟妇：这里是柳湘莲面对贾琏称姑母给自己订下的未来妻子（当然是编造的搪塞之言）。

3 领责备罚：这里指愿意担责、受罚。

尤三姐／[清]改琦 绘

敢从命。"贾琏还要饶舌[1]，湘莲便起身说："请兄外座一叙，此处不便。"

那尤三姐在房明明听见，好容易等了他来，今忽见反悔，便知他在贾府中听了什么话来，把自己也当作淫奔无耻之流[2]，不屑为妻。今若容他出去和贾琏说退亲，料那贾琏不但无法可处，就是争辩起来，自己也无趣味。一听贾琏要同他出去，连忙摘下剑来，将一股雌锋隐在肘后，出来便说："你们也不必出去再议，还你的定礼！"一面泪如雨下，左手将剑并鞘送给湘莲，右手回肘，只往项上一横。可怜：揉碎桃花红满地，玉山倾倒再难扶！[3]

当下唬得众人急救不迭。尤老娘一面嚎哭，一面大骂湘莲。贾琏揪住湘莲，命人捆了送官。二姐儿忙止泪，反劝贾琏："人家并没威逼他，是他自寻短见，你便送他到官，又有何益？反觉生事出丑。不如放他去罢。"贾琏此时也没了主意，便放了手，命湘莲快去。湘莲反不动身，拉下手绢，拭泪道："我并不知是这等刚烈人，真真可敬！是我没福消受。"大哭一场，等买了棺木，眼看着入殓，又抚棺大哭一场，方告辞而去。

1　饶舌：这里意为多说，多费口舌。
2　淫奔无耻：旧时指女性与人私奔。
3　"揉碎"二句：这里以桃花、玉山比喻尤三姐血流满地、身躯倾倒。

出门正无所之[1]，昏昏默默，自想方才之事："原来这样标致人才，又这等刚烈！"自悔不及，信步行来，也不自知了。正走之间，只听得隐隐一阵环佩之声，三姐从那边来了，一手捧着"鸳鸯剑"，一手捧着一卷册子，向湘莲哭道："妾痴情待君五年，不期君果冷心冷面！妾以死报此痴情。妾今奉警幻仙姑之命，前往太虚幻境，修注案中所有一干情鬼。[2]妾不忍相别，故来一会，从此再不能相见矣！"说毕，又向湘莲洒了几点眼泪，便要告辞而行。湘莲不舍，连忙欲上来拉住问时，那三姐一撺手，便自去了。这里柳湘莲放声大哭，不觉处梦中哭醒，似梦非梦，睁眼看时，竟是一座破庙，旁边坐着一个瘸腿道士捕虱。湘莲便起身稽首相问[3]："此系何方？仙师何号？"道士笑道："连我也不知道此系何方，我系何人。不过暂来歇脚而已。"湘莲听了，冷然如寒冰侵骨。掣出那股雄剑来，将万根烦恼丝一挥而尽，便随那道士，不知往那里去了。

1　无所之：不知往哪里去。之，动词，前往。
2　"妾今奉"三句：本书第五回演说宝玉神游太虚幻境，将金陵诸女子的遭遇，归结为一伙"风流冤家"下世历劫，最终都要回归太虚幻境结案。这里是与第五回呼应。修注，注销（案件）。
3　稽首：古代一种隆重的跪拜礼，要叩头到地。

12. 节选一二　惑谗奸抄检大观园

阅读提示

一、本段选自《红楼梦》第七十四回"惑奸谗抄检大观园，避嫌隙杜绝宁国府"。

抄检大观园的风波是由邢夫人及其陪房王善保家的挑起来的，引来大观园"居民"的普遍反感。本回中晴雯的摔箱痛骂、探春的凌厉耳光，把这种抵制推向高潮。

二、第一波高潮是由晴雯掀起的。前不久，由于王善保家的挑唆，王夫人已将晴雯召去，毫无道理地斥责，让晴雯蒙受了极大冤屈。此刻，再度见到狐假虎威的王善保家的，晴雯的"爆炭"脾气再也忍不住，以雷霆之势反击对方——她早已把生死置之度外！

三、第二波高潮发生在探春住处。探春是贵族小姐，能力超群，心高气傲，就是凤姐也要让她三分。面对抄检行动，她无须隐藏自己的反感和抵触，摆出一副挑战的架势。凤姐知趣，立刻收兵；王善保家的却错估形势，做出愚蠢举动，结果当众挨打，丢尽了脸面！

四、探春的才干和见识是公认的，凤姐背地评价她"心里嘴里都来得"，"心里却事事明白"且又"知书识字"，比自己"更利（厉）害一层"。探春曾替凤姐管家，并改革园中管理制度。

不过探春又有致命"弱点"：她是贾政的庶出女儿，地位要低于"嫡出"（正妻所生）。她的亲娘又是不明事理、总爱生事的赵姨娘，这更让探春自尊心受伤。也正因如此，凡遇涉及身份等级之事，探春总是格外敏感，表现得近乎病态。而王善保家的此举，正犯了探春大忌！

听听探春的话："我但凡有气，早一头碰死了！不然，怎么许奴才来我身上翻贼赃呢！"她不允许任何人挑战自己的尊严，更何况是"奴才"！——在大观园的姐妹中，没人总把"主子""奴才"挂在嘴边，探春是个例外！

探春对心病的自我疗救，是发愤图强，寻找一切机会展示自己的能力，让实绩证明自己的价值。她甚至想到出走，说："我但凡是个男人，可以出得去，我早走了，立出一番事业来，那时自有一番道理！"（第五十五回）——这一番话，成为女性争取权利的最早呼声！

五、探春在本回中还有一段有分量的话："……你们别忙，自然你们抄的日子有呢！你们今日早起不是议论甄家，自己盼着好好的抄家，果然今日真抄了！咱们也渐渐的来了！可知这样大族人家，若从外头杀来，一时是杀不死的。这可是古人说的，'百足之虫，死而不僵'，必须先从家里自杀自灭起来，才能一败涂地呢！"——抄检大观园果然成为贾府被查抄的预演，这段话也因其哲理性，带给人们深长的思考与启发。

六、曾见某版语文教科书在选用此篇时，以"庚辰本"为底本，文字与程乙本有较大出入。如晴雯的表现只有摔箱，没有对话，效果自然大为减色。笔者的建议是，阅读《红楼梦》还应选择最终修订本，也就是程乙本。

王夫人听了这一夕话[1]，很近情理，因叹道："你起来！我也知道你是大家子的姑娘出身，不至这样轻薄，不过我气激你的话。但只如今且怎么处？你婆婆才打发人封了这个给我瞧，把我气了个死！"凤姐道："太太快别生气。若被众人觉察了，保不定老太太不知道。且平心静气，暗暗访察，才能得这个实在；纵然访不着，外人也不能知道。如今惟有趁着赌钱的因由革了许多人这空

---

1 王夫人听了这一夕话：此前邢夫人在园中得到有伤风化的"绣春囊"，向王夫人兴师问罪，暗示王夫人治家不严。王夫人迁怒于凤姐，凤姐于是说了一席话，表白自己。

儿，把周瑞媳妇、旺儿媳妇等四五个贴近不能走话的人[1]，安插在园里，以查赌为由。再如今他们的丫头也太多了，保不住人大心大，生事作耗[2]；等闹出来，反悔之不及。如今若无故裁革，不但姑娘们委屈，就连太太和我也过不去。不如趁着这个机会，以后凡年纪大些的，或有些咬牙难缠的[3]，拿个错儿撵出去，配了人，一则保得住没有别事，二则也可省些用度。太太想我这话如何？"

王夫人叹道："你说的何尝不是。但从公细想，你这几个姊妹，每人只有两三个丫头像人，余者竟是小鬼儿似的。如今再去了，不但我心里不忍，只怕老太太未必就依。虽然艰难，也还穷不至此。我虽没受过大荣华，比你们是强些，如今宁可省我些，别委屈了他们。你如今且叫人传周瑞家的等人进来，就吩咐他们快快暗访这事要紧！"

凤姐即唤平儿进来，吩咐出去。一时，周瑞家的与吴兴家的、郑华家的、来旺家的、来喜家的现在五家陪房进来。王夫人正嫌人少，不能勘察，忽见邢夫人的陪房王善保家的走来，正是方才是他送香袋来的。王夫人向来看视邢夫人之得力心腹人等原无二意，今见他来打听此事，便向他说："你去回了太太，也进园来照

---

1 走话：这里指走漏风声。后文中的"走了风"，也是此意。
2 作耗：捣乱，胡闹，无事生非。
3 咬牙难缠的：指能言善辩、难以对付的。

管照管，比别人强些。"王善保家的因素日进园去，那些丫鬟们不大趋奉他[1]，他心里不自在，要寻他们的故事又寻不着[2]，恰好生出这件事来，以为得了把柄。又听王夫人委托他，正碰在心坎上，道："这个容易！不是奴才多话，论理这事该早严紧些的。太太也不大往园里去，这些女孩子们，一个个倒像受了诰封似的，他们就成了千金小姐了。闹下天来，谁敢哼一声儿？不然，就调唆姑娘们，说欺负了姑娘们了，谁还担得起！"王夫人点头道："跟姑娘们的丫头比别的娇贵些，这也是常情。"王善保家的道："别的还罢了，太太不知，头一个是宝玉屋里的晴雯那丫头，仗着他的模样儿比别人标致些，又长了一张巧嘴，天天打扮得像个西施样子，在人跟前能说惯道，抓尖要强。一句话不投机，他就立起两只眼睛来骂人。妖妖调调[3]，大不成个体统！"王夫人听了这话，猛然触动往事，便问凤姐道："上次我们跟了老太太进园逛去，有一个水蛇腰，削肩膀儿，眉眼又有些像你林妹妹的，正在那里骂小丫头。我心里很看不上那狂样子！因同老太太走，我不曾说他，后来要问是谁，偏又忘了。今日对了槛儿[4]，这丫头想必就是

1　趋奉：趋附讨好，奉承巴结。
2　故事：这里指错误、破绽。
3　妖妖调调：轻佻妖媚貌。
4　对了槛儿：情景恰好符合。也作"对坎儿"。

他了！"

凤姐道："若论这些丫头们，共总比起来，都没晴雯长得好。论举止言语，他原轻薄些。方才太太说的倒很像他，我也忘了那日的事，不敢混说。"王善保家的便道："不用这样，此刻不难叫了他来，太太瞧瞧。"王夫人道："宝玉屋里常见我的，只有袭人、麝月，这两个笨笨的倒好。要有这个，他自然不敢来见我呀。我一生最嫌这样的人，且又出来这个事，好好的宝玉倘或叫这蹄子勾引坏了，那还了得！"因叫自己的丫头来，吩咐他道："你去，只说我有话问他，留下袭人、麝月服侍宝玉，不必来；有一个晴雯最伶俐，叫他即刻快来。你不许和他说什么！"

小丫头答应了，走入怡红院。正值晴雯身上不好，睡中觉才起来，发闷呢，听如此说，只得跟了他来。素日晴雯不敢出头，因连日不自在，并没十分妆饰，自为无碍。及到了凤姐房中，王夫人一见他钗亸鬓松[1]，衫垂带褪，大有春睡捧心之态[2]，而且形容面貌恰是上月的那人，不觉勾起方才的火来。王夫人便冷笑道："好个美人儿，真像个'病西施'了。你天天做这轻狂样儿给谁看？你干的事，打量我不知道呢？我且放着你，自然明儿揭你的

1　钗亸（duǒ）鬓松：钗饰下垂，发鬓松散。亸，下垂。
2　春睡捧心：比喻娇慵病弱之态。捧心，用手捂着胸口，原指西施心痛病发作时的姿态。

皮！宝玉今日可好些？"晴雯一听如此说，心内大异，便知有人暗算了他，虽然着恼，只不敢作声。他本是个聪明过顶的人，见问宝玉可好些，他便不肯以实话答应，忙跪下回道："我不大到宝玉房里去，又不常和宝玉在一处，好歹我不能知，那都是袭人合麝月两个人的事，太太问他们。"王夫人道："这就该打嘴！你难道是死人？要你们做什么？"晴雯道："我原是跟老太太的人，因老太太说园里空大，人少，宝玉害怕，所以拨了我去外间屋里上夜，不过看屋子。我原回过我笨，不能服侍，老太太骂了我，'又不叫你管他的事，要伶俐的做什么？'我听了不敢不去，才去的。不过十天半月之内，宝玉叫着了，答应几句话，就散了。至于宝玉的饮食起居，上一层有老奶奶老妈妈们，下一层有袭人、麝月、秋纹几个人。我闲着还要做老太太屋里的针线，所以宝玉的事竟不曾留心。太太既怪，从此后我留心就是了。"王夫人信以为实了，忙说："阿弥陀佛！你不近宝玉，是我的造化。竟不劳你费心！既是老太太给宝玉的，我明儿回了老太太再撵你！"因向王善保家的道："你们进去，好生防他几日，不许他在宝玉屋里睡觉！等我回过老太太，再处治他！"喝声："出去！站在这里，我看不上这浪样儿！谁许你这么花红柳绿的妆扮！"晴雯只得出来。

这气非同小可，一出门，便拿绢子握着脸¹，一头走，一头哭，直哭到园内去。

这里王夫人向凤姐等自怨道："这几年我越发精神短了，照顾不到，这样妖精似的东西竟没看见！只怕这样的还有，明日倒得查查。"凤姐见王夫人盛怒之际，又因王善保家的是邢夫人的耳目，常时调唆得邢夫人生事，纵有千百样言语，此刻也不敢说，只低头答应着。王善保家的道："太太且请息怒。这些事小，只交与奴才。如今要查这个是极容易的。等到晚上园门关了的时节，内外不通风，我们竟给他们个冷不防，带着人到各处丫头们房里搜寻。想来谁有这个²，断不单有这个，自然还有别的。那时翻出别的来，自然这个也是他的了。"王夫人道："这话倒是。若不如此，断乎不能明白。"因问凤姐："如何？"凤姐只得答应说："太太说是，就行罢了。"王夫人道："这主意很是，不然一年也查不出来。"于是大家商议已定。

至晚饭后，待贾母安寝了，宝钗等入园时，王家的便请了凤姐一并进园，喝命将角门皆上锁，便从上夜的婆子处来抄检起³。不过抄检些多余攒下蜡烛灯油等物。王善保家的道："这也是赃，

---

1 握着：这里有捂着、遮着的意思。
2 这个：这里指绣春囊。
3 上夜的婆子：这里指巡夜的年长女仆。

不许动的，等明日回过太太再动。”于是先就到怡红院中，喝命关门。当下宝玉正因晴雯不自在，忽见这一干人来，不知为何，直扑了丫头们的房门去。因迎出凤姐来，问是何故。凤姐道：“丢了一件要紧的东西，因大家混赖，恐怕有丫头们偷了，所以大家都查一查，去疑儿。”一面说，一面坐下吃茶。王家的等搜了一回，又细问：“这几个箱子是谁的？”都叫本人来亲自打开。袭人因见晴雯这样，必有异事，又见这番抄检，只得自己先出来打开了箱子并匣子，任其搜检一番，不过平常通用之物。随放下又搜别人的，挨次都一一搜过。

到晴雯的箱子，因问：“是谁的？怎么不打开叫搜？”袭人方欲替晴雯开时，只见晴雯挽着头发闯进来，“豁啷”一声将箱子掀开，两手提着底子往地下一倒，将所有之物尽都倒出来。王善保家的也觉没趣儿，便紫胀了脸，说道：“姑娘你别生气。我们并非私自就来的，原是奉太太的命来搜察。你们叫翻呢，我们就翻一翻，不叫翻，我们还许回太太去呢，那用急得这个样子！”晴雯听了这话，越发火上浇油，便指着他的脸说道：“你说你是太太打发来的，我还是老太太打发来的呢！太太那边的人我也都见过，就只没看见你这么个有头有脸大管事的奶奶！”

凤姐见晴雯说话锋利尖酸，心中甚喜，却碍着邢夫人的脸，忙喝住晴雯。那王善保家的又羞又气，刚要还言，凤姐道：“妈妈，你也不必和他们一般见识，你且细细搜你的，咱们还到各处走走呢。再迟了走了风，我可担不起。"

王善保家的只得咬咬牙，且忍了这口气，细细的看了一看，也无甚私弊之物。回了凤姐，要别处去，凤姐道："你可细细的查，若这一番查不出来，难回话的。"众人都道："尽都细翻了，没有什么差错东西。虽有几样男人物件，都是小孩子的东西，想是宝玉的旧物，没甚关系的。"凤姐听了，笑道："既如此，咱们就走，再瞧别处去。"

说着，一径出来，向王善保家的道："我有一句话，不知是不是：要抄检只抄检咱们家的人，薛大姑娘屋里，断乎抄检不得的。"王善保家的笑道："这个自然，岂有抄起亲戚家来的。"凤姐点头道："我也这样说呢。"一头说，一头到了潇湘馆内。黛玉已睡了，忽报这些人来，不知为甚事。才要起来，只见凤姐已走进来，忙按住他不叫起来，只说："睡着罢，我们就走的。"这边且说些闲话。那王善保家的带了众人到了丫鬟房中，也一一开箱倒笼抄检了一番，因从紫鹃房中搜出两副宝玉往常换下来的寄名符儿，一副束带上的帔带，两个荷包并扇套，套内有扇子，打开看时，皆是宝玉往日手内曾拿过的。王善保家的自为得了意，遂忙请凤姐过来验视，又说："这些东西从那里来的？"凤姐笑道："宝玉和他们从小儿在一处混了几年，这自然是宝玉的旧东西。况且这符儿合扇子，都是老太太和太太常见的。妈妈不信，咱们只管拿了去。"王家的忙笑："二奶奶既知道就是了。"凤姐道："这也不是什么稀罕事，撂下再往别处去是正经。"紫鹃笑道："直到如今，我们两下里的账也算不清，要问这一个，连我也忘了是那年月日有的了。"

这里凤姐合王善保家的又到探春院内。谁知早有人报与探春了，探春也就猜着必有原故，所以引出这等丑态来，遂命众丫鬟秉烛开门而待。一时众人来了，探春故问："何事？"凤姐笑道："因丢了一件东西，连日访察不出人来，恐怕旁人赖这些女孩子们，所以大家搜一搜，使人去疑儿，倒是洗净他们的好法子。"探春笑道："我们的丫头自然都是些贼，我就是头一个窝主[1]。既如此，先来搜我的箱柜，他们所偷了来的，都交给我藏着呢。"说着，便命丫鬟们把箱一齐打开，将镜奁、妆盒、衾袱、衣包若大若小之物[2]，一齐打开，请凤姐去抄阅。凤姐陪笑道："我不过是奉太太的命来，妹妹别错怪了我。"因命丫鬟们："快快给姑娘关上。"平儿、丰儿等先忙着替侍书等关的关，收的收。探春道："我的东西倒许你们搜阅，要想搜我的丫头，这可不能！我原比众人歹毒，

1　窝主：窝藏贼赃的人。
2　衾（qīn）袱：被套。衾，被子。

凡丫头所有的东西，我都知道，都在我这里间收着：一针一线，他们也没得收藏。要搜，所以只来搜我。你们不依，只管去回太太，只说我违背了太太，该怎么处治，我去自领。你们别忙，自然你们抄的日子有呢！你们今日早起不是议论甄家，自己盼着好好的抄家，果然今日真抄了！咱们也渐渐的来了！可知这样大族人家，若从外头杀来，一时是杀不死的。这可是古人说的，'百足之虫，死而不僵'，必须先从家里自杀自灭起来，才能一败涂地呢！"说着，不觉流下泪来。

凤姐只看着众媳妇们。周瑞家的便道："既是女孩子的东西全在这里，奶奶且请到别处去罢，也让姑娘好安寝。"凤姐便起身告辞。探春道："可细细搜明白了！若明日再来，我就不依了。"凤姐笑道："既然丫头们的东西都在这里，就不必搜了。"探春冷笑道："你果然倒乖！连我的包袱都打开了，还说没翻，明日敢说我护着丫头们，不许你们翻了。你趁早说明，若还要翻，不妨再翻一遍。"凤姐知道探春素日与众不同的，只得陪笑道："已经连你的东西都搜察明白了。"探春又问众人："你们也都搜明白了没有？"周瑞家的等都陪笑说："都明白了。"

那王善保家的本是个心内没成算的人[1]，素日虽闻探春的名，

---

1 没成算：没见识。

他想众人没眼色、没胆量罢了，那里一个姑娘就这样利害起来？况且又是庶出[1]，他敢怎么着？自己又仗着是邢夫人的陪房，连王夫人尚另眼相待，何况别人？只当是探春认真单恼凤姐，与他们无干。他便要趁势作脸[2]，因越众向前，拉起探春的衣襟，故意一掀，嘻嘻的笑道："连姑娘身上我都翻了，果然没有什么。"凤姐见他这样，忙说："妈妈走罢，别疯疯癫癫的。"一语未了，只听"啪"的一声，王家的脸上早着了探春一巴掌。探春登时大怒，指着王家的问道："你是什么东西，敢来拉扯我的衣裳！我不过看着太太的面上，你又有几岁年纪，叫你一声'妈妈'，你就狗仗人势，天天作耗，在我们跟前逞脸[3]！如今越发了不得了，你索性望我动手动脚的了！你打量我是和你们姑娘那么好性儿[4]，由着你们欺负，你就错了主意了！你来搜检东西我不恼，你不该拿我取笑儿！"说着，便亲自要解钮子，拉着凤姐儿细细的翻，"省得叫你们奴才来翻我！"凤姐、平儿等都忙与探春理裙整袂[5]，口内喝着王善保家的说："妈妈吃两口酒，就疯疯癫癫起来，前儿把太太也冲撞了。快出去，别再讨脸了！"又忙劝探春："好姑娘，别生

---

1 庶出：指姨娘（妾）所生，庶出子女的身份要低于嫡出（正妻所生）的。
2 作脸：争脸面，争出风头。
3 逞脸：争脸，显示自己。下文中的"讨脸"，也是这个意思。
4 你们姑娘：这里指贾赦的女儿迎春，是个性格懦弱的女孩儿。
5 理裙整袂（mèi）：整理裙袂。袂，衣袖。

抄检大观园 / [清] 孙温 绘

气。他算什么！姑娘气着倒值多了。"探春冷笑道："我但凡有气，早一头碰死了！不然，怎么许奴才来我身上搜贼赃呢！明儿一早，先回过老太太、太太，再过去给大娘赔礼。该怎么着，我去领！"那王善保家的讨了个没脸，赶忙躲出窗外，只说："罢了，罢了！这也是头一遭挨打！我明儿回了太太，仍回老娘家去罢，这个老命还要他做什么！"

探春喝命丫鬟："你们听着他说话，还等我和他拌嘴去不成？"侍书听说，便出去说道："妈妈，你知点道理儿，省一句儿罢！你果然回老娘家去，倒是我们的造化了，只怕你舍不得去。你去了，叫谁讨主子的好儿，调唆着察考姑娘、折磨我们呢？"凤姐笑道："好丫头，真是有其主必有其仆！"探春冷笑道："我们做贼的人，嘴里都有三言两语的，就只不会背地里调唆主子！"平儿忙也陪笑解劝，一面又拉了侍书进来。周瑞家的等人劝了一番，凤姐直待服侍探春睡下，方带着人往对过暖香坞来。

13. 节选一三　黛玉之死

阅读提示

一、本段选自《红楼梦》第九十六回"瞒消息凤姐设奇谋，泄机关颦儿迷本性"、第九十七回"林黛玉焚稿断痴情，薛宝钗出闺成大礼"和第九十八回"苦绛珠魂归离恨天，病神瑛泪洒相思地"。贾府"病急乱投医"，要娶亲"冲喜"，为宝玉治病；家长们选择了宝钗，这消息对黛玉来说是致命的。

二、黛玉是小说中最值得同情的女孩子，她冰雪聪明、孤高自赏，又因生性敏感、身体病弱，对痛苦的感受也格外强烈。她从小失去父母的爱抚与保护，在这个世界上，宝玉成了唯一能理解她、宽容她、爱护她的亲人。她把自己的未来连同生命都押在与宝玉的婚姻上。因而当她得知宝玉要娶宝钗时，她的人生也便走到了尽头！

三、世间有一种欲哭无泪的悲剧，剧中没有小人、坏人拨乱其间，所有人都是按照自己认同的生活逻辑行事，然而所产生的合力，恰恰有着杀人的力量！（参见王国维《红楼梦评论》）黛玉便是这种悲剧的受害者。——从性格、度量、人缘、健康等方面考虑，贾府家长们选择宝钗不能算错，错的是那个时代和彼时的礼教！

爱是人类最伟大的情感，一个人喜欢谁，想和谁生死相依、白头偕老，这本是自然赋予人们的绝对权利！然而封建礼教偏偏剥夺了青年男女爱的权利，要他们听命于"父母之命、媒妁之言"。这种做法从根上就是荒谬的、反人性的！

四、然而即便开通如贾母，也无法让自己的伦理观念超越时代。当贾母猜出黛玉的病因时，说了这样一段话："孩子们从小儿在一处儿玩，好些是有的。如今大了，懂得人事，就该要分别些，才是做女孩儿的本分，我才心里疼他。若是他心里有别的想头，成了什么人了呢！我可是白疼了他了。……"——今天看来如此荒谬的"道理"，却是几千年封建社会人们普遍崇奉的"真理"。

贾母又说："……这个理我就不明白了！咱们这种人家，别的事自然没有的，这心病也是断断有不得的。林丫头若不是这个病呢，我凭着花多少钱都使得；就是这个病，不但治不好，我也没心肠了。"——是贾母代表礼教，判了亲爱的外孙女死刑！事后贾母听到黛玉的死讯，眼泪交流，说道："是我弄坏了他了！但只是这个丫头也忒傻气！"对于黛玉之死，贾母于心有愧，难辞其咎！

五、黛玉弥留之际，贾府上下忙于宝玉的婚礼，竟无一人关心黛玉的死活；这让紫鹃极为寒心，说了句："但这些人怎么竟这样狠毒冷淡！"——"狠毒冷淡"四字，是作者通过紫鹃之口对贾府家长做出的最严厉的批判！

此后家长命林之孝家的喊紫鹃去陪伴宝钗行礼，以欺骗宝玉，被紫鹃断然拒绝："林奶奶，你先请罢！等着人死了，我们自然是出去的，那里用这么……况且我们在这里守着病人，身上也不洁净。林姑娘还有气儿呢，不时的叫我！"

对紫鹃而言，一边是奄奄一息的黛玉，一边是可以决定自己前途命运的管家奶奶；然而带着对黛玉的深切同情以及对封建家长的由衷反感，紫鹃公然抗命——我们只能用"侠义"来形容这个姑娘！

六、有人批评宝钗，认为她处心积虑地表现自己，最终取代黛玉，坐上宝二奶奶的位子。这显然是误解。在这桩荒唐的婚姻中，宝钗也是受害者。她与母亲明知这场婚姻的性质，但还是答应了—— 一来寄人篱下，二来薛蟠又犯了案，正需要贾家的提携救拔。

那么要强的宝钗，在洞房中揭去盖头时，听到的不是喁喁情话，而是宝玉一声声呼唤黛玉，宝钗此刻的心境如何，读者不难体会！

七、有人认为,《红楼梦》后四十回不是曹雪芹的笔墨,是由高鹗续写的。不过据程伟元、高鹗在小说序言中所说,后四十回原有雪芹残稿,程、高只是做了修补连缀的工作。从黛玉之死等情节的思想艺术高度来看,笔者相信程、高的话。

一日,黛玉早饭后,带着紫鹃到贾母这边来,一则请安,二则也为自己散散闷。出了潇湘馆,走了几步,忽然想起忘了手绢子来,因叫紫鹃回去取来,自己却慢慢的走着等他。刚走到沁芳桥那边山石背后当日同宝玉葬花之处,忽听一个人呜呜咽咽在那里哭。黛玉煞住脚听时,又听不出是谁的声音,也听不出哭的叨叨的是些什么话。心里甚是疑惑,便慢慢的走去。及到了跟前,却见一个浓眉大眼的丫头在那里哭呢。黛玉未见他时,还只疑府里这些大丫头有什么说不出的心事,所以来这里发泄发泄;及至见了这个丫头,却又好笑,因想到:"这种蠢货,有什么情种[1]。自然是那屋里做粗活的丫头,受了大女孩子的气了。"细瞧了一瞧,却不认得。

那丫头见黛玉来了,便也不敢再哭,站起来拭眼泪。黛玉问

---

1 情种:指感情特别丰富的人,也指丰富的情感。

道："你好好的，为什么在这里伤心？"那丫头听了这话，又流泪道："林姑娘，你评评这个理：他们说话，我又不知道，我就说错了一句话，我姐姐也不犯就打我呀！"黛玉听了，不懂他说的是什么，因笑问道："你姐姐是那一个？"那丫头道："就是珍珠姐姐。"黛玉听了，才知他是贾母屋里的。因又问："你叫什么？"那丫头道："我叫傻大姐儿。"黛玉笑了一笑，又问："你姐姐为什么打你？你说错了什么话了？"那丫头道："为什么呢？就是为我们宝二爷娶宝姑娘的事情。"黛玉听了这句话，如同一个疾雷，心头乱跳，略定了定神，便叫这丫头："你跟了我这里来。"那丫头跟着黛玉到那畸角儿上葬桃花的去处，那里背静，黛玉因问道："宝二爷娶宝姑娘，他为什么打你呢？"傻大姐道："我们老太太和太太、二奶奶商量了，因为我们老爷要起身，说：就赶着往姨太太商量，把宝姑娘娶过来罢。头一宗，给宝二爷冲什么喜[1]；第二宗……"说到这里，又瞅着黛玉笑了一笑，才说道："赶着办了，还要给林姑娘说婆婆家呢。"

黛玉已经听呆了。这丫头只管说道："我又不知道他们怎么商量的，不叫人吵嚷，怕宝姑娘听见害臊。我白和宝二爷屋里的袭

---

[1] 冲喜：旧时迷信风俗，家中有人病重，用办喜事（如娶亲）等举动来驱除邪祟，以期转危为安。

人姐姐说了一句：'咱们明儿更热闹了，又是宝姑娘，又是宝二奶奶，这可怎么叫呢？'林姑娘，你说我这话害着珍珠姐姐什么了吗？他走过来就打了我一个嘴巴，说我混说，不遵上头的话，要撵出我去。我知道上头为什么不叫言语呢？你们又没告诉我，就打我？"说着，又哭起来。

那黛玉此时心里，竟是油儿、酱儿、糖儿、醋儿倒在一处的一般，甜、苦、酸、咸，竟说不上什么味儿来了。停了一会儿，颤巍巍的说道："你别混说了，你再混说，叫人听见，又要打你了。你去罢。"说着，自己转身要回潇湘馆去，那身子竟有千百斤重的，两只脚却像踩着棉花一般，早已软了。只得一步一步慢慢的走将来。走了半天，还没到沁芳桥畔。原来脚下软了，走得慢，且又迷迷痴痴，信着脚儿从那边绕过来，更添了两箭地的路。这时刚到沁芳桥畔，却又不知不觉的顺着堤往回里走起来。

紫鹃取了绢子来，不见黛玉。正在那里看时，只见黛玉颜色雪白，身子恍恍荡荡的，眼睛也直直的，在那里东转西转。又见一个丫头往前头走了，离得远，也看不出是那一个来。心中惊疑不定，只得赶过来，轻轻的问道："姑娘，怎么又回去？是要往那里去？"黛玉也只模糊听见，随一应道："我问问宝玉去。"紫鹃听了，摸不着头脑，只得搀着他到贾母这边来。

黛玉走到贾母门口，心里似觉明晰，回头看见紫鹃搀着自己，便站住了，问道："你做什么来的？"紫鹃陪笑道："我找了绢子来了。头里见姑娘在桥那边呢，我赶着过去问姑娘，姑娘没理会。"黛玉笑道："我打量你来瞧宝二爷来了呢，不然，怎么往这里走呢？"紫鹃见他心里迷惑，便知黛玉必是听见那丫头什么话来，惟有点头微笑而已。只是心里怕他见了宝玉，那一个已经是疯疯傻傻，这一个又这样恍恍惚惚，一时说出些不大体统的话来，那时如何是好？心里虽如此想，却也不敢违拗，只得搀他进去。

那黛玉却又奇怪，这时不是先前那样软了，也不用紫鹃打帘子，自己掀起帘子进来。却是寂然无声，因贾母在屋里歇中觉，丫头们也有脱滑儿玩去的[1]，也有打盹的，也有在那里伺候老太太的。倒是袭人听见帘子响，从屋里出来一看，见是黛玉，便让道："姑娘，屋里坐罢。"黛玉笑着道："宝二爷在家么？"袭人不知底里，刚要答言，只见紫鹃在黛玉身后和他努嘴儿，指着黛玉，又摇摇手儿。袭人不解何意，也不敢言语。黛玉却也不理会，自己走进房来。看见宝玉在那里坐着，也不起来让坐，只瞅着嘻嘻的傻笑。黛玉自己坐下，却也瞅着宝玉笑。两个人也不问好，也不说话，也无推让，只管对着脸傻笑起来。袭人看见这番光景，心里大不得主意，只是没法儿。

1　脱滑儿：溜走，偷懒。

忽然听着黛玉说道:"宝玉,你为什么病了?"宝玉笑道:"我为林姑娘病了。"袭人紫鹃两个吓得面目改色,连忙用言语来岔。两个却又不答言,仍旧傻笑起来。袭人见了这样,知道黛玉此时心中迷惑,和宝玉一样,因悄和紫鹃说道:"姑娘才好了,我叫秋纹妹妹同着你搀回姑娘,歇歇去罢。"因回头向秋纹道:"你和紫鹃姐姐送林姑娘去罢,你可别混说话。"秋纹笑着也不言语,便来同着紫鹃搀起黛玉。那黛玉也就站起来,瞅着宝玉只管笑,只管点头儿。紫鹃又催道:"姑娘,回家去歇歇罢。"黛玉道:"可不是,我这就是回去的时候儿了。"说着,便回身笑着出来了,仍旧不用丫头们搀扶,自己却走得比往常飞快。紫鹃秋纹后面赶忙跟着走。

黛玉出了贾母院门,只管一直走去,紫鹃连忙搀住,叫道:"姑娘,往这么来。"黛玉仍是笑着,随了往潇湘馆来。离门口不远,紫鹃道:"阿弥陀佛,可到了家了。"只这一句话没说完,只见黛玉身子往前一栽,"哇"的一声,一口血直吐出来……[1]

话说黛玉到了潇湘馆门口,紫鹃说了一句话,更动了心,一时吐出血来,几乎晕倒。亏了紫鹃还同着秋纹,两个人搀扶着黛玉到屋里来。那时秋纹去后,紫鹃、雪雁守着,见他渐渐苏醒过来,问紫鹃道:"你们守着哭什么?"紫鹃见他说话明白,倒放了

---

1 此处略去第九十六、第九十七回衔接处少量文字。

心了，因说："姑娘刚才打老太太那边回来，身上觉着不大好，唬得我们没了主意，所以哭了。"黛玉笑道："我那里就能够死呢。"这一句话没完，又喘成一处。

原来黛玉因今日听得宝玉宝钗的事情，这本是他数年的心病，一时急怒，所以迷惑了本性。及至回来吐了这一口血，心中却渐渐的明白过来，把头里的事一字也不记得。这会子见紫鹃哭了，方模糊想起傻大姐的话来。此时反不伤心，惟求速死，以完此债[1]。这里紫鹃、雪雁只得守着，想要告诉人去，怕又像上回招得凤姐说他们失惊打怪[2]。那知秋纹回去神色慌张，正值贾母睡起中觉来，看见这般光景，便问："怎么了？"秋纹吓得连忙把刚才的事回了一遍。贾母大惊，说："这还了得！"连忙着人叫了王夫人凤姐过来，告诉了他婆媳两个。凤姐道："我都嘱咐了，这是什么人走了风了呢？这不更是一件难事了吗！"贾母道："且别管那些，先瞧瞧去是怎么样了。"说着，便起身带着王夫人凤姐等过来看视。见黛玉颜色如雪，并无一点血色，神气昏沉，气息微细。半日又咳嗽了一阵，丫头递了痰盂，吐出都是痰中带血的，大家都慌了。

---

1 以完此债：按小说的说法，金陵诸钗都是到人间来还"情债"的。
2 失惊打怪：大惊小怪。

只见黛玉微微睁眼，看见贾母在他旁边，便喘吁吁的说道："老太太！你白疼了我了。"贾母一闻此言，十分难受，便道："好孩子，你养着罢，不怕的！"黛玉微微一笑，把眼又闭上了。外面丫头进来回凤姐道："大夫来了。"于是大家略避。王大夫同着贾琏进来，诊了脉，说道："尚不妨事。这是郁气伤肝[1]，肝不藏血，所以神气不定。如今要用敛阴止血的药，方可望好。"王大夫说完，同着贾琏出去开方取药去了。

贾母看黛玉神气不好，便出来告诉凤姐等道："我看这孩子的病，不是我咒他，只怕难好。你们也该替他预备预备[2]，冲一冲[3]，或者好了，岂不是大家省心？就是怎么样，也不至临时忙乱。咱们家里这两天正有事呢。"凤姐儿答应了。贾母又问了紫鹃一回，到底不知是那个说的。贾母心里只是纳闷，因说："孩子们从小儿在一处儿玩，好些是有的。如今大了，懂得人事，就该要分别些[4]，才是做女孩儿的本分，我才心里疼他。若是他心里有别的想头，成了什么人了呢！我可是白疼了他了。你们说了，我倒有些不放心。"

1　郁气：抑郁之气。
2　预备：这里指准备装裹、棺木等。
3　冲：这里指用某种做法来破解不祥。
4　分别：这里指男女有别。

因回到房中，又叫袭人来问，袭人仍将前日回过王夫人的话并方才黛玉的光景述了一遍。贾母道："我方才看他却还不至糊涂。这个理我就不明白了！咱们这种人家，别的事自然没有的，这心病也是断断有不得的[1]。林丫头若不是这个病呢，我凭着花多少钱都使得；就是这个病，不但治不好，我也没心肠了！"凤姐道："林妹妹的事，老太太倒不必张罗，横竖有他二哥哥天天同着大夫瞧，倒是姑妈那边的事要紧。今儿早起，听见说，房子不差什么就妥当了。竟是老太太、太太到姑妈那边去，我也跟了去商量商量。就只一件：姑妈家里有宝妹妹在那里，难以说话，不如索性请姑妈晚上过来，咱们一夜都说结了[2]，就好办了。"贾母王夫人都道："你说得是。今儿晚了，明儿饭后咱们娘儿们就过去。"说着，贾母用了晚饭，凤姐同王夫人各自归房不提。

且说次日凤姐吃了早饭过来，便要试试宝玉，走进屋里说道："宝兄弟大喜！老爷已择了吉日，要给你娶亲了。你喜欢不喜欢？"宝玉听了，只管瞅着凤姐笑，微微的点点头儿。凤姐笑道："给你娶林妹妹过来，好不好？"宝玉却大笑起来。凤姐看着，也断不透他是明白，是糊涂。因又问道："老爷说：'你好了，

1　心病：因心中忧虑而引发的疾病。这里指少女为情所困导致的病患，在封建家长看来，这是不名誉的，要不得的。
2　说结：说定。

就给你娶林妹妹呢；若还是这么傻，就不给你娶了。'"宝玉忽然正色道："我不傻，你才傻呢。"说着，便站起来说："我去瞧瞧林妹妹，叫他放心。"凤姐忙扶住了，说："林妹妹早知道了。他如今要做新媳妇了，自然害羞，不肯见你的。"宝玉道："娶过来，他到底是见我不见？"凤姐又好笑，又着忙，心里想："袭人的话不差。提到林妹妹，虽说仍旧说些疯话，却觉得明白些。若真明白了，将来不是林姑娘，打破了这个灯虎儿[1]，那饥荒才难打呢[2]。"便忍笑说道："你好好儿的便见你，若是疯疯癫癫的，他就不见你了。"宝玉说道："我有一个心，前儿已交给林妹妹了。他要过来，横竖给我带来，还放在我肚子里头。"凤姐听着竟是疯话，便出来看着贾母笑。贾母听了又是笑，又是疼，说道："我早听见了。如今且不用理他，叫袭人好好的安慰他，咱们走罢。"

说着，王夫人也来。大家到了薛姨妈那里，只说："惦记着这边的事，来瞧瞧。"薛姨妈感激不尽，说些薛蟠的话。喝了茶，薛姨妈要叫人告诉宝钗，凤姐连忙拦住，说："姑妈不必告诉宝妹妹。"又向薛姨妈陪笑说道："老太太此来，一则为瞧姑妈，二则也有句要紧的话，特请姑妈到那边商议。"薛姨妈听了，点点头儿

1　灯虎儿：灯谜。
2　饥荒：这里指麻烦事。难打：难对付。

说:"是了。"于是大家又说些闲话,便回来了。

当晚薛姨妈果然过来,见过了贾母,到王夫人屋里来,不免说起王子腾来[1],大家落了一回泪。薛姨妈便问道:"刚才我到老太太那里,宝哥儿出来请安,还好好儿的,不过略瘦些,怎么你们说得很利害?"凤姐便道:"其实也不怎么,这只是老太太悬心。目今老爷又要起身外任去,不知几年才来。老太太的意思:头一件叫老爷看着宝兄弟成了家,也放心;二则也给宝兄弟冲冲喜,借大妹妹的金锁压压邪气,只怕就好了。"薛姨妈心里也愿意,只虑着宝钗委屈,说道:"也使得,只是大家还要从长计较计较才好[2]。"王夫人便按着凤姐的话和薛姨妈说,只说:"姨太太这会子家里没人,不如把妆奁一概蠲免,明日就打发蝌儿告诉蟠儿,一面这里过门,一面给他变法儿撕掳官事[3]。"并不提宝玉的心事。又说:"姨太太既做了亲,娶过来,早好一天,大家早放一天心。"正说着,只见贾母差鸳鸯过来候信。薛姨妈虽恐宝钗委屈,然也没法儿;又见这般光景,只得满口应承。鸳鸯回去回了贾母,贾母也甚喜欢,又叫鸳鸯过来求薛姨妈和宝钗说明原故,不叫他受

---

1 王子腾:王夫人与薛姨妈的兄弟,不久前病逝。
2 从长计较:慢慢考虑,多加商量,也作"从长计议"。这往往是不甚同意的托词。
3 撕掳:张罗、处置,解决纠葛。官事:官司。此时薛蟠又犯人命案,被系牢狱;薛蟠堂弟薛蝌前往活动、营救。

委屈。薛姨妈也答应了。便议定凤姐夫妇做媒人。大家散了，王夫人姊妹不免又叙了半夜的话儿。

次日，薛姨妈回家，将这边的话细细的告诉了宝钗，还说："我已经应承了。"宝钗始则低头不语，后来便自垂泪。薛姨妈用好言劝慰，解释了好些话。宝钗自回房内，宝琴随去解闷。薛姨妈又告诉了薛蝌，叫他："明日起身，一则打听审详的事[1]，一则告诉你哥哥一个信儿。你即便回来。"

……[2]

宝玉认以为真[3]，心里大乐，精神便觉得好些，只是语言总有些疯傻。那过礼的回来[4]，都不提名说姓，因此上下人等虽都知道，只因凤姐吩咐，都不敢走漏风声。

且说黛玉虽然服药，这病日重一日。紫鹃等在旁苦劝，说道："事情到了这个份儿，不得不说了。姑娘的心事，我们也都知道。至于意外之事，是再没有的。姑娘不信，只拿宝玉的身子说起，这样大病，怎么做得亲呢？姑娘别听瞎话，自己安心保重才好。"黛玉微笑一笑，也不答言，又咳嗽数声，吐出好些血来。紫

1　审详：审理上报。
2　此处略去贾、薛两家预备婚礼等内容。
3　宝玉认以为真：这里指宝玉受骗，认为众人预备婚礼，是为了给他娶林妹妹。
4　过礼：结婚前男家把彩礼送往女家。

鹃等看去，只有一息奄奄，明知劝不过来，惟有守着流泪。天天三四趟去告诉贾母，鸳鸯测度贾母近日比前疼黛玉的心差了些，所以不常去回。况贾母这几日的心都在宝钗、宝玉身上，不见黛玉的信儿，也不大提起，只请太医调治罢了。

黛玉向来病着，自贾母起直到姊妹们的下人，常来问候。今见贾府中上下人等都不过来，连一个问的人都没有，睁开眼只有紫鹃一人。自料万无生理，因扎挣着向紫鹃说道："妹妹，你是我最知心的。虽是老太太派你服侍我，这几年，我拿你就当作我的亲妹妹——"说到这里，气又接不上来。紫鹃听了，一阵心酸，早哭得说不出话来。迟了半日，黛玉又一面喘，一面说道："紫鹃妹妹，我躺着不受用[1]，你扶起我来，靠着坐坐才好。"紫鹃道："姑娘的身上不大好，起来又要抖搂[2]着了。"黛玉听了，闭上眼不言语了，一时又要起来。紫鹃没法，只得同雪雁把他扶起，两边用软枕靠住，自己却倚在旁边。黛玉那里坐得住，下身自觉硌得疼，狠命的撑着。叫过雪雁来道："我的诗本子……"说着，又喘。

雪雁料是要他前日所理的诗稿，因找来送到黛玉跟前。黛玉点点头儿，又抬眼看那箱子。雪雁不解，只是发怔。黛玉气得两

---

1 不受用：不好受。
2 抖搂：打开，掀动。这里指因掀开衣被而受风、受凉。

眼直瞪，又咳嗽起来，又吐了一口血。雪雁连忙回身取了水来，黛玉漱了，吐在盂内。紫鹃用绢子给他拭了嘴，黛玉便拿那绢子指着箱子，又喘成一处，说不上来，闭了眼。紫鹃道："姑娘歪歪儿罢[1]。"黛玉又摇摇头儿。紫鹃料是要绢子，便叫雪雁开箱，拿出一块白绫绢子来。黛玉睄了，撂在一边，使劲说道："有字的。"紫鹃这才明白过来，要那块题诗的旧帕，只得叫雪雁拿出来递给黛玉。紫鹃劝道："姑娘歇歇儿罢，何苦又劳神？等好了再瞧罢。"只见黛玉接到手里也不瞧，扎挣着伸出那只手来，狠命的撕那绢子，却是只有打颤的份儿，那里撕得动？紫鹃早已知他是恨宝玉，却也不敢说破，只说："姑娘，何苦自己又生气！"黛玉微微的点头，便掖在袖里。说叫点灯。雪雁答应，连忙点上灯来。黛玉瞧瞧，又闭上眼坐着，喘了一会子，又道："笼上火盆[2]。"紫鹃打量他冷，因说道："姑娘躺下，多盖一件罢。那炭气只怕担不住。"黛玉又摇头儿。雪雁只得笼上，搁在地下火盆架上。黛玉点头，意思叫挪到炕上来。雪雁只得端上来，出去拿那张火盆炕桌。那黛玉却又把身子欠起，紫鹃只得两只手来扶着他。黛玉这才将方才的绢子拿在手中，瞅着那火，点点头儿，往上一撂。紫鹃唬了

---

1 歪歪儿：这里指躺一躺，靠一靠。
2 笼：笼火，生火。

一跳，欲要抢时，两只手却不敢动。雪雁又出去拿火盆桌子，此时那绢子已经烧着了。紫鹃劝道："姑娘，这是怎么说呢！"黛玉只作不闻，回手又把那诗稿拿起来，瞧了瞧，又撂下了。紫鹃怕他也要烧，连忙将身倚住黛玉，腾出手来拿时，黛玉又早拾起，撂在火上。此时紫鹃却够不着，干急。雪雁正拿进桌子来，看见黛玉一撂，不知何物，赶忙抢时，那纸沾火就着，如何能够少待？早已烘烘的着了。雪雁也顾不得烧手，从火里抓起来，撂在地下乱踩，却已烧得所余无几了。那黛玉把眼一闭，往后一仰，几乎不曾把紫鹃压倒。紫鹃连忙叫雪雁上来，将黛玉扶着放倒，心里突突的乱跳。欲要叫人时，天又晚了；欲不叫人时，自己同着雪雁和鹦哥等几个小丫头，又怕一时有什么原故。好容易熬了一夜。

到了次日早起，觉黛玉又缓过一点儿来。饭后，忽然又嗽又吐，又紧起来。紫鹃看着不好了，连忙将雪雁等都叫进来看守，自己却来回贾母。那知到了贾母上房，静悄悄的，只有两三个老妈妈和几个做粗活的丫头在那里看屋子呢。紫鹃因问道："老太太呢？"那些人都说："不知道。"紫鹃听这话诧异，遂到宝玉屋里去看，竟也无人。遂问屋里的丫头，也说不知。紫鹃已知八九："但这些人怎么竟这样狠毒冷淡！"又想到黛玉这几天竟连一个人间的也没有，越想越悲，索性激起一腔闷气来，一扭身便出来了。

黛玉焚稿（局部）/〔清〕孙温 绘

自己想了一想：今日倒要看看宝玉是何形状，看他见了我怎么样过得去！那一年我说了一句谎话，他就急病了，今日竟公然做出这件事来。可知天下男子之心真真是冰寒雪冷，令人切齿的！

……[1]

还未到潇湘馆，只见两个小丫头在门里往外探头探脑的，一眼看见紫鹃，那一个便嚷道："那不是紫鹃姐姐来了吗！"紫鹃知道不好了，连忙摆手儿不叫嚷。赶忙进来看时，只见黛玉肝火上炎，两颧红赤。紫鹃觉得不妥，叫了黛玉的奶妈王奶奶来，一看，他便大哭起来。这紫鹃因王奶妈有些年纪，可以仗个胆儿，谁知竟是个没主意的人，反倒把紫鹃弄得心里七上八下。忽然想起一个人来，便命小丫头急忙去请。你道是谁？原来紫鹃想起李宫裁是个孀居[2]，今日宝玉结亲，他自然回避；况且园中诸事，向系李纨料理，所以打发人去请他。

李纨正在那里给贾兰改诗，冒冒失失的见一个丫头进来回说："大奶奶！只怕林姑娘不好了，那里都哭呢！"李纨听了，吓了一大跳，也不及问了，连忙站起身来便走。素云、碧月跟着，一头走着，一头落泪，想着："姐妹在一处一场，更兼他那容貌才

---

1 此处略去紫鹃到怡红院打探的情节。
2 李宫裁：李纨字宫裁。

情，真是寡二少双¹，惟有青女素娥可以仿佛一二²。竟这样小小的年纪，就做了北邙乡女³。偏偏凤姐想出一条偷梁换柱之计，自己也不好过潇湘馆来，竟未能少尽姊妹之情，真真可怜可叹！"一头想着，已走到潇湘馆的门口，里面却又寂然无声。李纨倒着起忙来："想来必是已死，都哭过了，那衣衾装裹未知妥当了没有？"连忙三步两步走进屋子来。里间门口一个小丫头已经看见，便说："大奶奶来了！"紫鹃忙往外走，和李纨走了个对面。李纨忙问："怎么样？"紫鹃欲说话时，惟有喉中哽咽的份儿，却一字说不出，那眼泪一似断线珍珠一般，只将一只手回过去指着黛玉。

李纨看了紫鹃这般光景，更觉心酸，也不再问，连忙走过来看时，那黛玉已不能言。李纨轻轻叫了两声。黛玉却还微微的开眼，似有知识之状，但只眼皮嘴唇微有动意，口内尚有出入之息，却要一句话、一点泪也没有了。李纨回身，见紫鹃不在眼前，便问雪雁。雪雁道："他在外头屋里呢。"李纨连忙出来，只见紫鹃在外间空床上躺着，颜色青黄，闭了眼，只管流泪，那鼻涕眼泪把一个砌花锦边的褥子已湿了碗大的一片。李纨连忙唤他，那紫

1　寡二少双：独一无二。
2　青女素娥：指两位神女。青女是传说中掌管霜雪之神，素娥即传说中的月宫嫦娥。
3　北邙乡女：意谓死葬异乡的女子。北邙，即邙山，位于洛阳之北，魏晋时的王侯公卿多葬于此，遂成墓地的代称。

鹃才慢慢的睁开眼，欠起身来。李纨道："傻丫头，这是什么时候，且只顾哭你的！林姑娘的衣衾[1]，还不拿出来给他换上，还等多早晚呢？难道他个女孩儿家，你还叫他失身露体，精着来，光着去吗？"紫鹃听了这句话，一发止不住痛哭起来。李纨一面也哭，一面着急，一面拭泪，一面拍着紫鹃的肩膀说："好孩子！你把我的心都哭乱了！快着收拾他的东西罢，再迟一会子就了不得了。"

正闹着，外边一个人慌慌张张跑进来，倒把李纨唬了一跳。看时，却是平儿，跑进来看见这样，只是呆磕磕的发怔。李纨道："你这会子不在那边，做什么来了？"说着，林之孝家的也进来了。平儿道："奶奶不放心，叫来瞧瞧。既有大奶奶在这里，我们奶奶就只顾那一头儿了。"李纨点点头儿。平儿道："我也见见林姑娘。"说着，一面往里走，一面早已流下泪来。这里李纨因和林之孝家的道："你来得正好，快出去瞧瞧去，告诉管事的预备林姑娘的后事。妥当了，叫他来回我，不用到那边去。"林之孝家的答应了，还站着。李纨道："还有什么话呢？"林之孝家的道："刚才二奶奶和老太太商量了，那边用紫鹃姑娘使唤使唤呢。"李纨还未答言，只见紫鹃道："林奶奶，你先请罢！等着人死了，我们自

---

1 衣衾：这里指入殓的衣被，即"装裹"。

紫鹃/〔清〕改琦 绘

然是出去的，那里用这么……"说到这里，却又不好说了，因又改说道："况且我们在这里守着病人，身上也不洁净。林姑娘还有气儿呢，不时的叫我。"李纨在旁解说道："当真的，林姑娘和这丫头也是前世的缘法儿：倒是雪雁是他南边带来的，他倒不理会；惟有紫鹃，我看他两个一时也离不开。"林之孝家的头里听了紫鹃的话，未免不受用，被李纨这一番话，却也没有说的了。又见紫鹃哭得泪人一般，只好瞅着他微微的笑，说道："紫鹃姑娘这些闲话倒不要紧，只是你却说得，我可怎么回老太太呢？况且这话是告诉得二奶奶的吗？"

正说着，平儿擦着眼泪出来道："告诉二奶奶什么事？"林之孝家的将方才的话说了一遍。平儿低了一回头，说："这么着罢，就叫雪姑娘去罢。"李纨道："他使得吗？"平儿走到李纨耳边说了几句，李纨点点头儿道："既是这么着，就叫雪雁过去也是一样的。"林之孝家的因问平儿道："雪姑娘使得吗？"平儿道："使得，都是一样。"林家的道："那么着，姑娘就快叫雪姑娘跟了我去。我先回了老太太和二奶奶。这可是大奶奶和姑娘的主意，回来姑娘再各自回二奶奶去[1]。"李纨道："是了，你这么大年纪，连这么

---

1 各自：这里有"自己"的意思。

点子事还不担[1]呢。"林家的笑道:"不是不担:头一宗,这件事,老太太和二奶奶办事,我们都不能很明白;再者,又有大奶奶和平姑娘呢。"说着,平儿已叫了雪雁出来。原来雪雁因这几日黛玉嫌他"小孩子家懂得什么",便也把心冷淡了;况且听是老太太和二奶奶叫,也不敢不去,连忙收拾了头。平儿叫他换了新鲜衣服,跟着林家的去了。随后平儿又和李纨说了几句话。李纨又嘱咐平儿,打那么催着林家的叫他男人快办了来。

平儿答应着出来,转了个弯子,看见林家的带着雪雁在前头走呢,忙叫住道:"我带了他去罢。你先告诉林大爷办林姑娘的东西去罢。奶奶那里我替回就是了。"那林家的答应着去了。这里平儿带了雪雁到了新房子里回明了,自去办事。

却说雪雁看见这个光景,想起他家姑娘,也未免伤心,只是在贾母、凤姐眼前不敢露出。因又想道:也不知用我做什么?我且瞧瞧。宝玉一日家和我们姑娘好得蜜里调油[2],这时候总不见面了,也不知是真病假病。只怕是怕我们姑娘恼,假说丢了玉,装出傻子样儿来,叫那一位寒了心,他好娶宝姑娘的意思。我索性看看他,看他见了我傻不傻。难道今儿还装傻么?一面想着,已

---

1 不担:不担待,不负责。
2 蜜里调油:比喻感情极为亲密。

溜到里间屋子门口，偷偷儿的瞧。这时宝玉虽因失玉昏愦，但只听见娶了黛玉为妻，真乃是从古至今、天上人间、第一件畅心满意的事了，那身子顿觉健旺起来，只不过不似从前那般灵透；所以凤姐的妙计，百发百中，巴不得就见黛玉。盼到今日完姻，真乐得手舞足蹈，虽有几句傻话，却与病时光景大相悬绝了[1]。雪雁看了，又是生气，又是伤心。他那里晓得宝玉的心事？便各自走开。

这里宝玉便叫袭人快快给他装新，坐在王夫人屋里。看见凤姐、尤氏忙忙碌碌，再盼不到吉时，只管问袭人道："林妹妹打园里来，为什么这么费事，还不来？"袭人忍着笑道："等好时辰呢。"又听见凤姐和王夫人说道："虽然有服[2]，外头不用鼓乐，咱们家的规矩要拜堂的，冷清清的使不得！我传了家里学过音乐管过戏的那些女人来，吹打着热闹些。"王夫人点头说："使得。"

一时，大轿从大门进来，家里细乐迎出去，十二对宫灯排着进来，倒也新鲜雅致。傧相请了新人出轿[3]，宝玉见喜娘披着红[4]，

---

1 悬绝：（相差）悬殊。
2 有服：这里指服丧。此时元春刚死，宝玉作为弟弟，要服丧九个月，在此期间不可嫁娶。因要替宝玉冲喜，所以采取变通方法，在"外头"（也就是府外）不用鼓乐，只在园内吹打。
3 傧相（bīnxiàng）：替主人接引宾客和赞礼的人，有点像今天的主持人、司仪。
4 喜娘：婚礼中照料新娘的女子。

扶着新人，幪着盖头[1]。下首扶新人的你道是谁，原来就是雪雁。宝玉看见雪雁，犹想：因何紫鹃不来，倒是他呢？又想道：是了，雪雁原是他南边家里带来的，紫鹃是我们家的，自然不必带来。因此，见了雪雁，竟如见了黛玉的一般欢喜。傧相喝礼，拜了天地。请出贾母受了四拜，后请贾政夫妇等登堂，行礼毕，送入洞房。还有坐帐等事[2]，俱是按本府旧例，不必细说。贾政原为贾母做主，不敢违拗，不信冲喜之说。那知今日宝玉居然像个好人，贾政见了，倒也喜欢。

那新人坐了帐，就要揭盖头的。凤姐早已防备，请了贾母王夫人等进去照应。宝玉此时到底有些傻气，便走到新人跟前说道："妹妹，身上好了？好些天不见了，盖着这劳什子做什么？"欲待要揭去，反把贾母急出一身冷汗来。宝玉又转念一想道：林妹妹是爱生气的，不可造次了。又歇了一歇，仍是按捺不住，只得上前，揭了盖头。喜娘接去，雪雁走开，莺儿上来伺候。宝玉睁眼一看，好像是宝钗。心中不信，自己一手持灯，一手擦眼一看，可不是宝钗么！只见他盛妆艳服，丰肩[3]懦体，鬟低鬓軃，眼

1　盖头：旧时结婚，新娘遮盖头脸的红绸布称"盖头"，入洞房后，由新郎揭开。

2　坐帐：旧时婚俗，新婚夫妇拜天地，入洞房，事前请两位"全福人"（父母、丈夫、子女俱全的妇女）把床铺好，新娘入内盘膝坐于帐中。又称"坐福"。

3　丰肩：肩背丰腴。

瞤息微[1]，论雅淡似荷粉露垂，看娇羞真是杏花烟润了。[2]

宝玉发了一回怔，又见莺儿立在傍边，不见了雪雁。此时心无主意，自己反以为是梦中了，呆呆的只管站着。众人接过灯去扶着坐下，两眼直视，半语全无。贾母恐他病发，亲自过来招呼着。凤姐、尤氏请了宝钗进入里间坐下。宝钗此时自然是低头不语。

宝玉定了一回神，见贾母、王夫人坐在那边，便轻轻的叫袭人道："我是在那里呢？这不是做梦么？"袭人道："你今日好日子，什么梦不梦的混说！老爷可在外头呢。"宝玉悄悄的拿手指着道："坐在那里的这一位美人儿是谁？"袭人握了自己的嘴，笑得说不出话来，半日才说道："那是新娶的二奶奶。"众人也都回过头去，忍不住的笑。宝玉又道："好糊涂！你说'二奶奶'，到底是谁？"袭人道："宝姑娘。"宝玉道："林姑娘呢？"袭人道："老爷做主娶的是宝姑娘，怎么混说起林姑娘来？"宝玉道："我才刚看见林姑娘了么，还有雪雁呢。怎么说没有？你们这都是做什么玩呢？"

凤姐便走上来，轻轻的说道："宝姑娘在屋里坐着呢，别混

1　眼瞤（shùn）息微：眼皮微动，呼吸轻微。瞤，眼皮微动。
2　"论雅淡"二句：这里以粉荷滴露珠、云雾润杏花，来比喻宝钗的美艳娇羞之态。

说。回来得罪了他，老太太不依的。"宝玉听了，这会子糊涂得更利害了。本来原有昏愦的病，加以今夜神出鬼没，更叫他不得主意，便也不顾别的，一口声声只要找林妹妹去。贾母等上前安慰，无奈他只是不懂。又有宝钗在内，又不好明说。知宝玉久病复发，也不讲明，只得满屋里点起安息香来[1]，定住他的神魂，扶他睡下。众人鸦雀无闻。停了片时，宝玉便昏沉睡去，贾母等才得略略放心，只好坐以待旦，叫凤姐去请宝钗安歇。宝钗置若罔闻，也便和衣在内暂歇[2]。

......[3]

话说宝玉见了贾政，回至房中，更觉头昏脑闷，懒怠动弹，连饭也没吃，便昏沉睡去。仍日日延医诊治，服药不效，索性连人也认不明白了。大家扶着他坐起来，还是像个好人。一连闹了几天。那日恰是回九之期[4]，说是若不过去，薛姨妈脸上过不去；若说去呢，宝玉这般光景，明知是为黛玉而起，欲要告诉明白，又恐气急生变。宝钗是新媳妇，又难劝慰，必是姨妈过来才好。

---

1 安息香：一种落叶乔木，树脂能制香，点燃可以安神。

2 和衣：指安歇时不脱衣裳。

3 此处略去贾政辞行上任的情节以及第九十七、第九十八回之间的衔接文字。

4 回九之期：旧俗，婚后若干日（或三或七或九），新郎新娘要回女家拜见长辈及亲友，称"回门"。九日回门的，称"回九"。

若不回九，姨妈嗔怪。便与王夫人、凤姐商议道[1]："我看宝玉竟是魂不守舍，起动是不怕的。用两乘小轿，叫人扶着，从园里过去，应了回九的吉期；以后请姨妈过来安慰宝钗，咱们一心一计的调治宝玉，可不两全？"王夫人答应了，即刻预备。幸亏宝钗是新媳妇，宝玉是个疯傻的，由人掇弄过去了[2]。宝钗也明知其事，心里只怨母亲办得糊涂，事已至此，不肯多言。独有薛姨妈看见宝玉这般光景，心里懊悔，只得草草完事。

回家，宝玉越加沉重。次日连起坐都不能了，日重一日，甚至汤水不进。薛姨妈等忙了手脚，各处遍请名医，皆不识病源。只有城外破寺中住着个穷医姓毕别号知庵的，诊得病源是悲喜激射，冷暖失调，饮食失时，忧忿滞中，正气壅闭[3]，此内伤外感之症。于是度量用药，至晚服了。二更后，果然省些人事，便要喝水，贾母、王夫人等才放了心。请了薛姨妈带了宝钗，都到贾母那里，暂且歇息。

宝玉片时清楚，自料难保，见诸人散后，房中只有袭人，因唤袭人至跟前，拉着手哭道："我问你，宝姐姐怎么来的？我记得

---

1 便与王夫人、凤姐商议道：此句无主语，似应改为"凤姐便与王夫人商议道"为妥。

2 掇弄：摆弄。

3 壅（yōng）闭：堵塞，阻隔。

老爷给我娶了林妹妹过来，怎么叫宝姐姐赶出去了？他为什么霸占住在这里？我要说呢，又恐怕得罪了他。你们听见林妹妹哭得怎么样了？"袭人不敢明说，只得说道："林姑娘病着呢。"宝玉又道："我瞧瞧他去。"说着要起来。那知连日饮食不进，身子岂能动转？便哭道："我要死了！我有一句心里的话，只求你回明老太太，横竖林妹妹也是要死的，我如今也不能保，两处两个病人，都要死的。死了越发难张罗，不如腾一处空房子，趁早把我和林妹妹两个抬在那里，活着也好一处医治、服侍，死了也好一处停放。你依我这话，不枉了几年的情分。"袭人听了这些话，又急，又笑，又痛。

宝钗恰好同着莺儿过来，也听见了。便说道："你放着病不保养，何苦说这些不吉利的话呢？老太太才安慰了些，你又生出事来。老太太一生疼你一个，如今八十多岁的人了，虽不图你的诰封，将来你成了人，老太太也看着乐一天，也不枉了老人家的苦心。太太更是不必说了，一生的心血精神，抚养了你这一个儿子，若是半途死了，太太将来怎么样呢？我虽是薄命，也不至于此。据此三件看来，你就要死，那天也不容你死的，所以你是不能死的。只管安稳着养个四五天后，风邪散了[1]，太和正气一足[2]，自然这些邪病都没有了。"宝玉听了，竟是无言可答，半晌，方才嘻嘻的笑道："你是好些时不和我说话了，这会子说这些大道理的话给谁听？"

宝钗听了这话，便又说道："实告诉你说罢：那两日你不知人事的时候，林妹妹已经亡故了！"宝玉忽然坐起，大声诧异道："果真死了吗？"宝钗道："果真死了，岂有红口白舌咒人死的呢！老太太、太太知道你姐妹和睦，你听见他死了，自然你也要死，所以不肯告诉你。"

宝玉听了，不禁放声大哭，倒在床上，忽然眼前漆黑，辨不出方向。……[3]正在踌躇，忽听那边有人唤他。回首看时，不是别人，正是贾母、王夫人、宝钗、袭人等围绕哭泣叫着，自己仍旧躺在床上。见案上红灯，窗前皓月，依然锦绣丛中，繁华世界。定神一想，原来竟是一场大梦。浑身冷汗，觉得心内清爽。仔细一想，真正无可奈何，不过长叹数声。……[4]

却说宝玉成家的那一日，黛玉白日已经昏晕过去，却心头口

1　风邪：中医有"六淫病邪"之说，乃风、寒、暑、湿、燥、火，以"风邪"打头，均是体内邪气，可使人致病。

2　太和正气：中医术语，相当于人的免疫力。

3　此处略去梦境描述。

4　此处略去宝玉、宝钗若干思想活动的描写。

中一丝微气不断，把个李纨和紫鹃哭得死去活来。到了晚间，黛玉却又缓过来了，微微睁开眼，似有要水要汤的光景。此时雪雁已去，只有紫鹃和李纨在旁。紫鹃便端了一盏桂圆汤和的梨汁，用小银匙灌了两三匙。黛玉闭着眼，静养了一会子，觉得心里似明似暗的。此时李纨见黛玉略缓，明知是回光返照的光景[1]，却料着还有一半天耐头，自己回到稻香村，料理了一回事情。

这里黛玉睁开眼一看，只有紫鹃和奶妈并几个小丫头在那里，便一手攥了紫鹃的手，使着劲说道："我是不中用的人了！你服侍我几年，我原指望咱们两个总在一处，不想我……"说着，又喘了一会子，闭了眼歇着。紫鹃见他攥着不肯松手，自己也不敢挪动。看他的光景，比早半天好些，只当还可以回转，听了这话，又寒了半截。半天黛玉又说道："妹妹！我这里并没亲人，我的身子是干净的，你好歹叫他们送我回去。"说到这里，又闭了眼不言语了。那手却渐渐紧了，喘成一处，只是出气大，入气小，已经促疾得很了[2]。

紫鹃忙了，连忙叫人请李纨。可巧探春来了。紫鹃见了，忙悄悄的说道："三姑娘，瞧瞧林姑娘罢。"说着，泪如雨下。探春

1　回光返照：喻指人之将死，神志忽然清醒或短暂兴奋。
2　促疾：急促。

过来，摸了摸黛玉的手，已经凉了，连目光也都散了。探春、紫鹃正哭着叫人端水来给黛玉擦洗，李纨赶忙进来了。三个人才见了，不及说话。刚擦着，猛听黛玉直声叫道："宝玉！宝玉！你好……"说到"好"字，便浑身冷汗，不作声了。紫鹃等急忙扶住，那汗愈出，身子便渐渐的冷了。探春、李纨叫人乱着拢头穿衣，只见黛玉两眼一翻——呜呼！

　　　　香魂一缕随风散，愁绪三更入梦遥！

　　当时黛玉气绝，正是宝玉娶宝钗的这个时辰。紫鹃等都大哭起来。李纨、探春想他素日的可疼，今日更加可怜，便也伤心痛哭。因潇湘馆离新房子甚远，所以那边并没听见。一时，大家痛哭了一阵，只听得远远一阵音乐之声[1]，侧耳一听，却又没有了。探春、李纨走出院外再听时，惟有竹梢风动，月影移墙，好不凄凉冷淡。

---

　　1 "只听得"句：暗示黛玉成仙。相传唐代诗人李贺死时，人们听到空中有行车声及音乐声，原是天上白玉楼筑成，天帝召他去作记。这里暗用此典。

各方赞誉

四大名著与《儒林外史》是中国小说史的巅峰，也是中华传统文化的名片。如何让中小学生进入经典的世界，从宏观上说，是学术界与教育界的共同课题与责任；从微观上说，也是我自己多年来的一个困惑。现在侯会教授把自己数十年的学术积累贡献出来，与孩子们一起来面对这个挑战。我也终于为女儿找到了进入经典的路径。

——北京师范大学文学院教授　李小龙

侯会老师作为古典小说研究专家，兼有丰富的文学经典普及经验，他的这套古典小说名著读本，提炼了"五大名著"的精髓，以"导读""速读""精读"三重读法，一步步引领青少年走进古典小说的精彩世界。

——首都经贸大学文化与传播学院教授　彭利芝

五大古典文学名著，每一部都煌煌数十万言，读起来费时费力，因此，需要一套既能激发孩子阅读兴趣，又能为孩子指引路径的辅导

读物。《侯会给孩子讲古典文学名著》正是一套契合此旨意的书籍。通过这套书的引导，小读者能够获得事半功倍的阅读效果。

——中国艺术研究院副研究员、

中国红楼梦学会执行秘书长　何卫国

古典小说名著是中华文学的瑰宝，是中国人必须形成的阅读记忆。但孩子的阅读往往陷入困境：一方面课程标准、语文教材、语文高考不断加大阅读要求，另一方面由于时代背景、语言风格、故事内容的巨大差异，造成孩子不想读、读不懂、读了无效的普遍状况。要解决这一困境，需要作者既了解文本，又了解孩子。侯会教授正是适合的作者，《侯会给孩子讲古典文学名著》正是适合的书。

——儿童阅读研究者　王林

孩子们要"读懂"四大名著和《儒林外史》，不仅要啃完全文，更需要专业、平近、举重若轻的"解码书"。侯会教授说，精彩的故事讲三遍。读名著，读出历史、世情和自我，才是阅读的高光时刻。

——童书作家、三五锄创始人　粲然

侯会老师这套书，用"三重读法"领着孩子走进经典："导读"提纲挈领，概览艺术特色；"速读"去芜存菁，理清故事主线；"精读"含英咀华，赏析精彩章节。跟着侯老师，循序渐进、拾级而上，读

通、读懂、读透五部经典名著，从根儿上提升孩子的文学素养。

——浙江省语文特级教师　张祖庆

侯老爷子讲名著最大的亮点是懂经典更懂孩子。孩子读完一定眼界大开：不仅爱上读名著，更能变成半个阅读小专家；莫说是应对中高考，语文历史老师也得刮目相看。偷偷告诉你，侯老爷子在师范院校教了一辈子书，是很多语文老师的语文老师的语文老师，想学筋斗云，找悟空当然不如找须菩提祖师啊。

——北京景山学校语文教师　孟岳

在这套书中，侯教授用生动流畅的语言对每部古典名著都进行了三重引读："话说"部分不但涉及相关背景资料，还渗透毛宗岗、金圣叹等批评大家的重要文学思想。这既提升了阅读的高度，又为学生广泛深入地阅读做了铺垫。"速读"部分用较少的文字，理出了内容连贯、重点突出的整本书情节，让学生可以轻松地一窥全貌。"选粹"部分在节选精彩内容的基础上，对原文作了精当的阅读提示和准确的注释。学生可以在把握背景知识、了解整体情节的基础上，品味原著本身的韵味。

——北京市海淀区翠湖小学语文教师　张波

古典小说的阅读，是寻章摘句，还是按部就班？是六经注我，还是我注六经？是信马由缰，还是亦步亦趋？在我看来，没有绝对的标答。对于现今的孩子来说，博观而约取的姿态、方法，更自由，更有益，更值得提倡。跟着侯会老师随性而读，有的放矢，不亦快哉！

——深圳实验学校语文名师、

全国推动读书十大人物　周其星

侯会教授这套书，立足小说整体，总结了同一人物分散在各回目的典型特征，引导学生阅读有关人物的"全部"信息，全面理解人物。根据学生年龄特点，侯老师有意选择名著中的"精华"，剔除"糟粕"。每部作品，均以人物为主线，由趣味性的导读、概括性的速读和经典情节的精读三部分组成，以此来窥名著之全貌。

——清华大学附属中学语文教师　向东佳

侯老师的新作可谓"信、趣、粹"。"信"是指准确可信。侯老师学养深厚，治学严谨，言必有据，笔底风骨，字斟句酌。"趣"是指风趣幽默。古典名著往往令人望而生畏，给人难以亲近之感。侯老师涉笔成趣，文字蔼然，仿若长者俯身与孩童谈笑，春风化雨育桃李。"粹"是指去粗取精。中国古典文学名著鸿篇巨制，一般读者不易识

其精要。侯老师以专业的眼光遴选出精华并加以精烹细饪，令人读之顿感大快朵颐。

——北京市第五中学语文高级教师、北京市骨干教师　徐淳

从"话说"的提要，到"速读"的通览，再到"选粹"的精读，《侯会给孩子讲古典文学名著》既能基于孩子实际能力，架起初读的桥梁，又能引人入胜，领着孩子见识名著的精髓，激起阅读原典的热情。更重要的是，侯会老师每本书的结构，以及他对选章的提示与分析，都示范了一种读法，得鱼，而不忘筌，为阅读原典打下了方法论的基础。

——全国优秀教师、知名阅读推广人　冷玉斌

曾读过侯会老师的"讲给孩子的文学经典"系列，很为侯老师这种披沙拣金、捧出甘甜的果实送人的精神所感动。今年侯老师又出新书，看完之后再次惊喜：这套书既有对名著成书背景及文学成就的解读，有着眼于"面"的对每一章节的介绍，又有着眼于"点"的对经典章节的选读。这种编书选文的体例正是一线整本书阅读教学中所需要的，它将会是老师和学生的好帮手。

——厦门市英才学校语文教师　苗旭峰

几年前，读《讲给孩子的中国文学经典》《讲给孩子的世界文学经典》，夜以继日，难抑激动，我发了平生第一条朋友圈："厚积薄发，深入浅出。向侯先生这样有大学问又愿为小孩子写书的教授致敬！"

欲览《红楼梦》《水浒传》等"5A 景区"，须随"金牌导游"。游山五岳、拥书百城的侯先生，在陪你"赏景"的同时，还会要言不烦，告诉你如何"取景"，如何"写景"，如何探索发现……

——《作文指导报》主编　周录恒

对孩子来说，阅读大部头的古典文学名著，犹如让他们独闯世界。问题是这个世界千端万绪，包罗万象，任他们独自进入成人视角的世界，而不加恰当引领，不免存在失控的风险。侯会教授这套书犹如帮助孩子阅读的地图和攻略，它让名著世界迷人而不致使人迷失，让这些古典文学名著在孩子的目光之下，真正具备了童年的属性。

——作家、《中国画 好好看》作者　田玉彬

侯会老师从读者的视角来写作，将多种阅读策略相融合，深入浅出，读之可亲，为孩子们打开了古典名著的魅力世界。

——北京市十一学校语文特级教师　史建筑

扫码享限量特惠
听侯会老师给孩子讲《儒林外史》
看图书＋听音频，灵活学习效果好

儒林外史

侯会给孩子讲

侯会给孩子讲古典文学名著

侯会 著

生活·讀書·新知 三联书店

图书在版编目（CIP）数据

侯会给孩子讲古典文学名著. 5, 儒林外史 / 侯会著. --
北京 : 生活·读书·新知三联书店, 2024. 9. -- ISBN
978-7-108-07907-7

Ⅰ. I207.41-49

中国国家版本馆 CIP 数据核字第 2024JD6326 号

责任编辑　王海燕
特约编辑　刘红霞　贺　天
封扉设计　赵　欣
责任印制　卢　岳
出版发行　生活·讀書·新知 三联书店
　　　　　（北京市东城区美术馆东街 22 号 100010）
网　　址　www.sdxjpc.com
经　　销　新华书店
印　　刷　河北品睿印刷有限公司
版　　次　2024 年 9 月北京第 1 版
　　　　　2024 年 9 月北京第 1 次印刷
开　　本　880 毫米 × 1230 毫米　1/32　印张 9.5
字　　数　160 千字　图 25 幅
印　　数　0,001 - 6,000 册
定　　价　268.00 元（全五册）
（印装查询：01064002715；邮购查询：01084010542）

目
录

前　言　　1

第一编　话说《儒林外史》

1. 吴敬梓的"失败"人生　　003

2. 老童生因何痛哭　　007

3. 范进中举的背后　　011

4. 王惠的得意与失意　　015

5. 哥哥的云片糕与弟弟的灯草　　017

6. "人生识字糊涂始"　　021

7. 马二先生与王玉辉：讽刺中不乏同情　　024

8. 杜少卿：小说家的自画像　　027

9. 高士在民间　　030

10. 讽刺巨著特色鲜明　　033

11. 写实的手法，集锦的结构　　036

第二编 《儒林外史》速读

1.隐士王冕,特立独行　　041

2.周进一哭转运　　043

3.范进中举疯癫　　044

4.严氏兄弟,贡生、监生　　046

5.荀玫与王惠　　047

6.娄公子的"养士"闹剧　　049

7.迂腐又仗义的马二先生　　051

8.匡超人:升发还是堕落　　052

9.牛浦郎的行骗生涯　　055

10.鲍氏父子,梨园真人　　056

11.杜慎卿莫愁湖选秀　　057

12. 杜少卿的"任性"人生　　058

13. 虞博士主祭泰伯祠　　060

14. 郭孝子与萧云仙的故事　　061

15. 奇女子沈琼枝　　062

16. 余大先生逢凶化吉　　064

17. 是谁让王玉辉心硬如铁　　066

18. 行侠仗义的凤四老爹　　066

19. 名士们的结局　　068

20. 草野之间有真人　　069

21. 尾声　　070

第三编 《儒林外史》选粹

1. 节选一　王冕学画　　075

2. 节选二　周进痛哭登第　　091

3. 节选三　范进一笑中举　　111

4. 节选四　严贡生与严监生　　131

5. 节选五　娄公子"三顾茅庐"　　149

6. 节选六　莺脰雅集与"人头会"　　164

7. 节选七　马二先生游西湖　　178

8. 节选八　匡超人与潘三　　188

9. 节选九　"戏子"与秀才　　209

10. 节选一〇　乐善好施的杜少卿　　220

11. 节选一一　女中豪杰沈琼枝　　234

12. 节选一二　王玉辉的笑声与眼泪　　248

13. 节选一三　凤鸣岐讨债　　260

14. 节选一四　市井四奇人　　271

附录　各方赞誉　　287

前 言

　　不止一位家长抱怨说:"老师让孩子读名著,还要'整本读'。孩子死活读不进去,愁死了! "我听了总要反问:"您说的'名著',是指哪个领域的? 是自然科学的,还是社会科学的? 是戏剧的,还是小说的? "

　　我当然是明知故问。我想强调的是,把《三国演义》《红楼梦》等称为"名著",前面至少应加上"古典小说"或"小说"的限制语,不要给孩子留下错觉,以为只有古典小说才可称为"名著"。

　　这些家长知道我在高校中文系教古代文学,对古典小说有一点研究,想听听我的意见和建议。——我当然赞同老师的安排,因为明清小说与楚辞汉赋、唐诗宋词,同属中华文学遗产中的瑰

宝，让孩子从小就接触，无疑是十分有益的。

然而，这些作品虽说是白话小说，语言上跟今天的书面语仍有较大差异；加上书中的文化背景、审美情趣跟今天相去甚远，孩子们一时难以接受，又是正常的。何况这些作品动辄几十万言，要成年人"整本读"也不轻松，何况是课业负担沉重的孩子们！

那么，"跳"着读行不行呢？譬如孩子们读了语文课本中的"武松打虎"片段，也就了解了武松的勇猛与大胆，难道还不够吗？显然还不够。武松的故事在《水浒传》中贯穿数十回，这位好汉不但勇力过人、艺高胆大，而且头脑清醒、敢做敢当、不畏强暴、见义勇为……要完整了解这个人物，你就必须通读全书，至少要读与他相关的章节。同样，你想完整了解《红楼梦》中的林黛玉，只读课本中的"林黛玉进贾府"是远远不够的，必须对《红楼梦》做"整本"阅读才行。

自然，"整本读"有整本读的难处，孩子们没有时间和精力，只是一个方面。一些章回小说结构松散，文学水准前后参差，如《水浒传》的精彩情节全都集中在前四五十回；而《三国演义》写到诸葛亮死后，也便味同嚼蜡……若一味强调"整本读"，不但空耗小读者的时间和精力，更会败坏他们的阅读口味。

至于一些"少儿不宜"的情节，像《水浒传》中的滥杀场面和情色描写，更是"整本读"之大忌。

总结起来，孩子们在阅读小说名著时，所遇难点有三：一是没时间读，尤其是没时间"整本读"；二是不感兴趣，读不进去；三是缺乏引导，即使读了，也很难做到"取其精华，去其糟粕"，弄不好，还可能"略其精华，专取糟粕"，那还不如不读。

面对孩子和家长们的苦恼，我觉得有义务为孩子们提供一点帮助，那就是整理出一套适合中小学生阅读的古典小说名著读本。初步选取《三国演义》《水浒传》《西游记》《红楼梦》和《儒林外史》这五部章回小说名著，编纂成《侯会给孩子讲〈三国演义〉》《侯会给孩子讲〈水浒传〉》《侯会给孩子讲〈西游记〉》《侯会给孩子讲〈红楼梦〉》和《侯会给孩子讲〈儒林外史〉》五册读本，组成套装《侯会给孩子讲古典文学名著》。

每册读本分为三编，以本册《侯会给孩子讲〈儒林外史〉》为例，第一编为"话说《儒林外史》"，即由笔者充当"导游"，在进入小说"景区"之前，语调亲切地跟小"游客"们聊聊这部名著的作者、主题、艺术、人物、版本……引领他们走近作品，激发他们的兴趣，让他们先对作品有个整体把握，并产生强烈的"游览"欲望。

第二编为"《儒林外史》速读"，笔者用最简练的语言，将小说的主要情节加以复述。小读者在了解作品内容的同时，还可学习如何迅速抓住关键词语，准确把握内容主线，提升自己复述、总结的能力。——经此一番"速读",等于跟着笔者将小说名著"整本"通读一遍。全局在胸,也便于圈定"精读"的目标和范围。

第三编为"《儒林外史》选粹",笔者精心遴选小说原著的精彩片段,原汁原味地呈现在小读者面前,让他们亲身感受经典的魅力。所选内容的篇幅,约占原著的十分之一到五分之一。这样做,既保证了足够的阅读量,使精彩内容不致遗漏,同时又节省了小读者的时间和精力。而剔除糟粕、避开消极内容,也不再是难题。

考虑到古今语言及文化上的隔膜,"选粹"部分还对原文中的生疏字词及古代文化知识做出注释,因为是面对小读者,注释尽量做到详尽而通俗。

此外,笔者还把自己的研究心得和阅读体会总结成"阅读提示",置于每段节选内容的开头,引导小读者更好地欣赏文字之美,更深刻地理解作者的文心,借此提升自身的美学修养及写作能力。

总之,这套读本的编纂初心,就是帮助孩子们(包括家长、老师)解决古典小说名著的阅读难题,使他们能在较短时间内,高效率地读完、读懂、读透古典小说名著。孩子们如能因此产生浓厚的阅读兴趣,从而主动地去通读、精读小说原著,那是再好不过的事!

　　本册为《侯会给孩子讲〈儒林外史〉》,所参用的小说底本为清嘉庆八年(1803)卧闲草堂本(五十六回),删去闲斋老人的批语,只保留小说原文。

　　这套读本的插图,获准使用著名画家王叔晖、程十发、赵宏本、钱笑呆、张光宇、吴光宇、墨浪、卜孝怀、张旺、孙文然、叮当等先生的画作,深感荣幸。在此过程中,得到张旺、王维澄、程多多、赵秀鸿、李劲南、付建邦、丛日宏诸先生的慷慨允诺和热情支持,在此表示衷心感谢!

　　三联书店的王海燕女士是这套书的责任编辑,从策划到成书,都得到她的热情鼓励和帮助,感激之情,尽在不言中!

第一编

话说
《儒林外史》

1. 吴敬梓的"失败"人生

读章回小说，总会遇到"谁是作者"这样的问题。例如，《水浒传》的最后写定者是谁？是施耐庵、罗贯中，还是明代的无名作者？《西游记》的早期版本只注明"华阳洞天主人校"，后经学者考证，才知道作者应是吴承恩。而《金瓶梅》的作者"兰陵笑笑生"，我们至今不知他是谁。

至于清代这部《儒林外史》，我们见到的最早版本是嘉庆八年（1803）的卧闲草堂本，也没有署名。好在学者掌握了确凿的资料，足以证明作者是清代的文人吴敬梓。

吴敬梓（1701—1754），字敏轩，号粒民，又号文木老人——他是安徽全椒人，后来寓居南京，又有"秦淮寓客"的别号。吴敬梓有个好友叫程晋芳，为吴敬梓写传记，明确说"（吴敬梓）又仿唐人小说为《儒林外史》，五十卷，穷极文士情态，人争传写之"（《文木先生传》）。

程晋芳还写诗怀念他，有这样几句："……《外史》纪儒林，刻画何工妍。吾为斯人悲，竟以稗说传。"（《怀人诗》）意思是说：吴敬梓的小说刻画人物极为生动，只可惜他的才名，竟是靠小说流传后世的！——"稗说"就是小说，历来被士大夫所看不起，程晋芳因而发出感叹。

吴敬梓出生在一个世代读书做官的大家族，祖上出过榜眼、探花。只是吴敬梓这一支官做得不够大，父亲只做到县学教谕——相当于"县中学"的校长。

吴敬梓自幼聪明，吟诗作文，下笔立成。二十三岁这年，他考取了秀才；可就在这一年，父亲去世了。为了争夺遗产，族中那些"读书明理"的绅士都撕破了脸皮。——这让吴敬梓很受刺激，从此变得玩世不恭。

他本来继承了两万两银子的家产，但他生性豪放，"遇贫即施"。钱花光了，又卖地卖房。后来索性搬到南京去住。他还早早放弃了科举追求。地方官推举他进京参加博学鸿词的考试，那是一条与科举考试并行的升发之路，一般士人求之不得。吴敬梓却推病婉拒，后来索性放弃了秀才的学籍。

他在南京结交了一批新朋友，日日诗文唱和，大家都推他为盟主。他又发起兴建先贤祠，用以祭祀泰伯以下二百三十多位吴地先贤。为此，他连老家的宅子都卖了。

他的生活每况愈下，靠着卖文和朋友的接济拮据度日。一年秋

安徽全椒吴敬梓纪念馆

天，大雨连日，朋友去看他，发现他已两天没吃饭了，仍抱着本书，读得津津有味。冬夜冷得睡不着，他索性爬起来，约上三五文友，绕城散步，一路上高谈阔论、歌呼吟啸，一走就是十几里，还美其名曰"暖足"。他的精神，永远那么乐观而健旺！

一次他去看望朋友，朋友发现他的行囊里竟没有笔砚，于是问他：这可是我们"吃饭"的家伙，怎么可以没有呢？吴敬梓笑着回答："吾胸中自具笔墨，不烦是也。"（不烦是也：不靠这个。）

吴敬梓写《儒林外史》，大约是四十岁以后的事。那时他从富贵跌入贫穷，饱尝了人情冷暖、世态炎凉。别人把他看成呆子、怪物；可在他眼里，那些奔走富贵之途的人，才真的是丑陋不堪！——"正史"中的儒士们，无不道貌岸然、冠冕堂皇；吴敬梓的这部"外史"，则专记读书人见不得人的那一面！

五十四岁那年，他到扬州去看朋友，喝醉了酒，把唐人张祜的诗句"人生只合扬州死"一连吟诵了好几遍。几天以后，他真的病逝于扬州客舍，应了诗中的话头。

在当时人看来，吴敬梓的人生是失败的。家乡的士绅们都把他看成"败家子"，要子弟们引以为戒！然而吴敬梓为后世留下的这部讽刺巨著，却同《三国》《水浒》《西游》《红楼》一起，成为中国文学的宝贵财富！——有谁还知道康乾时期的宰相是谁、状元是谁？可吴敬梓的大名，却流传至今，家喻户晓！

2. 老童生因何痛哭

《儒林外史》卧闲草堂本共五十六回。书前有闲斋老人写的序言，有这么几句话：

> 其书以功名富贵为一篇之骨：有心艳功名富贵而媚人下人者，有倚仗功名富贵而骄人傲人者，有假托无意功名富贵自以为高，被人看破耻笑者；终乃以辞却功名富贵，品地最上一层，为中流砥柱。

什么是"功名富贵"？"功名"在这里专指科举名位。跨过科举门槛，就可以当官，而"富贵"也随之而来。闲斋老人认为，如何对待"功名富贵"，是全书的主旨。书中所写儒士大致可以分成四类：一类是热衷于科举功名，不惜低三下四去求取；一类是取得科举功名，借此傲视众人；还有一类是自命清高、貌似鄙视功名，却又暗中追求，露馅儿后遭人耻笑；只有彻底鄙弃功名富

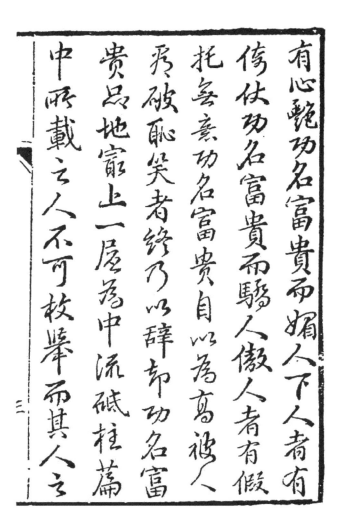

有心艳功名富贵而媚人下人者有傍伏功名富贵而骄人傲人者有假托无意功名富贵自以为高被人羞破耻笑者终乃以辞却功名富贵品地实上一层为中流砥柱篇中所载之人不可枚举而其人之

三

《儒林外史》序言

贵，一心追求人格完善的人，才是社会的中流砥柱！

正因如此，如何对待科举功名，也便成了《儒林外史》贯穿始终的主题。——有学者提出，这位写序的"闲斋老人"，很可能就是吴敬梓本人。

科举之路是崎岖而漫长的，选择了这条道路的人，要经历寒窗苦读，沿着秀才、举人、进士的台阶爬上去。不少人爬了一辈子，到死也没个结果。然而一旦爬上去，便会有享不尽的荣华富贵。

小说较早出场的人物中，有两个为科举而"发烧"的读书人——周进和范进，就很有代表性。

周进六十岁了，考了大半辈子，连个秀才也没捞到。没当上秀才，年岁再大也只能称"童生"。为此，他受尽了人们的白眼和讥笑。他先是在薛家集教几个小小蒙童，待遇微薄，勉强糊口。后来因得罪了家长，书也教不成，只好跟着做买卖的姊丈，给人家写写算算。——在当时，读书人在"士农工商"中占着首位，商人可是四民之末啊！

一次周进与众商人来到省城，路经贡院，也就是乡试的考场，非要进去看看不可。这一看不要紧，周进面对号板，长叹一声，一头撞过去，竟人事不省！众人把他救醒，他开始放声痛哭，又满地打滚，直哭到吐出血来……（参看"《儒林外史》选粹·周进痛哭登第"）

　　这也难怪，周进苦读几十年，空有满腹经纶，眼看这辈子跟贡院无缘了，又怎能不伤心欲绝呢！不过他这一哭，感动了众商人，大家凑了二百两银子，替他捐了个监生——做了监生，便可以跳过秀才这一级，直接参加乡试了。结果"人逢喜事精神爽"，周进进了考场，文章写得花团锦簇，竟一举中了举人！不久又进京参加会试，高中进士。几年后升了御史，点了广东学道。这真是时来运转、老树开花啊！

3. 范进中举的背后

　　周进到广东做考官，一个面黄肌瘦、胡须花白的考生，引起他的注意。此人便是范进，五十四岁了，考过二十几次，仍然是个童生。——这分明又是一个周进。

　　多半是同病相怜吧，周进录取范进做了秀才。范进打算参加乡试，向岳父胡屠户借盘缠，却被胡屠户一口唾在脸上，骂了个狗血喷头！——然而范进怎肯罢手，终于瞒着胡屠户参加乡试，回家时，母亲妻子已经饿了两三天了。

　　到了发榜那天，家里断了顿儿，范进抱着一只鸡，到集上去换米。邻居向他通报中举的消息，他还不信。被拉回家，亲眼见到"高中乡试第七名"的报帖，他"看了一遍，又念了一遍，自己把两手拍了一下，笑了一声道：'噫！好了！我中了！'"竟然当场晕倒！

　　被救醒后，他又拍手大笑，口中不停地说："噫！好！我中了！"直跑到集上去了……原来他高兴过头，痰迷心窍，发了疯

范进中举发狂 / 程十发 绘

病。直到被岳父胡屠户施行"休克疗法"，一个巴掌打在脸上，人才清醒过来。（参看《儒林外史》选粹·范进一笑中举）

科举制度怎么会有这么大的魔力呢？原来，秀才是士大夫的最低一级，进学当了秀才，也便有了一定的社会地位。人们要尊称他为"相公"；见了县官，也无须再磕头，只作个揖就是了。犯了法，也不会挨板子——"刑不上大夫"嘛。秀才还有经济上的好处，品学兼优者还可以升级为廪生，每年拿助学金。另外，秀才之家还可减免赋税。

至于中了举人，就更不得了，成了"人上人"，被人尊为"老爷"。就说范进吧，一旦中了举，从不来往的张乡绅马上前来拜访，跟他称兄道弟，还送他五十两银子、一处院落。又有许多人来奉承他，"有送田产的，有人送店房的，还有那些破落户，两口子来投身为仆图荫庇的。到两三个月，范进家奴仆、丫鬟都有了，钱、米是不消说了"。

科举可以使周进、范进这样的贫寒之士一步登天，难怪举世的读书人都要为它颠颠倒倒、哭笑无常了。

读书人本来是要脸面，有尊严的。可是周进见众商人攒钱替他捐监生，竟"爬到地下就磕了几个头"，口中说道："若得如此，便是重生父母，我周进变驴变马也要报效！"范进也当众出丑，还没当上"老爷"，先在父老乡亲面前演了一出疯癫闹剧！——闲斋老人所说的"心艳功名富贵而媚人下人",指的就是他们吧?

在小说中,隐士王冕就一针见血地指出科举制的弊端:"这个法(指科举取士之法)却定的不好,将来读书人既有此一条荣身之路,把那'文行出处'都看得轻了!"——在王冕看来,读书人是有原则的:一要学问(文)好,二要品行(行)高,三要在政治清明时出山做官、报效社会(出),四要在政治混沌时甘于寂寞,不蹚浑水(处,读 chǔ)。——可是一旦施行科举制,士人把读书当成追求功名利禄的敲门砖,谁还会关注这些做人原则、道德真义呢?

王冕的话,反映的正是吴敬梓的看法。

4. 王惠的得意与失意

　　《儒林外史》还讽刺了那些"倚仗功名富贵而骄人傲人者"，最典型的人物要数举人王惠了。

　　周进中举之前，在薛家集当个书塾先生，吃住都在观音庵内。一日，有举人王惠乘船路过，到庵中避雨。周进的身份只是个童生，而王惠却是举人老爷。进了屋，王惠让都不让就坐到上首，接着大言不惭地跟周进吹牛，说自己那日进了考场，笔下不畅，伏在号板上打盹儿，"只见五个青脸的人跳进号来，中间一人，手里拿着一枝大笔，把俺头上点了一点"，他猛然惊醒，不知不觉就写出了好文章！——这分明是吹嘘自己中举是有神人相助！

　　到了掌灯时分，王惠的管家捧上自带的酒饭，"鸡、鱼、鸭、肉，堆满春台。王举人也不让周进，自己坐着吃了，收下碗去"。周进呢，是每日二分银子跟和尚搭伙。看着人家吃完了，他的晚餐才端上来，一碗老米饭之外，只有"一碟老菜叶，一壶热水"。

　　雨还在下，王惠就在庵里安歇。第二天，王惠梳洗整衣，扬长而去；"撒了一地的鸡骨头、鸭翅膀、鱼刺、瓜子壳，周进昏头昏脑，扫了一早晨"。

按说周进与王惠都是读书人，同读圣贤书；论年龄，周进已六十开外，王惠才三十出头；况且一主一客，王惠是来麻烦人家的；可是你看王惠的态度，盛气凌人、傲慢无礼，既无敬老之心，也无谦逊之意，儒家先贤的教导，早被他丢到脑后去了！——科举制把文人分成三六九等，儒家的道德理想遭到破坏，这也正是王冕所担心的。

王惠后来中了进士，当上南昌知府。与前任办交接时，他特意询问有什么额外的油水。听说没有时，他脱口而出："可见'三年清知府，十万雪花银'的话，而今也不甚确了。"失望之情溢于言表。

王惠上任后，对百姓毫无仁爱之心，只知严刑峻法，诛求无度，是典型的酷吏。然而正因他善于搜刮，得到上司的赏识，不久就升了官。以后赶上宁王造反，王惠被俘，投降做了伪官，毫无气节可言。宁王失败，王惠也遭到朝廷通缉。他远逃四川，出家当了和尚。他的儿子万里寻父找到他，他都不敢相认，最终老死他乡。——书中有一段郭孝子寻父的情节，成都附近那个小庵堂中的老和尚，就是王惠。

5.哥哥的云片糕与弟弟的灯草

热衷科举功名的人当中，还有道德更败坏的。广东高要县有个乡绅叫严大位，是个贡生——贡生相当于资深秀才，靠着学业优异或熬年头，从秀才里选拔出来的。

严大位借着贡生的身份作恶乡里，欺压良善，嘴里却是冠冕堂皇。他头一回见张乡绅和范进，自吹道："实不相瞒，小弟只是一个为人率真，在乡里之间，从不晓得占人寸丝半粟的便宜，所以历来的父母官，都蒙相爱……"正说着，他家小厮来报告：邻家讨猪来了！

原来，邻家的猪跑到他家，被他关在圈里，非让人家拿银子来赎——他就是这样"不晓得占人寸丝半粟的便宜"！此后邻家来讲理，他的几个儿子拿了门闩、擀面杖一拥而上，把人家腿也打折了！他还在乡间放高利贷、讹诈钱财，无所不为。

一次，他带着二儿子到省城去迎亲，回程雇了两只船。船行半路，严贡生犯了晕病，吃了几片云片糕，喝了几口水，放个屁，也就没事了。剩下的几片云片糕,不知是有意还是无心,被他放在船板上。——那本来是一种很便宜的糕点。掌舵的船工随手拿来吃了。

船到码头,船家来讨船钱,严贡生硬说人家吃了他贵重的药,扬言要把掌舵的送到县里打板子。船家好说歹说、苦苦哀求,严贡生才愤愤作罢,扬长而去——那十二两银子的船钱,自然赖掉了!

对待无权无势的底层百姓,他是这样;对待同胞兄弟,他照样贪婪凶狠!弟弟严监生死后,他欺负弟媳没有子嗣,硬要夺人的家产,还四处告恶状。最终,他到底把自己的二儿子过继给弟弟这一房,侵吞了弟弟的一大半产业,那可是严监生一辈子省吃俭用积攒的啊。

严监生名大育,也是读书人,不过他的监生功名是花钱捐的。他跟严贡生虽是一奶同胞,两人秉性却截然不同。他看不惯严贡生的生活方式,背地里笑话说:"……家兄寸土也无,人口又多,过不得三天,(猪肉)一买就是五斤,还要白煮的稀烂;上顿吃完了,下顿又在门口赊鱼。当初分家,也是一样田地,白白都吃穷了。而今端了家里花梨椅子,悄悄开了后门,换肉心包子吃。"

严贡生贪财,是盘剥侵渔他人;严监生爱财,却是刻薄自己,表现为极端吝啬!他家里放着成千上万的银子,平日却连猪肉也舍不得买。孩子嘴馋闹着要吃，便在熟肉店里买四个钱的哄他。他的吝啬本性，到死也没改。

严监生临终时，已经说不出话，然而伸着两个手指，就是不断气。是因为有两个亲人没见面，还是有两笔银子没处理？人们这样问时，严监生只是摇头。只有他的老婆赵氏明白他的心思，走上前说："爷，别人都说的不相干，只有我晓得你的意思。你是为那灯盏里点的是两茎灯草，不放心，恐费了油。我如今挑掉一茎就是了。"说完忙走去挑掉一茎。大家再看严监生，"点一点头，把手垂下，登时就没了气"。（参看"《儒林外史》选粹·严贡生与严监生"）

在这里，小说家不动声色、不做褒贬，只是在一旁冷眼旁观、翔实记述，而严监生的吝啬鬼形象，早已被刻画得入木三分了！

在严贡生、严监生身上，无疑还有着吴敬梓那些亲戚的影子。这些号称"知书达理"的乡绅，口诵孔孟之书，满嘴仁义道德，可内心却贪鄙、吝啬，令人不齿。这不能不让读者对科举选拔的成效产生怀疑。

严监生不肯咽气 / 程十发 绘

6. "人生识字糊涂始"

　　小说还写了一帮"名士"，这是一些与科举无缘的人；但同样喜欢舞文弄墨，一有机会就雅集赋诗，相互吹捧，刻了诗集送人——"名士"嘛，他们要的是名。

　　听听名士景兰江的高论吧，他问诗友："众位先生所讲中进士，是为名，是为利？"大家说："是为名。"景兰江说："可知道赵爷（指医生赵雪斋）虽不曾中进士，外边诗选上刻着他的诗几十处，行遍天下，哪个不晓得有个赵雪斋先生？只怕比进士享名多着哩！"——当不上举人、进士，就另寻出名的门径；景兰江的话，活画出"名士"的心态。所谓"假托无意功名富贵自以为高，被人看破耻笑者"，应当就是指这类人。

　　这些"名士"五花八门，成分很杂。就说景兰江吧，他是头巾店的老板，每天在店中拿刷子刷头巾，嘴里还哼着"清明时节雨纷纷"的诗句呢。由于经营不善，本钱都赔光了。还有个支剑峰，是盐务巡商，作诗入了魔障，夜间吃醉了酒，被巡夜的捉去，口中还乱喊什么"李太白宫锦夜行"，结果连差使也革掉了。此外如刻图章的郭铁笔、扶乩占卜的陈和甫、测字的丁言志，也都混在名士堆里。

做名士梦的还大有人在哩。有个叫牛浦郎的，本是个穷人家的孩子，父母双亡，跟着祖父开个香蜡店过活。牛浦郎喜欢读书，天天夜间跑到庙里，就着佛前的油灯念诗，常常念到半夜。老和尚见他好学，便送他两本诗集。——那是诗人牛布衣的遗物，牛布衣客死在庙中，还是老和尚将他安葬的。

没想到这两本集子反而害了牛浦郎，他见集子里的诗题净是"呈相国某大人""怀督学周大人"，不免心生羡慕，动了歪心思，自己刻了牛布衣的图章，冒名顶替，招摇撞骗。

这一着果然灵，立刻就有人跟他交往，连县官董老爷也来看他——牛浦郎要撑名士架子，便让妻兄充当仆人，捧茶待客；自己坐在上边呼来喝去！

董老爷一走，妻兄气得拉着他要去打官司，因为牛浦郎能有今天，全亏了妻子一家人容留。以后牛浦郎越学越坏，坑蒙拐骗，无所不为，全是虚荣心害了他。而这"万恶之源"，竟是因为读了几本书！

跟牛浦郎类似的还有匡超人。他原本是个诚实勤谨的农家子弟，为人孝顺，尽心服侍重病在床的父亲，每日起早杀猪、磨豆腐，养活父母。劳累一天，半夜还要读书。县令也被他感动，提拔他入学当了秀才。

不过"知子莫若父"，爹爹临终时嘱咐他："功名到底是身外之物，德行是要紧的。切不能因为后来日子略过得顺利些，就添出一肚子势利见识来，改变了小时的心性。"

匡超人后来的作为，正应了父亲的担心。他进城后，先是结识了景兰江、支剑峰等，对名士生活十分羡慕。可是同乡潘三爷告诉他：别跟那些呆子"混缠"，要做点"有想头的事"。

原来，潘三是布政司衙门的吏役，他把匡超人拉上"贼船"，利用匡超人能编能写的笔墨功夫，干了不少违法勾当，赚了不少昧心钱！不过潘三没亏待匡超人，不但多分他银两，还替他娶妻安家。

后来潘三因作恶太多，下了大狱；匡超人却在老师的提携下，进京当了教习。潘三在狱中想见匡超人一面，匡却推三阻四，不肯前往。——作者有意做着这样的对照：潘三是个粗人，没读过书，虽然坏事干尽，毕竟还有几分义气；一个读书人若学坏，就坏到了骨子里！（参看"《儒林外史》选粹·匡超人与潘三"）

鲁迅是研究古典小说的大家，十分推崇吴敬梓。鲁迅有个"人生识字糊涂始"的观点，是不是从《儒林外史》受到的启发呢？

7.马二先生与王玉辉：讽刺中不乏同情

吴敬梓的讽刺是有"弹性"的，对象不同，讽刺的方式和力度也不同。如对王惠、严贡生、匡超人之流，作者的讽刺毫不留情。但对马二先生、王玉辉等，则要温和些。

马二先生名静，字纯上，是位"选家"，也就是编选科举范文的专家。他选出历届科考的中举文章，加以评点，刻印出版，供应试者参考。他干这个，倒不是骗人混饭吃；他把"举业"看得十分神圣，编写文选绝不马虎，时常为了一个批语，斟酌半宿不肯下笔。——然而一个不曾中举的老秀才，却要指导别人去应试，这本身不就具有讽刺意味吗？

书中写马二先生游西湖的一段文字很有意思。——游西湖，谁会对眼前的青山秀水无动于衷呢？可马二先生一路走来，眼睛却只盯着沿途酒店，那里"挂着透肥的羊肉，柜台上盘子里，盛着滚热的蹄子、海参、糟鸭、鲜鱼，锅里煮着馄饨，蒸笼上蒸着极大的馒头……"马二先生人高马大，胃口极好，怎奈囊中没钱，只好"喉咙里咽唾沫",买点小零食解馋,吃一碗面充饥。

马二先生在科举事业中消磨了自己的生命,人也变得迂腐麻木,丧失了对美的起码感受力。走到净慈寺时,见到一群富贵人家的女游客,马二先生"戴一顶高方巾,一幅乌黑的脸,拥着个肚子,穿着一双厚底破靴,横着身子乱跑,只管在人窝子里撞。女人也不看他,他也不看女人",实在好笑。——不过马二先生为人正直,对朋友古道热肠,作者对他的讽刺是善意的。(参看"《儒林外史》选粹·马二先生游西湖")

还有个老秀才王蕴,字玉辉,也是作者讽刺的对象。王玉辉过着清贫的生活,却一门心思著书立说,认为自己有责任"劝醒愚民",承担起社会责任。

王玉辉的三女儿死了丈夫,哭着要以死殉夫。公公婆婆劝她说:"自古蝼蚁尚且贪生,你怎么讲出这样话来!你生是我家人,死是我家鬼……快不要如此!"王玉辉的态度如何?他不但不劝阻女儿,反而鼓励她:"我儿,你既如此,这是青史上留名的事,我难道反拦阻你?你竟是这样做罢。……"

以后三女儿真的绝食而死,王玉辉的老伴哭得死去活来,王玉辉反而说:"三女儿他而今已是成了仙了,你哭他怎的?"又仰天大笑道:"死的好!死的好!"笑着出门去了!

不过人心毕竟是肉长的。女儿死后,王玉辉出门远游,心里

王玉辉/张光宇 绘

悲悼女儿，总是凄凄惶惶的。半路看见"少年穿白的妇人"，便
不禁又想起女儿，不觉涌出了热泪来。（参看"《儒林外史》选
粹·王玉辉的笑声与眼泪"）——礼教麻痹了他的思想，但毕竟没
能泯灭他的人性。作者的讽刺笔触，含着同情与悲悯。

8. 杜少卿：小说家的自画像

吴敬梓笔下的儒林人物，并非个个可鄙可笑；也有一批正面人物，如虞育德、庄尚志、迟衡山、武书等，都是饱学之士，怀抱济世报国的理想，为挽救世风做着努力。其中又以杜少卿思想最深刻，行为最果决，他干脆弃绝功名富贵，走在时代的前面。

杜少卿名仪，出生在仕宦之家，祖上出过状元，父亲做过知府。少卿的性格有点"古怪"，他自己是秀才，却看不起八股作得好的人。

杜少卿的父亲为官清廉，死后没留下多少财产。然而少卿生性豪爽，挥金如土，有一万银子的家当，花起来却像趁个十几万似的。又乐善好施，最喜欢做"大老官"，听见人向他诉苦，就大捧银子拿来给人家用，哪怕是些毫不相干的人、毫不相干的事。银子花光了，他就卖地卖房，乡绅们都把他看作败家子，让子弟在书桌贴上纸条，写着："不可学天长杜仪！"

在家乡待不下去，少卿索性搬到南京去住。他那洒脱豪放的性情一点没变，有了钱就买酒与朋友们开怀畅饮、谈文论诗，大家公推他为"诗坛祭酒"（即诗坛领袖）。本省巡抚赏识少卿的才学，推荐他进京参加博学鸿词科考试，这在别人，是巴不得的事，因为只要通过考试，便能一步登天，成进士，当翰林。可少卿对科举早已失去兴趣，竟然装病不去。——闲斋老人所谓"辞却功名富贵，品地最上一层，为中流砥柱"，指的就是杜少卿这样的读书人吧！

学者们考证说，小说人物杜少卿，其实便是吴敬梓的自画像。他本人性情豪爽、特立独行、乐善好施、热爱自由。他由富家公子沦落到社会底层，遭到乡绅们的非议，又移居南京，谢绝巡抚的推荐……这半生经历，全被他写进小说里。

南京秦淮河

9. 高士在民间

吴敬梓对儒林中的种种丑陋人事深恶痛绝、彻底失望！他于是把目光转向儒林之外，那里倒有许多"真人"。像建功立业的将军萧云仙，见义勇为的侠客凤鸣岐，万里寻父的孝子郭力，不甘沉沦的戏子鲍文卿……他们都以正面形象出现，比起许多读书人，反而高尚得多！

这还不够，小说将近尾声时，作者又写了四位市井奇人。头一位叫季遐年，是个流浪汉，平日住在庙里，跟和尚一道吃饭。他写得一手好字，却又脾气古怪，最爱骂人，尤其骂那些有钱有势、妄自尊大的人，骂得是那么痛快，我们在《儒林外史》选粹·市井四奇人"中，还将一睹他与另三位"奇人"的风采。

第二位叫王太，还是个孩子，以卖火纸筒子（储存点火纸卷的竹筒）为生。他最爱下围棋。"国手"下棋，他也挤着看。人家嫌他衣衫褴褛，先是不许他靠近；又听说他也会下棋，便约他下一盘，当然是为了让他出丑！不料一比试，他竟赢了！——市井中藏龙卧虎，就是孩子，也不能小看！

第三位是开茶馆的盖宽。他本来是富家公子，家里开着当铺，有田地、洲场。他最爱结交朋友，遇上谁有急难事，常常大把银子拿给人用。终因经营不善，田地变卖一空，家境一落千丈。只好开茶馆，每日卖五六十壶茶水，勉强度日。

然而盖宽的心态，依然是那么淡泊潇洒。他平日爱读书画画，此刻在柜台上放个瓶子，插着些时新花朵，瓶旁摆着些古书。没事时，他独自在柜台内看诗画画，或是约了邻居老爹游泰伯祠，逛雨花台，数江中的帆樯，看山头的落日……

四奇人的最后一位是裁缝荆元，五十多岁了，每天工余只喜欢弹琴作诗。常常与清凉山灌园种花的于老叟来往，品茗看花，焚香弹琴。那琴声"铿铿锵锵，声振林木"，时而又"凄清宛转"，催人泪下……书中将于老叟的花圃比作"城市山林"，只要心是自由的，闹市也不难成为隐居之所！

这四位市井奇人，有的可能有生活原型，有的可能只是出于作者虚构。那个开茶馆的盖宽，应该还有着作者本人的影子哩。比起那些进士举人、乡绅官吏，四奇人的身份是太低微了。可他们自食其力，甘于清贫，既不贪图人家富贵，也不羡慕人家权势，问心无愧，腰板自然挺得直直的。比起那些有钱有势，却不得不在权贵面前卑躬屈膝的人，品行人格要高得多啦！遇上不平事，不管对方是什么人，也照样可以骂他个痛快淋漓；没事时，则凭着性情所适，于琴棋书画中追寻乐趣，在青山绿水中陶冶情致，还有什么样的生活，比这个更惬意呢？

孔子有言："礼失而求诸野。"意思是说，儒家推崇的礼制，很容易在上层社会蜕变；倒是在民间，反能保留着朴素的礼教传统，学者应该到民间去寻求礼制遗存。

吴敬梓把四奇人的故事放在压卷的位置，正是对孔子教诲的图解式阐说。——说到底，吴敬梓是位纯正的儒家学者，他对科举制的批判，对儒林丑态的揭露，全都是为了挽救士风，使之回归儒家正道。这一思想贯穿小说始终，需要读者用心体会。

10. 讽刺巨著特色鲜明

《儒林外史》是小说史上少有的讽刺巨著，鲁迅用八个字总结吴敬梓的讽刺手法，是"戚而能谐，婉而多讽"。

儒林的现状令吴敬梓痛心，"戚"（悲戚）是这部小说的底色。然而作者的一支笔，嬉笑怒骂、夭矫如龙，"谐"（谐谑）又成为吴氏讽刺的一大特色。

"婉而多讽"则是指吴氏讽刺的另一特点：委婉、含蓄又无所不在。作者只是冷眼旁观、不动声色地讲说儒林的人和事，而一切爱憎褒贬，全都凭读者自己去体会。——作者若代替读者做出评判，剑拔弩张，怒形于色，反而失去了讽刺的深刻性，甚至流于谩骂，也就谈不上文学价值了。

作者还喜欢在讽刺时运用对比。如在周进故事中，梅玖对周进的态度，便是前倨后恭。周进出场时已六十岁，还只是个童生。人家请他当书塾先生，小青年梅玖仗着自己的秀才身份，在接风的酒席上调侃周进，念了一首"增字诗"："呆，秀才，吃长斋，胡须满腮，经书不揭开，纸笔自己安排，明年不请我自来。"

可是后来周进中了进士，梅玖的态度来了个一百八十度大转弯：先是范进来当考官，梅玖考了个劣等，因知道范进与周进的关系，于是梅玖冒充是周进的学生，免了一顿打。后来在观音庵见墙上贴的旧对联，对和尚说："还是周大老爷的亲笔，你不该贴在这里，拿些水喷了，揭下来裱一裱，收着才是。"——也许生活本身就是这个样子吧？作者只不过是把这些人和事搜集起来，集中写进书里，因而显得格外可笑。

至于范进中举前后胡屠户和众人的表现，同样是对照鲜明的。我们在"选粹"中还能看到。——有个清代文人说得好："慎勿读《儒林外史》，读竟乃觉日用酬酢之间，无往而非《儒林外史》！"意思是说：千万别读《儒林外史》，读完了只觉得日常的交往应酬，全都是书中讽刺过的，简直无所措手足啦！还有位清代文人没事爱坐茶馆，别人问他：你这是干吗呢？他严肃地回答：我在温习《儒林外史》！

从这两段后人评价中，你还能体会出"多讽"的含义。

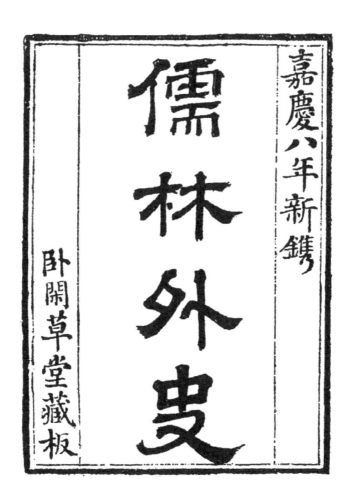

《儒林外史》扉页

11. 写实的手法，集锦的结构

以往的章回小说，多少都受到说书的影响，写人写景，多用程式化的诗词韵语来表达。《儒林外史》是纯粹的文人作品，在人物肖像和景物描写上，开启了写实的风格。

如写周进外貌，"众人看周进时，头戴一顶旧毡帽，身穿元色绸旧直裰，那右边袖子同后边坐处都破了，脚下一双旧大红绸鞋，黑瘦面皮，花白胡子"。单看穿戴打扮，一个生活困窘、营养不良的老塾师形象，已经跃然纸上。从"那右边袖子同后边坐处都破了"的描写，还能看出周进是个常常伏案工作的人，而作者敏锐的观察力，也正体现在这里。

再如范进妻子的肖像："一双红镶边的眼睛，一窝子黄头发，那日在这里住，鞋也没有一双，夏天趿（tā）着个蒲窝子，歪腿烂脚的……"这位范太太简直要趿着"蒲窝子"从书中走出来了。

至于写风景，有一段"王冕学画"的景物描写，最为生动："须臾，浓云密布。一阵大雨过了，那黑云边上镶着白云，渐渐散去，透出一派日光来，照耀得满湖通红。湖边上山，青一块，紫一块，绿一块。树枝上都像水洗过一番的，尤其绿得可爱……"（参看"《儒林外史》选粹·王冕学画"）

用平实的语言，准确描述着天上的云、山上的树、水中的荷花，色彩缤纷，充满动态，像是一幅西洋写生画，这又是章回小说里从来没有过的写法。

再看看小说的结构。《儒林外史》虽是长篇，可全书没有一位贯穿始终的中心人物。王冕为全书开了个头，就再也不曾出现过。周进引出了范进，也便告退。范进之后，又是严贡生、严监生、王惠、娄家二公子……一个人物出场，他的故事也跟着开了头；人物退去，他的故事也便收了尾。这部长篇小说，相当于无数短篇的连缀，鲁迅称这种结构为"虽云长篇，颇同短制。但如集诸碎锦，合为帖子，虽非巨幅，而时见珍异"（虽说是长篇，又很像短篇的连缀。如同把一些零碎的锦缎拼成大块的帖子，虽说不是整幅的锦缎，但处处可见奇异漂亮的花纹图案）。

也就是说，《儒林外史》开创了长篇小说的新形式。后来的《官场现形记》《二十年目睹之怪现状》等，不但继承了《儒林外史》的讽刺传统，结构上也大多采用《儒林外史》的模式。

"五四"新文化运动的先驱们，还把《儒林外史》推举为"国语文学的范本，白话小说的旗帜"（胡适）。胡适曾主张用《儒林外史》取代"明代四大奇书"中的《三国演义》(另外以《红楼梦》取代《金瓶梅》),其实小说名著何必局限于四种,加上一部又何妨!——无论思想还是艺术,《儒林外史》都无愧于小说名著的称号。单就思想而言,它又堪称五部中最深刻的!

第二编

《儒林外史》速读

1. 隐士王冕，特立独行

诸暨人王冕生活于元末，他出身农家，七岁丧父，给人放牛，与母亲相依为命。他在大自然的感召下，无师自通地学会了画画，从此以卖画为生。王冕喜欢读书，最崇敬屈原。他不求做官，不肯趋炎附势。县令亲自来拜望，他竟托故不见。为了躲避迫害，他索性外出远游，几年后才回来。

元末天下大乱，豪杰并起。一日有吴王前来拜会，向王冕征询治浙之道，王冕劝吴王要以仁义服人。——吴王即朱元璋，几年后一统天下，建立了明朝。

王冕听说新王朝以科举取士，"三年一科，用'五经''四书'八股文"，便指出："这个法却定的不好，将来读书人既有此一条荣身之路，把那'文行出处'都看得轻了！"他还断言"一代文人有厄"。

朝廷要征聘王冕做官，王冕逃到会稽山中，死后葬于山下。（1：以上内容为《儒林外史》第一回，下同，不再一一注明）

墨梅图／王冕 绘

2. 周进一哭转运

　　山东兖州汶上县薛家集有百来户人家，明朝成化末年的某年正月，集上的头面人物申祥甫、荀老爹和夏总甲等人一同商议闹龙灯及办学堂（书塾）等事。学堂请六十岁的老童生周进做先生，待遇微薄。学馆设在观音庵内，先生吃住都在庵内。

　　正月十六，众人凑份子给周进摆酒接风，特地请集上的新进秀才梅玖作陪。梅玖只有二十来岁，在席上一再奚落周进，羞得周进脸上红一块白一块。

　　一日午后，有个王举人乘船路过，到庵中避雨。他与周进闲聊，自吹自擂，说自己考中举人，是有神人相助。掌灯时，举人面前摆上自带的鸡鱼鸭肉，周进的饮食则是和尚提供的米饭、老菜叶和一壶热水。

　　周进为人老实，不懂得联络家长、迎合里长，只教了一年就失业了，只好给经商的姊丈金有余记记账，混口饭吃。一日与众商人来到省城，周进执意要到乡试的考场贡院参观。进门后情绪失控，先是撞号板，又号啕痛哭，满地乱滚。他是痛心再也没机会进考场了。众商人讲义气，凑了二百两银子为周进捐了监生。周进时来运转，参加乡试中举，紧接着又进京参加会试、殿试，

中了三甲进士。三年后升了御史，点了广东学道。(2~3)

3. 范进中举疯癫

　　周进到广州主持科举考试。有个胡须花白的老童生引起他的注意。此人便是五十四岁的范进。周进把他的卷子反复看了三遍，才看出好来。范进成了秀才，又准备参加乡试，向岳父胡屠户借盘缠，被骂了个狗血喷头。不过范进还是去了。

　　发榜那天，范进正在集市上卖鸡换米，被邻居拉回家，见到中举的报帖，竟高兴得发了疯，拍着手又笑又叫，一路飞跑，鞋都跑丢了。直到胡屠户上前一巴掌将他打晕，他才清醒过来。

　　范进中了举，乡绅张静斋主动来拜会，送银子和宅院给他。众人都来奉承他，有送田产的，有送店房的，也有自愿投靠来当奴仆的。科举使范进一步登天。

　　范进的母亲病故，大办丧事。范进托胡屠户去请和尚念经。念经的和尚慧敏到佃户何美之家吃酒，何妻也来作陪。忽有一伙人闯入，声称："和尚妇人大青天白日调情！"将和尚与何妻绑了，送到县里。何美之到范家送信，范进写了帖子给县官，登时

"噫！好了！我中了！" / 张光宇 绘

将人放了。

范进要安葬母亲，银钱不够。张乡绅约他一同前往高要县找汤知县"打秋风"。在县衙前，有个姓严的贡生不请自到，请范、张吃酒。攀谈中自吹与县令关系密切，又说自己"为人率真，在乡里之间，从不晓得占人寸丝半粟的便宜"。可转眼就露了馅儿：他家小厮催他回家，因他把别人家的猪关起来，讹人钱财，发生纠纷。

汤知县请范、张吃酒，席间谈到眼下朝廷严禁杀牛。刚好有个回民老师傅送来五十斤牛肉，请求知县开禁。张乡绅给知县出主意，要他严惩老师傅，杀一儆百！汤知县依言，对老师傅又打

又罚，将牛肉堆在枷上示众，老师傅被折磨死，众回民鸣锣罢市，围住县衙要捉张乡绅。张、范两人连夜逃走。（3~4）

4. 严氏兄弟，贡生、监生

罢市风波过去了，汤知县依旧坐衙。两乡民来告严贡生强占人家肥猪、图赖钱财。严贡生逃往省城避风头。差人找到严贡生的弟弟严监生。严监生听从妻兄王德、王仁的话，花银子替哥哥摆平了官司。严监生席间向王德、王仁讲了严贡生贪婪、挥霍等事。

严监生的妻子王氏病重，临终要丈夫将妾赵氏扶正。严监生请来王德、王仁，送给每人一百两银子，两人建议严监生摆宴席遍请族人，在王氏未死时就将赵氏立为正室。——严贡生这边无一人赴宴。

王氏死后，严监生伤心过度，竟一病不起。临终时，已不能说话，只伸着两个指头，不肯咽气。只因他见油灯盏中点着两茎灯草，嫌费油。赵氏挑掉一茎灯草，他才垂手断气。

严贡生从省城回来，赵氏送上二百两银子、两套衣裳。严贡生到灵前哭奠一场，又带二儿子去省城迎亲。赵氏本来育有一子，忽然得天花死了。赵氏想将严贡生年龄最小的第五子过继为儿。

严贡生在省城为儿子娶了周家的姑娘，赁了船回乡，还借了一副"巢县正堂"的仪仗壮门面。船到目的地，严贡生借口掌舵的吃了他的贵重"药"（其实只是几片廉价的云片糕），竟赖掉了船钱！

严贡生坚持要把刚娶妻的二儿子过继给弟弟，逼着赵氏腾出正房给二儿夫妻住——他根本不承认赵氏的正室地位。赵氏一纸状子告到县里，汤知县也是妾生的，批复让赵氏自行选择继承人。严贡生反告不成，又到京城寻找门路。（5～6）

5. 荀玫与王惠

范进赴京参加会试，中了进士，当上御史，几年后点了山东学道。临行前拜见已经升任国子监司业的恩师周进。周进要他留意一个名叫荀玫的考生，那是当年周进教过的学生。

范进到任后主持考试，发现荀玫不用"照顾"，自己已考了第一名，进学成为秀才。而当年调侃周进的秀才梅玖，却因岁考成绩差，理当挨板子。梅玖情急之下，竟冒充是周进的学生。范进听了，饶过了他。观音庵里，众人设宴替荀玫庆贺，庵中如今供着周进的长生牌位。梅玖见墙上贴着当年周进写的对联，让和尚揭下来裱好，当文物收藏。

几年后，荀玫接连中举、中进士，当年的举人王惠也在同科中了进士。——王惠中举那年，荀玫只有八岁，王惠还在周进的观音庵见过他的"作业"。

荀玫搬去与王惠同住。一日有陈礼（字和甫）来拜见，自称擅长扶乩占卜。他为王惠占卜，"乩仙"判了一首《西江月》，内有"两日黄堂坐拥""琴瑟琵琶路上逢"等语。——忽报荀玫母亲去世，荀玫回乡治丧守孝。王惠则被任命为南昌知府。

王惠与前任知府办交接，听说这里"油水"不大，颇感失望。他上任后，严刑峻法，搜刮民财，被上司视为"能员"。正赶上江西宁王造反，王惠升任南赣道，负责军需。结果官军战败，王惠被俘，他投降宁王做了伪官。这才悟出，乩词中的"两日黄堂"是指在南昌做官（"昌"是两个日字构成，"黄堂"即知府）。而宁王是第八个王子，"琴瑟琵琶"恰有八个王字。

宁王事败，王惠只身逃出，随身只带一个枕箱，内有几本残书。他路遇南昌前任太守的孙子蘧公孙，蘧公孙赠王惠二百两银子做盘缠，王惠把枕箱留给蘧公孙，自己逃亡了。

王惠枕箱中有一卷《高青丘集诗话》，是明初诗人高启的手稿。蘧公孙拿来刻版，印了几百部送人，把自己的名字刻在高启名字的下边，自称"补辑"。——这是当时的名士做派。(7～8)

6. 娄公子的"养士"闹剧

已故娄中堂的大公子在通政司做官，三公子娄琫（běng）、四公子娄瓒（zàn）在京闲住。哥哥怕他俩惹事，叫他们回湖州家乡去。

二娄回乡后，听佃户邹吉甫说，乡下有个叫杨执中的文人，在盐店管事，因一心读书，弄得盐店亏空，被东家送进监狱。二娄认定杨执中是"高人"，写帖子向知府说情，并代杨执中还上亏空。杨被释放，二娄却不见他来致谢。二娄愈发觉得杨可敬，于是亲自登门拜访，去了两趟都没见到。

娄、蘧两家沾亲，蘧公孙来娄家看望娄三、娄四两位表叔。二娄请鲁编修吃酒，蘧公孙作陪。鲁编修见蘧一表人才，十分欣赏，有意招他做女婿，自然一说便成。婚礼借娄府举行，婚后蘧公孙入住鲁家。

鲁小姐幼读儒家经书，迷恋八股文写作。婚后，她见丈夫只爱读诗词，把写八股视为"俗事"，感到十分失望。鲁编修也很懊恼，几乎想到娶妾生子，继承科举书香。

由邹吉甫牵线，二娄终于见到了杨执中。杨执中是个书呆子，别无所能，穷到每日只吃一餐粥。除夕之夜，饿着肚子守岁。二娄却把他当成"诸葛亮"，不但"三顾茅庐"，还把他请回家中，早晚求教。

娄家二公子有心招揽人才，学战国公子信陵君养士。杨执中又介绍了另一位"高人"权勿用，说他有"管、乐的经纶，程、朱的学问"。两公子特地派家人到萧山去请，赶上权勿用丧母，答应随后前来。

权勿用守孝满百日，前来娄府，途遇老友张铁臂，一同前来。二娄与权勿用相见恨晚，见他还带来一位侠客，更是兴奋。二娄于是叫了两只大船，遍邀宾客，摆席唱曲，同游莺脰湖。与会名士有二娄、蘧公孙、牛布衣、杨执中、权勿用、张铁臂、陈和甫等八九位。

几天后的一个晚上，二娄忽听有人从房上跳到院子里，原来是张铁臂。他手提革囊，说里面装着仇人的头颅；又向二娄借银五百两，说是要去报恩。二娄又惊又喜，捧出银子给他。天亮后又广招亲朋、摆下酒席，只等张铁臂回来开"人头会"。可等到黄昏也不见人影，打开革囊，里面竟是个猪头！忽有公差前来，将权勿用抓走，因为他在萧山拐骗尼姑！二娄备受打击，从此闭门谢客。

这中间，鲁编修、蘧太守先后去世，蘧公孙也带着鲁小姐回嘉兴去了。（9~13）

7. 迂腐又仗义的马二先生

一日，蘧公孙在书店结识了马二先生。马二是选家，专门编选八股文选本。他自己是个廪生（资深秀才），把科举看得十分神圣。蘧公孙见他的选本十分畅销，羡慕不已。

蘧公孙家的仆人宦成拐了丫鬟双红逃走，被蘧公孙告到官府。双红逃走时拿了当初王惠留下的枕箱，此箱是蘧公孙勾结"钦犯"的证据。差人教唆宦成写了告发主人的呈文，拿去给马二看。马二知道此事重大，毅然拿出九十二两银子，买回枕箱，保护了蘧公孙。蘧公孙事后得知，感激涕零。

马二又去杭州替书店选文章。这日他独自游西湖，不看风景，不看游人，只眼馋路边的各种吃食，却因囊中无钱，只好拣便宜的胡乱吃些。

在一处小祠堂，马二遇到一位白须飘飘的老人，自称洪憨仙，送给马二几块黑煤。马二回到住处，竟将黑煤炼成银子。洪憨仙邀请马二同访胡尚书的三公子，有马二作证，胡三公子预备拿出一万两银子，让洪憨仙在后花园炼"银母"，发大财。——只是洪憨仙得急病死了，胡三公子才免于被骗破财。

马二在城隍山吃茶，见一少年摆摊给人拆字占卜。少年叫匡超人，马二得知他流落杭州，无法回乡侍奉亲人，又见他好学，于是赠他十两银子，助他还乡。（13~15）

8. 匡超人：升发还是堕落

匡超人回到家乡乐清县，每日尽心侍奉瘫痪在床的爹爹，又杀猪做豆腐，挣钱养家。每日读书到半夜。李知县半夜乘轿路过，听见读书声，派人通知他到县里应考。有李知县的栽培，匡超人轻松进学，成了秀才。不过紧接着匡父病逝，又传来李知县遭人弹劾罢官的消息。匡超人害怕受连累，逃往杭州。同村的潘保正介绍他去投奔在布政司做吏的堂弟潘三。

匡超人初到杭州，结识了一帮诗歌唱和的名士：头巾店老板景兰江、郎中赵雪斋、盐务巡商支剑峰等。匡超人听了他们的言谈，很是羡慕。有书店来找匡超人，请他编选考卷，他一口答应。匡超人手快，半个月的工作，六天就做完了。书店给了二两银子和五十本样书作为报酬，匡超人也成了选家。

胡三公子在西湖举办名士雅集，与会者有景兰江、赵雪斋、支剑峰、严贡生等，带上匡超人，共九位。胡三公子十分吝啬，吃饭是大家凑份子，胡亲自到市上采买食材，讨价还价。支剑峰因喝醉了酒，犯了夜禁，被巡街的抓去关了一夜。

匡超人终于见到了潘三，潘三叫他别跟那班名士"混缠"，要他跟着自己做些"有想头的事"。潘三所说的"有想头的事"，无非是仗着衙门的势力和方便，徇私枉法，包揽讼词，造假公文，私合人命，拐卖人口，替人考试当枪手……这些事，正用得着匡超人的"文化"。不过潘三待匡超人不薄，每回都多分银钱给他，还替他娶妻成家。

匡超人回乡参加岁考，被推为贡生。他听说潘三因作恶多端而被捕，于是卖掉杭州的房子，把妻子送到乡下，自己进京去投奔李给谏——也就是李知县，他如今冤情昭雪，做了京官。在老师的关照下，匡超人考了教习，还假称未婚，娶了李给谏的外甥女。他回乡办事，潘三在狱中给他捎话，希望能见他一面，他却说啥也不肯见。——从前那个勤勉好学的年轻人，已经完全变了。（15～20）

匡超人当"枪手"/ 张光宇 绘

9. 牛浦郎的行骗生涯

名士牛布衣游走江湖，病倒在芜湖甘露庵，死后由老和尚棺殓，留下两本诗稿。牛浦郎是个十七八岁的小伙子，常到庵中借佛前油灯夜读。他得到牛布衣的诗稿，竟刻了两方图章，冒充牛布衣。并以牛布衣的身份，接待了慕名前来的董知县。

牛浦郎原本与祖父相依为命，开个小店度日。后来娶了邻居卜老的外孙女。祖父及卜老下世后，牛浦郎典卖房屋，住到了卜家。因与妻兄不和，一个人跑去淮安投靠董知县。

在旅途中，他被帮闲文人牛玉圃认作侄孙。到扬州后，他给牛玉圃当随从，去拜访大盐商万雪斋。牛浦郎屡遭牛玉圃责骂，怀恨在心，故意给牛玉圃提供错误信息。牛玉圃上了当，得罪了万雪斋，断了财路。他将牛浦郎打了一顿，抛在荒郊。

牛浦郎被人救起，到安东县见到董知县，并招赘在黄姓人家。真牛布衣的妻子千里寻夫，找到牛浦郎，见是冒名顶替者，便以"谋杀夫命"的罪名将牛浦郎告到官府。此时董知县已升官，接任的知县是向鼎，他偏袒牛浦郎，以"天下同名同姓者多"为由，不予受理。——牛浦郎平安无事，向知县却因办案草率，遭到弹劾。（20 ~ 24）

10. 鲍氏父子，梨园真人

弹劾向鼎的案子，由崔按察使审理。按察使门下有个戏子鲍文卿，因演过向鼎写的戏，于是在按察使面前替向鼎说情。向鼎得知后，拿五百两银子谢鲍文卿，鲍不肯接受，独自回南京去了。

鲍文卿想组个戏班子，先找人修理乐器。修乐器的倪老爹是个老秀才，因生活无着，将十六岁的儿子倪廷玺卖给鲍文卿，改姓鲍，成为戏班的助手。两年后，鲍文卿再遇已经升官的向鼎，向鼎召鲍氏父子到安庆府帮忙，还为鲍廷玺娶了妻子。鲍文卿勤谨任劳，不肯借机捞钱。向鼎升官到福建去，临行赠鲍文卿一千两银子。

鲍氏父子回到南京，文卿不久病逝。向鼎赶来，为他题写铭旌："皇明义民鲍文卿享年五十有九之枢。赐进士出身中宪大夫福建汀漳道老友向鼎顿首拜题。"高官主动为身份低贱的"戏子"题铭旌，在那个时代绝无仅有。

鲍廷玺的妻子死了，续娶了寡妇王太太。王太太脾气极坏，又有疯病，鲍老太听信女婿的谗言，与廷玺夫妇分家另过。这期间，廷玺找到失散多年的大哥倪廷珠，得他资助，翻身有望。可

廷珠忽然得急病死了，廷玺依旧两手空空。他与妻子借房居住，依旧在梨园谋生。（24～29）

11. 杜慎卿莫愁湖选秀

有个叫诸葛天申的，有二三百两银子的本钱，请了季恬逸、萧金铉两个名士，一同赁屋编书，出了一本时文选本，自刻自卖。三人偶然结识了世家子弟杜慎卿，相互来往。杜慎卿是个自命清高、顾影自怜的人，讲究饮食，喜欢看戏。鲍廷玺投身到他门下。

南京水西门、淮清桥一带，有一百三十多个戏班子。杜慎卿忽发奇想，要召集各班旦角，在莫愁湖的湖亭唱曲竞赛，由他和季苇萧等人评出高下。此事托鲍廷玺去操持。共来了六七十个旦角，从白日一直唱到掌灯，盛况空前。评选结果张榜公布，各有奖赏，一时称为盛事！（29～30）

12. 杜少卿的"任性"人生

　　鲍廷玺要自办戏班，求慎卿资助，慎卿向他介绍了堂弟杜少卿。鲍廷玺前往投奔，路遇少卿父亲的老友韦四太爷。二人同登杜府，少卿十分高兴，拿出存放九年的好酒同饮。少卿重情尊老，父亲的门客老友娄太爷生病，他与妻子亲自侍奉汤药。然而他却从不巴结官府。少卿祖上出过状元，父亲做到知府，死后留下一万两银子，少卿挥金如土，乐善好施。

　　裁缝的母亲死了，少卿就让裁缝把一箱刚做好的衣裳送进当铺，得了钱安葬母亲。他赏给看祠堂的黄大五十两银子修房，用三百两银子替臧荼补廪，出一百二十两银子助修学宫，又资助鲍廷玺一百两银子组戏班……没钱他就卖地卖房，最终举家搬到南京住，每日仍与新朋故友来往。闲暇时与妻子到清凉山亭子上饮酒赏景，潇洒如神仙。

　　少卿本身是秀才，却无意进取。当地巡抚举荐他接受朝廷征召，这本是一条求取功名富贵的终南捷径，少卿却装病推辞掉了。

　　不过他听朋友说要建泰伯祠，马上认捐三百两银子。建祠是为了习学礼乐、培养人才、端正世风。——家乡的士绅把少卿看成败家子，而了解他的朋友却说"少卿是自古及今难得的一个

杜少卿携妻游山 / 程十发 绘

奇人"。

少卿的朋友中有个叫庄尚志的，被地方官举荐到朝廷，嘉靖皇帝亲自接见，向他征询治国之策。庄细写了十策呈上，但因遭朝臣嫉妒，他自己又无意从政，便要求放还。皇上赐银五百两，并将南京玄武湖赐给他安居著书。（31 ~ 35）

13. 虞博士主祭泰伯祠

苏州府常熟县的虞育德，六岁随父亲虞秀才开蒙读书，后来子承父业，教书为生。几经努力，考中进士，到南京国子监做了博士。

虞博士不慕荣利，待人宽厚。有个监生因赌博被捉，交虞博士发落。虞博士请他同桌吃饭，还为他洗刷冤屈。国子监考试，有监生怀带小抄，被虞博士发现，竟替对方瞒过。他替管家娶妻成家，管家嫌他家穷，要跳槽，他不但不拦，还送了十两银子。

虞家与杜家是世交，虞博士与杜少卿共同襄赞泰伯祠的修建。落成之日，举行大祭，由虞博士主祭，庄尚志和马二先生为二献、三献，杜少卿、迟衡山、金东崖、武书、蘧公孙等襄赞，参与者共七十六位。一时焚香奏乐，敬献酒醴玉帛，众人行礼如仪，庄严隆重，堪称盛典！

典礼过后，马二、蘧公孙来向杜少卿辞行。蘧公孙见张铁臂也在杜家，此时他已化名张俊民。张铁臂从前做过骗人的勾当，如今见被人认出，悄悄溜走了。（36～37）

14. 郭孝子与萧云仙的故事

不久，少卿又结识了孝子郭力。郭孝子之父曾在江西做官，因投降过宁王，逃亡在外（那人应该就是王惠）。郭孝子发誓寻父，走遍四方。虞博士知道了，给他写了荐书，还与众人凑银子给他当盘缠。郭孝子来到陕西，在海月禅林暂住，得到方丈老和尚的款待资助。老和尚即当年芜湖甘露庵的老和尚。

郭孝子又前往四川成都，风雪交加，道路难行。先遇怪兽，又遭抢劫，再逢猛虎，终于在一小庵中见到出家的父亲。父亲不肯相认，郭孝子便在附近住下，每日做佣工，挣钱养活父亲。

陕西海月禅林的老和尚要到四川来会郭孝子，途中为恶僧劫持，眼看遭难，一少年侠客赶到，飞石打瞎恶僧双眼，救了老和尚。少年到一客店歇息，遇到郭孝子。孝子父亲已死，背负父亲遗骸回乡去。郭孝子劝少年为国效力。

少年名萧云仙，父亲萧昊轩曾做过镖师，与郭孝子是朋友。萧云仙受到鼓励，投军到平少保麾下，被派往松潘卫镇压叛乱，一举打下青枫城，授官千总。他在青枫城留驻三四年，修缮城池，垦田栽树，兴修水利，建立学堂，百姓都安居乐业。

谁知经工部核算，说萧云仙修建青枫城，亏空了七千五百两银子。他只得变卖家业赔付。后经平少保推荐，他到应天府江淮卫做了守备，得以同南京的一班文士交往。（37 ～ 40）

15. 奇女子沈琼枝

有位沈先生，曾在青枫城与萧云仙办学堂。如今前往扬州，送女儿沈琼枝出嫁。男家是盐商宋为富，吩咐直接把琼枝抬进门，全无张灯结彩的仪式——这是娶妾的待遇。沈先生一纸讼状告到江都县，盐商买通官府，反把沈先生押回原籍。

沈琼枝在宋家花园里住了几天，见情形不对，便把房中金银器皿、珍珠首饰打了个包袱，悄悄溜出门，也不回家乡，独自来

奇女子沈琼枝 / 程十发 绘

到南京。她租了寓所，挂出招牌，以刺绣、卖文为生。杜少卿和武书好奇，前往拜访。沈琼枝到杜家回拜，细说身世。少卿对这个视盐商如土芥的女子十分钦敬。

江都县发来缉捕公文，要捉拿盐商家的逃妾，由本县差人来拿沈琼枝。琼枝毫不畏惧，到县里自辩。知县又当面试了她的诗才，很同情她，写信给江都县知县，要他开脱沈琼枝的"罪行"。差人押解琼枝回江都县，琼枝一路乘船坐轿，一文不出。两个差人没诈到钱，只好自认倒霉。（40～41）

16. 余大先生逢凶化吉

汤总镇的两位公子汤由、汤实到南京参加乡试，还没下场，先到妓院里鬼混了一夜。科考结束，两位公子叫了戏班子唱大戏，又由鲍廷玺引着找戏子寻开心。考试结果自然是双双落榜，同回贵州去。

汤家本是江苏仪征人，汤总镇此刻驻守贵州。苗民造反，汤总镇带兵前去征剿，滥杀无辜。朝廷说他"率意轻进，糜费钱粮"，给了降级还乡的处分。

回到仪征，汤总镇要为两公子请先生。有人介绍了老贡生余特。余特见汤公子不懂礼，就推辞掉了。

因生活拮据，余特到无为州去打秋风。知州让余特替人家说个情，分给他一百三十两谢银。余特顺路到南京去看表弟杜少卿。他在南京住了三天，忽接家书，是弟弟余持写来的，要他先不要回家。原来，无为州的知州因受贿罪被查办，余特拿过赃银，因此受到牵连。不过公文误将"余特"写成"余持"。余持自与官府周旋，叮咛哥哥千万别回来。余持与官府往复辩白，最后不了了之。余家兄弟用无为州得来的钱安葬了父母。

余特的表弟虞华轩是五河县的绅士，请余特教儿子读书。虞家从前是地方大族，世代读书做官，如今已经没落。五河县风气不好，人人巴结有钱的盐商方家、彭家。举行节妇入祠典礼时，余家、虞家的祭亭前冷冷清清，方家的祭祀队伍浩浩荡荡，连余、虞两族的读书人及地方官吏都去捧场。余特、虞华轩感叹世风衰颓、人心不古。（41 ~ 47）

17. 是谁让王玉辉心硬如铁

余特选了徽州府学训导，老秀才王玉辉（名蕴）前来拜见。王玉辉有心撰写三部书：字书、礼书、乡约书，要借此宣扬礼教、端正世风。

王玉辉的三女婿死了，三女儿要殉夫。王玉辉不但不劝阻，还鼓励她说"这是青史上留名的事"。三女儿绝食而死，王玉辉大笑说："死的好！死的好！"——是礼教让他心肠变硬。

老妻哭哭啼啼，王玉辉受不了家中压抑的气氛，听从余特的劝说，出远门访友散心。路上看到穿白的年轻女子，想起女儿，不禁流下眼泪。走了一圈，朋友一个也未访到，只好回家去。（48）

18. 行侠仗义的凤四老爹

高翰林宴请二十年前的老友万中书（名里，字青云），作陪的有武书、迟衡山、施御史、秦中书等。隔天，秦中书也来宴请万中书，还定了戏班子。在秦家做客的凤鸣岐（人称凤四老爹）也

万中书冒名露丑，凤鸣岐排难解纷 / 程十发 绘

同席吃酒。

忽有地方官带差役来，将万中书锁走。凤四老爹受托打听消息，得知万青云被牵扯到一个总兵革职的案子里，本来问题不大，但万青云这个中书的官衔却是冒充的，这可是大罪。

凤四老爹向秦中书讲明利害，逼他拿出一千二百两银子，托关系立时为万青云捐了个真中书。凤四又亲自陪万青云到台州，主动承揽罪名。台州知府见万青云有官职在身，凤四又是个难对付的硬骨头，况且革职总兵已死在狱中，于是将万青云与凤四开释。

凤四不受万青云的杯水之谢，独自前往杭州访友收债。有个胡八公子请老爹去讲习武艺，对老爹十分崇拜。——胡八公子是召集莺脰湖大会的胡三公子的弟弟。

杭州的陈正公欠了凤四五十两银子。他向凤四诉苦说：自己借给合伙人毛二胡子一千两银子，因未立借据，对方不承认。凤四闻听，亲随陈正公去嘉兴讨债。来到毛二胡子的当铺，凤四先把外面的花墙扳倒了半堵，又背靠厅柱，将柱子拔起，屋檐也塌了半边！毛二胡子只好跑出来，自认不是，将欠银连本带利还清。凤四不要谢仪，只拿了自己的五十两，回南京去了。（49～52）

19. 名士们的结局

南京城里的公子王孙整日纸醉金迷。陈木南是国公府的表亲，他向国公府的徐九公子借了二百两银子，备了厚礼，到来宾楼结识妓女聘娘。聘娘生病，陈木南又借钱买人参。徐家表兄弟到福建去做官，陈木南无处打秋风，欠了药店的人参钱，偷偷溜走，也到福建去了。

在民间，陈和甫的儿子继承父业，测字为生，也喜欢读诗。他因养不起老婆，索性当了和尚。另一测字先生丁言志也喜欢读诗，因听说聘娘会作诗，攒了二两多银子，去会聘娘，结果被聘娘赶了出来。聘娘与老鸨吵闹，寻死觅活，最终削发为尼，给延寿寺老尼当了徒弟。（53～54）

20. 草野之间有真人

已是万历年间，南京的名士渐渐"销磨"尽了。市井之间，反出了几位奇人。

有个叫季遐年的，无家无业，在寺院里安身。他字写得好，自创一格。为人不修边幅，脾气古怪，最讨厌王侯将相、富人财主。施御史的孙子让小厮招呼他到家里去写字，他走到施家客厅，对着施乡绅大骂，直骂得对方哑口无言，低头入内。他这才昂首挺胸，扬长而去！

又有个少年叫王太，卖火纸筒子为业，被人看不起。他最喜下棋，一次竟把"国手"赢了！众人拉着他吃酒，他大笑说："天下那里还有个快活似杀矢（屎）棋的事！我杀过矢棋心里快活极了，那里还吃的下酒！"笑着去了。

开茶馆的盖宽，原本家里很有钱，开着当铺，有田地、洲场。因喜读书画画，又乐善好施，不事生产，最终变卖产业，一贫如洗，在僻静小巷开个茶馆，生意清淡。闲时读几页古书，画两笔画，与世无争。一日与邻翁去游玩，到报恩寺走走，又去看泰伯祠，那里早已破败。两人聊着从前名士云集的盛况，不胜感慨。

荆元是个裁缝，工余喜欢弹琴写字作诗。有人劝他与秀才们来往，他说："我也不是要做雅人，也只为性情相近，故此时常学学。至于我们这个贱行，是祖父遗留下来的。难道读书识字，做了裁缝就玷污了不成？……"

荆元常与清凉山种花灌园的于老者来往，闲暇时品茗看花，焚香弹琴，声振林木，凄清婉转，令人泪下。（55）

21. 尾声

万历四十三年，御史单飏上疏说：科举选拔人数受限，大量有用之才沉抑下僚，有的虽然科举及第，却不能进翰林院，尽展其才。这些人抱恨而终，冤气郁结，不利于国家百姓。万历皇帝于是下诏让各地推荐已故才人，共得九十二人。由大臣评定，皇帝钦点，张榜公布，分为三甲。一甲为状元虞育德，榜眼庄尚志，探花杜少卿。二甲为萧云仙、迟衡山、马纯上、余特、杜慎卿、王玉辉、娄氏二公子、向鼎、鲍文卿、甘露庵老僧等二十人。三甲为沈琼枝、蘧公孙、凤鸣岐、牛布衣、匡超人、牛浦郎、严贡生、杨执中，还包括市井奇人季遐年、王太、盖宽、荆元等，共三十二人。

女人（沈琼枝）也成了进士，开头巾店的景兰江，唱戏的鲍文卿，算卦的陈和甫、丁言志，刻图章的郭铁笔，也都榜上有名。——这是对科举的颂扬，还是调侃？（56）

冷後幾番嘯傲杏花村里幾度徜徉鳳止高梧

蠹吟小榭也共時人較短長今已矣把衣冠蟬

蛻濯足滄痕無聊且酌霞觴喚幾個新知醉一

場共百年易過底須愁悶千秋事大也費商量

江左烟霞淮南耆舊寫人殘編總斷腸從今後

伴藥爐經卷自禮空王

一上諭一奏疏一祭文三篇鼎峙以結全部

大書綴以詞句如太史公自序

儒林外史第五十六回

《儒林外史》末页

第三编

《儒林外史》选粹

1. 节选一　王冕学画

阅读提示

一、本段选自《儒林外史》第一回"说楔子敷陈大义，借名流隐括全文"。——元代杂剧中的序幕或折与折之间的过渡称"楔子"；小说家在此借用，当"序幕"讲。此回目意为：小说开篇陈说主旨，并借名士（王冕）引领全篇。

二、王冕（1310—1359）是元末著名的画家、诗人。他出身贫苦，自幼给人放牛，靠自学成才。他性格孤傲，蔑视权贵，一生远离官场，隐居山林。吴敬梓以小说的形式为他立传，是要给天下文人做个榜样。

三、本段中重点写王冕对待当权者的态度：时知县要巴结还乡高官危素，向王冕索画，先派衙役来唤，碰了钉子；又亲自下乡来请，王冕仍避而不见。王冕说得好："时知县倚着危素的势要，在这里酷虐小民，无所不为。这样的人，我为什么要相与他？……"——知县官位不大、权力不小，有"灭门知县"之称；王冕不但不肯攀附，反而与之抗衡，其操守勇气，值得钦佩！

四、古代章回小说描摹人物外貌及环境风景时，常用诗词韵语等程式化的语言来表现。《儒林外史》中的人物、环境描写，则尝试用写实的笔法、散文的形式。即如本段叙王冕学画，有一段风景描写："一阵大雨过了，那黑云边上镶着白云，渐渐散去，透出一派日光来……"便是作者的新尝试。

　　人生南北多歧路，将相神仙，也要凡人做。[1]百代兴亡朝复暮，江风吹倒前朝树。　　功名富贵无凭据，费尽心情，总把流光误。[2]浊酒三杯沉醉去，水流花谢知何处。[3]

　　这一首词，也是个老生常谈，不过说人生富贵功名是身外之物，但世人一见了功名，便舍着性命去求他，及至到手之后，味同嚼蜡。自古及今，那一个是看得破的[4]？

　　1　"人生南北"三句：大意是说，人生道路很多，哪怕是神仙一般的将相高官，也要凡人做，因而没啥了不起。这里反映了作者傲视权贵的观念以及平等意识。
　　2　"功名富贵"三句：这里是对科举制的含蓄批评，认为它不能选拔出真正的英才，因而不值得读书人为此浪费时间精力。功名，这里指通过科举考试得到的秀才、举人、进士等资格；有了功名，便可当官发财，故把"功名"与"富贵"连起来。无凭据：没有根据，暗指不公平，不能衡量真才实学。
　　3　"浊酒"二句：表现了作者对功名富贵失去兴趣后任其自然的潇洒态度。
　　4　那：这里同"哪"。

虽然如此说，元朝末年，也曾出了一个嵚崎磊落的人[1]。这人姓王名冕，在诸暨县乡村里住[2]。七岁上死了父亲，他母亲做些针指[3]，供给他到村学堂里去读书。看看三个年头，王冕已是十岁了。母亲唤他到面前来说道："儿阿！不是我有心要耽误你。只因你父亲亡后，我一个寡妇人家，只有出去的，没有进来的，年岁不好，柴米又贵，这几件旧衣服和些旧家伙，当的当了[4]，卖的卖了，只靠着我替人家做些针指生活寻来的钱，如何供得你读书？如今没奈何，把你雇在间壁人家放牛，每月可以得他几钱银子，你又有现成饭吃，只在明日就要去了。"王冕道："娘说的是。我在学堂里坐着，心里也闷，不如往他家放牛，倒快活些。假如我要读书，依旧可以带几本去读。"当夜商议定了。

第二日，母亲同他到间壁秦老家。秦老留着他母子两个吃了早饭，牵出一条水牛来交与王冕，指着门外道："就在我这大门过去两箭之地[5]，便是七泖湖，湖边一带绿草，各家的牛都在那里打睡。又有几十棵合抱的垂杨树，十分阴凉，牛要渴了，就在湖边

---

1 嵚（qīn）崎磊落：这里指人格卓异超群，与众不同。嵚崎，本指山势险峻不平。
2 诸暨县：今浙江诸暨市。
3 针指：也作"针黹（zhǐ）"，缝纫刺绣等事。
4 当（dàng）：典当。
5 两箭之地：古人用弓箭射程来度量远近。一箭之地，约在一百二十步到一百五十步之间。

上饮水。小哥，你只在这一带顽耍¹，不必远去。我老汉每日两餐小菜饭是不少的，每日早上，还折两个钱与你买点心吃²。只是百事勤谨些，休嫌怠慢³。"他母亲谢了扰⁴，要回家去，王冕送出门来。母亲替他理理衣服，口里说道："你在此须要小心，休惹人说不是⁵。早出晚归，免我悬望⁶。"王冕应诺，母亲含着两眼眼泪去了。

王冕自此只在秦家放牛，每到黄昏，回家跟着母亲歇宿。或遇秦家煮些腌鱼腊肉给他吃，他便拿块荷叶包了来家，递与母亲。每日点心钱，他也不买了吃，聚到一两个月，便偷个空，走到村学堂里，见那闯学堂的书客⁷，就买几本旧书。日逐把牛拴了⁸，坐在柳阴树下看。

弹指又过了三四年⁹，王冕看书，心下也着实明白了。那日，正是黄梅时候¹⁰，天气烦躁。王冕放牛倦了，在绿草地上坐着。须

---

1 顽耍：玩耍。

2 折：折算，拿金钱代替实物。

3 怠慢：慢待，待人不周到。

4 谢了扰：因打扰人家而致歉。

5 说不是：批评是非。

6 悬望：挂念。

7 闯学堂的书客：专到学堂、私塾兜售书籍、文具的小贩。

8 日逐：每日，逐日。

9 弹指：形容光阴迅速。

10 黄梅时候：指江南农历四五月间梅子黄熟时，天气闷热多雨。

臾[1]，浓云密布。一阵大雨过了，那黑云边上镶着白云，渐渐散去，透出一派日光来，照耀得满湖通红。湖边上山，青一块，紫一块，绿一块。树枝上都像水洗过一番的，尤其绿得可爱。湖里有十来枝荷花，苞子上清水滴滴，荷叶上水珠滚来滚去。王冕看了一回，心里想道："古人说'人在画图中'，其实不错！可惜我这里没有一个画工，把这荷花画他几枝，也觉有趣。"又心里想道："天下那有个学不会的事，我何不自画他几枝？"

正存想间[2]，只见远远的一个夯汉[3]，挑了一担食盒来[4]，手里提着一瓶酒，食盒上挂着一块毡条。来到柳树下，将毡铺了，食盒打开。那边走过三个人来，头戴方巾[5]，一个穿宝蓝夹纱直裰[6]，两人穿元色直裰[7]，都有四五十岁光景，手摇白纸扇，缓步而来。那穿宝蓝直裰的是个胖子，来到树下，尊那穿元色的一个胡子坐在上面[8]，那一个瘦子坐在对席。他想是主人了，坐在下面把酒来斟。

1　须臾（yú）：一会儿。

2　存想：思忖，想。

3　夯（hāng）汉：旧时指卖力气、干粗活的劳动者。

4　食盒：带有提梁、盛放食品食具的盒子。

5　方巾：明代读书人所戴的方形软帽，具有秀才以上功名者方能佩戴。

6　宝蓝夹纱直裰（duō）：直裰是古人的一种便服，斜领大袖，四周镶边，也叫"直身""道袍"。夹纱，指用纱做面子。宝蓝，一种鲜亮的蓝色。

7　元色：玄色，也就是黑色。

8　尊：这里指推让。

吃了一回，那胖子开口道："危老先生回来了[1]。新买了住宅，比京里钟楼街的房子还大些，值得二千两银子。因老先生要买，房主人让了几十两银卖了，图个名望体面。前月初十搬家，太尊、县父母都亲自到门来贺[2]，留着吃酒到二三更天。街上的人，那一个不敬！"那瘦子道："县尊是壬午举人[3]，乃危老先生门生[4]，这是该来贺的。"那胖子道："敝亲家也是危老先生门生[5]，而今在河南做知县。前日小婿来家，带二斤干鹿肉来见惠[6]，这一盘就是了。这一回小婿再去，托敝亲家写一封字来[7]，去晋谒晋谒危老先生[8]。他若肯下乡回拜，也免得这些乡户人家放了驴和猪在你我田里吃粮食。"那瘦子道："危老先生要算一个学者了。"那胡子说道："听见前日出京时，皇上亲自送出城外，携着手走了十几步。危老先生再三打躬辞了，方才上轿回去。看这光景，莫不是就要做官？"

1　危老先生：元末明初人危素，字太朴，曾在元朝为官，明初为翰林侍讲学士。"老先生"是明清时人对内阁九卿的尊称。

2　太尊：对知府的尊称。县父母：对知县的尊称。下文中的"县尊""老父台"，也指知县。

3　壬午举人：指壬午年中式的举人。明清科举考试分乡试、会试。乡试每三年举行一次，在省会举行，考中者称举人。

4　门生：科举时代，中式者对选拔自己的考官自称"门生"。

5　敝：谦词，用于与自己有关的事物。

6　见惠：赠给我，这是接受人馈赠的客气说法。

7　字：这里指书信。

8　晋谒（yè）：前往拜见。

三人你一句，我一句，说个不了[1]。

王冕见天色晚了，牵了牛回去。自此，聚的钱，不买书了，托人向城里买些胭脂铅粉之类[2]，学画荷花。初时画得不好，画到三个月之后，那荷花精神、颜色无一不像，只多着一张纸，就像是湖里长的，又像才从湖里摘下来贴在纸上的。乡间人见画得好，也有拿钱来买的。王冕得了钱，买些好东好西，孝敬母亲。一传两，两传三，诸暨一县都晓得是一个画没骨花卉的名笔[3]，争着来买。到了十七八岁，不在秦家了，每日画几笔画，读古人的诗文，渐渐不愁衣食，母亲心里欢喜。

这王冕天性聪明，年纪不满二十岁，就把那天文、地理、经史上的大学问，无一不贯通。但他性情不同，既不求官爵，又不交纳朋友，终日闭户读书。又在《楚辞图》上看见画的屈原衣冠，他便自造一顶极高的帽子，一件极阔的衣服，遇着花明柳媚的时节，把一乘牛车载了母亲，他便戴了高帽，穿了阔衣，执着鞭子，口里唱着歌曲，在乡村镇上以及湖边到处顽耍，惹的乡下孩子们三五成群跟着他笑，他也不放在意下。只有隔壁秦老，虽然务农，

1　不了（liǎo）：没完。
2　胭脂铅粉：两种绘画颜料，前者为红色，后者为白色。
3　没（mò）骨花卉：一种中国画的花卉画法，不用墨线勾勒轮廓，直接用颜色或水墨濡染绘制。名笔：名家。

王冕追慕古人 / 程十发 绘

却是个有意思的人，因自小看见他长大，如此不俗，所以敬他、爱他，时时和他亲热，邀在草堂里坐着说话儿。

一日，正和秦老坐着，只见外边走进一个人来，头戴瓦楞帽[1]，身穿青布衣服。秦老迎接，叙礼坐下[2]。这人姓翟，是诸暨县一个头役[3]，又是买办[4]。因秦老的儿子秦大汉拜在他名下，叫他干爷，所以时常下乡来看亲家[5]。秦老慌忙叫儿子烹茶，杀鸡、煮肉款留他[6]，就要王冕相陪。彼此道过姓名，那翟买办道："只位王相公[7]，可就是会画没骨花的么？"秦老道："便是了。亲家，你怎得知道？"翟买办道："县里人那个不晓得？因前日本县老爷吩咐，要画二十四幅花卉册页送上司[8]，此事交在我身上。我闻有王相公的大名，故此一径来寻亲家。今日有缘，遇着王相公，是必费心大笔画一画。在下半个月后下乡来取，老爷少不得还有几两润笔的银子[9]，一并送来。"秦老在旁，着实撺掇[10]。王冕屈不过秦老的

1　瓦楞帽：明代人常戴的一种帽子式样，帽顶形如瓦楞，故名。

2　叙礼：依礼相拜。

3　头役：衙门里的高级差人，下文中的"头翁"，是对这类人的谀称。

4　买办：官府中负责采买、办杂务的差役。私宅仆役中也有买办。

5　亲（qìng）家：婚姻双方的父母互相称呼对方为亲家；一些地区，干亲的父母之间也称亲家。这里属于后一种。

6　款留：诚恳地挽留。

7　只位：方言，这位。相公：这里是对读书人的尊称。

8　册页：小幅字画装裱连缀成册，称册页。

9　润笔：请人撰文、画画、写字所付的报酬。

10　撺掇（cuān·duo）：劝诱，怂恿。

情¹，只得应诺了。回家用心用意画了二十四幅花卉，都题了诗在上面。翟头役禀过了本官，那知县时仁发出二十四两银子来。翟买办扣克了十二两²，只拿十二两银子送与王冕，将册页取去。

时知县又办了几样礼物，送与危素，作候问之礼。危素受了礼物，只把这本册页看了又看，爱玩不忍释手³。次日，备了一席酒，请时知县来家致谢。当下寒暄已毕⁴，酒过数巡⁵，危素道："前日承老父台所惠册页花卉，还是古人的呢，还是现在人画的？"时知县不敢隐瞒，便道："这就是门生治下一个乡下农民⁶，叫做王冕，年纪也不甚大。想是才学画几笔，难入老师的法眼⁷。"危素叹道："我学生出门久了⁸，故乡有如此贤士，竟坐不知⁹，可为惭愧！此兄不但才高，胸中见识大是不同，将来名位不在你我之下。不知老父台可以约他来此相会一会么？"时知县道："这个何难？门生出去，即遣人相约，他听见老师相爱，自然喜出望外了。"说

1　屈不过：推却不了。
2　扣克：克扣，干没，私吞。
3　爱玩不忍释手：喜爱玩赏，放不下。
4　寒暄：问寒问暖，指见面时说应酬话。
5　酒过数巡：酒敬过几遍。
6　治下：这里指地方官所管辖的范围。
7　法眼：原为佛教说法，这里指卓越精深的鉴赏力。
8　学生：士大夫表示谦虚的自称。主考官对门生也常以"学生"称呼。
9　竟坐不知：意谓当知不知，犯了失察之过。坐，获罪。

罢，辞了危素，回到衙门，差翟买办持个侍生帖子去约王冕[1]。

翟买办飞奔下乡，到秦老家，邀王冕过来，一五一十向他说了。王冕笑道："却是起动头翁[2]，上复县主老爷，说王冕乃一介农夫[3]，不敢求见，这尊帖也不敢领。"翟买办变了脸道："老爷将帖请人，谁敢不去！况这件事原是我照顾你的，不然，老爷如何得知你会画花？论理，见过老爷，还该重重的谢我一谢才是！如何走到这里，茶也不见你一杯，却是推三阻四，不肯去见，是何道理？叫我如何去回复得老爷？难道老爷一县之主，叫不动一个百姓么？"王冕道："头翁，你有所不知：假如我为了事，老爷拿票子传我[4]，我怎敢不去？如今将帖来请，原是不逼迫我的意思了。我不愿去，老爷也可以相谅。"翟买办道："你这都说的是什么话？票子传着倒要去，帖子请着倒不去，这不是不识抬举了！"秦老劝道："王相公，也罢，老爷拿帖子请你，自然是好意，你同亲家去走一回罢。自古道'灭门的知县'[5]，你和他拗些什么[6]？"

1　侍生：士大夫对前辈的自称之词。此处是地方官拜访乡绅，这样写含有"尊贤"之意。帖子：相当于今天的名片。

2　起动：有劳，烦请。

3　一介：一个，含轻视意。

4　票子：这里指官府的传票。

5　灭门的知县：知县官位不高，但对辖区百姓有生杀大权。灭门，使人家破人亡，门户灭绝。

6　拗（niù）：违拗，不顺从。

王冕道："秦老爹，头翁不知，你是听见我说过的。不见那段干木、泄柳的故事么[1]？我是不愿去的。"翟买办道："你这是难题目与我做，叫拿什么话去回老爷？"秦老道："这个果然也是两难。若要去时，王相公又不肯；若要不去，亲家又难回话。我如今倒有一法：亲家回县里，不要说王相公不肯，只说他抱病在家，不能就来，一两日间好了就到。"翟买办道："害病，就要取四邻的甘结[2]！"彼此争论了一番。秦老整治晚饭与他吃了，又暗叫了王冕出去，问母亲秤了三钱二分银子，送与翟买办做差钱[3]；方才应诺去了，回复知县。

知县心里想道："这小厮那里害什么病[4]？想是翟家这奴才走下乡狐假虎威，着实恐吓了他一场。他从来不曾见过官府的人，害怕不敢来了。老师既把这个人托我，我若不把他就叫了来见老师，也惹得老师笑我做事疲软[5]，我不如竟自己下乡去拜他。他看见赏他脸面，断不是难为他的意思，自然大着胆见我。我就便带了他来见老师，却不是办事勤敏？"又想道："一个堂堂县令，屈尊去

---

1 段干木、泄柳的故事：段干木是战国时人，魏文侯请他做官，他跳墙而逃。泄柳是春秋时人，鲁穆公要见他，他闭门不见。两人都是洁身自好的隐士。
2 甘结：向官府承认或保证某事属实，否则甘受责罚的文书。
3 差（chāi）钱：这里指出公差而获得的贿赂。
4 小厮：年小者，旧时常用来称年轻奴仆。
5 疲软：软弱无能，旧时官场考绩用语。下文的"勤敏"也属评语，有勤奋敏锐之意。

拜一个乡民[1]，惹得衙役们笑话。"又想道："老师前日口气，甚是敬他。老师敬他十分，我就该敬他一百分！况且屈尊敬贤，将来志书上少不得称赞一篇[2]。这是万古千年不朽的勾当[3]，有什么做不得？"当下定了主意。

次早传齐轿夫，也不用全副执事[4]，只带八个红黑帽夜役军牢[5]，翟买办扶着轿子，一直下乡来。乡里人听见锣响，一个个扶老携幼，挨挤了看。轿子来到王冕门首，只见七八间草屋，一扇白板门紧紧关着。翟买办抢上几步，忙去敲门。敲了一会，里面一个婆婆拄着拐杖出来说道："不在家了，从清早晨牵牛出去饮水，尚未回来。"翟买办道："老爷亲自在这里传你家儿子说话，怎的慢条斯理？快快说在那里，我好去传！"那婆婆道："其实不在家了，不知在那里。"说毕，关着门进去了。

说话之间，知县轿子已到。翟买办跪在轿前禀道："小的传王

<hr />

1　屈尊：降低身份。

2　志书：地方志，专门记载本地的地理、历史沿革及物产状况、人物事迹等。官民多以事迹载入志书为荣。

3　勾当：事情，多带贬义。

4　执事：仪仗。县官出行，轿前仪仗一般有锣、伞、棍、牌、旗、扇等。

5　红黑帽夜役军牢：戴着红黑帽子的公差，官员出行时在前喝道，坐衙时分立两厢排班，也称"堂役"。

冕[1]，不在家里。请老爷龙驾到公馆里略坐一坐[2]，小的再去传。"扶着轿子，过王冕屋后来。

屋后横七竖八几棱窄田埂[3]，远远的一面大塘，塘边都栽满了榆树、桑树。塘边那一望无际的几顷田地，又有一坐山[4]，虽不甚大，却青葱，树木堆满山上。约有一里多路，彼此叫呼还听得见。知县正走着，远远的有个牧童倒骑水牻牛[5]，从山嘴边转了过来。翟买办赶将上去，问道："秦小二汉，你看见你隔壁的王老大牵了牛在那里饮水哩？"小二道："王大叔么？他在二十里路外王家集亲家家吃酒去了。这牛就是他的，央及我替他赶了来家[6]。"翟买办如此这般禀了知县[7]。知县变着脸道："既然如此，不必进公馆了！即回衙门去罢！"时知县此时心中十分恼怒，本要立即差人拿了王冕来责惩一番，又想恐怕危老师说他暴躁，且忍口气回去，慢慢向老师说明此人不中抬举，再处置他也不迟。知县去了。

王冕并不曾远行，即时走了来家。秦老过来抱怨他道："你方

---

1 小的：地位低的在地位高的面前自称"小的"，也称"小人"。
2 龙驾：原指皇帝的车驾，这里是买办对县官的谀称。公馆：此处指村坊中专门招待来宾贵客的处所。
3 几棱：几道。田埂：田间的土埂，用以分界和蓄水，也是田间小路。
4 坐：座。
5 水牻（gǔ）牛：雄性水牛。
6 央及：央给，央求。
7 禀：禀告。

才也太执意了[1]。他是一县之主，你怎的这样怠慢他？"王冕道："老爹请坐，我告诉你：时知县倚着危素的势要[2]，在这里酷虐小民[3]，无所不为。这样的人，我为什么要相与他[4]？但他这一番回去，必定向危素说。危素老羞变怒[5]，恐要和我计较起来[6]。我如今辞别老爹，收拾行李，到别处去躲避几时。只是母亲在家，放心不下。"母亲道："我儿，你历年卖诗卖画，我也积聚下三五十两银子，柴米不愁没有。我虽年老，又无疾病，你自放心出去躲避些时不妨。你又不曾犯罪，难道官府来拿你的母亲去不成？"秦老道："这也说得有理。况你埋没在这乡村镇上，虽有才学，谁人是识得你的？此番到大邦去处[7]，或者走出些遇合来[8]，也不可知。你尊堂家下大小事故[9]，一切都在我老汉身上，替你扶持便了。"王冕拜谢了秦老，秦老又走回家去取了些酒肴来[10]，替王冕送行，吃了半夜酒回去。

1　执意：固执。

2　势要：权势、势力，也指有权势、居要位的人。

3　酷虐：残酷虐待。

4　相与：结交、要好。有时也作朋友、交情讲。

5　老羞变怒：也作"恼羞成怒"，指做了丢脸事，反以发怒来遮掩自己的羞愧。

6　计较：这里有较量、算账的意思。

7　大邦去处：大城市，大地方。

8　遇合：好机会。

9　尊堂：对对方母亲的尊称。

10　酒肴（yáo）：酒与下酒菜肴。

次日五更，王冕起来收拾行李。吃了早饭，恰好秦老也到。王冕拜辞了母亲，又拜了秦老两拜，母子洒泪分手。王冕穿上麻鞋，背上行李。秦老手提一个小白灯笼，直送出村口，洒泪而别。秦老手拿灯笼，站着看着他走，走的望不着了，方才回去。

2. 节选二 周进痛哭登第

阅读提示

一、本段选自《儒林外史》第二回"王孝廉村学识同科，周蒙师暮年登上第"和第三回"周学道校士拔真才，胡屠户行凶闹捷报"，讲述老童生周进来薛家集设塾教书所发生的事。

二、本段写了两餐饭、两位科举得意者和两个梦。薛家集为新来的老塾师周进设宴接风，请刚进学的年轻秀才梅玖作陪，梅玖在席上吹嘘进学前梦见红日头落在头上，并当面讽刺周进。另一餐饭是举人王惠到周进住处避雨，他吹嘘在考场中梦见青脸神鬼用笔点头，并自顾自吃着自带的酒食鸡鸭，全不谦让。

作者用中举者的扬扬得意、自我吹嘘，反衬出科举失意者周进的卑微与落魄。周进日后在考场痛哭，正是由于一生中承受了太多的屈辱！

三、另一层对照，是在读书人与商人之间。古代将人分为"士农工商"四等，读书人高高在上，商人地位最低。然而梅玖、王惠都是读书人，却热衷于功名利禄，连起码的尊老之仪都不顾。

相反，倒是居于四民之末的商人，懂得敬老尊贤的道理，慷慨捐银，使周进实现了毕生愿望。——从中可以看出作者对读书人的批判、对儒林的失望！

四、科举制采取进阶式，由秀才到举人再到进士，步步高升。只有进学成了秀才，才有资格考举人。而周进只是童生，为啥能跳过秀才，直接参加乡试？原来，明清两代为了增加财政收入，规定凡捐纳一定数额粟米、银两的人，都可以取得监生资格。监生即"国子监生员"的简称，相当于到"中央大学"读书的"高级秀才"，有资格直接参加乡试。——周进中举，走的便是这条路，有个名称叫"纳监"。

周进得到资助后感激涕零，声称："若得如此，便是重生父母，我周进变驴变马也要报效！"还"爬到地下就磕了几个头"，连读书人的尊严都不顾了！《儒林外史》的讽刺，真是无所不在。

到了十六日，众人将分子送到申祥甫家备酒饭¹，请了集上新

1　分（fèn）子：集体送礼时各人分摊的钱。

进学的梅三相做陪客[1]。那梅玖戴着新方巾，老早到了。直到巳牌时候[2]，周先生才来。听得门外狗叫，申祥甫走出去迎了进来。众人看周进时，头戴一顶旧毡帽，身穿元色绸旧直裰，那右边袖子同后边坐处都破了，脚下一双旧大红绸鞋，黑瘦面皮，花白胡子。申祥甫拱进堂屋[3]，梅玖方才慢慢的立起来和他相见。周进就问："此位相公是谁？"众人道："这是我们集上在庠的梅相公[4]。"周进听了，谦让不肯僭梅玖作揖[5]。梅玖道："今日之事不同。"周进再三不肯。众人道："论年纪也是周先生长，先生请老实些罢[6]。"梅玖回过头来向众人道："你众位是不知道我们学校规矩，老友是从来不同小友序齿的[7]。只是今日不同，还是周长兄请上。"

原来明朝士大夫称儒学生员叫做"朋友"[8]，称童生是"小友"[9]，比如童生进了学，不怕十几岁也称为"老友"；若是不进学，

---

1 进学：科举时代，府、州、县都设有官学，童生经过县、府、道三次考试，通过者进入官学学习，称生员，俗称秀才。这个过程，即为进学。梅三相（xiàng）："梅三相公"的省称，姓梅，排行第三，相公是对秀才或读书人的尊称。

2 巳牌：上午九时至十一时。

3 拱：作揖，请。

4 在庠（xiáng）：指在官学读书、有秀才身份的。义同"进学"。庠，古代学校名称。

5 谦让不肯僭（jiàn）梅玖作揖：旧时聚会饮宴，要按地位和辈分的高低，决定入座的先后，先入座者要向众人作揖逊谢。此处因梅玖是秀才，地位比周进高，故周进不肯先入座。僭，僭越，占先。

6 老实：这里指听人话，别争执。

7 序齿：依年龄排次序。齿，年龄。

8 儒学生员：秀才，也叫庠生、诸生、博士弟子员等。

9 童生：清代读书人未进学的，无论年纪大小，一律称童生。

就到八十岁也还称"小友"。就如女儿嫁人的，嫁时称为"新娘"，后来称呼"奶奶""太太"，就不叫"新娘"了。若是嫁与人家做妾，就到头发白了，还要唤做"新娘"。闲话休题。

周进因他说这样话，倒不同他让了，竟僭着他作了揖。众人都作过揖坐下。只有周、梅二位的茶杯里，有两枚生红枣，其余都是清茶。吃过了茶，摆两张桌子杯箸[1]，尊周先生首席，梅相公二席，众人序齿坐下，斟上酒来。周进接酒在手，向众人谢了扰，一饮而尽。随即每桌摆上八九个碗，乃是猪头肉、公鸡、鲤鱼、肚、肺、肝、肠之类，叫一声："请！"一齐举箸，却如风卷残云一般，早去了一半。

看那周先生时，一箸也不曾下。申祥甫道："今日先生为什么不用肴馔[2]？却不是上门怪人[3]？"拣好的递了过来。周进拦住道："实不相瞒，我学生是长斋[4]。"众人道："这个倒失于打点[5]，却不知先生因甚吃斋？"周进道："只因当年先母病中[6]，在观音菩萨位下许的。如今也吃过十几年了。"梅玖道："我因先生吃斋，倒想

1　箸：筷子。

2　肴馔（zhuàn）：丰盛的饭菜。

3　上门怪人：到人家来（因人招待不周而）怪罪人。

4　长斋：终年素食吃斋，有别于定期素食。

5　打点：这里指预备。

6　先母：对自己已故母亲的称呼。

起一个笑话，是前日，在城里我那案伯顾老相公家听见他说的[1]，有个做先生的一字至七字诗[2]。"众人都停了箸，听他念诗。他便念道："呆，秀才，吃长斋，胡须满腮，经书不揭开，纸笔自己安排，明年不请我自来。"念罢说道："像我这周长兄如此天才，呆是不呆的了。"又掩着口道："'秀才'指日就是[3]，那'吃长斋，胡须满腮'，竟被他说一个着[4]！"说罢，哈哈大笑。众人一齐笑起来。

　　周进不好意思。申祥甫连忙斟一杯酒道："梅三相该敬一杯。顾老相公家西席就是周先生了[5]。"梅玖道："我不知道，该罚！该罚！但这个话不是为周长兄，他说明了是个秀才。但这吃斋也是好事，先年俺有一个母舅，一口长斋。后来进了学，老师送了丁祭的胙肉来[6]，外祖母道：'丁祭肉若是不吃，圣人就要计较了，大则降灾，小则害病。'只得就开了斋。俺这周长兄，只到今年秋祭，少不得有胙肉送来，不怕你不开哩！"众人说他发的利市

————

　　1　案伯：县试、府试、院试公布的录取名单叫"案"。同批录取的人互称"同案"或"同年"。同案间称对方父亲为"案伯"。后文的"案首"，指被录取者中的头一名。

　　2　先生：这里指塾师。

　　3　指日：为期不远。

　　4　说一个着：说中了。

　　5　西席：旧时对家塾教师及幕友的称呼。

　　6　丁祭的胙（zuò）肉：祭孔时供奉的肉。旧时每年春秋两季祭孔，分别在农历二月和八月的第一个丁日，故又称"丁祭"，参秀才事后可分领祭肉。胙，祭肉。下文中的"秋祭"，即指八月的丁祭。

好[1]，同斟一杯，送与周先生预贺，把周先生脸上羞的红一块白一块，只得承谢众人[2]，将酒接在手里。厨下捧出汤点来，一大盘实心馒头[3]，一盘油煎的扛子火烧[4]。众人道："这点心是素的，先生用几个。"周进怕汤不洁净[5]，讨了茶来吃点心。

内中一人问申祥甫道："你亲家今日在那里？何不来陪先生坐坐？"申祥甫道："他到快班李老爹家吃酒去了[6]。"又一个人道："李老爹这几年在新任老爷手里着实跑起来了[7]，怕不一年要寻千把银子[8]！只是他老人家好赌，不如西班黄老爹，当初也在这些事里顽耍[9]，这几年成了正果[10]，家里房子盖的像天宫一般，好不热闹！"荀老爹向申祥甫道："你亲家自从当了门户，时运也算走顺风，再过两年，只怕也要弄到黄老爹的意思哩！"申祥甫道："他也要算停当的了[11]。若想到黄老爹的地步，只怕还要做几年的梦。"梅相公

1　利市：吉利，好运气。

2　承谢：接受好意，表示感谢。

3　实心馒头：馒头分有馅的和没馅的，实心馒头即不带馅的馒头。

4　扛子火烧：一种硬面火烧。

5　不洁净：这里指带有荤腥，不素净。

6　快班：古代衙门中的吏役分为三班，其中一种即快班，又称马快。下文中的西班，指文职的吏役。

7　跑起来：这里是发迹、走运的意思。

8　千把银子：一千两上下银子。

9　顽耍：玩耍，这里指参与衙门中枉法取利的种种活动。

10　成了正果：佛家语，本指修行成功，这里指飞黄腾达。

11　停当：这里是稳妥、能干的意思。

正吃着火烧，接口道："做梦倒也有些准哩。"因问周进道："长兄这些年考校¹，可曾得个什么梦兆²？"周进道："倒也没有。"梅玖道："就是侥幸的这一年³，正月初一日，我梦见在一个极高的山上，天上的日头，不差不错、端端正正掉了下来，压在我头上，惊出一身的汗。醒了摸一摸头，就像还有些热。彼时不知什么原故，如今想来，好不有准！"于是，点心吃完，又斟了一巡酒。直到上灯时候，梅相公同众人别了回去。申祥甫拿出一副蓝布被褥，送周先生到观音庵歇宿。向和尚说定，馆地就在后门里这两间屋内⁴。

直到开馆那日，申祥甫同着众人领了学生来，七长八短几个孩子，拜见先生。众人各自散了，周进上位教书。晚间，学生家去，把各家贽见拆开来看⁵：只有荀家是一钱银子⁶，另有八分银子代茶⁷，其余也有三分的，也有四分的，也有十来个钱的。合拢了，不够一个月饭食。周进一总包了，交与和尚收着再算。那些孩子

1　考校（jiào）：考试。
2　梦兆：梦中的预兆。
3　侥幸：侥幸考取的意思，这里是客套话。
4　馆地：设馆之地，也就是教室。
5　贽（zhì）见：学生初次拜见老师时的见面礼，也叫"贽敬"。
6　一钱银子：古人使用白银为货币，按重量，有两、钱、分、厘等单位，为十进制。清代一两约合公制三十七克，一钱为三点七克。
7　代茶：代替茶水之敬，这是对微薄礼金的说法。

就像蠢牛一般，一时照顾不到，就溜到外边去打瓦踢球，每日淘气不了。周进只得捺定性子，坐着教导。

不觉两个多月，天气渐暖。周进吃过午饭，开了后门出来，河沿上望望。虽是乡村地方，河边却也有几树桃花柳树，红红绿绿，间杂好看[1]。看了一回，只见濛濛的细雨下将起来。周进见下雨，转入门内，望着雨下在河里，烟笼远树，景致更妙。这雨越下越大，却见上流头一只船冒雨而来。那船本不甚大，又是芦席篷，所以怕雨。将近河岸看时，中舱坐着一个人，船尾坐着两个从人，船头上放着一担食盒。将到岸边，那人连呼船家泊船，带领从人走上岸来。

周进看那人时，头戴方巾，身穿宝蓝缎直裰，脚下粉底皂靴[2]，三绺髭须，约有三十多岁光景。走到门口，与周进举一举手，一直进来，自己口里说道："原来是个学堂。"周进跟了进来作揖，那人还了个半礼道[3]："你想就是先生了？"周进道："正是。"那人问从者道："和尚怎的不见？"说着，和尚忙走了出来道："原来是王大爷，请坐！僧人去烹茶来。"向着周进道："这王大爷，就是前科新中的。先生陪了坐着，我去拿茶。"

1　间杂：相互掺杂。
2　粉底皂靴：白底子黑面的官样靴子。
3　半礼：尊长者受人全礼，答礼仅一半，称"半礼"。

那王举人也不谦让，从人摆了一条凳子，就在上首坐了，周进下面相陪。王举人道："你这位先生贵姓？"周进知他是个举人，便自称道："晚生姓周[1]。"王举人道："去年在谁家作馆？"周进道："在县门口顾老相公家。"王举人道："足下莫不是就在我白老师手里曾考过一个案首的？说这几年在顾二哥家作馆，不差不差。"周进道："俺这顾东家，老先生也是相与的？"王举人道："顾二哥是俺户下册书[2]，又是拜盟的好弟兄[3]。"

须臾，和尚献上茶来吃了。周进道："老先生的朱卷[4]，是晚生熟读过的，后面两大股文章尤其精妙。[5]"王举人道："那两股文章不是俺作的。"周进道："老先生又过谦了。却是谁作的呢？"王举人道："虽不是我作的，却也不是人作的。那时头场初九日[6]，天色将晚，第一篇文章还不曾做完，自己心里疑惑，说：'我平日笔

---

1 晚生：后辈对前辈的自称。地位低的对地位高的也可以自称晚生。

2 户下册书："册书"是向官署承征收若干户钱粮任务的税吏。周进的顾姓东家包收王举人家钱粮，故王称他为"户下册书"。

3 拜盟：结义，拜把子。

4 朱卷：科举时代为了防止阅卷者徇私舞弊，乡试、会试的试卷由专人用朱笔誊录，送阅卷官批阅，叫作"朱卷"。考中者把自己中式的文章刻印赠人，也叫"朱卷"，这里是指后者。

5 "后面"句：八股文是明清科举考试的专用文体，由破题、承题、起讲、入题、起股、中股、后股、束股组成。起股、中股、后股、束股又各有两股排比对偶文字，共八股，因称"八股文"。这里是称赞王举人中式文章的后两股写得特别好。

6 头场：乡试、会试按规定要考三场，头场即第一场。

下最快，今日如何迟了？'正想不出来，不觉瞌睡[1]上来，伏着号板打一个盹[2]。只见五个青脸的人跳进号来，中间一人手里拿着一枝大笔，把俺头上点了一点，就跳出去了。随即一个戴纱帽、红袍金带的人，揭帘子进来，把俺拍了一下说道：'王公请起！'那时弟吓了一跳，通身冷汗，醒转来。拿笔在手，不知不觉写了出来。可见贡院里鬼神是有的[3]。弟也曾把这话回禀过大主考座师[4]，座师就道弟该有鼎元之分[5]。"

正说得热闹，一个小学生送仿来批[6]，周进叫他搁着。王举人道："不妨，你只管去批仿，俺还有别的事。"周进只得上位批仿[7]。王举人吩咐家人道："天已黑了，雨又不住，你们把船上的食盒挑了上来，叫和尚拿升米做饭。船家叫他伺候着，明日早走。"向周进道："我方才上坟回来，不想遇着雨，耽搁一夜。"说着就猛然回头，一眼看见那小学生的仿纸上的名字是荀玫，不觉就吃了一

1　瞌睡：瞌睡。
2　号板：科举考试时每个考生占一间号舍，内有木板两块，称号板。白日用作桌、凳，夜晚拼起来当床铺。
3　贡院：古代乡试或会试的考场，内分一排排的号舍，按《千字文》"天地洪荒"等字编号。
4　大主考座师：座师，乡试、会试考中的举人、进士称主考官为"座师"。
5　鼎元：状元的别称。
6　仿：这里指学生的习字作业，下文的"批仿"是指老师批改习字作业。
7　上位：坐到先生的座位上。

惊，一会儿咂嘴弄唇的[1]，脸上做出许多怪物像。周进又不好问他，批完了仿，依旧陪他坐着。他就问道："方才这小学生几岁了？"周进道："他才七岁。"王举人道："是今年才开蒙[2]？这名字是你替他起的？"周进道："这名字不是晚生起的。开蒙的时候，他父亲央及集上新进梅朋友替他起名。梅朋友说自己的名字叫做'玖'，也替他起个'王'旁的名字发发兆[3]，将来好同他一样的意思。"王举人笑道："说起来竟是一场笑话：弟今年正月初一日，梦见看会试榜[4]，弟中在上面是不消说了，那第三名也是汶上人[5]，叫做荀玫。弟正疑惑：我县里没有这一个姓荀的孝廉[6]，谁知竟同着这个小学生的名字，难道和他同榜不成？"说罢，就哈哈大笑起来，道："可见梦作不得准。况且功名大事总以文章为主，那里有什么鬼神！"周进道："老先生，梦也竟有准的：前日晚生初来，会着集上梅朋友，他说也是正月初一日，梦见一个大红日头落在他头上，他这年就飞黄腾达的[7]。"王举人道："这话更作不得准了！比如他

---

1 咂嘴弄唇：这里形容感到惊奇时的面部表情，也就是下文所说的"怪物像"。

2 开蒙：指儿童进入书塾接受启蒙教育。

3 发发兆：这里指讨个好兆头。

4 会试榜：会试指乡试第二年春天在京城举行的科举考试，由举人参加，中式者为贡士，再经殿试，即为进士。中式者张榜公布，即会试榜。

5 汶上：今属山东济宁市。

6 孝廉：举人。汉代取士，孝廉由地方举荐；明清的举人由乡试产生，地位与孝廉相近，故称。

7 飞黄腾达：指科举得志。梅玖仅仅是个秀才，如此说，带有夸张的成分。

进过学，就有日头落在他头上；像我这发过的[1]，不该连天都掉下来，是俺顶着的了？"彼此说着闲话，掌上灯烛。管家捧上酒饭，鸡、鱼、鸭、肉，堆满春台[2]。王举人也不让周进，自己坐着吃了，收下碗去。落后，和尚送出周进的饭来，一碟老菜叶，一壶热水。周进也吃了，叫了安置[3]，各自歇宿。

次早，天色已晴，王举人起来洗了脸，穿好衣服，拱一拱手，上船去了。撒了一地的鸡骨头、鸭翅膀、鱼刺、瓜子壳，周进昏头昏脑，扫了一早晨。

自这一番之后，一薛家集的人都晓得荀家孩子是县里王举人的进士同年，传为笑话。这些同学的孩子赶着他就不叫荀玫了，都叫他"荀进士"。各家父兄听见这话都各不平，偏要在荀老翁跟前恭喜，说他是个封翁太老爷[4]，把个荀老爹气得有口难分。申祥甫背地里又向众人道："那里是王举人亲口说这番话？这就是周先生看见我这一集上只有荀家有几个钱，捏造出这话来奉承他，图他个逢时遇节，他家多送两个盒子[5]。俺前日听见说，荀家炒了些

1　发过：中举又称发解，发过即中举。

2　春台：食案。

3　安置：这里是祝人安睡之词。

4　封翁：科举时代，子、孙做官，父、祖可按子孙官阶受封。封翁即旧时对做官者父、祖的尊称。

5　盒子：这里指馈赠的食品，因为装在盒子里，故称。

面筋、豆腐干送在庵里，又送了几回馒头、火烧，就是这些原故了[1]。"众人都不喜欢，以此周进安身不牢。因是碍着夏总甲的面皮不好辞他[2]，将就混了一年。后来，夏总甲也嫌他呆头呆脑，不知道常来承谢[3]，由着众人，把周进辞了来家[4]。

那年却失了馆，在家日食艰难。一日，他姊丈金有余来看他[5]，劝道："老舅，莫怪我说你，这读书求功名的事，料想也是难了。人生世上，难得的是这碗现成饭，只管'稂不稂莠不莠'的到几时[6]？我如今同了几个大本钱的人到省城去买货，差一个记账的人，你不如同我们去走走。你又孤身一人，在客伙内[7]，还是少了你吃的、穿的？"周进听了这话，自己想："瘫子掉在井里——捞起也是坐。[8]有甚亏负我？"随即应允了。

金有余择个吉日，同一伙客人起身，来到省城杂货行里住

1　原故：缘故。

2　总甲：明清赋役制度，以百十户为一里，分为十甲；总甲负责承办一里之内的捐税、劳役事务，其职一般由地方上的富户承担。周进是夏总甲介绍来的。

3　承谢：感谢。

4　来家：失业回家。

5　姊丈：姐夫。

6　稂（láng）不稂莠（yǒu）不莠：比喻庸庸碌碌、诸事不成。稂、莠都是形似禾苗的杂草。

7　客伙：这里指商人团伙，有时也指客店。

8　瘫子掉在井里——捞起也是坐：歇后语，比喻反正也是如此。按，瘫痪的人难以站立，无论掉到井里还是捞上来，总归是坐着。这里喻指周进走投无路，与商人搭伙做事，不会比闲居更坏。

清末江南贡院鸟瞰图

（载《烟雨楼台：北京大学图书馆藏西籍中的清代建筑图像》）

下[1]。周进无事，闲着街上走走，看见纷纷的工匠，都说是修理贡院。周进跟到贡院门口，想挨进去看，被看门的大鞭子打了出来。晚间，向姊夫说要去看看。金有余只得用了几个小钱，一伙客人都也同了去看，又央及行主人领着[2]。行主人走进头门，用了钱的并无拦阻。到了龙门下[3]，行主人指道："周客人，这是相公们进的门了。"进去两边号房门，行主人指道："这是天字号了，你自进去看看。"周进一进了号，见两块号板摆的齐齐整整，不觉眼睛里一阵酸酸的，长叹一声，一头撞在号板上，直僵僵不省人事。……[4]众人多慌了，只道一时中了恶[5]。行主人道："想是这贡院里久没有人到，阴气重了，故此周客人中了恶。"金有余道："贤东[6]，我扶着他，你且去到做工的那里借口开水来灌他一灌。"行主人应诺，取了水来，三四个客人一齐扶着，灌了下去，喉咙里咯咯的响了一声，吐出一口稠涎来[7]。众人道："好了！"扶着立了起来。周进看着号板，又是一头撞将去。这回不死了，放声大哭起来。众人劝着不住。金有余道："你看，这不是疯了么？好好到贡

---

1 杂货行（háng）：这里指专门接待杂货商人的商业行会会所。

2 行（háng）主人：这里指杂货行主人。

3 龙门：贡院的第三道门。此名称含有祝愿考生"鲤鱼跳龙门"之意。

4 这里删去第二、第三回的衔接文字。

5 中了恶：中医说法，因冒犯不正之气所引起的发狂或昏迷为中恶，俗称中邪。

6 贤东：犹如说"东家"，这是对行主人的称呼。

7 稠涎（xián）：黏痰。

院来耍，你家又不死了人，为什么这号啕痛也是的¹？"周进也不听见，只管伏着号板哭个不住。一号哭过，又哭到二号、三号，满地打滚，哭了又哭，哭的众人心里都凄惨起来。金有余见不是事²，同行主人一左一右架着他的膀子。他那里肯起来，哭了一阵，又是一阵，直哭到口里吐出鲜血来。

众人七手八脚，将他扛抬了出来，贡院前一个茶棚子里坐下，劝他吃了一碗茶。犹自索鼻涕³，弹眼泪，伤心不止。内中一个客人道："周客人有甚心事？为甚到了这里这等大哭起来？却是哭得利害⁴？"金有余道："列位老客有所不知⁵，我这舍舅本来原不是生意人⁶。因他苦读了几十年的书，秀才也不曾做得一个，今日看见贡院，就不觉伤心起来。"自因这一句话道着周进的真心事，于是不顾众人，又放声大哭起来。又一个客人道："论这事，只该怪我们金老客，周相公既是斯文人⁷，为什么带他出来做这样的事？"金有余道："也只为赤贫之士⁸，又无馆做，没奈何上了这一条路。"

1　号啕痛：号啕痛哭，即放声大哭，这里有意隐去末字。

2　不是事：不妥，不合适。

3　索鼻涕：擤鼻涕。

4　利害：厉害。

5　老客：客商。

6　舍（shè）舅：此处是向他人指称自己的妻弟。旧时谦称自家卑幼的亲属，前面加"舍"字。下文"令舅"中的"令"字是敬词，有美好之意，用于称呼别人家的亲属。

7　斯文人：读书人。

8　赤贫：极贫，一无所有。

闹贡院周进泣血 / 程十发 绘

又一个客人道:"看令舅这个光景,毕竟胸中才学是好的。因没有人识得他,所以受屈到此田地¹。"金有余道:"他才学是有的,怎奈时运不济!"那客人道:"监生也可以进场²。周相公既有才学,何不捐他一个监进场?中了,也不枉了今日这一番心事。"金有余道:"我也是这般想,只是那里有这一注银子³?"此时周进哭的住了。那客人道:"这也不难。现放着我这几个弟兄在此,每人拿出几十两银子借与周相公纳监进场,若中了做官,那在我们这几两银子⁴!就是周相公不还,我们走江湖的人那里不破掉了几两银子⁵?何况这是好事,你众位意下如何?"众人一齐道:"君子成人之美。"⁶又道:"'见义不为,是为无勇。'⁷俺们有什么不肯,只不知周相公可肯俯就⁸?"周进道:"若得如此,便是重生父母,我周进变驴变马也要报效!"爬到地下就磕了几个头。众人还下礼去,金有余也称谢了众人,又吃了几碗茶,周进再不哭了,同众人说

---

1 田地:地步,程度。

2 监生也可以进场:这里指成为监生,没进过学也可以参加乡试,参看本文阅读提示。

3 一注:一笔。

4 "那在"句:意思是周进中举做官就有了钱,哪里在乎这几两银子,定会还给我们。

5 破掉:花掉。

6 君子成人之美:语出《论语·颜渊》,谓君子当促成他人的好事。

7 见义不为,是为无勇:语本《论语·为政》:"见义不为,无勇也。"指看到合于义的事却不做,是缺乏勇气的表现。

8 俯就:降格相就,屈尊而从。这里是谦词。

说笑笑回到行里。

次日，四位客人果然备了二百两银子交与金有余。一切多的使费，都是金有余包办。周进又谢了众人和金有余，行主人替周进备一席酒请了众位。金有余将着银子上了藩库[1]，讨出库收来。

正值宗师来省录遗[2]，周进就录了个贡监首卷[3]。到了八月初八日进头场，见了自己哭的所在，不觉喜出望外。自古道"人逢喜事精神爽"，那七篇文字做的花团锦簇一般[4]。出了场，仍旧住在行里。金有余同那几个客人，还不曾买完了货。直到放榜那日，巍然中了[5]。

众人各各欢喜，一齐回到汶上县。拜县父母、学师，典史拿晚生帖子上门来贺[6]。汶上县的人，不是亲的也来认亲，不相与的也来认相与，忙了个把月。申祥甫听见这事，在薛家集敛了分子，

1　藩库：布政使衙门里收付银钱的库房。布政使又称藩台，故称。下文中的"库收"，指纳银后得到的收据。

2　宗师：明清时由朝廷派出提学道、提督学政（分别是明、清两代的官名），管理一省学政。宗师是对学道、学政的尊称。录遗：一种考试名称。清代于乡试前，由学政对秀才及在籍的监生、贡生进行考核，通过者即获得参加乡试的资格；未通过者还可以参加录遗，名列前茅者也可获准参加乡试。

3　贡监首卷：贡生、监生参考者的第一名。

4　七篇文字：明代乡试分三场，头场要撰写二三百字的八股文七篇，其中三篇从"四书"中出题、四篇从"五经"中出题。

5　巍然：高耸貌，这里指中举名次居前。

6　典史：知县的辅佐官，负责捕盗、狱囚等事宜。

买了四只鸡、五十个蛋和些炒米、欢团之类[1]，亲自上县来贺喜。周进留他吃了酒饭去。荀老爹贺礼是不消说了。看看上京会试，盘费、衣服[2]，都是金有余替他设处。到京会试又中了进士，殿在三甲[3]，授了部属[4]。荏苒三年[5]，升了御史[6]，钦点广东学道[7]。

   1　欢团：用炒熟的糯米和糖搓成球形的一种食物，也叫欢喜团。

   2　盘费：盘缠，路费。

   3　殿在三甲：殿试取在三甲。殿试中式的分三甲，一甲三名，叫进士及第；二甲若干名，叫进士出身；三甲若干名，叫同进士出身。

   4　部属：中央六部各司署中的办事官员，主事、员外等都是部属。

   5　荏苒（rěnrǎn）：（时间）渐进、推移。

   6　御史：明清时主管中央和地方监察弹劾事务的官员。

   7　钦点：皇帝直接指派臣下差使，称钦点。学道：即提学道，负责管理一省学校教育并主持岁考。

3. 节选三　范进一笑中举

阅读提示

一、本段选自《儒林外史》第三回"周学道校士拔真才，胡屠户行凶闹捷报"。前文叙周进参加乡试中举，接着又中了进士，三年后升了御史，钦点广东学道。本段写他到广东任考官提拔范进，以及范进中举的经历。

二、范进故事是周进故事的翻版：同样是老童生，同样是锲而不舍。范进的岳父胡屠户说："我听见人说，就是中相公（指进学成秀才）时，也不是你的文章，还是宗师看见你老，不过意，舍与你的。"——大概周进录取范进，真有同情的因素吧？

三、《儒林外史》中处处隐含着讽刺的机锋。譬如周进看范进的文章，第一遍看后的感想是："这样的文字，都说的是些什么话！怪不得不进学！"从头又看了一遍，觉得又"有些意思"。直到读第三遍，才叹息："这样文字，连我看一两遍也不能解，直到三遍之后，才晓得是天地间之至文。真乃一字一珠！……"——这里就有讽刺。自古及今，有哪位大家的文章需要看三遍才能看出好来？如此叙说，不但暗示范进的文章晦涩，也写出周进的昏聩颠顶。

四、可笑的除了周进、范进，还有范进的岳父胡屠户。中举前的范进，在他眼里是"癞蛤蟆想吃天鹅肉""尖嘴猴腮，也该撒泡尿自己照照！不三不四，就想天鹅屁吃"！一旦中举，范进立刻变成"我的这个贤婿，才学又高，品貌又好，就是城里头那张府、周府这些老爷，也没我女婿这样一个体面的相貌……"他仗着胆子打过范进后，巴掌竟因心理作用"再弯不过来""更疼得狠了"！尤其可笑的是，回家路上，"屠户见女婿衣裳后襟滚皱了许多，一路低着头替他扯了几十回"——如此生动的人物，简直要从纸上走下来了！

许多细节描写也值得注意，例如，范进发疯时跑掉的那只鞋子，后来怎样了？对此书中都有交代。

五、现代读者对科举的了解，大多出于"范进中举"的故事；它被收入中学语文课本，传播极广；而此段情节对科举制的批判，也确实是深刻辛辣的。——不过任何事物都有两面性。例如通过周进、范进的故事，科举制也显示出公平、公正的一面。

一部中国考试史，现代部分只占了百十年；其余的一千五百年，也就是从隋朝至20世纪初，科举制是读书人面对的唯一考试形式，也是国家选拔人才的重要途径。其所取得的成就也是可观的，如一部文学史中，位居前列的文学家很少不是进士出身的。

一个考生，无论家中如何有钱有势，不走科举之路，就很难当官掌印。如小说中的娄氏二公子、汤家兄弟、胡家子弟，全是高官后人，却无一进入官场。相反，周进、范进等贫苦读书人，一无钱财，二无官势，仅凭自己苦读，最终都中举做官，进入统治阶层。——这从一个侧面印证了科举制的公平性。

吴敬梓不愧是文学巨匠，他在嘲弄科举制时，又有意无意地展示了科举制的另一面，他笔下的讽刺巨著，永远是"横看成岭侧成峰"的。

这周学道虽也请了几个看文章的相公¹，却自心里想道："我在这里面吃苦久了，如今自己当权，须要把卷子都要细细看过，不可听着幕客²，屈了真才。"主意定了，到广州上了任。

次日，行香挂牌³，先考了两场生员⁴。第三场是南海、番禺两

1　相公：这里特指学道请来协助阅卷的文士，即下文所说的"幕客"。

2　幕客：一般指地方官延聘的协助办理文书、司法、钱粮等事务的助手。

3　行香挂牌：学政到省后的例行仪式。行香，到文庙拈香。挂牌，出牌公布有关考试的种种事宜。

4　生员：秀才。秀才进学后，还要参加岁考，这里所说的"先考了两场生员"，即指岁考。

县童生[1]。周学道坐在堂上，见那些童生纷纷进来，也有小的，也有老的，仪表端正的，獐头鼠目的，衣冠齐楚的，蓝缕破烂的[2]。落后点进一个童生来[3]，面黄肌瘦，花白胡须，头上戴一顶破毡帽。广东虽是地气温暖，这时已是十二月上旬，那童生还穿着麻布直裰，冻得乞乞缩缩[4]，接了卷子，下去归号。周学道看在心里，封门进去[5]。出来放头牌的时节[6]，坐在上面，只见那穿麻布的童生上来交卷，那衣服因是朽烂了，在号里又扯破了几块。周学道看看自己身上，绯袍金带[7]，何等辉煌！因翻一翻点名册，问那童生道："你就是范进？"范进跪下道："童生就是。"学道道："你今年多少年纪了？"范进道："童生册上写的是三十岁，童生实年五十四岁。"学道道："你考过多少回数了？"范进道："童生二十岁应考，到今考过二十余次。"学道道："如何总不进学？"范进道："总因童生文字荒谬，所以各位大老爷不曾赏取[8]。"周学道道："这也未

---

1 南海：今属广东佛山市。番（pān）禺：今属广东广州市。
2 蓝缕：(衣服)破烂，也作"褴褛"。
3 点进：点名放进。
4 乞乞缩缩：形容畏寒怕冷之貌。
5 封门：乡试考生入场之后，要封门禁止出入。
6 放头牌：考试时，考场每隔几个时辰放出一批已交卷的考生，称为"放牌"。第一批放出的，叫"放头牌"。
7 绯袍金带：红色的袍子，用金色装饰的腰带。绯袍是五品以上官员的官服。
8 赏取：录取。赏，赐，这里是谦词。

必尽然。你且出去,卷子待本道细细看[1]。"范进磕头下去了。

那时天色尚早,并无童生交卷。周学道将范进卷子用心用意看了一遍,心里不喜道:"这样的文字,都说的是些什么话!怪不得不进学!"丢过一边不看了。又坐了一会,还不见一个人来交卷,心里又想道:"何不把范进的卷子再看一遍?倘有一线之明[2],也可怜他苦志[3]。"从头至尾又看了一遍,觉得有些意思。正要再看看,却有一个童生来交卷。那童生跪下道:"求大老爷面试。"学道和颜道:"你的文字已在这里了,又面试些什么?"那童生道:"童生诗词歌赋都会,求大老爷出题面试。"学道变了脸道:"'当今天子重文章,足下何须讲汉唐!'[4]像你做童生的人,只该用心做文章,那些杂览学他做什么[5]?况且本道奉旨到此衡文[6],难道是来此同你谈杂学的么?看你这样务名而不务实[7],那正务自然荒废,都是些粗心浮气的说话,看不得了。左右的,赶了出去!"一声吩咐过了,两旁走过几个如狼似虎的公人,把那童生叉着膊

---

1 本道:周进自称。

2 一线之明:这里指一线希望。

3 苦志:苦心。

4 "当今"二句:意思是说,当今天子最看重八股文,汉赋唐诗都属"杂览",你不必分心去学。

5 杂览:犹言"杂学",是科举时代对举业以外的文艺学术的蔑称。

6 衡文:品评文章,这里特指主持科举考试。

7 务名而不务实:追求虚名,不努力研究有用的学问。这里的"实",即指八股制义这类学问,也就是下文中的"正务"。

子[1]，一路跟头又到大门外。

周学道虽然赶他出去，却也把卷子取来看看。那童生叫做魏好古，文字也还清通[2]。学道道："把他低低的进了学罢[3]。"因取过笔来在卷子尾上点了一点，做个记认。又取过范进卷子来看，看罢，不觉叹息道："这样文字，连我看一两遍也不能解，直到三遍之后，才晓得是天地间之至文[4]。真乃一字一珠！可见世上糊涂试官，不知屈煞了多少英才！"忙取笔细细圈点，卷面上加了三圈，即填了第一名。又把魏好古的卷子取过来，填了第二十名。将各卷汇齐带了进去。发出案来，范进是第一。谒见那日[5]，着实赞扬了一回。点到二十名，魏好古上去，又勉励了几句"用心举业[6]，休学杂览"的话，鼓吹送了出去[7]。

次日起马[8]，范进独自送在三十里之外，轿前打恭[9]。周学道又

1　叉着膊子：架着胳膊（轰出去）。

2　清通：清晰通顺。

3　低低的进了学：以较低的名次录取进入官学。

4　至文：最高明的文章。

5　谒（yè）见：拜见（尊长），这里指进学者拜见宗师。

6　举业：举子业，指与科举考试相关的学业，也指八股文。

7　鼓吹：奏乐。秀才进学，由官府吹鼓手奏乐将其送出衙门，是对新进秀才的一种礼遇。

8　起马：这里指学道动身离开。

9　打恭：躬身作揖，也作"打躬"。

叫到跟前说道："龙头属老成[1]。本道看你的文字，火候到了[2]，即在此科一定发达。我复命之后[3]，在京专候。"范进又磕头谢了，起来立着。学道轿子一拥而去。范进立着，直望见门枪影子抹过前山[4]，看不见了，方才回到下处[5]，谢了房主人。他家离城还有四十五里路，连夜回来拜见母亲。

家里住着一间草屋，一厦披子[6]，门外是个茅草棚。正屋是母亲住着，妻子住在披房里。他妻子乃是集上胡屠户的女儿。范进进学回家，母亲、妻子俱各欢喜。正待烧锅做饭，只见他丈人胡屠户，手里拿着一副大肠和一瓶酒走了进来。范进向他作揖，坐下。胡屠户道："我自倒运[7]，把个女儿嫁与你这现世宝穷鬼[8]，历年以来不知累了我多少[9]！如今不知因我积了什么德，带挈你中了个相公[10]，我所以带个酒来贺你。"范进唯唯连声[11]，叫浑家把肠子煮

---

1 龙头属老成: 宋代梁灏八十二岁中状元，在登科谢恩诗中，有"也知年少登科好，争奈龙头属老成"。这是周进引用来勉励范进的话。

2 火候到了: 这里指文章成熟，达到一定水平。

3 复命: 指学道回京，向上级汇报、销差。

4 门枪: 旧日高级官员出行时的仪仗之一，又叫"旗枪"。

5 下处: 外出者的临时住处。

6 一厦披子: 披子，正屋旁依墙搭建的小屋，也称"披屋"。一厦，如言一间。

7 倒运: 倒霉。

8 现世宝: 现眼的活宝贝，这是骂人话，指不成器的人。

9 累: 拖累。

10 带挈（qiè）: 提携。

11 唯唯连声: 连连答应。唯唯，应答之声。

了[1]，烫起酒来，在茅草棚下坐着，母亲自和媳妇在厨下造饭。胡屠户又吩咐女婿道："你如今既中了相公，凡事要立起个体统来[2]。比如我这行事里[3]，都是些正经有脸面的人，又是你的长亲[4]，你怎敢在我们跟前妆大[5]？若是家门口这些做田的、扒粪的，不过是平头百姓，你若同他拱手作揖，平起平坐，这就是坏了学校规矩，连我脸上都无光了。你是个烂忠厚没用的人[6]，所以这些话我不得不教导你，免得惹人笑话。"范进道："岳父见教的是[7]。"胡屠户又道："亲家母也来这里坐着吃饭，老人家每日小菜饭想也难过。我女孩儿也吃些，自从进了你家门，这十几年不知猪油可曾吃过两三回哩！可怜，可怜！"说罢，婆媳两个都来坐着吃了饭。吃到日西时分，胡屠户吃的醺醺的[8]。这里母子两个千恩万谢，屠户横披了衣服，腆着肚子去了[9]。

次日，范进少不得拜拜乡邻。魏好古又约了一班同案的朋友

1　浑家：妻子的别称。

2　体统：规矩。

3　行（háng）事：行当，行业。

4　长亲：长辈。

5　妆大：拿大，摆架子。

6　烂忠厚：一味老实，厚道无能。

7　见教：称对方指教自己的套语。

8　醺（xūn）醺：酒醉的样子。

9　腆（tiǎn）着肚子：挺着肚子。腆，同"腆"。

彼此来往¹。因是乡试年，做了几个文会²。不觉到了六月尽间，这些同案的人约范进去乡试。范进因没有盘费，走去同丈人商议，被胡屠户一口啐在脸上，骂了一个狗血喷头，道："不要失了你的时了³！你自己只觉得中了一个相公，就癞虾蟆想吃起天鹅肉来！我听见人说，就是中相公时，也不是你的文章，还是宗师看见你老，不过意，舍与你的⁴！如今痴心就想中起老爷来⁵？这些中老爷的，都是天上的文曲星⁶。你不看见城里张府上那些老爷，都是万贯家私，一个个方面大耳。像你这尖嘴猴腮，也该撒抛尿自己照照⁷！不三不四，就想天鹅屁吃！趁早收了这心！明年在我们行事里替你寻一个馆，每年寻几两银子，养活你那老不死的老娘和你老婆是正经。你问我借盘缠，我一天杀一个猪，还赚不得钱把银子⁸，都把与你去丢在水里⁹，叫我一家老小嗑西北风¹⁰！"一顿

---

1 同案的朋友：这里指一同进学的秀才。
2 文会：文人切磋文章、学问的聚会。
3 不要失了你的时：意思是不要违背你的时运，不要自找倒霉。
4 舍与：赏给，施舍。
5 老爷：指举人。中举即可做官，故称。
6 文曲星：星宿之一，为北斗第四星，主文运。迷信的说法，能登第做大官的人，都是文曲星下凡。
7 抛：同"泡"。
8 钱把银子：一钱银子左右。
9 把与你：给你拿去。
10 嗑：同"喝"。

夹七夹八¹，骂的范进摸门不着²。辞了丈人回来，自心里想："宗师说我火候已到，自古无场外的举人，如不进去考他一考，如何甘心？"因向几个同案商议，瞒着丈人到城里乡试。出了场即便回家，家里已是饿了两三天。被胡屠户知道，又骂了一顿。

到出榜那日³，家里没有早饭米。母亲吩咐范进道："我有一只生蛋的母鸡，你快拿集上去卖了，买几升米来煮餐粥吃。我已是饿的两眼都看不见了。"范进慌忙抱了鸡走出门去。才去不到两个时候⁴，只听得一片声的锣响，三匹马闯将来。那三个人下了马，把马拴在茅草棚上，一片声叫道："快请范老爷出来，恭喜高中了！"母亲不知是甚事，吓得躲在屋里，听见中了，方敢伸出头来说道："诸位请坐，小儿方才出去了。"那些报录人道⁵："原来是老太太！"大家簇拥着要喜钱⁶。正在吵闹，又是几匹马，二报、三报到了，挤了一屋的人，茅草棚地下都坐满了。邻居都来了，挤着看。老太太没奈何，只得央及一个邻居去寻他儿子。

---

1 夹七夹八：不干不净，胡说乱骂。

2 摸门不着：不知如何应对。

3 出榜：公布中举名单。

4 两个时候：这里指不长的时间。

5 报录人：旧时给得官、升官或考试得中的人家报喜的人，也称"报子"。头报之后，还有二报、三报。

6 喜钱：给报录人的赏钱。

那邻居飞奔到集上，一地里寻不见[1]。直寻到集东头，见范进抱着鸡，手里插个草标[2]，一步一踱的东张西望，在那里寻人买。邻居道："范相公，快些回去！你恭喜中了举人，报喜人挤了一屋里！"范进道是哄他，只装不听见，低着头往前走。邻居见他不理，走上来就要夺他手里的鸡。范进道："你夺我的鸡怎的，你又不买。"邻居道："你中了举了，叫你家去打发报子哩[3]！"范进道："高邻[4]，你晓得我今日没有米，要卖这鸡去救命，为什么拿这话来混我？我又不同你顽，你自回去罢，莫误了我卖鸡！"邻居见他不信，劈手把鸡夺了掼在地下[5]，一把拉了回来。

报录人见了道："好了，新贵人回来了[6]！"正要拥着他说话，范进三两步走进屋里来，见中间报帖已经升挂起来，上写道："捷报贵府老爷范讳进[7]，高中广东乡试第七名亚元[8]，京报连登黄甲[9]。"范进不看便罢，看了一遍，又念一遍，自己把两手拍了一下，笑

1　一地里：到处。

2　草标：插在物品上作为待售标志的草叶。

3　打发：这里指拿钱物招待，送人离去。

4　高邻：对邻居的敬称。

5　劈手：指出手迅捷，猝不及防。掼：扔，掷。

6　新贵人：这里指刚刚中举成为贵人的范进。

7　捷报：这里指科举得中的喜报。讳：避忌。古人对尊长者不敢直呼其名，不得不写出名字时，加"讳"字表示敬意，意同"名"。

8　亚元：本指举人第二名，这里是报喜者对第一名以下的举人的谀称。

9　京报连登黄甲：这是喜报上的恭维话，意思是会试、殿试连捷的京报就要送达。殿试榜文是用黄纸写成的，故称"黄甲"。

了一声道："噫！好了！我中了！"说着往后一交跌倒，牙关咬紧不省人事。老太太慌了，慌将几口开水灌了过来。他爬将起来，又拍着手大笑道："噫！好！我中了！"笑着，不由分说就往门外飞跑，把报录人和邻居都吓了一跳。走出大门不多路，一脚踹在塘里，挣起来，头发都跌散了，两手黄泥，淋淋漓漓一身的水。众人拉他不住，拍着笑着一直走到集上去了。

众人大眼望小眼[1]，一齐道："原来新贵人欢喜疯了。"老太太哭道："怎生这样苦命的事！中了一个什么举人，就得了这个拙病[2]！这一疯了，几时才得好？"娘子胡氏道："早上好好出去，怎的就得了这样的病？却是如何是好！"众邻居劝道："老太太不要心慌，我们而今且派两个人，跟定了范老爷。这里众人家里拿些鸡、蛋、酒、米，且管待了报子上的老爹们[3]，再为商酌。"当下众邻居，有拿鸡蛋来的，有拿白酒来的，也有背了斗米来的，也有捉两只鸡来的。娘子哭哭啼啼，在厨下收拾齐了，拿在草棚下。邻居又搬些桌凳，请报录的坐着吃酒，商议："他这疯了，如何是好？"报录的内中有一个人道："在下倒有一个主意[4]，不知可以行

1　大眼望小眼：你看着我，我看着你。
2　拙病：倒霉的病。
3　管待：款待。
4　在下：我，这是谦虚的说法。

得行不得？"众人问："如何主意？"那人道："范老爷平日可有最怕的人？他只因欢喜狠了，痰涌上来迷了心窍。如今只消他怕的这个人来，打他一个嘴巴，说：'这报录的话都是哄你，你并不曾中。'他吃这一吓，把痰吐了出来，就明白了。"众邻都拍手道："这个主意好得紧！妙得紧！范老爷怕的，莫过于肉案子上胡老爹[1]。好了，快寻胡老爹来！他想是还不知道，在集上卖肉哩。"又一个人道："在集上卖肉，他倒好知道了。他从五更鼓就往东头集上迎猪[2]，还不曾回来，快些迎着去寻他！"

一个人飞奔去迎，走到半路遇着胡屠户来，后面跟着一个烧汤的二汉[3]，提着七八斤肉、四五千钱，正来贺喜。进门见了老太太，老太太大哭着告诉了一番。胡屠户诧异道："难道这等没福？"外边人一片声请胡老爹说话。胡屠户把肉和钱交与女儿，走了出来，众人如此这般同他商议。胡屠户作难道[4]："虽然是我女婿，如今却做了老爷，就是天上的星宿。天上的星宿是打不得的！我听得斋公们说[5]：'打了天上的星宿，阎王就要拿去打一百铁棍，发在十八层地狱，永不得翻身！'我却是不敢做这样的事。"

1　肉案子上：肉店里。
2　五更鼓：五更，也作五鼓，凌晨四五点钟之间。迎猪：买猪。
3　烧汤的二汉：杀猪的伙计。烧汤，烧开水，杀猪去毛要用开水烫。
4　作难：为难。
5　斋公：对道士的尊称。

邻居内一个尖酸人说道[1]："罢么[2]，胡老爹！你每日杀猪的营生[3]，白刀子进去，红刀子出来，阎王也不知叫判官在簿子上记了你几千条铁棍，就是添上这一百棍，也打什么要紧？只恐把铁棍子打完了，也算不到这笔账上来。或者你救好了女婿的病，阎王叙功[4]，从地狱里把你提上第十七层来，也不可知！"报录的人道："不要只管讲笑话！胡老爹，这个事须是这般，你没奈何，权变一权变[5]。"屠户被众人局不过[6]，只得连斟两碗酒喝了，壮一壮胆，把方才这些小心收起[7]，将平日的凶恶样子拿出来，卷一卷那油晃晃的衣袖，走上集去。众邻居五六个都跟着走，老太太赶出来叫道："亲家，你只可吓他一吓，却不要把他打伤了！"众邻居道："这自然，何消吩咐[8]。"说着，一直去了。

来到集上，见范进正在一个庙门口站着，散着头发，满脸污泥，鞋都跑掉了一只，兀自拍着掌[9]，口里叫道："中了！中了！"胡屠户凶神似的走到跟前，说道："该死的畜生！你中了什么？"

1　尖酸人：说话刻薄的人。
2　罢么：算了吧。
3　营生：工作，活计。
4　叙功：评功摆好。
5　权变：随机应变。
6　局：软逼。
7　小心：这里是顾虑的意思。
8　何消：何须，不用。
9　兀自：还在，仍在。

来到集上，见范进正在一个庙门口站着，
散着头发，满脸污泥，鞋都跑掉了一只，
兀自拍着掌，口里叫道："中了！中了！"

范进中举/王叔晖 绘

一个嘴巴打将去，众人和邻居见这模样，忍不住的笑。不想胡屠户虽然大着胆子打了一下，心里到底还是怕的，那手早颤起来，不敢打到第二下。范进因这一个嘴巴，却也打晕了，昏倒于地。众邻居一齐上前，替他抹胸口、捶背心，舞了半日，渐渐喘息过来，眼睛明亮，不疯了。众人扶起，借庙门口一个外科郎中"跳驼子"板凳上坐着[1]。胡屠户站在一边，不觉那只手隐隐的疼将起来，自己看时，把个巴掌仰着，再也弯不过来。自己心里懊恼道："果然天上文曲星是打不得的，而今菩萨计较起来了！"想一想，更疼的狠了，连忙问郎中讨了个膏药贴着。

范进看了众人，说道："我怎么坐在这里？"又道："我这半日，昏昏沉沉如在梦里一般。"众邻居道："老爷，恭喜高中了！适才欢喜的有些引动了痰，方才吐出几口痰来，好了。快请回家去打发报录人！"范进说道："是了，我也记得是中的第七名。"范进一面自绾了头发[2]，一面问郎中借了一盆水洗洗脸。一个邻居早把那一只鞋寻了来，替他穿上。见丈人在跟前，恐怕又要来骂。胡屠户上前道："贤婿老爷，方才不是我敢大胆，是你老太太的主意，央我来劝你的。"邻居内一个人道："胡老爹方才这个嘴巴打

---

1 跳驼子：前人解释，谓"跳驼子"是吴扬之间的方言，指以谎话骗人。用在这里，疑指治疗驼背之意。

2 绾（wǎn）：打结。

的亲切，少顷范老爷洗脸，还要洗下半盆猪油来。"又一个道："老爹，你这手，明日杀不得猪了。"胡屠户道："我那里还杀猪！有我这贤婿，还怕后半世靠不着也怎的？我每常说，我的这个贤婿，才学又高，品貌又好，就是城里头那张府、周府这些老爷，也没有我女婿这样一个体面的相貌！你们不知道，得罪你们说[1]，我小老这一双眼睛却是认得人的[2]。想着先年，我小女在家里长到三十多岁，多少有钱的富户要和我结亲！我自己觉得女儿像有些福气的，毕竟要嫁与个老爷，今日果然不错！"说罢，哈哈大笑。众人都笑起来，看着范进洗了脸，郎中又拿茶来吃了，一同回家。范举人先走，屠户和邻居跟在后面。屠户见女婿衣裳后襟滚皱了许多，一路低着头替他扯了几十回。

到了家门，屠户高声叫道："老爷回府了！"老太太迎着出来，见儿子不疯，喜从天降。众人问报录的，已是家里把屠户送来的几千钱打发他们去了。范进拜了母亲，也拜谢丈人。胡屠户再三不安道："些须几个钱[3]，不够你赏人。"范进又谢了邻居。

正待坐下，早看见一个体面的管家，手里拿着一个大红全

1　得罪你们说：不怕你们怪罪。
2　我小老：老年人自称，带有谦虚之意，一般说成"我小老儿"。
3　些须：些许，不多。

帖¹，飞跑了进来："张老爷来拜新中的范老爷。"说毕，轿子已是到了门口。胡屠户忙躲进女儿房里不敢出来，邻居各自散了。范进迎了出去，只见那张乡绅下了轿进来，头戴纱帽²，身穿葵花色员领³，金带、皂靴。他是举人出身，做过一任知县的，别号静斋。同范进让了进来，到堂屋内平磕了头⁴，分宾主坐下。张乡绅先攀谈道："世先生同在桑梓⁵，一向有失亲近。"范进道："晚生久仰老先生⁶，只是无缘，不曾拜会。"张乡绅道："适才看见题名录⁷，贵房师高要县汤公⁸，就是先祖的门生。我和你是亲切的世弟兄。"范进道："晚生侥幸⁹，实是有愧，却幸得出老先生门下¹⁰，可为欣喜。"张乡绅四面将眼睛望了一望，说道："世先生果是清贫。"随在跟的

1　全帖：拜客用的帖子有两种，单幅的叫单帖，横阔十倍于单帖且折叠成册的叫全帖。用全帖表示恭敬和郑重。

2　纱帽：明代官员戴的帽子。

3　葵花色：黄灰色。员领：圆领，是明朝官员的常礼服，胸前背后有图案不同的补子，以区别官阶，故又称补服。

4　平磕了头：互相磕头行礼。

5　世先生：对有世交的同辈人的客气称呼。世交，世代有交谊。下文中的"世兄弟"，指有世交的同辈弟兄。桑梓：家乡，古人住宅边常栽桑树、梓树，故称。

6　久仰：久已仰慕，这是初见面时的客套话。

7　题名录：这里指同科考中的举人的名册，前面载有主考、同考官的姓名。

8　房师：明清时，乡试、会试由多位考官分房阅卷，中式者在哪一房被录取，该房的考官就是他的房师。高要县：今属广东肇庆市。

9　侥幸：这里指因偶然因素而得益（有时也指免灾）。

10　出老先生门下：范进的房师是高要县知县汤奉，而汤奉又是张乡绅祖父的门生，范进为了拉关系，所以说自己出于张之祖父的门下。

家人手里拿过一封银子来，说道[1]："弟却也无以为敬，谨具贺仪五十两[2]，世先生权且收着[3]。这华居其实住不得[4]，将来当事拜往，俱不甚便[5]。弟有空房一所，就在东门大街上，三进三间[6]，虽不轩敞[7]，也还干净。就送与世先生，搬到那里去住，早晚也好请教些。"范进再三推辞，张乡绅急了，道："你我年谊世好[8]，就如至亲骨肉一般。若要如此，就是见外了。"范进方才把银子收下，作揖谢了。又说了一会，打躬作别。胡屠户直等他上了轿，才敢走出堂屋来。

范进即将银子交与浑家，打开看，一封一封雪白的细丝锭子[9]。即便包了两锭，叫胡屠户进来，递与他道："方才费老爹的心拿了五千钱来。这六两多银子，老爹拿了去。"屠户把银子攥在手里紧紧的，把拳头舒过来道："这个你且收着，我原是贺你的，怎好又拿了回去？"范进道："眼见得我这里还有这几两银子，若用完了，再来问老爹讨来用。"屠户连忙把拳头缩了回去，往腰里

---

1 一封：一包。

2 谨具贺仪：恭敬地准备了贺礼。

3 权且：暂且，这是客气的说法。

4 华居：华美的居所，这是对对方居所的称呼。

5 当事拜往：同地方官来往。当事，对地方官的习称。

6 三进三间：宅院规模为三重三开间。

7 轩敞：宽大敞亮。

8 年谊世好：两人都是举人，故说年谊；范进的房师又是张之祖父的门生，故说世好。

9 细丝：细丝即纹银，是一种成色较高的银子。

揣，口里说道："也罢，你而今相与了这个张老爷，何愁没有银子用？他家里的银子，说起来比皇帝家还多些哩！他家就是我卖肉的主顾，一年就是无事，肉也要用四五千斤，银子何足为奇！"又转回头来，望着女儿说道："我早上拿了钱来，你那该死行瘟的兄弟还不肯[1]。我说：'姑老爷今非昔比[2]，少不得有人把银子送上门来给他用，只怕姑老爷还不希罕！'今日果不其然[3]！如今拿了银子家去，骂这死砍头短命的奴才[4]！"说了一会，千恩万谢，低着头笑迷迷的去了。

自此以后，果然有许多人来奉承他：有送田产的，有人送店房的，还有那些破落户，两口子来投身为仆图荫庇的[5]。到两三个月，范进家奴仆、丫鬟都有了，钱、米是不消说了。张乡绅家又来催着搬家。搬到新房子里，唱戏、摆酒、请客，一连三日。

---

1 该死行瘟的：该生瘟病而死的，这是诅咒的话。
2 姑老爷：这是胡屠户对儿子称呼范进。女婿又称"姑爷"，如今成了"老爷"，故称"姑老爷"。
3 果不其然：果然如此。
4 死砍头短命的：这是咒骂儿子的话。
5 图荫庇的：谋求庇护的。

4. 节选四　严贡生与严监生

阅读提示

一、本段选自《儒林外史》第五回"王秀才议立偏房,严监生疾终正寝"和第六回"乡绅发病闹船家,寡妇含冤控大伯"。前文写范进与张静斋两个到高要县打秋风,偶遇夸夸其谈的严贡生。本回则揭出严贡生的老底,又引出他的兄弟严监生。

二、本段的核心人物是严贡生。前半段,严贡生并未露面,而是通过众人的诉说和议论,画出他的丑态:如两乡民状告他横行乡里、巧取豪夺;又通过严监生与两位妻舅的谈话,揭露他在生活中的种种贪鄙行径。后半段,严贡生来到前台,让读者亲眼看到他如何赖掉船钱,对他的贪婪鄙劣、狡诈蛮横,有了直观的认识。

读书的目的本来是提高修养,增长才干;然而科举制赋予取得功名者某些特权,助长了一些读书人的贪欲与恶念,严贡生就是这类人的典型。

三、吴敬梓的讽刺向来是含蓄的。如严贡生赖船钱这出闹剧,是早有预谋呢，还是临时起意？作者始终没有明说。不过严贡生将吃剩的云片糕"搁在后鹅口板上，半日也不来查点"；见水手吃时，也"只做不看见"，看来是有意为之的。此外，他事先借了全副"巢县正堂"仪仗，正是要仗势讹人，看来他肚子里早有"剧本"！

四、严监生也是作者讽刺的对象。他的贪欲表现与严贡生不同，是过分节俭和吝啬。如在讥刺严贡生铺张时，他自称："（我家）日逐夫妻四口在家里度日，猪肉也舍不得买一斤。每常小儿子要吃时，在熟切店内买四个钱的，哄他就是了。"而临终伸出两根手指迟迟不肯闭眼的画面，又使他的悭吝鬼形象永存文学画廊，堪与莫里哀戏剧中的阿巴贡、巴尔扎克小说中的葛朗台、果戈理笔下的泼留希金一竞高下。

五、前面说过，明清两代的监生，是可以用钱捐的（称"捐监"或"例监"），严监生的监生帽子应该就是用钱买的。那么贡生又是一种什么资格？贡生本指由府、州、县的官学选拔出来的优等秀才，不过有不少是靠熬年头得来的。贡生的地位高于秀才，可以当个小官（一般是学官）；要当更高的官，则还需参加乡试、会试。至于严监生的两位妻舅王德、王仁，身份都是"廪膳生员"，那是指拿助学金的秀才，是秀才里的最高一级。

正要退堂，见两个人进来喊冤，知县叫带上来问。一个叫做王二，是贡生严大位的紧邻。去年三月内，严贡生家一口才过下来的小猪走到他家去[1]，他慌送回严家。严家说，猪到人家，再寻回来，最不利市[2]，押着出了八钱银子[3]，把小猪就卖与他。这一口猪在王家已养到一百多斤，不想错走到严家去，严家把猪关了。小二的哥子王大走到严家讨猪，严贡生说猪本来是他的："你要讨猪，照时值估价[4]，拿几两银子来，领了猪去。"王大是个穷人，那有银子？就同严家争吵了几句，被严贡生几个儿子，拿拴门的闩、赶面的杖[5]，打了一个臭死，腿都打折了，睡在家里，所以小二来喊冤。知县喝过一边，带那一个上来问道："你叫做什么名字？"那人是个五六十岁的老者，禀道："小人叫做黄梦统，在乡下住。因去年九月上县来交钱粮，一时短少，央中向严乡绅借二十两银子[6]，每月三分钱[7]，写立借约[8]，送在严府，小的却不曾拿他的银子。走上街来遇着个乡里的亲眷，说他有几两银子借与小的，交个几

　　1　才过下来：才生下来。

　　2　不利市：不吉利。

　　3　押着：逼着。

　　4　照时值估价：按照此时（猪的斤两）估价。

　　5　拴门的闩（shuān）、赶面的杖：门闩、擀面杖。门闩，关门后，横插在门后使门关牢的木棍，也作"门栓"。

　　6　央中：央求中间人（说合某事）。

　　7　每月三分钱：月息三分的高利贷。

　　8　借约：借据。

分数[1]，再下乡去设法。劝小的不要借严家的银子。小的交完钱粮，就同亲戚回家去了。至今已是大半年，想起这事，来问严府取回借约。严乡绅问小的要这几个月的利钱。小的说：'并不曾借本，何得有利？'严乡绅说小的当时拿回借约，好让他把银子借与别人生利。因不曾取约，他将二十两银子也不能动，误了大半年的利钱，该是小的出。小的自知不是，向中人说，情愿买个蹄酒上门取约[2]。严乡绅执意不肯，把小的的驴和米同稍袋都叫人短了家去[3]，还不发出纸来[4]。这样含冤负屈的事，求太老爷做主！"知县听了，说道："一个做贡生的人，忝列衣冠[5]，不在乡里间做些好事，只管如此骗人，其实可恶！"便将两张状子都批准，原告在外伺候。

早有人把这话报知严贡生。严贡生慌了，自心里想："这两件事都是实的，倘若审断起来，体面上须不好看。三十六计，走为上计。"卷卷行李，一溜烟急走到省城去了。

知县准了状子，发房出了差[6]。来到严家，严贡生已是不在家

---

1 交个几分数：这里指交了一部分钱粮。

2 蹄酒：一只猪蹄、一杯酒，这里形容微薄的礼品。取约：取回借约。

3 稍袋：装粮食的长口袋，也作"捎袋"。短：拦路劫夺。

4 纸：这里指借约。

5 忝（tiǎn）列衣冠：身居士大夫行列。忝，本是自谦之词，意为"有愧于"。

6 发房出了差：将案件交给书办，派差役传人到案。

了，只得去会严二老官。二老官叫做严大育，字致和。他哥字致中，两人是同胞弟兄，却在两个宅里住。这严致和是个监生，家有十多万银子。严致和见差人来说了此事，他是个胆小有钱的人，见哥子又不在家[1]，不敢轻慢，随即留差人吃了酒饭，拿两千钱打发去了，忙着小厮去请两位舅爷来商议[2]。

他两个阿舅姓王，一个叫王德，是府学廪膳生员[3]；一个叫王仁，是县学廪膳生员，都做着极兴头的馆[4]，铮铮有名[5]。听见妹丈请，一齐走来。严致和把这件事从头告诉一遍："现今出了差票在此[6]，怎样料理？"王仁笑道："你令兄平日常说同汤公相与的[7]，怎的这一点事就吓走了？"严致和道："这话也说不尽了。只是家兄而今两脚站开[8]，差人却在我这里吵闹要人，我怎能丢了家里的事出外去寻他？他也不肯回来。"王仁道："各家门户，这事究竟也不与你相干。"王德道："你有所不知。衙门里的差人，因妹丈有

1　哥子：方言，哥哥。

2　舅爷：这里指妻兄。

3　廪膳生员：廪生；府学、县学中都有廪生名额，秀才挨次补廪后，可以按月从官府领取膳米，后来则折合成银两。

4　做着极兴头的馆：旧时文人在私塾教书或在官府当幕客，称"做馆"。极兴头，指做馆待遇高。

5　铮铮有名：这里指能力强，名声响亮。

6　差（chāi）票：衙门的传票。

7　你令兄：称呼对方的亲属，加"令"字以示敬重。"令兄"前加"你"，是民间的习惯说法，下文还有"你令嫂"等称呼。汤公：高要县知县汤奉。

8　两脚站开：指拔腿逃走。

碗饭吃[1]，他们做事只拣有头发的抓[2]。若说不管，他就更要的人紧了。如今有个道理，是'釜底抽薪'之法[3]：只消央个人去把告状的安抚住了，众人递个拦词便歇了[4]。谅这也没有多大的事[5]。"王仁道："不必又去央人，就是我们愚兄弟两个去寻了王小二、黄梦统，到家替他分说开[6]。把猪也还与王家，再折些须银子给他[7]，养那打坏了的腿；黄家那借约，查了还他，一天的事都没有了[8]。"严致和道："老舅怕不说的是。只是我家嫂也是个糊涂人，几个舍侄，就像生狼一般，一总也不听教训[9]。他怎肯把这猪和借约拿出来？"王德道："妹丈，这话也说不得了。假如你令嫂、令侄拗着，你认晦气[10]，再拿出几两银子折个猪价，给了王姓的；黄家的借约，我们中间人立个纸笔与他[11]，说寻出作废纸无用，这事才得落台[12]，才得个耳根清静。"当下商议已定，一切办的停妥。

————————

1　妹丈：妹夫，这里是严监生自称。

2　有头发的：这里指抓得到的。

3　釜（fǔ）底抽薪：抽去锅底下的柴火，可以止沸，这里指从根本上解决问题。

4　拦词：呈请官厅对某案予不予追究，承诺自行调解的状子。一般由地方或家族的头面人物出面呈递。

5　谅：料想。

6　分说：分辩，劝解。

7　折（shé）：损失，额外支出。

8　一天的事：天大的事。

9　一总：全都。

10　认晦（huì）气：自认倒霉。

11　立个纸笔：立个字据。

12　落台：下台阶，了断。

严二老官连在衙门使费，共用去了十几两银子。官司已了[1]。过了几日，整治一席酒，请二位舅爷来致谢。两个秀才拿班做势[2]，在馆里又不肯来。严致和吩咐小厮去说："奶奶这些时心里有些不好，今日一者请吃酒，二者奶奶要同舅爷们谈谈。"二位听见这话方才来。严致和即迎进厅上，吃过茶，叫小厮进去说了。丫鬟出来请二位舅爷进到房内，抬头看见他妹子王氏，面黄肌瘦，怯生生的[3]，路也走不全[4]，还在那里自己装瓜子、剥栗子办围碟[5]。见他哥哥进来，丢了过来拜见。奶妈抱着妾出的小儿子[6]，年方三岁，带着银项圈，穿着红衣服，来叫舅舅。二位吃了茶，一个丫鬟来说："赵新娘进来拜舅爷[7]。"二位连忙道："不劳罢[8]。"坐下说了些家常话，又问妹子的病："总是虚弱，该多用补药。"说罢，前厅摆下酒席，让了出去上席。

叙些闲话，又题起严致中的话来。王仁笑着问王德道："大

---

1 了（liǎo）：完结。

2 拿班做势：装腔作势。

3 怯生生：此处形容身体怯弱之态。

4 路也走不全：指走路不稳。

5 围碟：酒席上装干鲜果品的小碟。

6 妾出的：妾生的。

7 赵新娘：严监生的妾，新娘是对妾的称呼。

8 不劳：不敢劳动，这是对对方行礼的回应。

哥，我倒不解，他家大老那宗笔下[1]，怎得会补起廪来的[2]？"王德道："这是三十年前的话。那时，宗师都是御史出来，本是个吏员出身[3]，知道什么文章！"王仁道："老大而今越发离奇了！我们至亲[4]，一年中也要请他几次，却从不曾见他家一杯酒。想起还是前年出贡竖旗杆[5]，在他家扰过一席[6]。"王德愁着眉道："那时我不曾去。他为出了一个贡，拉人出贺礼，把总甲、地方都派分子[7]；县里狗腿差是不消说[8]，弄了有一二百吊钱[9]，还欠下厨子钱、屠户肉案子上的钱，至今也不肯还。过两个月在家吵一回，成什么模样！"严致和道："便是我也不好说。不瞒二位老舅，像我家还有几亩薄田，日逐夫妻四口在家里度日，猪肉也舍不得买一斤。每常小儿子要吃时，在熟切店内买四个钱的[10]，哄他就是了。家兄寸

1　那宗笔下：那种（低劣的）文笔，这里是蔑视的说法。

2　补起廪来：秀才递补廪生，称"补廪"。补廪要凭岁考、科考的成绩，也要凭好的文笔。

3　吏员出身：古代官、吏分途。官员职位一般要通过科举获得；吏（吏员）是基层办事人员，如果办事能力强、资历久，也可以升为官员。这里的"吏员出身"，即指由吏员为官者。

4　至亲：最亲近的亲眷。

5　出贡竖旗杆：秀才取得贡生资格，便不再受儒学管束，俗称"出贡"。出贡是光彩的事，故在宗祠或宅前竖立旗杆，以示荣耀。

6　扰过一席：吃过一席酒。

7　地方：地保。派分子：强迫人家交份子钱。

8　县里狗腿差：意思是让县里的衙役替他跑腿儿办事。

9　吊：铜钱单位。一吊即一贯，也称一串。

10　熟切店：出售熟肉、下水的肉铺。

土也无，人口又多，过不得三天，一买就是五斤，还要白煮的稀烂。上顿吃完了，下顿又在门口赊鱼[1]。当初分家也是一样田地，白白都吃穷了。而今端了家里花梨椅子[2]，悄悄开了后门，换肉心包子吃。你说这事如何是好！"二位哈哈大笑。笑罢，说："只管讲这些混话，误了我们吃酒。快取骰盆来[3]！"当下取骰子送与大舅爷："我们行状元令[4]。"两位舅爷，一个人行一个状元令，每人中一回状元，吃一大杯。两位就中了几回状元，吃了几十杯。却又古怪：那骰子竟像知人事的，严监生一回状元也不曾中，二位拍手大笑。吃到四更鼓尽[5]，跌跌撞撞，扶了回去。

..........[6]

过了灯节后，（严监生）就叫心口疼痛。初时撑着，每晚算账直算到三更鼓。后来就渐渐饮食不进，骨瘦如柴，又舍不得银子吃人参。赵氏劝他道："你心里不自在[7]，这家务事就丢开了罢！"他说道："我儿子又小，你叫我托那个？我在一日，少不得料理一

---

1 赊（shē）：赊账，即先吃用，后付钱。

2 花梨：硬木的一种。

3 骰（tóu）盆：掷骰子用的盘子。骰子是一种骨制赌具，为正方体，六面刻有点数，玩时以手抛掷，视点数多少赌胜负。

4 状元令：酒令的一种，以掷骰子来决定饮酒量。其中最大杯称"状元杯"，故名"状元令"。

5 四更鼓尽：将近凌晨三点。下文的"三更鼓"指夜晚十一点到凌晨一点。

6 此处略去严监生正妻王氏病死，严监生将妾赵氏扶正等内容。

7 不自在：不舒服。

日。"不想春气渐深，肝木克了脾土[1]，每日只吃两碗米汤，卧床不起。及到天气和暖，又勉强进些饮食，挣起来，家前屋后走走。挨过长夏，立秋以后病又重了。睡在床上，想着田上要收早稻，打发了管庄的仆人下乡去，又不放心，心里只是急躁。

那一日，早上吃过药，听着萧萧落叶打的窗子响，自觉得心里虚怯[2]，长叹了一口气，把脸朝床里面睡下。赵氏从房外同两位舅爷进来问病，就辞别了到省城里乡试去。严监生叫丫鬟要扶起来，强勉坐着。王德、王仁道："好几日不曾看妹丈，原来又瘦了些，喜得精神还好。"严监生请他坐下，说了些恭喜的话，留在房里吃点心，就讲到除夕晚里这一番话。叫赵氏拿出几封银子来，指着赵氏说道："这倒是他的意思，说姐姐留下来的一点东西，送与二位老舅，添着做恭喜的盘费。我这病势沉重，将来二位回府，不知可会的着了。我死之后，二位老舅照顾你外甥长大，教他读读书，挣着进个学，免得像我一生，终日受大房里的气！"二位接了银子，每位怀里带着两封，谢了又谢，又说了许多的安慰的话，作别去了。

自此，严监生的病一日重似一日，再不回头[3]。诸亲六眷都来

1　肝木克了脾土：这是中医用五行之说解释病理的说法。
2　虚怯：虚弱。
3　再不回头：再不好转。

问候¹。五个侄子穿梭的过来，陪郎中弄药。到中秋已后，医家都不下药了²。把管庄的家人都从乡里叫了上来。病重得一连三天不能说话。

晚间，挤了一屋的人，桌上点着一盏灯。严监生喉咙里痰响得一进一出，一声不倒一声的³，总不得断气，还把手从被单里拿出来，伸着两个指头。大侄子走上前来问道："二叔，你莫不是还有两个亲人不曾见面？"他就把头摇了两三摇。二侄子走上前来问道："二叔，莫不是还有两笔银子在那里，不曾吩咐明白？"他把两眼睁的的溜圆，把头又狠狠摇了几摇，越发指得紧了。奶妈抱着哥子插口道："老爷想是因两位舅爷不在跟前，故此记念？"他听了这话，把眼闭着摇头，那手只是指着不动。……⁴赵氏分开众人走上前道："爷，只有我能知道你的心事，你是为那灯盏里点的是两茎灯草⁵，不放心，恐费了油，我如今挑掉一茎就是了！"说罢，忙走去挑掉一茎。众人看严监生时，点一点头，把手垂下，登时就没了气。合家大小号哭起来，准备入殓⁶，将灵柩停在第三

1　六眷：又叫六亲，有不同说法，一般指父、母、兄、弟、妻、子。也有指父子、兄弟、姑姐（父亲的姐妹）、甥舅、婚媾（妻子一方的家属）、姻亚（丈夫一方的家属）的。

2　医家都不下药了：意思是医生已束手无策。

3　一声不倒一声：一声接着一声地。

4　此处略去第五、第六回衔接处文字。

5　茎：根。

6　入殓（liàn）：指死者入棺。

层中堂内¹。

···········²

　　来富来到省城，问着大老爹的下处在高底街³。到了寓处门口，只见四个戴红黑帽子的，手里拿着鞭子站在门口，吓了一跳，不敢进去。站了一会，看见跟大老爹的四斗子出来，才叫他领了他进去。看见敞厅上中间摆着一乘彩轿⁴，彩轿旁边竖着一把遮阳⁵，遮阳上贴着"即补县正堂"⁶。四斗子进去，请了大老爹出来，头戴纱帽，身穿圆领补服，脚下粉底皂靴。来富上前磕了头，递上书信。大老爹接着看了，道："我知道了，我家二相公恭喜⁷，你且在这里伺候。"来富下来，到厨房里，看见厨子在那里办席。新人房在楼上，张见摆的红红绿绿的⁸，来富不敢上去。

　　直到日头平西，不见一个吹手来⁹。二相公戴着新方巾，披着

　　1　灵柩（jiù）：内有死者的棺材。
　　2　此处略去一段情节：赵氏的小儿子出天花死了，赵氏要过继严贡生的第五个儿子，因派仆人来富拿着王德、王仁的书信，到省城广州去请严贡生回来商议。严贡生此时正在省城为二儿子迎娶新娘。
　　3　大老爹：这里指严贡生。
　　4　敞厅：指两面相通的大厅堂。
　　5　遮阳：即伞，属于执事仪仗之一种。
　　6　即补县正堂："即补"指已经获得做官资格，一旦有官职空位，马上可以上任。县正堂，即知县。这里是严贡生冒充官员，借来县官仪仗唬人的。
　　7　恭喜：这里指迎亲办喜事。
　　8　张见：看见。
　　9　吹手：吹鼓手，下文也作"吹打的"，指民间婚丧活动中的乐队。

红，簪着花[1]，前前后后走着着急，问："吹手怎的不来？"大老爹在厅上嚷成一片声，叫四斗子快传吹打的。四斗子道："今日是个好日子[2]，八钱银子一班，叫吹手还叫不动。老爹给了他二钱四分低银子[3]，又还扣了他二分戥头[4]，又叫张府里押着他来。他不知今日应承了几家，他这个时候怎得来？"大老爹发怒道："放狗屁！快替我去！来迟了，连你一顿嘴巴！"四斗子骨都着嘴[5]，一路絮聒了出去[6]，说道："从早上到此刻，一碗饭也不给人吃，偏生有这些臭排场[7]！"说罢去了。

直到上灯时候，连四斗子也不见回来。抬新人的轿夫和那些戴红黑帽子的又催的狠[8]，厅上的客说道："也不必等吹手，吉时已到，且去迎亲罢！"将掌扇揎起来[9]，四个戴红黑帽子的开道，来富跟着轿，一直来到周家。那周家敞厅甚大，虽然点着几盏灯烛，天井里却是不亮[10]。这里又没个吹打的，只得四个戴红黑帽子的，

1　披着红，簪（zān）着花：身上披着红绸，头上插着花。这是新郎的打扮。
2　好日子：指皇历上标明的吉庆日子（这样的日子办喜事的多，因此请不到吹鼓手）。
3　低银子：成色不足的银子。
4　戥（děng）头：因戥子不准而形成的差额。戥子，称金银、药物等的小秤。
5　骨都：噘着（嘴巴）。
6　絮聒（guō）：唠叨。
7　偏生：偏偏。
8　催的狠：催促得厉害。
9　掌扇：古代仪仗的一种。揎（qián）：扛。
10　天井：指民居中由房屋围起来的较小院子。

一递一声[1]，在黑天井里喝道，喝个不了。来富看见，不好意思，叫他不要喝了。周家里面有人吩咐道："拜上严老爷，有吹打的就发轿，没吹打的不发轿。"[2] 正吵闹着，四斗子领了两个吹手赶来，一个吹箫，一个打鼓，在厅上滴滴打打的，总不成个腔调。两边听的人笑个不住。周家闹了一会，没奈何，只得把新人轿发来了。新人进门，不必细说。

过了十朝[3]，叫来富同四斗子去写了两只高要船[4]。那船家就是高要县的人。两只大船，银十二两，立契到高要付银。一只装的新郎、新娘，一只严贡生自坐。择了吉日，辞别亲家，借了一副"巢县正堂"的金字牌[5]，一副"肃静""回避"的白粉牌，四根门枪，插在船上。又叫了一班吹手，开锣掌伞[6]，吹打上船。船家十分畏惧，小心伏侍，一路无话。

那日，将到了高要县，不过二三十里路了，严贡生坐在船上，忽然一时头晕上来，两眼昏花，口里作恶心，哕出许多清痰来[7]。

1　一递一声：一声接着一声。

2　"拜上"三句：娶亲要吹打奏乐，以示吉庆。如果没有吹打，表示男方对待婚姻草率，因而女方家长传话给严贡生：没有吹打，不能让新娘的轿子启程。拜上，托人传语致意的敬词。

3　十朝（zhāo）：十天。

4　写：这里指立约租雇。

5　巢县：巢湖市，今属安徽合肥市代管。

6　掌伞：打起伞。

7　哕（yuě）：呕吐。

来富同四斗子，一边一个架着膊子，只是要跌。严贡生口里叫道："不好，不好！"叫四斗子快丢了[1]，去烧起一壶开水来。四斗子把他放了睡下，一声不倒一声的哼。四斗子慌忙同船家烧了开水，拿进舱来。严贡生将钥匙开了箱子，取出一方云片糕来[2]，约有十多片，一片一片剥着，吃了几片，将肚子揉着，放了两个大屁，登时好了。剩下几片云片糕，搁在后鹅口板上[3]，半日也不来查点。那掌舵驾长害馋痨[4]，左手扶着舵，右手拈来，一片片的送在嘴里了。严贡生只作不看见。

少刻，船拢了马头[5]。严贡生叫来富着速叫他两乘轿子来，摆齐执事，将二相公同新娘先送了家里去。又叫些马头上人来，把箱笼都搬了上岸，把自己的行李也搬上了岸。船家、水手都来讨喜钱[6]。严贡生转身走进舱来，眼张失落的四面看了一遭[7]，问四斗子道："我的药往那里去了？"四斗子道："何曾有甚药？"严贡生道："方才我吃的不是药？分明放在船板上的！"那掌舵的道："想是刚才船板上的几片云片糕？那是老爷剩下不要的，小的大胆就

1　快丢了：快放开（我）。
2　云片糕：一种用糯米粉、糖及果料制成的糕点，切成薄片，要一片片剥着吃。
3　鹅口板：这里指船艄甲板。
4　驾长：对船工的尊称。害馋痨：害馋病，嘴馋。
5　马头：码头。
6　讨喜钱：因船中载着新婚夫妇，借口讨喜钱，实则讨船钱。
7　眼张失落：形容瞪着眼四处看的样子。

吃了。"严贡生道："吃了好贱的云片糕！你晓的我这里头是些什么东西？"掌舵的道："云片糕，无过是些瓜仁、核桃、洋糖、粉面做成的了，有什么东西？"严贡生发怒道："放你的狗屁！我因素日有个晕病，费了几百两银子，合了这一料药[1]，是省里张老爷在上党做官带了来的人参[2]，周老爷在四川做官带了来的黄连。你这奴才，'猪八戒吃人参果——全不知滋味'[3]！说的好容易！是云片糕？方才这几片，不要说值几十两银子，'半夜里不见了枪头子——攘到贼肚里'[4]！只是我将来再发了晕病，却拿什么药来医？你这奴才，害我不浅！"叫四斗子开拜匣[5]，写帖子[6]："送这奴才到汤老爷衙里去，先打他几十板子再讲！"掌舵的唬了，陪着笑脸道："小的刚才吃的甜甜的，不知道是药，只说是云片糕。"严贡生道："还说是'云片糕'！再说'云片糕'，先打你几个嘴巴！"说着已把帖子写了，递给四斗子。

四斗子慌忙走上岸去，那些搬行李的人帮船家拦着。两只船

1　合：调和，炮制。料，量词，专用于中药配制丸药，指处方剂量的全份。

2　上党：今山西长治。

3　"猪八戒"句：歇后语，俏皮话，这是严贡生用来形容船工轻易吃掉云片糕。典出小说《西游记》，孙悟空、猪八戒、沙和尚三人在五庄观偷吃人参果，猪八戒没细品滋味，便一口吞食。

4　"半夜"句：歇后语，俏皮话，这是严贡生骂船工把他的"贵重药"吃到肚子里。

5　拜匣：旧时用于送礼或传递柬帖的长方形木匣。

6　帖子：字条。严贡生此刻假充知县，写帖子只是吓唬船工。

严贡生赖船钱／程十发 绘

上船家都慌了，一齐道："严老爷，而今是他不是，不该错吃了严老爷的药。但他是个穷人，就是连船都卖了，也不能赔老爷这几十两银子。若是送到县里，他那里耽得住[1]？如今只是求严老爷开恩，高抬贵手，恕过他罢！"严贡生越发恼得暴躁如雷。搬行李的脚子走过几个，到船上来道："这事，原是你船上人不是[2]！方才若不如是着紧的问严老爷要喜钱、酒钱，严老爷已经上轿去了。都是你们拦住那严老爷，才查到这个药。如今自知理亏，还不过来向严老爷跟前磕头讨饶！难道你们不赔严老爷的药，严老爷还有些贴与你们不成[3]？"众人一齐捺着掌舵的磕了几个头。严贡生转弯道[4]："既然你众人说，我又喜事匆匆，且放着这奴才，再和他慢慢算账，不怕他飞上天去！"骂毕，扬长上了轿，行李和小厮跟着一哄去了。船家眼睁睁看着他走去了。

1　那里耽得住：这里指承担不起。

2　不是：不对。

3　贴与：倒贴，倒找。

4　转弯：转变态度。

5.节选五 娄公子"三顾茅庐"

阅读提示

一、本段选自《儒林外史》第九回"娄公子捐金赎朋友,刘守备冒姓打船家"和第十一回"鲁小姐制义难新郎,杨司训相府荐贤士"。此前叙娄三、娄四两位公子将杨执中救出牢狱,却不见对方来谢,于是两人决定亲自前往拜访。

二、娄三、娄四生长于显宦之家,自幼养尊处优,极少接触社会,一身呆气,满脑子不着边际的传奇故事。二人还乡无聊,竟异想天开要学春申君、信陵君,延士养客,干一番事业。听佃户说乡下有个读书人杨执中受盐商欺凌,便认定此人是名士贤人;又因对方受恩不谢,两人更加敬佩,决定屈尊拜访,结果去了三次才见到。——这段情节,分明是把三国故事中的"刘玄德三顾茅庐"拿来反写,极具反讽意味!

三、吴敬梓从不给笔下人物"贴标签",一切要让读者自己去判断。如杨执中到底是什么样的人?从书中看,他是个贡生,曾放弃做教官的机会,似乎很清高,然而他却当了盐店管事,看来还是嫌当教官钱少。他好读书，常发些高论，令娄公子仰慕；但他丢在船中的那首"不敢妄为些子事……"的诗，却是剽窃古人的。他家贴着"朱子治家格言"，他却把儿子教育成贪吃好赌的无赖。他向娄家公子介绍"有经天纬地之才，空古绝今之学"的"高人"权勿用，然而那却是个说大话的妄人、诱拐妇女的罪犯……

但与此同时，杨执中又举止洒脱、言谈得体，居所陈设很有格调……你摸不清作者对他是褒是贬——褒中有贬、贬中含褒，正是吴敬梓的讽刺特点之一。

四、其实杨执中也是科举受害者，他补廪之后，参加过十六七次乡试，始终没能中举。一生只会读几本书，肩不能担，手不能提，买卖也不会做，全无谋生的技能，家里一贫如洗。——联系到书中人物周进、范进、倪秀才、王玉辉……清代读书人生存环境之窘迫，实在令人同情。

五、有一点是清楚的：杨执中只是平庸之辈，是娄氏二公子一厢情愿地把他看成隐逸高人，他俩才是作者辛辣讽刺的对象。

公子知道他出了监，自然就要来谢。那知杨执中并不晓得是什么缘故。县前问人，说是一个姓晋的，晋爵保了他去[1]。他自心里想，生平并认不得这姓晋的。疑惑一番，不必管他，落得身子干净[2]，且下乡家去，照旧看书。

到家，老妻接着，喜从天降。两个蠢儿子日日在镇上赌钱，半夜也不归家。只有一个老妪又痴又聋[3]，在家烧火做饭，听候门户。杨执中次日在镇上各家相熟处走走，邹吉甫因是第二个儿子养了孙子[4]，接在东庄去住，不曾会着。所以，娄公子这一番义举，做梦也不得知道。

娄公子过了月余，弟兄在家，不胜诧异。想到越石甫故事[5]，心里觉得杨执中想是高绝的学问，更加可敬。一日，三公子向四公子道："杨执中至今并不来谢，此人品行不同。"四公子道："论理，我弟兄既仰慕他，就该先到他家相见订交[6]；定要望他来报谢，这不是俗情了么[7]？"三公子道："我也是这样想。但岂不闻

　　1　晋爵：是娄府的仆人。他奉娄三、娄四之命，拿七百五十两银子去官府赎杨执中。知县听说杨执中是娄府的人，直接将他释放，银子则被晋爵贪污。而杨执中并不知内情，因此未到娄府致谢。

　　2　身子干净：指免除了罪责。

　　3　老妪（yù）：老妇人，这里指女仆。

　　4　邹吉甫：是给娄家看坟的老仆，杨执中就是他向娄氏二公子介绍的。

　　5　越石甫故事：春秋时齐相晏婴对贤者越石甫有救助之恩，越石甫并不称谢，而晏婴对他愈发恭敬。事见《晏子春秋》。

　　6　订交：彼此结为朋友。

　　7　俗情：庸俗，同于流俗。

'公子有德于人，愿公子忘之'之说[1]？我们若先到他家，可不像要特地自明这件事了？"四公子道："相见之时，原不要提起。朋友闻声相思，命驾相访[2]，也是常事。难道因有了这些缘故，倒反隔绝了，相与不得的？"三公子道："这话极是有理。"当下商议已定，又道："我们须先一日上船，次日早到他家，以便作尽日之谈[3]。"

于是叫了一只小船，不带从者。下午下船，走了几十里。此时，正值秋末冬初，昼短夜长。河里有些朦朦的月色。这小船乘着月色，摇着橹走。……[4]

小船摇橹行了一夜，清晨已到新市镇泊岸。两公子取水洗了面，吃了些茶水、点心，吩咐了船家："好好的看船，在此伺候。"两人走上岸，来到市梢尽头邹吉甫女儿家，见关着门。敲门问了一问，才知道老邹夫妇两人都接到东庄去了。女儿留两位老爷吃茶，也不曾坐。

两人出了镇市，沿着大路去。走有四里多路，遇着一个挑柴的樵夫，问他："这里有个杨执中老爷，家住在那里？"樵夫用手指着："远望着一片红的，便是他家屋后。你们打从这条小路穿过

1　"公子有德于人，愿公子忘之"：战国时，魏国信陵君因救赵有功，恃恩自傲，门客拿上面的话劝诫他，使他改变了态度。

2　命驾：命仆从驾车马，意指马上动身。

3　尽日之谈：谈一整天。

4　此处略去娄氏二公子途中遇到冒充娄府船只的插曲。

去。"两位公子谢了樵夫，披榛觅路[1]，到了一个村子，不过四五家人家，几间茅屋。屋后有两棵大枫树，经霜后枫叶通红，知道这是杨家屋后了。又一条小路转到前门，门前一条涧沟，上面小小板桥。两公子过得桥来，看见杨家两扇板门关着。见人走到，那狗便吠起来。三公子自来叩门。叩了半日，里面走出一个老妪来，身上衣服甚是破烂。两公子近前问道："你这里是杨执中老爷家么？"问了两遍，方才点头道："便是，你是那里来的？"两公子道："我弟兄两个姓娄，在城里住，特来拜访杨执中老爷的。"那老妪又听不明白，说道："是姓刘么？"两公子道："姓娄。你只向老爷说是大学士娄家[2]，便知道了。"老妪道："老爷不在家里。从昨日出门看他们打鱼，并不曾回来。你们有什么说话，改日再来罢。"说罢，也不晓得请进去请坐吃茶，竟自关了门回去了。两公子不胜怅怅[3]，立了一会，只得仍旧过桥，依着原路回到船上，进城去了。

杨执中这老呆，直到晚里才回家来。老妪告诉他道："早上城里有两个什么姓'柳'的来寻老爹，说他在什么'大觉寺'里

---

1 披榛（zhēn）觅路：拨开榛莽，寻找道路。榛，落叶灌木。
2 大学士：辅助皇帝的高级文官，应为娄氏公子父亲的加衔。
3 不胜（shēng）怅怅：无比怅惘，若有所失。不胜，不能忍受。

住[1]。"杨执中道："你怎么回他去的？"老妪道："我说老爹不在家，叫他改日来罢。"杨执中自心里想："那个什么姓柳的？"忽然想起，当初盐商告他，打官司，县里出的原差姓柳[2]；一定是这差人要来找钱！因把老妪骂了几句道："你这老不死，老蠢虫！这样人来寻我，你只回我不在家罢了，又叫他改日来怎的？你就这样没用！"老妪又不服，回他的嘴，杨执中恼了，把老妪打了几个嘴巴，踢了几脚。自此之后，恐怕差人又来寻他，从清早就出门闲混，直到晚才归家。

不想娄府两公子放心不下，过了四五日，又叫船家到镇上，仍旧步到门首敲门。老妪开门，看见还是这两个人，惹起一肚子气，发作道："老爹不在家里，你们只管来寻怎的！"两公子道："前日你可曾说，我们是大学士娄府？"老妪道："还说什么！为你这两个人，带累我一顿拳打脚踢！今日又来做什么？老爹不在家，还有些日子不来家哩！我不得工夫，要去烧锅做饭！"说着，不由两人再问，把门关上就进去了，再也敲不应。两公子不知是何缘故，心里又好恼，又好笑。立了一会，料想叫不应了，只得再回船来。

---

1 大觉寺：老妪耳聋，误将"大学士"听成"大觉寺"。
2 原差（chāi）：民事案件中传唤原被告双方并押解犯人的差役。

船家摇着，行了有几里路。一个卖菱的船[1]，船上一个小孩子，摇近船来。那孩子手扶着船窗，口里说道："买菱那，买菱那！"船家把绳子拴了船，且秤菱角。两公子在船窗内伏着，问那小孩子道："你是那村里住？"那小孩子道："我就在这新市镇上。"四公子道："你这里有个杨执中老爹，你认得他么？"那小孩子道："怎么不认得？这位老先生是个和气不过的人。前日趁了我的船，去前村看戏，袖子里还丢下一张纸卷子，写了些字在上面。"三公子道："在那里？"那小孩子道："在舱底下不是！"三公子道："取过来，我们看看。"那小孩子取了递过来，接了船家买菱的钱，摇着去了。两公子打开看，是一幅素纸，上面写着一首七言绝句诗道："不敢妄为些子事，只因曾读数行书。严霜烈日皆经过，次第春风到草庐。"[2] 后面一行写"枫林拙叟杨允草"[3]。两公子看罢不胜叹息，说道："这先生襟怀冲淡[4]，其实可敬！只是我两人怎么这般难会？"

………[5]

---

1 菱：一种水生植物，果壳脆硬，有双角，故称菱角。果肉可食。

2 "不敢"以下四句：按这四句诗是元代吕思诚所作的一首七律的后四句，见元陶宗仪《辍耕录》卷十二引。些子事：一点点（坏）事。次第：依次，相继。

3 枫林拙叟：杨执中名允，这是他的号。草：打稿子，草拟。

4 襟怀冲淡：清心寡欲，内心恬静闲适。

5 此处略去鲁翰林招亲的内容。过了年，因乡下看坟人邹吉甫来看娄公子，又提起杨执中的话茬儿。娄公子与邹吉甫相约，第三次拜访杨执中。

次早，邹吉甫向两公子说，要先到新市镇女儿家去，约定两公子十八日下乡，同到杨家。两公子依了，送他出门。搭了个便船到新市镇，女儿接着，新年磕了老子的头，收拾酒饭吃了。

到十八日，邹吉甫要先到杨家去候两公子。自心里想："杨先生是个穷极的人，公子们到，却将什么管待？"因问女儿要了一只鸡，数钱去镇上打了三斤一方肉，又沽了一瓶酒和些蔬菜之类。向邻居家借了一只小船，把这酒和鸡、肉都放在船舱里，自己棹着¹，来到杨家门口。将船泊在岸旁，上去敲开了门。

杨执中出来，手里捧着一个炉²，拿一方帕子，在那里用力的擦，见是邹吉甫，丢下炉唱诺。彼此见过节，邹吉甫把那些东西搬了进来。杨执中看见，吓了一跳，道："哎哟！邹老爹，你为什么带这些酒肉来？我从前破费你的还少哩³？你怎的又这样多情！"邹吉甫道："老先生，你且收了进去。我今日虽是这些须村俗东西，却不是为你，要在你这里等两位贵人。你且把这鸡和肉向你太太说，整治好了，我好同你说这两个人。"杨执中把两手袖着⁴，笑道："邹老爹，却是告诉不得你。我自从去年在县里出来，

---

1 棹（zhào）：原指船桨，这里做动词用，划。
2 炉：这里指香炉之类的文物。
3 破费你：让你破费。
4 两手袖着：两手缩在袖子里，这里有两手空空的意思。

家下一无所有，常日只好吃一餐粥。直到除夕那晚，我这镇上开小押的汪家店里¹，想着我这座心爱的炉，出二十四两银子，分明是算定我节下没有些柴米，要来讨这巧。我说：'要我这个炉，须是三百两现银子²，少一厘也成不的。就是当在那里，过半年也要一百两。像你这几两银子，还不够我烧炉买炭的钱哩！' 那人将银子拿了回去，这一晚到底没有柴米。我和老妻两个点了一枝蜡烛，把这炉摩弄了一夜³，就过了年。"因将炉取在手内，指与邹吉甫看，道："你看这上面包浆⁴，好颜色！今日又恰好没有早饭米，所以方才在此摩弄这炉，消遣日子，不想遇着你来。这些酒和菜都有了，只是不得有饭。"邹吉甫道："原来如此，这便怎么样？"在腰间打开钞袋一寻⁵，寻出二钱多银子，递与杨执中道："先生，你且快叫人去买几升米来，才好坐了说话。"杨执中将这银子，唤出老妪，拿个家伙到镇上籴米⁶。不多时，老妪籴米回来，往厨下烧饭去了。

　　杨执中关了门来坐下，问道："你说是今日那两个什么贵人

1　小押：小当铺。

2　现银子：指马上支付的银两，不赊账。

3　摩弄：摩挲。

4　包浆：古玩术语，指铜、玉、竹器等古玩表面因长期摩弄而发出的光泽。

5　钞袋：钱袋。

6　家伙：这里指容器。籴（dí）米：买米。

来？"邹吉甫道："老先生，你为盐店里的事累在县里，却是怎样得出来的？"杨执中道："正是，我也不知。那日，县父母忽然把我放了出来。我在县门口问，说是个姓晋的，具保状保我出来。我自己细想，不曾认得这位姓晋的。老爹，你到底在那里知道些影子的？"邹吉甫道："那里是什么姓晋的！这人叫做晋爵，就是娄太师府里三少老爷的管家。少老爷弟兄两位，因在我这里听见你老先生的大名，回家就将自己银子兑出七百两上了库¹，叫家人晋爵具保状。这些事，先生回家之后，两位少老爷亲自到府上访了两次，先生难道不知道么？"杨执中恍然醒悟道："是了，是了！这事被我这个老妪所误！我头一次看打鱼回来，老妪向我说：'城里有一个姓柳的'，我疑惑是前日那个姓柳的原差，就有些怕会他。后一次又是晚上回家，他说：'那姓柳的今日又来，是我回他去了。'说着也就罢了。如今想来，柳者，娄也，我那里猜的到是娄府？只疑惑是县里原差。"邹吉甫道："你老人家因打这年把官司，常言道得好：'三年被毒蛇咬了，如今梦见一条绳子也是害怕。'只是心中疑惑是差人，这也罢了。因前日十二，我在娄府叩节²，两位少老爷说到这话，约我今日同到尊府。我恐怕先

生一时没有备办，所以带这点东西来，替你做个主人，好么？"杨执中道："既是两公错爱[1]，我便该先到城里去会他，何以又劳他来？"邹吉甫道："既已说来，不消先去，候他来会便了。"

坐了一会，杨执中烹出茶来吃了。听得叩门声，邹吉甫道："是少老爷来了，快去开门！"才开了门，只见一个稀醉的醉汉闯将进来[2]，进门就跌了一交，扒起来[3]，摸一摸头，向内里直跑。杨执中定睛看时，便是他第二个儿子杨老六，在镇上赌输了，又噇了几杯烧酒[4]，噇的烂醉，想着来家问母亲要钱再去赌，一直往里跑。杨执中道："畜生！那里去？还不过来见了邹老爹的礼[5]！"那老六跌跌撞撞，作了个揖，就到厨下去了。看见锅里煮的鸡和肉喷鼻香，又闷着一锅好饭，房里又放着一瓶酒，不知是那里来的。不由分说，揭开锅，就要捞了吃。他娘劈手把锅盖盖了。杨执中骂道："你又不害馋劳病！这是别人拿来的东西，还要等着请客！"他那里肯依，醉的东倒西歪，只是抢了吃。杨执中骂他，他还睁着醉眼，混回嘴。杨执中急了，拿火叉赶着[6]，一直打了出

---

1 错爱：谦词，表示感谢对方的爱敬、庇护。
2 稀醉：烂醉。
3 扒：这里用如爬。
4 噇（chuáng）：无节制地吃或喝。
5 见了邹老爹的礼：给邹老爹行礼。
6 火叉：拨火添炭用的铁叉。

来。邹老爹且扯劝了一回，说道："酒菜，是候娄府两位少爷的。"那杨老六虽是蠢，又是酒后，但听见"娄府"，也就不敢胡闹了。他娘见他酒略醒些，撕了一只鸡腿，盛了一大碗饭，泡上些汤，瞒着老子递与他吃。吃罢，扒上床挺觉去了[1]。

两公子直至日暮方到，蘧公孙也同了来。邹吉甫、杨执中迎了出去。两公子同蘧公孙进来，见是一间客座，两边放着六张旧竹椅子，中间一张书案。壁上悬的画是楷书《朱子治家格言》[2]，两边一副笺纸的联[3]，上写着："三间东倒西歪屋，一个南腔北调人。"[4]上面贴了一个报帖，上写："捷报贵府老爷杨讳允，钦选应天淮安府沭阳县儒学正堂[5]。京报……"不曾看完，杨执中上来行礼奉坐[6]，自己进去取盘子捧出茶来，献与各位。茶罢，彼此说了些闻声相思的话[7]。

三公子指着报帖，问道："这荣选是近来的信么[8]？"杨执中

---

1 挺觉（jiào）：睡觉。这里是以挺尸做比喻。
2 画：这里指书画、画轴。《朱子治家格言》：又称《朱子家训》，为明末清初人朱用纯（号伯庐）阐述治家之道的文章。
3 笺（jiān）纸：专门用于书写的华美的纸。
4 "三间"二句：有人认为这两句出自明人徐渭青藤书屋的对联："几间东倒西歪屋，一个南腔北调人。"
5 钦选：皇帝亲选。应天淮安府沭阳县：今江苏沭阳县。儒学正堂：这里指县学学官正职。
6 奉坐：请坐。
7 闻声相思的话：久闻声名、相思仰慕之类的话。
8 荣选：荣幸获选。

道："是三年前，小弟不曾被祸的时候有此事¹。只为当初无意中补得一个廪，乡试过十六七次，并不能挂名榜末。垂老得这一个教官²，又要去递手本³，行庭参⁴，自觉得腰胯硬了，做不来这样的事。当初，力辞了患病不去，又要经地方官验病出结，费了许多周折。那知辞官未久，被了这一场横祸，受小人驵侩之欺⁵！那时懊恼，不如竟到沭阳，也免得与狱吏为伍⁶。若非三先生、四先生相赏于风尘之外⁷，以大力垂手相援⁸，则小弟这几根老骨头，只好瘐死囹圄之中矣⁹！此恩此德，何日得报！"三公子道："些须小事，何必挂怀¹⁰！今听先生辞官一节，更足仰品高德重。"四公子道："朋友原有通财之义¹¹，何足挂齿¹²！小弟们还恨得知此事已迟，未能早为

1　被祸：遭受横祸。指被盐商控告要求赔付亏空的事。

2　垂老：将老，临老。教官：官学的主官及教师，有教授、教谕、学政、训导等名目。

3　手本：明清时，学生见老师、下属见上司时所用的名帖（相当于名片）。

4　庭参：下级官员按规定谒见上司。庭，官厅。

5　驵侩（zǎngkuài）：对商人的蔑称。驵，马贩子。侩，中间人，掮客。

6　与狱吏为伍：当了犯人的意思。

7　相赏：相互欣赏，这里强调对方赏识自己。风尘之外：犹如说尘世之外，在颂扬对方识才爱才的同时，也暗示自己是避世隐居的君子。

8　垂手相援：伸手援助。

9　瘐（yǔ）死囹圄（língyǔ）：病死在狱中。瘐，旧指囚犯得病而死。囹圄，牢狱。

10　挂怀：记挂在心。

11　朋友原有通财之义：谓朋友间财物互通，衣裳车马共享。语出《朱子语类》卷二九。

12　何足挂齿：不值一提。

先生洗脱[1]，心切不安[2]。"杨执中听了这番话，更加钦敬。又和蘧公孙寒暄了几句。邹吉甫道："二位少老爷和蘧少爷来路远，想是饥了。"杨执中道："腐饭已经停当[3]，请到后面坐。"

当下请在一间草屋内，是杨执中修葺的一个小小的书屋[4]，面着一方小天井。有几树梅花，这几日天暖，开了两三枝。书房内满壁诗画，中间一副笺纸联，上写道："嗅窗前寒梅数点，且任我俯仰以嬉[5]；攀月中仙桂一枝[6]，久让人婆娑而舞[7]。"两公子看了，不胜叹息，此身飘飘，如游仙境。杨执中捧出鸡肉酒饭，当下吃了几杯酒。用过饭，不吃了，撤了过去，烹茗清谈[8]。谈到两次相访，被聋老妪误传的话，彼此大笑。两公子要邀杨执中到家盘桓几日[9]。杨执中说："新年略有俗务[10]。三四月后，自当敬造高斋[11]，为平原十日之饮[12]。"

1　洗脱：洗冤脱罪。

2　切：实在。

3　腐饭：对自家饭食的谦称。

4　修葺（qì）：修整，修缮。

5　俯仰以嬉：这里有自适、嬉游之意。

6　月中仙桂：传说月亮中有桂树。

7　婆娑（suō）：盘旋舞动的样子。

8　烹茗：煮茶。

9　盘桓（huán）：逗留，住宿。

10　俗务：世俗事务。

11　造：造访，拜访。高斋：这里用以称呼对方的住所。

12　平原十日之饮：战国时，秦昭王曾写信给赵公子平原君，约他到秦国做"十日之饮"，事见《史记》。后遂成为朋友相约进行较长时间聚会的套语。

谈到起更时候[1]，一庭月色照满书窗，梅花一枝枝，如画在上面相似。两公子留连，不忍相别。杨执中道："本该留三先生、四先生草榻[2]，奈乡下蜗居[3]，二位先生恐不甚便。"于是执手踏着月影，把两公子同蘧公孙送到船上，自同邹吉甫回去了。

1　起更时候：大约晚上七点。
2　草榻：对自家屋宇、床席的谦逊说法。
3　蜗居：狭窄的居所。

6. 节选六 莺脰雅集与"人头会"

阅读提示

一、本段选自《儒林外史》第十二回"名士大宴莺脰湖，侠客虚设人头会"和第十三回"蘧駪夫求贤问业，马纯上仗义疏财"。前文写杨执中应邀来到娄府，他介绍的"高人"权勿用也被请来，还带来一位"侠客"张铁臂。

二、这一段文字中，有两场集会，一场是莺脰湖的名士雅集，一场是"人头会"。——随着新朋旧友的到来，娄氏二公子终于如愿举行了一场名士盛会！新朋有杨执中、权勿用、张铁臂和杨执中的儿子杨老六；旧友有娄家公子的表侄蘧公孙、江湖术士陈和甫和平民诗人牛布衣，加上两位娄公子，共有九人。雅集在莺脰湖的船上举行，"当下牛布衣吟诗，张铁臂击剑，陈和甫打哄说笑，伴着两公子的雍容尔雅，蘧公孙的俊俏风流，杨执中古貌古心，权勿用怪模怪样——真乃一时胜会！""两边岸上的人，望若神仙，谁人不羡？"这又是吴敬梓式的笔墨——赞扬中夹着讥刺，冷嘲中带着热讽！

三、另一场集会的主角是张铁臂。张铁臂有些真功夫，臂膀可以禁受几千斤的车轮碾压，舞起剑来风雨不透！话也说得漂亮："晚生……惯会路见不平，拔刀相助……银钱到手，又最喜帮助穷人，所以落得四海无家……"结果是，不爱银钱的张铁臂拿了五百两银子去"报恩"，声称回来要开"人头会"，却一去不返！"人头会"当然没开成，因为革囊中压根儿是个猪头！

其实两位娄公子早应看出破绽，张铁臂来时"房上瓦一片声的响"，去时"只听得一片瓦响"，他真的是会轻功的侠客吗？

四、被杨执中誉为"高人"的权勿用，是个没有底线的妄人，书没读通，考了三十多年，连一回复试也没进过。既不会经商，也不会耕田，更不会教书。"穷的要不的"，只好靠说大话、骗人度日。看他身穿孝服，在酒席上照样吃肉，还拿古人的"五荤"之说为自己辩解，其"德性"可见一斑！最终他在酒席上被县里公差以"奸拐尼姑"的罪名带走，让娄家两公子大丢面子。两人从此闭门谢客，再也不要当春申君、信陵君了。

晚间，两公子赴宴回家，来书房相会，彼此恨相见之晚[1]。指着潜亭与他看了，道出钦慕之意。又见他带了一个侠客来，更觉举动不同于众。又重新摆出酒来，权勿用首席，杨执中、张铁臂对席，两公子主位。席间，问起这号"铁臂"的缘故。张铁臂道："晚生小时有几斤力气。那些朋友们和我赌赛，叫我睡在街心里，把膀子伸着，等那车来，有心不起来让他。那牛车走行了，来的力猛，足有四五千斤，车毂恰好打从膀子上过[2]，压着膀子了；那时晚生把膀子一挣[3]，'吉丁'的一声，那车就过去了几十步远。看看膀子上，白迹也没有一个！所以众人就加了我这一个绰号。"三公子鼓掌道："听了这快事，足可消酒一斗！各位都斟上大杯来。"权勿用辞说[4]："居丧不饮酒[5]。"杨执中道："古人云：'老不拘礼，病不拘礼。'[6]我方才看见，看馔也还用些，或者酒略饮两杯，不致沉醉，也还不妨。"权勿用道："先生，你这话又欠考核了[7]。

1　此前，杨执中向娄氏二公子介绍自己的朋友权勿用，权勿用因母丧，一时不能来。娄公子日日盼望，因权勿用字潜斋，特意将府中一座亭子命名为"潜亭"。这一日，权勿用终于来了，还带来半路遇到的张铁臂。

2　车毂（gū）：本指车轮中心插轴的部分，这里指车轮。

3　一挣：一挺。

4　辞：推辞，拒绝。

5　居丧：旧时尊亲死后，要在家守丧，其间停止娱乐和交际，饮食上忌酒肉，以示哀悼。

6　老不拘礼，病不拘礼：老人或患病者不必受礼仪束缚。此语出处不详。杨执中在此刻说这两句话，足见其不通，因为权勿用既不老，也没病。

7　考核：这里有考究、深究的意思。

古人所谓五荤者，葱、韭、芫荽之类，怎么不戒？[1]酒是断不可饮的。"四公子道："这自然不敢相强[2]。"忙叫取茶来斟上。

张铁臂道："晚生的武艺尽多，马上十八，马下十八，鞭、铜、鐹、锤、刀、枪、剑、戟[3]，都还略有些讲究。只是一生性气不好，惯会路见不平，拔刀相助，最喜打天下有本事的好汉。银钱到手，又最喜帮助穷人。所以落得四海无家，而今流落在贵地。"四公子道："这才是英雄本色。"权勿用道："张兄方才所说武艺，他舞剑的身段尤其可观，诸先生何不当面请教？"

两公子大喜，即刻叫人家里取出一柄松文古剑来[4]，递与铁臂。铁臂灯下拔开，光芒闪烁。即便脱了上盖的箭衣[5]，束一束腰，手持宝剑，走出天井。众客都一拥出来。两公子叫："且住！快吩咐点起烛来。"一声说罢，十几个管家、小厮，每人手里执着一个烛奴[6]，明晃晃点着蜡烛，摆列天井两边。张铁臂一上一下，一左一右，舞出许多身分来[7]。舞到那酣畅的时候，只见冷森森一片寒光，

1　"古人所谓"三句：这是权勿用强词夺理的话，意谓只有葱、韭菜、芫荽等才是居丧必戒的"五荤"，鱼、肉不在此列。芫荽（yán·suī），香菜。

2　相强：相勉强。

3　鐹（guò）：镰刀，疑当为"挝（zhuā）"，是十八般兵器之一。

4　松文古剑：松文为古代良剑名，经多次锻制，表面呈松木纹理，故名。

5　箭衣：古代射士所穿的一种窄袖服装。

6　烛奴：雕刻成人形的烛台。

7　身分：姿势。

如万道银蛇乱掣[1]，并不见个人在那里。但觉阴风袭人，令看者毛发皆竖。权勿用又在几上取了一个铜盘，叫管家满贮了水，用手蘸着洒，一点也不得入。须臾，大叫一声，寒光陡散[2]，还是一柄剑执在手里。看铁臂时，面上不红，心头不跳。众人称赞一番。直饮到四更方散，都留在书房里歇。自此，权勿用、张铁臂都是相府的上客[3]。

一日，三公子来向诸位道："不日要设一个大会，遍请宾客游莺脰湖[4]。"此时天气渐暖，权勿用身上那一件大粗白布衣服太厚，穿着热了，思量当几钱银子，去买些蓝布，缝一件单直裰，好穿了做游莺脰湖的上客。自心里算计已定，瞒着公子，托张铁臂去当了五百文钱来，放在床上枕头边。日间在潜亭上眺望，晚里归房宿歇，摸一摸床头间，五百文一个也不见了。思量房里没有别人，只是杨执中的蠢儿子在那里混。因一直寻到大门门房里，见他正坐在那里说呆话，便叫道："老六，和你说话。"老六已是嚯得烂醉了，问道："老叔，叫我做什么？"权勿用道："我枕头边的五百钱，你可曾看见？"老六道："看见的。"权勿用道："那里去

---

1 掣：极快地闪过。
2 陡散：瞬间消散。
3 上客：贵客。
4 莺脰（dòu）湖：湖名，在今江苏省吴江市。

了？"老六道："是下午时候，我拿出去赌钱输了。还剩有十来个在钞袋里，留着少刻买烧酒吃。"权勿用道："老六，这也奇了！我的钱，你怎么拿去赌输了？"老六道："老叔，你我原是一个人。你的就是我的，我的就是你的，分什么彼此？"说罢，把头一掉，就几步跨出去了。把个权勿用气的眼睁睁，敢怒而不敢言，真是说不出来的苦。自此，权勿用与杨执中彼此不合。权勿用说杨执中是个呆子，杨执中说权勿用是个疯子。三公子见他没有衣服，却又取出一件浅蓝绸直裰送他。

两公子请遍了各位宾客，叫下两只大船。厨役备办酒席，和司茶、酒的人[1]，另在一个船上。一班唱清曲打粗细十番的[2]，又在一船。此时，正值四月中旬，天气清和，各人都换了单夹衣服，手持纨扇[3]。这一次虽算不得大会，却也聚了许多人。在会的是：娄玉亭三公子、娄瑟亭四公子、蘧公孙駪夫、牛高士布衣、杨司训执中、权高士潜斋、张侠客铁臂、陈山人和甫[4]。鲁编修请了不

---

1 司：掌管。
2 唱清曲：指演唱戏曲中的曲子及散曲，但不用锣鼓，不化装，没有说白。类似后来的清唱。粗细十番：一种器乐合奏，因演奏时轮番用鼓、笛、木鱼等十种乐器，故名。最初以打击乐器为主，后又杂以多种管弦乐器，数目也不限于十种。如加入锣、铙等，即称"粗细十番"。
3 纨扇：绢扇。
4 "娄玉亭三公子"句：娄三公子名琫（běng），字玉亭；娄四公子名瓒，字瑟亭；蘧公孙字駪（shēn）夫；杨执中曾获选司训（县学教官"教谕"的别称）；陈和甫名礼，是占卜先生，山人为隐士的别称。

曾到[1]。席间八位名士，带挈杨执中的蠢儿子杨老六也在船上，共合九人之数。

当下牛布衣吟诗，张铁臂击剑，陈和甫打哄说笑，伴着两公子的雍容尔雅[2]，蘧公孙的俊俏风流，杨执中古貌古心[3]，权勿用怪模怪样——真乃一时胜会！两边船窗四启，小船上奏着细乐[4]，慢慢游到莺脰湖。酒席齐备，十几个阔衣高帽的管家在船头上更番斟酒、上菜[5]。那食品之精洁[6]，茶酒之清香，不消细说。饮到月上时分，两只船上点起五六十盏羊角灯[7]，映着月色湖光，照耀如同白日。一派乐声大作，在空阔处更觉得响亮，声闻十余里。两边岸上的人，望若神仙，谁人不羡？游了一整夜。

次早回来，蘧公孙去见鲁编修。编修公道："令表叔在家，只该闭户做些举业，以继家声[8]。怎么只管结交这样一班人？如此招摇豪横[9]，恐怕亦非所宜[10]。"次日，蘧公孙向两表叔略述一二。三

---

1 鲁编修：是蘧公孙的岳父。编修，翰林院的官职之一，此外还有学士、侍读、侍讲等。

2 雍容尔雅：形容态度从容，举止文雅。

3 古貌古心：形容忠直朴厚，从表到里都有古人的风范气质。

4 细乐：指管弦乐，是与锣鼓等所奏的音乐相对而言。

5 更番：轮番，一遍又一遍。

6 精洁：精致洁净。

7 羊角灯：用羊角熬制的半透明薄片做罩子的灯，也称"明角灯"。

8 以继家声：这里指继承家族中读书求取功名的传统。

9 豪横：这里有倚仗豪门势力放任横行的意思。

10 非所宜：不合适，不应该。

公子大笑道:"我亦不解你令外舅¹,就俗到这个地位!"不曾说完,门上人进来禀说:"鲁大老爷开坊升了侍读²,朝命已下,京报适才到了,老爷们须要去道喜。"蘧公孙听了这话,慌忙先去道喜。

到了晚间,公孙打发家人飞跑来说:"不好了!鲁大老爷接着朝命,正在合家欢喜,打点摆酒庆贺。不想痰病大发,登时中了脏³,已不省人事了。快请二位老爷过去!"两公子听了,轿也等不得,忙走去看。到了鲁宅,进门听得一片哭声,知是已不在了⁴。众亲戚已到,商量在本族亲房立了一个儿子过来,然后大殓治丧。蘧公孙哀毁骨立⁵,极尽半子之谊⁶。

又忙了几日,娄通政有家信到,两公子同在内书房商议写信到京。此乃二十四五,月色未上,两公子秉了一枝烛⁷,对坐商议。到了二更半后,忽听房上瓦一片声的响,一个人从屋檐上掉下来,满身血污,手里提了一个革囊⁸。两公子烛下一看,便是张铁臂。两公子大惊道:"张兄,你怎么半夜里走进我的内室,是何缘故?

1　外舅:岳父。
2　开坊:翰林升迁称开坊。侍读:翰林院官职,高于编修。
3　中了脏:指病入膏肓。
4　不在了:这里是死的隐晦说法。
5　哀毁骨立:形容因居亲丧悲伤过度而形销骨立。
6　半子之谊:这里指女婿的情分。半子,对女婿的称谓。
7　秉:秉持,拿着。
8　革囊:皮囊,皮袋。

这革囊里是什么物件？"张铁臂道："二位老爷请坐，容我细禀。我生平一个恩人，一个仇人。这仇人已衔恨十年[1]，无从下手，今日得便，已被我取了他首级在此，这革囊里面是血淋淋的一颗人头。但我那恩人，已在这十里之外，须五百两银子去报了他的大恩。自今以后，我的心事已了，便可以舍身为知己者用了。我想，可以措办此事[2]，只有二位老爷。外此[3]，那能有此等胸襟[4]？所以冒昧黑夜来求[5]。如不蒙相救，即从此远遁[6]，不能再相见矣！"遂提了革囊要走。

两公子此时已吓得心胆皆碎，忙拦住道："张兄且休慌。五百金小事[7]，何足介意！但此物作何处置？"张铁臂笑道："这有何难？我略施剑术即灭其迹[8]，但仓卒不能施行。候将五百金付去之后，我不过两个时辰即便回来[9]，取出囊中之物，加上我的药末，顷刻化为水，毛发不存矣。二位老爷可备了筵席，广招宾客，看

1　衔恨：含恨，心中怀着怨恨（或悔恨）。
2　措办：筹划办理。
3　外此：除此之外。
4　胸襟：胸怀，气量。
5　冒昧：这里是谦词，意思是不顾地位、场合。
6　远遁：远走，远逃。
7　五百金：五百两银子，古人称一两银子为一金。
8　剑术：本指击剑的技艺；此处指剑侠的法术，这是张铁臂故弄玄虚的说法。
9　时辰：一个时辰相当于今天两小时。

张铁臂夜闯娄府 / 程十发 绘

我施为此事[1]。"两公子听罢，大是骇然[2]。弟兄忙到内里取出五百两银子，付与张铁臂。铁臂将革囊放在阶下，银子拴束在身，叫一声"多谢"！腾身而起，上了房檐，行步如飞。只听得一片瓦响，无影无踪去了。当夜万籁俱寂[3]，月色初上，照着阶下革囊里血淋淋的人头。……[4]

两公子虽系相府，不怕有意外之事，但血淋淋一个人头丢在内房阶下，未免有些焦心。四公子向三公子道："张铁臂他做侠客的人，断不肯失信于我。我们却不可做俗人。我们竟办几席酒，把几位知己朋友都请到了，等他来时开了革囊，果然用药化为水，也是不容易看见之事。我们就同诸友做一个'人头会'，有何不可？"三公子听了，到天明，吩咐办下酒席，把牛布衣、陈和甫、蘧公孙都请到，家里住的三个客是不消说。只说小饮，且不必言其所以然[5]。直待张铁臂来时，施行出来，好让众位都吃一惊。

众客到齐，彼此说些闲话。等了三四个时辰不见来，直等到日中，还不见来。三公子悄悄向四公子道："这事就有些古怪了。"四公子道："想他在别处又有耽搁了。他革囊现在我家，断无不来

1　施为：操作。

2　骇然：惊讶的样子。

3　万籁俱寂：形容四周寂静，没有一点声音。

4　此处略去第十二、第十三回衔接处的文字。

5　所以然：原因。

之理。"看看等到下晚，总不来了。厨下酒席已齐，只得请众客上坐。这日天气甚暖，两公子心里焦躁："此人若竟不来，这人头却往何处发放[1]？"直到天晚，革囊臭了出来，家里太太闻见，不放心，打发人出来请两位老爷去看。二位老爷没奈何，才硬着胆开了革囊。一看，那里是什么人头？只有六七斤一个猪头在里面。两公子面面相觑，不则一声，立刻叫把猪头拿到厨下赏与家人们去吃。两公子悄悄相商，这事不必使一人知道，仍旧出来陪客饮酒。心里正在纳闷，看门的人进来禀道："乌程县有个差人[2]，持了县里老爷的帖，同萧山县来的两个差人叩见老爷[3]，有话面禀。"三公子道："这又奇了，有什么话说？"留四公子陪着客，自己走到厅上，传他们进来。

那差人进来磕了头，说道："本官老爷请安。"随呈上一张票子和一角关文[4]。三公子叫取烛来看，见那关文上写着："萧山县正堂吴。为地棍奸拐事[5]：案据兰若庵僧慧远，具控伊徒尼僧心远[6]，

1　发放：安排，处置。

2　乌程县：古县名，位于今浙江湖州市。

3　萧山县：今浙江杭州市萧山区。

4　票子：衙门的传票，也叫差票。关文：旧时官府间的平行文书，一般用于提人、调案等。这里是指萧山县发给乌程县要求协助缉拿权勿用的官方文书。下文中的"移关"，即指此。

5　地棍：地痞，恶棍。

6　具控：备文控诉。伊徒：她的徒弟。伊，女性第三人称代词。尼僧：尼姑。心远：与上文的"慧远"同是僧人法号。

被地棍权勿用奸拐霸占在家一案。查本犯未曾发觉之先，已自潜迹逃往贵治[1]。为此移关，烦贵县查点来文事理，遣役协同来差，访该犯潜踪何处[2]，擒获解还敝县，以便审理究治[3]。望速！望速！"

看过，差人禀道："小的本官上复三老爷，知道这人在府内。因老爷这里不知他这些事，所以留他。而今求老爷把他交与小的。他本县的差人现在外伺候，交与他带去，休使他知觉逃走了，不好回文。"三公子道："我知道了，你在外面候着。"差人应诺出去了，在门房里坐着。

三公子满心惭愧，叫请了四老爷和杨老爷出来。二位一齐来到，看了关文和本县拿人的票子，四公子也觉不好意思。杨执中道："三先生、四先生，自古道：'蜂虿入怀，解衣去赶。'[4]他既弄出这样事来，先生们庇护他不得了。如今我去向他说，把他交与差人，等他自己料理去。"两公子没奈何。杨执中走进书房席上，一五一十说了。权勿用红着脸道："真是真，假是假！我就同他去，怕什么！"两公子走进来，不肯改常，说了些不平的话，又奉了两杯别酒，取出两封银子送作盘程。两公子送出大门，叫仆

---

1 贵治：犹言"贵县治下"。下文中的"敝县"，是萧山县令对本县的谦称。
2 潜踪：潜伏踪迹，潜藏。
3 究治：审问治罪。
4 "蜂虿"二句：马蜂毒虫飞入怀中，要解开衣襟赶它出去。这里指不可姑息养奸、庇护坏人。虿（chài），蝎子一类的毒虫。

人替他拿了行李，打躬而别。那两个差人见他出了娄府，两公子已经进府，就把他一条链子锁去了。

两公子因这两番事后，觉得意兴稍减。吩咐看门的："但有生人相访，且回他'到京去了'。"自此，闭门整理家务。

7. 节选七　马二先生游西湖

阅读提示

一、本段选自《儒林外史》第十四回"蘧公孙书坊送良友，马秀才山洞遇神仙"。前文叙马二先生在嘉兴书坊编选时文，为了救助新结识的朋友蘧公孙，一掷百金。此番又独自来杭州谋生。

二、马二先生名静，字纯上，他热衷科举功名，把"举业"（科举）看得十分神圣。他自己科举失意，只是个廪生（拿"奖学金"的秀才）；然而他痴心不改，把全部精力都用于时文编选，要指导他人实现科举梦想。由于过分沉迷其中，马二先生变得思想冬烘，性格迂阔，失去了对美的起码感受力。本段写他游西湖的经历，就体现了这一点。

三、一般人游西湖，既看景，也看景中人。然而马二先生游西湖，对美景、游人都不感兴趣。如在西湖边牌楼下看到一船船来烧香的乡下妇女，"马二先生看了一遍，不在意里"。又在湖沿儿见到船上下来的珠光宝气的贵妇，"马二先生低着头走了过去，不曾仰视"。到净慈寺中，与"富贵人家的女客"相遇，结果是

"女人也不看他，他也不看女人"……不过马二先生见到"仁宗皇帝的御书"，却是"吓了一跳，慌忙整一整头巾，理一理宝蓝直裰，在靴桶内拿出一把扇子来当了笏板，恭恭敬敬，朝着楼上扬尘舞蹈，拜了五拜"——迂腐之态，如描如画。

四、对美景、女人都不感兴趣的马二先生，唯独对途中的各种吃食十分感兴趣。他眼馋沿湖酒店里"透肥的羊肉""滚热的蹄子、海参、糟鸭、鲜鱼"，眼热人家宴席递送的"热腾腾的燕窝、海参……"然而这一切他都无福享受，只能买几个钱的"桔饼、芝麻糖、粽子、烧饼、处片、黑枣、煮栗子"解馋，或"打了十二个钱的（蓑衣）饼吃了"，"买了几十文饼和牛肉"吃。

马二先生刚刚在嘉兴选书，得了一百两银子的报酬，此番来到杭州，正该大吃大喝，自我犒劳一番，为何这样缩手缩脚一副寒酸相？原来，此前他为了救助新结识的朋友，慷慨解囊，一百两酬金花得所剩无几。——弄清前因后果，人们才真正认识了马二先生：古板迂执、贪吃悭吝只是表面现象；慷慨正直、侠肝义胆，才是他的本来面目！

马二先生上船，一直来到断河头。问文瀚楼的书坊[1]，乃是文海楼一家，到那里去住。住了几日，没有什么文章选。腰里带了几个钱，要到西湖上走走。

这西湖，乃是天下第一个真山真水的景致。且不说那灵隐的幽深[2]、天竺的清雅，只这出了钱塘门，过圣因寺，上了苏堤，中间是金沙港，转过去就望见雷峰塔，到了净慈寺，有十多里路，真乃五步一楼，十步一阁。一处是金粉楼台[3]，一处是竹篱茅舍，一处是桃柳争妍，一处是桑麻遍野。那些卖酒的青帘高扬，卖茶的红炭满炉。士女游人，络绎不绝。真不数"三十六家花酒店[4]，七十二座管弦楼"。

马二先生独自一个带了几个钱，步出钱塘门。在茶亭里吃了几碗茶，到西湖沿上牌楼跟前坐下。见那一船一船乡下妇女来烧香的，都梳着挑鬈头[5]。也有穿蓝的，也有穿青绿衣裳的，年纪小的都穿些红绸单裙子。也有模样生的好些的，都是一个大团白脸，

---

1 文瀚楼：与下文的文海楼都是书坊字号。书坊：相当于现代的书店，古代又称书肆、书林、书堂。既卖书，也印书。

2 灵隐：杭州灵隐寺，与下文中的天竺、钱塘门、圣因寺、苏堤、金沙港、雷峰塔、净慈寺、六桥、湖心亭等，都是杭州西湖周围的名胜。

3 金粉楼台：装饰得金碧辉煌的楼台建筑。

4 花酒店：与下文的"管弦楼"同指西湖周边的宴饮娱乐场所。

5 挑鬈头：以骨针支撑使两鬈隆起的发式，在当时是一种村俗的发式。

两个大高颧骨[1]；也有许多疤麻疥癞的[2]。一顿饭时，就来了有五六船。那些女人后面都跟着自己的汉子，掮着一把伞，手里拿着一个衣包。上了岸，散往各庙里去了。

马二先生看了一遍，不在意里[3]，起来又走了里把多路[4]。望着湖沿上接连着几个酒店，挂着透肥的羊肉，柜台上盘子里盛着滚热的蹄子、海参、糟鸭、鲜鱼[5]，锅里煮着馄饨，蒸笼上蒸着极大的馒头。马二先生没有钱买了吃，喉咙里咽唾沫，只得走进一个面店，十六个钱吃了一碗面。肚里不饱，又走到间壁一个茶室吃了一碗茶[6]，买了两个钱处片嚼嚼[7]，倒觉得有些滋味。

吃完了出来，看见西湖沿上柳荫下系着两只船。那船上女客在那里换衣裳：一个脱去元色外套，换了一件水田披风[8]；一个脱去天青外套，换了一件玉色绣的八团衣服[9]；一个中年的脱去宝蓝缎衫，换了一件天青缎二色金的绣衫[10]。那些跟从的女客十几个人，

---

1 颧（quán）骨：人面部位于眼眶外下方的两块突出骨骼。

2 疤麻疥癞：这里指面部的诸多病患痕迹，或结疤，或面麻，或生疥癞。

3 不在意里：指看了没兴趣。

4 里把多路：一里多路。

5 糟鸭：用糟曲炮制过的鸭子。

6 间壁：隔壁。

7 处片：浙江处州（今丽水一带）出产的笋干。

8 水田披风：用各色织锦块拼合缝制的外衣，貌似水田，故称。

9 玉色：淡青色。八团：绣有八个团花图案。

10 二色金：深浅两色金线。

也都换了衣裳。这三位女客，一位跟前一个丫鬟，手持黑纱团香扇[1]，替他遮着日头，缓步上岸。那头上珍珠的白光，直射多远；裙上环佩，叮叮当当的响。马二先生低着头走了过去，不曾仰视。

往前走过了六桥，转个弯，便像些村乡地方，又有人家的棺材厝基[2]。中间走了一二里多路，走也走不清[3]，甚是可厌。马二先生欲待回家，遇着一走路的，问道："前面可还有好顽的所在？"那人道："转过去便是净慈、雷峰，怎么不好顽？"

马二先生又往前走。走到半里路，见一座楼台，盖在水中间，隔着一道板桥。马二先生从桥上走过去，门口也是个茶室。吃了一碗茶，里面的门锁着。马二先生要进去看，管门的问他要了一个钱，开了门，放进去。里面是三间大楼，楼上供的是仁宗皇帝的御书[4]。马二先生吓了一跳，慌忙整一整头巾，理一理宝蓝直裰，在靴桶内拿出一把扇子来当了笏板[5]，恭恭敬敬，朝着楼上扬尘舞蹈[6]，拜了五拜。拜毕起来，定一定神，照旧在茶桌子上坐下。旁

---

1 团香扇：团扇，是一种纱制圆面的扇子。

2 厝（cuò）基：在地面上用砖或土把棺木暂时封起来，以待下葬。这种砖土堆叫"厝基"。

3 走也走不清：这是指不知走往何处。

4 仁宗皇帝：这里指明洪熙帝朱高炽。御书：皇帝写的字。

5 靴桶：高靿靴筒。笏（hù）板：古代大臣上朝所持的手板，质地有象牙的或竹木的，一般长二尺六寸，宽约二寸，记事用。

6 扬尘舞蹈：原指祭祀天、地、神时的一种舞蹈，后用来形容臣见君的礼仪。

马二先生游西湖 / 程十发 绘

边有个花园，卖茶的人说是布政司房里的人在此请客[1]，不好进去。那厨房却在外面，那热汤汤的燕窝、海参，一碗碗在跟前捧过去，马二先生又羡慕了一番。

出来过了雷峰，远远望见高高下下许多房子，盖着琉璃瓦，曲曲折折无数的朱红栏杆。马二先生走到跟前，看见一个极高的山门，一个直匾金字[2]，上写着"敕赐净慈禅寺"[3]。山门旁边一个小门，马二先生走了进去。一个大宽展的院落[4]，地下都是水磨的砖[5]。才进二道山门，两边廊上都是几十层极高的阶级。那些富贵人家的女客，成群逐队，里里外外，来往不绝，都穿的是锦绣衣服，风吹起来，身上的香一阵阵的扑人鼻子。马二先生身子又长，戴一顶高方巾，一幅乌黑的脸，拥着个肚子，穿着一双厚底破靴，横着身子乱跑，只管在人窝子里撞。女人也不看他，他也不看女人。前前后后跑了一交[6]，又出来坐在那茶亭内——上面一个横匾，金书"南屏"两字——吃了一碗茶。柜上摆着许多碟子：桔饼、

---

1 布政司：明初将全国分成十三个"承宣布政使司"，主管官员叫"布政使"，职责略同于省长。其后省政由巡抚主持，布政使成为巡抚属下专司民政及财政的官员，也称"藩司""藩台"。

2 直匾：匾额的一种，匾上的字是从上到下直行书写。下文中的横匾，字是从右往左横写。

3 敕赐：由皇帝赏赐，此处意为奉诏命（建造）。

4 大宽展：形容很宽阔。

5 水磨的砖：指建筑十分讲究，砖加水磨平后再使用。

6 一交：一遭。

芝麻糖、粽子、烧饼、处片、黑枣、煮栗子。马二先生每样买了几个钱的，不论好歹，吃了一饱。马二先生也倦了，直着脚跑进清波门。到了下处，关门睡了。因为走多了路，在下处睡了一天。

第三日起来，要到城隍山走走。城隍山就是吴山，就在城中。马二先生走不多远，已到了山脚下。望着几十层阶级，走了上去。横过来，又是几十层阶级。马二先生一气走上，不觉气喘。看见一个大庙，门前卖茶，吃了一碗。进去见是吴相国伍公之庙[1]，马二先生作了个揖，逐细的把匾联看了一遍。又走上去，就像没有路的一般。左边一个门，门上钉着一个匾，匾上"片石居"三个字，里面也想是个花园，有些楼阁。马二先生步了进去，看见窗棂关着[2]。马二先生在门外望里张了一张，见几个人围着一张桌子，摆着一座香炉，众人围着，像是请仙的意思[3]。马二先生想道："这是他们请仙判断功名大事。我也进去问一问。"站了一会，望见那人磕头起来，旁边人道："请了一个才女来了。"马二先生听了暗笑。又一会，一个问道："可是李清照[4]？"又一个问道："可是苏若

1　吴相国伍公之庙：春秋时吴国相国伍子胥的庙。
2　窗棂（líng）：窗格子，这里指窗扇。
3　请仙：一般指扶乩（jī），属于一种占卜术，可以请来神仙、古人给以预告或启示，也称扶箕、扶鸾、降笔等。
4　李清照：两宋之际的著名女词人，号易安居士，有词集《漱玉词》。

兰¹？"又一个拍手道："原来是朱淑真²！"马二先生道："这些什么人？料想不是管功名的了，我不如去罢。"

又转过两个弯，上了几层阶级，只见平坦的一条大街，左边靠着山，一路有几个庙宇。右边一路，一间一间的房子，都有两进³。屋后一进，窗子大开着，空空阔阔，一眼隐隐望得见钱塘江。那房子，也有卖酒的，也有卖耍货的，⁴，也有卖饺儿的，也有卖面的，也有卖茶的，也有测字算命的。庙门口都摆的是茶桌子。这一条街，单是卖茶，就有三十多处，十分热闹。马二先生正走着，见茶铺子里一个油头粉面的女人招呼他吃茶。马二先生别转头来就走，到间壁一个茶室泡了一碗茶。看见有卖的蓑衣饼⁵，叫打了十二个钱的饼吃了，略觉有些意思。走上去，一个大庙甚是巍峨，便是城隍庙。他便一直走进去，瞻仰了一番。

过了城隍庙，又是一个弯，又是一条小街，街上酒楼、面店都有。还有几个簇新的书店，店里贴着报单，上写："处州马纯上

---

1 苏若兰：名蕙，东晋时前秦女诗人，撰有《回文旋玑图诗》。
2 朱淑真：南宋时著名女词人，著有《断肠词》。
3 两进：两排。老式房子一宅之内分前后几排屋舍，一排称一进。
4 耍货：玩具。
5 蓑衣饼：一种面食小吃，以面粉、猪油、白糖制成饼，用猪油煎食。下文中的"打"，即制作。

先生精选《三科程墨持运》于此发卖[1]。"马二先生见了欢喜，走进书店坐坐，取过一本来看，问个价钱。又问："这书可还行？"书店人道："墨卷只行得一时，那里比得古书？"

马二先生起身出来，因略歇了一歇脚，就又往上走。过这一条街，上面无房子了，是极高的个山冈。一步步去，走到山冈上，左边望着钱塘江，明明白白。那日，江上无风，水平如镜。过江的船，船上有轿子，都看得明白。再走上些，右边又看得见西湖、雷峰一带，湖心亭都望见。那西湖里打鱼船，一个一个，如小鸭子浮在水面。马二先生心旷神怡，只管走了上去。又看见一个大庙门，摆着茶桌子卖茶。马二先生两脚酸了，且坐吃茶。吃着，两边一望：一边是江，一边是湖。又有那山色一转围着，又遥见隔江的山，高高低低，忽隐忽现。马二先生叹道："真乃'载华岳而不重，振河海而不泄，万物载焉'[2]！"吃了两碗茶，肚里正饿，思量要回去路上吃饭。恰好一个乡里人捧着许多烫面薄饼来卖，又有一篮子煮熟的牛肉。马二先生大喜，买了几十文饼和牛肉，就在茶桌子上尽兴一吃。

---

1 处州：今浙江丽水市的故称。程墨：八股文范本集，一般于每科乡、会试后编选。程，试官的拟作。墨，墨卷，即中选的试卷。持运：这里有把握文运的意思。

2 "载华岳"三句：这是《中庸》里的话，原文是："今夫地一撮土之多，及其广厚载华岳而不重，振河海而不洩，万物载焉。"这里带有讽刺意味：马二先生因美景而引发诗兴，也只是念两句"四书"中的文字。

8. 节选八　匡超人与潘三

阅读提示

一、本段选自《儒林外史》第十九回"匡超人幸得良朋，潘自业横遭祸事"和第二十回"匡超人高兴长安道，牛布衣客死芜湖关"。前文叙秀才匡超人在杭州结识了一班"名士"，在本段中，他开始与吏役潘三狼狈为奸。

二、匡超人本是个勤奋、好学的农家子弟，因禁不住金钱诱惑，日渐堕落；追随布政司吏役潘三，干起"有想头的事"。——这样的事，匡超人见到潘三的当天就参与了两件：一件是私造公文，转卖妇女以牟利；另一件是替人补写假婚书，收取贿赂。匡超人轻松分得二十两银子，从此在泥潭中越陷越深。最多一次，他分得二百两银子，是因亲下考场替人当枪手……潘三虽恶，对待匡超人却十分"义气"，从不克扣他的银钱，还帮他成家立业。然而潘三下狱后，想要见匡超人一面，匡竟不肯见，还冠冕堂皇地讲出一篇"道理"来！

匡超人曾受惠于马二先生，日后却有意贬低这位恩人；李知县对他有提拔之恩，知县遇到麻烦，他却立即开溜；他本来娶有妻室，为了高攀，竟停妻再娶；听说潘三出了事，立刻逃走，如今当官返乡，连面都不肯见……背信弃义、刻薄寡恩，匡超人的堕落，值得读书人认真剖析。

三、潘三的身份是"吏"，也就是衙门中的基层办事人员，社会地位极低——不但吏本人不能参加科举，他们的子孙也受到限制。然而在百姓面前，吏又是官威与法律的代表，常能假公济私、上下其手，将法律玩弄于股掌之中，甚至手握生杀之权，连"官"也受到他们的辖制！《儒林外史》以潘三为标本，揭露吏役的罪恶以及官府的黑暗。——匡超人以读书人的身份深度参与吏役的暗箱操作，为虎作伥，尤为可恨，作者对他的批判，超过了潘三！

话说匡超人睡在楼上，听见有客来拜，慌忙穿衣起来下楼。见一个人坐在楼下，头戴吏巾[1]，身穿元缎直裰，脚下虾蟆头厚底皂靴[2]。黄胡子，高颧骨，黄黑面皮，一双直眼[3]。那人见匡超人下

---

1 吏巾：吏役所戴的头巾。
2 虾蟆（há·ma）头：指鞋脸的造型类似蛤蟆。虾蟆，同"蛤蟆"。
3 直眼：目光凶暴的眼睛。

来，便问道："此位是匡二相公么？"匡超人道："贱姓匡[1]。请问尊客贵姓？"那人道："在下姓潘。前日看见家兄书子[2]，说你二相公来省[3]。"匡超人道："原来就是潘三哥！"慌忙作揖行礼，请到楼上坐下。潘三道："那日二相公赐顾[4]，我不在家。前日返舍看见家兄的书信[5]，极赞二相公为人聪明，又行过多少好事，着实可敬！"匡超人道："小弟来省特地投奔三哥，不想公出。今日会见，欢喜之极！"说罢，自己下去拿茶，又托书店买了两盘点心，拿上楼来。潘三正在那里看斗方[6]，看见点心到了，说道："哎呀！这做什么？"接茶在手，指着壁上道："二相公，你到省里来，和这些人相与做什么？"匡超人问："是怎的？"潘三道："这一班人是有名的呆子。这姓景的，开头巾店，本来有两千银子的本钱，一顿诗做的精光[7]。他每日在店里，手里拿着一个刷子刷头巾，口里还哼的是'清明时节雨纷纷'，把那买头巾的和店邻看了都笑。而今折了本钱[8]，只借这做诗为由，遇着人就借银子，人听见他都怕。那

1　贱姓：称呼自家姓氏的谦虚说法。

2　书子：书信。

3　省：这里指省城杭州。

4　赐顾：对别人拜访自己的客套说法。

5　返舍：(外出)回家。

6　斗方：书画所用的方形册页，也指一二尺见方的字画。作诗词、写斗方，是一班"名士"的作为，因而又有"斗方名士"之称。

7　"一顿诗"句：意思是只把心思放在作诗上，把买卖做赔了。

8　折(shé)了本钱：赔了本钱。

一个姓支的，是盐务里一个巡商[1]。我来家，在衙门里听见说，不多儿日，他吃醉了，在街上吟诗，被府里二太爷一条链子锁去[2]，把巡商都革了[3]。将来只好穷的淌屎！二相公，你在客边[4]，要做些有想头的事[5]。这样人，同他混缠做什么[6]？"

当下，吃了两个点心便丢下，说道："这点心吃他做什么？我和你到街上去吃饭。"叫匡超人锁了门，同到街上司门口一个饭店里[7]。潘三叫切一只整鸭，脍一卖海参杂脍[8]，又是一大盘白肉，都拿上来。饭店里见是潘三爷，屁滚尿流，鸭和肉都捡上好的极肥的切来，海参杂脍加味用作料。两人先斟两壶酒，酒罢用饭，剩下的就给了店里人。出来也不算账，只吩咐得一声："是我的。"那店主人忙拱手道："三爷请便，小店知道。"

走出店门，潘三道："二相公，你而今往那去？"匡超人道："正要到三哥府上。"潘三道："也罢，到我家去坐坐。"同着一直

1　盐务：经管食盐事务的衙门。巡商：盐务中负责巡缉私盐的官职名。
2　二太爷：指府同知。府同知的地位仅次于知府，也称二府、分府、司马。
3　革：革职。
4　客边：在外做客。
5　有想头的事：这里指有利益、有油水的事。
6　混缠：厮混，缠绕。
7　司门口：这里指布政使司衙门的门口。
8　一卖：食品一整份称"一卖"。

走到一个巷内，一带青墙，两扇半截板门[1]，又是两扇重门[2]。进到厅上，一伙人在那里围着一张桌子赌钱。潘三骂道："你这一班狗才，无事便在我这里胡闹！"众人道："知道三老爹到家几日了，送几个头钱来与老爹接风[3]。"潘三道："我那里要你什么头钱接风？"又道："也罢，我有个朋友在此，你们弄出几个钱来热闹热闹。"匡超人要同他施礼，他拦住道："方才见过，罢了，又作揖怎的？你且坐着！"当下走了进去，拿出两千钱来，向众人说道："兄弟们，这个是匡二相公的两千钱，放与你们[4]。今日打的头钱都是他的。"向匡超人道："二相公，你在这里坐着，看着这一个管子。这管子满了，你就倒出来收了，让他们再丢。"便拉一把椅子，叫匡超人坐着，他也在旁边看。

看了一会，外边走进一个人来请潘三爷说话。潘三出去看时，原来是开赌场的王老六。潘三道："老六，久不见你，寻我怎的？"老六道："请三爷在外边说话。"潘三同他走了出来，一个僻静茶室里坐下。王老六道："如今有一件事，可以发个小财，一径来和三爷商议。"潘三问是何事，老六道："昨日钱塘县衙门里

---

1 半截板门：齐腰高的板门，一般作为外院门。
2 重（chóng）门：这里指屋子的门。
3 头钱：赌博的抽头。
4 放：放债，借与。

快手，拿着一班光棍，在茅家铺轮奸，奸的是乐清县大户人家逃出来的一个使女[1]，叫做荷花。这班光棍正奸得好，被快手拾着了来，报了官。县里王太爷，把光棍每人打几十板子放了。出了差，将这荷花解回乐清去[2]。我这乡下有个财主，姓胡，他看上了这个丫头，商量若想个方法，瞒的下这个丫头来[3]，情愿出几百银子买他。这事可有个主意？"潘三道："差人是那个？"王老六道："是黄球。"潘三道："黄球可曾自己解去？"王老六道："不曾去，是两个副差去的。"潘三道："几时去的？"王老六道："去了一日了。"潘三道："黄球可知道胡家这事？"王老六道："怎么不知道？他也想在这里面发几个钱的财，只是没有方法。"潘三道："这也不难！你去约黄球来当面商议。"那人应诺去了。

潘三独自坐着吃茶，只见又是一个人慌慌张张的走了进来，说道："三老爹，我那里不寻你，原来独自坐在这里吃茶！"潘三道："你寻我做什么？"那人道："这离城四十里外，有个乡里人施美卿，卖弟媳妇与黄祥甫。银子都兑了[4]，弟媳妇要守节，不肯嫁。施美卿同媒人商议着要抢。媒人说：'我不认得你家弟媳妇，你须

---

1 乐清县：今浙江省辖县级市，由温州市代管。

2 解：押解。

3 瞒的下这个丫头：指欺瞒官府，将此女扣下（给财主）。

4 兑：称量，交付。

是说出个记认 ¹。'施美卿说：'每日清早上，是我弟媳妇出来屋后抱柴。你明日众人伏在那里，遇着就抢罢了。'众人依计而行，到第二日抢了家去。不想那一日早，弟媳妇不曾出来，是他乃眷抱柴 ²。众人就抢了去。隔着三四十里路，已是睡了一晚。施美卿来要讨他的老婆，这里不肯，施美卿告了状。如今那边要诉，却因讲亲的时节不曾写个婚书 ³，没有凭据。而今要写一个，乡里人不在行 ⁴，来同老爹商议。还有这衙门里事，都托老爹料理。有几两银子，送作使费。"潘三道："这是什么要紧的事？也这般大惊小怪！你且坐着，我等黄头说话哩。"

须臾，王老六同黄球来到。黄球见了那人道："原来郝老二也在这里。"潘三道："不相干，他是说别的话。"因同黄球另在一张桌子上坐下。王老六同郝老二又在一桌。黄球道："方才这件事，三老爹是怎个施为？"潘三道："他出多少银子？"黄球道："胡家说，只要得这丫头荷花，他连使费一总干净，出二百两银子。"潘三道："你想赚他多少？"黄球道："只要三老爹把这事办的妥当，我是好处，多寡分几两银子罢了 ⁵。难道我还同你老人家争？"潘

---

1 记认：记号。

2 乃眷：他的妻子。

3 婚书：旧时的结婚文约。

4 不在行（háng）：这里指不懂（写婚书）的格式、规范。

5 多寡：或多或少。

三道："既如此，罢了。我家现住着一位乐清县的相公，他和乐清县的太爷最好¹。我托他去人情上弄一张回批来²，只说荷花已经解到，交与本人领去了。我这里再托人向本县弄出一个朱签来³，到路上将荷花赶回⁴，把与胡家⁵。这个方法何如？"黄球道："这好的很了。只是事不宜迟，老爹就要去办。"潘三道："今日就有朱签，你叫他把银子作速取来⁶！"黄球应诺，同王老六去了。

潘三叫郝老二："跟我家去。"当下两人来家，赌钱的还不曾散。潘三看着赌完了，送了众人出去，留下匡超人来道："二相公，你住在此，我和你说话。"当下留在后面楼上，起了一个婚书稿，叫匡超人写了，把与郝老二看，叫他明日拿银子来取。打发郝二去了。

吃了晚饭，点起灯来，念着回批，叫匡超人写了。家里有的是豆腐干刻的假印，取来用上。又取出朱笔，叫匡超人写了一个赶回文书的朱签。办毕，拿出酒来对饮，向匡超人道："像这都是

1　太爷：这里指知县。

2　人情上弄一张回批：通过人情关系弄一张收到所押送犯人的收据。这是潘三对外声称，实则这张回批是他与匡超人假造的。回批，差事交接完毕，对方发给的认定批文。

3　朱签：官府委办紧要事件时临时发给的文书。本用竹片写，后改用纸。签上的某些字句，要用朱笔加圈，故称。

4　赶回：追回。

5　把与：交给。下文"把与郝老二看"的"把与"，是拿给的意思。

6　作速：加速，赶快。

有些想头的事，也不枉费一番精神。和那些呆瘟缠什么[1]！"是夜留他睡下。

次早，两处都送了银子来。潘三收进去，随即拿二十两银子递与匡超人，叫他带在寓处做盘费。匡超人欢喜接了。遇便人，也带些家去，与哥添本钱。书坊各店，也有些文章请他选。潘三一切事，都带着他分几两银子，身上渐渐光鲜[2]。果然听了潘三的话，和那边的名士来往稀少。

不觉住了将及两年。一日，潘三走来道："二相公，好几日不会，同你往街上吃三杯。"匡超人锁了楼门，同走上街。才走得几步，只见潘家一个小厮寻来了说："有客在家里，等三爷说话。"潘三道："二相公，你就同我家去。"当下同他到家，请匡超人在里间小客座里坐下，潘三同那人在外边。潘三道："李四哥，许久不见，一向在那里？"李四道："我一向在学道衙门前。今有一件事回来商议，怕三爷不在家。而今会着三爷，这事不愁不妥了。"潘三道："你又什么事捣鬼话？同你共事，你是'马蹄刀瓢里切菜——滴水也不漏'[3]，总不肯放出钱来。"李四道："这事是有钱

1　呆瘟：呆子，害呆病的。这是潘三对那些名士的蔑称。
2　光鲜：鲜明，漂亮。
3　马蹄刀瓢里切菜——滴水也不漏：马蹄刀的刃是弧形的，在瓢里切菜，刃与瓢的内侧完全吻合，一点汤水也不会漏出。这里指极端吝啬，一毛不拔。

匡超人与潘三 / 程十发 绘

的。"潘三道："你且说，是什么事？"李四道："目今宗师按临绍兴了¹。有个金东崖，在部里做了几年衙门，挣起几个钱来，而今想儿子进学。他儿子叫做金跃，却是一字不通的。考期在即，要寻一个替身。这位学道的关防又严²，须是想出一个新法子来。这事所以要和三爷商议。"潘三道："他愿出多少银子？"李四道："绍兴的秀才，足足值一千两一个。他如今走小路³，一半也要他五百两。只是眼下，且难得这一个替考的人，又必定是怎样装一个何等样的人进去？那替考的笔资多少？衙门里使费共是多少？剩下的，你我怎样一个分法？"潘三道："通共五百两银子，你还想在这里头分一个分子，这事就不必讲了！你只好在他那边得些谢礼，这里你不必想！"李四道："三爷，就依你说也罢了。到底是怎个做法？"潘三道："你总不要管，替考的人也在我，衙门里打点也在我⁴。你只叫他把五百两银子兑出来，封在当铺里⁵；另外拿三十两银子，给我做盘费。我总包他一个秀才。若不得进学，五百两一丝也不动，可妥当么？"李四道："这没的说了。"当下

1　按临：巡视，莅临查考。绍兴：今浙江绍兴市。

2　关防：这里指防范。

3　走小路：这里指私下设法取得秀才资格（如找枪手代考），与从权势者手中"购买"有所区别。书中第三十一回，臧荼预备用三百两银子买个秀才，是由"宗师"的手下操办的，尽管也是非法的，但应属"大路"。

4　打点：送钱财以疏通关系。

5　封：封存。

说定，约着日子来封银子。

潘三送了李四出去，回来向匡超人说道："二相公，这个事用的着你了。"匡超人道："我方才听见的，用着我，只好替考。但是，我还是坐在外面做了文章传递，还是竟进去替他考？若要进去替他考，我竟没有这样的胆子。"潘三道："不妨，有我哩！我怎肯害你？且等他封了银子来，我少不得同你往绍兴去。"当晚别了回寓。

过了几日，潘三果然来搬了行李同行。过了钱塘江，一直来到绍兴府，在学道门口[1]，寻了一个僻静巷子寓所住下。次日，李四带了那童生来会一会。潘三打听得宗师挂牌考会稽了[2]，三更时分，带了匡超人悄悄同到班房门口[3]，拿出一顶高黑帽，一件青布衣服，一条红搭包来。叫他除了方巾，脱了衣裳，就将这一套行头穿上[4]。附耳低言，如此如此，不可有误！把他送在班房，潘三拿着衣帽去了。

交过五鼓，学道三炮升堂。超人手执水火棍[5]，跟了一班军牢夜役，吆喝了进去，排班站在二门口。学道出来点名，点到童生

---

1 学道：这里指学道衙门。
2 会（guì）稽：古郡名，在今江苏苏州一带。
3 班房：旧时衙门里衙役当班的地方。
4 行（xíng）头：演员穿的戏装，也泛指衣服。
5 水火棍：差人拿的木棍，漆成上黑下红的颜色，故名水火棍。

金跃，匡超人递个眼色与他。那童生是照会定了的[1]，便不归号[2]，悄悄站在黑影里。匡超人就退下几步，到那童生跟前，躲在人背后，把帽子除下来，与童生戴着，衣服也彼此换过来。那童生执了水火棍，站在那里。匡超人捧卷归号，做了文章，放到三四牌[3]，才交卷出去。回到下处，神鬼也不知觉。发案时候，这金跃高高进了。

潘三同他回家，拿二百两银子，以为笔资[4]。潘三道："二相公，你如今得了这一注横财[5]，这就不要花费了，做些正经事。"匡超人道："什么正经事？"潘三道："你现今服也满了[6]，还不曾娶个亲事。我有一个朋友，姓郑，在抚院大人衙门里[7]。这郑老爹是个忠厚不过的人，父子都当衙门[8]。他有第三个女儿，托我替他做个媒。我一向也想着你，年貌也相当。一向因你没钱，我就不曾认真的替你说。如今只要你情愿，我一说就是妥的。你且落得招在他家。

1　照会：这里指提前打了招呼。

2　归号：考生点名领卷子回到号舍。

3　放到三四牌：指考试后期，分批放交卷考生出去。放到三四拨，匡超人才交卷，是为了不引人注意。

4　笔资：这里指当枪手的报酬。

5　一注：一笔。

6　服也满了：服即服丧、戴孝。从前为亲人服丧有时间规定，其间不可婚娶。这里指匡超人为父亲服丧期满。

7　抚院：巡抚，总理一省政务，也称抚台、抚军。

8　当衙门：在衙门当差。

一切行财下礼的费用，我还另外帮你些。"匡超人道："这是三哥极相爱的事，我有什么不情愿？只是现有这银子在此，为甚又要你费钱？"潘三道："你不晓得你这丈人家，浅房窄屋的，招进去，料想也不久¹。要留些银子，自己寻两间房子。将来添一个人吃饭，又要生男育女，却比不得在客边了。我和你是一个人²，再帮你几两银子，分什么彼此？你将来发达了，愁为不着我的情也怎的³？"匡超人着实感激。……⁴

　　正要择日回家，那日景兰江走来候候⁵，就邀在酒店里吃酒。吃酒中间，匡超人告诉他这些话⁶，景兰江着实羡了一回。落后，讲到潘三身上来。景兰江道："你不晓得么？"匡超人道："什么事？我不晓得。"景兰江道："潘三昨晚拿了，已是下在监里。"匡超人大惊道："那有此事？我昨日午间才会着他，怎么就拿了？"景兰江道："千真万确的事。不然，我也不知道。我有一个舍亲⁷，

1　料想也不久：料想也住不长久。
2　我和你是一个人：这里形容关系亲密，不分彼此。
3　愁为不着我的情也怎的：还发愁报答不了我的情分吗？为，酬报，酬答。
4　此处略去匡超人娶妻生子，又在恩师李给事的提携下被举为贡生的内容。
5　候候：看望，问候。
6　这些话：指匡超人被举为贡生，要回乡挂匾、竖旗杆的话。
7　舍亲：对人提到自家亲戚的谦称。

在县里当刑房[1]。今早是舍亲小生日[2]，我在那里祝寿，满座的人都讲这话，我所以听见。竟是抚台访牌下来[3]，县尊刻不敢缓，三更天出差去拿，还恐怕他走了。将前后门都围起来，登时拿到。县尊也不曾问什么，只把访的款单掼了下来[4]，把与他看。他看了也没的辩，只朝上磕了几个头，就送在监里去了。才走得几步，到了堂口，县尊叫差人回来，吩咐寄内号[5]，同大盗在一处。这人此后苦了！你若不信，我同你到舍亲家去，看看款单。"匡超人道："这个好极。费先生的心引我去，看一看访的是些什么事？"当下两人会了账出酒店，一直走到刑房家。

那刑房姓蒋，家里还有些客坐着。见两人来，请在书房坐下，问其来意。景兰江说："这敝友要借县里昨晚拿的潘三那人款单看看。"刑房拿出款单来。这单就粘在访牌上，那访牌上写道："访得潘自业，即潘三，本市井奸棍，借藩司衙门隐占身体[6]，把持官府[7]，包揽词讼[8]，广放私债，毒害良民，无所不为。如此恶棍，岂

---

1 刑房：这里指刑房师爷。县衙中有吏、户、礼、兵、刑、工六房，刑房专管刑法诸事。
2 小生日：凡年龄逢十的叫大生日，其他都叫小生日。
3 访牌：官府发出的贴有缉捕公文的牌子，用作缉捕的凭证。
4 款单：分条列举犯罪事由的单子。
5 内号：关重要犯人的牢房，戒备森严，多在监狱深处，故称。
6 藩司：布政使司的别称。隐占身体：这里有隐身、潜伏的意思。
7 把持官府：对官府事务揽权专断。
8 包揽词讼：包揽诉讼，从中谋利。

可一刻容留于光天化日之下！为此，牌仰该县[1]，即将本犯拿获，严审究报[2]，以便按律治罪。毋违[3]。火速！火速！"那款单上开着十几款："一、包揽欺隐钱粮若干两；一、私和人命几案[4]；一、短截本县印文及私动朱笔一案[5]；一、假雕印信若干颗；一、拐带人口几案；一、重利剥民，威逼平人身死几案；一、勾串提学衙门，买嘱枪手代考几案[6]；……"不能细述。匡超人不看便罢，看了这款单，不觉飕的一声，魂从顶门出去了。……[7]登时面如土色，真是"分开两扇顶门骨，无数凉冰浇下来"[8]。口里说不出，自心下想道："这些事，也有两件是我在里面的，倘若审了，根究起来[9]，如何了得！"当下同景兰江别了刑房，回到街上。景兰江作别去了。…………[10]

又过了三四日，景兰江同着刑房的蒋书办找了来说话，见郑

1　仰：旧时公文用语，有请求、命令等意。

2　究报：深究并汇报。

3　毋违：不容违背。

4　私和人命：人命官司不经法律程序而私下调解。

5　短截：这里有私自截夺、动用的意思。私动朱笔：官员断案使用朱笔，私动朱笔即造假公文。

6　枪手：这里指冒名代考的人。

7　此处略去第十九、第二十回的衔接文字。

8　"分开"二句：这是古代白话小说常用的套语，形容人突遭惊恐时如冷水浇头的感受。

9　根究：追究根源。

10　此处略去匡超人受恩师召唤，进京考取教习等情节。接着又回本省取结（领取地方官的证明文书），潘三此刻正在狱中。

家房子浅，要邀到茶室里去坐。匡超人近日口气不同，虽不说，意思不肯到茶室。景兰江揣知其意，说道："匡先生在此取结赴任[1]，恐不便到茶室里去坐。小弟而今正要替先生接风，我们而今竟到酒楼上去坐罢，还冠冕些[2]。"当下邀二人上了酒楼。斟上酒来，景兰江问道："先生，你这教习的官[3]，可是就有得选的么？"匡超人道："怎么不选？像我们这正途出身[4]，考的是内廷教习，每日教的，多是勋戚人家子弟[5]。"景兰江道："也和平常教书一般的么？"匡超人道："不然，不然！我们在里面，也和衙门一般，公座、朱墨笔砚摆的停当[6]。我早上进去，升了公座，那学生们送书上来，我只把那日子用朱笔一点，他就下去了。学生都是荫袭的三品以上的大人[7]，出来就是督、抚、提、镇[8]，都在我跟前磕头。像这国子监的祭酒[9]，是我的老师，他就是现任中堂的儿子[10]，中堂是太老师。前日太老师有病，满朝问安的官都不见，单只请我进

1　取结：领取地方官府的证明文书，这是古代做官必须履行的手续。

2　冠冕：这里有高档、好看的意思。

3　教习：皇室宗学的教师，做教习满三年者可以授职知县。

4　正途出身：指通过科举而得官，相对于杂途出身而言。

5　勋戚：功臣、贵族。勋，功臣。戚，皇亲。

6　公座：官吏办公的坐席。

7　荫袭：指旧时因先辈有功，子孙受到庇荫而承袭爵位。

8　督、抚、提、镇：清代从二品以上的高级文武官员。

9　国子监的祭酒：国子监主官，相当于校长。

10　中堂：宰相的别称。

去，坐在床沿上，谈了一会出来。"

蒋刑房等他说完了，慢慢提起来，说："潘三哥在监里，前日再三和我说，听见尊驾回来了[1]，意思要会一会，叙叙苦情。不知先生你意下何如？"匡超人道："潘三哥是个豪杰！他不曾遇事时，会着我们，到酒店里坐坐，鸭子是一定两只，还有许多羊肉、猪肉、鸡、鱼。像这店里钱数一卖的菜[2]，他都是不吃的。可惜而今受了累。本该竟到监里去看他一看，只是小弟而今比不得做诸生的时候[3]，既替朝廷办事，就要照依着朝廷的赏罚。若到这样地方去看人，便是赏罚不明了。"蒋刑房道："这本城的官并不是你先生做着，你只算去看看朋友，有什么赏罚不明？"匡超人道："二位先生，这话我不该说，因是知己面前不妨。潘三哥所做的这些事，便是我做地方官，我也是要访拿他的！如今倒反走进监去看他，难道说朝廷处分的他不是？这就不是做臣子的道理了。况且，我在这里取结，院里、司里都知道的。如今设若走一走[4]，传的上边知道，就是小弟一生官场之玷[5]。这个如何行得？可好费你

1　尊驾：对人当面敬称。
2　钱数：一钱银子左右。
3　诸生：生员，秀才。
4　设若：假如。
5　官场之玷：指做官历史上的污点。

蒋先生的心，多拜上潘三哥，凡事心照[1]。若小弟侥幸，这回去就得个肥美地方[2]，到任一年半载，那时带几百银子来帮衬他[3]，倒不值什么[4]。"两人见他说得如此，大约没得辩他[5]。吃完酒，各自散讫[6]。蒋刑房自到监里回复潘三去了。

匡超人取定了结，也便收拾行李上船。那时先包了一只淌板船的头舱[7]，包到扬州，在断河头上船。上得船来，中舱先坐着两个人：一个老年的，茧绸直裰，丝绦朱履[8]；一个中年的，宝蓝直裰，粉底皂靴，都戴着方巾。匡超人见是衣冠人物[9]，便同他拱手坐下，问起姓名。那老年的道："贱姓牛，草字布衣。"匡超人听见景兰江说过的，便道："久仰！"又问那一位，牛布衣代答道："此位冯先生，尊字琢庵，乃此科新贵[10]，往京师会试去的。"匡超人道："牛先生也进京么？"牛布衣道："小弟不去，要到江上边芜湖县地方[11]，寻访几个朋友。因与冯先生相好，偶尔同船。只到扬

1　心照：心里明白，不说出来。

2　肥美地方：有油水可捞的地方、官位。

3　帮衬：帮助、补贴。

4　不值什么：不算什么。

5　没得辩他：跟他无话可说。

6　散讫（qì）：散开，分手。讫，完结。

7　淌板船：躺板船，是一种长途客船。

8　丝绦朱履：腰间系着丝带，脚下穿着红色的鞋。

9　衣冠人物：读书人。

10　此科新贵：指这一科刚中举的举人。

11　芜湖县：今属安徽芜湖市。

州，弟就告别，另上南京船，走长江去了。先生仙乡贵姓[1]？今往那里去？"匡超人说了姓名。冯琢庵道："先生是浙江选家，尊选有好几部[2]，弟都是见过的。"匡超人道："我的文名也够了。自从那年到杭州，至今五六年，考卷、墨卷、房书、行书、名家的稿子[3]，还有《四书讲书》《五经讲书》《古文选本》，家里有个账，共是九十五本。弟选的文章，每一回出，书店定要卖掉一万部！山东、山西、河南、陕西、北直的客人都争着买[4]，只愁买不到手。还有个拙稿[5]，是前年刻的，而今已经翻刻过三副板。不瞒二位先生说，此五省读书的人，家家隆重的是小弟[6]，都在书案上，香火蜡烛供着'先儒匡子之神位[7]'。"牛布衣笑道："先生，你此言误矣！所谓'先儒'者，乃已经去世之儒者。今先生尚在，何得如此称呼？"匡超人红着脸道："不然！所谓'先儒'者，乃先生之谓也！"牛布衣见他如此说，也不和他辩。冯琢庵又问道："操选

1　仙乡：对对方家乡的敬称。

2　尊选：您的墨程选本。

3　房书、行书：指八股文选集。房书所选的是进士的文章，也叫房稿；行书所选的是举人的文章，也叫行卷。

4　北直：北直隶，相当于今天河北一带。

5　拙稿：对自己书稿的谦称。

6　隆重：这里有尊崇的意思。

7　匡子：匡先生。

政的[1]，还有一位马纯上，选手何如[2]？"匡超人道："这也是弟的好友。这马纯兄理法有余[3]，才气不足。所以他的选本，也不甚行[4]。选本总以行为主，若是不行，书店就要赔本。惟有小弟的选本，外国都有的。"彼此谈着，过了数日，不觉已到扬州。冯琢庵、匡超人换了淮安船，到王家营起旱[5]，进京去了。

1　操选政的：从事选文事业的。

2　选手：这里指选文水平。

3　理法：这里指八股文的文法。下文的"才气"，指批语思路及文采。

4　行（xíng）：流行，销售广。

5　起旱：不走水路，走陆路（多指步行或乘坐旧式交通工具）。

9.节选九 "戏子"与秀才

阅读提示

一、本段选自《儒林外史》第二十四回"牛浦郎牵连多讼事，鲍文卿整理旧生涯"和第二十五回"鲍文卿南京遇旧，倪廷玺安庆招亲"。前文叙戏子鲍文卿一向在按察司崔大人门下伺候，崔大人死后，他回到南京，准备重操旧业。

二、古代称戏曲演员为"戏子"，带有轻蔑之意。明清两代规定，戏子及其子女不准参加科举考试，戏子的地位低于平民。反之，秀才属于士大夫，地位在平民之上。——然而本段中却出现怪事：秀才倪老爹竟甘愿把儿子过继给戏子鲍文卿，还对鲍文卿感恩戴德，这又是怎么一回事？

原来，倪老爹是一位进学三十七年的老秀才，读了几句"死书"，却当不得饭吃；"拿不得轻，负不得重"，只好凭着修理乐器的手艺勉强糊口。他本来有六个儿子，死的死，送人的送人，只剩一个小儿子，仍然养不起。因此当鲍文卿提出要收为养子时，倪老爹求之不得！——秀才还不能做官，若没有其他经济来源，大多生活贫苦，因有"穷秀才"之称。倪老爹的遭遇，正是科举时代底层文士生活困窘的缩影。

三、吴敬梓笔下的儒林人物，可笑可鄙者居多；反之，三教九流中倒有不少正人君子，戏子鲍文卿就是一位。他在按察司崔大人门下时，因爱才，曾替素未谋面的知县向鼎说情，对向鼎有救命之恩。向鼎事后得知，拿出五百两银子谢他，他却一毫不取！以后向鼎升了知府，召他去帮忙，他认真做事，秉公守法，说："自己知道是个穷命，须是骨头里挣出来的钱，才做得肉！"鲍文卿病死，已经升任道台的向鼎赶来哭祭，亲自题写铭旌："皇明义民鲍文卿之枢。赐进士出身中宪大夫福建汀漳道老友向鼎顿首拜题。"（第二十六回）——作者在摹写鲍文卿的人格魅力时，也表达了对等级制的蔑视。

四、本段写戏曲艺人，捎带记述了南京的市井繁华以及戏曲演出的兴盛，反映的应是清代康熙年间的情景。如写到戏行的"总寓""老郎庵"及戏班的规矩等，都有着宝贵的戏曲史料价值。此外，小说第二十九回、第三十回也有关于南京戏曲演出的记述，可一并参考。

这南京，乃是太祖皇帝建都的所在[1]。里城门十三，外城门十八，穿城四十里，沿城一转足有一百二十多里。城里几十条大街，几百条小巷，都是人烟凑集[2]，金粉楼台。城里一道河，东水关到西水关，足有十里，便是秦淮河。水满的时候，画船箫鼓，昼夜不绝。城里城外，琳宫梵宇，碧瓦朱甍[3]。在六朝时是四百八十寺[4]，到如今，何止四千八百寺！大街小巷，合共起来，大小酒楼有六七百座，茶社有一千余处。不论你走到一个僻巷里面，总有一个地方悬着灯笼卖茶，插着时鲜花朵，烹着上好的雨水。茶社里，坐满了吃茶的人。到晚来，两边酒楼上明角灯[5]，每条街上足有数千盏，照耀如同白日，走路人并不带灯笼。

那秦淮到了有月色的时候，越是夜色已深，更有那细吹细唱的船来，凄清委婉，动人心魄。两边河房里住家的女郎[6]，穿了轻纱衣服，头上簪了茉莉花，一齐卷起湘帘[7]，凭栏静听。所以，灯

1　太祖皇帝：明代开国皇帝朱元璋。他建立明朝，一开始定都在南京。

2　人烟凑集：人烟稠密。

3　琳宫梵（fàn）宇：指道观佛寺。碧瓦朱甍（méng）：绿色的瓦，红色的屋脊。这里形容佛寺道观建筑华美。

4　四百八十寺：唐人杜牧《江南春》诗有"南朝四百八十寺，多少楼台烟雨中"的诗句。

5　明角灯：羊角灯。

6　河房：指秦淮河临河的房子，因便于观景，房价高于其他地方。

7　湘帘：湘妃竹制的帘子。

船鼓声一响，两边帘卷窗开，河房里焚的龙涎、沉、速[1]，香雾一齐喷出来，和河里的月色烟光合成一片，望着如阆苑仙人[2]，瑶宫仙女。还有那十六楼官妓[3]，新妆袨服[4]，招接四方游客。真乃朝朝寒食，夜夜元宵[5]！

这鲍文卿住在水西门。水西门与聚宝门相近[6]。这聚宝门，当年说每日进来有百牛千猪万担粮，到这时候何止一千个牛，一万个猪，粮食更无其数。鲍文卿进了水西门，到家和妻子见了。他家本是几代的戏行[7]，如今仍旧做这戏行营业。他这戏行里，淮清桥是三个总寓[8]，一个老郎庵[9]。水西门是一个总寓，一个老郎庵。总寓内都挂着一班一班的戏子牌，凡要定戏，先几日要在牌上写一个日子。鲍文卿却是水西门总寓挂牌。他戏行规矩最大，但凡

---

1 龙涎、沉、速：都是名贵的香料。

2 阆（làng）苑：传说中神仙所居之处。下文中的"瑶宫"也是仙宫，传说用美玉砌成。

3 十六楼：明代南京官妓住的地方，计十六处，楼名有"来宾""重译""鼓腹""讴歌"等。

4 袨（xuàn）服：盛装，艳服。

5 朝朝寒食，夜夜元宵：形容南京秦淮河的繁华热闹，仿佛每天都在过节。寒食，清明前一天；元宵，正月十五，都是传统节日。

6 水西门：与下文中的聚宝门同为明代南京城门之一，水西门又名三山门，聚宝门今称中华门。

7 戏行（háng）：演戏行业，又称"梨园行"。

8 淮清桥：位于秦淮河的一座石拱古桥，建于南朝。相传吴敬梓移家南京即卜居于此桥附近。总寓：带有营业性质的戏曲组织所在地。

9 老郎庵：老郎为梨园神，或谓即唐明皇。老郎庵除供奉老郎，也是戏曲界同业的议事处所。

本行中有不公不法的事，一齐上了庵烧过香，坐在总寓那里品出不是来[1]，要打就打，要罚就罚，一个字也不敢拗的。还有洪武年间起首的班子[2]，一班十几人，每班立一座石碑在老郎庵里，十几个人共刻在一座碑上。比如有祖宗的名字在这碑上的，子孙出来学戏就是"世家子弟"[3]，略有几岁年纪就称为"老道长"。凡遇本行公事，都向老道长说了，方才敢行。鲍文卿的祖父的名字，却在那第一座碑上。他到家料理了些柴米，就把家里笙、箫、管、笛、三弦、琵琶都查点了出来。也有断了弦，也有坏了皮的，一总尘灰寸壅[4]。他查出来放在那里，到总寓旁边茶馆内，去会会同行。……[5]

话说鲍文卿到城北去寻人，觅孩子学戏。走到鼓楼坡上，他才上坡，遇着一个人下坡。鲍文卿看那人时：头戴破毡帽，身穿一件破黑绸直裰，脚下一双烂红鞋，花白胡须，约有六十多岁光景，手里拿着一张破琴，琴上帖着一条白纸[6]，纸上写着四个字道："修补乐器。"鲍文卿赶上几步，向他拱手道："老爹是会修补乐

1　品出不是来：辩论出错误所在。品，论辩品评。不是，错误，不公不法之事。

2　洪武：明太祖朱元璋的年号（1368—1398）。

3　世家子弟：一般指世代做官人家的子弟，这里指世代从事演戏行业的人家子弟。

4　尘灰寸壅（yōng）：指长久不动，积满尘土。壅，堆积。

5　此处略去鲍文卿在茶馆与同行对话的内容，以及第二十四、第二十五回间的衔接文字。

6　帖：同"贴"。

器的么？"那人道："正是。"鲍文卿道："如此，屈老爹在茶馆坐坐[1]。"当下两人进了茶馆坐下，拿了一壶茶来吃着。鲍文卿道："老爹尊姓？"那人道："贱姓倪。"鲍文卿道："尊府在那里？"那人道："远哩，舍下在三牌楼[2]。"鲍文卿道："倪老爹，你这修补乐器，三弦、琵琶都可以修得么？"倪老爹道："都可以修得的。"鲍文卿道："在下姓鲍，舍下住在水西门，原是梨园行业。因家里有几件乐器坏了，要借重老爹修一修[3]！如今不知是屈老爹到舍下去修好，还是送到老爹府上去修？"倪老爹道："长兄，你共有几件乐器？"鲍文卿道："只怕也有七八件。"倪老爹道："有七八件，就不好拿来，还是我到你府上来修罢，也不过一两日功夫。我只扰你一顿早饭，晚里还回来家。"鲍文卿道："这就好了。只是茶水不周[4]，老爹休要见怪！"又道："几时可以屈老爹去？"倪老爹道："明日不得闲，后日来罢。"当下说定了。门口挑了一担茯苓糕来[5]，鲍文卿买了半斤，同倪老爹吃了，彼此告别。鲍文卿道："后日清晨，专候老爹！"倪老爹应诺去了。鲍文卿回来，和浑家

1 屈：委屈（您），（请您）屈尊（做某事）。
2 舍下：对别人称自己的家。称对方的家，则为"府上"，见下文。三牌楼：南京地名，在今鼓楼区。
3 借重：请人帮忙的敬词。
4 茶水不周：这里如同说招待不周。
5 茯苓糕：一种点心，内掺茯苓粉，故名。茯苓，菌类，有药用，可渗湿健脾。

说下，把乐器都揩抹净了，搬出来摆在客座里[1]。

到那日清晨，倪老爹来了，吃过茶点心，拿这乐器修补。修了一回，家里两个学戏的孩子捧出一顿素饭来，鲍文卿陪着倪老爹吃了。到下午时候，鲍文卿出门，回来向倪老爹道："却是怠慢老爹的紧，家里没个好菜蔬，不恭。我而今约老爹去酒楼上坐坐。这乐器丢着，明日再补罢。"倪老爹道："为什么又要取扰[2]？"当下两人走出来，到一个酒楼上，拣了一个僻净座头坐下[3]。堂官过来问[4]："可还有客？"倪老爹道："没有客了。你这里有些什么菜？"走堂的叠着指头数道："肘子、鸭子、黄焖鱼、醉白鱼、杂脍、单鸡、白切肚子[5]、生炒肉、京炒肉、炒肉片、煎肉圆、焖青鱼、煮鲢头，还有便碟白切肉。"倪老爹道："长兄，我们自己人，吃个便碟罢[6]。"鲍文卿道："便碟不恭。"因叫堂官先拿卖鸭子来吃酒[7]，再炒肉片带饭来。堂官应下去了。

须臾，捧着一卖鸭子、两壶酒上来。鲍文卿起身斟倪老爹一

1　客座：客厅，家中招待客人的地方。

2　取扰：这是受人招待时的婉词，如说打扰。

3　座头：座位。

4　堂官：堂倌，茶馆、酒店里负责接待的服务人员。

5　白切肚（dǔ）子：肚子是动物（如猪羊牛等）的胃。白切是一种做法，白煮后，切成片，拌佐料食用。

6　便碟：这里指普通的廉价菜肴。

7　卖：一卖，也就是一整份儿。

杯，坐下吃酒。因问倪老爹道："我看老爹像个斯文人，因甚做这修补乐器的事？"那倪老爹叹一口气道："长兄，告诉不得你！我从二十岁上进学到而今，做了三十七年的秀才。就坏在读了这几句死书，拿不得轻，负不得重，一日穷似一日。儿女又多，只得借这手艺糊口，原是没奈何的事！"鲍文卿惊道："原来老爹是学校中人[1]，我大胆的狠了[2]！请问老爹几位相公[3]？老太太可是齐眉[4]？"倪老爹道："老妻还在。从前倒有六个小儿，而今说不得了！"鲍文卿道："这是什么原故？"倪老爹说到此处，不觉凄然垂下泪来。鲍文卿又斟一杯酒，递与倪老爹，说道："老爹，你有甚心事，不妨和在下说。我或者可以替你分忧。"倪老爹道："这话不说罢，说了反要惹你长兄笑。"鲍文卿道："我是何等之人，敢笑老爹？[5]老爹只管说。"倪老爹道："不瞒你说，我是六个儿子。死了一个，而今只得第六个小儿子在家里。那四个——"说着，又忍着不说了。鲍文卿道："那四个怎的？"倪老爹被他问急了，说道："长兄你不是外人，料想也不笑我。我不瞒你说，那四个儿

1 学校中人：秀才。

2 狠：同"很"。

3 相公：这里用如"公子"，指男孩儿。

4 齐眉：指夫妇相敬如宾，用"举案齐眉"的典故，实则委婉问对方妻子的情况（健在与否）。

5 "我是"二句：旧时戏子地位极低，而读书人为士农工商之首，故鲍文卿这样说。

子，我都因没有的吃用，把他们卖在他州外府去了！"鲍文卿听见这句话，忍不住的眼里流下泪来，说道："这是个可怜了！"倪老爹垂泪道："岂但那四个卖了，这一个小的将来也留不住，也要卖与人去！"鲍文卿道："老爹，你和你家老太太怎的舍得？"倪老爹道："只因衣食欠缺，留他在家跟着饿死，不如放他一条生路！"

　　鲍文卿着实伤感了一会，说道："这件事我倒有个商议，只是不好在老爹跟前说。"倪老爹道："长兄，你有什么话只管说，有何妨？"鲍文卿正待要说，又忍住道："不说罢！这话说了，恐怕惹老爹怪。"倪老爹道："岂有此理！任凭你说什么，我怎肯怪你？"鲍文卿道："我大胆说了罢！"倪老爹道："你说，你说。"鲍文卿道："老爹，比如你要把这小相公卖与人，若得卖到他州别府，就和那几个相公一样不见面了。如今我在下四十多岁，生平只得一个女儿，并不曾有个儿子。你老人家若肯不弃贱行[1]，把这小令郎过继与我[2]，我照样送过二十两银子与老爹。我抚养他成人。平日逢时遇节，可以到老爹家里来。后来老爹事体好了[3]，依旧把他送还老爹。这可以使得的么？"倪老爹道："若得如此，就是我

1　不弃贱行：不嫌弃我这个卑贱的行业。
2　过继：将子女由同宗或亲戚收养，认对方为养父母的行为，也称过房、继嗣。
3　事体好了：指经济情况好转。

的小儿子恩星照命¹，我有什么不肯？但是，既过继与你，累你抚养，我那里还收得你的银子？"鲍文卿道："说那里话？我一定送过二十两银子来。"说罢，彼此又吃了一回。会了账²，出得店门。趁天色未黑，倪老爹回家去了。

鲍文卿回来把这话向乃眷说了一遍，乃眷也欢喜。次日，倪老爹清早来补乐器，会着鲍文卿，说："昨日商议的话，我回去和老妻说，老妻也甚是感激。如今一言为定，择个好日，就带小儿来过继便了。"鲍文卿大喜。自此，两人呼为亲家。

过了几日，鲍家备了一席酒请倪老爹。倪老爹带了儿子来，写立过继文书，凭着左邻开绒线店张国重³，右邻开香蜡店王羽秋⁴，两个邻居都到了。那文书上写道："立过继文书倪霜峰，今将第六子倪廷玺，年方一十六岁，因日食无措⁵，夫妻商议，情愿出继与鲍文卿名下为义子，改名鲍廷玺。此后成人婚娶，俱系鲍文卿抚养，立嗣承祧⁶，两无异说⁷。如有天年不测⁸，各听天命。今欲有

---

1 恩星照命：比喻蒙受极大恩惠。

2 会了账：结了账。

3 凭：这里有凭借某某作证的意思。

4 香蜡店：旧时专卖蜡烛、香料的店铺。

5 日食无措：无法措办每日的饮食，即没饭吃。

6 立嗣承祧（tiāo）：（没儿子的人）过继他人之子为继承人，以延续香火。祧，远祖的家庙。

7 两无异说：双方都没有异议。

8 天年不测：是身故的委婉说法。

凭，立此过继文书，永远存照[1]。嘉靖十六年十月初一日。立过继文书：倪霜峰。凭中邻[2]：张国重、王羽秋。”都画了押[3]。鲍文卿拿出二十两银子来，付与倪老爹去了。鲍文卿又谢了众人。自此两家来往不绝。

这倪廷玺改名鲍廷玺，甚是聪明伶俐。鲍文卿因他是正经人家儿子，不肯叫他学戏，送他读了两年书，帮着当家管班。到十八岁上，倪老爹去世了，鲍文卿又拿出几十两银子来，替他料理后事。自己去一连哭了几场，依旧叫儿子去披麻戴孝，送倪老爹入土。自此以后，鲍廷玺着实得力。他娘说他是螟蛉之子[4]，不疼他，只疼的是女儿、女婿。鲍文卿说他是正经人家儿女，比亲生的还疼些。每日吃茶吃酒都带着他，在外揽生意都同着他。让他赚几个钱，添衣帽鞋袜。又心里算计，要替他娶个媳妇。

1　存照：保存以备查考。

2　凭中邻：居中作证的邻居。

3　画了押：旧指在公文、契约上画花押（草书签名或独特符号）或写“押”字、“十”字，表示认可，类似于签名、按手印。

4　螟蛉之子：过继的儿子。有一种寄生蜂叫蜾蠃（guǒluǒ），常捕捉螟蛉（螟蛾）喂养幼虫，古人误认为蜾蠃把螟蛉养为义子，故称。

10.节选一〇 乐善好施的杜少卿

阅读提示

一、本段选自《儒林外史》第三十一回"天长县同访豪杰，赐书楼大醉高朋"和第三十二回"杜少卿平居豪举，娄焕文临去遗言"。前文叙鲍文卿的养子鲍廷玺来杜少卿府上寻求资助，由此引出杜少卿的故事。

二、杜少卿是小说家重点刻画的正面读书人形象。他出身世代为官的大家族，却离经叛道、一身"反骨"：鄙视科举功名，行事特立独行，尤其不肯趋炎附势。他把父亲的老门客娄老太爷养在家中，待之如亲人。相反，本县父母官王知县要见他，他却断然拒绝；可是得知王知县丢了官，无处可去，他又把对方接到家中来住。

三、杜少卿轻财重义、乐善好施，"又最好做大老官，听见人向他说些苦，他就大捧出来给人家用"。父母离世留下的家产，很快被他挥霍一空。本段选取他慷慨施舍的几件事：把一箱新做的衣裳让裁缝送进当铺，助其葬母尽孝；替父亲老友娄太爷看病，为他预备棺木，又赠其家人；赏给看祠堂的黄大一笔银子修房；用三百两银子替臧荼补廪；又出一百二十两银子助修学官，只为送张俊民（即张铁臂）的儿子冒籍赴考；并资助鲍廷玺一百两银子组建戏班……此前他刚刚卖掉一块田地，得银一千二百两，不足一月，已所剩无几！

作者对杜少卿既有赞扬，也有批评。书中借娄太爷之口评判说："……但是你不会当家，不会相与朋友……像你这样做法，都是被人骗了去，没人报答你的。虽说施恩不望报，却也不可这般贤否不明。""贤否不明"即不辨善恶，这是不谙世事的贵公子的通病。

四、据学者考证，杜少卿即吴敬梓的"自画像"，可见吴敬梓对自己的生平作为是有反思的。他写《儒林外史》，不仅批判讽刺他人，也在严肃审视自己。鲁迅评价吴敬梓，说他能"秉持公心"（《中国小说史略》），即体现在这些地方。

王胡子领着四个小厮[1]，抬到一个箱子来。杜少卿问是什么。

---

1 王胡子：杜少卿的管家。

王胡子道:"这是少爷与奶奶、大相公新做的秋衣[1]。一箱子才做完了,送进来与少爷查件数。裁缝工钱已打发去了。"杜少卿道:"放在这里,等我吃完了酒查。"才把箱子放下,只见那裁缝进来。王胡子道:"杨裁缝回少爷的话。"杜少卿道:"他又说什么?"站起身来,只见那裁缝走到天井里,双膝跪下,磕下头去,放声大哭。杜少卿大惊道:"杨司务[2],这是怎的?"杨裁缝道:"小的这些时在少爷家做工,今早领了工钱去。不想才过了一会,小的母亲得个暴病死了。小的拿了工钱家去,不想到有这一变,把钱都还了柴米店里。而今母亲的棺材、衣服,一件也没有。没奈何,只得再来求少爷借几两银子与小的,小的慢慢做着工算。"杜少卿道:"你要多少银子?"裁缝道:"小户人家,怎敢望多?少爷若肯,多则六两,少则四两罢了。小的也要算着除工钱够还。"杜少卿惨然道[3]:"我那里要你还!你虽是小本生意,这父母身上大事,你也不可草草,将来就是终身之恨[4]。几两银子如何使得?至少也要买口十六两银子的棺材,衣服、杂费共须二十金。我这几日一个钱也没有。也罢,我这一箱衣服,也可当得二十多两银子。

---

1 少爷:这里是称呼杜少卿。奶奶、大相公:是指杜少卿的妻子、儿子。
2 司务:原为古代官名,民间多用来称手艺人。
3 惨然:心中悲痛的样子。
4 终身之恨:一辈子的遗憾。

王胡子，你就拿去同杨司务当了，一总把与杨司务去用。"又道："杨司务，这事你却不可记在心里，只当忘记了的。你不是拿了我的银子去吃酒、赌钱，这母亲身上大事，人孰无母¹？这是我该帮你的。"杨裁缝同王胡子抬着箱子，哭哭啼啼去了。

杜少卿入席坐下。韦四太爷道²："世兄，这事真是难得！"鲍廷玺吐着舌，道："阿弥陀佛！天下那有这样好人！"当下吃了一天酒。臧三爷酒量小，吃到下午就吐了，扶了回去。韦四太爷这几个直吃到三更，把一坛酒都吃完了，方才散。……³

两人回来，杜少卿就到娄太爷房里去问候。娄太爷说身子好些，要打发他孙子回去，只留着儿子在这里伏侍。杜少卿应了，心里想着没有钱用，叫王胡子来商议道："我圩里那一宗田⁴，你替我卖给那人罢了。"王胡子道："那乡人他想要便宜，少爷要一千五百两银子，他只出一千三百两银子，所以小的不敢管。"杜少卿道："就是一千三百两银子也罢。"王胡子道："小的要禀明少爷才敢去。卖的贱了，又惹少爷骂小的。"杜少卿道："那个骂你？你快些去卖，我等着要银子用。"王胡子道："小的还有一句

1　孰：谁。

2　韦四太爷：是杜少卿父亲的好友。

3　此处略去第三十一、第三十二回衔接文字及杜少卿与鲍廷玺送别韦四太爷的情节。

4　圩（wéi）里：南方水乡低洼地区筑堤围垦的土地，已耕种的叫圩田。一宗：一片，一块。

话要禀少爷：卖了银子，少爷要做两件正经事。若是几千几百的，白白的给人用，这产业卖了也可惜！"杜少卿道："你看见我白把银子给那个用的？你要赚钱罢了，说这许多鬼话！快些替我去！"王胡子道："小的禀过就是了。"出来悄悄向鲍廷玺道："好了，你的事有指望了[1]。而今我到圩里去卖田，卖了田回来，替你定主意。"王胡子就去了几天，卖了一千几百两银子，拿稍袋装了来家，禀少爷道："他这银子，是九五兑九七色的，[2] 又是市平[3]，比钱平小一钱三分半。他内里又扣了他那边中用二十三两四钱银子，画字去了二三十两，这都是我们本家要去的。而今这银子在这里，拿天平来，请少爷当面兑。"杜少卿道："那个耐烦你算这些疙瘩账[4]？既拿来，又兑什么！收了进去就是了！"王胡子道："小的也要禀明。"

杜少卿收了这银子，随即叫了娄太爷的孙子到书房里，说道："你明日要回去？"他答应道："是，老爹叫我回去。"杜少卿道："我这里有一百两银子给你，你瞒着不要向你老爹说。你是寡妇母亲，你拿着银子回家去做小生意养活着。你老爹若是好了，

1　你的事：这里指鲍廷玺想向杜少卿要银钱重组戏班的事，他此前曾向王胡子咨询。
2　他这银子，是九五兑九七色的：明清时白银以九七纯度为足色，不到九七的是低银。这句意谓对方以九五成色的充作九七成色的。
3　市平：商人所用的天平。下文中说到的"钱平"，是指官定的"库平"。
4　疙瘩账：指混乱不清的账目。

你二叔回家去，我也送他一百两银子。"娄太爷的孙子欢喜接着，把银子藏在身边，谢了少爷。次日辞回家去，娄太爷叫只称三钱银子，与他做盘缠，打发去了。

杜少卿送了回来，一个乡里人在敞厅上站着。见他进来，跪下就与少爷磕头。杜少卿道："你是我们公祠堂里看祠堂的黄大？你来做什么？"黄大道："小的住的祠堂旁边一所屋，原是太老爷买与我的。而今年代多，房子倒了。小的该死，把坟山的死树搬了几颗回来[1]，添补梁柱。不想被本家这几位老爷知道，就说小的偷了树，把小的打了一个臭死，叫十几个管家，到小的家来搬树，连不倒的房子多拉倒了。小的没处存身，如今来求少爷向本家老爷说声，公中弄出些银子来[2]，把这房子收拾收拾，赏小的住。"杜少卿道："本家，向那个说？你这房子既是我家太老爷买与你的，自然该是我修理。如今一总倒了，要多少银子重盖？"黄大道："要盖须得百金银子，如今只好修补，将就些住，也要四五十两银子。"杜少卿道："也罢，我没银子，且拿五十两银子与你去。你用完了，再来与我说。"拿出五十两银子递与黄大，黄大接着去了。

1　颗：同"棵"。
2　公中：这里指家族的公账。

门上拿了两副帖子走进来，禀道："臧三爷明日请少爷吃酒。这一副帖子，说也请鲍师父去坐坐。"杜少卿道："你说拜上三爷，我明日必来。"次日，同鲍廷玺到臧家。臧蓼斋办了一桌齐整菜，恭恭敬敬，奉坐请酒，席间说了些闲话。到席将终的时候，臧三爷斟了一杯酒，高高奉着[1]，走过席来，作了一个揖，把酒递与杜少卿，便跪了下去，说道："老哥，我有一句话奉求[2]。"杜少卿吓了一跳，慌忙把酒丢在桌上，跪下去拉着他，说道："三哥，你疯了？这是怎说？"臧蓼斋道："你吃我这杯酒，应允我的话，我才起来。"杜少卿道："我也不知道你说的是什么话，你起来说。"鲍廷玺也来帮着拉他起来。臧蓼斋道："你应允了？"杜少卿道："我有什么不应允？"臧蓼斋道："你吃了这杯酒。"杜少卿道："我就吃了这杯酒。"臧蓼斋道："候你干了。"站起来坐下。

　　杜少卿道："你有甚话？说罢！"臧蓼斋道："目今宗师考庐州[3]，下一棚就是我们[4]。我前日替人管着买了一个秀才，宗师有人在这里揽这个事，我已把三百两银子兑与了他。后来他又说出来：'上面严紧，秀才不敢卖，倒是把考等第的开个名字来补了廪

1　奉：捧，举。

2　奉求：请求。

3　庐州：今安徽合肥的古称。

4　下一棚：下一站。明清时学道主持一省岁考，要巡回到各县去考。棚，考棚，指各州县的固定考试场所。

罢[1]。'我就把我的名字开了去，今年这廪是我补。但是这买秀才的人家，要来退这二百两银子。我若没有还他，这件事就要破，身家性命关系！我所以和老哥商议，把你前日的田价，借三百与我打发了这件，我将来慢慢的还你。你方才已是依了。"杜少卿道："呸！我当你说什么话，原来是这个事，也要大惊小怪、磕头礼拜的！什么要紧！我明日就把银子送来与你。"鲍廷玺拍着手道："好爽快，好爽快！拿大杯来，再吃几杯！"当下拿大杯来吃酒。

杜少卿醉了，问道："臧三哥，我且问你，你定要这廪生做什么？"臧蓼斋道："你那里知道，廪生，一来中的多[2]，中了就做官。就是不中，十几年贡了[3]，朝廷试过，就是去做知县、推官[4]，穿螺蛳结底的靴[5]，坐堂，洒签[6]，打人。像你这样大老官来打秋风[7]，把你关在一间房里，给你一个月豆腐吃，蒸死了你。"杜少卿笑道："你这匪类[8]，下流无耻极矣！"鲍廷玺又笑道："笑谈，笑谈！二位

1　考等第的开个名字来补了廪：意思是这笔银子可以让一名参加岁考的秀才买一廪膳生员的资格。按，秀才要参加岁考，并分出等级，因称"考等第的"。

2　中的多：中举的机会多。

3　贡了：出贡，即举为贡生。

4　推官：知府的辅佐官，管理刑事，官阶比通判小。

5　螺蛳结底的靴：靴底线纹为套圈形（即螺蛳形）的一种官靴。

6　洒签：指公堂行刑时，官员将竹签（往往不止一根）抽出掷下，以示责打的数目。

7　大老官：财主，阔佬。

8　匪类：强盗，行为不端者。

老爷都该罚一杯。"当夜席散。

次早，叫王胡子送了这一箱银子去。王胡子又讨了六两银子赏钱。……[1]

这几日，娄太爷的病渐渐有些重起来了，杜少卿又换了医生来看，在家心里忧愁。忽一日，臧三爷走来，立着说道："你晓得有个新闻？县里王公坏了，昨晚摘了印[2]。新官押着他就要出衙门，县里人都说他是个混账官，不肯借房子给他住，在那里急的要死。"杜少卿道："而今怎样了？"臧蓼斋道："他昨晚还赖在衙门里，明日再不出，就要讨没脸面。那个借屋与他住？只好搬在孤老院[3]！"杜少卿道："这话果然么？叫小厮叫王胡子来。"向王胡子道："你快到县前向工房说[4]，叫他进去禀王老爷，说王老爷没有住处，请来我家花园里住。他要房子甚急，你去！"王胡子连忙去了。臧蓼斋道："你从前会也不肯会他，今日为什么自己借房子与他住？况且，他这事有拖累，将来百姓要闹他，不要把你花园都拆了？"杜少卿道："先君有大功德在于乡里[5]，人人知道。就是我家藏了强盗，也是没有人家来拆我家的房子。这个，老哥放

1　此处略去张俊民托王胡子向杜少卿求助的内容。

2　摘印:(朝廷委派官员)收回印信，指被罢官。

3　孤老院: 养济院，旧时收容孤贫老废者的慈善机构。

4　工房: 为县衙六房之一，主管蚕桑、织造、公署修筑、水利兴修、银两销铸等事。

5　先君: 对人称自己已故的父亲。

心！至于这王公，他既知道仰慕我，[1] 就是一点造化了[2]。我前日若去拜他，便是奉承本县知县；而今他官已坏了[3]，又没有房子住，我就该照应他。他听见这话，一定就来。你在我这里候他来，同他谈谈。"

……[4]张俊民谢过，去了[5]。正迎着王胡子飞跑来道："王老爷来拜，已到门下轿了。"杜少卿和臧蓼斋迎了出去。那王知县纱帽便服，进来作揖再拜，说道："久仰先生，不得一面。今弟在困厄之中[6]，蒙先生慨然以尊斋相借[7]，令弟感愧无地[8]，所以先来谢过，再细细请教。恰好臧年兄也在此。"杜少卿道："老父台，些小之事，不足介意[9]！荒斋原是空闲，竟请搬过来便了。"臧蓼斋道："门生正要同敝友来候老师[10]，不想反劳老师先施[11]。"王知县道："不敢，

1　他既知道仰慕我：这里指王知县此前几次表示要跟杜少卿会面。

2　造化：这里指福气、运气。

3　坏了：这里指被罢官。

4　此处略去张俊民当面感谢杜少卿的内容。

5　张俊民：张铁臂，此时也在杜少卿门下，撺掇杜少卿出银修考棚，借机送自己非本籍的儿子获得考试机会。下文中的"张家这件事"即指此事。

6　困厄：这里指艰难窘迫之境。

7　慨然：慷慨的态度。尊斋：这里是对对方居室的敬称。下文中的"荒斋"，是对自家居室的谦称。

8　感愧无地：感激、惭愧，无地自容。

9　介意：(将不快或惭愧等) 放在心上。

10　候：主动问候。

11　先施：这里指 (本想先去拜访或赠送礼品给人家) 人家先来拜访 (或赠送礼品给) 自己。

不敢！"打恭上轿而去。

杜少卿留下臧蓼斋，取出一百二十两银子来递与他，叫他明日去做张家这件事。臧蓼斋带着银子去了。次日，王知县搬进来住。又次日，张俊民备了一席酒送在杜府，请臧三爷同鲍师父陪。王胡子私向鲍廷玺道："你的话也该发动了[1]。我在这里算着，那话已有个完的意思[2]。若再遇个人来求些去，你就没账了[3]。你今晚开口。"

当下客到齐了，把席摆到厅旁书房里。四人上席，张俊民先捧着一杯酒谢过了杜少卿，又斟酒作揖谢了臧三爷，入席坐下。席间谈这许多事故。鲍廷玺道："门下在这里大半年了，看见少爷用银子像淌水，连裁缝都是大捧拿了去。只有门下是七八个月的养在府里[4]，白浑些酒肉吃吃[5]，一个大钱也不见面。我想，这样干篾片也做不来[6]，不如揩揩眼泪，别处去哭罢。门下明日告辞。"杜少卿道："鲍师父，你也不曾向我说过，我晓得你什么心事，你有话说不是？"鲍廷玺忙斟一杯酒递过来，说道："门下父子两个，

1　你的话：这里指鲍廷玺想请杜少卿资助组戏班之事。发动：提出，提起。
2　那话：这里指银子。
3　没账了：没指望了。
4　门下：这是门客自称之词。
5　浑：混。
6　干篾片：旧时称替豪富人家帮闲以谋取利益的人为"篾片"。"干篾片"则指白效劳、白奉承，没得到任何好处。

都是教戏班子过日。不幸父亲死了，门下消折了本钱[1]，不能替父亲争口气，家里有个老母亲又不能养活。门下是该死的人，除非少爷赏我个本钱，才可以回家养活母亲。"杜少卿道："你一个梨园中的人，却有思念父亲、孝敬母亲的念，这就可敬的狠了！我怎么不帮你？"鲍廷玺站起来道："难得少爷的恩典[2]。"杜少卿道："坐着，你要多少银子？"鲍廷玺看见王胡子站在底下，把眼望着王胡子。王胡子走上来道："鲍师父，你这银子要用的多哩，连叫班子、买行头，怕不要五六百两。少爷这里没有，只好将就弄几十两银子给你，过江舞起几个猴子来[3]，你再跳[4]。"杜少卿道："几十两银子不济事，我竟给你一百两银子，你拿过去教班子。用完了你再来和我说话。"鲍廷玺跪下来谢。杜少卿拉住道："不然我还要给你些银子，因我这娄太爷病重，要料理他的光景[5]，我好打发你回去。"当晚，臧、张二人都赞杜少卿的慷慨。吃罢散了。

自此之后，娄太爷的病一日重一日。那日，杜少卿坐在他跟前，娄太爷说道："大相公，我从前挨着[6]，只望病好。而今看这光

---

1 消折（shé）了本钱：销蚀了本钱，赔了本儿。

2 恩典：在上者施恩惠给在下者。

3 舞起几个猴子来：这里指教几个小孩子先唱起来。

4 跳：方言，搞，干。这里有发展提升的意思。

5 光景：情况，情形。按，杜少卿这几句话的意思是：我这里有娄太爷病重而需要料理的情况，否则我会多给你些银子，送你回去（组戏班）。

6 挨着：忍着，禁受着。

景，病是不得好了，你要送我回家去。"杜少卿道："我一日不曾尽得老伯的情¹，怎么说要回家？"娄太爷道："你又呆了！我是有子有孙的人，一生出门在外，今日自然要死在家里。难道说你不留我？"杜少卿垂泪道："这样说，我就不留了。老伯的寿器²，是我备下的，如今用不着，是不好带去了，另拿几十两银子合具寿器³。衣服、被褥是做停当的，与老伯带去。"娄太爷道："这棺木、衣服，我受你的。你不要又拿银子给我家儿子、孙子。我这在三日内就要回去，坐不起来了，只好用床抬了去。你明日早上，到令先尊太老爷神主前祝告⁴，说娄太爷告辞回去了。我在你家三十年，是你令先尊一个知心的朋友。令先尊去后，大相公如此奉事我⁵，我还有什么话？你的品行、文章，是当今第一人。你生的个小儿子，尤其不同，将来好好教训他成个正经人物。但是你不会当家，不会相与朋友，这家业是断然保不住的了。像你做这样慷慨仗义的事，我心里喜欢；只是也要看，来说话的是个什么样人。像你这样做法，都是被人骗了去，没人报答你的。虽说施恩不望

1　尽得：犹如说报答。
2　寿器：棺材。
3　合：打造。
4　令先尊太老爷：这里指杜少卿的已故父亲。神主：供奉祖先或死者用的木牌。
5　大相公：这里指杜少卿。

报，却也不可这般贤否不明¹。你相与这臧三爷、张俊民，都是没良心的人。近来又添一个鲍廷玺，他做戏的，有什么好人，你也要照顾他？若管家王胡子，就更坏了！银钱也是小事。我死之后，你父子两人，事事学你令先尊的德行。德行若好，就没有饭吃也不妨。你平生最相好的，是你家慎卿相公。慎卿虽有才情，也不是什么厚道人。你只学你令先尊，将来断不吃苦。你眼里又没有官长，又没有本家，这本地方也难住。南京是个大邦，你的才情，到那里去，或者还遇着个知己，做出些事业来。这剩下的家私是靠不住的了！大相公，你听信我言，我死也瞑目²！"杜少卿流泪道："老伯的好话，我都知道了。"

1　贤否（pǐ）不明：是非不明，好坏不分。
2　死也瞑目：死也安心。瞑目，闭眼。

11. 节选—— 女中豪杰沈琼枝

阅读提示

一、本段选自《儒林外史》第四十回"萧云仙广武山赏雪，沈琼枝利涉桥卖文"和第四十二回"庄濯江话旧秦淮河，沈琼枝押解江都县"。前文叙老贡生沈大年在青枫城帮萧云仙办教育，此番写沈大年送女儿琼枝出嫁，来到扬州。

二、沈琼枝是《儒林外史》中不多几个女性人物中着墨最多的一位。她不但容貌标致，女工出众，而且能诗善文。又兼身手矫健，性格泼辣，遇事沉着，诸般表现，胜过须眉男子！

三、扬州盐业发达，那里的盐商财势熏天。宋姓盐商欺骗沈氏父女，假称娶妻，实为纳妾。沈琼枝之父沈大年发现受骗，告到官府，反遭遣送回籍。沈琼枝被盐商软禁，羊入虎口，却并不惊慌。她观察数日后，冷静判断形势，决定一走了之。临行还将盐商室内的金银器皿、珍珠首饰、锦绣衣裙等，带的带，穿的穿，一并裹走。——这让人联想到《水浒传》中裹了桃花山金器皿不辞而别的花和尚鲁智深！

四、沈琼枝没有逃回家乡，反而独闯南京，在利涉桥租寓挂牌打广告："毗陵女士沈琼枝，精工顾绣，写扇作诗。"她直接跨入男性谋生领域，敢于向社会舆论发起挑战，这不但需要才能，更需要胆略！

五、清代诗人袁枚在南京做官时，曾处理过一起张氏女逃离盐商家寓居尼姑庵的案子。张女当场赋诗，打动了袁枚，被当堂释放（《随园诗话》卷四）。此段佳话，应即吴敬梓创作沈琼枝故事的素材来源。

萧云仙上船，到了扬州，在钞关上挤马头[1]。正挤的热闹，只见后面挤上一只船来，船头上站着一个人，叫道："萧老先生！怎么在这里？"萧云仙回头一看，说道："呵呀，原来是沈先生！你几时回来的？"忙叫拢了船。那沈先生跳上船来。萧云仙道："向在青枫城一别，至今数年。是几时回南京的？"沈先生道："自蒙老先生青目[2]，教了两年书，积下些修金[3]。回到家乡，将小女

1　钞关：明清两代收取关税的关卡，因以纸钞纳税，故名。这里指扬州的钞关，位于扬州城南，是水陆要冲。

2　蒙……青目：受……看重。

3　修金：送给老师的酬金。修，通"脩"。

许嫁扬州宋府上，此时送他上门去。"萧云仙道："令爱恭喜[1]！少贺[2]！"因叫跟随的人封了一两银子，送过来做贺礼，说道："我今番押运北上[3]，不敢停泊。将来回到敝署[4]，再请先生相会罢。"作别开船去了。

这先生领着他女儿琼枝，岸上叫了一乘小轿子抬着女儿，自己押了行李，到了缺口门[5]，落在大丰旗下店里[6]。那里伙计接着，通报了宋盐商。那盐商宋为富打发家人来吩咐道："老爷叫把新娘就抬到府里去，沈老爷留在下店里住着，叫账房置酒款待。"沈先生听了这话，向女儿琼枝道："我们只说到了这里，权且住下，等他择吉过门。怎么这等大模大样？看来这等光景，竟不是把你当作正室了！这头亲事，还是就得就不得[7]？女儿，你也须自己主张。"沈琼枝道："爹爹，你请放心。我家又不曾写立文书，得他身价[8]，

1　令爱：对对方女儿的美称。

2　少贺：未曾致贺的歉语。

3　押运北上：此刻萧云仙正奉命押运粮船。

4　敝署：对自己官署的谦称。

5　缺口门：扬州古城门之一。

6　大丰旗下店：这里指盐商下属的分支机构，系盐业经营单位，各有字号，绣于旗上。书中提到的盐商旗店字号，除了大丰旗，还有公裕旗、万有旗、兴盛旗、桃源旗等。

7　就：做，成就。

8　身价：卖身的银钱。

为什么肯去伏低做小¹？他既如此排场，爹爹若是和他吵闹起来，倒反被外人议论。我而今一乘轿子抬到他家里去，看他怎模样看待我。"沈先生只得依着女儿的言语，看着他装饰起来，头上戴了冠子²，身上穿了大红外盖³，拜辞了父亲，上了轿。

那家人跟着轿子，一直来到河下，进了大门。几个小老妈抱着小官，在大墙门口同看门的管家说笑话，看见轿子进来，问道："可是沈新娘来了？请下了轿，走水巷里进去⁴。"沈琼枝听见，也不言语，下了轿，一直走到大厅上坐下，说道："请你家老爷出来！我常州姓沈的，不是什么低三下四的人家。他既要娶我，怎的不张灯结彩，择吉过门⁵，把我悄悄的抬了来，当做娶妾的一般光景？我且不问他要别的，只叫他把我父亲亲笔写的婚书，拿出来与我看，我就没的说了！"老妈同家人都吓了一跳，甚觉诧异，慌忙走到后边，报与老爷知道。

那宋为富正在药房里看着药匠弄人参，听了这一篇话，红着

---

1 伏低做小：一般用来形容低声下气，巴结奉承。这里用其本意，即自认身份低微，甘当小老婆。

2 冠子：旧时妇女盖于发髻上的饰物。

3 外盖：外衣。

4 水巷：大户人家挑水人走的巷子，不是正式的甬道。

5 择吉过门：选择良辰吉日过门成亲。

脸道:"我们总商人家[1]，一年至少也娶七八个妾，都像这般淘气[2]起来，这日子还过得？他走了来，不怕他飞到那里去！"踌躇一会，叫过一个丫鬟来，吩咐道:"你去前面向那新娘说:'老爷今日不在，新娘权且进房去。有什么话，等老爷来家再说。'"

丫鬟来说了。沈琼枝心里想着:"坐在这里也不是事，不如且随他进去。"便跟着丫头，走到厅背后左边，一个小圭门里进去[3]，三间楠木厅，一个大院落，堆满了太湖石的山子[4]。沿着那山石走到左边一条小巷，串入一个花园内，竹树交加，亭台轩敞，一个极宽的金鱼池，池子旁边都是朱红栏杆，夹着一带走廊。走到廊尽头处，一个小小月洞[5]，四扇金漆门。走将进去，便是三间屋，一间做房[6]，铺设的齐齐整整，独自一个院落。妈子送了茶来。沈琼枝吃着，心里暗说道:"这样极幽的所在，料想彼人也不会赏鉴[7]，且让我在此消遣几天。"那丫鬟回去，回复宋为富道:"新娘人

1　总商: 清代在垄断行业（如盐业、洋行等）特许商人中指定为头的殷实商户，也称"商总"。

2　淘气: 找气，不驯顺。

3　圭门: 旁门，上尖下方，形如玉圭，因而得名。

4　山子: 假山。

5　月洞: 指花园中的圆门，因圆如满月，故称。

6　做房: 此处疑有缺字，或应为"做新房"。

7　彼人: 那人，这里指盐商。赏鉴: 欣赏，品味。

物倒生得标致¹，只是样子觉得恚赖²，不是个好惹的。"

　　过了一宿，宋为富叫管家到下店里，吩咐账房中兑出五百两银子送与沈老爷，"叫他且回府，着姑娘在这里，想没的话说。"沈先生听了这话，说道："不好了！他分明拿我女儿做妾，这还了得！"一径走到江都县³，喊了一状。那知县看了呈子⁴，说道："沈大年既是常州贡生，也是衣冠中人物，怎么肯把女儿与人做妾？盐商豪横，一至于此！"将呈词收了。宋家晓得这事，慌忙叫小司客具了一个诉呈⁵，打通了关节⁶。次日，呈子批出来，批道："沈大年既系将女琼枝许配宋为富为正室，何至自行私送上门？显系做妾可知。架词混渎⁷，不准。"那诉呈上批道："已批示沈大年词内矣⁸。"沈大年又补了一张呈子。知县大怒，说他是个刁健讼棍⁹。一张批，两个差人，押解他回常州去了。

　　沈琼枝在宋家过了几天，不见消息，想道："彼人一定是安排

　　1　标致：指相貌、身姿美丽。

　　2　恚赖：无赖，调皮，不驯顺。

　　3　江都县：今隶属于江苏扬州市。

　　4　呈子：下级向上级、民间向官府呈递的公文，这里指诉讼状。

　　5　小司客：盐商手下办杂事的雇员。诉呈：诉状。

　　6　打通了关节：这里指用金钱等手段买通官府。

　　7　架词混渎（dú）：假造言辞，混淆事实。

　　8　已批示沈大年词内矣：意思是，判断结果已写入沈大年的呈状。

　　9　刁健讼棍：旧时指怂恿人打官司，自己从中获利的恶棍为讼棍。"刁健"则形容其刁钻狡猾又擅长诉讼。

了我父亲¹，再来和我歪缠。不如走离了他家，再作道理。"将他那房里所有动用的金银器皿²、真珠首饰打了一个包袱³，穿了七条裙子，扮做小老妈的模样，买通了那丫鬟，五更时分，从后门走了。清晨，出了钞关门上船。那船是有家眷的。沈琼枝上了船，自心里想道：我若回常州父母家去，恐惹故乡人家耻笑。细想："南京是个好地方，有多少名人在那里。我又会做两句诗，何不到南京去卖诗过日子？或者遇着些缘法出来⁴，也不可知。"立定主意，到仪征换了江船⁵，一直往南京来。

…………⁶

次日，武正字来到杜少卿家⁷。早饭后，同到王府塘来。只见前面一间低矮房屋，门首围着一二十人在那里吵闹。杜少卿同武书上前一看，里边便是一个十八九岁妇人，梳着下路绺鬏⁸，穿着一件宝蓝纱大领披风，在里面支支喳喳的嚷。杜少卿同武书听了

---

1 安排：这里有整治、摆布的意思。
2 动用的：使用的，这里也包括能拿走的意思。
3 真珠：珍珠。
4 缘法：缘分，机会。
5 仪征：今属江苏扬州市。
6 此处略去第四十、第四十一回衔接文字及沈琼枝在南京以刺绣、写字作诗谋生，受到杜少卿等赏识的内容。以下写沈琼枝应邀到杜家做客的情节。
7 武正字：武书，字正字，是国子监生，杜少卿的朋友。
8 下路绺鬏（liǔjiū）：这里指苏州、常州一带妇女所梳的发式。绺鬏，把头发分成绺盘结起来。

一听，才晓得是人来买绣香囊[1]，地方上几个喇子[2]，想来拿囮头[3]，却无实迹[4]，倒被他骂了一场。两人听得明白，方才进去。那些人看见两位进去，也就渐渐散了。

沈琼枝看见两人气概不同，连忙接着，拜了万福[5]。坐定，彼此谈了几句闲话。武书道："这杜少卿先生是此间诗坛祭酒[6]。昨日因有人说起佳作可观，所以来请教。"沈琼枝道："我在南京半年多，凡到我这里来的，不是把我当作倚门之娼[7]，就是疑我为江湖之盗。两样人皆不足与言[8]。今见二位先生，既无狎玩我的意思[9]，又无疑猜我的心肠。我平日听见家父说：'南京名士甚多，只有杜少卿先生是个豪杰。'这句话不错了！但不知先生是客居在此，还是和夫人也同在南京？"杜少卿道："拙荆也同寄居在河房内[10]。"沈琼枝道："既如此，我就到府拜谒夫人，好将心事细说。"

杜少卿应诺，同武书先别了出来。武书对杜少卿说道："我看

1　绣香囊：古人佩戴的盛香料的布囊，上面刺有花纹图案。
2　喇（lǎ）子：流氓无赖、刁滑凶悍之人，也称喇伙。
3　拿囮（é）头：亦作"拿讹头"，抓住人的短处进行敲诈。
4　实迹：这里指切实的劣迹。
5　万福：古代妇女所行礼仪。两手握为拳状，在右肋处上下移动，并略微躬身。
6　诗坛祭酒：诗坛领袖，诗人中资望、成就最高者。
7　倚门之娼：娼妓。娼妓常常倚门待客，故称。
8　不足与言：不屑于跟有这种看法的人讲话。
9　狎（xiá）玩：轻薄地玩弄。
10　拙荆：对自己妻子的谦称。

这个女人实有些奇。若说他是个邪货[1]，他却不带淫气；若是说他是人家遣出来的婢妾[2]，他却又不带贱气。看他虽是个女流，倒有许多豪侠的光景。他那般轻倩的装饰[3]，虽则觉得柔媚[4]，只一双手指，却像讲究勾、搬、冲的[5]。论此时的风气，也未必有车中女子同那红线一流人[6]。却怕是负气斗狠[7]，逃了出来的。等他来时，盘问盘问他，看我的眼力如何。"说着，已回到杜少卿家门首，看见姚奶奶背着花笼儿来卖花。杜少卿道："姚奶奶，你来的正好。我家今日有个希奇的客到，你就在这里看看。"让武正字到河房里坐着，同姚奶奶进去和娘子说了。

少刻，沈琼枝坐了轿子，到门首下了进来。杜少卿迎进内室，娘子接着，见过礼，坐下奉茶。沈琼枝上首[8]，杜娘子主位[9]，姚奶奶在下面陪着，杜少卿坐在窗棂前。彼此叙了寒暄。杜娘子问道："沈姑娘，看你如此青年，独自一个在客边，可有个同伴的？

1　邪货：品行不端的女人。
2　遣出：放出。
3　轻倩：轻简而美好。
4　柔媚：柔美可爱。
5　勾、搬、冲：拳术的术语。
6　车中女子、红线：都是唐代小说中的女侠；前者曾从狱中救人，后者夜入魏博节度使的内室盗走其枕边金盒，以示警告。
7　负气斗狠：发狠斗气。
8　上首：位置较尊的一侧，一般在主位的左手一侧。也作"上手"。
9　主位：主人的席位。

家里可还有尊人在堂[1]？可曾许字过人家[2]？"沈琼枝道："家父历年在外坐馆，先母已经去世。我自小学了些手工针黹[3]，因来到这南京大邦去处借此糊口。适承杜先生相顾，相约到府，又承夫人一见如故，算是天涯知己了。"姚奶奶道："沈姑娘出奇的针黹，昨日我在对门葛来官家，看见他相公娘买了一幅绣的'观音送子'[4]，说是买的姑娘的，真个画儿也没有那画的好！"沈琼枝道："胡乱做做罢了，见笑的紧。"须臾，姚奶奶走出房门外去。沈琼枝在杜娘子面前双膝跪下。娘子大惊，扶了起来。沈琼枝便把盐商骗他做妾，他拐了东西逃走的话，说了一遍："而今只怕他不能忘情，还要追踪而来。夫人可能救我？"杜少卿道："盐商富贵奢华，多少士大夫见了就销魂夺魄。你一个弱女子，视如土芥[5]，这就可敬的极了！但他必要追踪，你这祸事不远，却也无甚大害。"

正说着，小厮进来请少卿："武爷有话要说。"杜少卿走到河房里，只见两个人垂着手，站在楠子门口，像是两个差人。少卿吓了一跳，问道："你们是那里来的？怎么直到这里边来？"武书

---

1 尊人：这里指父母。

2 许字：将女子许配人。

3 针黹（zhǐ）：缝纫、刺绣等针线活，也做"针指"。

4 相公娘：这里指葛来官的妻子。葛来官是唱小旦的男演员，一般称"相公"，其妻即"相公娘子"，也称"相公娘"。

5 土芥：尘土小草，形容极微贱的东西，无足轻重。

接应道："是我叫进来的。奇怪！如今县里据着江都县缉捕的文书在这里拿人[1]，说他是宋盐商家逃出来的一个妾。我的眼色如何？"少卿道："此刻却在我家。我家与他拿了去，就像是我家指使的，传到扬州去，又像我家藏留他。他逃走不逃走都不要紧，这个倒有些不妥帖[2]。"武正字道："小弟先叫差人进来，正为此事。此刻少卿兄莫若先赏差人些微银子[3]，叫他仍旧到王府塘去。等他自己回去，再做道理拿他。"少卿依着武书，赏了差人四钱银子，差人不敢违拗，去了。

少卿复身进去，将这一番话向沈琼枝说了。娘子同姚奶奶倒吃了一惊。沈琼枝起身道："这个不妨，差人在那里？我便同他一路去。"少卿道："差人我已叫他去了。你且用了便饭。武先生还有一首诗奉赠，等他写完。"当下叫娘子和姚奶奶陪着吃了饭，自己走到河房里，检了自己刻的一本诗集，等着武正字写完了诗，又称了四两银子，封做程仪[4]，叫小厮交与娘子，送与沈琼枝收了。

沈琼枝告辞出门，上了轿，一直回到手帕巷。那两个差人已在门口，拦住说道："还是原轿子抬了走，还是下来同我们走？

1　缉捕：缉拿，搜捕。
2　妥帖：妥当。
3　莫若：不如。
4　程仪：路费，盘缠。

进去是不必的了！”沈琼枝道："你们是都堂衙门的[1]，是巡按衙门的？我又不犯法，又不打钦案的官司[2]，那里有个拦门不许进去的理！你们这般大惊小怪，只好吓那乡里人！”说着下了轿，慢慢的走了进去。两个差人倒有些让他。沈琼枝把诗同银子收在一个首饰匣里，出来叫："轿夫，你抬我到县里去。"轿夫正要添钱[3]，差人忙说道："千差万差，来人不差[4]。我们清早起，就在杜相公家伺候了半日，留你脸面，等你轿子回来。你就是女人，难道是茶也不吃的？"沈琼枝见差人想钱，也只不理，添了二十四个轿钱，一直就抬到县里来。

差人没奈何，走到宅门上回禀道："拿的那个沈氏到了。"知县听说，便叫带到三堂回话[5]。带了进来，知县看他容貌不差，问道："既是女流，为什么不守闺范[6]，私自逃出？窃了宋家的银两，潜踪在本县地方做什么[7]？"沈琼枝道："宋为富强占良人为妾，我

---

1 都堂：这里指都察院，是明代监察机构。下文中的"巡按"，即巡按御史，负责考核吏治，审理大案。

2 钦案：奉旨查办的案件。

3 添钱：在原来议定的价格上加钱。

4 千差（chā）万差，来人不差：谚语，是说有再多的错误，具体跑腿儿办事的也没有错误。这里是差人倒苦水，希望得些油水。

5 三堂：官衙设大堂、二堂、三堂。一些机密案件或事涉妇女的案件，有时在三堂审问。

6 闺范：妇女应遵守的道德规范。

7 潜踪：潜伏，暗藏。

父亲和他涉了讼。他买嘱知县将我父亲断输了[1]。这是我不共戴天之仇！况且我虽然不才[2]，也颇知文墨，怎么肯把一个张耳之妻去事外黄佣奴？[3] 故此逃了出来。这是真的。"知县道："你这些事，自有江都县问你，我也不管。你既会文墨，可能当面做诗一首。"沈琼枝道："请随意命一个题，原可以求教的。"知县指着堂下的槐树，说道："就以此为题。"沈琼枝不慌不忙，吟出一首七言八句来，又快又好。知县看了赏鉴，随叫两个原差到他下处取了行李来，当堂查点。翻到他头面盒子里一包碎散银子，一个封袋上写着"程仪"，一本书，一个诗卷。知县看了，知道他也和本地名士倡和[4]。签了一张批，备了一角关文，吩咐原差道："你们押沈琼枝到江都县，一路须要小心，不许多事，领了回批来缴。"那知县与江都县同年相好，就密密的写了一封书子装入关文内[5]，托他开释此女[6]，断还伊父[7]，另行择婿。此是后事不题。

---

1 买嘱：以金钱买通他人，嘱其做（坏）事。

2 不才：没有才能，这是自谦的话。

3 "怎么肯"句：战国时，魏国人张耳在外黄避难，有个佣奴之妻逃出来嫁给他。后来张耳投奔刘邦，因功被封赵王，妻子也跟着享受荣华富贵。这里是反用典故，说怎么能让张耳的妻子去嫁外黄佣奴呢？在这里，沈琼枝将盐商比作外黄佣奴。

4 倡和：指一人作诗词，其他人以同题诗词酬答应和（多用原韵），也作"唱和"。

5 密密：犹秘密。关文：旧时官府间的平行文书。

6 开释：解放，释放。

7 断还伊父：经官府判决，将人送还她的父亲。伊，女性第三人称，今用"她"。

当下，沈琼枝同两个差人出了县门，雇轿子抬到汉西门外¹，上了仪征的船。差人的行李放在船头上，锁伏板下安歇²。……过了一会，船家来称船钱³，两个差人啐了一口，拿出批来道："你看！这是什么东西？我们办公事的人，不问你要贴钱就够了，还来向我们要钱！"船家不敢言语，向别人称完了，开船到了燕子矶⁴。一夜西南风，清早到了黄泥滩。

差人问沈琼枝要钱。沈琼枝道："我昨日听得明白，你们办公事不用船钱的。"差人道："沈姑娘，你也太拿老了⁵！叫我们管山吃山，管水吃水，都像你这一毛不拔，我们喝西北风？"沈琼枝听了，说道："我便不给你钱，你敢怎么样！"走出船舱，跳上岸去，两只小脚就是飞的一般，竟要自己走了去。两个差人慌忙搬了行李，赶着扯他，被他一个四门斗里⁶，打了一个仰八叉⁷。扒起来，同那个差人吵成一片。吵的船家同那戴破毡帽的汉子做好做歹⁸，雇了一乘轿子，两个差人跟着去了。

---

1 汉西门：南京内城门之一。

2 锁伏板：桅舱前面的船板。

3 称：收费。那时以银子为货币，使用时要称分量。

4 燕子矶：地名，位于今南京市栖霞区长江岸边。下文中的"黄泥滩"也是地名，或指江苏南京浦口区之黄泥滩。

5 拿老：拿大，摆老资格。

6 四门斗里：武术术语，一种拳术架势。

7 仰八叉：仰面跌倒、四脚朝天的样子。

8 做好做歹：这里有好说歹说的意思。

节选一二　王玉辉的笑声与眼泪

阅读提示

一、本段选自《儒林外史》第四十八回"徽州府烈妇殉夫，泰伯祠遗贤感旧"。前文叙老贡生余特来徽州府学做学官，结识了当地老秀才王玉辉。

二、五四运动反封建，有个"礼教杀人"的观点，所举例子便是王玉辉的故事。他的三女儿要为亡夫"殉节"，他不但不劝阻，反而从旁鼓励。女儿死后，他又大笑："死的好，死的好！"——礼教令他失去了爱的本能；礼教所戕害的，不仅是他女儿的性命，也包括他自己的人性和灵魂！

从另一面讲，王玉辉也并非冥顽不灵。女儿死后，学校里在明伦堂摆酒，祭祀"烈妇"，请他赴席，"王玉辉到了此时，转觉心伤，辞了不肯来"。为了散心，他独自出门访友，在途中"一路看着水色山光，悲悼女儿，凄凄惶惶"。途中"见船上一个少年穿白的妇人，他又想起女儿，心里哽咽，那热泪直滚出来"。他无法逃避良心的谴责，他的人性毕竟没有完全泯灭。

三、王玉辉也并非一无是处。例如他自己生活困窘，却立志要写三部书：字书、礼书、乡约书，想要借此端正世风、"嘉惠来学（给晚辈学者提供帮助）"。可知他除了吃饭养家，还是有更高追求和担当的。尽管在今天看来，这种"追求"与"担当"是迂腐可笑的。

四、还应看到故事背后的经济因素。王玉辉是个进学三十年的老秀才，即使补过廪，收入也是微薄的。他有一儿四女，女儿虽都出嫁，但大女儿已"守节"在家。三女儿自述殉夫的理由，即"我一个大姐姐死了丈夫，在家累着父亲养活；而今我又死了丈夫，难道又要父亲养活不成？父亲是寒士，也养活不来这许多女儿"！——换言之，假若王玉辉每年有足够的收入，一家人衣食无忧，三女儿还会一味坚持"殉夫"吗？

大先生本来极有文名[1]，徽州人都知道。如今来做官，徽州人听见，个个欢喜。到任之后，会见大先生胸怀坦白，言语爽利，这些秀才们，本不来会的，也要来会会。人人自以为得明师。又

1　大先生：老贡生余特，此时选了徽州府学训导。后文中的"二先生"，是他的弟弟余持。

会着二先生谈谈，谈的都是些有学问的话，众人越发钦敬。每日也有几个秀才来往。

那日，余大先生正坐在厅上，只见外面走进一个秀才来，头戴方巾，身穿旧宝蓝直裰，面皮深黑，花白胡须，约有六十多岁光景。那秀才自己手里拿着帖子，递与余大先生。余大先生看帖子上写着："门生王蕴。"那秀才递上帖子，拜了下去。余大先生回礼，说道："年兄莫不是尊字玉辉的么[1]？"王玉辉道："门生正是。"余大先生道："玉兄，二十年闻声相思，而今才得一见！我和你只论好弟兄，不必拘这些俗套。"遂请到书房里去坐，叫人请二老爷出来。二先生出来，同王玉辉会着，彼此又道了一番相慕之意。

三人坐下，王玉辉道："门生在学里，也做了三十年的秀才，是个迂拙的人[2]。往年就是本学老师[3]，门生也不过是公堂一见而已。而今因大老师和世叔来[4]，是两位大名下[5]，所以，要时常来聆

---

1 尊字：称对方表字。
2 迂拙：迂阔，不聪明。这是谦词。
3 本学老师：这里指学校以前的学官。
4 世叔：因将余大先生奉为老师，是长辈，故将余二先生称为世叔。
5 大名下：唐人李颀诗有"夫子大名下，家无钟石储"句，这里以"大名下"代"夫子"。

老师和世叔的教训[1]。要求老师不认做大概学里门生[2]，竟要把我做个受业弟子才好[3]。"余大先生道："老哥，你我老友，何出此言！"二先生道："一向知道吾兄清贫，如今在家可做馆？长年何以为生？"王玉辉道："不瞒世叔说，我生平立的有个志向，要纂三部书嘉惠来学[4]。"余大先生道："是那三部？"王玉辉道："一部礼书，一部字书，一部乡约书。"二先生道："礼书是怎么样？"王玉辉道："礼书是将'三礼'分起类来[5]，如事亲之礼[6]、敬长之礼等类。将经文大书，下面采诸经、子、史的话印证[7]，教子弟们自幼习学。"大先生道："这一部书，该颁于学宫[8]，通行天下。请问字书是怎么样？"王玉辉："字书是七年识字法。其书已成，就送来与老师细阅。"二先生道："字学不讲久矣[9]！有此一书，为功不浅。请问乡约书怎样？"王玉辉："乡约书不过是添些仪制[10]，劝

---

1 聆：聆听，怀着敬意认真地听。

2 大概：普通的，一般的。

3 受业弟子：亲身拜师受教的弟子，也叫"及门弟子"。

4 纂（zuǎn）：编纂，撰写。嘉惠来学：给后学带来恩惠。这本来是恭维别人的话，由王玉辉自己说出，带有讽刺意味。

5 "三礼"：即《仪礼》《周礼》《礼记》三部儒家礼学经典。

6 事亲之礼：如何事奉父母亲眷的礼仪。下文的"敬长"是指尊敬长者。

7 经、子、史：中国图书的四部分类法将图书分成经、史、子、集。这里指前三类。

8 颁：颁布，这里指普遍颁发。学宫：官学、学校。

9 字学：文字训诂之学，古代又称"小学"。

10 仪制：礼仪规范和制度。

醒愚民的意思。门生因这三部书，终日手不停披[1]，所以没的工夫做馆。"大先生道："几位公郎[2]？"王玉辉道："只得一个小儿，倒有四个小女。大小女守节在家里[3]；那几个小女，都出阁不上一年多[4]。"说着，余大先生留他吃了饭，将门生帖子退了不受，说道："我们老弟兄，要时常屈你来谈谈，料不嫌我苜蓿风味怠慢你[5]。"弟兄两个一同送出大门来。王先生慢慢回家。他家离城有十五里。

王玉辉回到家里，向老妻和儿子说余老师这些相爱之意。次日，余大先生坐轿子下乡，亲自来拜。留着在草堂上坐了一会，去了。又次日，二先生自己走来，领着一个门斗[6]，挑着一石米走进来[7]。会着王玉辉，作揖坐下。二先生道："这是家兄的禄米一石[8]。"又手里拿出一封银子来道："这是家兄的俸银一两，送与长兄先生，权为数日薪水之资[9]。"王玉辉接了这银子，口里说道："我小侄没有孝敬老师和世叔[10]，怎反受起老师的惠来？"余二先生

1　手不停披：手不停地翻书，这里形容学习、著述勤奋。披，翻动。

2　公郎：公子。

3　大小女：大女儿。小女是对自己女儿的谦称。

4　出阁：出嫁。

5　苜蓿（mù·xu）风味：形容教官生活清苦的成语。苜蓿，金花菜，多用来喂马，人也可以吃。

6　门斗：学官的仆役。

7　石（dàn）：容积单位。明清时一石粮食约重一百二十斤。

8　禄米：国家发给官员的实物薪金。下文中的"俸银"，是货币薪金。

9　薪水之资：买柴买水的钱，即生活费。

10　小侄：王玉辉自任晚辈门生，因此这样称呼自己。

笑道："这个何足为奇。只是贵处这学署清苦[1]，兼之家兄初到。虞博士在南京，几十两的拿着送与名士用，家兄也想学他。"王玉辉道："这是长者赐，不敢辞，只得拜受了。"备饭留二先生坐，拿出这三样书的稿子来，递与二先生看。二先生细细看了，不胜叹息。坐到下午时分，只见一个人走进来说道："王老爹，我家相公病的狠。相公娘叫我来请老爹到那里去看看。请老爹就要去。"王玉辉向二先生道："这是第三个小女家的人。因女婿有病，约我去看。"二先生道："如此，我别过罢。尊作的稿子，带去与家兄看，看毕再送过来。"说罢起身。那门斗也吃了饭，挑着一担空箩，将书稿子丢在箩里挑着，跟进城去了。

王先生走了二十里，到了女婿家。看见女婿果然病重，医生在那里看，用着药总不见效。一连过了几天，女婿竟不在了。王玉辉恸哭了一场[2]。见女儿哭的天愁地惨[3]，候着丈夫入过殓，出来拜公婆，和父亲道："父亲在上，我一个大姐姐死了丈夫，在家累着父亲养活。而今我又死了丈夫，难道又要父亲养活不成？父亲是寒士，也养活不来这许多女儿。"王玉辉道："你如今要怎样？"三姑娘道："我而今辞别公婆、父亲，也便寻一条死路，跟着丈

1　学署：官学衙门。
2　恸（tòng）哭：放声大哭。
3　天愁地惨：形容哭得感天动地。

夫一处去了！"公婆两个听见这句话，惊得泪下如雨，说道："我儿，你气疯了！自古蝼蚁尚且贪生[1]，你怎么讲出这样话来？你生是我家人，死是我家鬼。我做公婆的，怎的不养活你，要你父亲养活？快不要如此！"三姑娘道："爹妈也老了，我做媳妇的不能孝顺爹妈，反累爹妈，我心里不安。只是由着我到这条路上去罢！只是我死，还有几天工夫，要求父亲到家替母亲说了，请母亲到这里来，我当面别一别，这是要紧的。"王玉辉道："亲家，我仔细想来，我这小女要殉节的真切[2]，倒也由着他行罢！自古'心去意难留'。"因向女儿道："我儿，你既如此，这是青史上留名的事，我难道反拦阻你？你竟是这样做罢。我今日就回家去，叫你母亲来和你作别。"

亲家再三不肯。王玉辉执意，一径来到家里，把这话向老孺人说了[3]。老孺人道："你怎的越老越呆了！一个女儿要死，你该劝他，怎么倒叫他死？这是什么话说！"王玉辉道："这样事你们是不晓得的。"老孺人听见，痛哭流涕，连忙叫了轿子，去劝女儿，到亲家家去了。王玉辉在家，依旧看书写字，候女儿的信息。老

1　蝼蚁：蝼蛄和蚂蚁，都是极微小的生物。

2　殉节：旧时妇女因丈夫死而自杀，也指以身殉国的行为。

3　孺人：古时称大夫的妻子。明清时，七品官的母亲或妻子封孺人，也用作对妇人的尊称。

孺人劝女儿，那里劝的转？一般每日梳洗，陪着母亲坐，只是茶饭全然不吃。母亲和婆婆着实劝着，千方百计，总不肯吃。饿到六天上，不能起床。母亲看着，伤心惨目[1]，痛入心脾[2]，也就病倒了。抬了回来，在家睡着。又过了三日，二更天气，几把火把，几个人来打门，报道："三姑娘饿了八日，在今日午时去世了！"老孺人听见，哭死了过去，灌醒回来，大哭不止。王玉辉走到床面前说道："你这老人家真正是个呆子！三女儿他而今已是成了仙了，你哭他怎的？他这死的好，只怕我将来，不能像他这一个好题目死哩[3]！"因仰天大笑道："死的好！死的好！"大笑着走出房门去了。

次日，余大先生知道，大惊，不胜惨然。即备了香楮、三牲[4]，到灵前去拜奠。拜奠过，回衙门，立刻传书办备文书，请旌烈妇[5]。二先生帮着赶造文书，连夜详了出去[6]。二先生又备了礼来祭奠。三学的人听见老师如此隆重[7]，也就纷纷来祭奠的，不计其

1　伤心惨目：十分悲惨，使人不忍心看。

2　痛入心脾：悲痛到极点。

3　好题目：好名目。

4　香楮（chǔ）、三牲：祭祀用品。香楮，祭祀时用的香烛及纸钱。楮，树木名，木材可用来造纸，这里指纸钱。三牲：祭祀用的牛、羊、猪，有时也用猪、鸡、鱼代替。

5　旌：旧时以立牌坊、挂匾额等形式，表彰信守礼教的人。烈妇：古代指重义守节的女性。下文中的"门首建坊"即指在烈妇门前建立牌坊。

6　详：古代公文名目，是下级写给上级的报告。这里做动词用，指撰写详文递上。

7　三学：指府、州、县三级学校。

王玉辉仰天大笑："死的好！死的好！" / 程十发 绘

数。过了两个月，上司批准下来，制主入祠[1]，门首建坊。到了入祠那日，余大先生邀请知县，摆齐了执事，送烈女入祠。阖县绅衿都穿着公服[2]，步行了送。当日入祠安了位，知县祭，本学祭，余大先生祭，阖县乡绅祭，通学朋友祭[3]，两家亲戚祭，两家本族祭，祭了一天，在明伦堂摆席[4]。通学人要请了王先生来上坐，说他生这样好女儿，为伦纪生色[5]。王玉辉到了此时，转觉心伤，辞了不肯来。众人在明伦堂吃了酒，散了。

次日，王玉辉到学署来谢余大先生。余大先生、二先生都会着，留着吃饭。王玉辉说起："在家日日看见老妻悲恸，心下不忍，意思要到外面去作游几时。又想，要作游，除非到南京去。那里有极大的书坊，还可以逗着他们[6]，刻这三部书。"余大先生道："老哥要往南京，可惜虞博士去了[7]。若是虞博士在南京，见了此书赞扬一番，就有书坊抢的刻去了。"二先生道："先生要往南

1　制主入祠：制作神主（写有烈妇姓名的牌子），供入祠堂。
2　阖（hé）县：全县。绅衿（jīn）：地方绅士和学界人士。衿，读书人穿的衣服。公服：官员的制服，这里指依各自身份所穿的正规服装。
3　通学朋友：这里指所有与王玉辉同在学校的生员，意近于"同学"。
4　明伦堂：学宫的大堂。
5　为伦纪生色：为伦常纲纪增光。
6　逗：这里有启发之意。
7　去了：这里是离开的意思。

京，哥如今写一封书子去，与少卿表弟和绍光先生[1]。这人言语是值钱的。"大先生欣然写了几封字，庄征君、杜少卿、迟衡山、武正字都有。

王玉辉老人家不能走旱路，上船从严州西湖这一路走[2]。一路看着水色山光，悲悼女儿，凄凄惶惶[3]。一路来到苏州，正要换船，心里想起："我有一个老朋友，住在邓尉山里[4]，他最爱我的书。我何不去看看他？"便把行李搬到山塘一个饭店里住下，搭船往邓尉山。那还是上昼时分[5]，这船到晚才开。王玉辉问饭店的人道："这里有什么好顽的所在？"饭店里人道："这一上去，只得六七里路，便是虎丘[6]，怎么不好顽！"王玉辉锁了房门，自己走出去。

初时街道还窄，走到三二里路，渐渐阔了。路旁一个茶馆，王玉辉走进去坐下，吃了一碗茶。看见那些游船，有极大的，里边雕梁画柱，焚着香，摆着酒席，一路游到虎丘去。游船过了多少，又有几只堂客船[7]，不挂帘子，都穿着极鲜艳的衣服，在船里

1　绍光先生：下文中的庄征君，名尚志，与杜少卿、迟衡山、武正字，都是余特的朋友，是小说中的正面人物。

2　严州：古地名，其地今属浙江杭州。

3　凄凄惶惶：悲伤不安貌。

4　邓尉山：苏州名胜，赏梅胜地。

5　上昼：指上午九、十点钟。

6　虎丘：苏州名胜。

7　堂客船：专门供妇女乘坐的船。旧时画舫分堂客、官客，分别供女性和男性乘坐。

坐着吃酒。王玉辉心里说道：这苏州风俗不好。一个妇人家不出闺门，岂有个叫了船在这河内游荡之理！又看了一会，见船上一个少年穿白的妇人，他又想起女儿，心里哽咽[1]，那热泪直滚出来。

王玉辉 / 张光宇 绘

---

1 哽咽：因压抑悲伤，哭时不能痛快出声。

13. 节选一三　凤鸣岐讨债

阅读提示

一、本段选自《儒林外史》第五十二回"比武艺公子伤身，毁厅堂英雄讨债"。前文叙凤四老爹出于义气，帮助萍水相逢的万青云摆脱了官司缠绕；本段写凤四老爹凤鸣岐独自到杭州访友。

二、凤鸣岐是个侠客式的人物，一生助人为乐，专爱打抱不平。在书中，他先后帮助了身陷官司的万青云以及被骗钱财的陌生丝客和朋友陈正公。所做三件事，似乎都与追求正义无关（所助三人自己都有错在先），然而凭借自己的超群能力，向身陷麻烦、处于弱势的人伸出援手，其所作所为还是值得肯定的。

三、读《儒林外史》，应特别注意书中的对比写法。如儒林人士中有王惠、严贡生、严监生、匡超人那样的败类，同时便有杜少卿、庄绍光、虞育德等正面形象与之对照；市井间有权勿用、牛浦郎那样的市侩，便有鲍文卿及四奇人等与之做对比；江湖上有假侠客张铁臂，此处便出来一位真侠客凤四老爹与之成反照……

四、凤鸣岐的故事还含有另一层对比，即文人与武人的对比。封建时代，文人的地位远高于武士。然而文人夸夸其谈，脱离实际，遇事往往束手无策；凤鸣岐这类游走于民间的武士，江湖经验丰富，见识远超文人，处理问题的方式简捷而有效。如本段写凤鸣岐讨债，采取先声夺人的战术，一上来先将当铺的"看墙"卸下半堵，接着又背身把廊柱拔起，"那一架厅檐就塌了半个……灰土飞在半天里"。经验告诉他，毛二胡子这类人只听得懂这种"语言"！

凤鸣岐替陈正公讨来巨款，谢礼分文不收，说一声"这不过是我一时高兴"——英雄本色，洒脱无私，形象愈显高大！

话说凤四老爹别过万中书，竟自取路到杭州。他有一个朋友叫做陈正公，向日曾欠他几十两银子[1]。心里想道："我何不找着他，向他要了做盘缠回去？"陈正公住在钱塘门外，他到钱塘门外来寻他。走了不多路，看见苏堤上柳阴树下，一丛人围着两个人在那里盘马[2]。那马上的人远远望见凤四老爹，高声叫道："凤四

1　向日：往日，早先。
2　盘马：试马。

哥！你从那里来的？"凤四老爹近前一看，那人跳下马来，拉着手。凤四老爹道："原来是秦二老爷，你是几时来的？在这里做什么？"秦二侉子道[1]："你就去了这些时。那老万的事与你甚相干[2]？吃了自己的清水白米饭，管别人的闲事，这不是发了呆？你而今来的好的狠，我正在这里同胡八哥想你。"凤四老爹便问："此位尊姓？"秦二侉子代答道："这是此地胡尚书第八个公子胡八哥，为人极有趣，同我最相好。"胡老八知道是凤四老爹，说了些彼此久慕的话。

⋯⋯⋯⋯[3]

凤四老爹在秦二侉子的下处，逐日打拳、跑马，倒也不寂寞。一日正在那里试拳法，外边走进一个二十多岁的人，瘦小身材，来问："南京凤四老爹可在这里？"凤四老爹出来会着，认得是陈正公的侄儿陈虾子。问其来意，陈虾子道："前日胡府上有人送信，说四老爹你来了。家叔却在南京卖丝去了。我今要往南京去接他，你老人家有甚话，我替你带信去。"凤四老爹道："我要会令叔，也无甚话说。他向日挪我的五十两银子，得便叫他算还

1　秦二侉子：秦中书的弟弟，与下文中的胡八公子同为纨绔子弟。侉子，泛指北方说话口音很重的人，带贬义。
2　老万的事：指此前凤鸣岐替万青云打官司的事。
3　此处略去凤四老爹住在秦家，与秦、胡等人论论武艺的内容。

给我。我在此，还有些时耽搁，竟等他回来罢了。费心拜上令叔，我也不写信了。"

陈虾子应诺。回到家取了行李，搭船便到南京。找到江宁县前傅家丝行里[1]，寻着了陈正公。那陈正公正同毛二胡子在一桌子上吃饭，见了侄子，叫他一同吃饭，问了些家务。陈虾子把凤四老爹要银子的话都说了，安顿行李在楼上住。

且说这毛二胡子，先年在杭城开了个绒线铺，原有两千银子的本钱。后来钻到胡三公子家做篾片，又赚了他两千银子，搬到嘉兴府[2]，开了个小当铺。此人有个毛病：啬细非常[3]，一文如命[4]。近来又同陈正公合伙贩丝。陈正公也是一文如命的人，因此志同道合。南京丝行里，供给丝客人饮食最为丰盛。毛二胡子向陈正公道："这行主人供给我们顿顿有肉。这不是行主人的肉，就是我们自己的肉，左右他要算了钱去[5]。我们不如只吃他的素饭，荤菜我们自己买了吃，岂不便宜！"陈正公道："正该如此。"到吃饭的时候，叫陈虾子到熟切担子上买十四个钱的熏肠子，三个人同

1　江宁县：今属江苏南京市。丝行：买卖生丝的商行。
2　嘉兴府：今属浙江。
3　啬细：吝啬。
4　一文如命：形容拿钱当命，极为吝啬。
5　左右：这里有终归的意思。

吃。那陈虾子到口不到肚[1]，熬的清水滴滴[2]。

一日，毛二胡子向陈正公道："我昨日听得一个朋友说，这里胭脂巷有一位中书秦老爹，要上北京补官[3]，攒凑盘程[4]，一时不得应手。情愿七扣的短票[5]，借一千两银子。我想这是极稳的主子，又三个月内必还。老哥买丝余下的那一项，凑起来还有二百多两，何不秤出二百一十两借给他？三个月就拿回三百两，这不比做丝的利钱还大些？老哥如不见信[6]，我另外写一张包管给你[7]。他那中间人我都熟识，丝毫不得走作的[8]。"陈正公依言借了出去。到三个月上，毛二胡子替他把这一笔银子讨回，银色又足，平子又好[9]，陈正公满心欢喜。

又一日，毛二胡子向陈正公道："我昨日会见一个朋友，是个卖人参的客人。他说，国公府里徐九老爷有个表兄陈四老爷，拿了他斤把人参。而今他要回苏州去，陈四老爷一时银子不凑手，

1　到口不到肚：指饭菜没有油水，肚里寡淡。

2　清水滴滴：这里形容馋得流口水。

3　补官：补授官职。

4　盘程：盘缠，路费。

5　七扣的短票：一种高利贷盘剥形式，写了十元的借券，只付给七元，还债时仍还十元。下文中的"对扣"指写十元的借券，只付给五元。

6　不见信：不相信我。见，助词，表被动。

7　包管：如说包票。

8　走作：这里指出岔子。

9　银色又足，平子又好：指含银量高、分量足。

就托他情愿对扣借一百银子还他，限两个月拿二百银子取回纸笔[1]，也是一宗极稳的道路。"陈正公又拿出一百银子，交与毛二胡子借出去。两个月讨回足足二百两，兑一兑还余了三钱。把个陈正公欢喜的要不得。

那陈虾子被毛二胡子一味朝死里算[2]，弄的他酒也没得吃，肉也没得吃，恨如头醋[3]。趁空向陈正公说道："阿叔在这里卖丝，爽利该把银子交与行主人做丝。拣头水好丝买了[4]，就当在典铺里。当出银子，又赶着买丝，买了又当着。当铺的利钱微薄，像这样套了去，一千两本钱，可以做得二千两的生意，难道倒不好？为什么信毛二老爹的话放起债来？放债到底是个不稳妥的事。像这样挂起来[5]，几时才得回去？"陈正公道："不妨！再过几日，收拾收拾，也就可以回去了。"

那一日，毛二胡子接到家信，看完了，咂嘴弄唇，只管独自坐着踌蹰。陈正公问道："府上有何事？为甚出神？"毛二胡子道："不相干，这事不好向你说的。"陈正公再三要问，毛二胡子

1　纸笔：这里指借据。

2　朝死里算：这里指拼命压缩伙食费，不顾人死活。

3　恨如头醋：意谓非常可恶，令人痛恨。头醋，酿醋时未掺水的原汁，味道极酸，这里用来比喻痛恨的程度。

4　头水好丝：质量最好的丝。

5　挂起来：这里指拿银钱放债，短时间不能回收。

道:"小儿寄信来说,我东头街上谈家当铺折了本,要倒与人[1]。现在有半楼货,值得一千六百两,他而今事急了,只要一千两就出脱了[2]。我想,我的小典里若把他这货倒过来[3],倒是宗好生意。可惜而今运不动,掣不出本钱来[4]。"陈正公道:"你何不同人合伙,倒了过来?"毛二胡子道:"我也想来。若是同人合伙,领了人的本钱,他只要一分八厘行息[5],我还有几厘的利钱。他若是要二分开外,我就是'羊肉不曾吃,空惹一身膻'[6],倒不如不干这把刀儿了[7]。"陈正公道:"呆子!你为甚不和我商量?我家里还有几两银子,借给你跳起来就是了。还怕你骗了我的?"毛二胡子道:"罢!罢!老哥,生意事拿不稳,设或将来亏折了,不够还你,那时叫我拿什么脸来见你?"

陈正公见他如此至诚[8],一心一意要把银子借与他,说道:"老哥,我和你从长商议。我这银子,你拿去倒了他家货来,我也不要你的大利钱,你只每月给我一个二分行息,多的利钱都是你的。

---

1 倒(dǎo):店铺倒闭,将整批货物或整个商店作价易手。
2 出脱:商品卖出。
3 小典:这是对自家当铺的谦称。当铺从事典当活动,又称"典铺"。
4 掣:抽。
5 行(xíng)息:支付利息。
6 "羊肉"二句:比喻做某事没捞到好处,反而败坏名声或遭受损失。
7 这把刀儿:犹如说这件危险的事。
8 至诚:极端诚恳,也作"志诚"。

将来陆续还我。纵然有些长短[1]，我和你相好，难道还怪你不成？"毛二胡子道："既承老哥美意，只是这里边，也要有一个人做个中见[2]，写一张切切实实的借券交与你执着，才有个凭据，你才放心。那有我两个人私相授受的呢？"陈正公道："我知道老哥不是那样人，并无甚不放心处。不但中人不必，连纸笔也不要，总以信行为主罢了[3]。"当下陈正公瞒着陈虾子，把行笥中余剩下以及讨回来的银子凑了一千两[4]，封的好好的，交与毛二胡子，道："我已经带来的丝，等行主人代卖。这银子本打算回湖州再买一回丝[5]，而今且交与老哥，先回去做那件事。我在此再等数日，也就回去了。"毛二胡子谢了，收起银子，次日上船，回嘉兴去了。

又过了几天，陈正公把卖丝的银收齐全了，辞了行主人，带着陈虾子搭船回家，顺便到嘉兴上岸，看看毛胡子。那毛胡子的小当铺开在西街上。一路问了去，只见小小门面三间，一层看墙[6]。进了看墙门，院子上面三间厅房安着柜台，几个朝奉在里面做生意[7]。陈正公问道："这可是毛二爷的当铺？"柜里朝奉道：

1　长短：这里指意料不到的失误、事故。

2　中见：中人，见证人。

3　信行：诚实守信。

4　行笥（xíngsì）：行囊，出行时所带的箱笼。笥，盛饭或衣物的方形竹器。

5　湖州：今浙江湖州市。

6　看墙：带有花纹装饰的外墙。

7　朝奉：原为官阶名，明清时常将当铺、盐店的店员称为朝奉。

"尊驾贵姓？"陈正公道："我叫做陈正公，从南京来，要会会毛二爷。"朝奉道："且请里面坐。"后一层便是堆货的楼。陈正公进来，坐在楼底下，小朝奉送上一杯茶来。吃着，问道："毛二哥在家么？"朝奉道："这铺子，原是毛二爷起头开的，而今已经倒与汪敝东了[1]。"陈正公吃了一惊道："他前日可曾来？"朝奉道："这也不是他的店了，他还来做什么！"陈正公道："他而今那里去了？"朝奉道："他的脚步散散的[2]，知他是到南京去？北京去了？"陈正公听了这些话，驴头不对马嘴[3]，急了一身的臭汗。同陈虾子回到船上，赶到了家。

次日清早，有人来敲门。开门一看，是凤四老爹。邀进客座，说了些久违想念的话，因说道："承假一项[4]，久应奉还。无奈近日又被一个人负骗[5]，竟无法可施。"凤四老爹问其缘故，陈正公细细说了一遍。凤四老爹道："这个不妨，我有道理。明日我同秦二老爷回南京，你先在嘉兴等着我。我包你讨回，一文也不少，何如？"陈正公道："若果如此，重重奉谢老爹！"凤四老爹道："要谢的话，不必再提。"别过，回到下处，把这些话告诉秦二侉子。

---

1 敝东：对自家东家的谦称。
2 脚步散散的：形容人到处走，行踪不定。
3 驴头不对马嘴：比喻答非所问，说不到一块儿。也作"驴唇不对马嘴"。
4 承假：即承借，是对别人借给自己钱的谦敬说法。
5 负骗：指负义欺骗。

二伙子道："四老爹的生意又上门了。这是你最喜做的事。"一面叫家人打发房钱，收拾行李，到断河头上了船。

将到嘉兴，秦二伙子道："我也跟你去瞧热闹。"同凤四老爹上岸，一直找到毛家当铺，只见陈正公正在他店里吵哩。凤四老爹两步做一步，闯进他看墙门，高声嚷道："姓毛的在家不在家？陈家的银子到底还不还？"那柜台里朝奉，正待出来答话，只见他两手扳着看墙门，把身子往后一挣，那垛看墙，就拉拉杂杂卸下半堵[1]。秦二伙子正要进来看，几乎把头打了。那些朝奉和取当的看了，都目瞪口呆。凤四老爹转身走上厅来，背靠着他柜台外柱子，大叫道："你们要命的，快些走出去！"说着，把两手背剪着[2]，把身子一扭，那条柱子就离地歪在半边，那一架厅檐就塌了半个，砖头瓦片纷纷的打下来，灰土飞在半天里。还亏朝奉们跑的快，不曾伤了性命。

那时，街上人听见里面倒的房子响，门口看的人都挤满了。毛二胡子见不是事，只得从里面走出来。凤四老爹一头的灰，越发精神抖抖，走进楼底下靠着他的庭柱。众人一齐上前软求。毛二胡子自认不是，情愿把这一笔账，本利清还，只求凤四老爹不

---

1 拉拉杂杂：杂乱，无条理。这里有稀里哗啦的意思。
2 背剪着：指双臂在背后交叉着。

要动手。凤四老爹大笑道:"谅你有多大的个巢窝[1],不够我一顿饭时都拆成平地!"这时秦二侉子同陈正公都到楼下坐着。秦二侉子说道:"这件事,原是毛兄的不是!你以为没有中人、借券,打不起官司、告不起状,就可以白骗他的?可知道,'不怕该债的精穷,只怕讨债的英雄'!你而今遇着凤四哥,还怕赖到那里去?"那毛二胡子无计可施,只得将本和利一并兑还,才完了这件横事[2]。

陈正公得了银子,送秦二侉子、凤四老爹二位上船。彼此洗了脸,拿出两封一百两银子,谢凤四老爹。凤四老爹笑道:"这不过是我一时高兴,那里要你谢我?留下五十两,以清前账,这五十两你还拿回去!"陈正公谢了又谢,拿着银子,辞别二位,另上小船去了。

1　巢窝:本指鸟巢兽窝,这里是对毛二胡子当铺的蔑称。
2　横(hèng)事:意外事故或灾祸,如言"横祸"。

14.节选一四　市井四奇人

阅读提示

一、本段选自《儒林外史》第五十五回"添四客述往思来，弹一曲高山流水"。

二、这是本书倒数第二回，写了四位市井小人物，他们隐伏于民间，职业微贱，或做裁缝，或开茶馆，或为本小利微的小贩，或竟是无业游民！然而他们甘于清贫，各怀绝技，四种爱好合起来，便是琴、棋、书、画。

一个真正的读书人，除了从圣贤教导中体悟哲理，还应有着深厚的人文修养及文化情趣。可惜在作者生活的时代，读书人受科举"指挥棒"的引领，一头钻入八股文的魔障，精力被消耗，灵性被窒息。作者感到痛惜，只好借四位儒林以外的人物，寄托自己的人文理想。

三、四奇人更值得钦佩的，是他们的人生观及生活态度。他们自尊自重，自食其力，仰不愧于天，俯不怍于人。想笑就笑，想骂就骂，弹琴下棋，画画写字，完全凭自己的兴趣爱好。四人中，骂人最痛快的是季遐年。施御史的孙子叫他去家中写字，他来到施家，见了主人，迎头痛骂："你是何等之人？敢来叫我写字！我又不贪你的钱，又不慕你的势，又不借你的光，你敢叫我写起字来！"——季遐年告诉人们，金钱、官位、俗世的荣耀，往往需要出卖尊严来换取；一个没有欲望的人，才是最刚毅、最高尚的！

此外，裁缝荆元的一番话说出同样的道理："……而今每日寻得六七分银子，吃饱了饭要弹琴，要写字，诸事都由得我。又不贪图人的富贵，又不伺候人的颜色。天不收，地不管，倒不快活？"——这也正是作者自己要说的话，是他用自己"失败的一生"验证出的真理：世上没有比精神自由更可贵的人生目标了，为此可以抛弃功名富贵，甚至当个卑微的劳动者，也甘之如饴！

四、吴敬梓晚年生活极度贫困，朋友程晋芳有《怀人诗》评述吴敬梓的困境，有"逝将乞食去，亦且赁春焉"的诗句——"乞食"即乞讨，"赁春"即打短工，给人春米！一代妙笔生花的文豪，几乎沦落到要靠出卖劳动力来糊口的地步，小说末尾的市井四奇人，显然有着作者自己的影子！

话说万历二十三年，那南京的名士都已渐渐销磨尽了！此时虞博士那一辈人，也有老了的，也有死了的，也有四散去了的，也有闭门不问世事的。花坛酒社[1]，都没有那些才俊之人；礼乐文章，也不见那些贤人讲究[2]。论出处[3]，不过得手的就是才能，失意的就是愚拙。论豪侠，不过有余的就会奢华，不足的就见萧索[4]。凭你有李、杜的文章，颜、曾的品行[5]，却是也没有一个人来问你。所以那些大户人家，冠、昏、丧、祭[6]，乡绅堂里，坐着几个席头[7]，无非讲的是些升、迁、调、降的官场[8]。就是那贫贱儒生，又不过做的是些揣合逢迎的考校[9]。那知市井中间，又出了几个奇人。

　　一个是会写字的。这人姓季名遐年，自小儿无家无业，总在这些寺院里安身。见和尚传板上堂吃斋[10]，他便也捧着一个钵，站在那里，随堂吃饭。和尚也不厌他。他的字写的最好，却又不肯

1　花坛酒社：这里指歌楼酒家等文人流连之所。

2　讲究：讲求，研讨。

3　出处（chǔ）：做官和隐逸。下文"得手的""失意的"，即指做官的、丢官的。

4　萧索：萧条，冷落，无生气。

5　李、杜的文章，颜、曾的品行：比喻文采、品德极高的人。李、杜，李白和杜甫，都是唐代的大诗人。颜、曾，颜渊和曾参，都是孔子的高足。

6　冠、昏、丧、祭：指几种礼仪。冠是冠礼，即男子成年礼；昏是婚礼；丧是丧葬之礼；祭是祭祀祖先之礼。

7　席头：坐在筵席上座的贵客。

8　升、迁、调、降：这里指官员的升官、降职、改派、调动等。

9　揣合逢迎：指儒生揣摩八股文的作法，迎合考官的偏好。考校：考核，研究。

10　传板：寺院中挂在食堂前的鱼形木梆，开饭时击梆通知众僧，称传板。这里做动词用。

学古人的法帖¹，只是自己创出来的格调，由着笔性写了去。但凡人要请他写字时，他三日前就要斋戒一日²，第二日磨一天的墨，却又不许别人替磨。就是写个十四字的对联，也要用墨半碗。用的笔，都是那人家用坏了不要的，他才用。到写字的时候，要三四个人替他拂着纸³，他才写；一些拂的不好，他就要骂、要打。却是要等他情愿，他才高兴。你若不情愿时，任你王侯将相，大捧的银子送他，他正眼儿也不看。他又不修边幅⁴，穿着一件稀烂的直裰，趿着一双破不过的蒲鞋⁵。每日写了字，得了人家的笔资，自家吃了饭；剩下的钱，就不要了。随便不相识的穷人，就送了他。

那日大雪里，走到一个朋友家，他那一双稀烂的蒲鞋，踹了他一书房的滋泥⁶。主人晓得他的性子不好，心里嫌他，不好说出，只得问道："季先生的尊履坏了⁷，可好买双换换？"季遐年道："我没有钱。"那主人道："你肯写一副字送我，我买鞋送你了。"季遐

1　法帖：供人临摹效法及鉴赏的名家书法拓本、印本。法，标准，规范。
2　斋戒：在从事祭祀等庄严大事之前，独处吃素，以示虔诚。
3　拂：这里有按压、抻平的意思。
4　不修边幅：不注意容貌及衣着的整洁，随随便便，不拘小节。
5　趿（tā）：指穿鞋只套前脚掌，踩着后鞋帮。蒲鞋：用蒲草编的鞋。
6　滋泥：污浊的烂稀泥。
7　尊履：对他人鞋子的敬称。

年道："我难道没有鞋，要你的？"主人厌他腌臜[1]，自己走了进去，拿出一双鞋来，道："你先生且请略换换，恐怕脚底下冷。"季遐年恼了，并不作别，就走出大门，嚷道："你家什么要紧的地方？我这双鞋就不可以坐在你家？我坐在你家，还要算抬举你！我都希罕你的鞋穿？"一直走回天界寺，气哺哺的又随堂吃了一顿饭[2]。

吃完，看见和尚房里摆着一匣子上好的香墨。季遐年问道："你这墨可要写字？"和尚道："这是昨日施御史的令孙老爷送我的，我还要留着转送别位施主老爷[3]，不要写字。"季遐年道："写一副好哩。"不由分说，走到自己房里，拿出一个大墨荡子来[4]，拣出一锭墨，舀些水，坐在禅床上[5]，替他磨将起来。和尚分明晓得他的性子，故意的激他写。他在那里磨墨，正磨的兴头，侍者进来向老和尚说道："下浮桥的施老爷来了。"和尚迎了出去。那施御史的孙子已走进禅堂来，看见季遐年，彼此也不为礼，自同和尚到那边叙寒温[6]。季遐年磨完了墨，拿出一张纸来铺在桌上，叫

---

1 腌臜（ā·za）：肮脏。
2 气哺哺：气呼呼。
3 施主：僧、道对施舍财物给佛寺、道观的信众的称呼，也泛指一般在家修行的人。
4 墨荡子：研墨并用来盛放墨汁的瓦盆。
5 禅床：僧人坐禅用的床具。
6 叙寒温：这里指寒暄。

四个小和尚替他按着。他取了一管败笔¹，蘸饱了墨，把纸相了一会²，一气就写了一行。那右手后边小和尚动了一下，他就一凿³，把小和尚凿矮了半截，凿的杀喳的叫⁴。老和尚听见，慌忙来看，他还在那里急的嚷成一片。老和尚劝他不要恼，替小和尚按着纸，让他写完了。施御史的孙子也来看了一会，向和尚作别去了。

次日，施家一个小厮走到天界寺来，看见季遐年，问道："有个写字的姓季的，可在这里？"季遐年道："问他怎的？"小厮道："我家老爷叫他明日去写字。"季遐年听了，也不回他，说道："罢了，他今日不在家，我明日叫他来就是了。"

次日，走到下浮桥施家门口，要进去。门上人拦住道："你是什么人，混往里边跑？"季遐年道："我是来写字的。"那小厮从门房里走出来看见，道："原来就是你！你也会写字？"带他走到敞厅上，小厮进去回了。施御史的孙子刚刚走出屏风，季遐年迎着脸大骂道："你是何等之人？敢来叫我写字！我又不贪你的钱，又不慕你的势，又不借你的光，你敢叫我写起字来！"一顿大嚷大叫，把施乡绅骂的闭口无言，低着头进去了。那季遐年又骂了

1　败笔：这里指破败的毛笔。
2　相（xiàng）：相看，打量。这里指在书法创作之前，先考虑布局等。
3　凿：这里指用拳头（或弯曲的手指关节）敲（头）。
4　杀喳（zhā）：因痛而失声高叫。

一会，依旧回到天界寺里去了[1]。

又一个是卖火纸筒子的[2]。这人姓王名太，他祖代是三牌楼卖菜的，到他父亲手里穷了，把菜园都卖掉了。他自小儿最喜下围棋。后来父亲死了，他无以为生，每日到虎踞关一带卖火纸筒过活[3]。

那一日，妙意庵做会[4]。那庵临着乌龙潭，正是初夏的天气，一潭簇新的荷叶，亭亭浮在水上[5]。这庵里曲曲折折，也有许多亭榭，那些游人都进来顽耍。王太走将进来，各处转了一会。走到柳阴树下，一个石台，两边四条石凳，三四个大老官簇拥着两个人在那里下棋。一个穿宝蓝的道："我们这位马先生，前日在扬州盐台那里[6]，下的是一百一十两的彩[7]。他前后共赢了二千多银子。"一个穿玉色的少年道："我们这马先生是天下的大国手[8]，只有这卜先生受两子还可以敌得来[9]。只是我们要学到卜先生的地步，也就着实费力了。"

1　天界寺：南京的佛寺，位于今南京市雨花台区。
2　火纸筒子：贮放火纸的竹筒。火纸，点火用的纸卷，也称捻子或媒子。
3　虎踞关：南京地名，位于清凉山东侧。
4　妙意庵：南京佛寺名。下文中的乌龙潭在今南京清凉山东侧，妙意庵当在附近。
5　亭亭：这里形容荷叶高出水面的样子。
6　盐台：这里指巡盐御史。
7　彩：彩头，即赌博、游戏时胜者所获得的奖励财物。
8　国手：这里指一国之中一流的棋手。
9　受两子：这里指让两子。

王太就挨着身子，上前去偷看。小厮们看见他穿的褴褛，推推搡搡不许他上前。底下坐的主人道："你这样一个人，也晓得看棋？"王太道："我也略晓得些。"撑着看了一会，嘻嘻的笑。那姓马的道："你这人会笑，难道下得过我们？"王太道："也勉强将就¹。"主人道："你是何等之人？好同马先生下棋！"姓卞的道："他既大胆，就叫他出个丑何妨？才晓得我们老爷们下棋不是他插得嘴的！"王太也不推辞，摆起子来，就请那姓马的动着。旁边人都觉得好笑。那姓马的同他下了几着，觉的他出手不同。下了半盘，站起身来道："我这棋，输了半子了！"那些人都不晓得。姓卞的道："论这局面，却是马先生略负了些。"众人大惊，就要拉着王太吃酒。王太大笑道："天下那里还有个快活似杀矢棋的事²！我杀过矢棋心里快活极了，那里还吃的下酒！"说毕，哈哈大笑，头也不回就去了。

一个是开茶馆的。这人姓盖名宽，本来是个开当铺的人。他二十多岁的时候，家里有钱开着当铺，又有田地，又有洲场³。那亲戚本家都是些有钱的，他嫌这些人俗气，每日坐在书房里做诗看书，又喜欢画几笔画。后来画的画好，也就有许多做诗画的来

1　将就：凑合，这里是自谦的说法。
2　矢棋：鄙薄之词，谓棋艺低劣。
3　洲场：江中沙洲，可以栽芦苇、种庄稼。

同他往来。虽然诗也做的不如他好，画也画的不如他好，他却爱才如命。遇着这些人来，留着吃酒吃饭，说也有，笑也有。这些人家里有冠、婚、丧、祭的紧急事，没有银子，来向他说，他从不推辞，几百几十拿与人用。

那些当铺里的小官[1]，看见主人这般举动，都说他有些呆气。在当铺里尽着做弊，本钱渐渐消折了。田地又接连几年都被水淹，要赔种、赔粮，就有那些混账人来劝他变卖。买田的人嫌田地收成薄，分明值一千的，只好出五六百两。他没奈何只得卖了。卖来的银子又不会生发[2]，只得放在家里秤着用，能用得几时？又没有了，只靠着洲场利钱还人。不想伙计没良心，在柴院子里放火。命运不好，接连失了几回火，把院子里的几万担柴尽行烧了。那柴烧的一块一块的，结成就和太湖石一般光怪陆离[3]。那些伙计把这东西搬来给他看，他看见好顽，就留在家里。家里人说这是倒运的东西[4]，留不得；他也不肯信，留在书房里顽。伙计见没有洲场，也辞出去了。

又过了半年，日食艰难，把大房子卖了，搬在一所小房子住。

1　小官：指当铺的店员。
2　生发：运营生利。
3　光怪陆离：形容奇形怪状。
4　倒运：倒霉，带来霉运。

又过了半年，妻子死了，开丧出殡，把小房子又卖了。可怜这盖宽带着一个儿子、一个女儿，在一个僻净巷内，寻了两间房子开茶馆。把那房子里面一间与儿子、女儿住。外一间摆了几张茶桌子，后檐支了一个茶炉子，右边安了一副柜台，后面放了两口水缸，满贮了雨水。他老人家清早起来，自己生了火，扇着了，把水倒在炉子里放着，依旧坐在柜台里看诗、画画。柜台上放着一个瓶，插着些时新花朵，瓶旁边放着许多古书。他家各样的东西都变卖尽了，只有这几本心爱的古书，是不肯卖的。人来坐着吃茶，他丢了书就来拿茶壶、茶杯。茶馆的利钱有限，一壶茶只赚得一个钱。每日只卖得五六十壶茶，只赚得五六十个钱。除去柴米，还做得什么事！

那日，正坐在柜台里，一个邻居老爹过来同他谈闲话。那老爹见他十月里还穿着夏布衣裳，问道："你老人家而今也算十分艰难了。从前有多少人受过你老人家的惠，而今都不到你这里来走走。你老人家这些亲戚本家，事体总还是好的，你何不去向他们商议商议，借个大大的本钱，做些大生意过日子？"盖宽道："老爹，'世情看冷暖，人面逐高低'[1]。当初我有钱的时候，身上穿的也体面，跟的小厮也齐整，和这些亲戚本家在一块，还搭配的上。

---

1 "世情"二句：古谚语，意谓趋炎附势乃世之常情。

而今我这般光景，走到他们家去，他就不嫌我，我自己也觉得可厌。至于老爹说，有受过我的惠的，那都是穷人，那里还有得还出来？他而今又到有钱的地方去了，那里还肯到我这里来？我若去寻他，空惹他们的气，有何趣味！"邻居见他说的苦恼，因说道："老爹，你这个茶馆里冷清清的，料想今日也没甚人来了。趁着好天气，和你到南门外顽顽去。"盖宽道："顽顽最好，只是没有东道¹，怎处？"邻居道："我带个几分银子的小东，吃个素饭罢。"盖宽道："又扰你老人家。"

　　说着，叫了他的小儿子出来看着店，他便同那老爹一路步出南门来。教门店里²，两个人吃了五分银子素饭。那老爹会了账，打发小菜钱，一径踱进报恩寺里³。大殿南廊、三藏禅林、大锅，都看了一回。又到门口买了一包糖，到宝塔背后一个茶馆里吃茶。邻居老爹道："而今时世不同，报恩寺的游人也少了，连这糖也不如二十年前买的多。"盖宽道："你老人家七十多岁年纪，不知见过多少事，而今不比当年了！像我也会画两笔画，要在当时虞博士那一班名士在，那里愁没碗饭吃？不想而今就艰难到这步田地。"那邻居道："你不说我也忘了，这雨花台左近有个泰伯祠，

1　东道：这里指请客的钱，东道本指做东请客之事。
2　教门店：这里指清真饭店。
3　报恩寺：指南京大报恩寺，在中华门外。

是当年句容一个迟先生盖造的[1]。那年，请了虞老爷来上祭，好不热闹！我才二十多岁，挤了来看，把帽子都被人挤掉了。而今可怜那祠也没有照顾，房子都倒掉了。我们吃完了茶，同你到那里看看。"

说着，又吃了一卖牛首豆腐干[2]。交了茶钱走出来，从冈子上踱到雨花台左首[3]，望见泰伯祠的大殿，屋山头倒了半边[4]。来到门前，五六个小孩子在那里踢球，两扇大门倒了一扇，睡在地下[5]。两人走进去，三四个乡间的老妇人在那丹墀里挑荠菜[6]，大殿上槅子都没了[7]。又到后边，五间楼直桶桶的，楼板都没有一片。两个人前后走了一交，盖宽叹息道："这样名胜的所在，而今破败至此，就没有一个人来修理。多少有钱的，拿着整千的银子，去起盖僧房道院，那一个肯来修理圣贤的祠宇！"邻居老爹道："当年迟先生买了多少的家伙，都是古老样范的[8]，收在这楼底下几张大

1　句（gōu）容：今属江苏镇江市。迟先生：杜少卿的好友迟衡山，是他发起建造泰伯祠。

2　牛首豆腐干：牛首山一带出产的豆腐干，清代袁枚《随园食单》里有介绍。

3　雨花台：南京名胜，今属雨花台区。

4　屋山头：山墙。

5　睡：躺，倒。

6　丹墀（chí）：古代殿宇前的台阶及平台，常涂成红色。挑：挖。荠（jì）菜：一种野菜。

7　槅子：隔扇，一种装饰美观的透空门扇。

8　样范：样式。

柜里，而今连柜也不见了。"盖宽道："这些古事提起来，令人伤感，我们不如回去罢！"两人慢慢走了出来。邻居老爹道："我们顺便上雨花台绝顶。"望着隔江的山色，岚翠鲜明[1]，那江中来往的船只、帆樯历历可数[2]。那一轮红日，沉沉的傍着山头下去了。两个人缓缓的下了山，进城回去。

盖宽依旧卖了半年的茶。次年三月间，有个人家出了八两银子束脩，请他到家里教馆去了。

一个是做裁缝的。这人姓荆名元，五十多岁，在三山街开着一个裁缝铺[3]。每日替人家做了生活，余下来工夫，就弹琴、写字，也极喜欢做诗。朋友们和他相与的问他道："你既要做雅人，为什么还要做你这贱行？何不同些学校里人相与相与？"他道："我也不是要做雅人，也只为性情相近，故此时常学学。至于我们这个贱行，是祖父遗留下来的。难道读书识字，做了裁缝，就玷污了不成？况且那些学校中的朋友，他们另有一番见识，怎肯和我们相与！而今每日寻得六七分银子，吃饱了饭，要弹琴，要写字，诸事都由得我。又不贪图人的富贵，又不伺候人的颜色。天不收，

1　岚（lán）翠：被山色染成苍翠色的雾气。岚，山间雾气。
2　历历：一个个清清楚楚。
3　三山街：南京古地名，因临近三山门（水西门）而得名。

地不管，[1] 倒不快活？"朋友们听了他这一番话，也就不和他亲热。

一日，荆元吃过了饭，思量没事，一径踱到清凉山来 [2]。这清凉山是城西极幽静的所在。他有一个老朋友姓于，住在山背后。那于老者也不读书，也不做生意，养了五个儿子，最长的四十多岁，小儿子也有二十多岁。老者督率着他五个儿子灌园 [3]。那园却有二三百亩大，中间空隙之地种了许多花卉，堆着几块石头。老者就在那旁边盖了几间茅草房，手植的几树梧桐长到三四十围大 [4]。老者看看儿子灌了园，也就到茅斋生起火来，煨好了茶吃着，看那园中的新绿。

这日，荆元步了进来，于老者迎着道："好些时不见老哥来，生意忙的紧？"荆元道："正是。今日才打发清楚些 [5]，特来看看老爹。"于老者道："恰好烹了一壶现成茶，请用杯！"斟了送过来。荆元接了，坐着吃，道："这茶色、香、味都好，老爹却是那里取来的这样好水？"于老者道："我们城西不比你城南，到处井泉都是吃得的。"荆元道："古人动说桃源避世，我想起来，那里要什

1　天不收，地不管：意思是不受任何约束，自由自在。
2　清凉山：南京城西的丘陵山岗。
3　督率：督促率领。灌园：种植、浇灌园圃。
4　围：这里指两手拇指、食指合围的长度。
5　打发清楚：意思是把手头的一批活干完了。

荆元抚琴 / 程十发 绘

么桃源！只如老爹这样清闲自在，住在这样城市山林的所在[1]，就是现在的活神仙了。"于老者道："只是我老拙一样事也不会做[2]，怎的如老哥会弹一曲琴，也觉得消遣些。近来想是一发弹的好了，可好几时请教一回？"荆元道："这也容易。老爹不厌污耳[3]，明日我把琴来请教。"说了一会，辞别回来。

次日，荆元自己抱了琴来到园里。于老者已焚下一炉好香，在那里等候。彼此见了，又说了几句话。于老者替荆元把琴安放在石凳上。荆元席地坐下，于老者也坐在旁边。荆元慢慢的和了弦[4]，弹起来，铿铿锵锵[5]，声振林木，那些鸟雀闻之，都栖息枝间窃听[6]。弹了一会，忽作变徵之音[7]，凄清宛转。于老者听到深微之处[8]，不觉凄然泪下。自此他两人常常往来。当下也就别过了。

---

1 城市山林：旧指隐居不必在山林荒僻处，城市中即有隐居之地。
2 老拙：年老迂拙。
3 污耳：玷污耳朵，这是谦虚的说法。
4 和了弦：调和琴弦。
5 铿（kēng）铿锵（qiāng）锵：形容乐声响亮，节奏分明，有金属之声。
6 栖（qī）息：歇息，停留。
7 变徵（zhǐ）之音：古乐七音之一，音调高亢而凄清。
8 深微：指变化深奥，差别微妙。

各方赞誉

　　四大名著与《儒林外史》是中国小说史的巅峰，也是中华传统文化的名片。如何让中小学生进入经典的世界，从宏观上说，是学术界与教育界的共同课题与责任；从微观上说，也是我自己多年来的一个困惑。现在侯会教授把自己数十年的学术积累贡献出来，与孩子们一起来面对这个挑战。我也终于为女儿找到了进入经典的路径。

——北京师范大学文学院教授　李小龙

　　侯会老师作为古典小说研究专家，兼有丰富的文学经典普及经验，他的这套古典小说名著读本，提炼了"五大名著"的精髓，以"导读""速读""精读"三重读法，一步步引领青少年走进古典小说的精彩世界。

——首都经贸大学文化与传播学院教授　彭利芝

　　五大古典文学名著，每一部都煌煌数十万言，读起来费时费力，因此，需要一套既能激发孩子阅读兴趣，又能为孩子指引路径的辅导

读物。《侯会给孩子讲古典文学名著》正是一套契合此旨意的书籍。通过这套书的引导，小读者能够获得事半功倍的阅读效果。

——中国艺术研究院副研究员、

中国红楼梦学会执行秘书长　何卫国

古典小说名著是中华文学的瑰宝，是中国人必须形成的阅读记忆。但孩子的阅读往往陷入困境：一方面课程标准、语文教材、语文高考不断加大阅读要求，另一方面由于时代背景、语言风格、故事内容的巨大差异，造成孩子不想读、读不懂、读了无效的普遍状况。要解决这一困境，需要作者既了解文本，又了解孩子。侯会教授正是适合的作者，《侯会给孩子讲古典文学名著》正是适合的书。

——儿童阅读研究者　王林

孩子们要"读懂"四大名著和《儒林外史》，不仅要啃完全文，更需要专业、平近、举重若轻的"解码书"。侯会教授说，精彩的故事讲三遍。读名著，读出历史、世情和自我，才是阅读的高光时刻。

——童书作家、三五锄创始人　粲然

侯会老师这套书，用"三重读法"领着孩子走进经典："导读"提纲挈领，概览艺术特色；"速读"去芜存菁，理清故事主线；"精读"含英咀华，赏析精彩章节。跟着侯老师，循序渐进、拾级而上，读

通、读懂、读透五部经典名著，从根儿上提升孩子的文学素养。

——浙江省语文特级教师　张祖庆

侯老爷子讲名著最大的亮点是懂经典更懂孩子。孩子读完一定眼界大开：不仅爱上读名著，更能变成半个阅读小专家；莫说是应对中高考，语文历史老师也得刮目相看。偷偷告诉你，侯老爷子在师范院校教了一辈子书，是很多语文老师的语文老师的语文老师，想学筋斗云，找悟空当然不如找须菩提祖师啊。

——北京景山学校语文教师　孟岳

在这套书中，侯教授用生动流畅的语言对每部古典名著都进行了三重引读："话说"部分不但涉及相关背景资料，还渗透毛宗岗、金圣叹等批评大家的重要文学思想。这既提升了阅读的高度，又为学生广泛深入地阅读做了铺垫。"速读"部分用较少的文字，理出了内容连贯、重点突出的整本书情节，让学生可以轻松地一窥全貌。"选粹"部分在节选精彩内容的基础上，对原文作了精当的阅读提示和准确的注释。学生可以在把握背景知识、了解整体情节的基础上，品味原著本身的韵味。

——北京市海淀区翠湖小学语文教师　张波

古典小说的阅读，是寻章摘句，还是按部就班？是六经注我，还是我注六经？是信马由缰，还是亦步亦趋？在我看来，没有绝对的标答。对于现今的孩子来说，博观而约取的姿态、方法，更自由，更有益，更值得提倡。跟着侯会老师随性而读，有的放矢，不亦快哉！

——深圳实验学校语文名师、

全国推动读书十大人物　周其星

侯会教授这套书，立足小说整体，总结了同一人物分散在各回目的典型特征，引导学生阅读有关人物的"全部"信息，全面理解人物。根据学生年龄特点，侯老师有意选择名著中的"精华"，剔除"糟粕"。每部作品，均以人物为主线，由趣味性的导读、概括性的速读和经典情节的精读三部分组成，以此来窥名著之全貌。

——清华大学附属中学语文教师　向东佳

侯老师的新作可谓"信、趣、粹"。"信"是指准确可信。侯老师学养深厚，治学严谨，言必有据，笔底风骨，字斟句酌。"趣"是指风趣幽默。古典名著往往令人望而生畏，给人难以亲近之感。侯老师涉笔成趣，文字蔼然，仿若长者俯身与孩童谈笑，春风化雨育桃李。"粹"是指去粗取精。中国古典文学名著鸿篇巨制，一般读者不易识

其精要。侯老师以专业的眼光遴选出精华并加以精烹细饪，令人读之顿感大快朵颐。

——北京市第五中学语文高级教师、北京市骨干教师　徐淳

从"话说"的提要，到"速读"的通览，再到"选粹"的精读，《侯会给孩子讲古典文学名著》既能基于孩子实际能力，架起初读的桥梁，又能引人入胜，领着孩子见识名著的精髓，激起阅读原典的热情。更重要的是，侯会老师每本书的结构，以及他对选章的提示与分析，都示范了一种读法，得鱼，而不忘筌，为阅读原典打下了方法论的基础。

——全国优秀教师、知名阅读推广人　冷玉斌

曾读过侯会老师的"讲给孩子的文学经典"系列，很为侯老师这种披沙拣金、捧出甘甜的果实送人的精神所感动。今年侯老师又出新书，看完之后再次惊喜：这套书既有对名著成书背景及文学成就的解读，有着眼于"面"的对每一章节的介绍，又有着眼于"点"的对经典章节的选读。这种编书选文的体例正是一线整本书阅读教学中所需要的，它将会是老师和学生的好帮手。

——厦门市英才学校语文教师　苗旭峰

几年前，读《讲给孩子的中国文学经典》《讲给孩子的世界文学经典》，夜以继日，难抑激动，我发了平生第一条朋友圈："厚积薄发，深入浅出。向侯先生这样有大学问又愿为小孩子写书的教授致敬！"

欲览《红楼梦》《水浒传》等"5A 景区"，须随"金牌导游"。游山五岳、拥书百城的侯先生，在陪你"赏景"的同时，还会要言不烦，告诉你如何"取景"，如何"写景"，如何探索发现……

——《作文指导报》主编　周录恒

对孩子来说，阅读大部头的古典文学名著，犹如让他们独闯世界。问题是这个世界千端万绪，包罗万象，任他们独自进入成人视角的世界，而不加恰当引领，不免存在失控的风险。侯会教授这套书犹如帮助孩子阅读的地图和攻略，它让名著世界迷人而不致使人迷失，让这些古典文学名著在孩子的目光之下，真正具备了童年的属性。

——作家、《中国画 好好看》作者　田玉彬

侯会老师从读者的视角来写作，将多种阅读策略相融合，深入浅出，读之可亲，为孩子们打开了古典名著的魅力世界。

——北京市十一学校语文特级教师　史建筑

『五大名著』历年真题一本通

儒林外史 红楼梦 西游记 水浒传 三国演义

生活·讀書·新知 三联书店

三国演义

✍ 真题演练

1.【来源】2021 年高考真题（天津卷）

按要求写作。

校文学社拟从《论语》《三国演义》《红楼梦》中选取一个场景拍摄视频短剧。假如你是导演，会选取哪部书中的哪个经典场景？请说明理由。要求 100 字左右。

2.【来源】2021 年天津河北区高三一模

按要求完成下列小题。

《红楼梦》第二回《贾夫人仙逝扬州城·冷子兴演说荣国府》中借贾雨村之口提到"正邪两赋"之人。所谓"正邪两赋"即"没有截然的好，也没有截然的坏"，而这正体现文学作品塑造人物性格真实立体与复杂丰富的特点。

班里要举办主题为"我看名著人物"的读书交流会。请你从《红楼梦》或《三国演义》中选择一个人物，结合相关情节，阐释这种"正邪两赋"的具体表现。要求：写出人物的名字，结合人物的言行进行分析，语句通顺，不少于100字。

3.【来源】2020年山东德州中考真题

名著阅读。

（1）《三国演义》中＿＿＿＿＿＿
（人名）因为失街亭斩了马谡，请说出
失街亭的原因：＿＿＿＿＿＿＿＿＿。

（2）《西游记》第十六回，师徒二
人在观音禅院丢失袈裟。哪些内容能
够表现金池长老的贪婪？（至少两条）

4.【来源】2020年天津河西区高三二模

毛宗岗所说的《三国演义》中的"三绝"指哪三位主要人物？
请从中挑选一位给你印象最深的人物，结合具体事例，分析一下他
的性格特征，不超过80字。

智绝：＿＿＿＿＿＿＿＿＿＿＿＿＿＿＿＿＿＿；

义绝：＿＿＿＿＿＿＿＿＿＿＿＿＿＿＿＿＿＿；

奸绝：＿＿＿＿＿＿＿＿＿＿＿＿＿＿＿＿＿＿。

5.【来源】2020年江苏南京高三一模

《三国演义》中"桃园三结义""温酒斩华雄""千里走单
骑""单刀赴会"等，哪个故事最能表现"武圣"兼"义圣"的关公
形象？为什么？

下面依次对《三国演义》《水浒传》《西游记》《红楼梦》的表述，无误的一项是（　　　　）

A. 马谡自告奋勇去守街亭，却舍弃水源，选择登上南山据守而非占据山下的城镇，被典韦打败，蜀军被断了咽喉之路，街亭的丢失让诸葛亮非常生气，他想起刘备临死前嘱咐他的话"吾观马谡，言过其实也"，后悔不已，悲痛地斩了立下军令状的马谡。

B. 石秀、杨雄、时迁前往梁山途中投宿祝家店时，时迁因为偷了店中的报晓鸡而被抓，为救时迁，宋江三打祝家庄，首战失利，第二次擒了扈三娘，第三次施"里应外合"之计，用钟离父子等内应，宋江外攻，这样才大破了祝家庄。

C. 火焰山挡住了唐僧师徒西天取经之路，孙悟空便去向铁扇公主借芭蕉扇灭火，铁扇公主因为红孩儿被观音收走而痛恨孙悟空，坚决不借。孙悟空凭借智慧变成红孩儿、变成牛魔王，还请来托塔李天王和天兵天将帮助，才借出芭蕉扇，熄灭了火焰山的火。

D. 贾母带刘姥姥到了怡红院，妙玉得知贾母不喝"六安茶"，便为她泡制了珍贵的"老君眉"，妙玉还悄悄地将林黛玉和薛宝钗叫入到耳房中，专门替她们泡制了一壶茶，并告诉黛玉说，烹茶的雪水采自玄墓蟠香寺，已经存放五年有余，味道十分上乘。

7.【来源】2019 年吉林长春中考真题

阅读下面的选文，回答下面的问题。

【甲】操曰："徐庶之才，比君何如？"昱曰："十倍于昱。"操曰："惜乎贤士归于刘备！羽翼成矣！奈何？"昱曰："徐庶虽在彼，丞相要用，召来不难。"操曰："安得彼来归？"昱曰："徐庶为人至孝，幼丧其父，止有老母在堂。现今其弟徐康已亡，老母无人侍养，丞相可使人赚其母至许昌，令作书召其子，则徐庶必至矣。"操大喜，使人星夜前去取徐庶母。

【乙】孙乾密谓玄德曰："元直天下奇才，久在新野，尽知我军中虚实。今若使归曹操，必然重用，我其危矣。主公宜苦留之，切勿放去。操见元直不去，必斩其母。元直知母死，必为母报仇，力攻曹操也。"玄德曰："不可。使人杀其母，而吾用其子，不仁也；留之不使去，以绝其子母之道，不义也。吾宁死不为不仁不义之事。"众皆感叹。

（人民文学出版社 1973 年版）

（1）以上两则选文出自名著《_____》，作者_____（人名）。

（2）依据选文【甲】说明曹操想要"召来"徐庶的原因。

（3）由【甲】【乙】两则选文可以看出曹操和刘备在品性上有什么不同？

8.【来源】2019 年北京石景山区初三中考二模

北京大学古代文学专家李鹏飞教授对青少年朋友说："读《三国演义》，不能只看故事。"结合阅读体验，举一例谈谈你在名著的故事之外还读出了什么。（不超过 100 字）

9.【来源】2019 年山东德州陵城区初三中考一模

名著阅读。

孔明在帐中祈禳已及六夜，见主灯明亮，心中甚喜。A 入帐，正见孔明披发仗剑，踏罡步斗，压镇将星。忽听得寨外呐喊，方欲令人出问，B 飞步入告曰："魏兵至矣！"其脚步急，竟将主灯扑灭。孔明弃剑而叹曰："死生有命，不可得而禳也！"B 惶恐，伏地请罪；A 忿怒，拔剑欲杀 B。正是：万事不由人做主，一心难与命争衡。

本段文字中 A 是_____（人名），B 是_____（人名），故事内容是诸葛亮想祈禳北斗星，希望延续生命，但不幸失败，原著回目是"上方谷司马受困，_____"（根据内容补全题目）。

10.【来源】2018 年湖南张家界中考真题

2018 年湖南中考真题

名著阅读。

［甲］玄德回视其人：身长八尺，豹头环眼，燕颔虎须，声若巨雷，势如奔马。

［乙］智深正使得活泛，只见墙外一个官人喝彩道："端的使得好！"智深听得，收住了手看时，只见墙缺边立着一个官人。怎生打扮？但见：头戴一顶青纱抓角儿头巾，脑后两个白玉圈连珠鬓环。身穿一领单绿罗团花战袍，腰系一条双搭尾龟背银带。穿一对磕瓜头朝样皂靴，手中执一把折叠纸西川扇子。那官人生的豹头环眼，燕颔虎须，八尺长短身材，三十四五年纪。

（1）选文［甲］和选文［乙］画波浪线处分别描写的是哪个人物？

（2）请任选一个人物说出其主要性格特征，并结合一个情节简单说明。

11.【来源】2018 年广西中考真题

2018 年广西玉林中考真题

下面依次对《三国演义》《水浒传》《西游记》《红楼梦》的表

述，无误的一项是（　　　　）

A. 一生谨慎的诸葛亮足智多谋，在与东吴的交锋中三气"雄姿英发"的大都督周公瑾；一气让周郎"赔了夫人又折兵"，二气让东吴丢了南郡和荆州，三气则使周瑜仰天长叹"既生瑜，何生亮！"连叫数声而亡。

B. 巾帼不让须眉。梁山一百零八位英雄中有四位女性，安排座次先后分别是：矮脚虎王英的妻子、武艺高强的一丈青扈三娘，侠义敢为、开酒店的母大虫顾大嫂，同样曾开酒店的母夜叉孙二娘和一枝花蔡庆。

C. 在西天取经路上，唐三藏先来到西梁女国，被貌赛西施的女国王相中招亲，后到天竺国，被假冒天竺国公主的玉兔妖精将绣球抛在头上欲招为配偶。唐僧不为烟花所动，不向妖邪屈服，不忘初心，排除干扰，矢志西行取经。

D. 大观园内成立过两个诗社：第一个名为"桃花社"，社设稻香村，李纨任社长；第二个名为"海棠社"，社设潇湘馆，林黛玉任社主。园中女儿两度欢聚，先写诗，后作词，各展才情，共赏佳作，高雅地快乐着。

12.【来源】2018 年北京西城区初三中考二模

名著阅读。

【甲】右图是《卑鄙的圣人》一书的封面选图，你觉得图中曹操的形象设计合适吗？请结合《三国演义》的相关情节，说明理由。

13.【来源】2018 年北京通州区初三中考一模

鲁迅在评价《三国演义》时说:"至于写人,亦颇有失,以致欲显刘备之长厚而似伪,状诸葛之多智而近妖;惟于关羽,特多好语,义勇之概时时如见矣。"请从三个人物中任选两个,写出符合此观点的情节。

人物	情节（不超过 10 个字）
————	————————————————
————	————————————————

14.【来源】2018 年北京平谷区初三中考一模

《三国演义》《水浒传》《西游记》这三部经典小说为我们刻画了一个个叱咤风云、顶天立地的英雄形象。作家在尽情书写英雄们的优点时,也敢于写出他们性格中的欠缺,这些不足之处反而使人物个性更加鲜明,有血有肉,真实可信。请你从其中一部作品中选择一个人物,结合小说的具体情节简要分析其优点和不足,从而体会小说的艺术魅力。（100 字左右）

✔ 答案解析

1.【答案】场景:林黛玉进贾府。原因:黛玉进贾府,是一部鸿篇巨制《红楼梦》的开端,随着黛玉的进入,贾府的背景、人物一一呈现在我们面前;这也是黛玉下凡还泪,其美丽的悲剧一生之开端;通过对黛玉进府过程的描写,贾府的繁缛礼节、奢侈排场等弊端一览无余。同时也是黛玉与宝玉的第一次相会。

【解析】本题考查学生对经典名著基本内容、人物形象、情节等的整体把握能力。

作为导演，从三部经典作品中选取哪个场景拍摄，要看对这部作品的整体把握能力，如果没有对作品的全面把握和深层理解，是选不好这个场景的。换句话说，这个场景要么能够体现人物的典型性格，展现人物的精神品质，要么在整部作品中的地位举足轻重，对主题起到揭示作用，或对情节的展现或转折起到关键性的作用。选《论语》，可以选择"子路、曾皙、冉有、公西华侍坐"这个场景，这个场景一是能够展现孔子循循善诱的教学风格，二是能够通过曾点的理想看出孔子的政治理想。比如选择《红楼梦》，可以选择"黛玉葬花"这个场景，因为它将黛玉的性格、心思，还有她独有的诗人气质表现出来，更展现了黛玉精神的洁净，也暗示着宝黛爱情的悲剧结局以及贾府的悲剧结局。比如选择《三国演义》，可以选"火烧赤壁"，这一场景既体现出诸葛亮和周瑜的才华，也标志着孙刘联盟正式形成，三足鼎立的局面趋于稳定。

2.【答案】示例：贾府的仆役焦大。他跟过太爷打仗，曾经救过太爷的命，在贾府劳苦功高，让人敬重。但他靠着曾有过的功劳无视主子，因怕被人遗忘而过度努力。要酒疯，说疯话，总想办法强调自己的重要性，终归让人讨厌。

【解析】本题考查学生综合读写的能力，主要考查实用的语言表达能力。题目要求"从《红楼梦》或《三国演义》中选择一个人物，结合相关情节，阐释这种'正邪两赋'的具体表现。要求：写出人物的名字，结合人物的言行进行分析，语句通顺，不少于100字"。解答本题首先理解"正邪两赋"的意思，即没有截然的好，也没有截然的坏，所以不必苛求。首先要明确《红楼梦》或《三国演义》中的人物的言行事迹，并加以分析。例如刘姥姥，她身居山野，孤陋寡闻，有些爱占小便宜，初进荣国府，将自己作为笑料，供贾府众人取乐；同时她有计有谋，知恩图报，受王熙凤托付，义无反顾拯救巧姐。

3.【答案】（1）诸葛亮；马谡纸上谈兵，诸葛亮用人不当。

（2）建筑环境华美，生活器具奢靡，珍奇袈裟满堂。下跪垂泪观展，放火图谋袈裟。

【解析】（1）"失街亭"情节出自《三国演义》第九十五、九十六回。诸葛亮知道街亭失守完全是由于马谡违反了他的作战部署。马谡也承认了他的过错。诸葛亮按照军法，斩了马谡。得第一空答案。

马谡在街亭一战中，有三笑：一笑孔明"多心"，他认为街亭这个地方地处偏僻，魏兵不敢来，而孔明煞费心机的安排实在有些多余；二笑王平"真女子之见"，否定了王平提出的"屯兵当道"的良策；三笑司马懿夜来巡哨，说"彼若有命，不来围山"。表现了马谡狂妄自大、麻痹轻敌的性格。总之，马谡刚愎自用、独断专行，不依诸葛亮事先叮嘱，又不接受王平劝阻，硬搬兵法，非要屯兵山上，以致被司马懿、张郃打败，街亭失守；诸葛亮不该派马谡去守街亭，孔明深知"街亭干系甚大，倘有失，大军皆休"，且"司马懿非等闲之辈，先锋张郃乃魏之良将"，深恐"马谡不能敌之"，更何况刘备在永安宫托孤时曾明言，"马谡言过其实，不可大用"，可见，孔明是深知其中利害的。孔明正好犯了兵家大忌。虽注重人才，并未真正认识马谡不是帅才，不能知人善用，这样也酿成了意料之中的悲剧。综上可得第二空答案。

（2）金池长老是《西游记》第十六回中的人物，是观音禅院的老主持，是个得道高僧，也是个贪婪的人。"金池长老头上戴一顶毗卢方帽，猫睛石的宝顶光辉；身上穿一领锦绒褊衫，翡翠毛的金边晃亮。"可见穿着讲究，珠光宝气。

"层层殿阁，迭迭廊房。三山门外，巍巍万道彩云遮；五福堂前，艳艳千条红雾绕"，可见建筑环境华美；"有一个小幸童，拿出一个羊脂玉的盘儿，有三个法蓝镶金的茶钟。又一童，提一把白铜壶儿，斟了三杯香茶。真个是色欺榴蕊艳，味胜桂花香"，可见生活器具奢靡。

"那老和尚，也是他一时卖弄……将袈裟一件件抖开挂起，请三藏观看。果然是满堂绮绣，四壁绫罗！行者——观之，都是些穿花纳锦，刺绣销金之物。"可见珍奇袈裟满堂。

"那老和尚见了这般宝贝，果然动了奸心，走上前对三藏跪下，眼中垂泪道：'我弟子真是没缘'"和"对袈裟号啕痛哭，老僧道：'我哭无缘，看不得唐僧宝贝'"，看见袈裟下跪垂泪观展，可见其贪婪；"每人要干柴一束，舍了那三间禅堂，放起火来，教他欲走无门，连马一火焚之……袈裟岂不是我们传家之宝"，最后师徒定计放火图谋袈裟，贪婪至极。

4.【答案】诸葛亮；关羽；曹操

【解析】本题考查学生对名著的识记能力。诸葛亮，火烧新野、舌战群儒、草船借箭、计用空城等体现其智绝。关羽，为义而与刘、张桃园结义，华容道为义而释曹操等体现其义绝。曹操，借粮官之头以抚军心、割发代首、梦中杀人等体现其奸绝。

5.【答案】"过五关斩六将"，勇武过人，体现其"武"；拒绝曹操高官厚禄诱惑，千里寻兄（刘备），体现其"义"。

【解析】本题考查学生识记概括文学名著内容的能力。解答此类题目，首先要明确题干的要求，如本题《三国演义》中'桃园三结义''温酒斩华雄''千里走单骑''单刀赴会'等，哪个故事最能表现'武圣'兼'义圣'的关公形象？为什么？"，然后回顾题干中的四个事件，再看哪个最能表现"武""义"的特点。"桃园三结义"，东汉末年，朝政腐败，再加上连年灾荒，人民生活非常困苦，刘备有意拯救百姓，张飞、关羽又愿与刘备共同干一番事业，三人情投意合，选定张飞庄后一桃园，此时正值桃花盛开，景色美丽，张飞准备了青牛白马，作为祭品，焚香礼拜，宣誓完毕；三个人按年岁认了兄弟，刘备年长做了大哥，关羽第二，张飞最小做了弟弟。"温酒斩华雄"，十八路诸侯前去讨伐董卓，董卓派华雄为先锋。华雄凶悍，先后斩了几员诸侯的大将。眼看快杀至诸侯大营前，盟主袁绍问谁敢去迎敌，关羽主动请缨，当时他只是个马弓手，众人不屑，只有曹操看好关羽，端酒为关羽壮行，关羽没喝，提刀便出，不一会儿提着华雄人头回来，其酒尚温。"千里走单骑"，关羽虽然投降曹操，但是身在曹营心在汉，当他得知自己大哥刘备的消息后，就不辞而别，由于关羽的离开没有得到曹操的手谕，因此曹操的部下们一路上层层拦阻，但关羽凭借一己之力，过了五个关隘，斩曹操六员大将：东岭关杀孔秀、洛阳城杀韩福、汜水关杀卞喜、过荥阳时杀王植、过黄河渡口时杀秦琪、在张飞占的古城外杀蔡阳，最终和刘备相会。"单刀赴会"，刘备占领四川之后，东吴要求刘备归还荆州，关羽没有答应。鲁肃下决心乘关羽来赴会之时杀死他，关羽胆大心细，只身来赴宴会，宴会上鲁肃见关羽威风凛凛，竟不敢加害于他，关羽假装醉了，拽着鲁肃送他到江边，鲁肃只好眼睁睁看着关羽离开。明确了这些内容之后，再答题就容易多了。

6.【答案】B

【解析】此题考查名著的知识积累。

A项，马谡是被张郃打败。

C项，孙悟空第一次变成了小虫。

D项，贾母带刘姥姥到了妙玉的栊翠庵。

故选B。

7.【答案】（1）三国演义；罗贯中

（2）①徐庶之才十倍于程昱。②若归于刘备，羽翼成矣。

（3）①曹操利用徐庶之孝待其母，召其归之，可见曹操品性奸诈虚伪，但也有爱惜人才的一面。

②刘备通过反对孙乾留元直一事，反映出刘备"仁义"，通过讲究"仁义"来留住人才。

【解析】（1）本题考查文学常识。《三国演义》是中国古典四大名著之一，也是中国第一部长篇章回体历史演义小说，作者是元末明初的小说家罗贯中。

（2）本题考查文章内容分析。内容分析类的习题，理清文章思路是做题的第一步，也是基础，思路理清楚了，问题自然就解决了。

选文【甲】主要是对话描写，从内容上可以分为两个部分，从开头到"奈何"是第一层，写曹操"召来"徐庶的原因：一是其才能高，二是其在刘备阵营，帮助刘备成就羽翼。从"昱曰：'徐庶虽在彼'"到结尾，写曹操获得"召来"徐庶的办法：以其母为质。

（3）本题考查文言文人物形象分析与概括。人物形象概括抓住两点：一是事件，二是人物描写。通过事件中人物的思想与表现，描写其中人物的言行举止，分析人物的处境、性格、品质、情感。

【甲】文主要展现了曹操的形象，从"惜乎贤士归于刘备！羽翼成矣！"可以看出他对贤能人才的看重，从他赞同挟持徐庶母亲来"召"徐庶可以看出他是一个奸诈虚伪的人。

【乙】文主要展现的是刘备的形象。当徐庶被以母为质召去曹营，孙乾提议阻止甚至计划利用曹操杀死徐庶母亲，激化双方矛盾，以便让徐庶更为刘备所用时，刘备断然拒绝，说"宁死不为不仁不义之事"，突出了刘备仁义的品性。

文言文译文：

【甲】曹操说："徐庶的才能，和你相比怎么样呢？"程昱说："是我的十倍。"曹操说："可惜呀这样贤能的人归顺刘备了！刘备的势力成熟了！怎么办呢？"程昱说："徐庶虽然在刘备阵营里，丞相要任用他，把他召来却不难。"曹操说："怎么样能让他归顺到我这呢？"程昱说："徐庶做人非常孝顺，小的时候失去了父亲，只有老母亲还在世。现在他的弟弟徐康已经去世了，老母亲没有人侍奉养活，丞相可以派人诓骗他的母亲到许昌，让她写书信召来她的儿子，那么徐庶一定到。"曹操非常高兴，派人连夜前往去接徐庶母亲。

【乙】孙乾暗中对刘备说："徐庶是天下的奇才，长时间在新野，我们军中的虚实他全都知道。现在如果让他归顺曹操，一定得到曹操的重用，我们就危险了。主公应该苦留下他，一定不要放他离开。曹操发现徐庶不去，必定会杀了他的母亲。徐庶知道他的母亲死了，一定会为他的母亲报仇，尽全力进攻曹操。"刘备说："不可以。让人杀了他的母亲，我却使用他的儿子，这是不仁义；留下他不让离开，使他们母子之间断绝的方法，这是不义。我宁可死也不做不仁不义的事情。"众人都感慨叹息。

8.【答案】示例:《三国演义》中表现的一个政治思想观就是倡导典型的儒家思想——王道与仁政。《三国演义》中的一大部分虚构故事情节都是为了表现这种思想。正是如此,作者才大胆地在作品中塑造了一系列"忠""义"的艺术形象。首先是诸葛亮。《三国演义》中描写的诸葛亮,是"忠贞"和"智慧"的化身,特别是作者对诸葛亮的"智慧",更是用尽笔力,大肆渲染。关羽也是《三国演义》中着力描写的人物。在作者的笔下,关羽也从《三国志》中的一名与赵云、黄忠地位相同的武将,变成了《三国演义》中勇猛忠义的大英雄。此外,也是为了提倡为封建主子卖命,《三国演义》还塑造了一系列所谓"忠臣"形象,如董承、王子服、吉平等,他们为了尽忠汉献帝诛除"国贼"曹操,"虽灭九族,亦无后悔"。作者把这些人吹捧为流芳千古的模范人物。此外,写姜维等人物时,鼓吹了封建的"孝道",写孙夫人等人物时,鼓吹了封建的"节烈"。由此可知,《三国演义》所塑造的人物形象是贯穿了作者的社会政治观点的。

【解析】考查名著阅读。《三国演义》作为中国文学史上的第一部章回体的长篇历史小说,它的思想成就与艺术价值都是不容低估的。"读《三国演义》,不能只看故事",这句话是说要读出名著故事蕴含的道理。可根据自己的阅读体验,结合名著中的故事情节,确立一个探究的方向,论述一个明确的观点。如《三国演义》是中国权术的大全,机谋、权谋、阴谋的集大成者,是指它展示了中国权术的各种形态。全书所呈现的政治、军事、外交、人际等领域,全都凸显一个"诡"字,所有的权术全是诡术。它的忠奸邪正,以刘蜀为忠正，以曹魏为奸邪，这道统观是外加上去的。无论忠奸，都奉权诈为宗，无论邪正，都是奸狡的豪雄。其中所写的种种得意权谋，多数不见于正史，如桃园结义、貂蝉美人计、诸葛亮三气周瑜、孔明借箭、蒋干盗书、周瑜打黄盖、刘备掷子、司马懿诈病赚曹爽等。作者所注重的恰恰是权诈阴谋一类。作者要把现实人生中种种权谋机变之道做一个集中的展示，以为后学效法之用。

9.【答案】姜维，魏延，五丈原诸葛禳星

【解析】要求学生结合选段内容分析小说故事情节。结合"孔明在帐中祈禳已及六夜，见主灯明亮，心中甚喜"，分析：出自《三国演义》第一百零三回"上方谷司马受困，五丈原诸葛禳星"，人物分别是 A 姜维，B 魏延。

10.【答案】（1）张飞，林冲

（2）张飞：

①性格特征：威猛，粗犷，鲁莽，直爽，嫉恶如仇，敬爱君子，不体恤士卒。

②相关情节：桃园三结义，当阳吓死夏侯杰，怒鞭督邮，智取瓦口隘大破张郃，酒醉误事，痛失徐州，义释严颜，命犯小人，含恨而死。

林冲：

①性格特征：武艺高强，安分守己，委曲求全，逆来顺受，忍辱负重，循规蹈矩，上梁山之后精明果敢。

②相关情节：误闯白虎堂，风雪山神庙，火烧草料场，雪夜上梁山，火并王伦，棒打洪教头等。

【解析】（1）此题考查学生对名著的阅读和理解。名著的考查越来越深入，因此名著的学习要注意积累的广泛性，既要注意表面的知识，如作者、背景、特色、涉及人物及故事，还要知道一些细节，并且及时做笔记，做到积少成多，常读常新，逐步深化印象。

阅读名著《水浒传》，根据其故事情节可知，甲文描写的是张飞，乙文描写的是林冲。

（2）结合故事情节来分析人物形象。

根据有关张飞的故事情节：当阳吓死夏侯杰、怒鞭督邮、智取瓦口隘大破张郃、酒醉误事，可知张飞是一个威猛、鲁莽、嫉恶如仇、不体恤士卒的人。

根据有关林冲的故事情节：误闯白虎堂、风雪山神庙、火烧草料场、雪夜上梁山、火并王伦，可知林冲武艺高强、安分守己、逆来顺受、循规蹈矩，上梁山之后精明果敢。

11.【答案】C

【解析】考查对文学名著内容的识记和理解。

A项，应该是：一气让东吴丢了南郡和荆州，二气让周郎"赔了夫人又折兵"。

B项，小说中的"一枝花"蔡庆是男的，不是女的；"梁山一百零八位英雄中有四位女性"，错，是三位女性。

C项正确。

D项，大观园内成立过两个诗社：第一个诗社名为"海棠社"，第二个诗社是"桃花社"。据此，答案为C。

12.【答案】【甲】示例：我认为图中曹操的形象设计合适，因为

《三国演义》中曹操性格复杂，是英雄和奸雄的统一体。他既具有军事和政治才能，又狡诈奸邪。如官渡之战，以少胜多，表现了他的军事才能。而他误杀吕伯奢一家又足见其奸雄的一面。

【解析】【甲】首先要仔细观看图片，可从对人物面部的设计思考作者的创作意图。曹操性格复杂，是英雄和奸雄的统一体。所以图中曹操的形象设计很合适。

13.【答案】刘备，刘备摔阿斗；诸葛亮，诸葛禳星；关羽，华容道义释曹操

【解析】本题考查对名著《三国演义》中人物的评价，鲁迅这句话是说，三国演义写人的时候，也有不足之处，以至于想要表现刘备忠厚仁慈却让人感觉虚伪，想要描写诸葛亮足智多谋却让人感觉近似妖怪。因此按照我们坚持适度原则来评价人物即可。

名著导读是中考试题中必考的一项内容，常与文学常识在一起进行考查。考查形式有填空、选择、简答等多种形式，考查内容有名著的作者、年代、主要内容、主要人物性格、艺术特色、相关情节等。需要平时广泛阅读课外名著，深入了解作品内涵，注重对作品的情感体验，并积累相关知识。

14.【答案】示例一：《西游记》中的孙悟空优点：从三打白骨精的情节中可以看出他疾恶如仇，从大闹天宫这一情节表现他敢于反抗权威、热爱自由的斗争精神。不足：孙悟空与如来斗法失败被困在五行山下，可以看出他骄傲自大。

示例二：《水浒传》中的鲁智深优点：在拳打镇关西、大闹野猪林中可以看出鲁智深爱憎分明、见义勇为、疾恶如仇的特点。不足：

在大闹五台山中捣毁金刚的情节中可以看出他鲁莽的特点。

示例三：《三国演义》中的关羽优点：温酒斩华雄——勇，武艺高强；过五关斩六将、千里走单骑——忠，对刘备的忠义；单刀赴会——守信、有胆识。不足：败走麦城——自负骄傲。

【解析】本题考查的是对名著人物形象的把握。解答此题需要先了解原著主要故事情节，概括人物性格从言行入手，全面分析概括。学会结合原文从原文中找到依据。可以从《三国演义》《水浒传》《西游记》中选择自己熟悉和喜欢的人物，分析他的优点和不足，同时注意字数要求。

水浒传

📝 真题演练

1.【来源】2022 年新疆中考真题

《水浒传》中有关宋江的情节，按先后顺序排列正确的一项是（_____）①阎婆大闹郓城县，朱仝义释宋公明②及时雨会神行太保，黑旋风斗浪里白条③美髯公智稳插翅虎，宋公明私放晁天王④武行者醉打孔亮，锦毛虎义释宋江⑤张顺凿漏海鳅船，宋江三败高太尉

A.①③②⑤④   B.④③①⑤②

C.②①⑤④③   D.③①④②⑤

2.【来源】2020 年河北中考真题

阅读《水浒传》节选，回答后面的问题。

洪教头深怪林冲来，又要争这个大银子，又怕输了锐气，把棒来尽心使个旗鼓，吐个门户，唤做把火烧天势。林冲想道："柴大官人心里只要我赢他。"也横着棒，使个门户，吐个势，唤做拨草寻蛇

势。洪教头喝一声："来，来，来！"便使棒盖将入来。林冲望后一退，洪教头赶入一步，提起棒又复一棒下来。林冲看他步已乱了，被林冲把棒从地下一跳，洪教头措手不及，就那一跳里和身一转，那棒直扫着洪教头臁儿骨上，撇了棒，扑地倒了。

（1）古典文学名著《水浒传》是我国历史上第一部歌颂_____的长篇小说。

（2）从"林冲棒打洪教头"这个故事中，你获得了怎样的感悟？

3.【来源】2020 年浙江绍兴中考真题

《水浒传》中有很多与"酒"有关的故事，请仔细阅读下表，完成探究任务。

人物	故事	酒与故事的关联	探究发现
①_____	大闹五台山	酒令好汉狂	通过对这几个经典片段的探究，发现小说多处写"酒"有如下作用：（1）_____（2）_____
杨志	②_____	酒误好汉差	
武松	景阳冈打虎	③_____	
④_____	浔阳楼吟反诗	酒添好汉愁	

4.【来源】2020 年湖北武汉中考真题

阅读《水浒传》的节选部分，完成下面小题。

张教头叫酒保安排案酒果子，管待两个公人。酒至数杯，只见张教头将出银两，赉发他两个防送公人已了，林冲执手对丈人说道："泰山在上，年灾月厄，撞了高衙内，吃了一场屈官司，今日有句话说，上禀泰山：自蒙泰山错爱，将令爱嫁事小人，已至三载，不曾有半些儿差池，虽不曾生半个儿女，未曾面红耳赤，半点相争，今小人遭这场横事，配去沧州，生死存亡未保，娘子在家，小人心去不稳，诚恐高衙内威逼这头亲事，况兼青春年少，休为林冲误了前程，却是林冲自行主张，非他逼迫。小人今日就高邻在此，明白立纸休书，任从改嫁，并无争执。如此林冲去的心稳，免得高衙内陷害。"张教头道："贤婿，甚么言语！你是天年不齐，遭了横事，又不是你作将出来的，今日权且去沧州躲灾避难，早晚天可怜见，放你回来时，依旧夫妻完聚。老汉家中也颇有些过活，便取了我女家去，并锦儿，不拣怎的，三年五载，养赡得他。又不叫他出入，高衙内便要见，也不能够。休要忧心，都在老汉身上。你在沧州牢城，我自频频寄书并衣服与你，休得要胡思乱想，只顾放心去。"林冲道："感谢泰山厚意，只是林冲放心不下，枉自两相耽误，泰山可怜见林冲，依允小人，便死也瞑目。"张教头那里肯应承。众邻居亦说行不得。

（1）"情义"是《水浒传》要表现的主旨之一，选段中林冲做了什么有情有义的事？请简要概括。

（2）选段中，林冲除了有情有义之外，还有哪些性格特点？请用两个词语分别概括。

5.【来源】2020 年江苏苏州中考真题

美国作家赛珍珠翻译《水浒传》时，将书名译成 *"All Men Are Brothers"*（《四海之内皆兄弟》）。鲁迅先生认为这个书名译得不够妥当，因为梁山泊的人是"并不将一切人们都作兄弟看的"。对鲁迅先生的这一观点，有同学表示不太理解。请在下面三个故事中任选一个，概述相关内容并作简要分析，帮助同学理解鲁迅先生的观点。

　　①林冲递交投名状

　　②武松血洗鸳鸯楼

　　③李逵江州劫法场

6.【来源】2020 年江苏泰州中考真题

名著阅读。

以下两个人物出自《水浒传》，请任选其一，概述与之相关的一个故事情节，并据此对人物作出评价。

　　①宋江

　　②李逵

7.【来源】2020 年黑龙江绥化中考真题

《水浒传》刻画了许多栩栩如生的人物，有些人物的性格既有共性也有个性。如鲁智深和李逵，林冲和武松。请从所给的示例中，任选一组人物分析其性格的异同。

8.【来源】2020 年贵州黔东南凯里市中考真题

某班在开展"中国经典名著《水浒传》阅读活动"中，要求大家重点关注"鲁智深"这个人物形象。请你根据要求完成下面两个相关活动任务。

（1）请你从下列给出的故事情节中，准确选出与鲁智深本人无关的一项（　　）

　　A. 火烧草料场　　　　　　　B. 大闹五台山

　　C. 倒拔垂杨柳　　　　　　　D. 拳打镇关西

（2）请你用简要语言概括《水浒传》中"鲁智深"这个人物形象的性格特点。

9.【来源】2017年江苏泰州中考真题

（王伦）说言未了，只见林冲双眉剔起，两眼圆睁，坐在交椅上大喝道："你前番我上山来时，也推说粮少房稀。今日晁兄与众豪杰到此山寨，你又发出这等言语来，是何道理？"A便说道："头领息怒。自是我等来的不是，倒坏了你们山寨情分。今日王头领以礼发付我们下山，送与盘缠，又不曾热赶将去，请头领息怒，我等自去罢休。"

选文中A是《水浒传》中的_____，他这样说的用心是_____。

✔ 答案解析
....

1.【答案】D

【解析】本题考查对名著《水浒传》的情节的识记。第二十二回：①阎婆大闹郓城县，朱仝义释宋公明；第三十八回：②及时雨会神行太保，黑旋风斗浪里白条；第十八回：③美髯公智稳插翅虎，宋公明私放晁天王；第三十二回：④武行者醉打孔亮，锦毛虎义释宋江；第八十回：⑤张顺凿漏海鳅船，宋江三败高太尉。按先后顺序排列：③①④②⑤；故选D。

2.【答案】（1）农民起义

（2）从洪教头的角度来看，做人不能太利欲熏心、狂妄自大、自以为是、嚣张跋扈，应该学会谦虚，心胸宽广。从林冲的角度来看，为人要谦逊有礼、忠厚纯朴，但是隐忍要有限度，必要的时候要亮出自己的实力。

【解析】（1）《水浒传》是元末明初施耐庵编著的章回体长篇小说。全书通过描写梁山好汉反抗欺压、水泊梁山壮大和受宋朝招安，以及受招安后为宋朝征战，最终消亡的宏大故事，艺术地反映了中国历史上宋江起义从发生、发展直至失败的全过程，深刻揭示了起义的社会根源，满腔热情地歌颂了起义英雄的反抗斗争和他们的社会理想，也具体揭示了起义失败的内在历史原因。是我国历史上第一部歌颂农民起义的长篇小说。

（2）故事梗概：林冲遭受高太尉的陷害，被开封府发配至沧州，路过柴进庄上，听到店小二的话，便去投奔。柴进见是赫赫有名的八十万禁军教头林冲，心中大喜，厚礼款待。洪教头随后前来，此人极度傲慢，对林冲步步紧逼，引发了柴进的不快，再加上柴进想看下两人的本事，便安排了两人的比武。林冲迫不得已和洪教头比武，结果轻松击败了他。洪教头羞愧地离开了。

感悟一：从洪教头角度看。洪教头对林冲不满的原因是看到柴进对林冲的重视，他非常嫉妒，怕林冲在这里常住，影响他的利益，他在这里一直受到众人的奉承，高估了自己的实力，为了柴进的奖赏，一再地对林冲发出了挑战，最终被打败，羞愧而走。从这些情节中看出了洪教头的利欲熏心、狂妄自大、自以为是、嚣张跋扈，故他的失败启示人们做人不能太利欲熏心、狂妄自大、自以为是、嚣张跋扈，应该学会谦虚，心胸宽广。

感悟二：从林冲角度看。面对洪教头的一系列的挑衅和傲慢的态度，林冲最开始是一再退让，最后在柴进的要求下，答应和洪教头较量一番，较量开始，还是一再退让，自谦认输，后来思量柴进的想法，使出真本领，打败洪教头。可以看出林冲是一个谦逊有礼、忠厚纯朴、有真本领的人。他的行为启示人们：为人要谦逊有礼、忠厚纯朴，但是隐忍要有限度，必要的时候要亮出自己的实力。

3.【答案】①鲁达，②误失生辰纲（生辰纲被劫），③酒壮好汉胆，④宋江。（1）推动情节发展，丰富故事内容；（2）烘托人物形象，凸显人物性格。

【解析】此题考查名著阅读相关知识。①大闹五台山的是鲁智深，他因为醉酒，砸毁了金刚神像，不得已长老把他派往东京大相国寺，与林冲结识。所以本空应填"鲁智深"或"鲁达"；②杨志在黄泥冈中了吴用等人计谋，喝了掺蒙汗药的酒，失了梁中书给他的岳父蔡京送的价值十万贯的金珠宝贝。所以本空应填"误失生辰纲（生辰纲被劫）"；③武松在景阳冈喝了十八碗酒，醉卧冈上，遇到猛虎也不害怕，奋起神勇，将虎打死。所以本空可填"酒壮好汉胆"；④"浔阳楼吟反诗"的是宋江，他是梁山大头领。后黄文炳于浔阳楼上发现宋江所写反诗，报与知府蔡九，知府下令捉拿，将宋江下到死囚牢中。故本空填"宋江"。通过对这几个经典片段的探究，我们可以发现小说多处写"酒"有如下作用：如鲁达因喝酒，打碎神像，杨志因喝酒失了生辰纲，武松因喝酒打死猛虎，宋江因喝酒写了反诗，酒起到了推动情节发展、丰富故事内容的作用。再如鲁达喝酒大闹五台山，表现他性格的率真。杨志因喝酒失了生辰纲，表现了他没有主见，不能坚持的性格。武松因喝酒打死猛虎，表现了他武艺高强的特点。宋江因喝酒写了反诗，表现了他不甘下僚，志向远大的特点。所以酒还有烘托人物形象，凸显人物性格的作用。据此分析作答即可。

4.【答案】（1）林冲因遭刺配担心影响妻子，执意休妻。

（2）软弱、善良/有责任心。

【解析】（1）本题考查内容概括。结合"今小人遭这场横事，配去沧州，生死存亡未保，娘子在家，小人心去不稳，诚恐高衙内威逼这头亲事，况兼青春年少，休为林冲误了前程，却是林冲自行主张，非他人逼迫。小人今日就高邻在此，明白立纸休书，任从改嫁，并无争执。如此林冲去的心稳，免得高衙内陷害"可知，林冲因为误闯白虎堂，被刺配沧州，一方面担心高衙内威逼自己的妻子，另一方面觉得妻子青春年少，被自己耽误了可惜，故请求休妻，进而保护妻子，让妻子奔向更好的未来。故可概括：林冲因遭刺配担心影响妻子，执意休妻。

（2）本题考查人物形象。

结合"诚恐高衙内威逼这头亲事，况兼青春年少，休为林冲误了前程，却是林冲自行主张，非他人逼迫。小人今日就高邻在此，明白立纸休书，任从改嫁，并无争执。如此林冲去的心稳，免得高衙内陷害"等句可知，林冲为了保护妻子，为了妻子的未来，愿意休妻，看出他的善良和有责任心。

林冲面对高衙内的陷害和威逼，步步退缩，没想过反抗，看出他的软弱。

5.【答案】示例一：梁山泊要林冲递交投名状时，林冲并不为杀人犯愁，愁的是只怕没人过。说明林冲为得到梁山泊的接纳，视他人性命如草芥。

示例二：武松血洗鸳鸯楼，连马夫、丫鬟也不放过，直杀得心满意足。说明在武松眼里，普通人死不足惜。

示例三：李逵江州劫法场时，晁盖提醒他不要伤及百姓，李逵并不听从，一斧一个，排头儿砍去。说明他眼中只有"哥哥"宋江的命，没有老百姓的命。

【解析】"并不将一切人们都作兄弟看的"意思是，梁山泊的人没有把一些人看成兄弟，对于一些普通百姓他们其实是没有看作同伴的，他们的义是狭隘的。答题要点：结合三个情节中的一个，指出他们一些草菅人命、漠视人命的行为。

示例：武松血洗鸳鸯楼情节中，武松除了杀了谋害他的三个主谋，也就是蒋门神、张都监、张团练三人外，还杀死了十数个下人使女，他们之中不全是陷害武松的恶人，可是武松杀人时毫不手软。在他眼里，和他不是一个阵营的人，都是可以杀掉的。由此可证明鲁迅所说的"并不将一切人们都作兄弟看的"。

6.【答案】①"生辰纲"事发后，观察何涛得到了消息，前来郓城县找到了宋江，和他一起抓捕主犯晁盖，宋江假意答应，却偷偷私传讯息，使晁盖等人脱险。晁盖上梁山后，为报宋江之恩，派刘唐携礼物夜走郓城县答谢，宋江推辞不成，只好留下书信和一条黄金，不料被阎婆惜发现，并以此要挟，宋江要信不给，无奈之下，怒杀阎婆惜。表现了宋江精明练达、喜好结交英雄豪杰、为人仗义、讲义气的特点。

②根据黑旋风斗浪里白条的故事，以及其中对李逵的动作描写，

可以分析人物的性格特征。故事讲述了李逵为了给宋江找鲜鱼做辣鱼汤，鲁莽之下痛打渔人，惹恼了浪里白条张顺。张顺在陆上不是李逵对手，却想法子把李逵诱上船，然后在水里把李逵教训了一顿，灌了他一肚子水。由此可见，李逵是个重义气、脾气暴、率直鲁莽的人。

【解析】本题考查了考生对名著的内容、人物形象、故事情节和文学常识积累。解答此类题时，要求学生在平时学习中注意对作品的人物、故事梗概和主要情节的把握，并能用简洁的语言进行表述。

7.【答案】示例一：人物是鲁智深和李逵。

相同点：嫉恶如仇，侠肝义胆，脾气火暴；不同点：鲁智深粗中有细，豁达明理；李逵头脑简单，直爽率真。

示例二：人物是林冲和武松。

相同点：刚烈正直，有勇有谋；不同点：林冲安分守己，循规蹈矩；武松崇尚的是义，有仇必复，有恩必报，是英雄好汉中最富有血性的。

【解析】答题要点：在所给的两组人物中选择一组，根据对相关情节的了解，分析两个人物性格的相同点和不同点。示范一：人物是鲁智深和李逵。相同点：嫉恶如仇，侠肝义胆，脾气火暴。鲁智深三拳打死镇关西，救下金家父女，看出他的嫉恶如仇，侠肝义胆，脾气火暴；李逵遇到冒充自己打劫的李鬼，听李鬼说要赡养九十老母，便没有杀李鬼，还给了他十两银子，后来得知受骗，李鬼并没有九十老母，才杀了李鬼，李鬼妻逃走。从中可以看出他的嫉恶如仇，侠肝义胆，脾气火暴。不同点：鲁智深粗中有细，豁达明理；李逵头脑简单，直爽率真。在打死镇关西后，鲁智深一边逃，一边用手指着郑屠说他装死来为自己掩护，可看出他细的一面。李逵听到有人状告宋江抢占民女，不分缘由，就砍倒了"替天行道"的大旗，后得知是有人冒充宋江，看出他的头脑简单。示范二：人物是林冲和武松。相同点：刚烈正直，有勇有谋。作为达官显宦，林冲不同于谄上欺下的贪官污吏。他对下层百姓具有恻隐之心，是一个有正义感的将官。开头有关林冲救过李小二免送官司的插叙，充分说明了这一点。武松的斗杀西门庆，醉打蒋门神，大闹飞云浦，血溅鸳鸯楼，夜走蜈蚣岭等情节都展现了其正直刚烈、有勇有谋的性格。不同点：林冲安分守己，循规蹈矩；武松崇尚的是义，有仇必复，有恩必报，是英雄好汉中最富有血性的。林冲面对高俅的屡次陷害，一直想着息事宁人，看出他性格中的安分守己和循规蹈矩。武松得知自己的哥哥被潘金莲和西门庆所害，并且无法申冤，当机立断，杀死二人，投案自首；在孟州，武松受到金眼彪施恩的照顾，为报恩，武松醉打蒋门神，帮助施恩夺回了"快活林"酒店。看出他性格中的血性，恩怨分明。

8.【答案】（1）A

（2）武艺高强、嫉恶如仇、豪爽直率、脾气暴躁、重义轻财、不拘小节……

【解析】（1）《水浒传》是一部以北宋末年宋江起义为主要故事背景、类型上属于英雄传奇的章回体长篇小说。依据原著内容可知火烧草料场的是林冲。故选 A。

（2）本小题考查人物形象的分析。从鲁智深从拳打镇关西、大闹五台山、火烧瓦罐寺、大闹野猪林等事例，可以看出他具有侠肝义胆、嫉恶如仇、不畏强暴、脾气火暴的特点；从林冲发配沧州，鲁智深没在店里救他，而是先埋伏在野猪林，可见他粗中有细；鲁智深在京中看管菜园时，与众泼皮的交往，可见其豁达明理。据此作答即可。

9.【答案】吴用；假意辞别，实则为了激怒林冲

【解析】第一个空是吴用，第二个空可结合吴用的人物性格及其后来的发展来判断吴用说这话的用意。

红楼梦

📝 **真题演练**

1.【来源】2022 年全国甲卷

作文试题

阅读下面的材料,根据要求写作。(60 分)

《红楼梦》写到"大观园试才题对额"时有一个情节,为元妃(贾元春)省亲修建的大观园竣工后,众人给园中桥上亭子的匾额题名。有人主张从欧阳修《醉翁亭记》"有亭翼然"一句中,取"翼然"二字;贾政认为"此亭压水而成",题名"还须偏于水",主张从"泻出于两峰之间"中拈出一个"泻"字,有人即附和题为"泻玉";贾宝玉则觉得用"沁芳"更为新雅,贾政点头默许。"沁芳"二字,点出了花木映水的佳境,不落俗套;也契合元妃省亲之事,蕴藉含蓄,思虑周全。

以上材料中,众人给匾额题名,或直接移用,或借鉴化用,或根据情境独创,产生了不同的艺术效果。这个现象也能在更广泛的领域给人以启示,引发深入思考。请你结合自己的学习和生活经验,写一篇文章。

　　要求：选准角度，确定立意，明确文体，自拟标题；不要套作，不得抄袭；不得泄露个人信息；不少于 800 字。

　　2. 【来源】2022 年北京海淀区高三一模

　　"治世之能臣，乱世之奸雄"原是《三国演义》中许劭评价曹操的话，毛泽东曾借来评价王熙凤，说她"既为能臣，又是奸雄"，故后来有人把她叫作"女曹操"。请结合《红楼梦》中的相关情节谈谈对王熙凤的这一评价。

　　3. 【来源】2021 年高考真题北京卷

　　根据要求，回答问题。

　　《红楼梦》第十三回，秦可卿去世前向王熙凤托梦，说道：

　　若目今以为荣华不绝，不思后日，终非长策。眼见不日又有一件非常喜事，真是烈火烹油、鲜花着锦之盛。要知道，也不过是瞬息的繁华，一时的欢乐，万不可忘了那"盛筵必散"的俗语。……我与婶子好了一场，临别赠你两句话，须要记着：三春去后诸芳尽，各自须寻各自门。

　　（1）这里说的"非常喜事"在小说中指什么？

　　（2）画线的部分与小说后续情节有何关系？请结合原著，举例说明。

　　4. 【来源】2021 年天津南开区高三一模

　　阅读下面材料，请以"为什么说《红楼梦》是中国古代现实主义小说的辉煌顶点"为宣传点，用 100~120 字，向高一学生推荐

《红楼梦》一书，引发他们阅读这本书的兴趣。

梁代萧统提出他的文学定义，即"事出于沉思，义归乎翰藻"。虚构、想象正是"事出于沉思"；"义归乎翰藻"，则正是讲求文采。唐代传奇小说富于想象、虚构，讲求文采，从此，小说便发展成为文学创作了。

传奇小说发展到宋代就衰落了，这时随之兴起的是话本。话本经过文人加工，就变成许多话本小说和演义小说。如《三国演义》《水浒传》《西游记》等，大都是文人采用民间创作而进行再创作的，以描绘精彩动人的情节场面和塑造生动活泼的人物性格见长。

由这里再发展，便成为文人的独立的创作。这时不再拿民间的东西来加工了，而主要是自己创作。

无论《三国演义》《水浒传》还是《西游记》，写的都是非凡的人物或者不寻常的英雄，而后中国古典小说通过写平凡人的日常生活，显示了现实主义文学的长足发展。此时《红楼梦》问世了，中国古代现实主义小说达到了辉煌的顶点。

5.【来源】2021年北京东城区高三二模

《红楼梦》第29回中，贾母认为贾宝玉、林黛玉"不是冤家不聚头"。你如何看待贾宝玉、林黛玉二人关系？请结合《红楼梦》中从两个具体情节，简要分析。

6.【来源】2020年江苏高考题

《红楼梦》第五十回"芦雪庵争联即景诗，暖香坞雅制春灯谜"中，众人联句，起句为王熙凤所作。她说："你们别笑话我，我只有一句粗话，就是'一夜北风紧'。"请结合这句诗，简析王熙凤的形象。

7.【来源】2020 年天津高考题

在某校读书交流活动中，有同学说"我就读不进《红楼梦》"，有同学说"我就不爱读《三国演义》"，还有同学说"《论语》读起来才没劲呢"。请针对此现象，任选上述三本书中的一本，结合小说情节或《论语》名句，谈谈如何"走进经典"。要求 100 字左右。

8.【来源】2020 年北京朝阳区高三一模

在《红楼梦》第五回"贾宝玉神游太虚境，警幻仙曲演红楼梦"中，警幻仙子命仙女们为贾宝玉演唱的《红楼梦》十二支曲，预示了小说中主要人物的命运。其中有一句曲词："都道是金玉良缘，俺只念木石前盟。"这句曲词中涉及了小说中哪几个人物？暗示了贾宝玉怎样的性格和命运？请根据原著进行简要分析。

9.【来源】2020 年北京顺义区高三一模

《红楼梦》第三回的回目，有的版本作"贾雨村夤缘复旧职　林黛玉抛父进京都"，有的版本作"金陵城起复贾雨村　荣国府收养林黛玉"。请你结合"林黛玉进贾府"的相关情节，就横线上的部分，你认为哪个版本的回目更好，写出理由。

10.【来源】2020 年北京门头沟区高三二模

阅读下面《红楼梦》节选文字，根据要求完成下题。

《红楼梦》第五回，贾宝玉随贾母等赴宁国府赏梅，午间去房间休息，看见房内挂着一副对联"世事洞明皆学问，人情练达即文章"，你认为贾宝玉喜欢这副对联吗？请结合《红楼梦》中的相关情节阐述你的理由。

11.【来源】2020 年北京门头沟区高三一模

阅读下面《红楼梦》节选文字，根据要求完成下列问题。

俞平伯品评《红楼梦》时说"钗黛虽然并秀，性格却有显著不同：如黛玉直而宝钗曲，黛玉刚而宝钗柔，黛玉热而宝钗冷，黛玉尖锐而宝钗圆浑，黛玉天真而宝钗世故。……"你认同这个说法吗？请结合《红楼梦》中的相关情节阐述你的理由。

12.【来源】2020 年北京密云区高三一模

阅读下面三段文字，然后回答后面的问题。

①"正是呢，我一见了妹妹，一心都在他身上了，又是喜欢，又是伤心，竟忘记了老祖宗，该打，该打。"

②"你也不用说誓，我很知道你心里有'妹妹'，但只是见了'姐姐'，就把'妹妹'忘了。"

③"凭他是谁，除了林妹妹，都不许姓林的！"

曹雪芹在《红楼梦》中善于运用对比法，通过个性化的语言来塑造"同中迥异"的人物。上述三段话中都有"妹妹"，请分别说出出自谁人之口，并结合说话人的形象对其语言进行赏析。

13.【来源】2020 年天津河西区高三一模

《红楼梦》里用"一个是阆苑仙葩，一个是美玉无瑕"描写两个主要人物，请写出他们的名字，并选择其中一个人物，结合具体事件介绍其性格特点。80 字以内。

"阆苑仙葩"指＿＿＿＿＿＿＿＿＿＿＿＿＿＿＿＿＿

"美玉无瑕"指＿＿＿＿＿＿＿＿＿＿＿＿＿＿＿＿＿

14.【来源】2020 年江苏高三二模

红学前辈王昆仑先生在他的《红楼梦人物论》中用"恨凤姐，骂凤姐，不见凤姐，想凤姐"来评论王熙凤，你如何看待这句话？请结合《红楼梦》的内容加以阐述。

15.【来源】2019 年江苏高考题

《红楼梦》"寿怡红群芳开夜宴，死金丹独艳理亲丧"一回中，群芳行令，宝钗摇得牡丹签，上云"任是无情也动人"。请结合小说，概括宝钗的"动人"之处。

16.【来源】2019 年江苏高三三模七市调研

《红楼梦》第三回中，黛玉心中正疑惑着："这个宝玉，不知是怎生个惫懒人物，懵懂顽童？倒不见那蠢物也罢了。"第十七回中，贾政听了道："无知的蠢物！你只知朱楼画栋、恶赖富丽为佳，那里知道这清幽气象。终是不读书之过！"黛玉、贾政都称宝玉为"蠢物"，表明他们对宝玉各有什么看法？请加以说明。

17.【来源】2019 年四川内江高三一模

阅读下面一段材料，然后回答问题。

"忆女儿曩生之昔，其为质则金玉不足喻其贵，其为性则冰雪不足喻其洁，其为神则星日不足喻其精，其为貌则花月不足喻其色。"

——摘自《红楼梦》第七十八回词赋《芙蓉女儿诔》

（1）《芙蓉女儿诔》是贾宝玉为哪位亡者写的一篇祭文？

（2）以上文字运用了哪些手法？写出了被祭奠者的哪些特点？

18. 【来源】2018 年江苏高考题

《红楼梦》"散余资贾母明大义，复世职政老沐天恩"一回中，贾母得知府中库藏已空、入不敷出的实情后，将自己多年的积蓄拿出来，以渡难关。请结合这一情节，分析贾母的形象特点。

19. 【来源】2017 年江苏高考题

《红楼梦》第四十五回"金兰契互剖金兰语，风雨夕闷制风雨词"中，黛玉对宝钗说："我最是个多心的人，只当你心里藏奸……往日竟是我错了，实在误到如今。"请说明黛玉对宝钗的认识发生变化的原因。

✔ 答案解析

1.【解析】本题为记叙性材料作文题。

材料的核心事件是给大观园的亭子匾额题名，"翼然""泻玉""沁芳"三个题名的由来，各有其法，各呈其妙。"翼然"是直接移用欧阳修《醉翁亭记》，"泻玉"是借鉴化用经典名句，而"沁芳"则是根据亭子周围的环境氛围独创所得，既合"境"又契"情"，情境俱妙。材料并没有对三个名字进行褒贬。

考生审题立意要把思考的重心放在三个亭子的的命名之法上，即"直接移用""借鉴化用"和"根据情境独创"。给匾额题名的例子正好说明中国传统文化的博大精深和鲜活灵动。通过不同的艺术手段可以获得不同的艺术效果，充分体现了中国优秀传统文化的魅力。中华文化之所以灿若星河，源远流长，一个重要原因就是多变的艺术手法。"移用""化用"和"创造",既是相对独立的关系,也呈现出艺术方法上的"低级""中级"到"高级"的进阶层级,当然,这三者之间更是一个密不可分的整体。

考生审题立意,不要在《红楼梦》的相关情节里打转,要注意题目引导语的暗示,"这个现象也能在更广泛的领域给人以启示",这就在提醒考生把思维从《红楼梦》给亭子题名的情节方面上升到文化领域,进而延伸到文化以外的广阔天地,比如经济领域、科技领域、思想领域、教育领域……无论哪个领域,"移用""化用""独创"都是其发展的重要方法和手段,缺一不可。

材料仅是个思考的"引子",积极联想、拓展思维、深化思考才是关键。另外,题目虽然没有"结合时代背景"之类的暗示,但考生也应该赋予其以新时代的意义。

比如,将"移用""化用""创造"与科技发展结合起来思考。能够从别处直接移用过来的技术,我们大可以如鲁迅先生所言"大胆地拿来",为我所用,而不必缩头缩脑,畏手畏脚;对于不能直接搬过来的东西,我们则"借鉴化用":对外来的东西或是继承下来的东西,加以筛选、加工,使之变成我们自己的东西,"化用"并不简单,也考量着我们的勇气和智慧;当然,我们要想在科技上取得独立的地位,甚至领先于世界强国,我们就必须超越"移用""化用"阶段,破除科技"藩篱",根据我国现有国情和经济实力走科技创新之路。中国的航空航天科技,中国的量子卫星技术,中国的桥梁船舶和生物医药技术,正是以"独创"为主终至成功的明证。"移用""化用"到"独创",可谓中国科技的发展壮大之路。

具体行文,议论说理要体现出思辨性色彩,要能全面地看待"移用""化用""独创"三者之间的关系,还要能用历史的发展的眼光来思考我国的现代化建设事业。论述要全面深刻，不要在作文中呈现出一种厚此薄彼，或者非此及彼的简单化思维。"结合自己的学习和生活经验"，其实就是提醒考生不要泛泛地议论，要有真实的有个性的见解，无论是议论，还是叙事，都应是有"我"之文。

立意：

（1）以移用为基，以化用为翼，以独创为魂，中华文化恒久远。

（2）移用、化用固然重要，但唯有独创才是发展的根本和灵魂。

（3）勇敢地拿来，大胆地鉴别，积极地创新，这是中国发展的必由之路。

（4）中国的现代化事业要走适合国情的创造性发展之路。

（5）成功无法复制，人生有无数种可能，适合自己的才最最好的。

2.【答案】"能臣"是指王熙凤具有理家的才干；"奸雄"是指她具有狠辣的手段。在秦可卿去世之后，王熙凤接受贾珍之托协理宁国府，她查找问题，分配任务，奖惩得当，将丧事办理得井井有条，可见其才干。在丧事期间，王熙凤受到水月庵老尼的请求，收了三千两银子，玩弄权术，害死两个年轻人，她胆大妄为，不计后果，因此说她是"奸雄"。

【解析】本题考查学生把握名著情节内容，赏析人物形象的能力。首先明确王熙凤"能臣"和"奸雄"的内涵。"能臣"是指王熙凤具有理家的才干；"奸雄"是指她具有狠辣的手段。协理宁国府时，王熙凤一到宁国府，传齐家人媳妇，定下规矩，坚决执行。她说道："既托了我……错我半点儿，管不得谁是有脸的，谁是没脸的，一例清白处治。"她按花名册分派任务，什么职责、如何行使，脱岗渎职、如何惩治，说得明明白白；她当着宁府的人摔了来领东西的本府家人，"杀鸡给猴看"；她当众责打了宁府中负责迎送亲友的迟到家人，并"革了他一个月的钱粮"，杀一儆百。可见她以一己之力，管理严格。她考虑上下左右的人际关系，上有三层公婆，中有无数的叔伯、妯娌、姐妹，下有那么多的仆妇、管家、丫鬟、小厮，她用笼络手段来维持荣府的下人，用讨好的态度争取上层人物贾母、王夫人等的支持。可见她是个"能臣"。她又曾毒设相思局。贾瑞在园子里碰见王熙凤就起色心。此后几次到荣府都没找到王熙凤。贾瑞见到王熙凤后，王熙凤要他晚上在西穿堂相见。贾瑞按约定晚上钻入穿堂，腊月天寒，白冻一晚而归。贾代儒惩罚贾瑞跪在院内读文章，打了三四十大板，不许吃饭。第二次又在王熙凤房后小过道里那座空房子，被贾蓉、贾蔷捉弄。贾瑞不听跛道人之言，正照风月宝鉴，一命呜呼。弄权铁槛寺、害死尤二姐等都可看出她胆大妄为，不计后果，是个"奸雄"。

3.【答案】（1）元妃省亲（贾元春才选凤藻宫）

（2）画线部分是小说后续情节发展的暗示，暗示了青春少女的红颜薄命以及封建家族走向崩溃的悲剧。例如小说写林黛玉泪尽而亡、贾府最后被抄家等。

【解析】（1）本题考查学生识记文学名著内容的能力。这段话出自《红楼梦》第十三回"秦可卿死封龙禁尉　王熙凤协理宁国府"，这是秦可卿临终时托梦给王熙凤时所说的话，"非常喜事"是指贾元春晋封为妃，皇帝恩准元春省亲。

（2）"盛筵必散"暗示贾府会盛极必衰的的命运。考生围绕这些内容答题即可。

4.【答案】《红楼梦》是中国古代现实主义小说的辉煌顶点。这部小说富于虚构、想象，其中的"太虚仙境"充分体现了这一点。《红楼梦》讲求文采，其中有大量优美的诗词。《红楼梦》由文人独立创作，写了以贾府为中心的平凡人的日常生活。希望同学们有时间认真阅读这本书。

【解析】本题考查学生对经典名著的价值、意义的感悟和评价能力。

根据题干请以"为什么说《红楼梦》是中国古代现实主义小说的辉煌顶点"为宣传点，可知作答时要抓住"是中国古代现实主义小说的辉煌顶点"，然后根据材料内容结合《红楼梦》的特点总结说明。根据第 1 段，可概括出《红楼梦》有唐代传奇小说的想象、虚构特点；根据第 2 段，可概括出《红楼梦》由文人独立的创作；根据第 3 段，可概括出《红楼梦》写平凡人的日常生活。根据题干中的"用 100～120 字"，可知字数要求；根据题干中的"向高一学生推荐《红楼梦》一书，引发他们阅读这本书的兴趣"，可知所写宣传内容要能够引发高一学生对《红楼梦》的阅读积极性。

5.【答案】贾宝玉和林黛玉是"冤家"关系。首先，第三十回中"林黛玉给贾宝玉手帕拭眼泪"这一情节，手帕其实就是二人的定情信物；其次，第二十三回中"贾宝玉和林黛玉共读《西厢记》"这一情节，二人共读《西厢记》时的互相嬉戏，表明了二人之间的爱慕之情。

【解析】本题考查名著相关内容。

首先表明观点：贾宝玉和林黛玉属于"冤家"（有缘分、有感情）的关系。

结合具体实例进行分析：

首先，第二十九回清虚观打醮之后，张道士给宝玉说亲，黛玉和宝玉闹得非常厉害，不但又摔了玉，还惊动了贾母和王夫人。贾母当着二人的面，说出了"不是冤家不聚头"的话，宝黛二人各有所思，宝玉先来赔了不是，黛玉也暗自后悔，这里两人其实已经彼此心意相合，只是没有表白而已。黛玉见宝玉来赔不是，又说得恳切，就戳了他脑袋一下，然后两个人对着哭。第三十回原文是："林黛玉虽然哭着，却一眼看见了他穿着簇新藕合纱衫，竟去拭泪，便一面自己拭着泪，一面回身，将枕边搭的一方绡帕子拿起来，向宝玉怀里一摔，一语不发，仍掩面自泣。宝玉见他摔了帕子来，忙接住拭了泪。"此处正是黛玉把自己的手帕先给了宝玉，而后面宝玉挨打后，又回赠黛玉自己的旧手帕，两处对应之下，两人心意相通，且看黛玉听闻宝玉赠她旧手帕的反应：黛玉听了，越发闷住了。细心揣度，一时方大悟过来。这黛玉体贴出绢子的意思来，不觉神痴心醉……黛玉明白了宝玉送她旧帕是为定情之意。

其次，在《红楼梦》第二十三回，二人一起偷看《西厢记》，看《西厢记》不说，又接着听那梨香院传出来的《牡丹亭》曲子。贾宝玉看得认真仔细。林黛玉听得入神，更是不觉心动神摇，亦发如醉如痴，连站立也站立不住。作者对这一回进行逼真的描写，主要是让宝黛二人在看书听曲的过程中，互相交流，让感情自然而然地流露出来。贾宝玉感叹《西厢记》真的是好文章，林黛玉接过来，也是越看越爱，不觉入了神，还默默记诵。贾宝玉看了张生与崔莺莺的爱情故事，胆子也变得大起来，便和林黛玉开玩笑说："我就是个多愁多病的身，你就是那倾国倾城的貌。"没有料想到的是黛玉听了，满脸通红，登时竖起两道似蹙非蹙的眉，瞪了一双似睁非睁的眼，和他争辩起来。黛玉说是要告诉舅舅、舅母去，说宝玉拿了这"淫词艳曲"来调笑她。宝玉听了立马解释，并求饶赌起誓来，黛玉就引用西厢记里的话来回敬他："呸，原来是苗而不秀，是个银样蜡枪头。"小说中描写贾宝玉林黛玉二人看书时的一嬉一恼，虽是两种不同的反应，但通过这各自不同的性格特点，表达了他们互相的爱慕之情，特别是在受到《西厢记》情节感染后的一种感情流露。

6.【答案】诗句浅白，表明其学识浅薄；诗句能领起全篇，表明其聪明颖悟，有一定的领导才能；诗句意境肃杀，表明其心怀忧惧。

7.【答案】《红楼梦》中的第二十七回"滴翠亭杨妃戏彩蝶"，写出了宝钗的青春之美。大如团扇的一双蝴蝶，引得宝钗取出扇子，向草地下来扑。宝钗被蝴蝶引得蹑手蹑脚，香汗淋漓，娇喘细细。在这个情节里，宝钗不再是那个稳重识大体的宝钗，而是呈现出女孩的青春之美。经典里的艺术形象散发着恒久的艺术芬芳，值得我们去探寻，去汲取其中的营养。

《论语》中的"不患人之不己知，患不知人也"，大意是不要担心别人不了解自己，只要担心自己不了解别人。这句话是孔子传授给我们的为人处世之道。正因为知人不易，人们不被理解或者被误解的情况就很普遍。但是，推己及人，君子更应站在他人的立场上考虑问题。由此可见，经典能给予我们人生智慧。

8.【答案】金玉良缘：贾宝玉和薛宝钗。

木石前盟：贾宝玉和林黛玉。

性格：暗示了贾宝玉反对封建礼教的约束，追求自由的真性情。

命运：描写贾宝玉和林黛玉的悲剧，贾宝玉和薛宝钗的结合则是注定的命运。最终致使贾宝玉弃家为僧，薛宝钗抱憾终生，所谓金玉良缘，实际是金玉成空。

9.【答案】开放性答案，言之成理即可。

示例：

①认为"林黛玉抛父进京都"好，"抛"字作抛弃讲，主观上由于难以抗拒的原因被动放弃。回目的意思是林黛玉是客观上被动抛舍下自己的父亲林如海，主观上不愿离开父亲。可以看出父女的情感，又有悲剧意味。同时"抛父"还可以制造悬念，小女孩怎么能做出"抛父"的举动呢？吸引读者阅读。

②认为"荣国府收养林黛玉"好，"收养"意味着林黛玉的可怜弱小、身世凄凉，蕴含悲剧意味，同时也暗示读者从此以后林黛玉将"客居"在荣国府，直至去世。言简意赅。

【解析】本题考查学生阅读名著的能力。

这两个回目的差别在于到底谁是主体，如果是"林黛玉抛父进京都"则其主体是林黛玉，小小年纪的为什么要进京，为什么是弱小的"她""抛父"？一连串的问题，引发读者的阅读兴趣，进而开始关注这个打小就要离开父亲，过着寄人篱下的生活的林妹妹了。当然回答"荣国府收养林黛玉"也有其合理性，一个"收养"二字，直接鲜明地说出了林黛玉的遭遇：母亲去世，父亲无力抚养，更加深了林黛玉身世可怜，令人同情叹惋，这更与后文林黛玉的性格的形成和凄惨中去世无不相关。

10.【答案】不喜欢，把世间的事弄懂了处处都有学问，把人情世故摸透了处处都是文章。贾宝玉是封建社会的叛逆者，他厌恶仕途经济，厌恶官场上的蝇营狗苟，他对封建社会的"世事洞明"和"人情练达"不可能认同。（意思对即可）

【解析】本题考查学生阅读名著的能力。同时也考查考生的语言表达能力。该题要求"你认为贾宝玉喜欢这副对联吗？请结合《红楼梦》中的相关情节阐述你的理由"从题干的要求看，此题有探究的意味，考生首先呈现自己的观点，再有"请结合《红楼梦》中的相关情节阐述你的理由"这一要求，考生的观点应该是"不喜欢"然后结合《红楼梦》中贾宝玉的性格特点阐释为何贾宝玉不喜欢这副对联，言之成理即可。具体分析"世事洞明皆学问，人情练达即文章"的本意是"明白世事，掌握其规律，这些都是学问；恰当地处理事情，懂得道理，总结出来的经验就是文章"。但在《红楼梦》中，所谓"世事洞明""人情练达"特指贾宝玉极其讨厌的人情往来、科举仕途，也就是封建制度希望人们遵守施行而一般人也真的就这样遵守施行的那一套规则以及伦理文化，而贾宝玉对封建士子的最高理想功名利禄、封妻荫子，十分厌恶，全然否定。他只企求过随心所欲、听凭自然的生活。根据贾宝玉的性格特点，他是不可能喜欢"世事洞明皆学问，人情练达即文章"这样的对联的。在封建时代，贾宝玉的态度具有进步意义。

11.【答案】钗黛并列于金陵十二钗之首，她们自然在才情容貌上势均力敌。黛玉给人感觉很倔强，年幼丧母，寄人篱下。她的嫉妒、多疑、纠缠，虽显得有些病态，但这不仅仅是弱者的内心，也是许多强者深藏在潜意识中的不愿人知的那一面。宝钗出身于皇商家庭、官僚资本家族，与贾家这样纯粹的贵族式官僚世家不同，所以这也对宝钗有着潜移默化的影响，使她世事洞明、对人情达练自如。她的谈吐总是得体、舒服，像对湘云开社作东的"又要自己便宜，又要不得罪人，然后方大家有趣"的劝说一样，让大家永远处于舒适区。

12.【答案】第一问：这三句话分别属于王熙凤的"奉承语"、林黛玉的"吃醋语"、贾宝玉的"痴情霸道语"。第二问：王熙凤善于逢迎，她每天事务繁忙，风风火火，她的语速快且多是短句，但她会千方百计地哄老祖宗（贾母）开心、讨老祖宗的宠爱；林黛玉猜忌多疑，所以语气中含酸意，她最介意的是薛宝钗和自己在宝玉心中的地位高低，因为她明白，薛宝钗无论家境人品还是才华容貌都不逊于自己，而且更有"金玉良缘"的舆论造势，所以黛玉总是在日常生活中时刻衡量着宝玉心里的爱情天平到底是倾向于"宝姐姐"还是"林妹妹"；贾宝玉对林黛玉一往情深，时时说出痴语，而"林妹妹"这三个字每天不知要在心里想多少遍，嘴里说多少遍，特别是在二人拌嘴后，见着黛玉哭泣，宝玉便"打叠起千百样的款语温言来劝慰"，要将"林妹妹"喊上百遍千遍。

【解析】本题考查名著阅读与综合语言表达能力。解答此类题目，考生要熟悉名著的情节、人物、主题等，在此基础上按照题干要求选择思考方向。答题时要先概括观点，再结合具体例子来论证。本题考查人物语言所体现出的人物性格，属于鉴赏人物方面的考查。答题时要弄清楚谁、在什么情况下说了这句话，表现了人物什么样的性格特点。

①是王熙凤的"奉承语"。王熙凤乐贾母之所乐，又悲贾母之所悲，思想感情和老祖宗的完全融会贯通。特别是"竟忘记了老祖宗。

该打，该打！"这一句最妙，妙就妙在"忘记了老祖宗"。明明是笑和哭都是给老祖宗看的，句句字字都是说给老祖宗听的，却偏偏说忘记了老祖宗。为什么竟把老祖宗忘记了呢？那原因自然是"我一见了妹妹，一心都在她身上了"，一个"忘"字就把全部虚伪做作变成了一片真情实意。此句"我一见了妹妹，一心都在他身上了"既讨好了黛玉，又逢迎了贾母，可谓一语双关，体现了王熙凤的聪明伶俐，机变逢迎；"又是喜欢，又是伤心""该打，该打"都是短句，符合王熙凤贾府管家的身份，也符合她风风火火的性格。

②是林黛玉的"吃醋语"。这句话是在什么情况下说的呢？是在元妃春节赏给贾府各人礼物，宝玉同宝钗的一样，宝玉怕黛玉多心，将自己的东西拿去让她挑拣，而黛玉什么也不要，还说了句"我没这么大福禁受，比不得宝姑娘，什么金什么玉的，我们不过是草木之人！"急得宝玉赌咒发誓，这时林黛玉说了此句："我很知道你心里有'妹妹'，但只是见了'姐姐'，就把'妹妹'忘了"，语气中颇含酸意，这不仅仅反映林黛玉的多疑小性，更是她内心不安的真实反应。因为宝钗各方面不比她差，又有"金玉良缘"的说法，黛玉怕宝玉心中的天平倾向宝钗，因而时时拿话试探他。

③是宝玉"痴情霸道语"。"凭他是谁，除了林妹妹，都不许姓林的！"看这一段，又哭又笑。分明就是个小孩子撒娇耍赖，可是有哪个小孩子能情深至此。对林黛玉一见钟情，第一次见面就说"这个妹妹我曾见过的"；自己有宝玉，听闻黛玉没有，便狠命把自己的玉摔在地上直说："什么罕物，连人之高低不择，还说'通灵'不'通灵'呢！我也不要这劳什子了！"

潜台词就是黛玉在他看来才真正是完美无瑕的宝玉；林妹妹生气一千次，他就有一万个哄好她的理由，看见好东西，第一个想到的都是想给林妹妹送去，有意无意都希望别人夸的是林妹妹，一下子把林妹妹哄得一愣一愣的；紫鹃假装骗他说：林妹妹要回苏州了，急得深陷情中的宝玉又痴又傻，只听门外一个小厮报个"林"字，就满床闹起来，"凭他是谁，除了林妹妹，都不许姓林的！"这一句"林妹妹"，是多么深情啊。

13.【答案】林黛玉；贾宝玉

贾宝玉：因为贾宝玉家中的姐妹都没有玉，本为家中姐妹们感到不平，而如今又得知林黛玉也没有玉，他更觉得唯独自己有玉，有什么意思呢？于是就解下脖子上的玉，狠狠地摔在了地上。显示出他的叛逆的性格。

林黛玉：花开花谢本来就是自然现象，但林黛玉却由此而想到人生的悲欢离合，聚散无常。她为落花叹息，说明她多愁善感的性格。

【解析】本题考查对名著名篇的识记能力。通过"美玉无瑕"是指贾宝玉诞生时所带之玉，"阆苑仙葩"是形容林黛玉独特的气质和性格。这两个词语选自《红楼梦》第五回中的仙曲《枉凝眉》。

贾宝玉的主要性格特点有：纯真多情、平等待人、任性叛逆，可结合主要事例"宝玉摔玉"来分析。

林黛玉的主要性格特点有：自尊自爱、多愁善感、学识渊博。可结合事例"初进荣国府"和"黛玉葬花"来分析。

14.【答案】这句话体现了王熙凤人物性格的多面性。王熙凤阴险恶毒，铁槛寺弄权，逼死尤二姐，为人所不齿；但她又是那样聪明能干，富有情趣，对各个姐妹都能细致入微、体贴关照，对长辈比如贾母、王夫人又能聪明乖巧、机智应对。所以她是一个让人爱恨交织的人物。

【解析】本题主要考查名著阅读。王熙凤色才兼具，"恨熙凤""骂熙凤"是因为王熙凤为人圆滑，性格泼辣，稍显阴险；"不见熙凤想熙凤"则体现出王熙凤的出人才干（曹雪芹在书中这样提到王熙凤：竟是十个男人万万不能及）。王熙凤本是荣国府家的媳妇，却主管着荣国府家中的一切大小事务，大事处理得当，小事尽显圆滑周到。是荣宁两府以及荣国府内各种关系的沟通桥梁。

王熙凤是《红楼梦》一书中描写得极其鲜活且精彩的人物。她出身富贵，是金陵王家的女儿。王家是武将出身，而王熙凤将武将的飒爽气派表现得淋漓尽致。她自小被王家充当男儿养，性子泼辣，对佣人可以抬手一巴掌，对尤二姐可以不顾她死活，对觊觎她的贾瑞更是没有丝毫仁慈，对普通平头百姓的官司也不放在心上。可这样的王熙凤，却并不能算一个彻头彻尾的坏人。她对黛玉极好，常常记挂着她缺什么；她对宝钗虽然不喜，却也有得体的礼仪；她对平儿、鸳鸯等都是非常尊重。她的内心深处，其实也藏着善良，但善良的前提，是你要能够入得了她的眼。

15.【答案】容貌妍丽，行止娴静；才能出众，处事得体；善解人意，关怀他人。

【解析】本题考查学生阅读名著的能力。文学名著阅读的考查，主要是考查课外阅读的积累，要求了解名著的故事情节和人物形象。本题考查宝钗的"动人"之处，实际上是考查宝钗的形象特点。形象特点要结合宝钗的外在形象和内在性格来答，概括时要依托于人物的行动。

16.【答案】黛玉误信母亲和王夫人的话，认为宝玉不务正业；贾政认为宝玉不识"清幽气象"，显得俗气，没有鉴赏能力。

【解析】此题考查理解中外名著的能力。名著的考查主要集中的中外的作家、作品等。重点记忆课本涉及的和经典阅读中列出的作品。平时注意积累，理出线索，形成体系。答题时注意结合文章的情节作答，本题注意结合文中的语境作答，黛玉心中正疑惑的原因是误信母亲和王夫人的话，贾政称宝玉为"蠢物"，注意后面的句子"你只知朱楼画栋、恶赖富丽为佳，那里知道这清幽气象。终是不读书之过"，可见贾政认为宝玉俗气，是不读书的缘故。

17.【答案】（1）晴雯

（2）贾宝玉在这段悼念晴雯的文辞中，运用了富有抒情性的排比，以金玉冰雪，星日，花月等作比，生动形象，深情赞美了晴雯的高贵品质、纯洁的心地、夺目的神采和娇美的容貌。

【解析】（1）此题考查理解中外名著的能力。名著的考查主要集中在中外的作家、作品等。重点记忆课本涉及的和经典阅读中列出的作品。平时注意积累，理出线索，形成体系。《芙蓉女儿诔》是中国长篇古典名著《红楼梦》第七十八回（老学士闲征姽婳词 痴公子杜撰芙蓉诔）中主人公贾宝玉祭奠丫鬟晴雯时所作的一篇祭文，是《红楼梦》所有诗文词赋中最长的一篇。

（2）此题考查分析手法及人物形象的能力。要先准确地答出是怎样的手法，再结合诗句分析为人物形象的特点。在这篇诔文中贾宝玉以炽烈的情感、生动的比喻、形象的叙述，回想晴雯在世时，黄金美玉难以比喻她品质的高贵，晶冰白雪难以比喻她心地的纯洁，星辰日月难以比喻她智慧的光华，春花秋月难以比喻她容貌的娇美。

所以姊妹爱慕她的娴雅，婆奴敬仰她的贤惠。贾宝玉用最美好的语言，热情赞颂这个"心比天高，身为下贱"被迫致死的女婢，他以无限惋惜的心情，追忆了自己和这位女婢近五年八个月的生活、相处，同时又以无比激愤的语言痛斥、责骂了那些制造悲剧的当权者和那些卑鄙无耻的奴才。

18.【答案】处变不惊，性格坚强；处置果断，能力出众；分配得当，处事公平；轻财重义，顾全大局。

【解析】题干要求结合"散余资贾母明大义，复世职政老沐天恩"一回来分析贾母的形象特点。这其实是考查《红楼梦》中的人物形象，只不过要求结合固定的章节来分析。题干对该章节的内容做了简单介绍，即"贾母得知府中库藏已空、入不敷出的实情后，将自己多年的积蓄拿出来，以渡难关"。结合书中老太太的分派处理来看，如面临家庭变故："却说贾母叫邢王二夫人同了鸳鸯等，开箱倒笼，将做媳妇到如今积攒的东西都拿出来，又叫贾赦、贾政、贾珍等——分派"，可见处变不惊，性格坚强。在老太太的分配中，既顾及荣国府，也顾及宁国府；既顾及儿子辈，也顾及孙子辈。同时，还有衣服饰品的分配，还留下五百两银子好把林黛玉的棺材送回扬州去等。在这些分配中，足可看出老太太的能力之强，处事很公平，轻财重义，顾全大局。考生只要能了解这一章中老太太的分派处理，即可概括出答案。

19.【答案】黛玉在行酒令时"失于检点"，宝钗私下提醒；宝钗教导黛玉要做女性"分内的事"，"看杂书不好"；宝钗关心黛玉的身体健康。

【**解析**】本题考查学生对《红楼梦》中的内容的把握，要求"说明黛玉对宝钗的认识发生变化的原因"。可以联系前面章节宝钗对黛玉的照拂，比如：行酒令时宝钗私下提醒；闲谈时教导黛玉不要看杂书；还有四十五回中对于黛玉身体的关心。

西游记

✍ **真题演练**

1.【来源】2022 年河北中考真题

阅读下面从《西游记》中摘录的文字，完成下面小题。

摘录一：行者见三个老道士，披了法衣，想是那虎力、鹿力、羊力大仙。下面有七八百个散众，司鼓司钟，侍香表白，尽都侍立两边，行者暗自喜道："我欲下去与他混一混，奈何'单丝不线，孤掌难鸣，且回去照顾八戒、沙僧，一同来耍耍"。

（第四十四回　法身元运逢车力　心正妖邪度脊关）

摘录二：长老道："不曾与他见个胜负，只这般含糊，我怎敢前进！"大圣笑道："师父，你也忒不通空。常言道：单丝不线，孤掌难鸣。那魔三个，小妖千万，教老孙一人，怎生与他赌斗？"长老道："寡不敌众，是你一人也难处。八戒、沙僧他也都有本事，教他们都去，与你协力同心。扫净山路，保我过去罢。"

（第七十五回　心猿钻透阴阳窍　魔王还归大道真）

【小题1】根据摘录文字的内容，说说"单丝不线，孤掌难鸣"的意思。

【小题2】阅读名著，可以丰富心灵、陶冶情操，也可以汲取人生经验、提升思想境界。请你联系生活实际，谈谈对《西游记》中"单丝不线，孤掌难鸣"这句话的感悟。

【小题3】探究摘录文字的回目，你发现章回体小说《西游记》的回目具有哪些特点？

2. 【来源】2022年黑龙江牡丹江中考真题

下面是某同学在阅读《西游记》后制作的读书卡片，请帮他填写完整。

人物：（1）_____	人物：孙悟空
性格特征：坚定不移，善良	性格特征：爱憎分明，忠诚
故事情节：女儿国遇难	故事情节：（2）_____
人物：沙和尚	人物：猪八戒
性格特征：任劳任怨	性格特征：（3）_____
故事情节：打碎琉璃盏	故事情节：助力败魔王

3. 【来源】2021年河北中考真题

从《西游记》中，有人读出了"取经惟诚，伏怪以力"的感悟。结合你对这部名著的阅读，谈谈对"取经惟诚，伏怪以力"这句话的理解。

4. 【来源】2021年浙江台州中考真题

保加利亚作家柳德米尔·斯托亚诺夫说过，优秀的文学作品创作出的人物形象，往往能让成千上万的读者在他身上找到自己。你从下列作品中的哪个人物身上看到了自己的影子？请结合作品中的相关情节和自身实际谈一谈。

A.《水浒传》

B.《西游记》

C.《简·爱》

5. 【来源】2021年河南中考真题

《西游记》中的人物形象立体丰满。请从下面两个故事中任选一个，结合唐僧在其中的表现，从两个方面谈谈你对他的认识。

①四圣试禅心　　②婴儿戏化禅心乱

6. 【来源】2021年辽宁铁岭中考真题

2021年辽宁本溪中考真题第6题2分

2021年辽宁辽阳中考真题第6题2分

《西游记》中，悟空虽屡次被师父误解，但宁愿承受紧箍咒的责罚，仍三打白骨精。唐僧不辨是非，执意赶他离开。悟空抚今追昔，愤慨不平，但离开时又变身，四面围住唐僧下拜，并嘱咐沙僧好好照看师父。从中可以看出悟空的_____、_____的特点。

7. 【来源】2020年重庆中考真题

阅读《西游记》选段，按要求填空。

【A】捶了两拳，念个咒语，口里喷出火来，鼻子里浓烟迸出，闸闸眼，火焰齐生。那五辆车子上，火光涌出。连喷了几口，只见那红焰焰、大火烧空，把一座火云洞，被那烟火迷漫，真个是煤（hàn）天炽地。【B】慌了道："哥哥，不停当！这一钻在火里，莫想得活；把我弄做个烧熟的，加上香料，尽他受用哩！快走！快走！"说声走，他也不顾行者，跑过涧去了。

A指_____（填人名），B指_____（填人名）。

8.【来源】2020 年山东滨州中考真题

学校开展整本书阅读系列活动，请你按要求完成以下任务。

在"读名著·知人物·赏情节"活动中，请你阅读下面片段，回答文后问题。

行者见他闭了门，却就弄个手段，拆开衣领，把定风丹噙在口中，摇身一变，变作一个蟭蟟虫儿，从他门隙处钻进。只见【A】叫道："渴了！渴了！快拿茶来！"近侍女童，即将香茶一壶，沙沙的满斟一碗，冲起茶沫漕漕。行者见了欢喜，嘤的一翅，飞在茶沫之下。那【A】渴极，接过茶，两三气都喝了。行者已到他肚腹之内，现原身厉声高叫道："嫂嫂，借扇子我使使！"【A】大惊失色，叫："小的们，关了前门否？"俱说："关了。"他又说："既关了门，孙行者如何在家里叫唤？"女童道："在你身上叫哩。"

文段中 A 是_____（人物），文段出自《西游记》中的_____情节。

9.【来源】2020 年贵州黔西南兴义市中考真题

猪八戒有很多缺点，如好吃懒做，爱搬弄是非，爱占小便宜等，但他仍然深受人们喜爱。原来他也有不少优点，比如_____、

_____ , 是一个惹人发笑的喜剧形象。

10. 【来源】2020 年浙江台州中考真题

小说中人物的"义举"往往给读者留下深刻的印象，请写出下列回目中"义"的相关情节，并从中分析猪八戒和关云长的不同形象。

《西游记》三十一回：猪八戒义激猴王　孙行者智降妖怪

《三国演义》五十回：诸葛亮智算华容　关云长义释曹操

11. 【来源】2020 年贵州贵阳中考真题

2020 年贵州安顺中考真题

下面《西游记》片段中，"自你回后"是指孙悟空因为　①　而被唐僧赶出取经队伍这件事，文中横线空白处应填的内容是

_____ 。

八戒道："实不瞒哥哥说，自你回后，我与沙僧保师父前行。只见一座黑松林……有个妖精，名唤黄袍，师父被他拿住。……师父在洞，幸亏了一个救星，原来是宝象国王第三个公主，被那怪摄来。她修了一封家书，托师父寄去，遂说方便，解放了师父。……那怪神通广大，将沙僧又捉了；我败阵而走，伏在草中。那怪变作个俊俏文人入朝，与国王认亲，把师父变作老虎。又亏了_____ 去寻师父……反被他用满堂红打伤……"

12. 【来源】2020 年湖南郴州中考真题

下面是小明同学整理出来的《西游记》部分"取经路线及对应故事"图，请补全空缺处内容。

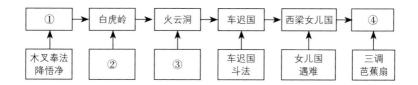

13.【来源】2020年山东临沂中考真题

某同学阅读《西游记》《水浒传》时，发现两部名著中多用"三"的结构组织故事，如《西游记》中的"尸魔三戏唐三藏"，《水浒传》中的"施恩三入死囚牢"。请你选择其中一部名著，再写出一个类似的故事，并简要概述其情节。

故事名字：＿＿＿＿＿＿＿＿＿＿＿＿＿＿＿＿＿＿＿＿＿。

情节概述：＿＿＿＿＿＿＿＿＿＿＿＿＿＿＿＿＿＿＿＿＿。

14.【来源】2020年江苏盐城中考真题

根据《西游记》的阅读体验，回答问题。

（1）选择合适的词语，将选项前的字母依次填在语段中的横线上。

孙悟空是中国古典小说中塑造得最成功、最受人欢迎的艺术形象之一。他生性＿＿＿＿＿＿＿＿＿＿，号称"美猴王"，敢于挑战天宫权威，自封"齐天大圣"。后来他保护唐僧西天取经，一路上出生入死，＿＿＿＿＿＿＿＿＿＿，制服了无数的妖魔鬼怪，为取经的成功立下了汗马功劳，最终被封为"斗战胜佛"。

A.善恶不分　　B.忠诚不贰　　C.搬弄是非　　D.桀骜不驯

（2）有人认为，《西游记》中师徒四人西天取经更像是一个励志故事。你能说说从猪八戒身上得到的相关启示吗？

15.【来源】2020 年江苏南京中考真题

佳肴弗食，不知其旨；好书不品，不知其妙。下面是米豆和小轩所写读后感的提纲，你也从初中语文教科书重点推荐的 12 部名著中选择一部，另选角度，写出你的读后感提纲。

【米豆的提纲】

《西游记》里猪八戒真逗。他被莲花洞的妖怪吊在梁上时，竟然要他们给自己备办斋饭，还历数了蘑菇、竹笋等食材。他虽然是个想象中的形象，却和现实中不吃不欢的吃货差不多。	作者身边也许就有猪八戒这样的人吧？作者应该是从他们身上获得灵感的。	原来，高超的想象力既需要有天马行空的思维，也需要有对现实生活细致入微的观察与体活。

【小轩的提纲】

《水浒传》中李逵和宋江、戴宗在琵琶亭吃酒，李逵用大碗筛酒，戴宗说他："兄弟好村！"接着，李逵见他二人不喜鱼汤中的鱼，便从他们碗中捞鱼吃。这个"村"字真妙。写尽了李逵的粗俗。	想来，作者喜观察和研究人的个性，也喜欢用最简洁的语言作精准的概括。	可见，刻画人物的话言的精准，来自对人物个性把握的精准。我想写好人物，就要好好把握人物的个性。

【你的提纲】

①_____→②_____→③_____

16.【来源】2020 年浙江湖州中考真题

下面是网上流传的关于我国四大古典名著的"戏说"。请针对《西游记》或《水浒传》的"戏说"，写一段评论性文字，阐述你的看法和理由。

三国：学的是韬略

西游：学的是皈依①

红楼：学的是叛逆

水浒：学的是造反

【注释】①皈依：原指佛教徒的入教仪式，后泛指虔诚地信奉佛教或参加其他宗教组织。

17.【来源】2020年江苏苏州中考真题

有位读者阅读《西游记》时，有感而发，写了下面一段对话：

"大圣，此去欲何？"

"踏南天，碎灵霄。"

"若一去不回……"

"便一去不回！"

（1）从理解孙悟空形象的角度来看，这位读者写此对话的意图是什么？

（2）有同学计划拍摄一部关于孙悟空的电影，想借用这段对话，为此向你征求意见。本着尊重原著内容的原则，你会建议他把这段对话安排在（　　　　）

A. 孙悟空去龙宫借宝，冥府销名之后。

B. 孙悟空得知弼马温官职的真相之后。

C. 孙悟空坏了王母娘娘的蟠桃会之后。

D. 孙悟空逃出太上老君的八卦炉之后。

18.【来源】2020年浙江金华中考真题

李卓吾评点《西游记》："灵台方寸，心也。一部《西游》，此是宗旨。"西行之路也是孙悟空的修心之路。请从下列选项中任选一项,比较孙悟空"被拒绝"或"被误解"后的表现,分析他的心灵成长。

A. 被拒绝:索宝水晶宫——三调芭蕉扇

B. 被误解:三打白骨精——真假美猴王

19.【来源】2020 年湖北襄阳市中考真题

阅读下面名著选文,完成文后习题。

行者听见道:"这个呆根,这等胡说,可不唬了师父?等老孙再去看看。"他把棍藏在身边,走上前,迎着怪物,叫声:"老官儿,往那里去?怎么又走路,又念经?"那妖精错认了定盘星,把孙大圣也当做个等闲的,遂答道:"长老啊,我老汉祖居此地,一生好善斋僧,看经念佛。命里无儿,此生得一个小女,今早送饭下田,想是遭逢虎口。老妻先来找寻,也不见回去,全然不知下落,老汉特来寻看。果然是伤残他命,也没奈何,将他骸骨收拾回去,安葬茔中。"行者笑道:"我是个做虎的祖宗,你怎么袖子里笼了个鬼儿来哄我?你瞒了诸人,瞒不过我!我认得你是个妖精!"那妖精唬得顿口无言。行者掣出棒来,自忖道:"若要不打他,显得他倒弄个风儿;若要打他,又怕师父念那话儿咒语。"又思量道:"不打杀他,他一时抄空儿把师父捞去,却又不费心劳力去救他?还打的是!就一棍子打杀他,师父念起那咒,常言道:'虎毒不吃儿。'凭着我巧言花语,嘴伶舌便,哄他一哄,好道也罢了。"好大圣,念动咒语,叫当坊土地、本地山神道:"这妖精三番来戏弄我师父,这一番却要打杀他。你与我在半空中作证,不许走了。"众神听令,谁敢不从,都在云端里照应。那大圣棍起处,打倒妖魔,才断绝了灵光。

（1）上面文字选自吴承恩的《西游记》，这部小说被鲁迅先生称为"_____"。

（2）选文是《西游记》中一个精彩故事的片段，这个故事是_____。

（3）读《西游记》最宜精读和跳读并用。比如通过仔细揣摩选文中悟空的言行举止，可知悟空的性格特征是_____（一种即可），这样的读书方法就叫_____。

✔ 答案解析

1.【答案】【小题1】一根丝合不成线，一只手掌拍不出声音，比喻独自一人的力量有限，无法支撑局面。

【小题2】这句话比喻"独自一人的力量有限，无法支撑局面"，启示我们要学会团结合作，善于借助团队的力量，以期达到"人心齐，泰山移"的效果，作为中学生的我们，无论学习还是生活，都需要与同学、老师齐心协力，才能将自己的力量最大化，最终实现目标。（意思对即可）

【小题3】《西游记》的回目特点：内容上多为概括、提示本回的主要情节，言简意赅；点明本章回中心；结构上对仗工整，句式整齐。

【解析】【小题1】考查理解词语意思。这句话的字面意思是，一根丝织不成线，一只手掌难以拍响。联系"摘录一"中的"且回去照顾八戒、沙僧，一同来耍耍"和"摘录二"中的"寡不敌众，是你一人也难处。八戒、沙僧他也都有本事，教他们都去，与你协力同心"可知，悟空表达的意思是对方是三个道士，还有很多的随从。

自己一个人势单力薄，想要找八戒和沙僧一同来与妖怪打斗。所以"单丝不线，孤掌难鸣"常用来比喻独自一人的力量有限，无法支撑局面。

【小题2】考查阅读启示。开放类试题，言之成理即可。如：这句话比喻"独自一人的力量有限，无法支撑局面"，告诉我们要学会团结协作，善于借助团队的力量，以达到"众志成城、同心协力"的效果，去解决生活和学习中遇到的困难。作为一个中学生，我们更要明白团结的力量，与同学们一起合作探究，取长补短，最终实现学习上的进步。

【小题3】考查赏析题目特点。《西游记》的回目大多概括或提示了本回的主要情节。如"法身元运逢车力 心正妖邪度脊关"就概括了本回的主要内容：师徒四人行至车迟国。国王兴道灭佛，僧人都被罚做苦工。悟空监工道士，放走诸僧，又叫醒八戒、沙僧，鼓风吹散道士之会，推倒观内塑像，变为三清大仙吃供品。《西游记》的回目大多点明了本章回的中心。如"心猿钻透阴阳窍 魔王还归大道真"就点明了本章回的中心。悟空进洞，见狮怪、象怪和鹏怪，但不慎被鹏怪看破捆翻，装入宝瓶。瓶内相继出现烈火、蛇和火龙，他忙拔下观音赐给的救命毫毛变成钻子钻透瓶底而出，又被狮怪张嘴吞下。狮怪饮药酒欲毒死悟空。悟空饮酒后撒起酒疯，将狮怪折磨得死去活来。从表现形式上来看，回目对仗工整，句式整齐。如"心猿钻透阴阳窍 魔王还归大道真"中就运用对偶手法，对仗工整。"心猿钻透"对"魔王还归"，"阴阳窍"对"大道真"。

2.【答案】示例：（1）唐僧（唐三藏） （2）三打白骨精、大战红孩儿、真假美猴王、三调芭蕉扇等 （3）忠勇，憨厚

3.【答案】示例：以唐僧为核心的取经团队经历了众多苦难的考验却矢志不移，一路靠团队的力量降魔伏怪，最后取得真经。

【解析】考查对小说内容的理解。题目中的"取经惟诚，伏怪以力"的意思是：取经取得成功，靠的是诚心，而斩妖伏魔，靠的是能力。据此，作答时，要结合小说中唐僧师徒四人西天取经的故事，从"诚心"和"能力"的角度来概述小说内容即可。答案不唯一，符合题目要求即可。

4.【答案】示例1：我从《水浒传》中的鲁智深身上看到了自己的影子。鲁智深为救金翠莲父女，路见不平，拔刀相助，拳打镇关西，帮金家父女脱离困境。生活中，我也是一个有正义感的人，面对班级中抄作业等不正之风，敢于挺身而出。

示例2：我从《西游记》中的孙悟空身上看到自己的影子。孙悟空重情重义，在西天取经的路上，多次遭受师父的误解，甚至被赶走，但他依旧忠心耿耿，一路降妖除魔，保护师父前往西天取经。我也是一个有情有义的人，在班级同学有困难的时候，总会尽自己所能出手相助。

示例3：我从《简·爱》中的简·爱身上看到自己的影子。简·爱是一个善良的人，在洛伍德学校看到海伦受到不公正的待遇时，会去安慰她；在海伦病重时，会去陪伴她。我也是一个善良的人，在同学情绪低落时，会关心陪伴他（她）。

5.【答案】①示例一：在"四圣试禅心"的过程中，唐僧坚决拒绝留下做女婿，不为美色富贵所动，体现出他取经意志的坚定；另一方面，当那妇人发怒，要求必须留下一人做女婿时，他又唯唯诺诺，问徒弟三人谁愿意留下来，由此看出他的软弱、无主见。

示例二：在"四圣试禅心"的过程中，唐僧坚决拒绝留下做女婿，不为美色富贵所动，体现出他取经意志的坚定；另一方面，在猪八戒犯错被吊在树上时，他能原谅八戒的过错，让徒弟去救八戒，由此看出他的宽容。

②示例：唐僧对于孙悟空反复说有妖怪并多次让自己下马上马这些事感到很生气，而对红孩儿的哭诉信以为真，表明他不辨真假；唐僧一听见孩童的呼救声，就想搭救，表明他很慈悲、心地善良。

【解析】本题考查评价名著人物。

示例1：在"四圣试禅心"的过程中，当黎山老母直接明示了欲招四人入赘的想法时，唐僧闻言，装聋作哑，闭目宁心，寂然不答，可见他取经意志的坚定；另一方面，当黎山老母佯装恼怒时，唐僧见他发怒，只得者者谦谦，可以看出他诚惶诚恐，犹豫不决。

示例2：在"婴儿戏化禅心乱"中，红孩儿想吃唐僧肉，就化作一个孩童吊在树上，大喊救人，唐僧听到后，便想去救。孙悟空提醒他"莫管闲事，且走路"，他却不听，可见他不听取别人建议，一意孤行；另一方面，他听见孩童的呼救声，执意搭救，表明他心地善良。

6.【答案】爱憎分明；忠心耿耿

【解析】本题考查学生分析名著人物形象的能力。从情节看，三打白骨精时，悟空虽屡次被师父误解，但宁愿承受紧箍咒的责罚，也要打死白骨精，可见其"爱憎分明，除恶务尽"；从三打白骨精的目的看，保护师父不受妖精所害，从"离开时又转身……嘱咐沙僧好好照看师父"可见对师父"忠心耿耿"。

7.【答案】红孩儿（圣婴大王）；八戒（猪八戒、猪悟能、悟能）

【解析】红孩儿，是出自明代神魔小说《西游记》中的妖王角色之一，为牛魔王和铁扇公主之子，外号圣婴大王，住在号山枯松涧火云洞。红孩儿是他的乳名，婴儿大小，妖童外形，生得面如傅粉，唇若涂朱，身穿锦绣战裙，他使用一杆丈八火尖枪，武功非凡，经常与人赤脚打斗又在火焰山修行三百年，炼成三昧真火的法术，以五行车作法，口里吐火，鼻子喷烟，功力十分了得。结合"念个咒语，口里喷出火来，鼻子里浓烟迸出，闸闸眼，火焰齐生""只见那红焰焰、大火烧空，把一座火云洞"可知，会喷火，在火云洞，可判断是红孩儿。结合"说声走，他也不顾行者"可知，行者是孙悟空，称呼行者为哥哥的可能是猪八戒、沙僧、白龙马，结合"把我弄做个烧熟的，加上香料，尽他受用哩！快走！快走！"可知，面对敌人想要逃跑，说话俏皮，可判断是猪八戒。

8.【答案】罗刹女（铁扇公主）；孙行者一调芭蕉扇

【解析】结合"行者已到他肚腹之内，现原身厉声高叫道：'嫂嫂，借扇子我使使！'"可知，这里有关键词"行者""嫂嫂""扇子"，由此可判断 A 是铁扇公主，这是孙行者一调芭蕉扇的情节。主要内容：前方火焰山挡路，悟空向牛魔王妻罗刹女借扇，罗刹女因其子红孩儿被悟空降伏，一扇悟空扇到五万里外的灵吉菩萨处。悟空得到定风丹再次索战，被扇子扇却纹丝不动；接着悟空变成虫子入洞，飞到茶水中，被罗刹女饮下肚，在腹内翻腾。罗刹女只得将扇借给悟空。悟空扇火不息，方知假扇。

9.【答案】忠勇善良、能干脏活累活（憨厚纯朴、知错就改）

【解析】考查对名著《西游记》中猪八戒人物形象的理解。猪八戒是《西游记》中深受人们喜爱的角色。他本是天上的天蓬元帅，因醉酒调戏嫦娥，被贬下凡，错投猪胎，长成一副长嘴大耳、呆头呆脑的样子。他有很多缺点，如好吃懒做，见识短浅，爱搬弄是非，爱占小便宜，说谎，贪恋女色，一遇到困难就嚷嚷着散伙等。但猪八戒也不失忠勇和善良，在与妖魔斗争时，他总是挥舞钉耙，勇猛战斗，而且能干脏活累活，是孙悟空的得力助手。他憨厚纯朴，知错就改，是一个惹人发笑的喜剧形象。

10.**【答案】**猪八戒为了解救被妖怪（黄袍怪）捉走的唐僧，用激将法请回被师父赶走的孙悟空，可见猪八戒机智、对师父有情义；关羽为报曹操昔日的恩情，放过兵败逃至华容道的曹操，可见关羽知恩图报、讲义气。

【解析】本题考查对名著人物形象分析。根据题干要求，解答该题要熟悉相关情节的具体内容，然后根据情节分析人物形象。

《西游记》三十一回：猪八戒义激猴王　孙行者智降妖怪

故事梗概：唐僧被抓，为了营救唐僧，猪八戒来到花果山请孙悟空帮忙，孙悟空不肯。猪八戒使用激将法使孙悟空上当，并答应和他一起去降妖。在天庭人员的帮助下，唐僧被救出。从这一情节可见，猪八戒对师父是有情有义的，面对孙悟空的拒绝，不会放弃，用计请回悟空，可见他是机智的。

《三国演义》五十回：诸葛亮智算华容　关云长义释曹操

故事梗概：曹操从赤壁逃脱，诸葛亮在路上布下数路伏兵，使得曹操部下士兵又折伤大半。曹操中了诸葛亮"虚虚实实"之计，率兵走华容道，却遭遇关羽的伏兵，曹操向关羽求情，关羽念在往日的恩情上放走了曹操。从这一情节可见，关羽对曹操是知恩图报、讲义气的。

曹操对关羽的恩情：战乱之中，关羽与刘备走散，此时，关羽带着刘备的两位夫人，在孤立无援的时候，曹操邀请关羽到门下做客避难，关羽此时左右为难。最后，听从两位夫人的提议：与曹操定下约定，关羽与二位夫人暂住府上，关羽为曹操效力，但倘若找到刘备，就带着两位夫人投奔刘备。无奈之下，曹操答应了。当关羽在战乱中发现刘备时，兄弟二人终于重逢，关羽不顾曹操劝阻，执意要带两位夫人走，曹操手下出主意，要杀了关羽，以免后患。但曹操爱惜人才，只好遵守约定，放走了关羽和两位夫人。关羽由此感激曹操。

11.【答案】打死白骨精；白龙马

【解析】选段是《西游记》中孙悟空被师父赶走之后，唐僧在宝象国遇难的相关情节。唐僧师徒四人为取真经，行至白虎岭前。白骨精为了吃唐僧肉，先后变幻为村姑、妇人、老父，全被孙悟空识破，唐僧不识妖精变化，在猪八戒的挑唆下赶走悟空。后来唐僧在宝象国遇险，白龙马伪装成宫女试图刺杀黄袍怪不敌而受伤，遂求八戒寻回孙悟空，打跑了黄袍怪。

12.【答案】流沙河；三打白骨精；大战红孩儿；火焰山

【解析】本题考查名著情节内容的识记能力。观察表格，要求填写出地点对应的情节或是根据情节填写出对应的地点，这就要求学生对原著内容记忆深刻。

① "木叉奉法降悟净"，讲述的是流沙河中妖怪抢唐僧，八戒执

九齿钉耙与河妖三次相斗，均不能取胜，悟空虽智计百出，却也江郎才尽。悟空去见观音，观音让木叉与悟空同去。木叉叫出妖怪悟净，悟净以颈下骷髅结成法船，渡唐僧过河，共取西经。所以地点是流沙河。

②《西游记》的第二十七回"尸魔三戏唐三藏"，故事发生的地点就是白虎岭，所以填写的相应情节是三打白骨精。

③"火云洞"洞主是红孩儿，所以相应的情节是大战红孩儿。

④"三调芭蕉扇"是唐僧一行路经火焰山，与铁扇公主间发生的故事，所以地点是火焰山。

13.【答案】《西游记》中的"三调芭蕉扇"

唐僧师徒西天取经，火焰山是必经之路，火焰山的火大且不是一般的火，唯独芭蕉扇可以扇灭。芭蕉扇是铁扇公主的宝物。孙悟空第一次向铁扇公主借扇，铁扇公主一扇子扇飞孙悟空，孙悟空变成小虫进入铁扇公主的肚子折腾，铁扇公主给了一把假扇；第二次，孙悟空变成牛魔王骗走真扇，牛魔王变成猪八戒骗回真扇；第三次，孙悟空大战牛魔王，铁扇公主借出芭蕉扇，孙悟空扇灭火焰山，唐僧师徒向西赶路。

【解析】本题考查名著常识。答题要点：在题干所给两部名著中选一部，写出其中一个带"三"字的情节，概括其主要内容。示范：《水浒传》中的"三打祝家庄"。情节概括：宋江带兵一打祝家庄失利，在石秀的协助下人马才得以安全退出。宋江二打祝家庄，仍然失利，但活捉了祝家庄的同盟军扈家庄的女将扈三娘，剪去了祝家一翼。三打祝家庄，利用新来投寨入伙的孙立与祝家庄教师栾廷玉是师兄弟的关系，骗得祝家相信，梁山人马与他们里应外合，最后攻破祝家庄，得胜回山。

14.【答案】（1）D；B

（2）我们应该像猪八戒一样学会灵活处事，宽以待人，善于调和气氛、沟通交流，不要毫无目的地放纵，要控制好自己的欲望，不要盲目判断，做事也不能半途而废。

【解析】（1）"善恶不分"是唐僧的性格特点；"搬弄是非"是猪八戒的性格特点；孙悟空开始时桀骜不驯，大闹天宫、自封"齐天大圣"，后来在观音菩萨的点化下保护唐僧西天取经，一路上降妖除魔，忠诚不贰。故选 D 和 B。

（2）本题考查人物形象及语言表达。猪八戒，贪财、好色、斤斤计较、贪图安逸、偷懒散漫，但他也有纯朴天真、灵活处事、不畏艰难、勇敢坚强的一面。可以从不同的角度谈谈从他身上获得的启示。示例：做事要想成功，一定不能像猪八戒那样偷懒散漫，遇到困难就想放弃，要信念坚定。在与人相处中，要学习猪八戒的机智灵活，善于沟通交流，营造轻松愉快的氛围。

15.【答案】①《骆驼祥子》中虎妞死后祥子路遇刘四爷，愤怒的祥子"忽然找到了自己：'你下来！下来……'"与在刘四爷寿宴上恭顺小心的祥子判若两人。

②祥子性格随情节发展而变化，作者通过前后对比刻画人物形象。

③因此，写人物不光要静态刻画，还要抓住人物语言、动作，在对比中表现人物的内心世界。

【解析】开放性试题，从初中语文教科书重点推荐的 12 部名著中选择一部，选择一角度，写出读后感提纲即可。如:《儒林外史》中胡屠户接受范进赠银的描写，胡屠户一边"把银子攥在手里紧紧的，把拳头舒过来……屠户连忙把拳头缩了回去，往腰里揣……"通过这一细致入微的描写将胡屠户贪婪而又虚伪的内心活动昭然若揭，他见财心喜，所以"把银子攥在手里紧紧的"，可他又不得不假意推让，推让的同时他又怕弄假成真，生怕到手的银子飞了，所以他的手慢吞吞地"舒过来"，却仍紧攥着拳头，刻画了他口是心非的嘴脸，那贪图钱财的小人相被表现得惟妙惟肖。可见，运用细节描写来刻画人物，生动逼真，让读者印象深刻，极具讽刺性，增强文章讽刺效果。

16.【答案】示例:《西游记》。"西游:学的是皈依"，这种说法偏离了《西游记》阅读的核心价值。阅读是个性化的行为，固然可以有个性化的阅读体验，少数一心向佛的读者，完全可以读到"皈依"，学到如唐僧一般的向佛的虔诚。但是这不能成为绝大多数读者的学习价值。那么，我们可以学什么? 从整体看，可以学唐僧师徒披荆斩棘、不畏艰险的精神;从个体看，孙悟空、猪八戒、沙僧身上，都有我们可以学习的品质，只看到"皈依"而忽略了取经的过程及人物的毅力与精神，是有很大偏颇的。

　　示例:《水浒传》。"水浒:学的是造反"，这种说法是错误的。《水浒传》固然有封建社会"官逼民反"的主题体现，但是"造反"绝不能成为我们当下阅读《水浒传》的价值取向。阅读《水浒传》，尤其需要读者去思辨阅读，辩证思考，从而"取其精华，去其糟粕"。若不坚持这一基本的视角，不分青红皂白，一味讲哥儿们义气的"义"，李逵的暴力和血腥，难道也可以成为我们学习的内容? 我们从《水浒传》中学的，可以是小说中向好向善的一面，比如对父母的孝，鲁达对弱者的同情和帮助；也可以是小说的语言、链式结构等。我们还可以通过阅读，学思辨思维，比如对主题的思辨，对人物形象的思辨，对"义"的思辨等古典小说阅读的方法。

【解析】本题考查自由表达观点，开放类试题，言之成理即可。作答本题时，要把握一个忠实于原著的原则，指正"戏说"中的偏颇之处。示例:《三国演义》。"三国:学的是韬略"，这种说法有一定的偏颇之处。《三国演义》描写了东汉末年到西晋初年之间近一百年的政治军事斗争，确实可以从中学到韬略。但除了韬略外，我们还可以学习人物描写的手法，如写诸葛亮的"智"，写曹操的"奸"，写关羽的"义"等，书中每一类型人物的刻画都到了极致，从语言动作描写到铺垫渲染，人物描写方面可供我们学习的地方非常多。另外，书中描写了各种大型场面，构思宏伟，手法多样，我们可以从中学到很多古代文化知识。而且，本书开创了历史小说的先河，使历史小说成为一大潮流，直到现在，中国几千年的历史，都已写成了各种历史小说，无不是对罗贯中历史演义的继承和发展。《三国演义》其他可以学习的方面还有很多，说"学的是韬略"无疑是只见树木，不见森林。

示例:《红楼梦》。"红楼:学的是叛逆"，这一说法是错误的。因为贾宝玉的言行志向，《红楼梦》里有"叛逆"因素，但它只是其中一部分。《红楼梦》是一部颇具世界影响力的人情小说，是举世公认的中国古典小说巅峰之作、中国封建社会的百科全书和传统文化的集大成者。比如，我们可以学习《红楼梦》的环境描写:自然环境描写充满了诗情画意，环境描写又融入对人物丰满的形象和鲜明的个性的刻画中，这是作者的独创。作者对人物活动的社会环境没有像一般小说一样进行详细的描写，而是采用似乎不经意实则是别出心裁的粗笔点染，将大范围的社会典型环境的描写、特征融化到小说的细节描写中，这种化大为小的写法尤其值得我们学习。又比如学习其中的诗词曲赋。《红楼梦》中的诗词功用齐全，要展现人物性格，要推动小说情节的走向，要表现小说中人物的才华，要总结小说人物的命运。展现人物性格的见诗如见人，表现人物才华的首首精妙，总结人物命运的言浅意深。最妙之处在于这些诗词基本都无法单独拿出来，它的意境、手法、特殊的暗喻、用词造句的特点等，都是与《红楼梦》浑然一体的。名著之所以成为名著，就是因为它有多方面的欣赏价值，任何只侧重一面废除其他的评价与学习都是错误的。

17.【答案】（1）突出孙悟空大闹天宫时，准备决一死战的大无畏精神。

（2）D

【解析】（1）结合"踏南天，碎灵霄"可知，这是大闹天宫的情节，结合"若一去不回……""便一去不回！"可知，面对强大的天庭，孙悟空毫不畏惧，即使一去不回也不回头，表现了一种决一死战的决绝和勇气。因此，这样写的意图是：突出孙悟空大闹天宫时，准备决一死战的大无畏精神。

（2）孙悟空去龙宫借宝，冥府销名后，被告上了天庭，天庭派太白金星招安了孙悟空，封他为弼马温，此时孙悟空没有和天庭的关系决裂，排除 A 项。当孙悟空得知弼马温是个小官后，自封齐天大圣，玉帝派天兵天将捉拿孙悟空，却没有成功，便让孙悟空管理蟠桃园，故此时也没有决裂，排除 B 项。孙悟空偷吃蟠桃，大闹了王母的蟠桃盛会，反下天庭，此时也没有彻底决裂；排除 C 项。孙悟空和天庭的最终决裂是在他逃出太上老君的炼丹炉后，此时他在天庭被刀砍斧剁、火烧雷击，甚至被置于丹炉锻炼七七四十九日，此时他和天庭的关系完全决裂，这和这段对话中的决绝、无畏、决一死战的精神相符合，故选 D 项。

18.【答案】示例一：我选 A 项，孙悟空向龙王索要兵器不成，就不依不饶，直至找到金箍棒；后又索要披挂，再遭拒绝，便以在龙宫试金箍棒相威胁。借芭蕉扇时，孙悟空被铁扇公主拒绝，便先钻进她的肚子，后化成牛魔王，智取扇子。孙悟空从粗鲁、蛮不讲理到善用智慧，人情通达，心智更加成熟。

示例二：我选 B 项，孙悟空三打白骨精，屡遭误解，他做了辩解，并表示不愿离开，但误解仍未消除，最终忍气回到花果山。在真假美猴王这一情节中，孙悟空又被误解，于是他先后请观音、玉帝、唐僧、地藏王、如来佛祖等为自己辨明真身，并请观音澄清真相，终于重回取经队伍。由此可见，孙悟空办事更老练、人情更通达、目标更坚定。

【解析】考查主题与人物形象塑造。孙悟空是一百回的《西游记》中唯一一个贯穿始终的人物，是整部书中最具成长性的人物。全书正是通过他从妖到佛的转变来完成小说的修心寓言主题。同样是被拒绝，"索宝水晶宫"情节中，孙悟空还是个刚修成神通的猴妖，只因为龙宫宝多，直接上门找龙王索要兵器与披挂，得到就笑，不给就恼，给不足还要闹，是个十足的不通人情世故的粗鲁小孩。到"三调芭蕉扇"时，已经会先与铁扇公主攀交情，搬出与牛魔王在五百年前的兄弟情，对铁扇公主动之以情晓之以理，借不得，就变化了钻进她肚子，逼她借扇，仍不得真扇，就变作牛魔王骗扇。借扇过程中，孙悟空笑脸相对，可见他取经日久，人情通达，又能保有坚定的信念，对于困难能见招拆招，心智更加成熟。同样是被误解，"三打白骨精"时，孙悟空虽有辩解，但态度强硬，一见妖精就挥棒，让不能识妖的唐僧甚为恼怒，也不知发动八戒沙僧的力量，落个"滥杀无辜"的评价，可见这时的孙悟空办事鲁莽，有除恶务尽之心，但没正确认识到同伴的力量，把助力变成阻力，不通人情。到"真假美猴王"情节时，孙悟空打杀强盗，被唐僧赶回花果山，他知道去观音那儿诉苦求援助求同情，被误解打伤唐僧抢去行李时，他没有高傲地置之不理，而是与假猴王一路大战，还先后请观音、玉帝、唐僧、地藏王、如来佛祖等为自己辨明真身，并请观音澄清真相，终于重回取经队伍。由此可见，孙悟空已经意识到个人力量是弱小的，要尽可能争取更多的助力，办事更周到、人情更通达、目标更坚定。

19.【答案】（1）神魔小说

（2）三打白骨精

（3）机智勇敢（有勇有谋、本领高强等）；精读

【解析】（1）《西游记》被鲁迅先生称为"神魔小说"，是明代小说家吴承恩的著作，主要记叙了唐僧师徒四人西行取经的故事。

（2）根据选段中"老汉"自述"我老汉祖居此地，一生好善斋僧，看经念佛。命里无儿，此生得一个小女，今早送饭下田，想是遭逢虎口。老妻先来找寻，也不见回去，全然不知下落，老汉特来寻看"和"那大圣棍起处，打倒妖魔，才断绝了灵光"可知这个故事是三打白骨精，最终悟空被唐僧逐回花果山。

（3）根据选段中悟空与山神、土地所说"这妖精三番来戏弄我师父，这一番却要打杀他。你与我在半空中作证，不许走了"可知他的机智。根据"那大圣棍起处，打倒妖魔，才断绝了灵光"可知他的勇敢与本领高强。根据文中的某些细节来揣摩人物性格特点，这种读书方法叫作精读。

儒林外史

✍️ **真题演练**

1.【来源】2022年湖南怀化中考真题

名著导读

（1）填空。

《儒林外史》是清代小说家_____的一部长篇讽刺小说，其中有些情节引人发笑又耐人寻味，如_____在贡院一头撞向号板、满地打滚痛哭的情节，夸张地描写了士人醉心功名的丑态。

（2）下面有关《儒林外史》的说法不正确的一项是（　　　　）

A.《儒林外史》没有贯穿全书的中心人物和主要情节，而是由众多故事连缀而成，表现的是普通士人日常生活中的生存状态与精神世界。

B.《儒林外史》以写实主义手法来刻画人物形象，成功地运用讽刺艺术，使喜剧性与悲剧性高度和谐统一，将生活之丑转化为艺术之美。

C.王冕是《儒林外史》中的一个正面形象，他性格孤傲，鄙视权贵，诗作多为同情劳动人民、谴责豪门权贵、轻视功名利禄、描写田园隐逸生活之作。

D. 范进是《儒林外史》中一个热衷科举、深受封建思想毒害的下层知识分子。他原是穷秀才，为人老实，受人欺侮，中举后能同情百姓，为民请命。

2.【来源】2022年湖南常德中考真题

严监生是《儒林外史》中一个复杂而立体的人物形象，他有吝啬的一面，也有卑微可怜的一面，还有慷慨与不乏人情味的一面。他临死的时候把手从被单里拿出来，伸出两根手指头的意思是（   ）

A.灯盆里点了两茎灯草，太费油

B.还有两个亲人，不曾见面

C.两位舅爷不在跟前，非常挂念

D.还有两笔银子，未曾吩咐明白

3.【来源】2022年四川达州中考真题

阅读《儒林外史》选段并填空。

说着，汤相公走了进来，作揖坐下，说了一会闲话，便说道："表叔那房子，我因这半年没有钱用，是我拆卖了。"A道："怪不得你。今年没有生意，家里也要吃用，没奈何卖了，又老远的路来告诉我做啥？"汤相公道："我拆了房子，就没处住，所以来同表叔商量，借些银子去当几间屋住。"A又点头道："是了，你卖了就没处住。我这里恰好还有三四十两银子，明日与你拿去典几间屋住也好。"汤相公就不言语了。

作者_____①_____（填人名）在《儒林外史》中描写了不同类型的儒生形象：比如有穷困潦倒、卑微怯懦、庸俗虚伪的腐儒范进；也有盗名欺世、狭隘狡诈的无德小人牛浦郎；还有独善其身又能兼济天下，被誉为贤人群体领袖的真儒____②____（填人名）。

4.【来源】2022年浙江宁波中考真题

读《儒林外史》中重复出现的"帽子"。请从下面两句中任选一句，为句中的人物选择相应的帽子，并结合人物身份或人生追求说明理由。

（1）遇着花明柳媚的时节，把一乘牛车载了母亲，他（王冕）便戴了_____，穿了阔衣，执着鞭子，口里唱着歌曲，在乡村镇上，以及湖边，到处玩耍……

（2）（周进）头戴一顶_____，身穿元色绸旧直裰，那右边袖子同后边坐处都破了，脚下一双旧大红绸鞋，黑瘦面皮，花白胡子。

【备选帽子】旧毡帽　　　　高帽

我选第_____句作答，_____（人名）戴的帽子是_____，理由是_____。

5.【来源】2022年云南昆明中考真题

打开《儒林外史》，我们发现匡超人的变化与他结交的朋友有关。请你从下图匡超人的朋友圈中选择一人，结合相关情节，说说此人对他的影响。

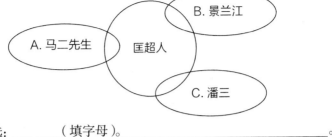

我选：_____（填字母）。_____。

6.【来源】2022年江苏徐州中考真题

小语所在的班级开展《儒林外史》研读实践活动，设计了以下活动内容。

活动一：《儒林外史》课本剧表演。

他们对原著内容进行了改编，下面是改编后的部分剧本内容：

第一幕

严贡生　实不相瞒，小弟为人率真，在乡里之间，从不晓得占人寸丝半粟的便宜，所以历来的父母官，都蒙相爱。

一个蓬头赤足的小厮，走了进来。

小　斯　老爷，家里请你回去。

严贡生　回去做甚么？

小　厮　早上关的那口猪，那人来讨了，在家里吵哩。

严贡生　他要猪，拿钱来。

小　厮　他说猪是他的。

严贡生　我知道了，你先去罢，我就来。

第二幕

王小二　冤枉啊，冤枉啊，请大人替我们做主！

知　县　带上来!

王小二　大人有所不知,那口猪,原是_____。
现在猪长大了,又错跑到严家。我哥去讨猪,严贡生又要按市值估
价,必须拿银子才能把猪领回,我们是穷人家,哪有银子,就同他
争吵了几句,却被他的几个儿子,拿拴门的闩,擀面的杖,打了一
个臭死,我哥的腿都被打折了,睡在家里,所以小二来喊冤。

（改编自《儒林外史》江苏人民出版社）

（1）请你以王小二的口吻为第二幕空白处补写恰当的内容。

（2）以上选编情节极具讽刺性,请进行具体分析。

活动二:《儒林外史》中的兄弟形象研究。

（3）小语在阅读中对严氏兄弟特别感兴趣,他提出了这样一个
疑问:严贡生和严监生是同胞兄弟,书中却写了他们的家庭矛盾,
有何作用?请结合原著内容进行探究。

7.【来源】2022 年黑龙江绥化中考真题

《儒林外史》中的_____,被吹捧为能作"天地间之至
文",竟连北宋大文学家苏轼是谁都不知道。（填人名）

8.【来源】2021 年甘肃武威中考真题

读完《儒林外史》,班上同学展开讨论。甲说:《儒林外史》是
典型的讽刺小说。"乙说:"不尽然,它也在宣扬传统美德,树立了许
多正面形象。"你同意谁的观点?请举例说明。

9.【来源】2021 年重庆中考真题

根据《儒林外史》的相关内容,按要求答题。

（1）吴敬梓善用讽刺艺术塑造人物，在《儒林外史》中运用夸张、对比、细节描写等艺术手法，刻画了"喜极而疯"的范进、"伸着两根指头难以咽气"的_____，以及标榜自己"从不晓得占人寸丝半粟的便宜"却拦劫别人家猪的_____。

（2）有人说，"好好的一个匡超人，一脚踏进儒林便成了畜生"。请从下面的回目中，选择一个事件，分析匡超人的这种变化。

相关回目
第十六回 大柳庄孝子事亲　乐清县贤宰爱士
第十七回 匡秀才重游旧地　赵医生高踞诗坛
第十八回 约诗会名士携匡二　访朋友书店会潘三
第十九回 匡超人幸得良朋　潘自业横遭祸事
第二十回 匡超人高兴长安道　牛布衣客死芜湖关

10.【来源】2021年四川自贡中考真题

结合《儒林外史》整本书阅读，完成下面的题目。

（1）第一回的主要人物是王冕，但是王冕与小说后面章节的人物关联不大，作者为什么要在小说的开端用一章来写他呢？

（2）《儒林外史》以功名富贵为核心：有醉心功名迂腐可笑者；有心艳功名泯灭人性者；有依仗功名而假意清高者；有假托无意功名自命清高被人看破耻笑者；也有辞却功名释放个性者。以下人物属于哪种人？请任选一人结合小说情节加以简述。

周进　　杜少卿　　匡超人

11. 【来源】2021年青海中考真题

根据下面的选文，回答问题。

话说严监生临死之时，伸着两个指头，总不肯断气。几个侄儿和家人都来讧（hòng 争吵，混乱）乱着问，有说为两个人的，有说为两件事的，有说为两处田地的，纷纷不一，只管摇头不是。赵氏分开众人，走上前道："爷，只有我能知道你的心事。你是为那盏灯里点的是两茎灯草，不放心，恐费了油，我如今挑掉一茎就是了。"说罢，忙走去挑掉一茎。众人看严监生时，点一点头，把手垂下，登时就没了气。合家大小号哭起来，准备入殓，将灵柩停在第三层中堂内。

（1）这段情节出自清代小说家吴敬梓的讽刺小说《_____》。

（2）结合这一情节，简要分析严监生的形象。

12. 【来源】2021年广东中考真题

阅读下面的名著选段，完成下列小题。

说着，汤相公走了进来，作揖坐下，说了一会闲话，便说道："表叔那房子，我因这半年没有钱用，是我拆卖了。"虞博士道："怪不得你。今年没有生意，家里也要吃用，没奈何卖了，又老远的路来告诉我做啥？"汤相公道："我拆了房子，就没处住，所以来同表叔商量，借些银子去当几间屋住。"虞博士又点头道："是了，你卖了就没处住。我这里恰好还有三四十两银子，明日与你拿去典几间屋住也好。"汤相公就不言语了。杜少卿吃完了酒，告别了去。那两人还坐着，虞博士进来陪他。伊昭问道："老师与杜少卿是甚么的相与？"虞博士道："他是我们世交，是个极有才情的。"伊昭道："门生也不好说。南京人都知道他本来是个有钱的人，而今弄穷了，在南京躲着，专好扯谎骗钱。他最没有品行！"虞博士道："他有甚么没品行？"伊昭道："他时常同乃眷上酒馆吃酒，所以人都笑他。"虞博士道："这正是他风流文雅处，俗人怎么得知！"储信道："这也罢了；倒是老师下次有甚么有钱的诗文，不要寻他做。他是个不应考的人，做出来的东西，好也有限，恐怕坏了老师的名。我们这监里有多少考的起来的朋友，老师托他们做，又不要钱，又好。"虞博士正色道："这倒不然。他的才名，是人人知道的，做出来的诗文，人无有不服，每常人在我这里托他做诗，我还沾他的光。就如今日这银子是一百两，我还留下二十两给我表侄。"两人不言语了，辞别出去。

（节选自《儒林外史》）

（1）下列有关虞博士的四件事，按发生的先后顺序排列正确的一项是（　　　　）

①答应给汤相公银子去典屋住

②主祭泰伯祠

③补南京国子监博士

④救助落水的庄农人家

A.①③②④   B.②①④③

C.③④②①   D.④③①②

（2）吴敬梓 320 周年诞辰之际，某校文学社刊物开设"《儒林外史》'真儒'风采"栏目，请结合原著，完成下表。

"真儒"推荐表

推荐人物		推荐理由
1	虞博士	他中进士后如实上报年龄，为遭污蔑的杜少卿辩解，可见他是光明磊落、仗义执言的真儒。
2		

说明：推荐的人物不得重复。

（3）讽刺是《儒林外史》突出的艺术特色，请以伊昭或原著中另一个人物为例，简要分析作品如何通过对人物的刻画达到讽刺效果。

13.【来源】2020年天津红桥区中考真题

阅读《儒林外史》选段，完成下列各题。

话说A在省城要看贡院，金有余见他真切，只得用几个小钱同他去看。不想才到天字号，就撞死在地下。众人多慌了，只道一时中了恶。行主人道："想是这贡院里久没有人到，阴气重了，故此周客人中了恶。"金有余道："贤东，我扶着他，你且去到做工的那里借口开水灌他一灌。"行主人应诺，取了水来，三四个客人一齐扶着，灌了下去。喉咙里咯咯的响了一声，吐出一口稠涎来。众人道："好了！"扶着立了起来。A看着号板，又是一头撞将去。这回不死了，放声大哭起来。众人劝着不住。……众人七手八脚将他扛抬了出来，贡院前一个茶棚子里坐下，劝他吃了一碗茶，犹自索鼻涕，弹眼泪，伤心不止。

（1）选段中的A是谁？（写人名）

（2）众人认为A"撞死在地下"是"中了恶"，你觉得他们说的合理吗？请结合名著中相关篇章内容阐述理由。

14.【来源】2020年甘肃天水中考真题

下图故事出自于我国清代一部长篇讽刺小说《＿＿＿＿＿＿》，在这部小说中＿＿＿＿＿＿成为作者揭露和讽刺的主要对象。

15.【来源】2020年山东烟台中考真题

阅读《儒林外史》节选目录，完成各题。

目录（节选）

第十六回　大柳庄孝子事亲　　乐清县贤宰爱士

第十七回　匡秀才重游旧地　　赵医生高踞诗坛

第十八回　约诗会名士携匡二　　访朋友书店会潘三

第十九回　匡超人幸得良朋　　潘自业横遭祸事

第二十回　匡超人高兴长安道　　牛布衣客死芜湖关

（1）下面情节选自上述目录中的第＿＿＿＿＿回。

潘三送了李四出去，回来向匡超人说道："二相公，这个事用的着你了。"匡超人道："我方才听见的。用着我，只好替考。但是我还是坐在外面做了文章传递，还是竟进去替他考？若要进去替他考，我竟没有这样的胆子。"潘三道："不妨，有我哩！我怎肯害你？且等他封了银子来，我少不得同你往绍兴去。"当晚别了回寓。

（2）根据以上五回的具体内容，说说匡超人是一个_____

_____的人。

16.【来源】2020年浙江嘉兴中考真题

学校开展"品读名著，滋养心灵"阅读成果交流活动，请你参与并完成下列任务。

任务要求	阅读成果
任务一 知经典情节 丰文学常识	我国古典长篇小说常用"三"字来叙述故事，使情节曲折生动。如《水浒传》中有"宋江三败高太尉""_____"等故事，《西游记》中有"孙行者三调芭蕉扇"_____"等故事。
任务二 会阅读方法 增阅读实效	周进看着号板又是一头撞将去。……只管伏着号板哭个不住。一号哭过，又哭到二号、三号，满地打滚，哭了又哭，哭的众人心里都凄惨起来。金有余见不是事，同行主人一左一右架着他的膀子。他那里肯起来，哭了一阵，又是一阵，直哭到口里吐出鲜血来。 阅读《儒林外史》，要学会赏析其讽刺艺术。请以上面选段为例，简要分析这部作品的讽刺笔法。
任务三 悟名著内涵 强阅读素养	请仔细阅读下列问题，任选一题作答。 （1）有人说，《简·爱》是一本纯粹讲述爱情的小说，你同意吗？简要陈述你的观点和理由。 （2）《水浒传》中的梁山好汉绝大多数是被逼上梁山的，但鲁智深上梁山并非出于他人迫害而无路可走，这如何理解？

17.【来源】2020年山东潍坊中考真题

阅读《儒林外史》中的两个片段，回答问题。

①周进一进了号，见两块号板摆的齐齐整整，不觉眼睛里一阵酸酸的，长叹一声，一头撞在号板上，直僵僵不省人事。……扶着

立了起来。周进看着号板，又是一头撞将去。这回不死了，放声大哭起来。众人劝着不住。金有余道："你看，这不是疯了么？好好到贡院来耍，你家又不死了人，为甚么这样'嚎啕痛哭'也是的？"周进也不听见，只管伏着号板哭个不住；一号哭过，又哭到二号、三号；满地打滚，哭了又哭，哭的众人心里都凄惨起来。金有余见不是事，同行主人一左一右架着他的膀子。他那里肯起来，哭了一阵，又是一阵，直哭到口里吐出鲜血来。

②严贡生将钥匙开了箱子，取出一方云片糕来，约有十多片，一片一片剥着，吃了几片，将肚子揉着，放了两个大屁，登时好了。剩下几片云片糕，搁在后鹅口板上，半日也不来查点。那掌舵驾长害馋痨，左手扶着舵，右手拈来，一片片的送在嘴里了。严贡生只装不看见。……严贡生道："还说是云片糕！再说云片糕，先打你几个嘴巴！"……严贡生转弯道："既然你众人说情，我又喜事匆匆，且放着这奴才，再和他慢慢算账！不怕他飞上天去！"骂毕，扬长上了轿，行李和小厮跟着，一哄去了。船家眼睁睁看着他走去了。

（1）《儒林外史》中，因与范进同病相怜而使范进中举的人是

_____。

（2）《儒林外史》特别善于通过富有意味的细节来塑造人物、揭示主题。请选择一处细节描写进行赏析，并结合小说原著分析其意义。

18.【来源】2020 年湖南长沙中考真题

阅读从《儒林外史》中节选的四个片段，完成下面小题。

【片段一】

学道道："你今年多少年纪了？"范进道："童生册上写的是三十

岁，童生实年五十四岁。（A）"学道道："你考过多少回了？"范进道："童生二十岁应考，到今考过二十余次。"学道道："如何总不进学？"范进道："总因童生文字荒谬，所以各位大老爷不曾赏取。"

【片段二】

他爬将起来，又拍著手大笑道："噫！好了！我中了！"笑著，不由分说，就往门外飞跑，把报录人和邻居都吓了一跳。走出大门不多路，一脚踹在池塘里，爬起来，头发都跌散了，两手黄泥，淋淋漓漓一身的水，众人拉他不住。（B）拍著笑著，一直走到集上去了。众人大眼望小眼，一齐道："原来新贵人欢喜得疯了。"

【片段三】

胡屠户道："我那里还养猪！有我这贤婿，还怕后半世靠不著么？我时常说：我的这个贤婿才学又高，品貌又好，就是城里头那张府、周府这些老爷，也没有我女婿这样一个体面的相貌！（C）你们不知道，我小老这一双眼睛，却是认得人的！想著先年我小女在家里，长到三十多岁，多少有钱的富户要和我结亲，我自己觉得女儿像有些福气的，毕竟要嫁与个老爷。今日果然不错！"说罢，哈哈大笑。

【片段四】

知县安了席坐下，用的都是银镶杯箸。范进退前缩后的不举杯箸。知县不解其故，静斋笑说："世先生因遵制，想是不用这个杯箸。"知县忙叫换去，换了一个磁杯，一双象牙箸来，范进又不肯举动。静斋道："这个箸也不用。"随即换了一双白颜色的什子的来，方才罢了。

知县疑惑他居丧如此尽礼，倘或不用荤酒，却是不会备办。后来看见他在燕窝碗里拣了一个大虾丸子送在嘴里，方才放心。（D）

（1）对片段中画横线处的批注，不正确的一项是（　　　　）

A. 一语道破范进为了取得报考资格谎报年龄，瞒上欺下的虚伪卑劣行径。

B. 活脱脱地写出了范进闻讯后的喜极失态。

C. 前后反差如此之大，胡屠户的市侩特性暴露无遗了。

D. 居丧尽礼与食膳吃荤前后矛盾，对比鲜明。

（2）讽刺作品有一个重要特点：作者塑造人物、叙述故事时，不仅讽刺单个人物或事件，还讽刺其背后的社会现象及根源。请以《儒林外史》中范进"二十岁应考，到今考过二十余次"，却"总不进学"，一旦考中却"欢喜得疯了"为例进行说明。

19.【来源】2020 年浙江温州中考真题

读完《儒林外史》后，小瓯在钉钉群留言，请你回复。

留言：《儒林外史》写完儒林士人的故事后，却以四位市井奇人压轴。这样安排的用意是什么？

根据你的阅读体验，参考阅读笔记，帮他解惑。

《儒林外史》阅读笔记		
	回目	人物
第一回	说楔子敷陈大义 借名流隐括全文	王冕
第二至 五十四回	王孝廉村学识同科 周蒙师暮年登上第 ……	儒林士人: 周进、严监生、匡超人、 杜慎卿……
第五十五至 五十六回	添四客述往思来 弹一曲高山流水 ……	市井奇人: 季遐年、王太、盖宽、 荆元

✔ 答案解析

1.【答案】（1）吴敬梓；周进 （2）D

【解析】（1）本题考查文学常识及名著人物。第一空：《儒林外史》是清代吴敬梓创作的长篇小说。全书五十六回，以写实主义描绘各类人士对于"功名富贵"的不同表现，一方面真实的揭示人性被腐蚀的过程和原因，从而对当时吏治的腐败、科举的弊端、礼教的虚伪等进行了深刻的批判和嘲讽；一方面热情地歌颂了少数人物坚持自我，做到了对人性的守护。第二空：结合"在贡院一头撞向号板、满地打滚痛哭的情节"可知，人物是周进。原著情节梗概：周进为了能够出人头地，荣耀乡里，屡次参加科举考试，可是60多岁了，却连秀才也未考上。一天，他与姐夫来到省城，走进了贡院。他触景生情，悲痛不已，一头撞在号板上，不省人事，被救醒后，满地打滚，哭得口中鲜血直流。几个商人见他很是可怜，于是凑了二百两银子替他捐了个监生。他马上就向众人磕头，说："我周进变成驴变成马也要报效！"不久，周进凭着监生的资格竟考中了举人。

（2）D. "他原是穷秀才，为人老实，受人欺侮，中举后能同情百姓，为民请命"有误，范进原是54岁的老童生，考上秀才后，又去参加乡试，中了举人。中举后人生逆袭，范进彻底融入了坑害他肉体和精神的封建制度中，压榨百姓，榨取钱财，继续成为吃人的怪物。故选D。

2.【答案】A

【解析】本题考查对名著内容的掌握了解情况。只有严监生的老婆赵氏明白："爷，别人都说的不相干，只有我晓得你的意思，你是为那灯盏里点的是两茎灯草，不放心，恐费了油，我如今挑掉一茎就是了。"说完，挑掉一茎灯草，严监生果然点一点头，把手垂下，没了气息。从原文可知，严监生"伸着两个指头"的意思是：他看到灯盏里点着两茎灯草，怕费油，叫人不要点灯草，要点最多只能点一茎灯草。故选 A。

3.【答案】吴敬梓；虞博士

【解析】本题考查名著基础知识的识记。《儒林外史》是吴敬梓写的一部讽刺科举考试制度的小说。全书五十六回，以写实主义描绘各类人士对于"功名富贵"的不同表现。所以第一空填入"吴敬梓"；书中被誉为贤人群体领袖的真儒是指的虞博士。虞博士的"善"不像杜少卿的"海纳百川"，也不像庄征君的"嫉恶如仇"，而是"细水长流、潜移默化"，在不知不觉中让善者优，让恶者改。比如选文中的汤相公请求帮忙，虞博士是直接把他的目的表达出来，让对方无话可说。虞博士虽为进士，却礼贤下士，从不盛气凌人。虞博士虽为博士，却含蓄内敛，从不刻意显摆。虞博士也并不是非要做官，当他无法考中时，他也会选择独善其身。所以虞博士和其他的儒士不一样，是一位真正的儒士。所以填入第二空的是"虞博士"。

4.【答案】【示例一】我选第（1）句作答，王冕戴的帽子是高帽理由是王冕是一个文人，他不慕功名，仰慕屈原，志向高洁。

【示例二】我选第（2）句作答，周进戴的帽子是旧毡帽，理由是周进到了胡子花白的年纪，仍是一个穷困潦倒的童生。

【解析】本题考查名著中的人物性格分析。

（1）句中是王冕，从句子"穿了阔衣，执着鞭子，口里唱着歌曲，在乡村镇上，以及湖边，到处玩耍"，可知王冕的家境还不错，不可能戴着破毡帽。王冕在《儒林外史》中是个高洁之士，不慕名利，戴高帽也比较符合他的人物性格，所以可以判断他戴的是高帽。

（2）句中是周进，从句子"那右边袖子同后边坐处都破了，脚下一双旧大红绸鞋"可知，周进家境贫寒。同时周进在书中是一个到了胡子花白的年纪还是个童生的人，他戴的破毡帽也体现出他无心也无财去讲究，所以他戴的应该是"破毡帽"。

5.【答案】示例一：我选 A ；马二先生送给穷困潦倒的匡超人钱财衣物，让他能回乡看望重病的父亲，还一再劝说匡超人要努力进学，光宗耀祖。在马二先生的影响下，匡超人踏上了科考之路。示例二：我选 B ；景兰江带匡超人参加西湖诗会，匡超人听到西湖名士们谈论名利，才知道读书人除了做官以外，做个名士也是很风光的。这让他对名利心生羡慕。示例三：我选 C ；潘三带匡超人看别人赌钱，让他伪造文书、替人考试。在潘三的引诱下，匡超人一步步丢掉了做人的底线。

【解析】本题考查名著相关知识。匡迥，号超人，是《儒林外史》中非常典型的一个人物形象，吴敬梓旨在讽刺封建科举制度，从而塑造了许许多多的人物，匡超人无疑是其中堕落速度最快最彻底的，同时也是最令人惋惜的一个。匡超人最终从一个远近闻名的大孝子，乐观上进的好青年，在进入儒林短短三年时间，就变成了一个信口开河、不知廉耻、无情无义的奸邪小人，这与他结交的朋友有关。A.马二先生：匡超人原本只是一个农村青年，孝顺、纯朴、勤奋，对于科举考试的意义并没有太多了解。马二先生是远近闻名的大选家，科举考试的资深研究者，他知道怎样写好科举文章，也知道科举的意义何在。所以当衣衫褴褛的好学青年就站在面前时，马二先生立即就产生了帮助匡超人的念头，还要在科举路上给他指出一条捷径。故而，马二先生是匡超人醉心于科举、把科举当作唯一出路的引导者。B. 景兰江：追求功名、爱慕虚荣、趋炎附势、畏惧权力，是一个极其虚伪之人。匡超人到了杭州偶遇了一群不学无术，只知道高谈阔论的狐朋狗友，这些人以景兰江、赵雪斋为代表，他们是匡超人性格转变的催化剂。景兰江这些人是当时社会上一批自诩为读书人、实际上只知道相互吹捧却毫无学术的典型代表。他们在封建科举制度的束缚之下，浑身上下都充满了一股迂腐的味道，并且以此为乐，每每花天酒地，互相吹捧彼此的文章以赢得虚名。匡超人虽然为人聪慧，但是没有识人的先见之明，他误把这些人当成读书的知己，整天和他们一起夸夸其谈，还把他们的一些歪理和旁门左道之术当作立身之本，从而使自己本来纯粹的心灵被玷污了。C. 潘三：一个很有势力的地方恶霸。这位恶霸对于匡超人来说简直就是人生导师，彻底扭曲了他的三观，告诉他写诗词的那帮人其实就是蒙吃骗喝的小人，不能再跟他们鬼混在一起，要跟着我干，做一次能赚几百两银子，很快就能过上好日子。匡超人原本就没有什么坚定的立场，谁的势力大他就跟着谁，所以就抛弃了先前的儒生朋友，甘愿做起了恶霸的帮凶。最终彻底放弃了读书考取功名的正途，反而走上了犯罪的道路。匡超人跟着潘三一起，除了不做好事，各种坏事都参与了，如科举考试当枪手替考，拐骗妇女的帮凶，为潘三伤人辩护，等等。

6.【答案】（1）示例：严贡生家的，跑到我家，他说猪跑到别人家再寻回来最不利市，让我们出钱买。

（2）运用了对比的手法来表现讽刺性。严贡生标榜自己"为人率真""从不晓得占人寸丝半粟的便宜"。这句话还未说完，便马上表演了一出敲诈人家钱财的丑剧。这种言行相悖（言行矛盾）的对比，突出了严贡生的虚伪、贪财和残暴。讽刺力度可谓入木三分。

（3）严监生花钱帮助哥哥严贡生了结官司，严监生死后严贡生霸占弟弟的家产。通过描写家庭矛盾使人物形象更鲜明，这种家庭矛盾讽刺了贪图钱财、六亲不认、心狠手辣的严贡生，从而使讽刺意味更浓。更深刻地批判了封建科举制度对人心灵的毒害，批判了功名富贵、金钱至上的社会现实。

【解析】（1）本题考查名著内容的掌握。

改编的这两幕戏，是严贡生强占邻居的猪，还把人打伤，邻居的弟弟王小二为此告到了县里。根据改编后的前后文语境，可知"大人有所不知，那口猪，原是"后面的内容，是王小二给知县大人讲述那口猪的来历及事情的来龙去脉。根据原著情节，那口猪小的时候是严贡生家的，跑到王小二家，结果严贡生逼着人家把猪买了下来。

（2）本题考查小说讽刺手法的分析。

讽刺是用比喻、夸张等手法对人或事进行揭露、批评或嘲笑的一种手法。《儒林外史》中人物性格的刻画颇为深入细腻，尤其是采用了高超的讽刺手法，使该书成为中国古典讽刺文学的佳作。

根据选段"实不相瞒，小弟为人率真，在镇里之间，从不晓得占人寸丝半粟的便宜，所以历来的父母官，都蒙相爱"，严贡生刚刚夸自己，后脚小厮就来报"早上关的那口猪，那人来讨了，在家里吵哩"，这正是通过人物言行的对比，体现选文的幽默诙谐与讽刺。

严贡生自称是为人率真，不贪小便宜的人，后文接着写严贡生将王家走失的猪关在家里，向王家讨要银两的事，表现了严贡生表里不一、虚伪无赖的本质。通过人物间的简短对话，将人物的性格突现出来，运用了白描的手法，展现了人与事的矛盾，前后的对比，凸显了严贡生的虚伪，增加了小说的讽刺性。

（3）本题考查名著情节和名著人物的掌握。

解答此题的关键是在理解名著内容的基础上，结合人物的事件来分析性格方面的不同即可。

严贡生和严监生是同胞兄弟，但两人也有家庭矛盾。老大严贡生怕吃官司，溜走了。这场官司，本是老大严贡生惹下的，与严监生毫无干系，他完全可以推掉不管。正如王仁说的："各家门户，这事究竟也不与你相干。"然而，他还是自认倒霉地花了十几两银子，以"釜底抽薪"之法为老大平息了官司。官司平息后，严监生得病死了，严贡生要侵吞同胞兄弟的家产，硬不承认赵氏已经扶正的事实，把赵氏赶到厢房去住，仍以妾相待，并说什么"我们乡绅人家，这些大礼，都是差错不得的"。严贡生的所作所为，表现了他六亲不认、心狠手辣、无恶不作的性格特点。作者通过严贡生与严监生的家庭矛盾，深刻地揭露了封建科举制度对人心灵的毒害，批判了为了金钱泯灭人性的社会现实。

7.【答案】范进

【解析】根据《儒林外史》第七回"范学道视学报师恩 王员外立朝敦友谊"原文：内中一个少年幕客蘧景玉说道："老先生，这件事倒合了一件故事。数年前，有一位老先生点了四川学差，在何景明先生寓处吃酒。景明先生醉后大声道：'四川如苏轼的文章，是该考六等的了。'这位老先生记在心里，到后典了三年学差回来，再会见何老先生，说：'学生在四川三年，到处细查，并不见苏轼来考。想是临场规避了。'"说罢，将袖子掩了口笑，又道："不知这荀玫是贵老师怎么样向老先生说的？"范学道是个老实人，也不晓得他说的是笑话，只愁着眉道："苏轼既文章不好，查不着也罢了，这荀玫是老师要提拔的人，查不着，不好意思的。"由此可知，范进连苏轼是谁都不知道。

8.【答案】示例一：我同意甲的观点。作者以犀利的笔锋，含蓄幽默的言辞，揭露封建知识分子追求功名富贵和封建官吏贪污受贿的卑污灵魂，抨击腐朽的科举制度和封建礼教。如对范进、高翰林、汤知县、严氏兄弟一类人物，作者无情地给予讽刺。

示例二：我同意乙的观点。作者以高超的笔法讽刺了范进、汤知县等人，但也树立了许多正面人物形象。如王冕懂事孝顺，勤奋好学，蔑视权贵；杜少卿仗义疏财，为人至孝。他们都是典型的正面人物。

【解析】考查观点的表达。结合对名著《儒林外史》的理解掌握，可同意甲同学的观点，也可同意乙同学的观点，理由阐述要能结合《儒林外史》中的相关内容作答。

示例：同意甲同学的观点。《儒林外史》是清代吴敬梓创作的长篇小说。全书以写实主义描绘各类人士对于"功名富贵"的不同表现，真实的揭示人性被腐蚀的过程和原因，从而对当时吏治的腐败、科举的弊端、礼教的虚伪等进行了深刻的批判和嘲讽。如腐儒的典型——周进、范进。写周进、范进为考中举人耗尽了毕生的精力，周进头撞号板、范进发疯等细节描写，都富有深刻的讽刺意味。贪官污吏的典型——汤奉、王惠。那些原本可怜的读书人一旦做了官，很快便会成为贪官污吏。其中汤奉和王惠就是两个典型的例子。八股迷的典型——马静、鲁编修。科举既然成了读书人猎取功名富贵的唯一手段，八股文自然就成了文章的正宗。于是无数的封建文人，孜孜不倦地钻研八股文，其中最虔诚的八股制艺信徒当数马静和鲁编修了。作者对这些人都给予了无情的讽刺鞭挞。

同意乙同学的观点。《儒林外史》中不仅有对儒林丑类的揭露和讽刺，而且有对正面人物的肯定和歌颂。作者肯定得最多的是那些不慕功名利禄的知识分子，王冕和杜少卿是其中的典型代表。王冕懂事孝顺，勤奋好学，性情孤傲，蔑视权贵。杜少卿淡泊功名，傲视权贵，慷慨仗义，乐善好施，敢于挑战封建权威和封建礼俗。作者热情地歌颂了他们对自我的坚持和对人性的守护。

据此提炼作答即可。

9.【答案】（1）严监生（或"严致和"）；严贡生（或"严致中"）

（2）示例一：匡超人在杭州诗会上，结识了一群斗方名士，受他们影响，匡超人开始沽名钓誉，逐渐丢掉了纯朴善良的心性。

示例二：匡超人在潘三的带领下伪造文书、替人代考，大把敛财，失格失德。

示例三：匡超人逼妻回乡，隐瞒婚史，进京别娶，攀附权贵，背信弃义，丧失做人底线。

示例四：潘三入狱。匡超人拒绝探望，薄情寡义，令人不齿。

【解析】（1）本题考查对小说内容的掌握。

结合小说内容可知，严监生原名严大育，字致和。严监生是临终之际，伸着两根指头就是不肯断气，直到赵氏挑掉一根灯草，他方才点点头，咽了气。

严贡生被学政"提了优行贡入太学肄业"，他也一直标榜自己"从不晓得占人寸丝半粟的便宜"，但是他却是个哄吓诈骗、无恶不作的人，曾经讹诈邻居王小二的猪，后来小二的哥哥王大到严家讨猪，严贡生的几个虎狼儿子还把王大的腿打断了。

（2）本题考查对人物形象的分析。

结合题干，"好好的一个匡超人，一脚踏进儒林便成了畜生"可知，匡超人经历了由好到坏的变化，并从所给的回目中，选择一个事件，分析匡超人的这种变化。

结合所给的回目，分析情节，"大柳庄孝子事亲，乐清县贤宰爱士"可知，匡超人少年时期手脚勤快，心地善良，事亲孝顺，对父母体贴入微。可见孝顺父母是他最高的道德标准，这时的匡超人是极为纯朴可爱的。

随着情节发展可知，后来，他与一帮假名士交往，这些斗方名士或因科举败北或因自身条件的限制无法取得功名进入仕途。于是这些人就想找一条"终南捷径"：刻诗集，结诗社，写斗方，诗酒风流，充当名士。受到他们的影响与熏陶，匡超人年少时那朴实敦厚的人品开始受到污染，思想开始蜕变。匡超人转身投入西湖斗方名士们所吹捧的"终南捷径"之中了。

匡超人认识了潘三之后，开始暴露出他寡情薄义、虚伪、撒谎的嘴脸：逼妻子回大柳庄乡下，导致其妻郁闷忧虑而死；潘三入狱后的翻脸无情；考取教习后的自命不凡，吹自己为读书人所供奉的"先儒"而贻笑大方。

从小说所展示的匡超人的历程中，我们清楚地看到他从纯朴善良到人格沦丧，一步一步地走向堕落。他的变化主要是因为腐朽的社会制度和恶劣的社会风气。

10.【答案】（1）王冕磊落有大志，勤奋苦读，不是为求得功名利禄，而是要报效国家。《儒林外史》将其作为开篇，是将王冕当成榜样人物"敷陈大义"，后面出现的儒林群丑与之形成对比。

（2）示例：周进，属于醉心功名迂腐可笑者。周进生活穷困潦倒，不得不忍受着士林人物的羞辱和市井小民的轻蔑。他心地非常善良，欺负过他的人，他并不计较；对他好的人，他十分感恩。他始终坚信科举是自己唯一的救命稻草。暮年飞黄腾达后，同情提携同样出身下层、屡试不第的范进，表明周进秉性忠厚，迂而不恶。在这个醉心于科举，而心术并未大坏的读书人身上，更可见出科举制对士子灵魂的侵蚀之深。

【解析】（1）本题考查学生的探究能力。《儒林外史》为讽刺小说之集大成者，小说痛斥八股科举制度对知识分子的迫害。以王冕作为开篇，是作者对王冕卓越的才华、不慕名利的品格的肯定。以王冕为楔子引出后面的文章，是提纲挈领地表达作者的心志，王冕是作为作者心目中的文人理想而存在的，后面出现的儒林群丑与之形成对比。

（2）本题考查分析评价能力。要正确评价出三个人属于哪一类的人，就要熟读原著，对三人的故事有所了解。然后结合事例，有理有据地进行分析即可。示例：杜少卿，辞却功名富贵，品第最上一层，为中流砥柱者。理由：对于中国的科举制度，杜少卿怀疑、反对八股科举，辞却征辟，拒绝入仕；对于封建礼教，杜少卿携妻游园、支持逃婚抗婚、反对纳妾等。可得知他是"辞却功名富贵，品地最上一层"的人。匡超人，心艳功名泯灭人性者。年少时心地善良、事亲孝顺，是个纯朴可爱之人。在流落他乡时，他受社会影响逐步发生了变化。在杭州，匡超人遇到了马二先生，并受马二先生的影响，把科举作为人生的唯一出路。考上秀才后，又受一群斗方名士的"培养"，以名士自居，以此作为追名逐利的手段。社会给他这样的道路，他巧妙周旋其间，一步步走向堕落。他吹牛撒谎，钻取功名，卖友求荣，忘恩负义，变成了一个衣冠禽兽。

11.【答案】（1）儒林外史

（2）这一情节通过描写严监生吝啬灯油，伸出两个手指头不肯断气，妻子挑掉一茎灯草他才断气，生动形象地刻画出了严监生爱财如命的（守财奴）形象（或"嗜财如命""吝啬""小气鬼"等亦可）。

【解析】（1）本题考查名著阅读能力。结合人物"严监生"，以及情节，看见点了两根灯草就闭不上眼，可知，这是出自清代小说家吴敬梓的讽刺小说《儒林外史》。

（2）分析人物形象，要结合人物的言行等来分析。文中严监生已经快要死了，但却"伸着两个指头，总不肯断气"，直到赵氏说出了他的心事"老爷！只有我能知道你的心事。你是为那盏灯里点的是两茎灯草，不放心，恐费了油；我如今挑掉一茎就是了"，并"忙走去挑掉一茎"时，他才"点一点头，把手垂下，登时就没了气"。人都快要死了，还要吝啬那一点灯油，生动形象地刻画出了严监生爱财如命的（守财奴）形象。

12.【答案】（1）D

（2）示例一：庄绍光在他应征被召到朝廷时，朝中权臣拉帮结派，他断然拒绝了朝臣笼络，绝不与小人为伍，可见他是不贪图名利、不屈节于权贵的真儒。

示例二：杜少卿在皇上征辟时装病拒绝出仕，坚决拒绝了汪盐商请他作陪王知县，可见他是藐视功名、不屑富贵的真儒。

（3）示例：周进

周进六十多岁了，连个秀才也不是，在到省城参观贡院时，一头撞去号板，醒来后又哭又滚，口吐鲜血，直到众人借钱才不哭。作品通过周进从撞号板，哭了又哭再到不哭的一连串动作，反映出周进内心世界的微妙变化，把一个对科举抱有幻想而又备受压抑、走投无路而又欲罢不能的老书生形象活灵活现地刻画了出来，让读者在对周进滑稽的举动感到好笑之余，又为其感到悲哀，在人物喜悲的矛盾中辛辣地讽刺了科举制度的罪恶。

【解析】（1）本题考查名著内容。关于虞博士的故事，集中在《儒林外史》第三十六章。虞博士为人极其忠厚，替人看坟尽心尽力，回来途中救助寻短见的农人，五十多岁才中进士，因年龄大而补任南京国子监博士。虞博士的旧邻汤相公来找他，告诉他因缺钱用，把虞博士让他住的房子拆卖了，虞博士不但没有生气，还另给了银子让他再去租房住；应天府送来一个犯了赌博罪的监生，虞博士不但不治他的罪，反而与他同吃同住，过了几日就放回了家。因此，虞博士被选为泰伯祠堂大典的主祭。虞博士带领众人举行隆重的祭祀大典，乡人围观。根据梗概可知顺序。

故选择D。

（2）本题考查名著人物形象。要求推荐《儒林外史》中的真儒，推荐语要有事迹和评价，要能够体现该人物的真才学、真性情。《儒林外史》中的真儒有"庄绍光、迟衡山、杜少卿、虞博士……"学生可根据自己最熟悉的人物推荐。例如：杜少卿厌恶乡里那些虚张声势的腐儒，称他们"未见得好似奴才"；皇帝征辟，他装病拒绝出仕。由此可见他豪放狂傲、傲岸不羁的真性情，堪称真儒。

（3）本题要求通过人物刻画分析讽刺效果。《儒林外史》是一部优秀的讽刺小说，讽刺的人物可以说比比皆是。作者运用"夸张、对比、细节描写……"，将儒林之下的众生，给予了无情的讽刺。作答本题，可抓住一种或两种手法，分析作者的讽刺即可。周进是一例，范进也同样可以拿来分析。范进是《儒林外史》中一个人物。他原是一个落第秀才，穷困潦倒，甚至连母亲都不能养活。他是周围邻居的笑柄，根本没人愿意搭理他。但范进不忘进学考试，于是又经常受岳父胡屠户的冷嘲热讽，可以说是狼狈至极。后来，侥幸得中，范进喜极而疯。尽管是"疯了"，但周边人都对他敬若神明，邻居送米送面，胡屠户送钱，甚至一向趾高气扬的张乡绅都来送钱送房……作者在这里运用了对比的手法，夸张地写出了范进中举后众人的阿谀逢迎，达到了极其深刻的讽刺效果。

13.【答案】（1）周进

（2）不合理，周进中的不是"阴气重"的恶，而是科举制度中的恶。周进六十多岁依然是童生，饱受秀才、举人的欺凌、嘲弄，生计无着，落魄为记账先生。参观贡院时，大半生追求功名的辛酸悲苦和忍受的侮辱欺凌集中爆发，才会"撞死在地下"。

【解析】（1）本题考查对文学名著的识记能力。解答时，根据题干要求，结合平时的积累作答。《儒林外史》是清代吴敬梓创作的长篇小说，以写实主义描绘各类人士对于"功名富贵"的不同表现，选文描述了老童生周进看到贡院号板时的反应，因此 A 是周进。

（2）本题考查名著内容。解答此题，要结合小说的主题进行作答。首先要给出观点：不合理。然后再答周进是中了科举制度的恶。周进苦读了几十年的书，秀才也不曾做得一个，今日得以进入贡院，触景生情，不觉伤心起来，便想要一头撞死在这贡院里。这是对封建科举制度无情的批判。

14.【答案】《儒林外史》；科举制度

【解析】这道题考查对名著基本内容的了解。根据图片画面内容可知，这是教材上范进中举发疯的场景。画面右上角披头散发的人物是范进，左下角的是范进的家人及乡邻。因此，这个故事出自于我国清代一部长篇讽刺小说《儒林外史》。小说主要描写明清时期科举制度下读书人及官绅的活动和精神面貌，揭露了封建科举制度对读书人的毒害。

15.【答案】（1）十九

（2）匡超人曾经是一个有孝心、做事勤奋、读书刻苦的人；后来逐渐变得无情无义，好吹嘘抬高自己。

【解析】（1）本题考查名著回目和人物形象的概括。死记名著回目是不可能的事，所以要抓住潘三和匡超人商议考场作弊方式的情节，对应分析给出回目，第十六回谈"孝子事亲""爱士"的故事，不合适；第十七回谈"重游旧地""诗坛"的事，也不合适；第十八回谈"约诗会名士""书店会潘三"，有可能性；第十九回写"幸得良朋""横遭祸事"，有可能性；第二十回写"高兴""牛布衣客死"与考场作弊关系不大。比较之下，《儒林外史》中匡超人为童生金跃替考成功、潘三犯事被捉拿是个大事，所对应的回目应该是第十九回，不是第十八回。

（2）本题考查人物形象的概括。小说对匡超人的行为描写大致可以分为两种，一是表现质朴孝顺的匡超人，二是表现泯灭人性的匡超人。从给出的六个回目看，涉及孝顺部分，也涉及他变质的部分。小说最初对匡超人的行为描写是表现他纯朴孝顺的一面。在流落他乡时，在杭州，匡超人遇到了马二先生，并受马二先生的影响，把科举作为人生的唯一出路；考上秀才后，又受一群斗方名士的熏染，以名士自居，以此作为追名逐利的手段，一步步走向堕落。他吹牛撒谎，钻取功名，卖友求荣，忘恩负义，变成一个衣冠禽兽。结合给出的回目部分，把匡超人前后形象的转变概括出来即可。

16.【答案】任务一：

施恩三入死囚牢（宋公明三打祝家庄/关胜义降三将）。

尸魔三戏唐三藏（悟空三岛求方/孙悟空三打白骨精）。

任务二：

抓住周进到贡院看时嚎啕大哭的传神细节，以冷峻的白描直书其事，从而达到讽刺周进一心追求功名的丑态之效果。（展现了功名利禄对读书人的毒害。）

任务三：

问题（1）示例：

不同意。小说主要强调了一个普通人也要自尊、自立、自强这样的主题。虽然作品主要情节写爱情故事，但目的是通过恋爱过程表现人物精神。小说写简·爱不漂亮，但是她的灵魂足够美丽：遇到欺凌她不软弱，遇到不公她不屈服，她喜欢与罗切斯特进行思想方面的争辩；发现罗切斯特有妻子后，她毅然决然地离开他，开始自己的新生活。爱情对于简·爱而言，固然非常重要，但是绝对没有占据她生命最为重要的位置。于她而言，尊严至上，平等至上，自由至上，小说通过人物塑造，表达了上述主题。

问题（2）示例：

与其他梁山好汉不同的是，鲁智深上梁山，这是他对社会不平、对弱小欺压不满的结果，是他对社会生存状态的反抗。史进和李忠对金氏的哭诉漠然，只有鲁智深反应激烈，三拳打死了镇关西。自此开始了他路见不平一声吼的好汉之路。痛打周通、拼杀道人、帮助林冲，桩桩件件，皆是因自身性格中反抗不公的天性，是对社会的不满和反抗。

【解析】（1）本题考查学生对名著情节的了解。《水浒传》中与"三"有关的情节有：吴学究说三阮撞筹、施恩三进死囚牢、镇三山大闹青州道、还道村受三卷天书、宋公明三打祝家庄等。《西游记》中与"三"有关的情节有：三打白骨精、三调芭蕉扇、三入无底洞、尸魔三戏唐三藏等。

（2）本题考查学生对讽刺手法的分析。周进六十多岁，依然是个童生，当他恳求别人带他参观贡院时，大半生追求功名富贵却求之不得的辛酸悲苦，以及所忍受的侮辱欺凌一下子倾泻出来，一头撞在号板上，直僵僵不省人事。他苏醒后满地打滚，放声大哭，直到哭出血来。作者以冷峻的笔触白描其凄惨疯癫的状态，深入细致地表现了封建科举制度对读书人的毒害之深，把周进一心求取功名的丑态客观地呈现在读者面前，起到了极强的讽刺效果。

（3）本题考查学生对名著的阅读理解能力。①《简·爱》并不是一本纯粹讲述爱情的小说。虽然它的主要情节是写简·爱与罗切斯特的爱情故事，但主要写作目的是通过写两人的爱情故事来刻画简·爱的形象。一位从小变成孤儿的英国女子在各种磨难中不断追求自由与尊严，坚持自我，最终获得幸福的故事。小说引人入胜地展示了男女主人公曲折起伏的爱情经历，歌颂了摆脱一切旧习俗和偏见，成功塑造了一个敢于反抗，敢于争取自由和平等地位的妇女形象。面对欺凌，她勇于反抗，得知罗切斯特有妻子，她就毅然离开了罗切斯特，只是因为不想做第三者，但当得知罗切斯特受伤的消息后，她又回到罗切斯特身边，与罗切斯特结婚。对于简·爱而言，重要的不是爱情，而是自尊、自由、独立。所以这不是一本纯粹讲述爱情的小说。

②鲁智深上梁山的直接诱因是三拳打死了镇关西，与朋友酒楼吃酒，得知了金氏父女的遭遇，他义愤填膺，三拳打死镇关西，假称其诈死，借机逃走。后又于桃花山痛打周通，于东京与林冲结识，野猪林救下林冲，一路护送他到了沧州。这些都是他对于社会不平之事的反抗，所以说他上梁山并不是为形势所逼，而是性格使然。

17.【答案】（1）周进

（2）示例：①赏析：周进在贡院撞号板、满地打滚、哭了又哭，这一细节活画出周进疯狂痴迷的精神状态。意义：刻画了一个深受科举制度毒害的读书人形象，表达了对这类读书人的嘲讽与可怜，也表达了对封建科举制度的痛恨和批判。

②赏析：严贡生吃完云片糕后，故意不来查点，并装看不见。这一细节表现严贡生的阴险狡诈。意义：形象生动地刻画出了一个品行恶劣的读书人形象，鞭挞了那些虚伪无情、贪图名利及借助功名横行霸道的读书人，也批判了腐朽的科举取士制度。

【解析】（1）《儒林外史》一文中描绘了命运相似的"二进"，范进和周进始终坚信科举是自己唯一的救命稻草。这两个人物，他们是作者在第二、三回中分别着力塑造的两个年纪大又没有考中科举的可怜虫，这是两个腐儒的典型。他们都是出身贫寒、暮年得第，都是除了八股之外，一无所知、一无所能的人。他们都是利用八股这块敲门砖敲开了仕途的大门，终于从社会的底层挤进了统治者的行列，两个扭曲灵魂的失态、发疯同样让人心酸。

（2）《儒林外史》是一部讽刺小说，细节描写是其中最为重要的讽刺手法。不管是外貌、动作，还是语言、神态，作者总能抓住那最有表现力的一笔，入木三分地刻画人物形象，揭示主题。周进在梦寐以求的贡院考房，"见两块号板摆的整整齐齐，不觉眼里酸酸的，长叹一声，一头撞在号板上，直僵僵不省人事"。把老童生内心酸苦绝望与希望倾泻无遗。作者设置了让周进看见贡院的号板而撞到的情节和细节，是对热衷功名者的讽刺。更深刻地揭示了封建科举制度的腐朽及对读书人的腐蚀和毒害，表现作者对科举制度深恶痛绝的态度。

第六回中，严贡生取出一方云片糕来吃，剩下几片，"搁在后鹅口板上，半日也不来查点"，而当掌舵驾长"左手扶着舵，右手拈来，一片片的送在嘴里了"，严贡生先是"只装不看见"，直到"船拢了马头"，他便"转身走进舱来，眼张失落的，四周看了一遭"，还明知故问地询问四斗子："我的药往那里去了？"他明明是不想给人家船钱，却故意用几片云片糕设下圈套，装模作样地说船艄公吃的是他的名贵药物，价值"几百两银子"，并发怒要把船家送到汤老爷衙里问罪，最终赖了船钱才扬长而去了。这一段精彩的细节描写，将严贡生装模作样、恐吓诈骗，无赖欺压的本性刻画得栩栩如生。通过严贡生这个人物，可以进一步认识当时封建科举制度下的一些文人在政治、思想文化各个领域中丑恶和可笑的形象，也体现了作者对科举制度的鞭挞。

18.【答案】（1）A

（2）《儒林外史》是一部出色的讽刺小说。作者运用夸张、对比、细节描写等手法，揭露和嘲讽科举制度所造成的丑恶现象和封建末世的衰颓风气。范进因中举而迷了心窍，喜极发疯的丑态，是作者对范进作夸张变形的讽刺，以增加作品的生动性和感染力，使读者对范进的性格、行为和心态，留下深刻的印象。作者把当时社会上一般读书人热衷功名、醉心富贵的特征都统摄在范进这个人物身上，并运用讽刺手法予以揭露、批判，旨在抨击科举制度对知识分子的摧残茶毒，同时反映人情冷暖、世态炎凉的社会现实。

【解析】（1）本题考查语句的理解。

A"为了取得报考资格"说法不准确，科举考试没有年龄限制。

故选 A。

（2）本题考查对作品讽刺手法和主题的理解。题干"讽刺作品有一个重要特点：作者塑造人物，叙述故事时，不仅讽刺单个人物或事件，还讽刺其背后的社会现象及根源"点出了讽刺作品的特点及讽刺手法，"以《儒林外史》中范进'二十岁应考，到今考过二十余次'，却'总不进学'，一旦考中却'欢喜得疯了'为例进行说明"提出了答题要求：以范进为例来说明讽刺作品的特点。《儒林外史》是我国清代一部杰出的现实主义的长篇讽刺小说，"范进中举"是《儒林外史》中的故事情节，在描写范进参加乡试中了举人一事，通过"一拍、一笑、一说、一跌"几个动作，范进在发疯过程中始终只说着一句话："噫！好！我中了！"运用夸张的修辞手法刻画了他为科举考试喜极而疯的形象，生动地揭示了范进内心和外形的矛盾，对范进进行了辛辣的讽刺，让人感到这一类人的可笑又可气之处，使人物的精神世界更加鲜明地展现出来，给人以深刻的印象，从而讽刺了封建科举制度的流毒对读书人的伤害。对比岳丈胡屠户在范进中举前后的极其鲜明的肢体动作和言语表情，以及中举后邻居对范进的前呼后拥和乡绅赠屋等，作者对这些人进行了强烈的讽刺，一群嫌贫爱富、趋炎附势、嗜钱如命、庸俗势利的小人形象便活灵活现地出现在了我们眼前。讽刺了人情冷漠、世态炎凉的病态社会，深化了作品的主题。据此概括作答，做到语言简洁。

19.【答案】小说主题部分通过展现功名利禄对周进、匡超人等读书人灵魂的毒害，批判了荒谬的科举制度。在他们之后，作者以四位各怀才艺、淡泊名利的市井奇人作为压轴人物，与儒林形成鲜明对比，寄托了作者对理想社会的追求。这组人物与楔子中品行高洁的王冕呼应，更加突显了作者的这一追求。

【解析】本题考查名著结构安排的用意。《儒林外史》开始通过周进、范进等士子们热衷科举不过是为了爬上统治阶级地位、升官发财，骑在百姓头上作威作福。一群考取功名的读书人，他们出仕则为贪官污吏，居乡则为土豪劣绅，从而进一步暴露了科举制度的弊病，同时也反映了当时政治的腐败。《儒林外史》尾声讲述不同于儒林人物的四位市井奇人，其思想内涵和意义在于：作家对儒林失望、困惑之后"礼失而求诸野"，将自己的希望和追求转向儒林之外的市民阶层和市井中人，塑造出傲视权贵、率性而为、人格高美的四奇人新形象。